Hobbit Presse
Klett-Cotta

William
Horwood

Der Stein von Duncton

Verlagsgemeinschaft
Ernst Klett Verlag –
J. G. Cotta'sche
Buchhandlung
Aus dem Englischen
übersetzt von Karin Polz
Die Originalausgabe mit dem
Titel „Duncton Wood“
erschien im Verlag Country
Life Books/Hamlyn, Feltham

Printed in Germany 1984
Design:
Dietrich Ebert, Reutlingen
Satz: Ernst Klett Druckerei
Druck: W. Röck, Weinsberg
ISBN 3-608-95147-4

Teil I/Seite 19

Dunctonwald

Teil II/Seite 201

Rebekka

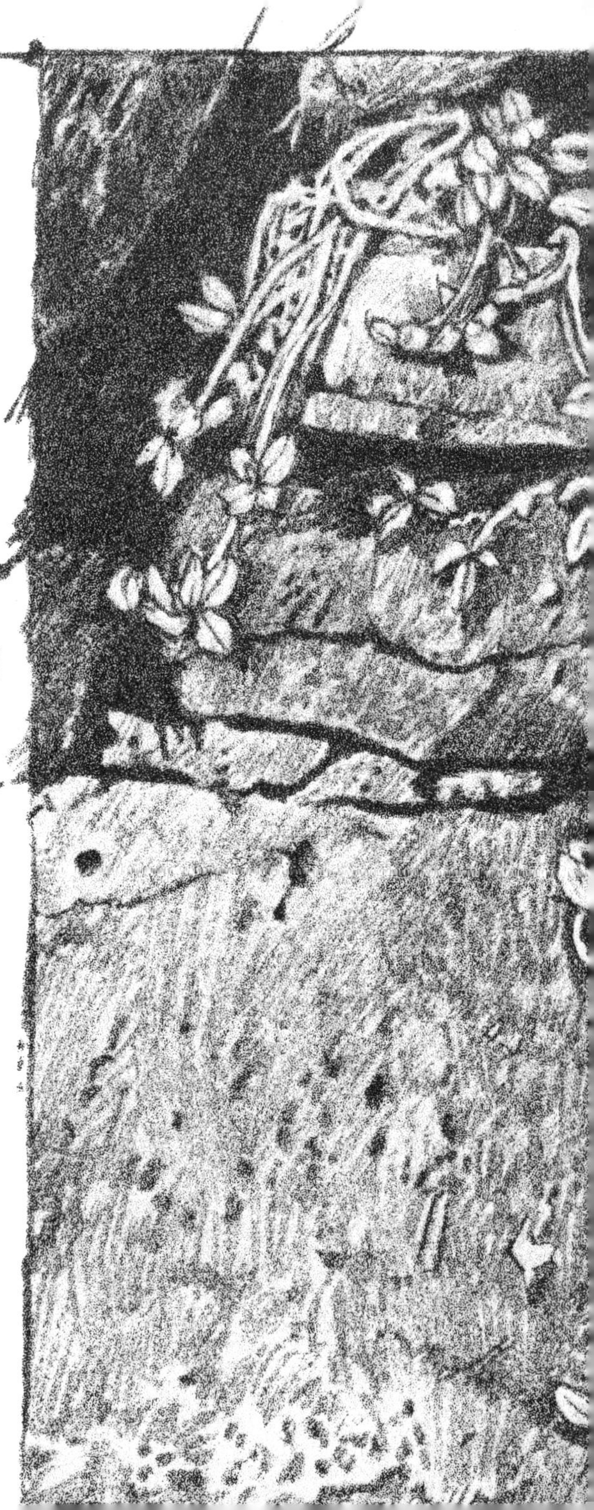

Teil IV
Seite 439
Slabod

Teil V/Seite 545

Der siebte stille Stein

Für Leslie in Liebe

Bracken wurde sechs Maulwurfjahre nach Rebekka in einer Aprilnacht geboren, in einem warmen dunklen Bau mitten im alten Ductonsystem. Dies ist die Geschichte ihrer Liebe und ihres langen Weges zueinander.

Es ist eine wahre Geschichte, zu der viele Quellen herangezogen wurden, und daß sie überhaupt erzählt werden kann, ist ebenso erstaunlich wie die historischen Tatsachen selbst, von denen sie berichtet. Ohne einen dritten Maulwurf, den Begnadeten Boswell aus Uffington, hätte die Sage von Bracken und Rebekka geendet wie manch andere: Sie wäre als einfache Liebesgeschichte in die dunklen Tiefen der Zeit zurückgewichen. Aber sie war viel mehr als das, wie die Aufzeichnungen Boswells zeigen, und es sind vor allem diese Berichte, auf die die Geschichte sich stützt.

Es gibt andere Quellen, einige davon in den Schriftensammlungen der Heiligen Baue, andere in einzelne Steine geritzt oder immer noch erzählt in den Sagen eines jeden Systems, in dessen Tunnel das Leben diese drei Maulwürfe führte. Doch dies alles sind bloße Schatten, verglichen mit der Arbeit Boswells.

Ohne seine Liebe und seinen Unternehmungsgeist gäbe es heute keinen Bracken. Doch ohne Bracken hätte Boswell seine große Aufgabe nie gefunden.

Und ohne Rebekka gäbe es gar nichts zu erzählen.

So seht diese drei Namen gemeinsam vor euch, wenn ihr ihrer gedenkt und der schweren Zeiten, in denen sie lebten ...

Teil I

Dunctonwald

KAPITEL 1

September. Ein heftiger grauer Sturm trieb seinen prasselnden Regen die Wiesen des Differentialügels hinauf und dann weiter, tief hinein in den Dunctonwald selbst mit seinen Eichen und Buchen. Zuerst peitschten die Windböen die Bäume, die in der Nässe schwankten und gegeneinanderschlugen. Aber dann legte sich der Wind, und dichter Regen fiel, lief in Bächen die Baumstämme hinab und verwandelte die Lauberde des Waldes in einen durchweichten Teppich, kalt und naß.

Und das Getöse! Das unendliche, ziellose Trommeln des Regens übertönte jedes andere Geräusch – weder das Huschen eines Fuchses noch das Hoppeln eines Kaninchens noch das Hasten eines Maulwurfs waren zu hören. Bis endlich, nachdem alle zu ihrem Bau gefunden hatten, der Wald in dem endlosen Regen so still wurde wie ein verlassener und vergessener Tunnel.

Alle Maulwürfe außer einem versteckten sich vor der Nässe und dem Getöse tief in der Erde, sicher und geborgen in der Wärme ihrer dunklen Baue.

Nur Bracken blieb einsam draußen. Er kauerte auf der Kuppe des Hügels unter den hohen Buchen, die im Wind und im Regen geschwankt hatten und jetzt ergeben und still dastanden, tropfend und grau.

Er hatte die Kämpfe und die Krallen der Tunnel weit hinter sich gelassen, am Fuße des Hügels, und befand sich jetzt im Schutz des großen Steins, des seltsamen alleinstehenden Steins, der stumm und massig den höchsten Punkt des Waldes beherrschte. Er war viele Millionen Jahre alt und verleugnete sein Alter nicht: Er war hart und knorrig und grau. Es gab andere gleich ihm in den Downs im Süden Englands, Überreste einer Steindecke, die einst die Kreide völlig bedeckt hatte. Als Kerne der alten Gesteinsschicht hatten sie deren Rhythmus beibehalten, und dies verlieh ihnen Leben und etwas Geheimnisvolles, das jede Kreatur spürte. Bis einige, wie die Maulwürfe, lernten, sich ihnen zuzuwenden, um Dank zu sagen oder Rat einzuholen, oder in Zeiten von Leid und Schmerz. Oder in Zeiten der Veränderung, wie jetzt Bracken.

Er kauerte dort seit dem frühen Nachmittag, als der veränderliche Septemberhimmel, bald blau und klar, bald weiß und bedeckt, dem dunklen Malvengrau der Sturmwolken Platz machte. Er war wie gebannt gewesen, hatte gespürt, wie der Regen das Land fern von ihm mit mächtigen Güssen peitschte. Die weißen Blitze, deren grelles Aufleuchten seine Augen nur undeutlich wahrnahmen, und die kräftigen Donnerschläge, die seinen Körper erbeben ließen, hatten ihn mit scheuer Furcht erfüllt. Er fühlte das Gewitter näher und näher kommen, auf ihn zu und drohend über ihm lauern, bis es ihn von allen Seiten umgab und der Wind sein Fell durcheinanderbrachte, bevor der Regen es schimmernd schwarz färbte.

Jetzt war er in dem Unwetter völlig verloren, seine Pfoten schienen Teil des uralten Bodens, auf dem sie ruhten, sein Fell war der Himmel selbst, sein Gesicht der Wind und der Regen. Er war verloren, wußte nicht mehr, was er zu sein glaubte. Kein Maulwurf mehr, sondern ein Teil von allem. Als der Regen auf ihn herunterprasselte, spülte er endlich auch einen verzweifelten Wunsch fort, mit dem Bracken sich lange abgeplagt hatte – ein Maulwurf zu sein wie so viele andere, mit blitzenden Krallen, streitlustig, robust und zäh, stets gierig auf der Suche nach Würmern.

Wenn er lachte, lachten sie nicht, aber in dem Regen war es nicht mehr wichtig. Wenn er still da lag wie die Wurzeln der Bäume, die aus dem Boden ragten, stritten sie sich und kämpften, und während der Regen von seinem schimmernden schwarzen Fell herabrann in die Blätter, wußte er, daß es immer so sein würde. Wenn er auf einen Sonnenstrahl zwischen den Farnen zulief, zeigten sie ängstlich auf die Eule hoch über ihnen und würden es immer tun. Er hatte drei Maulwurfjahre allein und still gelebt, immer mit dem Wunsch kämpfend, hinunter und zurück zu laufen, um noch einmal einen Anfang mit ihnen zu versuchen, aber jetzt wurde dieser Wunsch in einem Gewitter für immer fortgespült. Es gab keinen Maulwurf, jedenfalls nicht im Differenz Dunctonsystem oder in einem, von dem er wußte, der seine Liebe zur Sonne und seinen Haß auf Krallen teilte.

Über ihm triefte der Stein vor Regen und neigte sich fort von der Buche, deren Wurzeln seinen Sockel umschlangen, hin zu den fernsten Hügeln und Tälern, die Brackens schwache Augen nie würden sehen können. Nach Westen, wo Uffington lag. Aber er konnte die ferne Welt spüren wie den Sonnenschein auf seinem Gesicht, und sie war größer, viel größer als das System, in dem er geboren war und das er, in einem Gewitter, jetzt von sich abstreifte.

Er hatte aufgegeben und kauerte eine lange Zeit so, bevor ihm auch nur vage bewußt wurde, daß sich in seiner Nähe ein anderer Maulwurf befand, der ihn von einem Büschel grüner Heildolde aus beobachtete. Bracken bewegte sich nicht; er hatte keine Angst. Ja, nachdem er festgestellt hatte, daß dort ein Maulwurf kauerte, begann er sogar, an etwas anderes zu denken – wie seltsam es doch war, daß der Himmel heller wurde, während der Abend hereinbrach. Vielleicht hatte das mit dem nachlassenden Regen zu tun . . .

Er hatte recht; hoch über dem Hügel machten die wirbelnden Massen der Sturmwolken weißeren Wolkenbänken Platz, und das Getöse des Regens wurde zu einem Flüstern, da von den Bäumen am Rand der Lichtung um den Stein herum die Regentropfen wieder hörbar, Tropfen für Tropfen, herunterfielen.

Als die Regenhülle von ihm abglitt, wandte sich Bracken um und betrachtete ohne Furcht und mit geringem Interesse den Maulwurf, der ihn beobachtete. Der Maulwurf war etwas älter als er und ein Weibchen. In seiner Entrücktheit fühlte er eher, als daß er es bemerkte, wie verwirrt, ängstlich, ratlos sie war. Zu seiner Überraschung spürte er keine Feindseligkeit, nicht die geringste, obwohl sie genauso groß war wie er. Fast erwachsen, aber noch nicht ganz. Schließlich kam sie hervor auf die Lichtung bei dem Stein.

»Ich habe mich verlaufen. Wie komme ich in das System zurück?« fragte sie. Er antwortete nicht gleich, darum fügte sie hinzu: »Ich bin aus Duncton.«

Das wußte er; er erkannte es an ihrer Art, an ihrem Waldgeruch. Sein Schweigen bedeutete nicht Mißtrauen, wie sie anzunehmen schien, sondern angenehme Überraschung: Kein Maulwurf hatte ihn je um einen ähnlichen Gefallen gebeten, als er noch im Hauptsystem lebte.

»Das ist einfach«, sagte er. »Ganz einfach.« Sie schien froh zu sein über seine Antwort und rieb sich, angesteckt von seiner Ruhe, den Kopf mit der Pfote und wartete. Plötzlich trippelte er an ihr vorbei den Hügel hinunter, einer Fährte folgend, die sie auf ihrem Weg hügelauf schon ein dutzendmal überquert hatte: eine der uralten vergessenen Fährten hinauf zum Stein.

»Komm«, rief er. »Ich zeig's dir.« Sie schlängelten und wanden sich die nasse Fährte hinunter, und die großen Abendwolken wirbelten zwischen den Baumkronen hoch oben, während die nassen Farnwedel ihnen Regenwasser über das Fell spülten. Bracken huschte einmal in diese Richtung, einmal in jene, immer weiter den Hügel hinunter, bis sie hinter ihm völlig außer Atem war. Plötzlich blieb er bei einem heruntergefallenen Eichenast stehen, vor einem Eingang, den sie kannte, dunkel, warm und einladend.

»Da wären wir!« sagte er. »Ich habe dir ja gesagt, daß es einfach ist. Du weißt jetzt doch, wo du bist?« Ja, ja, sie wußte es, und sie nickte, aber sie dachte über ihn nach, schien direkt in ihn hineinzublicken. Er konnte sich nicht erinnern, daß ein anderer Maulwurf ihn je so angeblickt hätte: neugierig, mitfühlend, freundlich. Plötzlich trat sie vor und berührte ihn mit ihrer Pfote, eigentlich war es eher ein Streicheln auf seiner Schulter, nur einen Augenblick lang, den er sein ganzes Leben nicht vergessen würde.

»Wie heißt du?« fragte sie.

»Ich bin Bracken«, sagte er nach einer Pause, und dann drehte er sich plötzlich um und lief fort, die Fährte hinauf und hinein in das Abendlicht. Und sie verstand jetzt. Der Atem stockte ihr, und sie streckte die Pfoten nach ihm aus und begann, den Weg zurückzulaufen, den er eingeschlagen hatte. Bracken! Das also war Bracken! So geduckt, so klein, so schutzlos. »Ich bin Rebekka«, rief sie. »Ich heiße Rebekka.« Aber er war verschwunden, lange bevor die Worte heraus waren. Sie blieb stehen, und dann kehrte sie zurück zu dem Gang, zu dem er sie geführt hatte, und lief erleichtert hinunter in die Tiefen des Hauptsystems.

Am Eingang zum System, wo sie ihn so kurz berührt hatte, stand die Luft sehr still und ruhig, nur das Tropf, Tropf, Tropf des letzten Regenwassers von den Bäumen war zu hören, während weit weg das Zentrum des Unwetters sich querfeldein fortbewegte und Ducntonwald der Stille des Abends überließ und seinen höhergelegenen verlassenen Teil der Stille des Steins.

KAPITEL 2

Der Eingang, den hinunter Rebekka so dankbar lief, war der höchste von allen, die in das Hauptsystem Ductons führten. Über ihm wurde der Wald zur Kuppe des Hügels hin schmäler, flankiert an der einen Seite – nach Südosten – von der steilen, rauhen Kreidewand, und im Westen von welligen Wiesen, die sanft abfielen zu Lehmtälern in der Ferne.

Dort oben trat die Kreide fast bis an die Oberfläche und gab nur einem dünnen, wurmarmen Erdstreifen Raum, trug aber hohe graue Buchen, deren abgeworfenes Laub einen trockenen braunen raschelnden Teppich bildete. Die Wurzeln der Bäume wanden sich wie bloßgelegte Muskelstränge zwischen dem Laub, während hier und dort ein schimmernder Kreidefleck den Himmel spiegelte.

Hier war der Wind immer zu hören, und sei es nur als ein Murmeln zwischen den Blättern. Aber manchmal peitschten die kräftigen grauen Äste der Bäume und zerschnitten den Wind zu einem Winseln und Wispern; oder die Winterstürme rasten mit gellendem Schrei ungestüm über die Hänge herauf und prallten gegen die Bäume auf der Kuppe des Hügels, bevor sie weiterrasten, über die nackte Steilwand, ein letztes fallendes Blatt mit sich tragend oder einen trockenen gebrochenen Zweig, der den Kreideabhang hinuntertaumelte.

Dieser höchste und einsamste Teil des Dunctonwaldes ist zugleich der ehrwürdigste, denn unter seiner raschelnden Oberfläche liegt das uralte Maulwurfsystem von Duncton, seit langem verlassen und vergessen.

Hier steht auch der Große Stein, auf dem höchsten Punkt des Hügels, wo die Buchen sich lichten, allen Winden ausgesetzt – aus Norden, Süden, Osten und Westen. Und von hier aus könnte ein Maulwurf das lange Dreieck des Dunctonwaldes überblicken, oder besser spüren, das sich zur Steilwand im Osten, den Wiesen im Westen erstreckt, und zur Marsch, jenseits des nördlichen Endes, wohin nie ein Maulwurf geht.

Zur Zeit, als Bracken und Rebekka sich zum erstenmal begegneten, und schon seit vielen Generationen davor, lag das System an den unteren Hängen des Hügels, wo der Wald sich weit und dicht ausdehnte. Dort wichen die Buchen den Eichen und Eschen und den dicken Farnbänken und Sonneninseln im Sommer. Dort unten sangen und flatterten Vögel, während nachts Dachse dahintrotteten und bellten. Dort unten lebte es sich bequem und gut bei wurmreicher Erde, die schwarz war vor Humus und feucht von der Witterung. Dort sorgten die Bäume für einen leichteren und sanfteren Wind.

Kein Maulwurf, nicht ein einziger, lebte noch oben im Alten System. Allmählich waren sie von den einsamen Höhen fortgezogen, hatten sich generationenlang hinunterbewegt, wie ein rosa Maulwurf-Junges sich blind einen Hang hinunterbewegt, der zu steil für seine Kraft ist: Zuerst rollt sein Bauch über die schwachen Vorderpfoten, dann kratzen seine weichen Krallen vergeblich am Erdreich, dann überschlagen sich sein Hinterteil und seine Hinterpfoten, bis es endlich wieder still daliegt. Genauso waren nach und nach die Generationen in das untere System abgewandert, wo der Wald sich fruchtbar und einladend erstreckte. Sie zogen noch immer umher, doch nur von der einen Seite des Waldes zur anderen, wenn jede neue Generation im Hochsommer ihre heimischen Baue verließ, um eigene Baue zu graben oder verlassene wieder zu beziehen.

Zu Brackens Zeit waren die stärkste Gruppe im System die Westseiter, deren Baue den Wald am Rand der Wiesen flankierten. Die Erde dort war schwer und sehr begehrt, und so konnten nur die stärksten Maulwürfe einen Platz erobern und verteidigen. Da die gefährlichen Wiesen-Maulwürfe sehr nahe waren, brauchten die Westseiter zudem noch eine Extraportion Angriffslust, um zu überleben. Es war daher ganz natürlich, daß sie eher groß und kräftig waren und geneigt, Fremde zuerst anzugreifen und Fragen später zu stellen. Sie lachten über körperliche Schwäche und machten sich Sorgen, wenn ihre Jungen nicht zu kämpfen begannen, sobald sie entwöhnt waren. Sanftere Maulwürfe wie Bracken, dessen Vater Burrkopf einer der Stärksten unter den männlichen

Westseitern war, hatten es schwer. Sie wurden verlacht und schikaniert, weil sie zum Kämpfen keine Lust hatten, und nur die Schlauesten lernten schnell genug, daß sie Meister des Kompromisses, der Schmeichelei und der Kunst des Verschwindens bei Schwierigkeiten sein mußten, um zu überleben.

Ostseiter waren weniger angriffslustig. Sie lebten auf trockenerem, härterem Boden, was bedeutete, daß es weniger von ihnen gab. Sie waren klein und stämmig und hervorragend im Graben von Gängen und Bauen. Die unabhängigen, um nicht zu sagen exzentrischen Ostseiter ließen sich selten sehen und waren schwer zu finden, denn ihre Tunnel dehnten sich weit aus in der wurmarmen Erde. Ihr Territorium wurde im Osten begrenzt von der steilen Kreidewand und im Süden von den ansteigenden Hängen des Hügels.

Im Norden lag die Marsch, wo die Luft schwer und feucht stand und merkwürdige Binsengräser furchterregend über dem Kopf eines Maulwurfs knackten. Obwohl die Maulwürfe von Duncton es Marsch nannten, war es eigentlich ein Gebiet schlecht entwässerter Felder, ständig feucht wegen der beiden Bäche, die nahe dem Waldrand entsprangen, wo Lehm die Kreideschicht überlagerte. Weil der Marschboden immer naß war, konnten keine Gänge in ihm gegraben werden, darum war er für Maulwürfe gefährlicher Grund. Der Geruch stimmte nicht, die Vegetation war anders, die Stimmen der Vögel und anderer Kreaturen klangen seltsam und furchterregend. Die Marsch nahm in ihren Vorstellungen ungeheure Ausmaße an, eine Gegend dunkler, dumpfer Gefahr, in deren Nähe sie niemals gingen.

Der an sie angrenzende nördliche Teil des Waldes hieß Marsch-Ende, und die dort lebenden Maulwürfe – die Marsch-Ender – wurden gefürchtet und geschmäht, als hätte die gefährliche Gegend, in deren Nachbarschaft sie lebten, sie mit einem Fluch beladen. Sie galten als eine heimtückische Sippschaft, die Fremde zu zweit oder zu dritt überfielen – was die Westseiter nie tun würden. Sie waren auch nicht gesund, denn wann immer Krankheiten das System heimsuchten, schienen sie vom Marsch-Ende auszugehen. Ihre Weibchen waren derb und spöttisch und neigten dazu, ihre Partner mit Zurufen anzuspornen oder sie zu verspotten, sobald sie eine Niederlage erlitten: Ein Krallenhieb entschied über ihre Gunstverteilung.

Keine einzige Gruppe lebte in den Hängen über dem Hauptsystem, unterhalb der Hügelspitze; lediglich einige wenige ältere, verwegene Maulwürfe, die gern Geschichten aus den alten Tagen erzählten und sich in dem steinigen Kreideboden dort kümmerlich durchschlugen. Viele von ihnen fanden im Frühling keinen Partner, und nur selten waren dort in den Aprilwochen die Schreie von Jungmaulwürfen zu hören.

Kein Maulwurf kannte das ganze System – es war zu groß –, aber alle kannten und liebten sein Zentrum: Barrow Vale. Hier lagen die Baue der Ältesten, und wenn der Frühling kam, schimmerten unter den Bäumen die weißen Anemonen, bevor sich der Glockenblumenteppich darüber breitete und den klaren Frühlingshimmel widerspiegelte.

In Barrow Vale standen wegen eines sandigen Einschlusses im Boden die Eichen spärlicher, so daß sich eine natürliche Lichtung gebildet hatte, die im Sommer von der Sonne gewärmt wurde, im Schnee des tiefen Winters weiß und stumm lag und immer als letzter Ort im Wald noch hell war, wenn die Nacht hereinbrach. Da sie wegen des mageren Bodens wurmarm waren, wurden die Gänge dort von allen Gruppen benutzt, und kein Maulwurf fürchtete sich in ihnen. Es war ein Ort, wo man plauderte und schwatzte, wo junge Maulwürfe sich zum Spiel trafen und sich, oft zum erstenmal, an die Oberfläche wagten. Die Lichtung war auch verhältnismäßig sicher, denn die Gänge, die von dort aus in alle Teile des Systems ausstrahlten, erlaubten eine frühzeitige Warnung vor einer drohenden Gefahr, lange bevor sie eintraf.

Und Eulen, die schlimmsten Feinde der Maulwürfe, kamen nur selten dorthin; sie bevorzugten den Waldrand, wo sie in den Bäumen warten und sich lautlos auf ihre Opfer stürzen konnten, ohne von Ästen behindert zu werden. So war Barrow Vale für jeden Duncton-Maulwurf ein Ort der Ruhe, den er von Zeit zu Zeit aufsuchte.

Aber er war auch in gewisser Weise zu einer Falle geworden. Denn vor langer, langer Zeit, als das System kleiner gewesen war, oben auf dem Hügel mit dem Stein als natürlichem Mittelpunkt, hatte die Lage des Landes die Maulwürfe veranlaßt, in die Weite zu schauen, auf der Suche nach neuen Wohnstätten, begierig darauf, ihren Rüsseln folgend in die Ferne zu ziehen. Der untere Differentwald jedoch war wurmreich und sicher, und so war es töricht, auch nur daran zu denken, ihn zu verlassen.

Zwangsläufig gab es daher düstere Geschichten von jenen, die es versucht hatten und, so schien es, immer ein schreckliches Ende nahmen. In einigen Fällen hatte man tatsächlich beobachtet, wie sie fast unmittelbar, nachdem sie die Pfoten auf die Wiesen setzten, von den Krallen einer Eule zerrissen wurden. Einige waren an Wehmut gestorben, andere im Schlamm der Marsch erstickt.

Aber im allgemeinen befaßten sich nur wenige Maulwürfe mit diesen Orten und solchen Ängsten: Sie hielten ihre Rüssel sauber, kämpften für ihr eigenes Territorium, suchten Würmer und vertilgten sie, schliefen in ihren dunklen Bauen und brachten sich über die langen Maulwurfjahre des Winters, bis sie, blinzelnd, aber angriffslustig, im Frühling zur Paarungszeit herauskamen.

Jeder Vollmond bedeutete, daß wieder ein Maulwurfjahr vergangen war, wobei der Längste Tag zur Sommersonnenwende die glücklichste Zeit, und die

Längste Nacht – am Ende der dritten Dezemberwoche – die dunkelste und trügerischste Zeit war: eine Zeit, da der Stein mit Gebeten versöhnlich gestimmt werden mußte und der sichere Eintritt in einen neuen Kreislauf der Jahreszeiten in der behaglichen Geborgenheit eines warmen heimischen Baues gefeiert wurde. Eine Zeit, Geschichten von lang vergangenen Kämpfen zu erzählen, und von Würmern und zukünftigen Gefährten. Eine Zeit des Überlebens.

Ein Ort zum Überleben! Als Bracken und Rebekka geboren wurden, war es einzig dies, zu dem das einst so stolze Junctonsystem geworden war. Sein Stolz lag allein in der Vergangenheit, als manch ein gerade erwachsener Maulwurf sich aus dem Schatten des Großen Steins auf den Weg machte, das Wagnis unternahm, den Danctonwald zu verlassen und den Namen des Ortes weit fort in andere Systeme zu tragen. Erfüllt von den Erzählungen der Schreibermaulwürfe, machten viele sich auf zu den Heiligen Bauen von Uffington, andere wollten einfach nur zeigen, daß sie eine Weile allein leben konnten oder in anderen Systemen, um dann mit neuen Erfahrungen und neuer Weisheit in ihr heimisches System zurückzukehren. Und wie aufregend war es, wenn einer zurückkam! Die Nachricht lief durch die Kreidegänge des Alten Systems, und viele eilten herbei und brachten ihm zur Stärkung Würmer, wenn er seine Geschichten erzählte: von Kämpfen und seltsamen Orten und fremden Sitten. Nur wenige konnten berichten, wie ihnen in Uffington die Ehre zuteil wurde, einen der legendären Weißen Maulwürfe, die, so hieß es, dort leben sollten, zu sehen und vielleicht sogar zu berühren.

Aber dies war Vergangenheit. Sogar der älteste Maulwurf des Systems, Hulver vom Ältestenrat, konnte sich nicht erinnern, daß je ein Maulwurf das System verlassen hatte und zurückgekehrt war, oder daß das System von einem wohlgesinnten fremden Maulwurf besucht worden war. Hulver selbst sprach selten von der Vergangenheit. Er versuchte es, mußte aber feststellen, daß die Ohren der neuen Generationen immer tauber zu werden schienen, und er hatte aufgegeben. Er zog es vor, mit sich zu reden und sich selbst etwas vorzusingen, und wählte das harte Leben eines einsamen Maulwurfs, der in den wurmarmen Hängen unter der Hügelkuppe lebte.

Hin und wieder jedoch sprach er, und die Maulwürfe um ihn herum hörten zu, aus Ehrfurcht vor seinem Alter (oder eher vor seiner Fähigkeit zu überleben). Ja, nach der letzten Versammlung des Ältestenrats vor der Längsten Nacht, die Brackens Geburt vorausging, hatte er, als alle Maulwürfe in heiterer Stimmung waren, einer schwatzenden Gruppe in Barrow Vale erzählt: »Ich weiß noch, wie mein Vater mir erzählte, daß das System jedes Jahr zur Mittsommerzeit von einem Schreiber von den Heiligen Bauen« (und der alte Hulver neigte den Kopf nach Westen, wo Uffington lag) »besucht wurde. Er kauerte mit den Ältesten bei dem Großen Stein, denn dort war damals das Zentrum der Dinge, und befragte sie nach dem Zustand des Systems.

Aber selbst als ich noch jung war, war es lange her, daß ein Schreiber uns besucht hatte. Sie sagten damals, und heute glaube ich es, daß etwas geschehen war, was die Schreiber daran hinderte zu kommen, und daß nie wieder ein Schreiber würde zu uns kommen können. Wenn ich das als junger Maulwurf erkannt hätte – als ich in eurem Alter war«, fügte er hinzu und sah besonders die jüngeren Maulwürfe in seiner Nähe an, »wäre ich ausgezogen, glaube ich, wie der Vater meines Vaters es getan hat, selbst wenn es bedeutet hätte, daß ich, wie er, nie zurückgekommen wäre.« Aber Hulver war alt, und sie taten diese letzte Bemerkung als Greisengeschwätz ab, als törichten Traum, der jedem von ihnen früher oder später einmal in den Sinn gekommen sein mochte, auf den aber kein vernünftiger Maulwurf hören sollte.

Und doch hatte Hulver recht: Etwas war geschehen. Das System, das Alte System von Duncton – ein System, dessen ruhmreiche Vergangenheit von den Schreibern in einigen der ehrwürdigsten Aufzeichnungen in Uffington festgehalten worden war –, war abgetrennt worden.

Es war ohnehin abgeschnitten durch die steile Kreidewand und die Marsch im Norden. Und zur Zeit von Hulvers Großvater war dann die Straße, die weit im Norden und Westen immer eine Gefahr gewesen war, ausgebaut worden, so daß sie unüberquerbar wurde für Maulwürfe und Igel und fast alle Kreaturen.

Schreiber mit dem gefährlichen Auftrag, Duncton zu besuchen, hatten es versucht und waren gescheitert. Einige waren auf der Straße getötet worden von den, wie die in der Nähe lebenden Maulwürfe sie nannten, »Heulenden Eulen«, einige hatten den Mut nicht oder den Glauben, um das Wagnis überhaupt auf sich zu nehmen.

So war Duncton nicht mehr besucht worden, das zwar sicher in seiner Abgeschiedenheit lag, aber im Lauf der Jahre geistig verarmte aus Mangel an Anregung, die nur fremde Maulwürfe, besonders Schreiber, geben konnten. Viele seiner Gebräuche gerieten in Vergessenheit, und nur die wichtigsten, wie der Zug der Ältesten zum Stein zur Sommersonnenwende und während der Längsten Nacht, überlebten. Die Sagen und Geschichten wurden weitererzählt, aber in einer zunehmend romantischen oder vereinfachten Form, denn nur wenige der nachgeborenen Maulwürfe verfügten über die Liebe zur Sprache oder die geistige Stärke, die die Geschichtenerzähler des Alten Systems gehabt hatten.

Wäre es ihnen jedoch möglich gewesen zu erfahren, was in anderen Systemen geschah, hätte es die Maulwürfe von Duncton vielleicht ein wenig getröstet, daß ihr eigener Niedergang nur Spiegelbild eines Niedergangs von Geist und Tatkraft der Maulwürfe im allgemeinen war. Selbst die Schreiber waren nicht mehr das, was sie einmal gewesen waren, denn in der Vergangenheit hätte ein Schreiber es geschafft, nach Duncton zu kommen, und die Prüfung seiner Seele, die die neuen Gefahren schuf, gern auf sich genommen. Und einmal angelangt, würde er keinen Zweifel darüber lassen, was er von dem fetten, glatten, selbstzufriedenen Maulwurf hielt, zu dem der Duncton-Maulwurf so häufig geworden zu sein schien.

Aber hätte das die Maulwürfe von Duncton denn gekümmert? Sicher wäre die Mehrzahl der sieben Ältesten zur Zeit von Brackens Jugend unbeeindruckt von den Bemerkungen eines Schreibers geblieben, denn sie gehörten zur neuen Generation, die bereits mit der selbstzufriedenen Haltung des unteren Systems geboren waren. Älteste wie Brackens eigener Vater Burrkopf zum Beispiel hätten die Kommentare eines Schreibers zum Mangel an Schwung in Duncton einfach nicht verstanden. »Haben wir nicht genug Würmer, verteidigen wir das System nicht, werden nicht eine Menge Junge geboren?« Das hätte er gesagt.

Ruun war auch einer von den Ältesten; ursprünglich stammte er ebenfalls von der Westseite, aber um dem Mittelpunkt der Dinge nahe zu sein, hatte er seinen Bau nach Barrow Vale verlegt. Er war ein gefährlicher Maulwurf, der Warnungen in seine Worte wob, und seine Worte waren gewöhnlich so dunkel und dumpfig wie der Boden am Marsch-Ende. Was ihm im Vergleich zu Burrkopf an Größe und Muskeln fehlte, machte er durch Verschlagenheit und Unaufrichtigkeit wett. Sein Ohr war auf Katastrophen eingestimmt: Er wußte, wann schlechtes Wetter kam oder ein Baum umstürzen würde. Er wußte, wann die Eulen hungrig waren (und war dann durchaus imstande, seine Gegner an einen Ort zu führen, wo sie ein Opfer der Eulen werden konnten) und wo Krankheiten herrschten.

Er war immer der Schlauste, Ruun, immer so schlau. Aber keiner war lange mit ihm zusammen, ohne daß ihn Traurigkeit und Sehnsucht nach frischer Luft überkam. Es war auch nicht gut, sich mit ihm anzulegen, weil Maulwürfen, die es taten, etwas Schreckliches zustieß: Sie schienen immer zu sterben.

Seine Stimme war kalt wie Eis, trocken wie abgestorbene Borke und überdeckt mit dem roten Samt eines unheilvollen Himmels. Kein Maulwurf wollte mit ihm kämpfen, kein Maulwurf trat jemals vor, der gesehen hatte, wie Ruun tötete. Doch jedesmal zur Paarungszeit tötete er für ein Weibchen; er lockte seinen Rivalen in irgendeinen dunklen Hinterhalt. Ruun war ein Schatten auf dem Leben und sehr gefürchtet.

»Er ist schlau, er ist wirklich schlau«, flüsterten die anderen Maulwürfe gelegentlich über ihn. »Er weiß die Gelegenheit zu nutzen. Mit seiner Verschlagenheit und seinen warnenden Worten wird er eines Tages noch das System übernehmen.«

Zwei der Ältesten kamen aus dem nördlichen Teil des Systems, Mekkins und Cornus. Nie hatte das System einen Ältesten gehabt, der dem Marsch-Ende so nahe wie Mekkins stand, denn seine Mutter stammte von dort, wenn er selbst auch im neutralen Gebiet nördlich von Barrow Vale aufgewachsen war. Er hatte die rasche, schnutige Sprechweise der Marsch-Ender und fand Vergnügen daran, seine Gespräche mit spöttischen Bemerkungen zu spicken.

»Es ist dir ja wohl nicht ernst mit dieser verrückten Idee, Burrkopf, alter Junge«, konnte er etwa zu einer der gewichtigeren Ideen des Westseiters sagen. »Kein Maulwurf, den ich kenne, wird dich unterstützen, das kann ich dir schon jetzt sagen.«

Seine Kontakte mit den Marsch-Endern machten ihn zu einem sehr nützlichen Ältesten, während seine Kontakte mit den anderen Ältesten ihn nützlich für die Marsch-Ender machten. Er war zäh und schnell und konnte ohne jeden Grund in die Luft gehen; jedenfalls kam es den Opfern seiner Launen so vor. Cornus, der andere Älteste aus dem Norden, war sein enger Freund und, wie das bei engen Freunden häufig der Fall ist, grundverschieden von ihm. Er war rundlich und jahrein, jahraus heiter. Er stand im Ruf – im ganzen System beneidet –, der beste Wurmsucher im Functonwald zu sein. »Er würde noch in einer Schneeflocke einen Wurm finden, wenn er müßte« – so drückte Mekkins es einmal aus.

Der betagteste unter den Ältesten war Hulver, der sechs Längste Nächte erlebt hatte – sechs! –, und manch einem Maulwurf aus Duncton stockte der Atem, wenn er nur daran dachte. Er war jetzt alt, sehr alt, und hatte sich im letzten Frühling nicht gepaart. Aber er war immer noch fröhlich und munter und liebte es, am Ende eines Satzes zu lachen, was seine Gefährten veranlaßte, alles, was er sagte, für einen Scherz zu halten. Aber die weiseren Maulwürfe wußten es besser und hörten ihm gut zu. Während seines langen Lebens hatte er mitangesehen, wie das System verfiel, und oft gewarnt. Er war einer der wenigen, die sich an die überlieferten Gebräuche und Sprichwörter erinnerten, und er sprach von dem Stein, als sei er ein Freund an seiner Seite.

»Je weniger er sagt, je mehr daß er meint«, sagte sein Vertrauter, Kollege, Mit-Ältester und Mitstreiter Bindel gern. Bindel selbst hatte vier Längste Nächte hinter sich, und obwohl er wenig kämpfte und einer der Sonderlinge war, die drüben an der armen Ostseite lebten, in der Nähe der Kreidewand, fehlte es ihm nie an einer Gefährtin.

Er und Hulver trafen sich oft im Wald und schwatzten, altes Maulwurfgeschwätz über Würmer und vergangene Sommer, über Weibchen und Jährlinge, wie man sie heutzutage nicht mehr sah. »Nein, mein Lieber! Die Weibchen sind einfach nicht mehr das, was sie einmal waren!«

Gemeinsam hatten Hulver und Bindel es übernommen, die überlieferten Feiern abzuhalten, im besonderen die beiden Feiern am Stein am Mittsommertag und in der Längsten Nacht. Nur Hulver kannte genau die rituelle Abfolge aller Feiern zu Ehren des Steins, und er machte sich Sorgen, weil kein Maulwurf sie so wie er kannte. Aber aus irgendeinem Grund hatte Bindel die Texte nie lernen wollen, wenigstens nicht die wichtigen Abschnitte, die Abschnitte, auf die es ankam. Und in Wahrheit wollte Hulver auch nie, daß er sie lernte. Denn um die Worte zu sprechen, mußte man wissen, daß in dem Stein die Kraft des Lebens war, doch auch außerhalb des Steins. Man mußte sehen, daß eine Eichel, ein Wurm, eine Anemone in Barrow Vale und sogar eine jagende Eule letztlich gleich waren, und daß die Kämpfe eines Maulwurfs nichts anderes waren als das Knacken einer Eichel in einem verlassenen Wald.

Hulver versuchte, Bindel dies zu erklären, aber die Worte kamen irgendwie nicht richtig heraus, und Bindel, der Hulver liebte, als wäre er sein eigener Vater, konnte, während Hulver zu erklären versuchte, nur lächeln und nicken und wünschen, er könnte seinem alten Freund die Freude machen zu verstehen. Aber beide wußten, daß er es nicht verstand.

Das waren sie also, sechs der sieben Ältesten: Burrkopf, Ruun, Mekkins, Cornus, Bindel und Hulver. Ein wenig eindrucksvoller Haufen, wenn man sie mit den Ältesten vergangener Zeiten verglich, die voller Stolz gekämpft und sich vermehrt hatten, in einer Zeit, als das System noch oben auf dem Hügel lag, in jeder Bedeutung des Wortes. Keiner von ihnen, mit Ausnahme vielleicht des sanftmütigen Hulver, hinterläßt auch nur ein Flüstern in den Tunneln der Erinnerung.

Es gab aber noch einen, den siebten. Ein Maulwurf, dessen Schatten den Ruch des Bösen hatte, dessen bloßer Name auch jetzt noch den Maulwurf, der ihn ausspricht, zu verfluchen scheint.

Manch eine Mutter hat versucht, die Stimmen ihrer Jungen zum Schweigen zu bringen, wenn sie in aufgeregtem, unwissendem Flüstern fragten: »Wer war Mandrake? Erzähl uns von ihm!« Manch ein Vater hat seinen Sohn geohrfeigt, wenn er vorgab, »so stark zu sein, wie Mandrake es gewesen war.« Sie hatten das Gefühl, sein Name bliebe besser unausgesprochen, die Erinnerung an ihn würde besser mit Krallen aus den Tiefen des Gedächtnisses herausgekratzt.

Doch auf diese Weise läßt das Böse sich nicht bekämpfen. Nennt seinen Namen, laßt das Feuer der Sonne mit seiner Gestalt kämpfen, bis sie ausgetrocknet und farblos im Abendschatten liegt: nicht mehr als der Flügel eines toten Käfers, den der Mitternachtswind davontragen wird.

Aber es gibt Bücher in Uffington, die seine Geschichte erzählen, und dieses Buch muß es ebenfalls tun. Denn er ist der Schatten, gegen den das Licht der Liebe zwischen Bracken und Rebekka sich absetzen sollte. Doch laßt auch Erbarmen und brennende Liebe im Herzen aller sein, die den Namen denken, aussprechen, träumen oder lesen – den Namen Mandrake.

KAPITEL 3

Er kam über die freien Felder zum System, unbehelligt von Eulen und Wiesen-Maulwürfen, ein Gewitter, das Blut regnete. Er warf seinen Schatten auf den Wald, lange bevor er ihn erreichte, denn die erwachsenen Männchen erschauderten und zitterten vor seinem Kommen. Sie versammelten sich zuerst in Barrow Vale und liefen dann zu zweit und dritt durch die Tunnel nach Westen, wo die Wiesen liegen.

Sie sahen ihn eines Frühlingsabends in der untergehenden Sonne; seine Silhouette wurde mit dem Sinken der Sonne größer und bedrohlicher. Sie schlurften und stampften durch die Tunnel, liefen hierhin und dorthin, schrien auf vor Furcht und Verwirrung und griffen einander fast an, bevor sie sich umwandten, um einem Maulwurf gegenüberzutreten, dessen bloße Größe ihre Muskeln kraftlos werden ließ.

Ohne ein Wort zu sagen, ging er langsam auf sie zu, den mächtigen Kopf nach vorn gereckt, der Rüssel wie eine gewaltige Kralle, seine Schultern wie Eibenstämme.

Den ersten, der zu ihm kam, schien er kaum zu berühren, doch er fiel zu Boden, nicht nur tot, sondern zu Tode zerfleischt; der zweite starb an einem Krallenhieb, der so kraftvoll war, daß er an seinem Rüssel zu beginnen und an seinem Schwanz zu enden schien; der dritte wollte davonlaufen, ehe er angegriffen wurde, aber es war zu spät. Ein mächtiger Hieb von Mandrake fällte auch ihn, und er lag schreiend da, das schwarze Fell brutal aufgerissen, inmitten schimmernden roten Blutes. Und als Mandrake an ihm vorbeiging, zerschmetterte er ihm kaltblütig den Rüssel und überließ ihn zusammengekrümmt einem blutigen, brennenden, grausamen Tod. Da wichen sie vor ihm zurück, hierhin oder dorthin, schnatternd vor Angst liefen sie fort und rannten in ihrem Entsetzen in Tunnel, die ins Freie führten.

So betrat Mandrake von Westen her Duncton, brach den Widerstand der stärksten Maulwürfe und machte sich auf den Weg nach Barrow Vale. Dort brüllte er und trommelte gegen die Wände, damit die Vibrationen dem ganzen

System mitteilten, daß er da war. »Ich heiße Mandrake«, brüllte er. »Mandrake! Jeder Maulwurf, der gegen mich ist, mag jetzt hervorkommen!« Aber die drei tapfersten waren tot, und kein einziger Maulwurf rührte sich. Dann rief er in einer fremden, rauhen Sprache, der Sprache Siabods, das weit im Nordwesten lag, ein System, von dem zu der Zeit kein Maulwurf aus Duncton auch nur gehört hatte:

»Mandrake Siabod wyf i, a wynebodd Gelert Helgi Cwmoerddrws a'i anwybyddu. Wynebais Gerrig Castell y Gwynt a'u gwatwar. Gadewch i unrhyw wadd a feddylio nad yw'n f'ofni wynebu'm crafangau nawr.« Was das auch heißen mochte, die Bedeutung war klar. Es war eine Drohung, eine Drohung, auf die kein Maulwurf aus Duncton zu antworten wagte.

Er war zur Paarungszeit gekommen, einen ganzen Jahreszeiten-Zyklus vor Rebekkas Erwachsenwerden und Brackens Geburt, und er streifte durch alle Teile des Systems und tötete einen Maulwurf nach dem anderen, um die Weibchen zu nehmen. Er tötete auch die Männchen, die sich weigerten zu kämpfen oder die davonzulaufen versuchten. Kämpfen ist eine Sache, Töten eine andere; nie zuvor hatte es zur Paarungszeit in Duncton so trostlos ausgesehen. Und als die Paarungszeit vorüber war und die wärmeren Maitage kamen, tauchte er einmal hier auf, einmal dort – heute an der Westseite, morgen am Marsch-Ende. Die ganze schreckliche Zeit sprach er kaum, ein lauernder, stummer Fluch über jedem Maulwurf, dessen Territorium er heimsuchte. Oft waren die Baue, in die er kam, leer, noch warm von denen, die in aller Eile davongelaufen waren, um ihm nicht gegenübertreten zu müssen. Nur Mütter mit ihren Jungen blieben zurück und sahen ihm mit entsetzten Augen entgegen, wenn er sie vom Eingang eines Baues aus anstarrte, mit seinem gewaltigen Kopf und seinen nachtschwarzen Augen, sie und ihre Kinder anstarrte. Aber wenigstens diesen tat er nichts an.

Er wurde Ältester, ohne zu fragen oder gefragt zu werden, nachdem er einen Ältesten im Kampf um ein Weibchen getötet und dessen Platz eingenommen hatte.

Bei dem ersten Ältesten-Treffen, an dem er teilnahm, sagte er nichts. Er starrte die anderen nur an, die ihre Angelegenheiten hastig und leise besprachen, mit verstohlenen Blicken in seine Richtung. Nur zwei der Ältesten zeigten bei dem Treffen eine andere Reaktion als Furcht: Hulver begrüßte ihn förmlich, um ihn von da an zu ignorieren, und lehnte es ab, sich von den anderen antreiben oder drängen zu lassen, seinen Teil der Tagesordnung schneller hinter sich zu bringen, während Ruun, der immer auf einen möglichen Vorteil für sich selbst bedacht war, liebenswürdige Bemerkungen machte wie: »Wir stimmen wohl alle darin überein, daß wir es als Privileg betrachten würden, wenn er, der neu und willkommen bei uns ist, uns seine Ansicht dazu mitteilen würde.« Wozu Mandrake schwieg.

Im Mai nahm er an seinem zweiten Ältesten-Treffen teil und sagte kein Wort. Aber bei dem dritten, im Juni, als die Vorbereitungen für den Mittsommerzug zum Stein besprochen wurden, griff er zum erstenmal ein.

Es gab ernsthafte Bedenken bei einigen der jüngeren Mitglieder, ob der Mittsommerzug noch gerechtfertigt war; besonders Burrkopf machte geltend, die Tatsache, daß man von mehr Eulen als sonst oben auf dem Hügel wisse, verbunden mit dem Mangel an Würmern in diesem Jahr und den vielen Veränderungen, die im System stattgefunden hätten (alle wußten, daß das ein Hinweis auf die vielen Toten nach Mandrakes Ankunft war), ließe den Wert des Mittsommerzugs fraglich erscheinen. Ruun war der gleichen Meinung und fügte hinzu, der Zug sei nichts weiter als eine sentimentale Rückkehr zur Vergangenheit, »als die Ziele von anderer Art als heute waren und eine größere Notwendigkeit bestand, das System zusammenzuhalten, indem man eine Einigkeit zeigte, wie der Zug zum Stein sie darstellte.

Darüber sind wir jetzt hinausgewachsen, und viele von uns« – und Ruun sah sie alle nacheinander an, bis sein dunkler Blick schließlich auf Hulver haften blieb – »akzeptieren diese Art von Bittgebeten und Unsinn nicht mehr, die zur Mittsommerfeier gehören.«

Das war zuviel für den alten Hulver, den eine Mischung aus Zorn und Furcht ergriff, als er Ruun zuhörte. »Ich bin hier der älteste«, fing er an und spürte sofort, daß er damit genau das Falsche sagte, »und ich sage euch, unsere Vorfahren würden vor Entsetzen schaudern, wenn sie wüßten, daß der Mittsommerzug, die froheste Feier des Systems, eine sentimentale Tradition genannt wird. Er ist ein Teil des Systems, eine Feier der Erkenntnis, daß wir als einzelner nichts sind«, und er sah sie alle nacheinander an, wie Ruun es getan hatte, eingeschlossen Mandrake, der grübelnd am Ende der Höhle kauerte, »und daß wir in dem Stein die Anwesenheit einer Kraft anerkennen, neben der wir uns zwar als Nichts fühlen mögen, ohne die wir aber, und das sage ich euch allen, wirklich nichts sind, wie stark wir uns auch vorkommen mögen.«

Seine Worte, insbesondere die letzten, hingen eine Weile unheilvoll über der Versammlung, während alle darauf warteten, daß Mandrake reagierte. Aber dieser hörte stumm zu. Dann trat Hulver vor, trat in das Zentrum der Höhle, so daß er in der Mitte stand. Sein alternder, runzeliger Rüssel und sein ergrauender Pelz stachen ab von den jüngeren, schimmernden Pelzen. »Etwas ist in unserem System geschehen«, sagte er leise, »etwas, dem schwieriger zu begegnen ist als Eulen oder wurmloser Erde oder einer Bande von Wiesen-Maulwürfen. Ich wollte, ich fände die Worte, jenen, die es nicht wissen, zu erklären, wie kühn und aufrecht die Maulwürfe von Duncton einmal waren. Es waren Krieger, keine Streiter, Gläubige, keine Zweifler. Und so könnten sie auch jetzt noch sein, und so sind sie, tief in ihrem Innersten, bei richtiger Führung von uns Ältesten, auch jetzt noch.«

Er machte eine kurze Pause; er spürte, daß ihm von allen nur Bindel richtig zuhörte, und trotz all seiner Liebe verstand auch er nicht.

Hulver berührte einen Augenblick lang müde den Boden mit seinem Rüssel. Verzweiflung ergriff Besitz von ihm, denn er hatte weder die Kraft noch die Worte, zu sagen, was er meinte. Er hätte das Gefühl, das so stark war in seinem Herzen, gern herausgerissen, es ihnen gezeigt und gesagt: »Schaut, jetzt seht ihr es doch, jetzt seht ihr doch, was wir tun müssen!«

Aber er konnte sich nur die Fähigkeit wünschen, vor diesen jungen, traditionsfeindlichen Maulwürfen heraufzubeschwören, wie es einmal war, als Kämpfen und Würmer und Territorium nicht alles bedeuteten. Doch am Ende hatte er nur die Kraft zu sagen, und das eigentlich auch nur zu sich selbst: »Wir müssen den Zug zum Stein machen und die Mittsommerfeier stattfinden lassen, wie unsere Väter es getan haben, wie ihre Väter es getan haben, wie wir es immer getan haben. Dies ist etwas, über das man nicht redet, das tut man!« Dann sah er jeden einzelnen an, und während die Verzweiflung in seiner Haltung einem aufrechten Stolz wich, fügte er hinzu: »Möge jeder Maulwurf, der an meinen Worten zweifelt, jetzt hinauf zum Stein gehen und sich in seinem Schatten niederlassen und die Kraft des Steins spüren. Fühlt, während ihr dort kauert, daß es weit entfernt von diesem heimgesuchten System, zu dem es, wie ich glaube, inzwischen geworden ist, andere Systeme gibt – weiser und besser als unseres. Fühlt, wenn ihr dazu die Kraft habt . . .«

Aber keiner der Ältesten, nicht einmal Bindel, hörte noch zu, denn während Hulver diese Worte sprach, begann Mandrake sich zu bewegen; während in Hulvers weiser alter Stimme seine stolze Herausforderung, zum Stein zu gehen, ertönte, schob Mandrakes massive Gestalt sich drohend empor, bis sie über dem alten Hulver zu lauern schien wie eine Eule über ihrer Beute. Jeder der anwesenden Maulwürfe duckte sich in versteinernder Furcht, die Rüssel bewegungs- und fast gefühllos, denn alle spürten Mandrakes Macht wie die Fänge einer Eule über sich. Jeder schien zu fühlen, wie Wut und ein schrecklicher Zorn von ihm ausstrahlten und auf jeden persönlich gerichtet waren. Hulver brach mitten im Satz ab und sah sich um, dann sah er auf zu Mandrake. Und Hulver trat zurück. Seine Worte schienen plötzlich nur noch trockene Buchenblätter im Wind. »Es wird keinen Zug zum Stein geben«, sagte Mandrake mit einer Stimme, an die sie sich im Lauf der Zeit noch gewöhnen sollten, eine Stimme, die einen Maulwurf absolut davon überzeugte, wenn sie sagte, etwas würde sein, dann würde es sein. Eine Stimme, die Widerstand im Keim erstickte. Eine Stimme, die von dem Bösen selbst angetrieben zu sein schien.

»Kein Maulwurf wird gehen, nicht ein einziger. Sollte es einer versuchen, so werde ich ihn unter dem Stein zerschmettern. Sein Blut wird am Stein trocknen als Warnung für andere, die versuchen, in ihrer Dummheit das zu tun, was, wie einige von euch schon erkannt haben, keinen Sinn hat. Der Mittsommerzug wird nicht stattfinden.« Dann hob er seine wuchtigen Krallen über dem alten Hulver, als sei er im Begriff, ihn zu töten. Die Stille in der Höhle der Ältesten in diesem Augenblick wurde nur unterbrochen durch Bindels entsetztes Keuchen, während Ruun beifällig zuschaute.

Aber Mandrake breitete seine erhobenen Krallen nur weit aus in einer Geste, die sie plötzlich alle zu segnen schien, eine freundliche Geste, und gluckste in sich hinein, als sei das Ganze nur eine kleine Meinungsverschiedenheit unter Freunden. »Komm schon, Hulver«, sagte er und ließ seine mächtigen Krallen einen Augenblick lang auf den Schultern des alten Maulwurfs ruhen, »laß uns nicht länger streiten. Alle hier respektieren dich, am meisten ich. Aber die Zeiten ändern sich, und Traditionen müssen weichen, und ich denke, alle hier außer dir sind jetzt der Meinung, daß der Mittsommerzug nicht mehr stattfinden sollte, aus guten und ehrenhaften Gründen.«

Er sah sie reihum an, und alle nickten; es wäre in der Tat auch ein tapferer Maulwurf gewesen, der in diesem Augenblick den Kopf geschüttelt hätte. »Gut! Dann wollen wir nicht mehr davon sprechen und zu anderen Dingen übergehen.« Damit war das Thema abgeschlossen, und die anderen atmeten auf vor Erleichterung. Einige lachten sogar oder glucksten in sich hinein, wie Mandrake es getan hatte, so sehr hatten sie das Gefühl, von einer Last befreit zu sein.

Hulver kehrte an seinen Platz neben Ruun zurück, brummend und elend, und der einzige dort, in dessen Stimme kein Lächeln war. Kein jüngerer Maulwurf würde ihn dazu bringen, etwas zu akzeptieren, mit dem er nicht einverstanden war und das ihm wie der Tod des Systems erschien. Aber er hatte nicht mehr die Kraft, zu streiten. Bindel war ebenfalls unglücklich, nicht so sehr wegen des Verzichts auf den Mittsommerzug, sondern weil er das Gefühl hatte, seinen Freund im Stich gelassen zu haben. »Die Zeiten ändern sich«, sagte er immer wieder zu sich selbst, aber seine Augen mieden die des Freundes. Die anderen schwatzten, davongetragen von Mandrakes dunklem Willen und ihrer eigenen Schwäche, und Bemerkungen wie: »Natürlich hat er recht« und: »Der Boden ist wirklich sehr wurmarm, wie Burrkopf schon sagte« und: »Der Zug zum Stein war ohnehin immer lästig« klangen durch die Höhle. Sogar Bindel begann so zu denken und fügte zu seiner eigenen Rechtfertigung hinzu:

»Wenn wir das System aufbauen wollen, müssen wir doch neue Dinge schaffen, nicht wahr?«

Von ihnen allen sah nur einer, Ruun, Mandrakes Einmischung als das, was sie wirklich war: eine Demonstration der Macht, nicht der Überredungskraft. Er begrüßte das, denn endlich erwies sich ein Maulwurf als stark genug, jene Schwierigkeiten in das System zu tragen, die er selbst brauchte, um die Macht zu erlangen, die er immer angestrebt hatte. Ruun wußte: das, was sie gerade mit angesehen hatten, bedeutete das Ende von Hulvers Einfluß im System, und es war ohne den Kratzer einer Kralle geschehen. Während die anderen Ältesten in ihrer Erleichterung über die überstandene Krise miteinander schwatzten, benutzte Ruun die Gelegenheit, seinen Platz neben Hulver zu verlassen, wo er sich vor vielen Versammlungen postiert hatte, und hockte sich neben Mandrake, in dessen Schatten jetzt sein Aufstieg begann; eine Symbiose von zwei bösen Maulwürfen, deren Macht und Rücksichtslosigkeit sich von nun an im System ausbreitete wie schwarzer Efeu auf einer sterbenden Ulme.

So kam Mandrake in dem System zur Macht. Als Bracken im folgenden Frühling geboren wurde, war Mandrakes Macht absolut und unbestritten. Es war unvermeidlich, daß andere, schwächere Maulwürfe sich zu seiner Unterstützung zusammenschlossen, sich sonnend in dem Ansehen und der Macht, die diese Ergebenheit ihnen verlieh. Maulwürfe wir Burrkopf, die unter einem starken, wahren Führer zum Guten hätten wirken können, gehörten jetzt zu Mandrakes zähesten Maullangern. Burrkopfs Vorherrschaft an der Westseite machte ihn besonders nützlich für Mandrake, der ihm mit Worten schmeichelte, um Rat fragte (oder es zu tun schien) und ihn sogar in seinem Bau besuchte. Auch Cornus wurde zu einem gefügigen Helfer Mandrakes; nüchtern sagte er zu Mekkins: »Unterstütze, was du nicht schlagen kannst.«

Bindel wurde nie ein Maullanger Mandrakes, aber er kam nicht mehr in die Ältesten-Höhle und trat seine Rechte als Ältester ab, bewußt Frieden mit Mandrake schließend, damit er in Ruhe gelassen würde. »Ich werde alt«, sagte er zu Mandrake, »du brauchst in dieser Zeit jüngere Maulwürfe als Ratgeber.« Bindel kehrte zur Ostseite zurück und hielt sich von allem fern. Er schämte sich und hatte weder den Mut noch die Kraft, seinen Freund Hulver zu besuchen. So war es Schwäche, die Mandrakes Verderbtheit dazu verhalf, sich auszubreiten, Schwäche, die sogar die Liebe zwischen zwei alten und harmlosen Maulwürfen schal werden ließ.

Was Hulver betraf – Mandrake ließ ihn leben. Vielleicht hatte er bei dem Ältesten-Treffen im Juni an Macht verloren, aber Mandrake wußte, daß viele ihn noch immer liebten und verehrten und daß es noch zu früh war, ihn zu töten. Es erschien ihm klüger, zu warten und einen Zeitpunkt zu wählen, an dem

Hulvers Tod als das natürliche Ende des Alten Systems und seiner Bräuche gesehen würde. Denn die Vernichtung des Alten Systems schien immer noch Mandrakes Hauptziel zu sein. Sie ließen es sogar zu, daß Hulver in jenem Juni den Mittsommersegen sprach, wenn er ihn auch allein sprach, denn kein anderer Maulwurf gesellte sich zu ihm – außer Ruun, der Hulver heimlich aus den Schatten beobachtete.

Ruun hielt sich außerhalb von Lichtung und Stein – die Nähe des Steins beunruhigte ihn –, aber nahe genug, um Hulver zu beobachten, wie er, einsam und alt, die überbrachten Worte zur Feier der Mittsommernacht sprach. Er flüsterte die Zauberworte so, daß der Stein sie hören konnte, und erhob die Pfoten, damit die Kraft des Steins für ein weiteres Jahr in ihm sein werde.

Ein leichter Wind wehte zwischen den Bäumen und bewegte die Buchenblätter, so daß ihre glänzenden Seiten das Mondlicht einfingen wie gekräuseltes Wasser am Himmel. Der Mond schien auch auf Hulvers Fell, das in dem Licht neu und glatt aussah. Aber dort, wo Ruun kauerte, in der knorrigen Krümmung einer riesigen grauen Buchenwurzel, die wie eine dicke Schlange in dem Kalkboden verschwand, waren dichte schwarze Schatten, die nur noch dichter wurden, wenn er sich bewegte. Seine Krallen gruben sich in die Buchenwurzel, während er Hulver beobachtete, denn es gelüstete ihn danach, ihn auf der Stelle zu töten.

Irgendwo in den mondbeleuchteten Bäumen hoch über ihnen schrie ein Waldkauz, und Ruun schauderte. Aber Hulver, sicher in dem Rund der Bäume um den Stein, schien nichts zu bemerken und fuhr fort mit seinem Gesang. Mitternacht ging vorüber, während Hulver die Pfoten in einem abschließenden Bittgebet zum Stein erhob und mit glücklicher Stimme die letzten Worte sprach.

Er war erleichtert, daß wenigstens für zwölf weitere Maulwurfjahre die Worte gesprochen waren.

Aber Hulver war noch nicht ganz fertig. Er wandte sich ab vom Stein und nach Westen, in Richtung der Heiligen Baue von Uffington. Vielleicht kam er nie dorthin, vielleicht würde er nie den Mut aufbringen, dies zu versuchen, aber er hoffte, daß seine Gebete den heiligen Ort erreichten. So fügte er nun, im Rücken den Stein, der ihm Kraft geben sollte, ein abschließendes Gebet hinzu, flüsterte es flehend in die Nacht, über die Kronen der Bäume der Westseite und hinaus über die Wiesen dahinter. »Schickt uns einen Schreiber«, betete er, »denn irgendwo in diesem verlorenen System wird er Maulwürfe finden, die ihn ehren werden. Darum schickt uns bitte einen Schreiber, denn jetzt bedürfen wir seiner. Schickt uns die Kraft, diesen Mandrake und Ruun zu bekämpfen, deren Verderbtheit ich fürchte.«

Ruun hörte das Gebet, und er hörte auch den Kauz wieder rufen und wußte nicht, ob das Gebet oder die Eule ihn aus der Fassung brachten. Er wünschte wieder, er könnte Hulver töten, weil er spürte, daß er ihnen auf irgendeine Weise gefährlicher war, als er oder Mandrake ahnten.

Aber, Gebet oder kein Gebet, Mandrake dehnte seine Macht aus, mit Drohungen, Einschüchterungen und gelegentlich, indem er seinen schwarzen Charme spielen ließ. Sogar die unabhängigen Ostseiter unterlagen mühelos der Faszination, die von ihm ausging, denn keiner von ihnen – nicht einmal Bindel – machte ihm irgendwelche Schwierigkeiten.

Gelegentlich provozierte er einen Streit und tötete seinen Gegner brutal, um daran zu erinnern, wozu er fähig war. Häufiger ermutigte er seine Maullanger, sich gegenseitig zu töten, und sah dem Gemetzel mit grausiger Befriedigung zu.

So war zur Zeit, als Bracken geboren wurde, Mandrakes Macht uneingeschränkt, und jeder junge Maulwurf in Duncton lernte bald, bei Erwähnung seines Namens zu zittern, und wußte, daß es keinen mächtigeren Maulwurf gab. In Brackens Fall war das noch mehr zu spüren als bei den meisten, denn sein Vater, Burrkopf, war einer der wichtigsten Maullanger Mandrakes.

Doch Rebekka hatte viel mehr zu befürchten als Bracken, viel mehr. Mandrake war ihr Vater.

KAPITEL 4

Das System veränderte sich unter Mandrake, wie ein Wald sich verändert, wenn schmutziger Nebel in ihn eindringt; die Bäume sind noch da, die Blumen haben noch Farbe, aber alles sieht anders aus, und etwas Unheilvolles liegt in der Luft.

So war es auch im Differenztonwald. Die Westseiter kämpften und stritten sich wie gewöhnlich, die jungen Maulwürfe gingen nach Barrow Vale, um die Welt draußen kennenzulernen, wie sie es immer getan hatten. Cornus fand weiter Würmer, wo kein anderer welche fand. Eulenkrallen durchschnitten noch immer die Abendluft, um die sorglosen Jungen und die schwachen Alten zu töten, und die Bäume des Waldes schwankten im Wind und beruhigten sich wieder, während die Tage vorübergingen.

Aber unter Mandrakes Gewalt schienen die Gänge dunkler, die Baue weniger sicher. Die Männchen fühlten sich sogar in ihren eigenen heimischen Bauen bedroht, während die Weibchen unzufrieden und nörgelig wurden und sich fragten, welcher Maulwurf ihre Partner so in Schrecken zu setzen vermochte. Die Maulwürfe mußten auch ihre Zunge hüten, weil Mandrakes Maullanger überall zu sein schienen. So traurig es war: die einzige Möglichkeit, in Sicherheit zu leben und sich ungehindert im System zu bewegen, war, das zu tun, was Ruun und Burrkopf als erste getan hatten – sich zu Mandrakes Helfer zu erklären und zu tun, was er verlangte.

Nicht etwa, daß seine Wünsche sehr eindeutig gewesen wären; und das war der Grund, warum soviel Zweifel und Mißtrauen im System herrschten, sogar unter den Maullangern. Kein Maulwurf wußte jemals genau, was Mandrake eigentlich wollte. Allerdings machte er allen klar, daß es gewisse Dinge gab, die er nicht wollte. Zum Beispiel wollte er nicht, daß Maulwürfe sich zu weit von ihrem eigenen Territorium entfernten, weil »das nur Verwirrung und Unsicherheit bedeutet«. Wenn daher ein Maullanger einen Erwachsenen zu weit von seinem heimischen Bau entfernt antraf, glaubte er sich im Recht, nach den Gründen zu fragen, und, wenn die Auskunft ihn nicht befriedigte, zu kämpfen und, falls erforderlich, zu töten. Auf diese Weise wurde jedes Gebiet innerhalb des Systems isolierter und mißtrauischer gegenüber Außenseitern, bereit, jeden Wanderer mit Gewalt zu vertreiben, aufrichtig überzeugt davon, daß das mit offizieller Billigung geschehe.

Was noch schlimmer war: als sein erster Winter in Duncton sich näherte, ließ Mandrake bekanntmachen, er wünsche nicht, daß Maulwürfe sich an die Oberfläche begäben, es sei denn, sie hätten gute Gründe dafür. »Zu viele von uns werden das Opfer von Eulen und Dachsen, darum geschieht dies im Interesse eines jeden Maulwurfs und der Stärke des Systems«, waren die Worte, mit denen er es Ruun erklärte, der immer mehr zu seinem Hauptverwalter wurde.

Aber zufällig gingen sehr viele aus keinem anderen Grund an die Oberfläche als dem, daß sie die Sonne auf ihrem Fell gern hatten oder das Geräusch des Windes in den Bäumen oder um etwas frische Luft zu schnappen außerhalb der bedrückenden Atmosphäre, die in immer größerem Maß in den Gängen zu herrschen schien.

Jetzt mußten Maulwürfe ein bestimmtes Ziel haben oder auf Futtersuche sein oder ein Kraut gegen dieses oder jenes Leiden suchen. Und wenn sie tatsächlich einfach nur im Wald hockten und sich den Rüssel von der Sonne wärmen ließen oder die Struktur des Mooses neben einer unbedeckten Wurzel betrachteten, wurde ihre Freude beeinträchtigt durch die Tatsache, daß sie immer eine Ausrede bereit halten mußten für den Fall, daß ein neugieriger Maullanger vorbeikam.

Mandrake ließ auch bekanntmachen, daß er keinen Kontakt mit den Marsch-Endern wünsche: »Sie tragen Krankheiten in das System und haben nie viel gebracht«, waren die Worte, mit denen Ruun es den anderen erklärte. Und er fügte mit leiser Drohung hinzu: »Es kann gut sein, daß sie eines Tages ganz aus Duncton vertrieben werden müssen, denn sie haben keinen Anspruch darauf, hier zu sein.«

Dies brachte Mekkins, selber ein halber Marsch-Ender und Ältester dazu, in gewisse Schwierigkeiten, aber er überwand sie mit einer für ihn typischen Schlauheit, indem er vorgab, für Mandrake im Marsch-Ende zu spionieren, und anbot, Nachrichten über das Treiben dort zu liefern – während er die Marsch-Ender davon überzeugte, daß er ihre einzige Hoffnung bei Mandrake und den anderen Ältesten sei. Aber er war nicht glücklich über seine Situation.

Mandrakes Entschluß, die Marsch-Ender zu isolieren, war sorgfältig durchdacht. Er spürte schon früh, wenn es aus irgendeiner Ecke Opposition gegen ihn geben sollte, würde sie aus ihrem schmuddeligen, schlammigen, feuchten kleinen Teil des Waldes kommen – so sah das Marsch-Ende für ihn aus. Im Laufe der Zeit könnte er ihnen alles mögliche anlasten – das Ausbreiten einer Krankheit hier, einen Mangel an Würmern dort – und sie noch mehr isolieren.

Er hatte recht, denn obwohl die Marsch-Ender sich vor Mandrake fürchteten, machte er sie nicht ganz so kopflos vor Entsetzen wie andere Maulwürfe. Es stimmte, daß die Männchen sich zu sehr gefürchtet hatten, um ihn anzugreifen, als er sie aufsuchte, aber es stimmte ebenso, daß zu der Zeit eines der Weibchen bemerkt hatte: »Verdammter Haufen von Feiglingen wart ihr, alle zusammen«, was von einem Widerstandsgeist zeugte, der woanders nicht zu finden war.

Etwas, was Mandrake noch unbeliebter machte, war die Tatsache, daß er seine Weibchen gern als sein Eigentum betrachtete. Nicht etwa, daß er sich einen Harem zulegte, eine Reihe von Weibchen, die bereit waren, zu tun, was er wollte. Aber wenn er ein Weibchen gefunden hatte, bekämpfte und tötete er jedes Männchen, das versuchte, sich ihr zu nähern, und er wachte über allen, mit denen er sich gepaart hatte, bis sie ihre Jungen geboren hatten.

Merkwürdig an dem Ganzen war, daß die Weibchen, mit denen er sich gepaart hatte, nichts dagegen zu haben schienen. Noch viele Jahre danach sollten sie sich an die Zeit erinnern, als Mandrake Macht über sie gehabt hatte, der grausame, böse Mandrake, und ein Aufleuchten und eine große Erregung bemächtigte sich ihrer Seelen. Denn sie wußten (anders als die, die ihm nie nahe gewesen waren), daß bei der Paarung unter seiner mörderischen Blutrünstigkeit eine Leidenschaft und eine Liebe verborgen waren, die nach Erwiderung schrien.

Diese Leidenschaft schien ihn nur im Augenblick der Paarung zu erfüllen, aber sie war von solch einer Zärtlichkeit, daß sie es nie vergessen konnten. Einen Augenblick lang konnte in der wilden Dunkelheit eines von Mandrakes drohender Anwesenheit und seinem massigen Körper erfüllten Baues die gleiche Pfote, die einen Rivalen verstümmelte oder tötete, so zärtlich streicheln wie ein Juniwind und die Leidenschaft eines Herzens erkennen lassen, das sich danach sehnte, geliebt zu werden. Und manchmal sagte Mandrake in solchen Augenblicken auf Siabod, seiner eigenen Sprache, Worte der Liebe, die weniger an das Weibchen gerichtet zu sein schienen als an alle Kreaturen, denen er jemals ein Leid zugefügt hatte.

Und doch mochte er es nicht, wenn seine Weibchen von sich aus versuchten, ihn zu streicheln, oder ihm tröstende Worte zuflüsterten. Dann war seine Liebe in Sekundenschnelle erloschen, und an ihre Stelle trat Verachtung oder schrecklicher Zorn.

Was er gern mochte, so erzählte er einer Gruppe von Maullangern einmal, als er müde und kurz vor dem Einschlafen war und sein Bauch voller Essen, »ist die Art von Weibchen, die einen Funken Leben in sich hat und dich stolz macht, ein Männchen zu sein. Sie bringen dich dazu, daß du im gleichen Moment töten und Leben zeugen möchtest.«

Sarah muß eines von jenen Weibchen mit dem Funken Leben in sich gewesen sein, das Mandrake fühlen ließ, daß er ein Männchen war, denn er bewachte sie für sich selbst wie kein anderes Weibchen, und sie war ihm treu. Ihr Fell war heller als das der meisten, in manchem Licht fast ein sanftes Grau, und obwohl größer als die meisten Weibchen, war sie anmutig und schlank. Sie entstammte einer alten, geachteten Maulwurffamilie, deren Territorium sich in unmittelbarer Nähe von Barrow Vale befand, und die als eine der führenden Familien im System in der Vergangenheit schon häufig Älteste gestellt hatte. Mandrake war dies bekannt – sein Maullanger Ruun erzählte ihm alles –, aber das war es nicht, was ihn an Sarah gereizt hatte, an einem Sommertag nach seiner Ankunft im System. Es war die Tatsache, daß sie zu den sehr wenigen Weibchen gehörte, die auch Ende des Sommers noch fähig zur Paarung sind. Er spürte das, wie andere Männchen auch, und er begehrte sie.

Einige behaupteten, er habe die Männchen in ihrem heimischen Bau getötet, um sie zu kriegen, andere, daß Sarah jedes Gemetzel verhindert habe, indem sie sich selber Mandrake näherte. Aber vielleicht war es ganz einfach nur die Tatsache, daß sie eines der prächtigsten Weibchen ihrer Generation war, und er das stärkste Männchen.

Wie es auch gewesen sein mochte – sie paarten sich, und sie blieb während der langen, bösen Jahre seiner Herrschaft über das Differentsystem bei ihm. Von ihr auch, oder besser von dem, was sie engen Freunden erzählte, deren Erinnerungen in den Bibliotheken von Uffington aufgezeichnet sind, wissen wir einiges über die sanfteren Wesenszüge Mandrakes und über die schreckliche Tragödie seines Kampfes mit Rebekka.

Für viele ist es ein Rätsel, daß Sarah Mandrake treu blieb und doch nie von ihm korrumpiert wurde; stets bewahrte sie sich ihre Anmut und ihre Güte, wie ein Schneeglöckchen im rauhesten Wetter. Die Antwort mag in einem einzigen Wort liegen: Mitleid. Niemand wird je erfahren, ob sie von den schrecklichen Umständen von Mandrakes Geburt im grimmigen Siabodsystem in Nordwales wußte, aber wenn sie die Einzelheiten nicht kannte, ahnte sie vielleicht, daß etwas Derartiges geschehen war. Kein Dichter könnte ein Gedicht über Mandrakes Geburt schreiben, kein Sänger ein Lied darüber singen, kein Geschichtenerzähler dies zu seinen Geschichten hinzufügen, ohne daß seine Zuhörer sich vor Entsetzen die Ohren zuhalten würden. Nur ein Bericht über Mandrakes Geburt ist erhalten, niedergeschrieben, so wie es Boswell selbst, dem gesegneten Schreiber, von einem Bewohner Siabods erzählt wurde. Laßt uns die Geschichte in seinen Worten hören:

»Mandrake wurde geboren und überlebte unter Bedingungen, die die schrecklichsten Alpträume auch der zähesten Maulwürfe aus Siabod übertreffen. Zur Zeit seiner Geburt – im Mai – herrschten auf dem Berg Siabod rauhe Bedingungen. Auf einen milden Februar und einen milden März war der kälteste April gefolgt, den die Maulwürfe von Siabod je erlebt hatten, und das will einiges heißen! Wenn du so hoch oben und ungeschützt lebst wie wir, gewöhnst du dich an die Kälte. Viele Flachland-Maulwürfe würden einfach wegsterben, wenn sie nur hier herkämen. Mitte Mai gab es jedenfalls noch viele schnee- und eisbedeckte Stellen auf den Flanken des Siabod. Unter solchen Bedingungen halten die meisten Maulwürfe sich unter der Oberfläche auf, in Sicherheit in einem gemütlichen Bau, mit einem Wurmvorrat, der die Kälte überdauert, oder sie suchen Zuflucht in den tiefer liegenden Wintertunneln, die sie gegraben haben.

Zweifellos hatte Mandrakes Mutter ein Nest vorbereitet, aber aus einem Grund, den wir nie erfahren werden, war sie draußen im Freien, als die Jungen kamen – vielleicht auf der Suche nach Nestmaterial. Zur gleichen Zeit gab es plötzlich einen weiteren schrecklichen Wetterumschwung, und aus der reinen klaren Kälte wurde im Nu ein entsetzlicher Schneesturm, der von den Höhen des Snowdon, der Glyders und des Cnicht herunterfegte, um gegen die Flanken und Hänge des Siabod zu klatschen. Vielleicht brachte der plötzliche Wetterumschwung ihren Rhythmus durcheinander, und die Geburt kam früher, als sie erwartete.

Was es auch war, sie war im Freien, als der Schneesturm begann, und verständlicherweise versuchte sie, zu ihrem Nest zurückzugelangen. Sie muß sich durch den Sturm über das eisbedeckte Felsen-Plateau des Siabod geschleppt haben, mit Pfoten und Krallen Halt in dem Schnee und der dürftigen Vegetation suchend, um Wärme und Sicherheit zu erreichen, bevor das erste Junge geboren wurde.

Aber wir glauben, daß sie sich auf der falschen Seite des Hanges befand und sich ein kleines Stück aufwärts durchkämpfen mußte, bevor sie wieder nach unten zu einem Eingang in das System gelangen konnte. Zweifellos hätte sie einen Bau erreichen können oder einen graben, bevor sie zu erschöpft war, um weiterzumachen, aber trächtige Weibchen kehren gern zu dem von ihnen vorbereiteten Nest zurück.

Wir können uns nur vorstellen, was geschah. Überwältigt von Erschöpfung und Kälte und nicht mehr fähig, gegen den Wind und den eisigen Schnee anzukämpfen, ließ sie sich im Schneesturm nieder, mehr oder weniger auf bloßem Felsen, um ihre Jungen zur Welt zu bringen. Sie muß von einem schrecklichen Grauen und großer Einsamkeit erfüllt gewesen sein dort draußen auf der Flanke des Siabod, unter dem von Schneewolken verdunkelten Himmel, während der Wind an ihrem Fell riß und versuchte, jedes kleine Maulwurfjunge im Moment, da es geboren wurde, wegzureißen. Wir wissen nicht, wie viele es waren, vier oder fünf wahrscheinlich. Sie muß ihren blinden Kampf verzweifelt mit angesehen haben, wie der Schneesturm die Wärme des Mutterschoßes von ihnen wegriß und -peitschte. Vielleicht versuchte sie, sich im Schnee einzugraben, um ihre Jungen zu schützen, aber der Wind war zu heftig, als daß mehr als ein oder zwei Zoll Schnee liegenblieb.

In dieses eisige Chaos hinein wurde Mandrake geboren, von Geburt an gezwungen zu kämpfen, um am Leben zu bleiben, vom frühesten Anfang an mit seinen Geschwistern um einen warmen Platz an den Zitzen seiner Mutter zu kämpfen. Zweifellos wandte sie ihren Rücken dem Wind zu, um den Hauptstoß selbst zu tragen und den Jungen die Wärme ihres Leibes und ihrer Flanken zu bieten. Tagelang kämpfte sie gegen Kälte und Wind und gönnte sich keinen Augenblick Ruhe, damit nicht etwa eines der Jungen dem Schutz ihrer Pfoten entglitte, dem Schneesturm in den Rachen. Der Sturm hielt fast acht Tage lang an, die wichtigste Zeit im Leben eines jeden Maulwurfs. Blind, pelzlos, verletzlich – wie muß Mandrake gekämpft haben um einen Platz an ihren Zitzen, unwissentlich seine Geschwister zur Seite schiebend, indem er mit seinen schwachen Pfoten auf ihre Köpfe und Rüssel einschlug, kämpfte, um zu saugen.

Irgendwann muß seiner Mutter klar geworden sein, daß sie ohne Nahrung keine Milch mehr haben würde, und doch wußte sie, wenn sie ihre Jungen auch nur für einen Augenblick verließe, würde das für alle den sicheren Tod bedeuten.

Es ist nicht leicht, sich vorzustellen, daß sie wohlüberlegt beschloß, eines nach dem anderen ihrer Jungen zu opfern, in der Hoffnung, daß wenigstens eines überleben würde. Aber jeder Maulwurf weiß, daß eine Mutter mit Jungen angesichts einer akuten Gefahr ihre Jungen töten und manchmal auch vertilgen kann. Vielleicht geschah es so, daß das Schwächste des Wurfes aus Mangel an Milch und an Unterkühlung starb, und bevor sie es einfach so in der Kälte liegen ließ, verzehrte sie es in der Hoffnung, es werde ihr die Nahrung geben, die sie und der Rest des Wurfes so nötig brauchten. Eines nach dem anderen starben ihre Jungen, ungeschützt dem schlimmsten Schneesturm ausgesetzt, den der Siabod seit Maulwurfgedenken erlebt hatte. Eines nach dem anderen muß sie verzehrt haben, und das Blut der Jungen vermischte sich mit Schnee und Eis. Eine nach der anderen trockneten ihre Zitzen aus, als die Nahrungsreserven in ihrem Körper zu Ende gingen.

Bis schließlich nur noch Mandrake übrigblieb, der sich an ihren kalten Zitzen abmühte, um eine zu finden, der sein verzweifeltes Saugen Milch entlokken könnte. Inzwischen waren seine Augen geöffnet, aber er kann nichts anderes gesehen haben als den dunklen Pelz seiner Mutter, ihre rosa Zitzen und den tosenden grauen Schneesturm ringsum. So war von Anfang an seine Welt eine Welt der Extreme. Wie muß er gekämpft haben, sich seinen Platz zu erhalten! Friede und Geborgenheit eines Nuckelns in sicherer Umgebung waren ihm nicht bestimmt; für ihn gab es auch keine Erinnerung an eine entspannte Mutter, die ihn warm an sich gedrückt hielt. Ums Leben kämpfen, vom frühesten Anfang an.

Hat seine Mutter sich gefragt, ob er für ihr eigenes Überleben geopfert werden müßte? Oder überließ sie das den Elementen, als sie schließlich einschlief und der eiskalte Wind in ihrem Rücken sich langsam ihres Körpers bemächtigte und ihre letzte Erinnerung Mandrake war, wie er versuchte, an ihren kalten Zitzen zu saugen?

Wenn das ihre letzte Erinnerung war, war sein erster Eindruck vielleicht die Entdeckung, daß seine Mutter tot war. Und obwohl er es nie erfahren würde, war sie gestorben, um Mandrake eine Chance zu geben, zu leben, zu kämpfen und sich zu paaren. Aber für ihn gab es damals nichts als den Wind und die vereisende Flanke seiner toten Mutter. Er war zu jung zum Nachdenken. Aber was muß er empfunden haben! Trostlose Einsamkeit, Verlust, Verlassenheit.

Es ist beinahe sicher, daß dieser Augenblick am achten Tag des Schneesturms kam, denn kurz danach begann es sich aufzuklären, und es ist unvorstellbar, daß Mandrake unter diesen Bedingungen länger als ein paar Stunden überlebt haben könnte. Das launische Wetter, das ihn fast umgebracht hätte, verwandelte sich jetzt ins Gegenteil, um ihn zu retten. Die Sonne brach durch die Sturmwolken am Himmel, und die frierende Nässe machte warmem Tauwetter Platz. Dampf stieg von den Felsen auf und Torfgeruch, wie manchmal nach einem Sturm im Sommer. Ein Lebewesen nach dem anderen verließ seinen Unterschlupf, um sich in der warmen, feuchten Luft zu recken und sich wieder an das Licht zu gewöhnen. Ein Maulwurf hier, eine Wühlmaus dort, und über ihnen stiegen die Lerchen auf in den sanften Wind, und ihr Gesang hing wieder über den Flanken des Siabod. Und Bussarde und Raben.

Mandrake hätte leicht ein Opfer der Raubvögel werden können, deren Augen jetzt wieder die Bergwände absuchten. Aber vielleicht war der Instinkt seiner Mutter, in den heimischen Bau zurückzukehren, als der Schneesturm begann, richtig gewesen, denn die Stelle, wo sie schließlich gelegen hatte, um ihre Jungen zur Welt zu bringen, war nicht so sehr weit entfernt von einem der außen liegenden Eingänge zum Siabodsystem. Und der Wind kam aus der richtigen Richtung, um Mandrakes Klagen zu einem Maulwurf am Eingang zu tragen, einem Weibchen. Sie war noch sehr jung, kletterte aber trotzdem über den Hang in Richtung der Klagerufe. Sie fand Mandrake, wie er sich jammernd gegen den kalten Körper seiner Mutter preßte, umgeben von den traurigen Überresten des Wurfs. Sie tröstete ihn, wärmte ihn und führte ihn mit leisen Stupsern über den nassen Hang in das System. Kein Maulwurf, der ihn an dem Tag oder in den folgenden Tagen sah, wird seinen Anblick vergessen: die geöffneten Augen, noch kaum eine Andeutung von Fell, den großen Kopf, die scharrenden und dreschenden Pfoten – verloren, ohne Vertrauen und wild. Und so sollte er immer bleiben – wild und aggressiv.

Als er heranwuchs, begann er, die Hänge des Siabod nach Nahrung zu durchstreifen. Ich selber habe ihn gesehen, den großen, grimmigen Mandrake, stumm und böse, wie er das System verließ, um auf der Oberfläche zu suchen, weder das Wetter noch die Vögel fürchtend. So ging er eines Tages fort und kehrte nie zurück.«

So lautet die Aufzeichnung aus Uffington, wie es Boswell selbst vor so langer Zeit erzählt worden ist. Es wird nichts darüber gesagt, wie es dazu kam, daß Mandrake Siabod verließ und sich auf den Weg zum Danctonwald machte. Vielleicht dachte er, er könnte etwas finden, was er einst in einem Sturm verloren hatte. Wer kann das sagen?

Wir können auch nicht sagen, wieviel Sarah darüber wußte. Aber wenn sie nur über einen winzigen Bruchteil des Mitgefühls verfügte, das ihre Tochter Rebekka eines Tages haben sollte – und von wem sonst hätte Rebekka es haben sollen? –, dann muß sie im Paarungsbau Mandrakes Verlust gespürt und versucht haben, ihn zu trösten, wie er, unter anderen Umständen, bei seiner Geburt getröstet worden wäre: um ihm zu helfen, einer Welt der Dunkelheit zu entfliehen, in die hinein er geboren worden war und in der zu leben er glaubte.

Das jedenfalls ist bekannt: Mandrake wählte Sarah zur Gefährtin, er beobachtete sie, während die Jungen in ihrem Bauch immer größer wurden, er hielt sich in der Nähe auf, als die Geburt nahte, und er wartete – grübelnd, sich drehend und windend, sich das Gesicht mit den Krallen kratzend und sich keinen Moment wohl fühlend – im Gang vor dem Nest, bis die Jungen zu sehen waren.

Er kam an den Eingang des Nest-Baues – weiter ließ Sarah ihn nicht hinein – und sah sich die Jungen an. Drei Männchen und ein Weibchen. Er sah ihr zu, wie sie ihnen leise etwas vorsummte, und er sah sich die Jungen an, rosa, sicher und geborgen in Sarahs Nest, ihren warmen Körper, der sich um ihre kleinen Rüssel kurvte und um die von ihrer Milch feuchten, noch farblosen Barthaare. Aber er schien sich nur für das Weibchen zu interessieren, das sich abmühte und mit gekrümmten und schwächlich gebogenen Pfoten nach Milch suchte wie die anderen. Seine Augen ruhten nur auf ihr.

»Nenne sie Sarah, nach dir«, ordnete er an. »Es ist ein schöner, kraftvoller Name.«

Aber Sarah sah auf von ihrem Wurf und ihm direkt in die Augen, mit der gleichen Mischung aus Mitgefühl und Kraft, die aus dem Gesicht des winzigen weiblichen Jungmaulwurfs, der jetzt an ihr nuckelte, sprechen sollte, als er, viele Maulwurfjahre später, Bracken bei ihrer ersten Begegnung ansah.

»Sie wird Rebekka heißen«, sagte sie.

Mandrake blickte auf das winzige, sich abmühende Weibchen und zurück zu Sarah, und dann wieder auf seine Tochter: Er, der so viele Maulwürfe getötet hatte, war auch einmal so hilflos gewesen, aber er dachte jetzt nicht daran; er, der sich so viele Weibchen genommen hatte, hatte mit ihnen Junge wie diese gezeugt, aber auch daran dachte er nicht, und er dachte auch nicht, daß er, dessen Krallen nach Töten schrien und dessen Schultern schwer und massig über seinem Körper hingen, sich jetzt danach sehnte, sich vorzubeugen und seine Tochter zu berühren.

Aber obwohl er nicht fähig war, diese Dinge zu denken und vor sich selbst auszusprechen, drehten und wendeten und quälten sie sein Herz, während er im Gang kauerte, unfähig, ein Wort zu sagen. Mandrake, gewaltig und drohend, unfähig, die wirbelnde Dunkelheit seiner Gedanken auseinanderzureißen: ohnmächtig.

Rebekka, winzig, rosa und nuckelnd. Lebendig!

»Dann nenne sie Rebekka«, sagte er schließlich und bemerkte, daß er unerklärlicherweise nach Luft rang und atemlos war und den Bau am liebsten verlassen hätte. »Nenn sie Rebekka!« sagte er lauter und drehte sich schwerfällig zum Gang zurück und spürte mehr als je zuvor sein eigenes lästiges Gewicht auf sich lasten und wünschte, er könnte es abschütteln.

»Nenn sie Rebekka!« schrie er, schnappte nach Luft und rannte den Tunnel hinunter und aus dem nächsten Ausgang hinaus auf die Oberfläche von Barrow Vale. »Rebekka!« brüllte er, als könne er dem Namen nicht entfliehen, und hackte mit seinen Krallen auf eine Eiche ein, gegen die er blindlings gestürmt war.

Sarah hörte ihn, leckte ihre Jungen ab, rollte sich um sie herum und seufzte befriedigt. »Rebekka«, flüsterte sie, »Rebekka«, in der Dunkelheit des Baues so sanft wie, für den kürzesten aller verschwiegenen Augenblicke, Mandrake ihr einmal ins Ohr geflüstert hatte »Sarah«.

Von Anfang an war Mandrake auf seltsame Weise fasziniert von Rebekka. Oft starrte er auf sie vom Gang neben dem Bau, in dem Sarah ihre Jungen aufzog. Manchmal wachte Sarah auf und entdeckte ihn dort, oder sie sah seinen schwarzen Schatten sich durch den Tunnel fortbewegen, als habe er, als er sie aufwachen sah, nicht gewollt, daß er gesehen werde, wie er einfach nur über seiner Tochter wachte.

Doch als die Tage und Maulwurfmonate vergingen, hätte kein Maulwurf gedacht, und am wenigsten Mandrake selbst, daß er Rebekka liebte mit einer Leidenschaft, die so heftig war wie ein Sturm über dem Moor. Denn er behandelte sie schroff; erbarmungslos erzog er sie so, so schien es, als wolle er versuchen, ihren Willen zu brechen und einen gehorsamen Maulwurf aus ihr zu machen. Zuerst war es leicht, denn sie war noch ein winziges Junges, das bei seinen mit tiefer Stimme gegebenen Befehlen erbebte und zurückschreckte. Ihre Pfoten stolperten übereinander in ihrem Bestreben, ihrem großen Vater zu entfliehen, und sie suchte verzweifelt den Schutz der Flanken ihrer Mutter zu erreichen.

Sarah zog sie dann an sich und sagte: »Sie ist noch so jung, nur ein kleines Ding.« Aber das machte wenig Eindruck auf Mandrake.

»Ein Junges hat zu tun, was ich sage, was ich verlange«, brüllte er und sah die sich duckende Rebekka mit finsteren Blicken an. Aber er versuchte nicht ein einziges Mal, sie Sarah zu entreißen, oder sie zu schlagen, als sie noch klein war.

Derartige Drohungen hatten ihre Wirkung, und lange Zeit tat Rebekka, was Mandrake verlangte. Sie fürchtete ihn nicht nur, wenn er da war, sondern auch, wenn er mit Ruun oder anderen Maullangern draußen im System war und sich um Systemangelegenheiten kümmerte.

Sie wuchs schnell heran, so daß sie im Spätherbst schon fast so groß wie eine Erwachsene war. Nicht so groß wie Maulwürfe, die im vorhergegangenen Frühling geboren waren, aber nicht so klein, daß sie bei einem Streit nicht kräftig zuschlagen konnte, falls es erforderlich war, obwohl die jungen Maulwürfe eher zum Spaß als im Ernst kämpften. Die richtigen Kämpfe kamen erst mit der Paarungszeit oder wenn ein Maulwurf versuchte, einem anderen sein Territorium zu entreißen. Rebekka blieb länger im heimischen Bau als die im Frühling geborenen Jungen, die das schöne Sommerwetter ausnutzen konnten, um ihre Mütter zu verlassen und sich ein eigenes Territorium zu suchen. Rebekka blieb zu Hause, nahe bei Sarah und Mandrake, unschuldig und kindlich und eingeschüchtert durch Mandrakes ständig aggressives Verhalten ihr gegenüber.

Während des folgenden Januars und zu Beginn des Februars, als der Wald am trostlosesten war, kam ihr fast alles trostlos vor, denn nie konnte sie es ihrem Vater recht machen. In dieser Zeit gab es einen Zwischenfall, von dem sie erst Jahre, ein ganzes Leben später einem anderen Maulwurf erzählte, und der ihr Verhältnis zu Mandrake für immer beeinflußte.

Mitte Februar war es plötzlich bitter kalt geworden, und Rauhreif setzte die Stengel und Adern der verfaulenden Blätter auf dem Boden des Waldes zart gegeneinander ab. Während andere Maulwürfe schliefen und im Warmen blieben oder über die Kälte murrten, wenn sie umherliefen, um Nahrung zu finden, schnüffelte Rebekka an der Oberfläche umher, von Ehrfurcht ergriffen vor der kühlen Schönheit des froststarren Waldes. Dann fielen auf einmal aus einem grauen Himmel ganz leichte Schneeflocken wie Federn durch die blattlosen schwarzen Äste und ließen sich für einen Augenblick auf dem Rücken ihrer Pfote nieder, bevor Rebekkas Wärme sie schmelzen ließ. Während sie versuchte, die Flocken um sich herum einzufangen, schien sie vor Entzücken zu tanzen in dem schweigenden Wald.

»Gefällt dir, was Mädchen? Findest es lustig?«

Mandrake stand hinter ihr und unterbrach ihre Träumerei. Er war zornig. Sie hatte wieder etwas falsch gemacht, hatte aber keine Ahnung, was. Er kam näher; seine schweren Pfoten zerstörten die zarten Frostmuster auf einem Eichenblatt, die sie kurz vorher betrachtet hatte.

»Findest es hübsch, was?«

Seine Stimme wurde lauter, und sie wäre gern weggelaufen. »Du glaubst, dieser Schnee ist nur zu deinem persönlichen Vergnügen da? Gut, dann komm mal mit . . .«

Sie wäre gern davongelaufen, vor seinem Zorn und seiner Stimme, die immer lauter wurde. Sie sehnte sich nach Sarahs Geborgenheit. Doch als sie aufblickte in sein zorniges Gesicht, konnte sie ihre Pfoten nur in die Richtung bewegen, in die er zeigte – zu den Wiesen. Aber dort wollte sie nicht hin.

»Bitte, darf ich zurück nach Hause gehen?«

Mandrake ohrfeigte sie, nicht nur ein- oder zweimal, sondern öfter, so daß ihr der Kopf brannte und sie weinend vor ihm herlief, auf die Wiesen zu, durch einen Wald, in dem der Schnee, der vor kurzem noch so zart und leicht gefallen war, jetzt zu wirbeln begann, und dessen Bäume sich auf einen Schneesturm einrichteten.

Ihr war kalt, und Mandrake war wütend; ihre Zähne klapperten vor Furcht. Wenn sie beim Laufen den Mund öffnete, um Atem zu holen, während Mandrake sie durch den Wald hetzte, schien der scharfe Wind sie auseinanderblasen zu wollen.

Dann kam sie an den Waldrand, und Mandrake zwang sie, hinaus auf die Wiesen zu blicken, deren Gras von einer dünnen Schneeschicht grau gefärbt war und über die der Schneesturm heulend neuen Schnee blies.

»Findest es immer noch hübsch, findest immer noch, dazu müßte man tanzen?« brüllte Mandrake durch den Wind.

Dann schob er sie aus dem Schutz des Waldes hinaus in den mörderischen Wind, und ihre Schreie und Schluchzer gingen unter in dessen wilder Grausamkeit, und ihre Tränen waren Teil des brennenden Schneegestöbers. Bis sie sich so weit vom Wald entfernt hatte, daß er hinter ihr im Sturm verschwand und sie als einzig Erkennbares die dunklen Umrisse von Mandrake selbst sehen konnte, der wie ein schwarzer Fels gegen den Wind gestemmt dahockte, von wirbelndem Schnee umgeben.

Mandrake schien nicht mehr an ihr interessiert zu sein; er wandte seine Aufmerksamkeit dem Schneesturm zu und erhob eine Pfote gegen ihn, als suche er etwas jenseits des Sturms, das ihn bedrohte, das er haßte und dem er die Stirn bieten würde.

»Dachtest, du könntest mich umbringen, du Schweinehund, dachtest, Mandrake würde klein beigeben. Du bist ein Nichts, Siabod, deine Steine sind ein Nichts, Gelert ist nichts, du ...« Und dann brüllte er gegen den Schneesturm an und wütete, und seine Sprache wechselte in die rauhen Töne des Siabod, dessen Worte wie die Hiebe einer Kralle waren. Er war nicht mehr unbeweglicher Fels, sondern eine lebendige Masse aus dunklen Schatten und Zorn, die gegen den scharfen Wind wütete und den eisigen Schnee mißachtete, der ihm jetzt gegen Rüssel und Maul peitschte. Aber seine brüllende Stimme wurde immer höher und erschlaffte in dem Wind zu einem Geräusch, das sich wie das weinende Blöken einer verlorenen Kreatur anhörte. Rebekkas Furcht war verschwunden.

Sie hätte gern die Arme ausgestreckt und ihn an sich gezogen, ihm gesagt, daß er in Sicherheit sei, und so schrie sie: »Mandrake! Mandrake!« in den ohrenbetäubenden Wind hinein. Er wandte sich zu ihr, und sie sah, daß in seinen eben noch so drohenden Augen eine schreckliche Furcht stand und ein so großer Verlust, daß sie nur die Pfoten ausstrecken konnte . . .

Er schlug sie, als sie zu ihm kam; die Verzweiflung wieder durch Zorn ersetzt, und dann drehte er sie in den Wind und den Schnee und brüllte ihr über das Tosen des Schneesturms hinweg zu: »Dem habe ich gegenübergestanden, das sind die Kräfte, denen du gegenüberstehst, und du, Rebekka, wirst ihnen nie nachgeben, weil du Teil von mir bist, der ich einst Siabod kannte und dem Tod dort die Stirn bot . . .«, und sie hätte gern gerufen: »Nein, nein, nein, das ist es nicht, es ist es nicht, es ist es nicht«, aber sie war zu jung, die Worte zu finden, und die Wörter ertönten nur in ihr, und so schluchzte sie und versuchte sich zu befreien. Aber sie vergaß nie, was zu sagen sie nicht fähig gewesen war, genausowenig wie sie die Kraft seines Griffes vergaß, als er sie zwang, dem Schneesturm ins Gesicht zu sehen. Noch konnte sie das Allerseltsamste vergessen – wie geborgen sie sich gefühlt hatte, als er sie dort hielt.

Das war es, was Rebekka mit Mandrake Mitte Februar erlebte, und welcher Maulwurf kann bezweifeln, daß in jenen wilden halberinnerten Augenblicken eine tiefe Liebe zu ihm in ihr wuchs? Hatte er ihr nicht etwas von sich selbst gezeigt?

Doch wie sollte sie bald bei der Erinnerung schaudern, und wieviel größer sollte ihre Angst vor ihm werden.

Aber während jenes rauhen Winters gab es manchen Trost. Sarah saß oft mir ihr zusammen und erzählte von ihrer Familie. Sie spielte mit ihren Brüdern, wenn Mandrake nicht in der Nähe war (wenn er da war, zog er es vor, sie von ihren Brüdern getrennt zu halten); gewöhnlich war sie es, die bei den Spielen die führende Rolle übernahm, denn sie hatte eine lebhafte Phantasie und ließ sich immer neue Beschäftigungen einfallen.

Noch hatte sie nicht die Anmut Sarahs, ihrer Mutter; jede ihrer Bewegungen zeigte, wie bedacht sie darauf war, Mandrake zu gefallen, auch wenn er nicht da war. Es brachte sie auch aus der Fassung, daß es nicht voraussagbar war, wie andere Maulwürfe ihr gegenübertreten würden, wegen ihrer Herkunft. Einige waren besonders nett zu ihr, weil sie dachten, es würde sich bei Mandrake bezahlt machen. Andere, besonders die Weibchen, neigten zu gehässigen Bemerkungen und taten Äußerungen wie »gewisse Maulwürfe halten eine Menge von sich selbst und machen sich das Leben leicht«. Oder, wie eine von ihnen es in Barrow Vale einer Freundin gegenüber ausdrückte, laut genug, damit Rebekka es hören konnte: »Sie hat von beiden die schlimmsten Eigenschaften: eingebildet wie ihre Mutter und schwerpfötig wie Mandrake.«

Zuerst weinte Rebekka und versteckte sich, wenn sie solche Bemerkungen hörte, und wenn sie nach draußen ging, benutzte sie kleinere Tunnel, um keine Erwachsenen zu treffen. Aber als der Februar fortschritt, wurde sie kecker, wenn auch nicht weniger sensibel, und marschierte kühn an den Klatschweibchen vorbei, völlige Gleichgültigkeit vortäuschend.

Als die dritte Februarwoche sich näherte, veränderte sich alles mit Anfang der allerersten Frühlingstage, und es wurde viel weniger geschwatzt und gefaulenzt als während der Winterjahre. Rebekka ging wieder häufiger an die Oberfläche, aufgeheitert durch die zunehmende Helligkeit der Tage.

Von dem Tag an, als sie sich zum erstenmal an die Oberfläche gewagt hatte, liebte sie Geruch und Farbe der Bäume und Pflanzen. Zuerst waren es die Eicheln gewesen, die auf den Boden hinunterknallten, das Rascheln der letzten fallenden Blätter, Herbstfrüchte und die Überraschung, als plötzlich nach einem Sturm ein rotes Häufchen leuchtender Stechpalmenbeeren vor einem der Eingänge lag.

Als der Februar fortschritt, entzückte sie das langsame Wachsen neuer Triebe und junger Blätter, und Tag für Tag lief sie in den Wald hinauf, schnupperte die kalte Frühlingsluft, um festzustellen, welche neuen Wonnen sie erwarteten. An einem Tag war es das zarte Gelb von Winter-Eisenhut, der zwischen feuchtem Laub und Baumwurzeln emporwuchs, blaß wie der Frühlingssonnenschein. An einem anderen Tag kauerte sie stundenlang vor einem Büschel Schneeglöckchen, deren weiße Blütenblätter im kalten Wind tanzten, während die schwarzen blattlosen Äste einer großen Eiche kahl über ihnen hingen.

Dann staunte sie über die Schnelligkeit, mit der die jungen Triebe des Bingelkrauts dem Frühlingslicht entgegenwuchsen, aber sie lernte schnell, ihnen aus dem Wege zu gehen, wegen ihres unangenehmen Geruchs. Wenn sie ein mit Bingelkraut bewachsenes Stück durchqueren mußte, lief sie und hielt dabei den Atem an und tauchte lachend und nach Luft schnappend wieder auf, oft mit einem oder zweien ihrer Brüder im Schlepptau.

Als der Frühling fortschritt, fand sie heraus, daß die Blumen stärker dufteten, und sie brachte sie, wild und süß riechend, mit hinunter an eine Stelle in der Nähe des Eingangs zu ihrem heimischen Bau, so daß der Duft jeden eintretenden Maulwurf begrüßte. Ihre Mutter nannte ihr die Namen, und Rebekka wiederholte sie viele Male und machte Verse aus ihnen und den Namen anderer Blumen, von denen Sarah ihr erzählte, die aber noch nicht blühten.

Erwachsene gewöhnten sich schnell an den Anblick der jungen Rebekka, wie sie mit ihren Brüdern tanzte und ein selbst erfundenes Spiel mit ihnen spielte, zu einem Vers, der so lauten mochte:

Eisenkraut und Wasserlilie,
Mutterkraut und Geißenklee,
Etwas davon meiner Mutter,
Der Rest für euch, juchhe.

Und sie purzelten lachend umher, lieferten sich Scheinkämpfe und rollten über den Boden des Waldes.

Jetzt fand Mandrake es nicht mehr so leicht, Rebekka zu beherrschen. Es war nicht so, daß sie, Rebekka, in irgendeiner Weise ungehorsam war, sondern ihr ganzes Wesen war es, und das schien etwas zu sein, was sie beide nicht beherrschen konnten. Es war fast so, als rankte ihr Leben und ihre Liebe zum Leben sich an seiner Bösartigkeit empor. Nicht etwa, daß sie es auch nur für einen Augenblick genoß, ihn zu ärgern oder Gegenstand seines Zorns zu sein. Aber jedesmal, wenn er sie niederschlug, manchmal buchstäblich niederschlug, sprang sie auf, um irgendwohin zu laufen und trotz aller guten Vorsätze etwas zu tun, was ihm wieder mißfiel.

»Du sollst nicht so derbe Spiele mit deinem Bruder spielen«, sagte er, aber sie tat es trotzdem.

»Es ist jetzt am Waldrand gefährlich an der Oberfläche«, sagte er, aber genau dort war sie zu finden.

»Du bleibst heute im Bau; es gibt eine Menge zu tun«, aber sie blieb nicht im Bau.

Sie brachte es fertig, schreckliche Sachen zu machen, ohne jede Absicht. Kurz vor dem Ältesten-Treffen im April zum Beispiel konnte sie einfach der Versuchung nicht widerstehen, einen Blick auf die Ältesten-Höhle zu werfen, die sie noch nie gesehen hatte. Und da alle Maulwürfe immer davon redeten, dachte sie, sie würde sie sich einmal ansehen. Und das tat sie dann auch und war sehr beeindruckt. Nachdem sie die Höhle wieder verlassen hatte, um in Barrow Vale umherzuwandern, war plötzlich ein entsetztes Geschrei zu hören: »Die Würmer, die Würmer der Ältesten! Jemand war in der Ältesten-Höhle und hat alle Würmer gegessen!«

Rebekka hörte es, und es war wahr, es war die schreckliche Wahrheit! Sie hatte sie gegessen! Sie hatte sie aufeinandergehäuft in einer Ecke der Höhle gesehen, wie sie sich appetitlich hin und her krümmten, und ja, sie hatte sich einen genommen, aber sie hatte kaum darüber nachgedacht, weil sie, na ja, sie sah sich in der Höhle um, und dann, dann hatte sie sich noch einen genommen, nein, nicht absichtlich. Ja, sie hatte ihn gegessen; die Höhle war eben so interessant, daß sie gar nicht darüber nachdachte, und ... o je, noch einen; fehlten wirklich fünf? Sie konnte unmöglich fünf gegessen haben, vielleicht war noch ein anderer Maulwurf in die Höhle gegangen ... Nein? Also, sie konnte doch jederzeit ...

Nur der alte Hulver lachte, als er davon hörte. Es war ein Zeichen der Zeit, dachte er, daß alle Maulwürfe die ganze Angelegenheit so ernst nahmen. Mandrake fiel in gemeiner Weise über Rebekka her und verletzte auch Sarah, die Rebekka zu beschützen versuchte. Das Ältesten-Treffen fand in einer eisigen Atmosphäre statt, obwohl keiner der Ältesten schuld an dem Vorgang hatte.

Wenn dies der einzige Zwischenfall gewesen wäre, hätte es vielleicht keine Rolle gespielt, aber trotz aller ehrlich gemeinten guten Vorsätze machte Rebekka vieles falsch. Einmal brachte sie es zum Beispiel fertig, nicht nur einen ihrer Brüder, sondern alle drei im Wald zu verlieren. Einer von ihnen wurde um ein Haar von einer Eule getötet, und die beiden anderen waren zwei Tage verschwunden und wurden schließlich ausgerechnet von einem Weibchen der Marsch-Ender in den heimischen Bau zurückgebracht. »Es war Rebekkas Schuld«, jammerten sie, obwohl sie inzwischen fast erwachsen waren.

Rebekka versuchte es Mandrake zu erklären: »Wir haben nur Verstecken gespielt und ich dachte es wäre lustig ein bißchen tiefer in die Tunnel zu gehen und vielleicht auch mal kurz an die Oberfläche es tut mir schrecklich leid ich wußte auch nicht wo wir waren aber es war nicht so schwer zurückzufinden ich versteh nicht wie sie für zwei Tage verlorengehen konnten und ich bin ganz sicher daß keine Eulen in der Nähe waren bitte ...« Aber Mandrake war sehr zornig. Tatsächlich war er so zornig, wie nur wenige Maulwürfe ihn je gesehen und das dann auch noch überlebt hatten. Sein Zorn auf sie bei diesen Anlässen stand in keinem Verhältnis zu dem Vergehen – wenn es überhaupt ein Vergehen war. Und doch schien ihre Lebenslust sich an seinem Zorn aufzurichten.

Aber während sie heranwuchs und eigensinnig wie Mandrake selbst wurde, war sie auch voller Lächeln und Anmut wie ihre Mutter. Sie liebte es, Dinge zu berühren und zu tanzen oder sich einen stillen Winkel zu suchen, auf weichem Boden zu liegen und voller Entzücken die Frühlingssonne auf dem Rüssel zu spüren. Sie jagte ihre Brüder in die Flucht wie ein heranwachsendes Männchen, doch wenn sie verletzt waren, tröstete sie sie wie das liebevollste Weibchen.

Ein heiterer Lebensmut voller Unbeschwertheit ging von ihr aus, und vielleicht war es das, was Mandrake in seinem schwarzen Zorn gern eingefangen und zermalmt hätte. Als sie älter wurden, verlegte Mandrake sich ihr gegenüber immer mehr auf Gewalttätigkeit, und als der Frühling näherkam, hielt sie es für das beste, ihm mit gesenktem Rüssel aus dem Weg zu gehen.

Es kam eine Zeit im April, als plötzlich Wildheit in der Luft hing, und Rebekka fand es aufregend. Die Paarungszeit begann. Sie wußte, daß sie nicht an die Oberfläche gehen sollte, aber Mandrake war in diesen Tagen selbst häufig nicht da, und ihre Mutter verlor allmählich das Interesse an dem Herbstwurf, weil die Jungen jetzt fast erwachsen waren. Und obwohl sie sich an den heimischen Bau gebunden fühlte und noch nicht wirklich erwachsen war, lockte sie das Leben oben und im geschäftigen Wald.

Geschäftig und laut. Vögel schossen und flitzten durch die Zweige, die jetzt in voller Blüte standen. Anemonen, Schöllkraut und Narzissen blühten fast überall. An einigen Tagen war der Himmel zwar grau und dunkel und die Luft zwischen den Bäumen und im Unterholz drückend und unbewegt. Aber nur an einigen Tagen. Immer öfter geschah es, daß Rebekka am frühen Morgen ihren Rüssel aus einem Tunneleingang streckte und einen verzauberten, leichten, wirbelnden Nebel durch den Wald huschen sah, der sich weiß und rosa färbte, wenn die Sonne ihn durchbrach. Die Knospen und Blüten ringsum schienen sich zu öffnen und nach der Sonne jenseits des leichten Nebels zu greifen.

»Oh!« seufzte sie. »Wie wunderschön!« Ein Büschel Schöllkraut griff mit halbgeöffneten gelben Blütenblättern vorsichtig nach dem Himmel. Der Nebel lichtete sich vor ihren Augen, bis er fast verschwunden war, und sie lief über die Oberfläche zwischen den Bäumen und hatte das Gefühl, ein Teil der Frühlingsstimmung im Wald zu sein. Von weit her, von der Ostseite, wehte das Krah-Krah der Saatkrähen zu ihr herüber, getragen und langsam im Vergleich zu den Trillern der Amseln und Drosseln, die ebenso aufgeregt wie sie selbst zwischen den Bäumen hin und her flitzten. Sie lief zum Mittelpunkt von Barrow Vale, um zuzusehen, wie der Wald aufwachte, während die letzten dünnen Nebelstreifen in den Sonnenschein hineinwirbelten. Ein warmer, feuchter, nußartiger Geruch hatte den Fäulnisgeruch des Winters vertrieben, den sie jetzt zum erstenmal als unangenehm empfand und der immer noch in den Gängen hing.

Der Danctonwald breitete sich rund um sie aus – hinüber zur Westseite und zum Osten, hinunter zum Süden, wo ihre Brüder sich verlaufen hatten, und hinauf zu den Hängen, die zum Dunctonhügel führten. Oh, sie hätte am liebsten getanzt und gesungen und alle Maulwürfe zusammengerufen und gefeiert! Danctonwald! Der Name war magisch in dem hellen Sonnenlicht. Die Winterjahre waren vorbei! Sie lachte, nein: lächelte laut vor sich hin, und ihre Freude zitterte zwischen den jetzt geöffneten gelben Blüten des Schöllkrauts und fand ein Echo in dem beharrlichen Rufen und Pfeifen der Vögel. Die großen Eichen, rund und massig dicht über dem Boden, erhoben sich weit über den Rand von Barrow Vale hinaus, und irgendwo in ihren Zweigen meldete ein

Specht trommelnd seine Territorialansprüche an und flog dann sofort zu einer anderen Eiche, um wieder zu trommeln.

»Es ist mein Wald«, flüsterte Rebekka sich selbst freudig zu. »Mein Wald!«

»Und meiner auch«, sagte eine Stimme hinter ihr, Ruuns Stimme. Sie drehte sich erschrocken um, fand es aber wie immer nicht leicht, ihn sofort zu entdekken, so geschickt war er darin, sich in undurchdringlichen Schatten zu verbergen, sogar an einem sonnigen Tag.

»Du solltest nicht hier sein, das weißt du ja«, sagte er kalt, doch mit einem Lächeln in der Stimme, das das Drohende seiner Worte nur zu unterstreichen schien.

Für Rebekka verdarb Ruun, der noch immer nach Winter roch, alles, was ihr an dem Morgen Freude bereitet hatte, darum lief sie wortlos davon, quer durch Barrow Vale. Ruun folgte ihr hastig. Er hielt mit Leichtigkeit Schritt, blieb aber zwei bis drei Pfotenlängen hinter ihr. Er wollte Rebekka, er wollte sich mit ihr paaren. Sein Begehren war keine sinnliche Begierde, denn Ruun ließ sich von bloßer Begierde nicht hinreißen, der Art von Begierde, die er Mitte März für jedes Weibchen empfand. Es war eine Art kranker Sinnlichkeit, darauf zurückzuführen, daß Rebekka Mandrakes Tochter war. Er hatte das Gefühl, seine Stellung im System gebe ihm das Recht, sie zu nehmen – und daß ihn das Mandrake gleichstellen würde.

Rebekka spürte zumindest einen Teil dessen, was in ihm vorging, und ihre Freude an dem schönen Morgen erstarb. Ängstlich lief sie die Tunnel hinunter, die zu ihrem heimischen Bau führten, und versuchte, sich nicht anmerken zu lassen, wie sehr Ruuns Anwesenheit sie beunruhigte. Er folgte ihr, das Geräusch seiner Pfoten auf dem Boden fließend und glatt. Ihr Atem wurde unregelmäßig: Sie nahm seinen Geruch hinter sich wahr und hörte seine kühle Stimme ihr nachrufen: »Rebekka, Rebekka, es war doch nur ein Scherz, daß du nicht in Barrow Vale sein darfst. Warte und sprich mit mir.«

Rebekka hastete weiter, bereit, sich mit ihren Krallen auf Ruun zu stürzen und sein Blut zu vergießen, wenn es sein mußte. Unmerklich war aus dem Hasten durch die Gänge eine Jagd geworden, bis sie mit großer Geschwindigkeit dahinschossen und Rebekka sehr schnell überlegen mußte, um den richtigen Windungen und Abzweigungen zu folgen. Manchmal verschwand Ruun in einem nach unten führenden Gang, nur um vor oder neben ihr wieder aufzutauchen, so daß sie die eingeschlagene Richtung zu ihrem heimischen Bau verlassen mußte, um sich vor ihm in Sicherheit zu bringen. Manchmal lachte er oder rief ihr nach: »Alles in Ordnung, Rebekka, ich tu dir nicht weh.« Sie war vom Laufen atemlos und wußte nicht mehr genau, welche Richtung sie nehmen sollte. Alles drehte sich in ihrem Kopf, und ihre Brust hob und senkte sich in schnellen Stößen. »Ich will dich haben, Rebekka. Ich will dich haben«, rief Ruun, und seine Stimme schien dunkel aus allen Richtungen widerzuhallen, als sei in jeder Tunnelbiegung ein Ruun versteckt.

Endlich konnte sie es nicht mehr ertragen. Sie blieb stehen und machte kehrt, um sich ihm zu stellen, mit erhobenen, aber bebenden Krallen. Er musterte sie ruhig und wurde, indem er sich Zoll für Zoll vorschob, immer größer. Er roch nach dem tiefsten Winter, und sie hatte das Gefühl, sie falle zurück in eine Grube, ihre Krallen schienen ihr weich und nutzlos zu sein und scharrten immer schwächlicher über ihrem Kopf, während sie tiefer und tiefer fiel. Irgendwo, weit, weit weg, glaubte sie das drängende Trommeln des Spechts an dem Stamm der Eiche zu hören, aber es war nur das Klopfen ihres Herzens, das nicht länger Teil von ihr zu sein schien. Ruun kam näher, geschmeidig immer näher, und blickte hinunter auf sie, die versteinert vor ihm stand, und weidete sich an seiner Macht.

Aber plötzlich zerbrach der schreckliche Schrei: »Rebekka!« den Augenblick. Es war Mandrake, plötzlich war Mandrake da, und jetzt hörte sie das Poch, Poch, Poch ihres Herzens, und sie hatte große Angst, als die beiden Maulwürfe, die sie im ganzen System am meisten fürchtete, drohend über ihr aufragten.

»Dies ist nicht die Zeit, den heimischen Bau zu verlassen«, sagte Mandrake und fügte mit drohendem Nachdruck hinzu: »Wie oft muß ich dir das noch sagen?«

»Genau dasselbe habe ich ihr gerade gesagt, Mandrake, genau meine Worte«, säuselte Ruun und wandte sich mit einem schwarzen Lächeln Mandrake zu.

»Das ist nicht wahr«, sagte Rebekka. »Er wollte . . .«

Aber Mandrake beachtete sie nicht. Er ging geradewegs zu ihr und schlug sie so heftig, daß sie zurückfiel und mit ihrem Rüssel gegen die Tunnelwand schlug, so daß ihr Tränen in die Augen stiegen. Sie lief weinend fort von ihnen beiden, zurück zu ihrem heimischen Bau.

Mandrake wandte sich an Ruun. »Sie wird sich in diesem Frühjahr noch nicht paaren, Ruun, nicht in diesem Frühjahr. Sie ist noch nicht bereit, und ich werde jeden Maulwurf töten, der es versucht. Wer es auch sein mag.«

Ruun lief fort, den Tunnel hinunter, wie immer voller Furcht vor Mandrake, den, so schien es, keiner täuschen konnte. Er versprach sich jedoch mit einem kalten Lachen in der Stimme: »Und ich werde sie doch noch bekommen.«

So ging der April in den Mai über, und die meisten Weibchen im Dunctonwald waren trächtig, und als die Baue wärmer wurden, waren sie bereit für ihre Jungen. Rebekka sah die Männchen aggressiv werden, ihren Vater zornig vor Blutgier, und wie Sarah, erregt und unruhig, seufzend und scheu, mit Mandrake in den Bau ging, und Rebekka war nahe genug, um die tiefe Weichheit seiner Stimme zu hören und um über das wirre Treiben überall um sie herum zu staunen. Sie dachte daran, wie Ruun sie gejagt hatte und sie nicht wußte, wohin sie sich wenden sollte, beobachtete die Männchen, die sich nicht in die Nähe wagten, dachte an Mandrake und Sarah, Mandrake so kraftvoll auf Sarah; am liebsten wäre sie zu ihnen gelaufen.

Sie hörte das klägliche Rufen der Neugeborenen und wäre gern zu ihnen gegangen, um ihnen etwas vorzusummen, wie sie es über den Blumen und dem Sonnenlicht tat, wagte sich aus Furcht vor einem Angriff aber nie in die Nähe. Sie hielt sich von allen Männchen fern, nachdem ihr Vater sie mit Ruun zusammen gesehen hatte, denn obwohl er nie ausdrücklich etwas zu ihr gesagt hatte, wußte sie, er würde jeden Maulwurf töten, der in ihre Nähe kam. Wenn sich doch Männchen ihr näherten, wies sie sie zurück, obwohl sie oft nicht älter als sie waren, und lieb, so lieb, daß sie gern mit ihnen getanzt hätte und gelacht wie sie, um ihrem Begehren Ausdruck zu verleihen, gern gelaufen wäre vor Entzücken, während ihre Lebensfreude emporstieg und wieder nach unten tauchte wie die Lerchen über den Wiesen jenseits des Waldrandes.

Als der Sommer begann, fühlte sie sich elend und allein, denn sogar ihre Brüder waren oft lange unterwegs im Wald auf der Suche nach Weibchen. Manchmal jedoch kehrten sie in den heimischen Bau zurück, denn im Herzen waren sie noch immer nicht erwachsen. Wenn sie in einem Kampf eine Niederlage erlitten hatten, und von älteren, erfahreneren Männchen wurden sie immer besiegt, machte es ihr Freude, sie zu trösten und wieder zum Lachen zu bringen. Aber sie hatten sich verändert, wurden ihr gegenüber aggressiver, und manchmal spürte sie in ihnen das gleiche drängende Verlangen, das in Ruuns Stimme gelegen hatte, als er sie im Tunnel verfolgte, und sie wandte sich unglücklich ab von ihnen.

KAPITEL 5

Bracken wuchs an der Westseite auf, wo ›Furcht‹ ein schmutziges Wort war und Blut (vorausgesetzt, es war das Blut eines anderen) etwas, das man feierte. Die Westseiter waren stark, und Burrkopf war der Stärkste. Das bedeutete, daß seine Kinder eine Menge einstecken mußten an Kämpfen, Schikanen, Überraschungsangriffen und an Herumgestoßenwerden ganz im allgemeinen, wie eben Jungwürfe die Künste der Selbstverteidigung und des Angriffs in der rauhesten Schule im Differently Sunctonsystem lernten.

Brackens Mutter, Espe, kam von der Ostseite. Burrkopf hatte nach dem Ältesten-Treffen im Februar ihretwegen gekämpft und getötet. Mit Ausnahme Mandrakes, der bei Kämpfen Rivalen automatisch tötete, töteten nur wenige Maulwürfe ihre Gegner in diesen Kämpfen. Einer von beiden zog sich immer zurück, bevor er ernstlich verletzt wurde. Daher war Burrkopf seit diesem Kampf allgemein gefürchtet.

Tatsächlich war er ungewöhnlich aggressiv, und wenn es Mandrake nicht gegeben hätte, wäre er vielleicht der gefürchtetste Maulwurf im System geworden. Seine Stärke war jedoch eher von der rohen als von der schlauen Art, und Maulwürfe wie Ruun oder Mekkins verfügten über mehr angeborene Intelligenz als er.

Es wäre zum Beispiel unwahrscheinlich, daß sie sich mit einem so unordentlichen Weibchen wie Espe abgefunden hätten. Ihr Bau war immer ein schreckliches Durcheinander, übersät mit nicht beseitigtem Kot, vertrockneten Wurm-Stücken, die in den Nischen verwesten, und Grünzeug, das die Jungen mit in den Bau gebracht hatten.

Espe gab den Jungwürfen Namen; es war üblich, daß die Weibchen das taten. Der Kräftigste, Brackens Bruder, wurde aus naheliegenden Gründen Wurzel genannt. Das Weibchen nannte sie Weizenohr, weil über seinem rechten Ohr ein kleiner weizenkornähnlicher Fleck war – wie bei Espe. Und Bracken war ein Name, der nach altem Brauch dem Schwächsten eines Wurfs von drei Jungen gegeben wurde.

Burrkopf war nicht besonders beeindruckt von Bracken; eigentlich beeindruckte ihn der ganze Wurf nicht besonders, weil nur ein brauchbares Männchen dabei war. Und doch – wenn er die drei rosa Jungen beobachtete, wie sie miteinander und um die Zitzen ihrer Mutter rangelten, fand er eine gewisse Befriedigung in der Tatsache, daß das stärkste von ihnen, Wurzel, wirklich sehr stark zu sein schien. Eine Vermutung, die sich als sehr berechtigt erwies, da Wurzel sich zu einem aggressiven, andere schikanierenden Maulwurf entwikkelte, wie Burrkopf es sich von einem Sohn erhoffte.

Bracken hatte keine schöne Kindheit. Er mußte ständig um Nahrung kämpfen und war dabei immer der Verlierer, der sich mit dem Abfall zufriedengeben mußte. Als Folge wuchs er nur langsam, was die Situation endlos fortsetzte und ihn zum schwächlichen Familienzwerg machte, als Junges ständig krank und greinend, ängstlich und zum Weinen neigend, als er etwas älter wurde. Aber er war wenigstens intelligent (›schlau‹ nannte Burrkopf ihn) und lernte es schnell, drohenden Angriffen aus dem Weg zu gehen – oder seinem größeren Bruder, wenn dieser in aggressiver Stimmung war. Er fand bald heraus, daß es sinnlos war, zurückzuschlagen, weil er immer derjenige war, der Prügel bezog, und so gewöhnte er sich eine geduckte, defensive Haltung an, immer auf Schläge und Kratzer gefaßt, die von allen Seiten auf ihn zukamen. Er lief mit gesenktem Rüssel und abgewandtem Blick einher und stellte sich dumm, so daß er Wurzel und Weizenohr langweilte.

Das schwierige Überleben wurde ihm leichter gemacht, weil es seinen beiden Geschwistern, wie ihrem Vater, völlig an Phantasie fehlte. Das bedeutete, daß er gewöhnlich vor ihnen ahnte, was sie als nächstes tun würden, und dann angemessene Umgehungsmaßnahmen treffen konnte.

Gleichzeitig hatte er genug Einfühlungsvermögen, um sich vorstellen zu können, was ihnen Freude machen würde – Würmer, neue Spielplätze, neue Tunnel, die man erforschen konnte –, und wies sie darauf hin, was bedeutete, daß sie sich, wenn auch widerwillig, auf ihn verließen, wenn es um neue Ideen ging. Das hielt sie zwar nicht davon ab, ihn häufig zu schlagen und ihn oft gar nicht zu beachten, aber das war immer noch besser als ein völlig überraschender Überfall. Trotzdem endete alles oft mit Tränen für ihn, und in diesen Augenblicken kam Espe zu ihrem Recht. Denn ihre Schlampigkeit verband sich mit einem gewissen Zug zur Romantik: Sie liebte es, Geschichten zu erzählen. Und wenn Bracken aus der Fassung gebracht war, tröstete sie ihn mit Maulwurfsagen und -märchen, einfachen Geschichten von berühmten, tapferen Maulwürfen oder solchen von mutigen Männchen, die um ihre Weibchen gekämpft hatten.

Vieles davon waren überlieferte Maulwurfsagen, von denen jedes System eine eigene Version besaß; andere gehörten ausschließlich zu Duncton und spielten meistens in der fernen Vergangenheit, als die Maulwürfe noch im Alten System auf dem Gipfel des Hügels lebten. Espe steigerte sich so in diese Geschichten hinein, daß sie oft jammerte und weinte, während sie sie erzählte, und Bracken, der den Kopf an ihre Flanke gelehnt hatte, fühlte, wie sie schwerer und schneller atmete, wenn sie zum Höhepunkt kam, und für eine Weile vergaß er seine Tränen und die Schikanen, während die Geschichte ihren dramatischen Verlauf nahm.

Er steigerte sich genauso wie sie in diese Geschichten hinein, mit halbgeschlossenen Augen oder den Blick auf irgendeinen fernen Ort jenseits der Wände des Baues gerichtet, und bald sah er sich selbst dort, in einem Kampf auf Leben und Tod, Wunder mit seinen Krallen verrichtend und den schrecklichsten Gefahren ins Auge sehend. Espe liebte es, in den schillernden Farben ihrer eigenen Phantasie den Augenblick zu beschreiben, wenn der Held zurückkehrt von seinem langen Weg quer durch den Wald, wo er Eulen bekämpft oder Füchse überlistet oder Würmer gesucht hat, um das System zu retten. Solche Geschichten bewegten Bracken zutiefst, denn er stellte sich vor, er könnte eines Tages nach Hause zurückkehren wie diese Helden, heim in einen gemütlichen

Bau voller Wärme und Liebe, einladend mit einem reichlichen Wurmvorrat. Freudig empfangen, kein Ausgestoßener.

Aus diesen Anfängen entstand die Faszination, die für Bracken von dem Alten System ausging, und wenn er sich an die Oberfläche wagte, blieb er oft stehen und starrte kurzsichtig hinauf zur Hügelspitze, die weit jenseits seines Gesichtsfeldes und seiner Hoffnungen ragte, und fragte sich, ob er jemals dort hinaufklettern würde. Einmal erzählte Espe ihm von dem Stein, der angeblich dort oben stand, »obwohl es lange her ist, daß irgendein Maulwurf außer den Ältesten dort oben gewesen ist, und auch dann nur zur Mittsommer- und zur Längsten Nacht. Wahrscheinlich ist es nur eine Sage, aber eine hübsche, findest du nicht?«

Die Vorstellung von dem Stein faszinierte ihn so, daß er seinen Mut zusammennahm und es wagte, Burrkopf eines Tages, als er weich gestimmt schien, danach zu fragen. Zu seiner Überraschung war Burrkopf sofort zu einer Antwort bereit. »Ja, der Stein steht da oben, das stimmt schon. Ich habe ihn selbst gesehen, aber ich glaube nicht, daß es noch mal geschieht, weil wir, wenn es nach mir geht, den Mittsommerzug abschaffen werden.«

»Warum?« fragte Bracken zaghaft.

»Eulen und Würmer, zwei Wörter, die du dir merken solltest, mein Sohn. Die Eulen, mit denen ist es gefährlich da oben, und Würmer gibt's nicht viele. Kein Sinn drin, unser Leben zu riskieren für irgendeine uralte Feier, an die sich außer alten Schlafpelzen wie Hulver kein Maulwurf erinnern kann.«

»Wie sieht der Stein aus?« fragte Bracken, dem die ungewohnte Redebereitschaft seines Vaters Mut gemacht hatte. Und er sah, daß Espe ebenfalls zuhörte.

»Eigentlich nach gar nichts«, sagte Burrkopf, »eben ein Stein. Na ja, ein großer Stein. Groß wie ein Baum, erhebt sich direkt in den Himmel. Er ist grau. Wird dunkelblau bei Abenddämmerung und dann schwarz wie Pech, schwärzer als die Nacht selbst, außer an den Stellen, wo er im Mondschein liegt; da ist er silbergrau.«

Das waren für Bracken die ruhevollen Augenblicke im heimischen Bau, wenn Espe sich mit ihm unterhielt und sogar Burrkopf ihm etwas erzählte und niemand ihn belästigte.

Als jedoch der Mai fortschritt und Wurzel und Weizenohr stärker wurden, wurden solche Augenblicke immer seltener, und er mußte seine ganze Erfindungskunst aufbieten, um ihren wilden Balgereien aus dem Weg zu gehen, bei denen er immer den kürzeren zog.

Gegen Ende Mai kam eine Zeit, in der Wurzel ihn manchmal suchte und absichtlich einschüchterte, um zu erreichen, daß Bracken seine Krallen hob, damit er einen Grund hatte, ihn anzugreifen.

»Er hat angefangen«, sagte Wurzel dann zu einer verzweifelten Espe, die sich wieder einmal um einen verwirrten, verletzten Bracken kümmern mußte.

Während die Tage sich dahinschleppten, gewöhnte Bracken es sich immer mehr an, seine Zeit allein zu verbringen, erkundete das Gelände immer weiter entfernt vom heimischen Bau, so daß er immer weitere Wege zurücklegen mußte, wenn er nach Hause wollte, weil er Hunger hatte oder schlafen wollte. Auf diese Weise fand er eines Tages den Weg nach Barrow Vale, aber es waren ihm zu viele andere Maulwürfe dort, die neugierig fragten, wer er sei, so daß er sich abwandte und es mit anderen Richtungen versuchte. Einmal kam er bis an den Rand des Waldes und warf zum erstenmal einen Blick auf die Wiesen, erschreckt von der offenen Weite und dem gewaltigen Himmel jenseits der Bäume und voller Entsetzen, als er die Kühe sah, die hinter dem Zaun umherstampften und Gras abrupften.

Aber Burrkopf hatte ihn nicht umsonst schlau genannt. Bracken merkte sehr schnell, daß sein zaghaftes Auftreten und seine offensichtliche Jugend es ihm ermöglichten, die Gänge von Maulwürfen zu durchqueren, die sich ihm gegenüber sonst vielleicht feindselig verhalten hätten. Er entwickelte verschiedene Methoden, sich ihnen zu nähern, und fand bald heraus, daß er sie auch dann, wenn sie zuerst feindselig gewesen waren, gewöhnlich entwaffnen konnte, indem er eine Frage stellte, die seine Unterlegenheit und ihre Bedeutung klarstellte.

»Ich habe mich verlaufen«, sagte er etwa. »Könntet Ihr mir sagen, wie ich von hier nach Barrow Vale komme?«

Oder, wenn er ihre Namen kannte (die er bei dem Maulwurf herauszufinden versuchte, dem er zuvor begegnet war): »Ich suche Bitterklee, weil er sich in dem System so gut auskennt«, und Bitterklee hatte plötzlich wirklich das Gefühl, er kenne sich in dem System gut aus, und fühlte sich geschmeichelt und zog seine Krallen wieder ein, wenn er auch nicht von der Stelle wich, bis er wirklich überzeugt war, daß dieser junge Maulwurf ungefährlich sei.

Später benutzte Bracken diese Methode der Annäherung noch wirkungsvoller bei den Ostseitern, die größere Bereitschaft als die Westseiter zeigten zu grüßen und ein Schwätzchen zu halten. Aber auch so bewirkte Brackens Art, jugendliche Verletzbarkeit mit Unschuld und Schmeichelei zu verbinden, daß viele Westseiter seine Fragen, die manchmal nur Scheinfragen waren, beantworteten und ihn bei seinen Erkundungen gewähren ließen.

Dies um so mehr, als Mandrakes Macht zugenommen hatte und er alle wissen ließ, daß er es vorziehe, wenn alle Maulwürfe sich an ihr eigenes Revier halten und nicht ohne Grund in der Gegend herumwandern würden. So war ein ungefährlicher Besucher wie Bracken immer willkommen wegen der Informationen, die er mitbrachte. Tatsächlich war es – wenn die Duncton-Maulwürfe es auch nicht wußten, weil sie für sich blieben – in Duncton schon immer üblich gewesen, einander mehr zu besuchen und miteinander zu verkehren, als etwa draußen auf den Wiesen.

Mandrake selbst kam aus einem unwirtlichen System, wo jeder für sich blieb, aber er betrieb eine Isolierung des einzelnen in Duncton nicht aus nostalgischen Gründen; er wußte: je isolierter jeder Maulwurf des Dunctonsystems war, desto besser ließen sie sich überwachen. Und er schien eine besonders tief verwurzelte Abneigung gegen den Stein zu haben.

Aus all diesen Gründen war ein junger Besucher nun willkommener, als er es einst vielleicht gewesen wäre. Man konnte ein bißchen mit ihm tratschen, er war ungefährlich, und Mandrakes Gesetze galten für Jungwürfe nicht.

So konnte Bracken eine Menge über die Westseite in Erfahrung bringen und auch einiges über das System. Er hörte Klatsch über die Ältesten, er hörte von Verwüstungen und Todesopfern, die zu Lasten von Mandrakes Maullangern gingen – unter denen sein eigener Vater eine führende Rolle einnahm –, und Geschichten über Mandrake selbst.

Von allem, was er hörte, war es dies, das den tiefsten Eindruck auf ihn machte, denn Mandrakes Stärke und Macht schienen grenzenlos zu sein:

»Er ist so stark, heißt es, daß er Eichenwurzeln so dick wie ein Maulwurf zerstört hat, um einen Tunnel zu bauen.«

»Er ist der beste Kämpfer, den das System je gesehen hat oder je sehen wird, wenn du mich fragst. Weißt du, mein Junge, daß er, als er nach Duncton kam, zwölf der stärksten Erwachsenen tötete, bevor er auch nur eine Pfote in einen Tunnel setzte? Zwölf! Wohlgemerkt, ich selbst war nicht dabei.«

»Es wird gesagt, als er zum erstenmal zum Marsch-Ende hinunterging, hielt er eine Gruppe von Marsch-Endern davon ab, ihn anzugreifen, indem er nichts anderes tat, als ihnen seinen großen Rüssel entgegenzuhalten und sie anzustarren. Sie traten den Rückzug an und schubsten einander, um zu entkommen. Da kannst du sehen, wie stark Mandrake ist.«

Ein Maulwurf nach dem anderen, Weibchen und Männchen, kamen mit ähnlichen Geschichten, so daß Mandrake in Brackens Vorstellung bald erschreckende Dimensionen annahm.

Tatsächlich hätte Mandrake in Brackens Vorstellung gut die Rolle eines mächtigen Beschützers von Duncton und seinen Maulwürfen einnehmen können, wenn nicht sein eigener tyrannischer Vater einer von Mandrakes Maullangern gewesen wäre und dauernd darüber geschwatzt hätte. So spielte Mandrake in Brackens Phantasie eher eine dunkle und unheilvolle als eine gütige Rolle.

Aus diesem Grund war Bracken überrascht und fasziniert, als er eines Tages gegen Ende Mai ein Weibchen von der Westseite sagen hörte, auf die indirekte Weise von Klatschbasen, die mit ihrer Geheimniskrämerei absichtlich zu einer weiteren Frage herausfordern: »Natürlich gibt es einen Maulwurf, der es mit Mandrake aufnehmen kann, und es gibt nichts, absolut gar nichts, sage ich dir, was er dagegen machen kann. Absolut gar nichts.«

»Wer ist das?« fragte Bracken verblüfft.

Aber sie folgte ihrem Gedankengang und machte zu ihrem eigenen Spaß das Ganze noch geheimnisvoller: »Ja, er kann toben und schnauben, soviel er will, aber ich glaube nicht, daß er etwas machen kann.«

»Aber wer ist es denn?« fragte Bracken, der beinahe platzte vor Neugier.

»Nun, natürlich das hochnäsige Fräulein Rebekka. Sein liebes Töchterlein. Wickelt ihn um ihre Krallen, das liebe Fräulein. Natürlich, mein Lieber« – seine Informantin schob ihren Rüssel nahe an sein Ohr und gab vor, den Gemeinschaftstunnel hinunter in Richtung Barrow Vale zu blicken – »natürlich wird all das nicht mehr viel länger dauern, wenn du weißt, was ich meine«, und gab ihm einen Stoß in die Rippen.

Bracken wußte nicht, was sie meinte, und hätte es sehr gern gewußt. »Meint Ihr ...?« Er zögerte ermutigend, und sie fuhr entgegenkommend fort:

»Ja, das weißt du doch. Wir alle wissen, daß sie zu einem Herbst-Wurf gehört, was bedeutet, daß sie inzwischen fast bereit ist, den heimischen Bau zu verlassen. Und was noch mehr ist: es würde keinen überraschen, wenn Sarah, Mandrakes sogenanntes Weibchen, in diesem Sommer noch einen Wurf in die Welt setzte. Mandrake gehört nicht zu denen, die etwas anbrennen lassen, nicht wahr? Und Sarah wird nicht wollen, daß Rebekka noch bei ihr herumhängt, wenn sie einen neuen Wurf aufzuziehen hat.«

So setzte Bracken sich Stück für Stück ein Bild vom System und seinen führenden Maulwürfen zusammen. Er erfuhr von Ruun – »schlau wie ein Wiesel« – und von Bindel – »spielt jetzt drüben an der Ostseite beleidigt« – und war entzückt von den Geschichten über Cornus und Mekkins. Sie erzählten ihm von Hulver, von den Eulen, die am gefährlichsten am Rand des Waldes seien, und von den gefährlichen Wiesen-Maulwürfen.

Er hörte auch viel über Rebekka, besonders von den Männchen, die es genossen, wenn sie in eine Klemme geriet, so daß, wie sie sagten, Mandrake sie fast in Stücke zerriß.

Sie sei, so wurde ihm von verschiedenen Seiten erzählt, wild, fast so groß wie ein Männchen, im Herbst geboren (was gleichbedeutend mit Zähigkeit war), eigensinnig, immer bereit zum Lachen, tanze gern in Barrow Vale *auf der Oberfläche*, sei der Fluch ihrer Brüder und werde häufig von Mandrake bestraft.

Bracken, den all diese Geschichten über Rebekka natürlich immer neugieriger machten, hätte vielleicht versucht, sie ausfindig zu machen, wenn sie die Tochter eines anderen Maulwurfs und er selbst etwas geselliger gewesen wäre. Aber trotz seines Geschicks, sich in die Gänge und gelegentlich sogar in die Baue anderer Maulwürfe hineinzuschmeicheln, war er seiner eigenen Generation gegenüber eher schüchtern. Sich mit Erwachsenen zu unterhalten, war eine Sache, sich mit Gleichaltrigen zusammenzutun eine ganz andere – und viel schwieriger. Dennoch hielt er eine Zeitlang in den Gemeinschaftstunneln Ausschau nach ihr und wagte sich ein- oder zweimal an die Oberfläche in Barrow Vale, weil er dachte, er könne Rebekka dort treffen, aber es kam nie etwas heraus dabei.

Bald wandte sich sein Interesse anderen Dingen im System zu. Die Geschichten, die Espe ihm vom Alten System erzählt hatte, und die gelegentlichen Hinweise darauf als einen Ort, der schon lange Zeit von niemandem aufgesucht worden war, faszinierten ihn. Und dann war da etwas in der Art, wie die Maulwürfe vom Duncton-Stein sprachen, und die geheimnisvolle Weise, wie sie, als sei es etwas ganz anderes, »den Stein« erwähnten, der mächtig sei und Gewalt über das Leben aller Maulwürfe habe. Gab es denn einen Stein, den ein Maulwurf nie sehen konnte?

»Wo ist er?« fragte er oft. Aber kein Maulwurf gab ihm eine Antwort. Er meinte, er könnte ihn vielleicht finden, wenn er zum Alten System ginge, aber vorläufig wollte er nicht wirklich versuchen, dorthin zu gehen – es war viel zu gefährlich –, doch eines wünschte er sich: einen Maulwurf kennenzulernen, abgesehen von Burrkopf, der dort gewesen war.

Dieses Interesse und die Tatsache, daß er die Erkundungsmöglichkeiten der Westseite und in Barrow Vale erschöpft hatte, führten ihn eines Tages dazu, sich hinaus zu den Hängen zu wenden.

KAPITEL 6

An den Hängen gab es viel weniger Maulwürfe, und nach mehreren Besuchen dort, wobei er jedesmal höher hinaufkam, sah Bracken, daß er seine Erkundungstouren anders beginnen mußte. Je höher er kam, so stellte er zum Beispiel fest, um so mehr wich der Mischwald aus Eichen und Ulmen und sicherem Unterholz, an den er gewöhnt war, einem offenen Buchenwald mit den verwirrenden Schichten von raschelnden Buchenblättern auf dem Boden, die eine jede Bewegung verrieten, wenn ein Maulwurf schnell vorankommen wollte. Die Baue und Gänge in diesem Grenzland machten einen seltsam verlassenen Eindruck, der zuerst deprimierend auf Bracken wirkte. Ein Tunnel nach dem anderen war von seinen Bewohnern verlassen und voller Staub, oder Wiesel und Wühlmäuse hatten sie übernommen, wenn auch nur einen kleinen Teil hinter den Eingängen. Oder er fand ein Tunnelnetz, das vor kurzem noch bewohnt gewesen war, denn es lagen noch Reste von Würmern da, oder die Eingänge waren noch nicht überwachsen, oder er konnte die von den Bewohnern zurückgelassenen Markierungen riechen, schwach, aber erkennbar. Aber nur selten Maulwürfe.

Dann gab es weite Gebiete, wo kein Maulwurf je gegraben zu haben schien, obwohl es Bracken nicht ganz einleuchtete, warum nicht. Wenn er sich dort aufhielt, hatte er das Gefühl, er würde hier nie einem Maulwurf begegnen, und manchmal überraschte er sich dabei, daß er mit sich selbst sprach, beinahe, als ob ihm Gesellschaft fehlte.

All dies bedeutete, daß er die Hänge anstrengend fand und sie zuerst nur eine kurze Zeitlang ertragen konnte; dann hastete er zur Westseite zurück, so schnell er konnte, durch Gemeinschaftstunnel, wo sie ihm günstig erschienen, und über die Oberfläche, wenn der Weg durch einen Tunnel eine Begegnung bedeutete, die er lieber vermied. Es war so mühsam, Maulwürfe zu beschwichtigen!

Der Mai ging in den Juni über, und er war kein Jungwurf mehr. Wurzel und Weizenohr waren fast so groß wie Erwachsene und versuchten immer mehr, sich auch wie Erwachsene zu benehmen, was bedeutete, daß sie ihn entweder überhaupt nicht beachteten, ihn angriffen oder ihn aus dem Weg stießen. Wenn er etwa Würmer fand, während sie keine hatten, nahmen sie sie ihm einfach weg, mit erhobenen Krallen, die auf seinen verletzlichen Rüssel gerichtet waren, als Warnung, daß sie es ernst meinten.

Er spürte, daß seine Zeit im heimischen Bau sich dem Ende näherte, und um sie zu verlängern, übertrieb er seine jugendliche Haltung und bewegte sich nur noch in der defensiven Pose eines ängstlichen, beschwichtigenden Maulwurfs durch die Gegend. Burrkopf begann, ihn »junger Bracken« zu nennen, um einen Unterschied zu machen zwischen ihm und Wurzel und Weizenohr, die sich in seinen Augen normal entwickelten. Bracken, so dachte er inzwischen, war irgendwie zurückgeblieben und es kaum wert, daß man sich noch über ihn aufregte. Er würde mit Sicherheit nicht lange überleben, wenn erst der Sommer kam und die junge Generation mit der Suche nach Territorien begann.

»Er hat keine Chance gegen die anderen dieses Frühjahrs«, sagte Burrkopf eines Tages Ende Mai zu Espe. »Aber in jedem Wurf gibt es Versager.« Espe nickte, aber sie war sich nicht so sicher. Bracken war eine Enttäuschung, und doch, na ja, »er ist nicht so dumm, wie er manchmal erscheint, weißt du – er weiß viel mehr über das System als die beiden anderen; eigentlich weiß er sogar mehr als ich selber.« Aber damit versuchte sie nur, ihre wahren Gefühle für Bracken zu verbergen, die denen vieler Weibchen für die Schwächsten ihres Wurfs glichen: eine Mischung aus Mitleid und der Hoffnung, daß sie sich vielleicht doch noch besser herausmachen würden. Und er mochte ihre Geschichten gern, was sie von Wurzel und Weizenohr nicht behaupten konnte, trotz all ihrer prächtigen, eines Maulwurfs würdigen Eigenschaften.

Aber von diesen Dingen sagte sie nichts zu Burrkopf, weil es sinnlos war und weil sie das Interesse an ihnen allen verlor. Die Jungen würden bald aus dem Bau sein und mußten irgendwie durch den Sommer kommen. Sie würde dann viel mehr Zeit für sich selbst haben, und darauf freute sie sich. Bracken spürte das und verbrachte immer mehr Zeit außerhalb des heimischen Baues. Er begann sich sehr sorgfältig zu überlegen, wohin er gehen könnte, wenn er endgültig fortging. Er hatte nicht den Wunsch, mit Wurzel und seinesgleichen um einen Platz an der Westseite zu kämpfen. Er war ja nicht verrückt!

Und er wußte auch noch nicht genug über den Norden oder die Ostseite, um Pläne in diese Richtungen zu machen. So neigte er immer mehr zu der Vorstellung, die Hänge könnten eine Möglichkeit sein – Würmer waren dort vielleicht selten, aber Maulwürfe auch, und das machte sie besonders reizvoll. Er hatte genug gesehen, um zu glauben, er könne dort leben, sich dort eine Atempause verschaffen, um zu überlegen, was er anschließend tun sollte.

Mit diesen Vorstellungen im Sinn beschloß er eines Tages, einen Ausflug zu den Hängen zu machen und sie weiter zu erkunden, vielleicht einen oder zwei Tage dem heimischen Bau fernzubleiben. Er stahl sich an einem ruhigen Junimorgen davon, als alle Maulwürfe noch schliefen oder anderweitig beschäftigt waren, und schlug einen Weg ein, der hauptsächlich über die Oberfläche zu den Hängen führte. Er wußte es nicht, aber er würde nie wieder auf der Westseite leben.

Er brauchte bis zum späten Vormittag, um die erste Buche an einer bestimmten Stelle zu erreichen, von der er schon wußte, daß dort Würmer zu finden waren. Dann eilte er weiter, durch eine Gegend, die er das Buchen-Eichen-Grenzland nannte, bis er schließlich in neue Gebiete vorstieß. Und weiter und weiter nach Osten, zuerst einer Höhenfährte folgend, dann eine Weile steil aufwärts.

Er sah viele Tiere – Vögel, zwei Wühlmäuse, mehrere Eichhörnchen, etwas, was wie ein Fuchs aussah –, aber keine Maulwürfe. Am frühen Nachmittag wurde er müde und machte eine Pause, um auf Futtersuche zu gehen. Er war an einem Tag noch nie so weit gelaufen und wußte, daß er die Nacht in einem fremden Bau verbringen mußte – oder sich vielleicht selbst einen graben.

Auf der Suche nach Würmern stieß er auf einen alten, nicht mehr benutzten

Tunnel und folgte ihm nach unten, mit bebendem Rüssel, aber kein Hauch, keine Spur von einem Maulwurf. Darum versperrte er das eine Ende, um einen behelfsmäßigen Bau zu schaffen, und kauerte sich mit dem Rücken zur Versperrung nieder, den Eingang über ihm und die Fortsetzung des Tunnels an der anderen Seite im Auge. Sicher, gemütlich und genau der rechte Ort, um die Würmer zu verspeisen, die er gefunden hatte. Er schloß die Augen und machte es sich bequem; sein Herz klopfte noch von den Anstrengungen der Tagestour. Aber er schlief nicht, und als er ein Kratzen an dem von ihm gebauten Erdwall hörte und ein warnendes Vibrieren der Tunnelwand, war er wach und bereit, still wie eine Wurzel. Maulwürfe fühlen sich in ihren eigenen Gängen sicher und machen eine Menge Lärm, und dieser war keine Ausnahme. Er unterhielt sich geschäftig mit sich selbst und streute gelegentlich Brocken eines vertrauten Wurmsuch-Liedes ein:

»Jetzt graben und kratzen und spalten und ziehen wir,
Jetzt spalten und graben und . . .

Hm. Dies hätte nicht passieren dürfen, nicht in meinem Tunnel. Na ja, es ist lange her, seit ich hier war. Zu lange. Ich habe Hunger. Würmer, das ist es, was ich möchte.

Würmer, Würmer, Würmer,
Viele hübsche Würmer.«

Brackens Spannung ließ nach, als er das hörte, denn der Maulwurf schien alt und gutmütig und würde ihm sicher keinen Schaden zufügen. Trotzdem dachte er, sicher ist sicher, und nutzte den Lärm, den der Maulwurf machte, um sich leise wieder an die Oberfläche zu schleichen und dort abzuwarten, wer da kommen würde.

Das Murmeln und Summen ging weiter, gelegentlich unterbrochen von angestrengtem Atmen, während der Maulwurf sich einen Weg durch Brackens Wall grub, bis schließlich am Eingang ein Rüssel erschien und in der warmen Abendluft schnüffelte.

»Hier ist ein Maulwurf«, sagte er laut. »Ich rieche es.« Woraufhin der Rüssel wieder im Tunnel verschwand und ein tiefes Schweigen entstand. Bracken hielt den Atem an, wartete einige Minuten lang und konnte es schließlich nicht mehr aushalten. »Hallo, ich bin hier«, sagte er in dem heitersten Ton, den er zustande brachte, »ein Jungwurf von der Westseite.« Stille.

»Ich habe mich verlaufen.« Stille. »Es tut mir sehr leid, wirklich, aber ich dachte, Euer Bau sei verlassen.« Ein Schnuppern. Endlich sprach der Maulwurf aus dem dunklen Tunnel heraus.

»Er war verlassen. Ich hatte monatelang keine Zeit, herzukommen. Es ist der reinste Zufall« (an dieser Stelle kam der Rüssel am Eingang des Tunnels wieder zum Vorschein), »daß ich gerade in diesem Augenblick hier vorbeikomme.«

Der Kopf des Maulwurfs erschien, der Kopf des ältesten Maulwurfs, den Bracken je gesehen hatte. »Zumindest denke ich, daß es der reinste Zufall war. Ich bin mir nicht sicher, ob es Zufälle überhaupt noch gibt.«

Der Maulwurf tauchte ganz aus dem Eingang auf und blinzelte, auf spindeldürren Pfoten stehend, in Brackens Richtung. »Womit ich meinte, ich bin mir überhaupt nicht mehr sicher ... wenn du verstehst, was ich meine. Du hast nicht zufällig einen Wurm oder zwei, wie?« fragte er plötzlich, ließ sich langsam und würdevoll nieder und sagte kein Wort mehr.

Bracken, halb versteckt hinter einem heruntergefallenen Ast, kam etwas hervor und kauerte sich nieder. Der alte Maulwurf hatte offensichtlich die Hoffnung aufgegeben, einen Wurm von Bracken zu erhalten, und stellte die Frage, die Maulwürfe nach alter Tradition auf ihrem Territorium Fremden stellen: »Wer bist du, und woher kommst du?« Er fragte es in einem Singsang-Ton, beinahe als bedeute ihm die Frage nichts oder als erwarte er keine Antwort. Aber trotzdem erhielt er eine Antwort. »Ich bin Bracken von der Westseite, auf Erkundung.«

»Hm, auf Erkundung! Sehr gut!« Er senkte die Stimme ein wenig und sagte in einem gezierten Flüstern, von dem Bracken glaubte, es könnte sarkastisch sein: »Du hast nicht zufällig ein paar von meinen Würmern erkundet, was?«

»Na ja, ich ...« Bracken stotterte, weil er nicht gern zugeben wollte, daß er genau das getan hatte, andererseits aber auch nicht lügen wollte. »Na ja, ich denke, ich könnte Euch im Nu ein paar suchen«, bot er schließlich an.

Der alte Maulwurf antwortete nicht, klackte aber die Kiefer anerkennend aufeinander und begann wieder zu summen. Bracken machte sich geschäftig auf die Suche nach Würmern, erfreut darüber (ohne es zu wissen), etwas für einen anderen Maulwurf zu tun, auch wenn der Anstoß dazu nur gewesen war, daß er dem alten Maulwurf einige Würmer gestohlen hatte. Er wühlte fröhlich unter heruntergefallenen Ästen und unten in einem alten Tunnel, den er gesehen hatte, erst halb gegraben, aber verlassen. Er spürte, daß der andere Maulwurf nicht aggressiv war; tatsächlich schien er eindeutig freundlich gesonnen und war offensichtlich auf einen Schwatz aus. Und das wäre schön, dachte Bracken: Vielleicht weiß er etwas über die Hänge, was er mir erzählen will. Und über den Stein.

Bald hatte er sechs oder sieben Würmer gefunden, genug für sie beide. Er legte vier davon neben den alten Maulwurf, und als Zeichen seiner Ehrerbietung biß er ihnen die Köpfe ab, damit sie nicht davonkriechen konnten. Dann setzte er sich wieder. Der alte Maulwurf bedankte sich bei ihm und kauerte dann schweigend da, die Würmer betrachtend, als grüble er über etwas nach. Dann sagte er:

»Sei bei uns, Stein, zu Beginn unseres Festes.
Sei bei uns, Stein, am Ende unseres Mahls.
Laß keinen Maulwurf unsere Körper erniedrigen,
Der unsere trauernden Seelen verletzen könnte.
Oh, kein Maulwurf soll unsere Körper erniedrigen,
Der unsere trauernden Seelen verletzen könnte.«

Das einfache Gebet war zu Ende, fast ehe es begonnen hatte, und es flößte Bracken eine so große Scheu ein, erfüllte ihn so mit Staunen, daß er ergriffen schwieg. Er hatte noch nie zuvor ein Gebet gehört. Er hatte noch keinen Maulwurf zu dem Stein sprechen hören, als sei er ein Freund, der einem Maulwurf zur Seite stand.

Um sie wurde es Abend, und sie aßen ihre Würmer schweigend, in bestem Einvernehmen miteinander. Als der alte Maulwurf mit seinen vier Würmern fertig war, die er langsam und mit Genuß gegessen hatte, machte er eine Pause und reinigte sein Gesicht und leckte sich die Pfoten.

»Jetzt fühle ich mich besser. Ich bin dir wirklich dankbar. Ich heiße übrigens Hulver, und wenn ich mich nicht sehr irre, ist Burrkopf von der Westseite dein Vater.«

»Ja, das stimmt. Woher wußtet Ihr das?« fragte Bracken.

»Er ist Ältester, wie ich«, erklärte Hulver. »Er hat dich ein- oder zweimal erwähnt.« Hulver beugte sich vor und flüsterte wie ein Verschwörer zum anderen: »Er ist gar nicht zufrieden mit deiner Entwicklung. Du bist ihm nicht garstig genug!« Hulver lachte, und Bracken stellte fest, daß er ihn sehr nett fand, aber er wußte immer noch nicht, was er sagen sollte. Er befand sich in Gesellschaft eines Ältesten, von dem er gehört hatte, er sei der Weiseste im System – was konnte er also sagen? Hulver verfiel wieder in Schweigen; sein Rüssel bebte leicht im blauen Abendlicht, und er ließ sich langsam auf seine ausgestreckten Pfoten nieder, während er nachdenklich den Einbruch der Nacht betrachtete.

Brackens Gedanken wirbelten durcheinander – das Gebet hatte in ihm sehr merkwürdige Gefühle ausgelöst, und soweit es ihn betraf, hing es noch immer wundersam in der Luft um sie herum und ließ alles andere verschwommen und unklar erscheinen. Er fühlte sich in seinen Gedanken verloren, buchstäblich verloren, denn er konnte sich selbst in ihnen nicht mehr wiederfinden. Der alte Maulwurf kauerte vor ihm, als sei er einer der Bäume oder eine Pflanze, die dort wuchs, oder der Erdboden, Teil des Ganzen um ihn herum, das in dem Gebet enthalten zu sein schien. Schließlich wurde er aus seinen Gedanken herausgezerrt – so empfand er es – durch Hulver, der ihn mit sanfter Stimme fragte: »Warum bist du zu den Hängen herübergekommen, kannst du mir das sagen?« Bracken begann es ihm zu erzählen, erklärte ihm, daß er sich für das System interessiere, gern auf Erkundung gehe und ... und bald erzählte er Hulver alles.

Er redete und redete, bis in die Nacht hinein, und erzählte Hulver Dinge über sich selbst, von denen er kaum wußte, beklagte sich bitterlich über sein Leben, kritisierte Burrkopf und sagte endlich, daß er ihn hasse und daß er Wurzel verachte, erzählte von Espes Geschichten und gab dann zu, daß er sich davor fürchte, den heimischen Bau zu verlassen und sein eigenes Territorium zu suchen. Hin und wieder nickte Hulver ermutigend, aber er sagte nie mehr als zwei oder drei Worte und fällte kein Urteil, so daß Bracken sich alles vom Herzen reden konnte.

Der unheilverkündende Schrei einer Eule irgendwo hoch über ihnen brachte ihn endlich zum Schweigen – und die plötzliche Erkenntnis, als er hinaufblickte und hinter Wolken die Mondsichel blaß hervorschimmern sah, daß es spät war und immer später wurde. Er war müde, und er hatte das Gefühl, noch nie in seinem Leben so viel geredet zu haben. Hulver gähnte, warf einen Blick in die Runde und sagte: »Zeit für den Bau, mein Junge, Zeit zum Schlafen.

Du darfst diesen Tunnel gern benutzen, oder vielleicht sollte ich sagen: weiterhin benutzen. Aber ich werde hinunter in meinen Bau gehen, der ein bißchen weiter weg liegt, weil es dort soviel ruhiger ist.« Mit diesen Worten lief er davon in die Nacht. Bracken folgte ihm mit den Ohren, bis er in einem Eingang verschwand und nicht mehr zu hören war.

Eine Weile kauerte Bracken allein in der Nacht, dachte über Hulver nach und genoß die ungewöhnliche Ruhe und den Frieden, die in ihm waren. Ein Bruchstück des Gebets, das Hulver gesprochen hatte, kam ihm wieder in den Sinn, und müde ließ er sich die Worte durch den Kopf gehen, wie das Geräusch des Windes in hohem Gras am Rand des Waldes:

»Laß keinen Maulwurf unsere Körper erniedrigen,
Der unsere trauernden Seelen verletzen könnte.«

Beim zweitenmal machte er aus dem »unser« ein »mein« und wußte nicht, daß Hulver in seiner Güte die Worte schon geändert hatte, um Brackens Anwesenheit einzubeziehen, denn es war ein Gebet, das er über seinen einsamen Mahlzeiten oft für sich selbst sprach. Bracken konnte sich nicht an alle Worte erinnern und nahm sich vor, Hulver zu bitten, sie für ihn zu wiederholen, so daß er sie lernen konnte. Dann kletterte er in den Tunnel hinunter, errichtete sorgfältig wieder eine Absperrung und fiel in einen tiefen Schlaf.

Aber Hulver, seinen alten Rüssel auf die ergrauenden Pfoten gestützt, schlief nicht sofort ein, sondern dachte über den fremden jungen Maulwurf nach, der jetzt in einem seiner Tunnel schlief. Trotz all der Verwirrung und der Verbitterung des Jungen und seiner Nörgelei an der Lebensweise der Westseite hatte er etwas an sich, das Hulver gefiel. Er konnte sich gewandt und hübsch ausdrükken, seine vernichtende Kritik an einigen der Maulwürfe von der Westseite, Burrkopf eingeschlossen, traf ins Schwarze, während sein offensichtlich vorhandener Mut bei der Erkundung des Systems beeindruckend war für einen so jungen Maulwurf.

Es erregte auch Hulvers Aufmerksamkeit, daß er an dem Alten System interessiert zu sein und etwas von dem Unternehmungsgeist zu haben schien, der viel zu wenige Maulwürfe auszeichnete. Er hielt in seinen Überlegungen inne, kratzte sich mit der linken Pfote an der Stirn und versuchte, Worte zu finden, um die Wirkung auszudrücken, die Bracken auf ihn hatte. »Hab mich noch nie gut ausdrücken können«, murmelte er vor sich hin und brachte sich in eine zum Schlafen etwas besser geeignete Lage. »Aber der Jungwurf gefällt mir, er hat irgend etwas an sich, wenn er auch aussieht, als könnte er kaum mit einem Floh fertig werden.«

Er dachte nach über die Eingebung, die ihn in jenen Teil seiner Tunnel geführt hatte, wo er auf Bracken gestoßen war. Die gleiche glückliche Eingebung, die er in den vergangenen Wochen gespürt hatte und die ihn herausgeholt hatte aus den langen Maulwurfjahren der Schmerzen und der Verzweiflung, die der letzten Mittsommernacht folgten, als er überzeugt gewesen war, daß Ruun in den Schatten gehorcht hatte. Erst mit dem neuen Frühling war die Last leichter geworden und ein wenig von seiner alten Lebensfreude zurückgekehrt. Und jetzt war dieser Bracken in seinem Territorium aufgetaucht, kühn wie ein keckes Junges.

»Gut«, sagte er zu sich selbst, während er in einen glücklichen Schlaf fiel, »ich werde ihm etwas vom Alten System und seinen Bräuchen beibringen. Was ich darüber weiß. Ich könnte ihm gegenüber vielleicht sogar die Feiern erwähnen; ein paar von diesen grünen Jungwürfen sollten davon wissen.«

Das war der Anfang der ersten Freundschaft, die Bracken je kennenlernte, und der letzten, die Hulver genoß. Eine seltsame Verbindung zwischen dem ältesten Maulwurf im System, der schon vor langer Zeit seinen politischen Einfluß verloren hatte, und einem der schwächsten, der überhaupt keinen Einfluß hatte.

In den Junitagen, die folgten, erzählte Hulver ihm viel, und Bracken hörte gut zu und nahm in seiner Phantasie aktiv teil an all den Abenteuern und Reisen, Kämpfen und Feiern, von denen Hulver erzählte.

Bald schon bat er Hulver, ihn mitzunehmen hinauf zum Alten System, aber Hulver lehnte es immer ab, mit einer Ausrede nach der anderen: »Heute bin ich zu müde für diese Klettertour ... im Augenblick gibt es dort kaum Würmer, warten wir lieber noch ein bißchen ... es gibt nicht viel zu sehen, was ich nicht beschreiben könnte ... zu viele Eulen dort, weil die Maulwürfe schon zu lange fort sind.« Aber das alles machte keinen Eindruck auf Bracken, der nur noch fester entschlossen war, hinaufzugehen.

Aber es gab auch andere Dinge, über die sie sprachen. Von Hulver hörte er zum erstenmal von Uffington, wo die Heiligen Baue waren und wo, so hieß es, geheimnisvolle Weiße Maulwürfe umherwanderten.

»Es ist weit weg, weit im Westen. Ich habe noch nie einen Maulwurf kennengelernt, der dort war, aber als ich in deinem Alter war, habe ich mit einigen gesprochen, die behaupteten, Maulwürfe zu kennen, die dort gewesen sind.«

»Was machen sie dort?« wollte Bracken wissen. »Was für Maulwürfe leben mit den Weißen Maulwürfen zusammen? Wißt Ihr etwas über die Schreiber, die Espe in ihren Geschichten erwähnt hat?«

Die Fragen sprudelten nur so aus ihm hervor, in einem Strom, der Hulver manchmal das Gefühl gab, er sei alt und hilflos, denn es gab so viele Fragen, auf die er keine Antwort wußte, und, was schlimmer war, auf die eine Antwort zu finden ihm noch nie in den Sinn gekommen war.

»Ich weiß es nicht. Ich habe es noch nie gewußt«, sagte er dann. »Die Schreiber kamen von dort, das weiß ich!«

»Ja, aber was machen Schreiber?« fragte Bracken hartnäckig weiter.

»Sie schreiben die Geschichten auf, die Maulwürfe nicht vergessen möchten, und die Gebete und Segen, die wahre Maulwürfe lieben. Sie ziehen aus von Uffington, um uns an den Stein zu erinnern.«

»Sind sie schon einmal hier gewesen?« fragte Bracken unermüdlich weiter, und Hulver erzählte ihm, was er darüber wußte.

So lernte Bracken viel aus dem, worüber Hulver sprach, aber noch mehr – ohne es zu wissen – aus der sanften Lebensweise des alten Maulwurfs, der nach Würmern suchte, offen den Stein um Hilfe bat und manchmal eine Pause einlegte und Bracken aufforderte, den Geräuschen »dieses geliebten Waldes« zu lauschen. Oft kauerte er einfach nur auf dem Boden und ließ Bracken das gleiche tun, obwohl dieser es lästig fand, einfach nur stumm auf dem Boden zu hocken, wenn er doch etwas tun oder reden könnte.

»Darum gerade lasse ich es dich ja tun«, sagte Hulver geheimnisvoll.

Eines Tages versetzte Hulver Bracken einen Schock, als er ihm mitteilte, es sei Zeit für das Juni-Ältesten-Treffen, und er würde fünf oder sechs Tage abwesend sein - »wenn sie auch nicht auf mich hören, wo Mandrako sie so fest in der Hand hat.«

Kurz bevor er ging, sprach er sehr ernste Worte mit Bracken. »Bleibe hier und verhalte dich still, lebe in meinem Bau, leise, wie ich es dir beigebracht habe, denn obwohl Mittsommer ist und es eine glückliche Zeit sein sollte, fürchte ich, daß viel Gefahr in der Luft liegt. Ich kann es riechen. Paß also gut auf dich auf.«

Bracken wurde kalt ums Herz, als er dies hörte, denn die plötzliche Vorstellung, wieder allein zu sein, ließ ihn erkennen, wieviel Freude ihm das Zusammenleben mit Hulver in den vergangenen wenigen Tagen bereitet hatte. Hulver, der die Angst in seinem Gesicht aufsteigen sah, berührte Brackens Schulter leicht mit der Pfote und sagte: »Die Gefahr ist da, aber du bist stark genug, ihr zu begegnen. Du wirst nie etwas Bösem gegenüberstehen ohne die Kraft, damit fertig zu werden. Wenn ich zurückkomme, wird viel zu tun sein, und du mußt noch viel lernen«, sagte Hulver abschließend. »Ich werde dich hinauf zum Alten System bringen. Laß dich inzwischen nicht von der Junisonne einlullen. Es liegt Gefahr in der Luft, und ich fürchte, du könntest leiden, wenn sie naht, sei also vorsichtig.«

Hulver machte kehrt und lief ein kleines Stück hangabwärts, bevor er in einem Tunnel verschwand, der zu dem fernen Barrow Vale führte. Er verließ Bracken nur ungern, denn auch ihm hatte ihre Freundschaft Freude bereitet.

Bracken sah ihm nach und kehrte dann mit dem Gefühl großer Verlassenheit zurück in Hulvers Tunnel und weiter hinunter in seinen Bau, wo er sich hinkauerte, verängstigt und einsam. Eine schreckliche dunkle Angst ergriff ihn, und er schauderte, trotz der Juniwärme. Er hatte sich noch nie so allein gefühlt. In der Dunkelheit versuchte er, Worte des Trostes für sich selbst zu finden, während die Angst ihn umkreiste, aber er fand keine. Dann ergriff die Angst völlig Besitz von ihm, bis sie sich wie eine schwarze Wolke anfühlte, die platzen und in ihm explodieren würde, und weinend und verlassen wiederholte er zwischen Schluchzern Zeilen des ersten Gebets, das er Hulver hatte sprechen hören:

> »Laß keinen Maulwurf meinen Körper erniedrigen,
> Der meine trauernde Seele verletzen könnte.«

Und obwohl er es nicht wußte, war es das erste Gebet zum Stein, das er je sprach. Langsam brachte es ihn zur Ruhe, bis er wieder an Hulver denken konnte, nicht mehr nur an sich selbst. Er machte aus dem »mein« ein »sein« und wiederholte das Gebet, in der Hoffnung, daß es Hulver durch die Tunnel zum Ältesten-Treffen in Barrow Vale begleiten und ihn dort beschützen werde.

Aber Hulver traf einen anderen Maulwurf, ein Weibchen, und unterhielt sich mit ihr, bevor er zu den Ältesten ging. Es war eine Begegnung, die ihn sehr beeinflußte und veranlaßte, Bracken für einen ungewöhnlicheren Maulwurf zu halten, als er es sonst vielleicht getan hätte.

Der Maulwurf, den er traf, war Rebekka, und es war wohl das erstemal, daß Rebekka den Namen Bracken hörte, denn ihre inzwischen legendäre erste Begegnung mit ihm beim Stein fand erst im folgenden September statt. Sie hatte gewußt, daß im Juni ein Ältesten-Treffen stattfinden sollte, und da wie immer ihre Neugier größer war als ihre Furcht vor Mandrake, wagte sie es, in Barrow Vale zu warten, um die Ältesten für die Zusammenkunft eintreffen zu sehen.

Andere Maulwürfe taten das auch. Das war das Angenehme an den Gemeinschaftstunneln unter Barrow Vale. Im gleichen Augenblick, als sie den alten Maulwurf aus den Tunneln, die von den Hängen hierherführten, herunterkommen sah, mit seinem faltigen, gesenkten Rüssel und seinem zottigen, ergrauenden Pelz, wußte sie, wer es war. Sie lief ihm entgegen in der alten freundlichen Art, die sie während April und Mai keinem Maulwurf gegenüber anzunehmen gewagt hatte, atemlos und lächelnd. »Seid Ihr Hulver?« fragte sie. Er blieb stehen und sah zu ihr auf, denn sie hielt sich gerader und war jünger als er. Er sah so nett aus. Oh, er war so weise und strahlte Liebe aus.

»Ich bin Hulver, das kann ich nicht leugnen«, sagte er fröhlich. »Da sowieso kein Maulwurf so alt ist, wie ich es jetzt bin, war das nicht schwer zu raten. Und wer bist du, meine Liebe?«

Sie zögerte aus Gewohnheit, es zu sagen, denn viele neigten dazu, zurückzuschrecken, wenn sie hörten, daß sie Mandrakes Rebekka war. Aber sie spürte, daß es bei Hulver keine Rolle spielte. »Rebekka«, sagte sie.

»Sarahs Tochter!« sagte er. »Und Mandrakes. Du bist ein hübscher Jungwurf, das muß ich sagen, obwohl ich annehme, daß du schon erwachsen bist, aber für mich seht ihr alle so jung aus. Wird dir auch noch so gehen, eines Tages.« Er lachte.

»Würdet Ihr mir von den alten Zeiten erzählen?« fragte sie voller Eifer. »Weil man sagt, Ihr seid der einzige, der sich noch erinnert, der einzige, der noch übrig ist.« Sie sprach leiser während dieser letzten Worte, weil sie seltsamerweise plötzlich das Verlangen spürte, dicht zu ihm heranzugehen, sich an ihn zu schmiegen, ihn zu halten.

»Es würde ein Leben lang dauern, dir nur einen kleinen Teil davon zu erzählen«, sagte er, »und bedauerlicherweise habe ich es eilig; ich muß zum Ältesten-Treffen.«

»Oh«, seufzte Rebekka enttäuscht. Es gab soviel, was sie gern gewußt hätte, und sie hatte das Gefühl, Hulver könnte es ihr sagen. Sie hatte sogar das Gefühl, er könnte Fragen beantworten, die sie nicht einmal zu stellen wußte. Sie kauerte sich in seiner Nähe traurig hin.

Auch Hulver war beeindruckt von ihrer Begegnung. Sie schien so, so ... so voller Leben! Eifrig und seufzend, stehend und kauernd, traurig und voller Liebe. »Die Ältesten-Treffen fangen sowieso nie pünktlich an«, dachte er, während er es sich neben ihr gemütlich machte, als Zeichen dafür, daß er sich wenigstens ein wenig mit ihr unterhalten wollte. »Ich werde dir von Rebekka erzählen, deiner Namensschwester, wenn du willst, Rebekka die Heilerin vom Alten System.«

Rebekkas Stimmung veränderte sich wieder. Sie seufzte zufrieden, lächelte glücklich und schloß die Augen, wie sie es auch tat, wenn Sarah anfing, ihr eine Geschichte zu erzählen.

»Wahrscheinlich weißt du ja schon alles über Rebekka, in Duncton kommt man kaum darum herum, da sie die einzige Berühmtheit zu sein scheint, die wir für uns in Anspruch nehmen können, und wenigstens sie haben sie hier nicht vergessen, wenn sie auch alles andere von Bedeutung vergessen haben.« Rebekka nickte heiter; sie hatte alles über Rebekka gehört, aber sie hatte nichts dagegen, es noch einmal zu hören, nicht, wenn es von Hulver kam.

Aber Hulver wußte selber noch nicht, was er sagen würde, da es ihm alles in den Sinn kam und in Worten aus ihm herausströmte, ohne daß er allzuviel damit zu tun zu haben schien. Er war in sehr friedlicher Stimmung. »Ich bin sicher, das meiste, was du gehört hast, war Unsinn, harmloser Unsinn natürlich. Es ist einfach so, daß wir alle gern eine gute Geschichte hören, und wenn da irgendwo eine Lücke beim Erzählen auftaucht, füllen wir sie gern mit etwas aus, was gut hätte sein können – und wer weiß, vielleicht war es so!« Hulver hatte das Gefühl, mit seinen Worten einen Tunnel zu erkunden, den er noch nie hinuntergestiegen war.

»Weißt du, was ich denke?« Er stellte sich selbst die Frage ebenso wie Rebekka, aber sie schüttelte den Kopf und kauerte sich noch dichter an Hulver, weil sie feststellte, daß seine Anwesenheit ihr lieb war; es war etwas an seinem hohen Alter und seiner Güte, das aus dem Boden selbst zu kommen schien und ihr das Gefühl gab, sie sei sicher und von Liebe umgeben. »Ich glaube, sie ist eine ganze Weile hier in Duncton gewesen. Ich glaube, in jener Zeit war Duncton ein System, in dem ein Maulwurf wie sie gern gewesen ist.

Ich glaube, sie hat den Dunctonwald geliebt, wie du oder ich Barrow Vale im Frühling lieben.

Was du mich jetzt fragen wirst, was ich mich tatsächlich selber frage: warum glaube ich das alles? Nun, ich werde es dir sagen, mein liebes Kind, denn wenn du es vielleicht auch jetzt noch nicht verstehst, so bin ich mir ganz sicher, eines Tages wirst du es verstehen.

Vor zwölf Maulwurfjahren, bevor du geboren warst, fand hier ein Ältesten-Treffen statt. Es war das Juni-Treffen, wie das, das gerade beginnen soll. Es wurde viel geredet, worüber du dir aber keine Gedanken zu machen brauchst. Aber während dieses Treffens wurde dein Vater zum führenden Ältesten, und seine wirkliche Herrschaft über das System begann. Es gab Drohungen, dunkles Gerede und viel Traurigkeit über das System für einige von uns, und so ist es noch immer. Eine Zeitlang war ich völlig verzweifelt und wollte sterben. Ich sah, daß dein Vater das System zerstören würde und ich nichts dagegen unternehmen konnte. Ich zog mich in meinen Bau zurück und saß stumm dort. Ich hätte gern mit einem anderen Maulwurf gesprochen, aber auch mein bester Freund, Bindel, fürchtete sich zu sehr, um mit mir zu sprechen. Jetzt nimmt er an den Ältesten-Treffen gar nicht mehr teil. Ich war jedenfalls allein. Alles erschien mir freudlos, obwohl draußen ein warmer Juniwind wehte, obwohl es reichlich Würmer gab und obwohl die Jungwürfe schnell heranwuchsen unten im Hauptsystem. Aber ich aß nicht. Ich kauerte allein und stumm dort.

Das einzige, was mich am Leben hielt, war das Wissen, daß ich als einziger alle Worte der Mittsommerfeier kannte, und obwohl Mandrake sagte, er würde mich töten, wenn ich sie beginge« – hier hielt Rebekka erschrocken den Atem an, und Hulver legte für einen Moment seine Pfote auf ihre Schulter – »wußte ich doch, was ich zu tun hatte.

Dann stieß ich auf eine der alten Sagen – sicher kennst du sie: Grundsel, der Eulentöter. Du erinnerst dich, wie er erkannte, daß es besser sei zu sterben, als ein Sklave der Angst zu sein? Ich fing an, das gleiche zu empfinden. Ich ging hinaus an die Oberfläche und schaute hinauf zu den großen Bäumen über mir und lauschte dem Wald um mich herum und wartete auf das erste Licht. Juni! Was für eine Zeit! Wie glücklich war ich auf einmal, als das Licht den dunklen Wald überraschte, seine dunkelsten Stellen beseitigte, Schwarz in Grau verwandelte, und dann Grau in die Farbe des Sommers! Als es wieder Nacht wurde, bestieg ich den Hügel, um die Mittsommernacht zu feiern. Die Angst, die in der Luft gehangen hatte, schien verflogen zu sein, und natürlich wurde ich nicht von Mandrake getötet. Als ich mich auf den Weg machte, wußte ich, daß ich nicht getötet werden würde, obwohl ich verfolgt wurde von dem Augenblick an, als ich meinen Bau verließ. Ich weiß nicht mit Sicherheit, wer mir folgte, aber wenn ich mir ansehe, wie die Dinge im System sich inzwischen entwickelt haben und wer Mandrakes eifrigster Maullanger ist, denke ich, daß es Ruun gewesen sein muß. Er dachte wahrscheinlich, ich wisse nichts von seiner Anwesenheit, aber kein Maulwurf lebt so lange, wie ich es getan habe, ohne zu wissen, was oder wer in der Nähe ist – besonders wenn es ein so unangenehmer Maulwurf wie Ruun ist!«

Hier seufzte und nickte Rebekka. Sie wußte, was er meinte.

»Ich habe jedenfalls die Feier stattfinden lassen und nicht die kleinste Kleinigkeit vergessen. Ich habe auch noch ein besonderes Gebet gesprochen, und ich sprach es in Richtung Uffington – ich habe darum gebetet, daß Duncton noch einmal von einem Schreibermaulwurf besucht werde. Es war etwas Sonderbares an dem Gebet, etwas Kraftvolles, das mir klarmachte, daß der Stein wirklich zuhörte. Eines Tages wirst du verstehen, was ich meine.«

Als er das sagte, blickte Hulver Rebekka direkt an und in ihre Augen, die strahlten vor Leben und Liebe, und einen Augenblick lang war ihm, als sei sein alter Körper nicht mehr hier, sondern schwebe an einem wunderbaren Ort, denn er wußte, dieser Maulwurf, dieses Weibchen, war etwas Besonderes, und auf irgendeine geheimnisvolle Weise sprach der Stein durch ihn, Hulver, zu ihr. Und dieser Gedanke ließ ihn an Bracken denken, der so verängstigt war, als er ihn oben auf den Hängen zurückgelassen hatte, ließ ihn auch sehen, daß zwischen den beiden eine Verbindung bestand. Ihm war, als kauere er zwischen ihnen und als gebe es eine Macht, eine Stärke, eine gewaltige, verwirrende Kraft, die ohne ihr Wissen zwischen ihnen strömte und ihren Weg durch ihn nahm! Er gab sich einen Ruck und fuhr mit seiner Geschichte fort.

»Als ich dieses Gebet zu Ende gesprochen hatte, kehrte ich zurück zu meinen Bauen an den Hängen; ich muß zugeben, daß ich mich etwas niedergeschlagen fühlte. Ich fühlte Ruuns böse Anwesenheit in meiner Nähe, und diesmal konnte ich ihr nicht so widerstehen, wie ich es getan hatte, als ich auf den Hügel stieg. Vielleicht hatte die Feier mich erschöpft; solche Dinge sind sehr anstrengend, weißt du. Ich konnte das Böse von Ruun in mich eindringen fühlen als Angst, als Schmerzen, als Altern.

Was hat nun all dieses mit Rebekka der Heilerin zu tun? Hör mir gut zu. Während die Tage vergingen, war ich überzeugt, daß Ruun mich mit irgendeinem Fluch belegt hatte – oder daß er etwas von sich selbst in meinen Gängen zurückgelassen hatte. Aber obwohl ich mich müde und krank fühlte, sah mein alter Kopf die Dinge allmählich deutlicher als vorher. Und was sah ich? Ich kann es unmöglich alles erklären; ich vergaß die Dinge, die so klar vor mir lagen, fast ebenso schnell, wie ich sie sah. Aber das Wichtigste, was ich sah, oder besser spürte, war, daß Rebekka die Heilerin im System war: Sie war hier.

Und das ist etwas ganz anderes als wenn man eine Geschichte hört, mit Vergnügen hört, über einen Maulwurf, der einst im Alten System gelebt hat. Ich wußte, daß sie da war. Was noch mehr ist, ich fühlte, daß sie noch immer hier war – eigentlich sollte ich sagen, noch immer hier ist. Ich lebte viele Maulwurfmonate völlig allein, vielleicht waren es auch Maulwurfjahre – ich bin mir nicht ganz sicher –, aber ich war nicht allein. Rebekka war da, wie sie auch bei dir ist, ihrer Namensschwester, und dort oben«, er wies mit seiner Pfote hinauf zu den Hängen, »bei ... bei Bracken!«

Bevor Rebekka fragen konnte, wer Bracken sei, was sie gerade tun wollte, unterbrach Hulver sie und sich selber, indem er sie mit der Pfote am Kopf berührte und sagte: »Ich glaube nicht, daß ich dich noch einmal sehen werde, mein liebes Kind, darum merke dir, was ich sage, wie merkwürdig es dir auch vorkommen mag.« Er dachte wieder daran, daß das Ältesten-Treffen bald beginnen würde und daß die Zeit knapp wurde, und es tat ihm leid, unendlich leid, daß er Rebekka nicht früher kennengelernt hatte.

»Siehst du, mein liebes Kind«, sagte er eindringlich, »Rebekka die Heilerin war bei mir auf den Hängen, oder besser, ihre Liebe war es, was mehr oder weniger das gleiche ist. In der Stille meines Baues oder wenn ich stumm auf der Oberfläche kauerte, hörte ich sie oft im Wind oder sah sie in einem Buchenblatt oder einer Wurzel, und all meine Schmerzen und Beschwerden waren verschwunden. Ich bin ein alter Maulwurf und habe viele Weibchen gehabt, aber ich habe nie eine solche Liebe gespürt wie die, mit der Rebekka mich zu erfüllen schien. Sie hat den Ducntonwald einmal geliebt, oder die Maulwürfe in ihm, und ihre Liebe für alle Zeiten hier zurückgelassen. Du brauchst nur eine Pfote auszustrecken, um ihre Liebe zu berühren.«

Er hielt plötzlich inne. Er mußte gehen. Er wollte das Ältesten-Treffen gern hinter sich bringen, weil nur noch so wenig Zeit war. »Leuchtet dir etwas von all dem ein?« fragte er Rebekka sanft. Er wußte, daß es nicht wichtig war, ob sie antwortete oder nicht, und sie war tatsächlich so sehr beschäftigt mit seinen Worten, daß sie gar nichts sagte. Es leuchtete ihm selbst auch nicht besonders ein, wenn er es sich recht überlegte, und so wußte er nicht, was er eigentlich als Antwort von Rebekka erwartete. Aber nachdem er eine so lange Zeit nicht mit freundlichen Maulwürfen zusammengekommen war – in den vergangenen Maulwurfjahren war er nur zu den Ältesten-Treffen in Barrow Vale erschienen –, beglückte es ihn, mit einem Maulwurf zu sprechen, der voller Zuneigung auf seine Worte hörte. So jung, so viel, was sie noch durchleben mußte, bei dem er ihr nicht helfen konnte – oder wollte. Er dachte plötzlich wieder an Bracken, der oben in seinem, Hulvers, Bau auf seine Rückkehr wartete. Er dachte an die trauervolle Angst im Gesicht des Jungwurfs, als er ihn dort zurückließ.

»Kennst du einen Maulwurf, der Bracken heißt, von der Westseite?« fragte er Rebekka. Sie schüttelte den Kopf. »Eine merkwürdige Sache«, fuhr er fort, halb zu sich selbst. »Ich fühlte mich zu einem Teil meiner Tunnel gezogen, den ich mehr oder weniger verlassen hatte, aus ... na ja ... aus einem Gefühl heraus. Eine Art ›Rebekka-Gefühl‹, wie ich es nenne. Und plötzlich war da ein Maulwurf, wie du ihn dir dreister gar nicht vorstellen kannst. Ein Jungwurf, der aussah, als sei er kaum entwöhnt. Nicht besonders ansehnlich, neigte dazu, sich über den heimischen Bau zu beklagen und anderen Maulwürfen die Würmer zu stehlen. Aber wie dem auch sei. Da Rebekka mich offensichtlich zu ihm geführt hatte, schien es wenigstens angebracht, daß ich mit ihm sprach, was ich auch tat, obwohl ich müde war.«

Hulver führte seine Geschichte nicht weiter aus. Es war ihm in den Sinn gekommen, je weniger wüßten, daß Bracken sich immer noch in seinem Bau befand, desto besser sei es.

»Bitte, Hulver, habt Ihr ihm die Geschichte von Rebekka erzählt, ich meine Eure Geschichte?«

»Nein, nein; er würde das nicht verstehen. Er interessierte sich mehr für Abenteuer und Kämpfe und die Erkundung des Alten Systems. Ach, und für die Schreibermaulwürfe; ich konnte ihm nicht genug über die erzählen!«

»Ich möchte auch vom Alten System hören«, sagte Rebekka und tat einen Augenblick lang so, als sei sie nicht mehr als ein Jungwurf, der seinen Willen haben möchte. »Und von den Schreibern auch.«

Hulver ging auf den plötzlich kindischen Ton in ihrer Stimme nicht ein und sprach weiter zu ihr, wie er es vorher getan hatte – wie zu einem erwachsenen Maulwurf.

»Dieser Bracken«, sagte er, »er hat etwas an sich ... ich weiß nicht, was es ist. Ich wollte, ich wäre noch einmal jung, so daß ich ihm helfen könnte ...« Er hielt inne, mit gesenktem Rüssel, und Rebekka wünschte, er würde weitersprechen. Er versuchte, ihr etwas zu sagen, aber er fand die Worte nicht.

Sie blickte in sein altes Gesicht und sah das Ringen um Worte darin und verstand plötzlich, auf die Art, wie es Jungwürfen oft geht, eine Wahrheit, die zu formulieren sie noch zu jung war. Sie begriff, daß ein Maulwurf, auch ein weiser Maulwurf, vielleicht oft nicht weiß, was er zu sagen versucht, und daß einer, der ihm zuhört, helfen muß, indem er schweigt und auf die Stille zwischen den manchmal stolpernden Worten hört.

»Dieser Bracken, er ist ein merkwürdiger Maulwurf. Er hat mir wieder Hoffnung gemacht, aber ich weiß nicht, warum. Er sieht wirklich nicht nach viel aus und ganz gewiß nicht so, als könnte er sich selbst verteidigen. Und doch ... nun ... Rebekka ...« Er sah sie wieder an, rang um Worte, gefangen zwischen diesen beiden Jungwürfen, unfähig, die Kraft und die Erleichterung zu beschreiben, die sie ihm unwissentlich gaben. »Rebekka, manchmal wirst du feststellen, daß es Maulwürfe gibt, denen du helfen kannst, obwohl sie der Mühe nicht wert erscheinen. Du fragst dich, warum du es versucht hast. Sie mögen schwach sein, oder selbstsüchtig, oder dumm, oder faul. Aber du wirst auch feststellen, wenn du solchen Maulwürfen deine Hilfe oder, mit anderen Worten, deine Liebe gibst, daß sie dich oft belohnen werden auf eine Weise, die du dir nie erträumt hättest. Das ist es, was der Stein vermag, verstehst du? Das ist es. Diese Maulwürfe werden nach Jahren wieder auftauchen, und plötzlich ist das Geheimnis, warum sie deinen Tunnel kreuzten und für kurze Zeit in dein Leben traten, gelöst. Und dann weißt du, daß es Kräfte gibt, die sich deiner Kontrolle entziehen und die einen Maulwurf mit Ehrfurcht erfüllen sollten. Das ist etwas, was viele Maulwürfe vergessen haben. Vergiß du es nicht auch. Vergiß es nie!«

Er sah sie eindringlich an, und sie stand mit großen Augen vor ihm und hätte gern, oh, sie hätte so gern ... und sie tat es! Sie trat auf ihn zu und berührte ihn mit ihrem Rüssel und hielt ihn einen Augenblick lang an sich gedrückt, und ihr junger schimmernder Pelz mischte sich mit seinem eigenen. Oh, sie war so von Liebe für ihn erfüllt, von Ehrfurcht vor seiner Weisheit und der einfachen Art, wie er seinen alten Körper hielt. »Oh, Hulver«, flüsterte sie.

Ein Gefühl großer Sanftheit ergriff Besitz von Hulver, der seit Maulwurfjahren nicht mehr von einem anderen Maulwurf berührt worden war, und noch nie mit einer solchen Liebe. Nie. Sie war schön – hatte er so lange gebraucht, um zu erkennen, daß Liebe die einzige Schönheit ist! Und dann stand noch einmal Brackens Bild vor seinen Augen, und er hörte sich sagen – oder mehr flüstern, weil sie ihm so nahe war: »Halte Ausschau nach Bracken. Es steckt mehr in ihm, als ein Maulwurf vermuten könnte, wenn er ihm begegnet. Viel mehr. Es kann sein, daß er deine Hilfe braucht, Rebekka.«

Er entzog sich ihr, und sie lächelten einander in die Augen.

»Vielleicht brauchst du auch seine Hilfe«, sagte Hulver, »denn das ist es, was der Stein vermag, verstehst du. Wir alle brauchen, was du geben kannst, besonders du selbst.«

Und mit dieser letzten geheimnisvollen Bemerkung verließ Hulver sie, und sie fand sich auf die merkwürdigste Weise von Liebe und Freude erfüllt. »Oh«, seufzte sie, »oh«.

KAPITEL 7

Nachdem Hulver ihn verlassen hatte, rührte Bracken sich zwei Tage lang nicht aus dessen Bau. Es waren genug Würmer da, und Hulvers Warnung hatte ihn so erschreckt, daß er lieber blieb, wo er war. Sie hatte ihn in solche Angst versetzt, daß er zwei Tage lang jeden Augenblick mit einer schrecklichen Gefahr rechnete, die vielleicht sogar im Bau selbst auftauchte. So fuhr er bei jedem Geräusch zusammen und machte sich Sorgen, wenn es still war.

Am dritten Tag gingen die Würmer zu Ende, und er wurde ohnehin unruhig; sogar Angst kann durch Langeweile abgebaut werden. Er spürte, daß es an der Oberfläche warm und sommerlich war, und so begab er sich nach oben, hielt sich aber nie weit entfernt vom Eingang zum Tunnel auf. Der Eingang, der Hulvers Bau am nächsten war, lag direkt unter den Buchen, die erst weiter unten zwischen den Eichen und dem Mischwald untergingen, der den ebenen Teil des Dunctonwaldes bildete.

Unter den Buchen fühlte der Wald sich anders an, und er wußte nicht recht, ob ihm das so sehr gefiel. Sie waren heller und klarer als Eichen, und es gab keinen Pflanzenwuchs unter ihnen, keine dichten Haselnußsträuche, und weder Weißdorn noch Stechpalmen. Es herrschte eine Klarheit in der Luft und ein Mangel an ablenkendem Pflanzenwuchs auf dem Boden, die einen Maulwurf nachdenklich stimmten. »Wenn die Spitze des Hügels genauso ist«, dachte Bracken, »dann ist es kein Wunder, daß die Maulwürfe aus dem Alten System anders als wir waren.« Er erkundete Hulvers Gang in alle Richtungen und stellte fest, wie er vermutet hatte, daß das Tunnelnetz zu groß war, als daß der alte Maulwurf es instand halten konnte, und an manchen Stellen begann es zu verfallen.

Es fiel ihm auf, daß an der Ostseite von Hulvers System die Tunnel älter aussahen, nicht so schnurgerade, und in schlechtem Zustand waren. Daraus schloß er, daß Hulver seine eigenen Tunnel mit anderen, längst verlassenen Tunneln vereinigt hatte, auf die er etwas höher in den Hängen gestoßen war. Das interessierte Bracken, und er machte sich auf die Suche nach dem zentralen Heim-Bau, den dieses ältere System gehabt haben mußte, konnte ihn aber nicht finden. Hier und dort, wo die Tunnel hügelauf führten, fand er sie versperrt – vor langer Zeit versperrt, denn die Hindernisse sahen eher wie das Tunnelende aus als wie bloße Erdwälle. Aber indem er sie mit seinen Krallen abklopfte, konnte er feststellen, daß sich jenseits der Wälle weitere Tunnel befanden. Er war versucht, einen Weg hindurchzugraben, aber das wäre unhöflich gegenüber Hulver gewesen.

Während er seine Erkundungen fortsetzte (und sie erstreckten sich über mehrere Tage, weil er immer noch viel Zeit schweigend in Hulvers Heim-Bau verbrachte), erstand vor seinem inneren Auge allmählich das gesamte Finsteresystem. Vorläufig war er natürlich in einigen wichtigen Gebieten noch nicht gewesen – im Alten System, an der Ostseite und im Marsch-Ende. Aber er war sich jetzt dieser Gebiete und ihres Verhältnisses zueinander viel bewußter, als er es früher gewesen war. So wie ein Maulwurfjunges seinen eigenen Bau mit ganz anderen Augen sieht, nachdem es zum erstenmal draußen in den Gängen gewesen ist, und diese wieder in einem neuen Licht, wenn es an der Oberfläche war – so sah Bracken jetzt, daß die Westseite nur ein Teil des Systems war, zudem ein Randteil.

Derartige Überlegungen drängten sich ihm eines Morgens besonders eindringlich auf, dem siebten Tag, seit Hulver ihn verlassen hatte, als er wieder einmal oben auf der Oberfläche kauerte, um die Junisonne zu genießen. Er hatte ein paar Würmer gefunden, und nachdem er sie vertilgt hatte, »lauschte er dem Wald«, wie Hulver es häufig tat. Der Wald war aufregend und voller Leben. Es kamen viel mehr Geräusche aus dem unteren Teil, wo die Eichen begannen und mehr Vögel lebten. Hier oben auf den Hängen erschien ihm die Luft klarer als er es je erlebt hatte, und alles schien möglich. Alles. Bracken kauerte mit dem Gesicht nach Süden, in Richtung Barrow Vale tief unter ihm, den Rücken zum Alten System über ihm.

Die Sonne schien im Osten, zu seiner Rechten, durch die glänzenden jungen Buchenblätter, während unten, zu seiner Linken, die Westseite lag, wo Espe und Wurzel ihren Geschäften nachgingen . . . und Burrkopf mußte direkt unter ihm sein, bei dem Ältesten-Treffen, und reden, reden . . . und oben dehnte sich der Himmel aus, größer als alles andere, und wölbte sich sogar über das ferne Marsch-Ende hinaus. Bracken sah jetzt zum erstenmal, daß das Finsteresystem nur ein System war, nicht die Welt. Eines Tages würde er weitergehen, als das System reichte, so wie der Himmel es tat, denn alles war möglich.

Er spürte eine starke Kraft von oben und von hinten, vom Alten System, an dessen Rand er hockte. Einen Augenblick lang kam er sich wie jemand aus dem Alten System vor, der hinunterschaute auf das neue System. Er sah jetzt, wie vorzüglich Hulvers Tunnelnetz im System als Ganzes plaziert war, zwischen dem Alten und dem Neuen, zwischen der Ostseite und der Westseite. Brackens Herz klopfte wild; er verspürte den Drang, durch den Wald davonzulaufen, durch den ganzen Wald, denn alles war möglich, und alles mußte erkundet werden.

Er hätte es vielleicht auch getan, wenn ihn nicht ein vertrautes Getrippel darauf aufmerksam gemacht hätte, daß aus dem Eichenwald unter ihm ein anderer Maulwurf heraufkam. Bracken wußte, daß es nicht Hulver war, als die

Geräusche sich nach Westen wendeten und im Boden verschwanden. Hulver würde sein eigenes System nie so verstohlen betreten. Zu diesem Zeitpunkt war Bracken eher argwöhnisch als verängstigt. Er lief in die Gänge und kauerte sich leise in einen Nebentunnel in der Nähe des Hauptbaues, von wo er alles hören und in verschiedene Richtungen fliehen konnte. Er kannte das Tunnelnetz gut genug, um einem fremden Maulwurf aus dem Weg zu gehen, falls das nötig werden sollte.

Der andere Maulwurf bewegte sich hier und dort durch die Gänge, ging aber schließlich wieder an die Oberfläche und suchte dort herum, bis er den Haupteingang fand. Dieser war nur wenige Maulwurfmeter von der Stelle entfernt, wo Bracken kauerte, und er wartete angespannt.

Er befand sich in einer merkwürdigen Lage – als Verteidiger eines Tunnelsystems, das nicht sein eigenes war. Plötzlich betrat der Fremde kühn und entschlossen das System und verharrte regungslos im Haupttunnel. Bracken schlurfte ein wenig umher, um seine Anwesenheit zu bekunden, denn er hatte weder die Absicht, zu warten, bis er gefunden wurde, noch wollte er davonlaufen und Hulvers Bau einem Fremden überlassen.

»Wer ist dort, und was tust du hier?« rief der Fremde mit herrischer Stimme, die für Bracken unerwartet kam. Er hätte vielleicht die gleiche Frage stellen sollen, hatte aber weder die Geistesgegenwart noch, vielleicht, den Mut dazu. Der andere Maulwurf war offensichtlich stark und erwachsen, und Bracken redete sich schnell ein, daß er keine Chance hatte, aus einem Zweikampf als Sieger hervorzugehen, selbst wenn er hätte kämpfen wollen, was nicht der Fall war.

Er hatte kaum den Rüssel aus dem Nebentunnel gestreckt, als der Fremde schon auf ihn zuging – kühn, gelassen, gebieterisch.

»Ich heiße Ruun«, sagte er, »und du tätest gut daran, mir zu sagen, was du hier treibst.« Er brachte die letzten wenigen Schritte in drohender Haltung hinter sich. Zum erstenmal in seinem Leben stand Bracken einem Maulwurf gegenüber, von dem er wußte, mit völliger Gewißheit, daß er ihn töten würde, wenn ihm danach war. Aus Ruuns Blicken sprach eine derartig gleichgültige Überlegenheit, daß das letzte bißchen Mut, über das Bracken noch verfügte, zusammenschrumpfte, um durch einen verzweifelten dunklen Impuls ersetzt zu werden – einfach nur fliehen. Ruun erschien ihm gewaltig und allmächtig und durchaus fähig, so kam es Bracken vor, seinen drohenden Marsch über ihn hinweg einfach fortzusetzen und ihn wie eine zertretene Motte liegenzulassen, die einem dahineilenden Maulwurf zufällig in den Weg geraten ist.

»Oh, Ruun, bitte, mein Name ist Bracken, und ich bin zu weit von der Westseite abgekommen«, wimmerte er mit einer Stimme, die hoch klang, da sein Hals aus Angst wie zugeschnürt war. Er starrte den furchterregenden Ruun an, bereit, zu tun, was er wollte. Wenn Ruun gesagt hätte: »Lege dich auf den Rükken und kratze die Decke«, wäre Bracken seinem Befehl gefolgt, ohne eine Frage zu stellen. Aber Ruun sagte nichts. Er sah Bracken nur mit versengenden Blicken an, und wenn Bracken nicht wie von Sinnen vor Angst gewesen wäre, sondern in der Lage, über die Situation nachzudenken, hätte er vielleicht die Überzeugung gewonnen, daß es besser gewesen wäre, er wäre tatsächlich aufgefordert worden, die Decke zu kratzen. Statt dessen entschloß er sich, die Stille mit einer weiteren Phrase zu füllen, einer Phrase aus seinem Vorrat von »kleiner-verlorener-Maulwurf«-Ausreden für Gelegenheiten, wenn er sich zur falschen Zeit am falschen Platz befand. »Ich hatte auch keine Würmer mehr, und dieser Bau war verlassen, darum bin ich hiergeblieben.«

Ruun wußte ganz genau, daß Bracken Burrkopfs Sohn war, und obwohl der Jungwurf nach allem, was so gesagt wurde, ein Schwachkopf war (ein guter Grund, ihn auf der Stelle zu töten), wollte er Burrkopf und die Westseite nicht unnötig verärgern. Die Zeit war noch nicht reif. Während er jedoch zusah, wie der Jungwurf stotternd seine Entschuldigungen vorbrachte, neigte er eher zu der Ansicht, daß er Burrkopf einen Gefallen täte, wenn er ihn aus dem Weg schaffte.

»Nun, er ist nicht verlassen, denn jetzt bin ich hier, und ich empfehle dir, schnell zur Westseite zurückzukehren«, sagte er langsam. »Maulwürfe sollten ihre Territorien nicht verlassen, und ich mache nur Zugeständnisse, weil du ein Jungwurf bist. Wenn du auf deinem Weg zur Westseite aufgehalten wirst, kannst du sagen, daß ich dich zurückgeschickt habe. Aber versuche nicht noch mal, diese Art von Erkundungen zu betreiben; es ist nicht ungefährlich. Und jetzt setz dich in Bewegung.«

»Ja, Ruun, danke, Ruun«, sagte Bracken und fügte mit der Überschwenglichkeit eines Maulwurfs, der den Krallen entkommen ist, hinzu: »Danke, Ruun. Ich werde auf dem schnellsten Weg zurückgehen. Danke, Ruun.« Und damit sauste er fort, hinauf in die frische Luft.

Dort stellte er fest, daß er zitterte und schwitzte und rannte, alles zur gleichen Zeit, verzweifelt darauf bedacht, Ruun zu entkommen, der ihm die Angst vor einer ungesunden Dunkelheit eingejagt hatte. In seinem ganzen Leben hatte ihn noch nichts so in Schrecken versetzt, Wurzel nicht und nicht die wildesten Oberflächengeräusche außerhalb eines Tunneleingangs, und nicht einmal Burrkopf.

Erst als er wieder unten an den Hängen und ein gutes Stück im Eichenwald war, machte er eine Pause, um nachzudenken. Er konnte nicht zurück zur Westseite, weil er fast mit Sicherheit von Burrkopf oder Wurzel getötet werden würde. Er konnte sich auch nicht in der Nähe von Hulvers Tunneln herumdrücken. Er wußte also nicht, wohin er sich wenden sollte. Nachdem er diese Sackgasse erreicht hatte, ging er dazu über, an Hulver zu denken.

Wenn Ruun hier war, und Ruun war ein Ältester, so mußte das Ältesten-Treffen beendet sein. Das bedeutete, daß auch Hulver sich auf dem Rückweg befand. Hulver würde ihm sagen können, was er tun oder wohin er gehen sollte. Also verließ er die Fährte, die zur Westseite führte, und schlug eine Abkürzung zur Ostseite ein, indem er den Höhenwegen folgte. Er würde versuchen, den Haupttunnel zu finden, dem Hulver gefolgt war, als er hinunter nach Barrow Vale wollte, und durch den Hulver vermutlich auch hinauf zu den Hängen gekommen war. Mit etwas Glück konnte er ihn erreichen, bevor Hulver auf seinem Weg zum Bau dort vorbeikam – und zu Ruun. Ruun! Erst jetzt, nachdem er so weit gelaufen war und so viele Ängste ausgestanden hatte, kam es Bracken in den Sinn, daß Ruun die Gefahr war, die Hulver gespürt hatte. Ruun war gekommen, um Hulver zu töten.

Bracken hatte es jetzt eilig, durch den Wald zu kommen, und machte sich nicht mehr die Mühe, von Deckung zu Deckung und von Schatten zu Schatten zu laufen, wie es jedes vernünftige Wesen normalerweise tut. Keine Zeit. Er machte sich nicht die Mühe, dem trockenen Laub auszuweichen, wegen des Raschelns, das seine Bewegungen dort verursachten. Keine Zeit. Er jagte und hastete und hetzte den Höhenweg entlang. Gegen die Zeit. Seine Angst vor Ruun war dem dringenden Bedürfnis gewichen, Hulver zu finden und ihn zu warnen.

Während er durch den Wald lief, die Richtung beachtete, die Witterung aufnahm und die Gefahren spürte und sein Kopf so klar wie die Luft nach einem Regen war, ergriff ihn seltsamerweise eine Erregung, wie er sie noch nie gespürt hatte. Er hatte sich besser in der Gewalt als je zuvor. Alle Fähigkeiten, die er neben seiner natürlichen Begabung für Orientierung und Erkundung entwikkelt hatte, arbeiteten jetzt zusammen, um ihn zu dem bestimmten Tunnel zu führen, von dem er wußte, daß er irgendwo zu finden sein mußte. Wahrscheinlich hätte, mit Ausnahme von Ruun und ein oder zwei Marsch-Endern, kein anderer Duncton-Maulwurf den Weg quer durch das System zum Gemeinschaftstunnel mit der gleichen Konzentration und dem Geschick gefunden, wie sie Bracken, noch ein Jungwurf, entwickelte. Er wußte, wo er sich befand. Und er fand den Tunnel mit der Sicherheit, mit der eine Wespe ihr Nest oder eine Eule ihre Beute findet. Er erkannte ihn an dem Temperaturwechsel, an dem Geruch, an der Lage; er erkannte ihn instinktiv. Er kauerte einen Augenblick über dem Tunnel und rannte dann hügelauf in ihm entlang, da ihm klar war, daß er Hulver verpassen könnte, liefe er nach Barrow Vale hinunter. So rannte er also wieder hinauf, zurück zu Hulvers Bau und der Gefahr, die von Ruun ausging, bis er einen alten, kaum noch erkennbaren Eingang fand und dort hinunterstieg. Er kauerte still, eng an den Boden gepreßt. Es gab nicht die geringste Vibration im Tunnel, weit und breit war also kein Maulwurf. Wenn Hulver bereits hier vorbeigekommen war, mußte er jetzt sehr weit voraus sein, und es bestand keine Hoffnung, ihn noch zu erwischen. So wartete Bracken also, den Rüssel auf die Pfoten gestützt, wie Hulver manchmal im Wald lag, mit geschlossenen Augen. Oben, an der Oberfläche, schien die Mittagssonne und begann sich nach Westen zu neigen.

Kurze Zeit später spürte Bracken Vibrationen und einen leisen Lufthauch; ein Maulwurf näherte sich. Er wartete zitternd, denn wenn es nicht Hulver war, würde er sich schnell eine Ausrede zurechtlegen müssen. Er beschloß zu behaupten, daß Ruun ihn hier heruntergeschickt habe, damit er zurück zur Westseite laufe. Als der Maulwurf näherkam, beschloß Bracken, Zeit zu sparen, indem er auf sich aufmerksam machte.

»Hallo! Ich bin Bracken!«

Der Maulwurf blieb stehen, und Bracken hörte ein freundliches Lachen.

»Ach ja, wirklich? Immer in Tunneln, in denen du nicht sein solltest!« Es war Hulver, und Bracken spürte, wie Erleichterung ihn erfüllte. »Wir haben wenig Zeit, Bracken, sehr wenig Zeit«, sagte Hulver schnell, »und es ist sehr viel zu tun. Ich nehme an, Ruun fand dich in meinem Bau und jagte dich fort?«

Bracken nickte. »Ob er dort hingegangen ist, um mich zu töten oder um mich ein letztes Mal (überflüssigerweise) zu warnen, kann ich nicht sagen«, sagte Hulver. »Aber ich werde es nicht riskieren, zurückzugehen, da du jetzt hier bei mir in Sicherheit bist. Es sind noch neun Tage bis zur Mittsommernacht. Wir können nicht in meine Tunnel zurückkehren, müssen uns also woanders verstecken. Ich glaube, am besten machen wir uns auf den Weg hinauf zum Stein und verlassen uns darauf, daß sein Schatten uns für die verbleibenden Tage verbirgt. Du mußt noch viel lernen, mehr als du dir vorstellen kannst.«

Bracken spürte, oder er glaubte es jedenfalls, daß fremde Vibrationen weit unten aus dem Tunnel kamen. Es war schwer zu beurteilen, aber er wollte so schnell wie möglich weg.

»Es kann sein, daß da andere Maulwürfe im Anmarsch sind«, flüsterte er. »Ich höre, oder besser fühle etwas.« Hulver blickte den Jungwurf an, der still vor ihm kauerte, Kopf und Rüssel auf der einen Seite, der Körper gespannt und bereit; und er machte sich Sorgen um ihn. Für sich selbst empfand er gar nichts; ihm blieb jetzt nur noch wenig Zeit. Aber dieser Jungwurf hatte noch soviel zu tun, soviel, und Hulver zitterte um ihn.

»Wir müssen gehen«, drängte Bracken. »Können wir bitte gehen?« Hulver nickte und lief hinauf zum Eingang und hinaus auf die Oberfläche, in die Nachmittagssonne.

Hulver ging voran. Er schlug den Höhenweg unterhalb seiner eigenen Tunnel ein, den auch Bracken benutzt hatte, dann hinauf zu den Buchen. Schließlich lag der Buchenwald direkt vor ihnen, vertraut für Hulver, für Bracken aber in seiner hohen Stille ebenso furchterregend wie zu der Zeit, die er allein in Hulvers Bau verbracht hatte. Jeder Schritt führte sie weiter fort vom freundlichen Eichenwald mit seinem Vogelgezwitscher und Gesang, seinen raschelnden Amseln, die zwischen den Blättern pickten, und seinen schreckhaften und stets kauenden Eichhörnchen.

»Wir sollten lieber eine Pause machen«, sagte Bracken, dem seine natürliche Begabung als Fährtensucher eine Entschiedenheit verlieh, die für ihn selbst völlig neu war. »Wir wollen auf den Abendwind warten und im Schutz seines Rauschens weiterklettern.«

Hulver lächelte vor sich hin. Genau was er getan haben würde – wenn er daran gedacht hätte. Bracken schien sich im Wald wirklich gut auszukennen. Doch gleichzeitig war der Jungwurf sehr schreckhaft; er zuckte vor jedem Schatten zusammen, so daß auch Hulver mehr als einmal erschreckt zusammenfuhr. Es war wirklich Zeit für eine Pause.

Er ließ Bracken einen behelfsmäßigen Bau graben und sah ihm zu, wie er sich durch den Humus schaufelte. Der Jungwurf wirkte verletzbar vor der massigen Eichenwurzel, die hinter ihm im Boden verschwand.

Hulver hatte sehr deutlich das Gefühl, daß die lange Wartezeit seit der letzten Mittsommernacht, eine Zeit, die ihn oft in Ungewißheit und Verzweiflung gestürzt hatte, nicht umsonst gewesen war.

Oft hatte er sich in dunklen Nächten die Frage gestellt, warum er, als einziger seiner Generation, nach sechs Längsten Nächten immer noch lebte. Sechs! Die Zahl ließ ihn schaudern. Wenn die langen Maulwurfjahre des Winters endlich die ersten Anzeichen des Frühlings zeigten, kam die schlimmste Zeit, wenn die Luft kalt wie Eis war und er wußte, daß er sich nicht paaren würde. Oft schlief er dann in seinem Bau ein und wünschte, er würde nicht mehr aufwachen. Er wollte sich nie wieder den Schmerzen, dem Kummer und den Zweifeln stellen, die das Alter für ihn mit sich gebracht hatte. Aber als der Frühling näherrückte, war plötzlich das Gefühl dagewesen, Rebekka die Heilerin sei nahe, und nach und nach war in ihm eine winzige Hoffnung entstanden, daß irgend etwas geschehen könnte. Irgend etwas könnte geschehen. Er erinnerte sich an die Geschichten über sie, die ihm erzählt worden waren, als er noch ein Jungwurf war und fest daran glaubte, sie existiere wirklich und wandere durch die Tunnel, wenn kein Maulwurf in der Nähe war. Jetzt sah er, daß sie tatsächlich da war, ihn für den größten Teil seines Lebens allein gelassen hatte, nur um am Ende zurückzukehren. »Alter törichter Maulwurf«, tadelte er sich selbst, »der in der Vergangenheit lebt.«

»Der Bau ist fertig, Hulver«, sagte Bracken und unterbrach damit seinen Gedankengang. »Wir gehen am besten hinunter und warten, bis der Wind aufkommt.« Hulver folgte, ein demütiger alter Maulwurf. Was konnte er dem Jungwurf geben in der Zeit, die ihm noch blieb?

Nun, er konnte ihm die alten Geschichten erzählen und ihn in das Ritual einweisen, um das Erbe weiterzugeben, das einem jeden Maulwurf gehört, obwohl nur so wenige es ehren.

Da er sah, daß Bracken das Warten auf den Einbruch der Nacht nervös machte, beschloß Hulver, auf der Stelle mit seiner Erziehung zu beginnen und ihm die Geschichte von Merton zu erzählen, dem auserwählten Maulwurf von Uffington, so wie sein eigener Vater sie ihm erzählt hatte, und dem wiederum der allerletzte Schreiber, der noch in den Dunctonwald gekommen war.

Es war eine Geschichte über den Maulwurf, dessen Lebensaufgabe es gewesen war, das geheime Lied von Uffington zu bewahren, das nur auserwählte Maulwürfe singen, und auch die nur einmal in einem Zyklus der Jahreszeiten. Wie Bracken zitterte, als er von der Seuche hörte, der die meisten Schreiber zum Opfer fielen, in der fernen Vergangenheit, zur Zeit Mertons. Wie es sein Herz bewegte, als er von Mertons Flucht aus Uffington hörte, und von seinem Überleben, und davon, wie er sich an das geheiligte Lied erinnerte, das er heimlich gelernt und nie vergessen hatte. Und von seiner Rückkehr, als seine Tage schon gezählt waren, so daß er das Lied noch an andere junge Maulwürfe weitergeben konnte, damit auch zukünftige Generationen es kennenlernen konnten und es vielleicht, wenn der Stein es zuließ, schließlich von allen Maulwürfen gesungen werden würde, nicht nur von einigen auserwählten.

»Wird das jemals geschehen?« fragte Bracken und durchbrach damit das Schweigen, das dem Ende von Hulvers langer Geschichte gefolgt war. »Und singen sie in Uffington noch immer das geheime Lied?«

Hulver zuckte mit den Schultern, denn wie konnte er wissen, ob das Lied noch existierte? Waren nicht in seinem eigenen System die meisten Feiern in Vergessenheit geraten, und das zu einer Zeit, an die Maulwürfe sich noch erinnern konnten?

»Vielleicht, vielleicht«, sagte er, »aber ich erinnere mich an etwas, das mein Vater mir erzählte, obwohl ich mir wahrhaftig keinen rechten Reim darauf machen kann. Er sagte, es stehe ein besonderer Stein in der Nähe von Uffington – den Tönenden Stein nannte er ihn, glaube ich –, der manchmal im Wind singe. Er sagte mir, der Schreiber habe ihm erzählt, wenn der Stein siebenmal ertönte, dann würde das geheime Lied von allen Maulwürfen gesungen werden.«

Es war genau die Art Geschichte, die das Herz eines Jungwurfs rührte, und Bracken fragte, was jeder junge Maulwurf gefragt hätte: »Worum geht es in dem Lied?«

Hulver antwortete nicht; die Frage hatte er sich oft selbst gestellt. Er hatte sie seinem Vater gestellt und keine klare Antwort erhalten. Er konnte nur für Ducntonwald antworten, wo er sein ganzes Leben verbracht hatte; er konnte sich nur vorstellen, daß es Zeiten geben mag, in denen der Glaube an den Stein und die Feiern zu Ehren des Lebens in ihm zu etwas so Geheimem, Verborgenem werden, daß es den neuen Generationen nur von den wenigen überliefert wird, die verwegen oder tapfer genug sind, einer Macht zu vertrauen, die sie nicht sehen können, und glauben, daß diese Macht viel mehr bedeutet als alle Bequemlichkeiten von Nahrung und Zuflucht, die ein System wie das von Duncton bietet.

Er hatte keine klare Vorstellung, wie konnte er also hoffen, er werde diesem Jungwurf auch nur irgend etwas Nützliches weitergeben können? Er konnte es nur versuchen und daran glauben, daß Geschichten wie diese die Wahrheit auf ihre eigene Weise weitertragen.

Dies war die Geschichte, die ein längst vergessener Schreibermaulwurf nach Ducntonwald gebracht hatte. Sie wurde von einer Generation zur nächsten weitergegeben, wie auch das Lied, um das es ging, überliefert wurde. Bis es eines bedeutungsschweren Tages Hulvers Aufgabe sein sollte, es an den jungen Bracken weiterzugeben, damit er es sein ganzes Leben im Herzen trage, so wie Hulver das Lied in sich getragen hatte.

Obwohl es schien, Bracken sei halb eingeschlafen, als Hulver die Geschichte beendete, war er nie so hellwach gewesen. Die Geschichte trug ihn weit über den Ducntonwald hinaus und ließ ihn wieder erkennen, daß Duncton nur ein einzelnes System war, ein Ort, eine Ecke der Welt. Er fragte sich, was seine Aufgabe sein mochte, denn er nahm an, daß er eine Aufgabe hatte.

Über ihnen, auf der Oberfläche, kam ein Wind auf, und ein Buchenblatt raschelte geräuschvoll gegen den Eingang ihres behelfsmäßigen Baues. Es blieb einen Augenblick liegen, um dann ein oder zwei Maulwurfmeter weiter zu wehen, bevor es gegen einen Buchenstamm wirbelte und sich zu den Blättern gesellte, die dort schon lagen.

Der Abendwind war aufgekommen, und das Licht verlor allmählich sein Leuchten, als die Sonne langsam hinuntersank auf die fernen Hügel, die kein Maulwurf aus Duncton je würde sehen können.

»Es wird Zeit für uns«, sagte Bracken. »Zeigt mir den Weg, aber laßt mich vorangehen, denn ich bin es gewohnt, Gefahren zu spüren, und ich finde mich sehr schnell zurecht.«

Sie liefen in südwestliche Richtung hinauf und fort von Hulvers Bau und der Gefahr, die Ruun verkörperte. Bracken hatte sich häufig seine erste Tour zu dem Alten System ausgemalt und sich vorgestellt, die Sonne würde hoch am Himmel stehen, während er kühn bergan marschierte. Statt dessen schlich er sich jetzt durch das Dämmerlicht, von sehr handgreiflichen Gefahren umgeben. Aber etwas war schöner als seine schönsten Vorstellungen: daß er als Freund und Führer diesen alten Maulwurf hatte, für den er eine immer tiefere Zuneigung und Verehrung empfand.

Es wurde dunkler, als sie höher kamen, doch je höher sie stiegen, desto stärker spürte Bracken die Anziehungskraft, die von der Kuppe des Hügels ausging. Er spürte sie, wie ein guter Wurmjäger seine Beute spürt. Sie huschten von Baum zu Baum, von Wurzel zu Wurzel, stets auf der Suche nach den tiefsten Schatten. Hin und wieder stießen sie auf ein Stück nackter Kreide, weiß in der abendlichen Dunkelheit, und sie wichen ihm aus, aus Furcht, ihre Bewegungen auf dem weißen Kreidegrund könnten von irgendwelchen in den Bäumen über ihnen lauernden Raubvögeln gesehen werden. Einmal kamen sie an einem wuchtigen Gewirr von Wurzeln vorbei, die kahl in den Himmel ragten – das Wurzelwerk eines Baumes, der in einem Sturm zu Boden gestürzt war. Sie machten einen weiten Bogen um den langen Stamm und die zersplitterten Zweige auf dem Boden; wer konnte wissen, was sich dort eingenistet hatte?

Als sie weiter nach oben kamen, blieb Hulver plötzlich stehen und legte eine Pfote auf Brackens Schulter, so daß auch Bracken stehenblieb. »Wir sind über dem Alten System«, flüsterte er. »Von hier an führt es aufwärts und durch den Hügel.«

Aber Bracken wußte es schon, denn er hatte gespürt, daß sie alte vergessene Tunnel überquerten, die tief unter dem Humus und dem Schutt von Generationen lagen. Sein Herz klopfte vor Erregung, denn er hatte das Gefühl, nach einer sehr langen Zeit heimzukommen. Er wußte, daß sich das Alte System um ihn herum erstreckte; er konnte es fühlen. Es lag unter ihnen, wartend, wie es seit Generationen gewartet hatte. Und immer deutlicher spürte er den Großen Stein, dem sie näher und näher kamen.

»Wir gehen jetzt direkt zum Stein«, sagte er leise zu Hulver. »Dort werden wir wissen, was wir tun sollen.«

Es war zu der Zeit des Abends, da ein einziger Augenblick den Tag von der Nacht trennt. Im gleichen Moment, in dem ein Maulwurf sich fragen mag, ob es noch Tag ist, wird die Frage schon beantwortet durch den Mantel aus Purpur, in den der Himmel sich plötzlich hüllt. Brackens Rüssel zeigte durch den Wald hinauf direkt auf den Stein, obwohl er noch nie dort gewesen war. »Es ist kein Maulwurf dort«, teilte er Hulver mit, seiner selbst völlig sicher, »und im Alten System auch nicht. Spürt Ihr es nicht?«

Hulver spürte es nicht, was ihm mißfiel, und er verstand nicht, wieso Bracken so sicher sein konnte. Aber er lief hinter ihm her, denn als er Brackens Flanken weiter oben in der Dunkelheit verschwinden sah und um sich herum die schwarzen Umrisse von Bäumen und die weiten offenen Flächen zwischen ihnen erblickte, schien das das einzig Sichere zu sein. Er fühlte, wie Bracken mit jedem Augenblick, der verging, an Stärke gewann. Es ging eine Kraft von ihm aus, die Hulver mitriß, und er hatte das Gefühl, durch diesen Maulwurf offenbare der Stein ihm einen winzigen Teil seines Wesens, dessen Ganzes er weder sehen noch fühlen konnte, obwohl er wußte, daß es ein Ganzes gab.

Mit diesem Gefühl überkam ihn langsam eine Ruhe, die ihn nie wieder verlassen sollte. In gewisser Weise beobachtete er den Beginn eines Kampfes, eines gewaltigen Kampfes, den Beginn einer schrecklichen, gefahrvollen Zeit. Der Kampf würde stattfinden, was auch geschah, und seine eigene Rolle, wenn er überhaupt eine Rolle hatte, würde er am besten spielen, wenn er in Frieden mit sich und der Welt handelte.

»Hulver!« Das Drängen in Brackens Flüstern erschien Hulver komisch, aber aus Mitleid mit dem Jungwurf unterdrückte er ein fröhliches Lachen. Statt dessen sah er liebevoll zu, wie Bracken zu ihm zurücklief, zweifellos, um ihn zu drängen, daß er sich beeile.

Hulver erschien Bracken so freundlich in der lauen Nacht, er strahlte soviel Frieden und Liebe aus, daß seine Nerven sich plötzlich beruhigten und seine Angst und Furchtsamkeit so leicht wegzuwischen waren wie Staub von seinem Fell.

»Kommt«, sagte Bracken leise. »Kommt, Hulver!« Aber das war gar nicht nötig, denn Hulver hatte sich schon wieder auf den Weg hügelaufwärts gemacht, und aus irgendeinem Grund kicherte er leise in sich hinein.

Als der Hung flacher wurde und sie die Hügelspitze erreicht hatten, lief Bracken langsamer, schien beinahe Angst zu haben, weiterzugehen, denn er wußte, daß sie dem Stein jetzt sehr nahe waren. Das Geräusch des Windes in den Bäumen klang hoch und kräftig und wechselte über ihnen von einer Seite zur anderen, wenn der Wind von einer Baumgruppe zu anderen schwenkte. Es war wie eine Masse großer, unsichtbarer Wellen, die über die Wipfel des Waldes und weiter dahinrollten. »Dort!« sagte Hulver und zeigte mit einer Kralle nach vorn auf eine Lichtung vor ihnen. »Dort ist der Stein!«

Und dort stand er, riesig und wuchtig, emporragend, unerschütterlich in der windigen Nacht. Zehn oder zwölf Maulwurfmeter von ihm entfernt stand eine alte Buche, deren Wurzeln über und unter dem Boden der Lichtung verliefen bis zum Stein selbst. Von dort, wo Bracken kauerte, sahen die Wurzeln wie kräftige Wellen aus, die gegen den Stein gerollt und gebrandet waren, so daß dieser sich ein wenig von dem Baum wegneigte, in Richtung Uffington.

Es stand kein anderer Baum in seiner Nähe, denn die Lichtung dehnte sich ziemlich weit aus, und als sie sie überquerten, um zum Stein zu gelangen, ließ der Wind über ihnen nach, blieb in den Bäumen am Rand der Lichtung hängen, und Bracken hatte den Eindruck, er sei an einen sehr stillen und ruhigen Ort gekommen. Aber er spürte die Unwetter von Generationen und wußte, daß sich überall um ihn herum und jenseits der Lichtung das Alte System erstreckte, seine vergessenen Tunnel verborgen unter jahrhundertealtem Blatthumus auf der kargen Oberfläche des Hügels. Er befand sich im Herzen des Alten Systems; aber darüber hinaus war er hier zu Hause, im Mittelpunkt, im wahren Mittelpunkt des Systems, in das er hineingeboren worden war.

Hulver kauerte vor dem Stein, und Bracken machte es ihm nach. Hier oben war der Wald am Geräusch des Windes zu erkennen. Nach Westen hin lagen die Wiesen, und der Wind fegte über sie hinweg und weiter, hinauf durch die dichten Zweige über ihnen. Im Osten befand sich die Kreidewand, wo aufwärts wirbelnde Böen auf den Wind in den Bäumen stießen und der Wind sich oben, am Rand des Abgrunds, überschlug. Unter ihnen waren die sanfteren Geräusche des eigentlichen Waldes, leiser als das übrige, tiefer. Am Stein aber herrschte Ruhe und eine Stille, wie Bracken sie im ganzen Wald noch nicht erlebt hatte.

Er stand auf, lief an den Rand der Lichtung, in die Richtung, in die der Stein sich neigte. »Wie weit ist es nach Uffington, Hulver?« fragte er.

Hulver trat neben ihn, ihre beiden Rüssel zeigten zwischen den Bäumen hindurch nach Westen. Hulver atmete immer noch schwer nach der langen Klettertour von den Hängen hier herauf. »Weit, sehr weit, aber nicht so weit, wenn du den Stein hinter dir hast.«

»Nein, es ist nicht so weit. Nicht zu weit«, sagte Bracken zu sich selbst, denn er konnte spüren, wie es ihn nach Uffington zog. »So weit ist es gar nicht, Hulver«, sagte er leise. »Ich kann es fühlen.«

Als Hulver die Worte »nicht so weit, wenn du den Stein hinter dir hast« sagte, gab er Bracken die übliche Antwort, die ältere Maulwürfe Jungwürfen gaben, wenn sie die einst unvermeidliche Frage nach Uffington stellten. Aber als Bracken dort vor ihm kauerte, sah Hulver es anders als bisher: Vielleicht bedeuteten die Worte genau das, was sie sagten; vielleicht war Uffington tatsächlich näher, wenn du dafür sorgtest, daß der Stein immer direkt hinter dir war, während du auf Uffington zugingst. Darin lag doch ein Sinn, oder? Und es war ihm aufgefallen, daß Bracken genau auf den Punkt am Rand der Lichtung zugelaufen war, der Uffington am nächsten war – ohne daß es ihm gesagt worden war.

»Woher weißt du, wo Uffington liegt?« fragte Hulver neugierig. Bracken interessierte ihn immer mehr.

»Ich fühle es. Wenn du so stehst, daß der Stein hinter dir ist, kannst du fühlen, wie es dich dorthin zieht. Ihr wißt das doch . . .«, sagte Bracken.

Aber Hulver wußte es nicht, obwohl er das, was Bracken sagte, besser als Bracken selbst verstand.

Bracken wäre die ganze Nacht dort geblieben, wenn Hulver nicht endlich gesagt hätte: »Komm, Bracken, wir müssen uns jetzt ein Versteck suchen. Wir müssen Würmer suchen, und wir müssen uns ausruhen. Du mußt morgen viel lernen.«

Sie versteckten sich schließlich unter den hohen Wurzeln der alten Buche auf der Lichtung, nahe dem Stein. Der Boden dort war hart, aber es gab Humus und Blätter, unter denen sie sich eingraben konnten, und je näher sie dem Stein waren, um so besser fühlten sie sich vor dem gefährlichen Ruun geschützt.

Bracken wußte nachher nie mehr genau, ob er durchgeschlafen hatte, bis die Sonne aufging, oder ob er immer wieder aufgewacht war und den Stein angesehen hatte. Aber ob Traum oder Wirklichkeit: später erinnerte er sich an eine ständig wechselnde Vision des Steins – zuerst tiefschwarz in der Nacht, später übergehend in ein sanfteres Purpur, plötzlich dann ein sehr dunkles Grau, das sich langsam zu einem trüben Grau erhellte, bevor es aufleuchtete: rosa und hellgrau und gelb, als mit der Morgendämmerung die Sonne durch die Buchen hinter ihnen brach.

Als er endlich aufwachte, erhob der Stein sich schützend über ihm, weiter hinten waren die weichen Grau- und Grüntöne der Juni-Buchen und dahinter der Himmel. Er schüttelte die Blätter aus seinem Pelz, trat zwei oder drei Schritte vor und konnte endlich die Pfote ausstrecken und im Morgenlicht den Stein berühren.

KAPITEL 8

Was die Durchführung der Mittsommer-Feier betraf, so war Mandrakes Drohung gegen Hulver und Bracken sehr ernst gemeint. Zur vergangenen Mittsommernacht hatte Mandrake sich noch nicht sicher genug gefühlt, um Ruun den Befehl zu erteilen, Hulver am Stein zu töten. Aber jetzt hatte er das System so eingeschüchtert, daß er sich stark genug fühlte, die alten Traditionen auszumerzen – und jeden Maulwurf, der zu ihnen stand.

Beim Ältesten-Treffen im Juni, als Hulver Bracken verließ, um daran teilzunehmen, hatte Mandrake keinen Zweifel an seinen Absichten gelassen. Die Mittsommer-Feier dürfe nicht stattfinden, teilte er den Ältesten mit, und kein Maulwurf dürfe hinauf zum Stein gehen. Dies sei eine endgültige Entscheidung, und er erwarte jetzt von jedem Ältesten, sich öffentlich zu ihr zu bekennen. Sollte ein Maulwurf die Entscheidung mißachten, so betonte er, würde das den Tod desjenigen zur Folge haben.

Bevor er jeden der Ältesten aufforderte, sich zu dieser Entscheidung zu bekennen, äußerte Mandrake ein letztes Mal unmißverständlich seine Meinung: »Wie ich erfuhr, führte ein gewisser Maulwurf hier unter uns in der letzten Mittsommernacht die Zeremonie durch, obwohl wir übereingekommen waren, daß sie abgeschafft werden sollte. Damals war ich noch bereit, Toleranz walten zu lassen . . .« Mandrake sah sich mit onkelhafter Besorgnis nach allen Seiten um. »Aber kein Maulwurf sollte sich noch einmal darauf verlassen.« Er machte eine Pause, um seine Worte einsinken zu lassen, und richtete seinen Blick auf Hulver. »Stimmen wir jetzt darin überein, daß diese Feier nicht stattfinden darf?«.

Einer nach dem anderen signalisierten die Ältesten ihr Einverständnis. Mit Ausnahme Hulvers, der stumm und bewegungslos dasaß, den Rüssel auf die Pfoten gestützt und die Augen halb geschlossen, sehr friedlich.

Mandrake gab vor, ihn nicht zu beachten. »Dann haben wir also unsere Entscheidung getroffen und werden darauf achten, daß sie eingehalten wird«, sagte er mit so drohender Haltung, daß es einem Befehl an sie alle gleichkam: Er sagte nicht, alle müßten an etwas teilnehmen, das den meisten wie das unvermeidliche Niedermetzeln Hulvers oben bei dem Stein erschien, aber jeder anwesende Maulwurf, der sich weigerte mitzumachen und Verantwortung zu tragen, täte gut daran, auf der Hut zu sein!

Aber Hulver war nicht der einzige Maulwurf dort, der anderer Meinung als Mandrake war. Mekkins, der Halb-Marsch-Ender, hatte nicht die Absicht, mit seinen Krallen jene zu unterstützen, die Hulver in der Mittsommernacht vielleicht niederschlagen würden. Gewiß, er hatte Einverständnis signalisiert, und er würde Mandrakes Vorschlag folgen, daß sie alle teilzunehmen hatten an den Strafen, die den »Ungehorsamen« zugemessen wurden – aber Mekkins verstand es meisterhaft, scheinbar etwas zu tun, während er tatsächlich etwas anderes tat. Er war vielleicht kein sehr moralischer Maulwurf – wie konnte er das sein, wenn er gleichzeitig Mandrake und die Marsch-Ender vertrat? –, aber er hatte bisher noch nie einen Jungwurf getötet, oder einen Maulwurf, der zu alt war, um sich selbst zu verteidigen, und er würde damit jetzt nicht anfangen. Er würde gegen jeden Maulwurf kämpfen, der ihm in die Quere kam, aber er machte sich nicht auf den Weg, sie zu töten, weil sie etwas taten, was ihm völlig gleichgültig war, wie die Durchführung der Mittsommernachts-Feier.

Bald nachdem die Entscheidung über die Feier gefallen war, bröckelte das Ältesten-Treffen auseinander. Ruun ging früh, etwas von einer wichtigen Aufgabe murmelnd, und Mandrake ließ ihn mit einem zustimmenden Kopfnicken gehen. Hulver war mißtrauisch, und als er mit den anderen zusammen die Höhle verließ, fragte er einen der Jungwürfe, die in Barrow Vale herumhockten, ob er Ruun gesehen habe. Die Antwort war, wie er befürchtet hatte: »Ja, er ist durch den Tunnel gegangen, der zu den Hängen führt. Noch gar nicht lange her; Ihr könnt ihn noch einholen.«

So machte Hulver sich auf den Rückweg zu den Hängen. Er bedauerte es, daß er Bracken so ungeschützt zurückgelassen hatte. Doch er hatte ihn gefunden, und jetzt waren sie hier oben über dem Alten System und warteten, daß die Tage bis zur Mittsommernacht vergingen.

Die Mittsommer-Feier, die Mandrake, Ruun und Burrkopf so beunruhigte, war ein Dankfest für die Gnade, daß im Frühjahr eine neue Generation Maulwürfe auf die Welt gekommen war. Um die Mittsommerzeit verließen diese ihre heimischen Baue (oder wurden hinausgedrängt), um ihr eigenes Territorium zu suchen. Es war der Beginn eines einsameren Lebens für sie, und viele von ihnen wurden auf der Suche nach einem neuen Territorium von einem Waldkauz erwischt oder verhungerten einfach. So war die Feier nicht nur ein Dankfest, sondern auch eine Bitte an den Stein, diese Jungwürfe vor Fängen und Schnäbeln zu beschützen.

Als sie sich zum ersten von vielen Malen während der neun Tage langen Wartezeit zusammensetzten, um zu reden und zu erklären, erzählte Hulver Bracken, daß in alten Zeiten jeder Jungwurf aus dem System den Zug zum Stein mitgemacht habe und Zeuge der Feier gewesen sei. Dies habe geholfen, den Jungwürfen den Mut zu geben, den sie bei den vielen Prüfungen brauchen würden, die unmittelbar von ihnen lagen. Viele kehrten nach dem Dankfest gar nicht mehr in die heimischen Baue zurück – die Feier bedeutete gleichzeitig ihren Weggang, und die heimischen Baue standen ihren Müttern wieder allein zur Verfügung.

In alten Zeiten machte immer ein Schreibermaulwurf aus Uffington den langen Weg nach Duncton, um der Feier beizuwohnen, denn die Gegenwart des Steins verlieh dem Technik Ducntonsystem eine besondere Stellung unter allen Maulwurfsystemen. Als Hulver ein Jungwurf war, kam natürlich kein Schreiber; es war schon seit langer Zeit keiner mehr gekommen, und das Dankfest begann an Bedeutung zu verlieren. Weniger Jungwürfe nahmen teil, ursprünglich vielleicht, weil die Reise gefährlicher geworden war, seit sie mehr und mehr zu den Hängen abgewandert waren.

»Vielleicht ist Mandrakes Verbot der Feier die unvermeidliche Folge einer Entwicklung, die sich seit Generationen abzeichnet«, erklärte Hulver, »obwohl mir nicht einleuchtet, warum es durch einen Außenseiter geschehen sollte. Es mag aufhören mit der Feier, aber ich werde nicht dulden, daß es zu Ende geht, solange ich kann. Unten in Barrow Vale halten sie mich für alt und altmodisch, und vielleicht bin ich das, aber wer nicht irgend etwas verehrt, ehrt nichts. Es gibt mehr für einen Maulwurf als Baue, Würmer, Kämpfe und Paarung – viel mehr. Ich hoffe, eines Tages wirst du das verstehen.«

»Seid Ihr zur Feier gegangen, als Ihr jung wart?« fragte Bracken.

»Ja, ich bin hingegangen. Ich war einer der wenigen – aber meine Mutter kam von den Hängen und bestand darauf. Dort sah ich die Ältesten zum erstenmal versammelt, im Schatten des Steins, und mit dem Wechselgesang und den Worten wirkte es sehr ehrfurchtgebietend. Ich erinnere mich noch, daß ich danach das Gefühl hatte, ich könnte alles tun. Alles. Es gab mir den Mut, die Tatsache anzunehmen, daß ich nie mehr in meinen heimischen Bau zurückkehren konnte, und das habe ich dann auch nie mehr getan.«

Bracken nickte verständnisvoll. Er erinnerte sich an seine eigene Angst und Einsamkeit, als er allein in Hulvers Bau lebte.

»Was ist ein Wechselgesang?« wollte Bracken als nächstes wissen.

»Oh!« Hulver war überrascht, aber schließlich schienen die Jungwürfe in diesen Zeiten überhaupt nichts mehr zu wissen. »Nun, es sind Lieder der Ermutigung, der Hoffnung und der Prophezeiung. Einer der Maulwürfe singt einen Vers, und dann stimmen die anderen ein.«

Hulver fing an, mit seiner alten Stimme eines der Lieder zu singen, aber es beeindruckte Bracken nicht besonders, und schließlich hörte Hulver auf. »Man muß es mit vielen Maulwürfen zusammen singen. Wenn du das einmal gehört hast, wirst du es nie mehr vergessen.«

Die ersten zwei oder drei Tage hielten sie sich ausschließlich an der Oberfläche auf. Bracken neigte anfangs dazu, nach einem Eingang zum Alten System zu suchen, aber Hulver verbot es ihm. »Kein lebender Maulwurf ist unten im Alten System gewesen, und ich werde gewiß nicht hinuntergehen, nach all diesen Maulwurfjahren. Es ist irgend etwas an dem Alten System, was nicht stimmt. Es ist noch nicht bereit.«

Bracken verstand, trotz seines Dranges, alles zu erkunden. Er fühlte das Alte System um sich herum, offensichtlich deutlicher als Hulver, aber er begriff, daß die Duncton-Maulwürfe es verloren hatten und noch nicht bereit waren, es wiederzufinden. Er hatte, seit er auf dem Hügel war, noch nicht einmal einen Eingang zum Alten System gesehen, weil Humus und Geröll alles bedeckten. Aber die Tunnel waren noch vorhanden, ihre Geheimnisse unberührt.

Nach zwei oder drei Tagen in der Nähe des Steins machten die beiden sich auf den Weg über den Hügel zum südlichen Ende des Waldes. An seiner einen Seite fiel die Kreidewand steil ab, und wer versuchte, über den Rand nach unten zu blicken, dem blies der Aufwind den Rüssel in die Luft. An der anderen Seite begannen die Wiesen – oder hörten auf, je nach Standpunkt –, mit ausladenden, struppigen Ginstersträuchern, deren strahlendgelbe Blüten Bracken anzogen, aber er wagte nicht, den Schutz des Waldrandes zu verlassen und sich ins Freie zu begeben, um sie näher zu betrachten.

Wo Wald und Wiesen ineinander übergingen, lag ein Keinmaulwurfsland von struppigem Gras und verkümmerten Rotdornsträuchern, und dort verbrachten sie die letzten fünf Tage vor der Mittsommernacht. Jeder grub sich seinen eigenen Bau, und ihre Nahrung suchten sie sich im Wald. Bracken wollte nicht, daß sie ganz in den Wald zurückgingen, weil er befürchtete, Ruun oder ein anderer Maullanger könnte sie finden, aber keiner fand sie, und auch sie sahen keinen Maulwurf. Die einzigen Lebewesen, die sie sahen, waren Kaninchen, von denen Bracken oft gehört hatte, ohne sie je aus der Nähe gesehen zu haben. Sie huschten umher, kauerten sich, noch immer fressend, auf den Boden und stellten zusammenzuckend die Ohren hoch, wenn Bracken auch nur seinen Rüssel aus einem Tunnel in ihrer Nähe streckte.

Bisher hatte Bracken lange und unregelmäßig geschlafen. Jetzt paßte er sich den Gewohnheiten Hulvers an, der täglich dreimal schlief. Hulver überprüfte nachmittags gern seine Baue und Gänge, aber diese waren nur provisorisch und nicht weitläufig, und es gab nicht viel zu überprüfen, daher gewöhnte er sich an, Bracken nachmittags Bruchstücke aus der Geschichte Differences zu erzählen, über berühmte Älteste der Vergangenheit, über große Kämpfe und über die berüchtigten wurmarmen Jahre. Er erzählte von der Ankunft Mandrakes und von anderen tyrannischen Maulwürfen der Vergangenheit – »obwohl keiner, von dem ich gehört habe, je so infam war wie er.« Bracken mußte fragen, was »infam« bedeutete, und als Hulver es ihm erklärt hatte, dachte er bei sich, daß es den Anschein hatte, als sei Ruun auch infam.

Von Hulver hörte er zum erstenmal von Rose der Heilerin, die gelegentlich von den Wiesen herüberkam, um mit ihrer Zauberkraft kranken oder leidenden Maulwürfen zu helfen. »Du hast sie wahrscheinlich noch nie gesehen, weil sie es vorzieht, nur ins Marsch-Ende zu gehen, wo sie mehr an sie glauben als sonst irgendwo imManufacturer. Außerdem kommt sie gewöhnlich im Herbst und im Frühling – jenen hast du noch nicht kennengelernt, und an diesen wirst du dich nicht erinnern.«

»Sie ist ein Wiesen-Maulwurf?« Bracken war überrascht, weil alle Wiesen-Maulwürfe, von denen er jemals gehört hatte, heimtückisch und aggressiv waren und mit Sicherheit angegriffen würden, sollten sie versuchen, sich im Punctonwald blicken zu lassen.

»O ja. Aber Rose ist eine Heilerin, und das ist etwas anderes. Heiler leben nach ihrem eigenen Rhythmus und auf ihre Weise. Und Rose würde sowieso keiner Fliege etwas zuleide tun, und kein Maulwurf würde ihr etwas tun. Wohlgemerkt, ich habe sie selber nur ein paarmal gesehen, und nur im Vorübergehen. Sie hat nie eine Pfote auf mich gelegt!«

»Wie viele Längste Nächte hat sie erlebt?« fragte Bracken.

»Hm, nun . . . sie ist gewiß nicht mehr jung, und doch benimmt sie sich immerfort wie ein Jungwurf. Sie singt, weißt du, und gelegentlich tanzt sie auch. Sie erzählt den Jungwürfen Geschichten, wenn sie sie dazu überreden können.«

»Wann kommt sie?«

»Nun, das ist eine gute Frage. Es ist etwas geheimnisvoll, weil kein Maulwurf jemals weiß, wann sie kommen wird, auch diejenigen nicht, die zu heilen sie kommt. Einige von ihnen wissen nicht einmal, daß etwas mit ihnen nicht in Ordnung ist. Weißt du, da sie irgendwo draußen auf den Wiesen lebt, versucht kein Maulwurf aus Duncton jemals, sie zu holen, und doch – wenn sie gebraucht wird, taucht sie plötzlich auf, wie durch Zauberei. Natürlich kommt sie nicht wegen jeder kleinen Verletzung oder Krankheit, sonst wäre sie die ganze Zeit hier.«

Einen oder zwei Tage später rückte Hulver mit einem weiteren Stückchen Information über Rose heraus. Sie sprachen über Schmerzen jeder Art, und Hulver erklärte, er habe festgestellt, daß es helfe, wenn man verschiedene Pflanzen kaue, wie etwa die Samen der Heckenrose (»Großartig, wenn du erschöpft bist; du findest sie am Westrand des Waldes, wenn du dich dort hintraust«) und die Heildolde (»Gut für Wunden nach einem Kampf – und reichlich vorhanden in Duncton«), und dann erzählte er Bracken, wie er den Geruch einiger Pflanzen und Kräuter im Walde liebe, besonders auf den sonnigen Lichtungen, und sagte: »Und diese Rose, die ich erwähnte, die Heilerin, nun, sie ist immer von dem süßesten Kräuterduft umgeben, den ich je kennengelernt habe. Du hast das Gefühl, es geht dir gut, wenn du nur in ihrer Nähe bist! Über Rose solltest du dich mit Mekkins unterhalten. Von allen Ältesten kennt er sie am besten, da er doch vom Marsch-Ende kommt.«

Hulver seufzte. Wenn er sich mit Bracken unterhielt, hatte er oft das Gefühl, daß seine Worte nicht das ausdrückten, was er sagen wollte. Er wollte dem Jungwurf so vieles mitteilen. Er wurde ärgerlich über sich selbst, weil er nur so wenig zu wissen schien und weil es so viele Dinge gab, denen ein Jungwurf die Stirn bieten mußte.

Bei solchen Gelegenheiten dachte Bracken, daß er Hulver ermüde oder ihm lästig sei. So viel von dem, was Hulver sagte, war für ihn nur schwer zu verstehen, und wenn Hulver mitten in einem Satz den Faden verlor, nachdem er versucht hatte, etwas auf zwei oder drei verschiedene Arten zu erklären, spürte Bracken den Verlust ebenso stark wie Hulver den Ärger über sich selbst. Aber inzwischen liebte Bracken den alten Maulwurf so sehr, daß es nicht so darauf ankam, was er sagte. Bracken würde in jedem Fall voller Ehrfurcht zuhören.

Da sie sich an den äußersten Punkt des Waldes begeben hatten, ja fast außerhalb des Waldes, fühlten sie sich viel sicherer als zuvor, und die Tage verstrichen friedlich.

Als die Mittsommernacht näherrückte, machte Hulver genauere Angaben über die Feier. Während der ersten Tage hatte er über ihre Bedeutung und ihren Sinn gesprochen; jetzt begann er, den Ablauf der Zeremonie selbst zu wiederholen. Er zitierte einzelne Abschnitte und erklärte die Bedeutung der Worte und wie sie gesprochen werden sollten. Aber er versuchte nicht, Bracken zum Auswendiglernen zu veranlassen.

»Worte wandeln sich beim Sprechen«, erklärte er, »darum möchte ich lieber, daß du ihre Bedeutung kennst statt der Worte. Höre auf den Geist, der in ihnen steckt, das ist es, was du am meisten brauchst, um dich zu erinnern. Wenn der Tag kommen sollte, an dem du die Worte selber sprechen mußt, dann wirst du noch genug von dem wissen, was ich dich gelehrt habe. Die meisten Wörter kennt auch mein Freund Bindel, so daß er sie dir sagen könnte, wenn du sie wissen möchtest. Aber er kennt nicht das Schlußgebet, den wichtigsten Teil überhaupt. Ich habe versucht, es ihm beizubringen, aber er wollte nicht auf mich hören. Er sagte, er könne es nicht lernen, weil es für ihn nur Wörter seien. Jetzt ist es zu spät; er ist zur letzten Mittsommernacht nicht gekommen – aus lauter Angst vor Mandrake, wenn du mich fragst. Ich habe ihn seit Maulwurfjahren nicht mehr gesehen, buchstäblich seit Maulwurfjahren. Aber er ist mein ältester Freund, der gute Bindel.«

Bracken spürte, daß Hulver traurig war, als er von seinem Freund sprach, das einzige Mal während ihrer gemeinsamen Tage oben auf dem Hügel, daß Hulver Traurigkeit zeigte.

Aber einen Teil der Zeremonie ließ Hulver Bracken auswendig lernen; er sagte ihn so oft auf, daß Bracken die ständige Wiederholung fast krank machte. Schließlich hatten die Worte überhaupt keine Bedeutung mehr, sie verschwammen ineinander zu den gleichen sinnlosen Silben, wie die zwei Zeilen des einfachen Gebets vorm Essen, als er sie zu oft wiederholt hatte. Es waren die Worte des Schlußgebets, die Worte, die Bindel nicht hatte lernen wollen. Und Bracken lernte sie, weil Hulver sie immer wieder leise wiederholte.

»Wir baden ihre Pfoten in Schauern von Tau,
Wir lockern ihr Fell mit Wind aus dem Westen,
Wir bringen ihnen feinste Erde,
Sonnenlicht im Leben.
Wir bitten, daß sie gesegnet werden
Mit einem siebenfältigen Segen:
  Die Gnade der Gestalt
  Die Gnade der Güte
  Die Gnade des Leidens
  Die Gnade der Weisheit
  Die Gnade der Wahrhaftigkeit
  Die Gnade des Vertrauens
  Die Gnade der aus der Seele kommenden Lieblichkeit.
Wir baden ihre Pfoten in Schauern von Licht,
Wir befreien ihre Seelen mit den Krallen der Liebe,
Wir bitten, daß sie den stummen Stein hören.«

»Wiederholen, wiederholen«, befahl Hulver Bracken dann. »Den Rest kannst du lernen, wenn die Zeit reif dafür ist, aber ich möchte dich diese Worte so oft sagen hören, bis sie ein Teil von dir sind. Du brauchst sie noch nicht zu verstehen – tatsächlich wird sich ihre Bedeutung im Lauf der Zeit ändern –, aber du mußt sie kennen.« Und so wiederholte Bracken die Worte, flüsterte sie bei Sonnenaufgang, sprach sie in den Wind, der aus der Leere kam, flüsterte sie in den Schlaf hinein.

Obwohl er es leid wurde, sie zu wiederholen, begann er die Worte, die ihm beigebracht wurden, zu lieben, und er fragte sich, wohin die Maulwürfe, die sie erdacht hatten, gegangen sein mochten. Warum hatten sie das System verlassen?

Nur ein einziges Mal hörten sie Maulwurfgeräusche, die der Wind und die Bodenvibrationen aus der Richtung des Steins herübertrugen. Sie warteten stumm darauf, daß die Geräusche näherkamen, aber es geschah nichts, und sie waren wieder einem bangen Frieden überlassen.

Erst als der Mittsommertag da war, weihte Hulver Bracken in seinen Plan ein. »Es gibt nur eine Möglichkeit, die ganze Zeremonie durchzuführen, und auch das ist gefährlich, und ich habe große Zweifel, ob es so geht. Es wird großen Mut von dir erfordern. Ich glaube, sie erwarten nicht, mich in Begleitung eines anderen Maulwurfs zu sehen, und davon hängt alles ab. Wenn es wirklich so ist, werden sie dich für mich halten, wenn du dich von den Hängen her näherst. Du wirst auf die Lichtung zukommen, so daß sie dich sehen, und dann weglaufen und sie von mir ablenken. Ich kann dann die Lichtung aus einer anderen Richtung betreten und mit Hilfe des Steins das Dankfest begehen.«

Der alte Maulwurf hielt inne, denn das war sein Plan, sein ganzer Plan. Bracken gefiel er nicht – zu einfach, zu vieles, was schiefgehen konnte. Angenommen, nicht alle würden ihn verfolgen, angenommen, sie erwischten ihn? Aber obwohl er sich den Kopf zerbrach, um einen besseren Plan zu finden – es kam ihm keiner in den Sinn. Welchen Weg sie auch einschlugen: es gab zu viele Dinge, die nicht voraussehbar waren. So schien schließlich Hulvers einfacher Plan doch der beste zu sein.

Als der Nachmittag in den Abend überging, wurde Bracken unruhig und hungrig. Hulver war ruhig eingeschlafen, aber Bracken war zu aufgeregt; er konnte sich nur hin- und herwerfen. Am Ende begab er sich auf Wurmsuche und fand sechs Stück. Als die Dämmerung hereinbrach, weckte er Hulver und legte seine Würmer vor ihn.

Sie wanden und drehten sich auf dem Boden, nach Fluchtwegen suchend, die Köpfe gereckt und gespitzt. Bracken wollte sie festhalten, aber Hulver sagte leise: »Laß sie laufen. Iß deine, aber laß meine laufen.«

Dann segnete er sie mit sanfter Stimme und beobachtete, den Rüssel auf die Pfoten gestützt, wie seine drei Würmer langsam davonkrochen.

Das war zuviel für Bracken. »Ich habe lange gebraucht, sie zu finden«, beschwerte er sich. »Wenn Ihr sie nicht wollt, nehme ich sie.«

»Oh, ich will sie schon«, sagte Hulver, »aber es ist nicht mehr wichtig. Mir ist es lieber, die Würmer da leben mit meinem Segen, als daß sie ohne ihn sterben.«

»Aber ich habe nur drei«, sagte Bracken, »und diese Nacht steht uns noch viel bevor.« Er sah voller Empörung, wie die Würmer, die er mit soviel Mühe gesucht hatte, vor seinen Augen verschwanden.

»Wenn das dir Kummer macht, dann stell dir einfach vor, ich hätte sie gegessen. Wenn du weniger hungrig wärest, wenn ich sie gegessen hätte, als jetzt, wo ich sie nicht gegessen habe, dann ist der Hunger in deinem Kopf und nicht in deinem Bauch. Stille also den Hunger in deinem Kopf. Und laß die Würmer davonkriechen und ihr eigenes Abendessen suchen. Ich hoffe, auch mit deinem Segen.«

Es kam Bracken so vor, als sei Hulvers Argumentation nicht ganz logisch, aber er fand nicht heraus, warum. Das Ganze machte ihn ärgerlich; es war das erstemal, daß er so empfand, seit er mit Hulver zusammen war. Als die drei Würmer endgültig verschwunden waren, war Hulver wieder eingenickt, während Bracken sich so aufgeregt hatte, daß er sich Bewegung verschaffen mußte.

Endlich verlor das Licht des Spätnachmittags seinen letzten Glanz, und Hulver wachte auf. Es war Zeit, sich auf den Weg zum Stein zu machen. Mit einem abschließenden letzten Blick zurück auf die großen Ginstersträucher am Rand der Wiesen, deren Blüten jetzt am Abend wie gelbe Lichter aussahen, tauchten sie unter im Dunkel des Waldes.

Der Abend war klar und warm, aber Bracken fröstelte. Er hatte Angst, und während er Hulver folgte, hatte er das Gefühl, sie gingen beide dem Tod entgegen. Er fühlte sich verzagt wie ein Maulwurf, der sich zu einer Handlung verpflichtet hat, die in einer Katastrophe enden mag, der aber keine andere Wahl hat, als es hinter sich zu bringen. Jedes Rascheln eines Blattes ließ ihn zusammenzucken, jeder dunkle Schatten verbarg ein Dutzend Maulwürfe, jedes Wispern des Windes hinter ihm kündigte durch die Luft schwirrende Krallen an.

Und doch brachte jeder Schritt sie sicher und unverletzt weiter, bis sie sich der Lichtung auf wenige Maulwurffuß genähert hatten und stehenblieben, um zu horchen, ob Maulwürfe in der Nähe seien. Sie waren in einem weiten Bogen zur Lichtung gekommen, der sie von der den Hängen abgewandten Seite heranführte, denn sie vermuteten beide, daß Mandrake und seine Maullanger Hulver auf der Hangseite erwarten würden.

Jetzt, da sie ruhig und still waren, fühlte Bracken sich etwas sicherer, denn dort, wo sie kauerten, konnten sie nicht überrascht werden. Gleichzeitig ging etwas von Hulvers Gelassenheit auf ihn über, so daß sein Herz langsamer schlug und sein Atem ruhiger wurde.

Hinter den Bäumen, unterhalb der Spitze des Steines, ging der Mond auf. Zunächst mild und weiß, wurde er heller, während er höher stieg, und strahlte das sanfte Licht aus, das Bracken so liebte. Von Hulver erfaßte es nur den Rüssel, der sich gelegentlich über den Pfoten bewegte, wenn Hulver seine Lage veränderte. Es wehte ein sehr leiser Wind in den Buchenblättern hoch über ihnen, und die Vögel waren völlig verstummt. Irgendwo weit unter ihnen hörten sie ein unordentliches Rascheln, wahrscheinlich von einem Igel, dem es gleichgültig war, ob man ihn hörte.

Erst als der Mond auf einer Höhe mit der Spitze des Steins war, berührte Hulver plötzlich Brackens Schulter, kam mit dem Kopf näher und deutete mit einer Kralle auf die Hangseite der Lichtung. Zuerst nahm Bracken gar nichts wahr, doch dann bewegte sich zwischen den Schatten ein dunklerer Schatten, und Bracken fühlte die Vibration. Stille. Ruun. Wahrscheinlich Ruun. Welcher Maulwurf sonst konnte sich so geräuschlos bewegen?

Der Maulwurf schnüffelte an der Lichtung entlang, bewegte sich auf leisen Pfoten an ihrem Rand und spähte über sie hinaus, in den Wald hinein. Einmal schien er in ihre Richtung zu blicken, und Bracken erstarrte, obwohl er wußte, daß der Maulwurf sie unmöglich wahrnehmen konnte. Er schnupperte und schnüffelte am Rand der Lichtung herum und näherte sich einmal bis auf fünfzehn Maulwurffuß der Stelle, wo sie kauerten. Er stand im vollen Mondlicht, das ihn heller erscheinen ließ als den Stein hinter ihm, und Bracken beobachtete seine Gestalt, die sich am Stein vorbeibewegte und dann wieder zurück zur Hangseite. Dann hörten sie ein Scharren, und zwei Maulwürfe betraten laut schwatzend die mondhelle Lichtung.

»Pst!« sagte der Maulwurf, den sie beobachtet hatten.

»Entschuldige, Ruun«, sagte einer der beiden.

»Das ist Cornus«, flüsterte Hulver. »Das bedeutet, daß Mandrake sie beim Wort nimmt und sie also alle hier sein werden, um ... um zu sehen, was geschieht.« Er sagte nicht »um mich zu töten«, weil er Bracken nicht erschrecken wollte. Bracken würde all seinen Mut noch brauchen.

»Hier ist kein einziger Maulwurf, das steht fest«, sagte einer der anderen Maulwürfe.

»Es ist Burrkopf«, sagte Bracken mit stockendem Atem, plötzlich zutiefst erschrocken.

»Ich fürchte, ja«, sagte Hulver leise.

»Und es wird überhaupt kein Maulwurf mehr hier sein, wenn ihr mit eurem Gescharre weitermacht«, sagte Ruun. »Hat keiner von euch gelernt, wie er sich geräuschlos bewegt? Vielleicht denkt ihr mal daran, daß Bewegungen weiter zu hören sind als Worte.«

Das hatte Erfolg; sie kauerten sich leise auf der Lichtung nieder, direkt neben dem Stein, wo sie deutlich zu sehen waren.

»Ich hatte wohl recht«, flüsterte Hulver. »Sie würden sich nicht so aufstellen, wenn sie nicht ziemlich sicher wären, daß jeder von den Hängen kommende Maulwurf abgefangen wird. Mandrake und die übrigen müssen dort unten sein.«

Dies wurde sehr schnell durch Ruun bestätigt, der flüsterte: »Jetzt denkt dran, was Mandrake gesagt hat – wenn er sich bis hierher schleicht, bevor Mandrake ihn erwischt, will Mandrake ihn lebend haben. Ist das klar?«

Entsetzt über diese Worte, blickte Bracken zu Hulver hinüber, aber nur dessen Rüssel war im Mondschein sichtbar. Sogar seine Gestalt ging unter in der Schwärze der Buchenblätter und der Efeuranken, zwischen denen sie kauerten.

Aber Hulver tat so, als sprächen sie über einen anderen Maulwurf, und er blieb ganz gelassen; er wußte, was er zu tun hatte, geschah mit dem Segen des Steins. Es gab nichts, was ein Maulwurf tun konnte, um ihn daran zu hindern, das Dankfest zu begehen, mit aller Liebe und Würde, die er aufbringen konnte.

Doch spürte er Brackens Furcht. »Warte noch ein wenig«, flüsterte er. »Wenn du jetzt losrennst, ist es noch zu früh, um die Worte zu sprechen. Es muß um Mitternacht geschehen, oder gegen Mitternacht.«

Um die Zeit auszufüllen und um Bracken von der ihm bevorstehenden Aufgabe abzulenken, forderte Hulver ihn auf, für sich selbst die Worte zu wiederholen, die er ihm beigebracht hatte, und dabei über ihren Sinn nachzudenken.

Dies erwies sich als so wirkungsvoll, daß Bracken überrascht war, als Hulver ihn im Dunkeln leise anstieß und sagte, es sei Zeit. Bracken wurde es kalt, und er fürchtete sich. Der Wald schien plötzlich ein sehr gefährlicher Ort zu sein. Sicherlich mußte es ein anderer Maulwurf sein, der sich langsam erhob, ganz in der Nähe der drei gefährlichen Maulwürfe auf der Lichtung. Ein anderer Maulwurf, der sich in die Nacht davonschlich und vergaß, Hulver Glück zu wünschen oder sich von ihm zu verabschieden, als er sich auf den Weg machte. Nicht dieser Maulwurf, der ganz allein im Wald war und sich fürchtete, auch nur ein Buchenblatt zu berühren, während er sich durch die stille Nacht bewegte.

So begann Bracken seine lange, nervenaufreibende Umrundung der Lichtung, seinen Weg die Hänge hinunter und dann zurück auf der gleichen Fährte, der sie gefolgt waren, um zum Stein zu gelangen, als sie zum erstenmal zum Alten System hinaufstiegen. Er schlich sich von Schatten zu Schatten, er hielt den Atem an bei dem leisesten Geräusch, das er machte, und er wünschte sich aus tiefster Seele, auf jedem Zoll seines Weges, daß Hulver ihm erlaubt hätte, das Alte System zu erkunden, das irgendwo unter seinen Pfoten lag, so daß er die Tunnel dort unten jetzt ausnutzen könnte, um unter der Oberfläche sicher an die Stelle der Hänge zu gelangen, wo er Gestalt annehmen und beginnen mußte, die Rolle Hulvers zu spielen. Hinter ihm beobachtete Hulver die drei Maulwürfe am Stein. Am deutlichsten war der Fleck Mondlicht auf ihren Rüsseln zu erkennen, und an diesem sah er, wie sie sich im Dunkeln gelegentlich unruhig bewegten.

Inzwischen hatte Bracken viel weiter unten endlich eine Stelle an den Hängen erreicht, wo er, einer Höhenlinie folgend, hinüberwechseln und mit seinem auffälligeren Aufstieg beginnen konnte.

Er war sich aller Bezugspunkte in der Landschaft um ihn herum deutlich bewußt. Als er den Aufwärtsweg zum Stein einschlug, lagen die Wiesen in einiger Entfernung rechts von ihm. Weit links von ihm befand sich der Abgrund der Kreidewand, welche bis an die Wiesen führte, die in einem Bogen die Lichtung umschlossen. Im Wald zu seiner Linken lagen zwei umgestürzte Buchen, an denen er bei seinem Abstieg vorbeigekommen war, und diese waren nützliche Anhaltspunkte. Davon abgesehen gab es nur Wald, Stille und sein Vordringen hügelaufwärts, mitten in die Gefahr hinein.

Jetzt, da es kein Zurück mehr gab von der Aufgabe, die er übernommen hatte, stellte er fest, daß er ganz kühl denken konnte. Er war nervös, schwitzte ein wenig, aber er hatte nie einen klareren Kopf gehabt.

Er bewegte sich hügelaufwärts auf den Stein zu, und er bewegte sich so, wie es in seiner Vorstellung Mandrake und seine Maullanger von Hulver erwarten würden: vorsichtig, langsam und immer in Deckung. Das paßte ihm sehr gut, denn wenn er von einem von ihnen auch nur einen Augenblick lang im Mondlicht gesehen wurde, würden sie sicher erkennen, daß er nicht Hulver war. Er blieb häufig stehen, um zu lauschen, wie Hulver – wie jeder Maulwurf – es auch getan hätte. Er hielt sich an die dunklen Stellen und etwas abseits des Gemeinschaftswegs über die Oberfläche – wie Hulver es getan hätte. Er verursachte gerade genug Geräusche, um gehört zu werden, aber nicht so viele, daß man ihn für einen Dummkopf halten könnte.

Endlich spürte er, daß rechts von ihm sich etwas bewegte, was er für den Teil einer Wurzel gehalten hatte. Es war nur eine winzige Bewegung, aber Wurzeln bewegen sich selten und sei es nur minimal, jedenfalls nicht an der Oberfläche. Danach machte er weiter, denn jetzt gab es wirklich kein Zurück mehr: Ein Maullanger folgte ihm. Er bewegte sich etwas schneller voran, weil er so nahe wie möglich an die Lichtung gelangen wollte, bevor er angegriffen wurde. So würde er in der Lage sein, neben den anderen auch Cornus, Burrkopf und Ruun abzulenken. Durch eine Bewegung, eine winzige Vibration, wurde er auf einen zweiten Maulwurf aufmerksam, zu seiner Linken, der in einem wohl provisorischen Bau lauerte.

Irgendwo weit unter ihnen allen bewegte sich ein Wesen schwerfällig durch den Wald. Ein Dachs, ein Fuchs, vielleicht nur ein Igel. Bracken näherte sich der Lichtung, und er sah vor sich schon die Spitze des Steins jenseits von zwei Bäumen im Mondlicht, genau wie Burrkopf es ihm einmal beschrieben hatte. Jetzt, das wußte er, würde er jeden Augenblick angegriffen oder festgehalten werden. Er mußte dem Angriff zuvorkommen. Das würde seine Gegner überraschen und ihm einen Vorsprung von Bruchteilen einer Sekunde geben.

Vor ihm lagen die beiden Buchen, dahinter die Lichtung. Es mußte mindestens ein weiterer Maulwurf bei den Bäumen sein; wahrscheinlich lauerte er zwischen den Wurzeln und wartete, daß er auftauchte. Bracken hatte das Gefühl einer Bewegung hinter sich; vielleicht arbeitete sich einer der Maulwürfe, an denen er vorbeigekommen war, an ihn heran.

Er schlug einen Bogen nach rechts, um den Baum vor ihm zu umrunden, und rechnete jeden Moment mit dem Auftauchen und dem Angriff des dritten Maulwurfs, und dann – dann versuchte er, ihnen zuvorzukommen. Es war ihm klar, daß er so direkt in das unvermeidliche Mondlicht hineinlief, und er machte eine scharfe Wende nach links, was ihm einen Vorteil gegenüber jedem Maulwurf gab, der bei dem Baum auf ihn warten mochte, und jeden, der ihm folgte, aus der Fassung brachte. Mit einem gewaltigen Satz schoß er dicht an der Buche vorbei, die Lichtung und den Stein zu seiner Rechten, aufwirbelnde Buchenblätter hinter sich lassend.

Die bedrückende Stille der Nacht zersplitterte plötzlich. Als er den Baum hinter sich ließ, erhaschte er im Mondschein einen flüchtigen Blick auf den größten Maulwurf, den er je gesehen hatte. Seine Krallen sausten durch die Luft, sein Körper krümmte sich, als hätte er in die falsche Richtung geblickt, aber sein Rüssel war schon auf Bracken gerichtet, gewaltig und schrecklich. Mandrake!

Bracken lief absichtlich bis dicht an die Lichtung heran, bevor er in den Wald abbog, um Ruun und die anderen von Hulver fortzulocken, der an der anderen Seite wartete. Es klappte. Er hörte Ruun rufen, hörte Gebrüll, und dann ertönte von der Lichtung her das Geräusch heranstürmender Maulwürfe, das zu dem Lärm hinzukam, den Mandrake und die anderen hinter ihm und zu seiner Linken verursachten. Bracken tauchte im Wald unter und zog alle mit sich; die Lichtung gehörte Hulver. Er fühlte sich voller Leben und Kraft und lief mit großer Schnelligkeit durch den Wald, schlängelte sich hierhin und dorthin und horchte auf das verwirrte Gebrüll der hinter ihm herjagenden Maulwürfe. Er hätte sich gern in Sicherheit gegraben, und wieder bedauerte er, keinen Zugang zum Alten System gefunden zu haben. Aber es verfolgten ihn so viele Maulwürfe, daß er eine gewisse Sicherheit in ihrer Verwirrung fand. Der Wald war dunkel; das Mondlicht konnte den dichten Baldachin aus Buchenblättern über ihnen nicht durchdringen, und es herrschte ein solcher Lärm, daß kein Maulwurf zu wissen schien, wohin er lief. Aber Bracken wußte es. Er näherte sich in einem großen Bogen den Hängen, etwa auf dem gleichen Weg, den er so angstvoll einige Zeit zuvor benutzt hatte.

Hinter ihm, jenseits der Lichtung, erhob sich der alte Hulver langsam, als das Getöse des fliehenden Bracken und seiner Verfolger im Wald unterging. Hulver näherte sich dem Schatten des Steins. Dort kauerte er einen Moment lang stumm nieder, denn ein Maulwurf muß gelassen sein, wenn er die feierlichen Worte richtig sprechen will. Dann begann Hulver mit der Mittsommernachts-Feier, als stünde ihm unendlich viel Zeit zur Verfügung.

Bracken lief weiter durch die Nacht, schlängelte und wand sich zwischen den

Bäumen hindurch und arbeitete sich auf die umgestürzte Buche zu, an der er auf seinem Weg herauf von den Hängen mit Hulver vorbeigekommen war. Er wußte, daß die Maulwürfe um ihn herum verwirrt waren – einer von ihnen hatte ihm sogar etwas zugerufen, in der Annahme, er sei Cornus, und ihn aufgefordert, nach links abzubiegen, was er entgegenkommenderweise auch getan hatte. Von Zeit zu Zeit hörte er Mandrake brüllen und auch Ruun, und ihm wurde klar, daß kein Maulwurf genau wußte, wo er war.

In diesem Augenblick sah er die große tote Buche vor sich und verbarg sich in den Schatten ihrer vertrockneten Zweige, er atmete heftig nach dieser Anstrengung des Laufens. Die Jagd nach ihm ging um ihn herum weiter, bis sie, einer nach dem anderen, zusammenkamen, um sich auszuruhen, an einer Stelle, die nicht weit von seinem Versteck im gestürzten Baum entfernt war.

Es dauerte eine Weile, bis einer von ihnen wieder soweit zu Atem gekommen war, daß er sprechen konnte, und dann war es Ruun. »Er ist uns entkommen, Mandrake, hinunter zu den Hängen, wo er lebt. Wenigstens kann er jetzt die Feier nicht mehr begehen.«

Sie hatten sich an einer Stelle versammelt, die mit Mondlicht gesprenkelt war. Es drang durch die Lücke über dem gestürzten Baum, in dem Bracken sich verborgen hielt. Bracken spähte hinunter, um einen Blick auf Mandrake zu werfen. Seine Erscheinung war gewaltig – er war riesig, eher wie zwei Maulwürfe als wie einer. Er schien schwärzer als die Nacht selbst, und Bracken sah, daß er den Kopf vorgebeugt und gesenkt hielt, als sei er im Begriff, die ganze Welt anzugreifen.

»Du sagst, er ist entkommen? Aber wer ist entkommen?« fragte Mandrake. »Ich kann nicht glauben, daß der älteste Maulwurf im System, der beim letzten Ältesten-Treffen kaum noch zu leben schien, durch den Wald rennt wie ein Jungwurf und den zähesten Maulwürfen im System« – er sah sarkastisch um sich, als gehöre er nicht zu ihnen – »einfach entwischt. Das war nicht Hulver.«

Sie folgten seinem Blick hinunter zu den Hängen. Dann, als sie hinauf zu dem fernen Stein zurückschauten, der irgendwo über ihnen in der Nacht verschwunden war, kam ihnen allen mit einem Schlag die Erkenntnis, daß sie getäuscht worden sein könnten. Geschlossen machten sie sich wieder auf den Weg zurück zum Stein, und das, so schnell sie konnten, Mandrake an der Spitze.

Bracken kam zu dem Entschluß, daß er ihnen folgen müsse. Es würde jetzt nicht schwer sein, ihnen aus dem Weg zu gehen, und sie machten genug Lärm, um seine Geräusche zu übertönen.

Einer kommt schneller voran als sechs, und so geschah es, daß Bracken die andere Seite der Lichtung erreichte, als Mandrake sie von der Hangseite betrat.

Hulver stand dort, deutlich im Mondlicht zu erkennen, den Rücken zum Stein gewandt, die Pfoten in Richtung Uffington erhoben. Er war bei den letzten Abschnitten der Zeremonie, seine Gestalt eindrucksvoll in ihrer Gelassenheit, seine Stimme ehrfurchtgebietend in ihrer gealterten Kraft. Hinter ihm ragte der Stein empor in den Himmel.

Er schien die Ankunft Mandrakes und seiner Maullanger nicht wahrzunehmen, die bei seinem Anblick einen Moment lang vor Scheu erstarrten.

Aber es befand sich noch ein anderer Maulwurf dort, von dessen Anwesenheit keiner etwas wußte, auch Hulver nicht. Er hatte sich zwischen den Wurzeln der großen Buche am Stein versteckt, wo Hulver und Bracken ihre erste Nacht auf der Lichtung verbracht hatten.

Er hatte seinen Bau an der Ostseite verlassen und war langsam und widerstrebend durch den Wald zum Stein gekommen. Er hatte nicht kommen wollen, denn er hatte davon gehört, daß Mandrakes Maullanger auf der Lauer liegen würden, doch er wußte, daß er kommen mußte, und er kam an, als Bracken die anderen fortlockte, rechtzeitig, um Hulver beim Beginn der Zeremonie zu beobachten. Er hätte einstimmen können, aber er fühlte sich dessen nicht würdig, als hätte er kein Recht, da zu sein. Aber er formte die Worte mit den Lippen genau wie Hulver, spornte den alten Maulwurf innerlich zu jedem einzelnen an und hatte die Absicht, mit Hulver zusammen bis zum Ende der Zeremonie durchzuhalten. Dann würde er leise zurückgehen, zurück zur Ostseite, damit kein Maulwurf je erführe, daß er Wache gehalten hatte.

Aber jetzt sah er, daß Hulver vor dem Ende unterbrochen werden würde, und er wußte, hatte es vielleicht die ganze Zeit gewußt, was er tun mußte. Vielleicht konnte er sie aufhalten – wenigstens mußte er es versuchen. Während Mandrake und die anderen am Rand der Lichtung noch zögerten, kam er zwischen den Wurzeln hinter dem Stein hervor und stellte sich mit dem Rücken zu Hulver auf, seine Krallen in Richtung Mandrake erhoben, bereit, sein möglichstes zu tun, um Mandrake aufzuhalten, während Hulver die Zeremonie beendete. Bracken erkannte ihn nicht; Bindel war ein älterer, stämmiger Maulwurf, den Bracken auf seinen Wanderungen durch die Westseite und Barrow Vale nie gesehen hatte. Aber Ruun erkannte ihn, und die anderen auch.

»Bindel!« zischte Ruun. »Es ist Bindel, der gekommen ist, um den Tapferen zu spielen!«

»Bindel!« brüllte Mandrake.

Aber Bindel wich keinen Schritt, als sie langsam näherrückten, und mit kampfbereiten Krallen begann er, in Hulvers Worte mit einzustimmen:

»Im Schatten des Steins,
Im Dunkel der Nacht . . .«

Mandrake beschleunigte seine Schritte.

»Wenn sie die Baue verlassen
In deiner Mittsommernacht . . .«

Mandrakes Atmen klang krächzend und zornig, schwarz und gefährlich im Vergleich zum sanften Zusammenspiel der Stimmen von Hulver und Bindel, als sie fortfuhren mit dem letzten Teil des Gebets:

»Wir Maulwürfe vom Duncton-Stein
Unsere Jungen mögen gesegnet sein . . .«

Während Bracken vom Rand der Lichtung entsetzt zusah, hob Mandrake seine Krallen hoch über Bindel. Und dann kamen sie herunter mit gewaltiger Kraft, pflügten durch Bindels erhobene Krallen hindurch und schlitzten seinen Körper auf. Er stürzte nieder, fiel nach hinten, zerfetzt und kampfunfähig, und Mandrake raste an ihm vorbei, auf Hulver zu, während Ruun und Burrkopf Bindel weitere Hiebe versetzten, bevor auch sie auf Hulver zuliefen.

Bracken kauerte in den Schatten, starr vor Furcht, unfähig, sich zu bewegen, und sah voller Qualen, wie die drei stärksten Maulwürfe aus Duncton, unter ihnen sein eigener Vater, sich mit erhobenen Krallen und verzerrten Rüsseln auf Hulver stürzten. Sie brüllten ihn an oder kreischten, es war schwer zu unterscheiden, und doch konnte Bracken über allem Hulver hören, wie er den allerletzten Teil des Segens begann, den Teil, den er selbst auch gelernt hatte:

»Wir baden ihre Pfoten in Schauern von Tau,
Wir lockern ihr Fell mit . . .«

Aber weiter kam der alte Hulver nicht. Im letzten Augenblick drehte er sich seinen Angreifern halb entgegen, und Bracken sah, daß er seine Krallen gar nicht erhoben hatte – seine Pfoten waren eher ausgestreckt, als wolle er sie segnen. So wie er die Würmer bei ihrem ersten gemeinsamen Mahl gesegnet hatte.

Und dann war es zu Ende mit dem zarten Hulver, er war verloren unter ihren stechenden, bösartigen, durchbohrenden, zerreißenden Krallen, und wenn er noch einen Ton von sich gab, ging er unter in dem Getöse ihrer zornigen Schreie und dem Keuchen ihrer mörderischen Aktionen. In Stücke gerissen, wo er gestanden hatte, im Schatten des Steins, direkt im Herzen des Systems, das er geliebt hatte, als er den Segen sprach für die Jungwürfe, an deren Zukunft er glaubte. Bracken stand wie angewurzelt; sein Herz schrie auf in der Qual, zuzusehen zu müssen, wie der Maulwurf, den er so schnell liebgewonnen hatte, vor seinen Augen niedergemetzelt wurde. Und doch konnte er sich nicht bewegen. Er besaß nicht den Mut, oder war nicht töricht genug, hinaus auf die Lichtung zu laufen und Hulvers Mördern gegenüberzutreten.

Dann war es plötzlich vorbei. Mandrake trat zurück, die anderen ließen ab, und ohne ein Wort zu wechseln, machten sie kehrt wie eine Horde Ratten in der Nacht und hasteten von der Lichtung fort. Als sie an Bindel vorbeikamen, der ausgestreckt auf dem Boden lag, bewegte er sich und stöhnte, aber Mandrake sagte: »Laßt ihn, soll er lebendiges Futter für die Eulen sein.«

Sie waren kaum verschwunden, da fand Bracken seine Kraft wieder und war fähig, hinaus auf die Lichtung zu Hulver zu laufen.

Aber Hulver war tot, und er sah nur noch den Körper eines verbrauchten alten Maulwurfs, schrecklich zugerichtet, klein und verschrumpelt im Mondlicht. Auf seine rechte Pfote fiel das Licht, sie bildete eine kleine Faust, wie die eines Maulwurfjungen. Blut glänzte schwarz auf seinem Körper, vom Rüssel bis zum Bauch.

Bitterlich schluchzend lief Bracken hinüber zu Bindel, der stöhnte und flüsterte und versuchte, sich auf seiner zerschmetterten Pfote zu erheben, aber die Pfote rutschte unter seinem Gewicht nutzlos weg. Bracken beugte sich tief über ihn und hörte ihn flüstern: »Bindel, ich heiße Bindel. Ich bin zurückgekommen, um mit meinem ältesten Freund die Worte zu sprechen. Wir sind fast fertig geworden, nicht wahr?«

Er atmete keuchend und unter Schmerzen, und es tat Bracken in der Seele weh, es zu hören. »Wir sind fast fertig geworden. Und am Ende wußte ich die Worte. Er dachte immer, ich wüßte nicht alle, aber ich wußte sie. Als sie am Ende kamen, wußte ich die Worte.«

Bindel versuchte, noch mehr zu sagen, aber er keuchte und hustete und rang qualvoll um Atem. Bracken drückte sich an ihn, seinen zerfetzten Körper stützend, Blut auf seinem Fell. Bindel begann wieder zu sprechen, jedes Wort eine gewaltige Anstrengung. »Hör zu, Jungwurf, und versuche sie zu behalten: ›Wir . . . baden . . . ihre . . . Pfoten . . . in . . .‹«

Bracken blickte auf zum Stein und dann hinüber zu Hulvers Körper, dessen Weisheit er jetzt zu verstehen begann. Und dann, zuerst sehr leise, aber mit zunehmender Lautstärke, stimmte er in die Worte des sterbenden Bindel ein:

»Wir baden ihre Pfoten in Schauern von Tau,
Wir lockern ihr Fell mit Wind aus dem Westen,
Wir bringen ihnen feinste Erde,
Sonnenlicht im Leben.
Wir bitten, daß sie gesegnet werden
Mit einem siebenfältigen Segen . . .«

Bracken sprach die Worte jetzt kraftvoll, mit der Stimme eines Erwachsenen. Sie erfüllten die Lichtung und wurden über sie hinausgetragen, laut und klar, bis sie Mandrake und seine Maulwürfe auf ihrem Weg zum Stehenbleiben brachten.

»Die Gnade der Gestalt
Die Gnade der Güte . . .«

Ein wilder Sturm heißen Bluts und Schneesturmkälte fuhr Mandrake durch Kopf und Körper; er schien besessen von rasender Dunkelheit. Mit einem mächtigen Gebrüll machte er kehrt und stürzte hinauf zur Lichtung, gepeinigt von der kraftvollen Stimme und den Worten, die seine Seele quälten.

»Die Gnade des Leidens
Die Gnade der Weisheit
Die Gnade der Wahrhaftigkeit
Die Gnade des Vertrauens
Die Gnade der aus der Seele kommenden Lieblichkeit.«

Bracken war zum Stein gegangen und stand jetzt in seinem dunklen Schatten, nach Uffington gewandt, sich aller Dinge um ihn herum bewußt: der tote Hulver, der sterbende Bindel und das besessene Voranstürzen des sich rasch nähernden Mandrakes. Doch er nahm von all dem keine Notiz.

Es schien Mandrake, als er wieder die Lichtung erreichte und zunächst nur zwei Maulwürfe auf dem Boden liegen sah, als spreche der Stein selbst:

»Wir baden ihre Pfoten in Schauern von Licht,
Wir befreien ihre Seelen mit den Krallen der Liebe,
Wir bitten, daß sie den stummen Stein hören.«

Erst bei diesen allerletzten Worten des Segens erblickte Mandrake im Schatten Bracken, und er stürzte sich auf ihn mit einem Brüllen, das ebenso verzweifelt wie zornig war.

Bracken trat für einen Augenblick ins Mondlicht, wo Mandrake ihn zum erstenmal richtig sah, und lief dann hinter den Stein, an der großen Buche vorbei und in den Wald in Richtung auf die Kreidewand.

Während Mandrake seine Verfolgung aufnahm, bewegte Bindel sich zum letztenmal. Er streckte seine Pfote nach seinem Freund Hulver aus, den Rüssel auf den Stein gerichtet, in dessen Stille und Helligkeit er hineinzufliegen schien, fort von dem keuchenden Atem, der nicht mehr zu ihm gehörte, fort von der betäubenden Kälte, die von seinen Pfoten und Flanken zu seinem Herzen kroch, und er dachte, daß der Jungwurf auf irgendeine Weise die Worte auch gekannt hatte, und daß es so auch sein sollte.

Bracken lief unablässig weiter, und seine Kräfte ließen schnell nach. Er konnte nicht mehr klar denken und atmete keuchend und nach Luft ringend, wie Bindel es getan hatte. Hinter sich hörte er Mandrake näherkommen, vorwärtsgetragen von einer unbeschreiblichen Wut und Bösartigkeit, Blätter und Humus hinter sich aufwirbelnd.

An seiner linken Seite hörte Bracken andere Maulwürfe durch das Unterholz auf ihn zulaufen, Ruun, Cornus und die anderen. Rechts von ihm stieg der Hügel zu seinem höchsten Punkt an, wo Hulver und er sich bis heute nacht verborgen gehalten hatten. Aber er wußte, daß er nicht mehr die Kraft hatte, dort hinaufzuklettern, fort von Mandrake. So lief er geradeaus weiter, direkt auf die Leere des Abgrunds zu, mit schmerzhaft klopfendem Herzen und keuchenden Atemzügen, die ihm immer schwerer fielen. Mandrake sah ihn jetzt, direkt vor sich, mit übereinanderstolpernden Pfoten, und sein Rücken war beinahe schon in Reichweite von Mandrakes Krallen. Mit einem letzten Satz reckte Mandrake sich empor, um seine Krallen in den schwächer werdenden Bracken zu schlagen.

Bracken spürte Mandrakes Absicht und machte mitten im Lauf eine Wendung, um einen heroischen Versuch zu unternehmen, Mandrakes Schläge abzuwehren. Aber als er seine Krallen hob, um sich zu verteidigen, fühlte er seine Hinterpfoten ins Nichts weggleiten, durch lockere Erde und Pflanzen nach unten rutschen bei dem Versuch, so schien es, ins Leere zu greifen. Und während Mandrakes Krallen auf seinen erhobenen Rüssel einschlugen, fühlte er, wie die Leere des Nichts ihn verschluckte, ihn in die Schwärze hinunterzog, während seine Vorderpfoten verzweifelt in der Luft herumfuhren nach einem Halt an der Wand der Klippe. Er hatte große Schmerzen in seiner linken Schulter; er spürte, wie die Steilwand der Klippe an seinem Rüssel vorbeiglitt, wie lose Pflanzen und Steine sein Gesicht zerkratzten.

Über ihm erklang Mandrakes Triumphgebrüll. Aber dann, er merkte kaum, was geschah, spürte er plötzlich, daß seine Vorderpfoten ins Leere schlugen und dann einen Halt an der Oberfläche fanden. Und wieder ruderte er mit den Pfoten, zog sich hoch, seine Hinterpfoten berührten die Wand, und er zerrte, schob und hangelte sich hoch, bis er endlich auf dem glatten, ebenen Boden eines Tunnels lag, den ein Steinsturz im Winter freigelegt hatte und dessen alte, dunkle Tiefen sein Keuchen nach Luft und Leben zurückwarfen. Über ihm ertönte das Trippeln von Pfoten und immer mehr Pfoten, als Ruun und Mekkins, Cornus und Burrkopf sich am Rand der Klippe zu Mandrake gesellten und hinunter in die Schwärze des Abgrunds blickten.

»Er ist hinuntergestürzt, in den Tod gestürzt«, schrie Mandrake. »Ich habe ihn vorher noch mit meiner Kralle erwischt und aufgeschlitzt.« Und dann lachte Mandrake ein schreckliches Lachen hinab in die Dunkelheit vor ihnen.

»Wer war es?« fragte Mekkins, der sich über den Mut und die Stärke der drei Maulwürfe wunderte, die sie in dieser Nacht getötet hatten.

»Es war Bracken«, zischte Ruun in die Dunkelheit hinein. »Der Maulwurf, den ich in Hulvers Tunnel fand. Ich hätte ihn sofort töten sollen, aber ich wollte Hulver nicht warnen, daß etwas nicht stimmte. Ich hätte ihn sofort und qualvoll töten sollen.«

»Es war also Bracken!« rief Burrkopf aus und bemühte sich, zornig zu klingen. Aber es war eine Spur von Überraschung in seiner Stimme, gemischt mit einem gewissen Stolz. Er konnte nicht glauben, daß es sein eigener merkwürdiger Sohn war, von dem er gedacht hatte, er wäre schon längst getötet worden, nachdem er den heimischen Bau wortlos verlassen hatte – daß er es gewesen sein sollte, der vor seinem Ende Mandrake soviel Ärger gemacht hatte. »Besser nichts mehr sagen«, dachte Burrkopf.

Bracken hörte sie über den Boden des Waldes davonlaufen, zurück zu den Hängen. Unter Schmerzen erhob er sich. Seine linke Schulter war jetzt steif und fast lahm. Er richtete seinen Rüssel nach vorn, in das Alte System, das endlich, nach so vielen Generationen, seine Tunnel wieder einem Maulwurf geöffnet hatte.

KAPITEL 9

Aus Rebekkas traurigem, partnerlosem Frühling war ein Frühsommer voller Freuden geworden. Als Sarah ihren Wurf im April zur Welt brachte, hatte Rebekka den Vorwand, den sie gesucht hatte, um den heimischen Bau zu verlassen und sich in eigenen Tunneln allein durchzuschlagen. Sie fragte sich, ob sie Barrow Vale ganz verlassen sollte, um von Mandrake wegzukommen, aber als es soweit war, hatte sie nicht wirklich den Wunsch dazu. Vielleicht spürte sie, daß er sie trotz seiner brutalen Feindseligkeit liebte und daß gerade die Bösartigkeit seiner Attacken zeigte, wie tief seine Gefühle gingen.

Zweifellos freute sie sich, als er sie Ende April schroff beiseite nahm und sagte: »Du verläßt den heimischen Bau jetzt, aber du wirst dich nicht weit entfernen, Rebekka – ich möchte ein Auge haben auf dich. Es gibt nicht weit von hier einen Bau, den ich dir zeigen werde . . .«

Sie war überrascht, daß ein so günstig gelegener Bau frei sein sollte, und erfuhr erst lange danach, daß Mandrake den Maulwurf, dem er gehörte, ein älteres Weibchen namens Ruta, vertrieben und ihr den Tod angedroht hatte, falls sie versuchen sollte, den Bau zurückzugewinnen. Da Rebekka das nicht wußte und Mandrakes plötzliches Interesse an ihrem Wohlergehen ihr schmeichelte, richtete sie sich fröhlich dort ein, um den Sommer zu erwarten. Sie reinigte die Gänge und Baue in ihrem neuen Tunnelnetz, ersetzte das Nestmaterial durch süßduftende Gräser und Blätter, die sie auf dem Boden des Waldes suchte. Sie grub einen neuen Eingang, der die Morgensonne einfing, und einen zweiten, der gegen Tagesende Licht und frische, kühle Luft in ihren Tunnel brachte.

Dies alles beschäftigte sie so sehr, daß sie Sarah im Mai und Anfang Juni kaum vermißte, und dann begann Sarahs zweiter Wurf schon umherzustreifen, und die beiden wurden wieder Freundinnen. Sie unterhielten sich über Blumen und Bäume, und Sarah erzählte ihr von Spitzmäusen und Wühlmäusen und lachte über ihre Kämpfe und Possen. Sie warnte Rebekka vor Wieseln und Eulen.

Die Blumen, die den Waldboden im Frühling mit einem Teppich bedeckt hatten, verkümmerten, als die Bäume Blätter bekamen und die Sonne ausschlossen, so daß ein dickeres, trüberes Unterholz an ihre Stelle trat. Rebekka, die mit jedem Sommertag kühner wurde, begann am Rand der Wiesen nach Blumen und Sonne zu suchen und an ein oder zwei etwas offeneren Stellen in Richtung Marsch-Ende. Sie hätte das Marsch-Ende selbst gern tiefer erkundet, in der feuchteren Dunkelheit seiner Bäume, aber es herrschte dort ein modriger Geruch, der ihr an einem Sommertag nicht gefiel und der von dem Moos und den Pilzen herrührte, die bei ein oder zwei verfaulenden Bäumen und bei den vielen heruntergefallenen Zweigen wuchsen.

Aber diese Streifzüge durch die Kräuterwelt wurden unterbrochen von langen Perioden, in denen sie einfach still in ihren eigenen Tunneln oder deren Eingängen saß und den Wald in ihrer unmittelbaren Nähe kennenlernte. Seine sommerlichen Geräusche waren nicht so heftig wie die des Frühlings, aber voller und vielfältiger. Ganz nahe bei einem ihrer Tunneleingänge standen zwei junge Eichen mit Brombeeren und Gundelrebe daneben, und hier hatte sich, kurz vor ihrer eigenen Ankunft, ein Nachtigallenpaar niedergelassen, um seine Jungen auszubrüten und aufzuziehen. Als es Juli wurde, hatte sie ihre Freude an der Futtersuche dieser Vögel, wie sie im Unterholz nach Spinnen und Würmern forschten, eine Tätigkeit, der oft ein volles Jag-jag-tschuhk-tschuhk folgte, aus dem dann ein kraftvolles Piuh-Piuh-Crescendo wurde, das sie in ihrem tiefsten Bau hören konnte. Eine Nacht, die mit diesem Gesang begann, war gesegnet.

Oft stimmten »ihre« Nachtigallen ein in den Chor, der sie zur Morgendämmerung weckte, ein buntes Gemisch aus den Stimmen von ein oder zwei Amseln, von Kleiber, Zaunkönig und Meise und dem sanften, fernen Gurren von Ringeltauben drüben am Waldesrand. Die Vögel trippelten über die toten Blätter auf dem Waldboden oder flatterten zwischen den lebendigen Blättern hoch oben. Und die Gerüche frischer Triebe! Das war es, was sie am meisten liebte, während sie und der Wald zusammen in die Jahreszeit hineinwuchsen.

Während dieses Sommers gewöhnte sie sich an Geräusche, die sie zuerst erschreckt hatten – das Trippeln eines Igels, der häufig ziellos direkt an ihrem Rüssel vorbeilief, oder das Summen eines Käfers oder einer erkundenden Wespe, die ihr mitten ins Gesicht flog.

Sie neigte dazu, in der Nähe ihrer eigenen Tunnel zu bleiben, weil sie, würde sie weit entfernt von Hunger oder Müdigkeit überrascht, einen provisorischen Bau an einem Ort graben müßte, dessen Geräusche ihr fremd und drohend vorkamen. Es dauerte lange, bis sie etwa die Ostseite wieder aufsuchte, denn als sie dort einmal übernachtet hatte, war sie Zeugin eines Kampfes zwischen zwei Dachsen um ein Weibchen geworden, was sich, mit den dumpfen Schlägen und schrillen, unheimlichen Schreien, so anhörte, als seien sie im Begriff, durch das Dach ihres Baues auf Rebekka hinunterzufallen. In Wirklichkeit befanden sie sich viele Maulwurfmeter entfernt auf den Hängen einer Böschung, in der sie ihre eigenen mächtigen Baue gegraben hatten, aber wie sollte sie das wissen, da sie noch nie zuvor Dachse gehört hatte? Schlimmer noch als ihre schrecklichen Stimmen war ihr scharfer Geruch, der Übelkeit erregend in Rebekkas winzigen Bau wehte und sie vor Furcht in der Dunkelheit zittern und schwitzen ließ.

Aber viel, viel schlimmer war nachts das unheilverkündende Schreien der Waldkäuzchen. Es erfüllte sie mit schrecklicher Angst. Sie wußte wenig mehr über die Käuzchen, als daß sie während des Sommers die schlimmsten Feinde der Maulwürfe in Duncton waren, ein Tod mit Fängen, der mit lautloser Plötzlichkeit aus der Dunkelheit herunterstieß. Es gab einen oder zwei Maulwürfe in Duncton – Rebekka hatte einen von ihnen seine Geschichte erzählen hören –, die von einer Eule erwischt worden waren und durch irgendeinen unwahrscheinlichen Zufall entfliehen konnten, zerfetzt, aber lebend. Einige der älteren Maulwürfe sagten, es bringe Glück, einen solchen Maulwurf zu berühren, aber Rebekka war zu schüchtern gewesen, um darum zu bitten.

Mandrake besuchte sie im Juni und Juli zwei- oder dreimal. Er behauptete immer, zufällig vorbeizukommen, und gab vor, sich für ihr Treiben nicht zu interessieren. Er saß dann eine Weile herum, stellte ihr ein paar einsilbige Fragen, warf einen finsteren Blick auf ihre Tunnel und verschwand so plötzlich, wie er gekommen war. Sie spürte, daß er auf seine mürrische Art nach ihr sehen wollte, und das bereitete ihr Freude.

An einem heißen Juliabend, als jedes Insekt im Wald beschäftigt schien, kam Mekkins bei ihr vorbei, und sie hörte zum erstenmal von Hulvers und Bindels Tod. Auf Befehl Mandrakes war das Ereignis wochenlang geheimgehalten worden, aber die müßigen Sommermonate sind eine Zeit für Geschwätz und Klatsch, und irgendwann mußte die Geschichte herauskommen.

Mekkins, der die ganze Angelegenheit als einen Makel für Duncton empfand, hätte Rebekka lieber nichts davon erzählt. Sie war so jung, so unschuldig, so voller Freude über die Jahreszeit, daß es ihr zu erzählen wie das Zertrampeln einer Waldanemone erschien. Aber sie war so überglücklich, ihn zu sehen, obwohl er sie nur flüchtig kannte, und sah ihn mit einem so offenen Blick an, daß es ihm unmöglich war, ihr etwas vorzulügen, als sie plötzlich fragte: »Wo kann ich Hulver finden, den Ältesten?«

Er zögerte mit der Antwort, versuchte Zeit zu gewinnen mit einem »Warum?« Sie erzählte ihm, wie Hulver vor dem Ältesten-Treffen mit ihr gesprochen und ihr die Geschichte von Rebekka der Heilerin erzählt hatte, und von einem Maulwurf namens Bracken, der irgendwo auf den Hängen lebte. Hulver habe ihr mit einer so seltsamen Eindringlichkeit von Bracken berichtet, daß sie sich seinen ungewöhnlichen Vorschlag zu Herzen genommen habe, sie solle sich davon überzeugen, daß mit Bracken alles in Ordnung sei.

Als Mekkins sie ansah, ohne die drohende Anwesenheit Mandrakes – mit dem sie zusammen gewesen war, als er sie das letztemal gesehen hatte –, hatte er das Gefühl, er habe noch nie zuvor ein so helles Strahlen in einem Weibchen gesehen. Er versuchte zu sagen, daß er nichts von Hulver und Bracken wisse, daß sie vielleicht oben auf den Hängen seien, daß er jetzt alt sei und ... aber eine Lüge nach der anderen versiegte unter ihrem offenen Blick. Mekkins war schlau, ein Überleber, ein Maulwurf, der es gewohnt war, Halbwahrheiten zu erzählen, um seinen Willen durchzusetzen. Aber, na ja, es gibt Zeiten, da wird ein Maulwurf es leid, nicht die Wahrheit zu sagen, und er bewunderte Hulvers Haltung zu sehr, als daß er gern irgendwelche Lügen über ihn erzählt hätte. Und er erinnerte sich an die kräftige Erwachsenenstimme jenes merkwürdigen Maulwurfs, Bracken, den keiner von ihnen jemals richtig gesehen hatte, und der auf der Lichtung die Worte des Mittsommernachts-Segens gesprochen hatte, Worte, die ihm oft wieder in den Sinn gekommen waren:

Die Gnade der aus der Seele kommenden Lieblichkeit ...

Und jetzt, vor der strahlenden Rebekka, konnte er nur die Wahrheit sagen. Während sie ihn fröhlich ansah, Freude in ihren Bewegungen, Leben ausstrahlend, fühlte Mekkins sich armselig wegen der Morde bei dem Stein, und er senkte den Rüssel und richtete die Augen auf den Boden.

Langsam und mit leiser Stimme erzählte er ihr genau, was in der Mittsommernacht geschehen war – soweit er es verstand. Er beendete seinen Bericht schließlich mit einer Beschreibung des Entsetzens, das die Ältesten erfaßt hatte, als sie auf dem Weg nach Barrow Vale aufgehalten wurden von der Stimme eines unbekannten Maulwurfs, der ihnen den siebenfältigen Segen durch den Wald laut und klar nachrief. »Die Gnade . . . die Gnade . . .« Er hörte die Worte jetzt noch.

»Welcher Maulwurf hat sie gesprochen?« fragte Rebekka, die bei ihm kauerte und zuhörte, still und traurig.

»Bracken, Burrkopfs Sohn, wir glauben, er muß es gewesen sein.« Rebekkas Herz schien stillzustehen, als er Brackens Namen nannte, und jedes Wort, das Mekkins äußerte, schien von großer Bedeutung zu sein. Mekkins beschrieb die Verfolgung Brackens und sprach dabei von dem Mut dieses so jungen Maulwurfs, als handele es sich um eine Geschichte, nicht um etwas, das erst vor kurzem geschehen war.

»Wer ist er?« flüsterte Rebekka, mehr zu sich selbst. »Wer ist er?«

Mekkins wiederholte, daß er Burrkopfs Sohn sei, einer von Espes Frühlingswurf, aber das war es nicht, was Rebekka meinte. Sie erklärte, daß Hulver von Bracken gesagt habe, Rebekka die Heilerin habe sie zueinander geführt. Jetzt war es wieder Bracken, der einzige Maulwurf in Duncton, so schien es, der Mandrake davonlaufen und ihm entkommen konnte.

»Aber, er's ihm nicht entkommen!« rief Mekkins aus. »Er's tot. Er's direkt über den Rand der Kreideklippe gesprungen, um Mandrake zu entkommen.«

Die heiße Julisonne war plötzlich sehr kalt. Jedes Insekt im Wald erstarrte. Die Abendbrise erstarb. Die Luft war laut vor Zorn.

Rebekka hatte sich Mekkins armselige Geschichte schweigend angehört. Sie hatte ihn nicht unterbrochen, als er die Jagd auf den verehrungswürdigsten Maulwurf im System und den darauf folgenden Mord an ihm und Bindel beschrieb. Aber jetzt, mit der Nachricht von Brackens Tod im Ohr, bäumte sie sich in schrecklichem Zorn auf und griff zum erstenmal, griff wirklich zum erstenmal einen anderen Maulwurf an, und ihre Krallen schlugen auf Mekkins ein. Sie zerrte an ihm, als sei er die Verkörperung des Bösen. Und noch während sie das tat, begann sie zu weinen und schlug unter Tränen weiter auf ihn ein.

Mekkins zog sich vor ihrem Angriff zurück, unfähig, Rebekka zu schlagen, auch wenn er größer und kräftiger war und sie fast mit einem Schlag hätte töten können. Statt dessen wehrte er ihre Schläge ab oder wich den härteren aus, bis ihr Zorn verebbte und sie gebeugt und schluchzend vor ihm stand.

»All das Töten in dem System!« rief sie. »Er haßt jeden Maulwurf und jedes

Lebewesen. Ich habe versucht... ihm zu zeigen, wie sehr ich ihn liebe, aber er kann mich nicht hören . . .« Sie seufzte tief und blickte in den Abend hinaus.

Zu Mekkins Verblüffung, denn er meinte gerade, er könne die Tiefe ihres plötzlichen Kummers nachempfinden, lachte sie dann unter Tränen: »Natürlich«, sagte sie, »ist dieser Bracken nicht tot. Er kann nicht tot sein, versteht Ihr? Er kann nicht tot sein.«

Sie wandte sich Mekkins fragend zu und sagte: »Habt Ihr gesehen, daß er tot ist?« Und Mekkins, der mit den plötzlichen Wechseln in Rebekkas Stimmung weder Schritt halten konnte noch sie verstand, mußte zugeben, daß er es nicht gesehen hatte. Aber wie sollte ein Maulwurf schließlich sehen, daß ein Maulwurf, der in den Abgrund gestürzt war, tot war?

»Nein, nein«, sagte Rebekka, »er ist nicht tot. Oder wenn er es ist, ist er es nicht.«

Mit dieser rätselhaften Bemerkung verstummte Rebekka, und Mekkins überlegte, daß das Differentialsystem wahrscheinlich langsam verrückt würde.

»Verdammt noch mal«, dachte er bei sich, »ich werde auch verrückt.«

Das dachte er, weil ihn ein sonderbares Gefühl der Befreiung ergriff, dem sein gesunder Maulwurfsverstand nicht das mindeste entgegenzusetzen hatte. Es war, als ob nach Wochen des Elends sein Körper wieder die Weite und die Bäume um ihn herum fühlte, seine Pfoten die feste Erde spürten, die er so liebte. Und so, wie Rebekka mit den Worten »Wer ist er?« nach Bracken gefragt hatte, fragte er sich selbst jetzt: »Wer ist sie?«

Denn angesichts Rebekkas felsenfester Überzeugung, daß Bracken lebte, stellte er entzückt fest, daß er tatsächlich fähig war, das Unmögliche zu glauben. Gleichzeitig hatte Mekkins während dieser kurzen Unterhaltung alles, was an Loyalität Mandrake gegenüber in ihm noch vorhanden gewesen sein mochte, von sich abgeschüttelt wie den letzten Winter. Was ihn betraf, so konnte der ganze Munctonwald sich aufmachen und über die Klippe springen. Als erstes und wichtigstes und für alle Zeiten war er ein Marsch-Ender, und mehr wollte er auch nicht sein.

»Vielleicht hast du doch recht«, sagte er endlich, erhob sich und versetzte ihr spielerisch einen Stoß mit der Schulter. Rebekka lachte mit ihm, und der Juliabend war wieder warm, die Insekten eilten wieder umher, beschäftigt mit ihrem Dasein.

»Gebt auf Euch acht, Mekkins«, rief sie ihm nach, als er sie in Richtung Marsch-Ende verließ, als wüßte sie, daß er sich geändert und eine Entscheidung über sein eigenes Leben gefällt hatte, die ihm Ärger machen würde, wenn er zu ihr stand. Mekkins stellte beim Abschied fest, daß es ihm schwerfiel, sie zu verlassen.

Ende Juli und Anfang August wurden zu einer köstlichen Zeit des Schwatzens und der Faulheit. Die Weibchen, die im Frühling ihre Jungen zur Welt gebracht hatten, waren jetzt der Sorge für ihren Nachwuchs ledig; die Jungen hatten sich davon gemacht, um ihre eigenen Baue und Tunnel zu suchen. Und die Männchen waren nicht mehr so aggressiv. Es kamen selten andere Maulwürfe bis ins Zentrum von Rebekkas Tunnelnetz, wie Mekkins es getan hatte, aber an seiner Peripherie oder am Rand der Tunnelsysteme anderer Maulwürfe verbrachte Rebekka viel Zeit mit den anderen, schwatzend und neues Wissen über den Wald erwerbend.

Pflanzen faszinierten sie noch genauso, wie sie es im Frühling getan hatten, und besonders interessierte sie, was ältere Weibchen zu sagen wußten über Kräuter, die alle möglichen Krankheiten und Schmerzen heilen konnten, wenn ein Maulwurf nur wußte, wie sie anzuwenden waren. Immer wieder tauchte der Name Rose die Heilerin auf, von der gesagt wurde, obwohl kein Maulwurf sich dessen sicher war, daß sie auf den Wiesen lebe! Dies wurde immer nur leise geflüstert und verlieh Rose etwas Geheimnisvolles, was dazu führte, daß Rebekka ihr große Ehrfurcht entgegenbrachte.

»Wie ist sie?« fragte Rebekka oft, aber jeder Maulwurf drückte sich anders aus.

»Sie ist das verständnisvollste Wesen, das ich kenne«, sagte der eine.

»Patent – so würde ich sie nennen«, verkündete ein zweiter.

»Rose? Weißt du, Rebekka, wenn du Rose kennenlernen möchtest, laß dir eine Geschichte von ihr erzählen. Das kann sie prächtig.«

Rose schien für jeden Maulwurf, der mit ihr sprach, genau die Eigenschaft zu besitzen, die er an anderen Maulwürfen am liebsten hatte. Rebekka wollte sie aus vielen Gründen gern kennenlernen, am meisten aber wegen der Dinge, die sie ihr vielleicht über Kräuter erzählen konnte.

Roses Auftauchen und ihr Verschwinden waren jedoch genauso geheimnisvoll und unvoraussagbar wie alles andere an ihr. Es war nicht so, daß ein Maulwurf sich mit ihr verabredete – sie tauchte einfach auf.

Um Anfang August herum hörte Rebekka ein paar Zeilen eines alten Reims, die sie so fesselten, daß sie beschloß, eine weitere Kräuter-Tour zum Marsch-Ende zu machen. Das Bruchstück, das sie gehört hatte, lautete:

> Wenn weiße Sterne vergangen sind,
> Ihre Blütenblätter verweht mit dem Wind,
> Dann pflücke Bärenlauch geschwind.

›Bärenlauch‹ war das alte Wort für wilden Knoblauch, und jeder Maulwurf wußte, wie gut der gegen vielerlei Beschwerden war. Als Rebekka hörte, daß er in den dunkleren und feuchteren Teilen des Marsch-Endes wuchs, verschob sie ihre Absicht zuerst, aber dann behauptete ein altes Weibchen, sie habe wilden Knoblauch an einer feuchten Stelle gesehen, wo das Marsch-Ende und die Wiesen sich trafen, und so machte Rebekka sich eines Tages bei Morgendämmerung auf den Weg dorthin. Sie hoffte, die dunklen Stellen, vor denen sie sich fürchtete, vermeiden zu können, indem sie sich an den Rand des Waldes hielt.

Aber es war mehr als nur der Wunsch, wilden Knoblauch zu finden, was sie aus der Sicherheit ihres Baues trieb. Sie war seit Tagen unruhig gewesen, unglücklich, unsicher – als befinde sich ganz in der Nähe etwas, um das sie sich kümmern müsse – aber sie wußte nicht, was es war. Sie blickte sich dauernd um. Es nagte an ihr und machte sie ruhelos, und so war die Suche nach wildem Knoblauch ein guter Grund, ihrer Ruhelosigkeit nachzugeben. Irgendwann in der Nacht hatte es geregnet, und als der Morgen wärmer wurde, begann der Waldboden zu dampfen, während dort, wo Rebekka über die Oberfläche laufen mußte, kleine Regentropfen von Brombeersträuchern und Efeupflanzen rollten.

Was ›weiße Sterne‹ genau bedeutete, wußte sie nicht, aber das übrige erschien ihr sinnvoll. »Du wirst die Stelle an ihrem Duft erkennen, wenn du es so nennen magst«, war ihr gesagt worden, und sie verbrachte einen wunderschönen Morgen damit, sich am Waldrand entlangzuschnüffeln, auf der Suche nach einem ›Duft‹, der kein richtiger Duft war.

Immer weiter den Abhang hinunter führte sie ihr Weg, durch die hohen Sommergräser und Farnwedel, und voller Entzücken blieb sie bei einem wilden Jelängerjelieberstrauch stehen, der seine Ranken um ein Brombeergestrüpp schlang. Ein Duft nach dem anderen drang zu ihr – Brennesseln, Eichenrinde, Ameisen, Kuhmist, die zartesten Pilzgerüche, aber nichts, was so roch, wie wilder Knoblauch sich anhörte.

Aber trotzdem war es ein schöner Tag, und in diesem Teil des Waldes fühlte sie sich sicher, solange sie sich nicht zu weit vom Schutz der Bäume entfernte. Gegen Mitte des Vormittags wurde sie müde und nickte ein, in einem warmen, trockenen alten Bau, den sie aufgestöbert hatte.

Sie erwachte aus einer köstlichen Sommer-Träumerei, in der jeder Gedanke kristallklar, aber gemächlich daherkommt. Sie wußte, daß die Vögel um sie herum sangen und die Fliegen und Bienen leise am Waldrand entlang summten. Der Gedanke, der ihr gerade durch den Kopf ging, war, daß es doch seltsam sei, wie einige Teile des Waldes sicherer schienen als andere und in jeder einzelnen Pflanze, jedem Lebewesen mehr Frieden und Ruhe bargen. Sie hatte diese Empfindung anderen Maulwürfen gegenüber schon früher erwähnt, aber sie hatten verwirrt ausgesehen und offensichtlich nicht verstanden, wovon sie sprach.

Aber was bedeutete es an einem Tag wie diesem schon, was andere Maulwürfe dachten? Es spielte nicht einmal eine Rolle, daß sie den wilden Knoblauch nicht finden konnte, weil es viele andere Dinge zu erfahren gab.

Sie hörte einer Amsel zu, die auf der Suche nach Futter ungeduldig pickend über den Boden des Waldes hüpfte. Sie entdeckte ein staubiges kleines Ameisennest und versuchte, wie schon einmal vorher, ein oder zwei Ameisen aufzulecken. Sie schmeckten scheußlich, und sie spuckte sie wieder aus.

»Na ja«, seufzte sie fröhlich, »wenn alles gut schmecken würde, würde nichts gut schmecken, oder?« Und mit diesem Gedanken marschierte sie direkt in den Bereich eines kräftigen, durchdringenden Geruchs, der nicht gerade scheußlich war, doch auch nicht besonders angenehm ... aber eindeutig anziehend, und sie lief hoffnungsvoll darauf zu.

Sie wäre geradeaus weitergeeilt, blieb aber stehen, als sie das leise Singen eines Maulwurfs vor ihr im Unterholz hörte. Das Lied hatte keine Melodie, und doch hatte es eine Melodie; es hatte auch keine Worte, und doch waren es Worte; die Stimme war nicht eben bedeutend ... aber es war hübsch, ihr zuzuhören.

In anderen Gegenden des Waldes hätte Rebekka sich vorsichtig zurückgezogen, um keinen Angriff zu riskieren, wenn auch Maulwürfe, die sangen, selten aggressiv waren. Aber hier, in diesem Teil des Waldes, an diesem besonderen Tag im August, fühlte sie sich sicherer als je zuvor. So verursachte sie ein Geräusch, als grabe sie, um höflich anzukündigen, daß sie da sei, und dann marschierte sie fröhlich voran durch das Unterholz, von dessen anderer Seite das Singen kam.

Dort, direkt vor ihr, war die Sängerin, und dort wuchs auch der Knoblauch. Ein Weibchen hockte, den Kopf auf die Seite gelegt, zwischen einem Büschel hoher grüner Pflanzen mit langen, schlaffen, ovalen Blättern, die sich kräuselten und zurückbogen. Sie war, nach ihrem Fell zu urteilen, recht alt und sah so glücklich aus, wie Rebekka nur je einen Maulwurf gesehen hatte. Zwischen Bruchstücken ihres Liedes schnüffelte sie an den Pflanzen hinauf und hinunter, fast als streichle sie sie.

Das Maulwurfweibchen, das Rebekka nicht wahrzunehmen schien, war ziemlich klein; die hohen Pflanzen rund um sie herum ließen sie vielleicht noch kleiner erscheinen, als sie eigentlich war. Aber ihre Schultern waren kräftig, und sie schien recht kompakt zu sein; sie erinnerte Rebekka an eine Eichenwurzel, die aus dem Boden hervorragt und an der sehr viel mehr dran ist, als das Auge sehen oder der Rüssel riechen kann.

»Oh, hallo, meine Liebe«, sagte das Weibchen, ohne sich umzudrehen. »Ich habe mich gefragt, wie lange es dauern würde, bevor du soviel Verstand aufbringen würdest, um herzukommen und dich vorzustellen.«

Rebekka machte einen Schritt vorwärts, aber das alte Weibchen hob eine Pfote, um zu signalisieren, daß Rebekka auf ihrem Platz warten solle, während sie das, was sie mit dem wilden Knoblauch auch immer tun mochte, beendete.

»Du wartest am besten dort, während ich dies tue. Ich gewöhne diese Knoblauchpflanzen gerade an die Vorstellung, daß ich eine oder zwei von ihnen pflücken werde. Es könnte die Sache verzögern, wenn du hier zwischen sie trätest.«

Sie sang noch ein wenig, berührte ein oder zwei Stengel, sah sie mit blinzelnden Augen an und sagte schließlich: »So, jetzt! Alles in Ordnung! Sie sind beinahe bereit!«

Endlich wandte sie sich Rebekka zu, die sah, was sie schon gespürt hatte, daß nämlich ihr Gesicht eins der gütigsten und verständnisvollsten war, das sie je gesehen hatte.

»Das ist also wilder Knoblauch, ja?« rief Rebekka und konnte der Versuchung nicht länger widerstehen, hinzulaufen und an Blättern und Stengel der nächsten Pflanze zu schnüffeln. Die Blüten, verwelkt und fast verblüht, waren zu hoch für sie, aber ihr Geruch war kräftig genug, um bis zu ihr zu dringen. Doch auch so machte sie eine seltsame Entdeckung. »Merkwürdig«, sagte sie, »daß sie aus der Ferne stärker riechen als aus der Nähe.«

»Das ist eigentlich überhaupt nicht merkwürdig«, sagte der andere Maulwurf und kam zu Rebekka herüber. »Es ist unvermeidlich. Wenn du verstehst, warum, und es glaubst, dann wirst du ein Geheimnis hüten, für das viele Maulwürfe, die du kennenlernst, dir mit gutem Grund dankbar sein werden.«

Bevor Rebekka fragen konnte, was diese geheimnisvolle Bemerkung bedeute, fragte das Maulwurfweibchen: »Wie heißt du, meine Liebe?«

»Rebekka. Mandrakes Tochter.«

»Und Sarahs Kind, wenn ich mich nicht irre. Nun, Kind, ich heiße Rose.«

»Oh, endlich!« rief Rebekka aus. »Rose die Heilerin! Alle haben mir erzählt, daß Ihr Euch mit wildem Knoblauch und vielen solchen Dingen auskennt, und nun treffe ich Euch, und Ihr könnt mir alles erzählen!«

Rose lachte fröhlich, und Rebekka begann auf eine so unwiderstehliche Art, Fragen zu stellen, daß Rose es sich an einem sonnenwarmen Platz bequem machte, denn sie wußte, daß sie noch sehr viel mehr gefragt werden würde, bevor dieses junge Ding mit ihr fertig war.

Aber was Rebekka als allererstes wissen wollte, war der kleine Reim über Bärenlauch, den sie gehört hatte. »Ich habe einfach nicht verstanden, was es bedeuten soll«, sagte sie, »oder heißt es, sie dürfen nur in der Morgendämmerung gepflückt werden, wenn die Sterne geschienen haben. Aber dann ... nun ... das würde bedeuten, daß sie zu jeder Jahreszeit gepflückt werden können, und ich bin mir sicher, daß das nicht richtig wäre.«

»Warum wäre das nicht richtig, mein Liebes?« Rose fragte ganz ernsthaft; der Ausdruck heiterer Zufriedenheit in ihrem Gesicht war fast unmerklich einer Erregung über Rebekkas Worte gewichen.

»Na ja, weil es nur bestimmte Zeiten gibt, zu denen Pflanzen und Kräuter wie Knoblauch gepflückt werden können – ich meine bestimmte Abschnitte der Jahreszeiten. Wenn ich Pflanzen beim Wachsen beobachte, habe ich oft gedacht, daß sie noch nicht ganz bereit seien, aber ich weiß nicht, für was bereit.«

»Welcher Maulwurf hat dir gesagt, daß es nur bestimmte Zeiten gibt?« fragte Rose, jetzt sehr ernst.

»Na ja, eigentlich gar keiner. Meine Mutter, Sarah, hat mir von einigen Pflanzen erzählt, und andere, ältere Maulwürfe haben mir Namen genannt und Reime aufgesagt, und wie sie zum Heilen verwendet werden, aber keiner hat mir gesagt, wann sie gepflückt werden müssen. Na ja ... die Pflanzen haben es mir erzählt!«

Rebekka brachte dies mit einiger Schwierigkeit heraus; sie hatte noch nie darüber nachgedacht, obwohl es ihr eigentlich immer völlig einleuchtend erschienen war. »Ist das nicht einleuchtend?« fragte sie schließlich.

Rose sah sie lange an, den Kopf zur Seite geneigt. Dann sagte sie bestimmt: »Es ist überhaupt nicht einleuchtend; eigentlich ...« Aber eine Amsel hüpfte und trippelte in ihre Nähe und schien ihren Gedankengang zu unterbrechen. So fragte Rebekka: »Was bedeutet dieser Reim nun?«

Rose lachte. »Es sind die Blüten, Rebekka; sie sehen wie liebliche weiße Sterne aus, wenn sie sich entfalten. Hier, ich zeig's dir ...« Und sie führte Rebekka durch die Knoblauchbüschel zu einer Pflanze in einem dunklen Teil des Waldes, wo ein Eichenzweig herabgefallen war und die Pflanze in ihrem Wachstum gehemmt hatte.

»Sieh!« sagte Rose und zeigte in die feuchten Schatten neben dem Zweig. Dort sah Rebekka zwischen den kleinen Knoblauchblättern einen Stengel mit einer Dolde weißer Blüten, deren spitze Blütenblätter sich scharf und hell gegen das sanfte Blaßgrün der langen Blätter absetzten. Mehrere Blüten waren schon verwelkt, aber eine oder zwei waren noch frisch und strömten einen kräftigen Geruch aus.

»Du wirst oft feststellen, daß in einer Gruppe von Pflanzen eine oder zwei sehr spät blühen, oder daß ihre Blüten noch frisch sind, wenn die anderen schon längst dabei sind, Samen zu bilden. Vielleicht dringt die Sonne nicht bis zu ihnen durch, vielleicht werden sie, wie diese, durch einen Zufall im Wachstum gehemmt, oder vielleicht brauchen sie, wie einige Maulwürfe, von Natur aus eine besonders lange Zeit, um sich zu entwickeln. Pflücke diese Pflanzen nie, meine Liebe, nie und nimmer. Sie sind etwas ganz Besonderes. Ihr Geist ist von besonderer Schönheit.«

Wieder wollte Rebekka fragen, warum, aber Rose wandte sich ab und ging langsam zu der Stelle zurück, wo sie vorher gewesen waren, die Stengel der größeren Knoblauchpflanzen auf ihrem Weg berührend. Das Thema schien abgeschlossen zu sein.

»Jedenfalls weißt du jetzt, was der Reim bedeutet, nicht wahr?« fragte Rose.

»Ja«, sagte Rebekka, aber ein wenig geistesabwesend, weil ihr etwas eingefallen war. »Sehen Sterne so aus?« fragte sie Rose.

Es war eine gute Frage. Jeder Maulwurf weiß, daß in einigen Nächten Sterne scheinen, gewöhnlich wenn der Mond sehr hell ist. Aber Maulwürfe können die Sterne natürlich nicht sehen. Es war Rebekka noch nie in den Sinn gekommen, darüber nachzudenken, welcher Maulwurf es gewesen war, der die Sterne hatte sehen können, so daß andere Maulwürfe so sicher von ihrer Existenz wußten, daß sie sie nie in Frage stellten.

Rose dachte einige Zeit über Rebekkas Frage nach. Sie löste eine ganze Reihe Gedanken in ihr aus, die weit über die Frage selbst hinausgingen. Tatsächlich hatte Rebekka in einem sehr kurzen Zeitraum einen tiefen Eindruck auf Rose gemacht. Sie hatte sie vom ersten Augenblick an gemocht, als sie noch jenseits des Unterholzes zögerte, unsicher, ob sie sich zeigen sollte oder nicht. Aber Mögen ist eine Sache, Ehrfurcht empfinden eine andere. Und das war es, was Rose empfand.

Rose war seit vielen Maulwurfjahren eine Heilerin auf den Wiesen und im Differenzwald gewesen und hatte viele Male das große Wunder des Lebens um sich herum gespürt, und manchmal war ihr die Gnade einer besonderen Kraft verliehen worden, es zu pflegen und zu erhalten. Sie war liebevoll und bescheiden in ihrem Dienst an anderen Maulwürfen; sie ging zu ihnen, wenn sie sie brauchten, und erwartete keine Gegenleistung. Einige jedoch brachten ihr nützliche Kräuter, die in der Nähe ihrer Tunnel wuchsen, während andere ihr Geschichten und Sagen erzählten, die sie von ihren Eltern gehört hatten, denn sie wußten, daß dies Rose entzücken würde. Sie liebte es, selbst Geschichten zu erzählen, besonders den Jungwürfen im Frühling (wobei sie lächelnd zur Kenntnis nahm, daß viele Erwachsene stehenblieben, um auch zuzuhören). Aber sie redete nie vor einem Maulwurf über einen anderen, oder auf den Wiesen über den Dunctonwald – oder im Dunctonwald über die Wiesen. Dieses Wissen gehörte nur ihr, und sie sprach nie über die Geheimnisse der Maulwürfe, denen sie geholfen und die sie geheilt hatte.

Doch das Leben eines Heilers kann manchmal einsam sein, und während der letzten Maulwurfjahre hatte Rose, die allmählich älter wurde, festgestellt, wie ermüdend es war, immer nur eine Stütze für andere zu sein, nie aber für sich selbst Beistand suchen zu können, wenn sie sich danach sehnte. Natürlich tadelte sie sich selbst wegen solcher Gedanken, oder sie kaute ein paar getrocknete Blüten von gelbem Mädesüß, die sie sammelte, wo es in der Nähe des Marsch-Endes wuchs und im Sommer blühte. »Es gibt nichts Besseres, einen Maulwurf aufzuheitern«, sagte sie zu sich, aber es gibt eine Schwermut, die nie ganz verschwindet, nicht einmal aus dem Herzen einer Heilerin.

In der Morgendämmerung dieses besonderen Tages hatte es Rose aus ihrem Bau gezogen und hinüber zum Dunctonwald, eine Eingebung, die sich aus Unruhe und Erregung zusammensetzte. Rose stellte derartige Eingebungen nie in Frage – sie hatten einen eigenen Willen und auch einen Zweck, den zu ergründen keinem Maulwurf gegeben war. Ein Maulwurf widerstand ihnen auf seine – oder ihre – eigene Gefahr. Sie wußte nur, daß irgendwo im System sich ein Maulwurf in großen Schwierigkeiten befand und in irgendeiner Weise ihrer Hilfe bedurfte. Wo dieser Maulwurf war, welche Schwierigkeiten er hatte oder welcher Maulwurf es sein könnte, ahnte sie nicht. Aber der Drang, wilden Knoblauch zu pflücken, war Teil dieser Eingebung, und das war in sich schon ungewöhnlich, weil sie ihren Vorrat an Knoblauch zum Trocknen schon im Juni gesammelt hatte, wenn er in höchster Blüte stand. Aber bei wildem Knoblauch wirkt die frische Pflanze immer am besten, und wenn ihre Eingebung sagte: »Geh und pflück welchen«, tat Rose genau das.

Sie war nicht im mindesten überrascht gewesen, als ein anderer Maulwurf sich zu ihr gesellte – obwohl sie halb erwartet hatte, daß dieser Maulwurf, wer auch immer es sein mochte, es war, der ihre Hilfe brauchte. Das schien jedoch nicht der Fall zu sein.

Es vergrößerte ihre Verwirrung – und rief später ein Gefühl der Ehrfurcht in ihr hervor –, als Rebekka mehrere Dinge sagte, die darauf hindeuteten, daß sie instinktiv sehr viel über Pflanzen und ihre Kraft wußte, ohne bisher zu wissen, daß sie diese Dinge wußte. Da sie dies spürte, war Rose absichtlich nicht näher eingegangen auf viele der wichtigeren Fragen, die Rebekka fast unbewußt gestellt hatte. Die Frage zum Beispiel, warum der Geruch des wilden Knoblauchs aus der Ferne kräftiger erscheint als aus der Nähe, hätte Erklärungen mit sich gebracht, warum die Wirkung um so größer sein kann, je kleiner die Dosis von Heilkräutern ist, die ein Heiler verabreicht.

Es war auch schwierig, Rebekka die Tatsache zu erklären, daß Pflanzen zu ihr sprachen, ohne auf sonderbare Weise ihre Fähigkeit zum Zuhören zu gefährden.

Denn Wissen, das hatte Rose schmerzhaft erfahren, ist etwas ganz anderes als Weisheit und praktischer Verstand und gerät beiden oft in die Quere. Das Erkennen so unschuldiger Weisheit in Sarahs und Mandrakes Kind ließ Rose zögern, diese Dinge zu erklären. Vor dieser Weisheit fühlte sie ihre eigene Unwissenheit, nicht als etwas Negatives, sondern als eine einfache Tatsache. Und sie erkannte wieder, was ihre Müdigkeit, ihr Alter und ihre gelegentliche Einsamkeit sie hatten vergessen lassen: daß jeder Maulwurf mit anderen Vorzügen ausgezeichnet ist, genauso wie jede Heilpflanze. Sie spürte, daß Rebekka viele Vorzüge hatte, und die Ehrfurcht, die sie empfand, galt der Macht des Steins, der sie ihr verliehen hatte.

Diese Gedanken gingen Rose durch den Kopf, während sie über Rebekkas Frage nach den Sternen nachdachte. Sie wünschte, sie wäre wortgewandter, um die Antwort auszudrücken, obwohl sie sich mit diesem Wunsch unrecht tat, da Rose häufig Dinge erklären konnte, die andere Maulwürfe, die sich scheinbar klarer ausdrückten, irgendwie nie begriffen.

Sie seufzte und fragte sich, wo sie anfangen sollte. Sie blickte sich um, auf die Knoblauchpflanzen, das wirre Unterholz aus Dornengestrüpp und dunklen Blättern und auf den hellen Himmel über ihnen und in der Ferne.

Es war das sanfte Säuseln eines warmen Windes in den Bäumen, das ihr half. »Weißt du, wie eine Baumkrone aussieht?« fragte sie Rebekka.

»Ja, natürlich«, sagte Rebekka. »Uns allen sind abgebrochene Äste mit Blättern dran gezeigt worden – so sehen sie aus.«

»Weißt du noch, wann du zum erstenmal eine gesehen hast?« fragte Rose.

»Oh, ja, es war enttäuschend!« Sie machte eine Pause, aber Rose schwieg, und sie fuhr fort: »Na ja, ich meine ... bevor ein Maulwurf sie sieht, stellt er sie sich doch vor, nicht? Und die Wurzeln der Bäume waren so dick, und der Lärm, den ihre Kronen im Wind machten, war so gewaltig, daß ich mir vorstellte, Bäume stiegen immer weiter hinauf in den Himmel, und ihre Kronen seien so groß wie der ganze Danctonwald auf einmal. Darum war ich enttäuscht, als ein Maulwurf sagte: ›Das ist eine Baumkrone‹!«

Rose lachte verständnisvoll – sie hatte einmal genauso gefühlt. »Aber in Wirklichkeit, meine Liebe, bestehen Baumkronen nicht nur aus Zweigen und Blättern, nicht? Hast du zum Beispiel das Wehen des Windes gesehen? Sicherlich nicht. Hast du all die Äste zusammen gesehen? Nun, das konntest du natürlich nicht. Es gibt viele Dinge, die wichtigsten, die du nie sehen, von denen du nur auf deine eigene Weise erfahren kannst. So wie die Baumkrone, die du gesehen hast, dir nicht alles über Baumkronen sagen konnte, genauso können die sternenartigen Blüten des wilden Knoblauchs nur andeuten, wie Sterne wirklich aussehen.«

»Aber wie soll ein Maulwurf wissen, wie sie aussehen?« fragte Rebekka hartnäckig weiter. »Wie kann ein Maulwurf sicher sein, daß sie dort sind?«

Etwas Merkwürdiges ging mit Rebekka vor sich, als sie diese Frage stellte. Während die Frage noch zwischen ihnen in der Luft hing, erkannte sie sehr deutlich, daß es eine Frage war, die Rose unmöglich beantworten konnte. Vielleicht erkannte sie es, weil Rose keinen Versuch machte zu antworten, vielleicht verstand sie auch instinktiv, daß Rose wußte, daß es Sterne gab, auch wenn sie nie einen gesehen hatte. In diesem Augenblick begriff Rebekka etwas, was mit dem, wonach sie gefragt hatte, gar nicht zusammenhing, nämlich daß es viele Dinge gibt, die ein Maulwurf für sich selbst erkennen muß. Sie selbst hatte doch gedacht, sie wisse alles über Baumkronen, als sie eine »gesehen« hatte, aber das stimmte natürlich gar nicht! »In Wirklichkeit sind sie also doch majestätisch und mächtig, genauso wie ich sie mir als Junges vorgestellt habe!« sagte sie zu sich selbst. Es war nicht wichtig, wie Sterne aussahen – Rose wußte, daß es sie gab, und vielleicht würde sie es eines Tages auch wirklich wissen.

»Oh, ich wollte, ich könnte deine Frage beantworten«, rief Rose, »aber es gibt so viele Dinge, die ein Maulwurf nicht erklären kann. Siehst du, wenn du versuchtest, den Maulwürfen zu erklären, daß Pflanzen zu dir sprechen, würden die meisten . . .«

»Ich habe es versucht, und sie haben nicht verstanden«, seufzte Rebekka. »Ich habe aufgegeben, es zu versuchen!«

»Nun, und so ist es mit den meisten wichtigen Dingen. Ein Maulwurf wird begreifen, wenn es sein soll, und alles Reden wird nichts nützen, wenn es nicht sein soll. Und auch wenn er oder sie im Begriff ist, etwas zu verstehen, hat es keinen Zweck, den Vorgang zu beschleunigen – es geschieht, wenn es sein soll, und es gibt nichts, was du oder ich daran ändern könnten. Na ja, vielleicht können wir es manchmal etwas fördern.«

Rebekka unterhielt sich gern mit Rose, weil sie mit ihr wie mit ihresgleichen sprach. Sie gab Rebekka das Gefühl, daß sie nicht irgendein Jungwurf sei, der sich noch nicht gepaart hatte. Sie gab ihr das Gefühl, sie stehe mit ihren Pfoten fest auf dem Boden.

»Und jetzt«, sagte Rose bestimmt, »muß ich wirklich mit diesem Knoblauch fertigmachen. Setz dich nur still dort hin und hör mir zu, wenn du magst. Du wirst wieder Fragen stellen wollen, das würde mich nicht wundern, aber du wirst von mir keine Antworten erhalten, solange ich mit den Pflanzen spreche.«

Rose blinzelte sowohl Rebekka als auch den Knoblauch liebevoll an, kehrte wieder zu den Pflanzenbüscheln zurück und setzte ihr merkwürdiges, bezauberndes Lied fort. Ihre Stimme stieg und senkte sich sanft, ging hin und her, als winde und schlängele sie sich durch die Knoblauchstengel und -blätter wie dünne Nebelfetzen zwischen den Bäumen an einem Frühsommermorgen.

Nach und nach fiel Rebekka auf, daß sie zu zwei oder drei Pflanzen im besonderen zu sprechen schien, und obwohl Rebekka nicht feststellen konnte, daß sie sich von den anderen unterschieden, taten sie es doch, auf irgendeine Weise. Sie schienen mehr . . . mehr . . . dazusein.

Plötzlich wurde Roses Stimme deutlicher, und Rebekka hörte sie singen:

»Wildblume, gute Blume,
Blüten für die Kranken;
Wildpflanze, gute Pflanze,
Heilung für die Leiden.
Blätter für die Klagenden,
Stengel für die Traurigen,
Segnet sie mit eurem Saft,
Gebt ihrem Körper neue Kraft.«

Während Rose diese Worte sang, pflückte sie einen Stengel von jeder der Pflanzen, denen sie sich besonders zugewandt hatte, und berührte die übrige Pflanze dabei sanft mit einer Pfote. Dann trug sie die Stengel hinüber zu der Stelle, wo Rebekka hockte, und legte sie neben sie auf den Boden.

»Alles vorbei, alles getan«, sagte sie gähnend. »Oh, wie müde ich heute bin!« Dann forderte sie Rebekka auf: »Jetzt vergiß nicht, die Pflanzen zur rechten Zeit zu pflücken – obwohl du schon einiges darüber zu wissen scheinst.«

Aber bevor Rebekka sich fragen konnte, ob sie wirklich etwas darüber wisse, fuhr Rose fort: »Und pflücke nie zu viele, weil du sie nicht brauchen wirst. Je weniger du benutzt, desto länger reichen sie. Darum kannst du sie aus der Ferne auch besser riechen als aus der Nähe.«

»Aber ich verstehe überhaupt nicht, was Ihr meint«, sagte Rebekka, »oder was Ihr vorhin meintet, als Ihr sagtet . . .«

Wieder ließ Rose sie nicht zu Ende sprechen. Statt dessen lachte sie und sagte: »Jetzt streich mal das Wort ›verstehen‹ aus deinem Wortschatz, Rebekka, meine Liebe, so schnell wie du kannst, und dann wirst du um so schneller verstehen. Ich verstehe ja selber nichts, Liebes, nicht die geringste Kleinigkeit. Na ja, natürlich verstehe ich doch, das war albern. Ich verstehe eines: Wenn du Pflanzen pflückst, mußt du weitergehen und sie auch benutzen, sonst wirst du sehr viel verlieren.«

»Ich verstehe schon wieder nicht . . .«, seufzte Rebekka. Rose schien keine ihrer Fragen zu beantworten. »Was meint Ihr, Rose?« fragte sie schließlich.

»Das ist schon besser! Was ich meine ist dies. Im allgemeinen ist es so: wenn Pflanzen soweit sind, daß sie gepflückt werden können, sind sie auch bereit, benutzt zu werden, und das ist es, was ich mit diesen jetzt tun werde. In Duncton ist ein Maulwurf, der mich braucht, und eigentlich bin ich nur hergekommen, um diese hier zu pflücken und mitzunehmen.«

Aber jetzt war es spät am Nachmittag, und im Wald herrschte eine warme, schläfrige Stimmung. Es gab kaum Vogelgesang, denn mit dem Frühling und dem Frühsommer waren die Rufe und Lieder der Vögel verstummt; übrig gebliebenen waren nur noch die Triller und Pfeifer der Goldammern und Grünfinken am Rand des Waldes. Manchmal, so jetzt, drang das ferne Krächzen einer Krähe hoch über ihren Köpfen durch den Wald und ließ ihn in der Sommerstille weit und geräumig erscheinen.

Es war schwer, sich vorzustellen, daß an einem solchen Nachmittag irgendein Maulwurf krank sein konnte, aber als Rebekka Rose unwillkürlich auf ihrem Weg zum Waldrand folgte, fragte sie sich wieder, warum sie seit so vielen Tagen diese Unruhe in sich gespürt hatte.

»Rose?«

»Mhm, meine Liebe, was ist?«

»Kann ich mit Euch gehen?«

»Nein, Liebes, noch nicht. Eines Tages werde ich dich mitnehmen, wenn du bereit bist.«

»Rose?«

»Meine Liebe?«

»Welcher Maulwurf ist es, der krank ist?«

Es lag echte Besorgnis in ihrer Stimme, denn die Unruhe, die sie gespürt hatte, schien sich jetzt in das Gefühl zu verwandeln, daß ein Maulwurf wirklich krank war und von irgendwo aus dem Wald nach ihr rief; sie konnte spüren, wie er litt, fast als litte sie selbst. Sie sah sich um, als erwarte sie, direkt vor ihnen einen leidenden Maulwurf zu erblicken.

»Ich weiß es nicht«, entgegnete Rose ruhig. »Ich höre den Hilferuf oft lange bevor ich weiß, worum es geht, oder welcher Maulwurf ruft.«

Inzwischen hatte Rebekkas Zufriedenheit mit dem Nachmittag einer rastlosen Unruhe Platz gemacht, und das merkwürdige Gefühl der Sorge, das sie gehabt hatte, kehrte zehnmal so stark zurück. Oh, sie konnte die Qualen eines anderen Maulwurfs fühlen, und sie zogen sie irgendwo hin . . . wohin? Wieder sah sie sich um in dem stillen Wald, wo nur Ameisen krabbelten und Bienen und Wespen summten.

»Rose?« Sie sprach den Namen fast wie einen Hilferuf aus. »Wenn ein Maulwurf krank ist, wie könnt Ihr es fühlen? Ist es wie ... ein ... nun, wie ein ruheloser Luftzug, der Euch weiterzieht, oder wie ein Tunnel, der Euch in seine Dunkelheit saugt, oder wie ein Sturm, der sich am Himmel zusammenzieht, höher und höher, bis Ihr das Gefühl habt, er wird Euch zerreißen? Ist es so, Rose?«

Während Rebekka sprach, fühlte Rose einen Strom der Erleichterung durch ihren Körper fließen, als käme sie in einen sie willkommen heißenden Bau zurück, dessen Nest warm war, und wo sie endlich ihren Kopf niederlegen und schlafen konnte. Nur ein einziges Mal hatte sie einen anderen Maulwurf die Kraft der mitleidsvollen Liebe beschreiben hören, die eine Heilerin aus ihrem Bau zieht, wie erschöpft sie auch sein mag, so daß sie die Stärke findet, nach den Bekümmerten und Kranken zu sehen und für sie zu sorgen. Der letzte Maulwurf, der so zu ihr gesprochen hatte, war das alte Weibchen gewesen, das sie zuerst im Heilen unterrichtet hatte. In all den langen und oft einsamen Maulwurfjahren, die seitdem vergangen waren, hatte sie vergessen, wie sanft die Stimme einer Heilerin klang, wenn sie sie mit eigenen Ohren hörte.

Von dem Augenblick an, da sie Rebekka hatte kommen spüren, mit dem Wildblumenduft ihrer Güte und Jugend, hatte Rose geahnt, aber nicht zu glauben gewagt, daß eine andere Heilerin nahe war. Alles, was Rebekka zu ihr sagte, hatte gezeigt, daß ihr Instinkt richtig gewesen war, aber immer wieder, während sie miteinander sprachen, hatte Rose nicht gewagt, den Gedanken zu akzeptieren, aus Angst, es seien mehr ihre Hoffnungen als der Wille des Steins, die da sprachen. Aber jetzt, als sie Rebekka den ruhelosen Drang beschreiben hörte, der eine Heilerin zu den Kranken führt, wußte sie, daß ihr Instinkt vom ersten Augenblick an richtig gewesen war.

»Ja«, sagte sie. »So ist es, Rebekka. So wird es immer sein.«

Wenn sie nur die Macht hätte, diesem jungen Maulwurf die Schmerzen und das Leiden zu ersparen, die der Werdegang eines Heilers so oft mit sich brachte. Aber sie hatte schon vor langer Zeit erfahren müssen, daß es Dinge gab, die kein Maulwurf ändern konnte – die Freiheit eines Maulwurfs lag allein in dem Mut zur Wahrheit, mit dem er Dunkelheit und Licht begegnete, die der Stein bringen würde.

»Wenn es so ist«, sagte Rebekka bestimmt – und überraschte sich selbst mit dem, was sie da so kühn sagte –, »dann, glaube ich, heißt der Maulwurf, zu dem Ihr geht, Bracken. Ihr werdet ihn irgendwo oben im Alten System finden. Er war ein Freund Hulvers, als Hulver ... bevor mein ... bevor Hulver ... Er sagte zu mir, ich solle mich um Bracken kümmern, aber ich wußte nicht, was er meinte, da ich ihn nicht einmal kannte und nie gesehen habe.«

Rebekka fuhr fort, weniger erregt und langsamer, während sie nach einem kurzen Blick nach Süden, wo das Alte System lag, sich ihrem Teil des Waldes zuwandte. »Hulver hat gesagt, daß ich mich um ihn kümmern soll, aber, na ja, vielleicht wollte er nur, daß ich Euch den Namen nenne, damit Ihr Bescheid wißt. Mekkins sagte mir, daß Bracken tot sei, aber ich wußte, daß das nicht stimmte. Ich dachte zuerst sogar, alles wäre in Ordnung mit ihm, aber jetzt glaube ich, daß etwas nicht stimmt – ich habe schon seit Tagen dieses unruhige Gefühl, aber ich wußte nicht, was es war. Das war es, was mich heute hierher gebracht hat.«

Sie hielt inne, und Rose spürte, wie besorgt sie war. »Ich werde nach ihm sehen, meine Liebe, genauso wie du es tun würdest – versuche dir seinetwegen keine Sorgen zu machen. Er wird wieder gesund werden.«

»Wer ist er, Rose? Warum ist er etwas Besonderes?«

Rose konnte nur den Kopf schütteln, denn sie wußte keine Antwort. Sie begriff nur, daß auch Rebekka etwas Besonderes war, wie sehr, das konnte kein Maulwurf in Duncton ahnen, überlegte Rose, während sie ihre leidenschaftliche Unschuld bedachte und ihre unbeschwerte Art.

»Überlaß du deinen Bracken für den Augenblick nur mir. Ich werde mich um ihn kümmern, ich werde es wirklich.« Rose ging ruhig auf Rebekka zu und berührte sie mit ihrem Rüssel an dem weichen Fleck zwischen Schulter und Hals. »Mein Allerliebstes«, flüsterte sie. Dann nahm sie den Knoblauch auf und wandte sich zurück zum Waldrand, damit sie an ihm entlang hinauf zum Alten System gelangen konnte, und war verschwunden.

KAPITEL 10

Das Alte System nahm den verletzten Bracken auf wie eine Mutter, die sich um ein ernstlich verletztes Junges kümmert. Es liebkoste ihn mit seiner Stille, besänftigte ihn mit seiner Dunkelheit, und seine Labyrinthe warteten darauf, ihm Raum zu geben, in dem er wieder zu sich selbst finden konnte.

Er war böse verletzt. Die Wunde, die Mandrakes Kralle an seiner linken Schulter aufgerissen hatte, entzündete sich schnell, so daß die Kraft, die es ihm noch möglich gemacht hatte, sich in den Eingang an der steilen Klippenwand hineinzuziehen, rasch nachließ. Er konnte nur noch den Tunnel, in den er zuerst gekommen war, auf und ab kriechen und vertilgen, was er dort gerade an Würmern und Käfern fand.

Die ersten zwei oder drei Tage freute er sich auf eine Erkundung der weiter entfernten Tunnel, wenn er sich erst wieder erholt hätte. Der Tunnel, in dem er sich befand, war groß und sorgfältig gegraben; die Decke wölbte sich über ihm, und der fahle, kreidebestäubte Boden, in den er gegraben war, fing das Licht von der Öffnung der Klippe ein.

Aber bald ließ sein Interesse am Alten System nach; das Gift aus der Wunde verbreitete sich nach und nach in seinem ganzen Körper, und er konnte nur noch stöhnend im Tunnel liegen, vor Schmerzen und Pein nach Atem ringend.

Die Wurzeln seiner Krankheit gingen tiefer als die Wunde selbst. Sie gingen zurück zu den Plagen und Erniedrigungen seiner Jungwurfzeit, zu dem beunruhigenden Übergang in den Juni und endlich zu dem Entsetzen, auf der Lichtung beim Stein den Tod des einzigen Maulwurfs mit anzusehen, in dessen Gegenwart er begonnen hatte, er selbst zu sein.

Auf jeden vergangenen Tag folgte ein neuer Tag, der noch länger und qualvoller wurde. Die heftigen Schmerzen in seiner Schulter strahlten in alle anderen Körperteile aus, so daß jeder einzelne Teil zu schmerzen und zu pochen schien. Gleichzeitig begann die Energie, die in Hulvers Gegenwart langsam in ihm gewachsen war, zu schwinden, als seine Hoffnungen und seine Interessen Verzweiflung und Erschöpfung wichen. Jeder neue Tag zeigte im quälenden Licht, das vom Ende des Tunnels kam, wie sein Fell immer verfilzter und matter wurde, und vor Fieber und Krankheit begann sein Rüssel zu laufen und sein Maul zu geifern.

Seine Nahrungssuche wurde langsamer und beschwerlich, und sogar die langsamsten schwammigen Maden schienen es fertigzubringen, seinen mühsamen Jagdversuchen zu entkommen. Einmal fiel ein roter Kardinalkäfer direkt vor seinem Rüssel und seinem keuchenden Maul auf den Rücken. Wie in einem bösen Traum sah er zu, wie der Käfer sich abmühte, wieder auf die Beine zu kommen und zu fliehen, während er, noch langsamer, versuchte, seine Pfote auf ihn zu drücken. Aber sie glich einer tief in einem peinigenden Boden verankerten Wurzel, und als er sie schließlich zu ihrem Ziel brachte, hatte der Käfer es geschafft, auf die Beine zu kommen, erkundete mit seinen Fühlern einen Fluchtweg und war verschwunden – sein schimmerndes Rot verlor sich in der wirbelnden Dunkelheit des nächsten Tunnels und in Brackens eigenem gequälten Geist.

Es gab genügend frische Wurzeln und gelegentlich auch lebende Beute, um ihn für eine Weile am Leben zu halten. Es ging schrittweise zu Ende mit ihm; bei zu wenig Nahrung und in der Feuchtigkeit zerstörte das Gift seinen Körper immer mehr, und sein Gefühl für Zeit, Raum und das Leben selbst machte einem Gefühl ewigen Leidens Platz. Als eine Woche nach der anderen verstrich und es oben auf der Oberfläche Sommer wurde, begann er langsam zu verhungern. Zeit hatte keine Bedeutung mehr.

Erinnerungen stiegen in ihm auf, klar und schmerzlich. Wurzel, Weizenohr, Burrkopf. So qualvoll. Ein Bruchstück aus einer von Espes Geschichten, und er weinte über diese Trostworte; Tränen gruben Furchen in sein Fell und liefen ihm heiß und salzig in das geöffnete Maul. Manchmal war ihm, als höre er krächzende Rufe, die ihm galten, oder den donnernden Lärm einer Verfolgung, aber es war nur das Keuchen seiner eigenen verzweifelten Stimme oder das Zittern seiner fiebrigen Pfoten auf dem Boden des Tunnels.

Jenseits des Tunnels, in dem er so krank darniederlag, liefen die Tunnel des Alten Systems in diese oder jene Richtung und reflektierten den Rhythmus der Leere, die sie so viele Jahre lang erfüllt hatte. Bracken war zu krank, um es zu hören, aber von weit her ertönte manchmal das leise Rieseln eines kleineren Deckenbruchs oder das Herabplumpsen eines Wurms, der schnell wieder zurück in eine sichere Umgebung kroch, oder der knarrende Urlaut einer vibrierenden Baumwurzel, die sich schwerfällig bewegte, um den Bruchteil der Breite eines Haares, in ihrem Wachstum zwischen den Tunneln.

Nach Wochen der Krankheit kam Anfang August ein Tag, an dem Bracken nicht einmal mehr die Kraft hatte, das zu essen, was sich ihm anbot. Ein großer Regenwurm, der aus der Wand des Tunnels kam und wieder in ihr verschwand, schien zu spüren, daß der unter ihm liegende Maulwurf ungefährlich war, und bewegte sich in seiner ganzen rosafeuchten Länge über Brackens Flanken, schlängelte sich in einer lebendigen Schleife über seinen Rücken und durch sein Fell. Ein schwarzer, glänzender Käfer, der einen Augenblick lang aufschimmerte im Licht von der Tunnelöffnung, stand ruhig vor Brackens Rüssel, die Fühler fragend und neugierig nach dem Maulwurf ausgestreckt, der tot zu sein schien und doch noch schwache, verzweifelte Lebenszeichen von sich gab. Ein Floh hüpfte und sprang durch den Staub, in dem Bracken lag, in sein Fell hinein und wieder heraus, und noch einmal hinein und dann heraus.

Doch auch während dieser Stunden des Kräfteverfalls wollte er nicht sterben. Tief, tief in seinem Herzen streckte der Jungwurf, der die Kraft gehabt hatte, seinen einsamen Weg von der Westseite hinauf zu den Hängen zu finden, seine weichen Pfoten aus und rief um Hilfe. Jenseits der eiternden Wunde und des verfallenden Körpers erhob sich der Geist, der ein Junges jammern, einen geschlagenen Maulwurf seine Krallen ein letztes Mal erheben läßt, unwirklich wie Nebel und ausgeliefert wie ein Herbstblatt dem Ostwind. Aber wer konnte ihn hören?

Welcher Maulwurf konnte wissen, daß in einer warmen Augustnacht, während das übrige Duncton friedlich schlief, ein tapferer Maulwurf sterbend in der Dunkelheit eines vergessenen Tunnels lag?

Nur eine einzige, und sie befand sich in diesem Augenblick bei dem Stein und vernahm Brackens stummen Ruf. Rose war den langen, ermüdenden Weg am Waldrand entlang heraufgekommen und hatte dann ihren Weg zum Stein durch den Wald genommen. Jetzt kauerte sie da und betete, daß er sie zu dem Maulwurf führen möge, dessen Rufe sowohl sie als auch Rebekka gehört hatten. Sie zweifelte nicht etwa daran, daß sie ihn finden würde – dies kam ihr gar nicht in den Sinn –, aber sie brauchte den Stein, um geführt zu werden. Jetzt, da sie sich über dem Alten System befand, spürte sie, daß ihre Begegnung mit Rebekka und der verzweifelte Ruf von Bracken Teil der tiefen Veränderung waren, die über das ganze System hereinbrechen würde, und vielleicht sogar über alle Systeme.

Rose konnte die Mächte der Liebe und des Bösen beinahe riechen, die sich in der Luft über ihr verflochten und die Tunnel unter ihr erschütterten. Sie hatte die Tunnel um den Stein in ihrem ganzen Leben noch nie betreten, obwohl sie schon seit langer Zeit wußte, daß sie es eines Tages vielleicht tun würde, wenn sie die Kraft dazu hatte.

Jetzt betete sie zu dem Stein, daß es ihr vergönnt sein möge, jenem Maulwurf zu helfen, der in einen Kampf mit Dunkelheit und Tod verwickelt war und so wenig Licht in seinen Krallen hielt, ihnen zu begegnen.

Sie verließ die Lichtung und nahm fast den gleichen Weg quer über das Alte System wie Bracken, als er vor Mandrake geflohen war. Sie bewegte sich langsam voran, zu müde, um sich zu beeilen, und schnüffelte einmal hier, einmal dort, aber die Spur der Krankheit war am stärksten auf dem Weg direkt geradeaus. Der Augusttag war lange vergangen, und hohe Sommerwolken verbargen den Mond – falls ein Mond da war. Die Buchen über ihr raschelten gleichmäßig, fast wie ein Echo der trockenen alten Blätter, durch die hindurch sie sich einen Weg suchte.

Sie spürte die lange Vergangenheit des Alten Systems überall um sich herum, gesättigt mit Liebe und Leid, die der Rückstand von vielen Generationen gelebten Lebens sind.

Rose trug noch immer den Knoblauch, den sie mit Rebekka gepflückt hatte, als sie den Teil der Klippe erreichte, wo Bracken abgestürzt war, aber eine Zeitlang verwirrte sie das offensichtliche Fehlen eines Tunneleingangs. Doch schließlich verriet ihr der Instinkt, wo sie graben mußte, und sie schaufelte sich schnell nach unten, nachdem sie den wilden Knoblauch sorgfältig so gelegt hatte, daß keine Erde auf ihn fallen konnte. Nach längerem, ermüdendem Graben und einigen Ruhepausen brach sie zu dem Tunnel zwischen der Klippenwand und Brackens Lagerplatz durch. Lange bevor sie den Tunnel erreichte, wußte sie, daß er dort war. Sie konnte riechen, wie schwer die Krankheit war, und den rasselnden Atem eines Schwerkranken hören.

»Oh, mein Lieber«, flüsterte sie, als sie in den Tunnel kam und dorthin lief, wo sie Bracken liegen sah. Er war an die eine Wand des Tunnels gekuschelt, die Hinterpfoten schlaff, der Rüssel und die Vorderpfoten in der Dunkelheit nicht zu erkennen. Sein Fell starrte vor Schmutz, und die schreckliche Wunde in seiner linken Schulter war von geronnenem Blut und Wundbrand umgeben. Der Boden um ihn herum war mit Kot und halb gegessenem Futter bedeckt.

Sie berührte ihn sehr, sehr vorsichtig an seiner heilen Schulter und flüsterte ihm leise etwas zu, aber er reagierte nicht. Sein Atem ging schnell und mühsam, seine Augen waren geschlossen, und sein Rüssel hatte die Blässe des nahenden Todes.

Sie sah, wie nahe er dem Tod war, und wie schwer er gelitten hatte. Doch verwirrte sie die Tatsache, daß die Verletzung selbst, wenn auch tief und unangenehm, nicht schlimmer war als viele, die sie gesehen hatte und von denen andere Maulwürfe, sicher nicht kräftiger als Bracken, sich ohne jede Hilfe erholt hatten. Gedanken dieser Art waren natürlich für Rose, die jeden Maulwurf, der ihrer Hilfe bedurfte, behandelte, indem sie nach den Ursachen seiner Notlage forschte, weil sie wußte, daß diese häufig von anderer Art waren, als die Opfer glaubten.

Wie oft war es schon geschehen, daß ein Maulwurf zu ihr kam mit Beschwerden und Schmerzen in den Schultern, die sie dann behandelt hatte, indem sie seine Lenden mit Schwarzwurz massierte? Wie oft schon hatte sie den Verlust des Geruchssinns, das schrecklichste Unglück für jeden Maulwurf, mit Schlägen auf den Rücken behandelt? Roses Behandlungsmethoden erschienen oft wunderlich, aber sie wirkten.

Sie vermutete daher, daß Brackens Krankheit nicht so sehr von der Wunde ausging, als vielmehr in Bracken selbst zu suchen war, und vielleicht in der Art, wie ihm die Wunde beigebracht worden war. Sicher mußte es geschehen sein, als er geschwächt und voller Kummer gewesen war ... nun, sie konnte ihn jetzt nicht fragen.

Sie fing an, indem sie ihn sanft streichelte und sein Fell striegelte, bis sie fühlte, wie nach und nach jeder Teil seines Körpers sich unter ihren Pfoten und ihrem Rüssel entspannte und endlich sein Atem etwas ruhiger ging und seine Pfoten nicht mehr ganz so schlaff waren. Dazu brauchte sie viele Stunden, denn er war so schwach, daß sie sehr langsam und vorsichtig vorgehen mußte.

Danach reinigte sie die Wunde, wobei sie Saft vom Knoblauch benutzte, dessen durchdringender Geruch auch dazu diente, die Luft im Tunnel zu reinigen. Er stöhnte ein wenig, als sie dies tat, aber nicht laut, obwohl er den Kopf ruhelos von einer Seite zur anderen bewegte.

Sie ließ ihn eine Weile allein, damit auch sie selbst schlafen konnte, und draußen hatte der neue Tag begonnen, und die Sonne stand schon hoch hinter den Buchen, alles war gelb und grau und grün, als sie wieder aufwachte. Sie trippelte hin und her im Tunnel, fand einen oder zwei Würmer und ein paar Käfer für sich selbst und lief sogar bis zur Tunnelöffnung in der Klippe. Der unvermutet steile Abfall der Klippe verschlug ihr jählings den Atem, als ein Morgenwind von tief unten die Steilwand heraufjagte. Dann ging sie hellwach und erfrischt zurück zu Bracken.

Er lebte und war jung; mehr konnte sie im Augenblick nicht sagen. Sie spürte in seiner Nähe wieder den erbitterten Kampf von Dunkelheit und Licht, als konzentrierten diese einander widersprechenden Mächte sich in seinem kranken Körper, der verloren in diesem weiten Raum lag, unsicher am Rand einer schwarzen Leere.

Sie legte ihre Pfoten jeweils auf eine Seite seines Gesichts, schloß die Augen und übertrug ihre heilende Liebe zum Leben auf ihn, mit einer Kraft und Stärke, wie sie sie noch nie zuvor angewendet hatte noch hatte anwenden können.

Er war für sie gleichzeitig das schwächste Jungtier, das sie je berührt hatte, und alle verletzten Maulwürfe, die je um ihre Hilfe gebeten hatten. Er war auch alle die vielen Maulwürfe, die sie nie um Hilfe gebeten hatten, weil sie nicht wußten, daß sie sich quälten, und denen sie doch ihre heilende Liebe gegeben hatte.

Roses Worte waren kein Gebet; sie waren ein rieselnder Bach aus Liebe und Zärtlichkeit, wie »Mein Lieber, mein guter Bracken, mein Süßes, Geschöpf der Liebe, mein Lachen, meine ganze Freude . . .« Das Gebet lag in ihrem ganzen Sein und bat nicht um Hilfe, rühmte aber die göttliche Macht, die auch ein solches Leben, das so sehr litt, noch festhalten konnte.

Ihr Gebet, mit der Liebe, die daraus sprach, durchströmte Bracken, strömte über sie beide hinaus zu den vergessenen Bauen und Tunneln, an deren Rand er lag. Vielleicht wurde es auch hinausgetragen in die Bäume des Alten Systems, die jetzt die Morgensonne sprenkelte, und es tanzte mit dem Licht und streichelte die glatten grauen Zweige der Buchen und wisperte zwischen dem schimmernden Grün ihrer Blätter.

Wie lange Rose sich der Heilung Brackens widmete, konnte sie später nie sagen, denn während dieser Zeit war sie für die Welt verloren. Aber lange bevor sie fertig war, neigte draußen die Sonne sich den Wiesen zu, und eine Ringeltaube war aufgeflattert und hatte im Abendlicht gegurrt.

Als sie endlich ihre Pfoten von Brackens Gesicht nahm, war ihr alterndes Fell vor Erschöpfung schweißgetränkt und hing strähnig herunter, und sie sah aus, als habe sie eine Reise an den Rand des Lebens gemacht und habe gerade noch zurückkehren können.

Ihre ganze Kraft war verbraucht. Sie war sogar zu müde, um sich etwas zu essen zu suchen oder sich zu fragen, ob sie wirklich genug getan habe. Sie ließ sich einfach nieder, wo sie war, eine ihrer Pfoten auf Brackens Hals und ihr alter Körper ihm nahe, und schlief ein. Sie bewegte sich einige Male, wenn er sich bewegte, und flüsterte ihm zärtliche Worte ins Ohr und in seine kämpfende Seele.

Drei Tage lang, vielleicht vier, blieb Rose und pflegte Bracken und gab dem Lebensfunken in ihm mit ihrer zärtlichen Liebe wieder Hoffnung und Licht. Kein Maulwurf vermag mit Sicherheit zu sagen, wie lange es dauerte, und Boswell aus Uffington sagt in dem Bericht, den er später schrieb, daß es Ereignisse im Leben eines Maulwurfs gibt, für die das Maß der Zeit nicht mehr gilt, und »diese eine Begegnung zwischen Rose mit ihrer Liebe und Bracken aus Duncton war mit Sicherheit ein solches Ereignis«.

Doch es kam der Tag, da Rose wußte, daß Bracken zwar nicht völlig geheilt, aber wenigstens außer Gefahr war – soweit ein Maulwurf das gegenüber den Mächten des Bösen jemals sein kann. Er atmete tiefer und regelmäßiger, seine schwachen Pfoten bewegten sich jetzt ruhelos vor Lebenskraft, in seinem Stöhnen lag nicht mehr die Todesqual, die sie zuerst gehört hatte. Endlich kam er langsam wieder zu Bewußtsein und flüsterte von Hulver und Rebekka der Heilerin ... »Rebekka, Rebekka ...«, wenn er auch nicht zu bemerken schien, daß Rose bei ihm war.

Schließlich verließ sie ihn, der erst am Rande gesunden Bewußtseins war, doch nicht ohne ihm zuerst in den Tunneln Nahrung zu suchen, die sie griffbereit neben ihn legte. Oft schon hatte sie einen Maulwurf so verlassen, geheilt, so gut sie es vermocht hatte, aber doch noch so verwundbar auf dem langen Weg zur Gesundheit und zur Ganzheit, den jeder für sich selbst gehen mußte. Nie zuvor hatte sie einen Maulwurf so widerstrebend verlassen, und nie zuvor hatte sie den alten Reise-Segen von Rebekka der Heilerin mit einer so eindringlichen Bitte an die Mächte des Lichtes und der Liebe gesprochen, die selbst an den dunkelsten Orten in so reicher Zahl vorhanden sind:

»Möge die Heilkunst Rebekkas
Dein Gehen und deine Rückkehr begleiten,
Der Frieden der Weißen Maulwürfe auf der Reise bei dir sein,
Und mögest du wohlbehütet heimkehren.«

Und sie hätte den Segen auch für sich selbst sprechen können, denn sie hatte einen langen Weg zu ihrem eigenen Bau vor sich und war sehr müde, erschöpfter, als sie jemals gewesen war.

Sie verließ den Tunnel auf dem Weg, auf dem sie gekommen war, verbarg den Eingang, den sie gegraben hatte, unter Laub und Erde und versuchte die Müdigkeit abzuschütteln. Es war Abenddämmerung, eine gute Zeit, unterwegs zu sein, aber es war mühevoll, auch nur eine Pfote vor die andere zu setzen, während sie sich zum Stein begab – der ersten Station auf ihrem langen Weg.

»Ich werde alt«, sagte sie zu sich, »und ein wenig müde. Mein eigener Bau ist mir noch nie so weit weg vorgekommen wie jetzt.« Die Luft unter den großen Bäumen des Alten Systems war viel ruhiger als bei ihrer Ankunft und weniger bewegt.

Als sie die Lichtung bei dem Stein erreichte, war es bereits Nacht, und sie machte eine Pause, um sich auszuruhen und nachzudenken, während sie spürte, wie Duncton in seiner ganzen Fülle sich jenseits der Hänge unter ihr erstreckte. Etwas Gewaltiges ging vor sich, größer als das System, das sie liebte, vielleicht sogar wichtiger als alle Maulwürfe, die dort lebten oder in der Vergangenheit dort gelebt hatten und die sie seit so langer Zeit betreute und pflegte.

So vieles veränderte sich. Sie hatte von der Veränderung gewußt, noch bevor Mandrake kam – sie sah, daß er in Wirklichkeit ein Teil der Veränderung war, nicht eine der Ursachen. Hulver und Bindel waren tot, beide umgebracht in unmittelbarer Nähe dieses Ortes, und auch andere alte Maulwürfe, die sie gekannt hatte, waren tot.

Es kam ihr in den Sinn, daß sie einer der ältesten Maulwürfe in Duncton und auf den Wiesen war, und wieder mußte sie denken: »Ich werde wirklich alt!« Sie blickte hinunter auf ihre Pfoten und rieb sich Rüssel und Gesicht an ihnen und lächelte verhalten über den dummen Gedanken. Denn über ihr erhob sich der nach Westen geneigte Stein in die Nacht, die riesigen Wurzeln der Buche wanden sich schwarz um seinen Sockel, und sie tadelte sich selbst mit dem Gedanken, daß im Stein kein Maulwurf jemals alt war. »Warum läßt du mich auch so törichte Dinge sagen!« sagte sie zum Stein, in dem Plauderton, in dem sie immer zu ihm sprach. »Oder auch nur denken.«

Damit begann sie langsam und vorsichtig ihren Abstieg über die Hänge am Rand des Waldes und trug ihre Gedanken und ihren alternden Körper zur Wärme ihres eigenen Baues. Und zum Schlaf.

KAPITEL 11

Rose hatte den Zeitpunkt ihres Weggangs weise gewählt, denn als der nächste Morgen dämmerte, wachte Bracken endlich auf. Sein Kopf war klar, sein Körper aber überaus geschwächt. Alles tat ihm weh, und er fühlte sich elend und reizbar, aber er konnte wenigstens die Welt ringsum erwachen sehen und hören. Das heißt, er sah, wie das Licht der Morgendämmerung in den Tunnel drang, und er hörte die Morgenbrise an der Klippe entlangstreichen und den Chor der Zaunkönige und Grünfinken und das Krächzen einer jungen Dohle irgendwo in den Bäumen.

Seine Schulter schmerzte noch immer unsagbar, aber die Schmerzen beschränkten sich jetzt auf die Wunde und erfaßten nicht mehr bösartig seinen ganzen Körper bis hin zu den Augen, dem Rüssel, durchdrangen nicht mehr sein ganzes Empfindungsvermögen. Er konnte sie bekämpfen.

Er hatte das Gefühl, er sei nicht allein, denn der Gang roch frisch und bewohnt. Merkwürdig! Er nickte ein und wachte auf und nickte wieder ein, bis er schließlich hungrig wie ein Junges völlig erwachte. Und es lag Nahrung bereit für ihn. Seltsam. »Ich muß sie mir selbst gesucht haben«, dachte er, obwohl er sich nicht erinnern konnte ... an gar nichts.

Doch – doch, er konnte sich erinnern. Krankheit und Dunkelheit und ein großer roter Kardinalkäfer, der auf ihn zu krabbelte und mit ihm kämpfte ... und ein Wurm und ein schwarzer Käfer, viel größer als er, die versuchten, ihn zu töten, ihn fortzuschaffen ... Bracken schauderte und begann zu essen, ohne sich weitere Fragen zu stellen.

Obwohl er hungrig war, schaffte er nicht einmal einen halben Wurm. Er war es nicht mehr gewohnt zu essen. Aber er schaffte es, an einem Stengel zu knabbern, dem Stengel einer ... aber er kannte den Namen der Pflanze nicht. Sie schmeckte frisch und gut. Auch das war seltsam. Er sah sich im Tunnel um, rechnete fast damit, einen freundlichen Maulwurf zu entdecken, aber es war keiner da – nur hohe, gewölbte Wände und ein gut angelegter Boden, der sich in der Dunkelheit vor ihm verlor.

Einen Augenblick lang hatte er den Wunsch, sich auf die Pfoten zu stellen und mit der Erkundung des Alten Systems zu beginnen, das, so wurde ihm voller Entzücken klar, jetzt vor ihm lag und das er erkunden konnte, wann immer er den Wunsch dazu verspürte. Aber als er versuchte sich zu bewegen, merkte er, wie schwach er war, und es dauerte mehrere Tage, bevor er sich in der Lage fühlte, mehr zu tun, als mühsam in dem Tunnel hin und her zu kriechen, in dem er sich befand, und an Nahrung zu nehmen, was er gerade fand.

Es waren seltsame Tage voller Schmerzen und Zufriedenheit. Seine Schulter schmerzte bei jeder Bewegung, aber eine Ruhelosigkeit, endlich anzufangen, trieb ihn dazu, sie immer stärker zu benutzen, trotz der Schmerzen. Dabei wurde ihm klar, daß Schmerz ein schwerfälliges Wort ist, das in sich tausend Empfindungen zusammenfaßt, die nicht alle unangenehm sind. Die Kopfschmerzen, der brennende Schmerz, wenn er seine Schulter zu sehr beanspruchte, das dumpfe Stöhnen seines Magens, als er sich wieder an Nahrung gewöhnen mußte – sie waren alle verschieden. Er lernte, den Schritt in den Schmerz zu begrüßen, den er tun mußte, wenn er erwachte und die Glieder streckte und sich wieder mit seinem Körper vertraut machte.

So ganz klar war ihm nicht, woher die Zufriedenheit dieser Tage kam, aber sie begleitete ihn, als wäre ein geselliger Maulwurf bei ihm im Tunnel. Er war ruhelos, ungeduldig und verdrossen wegen seiner Schwäche, aber unter all dem spürte er eine glückliche Gewißheit, daß so vieles vor ihm lag, für das er, er selbst, die Kraft gefunden hatte. Während der Maulwurfmonate seiner Krankheit, von der letzten Juniwoche bis Anfang August, war er erwachsener geworden. Wie an einen angenehmen Traum, so konnte er sich schwach an die Liebkosungen und die Sanftheit eines Maulwurfs erinnern, der ihm sehr nahe war, aber er dachte, es müsse sich um seine eigene Neu-Erschaffung der Rebekka aus früheren Zeiten handeln, von der Hulver gesprochen hatte. Wenn er gefragt worden wäre, hätte er vielleicht sogar von der legendären Hellerin Rebekka gesprochen, als sei sie eine tatsächlich vorhandene Kraft im System, so hartnäckig hielt sich bei ihm die Vorstellung, daß sie bei ihm gewesen sei. Aber Rose? Nein, er hatte keine Ahnung, daß sie dagewesen war.

Vielleicht wußte er es tief in seinem Inneren doch, zog es aber vor zu glauben, daß er aus eigener Kraft überlebt habe – und vergaß es. Mit Sicherheit vergaß er auch andere wichtige Dinge. Er vergaß, daß er fast gestorben wäre. Er vergaß die wirbelnden Mächte des Bösen, in dessen Dunkelheit er geblickt hatte. Er vergaß die Kraft des Lichtes, dessen Stärke ihn vor der Leere bewahrt hatte. Er vergaß bereits wieder die Erinnerungen an seine Jungwurfzeit, die am Anfang seiner Krankheit zurückgekommen waren. Indem er all diese Dinge vergaß, verlor er auch die Lehren, die sie ihm hätten erteilen, und die Erlösung, die die Erinnerung hätte bringen können.

Gleichzeitig erinnerte er sich an Dinge, die so nie gewesen waren: daß er, er allein, die Kraft gefunden hatte, sich selbst zu heilen, daß Schmerzen und Leid schnell vorübergehen, daß Mandrake und Ruun letzten Endes nur Maulwürfe waren. Nur Maulwürfe? Kein Maulwurf ist nur ein Maulwurf. Ein Maulwurf muß eine Lektion oft viele Male lernen, bevor er ihre Wahrheit erkennt, besonders Maulwürfe wie Bracken.

Eines Tages Anfang August wachte er bei Morgendämmerung auf und wußte, daß endlich seine Kraft wie auch sein Wunsch, das Alte System zu erkunden, groß genug waren. Am wichtigsten war es ihm, sich zu orientieren; es gab nur wenige Maulwürfe, die sich so unwohl fühlten wie Bracken, dem größten Erkunder seiner Generation, wenn sie nicht genau wußten, wo sie sich befanden.

Er lief zuerst zum Klippenende des Tunnels, um den Punkt zu begrüßen, an dem er ein zweites Leben gefunden hatte, und um noch einmal das Tageslicht zu sehen, bevor er sich wieder den unbekannten Tunneln und Entdeckungen zuwandte, die hinter ihm warteten. Gras, Filzkraut und Brombeerranken hingen von oben hin- und herschwankend vor der Tunnelöffnung. Er lauschte dem Summen, leise-laut-leise, der Fliegen und Wespen, die sich auf der Suche nach Nektar den blauen Glockenblumen und dem strahlendgelben Stechginster in diesem sonnigen Ostteil des Waldes widmeten.

Der Geruch des Sommers war warm und süß, und erst jetzt, da er das alles in sich aufnahm, machte die im Vergleich zum Juni viel schwerere Trockenheit Bracken klar, wie viele Maulwurfmonate während seiner Krankheit wie im bösen Traum vergangen waren. Nun, jetzt ging es ihm wieder besser, und die Zeit zum Erkunden war gekommen, endlich.

Er drehte sich um und begann eine Wanderung in Tunnel und Baue, Gefahren und Wunder, in deren Nähe sich seit Generationen kein Maulwurf gewagt hatte.

Erst als er schon weit über den äußersten Punkt hinausgekommen war, den er früher auf seiner Suche nach Nahrung erreicht hatte, fiel Bracken auf, daß die Geräusche in dem Tunnel, den er hinunterlief, viel deutlicher wurden. Sie krochen auf ihn zu, zuerst nicht klarer als das Nachklingen eines Wirbelwindes in hartem Gras. Aber dann wurden sie mit jedem Schritt, den er machte, vielfältiger. Das Geräusch gleitender Erde kam flüsternd aus den unbekannten Labyrinthen weiter vorn. Dann, an einer Biegung oder Abzweigung, das Ächzen des Windes, der an irgendeiner fernen Öffnung in den Tunnel geraten war. Dazu kam das härtere, geheimnisvolle Knarren einer unterirdischen Baumwurzel, die unter Spannung stand. Aber ob das um die Ecke herum war oder viele Tunnel weit weg, vermochte er nicht zu sagen. Dann das plötzliche Davonhasten eines Käfers, und in all diese Geräusche mischte sich der Hall und Widerhall seiner eigenen Schritte, vor ihm herlaufend und wieder zurückkehrend von einer Wand weit vor ihm in der Dunkelheit.

Es stellte sich heraus, daß diese Wand die weiter entfernte Seite eines viel größeren Tunnels war, in den der Tunnel, aus dem Bracken kam, rechtwinklig mündete. Als er die Pfoten in den größeren Tunnel setzte, wurden die Geräusche, die er gehört hatte, noch vielfältiger und dichter und nahmen ihm fast den Atem. Wenn etwas Wahres war an dem alten Maulwurf-Sprichwort »An den Geräuschen seines Tunnels kannst du einen Maulwurf erkennen«, dann waren die Maulwürfe, die dieses System gebaut hatten, wohl in der Tat sehr weise und geschickt gewesen.

Denn wenn ein Maulwurf einen Tunnel gräbt, beachtet er die Akustik –

nicht zu seiner Unterhaltung, sondern damit er an den Geräuschen, die zu ihm getragen werden, an jedem beliebigen Punkt erkennen kann, ob Gefahr droht oder vielleicht Nahrung lockt. Ein Tunnel muß die Vibrationen, die ein Wurm verursacht, über fünfzig Maulwurfmeter weit tragen, und er muß vorzüglich konstruiert sein, um das Heranschleichen eines Rivalen mehr als hundert Maulwurfmeter weit anzukündigen. Daher sind die Luftströmungen in einem System sehr wichtig, denn während Vibrationen des Bodens fünfzig Maulwurfmeter weit tragen mögen und Geräusche in einem stillen System vielleicht zweihundert, ermöglichen Luftströmungen, daß Geräusche viel weiter getragen werden und Gerüche ebenfalls. Aber Luftströmungen sind nicht von selbst da; sie müssen geplant werden, und es war die Planung des Tunnels, die Bracken beeindruckte, als er ihn betrat. Denn die Luftströmungen waren raffiniert und vielfältig; die Maulwürfe hatten sich die Fähigkeit angeeignet (in vielen Systemen längst vergessen), Tunnel zu erbauen, in denen Luft auf verschiedenen Ebenen in verschiedene Richtungen strömt – wie Wasser in einem Fluß es tun mag oder Wind in einem tiefen Tal.

Der Vorteil solcher Luftströmungen liegt für einen Maulwurf, der sie zu deuten weiß, darin, daß sie ihm gestatten, seine Tunnel in zwei Richtungen zur gleichen Zeit zu »lesen«, und manchmal, wenn er sich an einer Kreuzung oder einem Quertunnel befindet, sogar in noch mehr Richtungen.

Zuerst hatte Bracken Mühe, die Geräusche, die er hörte, zu deuten, und mit den Gerüchen ging es ihm ebenso. Das würde Zeit brauchen. Obwohl er den Gerüchen entnehmen konnte, daß keine Maulwürfe in der Nähe waren, und er rechnete auch nicht damit. Es gab jedoch andere Witterungen, von Wühlmäusen etwa, aber die stürzten sich auf jeden behelfsmäßigen Bau, den sie finden konnten, und wenn es der Eingang zu einem verlassenen Maulwurftunnel war – auch gut. Der unheilvollere, scharfe Geruch eines Wiesels drang zu ihm, doch aus weiter, weiter Ferne. Aber sonst gab es keine typischen Gerüche, außer dem sauberen, trockenen Geruch frischer Pflanzen, deren Wurzeln und Düfte wohl an vielen Stellen in das Alte System eindrangen.

Diese Herausforderung an seine Ohren und seinen Rüssel war an sich schon berauschend, aber Brackens Eindruck wurde erst vollständig durch die überwältigenden Ausmaße und das offensichtliche Alter des großen Tunnels. Seine Wände und seine Decke ragten hoch über ihm und vermittelten sofort die Vorstellung, daß der Tunnel in einer weit zurückliegenden Zeit gegraben worden war, als Riesenmaulwürfe die Erde bewohnten. Die Wände waren hart, mit Spuren von Kreide, die Böden glatt und festgestampft, während die Kurven von Dach und Bogendurchlässen bei Abzweigungen von Nebentunneln raffiniert und kraftvoll waren.

In unregelmäßigen Abständen waren grau-weiße runde Platten aus gewaltigen Feuersteinen in die Wände eingelassen, mit dicken Höckern und Vertiefungen, die nicht nur den merkwürdig fließenden Eindruck der Tunnel verstärkten, sondern auch die Vorstellung hohen Alters hervorriefen.

Bracken überlegte, wie ungewöhnlich es war, daß Maulwürfe diese großen Steine hatten bewegen können, so daß sie in den Tunnel paßten – so gewollt wirkte ihre Anordnung –, aber dann bemerkte er wie durch eine unerklärliche Intuition, daß die Tunnel der bestehenden Ordnung der Steine angepaßt worden waren. Es schien ihm, als hätten die Maulwürfe vergangener Zeiten sich nicht von dem Wunsch leiten lassen, der unberührten Erde eine Ordnung aufzuzwingen, sondern von der Ordnung selbst, die jene wie auch immer geartete Macht festgelegt hatte, die zuerst die Steine verteilte. Das Gefühl von Alter und Ehrwürdigkeit, das der Tunnel in ihm erweckte, war so überwältigend, daß er sich beinahe auf Pfotenspitzen voranbewegte, um den uralten Frieden nicht zu stören.

Was er jedoch aufstörte, war die Ablagerung feinen weißen Kreidestaubs, der sich im Lauf der Zeit auf dem Boden und den rauheren Teilen der Wände niedergelassen hatte. Die erste größere Ansammlung, zu der er kam, hielt er irrtümlich für eine Unebenheit des Bodens und marschierte gedankenlos hinein, so daß die winzigen Teilchen rund um ihn in einer großen erstickenden Staubwolke aufwirbelten und er zurückschreckte, niesend und nach Atem ringend und mit kreideweißem Pelz.

Danach hielt er sorgsam Ausschau nach größeren Staubwehen, wobei er sich allmählich daran gewöhnte, daß die Kreide sich offenbar abwechselnd zu beiden Seiten des großen Tunnels ansammelte und auf diese Weise im Zentrum des Tunnels ein gewundener Pfad entstand, der mehr oder weniger frei war und für einen durch den Tunnel wandernden Maulwurf den Eindruck verstärkte, er tanze oder schlängele sich an den unbeweglichen Steinen der Zeit vorbei.

An den ersten beiden Tagen seiner Erkundung betrat Bracken keinen der Nebentunnel, die von diesem größeren Tunnel abzweigten. Er war zu müde und zu vorsichtig. Seine Erkundungen von Barrow Vale, der Westseite und den Hängen im Mai und Juni hatten ihn gelehrt, daß ein Maulwurf bei Erkundungen gut daran tut, vorsichtig zu Werk zu gehen.

Er stellte bald fest, daß der Tunnel, den er inzwischen als den äußeren Gemeinschaftstunnel des Alten Systems betrachtete, parallel zum Rand der Klippe lief, an dieser Stelle jedenfalls, und etwa einhundert Maulwurfmeter von ihr entfernt lag. Er führte weiter, hinauf zur Kuppe des Hügels, wo Bracken und Hulver vor der Mittsommernacht im Versteck gelegen hatten, und zurück zu der am weitesten östlich gelegenen Seite der Hänge. Es gab nur einen anderen Tunnel, der zurück zum Klippenrand führte wie der erste, in den Bracken geraten war, und auch dieser endete jäh am Abgrund.

Am dritten Tag seiner Erkundungstour lief Bracken eine kleine Strecke in einen der Tunnel hinein, die zum Zentrum des Alten Systems abzweigten, dem Teil, dem sein größtes Interesse galt. Der Tunnel war kleiner als der Gemeinschaftstunnel, von dem er abzweigte, genauso geschickt angelegt, und auch hier säumten Feuersteine die Wände.

Er hatte erst ein paar Maulwurfmeter in diesem Tunnel zurückgelegt, als er vor sich den wohlgerundeten Eingang zu einem Bau entdeckte. Er näherte sich ihm mit heftig klopfendem Herzen und angehaltenem Atem, denn in jedem System sind es die Baue, die einem klarmachen, daß hier wirklich einmal Maulwürfe lebten und aßen, schliefen und kämpften. Etwas ängstlich betrat er den Bau und schnüffelte am Eingang automatisch nach einer Spur von Leben, obwohl er wußte, daß es hier kein Leben geben konnte. Der Bau war größer als die in dem gegenwärtigen System von Duncton und nicht rund, sondern oval. Seine Erde hatte den gleichen grau-weißen Farbton wie die Tunnel, die Wände waren glatt und ohne Feuersteine, und auf dem Boden lagen die verstaubten Fasern von Nestmaterial, das vor langer Zeit verdorben war. Der ganze Bau wirkte kahl und kalt, und so sehr er es auch versuchte: er konnte sich einfach nicht vorstellen, daß hier in irgendeiner vergangenen Zeit Maulwürfe gelebt hatten; er spürte das Alter des Baues, nicht aber die Wärme vergangenen Lebens.

Ein Stück weiter war es das gleiche – der gleiche ovale Bau, die gleiche Kahlheit, die gleiche enttäuschende Unfähigkeit, eine Beziehung herzustellen zu den Maulwürfen, die einst hier gelebt haben mußten. Was genau er erwartet hatte, wußte Bracken nicht, aber seit er zum erstenmal vom Alten System gehört hatte, regte die Vorstellung von dessen vergangenem Leben seine Phantasie an. Jetzt war er hier – nun, er wollte mehr, als er bekommen konnte.

Er stieg auf seinen Erkundungsgängen all die Nebentunnel hinunter, die zum Zentrum des Waldes führten und in Reichweite des Standortes waren, den er sich in seinem ersten Tunnel eingerichtet hatte. Nach und nach gewöhnte er sich an die deutlicheren Geräusche und konnte mit Hilfe von Assoziationen und Folgerungen anfangen, sie zu deuten. Gleichzeitig, und ohne es zu merken, kam er wieder zu Kräften, und als er bereit war für aufwendigere Erkundungen, war er auch in der nötigen körperlichen Verfassung.

Es war in der zweiten Augustwoche, als er beschloß, sich mit Nachdruck dorthin zu begeben, wo er das Zentrum des Systems vermutete, und nicht zu versuchen, am gleichen Tag zurückzukehren, sondern sich mit irgendeinem

Bau, den er unterwegs fand, zu begnügen. Inzwischen war ihm der große Gemeinschaftstunnel, der ihn anfangs so beeindruckt hatte, vertraut. Seine Kurven und Windungen erschienen ihm noch immer geheimnisvoll und schön, aber die große Scheu, die er zuerst gespürt hatte, war einem gewissen Besitzerstolz gewichen. Er hatte das Gefühl, der Tunnel könnte ihm nichts mehr beibringen, und nachdem er ihn erobert hatte, sozusagen, konnte er genausogut zu besseren Dingen übergehen.

Mit dieser gefährlichen selbstzufriedenen Einstellung verließ Bracken den Teil des Alten Systems, der tatsächlich nicht mehr als sein äußerer Rand war, und wandte sich nach Westen, genau auf das Zentrum zu. Er wählte den größten der Nebentunnel und lief ihn entlang, ohne sich um die Seitentunnel und Eingänge zu Bauen zu kümmern, bestrebt, etwas wie den Mittelpunkt des Systems zu finden.

Brackens Gefühl für Richtungen war wie immer sehr exakt, denn der Tunnel führte direkt nach Westen zu dem Ort, da war er ganz sicher, wo der Stein stand.

Was jedoch die Schnelligkeit betraf, mit der er vorankam, so hatte er sich überschätzt, denn nach zwei- oder dreihundert Maulwurfmetern verschlechterte sich der Zustand des Tunnels zusehends, je mehr dieser sich der Oberfläche näherte und in ein Gebiet weicherer, schwärzerer Erde eintrat. Häufig waren die Decken eingestürzt, und Bracken mußte sich durchgraben; sie waren in der fernen Vergangenheit kaskadenartig heruntergekommen und hatten den Weg freigemacht für Pflanzen der Oberfläche, die ihre Wurzeln hinunterschickten, gewunden und verschlungen, in einen Tunnel, der einmal vollkommen gewesen war. Gleichzeitig stießen die Wurzeln der Bäume zum Tunnel vor; manchmal durchschnitt eine Wurzel den Tunnel senkrecht, so daß Bracken sich an ihr vorbeidrücken mußte, und mehr als einmal lief eine alte Wurzel direkt durch den Tunnel, verzweigte sich in die Erde um sie herum und zerstörte den Tunnel, und nur schale lockere Erde blieb zurück, durch die er sich ungern hindurchgrub.

So kam er nur langsam voran, und seine Hoffnungen, schnell zu den Wundern zu gelangen, die er weiter vorn erwartete, gingen unter in Schweiß und der Mühe, sich einen Weg zu bahnen. Der Tunnel lag nicht so tief im Boden wie der große Gemeinschaftstunnel, von dem er gekommen war, und wirkte provisorischer, und irgendwie, irgendwo hörte er auf, die Ehrfurcht vor der Vergangenheit zu vermitteln, die Bracken am Anfang gespürt hatte.

Dieses Gefühl wurde noch verstärkt durch die Tatsache, daß die wunderbare Fülle der Geräusche, die in dem großen Tunnel geherrscht hatte, hier gedämpft war und unterging in dem Durcheinander von eingestürzten Decken und Wurzeln, durch die er sich hindurchkämpfte. Er fühlte sich einsam und abgeschnitten in einer Weise, wie er es vorher noch nie empfunden hatte, und die Vorstellung entstand in ihm, daß er für immer verloren sei in den Trümmern eines Systems, das jetzt ohne Leben und ohne Bedeutung war.

Dieses Gefühl wurde so stark, daß er mehr als einmal versucht war, sich zur Oberfläche durchzugraben und dort weiterzueilen bis an einen Ort, wo das Alte System mehr zu bieten haben mochte. Nur der Wunsch, das Alte System genau zu erkunden, verbunden mit einer echten Furcht vor Raubvögeln auf der ungeschützten Oberfläche über ihm, ließ ihn in dem zerstörten Tunnel weiterlaufen. Bis er schließlich ganz plötzlich müde wurde. Seine linke Schulter schmerzte wieder und wurde schwer und klopfte an der Stelle, wo die Wunde gewesen war, und die Geräusche im Tunnel schienen zu schwinden und wieder anzuschwellen und umkreiselten ihn, so daß er wußte, er brauchte eine Ruhepause.

Er entschied sich für einen der vielen Nebenarme des Tunnels, den er entlanggekommen war, und fand dort nach wenigen Maulwurfmetern einen kleinen Bau. Er war staubig, und von oben wuchsen die weißen Fasern von Wurzeln hinein, aber es gab wenigstens einen Boden, auf dem er schlafen konnte, und er hatte ein Dach über dem Kopf. Doch war er zu müde, als daß er sofort hätte einschlafen können; er döste statt dessen vor sich hin, während er den gedämpften Geräuschen ringsum lauschte.

Falls er einschlief, merkte er es nicht, aber er wachte mit einem Ruck auf und war felsenfest überzeugt, daß die Geräusche um ihn herum anders waren als die, die er bisher im Alten System gehört hatte. Sie waren von einer Tiefe und Resonanz, die darauf hindeuteten ... die besagten ... er wußte nicht, was. Er konnte es hören, aber er konnte es nicht in Worte fassen. Doch er war plötzlich von einer Angst ergriffen, wie er sie noch nie zuvor kennengelernt hatte, eine Angst nicht vor einer möglichen körperlichen Verletzung, sondern vor irgendeinem Wunder, einer Tiefe, die, einmal empfunden, ihn entblößen und dann verwundbar zurücklassen würde, mitten in seiner Seele.

Aber wie ein Maulwurfjunges oft einer Gefahr gegenüberstehen mag, die so gewaltig ist, daß es sie gar nicht erfassen kann und unschuldig wie eine Anemone im Sturm vor ihr steht, so nahm Bracken diese Angst jetzt nur kurz zur Kenntnis. Er schüttelte sich wach, erhob sich und war, aufs neue erregt, schon wieder auf dem Weg den Tunnel hinunter, überzeugt, daß der schlimmste Teil seiner Tour vorüber war und daß die tieferen Geräusche vor ihm eine Entdekkung ankündigten, die ihn endlich zum Herzen des Systems bringen würde.

Er hatte recht. Der Tunnel führte in einen Untergrund aus härterer Kreide und senkte sich hinab in stille und uralte Tiefen, wo alle Geräusche des Windes verklangen und durch ein seltsames fernes Knarren und Ächzen ersetzt wurden.

Der Tunnel senkte sich immer tiefer, bis er schließlich eben wurde, der Boden mit Staub und Schmutz bedeckt, seit Generationen von keinem Lebewesen aufgestört. Staub dämpfte das Geräusch seiner Schritte, und als er mit den Krallen über die Wand kratzte, lief das Geräusch voraus, hallte aber nicht wider, sondern verlor sich eher in einer großen Leere am Ende des Tunnels. Bracken fand bald heraus, warum. Der Tunnel mündete in eine Höhle, deren Größe Bracken den Atem verschlug. Sie war so groß, daß er hätte glauben können, er schwebe frei im Raum, wenn seine Pfoten nicht festen Boden berührt hätten. Die Höhle tönte von den geheimnisvoll knarrenden und ächzenden Lauten, die er schon vorher gehört hatte; sie kamen von der anderen Seite. Die Wände erstreckten sich zerklüftet rechts und links von ihm, schienen aber in einer geraden Linie zu verlaufen, nicht gekrümmt, wie er es von anderen großen Höhlen gewohnt war, die er gesehen hatte. Eine Krümmung deutet schließlich an, daß ein Raum Grenzen hat. Eine gerade Wand in einer Höhle weist auf eine gewaltige Ausdehnung hin.

Bracken kauerte im Schutz des kleinen Tunneleingangs und fing an, sich in den Raum einzufühlen. Die Decke erhob sich so weit über ihm, daß sie noch weiter entfernt zu sein schien als die unbekannten, unsichtbaren Wände. Er stieß einen kurzen Ruf aus, um das Echo zu prüfen, und der Ruf entfernte sich von ihm, verlor sich in Stille, daß er ihn fast aufgegeben hatte, bis aus weiter, weiter Ferne das Echo zurückkehrte, klein und verloren. Während Bracken noch überlegte, was das bedeutete, kam ein zweites Echo seines Rufes zurück, diesmal von irgendwo hoch über ihm. Und endlich noch eines, von weit her zu seiner Rechten.

Er erkundete zuerst nach rechts und dann an der Begrenzung links entlang und blieb beide Male erst stehen, wenn er das Ende der mächtigen Wand erreichte, die an der anderen Seite der Höhle dunkel aufragte.

Die Wand erfüllte ihn mit Angst, denn sie war mit merkwürdigen Reliefs verziert, mit tiefen wirbelnden Spalten und zackigen Erhebungen, die ihr die furchterregende Kraft verliehen, jedes Geräusch, das auf sie traf, zu verzerren und zu verstärken. Das Geräusch von Brackens Pfotentapsern wurde zu dem Tramp Tramp Tramp einer ganzen Armee großer Maulwürfe und veranlaßte ihn, sich im Dunkeln verstohlen umzublicken, um festzustellen, ob diese Trugbilder wirklich vorhanden waren. Ein Atemzug wurde zu einem Keuchen des Entsetzens, so überzeugend, daß Bracken die Angst empfand, nach der es klang. Und ein Summen, das er ausprobierte, wurde zu dem tiefen Singsang dunkler feindseliger Maulwürfe.

Die Kraft dieser Echos oder Geräusche war so groß, daß Bracken zuerst zögerte, sich mitten ins Zentrum der Höhle zu begeben. Aber da aus eben dieser düsteren und mit den Augen nicht zu durchdringenden Tiefe die knarrenden und ächzenden Laute kamen, die die Höhle vibrieren ließen, wußte er, daß er schließlich doch bis dorthin vordringen mußte.

Er dachte nach über das, was er herausgefunden hatte. Drei Tunnel an der einen Seite der Höhle, drei an der anderen, die alle in verschiedene Teile des Systems ausstrahlten. Alles in allem sechs, wenn er den kleinen Gang nicht mitrechnete, der ihn hierhergeführt hatte und der in vergangenen Zeiten, so vermutete er, als Geheimgang gegraben worden war, von einem oder mehreren Maulwürfen. Sechs Tunnel. Gab es da noch einen siebten, der bis zur Lichtung beim Stein führte, einer, der doch sicher jenseits dieser großen Reliefwand liegen mußte?

Langsam setzte er sich in Bewegung und entfernte sich mehrere Maulwurfmeter von der Wand, damit er wenigstens ein bißchen besser nach vorne schauen konnte, und damit sein Gemurmel nicht ganz so laut widerhallte.

Die Geräusche, die er mit einem kurzen Summen versuchsweise hervorrief – er wollte es vermeiden, noch einmal die gleiche Reaktion wie vorher zu erzeugen –, erweckten jetzt ein Gefühl leicht zu erschütternder guter Laune in ihm; sie kamen weniger sprunghaft als die erste Geräuschfolge, hatten aber auch nicht deren glatte Sanftheit. Er hatte das Gefühl, sie könnten ihn jeden Augenblick wieder ins Elend stürzen, und er hörte auf zu summen, wenn es auch nicht so leicht war, seinen Empfindungen Einhalt zu gebieten, während er weiterlief. Er betrachtete die Wand, deren Reliefs deutlich zu erkennen waren, jetzt aber wieder komplizierter wurden, mit Linien, die vom Boden bis Schulterhöhe Kreise und Schleifen beschrieben, und manchmal noch weiter hinauf.

Er versuchte es mit einem lauteren Summen, um zu sehen, was geschah, und das, was geschah, war nicht angenehm. Das Geräusch war dunkel. Zuerst kam es aus der Ferne, von irgendwo weit weg und hoch oben von der Wand, es schwebte am Überhang, und er konnte es leicht vergessen, wenn er sich auf die angenehmeren Geräusche konzentrierte, die direkt von der Wand zu ihm drangen. Aber je weiter er ging, desto schwieriger wurde dies, und ohne es zu wollen, und trotz seiner Angst, wieder in den dunklen Tönen gefangen zu werden, summte er weiter, so daß das Dunkle in den Tönen noch schwärzer wurde und das Helle sich hinter ihn zurückzog, wo die melodischeren Muster und Wandreliefs sich befanden. Dieser schwarze Schall überwältigte ihn allmählich, und er begann voranzueilen und zu stolpern, als verliere er seinen Richtungssinn, während er versuchte, seinen Atem zu kontrollieren und seine Kehle zu hindern, diese unnatürlichen Töne von sich zu geben, die ihn immer weiter voranzogen.

Vor ihm erhob sich ein großer zerklüfteter Feuerstein, schwarz und glänzend, fest in die Wand gefügt und spitz in den Boden stoßend. Die obere Kante war so scharf und dünn, daß sie fast durchsichtig war und ein Maulwurf ein einziges Barthaar an ihr hätte durchschneiden können. Bracken stolperte um den Stein herum und stand vor einem weiteren Feuerstein, größer als der erste, der nach ihm zu stoßen schien. Er lief weiter, wimmernd vor Angst. Die Geräusche waren dunkel, schwärzer und immer eulenähnlicher, und er führte einen verzweifelten Kampf mit sich selbst, um endlich aufzuhören sie hervorzubringen; er hob die Pfote und rüttelte mit den Krallen an seinem Hals, er kratzte sich, um endlich still zu sein, um das Entsetzen zu überwinden ... Bis keine Feuersteine mehr kamen und sein Atem flacher wurde und er es fertigbrachte, die Pfote auf das Maul zu pressen und still zu sein, wobei die Anstrengung Speichel auf seine Krallen tropfen ließ. Vor ihm tauchten noch mehr der zerklüfteten Feuersteine auf, genau wie die, an denen er gerade vorbeigestolpert war. Sie gingen in die Wand über. Seine Augen folgten ihren Umrissen nach oben bis zu dem großen Schnabel aus glänzendem kaltem Feuerstein, der sich hinaufkurvte zu zwei mächtigen Scheiben silberschwarzer Augen, und alles zusammen schien das gewaltige Gesicht einer Eule zu formen, unendlich böse anzusehen. Der schwarze, glänzende Feuerstein tauchte es in schimmerndes Licht.

Das Summen, mit dem Bracken aufgehört hatte, hallte noch immer durch die Höhle, wirbelte schwarz irgendwo zwischen ihm und der Wand, gefangen zwischen den Krallen aus Feuerstein, die sich von beiden Seiten nach ihm ausstreckten und ihn zum Zentrum der Wand zu ziehen schienen. Seine Augen wandten sich langsam und voller Angst von denen der großen Eule zu der Wand unter ihr, dem Teil, der unter ihrem Schnabel und zwischen den großen schwarzen Krallen lag. Dem Teil, der genau vor ihm lag.

Was er dort sah, ließ ihn vor Entsetzen keuchen. Denn dort, vor ihm, lag der Anfang des letzten Tunnels, des siebten, den er gesucht hatte, und am Eingang, den Kopf zwischen den Pfoten, die runden, schwarzen, leeren Augenhöhlen direkt auf ihn gerichtet, kauerte das gebleichte Skelett eines riesigen Maulwurfs.

Hinter dem Maulwurfskelett hörte Bracken in voller Lautstärke die ächzenden, knarrenden Geräusche, die er beim Betreten der Höhle zum erstenmal gehört hatte. Gleitend, kratzend, langsam zermalmend und ineinander übergehend, das Kratzen von Holz auf lebendem Holz – ein Geräusch, das sich anhörte wie alte Äste, die sich in einer stürmischen Nacht aneinander reiben, nur unter der Erde.

Plötzlich wußte er, was er da hörte: die Geräusche der Wurzeln der großen Buchen, die die Lichtung beim Stein umgaben und in die, wie ihm jetzt voller Schrecken klar wurde, dieser siebte Tunnel führen mußte. Während er lauschte, schienen die Geräusche durch die schauerlichen Augenhöhlen des Schädels zu ihm zu dringen oder ihm von den bösartigen Zähnen entgegengespuckt zu werden, bestrebt, ihn in die Falle der auseinandergebrochenen Rippenknochen zu locken, die hinter dem Schädel auf dem Boden verstreut waren.

Um das Zentrum des Systems zu erreichen, würde er den lebenden Wurzeln entgegentreten müssen, die er hören, aber noch nicht sehen konnte, und um zu ihnen zu gelangen, würde er an diesem riesigen Skelett vorbeigehen müssen, das die Wurzelgeräusche verstärkt weiterzutragen schien.

Aber nicht jetzt, nicht in diesem Augenblick. Die Ängste, die er so lange unterdrückt hatte, entluden sich; er wandte sich um, rang nach Atem und begann in nackter Panik von dem Maulwurfskelett fortzulaufen, durchquerte die große Höhle und schlug instinktiv den Weg zum Tunnel nach Nordosten ein, in dem es nach Eichen und Würmern roch und nach einem Leben, das sich in der Gegenwart abspielte und das er brauchte.

KAPITEL 12

Der August ist im Ductonwald ein unordentlicher Monat. Die Blätter an den Bäumen haben sowohl das unberührte frische Grün verloren, in dem sie bis zum Juni strahlten, als auch ihre reiche, raschelnde Reife, die eine der Freuden im Juli war. Jetzt sind ihre besten Tage vorbei. Hier und dort bringt ein durchziehender Augustregen ein paar Blätter herunter, grün, aber schlaff, auf den braunen Boden des Waldes, wo sie sterben unter den großen zerzausten Farnwedeln und den schleichenden Efeuranken, zwischen die sie gefallen sind.

Der Gesang der Vögel wird schwächer; nur das unruhige Lied der Goldammern und der Grünfinken am Waldrand und entlang den weniger versteckten Pfaden und Tälern ist geblieben, während im Herzen des Waldes nur der Ruf der Saatkrähen und das Schlagen ihrer Flügel zu hören sind. Dennoch mag sich gelegentlich, an einem heißen Tag, wenn die Sonne warme Teiche gelben Lichts im üppigen grünen Unterholz bildet, ein Hirschkäfer plötzlich erheben und durch die Luft surren, oder Ameisen rascheln, oder Gallwespen summen. Und dann gähnt in Barrow Vale vielleicht ein Maulwurf und streckt sich, und ein anderer findet vielleicht Gefallen an der Frage, was das alles soll.

Wenn die wandernde Sonne die rosa Blätter einer Brombeerblüte erhascht, könnte ein Maulwurf an der Oberfläche denken, der Frühling sei plötzlich wieder da, und er habe die Blüten einer wilden Kirsche vor sich. Aber nicht lange. Es brauchen nur hohe Wolkenbänke die Sonne zu verdecken, und die Brombeeren zeigen wieder ihr wahres Gesicht: eine verworrene Unordnung voll schwankender Blüten, die nie so recht zu wissen scheinen, wie sie frisch und rein bleiben sollen. Na ja, was bedeutet das schon? Welchen Maulwurf interessiert das? Es muß doch andere Dinge geben, über die zu reden sich lohnt ...

Geschwätz. Klatsch. Gerüchte. Die drei Gefährten des August. Einer für die Faulen, einer für die Müßigen, einer für die Gelangweilten.

Für die älteren Maulwürfe in Duncton, diejenigen, die mindestens eine Längste Nacht hinter sich haben, bildet im August das Treiben der Jungwürfe die Hauptquelle von Geschwätz und Klatsch. Sie haben inzwischen den heimischen Bau weit hinter sich gelassen und sind nach ein oder zwei Maulwurfmonaten des Herumhastens durch flache Gänge und Baue gerade dabei, sich niederzulassen – diejenigen, die überlebt haben. Denn viele wurden das Opfer von Eulen oder haben in Kämpfen um ein eigenes Territorium ihre Kraft verloren und sind, unfähig, genügend Nahrung zu finden, im heißen Juli langsam dahingesiecht, um schließlich von Krähen zerhackt oder von Schmeißfliegen und Aaskäfern besiedelt zu werden.

Diese Kämpfe gehen weiter bis Mitte August, und manch ein Maulwurf in Barrow Vale, selbstzufrieden in der Gewißheit, daß er oder sie ein eigenes Territorium besitzt (allerdings nicht zu selbstzufrieden, weil einige dieser Jungwürfe von der Westseite noch immer sehr scharf auf ein eigenes Territorium sind), begrüßt einen anderen Maulwurf mit Worten wie: »Hast du schon gehört, was ... zugestoßen ist?« oder: »Einer von den Marsch-Endern hat doch die Frechheit besessen ...« und so weiter und so fort.

In einem August, in dem die Dinge bis zur dritten Woche alle geregelt sind, in dem es genug Nahrung gibt, langweilen sich die Maulwürfe leicht, und die Gerüchte lösen den Klatsch ab. Wer vermag zu sagen, woher sie kommen, oder warum eine Geschichte mehr fasziniert als eine andere? Einige Gerüchte bewegen sich auf einem Hoffnungsstrahl voran, um hell durch die Baue zu schweben und denen, die sie hören, und denen, die sie weitererzählen, Freude zu machen. Andere schleichen sich auf den Pfaden der Unzufriedenheit ein, Schatten auf geflüsterten Gesprächen, deren düstere Freuden darin liegen, daß, wenn das, was sie behaupten, wirklich eintritt, es woanders sein und einen anderen armen Maulwurf treffen wird.

Gelegentlich, sehr selten, mag ein Gerücht auftauchen, das sowohl den Samen der Hoffnung als auch die Keime der Unzufriedenheit enthält und Wechsel anzukündigen scheint, die jeden Maulwurf betreffen, nicht nur einen einzelnen.

Solch ein Gerücht tauchte in jenem August in Dunctonwald auf, und ohne es zu wissen, war Bracken die Ursache dieses Gerüchts.

Seine panische Flucht aus der Höhle der Düsteren Geräusche (wie er sie jetzt nannte) führte ihn zu den Hängen, und der angenehme Waldgeruch im Tunnel lockte ihn schließlich nach draußen. Aber sein Gefühl für die Oberfläche war abgestumpft durch die lange Zeit unter der Erde und durch seine Krankheit, und ohne zu merken, was er tat, lief er einem Jungwurf von der Westseite, der gerade sein Territorium ausbaute, mitten in den Weg. Bracken sah so wild und verwahrlost aus, daß der Jungwurf (der nicht älter als Bracken war) zu seinem heimischen Bau flüchtete mit einer entstellten Geschichte von einem wilden Monstermaulwurf, der aus dem Alten System gekommen sei. Die Geschichte machte schnell die Runde auf der Westseite, und es war wirklich eine gute August-Geschichte, in die Maulwürfe sich so richtig verbeißen konnten!

Dann wurde Bracken auf der Ostseite gesehen, und eine übertriebene Darstellung gelangte zurück nach Barrow Vale: Ein wilder Maulwurf war beim Alten System gesehen worden, riesig und furchtlos, der jeden töten würde, der in seine Nähe kam.

Das genügte, die Gerüchte noch mehr zu verstärken, und die Ostseiter, ein abergläubischer Haufen, ließen eine alte Sage wieder aufleben, nach der eines Tages der Stein seinen eigenen Maulwurf entsenden würde, um Verwüstung in das System zu bringen als Strafe – wenn auch kein Maulwurf sicher war, wofür. Es war diese Geschichte, durch die Bracken sich unwissentlich einen furchteinflößenden Namen erwarb, der zum Gegenstand von Gerüchten, erregten Ängsten wurde und zu einem Abwandern der Jungwürfe führte, die sonst vielleicht versucht hätten, sich ein Revier in der Nähe der Hänge zu suchen: Er wurde zum Steinmaulwurf.

»O ja, er ist da oben, das kannst du mir glauben, und es sollte mich gar nicht wundern, wenn er hier runterkommt«, so drückte ein Schwätzer aus Barrow Vale es aus, und seine selbstgefällig warnenden Worte klangen bedeutungsschwer. »Hat nur abgewartet, sag ich, nur auf den richtigen Augenblick gewartet, und jetzt ist er gekommen. Die Ostseiter nennen ihn den Steinmaulwurf, und wenn ihr mich fragt, so übel ist der Name gar nicht . . .«

Als Mandrake die Geschichte zum erstenmal hörte, fand er sie amüsant und lachte darüber. Wahrscheinlich ein Wiesen-Maulwurf, dachte er, der sich verlaufen hat. Nun, er würde sich darum kümmern, wenn er Lust dazu hatte. Und was Ruun betraf – er stürzte sich auf alles, was ihn selbst weiterbringen konnte, und es gab eine Möglichkeit, wie das Gerücht vom Steinmaulwurf ihm helfen konnte. Mit selbstzufriedenem Lächeln dachte er an all die Gelegenheiten, die sich bieten würden.

Wenn Bracken geahnt hätte, daß ein solches Gerücht immer mehr an Boden gewann, wäre er verblüfft gewesen. Er bedauerte die Begegnungen, die er nach Verlassen des Alten Systems zweimal und so wenig erfolgreich mit anderen Maulwürfen gehabt hatte, weil er inzwischen zu der Überzeugung gekommen war, daß es im großen und ganzen besser sei, sich weiter versteckt zu halten.

Die erste Begegnung, mit dem Maulwurf an den Westhängen, war einfach ein Zufall gewesen. Er konnte nichts daran ändern. Die zweite war bedauerlicher, weil sie aus dem Wunsch entstanden war, nach einer so langen Isolation mit irgendeinem Maulwurf irgendwo wieder Verbindung aufzunehmen. Die beiden alten Ostseiter sahen nicht unfreundlich aus, und welch eine Erleichterung war es gewesen, wieder einmal die Maulwurfsprache zu hören. Es war fast, als höre er Hulver selbst sprechen, einen so gelehrten Eindruck machten sie. Und sie benutzten ein paar Worte der alten Sprache, die Hulver manchmal benutzt hatte. Angespornt durch dieses vielversprechende Verhalten und ihre offensichtliche Sanftheit, war er ins Freie gekommen, nachdem er ihnen eine Weile zugehört hatte, und hatte sich ihnen genähert. Als sie ihn mit der überlieferten Begrüßung anriefen, versuchte er so gut wie möglich zu antworten, aber, na ja, er wußte nicht so ganz, wie er auf ihre Frage, woher er komme, antworten sollte, und er war es ohnehin so wenig gewöhnt, mit einem anderen Maulwurf zu sprechen, ganz zu schweigen von mehreren, daß er über die Wörter stolperte. Sie sahen plötzlich verängstigt aus und liefen vor ihm davon, und er wandte sich um, um zu sehen, ob hinter ihm ein großer Maulwurf oder ein anderes Wesen stand, das sie bedrohte, weil ihm gar nicht klar wurde, daß er selbst es war, vor dem sie davonliefen.

Dieser Vorfall bekümmerte Bracken, weil er sich ausgeschlossen und einsam fühlte und weil seine Sehnsucht nach Begegnung mit einem anderen Maulwurf, irgendeinem, dadurch noch größer wurde. Der Gedanke, daß sie vor ihm davonliefen, kam ihm erst allmählich, als er sich an der Seite kratzte und fühlte, daß sein Fell noch immer lose um seinen hageren Körper hing, während die beiden älteren Maulwürfe so glatt und wohlgenährt ausgesehen hatten.

»Ich muß ja ein schöner Anblick sein«, flüsterte er vor sich hin, während er mit dem Rüssel erst seine Flanken und dann seine vernarbte Schulter abtastete und sich schließlich mit den Pfoten das magere Gesicht rieb.

Bracken wußte es nicht, aber er sah viel besser aus als damals, als er aus dem Alten System aufgetaucht war und begonnen hatte, in der wärmeren Luft und der wurmreicheren Erde auf der Oberfläche der Hänge zu leben. Aber während ein Maulwurf sich normalerweise sehr schnell von Verletzungen oder Krankheiten erholt und eine Änderung seines Befindens von Todesnähe bis zur völlig wiedererlangten Gesundheit eine Angelegenheit von wenigen Maulwurftagen ist, mag einer, der so krank war wie Bracken, an Körper und Gemüt, Maulwurfwochen oder sogar Maulwurfjahre brauchen, bis er wieder völlig hergestellt ist.

Aber körperlich zumindest machte er Fortschritte. In den Tagen, die dem bedrückenden Zwischenfall nahe der Ostseite folgten, machte er sich das Leben leicht, aß soviel er konnte, schlief viel und hielt sich versteckt. Er hatte noch immer den Wunsch, Verbindung zu einem anderen Maulwurf aufzunehmen, und je gesünder er sich fühlte, desto größer wurde der Wunsch. Aber seine gewohnte Vorsicht kehrte langsam zurück, und er nahm sich vor, beim nächsten Mal achtsamer zu sein.

Etwa am dritten oder vierten Septembertag kehrte er auf dem Weg, auf dem er gekommen war, in das Alte System zurück. Er hatte die Absicht, das Randgebiet der Tunnel an der Hangseite zu erkunden, so daß er, falls er noch einmal Kontakt zu einem Maulwurf aufnehmen sollte, eine gute Kenntnis der Haupttunnel des Systems haben würde und gegebenenfalls in ihnen Zuflucht suchen konnte.

Während dieser Zeit begann Bracken, seine ungewöhnliche Begabung – man könnte sie auch einmalig nennen – für das Erkunden und das Aufspüren von Wegen auszubauen. Er beherrschte bereits instinktiv die Kunst, die das Erkunden (die Fähigkeit, in kürzester Zeit in einem ausgedehnten System einen Ortssinn zu entwickeln) vom Sich-Orientieren unterscheidet, das die Einzelheiten von Tunnelverläufen nur in einem kleinen Gebiet erfaßt. Der Schlüssel zu dieser Kunst liegt darin, die Umrisse eines Systems zu erfassen, bevor man es im einzelnen erkundet, und das war es, was Bracken jetzt im Alten System tat.

Er wußte, daß das Alte System aus zwei Teilen bestand: nahe der Oberfläche gelegene Sommertunnel, die am Rand breiter waren und ein rundherumführendes äußeres System bildeten, das von allen Seiten auf einen Mittelpunkt ausgerichtet war, und eine Reihe tiefer gelegener Tunnel, wahrscheinlich viel älter, die ein sehr viel kleineres Gebiet umfaßten und in denen die Versorgung mit Nahrung wahrscheinlich eines der Hauptprobleme war, außer während der Winter-Maulwurfjahre, in denen die Würmer weiter nach unten drangen. Bracken vermutete, daß der große Gemeinschaftstunnel, den er zuerst von der Wand der Klippe aus betreten hatte, in einem weiten Kreis das ganze Sommersystem umfaßte, und diese Vermutung bestätigte sich bald, da er ihn von den Hängen bis zur Klippenseite führte. Der Tunnel verlor sich ein Stück weiter, als er sich an der Westseite nach Norden wandte, und Bracken machte sich nicht die Mühe, einen Weg durch die vielen Deckeneinstürze zu graben. Statt dessen folgte er dem Tunnel zurück, vorbei an den Hängen und nördlich von der Lichtung am Stein, wo der Tunnel auf seinem Weg um das ganze System herum weiterlief und sich wieder verlor, als er sich nach Süden wandte. Von diesem großen, im Kreise herumführenden Tunnel gingen mehrere Wege in das Zentrum ab.

Als erstes, so dachte Bracken, mußte er Mut fassen und in das tiefer gelegene System zurückkehren und sich zur Höhle der Düsteren Geräusche begeben und irgendwie an dem lange toten Maulwurf vorbeikommen – obwohl er große Angst davor hatte.

Aber vorher, beschloß er – vielleicht eher als eine Möglichkeit, den Tag hinauszuzögern, da er wieder zurück zu den tieferen Tunneln mußte –, wollte er herausfinden, welche Tunnel zwischen dem Gemeinschaftstunnel im Osten und den Hängen darunter lagen, bis wohin, hier und dort, das gegenwärtige Differenzsystem reichte. Sein Ziel, denn er hatte gern ein Ziel, war es, Hulvers Tunnel zu finden, da er überzeugt war, daß die versperrten Tunnel, die er dort gesehen hatte und die ihn vor Rätsel gestellt hatten, hinauf zum Alten System führten. Dort, wo Hulver gelebt und sich so sehr bemüht hatte, ein lebendes Bindeglied zwischen dem Alten und dem Neuen zu bilden, mußte auch die räumliche Verbindung liegen. Bracken wollte dies nachweisen, bevor er sich anderen Dingen zuwandte.

Während dieser Zeit von etwa einer Maulwurfwoche begann Bracken eine andere seiner großen Begabungen für das Erkunden und Aufspüren von Wegen auszubauen. Seine zufällige Entdeckung, daß ein Maulwurf mit Hilfe von Geräuschen eine Reliefwand »sprechen« lassen kann, ließ ihn über die Möglichkeit nachdenken, Geräusche auch an gewöhnlichen Wänden in gewöhnlichen Tunneln zu benutzen.

In einem gewissen Ausmaß tat er das natürlich schon, wenn er zum Beispiel den Widerhall seiner Pfotentapser von einer Wand vor ihm benutzte, um abzuschätzen, wie weit es noch bis zur Wand war. Aber bis jetzt hatte er das nur in den Tunneln getan, die er kannte, und die Erde im Differenzsystem war zu weich und schallschluckend, als daß Maulwürfe an ihr diese Technik sehr hätten verfeinern können. Aber hier oben war die Erde härter und reagierte viel mehr auf Geräusche und Vibrationen, und jetzt machte Bracken sich an die Auswertung dieser Erkenntnis. Er verbrachte viel Zeit damit, verschiedene Geräusche an bestimmten Tunnelstrecken auszuprobieren, und lernte, den Tunnel nach dem Geräusch, das er zurückschickte, zu lesen. Ein gerader Tunnel, der in einer T-Kreuzung einmündete, schickte ein viel deutlicheres Signal zurück als ein ähnlicher Tunnel mit einfachen Abzweigungen. Weichere Erde, von der es im Alten System Einschlüsse gab, waren weniger ergiebig als härterer Boden, und man mußte tiefere Töne benutzen, um ein möglichst großes Echo zu erhalten. Verschiedene Geräusche mußten angewendet werden, um sogar aus den klar tönenden Tunneln ein Höchstmaß an Informationen zu bekommen; ein zu scharfer Ton etwa kam aus einem reagierenden Tunnel so schnell zurück, und sein Echo wiederholte sich so oft, daß es in seinem eigenen Widerhall unterging und die Information nicht mehr verwertbar war.

So fuhr Bracken mit seinen Erkundungen fort, prüfte die Wirkung verschiedener Geräusche, versuchte es mit unterschiedlichen Klopf- und Kratztönen seiner Pfoten und machte genug Lärm, um ein ganzes Maulwurfsystem in Schrecken zu versetzen, von einem einzelnen Maulwurf gar nicht zu reden – wenn Maulwürfe dagewesen wären. Aber Bracken kam es so vor, als würde nie ein Maulwurf in dieses Gebiet vordringen, und im Schutze dieses Gefühls der Einsamkeit (wenn er es auch oft als einen Fluch betrachtete) summte, sondierte, kratzte und klopfte er weiter und machte aus der Kunst der Erkundung eine Wissenschaft.

Während er die äußeren Tunnel in Richtung auf Hulvers altes System durchstreifte, kam es ihm nicht in den Sinn, daß ein anderer Maulwurf dort eingezogen sein könnte. Doch es war so. Es war ein Weibchen, und sie hieß Ruta, und früher hatte sie kräftige Junge geboren. Dann war eines schrecklichen Tages im Frühsommer Mandrake selbst in ihren Bau eingedrungen und hatte sie aus ihren gemütlichen Tunneln jenseits von Barrow Vale, in denen sie seit Maulwurfjahren lebte, hinausgeworfen, um Platz zu schaffen für seine liebe Tochter Rebekka.

Ruta hatte keine Chance und glaubte Mandrake, der drohend knurrte, wenn sie sich auch nur auf Rebekkas Territorium zeigte, oder in der Nähe von Barrow Vale, würde er sie zum Krüppel machen oder töten.

Sie war ohnehin schon bedrückt wegen ihrer Unfähigkeit, in diesem Frühling Junge zu werfen, obwohl sie sich mehrere Male gepaart hatte. Die Schreie anderer Jungtiere brachten sie aus der Fassung, und nach und nach stellte sie fest, daß sie immer weniger aß und nicht mit dem Herzen dabei war, wenn sie ihre Baue und Tunnel aufräumte, obwohl sie von Natur aus sehr ordentlich war.

Ohnehin schon mutlos, leistete sie Mandrake keinen Widerstand und wurde so ein weiteres Opfer seiner nicht voraussagbaren Launen. Ruta mußte plötzlich mit der neuen Generation von Jungwürfen um ein Territorium kämpfen. Sie war zierlich, und da sie ursprünglich von der Ostseite stammte, war sie auch keine kämpferische Natur. Sie war gewiß nicht schwach, nicht einmal besonders sanftmütig, wie einige der Maulwürfe von der Ostseite, aber sie war den kräftigeren Duncton-Maulwürfen nicht gewachsen. Das Tunnelnetz, das sie sich erobert hatte und das jetzt von Rebekka übernommen worden war, lag zwischen zwei größeren, die stärkeren Maulwürfen gehörten, und war in gewisser Weise neutrales Gebiet – vielleicht war das der Grund, warum sie sich dort so lange hatte halten können.

Mai, Juni und Juli waren ein langer böser Traum für Ruta, die sich ihre Nahrung zusammensuchen mußte, wo sie nur konnte. Nachdem Mandrakes Drohung sie von ihren Freunden und dem Gebiet, das sie kannte, abgeschnitten hatte, wurde sie hager und ungepflegt, und in ihren Augen entstand der Ausdruck eines Weibchens, das vor dem Untergang steht, das einer partnerlosen Zukunft und einem Tod auf fremdem Territorium entgegensieht. Sie hätte sich zum Marsch-Ende aufmachen können, in die Nähe des Ortes, wo sie aufgewachsen war, aber das lag viele Maulwurfjahre zurück, in einer Zeit, an die sie schon seit langem nicht mehr dachte, und in ihrer augenblicklichen Verfassung schien das ein riskantes Unternehmen zu sein. Und Marsch-Ender halten nicht viel von Fremden. Von einem Tunnel zum nächsten getrieben, mehr als einmal nur mit Mühe mit dem Leben davongekommen – so wirklich sind die Gefahren für einen alternden Maulwurf, der Territorium und Wohlwollen verloren hat –, befand sie sich im August auf ihrem langsamen Weg zu dem einen Ort, wo alte Maulwürfe eine zeitweilige Sicherheit und eine vage Hoffnung finden können, bevor die Schatten des Alters sich auf sie legen: die Hänge.

Für jüngere Maulwürfe hat der Name einen schrecklichen Klang, denn er läßt sie an die Möglichkeit denken, daß auch sie eines Tages aufwachen könnten mit Schmerzen im Rücken und in den Schultern und feststellen müssen, daß sie sich nicht mehr so flink wie einst bewegen können, oder nicht mehr so gut hören. Aber Ruta war noch weit entfernt von diesem Stadium, obwohl sie nach dem äußeren Eindruck so wirken mochte.

Sie wühlte auf der stillen Oberfläche der Hänge, voller Furcht vor den Eulen, die angeblich in den Höhen über ihr jagten, lief von provisorischem Versteck zu provisorischem Bau, stieß auf aggressives Verhalten bei ein paar Hangbewohnern, deren Tunnel sie durchquerte, bis sie eines Tages an einen Tunnel kam, der leer und verlassen roch.

Es war ein Ausläufer von Hulvers altem System und von keinem Maulwurf bezogen worden, seit Hulver es im Juni für immer verlassen hatte.

Sie wartete drei Maulwurftage lang in der Nähe, mit gesenktem Rüssel, und lauschte angespannt, um festzustellen, ob es in der Gegend einen Maulwurf gab. Dachse hörte sie, auf dem höckerigen Boden irgendwo in Richtung Ostseite. Krähen hörte und sah sie. Ein Fuchs strich ganz in der Nähe vorbei, aber sie roch ihn lange bevor er auftauchte und machte sich nicht einmal die Mühe, sich zu verstecken, wie Jungwürfe es oft taten, bevor sie lernten, daß ein Fuchs einen Maulwurf nicht anrührt. »Ein Fuchs kann sein des Maulwurfs bester

Freund, wenn sein Weg sich mit dem unsern eint«, hieß es in dem alten Sprichwort der Ostseite, das sie als Junges gelernt hatte. Der Fuchs schnüffelte ein wenig herum und machte sich leise davon.

Sonst war nichts zu hören. So machte sich Ruta nach drei Tagen ängstlich auf den Weg zu Hulvers alten Tunneln. Ringsum war die Leere zu riechen. »Oh!« seufzte sie, obwohl sie kaum wagte, Erleichterung in ihrer Stimme zu zeigen.

Plötzlich kühn geworden, schoß sie in den Tunneln hierhin und dorthin und erschnüffelte Tunnel für Tunnel, lief von Bau zu Bau. Am Ende eines Ganges nahm sie die Witterung eines Wiesels wahr, nur schwach, aber sie sperrte ihn trotzdem ab.

Noch wagte sie es nicht, dort unten zu essen, darum suchte sie sich ein paar Würmer und vertilgte sie in der Nähe in einem provisorischem Bau auf der Oberfläche. Dann kehrte sie in die Tunnel zurück und schloß ihre Erkundung ab, wobei sie schließlich auch den Hauptbau fand, in dem Bracken so jämmerlich gehockt hatte, nachdem Hulver zum Juni-Ältesten-Treffen aufgebrochen war, und der zu ihrem Entzücken genauso verlassen war wie alles übrige. Ja, obwohl an ein oder zwei Tunnelkreuzungen etwas Staub beseitigt werden mußte und das Nestmaterial alt war, erschien die ganze Anlage Rutas müden Augen so leuchtend wie Primeln, und sie spürte eine friedliche Atmosphäre, die, das konnte sie nicht wissen, eines der Vermächtnisse des alten Hulver war.

Ruta war außer sich vor Freude. Ihr ganzes Erscheinungsbild veränderte sich von dem eines zusammengekrümmten, alternden Maulwurfs, der sie fast geworden wäre, zu dem eines, der voller Freude sein eigenes Heim betrachtet und etwas hat, um das er sich kümmern kann. Sie begann sogar ein Lied zu singen, wie es diese Tunnel – und die meisten anderen an den Hängen – seit Generationen nicht mehr gehört hatten, das Lied, das ein weiblicher Jungwurf herkömmlicherweise singt, wenn sie, nachdem der Sommer vergangen ist und der Herbst anfängt, ein eigenes Heim gefunden hat, in das sie sich den Winter über zurückziehen kann:

»Ruta fand ein schönes Heim,
Ruta hat ein Nest.
Sonne, Mond und Sterne, seht,
Ruta hat ein Nest.«

Dann machte sie sich daran, das Nestmaterial zu ersetzen, ein paar Eingänge abzustützen und, als wichtigstes von allem, Ausschau nach den besten Futterplätzen zu halten, und während der ganzen Zeit hielt sie den Schwanz höher, als sie es seit Maulwurfmonaten getan hatte.

Drei Maulwurfwochen später, als der September schon lange begonnen hatte und die Blätter der Buchen draußen auf der Oberfläche mit Herbstanfang allmählich trocken und schlaff wurden, hatte Bracken eine Antwort auf die Frage gefunden, welcher Tunnel in Hulvers System hinunterführte. Er war auf Schwierigkeiten gestoßen, weil es so aussah, als ob die Tunnel hier absichtlich kompliziert angelegt worden seien, aber langsam und mit Hilfe gelegentlicher Abstecher an die Oberfläche fand er die richtige Richtung, bis die ganze Anlage ihm klar wurde und er den Tunnel entdeckte, der geradewegs die Hänge hinunterführte, zu der Stelle, wo Hulvers System begann – oder aufhörte, je nach der Rüsselrichtung.

Bracken hatte inzwischen die Fertigkeit, mit Hilfe der Raumerkundung durch Geräusche festzustellen, was vor ihm lag, fast zu einer Wissenschaft entwickelt, und als er sah, daß der Tunnel in der für die unteren Hänge typischen weicheren Erde lag, stieß er einen tiefen, dröhnenden Ruf aus, der weit hallte und in dieser Erde ein gutes Echo brachte.

Das Echo, das er erhielt, war das, auf das er gehofft hatte, ein klarer Widerhall, wenn auch in weiter Ferne. Es bedeutete, daß der Tunnel in eine Sackgasse auslief, deren Ende die Absperrung war, die er von der anderen Seite in Hulvers Tunnel gesehen hatte. Er lief den Tunnel weiter hinunter und schrie gelegentlich und überflüssigerweise laut auf, aus reiner Freude, daß er endlich den Weg rings um das Alte System gefunden und nachgewiesen hatte, dessen war er fast sicher, an welcher Stelle es mit dem gegenwärtigen Technik Punctonsystem Berührung hatte. Dies war für Bracken ein wichtiger Augenblick, nicht so sehr, weil er den Wunsch hatte, sich in das gegenwärtige System zu begeben, sondern eher, weil damit das seit seiner Jungwurfzeit gehegte Verlangen gestillt wurde, zu begreifen, in welchem geographischen Verhältnis das Alte System zu seiner Umgebung lag. »Wo ist das Alte System, wo fängt es an, und bis wohin geht es?« hatte er Burrkopf einmal gefragt. Jetzt würde er es erfahren.

Er lief weiter den Tunnel hinunter und war beinahe so aufgeregt, wie damals, als er den Stein zum erstenmal sah. Bald hörte er das Echo seiner Pfotentapser zurückkommen, Pitter Pat Pat Patter, Pitter Pat Pat Patter, in einer immer schnelleren Reihenfolge leiser Geräusche, je näher das Ende des Tunnels kam, das endlich direkt vor ihm sichtbar wurde. Als er es erreicht hatte, stieß er einen Freudenschrei aus, denn sicher stimmte die Größe des Tunnels, stimmte die Richtung ... Jetzt ging es nur noch darum, einen Weg zur anderen Seite zu finden, ohne Spuren zu hinterlassen, auf die ein Duncton-Maulwurf irgendwann in der Zukunft einmal stoßen könnte.

Das Echo seines Schreis hallte zurück und an ihm vorbei den Tunnel hinauf, den Bracken gerade heruntergelaufen war, wo es sich in der Dunkelheit ständig wechselnder Luftströmungen verlor. Der Tunnel war hier voller Staub, und er sah sofort, daß die Absperrung genauso war, wie sie auf der anderen Seite erschien: festgestampfte Erde. Er war am Ziel! Wieder lachte oder schrie er vor Freude und kauerte sich zufrieden und erleichtert auf den staubigen Boden des Tunnels.

Und Ruta hörte es. Sie dachte, sie habe schon vorher Geräusche gehört, ferne Geräusche wie von einem Maulwurf, der lief und brüllte, Geräusche, die nicht aus ihren Tunneln kamen. Sie war umhergelaufen, um festzustellen, woher sie kamen, entschlossen, bis zum Ende um die Tunnel zu kämpfen, die sie unter so großen Schwierigkeiten gefunden hatte und unter keinen Umständen aufgeben würde. Vor drei Maulwurfwochen noch, als sie gerade hier angekommen war, wäre sie vielleicht nicht so entschlossen gewesen. Aber jetzt war sie wieder stark, und obwohl die Tunnel nicht zu vergleichen waren mit dem Tunnelnetz, aus dem Mandrake sie vertrieben hatte, zumindest was die Nahrung betraf, gehörten sie ihr. Sie hatte sie gemütlich gemacht für den bevorstehenden Herbst, und es roch angenehm in ihnen nach dem Nestmaterial, das sie hereingeholt hatte, und raschelte von den Buchenblättern. Ihr Vorratslager war wohlgefüllt mit Würmern, und sie hatte überall saubergemacht. Es gehörte ihr, und nichts konnte sie vertreiben.

Die Geräusche kamen nicht von der Oberfläche, wo sie in der Nachtluft ergebnislos schnüffelte und lauschte. Unten lauschte sie von neuem und hörte in ihren Tunneln deutlich das Geräusch von Brackens sich nähernden Pfoten, leise, aber beharrlich. Sie eilte umher und schloß einen Tunnel nach dem anderen als Ursache aus, bis sie an den alten, halbfertigen Tunnel kam, der hinter ihrem Bau lag und hinauf zu den oberen Hängen führte. Das Geräusch schien von dort zu kommen. Sie ging sehr, sehr unschlüssig darauf zu, denn weil es eine Sackgasse war, würde das Wesen, das sich dort befand, kämpfen müssen, und einen Kampf sollte man nach Möglichkeit vermeiden.

Das Geräusch wurde deutlicher ... Pitter Pat Pat Patter, Pitter Pat Pat Patter ... ein Maulwurf, der lief. Mit Sicherheit ein Maulwurf, der lief. Ruta zitterte vor Unruhe, als sie sich dem Tunnel näherte und die glatte Wand hinaufblickte, die an dieser Seite mit einer dünnen Schicht getrockneten Schlamms bedeckt war.

Die Geräusche kamen von jenseits ihrer Tunnel. Von den höheren Hängen. Aus der Richtung des Alten Systems. Rutas Augen weiteten sich, und sie wartete, ohne zu wissen, was sie tun oder wie sie vorgehen sollte. Wie konnte sie einen Feind bekämpfen, der unsichtbar war?

Jenseits der Wand hatten die Pfotentapser aufgehört. Sie hörte ein triumphierendes Rufen oder Lachen – sie wußte nicht, ob das eine oder das andere – und dann, wie ein Körper sich auf dem Boden niederließ. Sie hörte es nicht nur, sie fühlte auch die Vibration. Das Herz schlug ihr bis zum Hals, während sie mit leicht geöffnetem Maul wartete. Hinter ihr schienen ihre hellen Tunnel, ihr gemütliches Heim, dunkler und trüber zu werden, und sie fragte sich, ob sie nicht lieber doch die Flucht ergreifen sollte.

Ruta wartete in der Stille, die sich jetzt in den Tunneln ausbreitete, während Bracken auf der anderen Seite der Wand wieder zu Atem kam. Sie wußte, daß die kleinste ungeschickte Bewegung von ihr Vibrationen aussenden würde, vielleicht sogar ein Geräusch, die zu dem Wesen auf der anderen Seite dringen würden.

Bracken schaute sich voller Freude um und dann hinauf zu der kunstlosen Wand, die das Ende des Tunnels bildete. Es sah aus wie eine Schicht kompakter und festgestampfter Erde und würde ihn jetzt, da er soviel von seiner Gesundheit und körperlichen Kraft wiedererlangt hatte, sicher vor keine großen Probleme stellen. Er wollte nicht die ganze Wand niederreißen, da kein Maulwurf wissen sollte, was auf dieser Seite lag. Aber er hatte die Absicht, ein Loch zu graben, das groß genug war, um hindurchzuschauen, damit er ganz sicher sein konnte, daß sich hier die beiden Systeme trafen. Er würde also ein Loch schaufeln, sich dann zur Oberfläche durchgraben, Hulvers Tunnel wieder betreten und von der anderen Seite bis zur Absperrung vordringen, um ihre Lage in den Tunneln zu bestätigen.

Er erhob sich, stellte sich vor die glatte Fläche der Wand, breitete in einer frohlockenden Geste seine Krallen weit aus, so hoch, wie er konnte, schlug sie krachend in die Wand und riß diese von oben nach unten auf. Der Lärm, der folgte, war unbeschreiblich schrecklich. Denn was weder Bracken noch Ruta, die so nahe auf der anderen Seite kauerte, wußten: die Wand bestand in Wirklichkeit aus massivem Feuerstein, der nur mit einer dünnen Schicht von Schutt und Erde bedeckt war. Brackens Krallen durchschnitten mit Leichtigkeit die dünne Schicht seit langem ausgetrockneter Erde und kratzten an dem darunterliegenden Stein mit einem so kreischenden Kratzen entlang, daß es sich anhörte, als flögen eine Million Schwarzdorne durch die Luft.

Die Erde fiel vor Bracken hinunter und legte den großen Feuerstein frei, und er mußte sich die Ohren mit den Pfoten zuhalten, um das schreckliche Geräusch, das er verursacht hatte, auszusperren.

Auf der anderen Seite hörte auch Ruta das schreckliche Geräusch, und es klang für sie wie eine Eule, die ihre Beute tötet. In diesem Augenblick vergaß sie all ihre Vorsätze, zu bleiben und ihr Territorium zu verteidigen. Sie wußte nur, jenseits der Absperrung konnte ein Maulwurf Eulen erscheinen lassen, die ihre Opfer ankreischten. Sie wandte sich voller Angst ab und flüchtete aus ihrer neuen Behausung, verzweifelt bestrebt, sich bis zum Gemeinschaftstunnel in Barrow Vale durchzuschlagen, wo sie, wenn sie es bis dorthin schaffte, ihre

Geschichte von dem gräßlichen Maulwurf aus dem Alten System erzählen konnte, und von der Eule, die auf seinen Befehl zu kreischen schien.

Sie konnte nicht ahnen, welche Wirkung die Geräusche ihrer Flucht auf Bracken haben würden. Seine Krallen brannten noch von der Berührung mit dem unüberwindlichen Feuerstein, und das Geräusch verklang allmählich, als er einen Maulwurf auf der anderen Seite flüchten hörte.

Nichts hätte ihn so eindringlich wie dieser Feuerstein davon überzeugen können, daß hier das Alte System aufhörte – oder begann, je nachdem, von welcher Seite ein Maulwurf kam. Nichts hätte ihm so überzeugend wie dieser Maulwurf, der wiederum vor ihm flüchtete, obwohl er keine bösen Absichten hatte, klarmachen können, daß das Differenzsystem, in dem er aufgewachsen war, ihn für immer von sich gestoßen hatte. Es war nicht mehr sein System. Es gehörte nicht dazu. Er gehörte jetzt zum Alten System, und nur zu ihm. Die Tunnel des Alten Systems, seine wurmlosen Tiefen, seine unergründlichen Geheimnisse, seine bedrückende Isolation und Einsamkeit gehörten ihm, waren sein Territorium.

Seine Stimmung schlug von Jubel in düstere Verzweiflung um. Er musterte den großen Feuerstein und wußte, der Versuch, einen Weg um ihn herum zu graben, würde sinnlos sein. Immerhin konnte er wenigstens nachweisen, daß die Absperrung in Hulvers alten Tunneln sich dort befand, wo er sie vermutete, und vielleicht ein paar Tage dableiben, oder so lange, bis der Maulwurf, der davongelaufen war, zurückkam. Wenn er kam, würde Bracken sich mit Anstand zurückziehen. Im Augenblick jedoch brachte er es einfach nicht fertig, sich wieder ins Alte System zu begeben. Obwohl es jetzt sein Zuhause war, war es zu einsam, als daß er es schon ertragen konnte.

KAPITEL 13

Als Ruta plötzlich eines Morgens in Barrow Vale auftauchte, verängstigt, zerzaust und mit einer echten Gruselgeschichte, wurde aus dem Gerücht von einem Riesenmaulwurf im Alten System eine handfeste Tatsache. Zufällig kam sie zu einer Zeit, als sowohl Mandrake als auch Ruun im System unterwegs waren, so daß sie die Neuigkeit erst erfuhren, nachdem Ruta die Geschichte jedem Maulwurf erzählt hatte, der sie hören wollte, und alle wollten das.

Aber die Geschichte brachte nicht nur Mandrake und Ruun eilends zurück nach Barrow Vale; sie lockte auch Rebekka an, die seit ihrer Begegnung mit Rose viel selbständiger geworden war. Vielleicht hing es auch damit zusammen, daß sie jetzt ihre eigenen Tunnel hatte, denn sie schien alle Befangenheit abgeworfen zu haben, die Mandrakes Schikanen und Verhaltensregeln ihr auferlegt hatten, und begann, ihr Leben mit einer Freude und einem Mut zu leben, wie es bei Weibchen aus Duncton selten war. Wenn Lachen in dem System erklang, schien es aus ihren Tunneln zu kommen, wenn es Tränen gab, war es ihr Bau, wo ein Maulwurf Trost finden konnte, wenn Maulwürfe ein Fest feierten, war es bei Rebekka.

Nie war sie absichtlich ungehorsam gegenüber Mandrake, von dem sie zum Erstaunen aller, die sie kannten, nie in harten oder schroffen Tönen sprach. »Ich liebe ihn«, erklärte sie, als könne eine solche Liebe die vielen Grausamkeiten und Unfreundlichkeiten verzeihen, mit denen er sie, wie das ganze System wußte, überschüttet hatte. Mandrakes Einstellung zu ihr schien Rebekka nicht im mindesten zu beeinflussen. Aber wie groß ihre Liebe zu ihm auch sein mochte: Ihre Liebe zum Leben und ihre Lebenslust waren größer. Es war, als würde sie von einer Lebensfreude und Liebe getrieben, der sie völlig machtlos gegenüberstand, und jeder Maulwurf, der mit ihr in Berührung kam, geriet in ihren Bann und wurde mitgerissen. Sie schien nicht nur Maulwürfe zu beeinflussen, sondern auch andere Tiere und Pflanzen, was Maulwürfe wie Mekkins, der sich angewöhnt hatte, sie zu besuchen, bald bemerkten. Die Bäume, die Pflanzen, die Geschöpfe des Waldes – alle schienen in der Nähe von Rebekkas Tunneln strahlender und glücklicher. Es war ihr Territorium, wo die Nachtigall sang, ihr Territorium, wo die Sonne schien, und an keinem anderen Ort blühten die Waldveilchen im Sonnenschein so lieblich.

Und Rebekka selbst sah aus wie das blühende Leben. Ihr Pelz war dicht und schimmernd und fing auch die zartesten Lichtabstufungen einer Morgendämmerung im Sommer auf, und im vollen Sonnenlicht sah er wunderschön warm und dunkel aus. Sie war seit dem Frühling gewachsen und groß für ein Weibchen, so groß wie einige der kleineren Männchen, und obwohl sie nicht die Anmut ihrer Mutter Sarah besaß, war sie viel weiblicher als diese.

Sie spielte irgendein wildes Spiel und rief plötzlich: »Seht nur!« und zeigte auf eine Geißblattranke oder einen dahinhastenden Käfer, deren Schönheit und Lebendigkeit ihr aufgefallen waren, und solche Eindrücke schien sie immer mit anderen teilen zu wollen. Aber vielen war ihre Begeisterung fast peinlich in ihrem Überschwang, denn gehörte es sich für einen erwachsenen Maulwurf, so viel zu tanzen und zu spielen?

So war Rebekka manchmal, wenn sie am Abend ganz allein und still dalag oder am frühen Morgen die Veränderung des Lichts beobachtete, von einer zarten Traurigkeit umgeben, die sie selbst kaum bemerkte, und wenn sie sie bemerkt hätte, wäre ihr die Ursache verborgen geblieben. In ihren Träumen wünschte sie sich manchmal, sie würde einen Maulwurf kennenlernen, der mit ihr spielen und tanzen und sie zum Lachen und Singen bringen würde mit der gleichen Hingabe ans Leben, die sie für andere hatte.

Es gab nur zwei Maulwürfe, die diese heimliche Traurigkeit in ihrem Leben erkannten. Einer war Sarah, jetzt eher Freundin als Mutter, die manchmal, obwohl sie ruhiger als Rebekka war, kichern konnte wie ein Jungwurf, wenn die beiden in ihren Späßen aufgingen. Der andere war Mekkins, der seit dem Julitag, an dem er eine so tiefe Zuneigung zu ihr faßte, oft bei ihr vorbeigeschaut und im Sommer einige Zeit in der Nähe ihres Baues verbracht hatte. Unter all den Männchen, die sie kannte, war er derjenige mit der größten Lebenskraft, der einzige, dessen Verstand scharf genug und dessen Sinn für Humor groß genug war, und der soviel Lebenserfahrung hatte, daß sie in seiner Gegenwart eine Erweiterung ihrer eigenen Persönlichkeit spürte, wie sie sie bei den anderen nicht empfand. Sie liebte seine Marsch-Ender-Sprache und seine Respektlosigkeit.

Merkwürdigerweise waren es diese beiden, die Rebekka mehr als alle anderen liebten und gern hatten, die am wenigsten beunruhigt waren über die Veränderung, die Ende August mit ihr vorging. Sie wurde unruhig und blieb oft tagelang unten in ihrem Bau, freute sich nicht über die blasser werdende Sommersonne, hatte keinen Spaß daran, als die Stare und Tauben sich versammelten, die Vorboten des Herbstes. Zum erstenmal, seit sie den heimischen Bau verlassen hatte, wurde sie ärgerlich über andere Maulwürfe und fauchte sie an, wenn sie zu nahe kamen oder (wie sie es vorher oft getan hatten) mit ihrer guten Laune und ihrer Großzügigkeit rechneten. Manchmal versteckte sie sich, wenn sie einen anderen Maulwurf kommen hörte, und gab keine Antwort auf seine Rufe.

Aber Sarah und Mekkins verstanden auf ihre unterschiedliche Art, daß Rebekka einen Gefährten brauchte, oder besser eine Paarung und einen Wurf Junge, da die Maulwürfe von Duncton sich selten länger als während einiger Tage paaren.

Als Mandrake ihr im Frühling verbot, in die Nähe eines Männchens zu gehen, hatte sie sich nach einem Gefährten gesehnt und danach, das geschäftige Leben zu teilen, das sie um sich herum sah, nach dem Gefühl von Jungen in ihrem Bauch und der Freude, Jungwürfe in ihren Tunneln zu sehen. Im frühen Juni hatte es Zeiten gegeben, da die Geräusche von anderen Weibchen mit ihren Jungen ihr das Gefühl gaben, beraubt und verlassen zu sein. Aber diese Gefühle waren verblaßt, als der Sommer fortschritt, bis Anfang September dieses viel stärkere und klarer definierte Verlangen nach einem Gefährten sie ergriff.

Dann erinnerte sie sich manchmal voll dunkler Erregung an die Zeit, als

Ruun ihr durch die Tunnel gefolgt war, sie gejagt hatte und sie sich fürchtete, da sie wußte, was er wollte. Sie haßte ihn, und doch (und das konnte sie nicht verstehen) kam ihr immer wieder die heimliche Erinnerung an sein Werben in den Sinn, dem Mandrake ein Ende gemacht hatte, und die Erinnerung an die dunkle, selbstsichere Bösartigkeit Ruuns.

Es war Mekkins, der ihr Mitte September die aufregende Neuigkeit brachte, daß der Steinmaulwurf, wie die Ostseiter ihn zuerst genannt hatten, von einem Weibchen namens Ruta gesehen worden sei, die in genau diesem Augenblick jedem Maulwurf in Barrow Vale darüber berichtete.

»Ist natürlich nichts als dummes Zeug. Kann doch gar nicht stimmen, oder? Ich meine, du brauchst nur mal einen Blick auf dieses Weibchen zu werfen, und ich hab sie gesehen, um festzustellen, daß sie ängstlich wie ein Jungwurf ist und eine Haselmaus für ein Ungeheuer halten würde. Sie sagen, sie hat schlimme Zeiten hinter sich . . .« Mekkins wußte ganz genau, daß es Ruta gewesen war, die Mandrake aus eben diesen Tunneln hinausgejagt hatte, um Platz für Rebekka zu schaffen, aber da er Rebekka kannte, war ihm völlig klar, wenn sie es wüßte, würde sie die erste sein, die ungestüm davonliefe, um Ruta ihre Tunnel wieder anzubieten. Rebekka würde im Lauf der Zeit noch lernen, daß es Dinge gibt, an denen ein Maulwurf nicht viel ändern kann.

Mekkins fuhr fort: »Jedenfalls ist dadurch das Gerücht vom Steinmaulwurf zum Gesprächsthema Nummer eins im ganzen verdammten System geworden.« Er lachte, und Rebekka stimmte in sein Lachen ein.

Rebekka glaubte, daß Bracken der Steinmaulwurf war, mit einer Überzeugung, die aus ihrer Begegnung mit Hulver kurz vor dem Ältesten-Treffen im Juni kam. Und was Mekkins betraf, so glaubte er es beinahe auch; zumindest brachte Rebekkas Gewißheit ihn dazu, keinen Anteil mehr zu nehmen an der Verbreitung der Gerüchte über den Steinmaulwurf, und die meisten dieser Gerüchte als den Unsinn zu erkennen, aus dem sie wirklich bestanden. Diese Fähigkeit zur Objektivität auf einem Gebiet, das fast jeden Maulwurf erregte, war vielleicht ohnehin typisch für Mekkins, denn er hatte seine außergewöhnliche Position als Puffer zwischen den Marsch-Endern und dem Hauptsystem allein durch seine Selbständigkeit im Denken und Handeln behaupten können. Er war vielleicht der einzige Maulwurf im System, den keinerlei Furcht vor Mandrake korrumpiert hatte.

Es waren die Ostseiter gewesen, die als erste das, was im Alten System geschah, dem ›Steinmaulwurf‹ zugeschrieben hatten. Mekkins erzählte Rebekka die Geschichte und sah mit Entzücken, welche Freude es ihr bereitete, ihre Überzeugung, daß Bracken noch lebte, bestätigt zu sehen. Es verwirrte ihn, daß das Schicksal eines Maulwurfs, den sie nie gesehen hatte, sie so beschäftigte, aber Rebekka, nun, sie beschäftigte sich so begeistert mit so vielen Dingen, daß eines mehr einen nicht überraschen sollte. Und sie hatte geschildert, welchen Eindruck die Unterhaltung mit Hulver auf sie gemacht hatte.

Von da an überbrachte er ihr die »Neuigkeiten« vom Steinmaulwurf, wie sie hereinkamen, und es gab viele davon. Nichts unterstrich den moralischen Verfall im System unter Mandrakes Sklaverei so sehr wie die allgemeine Bereitschaft zu glauben, daß alles Ungewöhnliche, was im System geschah, Werk des Steinmaulwurfs war. Es war, als suche das ganze System nach einem Erlöser, wenn es auch nur ein erfundener war, der sie von Mandrake und seinen Maullangern befreien würde. Wenn unter einem Baum ein vom Wind abgerissener Ast gefunden wurde, war er vom Steinmaulwurf gefällt worden, wenn ein Dachs unten im feuchten Boden nahe der Marsch von seiner Fährte abgekommen war, hatte der Steinmaulwurf seinen Weg gekreuzt, wenn Wiesel miteinander kämpften und auf dem Boden ein großes Durcheinander hinterließen, war es natürlich der Steinmaulwurf gewesen!

Mekkins und Rebekka lachten miteinander über diese Geschichten, denn sogar Rebekka konnte bei aller Bereitschaft, ihre Hoffnungen bestätigt zu finden, nicht alles glauben, nicht bei einem Ratgeber, der so skeptisch war wie Mekkins.

Aber auch Mekkins war erstaunt über etwas, das nur wenige Tage vor Rutas Ankunft geschehen war und eine fast vollkommene Einleitung zu ihrem Bericht von Gewalttätigkeiten lieferte. Eines Nachts hatte man drüben, wo die Westseite an die Wiesen grenzte, spät in der Nacht Kreischen und schauriges Knurren gehört wie von zwei Lebewesen, die im Kampf ineinander verstrickt waren. Es zerriß die Stille des Waldes, und viele Maulwürfe zitterten, als sie die unheilvollen Geräusche in ihren Bauen hörten.

Bei Anbruch der Dämmerung wurde es endlich wieder still, und ein paar mutige Westseiter, deren Baue in der Nähe lagen, krochen hinaus und fanden im kalten, trüben Licht des frühen Morgens vom Zaun einer Wiese den schlaffen Körper einer gewaltigen Eule herunterhängen, brutal zu Tode gekommen. Einer ihrer Flügel war im Stacheldraht des Zaunes hängengeblieben, und der Leichnam hing von dort hinunter auf den Boden, die Fänge gekrümmt und tot. Eines der Augen war weit geöffnet, sein gelber Glanz von einem leblosen, durchsichtigen Schleier überzogen. Bauch und Hals waren mit geronnenem Blut bedeckt, und die einzige Bewegung kam von der Innenseite der Beine her, wo die weichen flaumigen Federn in der Morgenbrise bebten, wenn sie nicht steif von getrocknetem Blut waren.

Burrkopf wurde herbeigerufen, und er schickte sofort Maullanger aus, um Mandrake und Ruun zu holen, denn eine tote Eule ist ein seltener Anblick für einen Maulwurf und etwas, das die Ältesten sehen sollten. Und es sprach sich schnell herum, daß der Steinmaulwurf eine Eule getötet hatte!

Der einzige Maulwurf, den der Anblick nicht sichtlich mitnahm, war Mandrake; selbst Ruun schien aus der Fassung gebracht, warf dem Leichnam nur einen Blick von der Seite zu und zeigte sich nicht bereit, näher heranzugehen. Mandrake bezweifelte, daß die Eule überhaupt von einem Maulwurf getötet worden war; die Beschreibung des schaurigen Knurrens, das gehört worden war, vermutlich Laute, die von dem erfolgreichen Gegner der Eule stammten, hörte sich für ihn ganz nach einer verwilderten Katze von einem Bauernhof an. Doch dann fiel ihm ein, und er blickte verächtlich auf die armseligen Duncton-Maulwürfe, die um ihn versammelt waren, daß dieser Haufen noch nie einen Bauernhof gesehen hatte, geschweige denn eine Hauskatze. Sie hatten ja ihr eigenes System noch nie verlassen.

Aber er sagte nichts; er verfolgte seine eigene Strategie im Umgang mit dem Gerücht vom Steinmaulwurf, und diese Strategie baute darauf auf, die Angst und das Entsetzen so lange zu nähren, bis er die Zeit für gekommen hielt, einen Ausflug zum Alten System zu machen und den Steinmaulwurf zu töten. Beziehungsweise einen Maulwurf zu suchen und ihn als den Steinmaulwurf auszugeben und ihn heimlich zu töten, und zwar auf eine Weise, die diesen jämmerlichen Wesen vor ihm klarmachte, daß nur ein Maulwurf das Sagen in Duncton hatte: er selbst. Er hatte das Gerede vom Steinmaulwurf allmählich satt und hielt Ausschau nach einer Gelegenheit, seinen einfachen Plan in die Tat umzusetzen, um es mit einem einzigen grausamen Hieb auszumerzen.

Inzwischen hatte sein Sinn für blutige Effekte ihn noch nicht verlassen. Während die übrigen Maulwürfe beim Anblick der Eule stotterten und staunten und Ruun ihr verstohlene Blicke zuwarf, trat Mandrake auf die Eule zu und tauchte seine rechte Pfote mit ausgestreckten Krallen in ihre aufgeschlitzte Brust und schmierte sich das Blut ins Gesicht. Dann wandte er sich zu den übrigen, sah sie alle nacheinander an und lachte. Sie sahen ihm entsetzt und furchtsam zu, als glaubten sie, er könne sie jetzt auf irgendeine Weise mit dem Fluch der Eule strafen. Dann leckte er sich die Krallen mit Behagen und versetzte dem Flügel der Eule einen mächtigen Hieb, so daß der Leichnam mit einem dumpfen Schlag auf den Boden fiel.

»Noch einer hier, der mal probieren möchte, wie Eule schmeckt?« verhöhnte er sie. »Soll sehr gesund sein«, fügte er spöttisch hinzu.

Die anderen Maulwürfe schlichen sich davon; nachdem die Erregung abgeebbt war, kam ihnen wieder einmal Mandrakes brutale Macht zum Bewußtsein. Und sogar Ruun, der mehr als genug eigene Pläne für den Steinmaulwurf und Mandrake hatte, fragte sich, als er sah, wie Mandrake sich triumphierend auf das Blut der Eule stürzte, ob diese Bestie sie nicht alle töten würde, bevor er eine Chance hatte, selbst die Macht zu übernehmen.

Berichte über diesen Vorfall machten bald im ganzen System die Runde, und Mekkins bedauerte, daß er zu weit weg gewesen war, um dabeizusein. Inzwischen war der Steinmaulwurf also auch ein Eulentöter! Als er an die Stelle kam, wo die Eule getötet worden war, hatte irgendein räuberisches Tier sie schon längst beseitigt, und auf dem Gras waren nur Federn und getrocknetes Blut übriggeblieben. Die Geschichte beeindruckte ihn, und sie beeindruckte auch Rebekka und verlieh der ohnehin schon zu phantasievollen Vorstellung, die sie von Bracken hatte, einen fast heroischen Glanz.

Vor diesem Hintergrund war das plötzliche Eintreffen von Ruta wie eine Sensation, und als Mekkins Rebekka davon erzählte, beschloß sie, in Barrow Vale zu sein, bevor Mandrake und Ruun dort eintrafen, und selbst mit dem Maulwurf zu sprechen, der behauptete, bis auf wenige Fußbreit an den Steinmaulwurf herangekommen zu sein. Die Vorstellung von diesem Unternehmen gefiel ihr; es lenkte sie von ihrer Ruhelosigkeit ab und gab ihr etwas Sinnvolles zu tun. Sie würde vorsichtig sein, versprach sie Mekkins, der gegen dieses Unternehmen war, aber sie würde gehen.

Rebekka kam sicher nach Barrow Vale, aber sie schaffte es nicht, rechtzeitig zu Ruta zu gelangen. Denn als sie gerade das Gebiet der breiteren Tunnel von Barrow Vale erreichte, rief sie eine frostige Stimme aus den Schatten eines Seitentunnels an. »Rebekka! Das ist aber eine Überraschung, wirklich. Ausgerechnet du bist in Barrow Vale, bist hier, um mit ihnen allen zu tratschen? Soso!«

Ruun kam aus dem Dunkeln und blieb dreist vor ihr stehen. Mit jedem Wort, das er sprach, kam er ihr näher und drängte sie zurück in den Seitentunnel. Ruun schien immer dort zu sein, wo er am meisten Unheil anrichten konnte, und er begann auch jetzt wieder, sie in seinen schwarzen Bann zu ziehen. Im gleichen Augenblick, als er sie so zufällig erblickt hatte, spürte er, daß sie bereit zur Paarung war. Jetzt begann er, dreist und opportunistisch, wie es seine Art war, vor ihr das erregte Männchen zu spielen. Rebekka haßte ihn, aber ihr Körper haßte ihn nicht. Sie hätte weglaufen können, ihre Krallen erheben, sie hätte unzählige Dinge tun können, um ihm zu entrinnen. Statt dessen senkte sie den Rüssel, und ihr Körper straffte sich, während sein dreister Blick ihre Augen nicht mehr losließ und sie langsam zurückwich.

»Nun, es ist wohl schon ziemlich lange her seit unserer letzten Begegnung, ja ... im Frühling, nicht wahr, und du warst kaum mehr als ein Junges ... aber ein Junges, das inzwischen erwachsen ist, ein Weibchen, reif und temperamentvoll, nach allem, was ich gehört habe ...«

Sie haßte seine Worte, sie haßte seinen Blick, der sie aus der Fassung brachte, sie haßte es, daß er im geheimen überzeugt zu sein schien, er könne sie hier und auf der Stelle haben, ohne lange zu fragen, sein verabscheuter Körper dreist und sicher in ihrem, sie haßte ihn ... und doch ging ihr Atem flach vor Erregung, und ihre Augen wurden matt, als sein kräftiger dunkler Körper sich immer näher an sie drängte. Vielleicht war dies schon alles, was Paarung bedeutete: nichts als dunkle Sinnlichkeit. Sie konnte sich nur noch verschwommen fragen, wo das Strahlende einer Paarung blieb, wo die Freude, die sie gespürt hatte, zu finden war.

Ruun sagte nichts mehr und kam ihr ganz nahe, schnüffelte an ihr, vom Rüssel bis zum Schwanz und wieder zurück zum Rüssel. Die Geräusche der anderen Maulwürfe in den Haupttunneln von Barrow Vale schienen leiser zu werden und in die Ferne zu rücken, und obwohl sie gern auf und davon gelaufen wäre, sehnte ihr Körper sich auch danach, in seine Dunkelheit einzutauchen, während sie schwach wurde vor seiner Stärke, die wagte, was noch kein anderer gewagt hatte, nämlich sie sich zu Willen machen. Sie wollte nicht spüren, daß er sie berührte und sehnte sich doch nach seinen Krallen in ihrem Fell und erschauderte und atmete schwer, als seine erste Berührung kam, zuversichtlich und selbstsicher. Sie wartete angespannt und von instinktivem Verlangen erfaßt, mit leise bebenden Lenden, während ihre Paarungsbereitschaft sich durch stärkere und feuchtere Ausdünstung bemerkbar machte und er sie immer enger einkreiste und sie durch seine sinnliche Ausstrahlung bannte.

Sie war bereit für ihn, drängte ihm fast ihre Lenden entgegen, und er konnte sie nehmen, wann er wollte, wie er wollte ...

»Ruun! Ruun, bitte!« Die Stimme eines Maullangers drang durch den Tunnel zu ihm, und dann hörten sie den Maullanger auf sie zulaufen. »Ruun, bitte! Mandrake sucht Euch!«

Der Maullanger blieb in einiger Entfernung stehen, denn er sah, daß Ruun mit einem Weibchen zusammen war, und ein salziger Paarungsgeruch hing in der Luft und barg in sich die Drohung, daß Ruun angreifen und töten könnte, weil er gestört worden war. Im Frühling waren alle vorsichtiger, aber im September gab es seltener Paarungen. Der Maullanger zog sich langsam zurück, während er wiederholte: »Bitte, es ist Mandrake, er hat einen Maulwurf bei sich, und er will, daß Ihr ihn Euch anseht und anhört. Es ist Ruta von den Hängen.«

Ruun wandte sich um, um ihn ins Auge zu fassen, und die Stimme des anderen dröhnte ihm lauter in den Ohren, als er sich von Rebekka löste, um Mandrakes Aufforderung nachzukommen. Er hörte, wie Rebekkas Atem sich veränderte, und er sah sie erstarren und ein wenig zurückweichen. Er wußte, daß für den Augenblick seine Chance verpaßt war. »Ich werde dich noch bekommen«, versprach er sich und blickte auf ihr schönes Fell und die jetzt nur noch halb geöffneten Lenden. »Ich werde dich so nehmen, wie ich es will.« Mit diesem Gedanken verließ er sie wortlos und folgte dem Maullanger zu Mandrake und diesem lästigen Weibchen von den Hängen.

Noch lange nachdem er gegangen war, blieb Rebekka, wo er sie verlassen hatte. Sie fühlte sich von Dunkelheit umgeben. Die Berührung von Ruuns Kralle, die sie kurz zuvor noch so erregt hatte, lastete jetzt schwer auf ihr. Sein Geruch hing noch in der Luft, und er kam ihr trocken und kalt vor und ließ sie vor Ekel schaudern.

Sie hatte nicht den Wunsch, noch länger in Barrow Vale zu bleiben, wenn sie auch eben erst hergekommen war. Wenn Mandrake und Ruun schon bei Ruta waren, würde sie kaum eine Gelegenheit finden, mit ihr zu sprechen, ohne daß Mandrake von ihrer Anwesenheit erfuhr und Ärger machte. Und sie hatte seine ewigen Vorwürfe so satt. Sie fragte sich, warum etwas so Einfaches wie eine Paarung so kompliziert zu sein schien.

Schließlich war es die Möglichkeit, daß Ruun zurückkehren und sie hier finden könnte, oder daß er Mandrake von ihrer Anwesenheit in Barrow Vale erzählte, die sie zum Fortgehen veranlaßte. Aber sie hatte nicht den Wunsch, in ihre eigenen Tunnel zurückzukehren. Statt dessen schlug sie einen Weg durch Barrow Vale ein, der in entgegengesetzter Richtung zu dem von Ruun und dem Maullanger eingeschlagenen lag. Sie hielt sich an die schattigen Stellen und vermied jede Unterhaltung mit anderen Maulwürfen, bis sie die Tunnel durch einen Eingang verließ, der zur Westseite führte.

Endlich! Sie hatte soviel von der Westseite gehört und nie gewagt, dort hinzugehen. Dies war ihre Chance! Sie blieb nur kurze Zeit auf der Oberfläche, fand dann einen Tunnel, der nach Gemeinschaftstunnel roch, schüttelte die Schatten von Ruun und Barrow Vale ab und machte sich auf die längste Reise, die sie seit ihrer Tour zum Marsch-Ende und der Begegnung mit Rose der Heilerin unternommen hatte.

Wenn es Ruta, als sie in panischer Angst hinunter nach Barrow Vale hastete, in den Sinn gekommen wäre, daß sie schließlich in die Höhle der Ältesten gerufen werden würde, um Mandrake ihre Geschichte zu erzählen, hätte sie es sich vielleicht noch einmal gründlich überlegt, ob es so klug war, dorthin zu laufen. Er flößte ihr Angst ein, und sie hatte nie vergessen, daß er gedroht hatte, sie zu töten, sollte sie jemals versuchen, zu ihren Tunneln zurückzukehren.

Aber an ihrem dritten Tag in Barrow Vale schlenderte ein Maullanger auf sie zu, schob die um sie versammelten anderen Maulwürfe beiseite und sagte: »Du sollst dich auf die Pfoten machen und mit mir zur Ältesten-Höhle kommen. Mandrake will mit dir sprechen.« Sie starrte ihn entsetzt an und konnte keinen Muskel bewegen. »Komm schon, mach dich auf die Pfoten. Und wenn du mich und den Stein fragst: mach dich'n bißchen sauber. Mandrake merkt's v'leicht nich, aber Ruun is da, und der merkt's bestimmt.«

Der Maullanger, ein dickes rundes Großmaul von der südlichen Westseite, mußte sie beinahe dort hinzerren, und als er sie endlich vor Mandrake und Ruun stieß, nicht ohne Geknuffe und Gefluche, war sie überzeugt, er werde sie auf der Stelle töten. Ihre Pfoten zitterten, und anfangs wagte sie gar nicht, zu dem sie überragenden Mandrake aufzublicken. Als sie es endlich tat, schienen seine Augen wie schwarze Löcher tief in seinem Gesicht zu liegen.

»Dies ist also das Weibchen, das behauptet, Maulwurfgeräusche aus dem Alten System gehört zu haben«, sagte Ruun mit so anklagender Stimme zu Mandrake, daß es sich anhörte, als sei Ruta hergekommen, um Lügen zu erzählen und Mandrake vorsätzlich zu täuschen.

Mandrake sah ihr voll ins Gesicht, und sie erbebte vor seinem Blick. Jede Bewegung erschien ihr plötzlich verlangsamt, als er sein ganzes Gewicht von einer Seite auf die andere verlagerte und sich mit der größten Kralle, die sie je gesehen hatte, am Gesicht kratzte.

»Hm . . .«, knurrte er. »Wie heißt du, Mädchen?«

»R . . . Ruta«, stotterte sie.

»Ruta.« Er wiederholte ihren Namen, als sei es der Name eines Maulwurfs, der schon lange im Abgrund der Hoffnungslosigkeit versunken war. »Ruta. Hm . . . du hast mal dort drüben gelebt in . . .« Er beendete den Satz nicht, und um die Pause zu überbrücken, nickte sie eifrig, bereit, alles zu sagen, um dem Tod zu entgehen, der, davon war sie überzeugt, auf sie wartete. Etwa so: »Es macht wirklich nichts, daß Ihr mich aus meinen Tunneln vertrieben habt, ich hatte nichts dagegen, ich bin nur ein unbedeutender kleiner Maulwurf, und Ihr könnt mit mir machen, was Ihr wollt, nur bitte . . .« Aber sie brauchte nichts zu sagen, da sie genauso jämmerlich und bemitleidenswert aussah, wie sie sich fühlte.

»Ich habe von deiner Geschichte gehört, und ich werde meine Zeit nicht damit verschwenden, sie mir hier noch einmal anzuhören«, sagte Mandrake. »Du wirst uns zu deinen Tunneln führen und uns die Stelle zeigen, wo du gehört hast, was du behauptest gehört zu haben.«

»Ja, natürlich«, flüsterte Ruta.

Ruun streckte ihr plötzlich seinen Rüssel entgegen, bis er nur noch wenige Zoll von ihrem entfernt war, und sie spürte, wie sehr er sie verachtete.

»Hast du wirklich Geräusche gehört, oder hast du sie nur erfunden, um die Aufmerksamkeit auf deine jämmerliche kleine Gestalt zu lenken?« fragte er.

Ruta begann zu wimmern. Sie hatte so große Furcht, daß sie sich duckte und stotternd flüsterte: »K ... k ... kein Maulwurf könnte in der Höhle der Ältesten lügen.« Diese Idee war Ruun, der nötigenfalls vor dem Stein selbst lügen würde, noch nicht in den Sinn gekommen; was ihm aber in den Sinn kam, war, daß Ruta viel zu verwahrlost und dumm war, um eine so dreiste Lüge ersinnen zu können.

So kam es, daß Barrow Vale ein ungewöhnlicher Anblick geboten wurde: Eine angstzitternde Ruta führte den mächtigen Mandrake und Ruun und den diensttuenden Maullanger durch deren eigene Tunnel und weiter zum Gemeinschaftstunnel, der zu den Hängen ging.

Ruta war jedoch eine schlechte Führerin. Unter der großen Belastung fühlte sie sich ängstlich und elend, und einmal brach sie sogar zusammen, unfähig, weiterzulaufen. »Besorg ihr was zu essen«, sagte Ruun gereizt zum Maullanger, der den Auftrag widerwillig ausführte.

»Letzte Mal, daß ich Würmer für'n verdammtes Weibchen gesucht hab, das kann ich dir sagen«, murmelte er wütend und warf ihr drei Würmer vor die Pfoten. Ruun merkte sich diese Äußerung. Er traute Maulwürfen nicht, die aus so lächerlichen Anlässen in Wut gerieten, oder die überhaupt in Wut gerieten.

»Also, sind Euer Gnaden jetzt bereit, sich wieder auf die Pfoten zu machen?« fragte der Maullanger Ruta höhnisch, als sie die Würmer vertilgt hatte. Sie nickte und stand auf. Sie war zittrig und voller Angst, denn zu ihrer Furcht vor Mandrake und Ruun kam die Angst vor dem, was sie in ihrem Tunnel erwarten mochte.

Schließlich kam sie an das Ende des Gemeinschaftstunnels, führte die anderen hinaus an die Oberfläche und hastete von dort aus weiter über die letzten wenigen Hundert Maulwurfmeter bis zu ihren Tunneln.

»Gut!« sagte Ruun, als sie dort ankamen, und Hohn lauerte hinter dem heiteren Klang seiner Stimme. »Hier also ist es passiert?«

Ruta nickte kläglich mit dem Kopf. Sie hatte das Gefühl, jeden Augenblick könne einer von ihnen sie angreifen, oder alle drei.

»Warum hast du nicht gleich gesagt, daß es Hulvers altes System ist?« Ruuns Stimme klang wie Seide, doch für Ruta hörte sie sich drohend wie tausend Maulwürfe an. Und sie hatte keine Ahnung, was er meinte.

Ihr Entsetzen und ihr ganzes Elend ließen sie in Tränen ausbrechen, und schluckend stammelte sie: »Ich weiß nicht, was Ihr meint. Ich habe nur getan, was Ihr gesagt habt. Hier habe ich es gehört, und dort oben auf den höheren Hängen ist ein Maulwurf, und ich weiß nicht, ob er Hulver oder sonstwie heißt. Ich wußte nicht einmal, daß im Alten System Maulwürfe leben, und ich weiß nicht, was Ihr von mir wollt.«

»Sei still!« Mandrake beendete ihre Wort- und Tränenflut kurz und brüsk. Er hatte vor einem Tunneleingang die Krallen erhoben und schnüffelte hinein. »Es ist ein Maulwurf hier, oder vor kurzem hier gewesen«, sagte er knapp. »Ihr beide wartet und laßt keinen Maulwurf heraus, keinen. Ich werde einmal nachsehen. Hier ist eine Witterung, wie ich sie im Alten System noch nie wahrgenommen habe, trocken und voller Staub, alt in ihren Abdrücken, aber frisch in ihrer Stärke.« Mit diesen Worten drang Mandrake kühn in die Tunnel ein, während Ruun die Eingänge in der Nähe und der Maullanger die weiter entfernten sicherte.

Mandrake hatte recht; Bracken war in den Tunneln gewesen. Er war dort hingegangen, um Trost zu suchen, vier Tage nach Rutas Flucht. Aber er hatte aus seinen Erfahrungen gelernt, und nachdem er sich überlegt hatte, daß ein zurückkehrender Maulwurf mit großer Wahrscheinlichkeit aus der Richtung der Gemeinschaftstunnel kommen würde, hatte er sich soweit wie möglich an die andere Seite gehalten, immer einen Rückzugsweg in der Nähe. Als er mehrere Maulwürfe kommen hörte, unter denen ihm besonders ein wimmerndes Weibchen auffiel, verließ er die Tunnel leise durch einen etwas höher auf den Hängen gelegenen Eingang, den er hinter sich versperrte, und machte sich dann auf den Weg in den Tunnel an der anderen Seite der Feuersteinabsperrung. Er war außerordentlich vorsichtig und versperrte jeden Tunnel hinter sich.

Mandrake erkundete die Tunnel ohne große Umstände, bereit, gegen jedes Wesen zu kämpfen, auf das er stoßen mochte. Die Witterung gab ihm Rätsel auf, denn sie war fremd und stark, aber er konnte nicht feststellen, woher sie kam. Er rief die anderen herunter, und Ruta, die immer noch zitterte, führte sie an dem Hauptbau vorbei zu der Absperrung aus Feuerstein. Sie berichtete ihnen, was sie gehört hatte, und zeigte mit einer Kralle auf die schwarze Wand der Absperrung, hinter der, ohne daß einer von ihnen es wissen konnte, Bracken kauerte und lauschte.

Mandrake schickte Ruta und den Maullanger zurück in Rutas Bau, während er und Ruun die Lage erörterten.

»Hm . . . Es ist eine Absperrung, das ist sicher«, murmelte Mandrake, »und das bedeutet, daß dahinter ein Tunnel liegen muß.«

»Ein Tunnel, der in das Alte System führt?« Das war eigentlich die Feststellung einer offensichtlichen Tatsache, aber Ruun kleidete sie in die Form einer Frage, weil er Mandrake gern das Gefühl gab, alles gehe von ihm aus. Mandrake nickte.

»Kein Wunder, daß Hulver sich hierher zurückgezogen hat, wo er seinen geliebten toten Tunneln der Vergangenheit so nahe sein konnte«, sagte Ruun.

Mandrake blickte zu der Absperrung hinauf und kam schließlich zu einem Entschluß. Es war an der Zeit für eine kühne Geste. Er bezweifelte noch immer, daß es im Alten System einen Maulwurf gab; wenn dort einer gewesen wäre, hätte er doch gewiß die Absperrung zerstört und die Tunnel auf dieser Seite betreten. Denn Mandrake war aus irgendeinem Grund davon überzeugt, daß es ein ganz gewöhnlicher Maulwurf war, den er, wenn die Zeit kam, töten würde. Wenn er in den vergessenen Tunneln auf der anderen Seite hauste, schön und gut, dann sollte er wissen, daß Mandrake da war. Er hob seine mächtigen Krallen, nicht ahnend, daß sich unter der Hülle aus gestampfter Erde massiver Feuerstein befand, und schlug sie in die Absperrung, so wie Bracken es getan hatte.

Aber diesmal war das Ergebnis auf erschreckende Weise anders. Wieder entstand das entsetzliche kreischende Geräusch, von dem Ruta ihnen erzählt hatte, aber hinter den Mengen von Schutt und Staub erschien etwas noch viel Furchterregenderes. Während die Hülle unter Mandrakes wuchtigem Schlag abfiel und der Staub sich setzte, kam unter ihr, sie alle anstarrend und größer sogar als Mandrake, das Bild einer Eule zum Vorschein, genauso wie die, auf die Bracken bereits in der Höhle der Düsteren Geräusche gestoßen war. Ihre Augen, ihr Schnabel, ihre Fänge – sie drangen durch den Kalkspatbelag des Feuersteins hindurch, so daß sie schwarz glänzten vom harten, blanken Schimmer des Steins darunter, während das Kratzen von Mandrakes Krallen auf dem Feuerstein schrill ertönte, und es schien aus dem Gesicht der Eule selbst zu kommen.

Die Reaktion auf diese plötzliche Erscheinung war bei jedem anders. Ruta hielt sich einfach mit den Pfoten die Ohren zu, warf einen Blick auf das Bild, das sich vor ihr abzeichnete, und floh in ihren Bau. Der Maullanger taumelte bei dem Geräusch und dem Anblick zurück, öffnete das Maul, um seine Furcht und sein Erstaunen in Worte zu fassen, brachte aber nichts heraus.

Beim ersten Anblick des Eulengesichts richtete Mandrake sich knurrend auf, seine ausgestreckten Krallen auf einer Höhe mit den Augen der Eule, sein Maul geöffnet und bereit zu jedem Kampf. Er hatte das Gefühl, daß er in diesem jämmerlichen System, in das das Leben ihn verschlagen hatte, endlich vor einem ebenbürtigen Gegner stand. Und in diesem Augenblick der Bereitschaft zur Tat überquerte er eine Grenzlinie, jenseits derer ein Maulwurf nie wieder physische Angst kennt.

Ruun, der hinter ihm kauerte, reagierte völlig anders. Es war eine Reaktion, die sich in seinem Inneren abspielte, denn äußerlich war ihm kaum etwas anzusehen. Ein kurzer überraschter Blick, ein instinktives Hochreißen der Krallen – mehr nicht. Aber als Ruun in die schwarzen Augen der Eule blickte, die so plötzlich Gestalt vor ihm annahm, sah er die Macht zum Bösen, der er so lange nachgejagt war. Sein Puls ging schneller, er betrachtete das Eulengesicht mit einer Mischung aus Erregung und Entsetzen, und ein sinnliches Zittern ließ ihn erschaudern, das viel tiefer ging und für ihn viel erregender war als alles, was er für Rebekka gespürt hatte. Bei ihr bestimmte er, was geschah, und spielte ein Spiel; hier unterwarf er seinen Willen der, für ihn, einzigen Realität im Leben, seiner dunklen und geheimnisvollen Seite, wo ein Maulwurf lernen konnte, die Seelen anderer zu martern, indem er die gleiche schwarze Macht ausübte, die hinter den glänzenden Feuersteinaugen der Eule zu lauern schien.

Für jeden der vier Maulwürfe dauerten diese wenigen Augenblicke sehr lange; für sie alle zusammen dauerten sie nicht länger als ein Atemzug. Als Mandrake sah, daß die Eule nur ein Bild war, ließ er die Pfoten sinken. Der Maullanger bemühte sich, wieder eine unbekümmerte Haltung einzunehmen, und Ruun schnurrte fast vor Freude über den Anblick vor ihnen. Rutas Schreie drangen aus ihrem Bau durch den Tunnel zu ihnen herauf.

»Bring sie zum Schweigen«, befahl Mandrake, ohne das Bild vor ihm aus den Augen zu lassen. Der Maullanger verließ den Tunnel.

»Na also!« sagte Mandrake laut. »So hat also das vermodernde System von Duncton tatsächlich noch eine Überraschung zu bieten. Du weißt, was es ist, nicht wahr, Ruun?«

»Ich habe eine Ahnung«, log Ruun. Soweit es ihn betraf, war es das angenehme Gesicht der Macht.

»Ich habe Eulengesichter wie dieses schon öfter gesehen«, sagte Mandrake, »in Bauen weit weg von hier, als ich aus Siabod hierherkam. Die Maulwürfe früherer Zeiten haben sie benutzt, um Angst zu erzeugen in den Gemütern von Maulwürfen, die in Versuchung geraten könnten, nachzusehen, welche Geheimnisse in den Tunneln an der anderen Seite verborgen liegen. Sehr wirkungsvoll bei einigen, ohne großen Nutzen bei Maulwürfen wie mir. Siehst du, sie schützen nicht wirklich etwas, was zu schützen sich lohnte. Alles ein großer Unsinn, findest du nicht? Nichts als ein Spaß, über den ein Maulwurf lachen sollte.«

Inzwischen hatte Bracken, der sich alles von seiner günstigen Position jenseits des Feuersteins anhörte, aber nicht ganz verstand, was drüben geschah, Mandrakes Schlag auf den Feuerstein gehört und seine Wirkung gesehen, denn der Schlag war so kraftvoll gewesen, daß auch auf seiner Seite Reste der Erdschicht auf den Boden und auf sein Fell fielen. Er schüttelte die Erde nicht ab, weil er befürchtete, er könnte gehört werden. Dem schrecklichen Kreischen von Krallen auf Stein folgte Stille: Bracken hörte einen der Maulwürfe schreien und Pfotentapser, die sich entfernten, er hörte ein wütendes Knurren, das nach

Mandrake klang, aber dann einige Augenblicke lang gar nichts mehr. Bis Mandrakes tiefe Stimme einen unverständlichen Befehl erteilte und dann, etwas gedämpft durch den Feuerstein zwischen ihnen, sagte: »Du weißt, was es ist, nicht wahr, Ruun?«

Ruun war also da! Aber was war »es«? Er lauschte weiter.

Die dann folgende Unterhaltung sagte Bracken nicht viel, bis Mandrake endlich sagte, er habe »Eulengesichter wie dieses« in einem System gesehen, in dem er kurze Zeit gelebt hätte, »als ich aus Siabod hierherkam«.

Es befand sich also ein Eulengesicht auf der anderen Seite des Feuersteines! Und es war zur Abschreckung gedacht.

Jenseits des Feuersteines beendeten Mandrake und Ruun ihre Unterhaltung. »Wir werden es vorläufig also so lassen«, sagte Mandrake. »Wir werden den Eindruck erwecken, wir hätten großen Gefahren ins Auge geblickt – eine Vorstellung, die zweifellos noch verstärkt wird durch diesen bibbernden Maullanger, der wirklich sehr verängstigt schien.«

Dann fügte er hinzu: »Ich bin froh, daß du dich nicht beeindrucken ließst, Ruun – ich hätte es nicht gern, wenn du vor solchen Dingen Angst hättest.« Er klopfte mit den Krallen auf den Schnabel der Eule, und das Geräusch hallte durch die alten Tunnel, weit an Bracken vorbei.

Ruun lächelte. Mandrake tat ihm leid, weil er die Eule so leicht nahm. »Wir wissen es besser«, dachte er im stillen, »wir, die wir über die dunklen Mächte gebieten, wir mit den schwarzen Schnäbeln und Krallen, wir mit den unergründlichen Augen.«

Mandrake nahm seine Krallen von dem Stein, und unerklärlicherweise fröstelte ihn. Es war sehr kalt, und irgend etwas an der Art, wie Ruun ihn anblickte, war von der gleichen Leere wie die Augen der Eule. Er mochte Ruun nicht. Einem Maulwurf wie Ruun konnte kein Maulwurf vertrauen. Mandrake wandte der Eule den Rücken zu und machte sich auf den Weg den Tunnel hinunter zu Rutas Bau. Sein Gang war plötzlich langsam und schwerfällig. Er war müde. Müde und alt. Es stimmte, daß er bei dem Anblick der Eule endgültig jede physische Angst verloren hatte, obwohl er ständig von einem so dichten Schleier aus Zorn und Verwirrung umgeben war, daß ihm das gar nicht zum Bewußtsein kam. Aber wenn ein Maulwurf diese Art von Angst verliert, mag die Freiheit, die er findet, nur dazu dienen, ihn zum Opfer dunklerer, gefährlicherer Ängste zu machen, die jenseits der Körper aller Maulwürfe lauern und ihren Geist bewohnen.

Ruun beobachtete ihn, wie er den Tunnel hinunterschlich, und nahm die ungewohnte Müdigkeit in seinen Bewegungen wahr, wie es nur einem Maulwurf mit seinem diabolischen Scharfblick gegeben war. Ruun blickte zurück zu den schwarzen Augen der Eule, dann wieder nach vorn zu Mandrake, und wußte, daß die Stunde nahte, in der er in Duncton die Macht übernehmen würde.

Da sie ihr keine Anweisungen erteilt hatten, folgte Ruta den drei großen Maulwürfen hinaus aus den Tunneln an die Oberfläche, wo sie sich, im Licht blinzelnd, hinkauerte und sich fragte, was mit ihr geschehen sollte.

»Soll ich sie beseitigen lassen?« fragte Ruun und sah Mandrake an. Er wußte, daß es dem Maullanger schon in den Krallen juckte. Ruta kauerte kläglich vor ihnen und starrte auf den dicken Maullanger, der, wie ihr klar war, sie haßte. Sie war zu eingeschüchtert, um auch nur in Selbstverteidigung die Krallen zu heben. Sie wußte, daß sie sterben würde.

Mandrake sah hinüber zu ihr. Es wäre falsch, völlig falsch, zu sagen, daß sich so etwas wie Mitleid in seinem Herzen regte. ›Mitleid‹ war ein Wort, das Mandrake nie gekannt hatte. Er war einfach nur der Gewalttätigkeiten müde. Es hatte eine Zeit gegeben, da hätte er genickt, und Ruun hätte als Zeichen seine Krallen gehoben, und der Maullanger hätte es als angenehme Aufgabe betrachtet, mit seinen Krallen zuzuschlagen. Diesmal war es nicht so.

»Was für einen Sinn hätte es?« sagte Mandrake und sah Ruta ausdruckslos an. Ruun und der Maullanger starrten Ruta voller Verachtung an, und dann wandten sich alle drei von ihr ab, als existiere sie nicht mehr. Und das Gefühl, so wenig zu bedeuten, daß es sich nicht einmal lohnte, sie zu töten, war so überwältigend, daß Ruta nur wie gelähmt dort kauerte, unfähig sogar, erleichtert aufzuatmen, weil sie endlich weg waren und sie sich in Sicherheit befand. Dann begann sie zu weinen, weil sie ihnen nicht zurück nach Barrow Vale folgen, aber auch nicht in die Tunnel zurückkehren konnte, die zu einem Heim für sie geworden waren. Es schien keinen Ort zu geben, wohin sie gehen konnte. In ihrem Elend wollte sie nur noch sterben, um das System zu vergessen, in das hinein geboren zu sein sie beklagte.

Und dort im Freien, Eulenangriffen ausgesetzt, fand Bracken sie wenige Stunden später. Zuerst hatte er sie gehört, denn nachdem die Maulwürfe die Tunnel verlassen hatten, war er dort hingeschlichen, und als er sich vergewissert hatte, daß keiner mehr da war, lief er hinauf zur Oberfläche, wo er das unregelmäßige Atmen und gelegentliche Schluchzen wahrnahm. Er lief lautlos hinaus, um zu sehen, wer das sein könnte.

Er beobachtete sie lange und fragte sich verwirrt, warum sie draußen blieb, während die gefahrenvolle Dämmerung hereinbrach, und er versuchte auch zu entscheiden, ob er ein letztes Mal riskieren sollte, Kontakt mit einem anderen Maulwurf aufzunehmen.

Endlich machte er ein paar Schritte in ihre Richtung, laut genug, um sie wissen zu lassen, daß er da war. Sie sah ihn an, machte aber keine Anstalten, fortzulaufen, wie er erwartet hatte. Statt dessen senkte sie den Rüssel in einer Geste völliger Niederlage und fragte ihn leise: »Bist du gekommen, um mich zu töten?«

Ein solcher Gedanke stand ihm so fern, war in der Tat soweit entfernt von seiner ganzen Erfahrung, daß es ihm völlig den Atem verschlug. Er sah, daß sie klein und verwahrlost war und sehr verängstigt schien, während er (und er warf einen Blick auf sein jetzt viel glänzenderes Fell und spürte, wie stark seine Muskeln geworden waren) gesund und in guter Verfassung war und gewiß selbstsicher wirken mußte. Er war erwachsen, ein Männchen und stark!

Bracken lachte und sagte, das einzige Töten, von dem er wisse, sei das, als andere Maulwürfe versucht hätten, ihn umzubringen. Sie schnüffelte und wischte sich das Gesicht mit der Pfote ab, erleichtert, weil er lachte, aber besorgt wegen der merkwürdigen Wildheit in seiner Erscheinung und der Kraft, die von ihm auszugehen schien, wenn er auch nicht so groß wie dieser Ruun und der Maullanger war. Und was Mandrake betraf, nun ... es gab keinen Maulwurf, der so groß war wie er!

»Wer bist du, und woher kommst du?« fragte Bracken.

»Ich heiße Ruta und komme von der anderen Seite von Barrow Vale«, sagte sie, »aber meine Tunnel wurden mir genommen von ... sie wurden mir fortgenommen. Ich habe hier gelebt, bis der Steinmaulwurf kam. Wer bist du?«

»Bracken, von der Westseite.« Diese Antwort war, zumindest in seinen eigenen Augen, nicht wahr, denn in Wirklichkeit gehörte er jetzt zum Alten System. Aber stets auf der Hut, hatte Bracken sich vorgenommen, wenn er einem anderen Maulwurf begegnen sollte, würde er erst herausfinden, woher er kam, und dann sagen, er komme von irgendeinem anderen Ort, nur nicht vom Alten System.

»Ich habe Hulver gekannt«, fügte er hinzu, um zu erklären, warum er hier war. Dann entstand eine Pause, während beide überlegten, was sie als nächstes sagen sollten. Zur gleichen Zeit stellten beide eine Frage.

»Wer ist Hulver?« fragte Ruta. »Wer ist der Steinmaulwurf?« fragte Bracken. Beide lachten; daß sie einander ins Wort gefahren waren, lockerte die Peinlichkeit der Situation. Beide spürten, daß der andere nichts Böses im Sinn hatte.

»Hier draußen ist es ziemlich unsicher«, sagte Bracken. »Im Tunnel wäre es sicherer.«

»Oh, da kann ich nicht hinein«, sagte Ruta entsetzt. »Da ist die Eule.«

»Ich weiß«, sagte Bracken zu ihrer Überraschung. »Das war es, was ich sehen wollte.«

Mit viel Überredung brachte er Ruta dazu, wieder in die Sicherheit der Tunnel zurückzukehren, indem er ihr sagte, daß die Eule sie nicht angreifen würde, und falls Mandrake und Ruun zurückkehren sollten, wüßte er einen Weg, der sie schnell wieder hinaus und in Sicherheit bringen würde. Aber mehr als alles andere war es die einfache Tatsache, daß er ihr offensichtlich nichts Böses antun wollte und sogar um ihre Sicherheit besorgt schien, was sie endlich wieder zurück in den Bau im Herzen von Hulvers System brachte. Er ging sogar soweit, ihr ein paar Würmer zu beschaffen, und das ohne jede Schwierigkeit, da er sich in den Tunneln sehr gut auszukennen schien. Nachdem sie ihren Hunger gestillt hatten, machte jeder von ihnen es sich an einer Seite des Baues bequem, und dann beantworteten sie einander die Fragen über Hulver und den Steinmaulwurf. Bracken erzählte Ruta alles über Hulver, und Ruta erklärte ihm, was sie vom Steinmaulwurf wußte und was sie über ihn gehört hatte. Lange bevor sie zu ihren eigenen Erfahrungen hier in diesem Tunnel kam, wurde ihm klar, daß er selbst der Steinmaulwurf war.

»Zeig mir, wo es geschah«, bat er sie.

»Oh, das könnte ich nicht«, flüsterte Ruta, die das bloße Erzählen der Geschichte wieder mit Entsetzen erfüllt hatte.

»Sie wird dir nichts tun«, sagte Bracken. »Sie ist nur ein Bild.«

»Wie willst du das wissen?« fragte Ruta.

Ein Maulwurf wie Ruun hätte diese Frage nicht beantwortet, denn er wußte, daß die Macht eines Maulwurfs oft darin besteht, andere unwissend zu halten, und daß es in Brackens eigenem Interesse lag, keinen wissen zu lassen, wer er wirklich war. Aber Bracken dachte nicht an persönliche Interessen; ihm lag es mehr am Herzen, Ruta zu beruhigen, die als erster Maulwurf nach Hulver freundlich zu ihm gewesen war.

Es gibt jedoch einen Unterschied zwischen Naivität und Treuherzigkeit, und Brackens Fehler – wenn es ein Fehler war – lag in seiner Naivität. Er erzählte ihr nicht mehr, als daß er in dem Tunnel hinter dem großen Feuerstein gewesen war, und daß das, was sie gehört hatte, möglicherweise seine Geräusche und Aktionen auf der anderen Seite gewesen seien – wie er auch früher am Tag Mandrake gehört hatte. Was er im Alten System gesehen und gehört hatte: es war irgend etwas an seinen Erlebnissen, das ihn veranlaßte, sie für sich zu behalten. Einigen Dingen, besonders solchen, die er nicht versteht, erweist ein Maulwurf am besten Ehre, indem er sie in seinem Herzen bewahrt, anstatt sie als Worte in den Wind zu streuen.

Ruta weigerte sich, weiter zu gehen als bis zur letzten Biegung des Tunnels vor der großen Absperrung aus Feuerstein. Von dort aus sah sie ängstlich zu, wie Bracken bis zum Ende weiterlief und ihr gelegentlich über die Schulter beruhigend zusprach.

Er sagte: »Es ist nur ein Bild, nur ein Bildwerk, etwas, das in den alten Zeiten die Maulwürfe herstellten, um andere Maulwürfe abzuschrecken.« Er hob seine Krallen auf die Höhe des gekurvten Schnabels und kratzte sehr sanft daran, um ihr zu zeigen, wie das Geräusch entstand, und das Kreischen wisperte durch den Tunnel wie das ferne Echo der furchterregenden Geräusche, die er vorher gehört hatte. Ruta hob schon wieder ihre Pfoten, um sich die Ohren zuzuhalten, und Bracken hörte auf. Er blickte in das Eulengesicht hinauf und stellte überrascht fest, daß dieses ihn nicht mit Furcht erfüllte, wie das andere es getan hatte. Er blickte hinauf, und es kam ihm so vor, als sei er ein anderer Maulwurf als der, der die andere Eule angeblickt hatte, und hoffte, nun endlich die Kraft gefunden zu haben, die Tunnel weiter zu erforschen und den Weg zur Höhle der Düsteren Geräusche zu gehen – und weiter.

»Lebt dort drinnen ein Riesenmaulwurf?« fragte Ruta.

»Es gibt dort überhaupt keine Maulwürfe, nicht einen einzigen.«

»Aber der Steinmaulwurf lebt dort!« Gerüchte leben lange, selbst dann, wenn ihr Gegenstand da ist, um die Tatsachen richtigzustellen.

Es war spät, und sie brauchten beide Schlaf. Bracken hielt es für klüger, den Hauptbau nicht zu benutzen, da Mandrake und Ruun jederzeit zurückkommen konnten, und so suchten sie sich statt dessen Tunnel im Westen von Hulvers Tunnelnetz aus.

Auch so wäre Ruta vielleicht nicht bereit gewesen, dort zu bleiben, wenn Bracken ihr nicht zugesagt hätte, daß er ein paar Tage bleiben würde, um ihr zu helfen, die Verbindung zwischen diesen Tunneln und den anderen zu versperren, so daß Ruta den Anfang eines neuen eigenen Tunnelnetzes hätte. Es war kein Opfer für ihn, und als er einige Zeit vor der Morgendämmerung kurz erwachte und Rutas tiefes, friedliches Atmen hörte in einem Bau in der Nähe des Tunnels, wo er schlief, war er sogar dankbar, wieder Gesellschaft zu haben, wenn auch nur vorübergehend.

Ruta gehörte zu denen, die überleben, und erholte sich schnell von ihren schrecklichen Erfahrungen. Mit Brackens Hilfe bei der Absperrung und dem Graben von einigen neuen Tunneln und Eingängen nahm das neue Tunnelnetz bald Gestalt an. Und was noch besser war: Bracken fand dabei eine Gelegenheit, einige der Feinheiten in Form und Akustik auszuprobieren, die er im Alten System beobachtet hatte. Er legte neue Tunnel an, die größer als üblich waren und die Ruta erstaunt betrachtete, um sie sich dann freudig zu eigen zu machen. Irgendwie brachten sie es fertig, das September-Rascheln der Buchenblätter einzufangen, von einer Oberfläche, auf der sich gerade die ersten Anzeichen des Herbstes zeigten, und sie weiterzuleiten in die herkömmlicher angelegten Tunnel, die den Kern von Rutas neuem Tunnelsystem bildeten.

Es lag Veränderung in der Luft. Der ferne Herbstgeruch. Und gar nicht mehr so fern, wenn der Wind wehte und vereinzelte Buchenblätter auf den Waldboden trug oder die zerknitterten Blätter der Eichen, die auf den Hängen wuchsen, zwischen den Bäumen vor sich hertrieb.

Nach drei Tagen begannen die Tunnel blitzsauber auszusehen, und Ruta fragte: »Gehören diese Tunnel dir?«

Es war eine merkwürdige Frage, denn Bracken hatte nicht einen Augenblick lang gedacht, daß es seine wären. Seine Zukunft lag im Alten System, und seine Zeit hier war ein willkommener Aufschub, bevor er seine Erkundungen dort wieder aufnahm und zu Ende führte. Die Frage war Rutas Art, herauszufinden, wann er gehen würde. Sie war ruhelos und fühlte sich immer mehr als Besitzerin des Tunnelnetzes und wollte, daß er ging. Sie wollte einen Platz für sich haben, oder so erschien es Bracken.

Er blickte müde zu den höheren Hängen empor und wußte, daß er gehen mußte. Er fing an, Ruta gernzuhaben, nachdem er gesehen hatte, wie sie ihre Ängstlichkeit verlor und der gesunde Maulwurfverstand wieder zum Vorschein kam, der zu ihrem eigentlichen Wesen gehörte. Bei ihr fühlte sich ein Maulwurf wohl, wenn auch nicht immer willkommen. Aber das war die Art mancher Weibchen, hatte Burrkopf ihm einmal erzählt. Manchmal war er überrascht, daß er ihr gegenüber sogar aggressive Gefühle hatte, wie ein erwachsenes Männchen.

»Gehören diese Tunnel dir?« Die Frage hing noch immer zwischen ihnen. Nun, natürlich gehörten sie ihm nicht. Er hätte gern einen Scheinkampf mit ihr geführt und so getan, als wären es seine Tunnel, so daß sich ihr Gelächter in dem Bau ausgebreitet hätte, wie sich einige Male sein Lachen mit dem Weizenohrs gemischt hatte, als sie noch sehr jung waren und Wurzel nicht in der Nähe war, ihre Spiele zu stören.

»Nein, sie gehören dir. Das weißt du doch, Ruta.«

»Ja«, sagte sie. »Ja.« Und sie erhob sich, ruhelos und ein wenig gereizt, und obwohl er nicht gehen wollte, hatte er das Gefühl, er sollte es.

Draußen, über der größten Buche auf den höheren Hängen, veränderte sich der Septemberhimmel. Bald blau und klar, bald weiß und wolkig, während der Morgen noch zögerte, ob er der Rest eines besiegten Sommers oder die Vorhut eines neuen Herbstes war.

»Also, ich gehe dann wohl«, sagte Bracken, ein wenig kläglich, während er sich einem der Eingänge höher in den Hängen zuwandte. Ruta blieb im Bau, während sie seinen Weggang beobachtete. Sie war froh, daß er ging, weil eine beunruhigende Kraft von ihm ausging, wie bei einigen der Jungwürfe, die sie gehabt hatte und die ihre Stärke noch nicht kannten und in ihrer Unwissenheit unbeholfen waren. Nur war die Stärke dieses Maulwurfs nicht körperlicher

Art, sondern es war etwas anderes. Er war ein so merkwürdiger Maulwurf, wenn man mit ihm zusammenlebte.

September. Ein so komischer Monat für ein Weibchen, das sich im Frühling nicht gepaart hat. September. Und am Himmel schien der Morgen zu beschließen, zum Herbst zu gehören.

Irgendwo in der Nähe des Eingangs, wo Bracken eine Pause machte und sich sehr schnell wieder vereinsamt fühlte, fiel ein schwerer Regentropfen und dann ein zweiter, beinahe in den Eingang selbst, der auf Brackens Gesicht spritzte und silberne Tröpfchen in seinem Fell versteckte. Seufzend verließ er den Schutz des Tunnels.

Die Luft, in die hinaus Bracken trat, wurde von Minute zu Minute schwerer unter dem Druck des bevorstehenden Sturms, und die klaren, blauen Flecke am Himmel, die jetzt schon am Rand des Waldes standen, verschwanden schnell, weggedrückt von schweren grauen Wolken.

Es kamen noch mehr Regentropfen herunter, und Bracken wandte sich um, um einen letzten Blick auf Ruta zu werfen, aber er konnte sie in den Schatten des Eingangs nicht mehr erkennen. Er wandte sich ab und machte sich auf den Weg; unwillkürlich in südwestliche Richtung, auf den Stein zu, statt zu der Stelle, wo er wieder in das Alte System gelangen konnte.

»Wenn der Stein dich ruft«, hatte Hulver zu ihm gesagt, »folge seinem Ruf, denn er weiß es am besten.« In seinem Elend und seiner wiedererlangten Einsamkeit fühlte Bracken den Ruf des Steins, als er Ruta und ihre Tunnel hinter sich ließ, und er folgte diesem Gebot.

Unten aus den Schatten ihres Eingangs sah Ruta ihn fortgehen, und sie verwünschte sich selbst, daß sie ihn schon jetzt hatte gehen lassen, aber mit einem kleinen Kichern, das sich beinahe anhörte wie das eines Jungwurfs, kam ihr in den Sinn, daß Männchen, auch so merkwürdige wie Bracken, die Gewohnheit haben zurückzukehren, wenn sie gebraucht werden. Besonders, wenn sie von Weibchen gebraucht werden.

KAPITEL 14

Von dem Augenblick an, da sie Barrow Vale in Richtung Westseite verließ – nachdem Ruun fortgerufen worden war, um sich Rutas Geschichte anzuhören –, war Rebekka klar, daß sie sich auf einer Entdeckungsreise befand. Vielleicht wollte sie die Wiesen kennenlernen und ihren Duft, vielleicht wollte sie weiter, bis zu den sagenumwobenen Hängen, um den Stein zu sehen, vielleicht wollte sie sogar endlich Bracken begegnen, obwohl die Vorstellung sie ein wenig nervös machte, denn der Preis, den sie dafür zahlen mußte, daß sie so überzeugt an sein Überleben geglaubt hatte, bestand zum Teil darin, daß sie ihn für mindestens so groß und mächtig wie Mandrake selbst hielt.

Aber das alles waren nur vage Vorstellungen, denn Rebekka genoß den Augenblick mehr als die meisten Maulwürfe und hatte wenig Zeit für Träume über ihre eigene Person, wenn es soviel zu sehen, zu tun und zu empfinden gab. Und da ihr Ausflug mit dem Beginn des Herbstes imÅnctonwald zusammenfiel, war es das Erlebnis der plötzlichen Anpassung des Waldes an die neue Jahreszeit, was sie mit Freude erfüllte.

Am zweiten Tag, als weit an den Osthängen Ruun und Mandrake Hulvers Tunnel verließen, nachdem sie Rutas Geschichte untersucht hatten, war eines Morgens, als Rebekka erwachte, der Boden des Waldes behängt und geschmückt mit Tausenden von taubesetzten Spinnengeweben. Sie liefen in Leitern und Kaskaden aus nassem Glanz die unordentlichen Brombeerranken hinauf und hinunter, wanden sich durch die Ausläufer der Gundelrebe und über die toten Zweige herabgefallener Äste. Um sie herum war der Boden feucht, beinahe dampfend, denn es war noch warm, und die Sonne, die an Stelle des Nieselregens der vergangenen Tage getreten war, hatte noch die Kraft, die Feuchtigkeit zu trocknen, auf die ihr Licht fiel.

Während Rebekka über die Oberfläche lief, zog sich hin und wieder eine Spinne in ihr mit Seide ausgeschlagenes Nest zurück, die Vorderbeine für den Fall eines möglichen Angriffs angespannt. Manchmal blieb an einer von Rebekkas Pfoten ein Befestigungsfaden eines Spinnengewebes hängen, der sich dehnte, während sie vorbeilief, und schließlich riß. Das Gewebe, an dem er befestigt war, erzitterte, wenn einer seiner Stützfäden weggezogen wurde, und der in seiner Symmetrie gefangene Tau tropfte hinunter auf die Brombeerdornen oder das Laub und beraubte das Spinnengewebe seines Lichts.

Später am gleichen Morgen fand Rebekka in einer freieren Mulde des Waldes die winzigen roten Früchte von Walderdbeeren, die die Schatten ihrer zerknitterten, gezackten Blätter aufhellten und zwischen denen einige rosa Blüten des Waldweidenröschens standen, hoch wie ein kleiner Busch und weit außerhalb Rebekkas Blickfeld. Aber wenigstens an einigen der Brombeeren konnte sie schnüffeln, die noch hart und grün waren und mit ihren Haaren Rebekka am Rüssel kitzelten und sie davon abhielten, an ihnen zu knabbern.

Jedes neue Bild, jedes aufregende Geräusch machte sie zugleich glücklicher und ruheloser; der Herbst ließ in ihr den Wunsch erwachen, so schnell wie ein Fuchs durch den Wald zu laufen, oder aufs Geratewohl umhergeblasen zu werden mit der Hingabe von Löwenzahnsamen, die sich über die freieren Stellen tragen und treiben ließen.

Und die Wiesen! Als sie hinkam, stellte sie fest, daß sie hier oben frischer waren als weiter unten am Marsch-Ende, wo sie sich von Rose getrennt hatte. Sie wagte sich nicht heraus aus dem hohen Gras und den struppigen Weißdornbüschen am inneren Rand des Stacheldrahtzauns, der die Kühe aus dem Wald halten sollte, weil sie ein wenig Angst davor hatte, aber je mehr sie im Gras umherschnüffelte, hinaus in die himmelüberwölbte Weite, um so mehr begann ihre Erregung die Furcht vor den Wiesen und den Maulwürfen dort zu verdrängen.

Am dritten Tag verlor Rebekka jedes Zeitgefühl, während um sie herum der Herbst weiter seine langsamen Veränderungen vornahm und sie, wie an verschiedenen Tagen im Frühling und im Sommer, von einem Entzücken zum nächsten wanderte. Eichhörnchen, die aufgeregt von Baum zu Baum hüpften, Stare, die sich versammelten und unter hastigem Gezeter Futter suchten, Blätter, die von einer hohen und sanften Esche herunterrieselten, einem Baum, der seine Blätter immer früher verliert als die anderen Bäume des Waldes. Während es andere Dinge gab, an die sie sich inzwischen gewöhnt hatte und die sie nicht davonlaufen ließen, sondern ihr Freude machten – wie das Lärmen eines alten Igels, der in der Dämmerung in einem Lauberdestück herumstöberte, für das sie sich auch interessiert hatte, und der einen solchen Krach machte, daß Rebekka sich fragte, ob er nicht sogar die Bäume verscheuchen würde.

Als für Rebekka der vierte Tag fern von Barrow Vale dämmerte, lag der Tau dick auf den Wiesen, und sie wachte in dem provisorischen Bau auf, den sie nahe den Wiesen gegraben hatte. Sie fühlte, daß sie Teil des Wechsels war, der sich überall um sie herum so aufregend ankündigte, und nicht nur ein entzückter Zuschauer. Vom ersten Augenblick an schien der Tag sie mitzureißen, so daß sie sich seinem Willen fügte und tat, was er verlangte. Sie war so hungrig wie immer beim Erwachen, ließ sich aber lange Zeit beim Recken und Strecken und bei der Pflege ihres Fells, was zu einer zeitlosen Übung in Selbstzufriedenheit wurde. Zeit spielte keine Rolle. Endlich begann sie mit glänzendem Fell und frohen Augen nach Nahrung zu graben, bevor sie sich an die Oberfläche begab, um den Tag zu begrüßen. Und der Tag selbst schien so offen zu sein, daß er sie beinahe dazu aufforderte, sich von dem Gras am Waldrand zu lösen und auf die frischen Wiesen hinauszulaufen, während der kühle Tau ihre Pfoten und ihren Bauch benetzte.

Da dieser Teil des Waldes nach Westen lag, hatte die Sonne ihn noch nicht erreicht, sondern warf nur die Schatten der Bäume weit über die Wiesen. Dahinter berührte die Sonne das Gras und trocknete den Tau, und das im Schatten der Bäume liegende Gebiet wurde kleiner, als die Sonne höher stieg und sich nach Süden wandte. Der schattige Waldrand und der noch betaute Wiesenstreifen schrumpften von Westen und Süden her immer mehr zusammen, während der Morgen fortschritt, und auf diesem Gebiet, nahe ihrem Bau, aber jetzt doch mitten auf der Wiese, blieb Rebekka, lauschte, beobachtete und erschnüffelte den Tag. Hinter ihr markierte der Stacheldrahtzaun das Ende des Waldes, und Büschel von Kuh-Haar, die sich in ihm verfangen hatten und leise bebten, waren das einzige Anzeichen für eine Morgenbrise. Auch wenn Mandrake selbst sie aufgefordert hätte, sich zu entfernen, wäre sie ihm möglicherweise nicht gefolgt, denn so eine erregende Witterung drang zu ihr, daß sie ohne nachzudenken wußte, das war es, was sie die vergangenen Wochen gesucht hatte. Als der Schatten der Bäume um sie herum kleiner wurde, folgten ihm zwei große männliche Wiesenmaulwürfe; über die Wiesen, hinunter in ihre Tunnel, dann wieder auf der Oberfläche rollten sie hintereinander her, spielten Verstecken und übten sich im Ringen. Es war ein Morgen, an dem ein Maulwurf tanzen und lächeln sollte und vergessen, daß der Sommer vorüber war und der nächste Tag einen Herbststurm bringen konnte. Ein Morgen, an dem ein Maulwurf das Leben genießen sollte.

Die beiden Maulwürfe waren schlanker und geschmeidiger als die aus Duncton, aber ebenso kräftig wie die stärksten Westseiter, mit Pelzen, die eine Schattierung heller waren. Sie schienen einander so gut zu kennen, daß sie während ihres Spielens nicht richtig miteinander redeten, sondern es vorzogen, zu lachen und sich zu berühren und einander Scheinkämpfe zu liefern, während sie sich der dunklen Mauer der westlichen Waldseite näherten, dessen Schatten vor ihnen zurückwich.

Die leichte Morgenbrise, die über die Wiesen wehte, trug ihre Witterung zu der Stelle, wo Rebekka kauerte. Die Witterung war männlich und neu, stark und erregend. Sie war weit genug von ihr entfermt, um in ihr den Wunsch zu erwecken, darauf zuzulaufen, damit die Männchen – obwohl sie nicht wußte, daß es zwei waren – ihre eigene Witterung aufnehmen konnten. Und sie begann zu laufen, oder besser zu tanzen, durch das taubedeckte Gras hindurch auf die Stelle zu, wo der Schatten aufhörte und die Sonne begann. Die männliche Witterung war frisch wie neu geschnittenes Gras, anders als die Witterungen aus Duncton. Während sie tanzte, dachte sie gar nicht an das Wagnis, das sie auf sich nahm, oder wie gefährlich ihr Verhalten den meisten Maulwürfen aus Duncton erschienen wäre. Sie war Rebekka, da war die prickelnde Heiterkeit des Herbstes, die um sie herum in der Luft lag, sie wollte einen Partner, und ein Männchen war so nahe, irgendwo ganz nahe.

Und einer von den beiden war es. Er war weitergelaufen, in Tunnel hinein und wieder hinaus, bis dorthin, wo die Wiesen noch im Schatten lagen und der Tau noch nicht getrocknet war. Immer weiter lief er, lachend und über die

Schulter nach hinten schnüffelnd, ob sein Gefährte ihm nahe auf den Pfoten war. Immer weiter . . .

»Cairn! Cairn!« rief der Nachzügler mit tiefer, gebieterischer Stimme. »Geh nicht ohne mich in die Nähe des Waldes, du kannst nie wissen, ob sich am Rand nicht Duncton-Maulwürfe aufhalten. Cairn!« Der Name wurde liebevoll und gutgelaunt gerufen und ohne wirkliche Furcht, daß Gefahr in der Nähe sei. Dies war ein Morgen, den man voll auskosten mußte, anstatt herumzuschleichen.

Cairn lief lachend weiter und wandte den Kopf wieder zurück, um zu sehen, wie weit voraus er war, und ein so süßer Wildblumenduft weiter vorn zog ihn an. Als plötzlich, oh! Ein Fall und ein Knurren. Und Rebekka. Rebekka und Cairn. Angespannt starrten sie einander an, Rebekka mit fest in den Boden geschlagenen Krallen, Cairn Umschau haltend und schnüffelnd, ob noch andere Männchen in der Nähe waren.

»Cairn . . . Cairn . . .«, und der andere kam hinzu. Plötzlich hockten sie alle drei angespannt in dem noch immer nassen Gras, während die Sonne am Himmel höher stieg und der Schatten der Bäume zum Wald zurückwich, über sie alle drei hinweg, so daß sie jetzt in der Sonne kauerten. Rebekkas Pelz schimmerte vor Erregung und war mit Tau benetzt. Alle drei atmeten erregt.

Rebekka bewegte sich zuerst. Sie wandte sich um mit einem Laut, der wie ein nachgemachtes Knurren klingen sollte, sich aber mehr nach einem fröhlichen Lachen anhörte, und begann, auf den Wald zuzugehen, doch als sie den Tau und die Schatten dort sah, drehte sie sich um und kam in einem Bogen zurück in die Sonne. Cairn folgte ihr mit tiefen Brummlauten, die Rebekka entzückten und sie schließlich veranlaßten, sich umzudrehen, um ihm entgegenzutreten, mit ausgestreckten Krallen. Sie sah, wie er sich ihr mit übertriebener Vorsicht näherte, erst eine Pfote, dann die nächste, und mit bebendem Rüssel. Er war großartig; jede seiner Bewegungen hatte eine Anmut, die in ihr den Wunsch erweckte, vorzulaufen und ihn zu stoßen und zum Stolpern zu bringen, um ihn aufspringen zu sehen für einen Scheinkampf mit ihr.

»Ich heiße Cairn«, sagte er, und Rüssel an Rüssel sahen sie einander an, Rebekkas Kopf leicht zur Seite geneigt, ihr Rücken warm von der Morgensonne und ihre Krallen tauglitzernd.

Der andere Maulwurf kam von rechts auf sie zu und sah, wie sie einander gegenüber kauerten, dann ließ er sich nieder und sagte: »Und ich heiße Steinkraut, nur für den Fall, daß es dich interessiert.«

Rebekka lachte, seufzte und sah ihn an. Er war schwerer als Cairn und womöglich noch kräftiger, und sein Pelz war etwas dunkler.

»Wer bist du, und woher kommst du?« fragte Cairn. Es war die übliche Frage, aber Rebekka war sie noch nie zuvor gestellt worden, außer im Spaß oder spöttisch.

»Ich bin Rebekka, von Differenzwald.« Als sie ihren Namen nannte, kam es ihr vor, als sei nichts zuvor für sie so wirklich gewesen und als habe sie plötzlich die Schatten, in denen sie lebte, verlassen und sei ganz sie selbst. Und ohne auf weitere Fragen zu warten, lief sie im Licht spielerisch zwischen den beiden hindurch und davon, und sie hörte Cairn sagen »Rebekka!«, hörte, wie er hinter ihr herrannte. Dann lachte Steinkraut, tief und kräftig, wie sie ein Männchen gern lachen hörte, und plötzlich liefen und rannten sie alle und fochten Scheinkämpfe in der Sonne aus. Pfoten auf Gesichtern, Gesichter auf Flanken, Flanken auf Gesichtern und wieder Pfoten gegen Pfoten. Und das Lachen des einen schien in den anderen überzugehen und von ihm zu kommen, und Rebekkas höheres, weibliches Lachen verlieh dem tieferen Lachen der Männchen und ihrem zufriedenen Knurren eine silbrige Leichtigkeit.

Bis sie, als der Morgen prall war von der Septembersonne und die Schatten der Bäume am Wald zu einem schmalen Strich zusammengeschrumpft waren, alle wieder still im Schatten einer verblühten Distel kauerten, ein ganzes Stück entfernt von den Wiesen und ganz in der Nähe eines Tunneleingangs, den die beiden Männchen auf ihrem Weg zum Wald benutzt hatten.

»Ihr seid also Wiesen-Maulwürfe! Ich habe gehört, daß ihr alle bösartig und gefährlich seid«, rief Rebekka aus, die sich in ihrer Gesellschaft zufrieden und sicher fühlte.

»Und wir haben gehört, daß ihr alle düster und grüblerisch seid und in den Schatten auf Ränke sinnt«, sagte Cairn.

Dann redeten sie und stellten Rebekka so viele Fragen, daß sie nicht die Zeit fand, alle zu beantworten. Sie waren fasziniert von der Tatsache, daß es im Differenzwald einen gemeinsamen Treffpunkt für Maulwürfe wie Barrow Vale gab, weil sie, wie Steinkraut sagte »einen solchen Ort überhaupt nicht haben, außer dort, wo sich einige Gemeinschaftstunnel kreuzen und du einen Schwatz halten kannst, wenn du gerade Lust dazu hast«.

Aber sie wußten mehr über Duncton, als Rebekka erwartet hatte, wenn man bedachte, daß es so wenig Berührung zwischen den beiden Systemen gab und daß sie selbst nichts über die Wiesen wußte. Sie wußten von dem Stein, »obwohl es dort sehr gefährlich ist und der Ort von gefährlichen Geistermaulwürfen beschützt wird, die einen Wiesen-Maulwurf mit einem Blick in die Wurzel eines Baumes verwandeln und so lange dort gefangenhalten können, bis der Baum stirbt und der Geist des Maulwurfs erlöst wird«, erklärte Cairn.

»Und was geschieht dann?« fragte Rebekka und dachte, daß Wurzeln ihr noch nie zuvor unheimlich vorgekommen seien, sie sich aber jetzt fragen müsse, ob sie je wieder eine Wurzel unbefangen betrachten könne.

»Das weiß keiner«, fuhr Steinkraut fort. »Und ich persönlich glaube das alles nicht. Warst du schon bei dem Stein?« fragte er Rebekka.

»Nein, er ist sehr weit von da, wo ich lebe. Ich wollte dorthin, na ja, in die Richtung jedenfalls, als mich die Wiesen ablenkten. Aber es ist kein böser Ort. Kann es ja gar nicht sein, weil der Stein dort ist, und der Stein beschützt uns.«

»Stimmt es, daß bei euch im Differentwald Schreibermaulwürfe leben?« fragte Cairn.

»Schreibermaulwürfe?« Rebekka wußte nicht so ganz, was er meinte. Sie hatte von ihnen gehört, in Geschichten, die Sarah ihr erzählt hatte, aber es gab sie nicht mehr. »Nein, die haben wir nicht. Das ist lange her, und sie kamen immer nur für eine kurze Zeit. Was liegt hinter den Wiesen?« fragte Rebekka. Schon die Frage zu stellen, machte sie ängstlich.

»Wir waren noch nie da unten, nicht wahr, Steinkraut?«

»Nee. Zu gefährlich. Aber ich habe schon immer gesagt, daß ich eines Tages dort hingehen würde – hat doch keinen Zweck, in Angst zu leben, oder?«

»Lebt Rose im Wiesensystem?« fragte Rebekka. »Rose die Heilerin?«

»Weiter unten, in der Nähe der Marsch, nicht wahr, Cairn?«

»Ja, stimmt«, sagte Cairn, »obwohl du nie wissen kannst, wo sie als nächstes auftaucht.«

Rebekka lachte: Wenigstens etwas hatten die beiden Systeme gemein.

Hinter ihr im Wald murmelten die Vogelstimmen. Der Morgen war warm, und sie hatten genug gesprochen. Zwei Elstern spielten am Waldrand und glucksten einander zu. Eine verließ die Schatten und flog in die Sonne, über die Wiesen unter ihr, und ihr Gefährte folgte. Ihr Flug war schnell und gerade, als sei jede Sekunde im Leben wertvoll und nicht eine einzige dürfe verschwendet werden.

Lachend und stolpernd zog Steinkraut sich plötzlich zurück zum Tunnel, »weil es Zeit wird, daß ich mir noch etwas zu essen suche und ihr beide euch einen Bau sucht. Ich werde es keinem erzählen, Cairn, wir wollen doch keinen Klatsch«.

Rebekka lief hinter ihm her, verabschiedete sich hastig von ihm und spürte plötzlich seine kraftvolle Stärke. Cairn besaß eine Leichtigkeit und Anmut, die Steinkraut fehlte, und doch hatte sie das Gefühl, als sie sich an ihn drängte und keinen Eindruck auf ihn zu machen schien, daß es nur einen einzigen anderen Maulwurf gab, der so kraftvoll und stark wirkte, und das war Mandrake, aber seine Stärke war verdorben, während die Steinkrauts rein war.

Steinkraut drehte sich um und sah auf sie hinab. Sein Blick war sehr offen.

»Sei gut zu ihm, Rebekka, ich habe ihn lieb«, sagte er schlicht, und seine Stimme war stark wie eine Wurzel.

Cairn beobachtete sie beide und wünschte, sein Bruder würde gehen, aber andererseits wünschte er es auch wieder nicht. Rebekka wandte sich von Steinkraut wieder zu ihm; Steinkrauts plötzlich so düstere Zuverlässigkeit hatte ihr ein klein wenig Angst gemacht und ihren Wunsch noch vergrößert, sich der Leichtigkeit Cairns anzugleichen, die so gut zu dem Tag zu passen schien.

Unter Scheinkämpfen und spielerischen Kratzereien liefen sie auf den Wald zu; ihre Rüssel verhakten und verwickelten sich ineinander, einmal führte Rebekka, einmal Cairn. Sie hatte es gern, wie seine Schulter sich gegen ihre preßte, weil er so kraftvoll und groß war, und sie hatte seine Heiterkeit gern, die sich mit dem kraftvollen Verlangen mischte, das hinter seinem Drängen und seinen immer heftigeren Berührungen lag.

Sie liefen aus der Mittagswärme in die Wärme ihres Tunnels und weiter in die Dunkelheit ihres Baues.

Er berührte sie zärtlich mit seinem Rüssel, so daß sie seufzte und keuchte und aufschrie vor Lust, während sein Atem schwerer wurde, und er stöhnte in sie hinein, und seine Krallen bearbeiteten ihren Rücken, und sie gab ihm nach, als er sie in diese Lage und in jene schob, und er überließ sich ihrer runderen, tieferen Wärme und ihren zarteren Liebkosungen.

Während sie bei Ruun ganz angespannte Erwartung gewesen war, war sie bei Cairn sanft entspannt. Zuerst preßte sich eine Flanke hart gegen ihre, dann die andere, dann waren seine Pfoten und Krallen auf ihrem Rücken, und sein Bauch glitt über ihr Fell, immer höher und immer größer, und sein Geruch umhüllte sie, seine Krallen bohrten sich sanft in ihre Schultern und ihren Hals, und sein Rüssel kam von oben zu ihrem, aber am meisten waren es seine Flanken, hinter und über und zwischen ihren, und während seine Pfoten sie von vorne besaßen, besaßen seine Flanken sie von hinten, und sie waren zusammen, seine Krallen ihr köstlicher Schmerz, sein Atem ihre Seufzer, sein Fell ihr Fell, ihre Wärme seine Hitze, ihre Weichheit seine Lust, ihre Tiefen sein Licht, seine Kraft ihre Kraft, und ihrer beider Kraft ihr Licht.

»Rebekka, Rebekka«, flüsterte Cairn. Ihr Körper erschien ihm groß und warm wie ein heimischer Bau, sein Körper ihr stark und sicher wie ein ganzes System. Ihre Worte der Liebe waren Worte, wie keiner von ihnen sie je zuvor gesprochen hatte, jedes einzelne ein Seufzer des Glücks. Zwei unschuldige Maulwürfe in der Dunkelheit eines Baues, deren Paarung wie die Freude an der Farbe einer Wildblume ist, oder wie das Flirren des Sonnenlichts auf dem Wasser.

»Rebekka, Rebekka«, seufzte Cairn.

»Cairn, oh, Cairn«, während sie einander liebkosend mit Pfoten und Fell berührten und ihre Körper die Befriedigung gestillten Verlangens erfüllte.

Das Böse. Es erschnüffelt das Gute, wie die stinkende Nieswurz im dunkelsten Teil des Waldes, wo sie wächst, die Sonne findet.

Das Böse. Es verbirgt sich in den Schatten nahe der Stelle, wo Unschuldige im Licht spielen, und nimmt tausend Gestalten an, manchmal scheußlich wie eine Krankheit und meistens schlau wie die Schlangen.

Das Böse. Es gibt keinen besseren Namen für Ruun, der den Duft des Guten wittern und ihn in den Gestank verdorbener Unschuld verwandeln konnte.

Ruun. Er erschnüffelte mit dunklem Wissen, daß es irgendwo, weit entfernt an der Westseite, etwas Reines und Gutes gab, in das er seine düsteren Krallen schlagen konnte, etwas, das mit Rebekka zusammenhing, die Barrow Vale verlassen hatte, bevor er aus Hulvers Tunneln zurückkehrte, und die nicht in ihre eigenen Tunnel zurückgegangen war, wie der Maullanger berichtete, den er dorthin geschickt hatte. Also machte Ruun sich auf zur Westseite.

Woher wußte er es? Wer kann sagen, warum Schatten ihrer Wege gehen? Nur daß ein Maulwurf wie Ruun immer eine Kralle ausstrecken und Ärger finden kann – denn ein Maulwurf wie er ist Ärger.

So verließ Ruun heimlich und wie ein Schatten Barrow Vale und machte sich auf zur Westseite. Er steckte seinen Rüssel in einen Tunnel nach dem anderen und in einen Bau nach dem anderen, ohne genau zu wissen, was er suchte, aber er wußte, daß er es finden würde.

Und er fand sie auch. Er nahm ihre köstliche Witterung in den Schatten am Waldrand auf und schlich sich dann darauf zu wie ein Fuchs, der einen Wald durchstöbert. Bis er fand, wonach er schnüffelte: den Eingang zu einem Bau, aus dessen Tiefen Rebekkas Geruch und der Geruch eines Männchens drangen. Ruun lächelte, reckte die Krallen und lief kühn in den Tunnel hinein, keinen anderen Gedanken im Sinn als den an das Vergnügen am Töten. Es gab nur einen einzigen Maulwurf in Duncton, vor dem er sich fürchtete, und das war Mandrake.

Rebekka erstarrte, als sie seinen Geruch wahrnahm, und wandte sich zum Eingang des Baues, bevor Cairn noch merkte, daß es Schwierigkeiten geben würde.

»Ist es ein anderes Männchen?« fragte er leise und ruhig, während er zu Rebekka kam und sich dann vor ihr bereithielt, näher dem Eingang, wo er seine Rechte verteidigen konnte.

»Nein, es ist Ruun. Einer der Ältesten aus Duncton. Er ist gefährlich, Cairn, und er wird kämpfen, um zu töten.«

Cairn lachte laut auf, so wie Steinkraut, sein Bruder, mehrere Maulwurfleben zuvor gelacht hatte, als sie sich auf den Wiesen trafen. Ein tiefes Lachen, das den hinterhältigen Geruch des sich nähernden Ruun verspottete.

Ruun sagte nichts, sondern näherte sich langsam dem Eingang, während seine Augen die Größe des Tunnels abschätzten, die Möglichkeiten, ihn zu blockieren oder sich in ihm umzudrehen, die Größe des Eingangs, hinter dem Rebekka und ihr Partner sich vor ihm versteckten. Er liebte Kämpfe, besonders solche, bei denen er von vornherein wußte, daß er siegen würde.

Es war nicht schwer zu siegen, wenn ein Männchen in einem behelfsmäßigen Bau in der Falle saß, ohne genügend Bewegungsfreiheit, und er, Ruun, hatte nicht mehr zu tun, als seine Krallen kraftvoll in die Dunkelheit zu stoßen und zu fühlen, wie das weiche Fell oder, besser noch, der empfindliche Rüssel seines Gegners vor ihm zurückwich.

Und doch lachte Cairn. Er hatte sich schon so viele Male vor Steinkraut, der ein Meister im Kämpfen war, in der gleichen Lage befunden, daß er genau wußte, was er zu tun hatte. Anstatt dem Gegner kühn in die Krallen zu laufen, wie es die meisten Männchen getan haben würden, zog er sich zurück, Rebekka hinter sich schiebend, und hielt sich soweit wie möglich vom Eingang entfernt. Ruuns Schatten fiel über den Eingang, und ebenso schnell wie sein Schatten warf Ruun sich nach vorn und in den Eingang hinein, und seine Krallen schossen vor zu der Stelle, wo Cairn aufgerichtet wartete. Ruuns Krallen streiften kaum sein Fell. Es entstand eine kurze Pause, während Ruun sich fragte, warum es ihm nicht gelungen war, seinen Gegner zu berühren, und Cairn nutzte diesen Vorteil aus, um sich auf den fleischigen Teil von Ruuns Pfote zu stürzen und ihm mit seinen scharfen Krallen einen brennenden Schnitt beizubringen, der Ruun vor Schmerz aufschreien ließ und ihn zwang, sich umzudrehen und zurückzuziehen.

Im gleichen Augenblick stürzte Cairn nach vorn, hieb aus dem Eingang heraus mit seiner linken Kralle direkt in Ruuns linke Schulter, haarscharf an seinem Rüssel vorbei. Das Ganze geschah so schnell, daß Cairn wieder im Bau war und still dort kauerte und wartete, bevor Rebekka wußte, was geschehen war. Sie hörten Ruuns schnelles, gepeinigtes Atmen im Tunnel hinter dem Eingang, während er darüber nachdachte, was er tun sollte.

Dann geriet alles in Bewegung, Rebekka hörte ein Knurren und ein wütendes Zähnefletschen, sah, wie Cairn sich nach vorn warf, hörte ein Zischen von Ruun, und dann hieben die beiden Maulwürfe am Eingang aufeinander ein. Ruun war jetzt ganz zu sehen. Cairns helleres Fell setzte sich gegen sein schwarzes ab. Einen Augenblick lang zogen sich beide zurück, aber dann stürzte Cairn sich wieder vor, befand sich draußen im Tunnel und trieb Ruun zurück zum Tunneleingang. »Sei vorsichtig, Cairn«, rief

Rebekka ihm verzweifelt nach. »Es ist nicht irgendein Maulwurf. Es ist Ruun. Sei vorsichtig.«

Aber Cairn war kein defensiver Kämpfer, und Ruuns Rückzug vermittelte ihm den falschen Eindruck, daß dieser Kampf leicht zu gewinnen sei. Als er Rebekkas Stimme hörte, lachte Cairn und schob sich weiter vor. Aber auch Ruun verlieh Rebekkas Stimme neue Kraft.

Ruun sah, daß der Maulwurf, mit dem er kämpfte, jung, aber stark war und kein Dummkopf, und daß er ihn nur mit List, nicht mit Stärke besiegen konnte. Und was schlimmer war und seinen Haß auf diesen Maulwurf noch mehr verstärkte, war die Tatsache, daß er Rebekkas Partner zu sein schien; es war ein Wiesen-Maulwurf. Cairns Geruch nach frisch geschnittenem Gras machte Ruun krank, ihn, der so gewöhnt war an den Schimmel verfaulender Blätter in den Schatten des Waldes, in dem er gewöhnlich herumschlich.

So zog er sich langsam zurück und wich den schlimmsten der Schläge aus, die der junge Wiesen-Maulwurf kraftvoll auf ihn richtete, während er sich auf eine List vorbereitete, die es ihm ermöglichen würde, den tödlichen Krallenhieb einzusetzen, den er zu seiner Spezialität gemacht hatte.

Cairn drängte ihn weiter, beeindruckt von der Geschicklichkeit, mit der Ruun seinen schnellsten und gefährlichsten Schlägen auswich und den Tunnel benutzte, um zu verhindern, daß er stolperte und unter Cairn geriet. Auch daß Ruun es fertigbrachte, sogar sein Knurren zu dämpfen, warnte ihn.

Einen Augenblick lang ließ Cairn, fast probeweise, mit der Verfolgung etwas nach angesichts des Rückzugs seines Gegners, und sofort, ohne zu zögern und ohne Anzeichen von Furcht, wie ein Maulwurf sie irrtümlich bei einem Rückzug erwarten könnte, drehte Ruun die Kralle zu einem Hieb, der Cairns Wange aufriß, so daß Blut auf seinen Rüssel tropfte.

Der Hieb ließ beide stumm verharren, während jeder über eine Gelegenheit nachsann, den anderen wirklich ernsthaft zu verletzen.

Ruun unterbrach die Kampfesruhe. Er drehte sich plötzlich um und jagte aus dem Tunnel hinaus an die Oberfläche, der Anfang eines Manövers, das er viele Male benutzt hatte, um einen Gegner zu besiegen, der stärker als er zu sein schien. Mit einem knurrenden Gebrüll stürzte Cairn hinter ihm her, während Rebekka, die ihn zur Oberfläche hin verschwinden sah, eindringlich rief: »Sei vorsichtig, es ist Ruun!« Kein anderes Wort aus ihrem Mund hätte so düster klingen können.

Ihre Warnung war nicht grundlos, denn Ruun wußte, daß ein Maulwurf, der hinauf zur Oberfläche läuft, instinktiv zögert, sie zu betreten, weil er im Begriff ist, den Schutz des dunklen Tunnels zu verlieren. In diesem Augenblick des Zögerns kann ein anderer Maulwurf, einer der, wie jetzt Ruun, am Eingang lauert, mit zum Töten erhobenen Krallen, seinen herauskommenden Gegner in den Tunnel zurückstoßen und mit etwas Glück einen tödlichen Rüsselhieb anbringen.

Ruuns List hätte Erfolg haben können, wenn sein Gegner nicht zufällig so viele Male gegen Steinkraut gekämpft hätte, dessen Verwegenheit schon fast Legende unter den Wiesen-Maulwürfen war. Der Trick, den Ruun jetzt versuchte, war alt, und die Gegenmaßnahme, die Steinkraut Cairn empfohlen hatte, war eine schnelle Verfolgung unter Einsatz der Hinterpfoten, so daß die Vorderpfoten zum Schutz vorgestreckt werden konnten.

Keiner der beiden Maulwürfe gewann diese Runde. Ruuns Hieb traf Cairn, als er aus dem Tunnel herausgestürmt kam, wenn auch nur an Arm und Schulter, während Ruun im Gesicht verletzt wurde. Auf der Oberfläche dann, unbehindert durch Tunnel oder Bau, rollten die beiden Maulwürfe nach reißenden Hieben in wilder Umklammerung umher, mit kratzenden und stoßenden Hinterpfoten und Krallen, die versuchten, eine tödliche Wunde anzubringen.

Über ihnen warf ein drohender Sturm Schatten auf den Himmel, und statt eines hellen Vormittagslichts herrschte eine fast schwermütige Dunkelheit. Weit weg von den Bäumen, in deren düsteren Schatten sie jetzt kämpften, fielen die ersten dicken Tropfen eines Gewitterregens, zuerst vereinzelt, doch dann schwerer und anhaltender.

Es war der gleiche Regen, in den, weit entfernt an den Osthängen, Bracken in genau diesem Augenblick von Rutas neuen Tunneln aus hineinlief, um zum Stein zu gelangen, der sich wie der Gewittersturm über allen Maulwürfen im Conctonwald auftürmte.

Als es in schweren Tropfen zu regnen begann, merkte Ruun, daß Cairn der Stärkere war, und kaum weniger listig als er selbst. Ruun konnte vielleicht Glück haben und einen tödlichen Hieb anbringen. Vielleicht schaffte er es auch mit seiner Geschwindigkeit. Aber er müßte schon Glück haben, und vielleicht war das Glück nicht auf seiner Seite. Und außerdem: Warum sollte er das Risiko auf sich nehmen, wenn es einen viel sichereren Weg gab, seinen Gegner zu töten? Es gab einen Maulwurf in Duncton, der viel stärker als sie beide war und der die Chance, Rebekkas Partner zu töten, begrüßen würde, um so mehr, wenn er von den Wiesen kam.

So jagten die Gedanken einander in Ruuns düsteren Vorstellungen, während er Cairns Hiebe abwehrte und erwiderte, und während der Regen durch die freistehenden Bäume am Waldrand immer dichter auf ihre Pelze herunterprasselte, in ihre Wunden lief und sich mit ihrem Blut vermischte und ihre Sicht und ihre Witterung füreinander behinderte.

Dann griff Cairn Ruun noch einmal an, heftiger und selbstsicherer jetzt, da er im Freien war, und traf ihn schwer an der Lende. In diesem Augenblick entschied Ruun, daß er vorläufig genug hatte. Er würde sich in den Wald zurückziehen, Schritt für Schritt, damit Cairn ihm auf den Fersen blieb, und ihn dann langsam und sicher zu den Schlupfwinkeln der Westseite bringen, wo dieser Wiesen-Maulwurf dann getötet werden konnte, und wenn nicht dort, dann würde er ihn sogar bis zu Mandrake locken, dessen Krallen das Werk mit Vergnügen vollenden würden und der es Ruun sicher hoch anrechnen würde, daß er ihm diesen Maulwurf gebracht hatte.

Ruun lief fort, drehte sich um und knurrte und lief dann weiter, tiefer in den Wald hinein. Cairn verfolgte ihn, begierig, diesen düsteren und bösartigen Maulwurf aus Duncton zu töten, und vergaß Rebekka im Tunnel hinter sich.

Als sie im Regen und im Dunkel des Waldes verschwanden, kam Rebekka aus dem Tunneleingang hervor und lauschte den langsam verhallenden Geräuschen. Sie wäre gern hinterhergelaufen, um Cairn in seinem Angriff auf Ruun zur Seite zu stehen. Doch in einem Kampf unter Rivalen, was dies sicherlich war, konnte ein Weibchen nichts anderes tun als warten. Aber alles in Rebekka schrie danach, hinter den beiden herzulaufen, um ihrem Cairn zu helfen. Dennoch blieb sie zurück, stand im Regen zögernd im Tunneleingang, verwirrt durch den plötzlichen Überfall, doch voller Hoffnung, daß Cairn jeden Augenblick zurückkommen würde, mit dem Blut Ruuns an seinen Krallen.

Aber während die Sturmwolken sich aufblähten und immer schwerer über Wiesen und Wald hingen und mit ihrem stetigen Regen alles verfinsterten, folgte Cairn dem fliehenden Ruun immer tiefer in den Wald und ließ Rebekka zusammengekauert und elend und völlig allein zurück.

Jede Minute, die verging, machte Rebekkas Kummer und Verlassenheit noch größer. Das Plätschern des Regens schien sie zu verwirren und ihr alle Kraft zu nehmen, und sie hatte keine Vorstellung, was geschehen war, wo ihr Partner sein mochte und ob er verletzt war oder nicht. Einmal drang sie in den Regen vor, in die Richtung, die sie eingeschlagen hatten, und rief: »Cairn, Cairn . . .«, aber sie hörte nur Regen und sah nur nasses Laub und Unterholz. Sie kroch in den Bau zurück, um ein wenig länger zu warten.

Schließlich begann sie sich Sorgen um Cairn zu machen, und damit auch Sorgen um sich selbst. Denn wenn er unterlegen war, könnte Ruun zurückkommen und sie hier finden. Doch sicherlich konnte Cairn nicht unterlegen sein? Aber vielleicht war er es doch, und sie hätte versuchen müssen . . .

So begannen zum erstenmal in ihrem Leben Fragen und Sorgen um Leben und Tod Rebekkas Gemüt zu beschweren. Ihr war in den vergangenen vierundzwanzig Stunden soviel Glück beschieden gewesen, daß das plötzliche Auftauchen Ruuns aus einem dunklen Himmel ihr einen Schock versetzt hatte, sie verwirrte und aus der Fassung brachte. Genau das gewaltsam zu verlieren, wonach sie so viele Maulwurfmonate gesucht hatte, erfüllte sie mit Furcht und Unsicherheit und ließ sie jener Sehnsucht nach Leben und Freude mißtrauen, die sie überhaupt erst so vertrauensvoll hierher zu den Wiesen gebracht hatte. Jetzt schien der ohrenbetäubende Regen den Strom ihrer Ängste zu spiegeln.

Endlich versetzte die Möglichkeit einer Rückkehr Ruuns sie so in Furcht, daß sie sich wieder ins Freie begab, wenn sie auch nicht wußte, wohin sie sich wenden sollte. Zuerst wandte sie sich zur Westseite, doch dann blieb sie stehen, aus Furcht, daß Ruun diesen Weg einschlagen könnte, falls er zurückkäme. Auch vor den Wiesen zögerte sie, denn ohne Cairn und Steinkraut als Begleiter erschienen sie ihr gefährlich, um so mehr, als eine große Rinderherde, die während des Tages über die Wiesen gezogen war, jetzt stumm und massig an der anderen Seite des Zaunes stand, die Hufe von dem dort sich bildenden Schlamm beschmutzt.

Unglücklich wandte sie sich wieder in eine andere Richtung, diesmal nach Süden, zu den Hängen, aber was konnte sie dort schon anderes finden als noch mehr Trostlosigkeit und Leere? Jetzt, da ihr Partner nicht mehr da war, erschien ihr alles hoffnungslos.

So kann es irgendwann jedem Maulwurf ergehen, an jedem Ort, zu jeder Zeit. Wenn plötzlich das Licht der Sonne erloschen ist und alles düster und dunkel wird und jeder Regentropfen, der auf den Boden fällt, daran erinnert, daß ein Maulwurf immer allein sein wird, für immer verloren zu sein scheint. Aber obwohl die Sonne erloschen ist, gibt es ein unsichtbares Licht, das weit weg und schwach erscheinen mag und dessen Strahlen das Herz, nicht den Verstand zu berühren vermögen. Und doch kann ein solches Licht, so undeutlich und schwer zu entdecken es auch ist, einen Maulwurf viel, viel kraftvoller antreiben als die hellste Sonne.

Und ein solches Licht zog sie jetzt an, den Waldrand an der westlichen Seite der Hänge hinauf, immer weiter hügelaufwärts, wo die Eichen immer mehr hohen Buchen Platz machten, die dem Wald sogar im Regen ein leichteres, erhabeneres Aussehen verliehen. Jede massige Buche, fest und kraftvoll, die grüne Flechte, die ihren Fuß bedeckte, fast durchsichtig in dem schattigen Licht eines immer dunkler werdenden Nachmittags, jede Buche, an der Rebekka vorbeikam, schien sie von ihrem Standort aus aufzufordern weiterzulaufen. Sie wußte kaum, wohin sie lief, oder daß sie überhaupt lief, und als sie in ihrer Trostlosigkeit den Pfad verließ, der sie immer höher führte, schienen die massigen Bäume sie zurückzulenken zum Licht, das sie an dem Tag vielleicht viel klarer sehen konnten als Rebekka. Immer höher, bis der Boden des Waldes eben wurde und sie von den Wiesen her auf eine große Lichtung zulief. In ihrem Zentrum stand ein Stein, von den Wurzeln eines Baums umwachsen. Der Stein. Und an der Westseite der Lichtung, so still, daß er beinahe Teil des Waldes hätte sein können, kauerte regenglänzend, kleiner als Cairn, ein Maulwurf, dessen Gesicht von ihr abgewandt war: Er blickte durch die Bäume hindurch nach Westen.

Bracken befand sich schon seit mehreren Stunden dort, seitdem es begonnen hatte zu regnen, in dicken, schweren Tropfen. Seine wenigen Tage mit Ruta in Hulvers alten Tunneln, die vielleicht hätten bewirken können, daß er sich nach der ersten Erkundung des Alten Systems nicht mehr ganz so einsam fühlte, hatten die gegenteilige Wirkung gehabt. Er hatte sie verlassen, als der Regen begann, und war unglücklich hügelaufwärts gelaufen, zum Stein hin, ohne zu wissen, warum. Zurück zum Stein.

Er hatte den Stein lange angeschaut, abwechselnd resigniert wegen dessen Teilnahmslosigkeit und zornig, weil er einfach dastand und nichts tat. Dann war er zornig auf Hulver, der gesagt hatte, der Stein vermöge alles, ein Versprechen, das sich nicht zu erfüllen schien, jetzt, da Bracken allein und trostlos vor ihm stand.

Endlich hatte Bracken zu weinen begonnen – Tränen aus einem so tiefen Brunnen einsamer Trostlosigkeit, daß sie seinen ganzen Körper erschütterten. Tränen, die sich mit den Regentropfen vermischten, über sein Gesicht rannen und mit dem Regen auf den Boden fielen, der sie langsam aufnahm und Brackens Kummer mittrug. Dann hatte er sich vom Stein abgewendet und war zur Westseite der Lichtung gelaufen, um sich dort, noch immer elend, an der Stelle niederzukauern, die nach Uffington wies, wo die Heiligen Maulwürfe sich befinden sollten.

Etwas später begann er, zu dem Stein hinter sich und zu dem fernen Uffington zu sprechen, ohne zu wissen, daß das, was er tat, Beten war. Er bat den Stein um Hilfe auf seiner Suche nach Stärke. Er bat um die Stärke, seine Erkundung des Alten Systems fortzusetzen. Er bat um Hilfe.

Zuerst peitschte der Wind die Bäume, die schwankten und in der Nässe gegeneinanderschlugen, hoch über der Stelle, wo Bracken kauerte. Aber dann legte sich der Wind, und dichter Regen strömte herunter, der gleiche Regen, der die einsame Rebekka fast betäubt hatte, als sie Cairn und Ruun tiefer im Wald verschwinden sah, und der in kleinen Bächen an den Baumstämmen um die Lichtung herunterlief und die Lauberde in einen durchweichten Teppich verwandelte, kalt und naß.

Und das Getöse! Das unendliche, ziellose Trommeln des Regens übertönte jedes andere Geräusch – weder das Huschen eines Fuchses noch das Hoppeln eines Kaninchens noch das Hasten eines Maulwurfs waren zu hören. Bis endlich, als es Bracken so vorkam, als hätten alle Lebewesen außer ihm selbst vorübergehend eine Zuflucht in ihren Bauen gefunden, der Wald in dem Regen so still wurde wie ein verlassener und vergessener Tunnel.

Dann kam langsam Frieden über Bracken. Ein Frieden, der verbunden war mit der seufzenden Erkenntnis, daß er allein war, und daß Maulwürfe wie Mandrake und Ruun, die einem Steinmaulwurf nachjagen konnten, der gar nicht existierte, sicherlich nicht weniger allein waren als er. Ein Frieden, der mit der Gewißheit kam, daß es gleichgültig war, wo er lebte, und wenn der Stein ihn zum Alten System geführt hatte, konnte er es ebensogut zu Ende erkunden.

So kam es, daß Bracken den Frieden fand, der den Tränen eines aufrichtig aus einem von Leid und Dunkelheit umhüllten Herzen gesprochenen Gebetes folgt, als Rebekka im Regen ihre eigene mühsame Hügelbesteigung begann. Die Worte, die Hulver ihn gelehrt hatte, kamen jetzt zurück, und jedes einzelne schien für ihn eine Bedeutung zu haben, die er nicht erkannt hatte, als er die Worte zum erstenmal sprach:

»Die Gnade der Gestalt
Die Gnade der Güte
Die Gnade des Leidens
Die Gnade der Weisheit
Die Gnade der Wahrhaftigkeit
Die Gnade des Vertrauens
Die Gnade der aus der Seele kommenden Lieblichkeit.«

Dann wurde es für eine Weile still in ihm, und für einen Augenblick sah er an dem undurchdringlichen, teilnahmslosen Stein vorbei in die Welt des Vertrauens und der Liebe jenseits des Steins.

Müde, mit wunden Pfoten, benommen und aus der Fassung gebracht, hockte Rebekka sich auf der Lichtung nieder und schaute hinauf zum Stein, ohne den fremden Maulwurf zu fürchten, der rechts von ihr im strömenden Regen kauerte. Sie sah den Stein eine lange Zeit an, erstaunt über seine Größe und seine Erhabenheit, und verlor sich in seiner Stärke.

Endlich wurde ihr kalt, und sie begann zu zittern, aber sie stellte fest, daß ihr Entsetzen und ihre Verwirrung verschwunden waren, und sie wollte nur noch zurück zu den Tunneln von Duncton, wo sie für eine Weile Zuflucht finden konnte, bevor sie von neuem versuchte, Cairn zu finden.

Sie näherte sich dem Maulwurf am Rand der Lichtung behutsam, um ihn nicht zu erschrecken, denn er schien sie nicht bemerkt zu haben. Sie sah einige Büschel Heildolde, zwischen die sie lief, um von dort aus zu ihm zu gelangen. Zuerst hätte sie ihn fast für tot halten können, so still kauerte er da. Aber in tote Geschöpfe scheint der Regen einzudringen, so daß kein Licht mehr auf ihnen liegt, während die wenigen helleren Flecken am westlichen Himmel Licht auf diesen Maulwurf warfen, das sich in seinem nassen Fell widerspiegelte.

Sie beobachtete ihn länger, als sie beabsichtigt hatte, denn ein großer Frieden schien von ihm auszugehen, wenn er auch klein und zusammengekrümmt und in gewisser Weise fast ängstlich wirkte. Sie fragte sich, wer er sein mochte, und kam zu dem Schluß, daß er ein Wiesen-Maulwurf sein müsse. Der Gedanke, daß es Bracken sein könnte, kam ihr gar nicht, denn nach ihrer Vorstellung war Bracken mindestens so groß wie Steinkraut oder Mandrake und völlig furchtlos. Sie wäre gern wieder trocken und warm zurück in den Tunneln von Duncton gewesen. Aber sie brauchte Hilfe, um dort hinzugelangen, denn die Kraft, die sie auf den Hügel gebracht hatte, war jetzt verschwunden, und sie war müde.

Nach und nach begann der dichte Regen nachzulassen und das trommelnde Getöse, das so lange geherrscht hatte, wurde wieder zu einem Flüstern, als einzelne Tropfen, die durch die sie umgebenden Bäume fielen, wieder zu hören waren. Langsam klarte der Himmel von Westen her auf.

Während es heller wurde, wandte der Maulwurf, den Rebekka beobachtete, sich um und musterte sie mit abwesendem Blick. Keiner von ihnen konnte wissen, wie unsagbar erschöpft der andere war. Aber so wie Bracken spürte, daß der Maulwurf vor ihm ängstlich und verlassen war, so spürte Rebekka, daß auch er verlassen und einsam gewesen war. Es machte ihr Mut, ihn anzusprechen, und unter anderen Umständen wäre sie zu ihm hingelaufen, und ihre eigene Lebensfreude hätte seine Augen aufleuchten lassen, wie es manchmal bei ihren Brüdern geschehen war, und bei Mekkins und Rose. Und sogar bei Mandrake, aber das wußte sie nicht.

Aber sie war zu müde, diesem Impuls zu folgen, und kam statt dessen nur ein wenig näher und sagte: »Ich habe mich verlaufen. Wie komme ich in das System zurück?«

Die Erwähnung des Systems ließ Bracken an ihr vorbei die Hänge hinunter blicken, wo das System lag, aber dann fiel ihm ein, daß es ja nicht mehr sein System war. Er gehörte nicht mehr dazu. Er hatte weder den Wunsch noch das Bedürfnis, dorthin zurückzukehren, aber andererseits: Was spielte es schon für eine Rolle? Und außerdem war es ein angenehmes Gefühl, von einem Maulwurf um Hilfe gebeten zu werden. Er sah Rebekka an und dachte, daß er ihr gern helfen würde, weil sie ... nun, es ging eine Wärme von ihr aus, die ... aber er hatte nicht die richtigen Worte dafür, nicht einmal klare Gedanken.

»Ich bin aus Duncton«, fügte sie hinzu. Das wußte er: Er erkannte es an ihrem frischen Geruch nach Wald, der ihn an die sonnige Oberfläche in Barrow Vale erinnerte, als er es im Frühsommer erlebt hatte, der besten Zeit dort.

Bracken freute sich besonders darüber, daß es ein Maulwurf aus dem System war, der ihn nach dem Weg fragte.

»Komm«, hörte er sich fröhlich sagen. »Ich zeig's dir.« Und schon lief er an ihr vorbei und führte sie einen Weg hinunter, an den er sich erinnerte und der zu einem Eingang genau unterhalb der Hänge führen mußte, von wo aus sie selbst weiterfinden konnte. Es gefiel ihm, die Hänge hinunterzulaufen, hierhin und dorthin, durch das nasse Laub, mit einem anderen Maulwurf hinter sich, der sich auf seine Kenntnisse verließ. Es gefiel ihm so sehr, daß er es bedauerte, als sie dort ankamen und er zu ihr sagen mußte: »Da wären wir! Ich habe dir ja gesagt, daß es einfach ist!«

Er sah sie an, die ihn ansah, und wäre gern geblieben, um alle möglichen Dinge zu fragen. Aber irgendwie hielt ihn die Art, wie sie ihn ansah, davon ab, die Fragen zu stellen, die er zu formulieren versuchte, und er blieb stumm, als sie zu ihm kam und ihn an der Schulter berührte, dort, wo die Narbe unter dem nachgewachsenen Fell allmählich verschwand. Sie berührte ihn so sanft, daß die Worte, die er sagen wollte, wie ausgelöscht waren, und er sich plötzlich auf schmerzhafte Weise verletzbar fühlte, während sich ein Weg in sein Herz öffnete, den weder Stolz noch Furcht noch Eitelkeit jemals wieder ganz versperren konnten. Er wäre gern dicht an sie herangegangen und hätte sie seinerseits berührt, seinen Rüssel in das weiche Fell an ihrem Hals gesteckt. Das beunruhigte ihn, und er hatte den Wunsch, vor diesem Gefühl davonzulaufen, und vor ihr, und vor dem System.

»Wie heißt du?« fragte sie liebevoll.

»Ich bin Bracken«, stieß er hervor. Und dann lief er davon, fort von dem Eingang, wo sie gekauert hatten, und auf die Hänge zu. Während er lief, war er erleichtert, daß er sie verlassen hatte, aber er fühlte noch immer ihr Streicheln auf seiner Schulter, wo vor einiger Zeit seine schreckliche Wunde so geschmerzt hatte, und obwohl er froh war, daß sie nicht mehr da war, wünschte er, er hätte nach ihrem Namen gefragt.

Er hörte nicht, wie sie ihm nachrief: »Ich heiße Rebekka«, und sah auch nicht, daß sie ihm ein kleines Stück nachlief, noch sah er sie stehenbleiben und zu den Hängen hinaufblicken, zu denen er zurückgekehrt war. Erst dann wandte sie sich ab und lief in die Tunnel des Systems.

Teil II

Rebekka

KAPITEL 15

Die Stille des Steins. Ein Maulwurf kann ein Leben lang lauschen und sie doch nicht hören. Aber sie kann ihn auch bei seiner Geburt berühren und ihn mit ihrer Kraft für die Aufgaben beschützen, die er meistern muß. Ein solcher Maulwurf war Boswell, Schreibermaulwurf von Uffington, wo die Heiligen Baue liegen, heute als Begnadeter Boswell bei allen Maulwürfen bekannt und verehrt.

Und doch hatte es eine Zeit gegeben, da das Gelübde des Gehorsams sein Herz beschwerte, als er Tag für Tag in Einsamkeit betete bei dem Tönenden Stein, der am Fuß des Uffingtonhügels steht – einem Stein, dessen besondere Macht der Wahrheit jeder Maulwurf kennt. Er suchte Zuspruch, bevor er den heute schon zur Legende gewordenen Entschluß faßte, seine Gelübde zu brechen und über Kreidehügel und durch feuchte Täler, über Fluß und Marsch den Weg zum Alten System von Duncton anzutreten.

Es war September, die gleiche Zeit, da Bracken und Rebekka sich zum erstenmal begegneten, und das Wetter war veränderlich. Ein Sturm war von Osten her aufgekommen, der Richtung, in der Duncton lag. Er hüllte die Kuppe des Uffingtonhügels in Regen und Nebel und ließ Boswell unten allein, abgeschnitten und allein mit dem Tönenden Stein, seine Entscheidung treffen. Als der Sturm seinen Höhepunkt erreichte, fegte und jagte der heftige Wind um die Narben und Wülste des Steins, bis endlich der tiefe vibrierende Ton erklang, der alle Zweifel beseitigte und Boswell die schreckliche Gewißheit brachte, daß er die gefahrvolle Reise antreten mußte.

Er hatte schon um Erlaubnis gefragt und war mit seinem Lehrer, Skiet, zu dem Heiligen Maulwurf gegangen und hatte um Befreiung von seinem Gelübde gebeten, damit er die lange Reise nach Duncton antreten könnte. Aber seine Bitte war abgeschlagen worden, wenn auch gütig und verständnisvoll, so wie Skiet es ihm vorausgesagt hatte.

»Du bist hier ganz unentbehrlich, Boswell, denn keiner kennt die Geheimnisse der Schriftensammlungen so gut wie du, oder die alte Sprache, die selbst die Schreiber vergessen. Und außerdem«, und dabei blickte Skiet Boswell traurig an, »außerdem weißt du, daß du eine solche Reise nicht überleben würdest. Andere könnten es vielleicht, aber nicht du, Boswell.«

Boswell hätte nie eine Chance gehabt. Er war damit gestraft, mit einer verkrüppelten Pfote zur Welt gekommen zu sein, deren Krallen schwach und nutzlos waren und mit der er gerade eben umherhumpeln konnte, immer mühsam darum kämpfend, mit den anderen Jungwürfen Schritt zu halten. Es war vielleicht ein Wunder, daß er überlebt hatte, bis er Skiet über den Weg lief – oder auch eine Auswirkung der Tatsache, daß er so intelligent gewesen war, Schwierigkeiten zu meiden.

Skiet hatte Boswell in einem System in der Nähe von Uffington gefunden und ihn zu seinem eigenen Schutz in die Heiligen Baue gebracht. Er sagte, er habe in seinem wachen Verstand und in seiner Intelligenz, und in seiner Ehrfurcht vor dem Stein, etwas gesehen, das nicht verloren sein sollte, wenn er zu alt würde, um in seinem heimischen Bau zu bleiben, und um ein eigenes Territorium würde kämpfen müssen.

Er kam zu den Schriftensammlungen von Uffington, und bevor er ein Schreiber wurde, lernte er dort, die alten Bücher zu betreuen, mit soviel Liebe und Verständnis, daß andere Schreiber sagten, es sei eine Freude, ihm zuzusehen.

Einige sagten, er sei für die Schriftensammlungen geboren, wo sein Fell, graugefleckt wie es war, sich mit dem Weiß der Kreidewände vermischte und ihn in gewissem Licht so alt wie die Bücher selbst erscheinen ließ. Sie gewannen seine zerbrechliche Gestalt bald lieb und lächelten, wenn sie ihn sahen, wie er manchmal Mühe hatte mit den größeren Büchern, aber jede Hilfe ablehnte.

Er wurde Schreiber, als er noch sehr jung war, und zeichnete sich bald aus mit einer Arbeit über einige der heiligsten Texte überhaupt. Das Buch Erde, wie es jetzt in seiner redigierten Form vorliegt, ist im wesentlichen Boswells Werk. Das Buch Licht, so lange ein unklarer Text, den nur wenige Maulwürfe verstanden, wurde von Boswell allein übersetzt und erläutert. Und all dieses geschah, als er noch jung war und erst eine Längste Nacht erlebt hatte.

Aber eines Frühlings, zu der Zeit als Bracken geboren wurde, schien Boswell sich zu verändern. Von allen Lehrern brachte allein Skiet die Veränderung mit einem Text in Verbindung, den Boswell eines Tages während seines Herumstöberns in den dunklen Ecken der Schriftensammlungen gefunden hatte. Es war ein Stück Rinde, auf dem der Text stand, und es schien absichtlich versteckt worden zu sein. Es trug das heiligste aller Siegel, das Siegel der weißen Birkenrinde: das Siegel eines Weißen Maulwurfs.

Er brachte seinen Fund Skiet, seinem Lehrer, der den Text zum Heiligen Maulwurf trug, und dieser öffnete ihn in der Anwesenheit von Skiet allein. Er war in der alten Sprache geschrieben und lautet übersetzt so:

Sieben Stille Steine, sieben Bücher dazu,
Alle gefunden, nur einer nicht.
  Als erster der Stein der Erde zum Leben,
  Als zweiter der Stein für den Maulwurf in Pein,
  Der Dritte fürs Kämpfen, aus Blutvergießen entstanden,
  Der Vierte der Stein der Dunkelheit, im Tode entstanden,
  Der Fünfte zum Heilen, durch Berührung entstanden,
  Der Sechste Stein des reinen Lichts, aus Liebe entstanden,
Jetzt warten wir
Auf den Letzten
Ohne den der Kreis sich nicht schließt;
Und das Siebte
Verlorene letzte Buch,
Dessen Worte uns segnen werden.

Sucht das verlorene Buch, schickt den letzten Stein,
Bringt sie zurück nach Uffington.
  Sendet einen Maulwurf voller Mut
  Und einen Maulwurf, der Mitleid hat,
  Mit einem Dritten, sie zu vereinen
  Durch das wärmste Licht der Liebe.
Lied des Schweigens,
Tanz voll Geheimnis,
Aus ihrer Liebe wird noch einer kommen ...
Der den Stein hält,
Der das Buch bringt,
Dem die Stille des Steines gehört.

Die ungeheuere Bedeutung dieses Textes war sowohl für den Heiligen Maulwurf als auch für Skiet sofort offensichtlich. Denn er bestätigte die schon von unzähligen Generationen von Schreibermaulwürfen gehegte Überzeugung, daß es tatsächlich sieben Heilige Bücher gab und nicht sechs – wie in Uffington wirklich vorhanden. Und wenn es sieben Bücher gab, mußte es auch einen siebten Stillen Stein geben, denn jedes der sechs Bücher in Uffington wurde durch einen Stillen Stein ergänzt – so wurden die ungewöhnlichen Steine genannt, die zu den Büchern gehörten –, deren Verbleib an den verborgensten Orten Uffingtons ein nur dem Heiligen Maulwurf und den Lehrern bekanntes Geheimnis war. Die beiden Maulwürfe erörterten sofort die Frage, ob dieser Text die beiden großen Geheimnisse um das verlorene Buch lüftete: wo sich das Buch befand, und was sein Thema war. Und auch, ob es einen siebten Stillen Stein gab oder nicht. Aber wie es Gelehrten so häufig ergeht: sie fanden keine eindeutige Antwort.

Als im System bekannt wurde, daß dieser Text gefunden worden war und wie er lautete, entstand eine gewaltige Aufregung, denn sicherlich mußte diese Entdeckung doch eine Art Zeichen sein. Er war unvermeidlich, daß viele Schreiber, besonders die jüngeren, eifrigeren, die gern etwas erlebten, um Erlaubnis baten, Uffington zu verlassen, um nach dem verlorenen Stillen Stein und dem verlorenen Buch zu suchen.

Aber Boswell, der den gleichen Drang verspürte, war von all dem ausgeschlossen, denn wie konnte ein wehrloser Maulwurf wie er Uffington je verlassen? Er vergrub sich in seine Arbeit in den Schriftensammlungen und verfolgte auf der Suche nach dem siebten Buch den einzigen Weg, der ihm offenstand. Er begann, völlig allein, in der Schriftensammlung intensiv nach Unterlagen zu suchen, die die gleiche Schrift aufwiesen wie die Aufzeichnung, die er gefunden hatte. Er selbst hat über diese Suche an anderer Stelle berichtet, aber hier ist nur von Bedeutung, daß er in dem Hochsommer nach dem Frühling, in dem er seine erste Entdeckung gemacht hatte, einen Hinweis fand, der in derselben Schrift geschrieben war, und zwar in einer der Schriftrollen des Systems, die die Entdeckungen der Wanderschreiber – wie sie damals genannt wurden – über die von ihnen besuchten Systeme festhielten. Der Hinweis bezog sich auf »Duncton, ein System, das durch die Flüsse, die es von drei Seiten umgeben, von der Welt abgeschnitten ist, und das Tunnel von großer Schönheit und Weisheit besitzt«.

Der Hinweis als solcher war nicht ungewöhnlich. Bemerkenswert war die Wirkung, die er auf Boswell hatte. Während er ihn las, schien es ihm, als höre er einen an ihn gerichteten Ruf, wie von einem alten Maulwurf, der sich an einen Ort verirrt hat, von dem er nicht entfliehen kann, und der ihn bat, zu kommen.

Er zweifelte selbst an dem Vorhandensein dieser Stimme und hielt sie für nichts anderes als Eitelkeit und Stolz, die ihm einen Grund lieferten, dem Drang, das System zu verlassen, nachzugeben. Aber während der folgenden Wochen hielt die Stimme beharrlich an, und endlich bat auch er den Heiligen

Maulwurf um Erlaubnis, das System zu suchen, dessen Lage bekannt war, obwohl seit vielen Generationen kein Schreiber es mehr aufgesucht hatte – zumindest war keiner von dort zurückgekehrt.

Er fragte dreimal, und jedesmal wurde seine Bitte abgewiesen. So begab er sich schließlich in jenem September, dem gleichen, in dem Bracken und Rebekka einander zum erstenmal begegneten, hinunter zum Tönenden Stein und begann dort seine Wache, um die Wahrheit zu finden. Und dort, in dem Licht, das der Sturm ihm brachte, und durch die Gnade des Steins, faßte er seinen Entschluß, auch wenn es bedeutete, daß er seine Gelübde brach. Es wird berichtet, daß er den Heiligen Maulwurf selbst um Vergebung bat und daß sie ihm gewährt wurde, »für alles, was du für Uffington getan hast, und für alles, was der Stein dir gestatten mag zu tun, außerhalb Uffingtons«.

Es wird auch berichtet, obwohl es nirgends niedergeschrieben steht, daß Skiet seinen Schützling und Freund bis an das Ende des östlichen Teils vom Uffingtonhügel begleitete, wo er bekümmert zugesehen haben muß, wie Boswell sich langsam auf seinen langen Weg machte.

Und dort müssen auch wir ihn verlassen, um ihn allein seine gefahrvolle Reise machen zu lassen. Es wird lange dauern, bis wir wieder von ihm hören, denn Duncton war fern, und jene Zeiten waren finster und gefährlich.

Doch während er seine Reise beginnt, laßt uns, wie Skiet es damals tat, den alten Reisesegen wiederholen, der, so ist es Brauch, dem Stein vorgetragen wird, wenn ein Maulwurf sich endlich dem Schutz derer entzieht, die ihn lieben:

> Möge der Frieden deiner Kraft
> Sein Gehen und seine Rückkehr begleiten,
> Der Frieden des Weißen Maulwurfs auf seiner Reise bei ihm sein,
> Und möge er wohlbehütet heimkehren.

KAPITEL 16

Bei Cairns rachsüchtiger Verfolgung von Ruun gewann endlich die Vernunft die Oberhand. Je tiefer er in den Wald eindrang, um so mehr bedrückten die hohen Bäume ihn, denn er war nur freien Himmel und frischen Wind gewohnt, und einfache Tunnel, die trocken rochen.

Aber anfangs widerstrebte es ihm umzukehren. Einmal, weil sein Bruder Steinkraut ihm einmal gesagt hatte: »Brich einen Kampf nie in der Mitte ab«, was Cairn so deutete, daß es besser sei, einen Gegner zu töten, als ihm zu gestatten, unbehelligt davonzuschleichen und eine Gefahr zu bleiben.

Zum anderen spürte Cairn, daß Ruun nicht wirklich geschlagen war und wahrscheinlich die Absicht hatte, einen Trick anzuwenden. Außerdem könnte dieser Ruun mit anderen Maulwürfen aus Duncton zurückkehren, um ihn anzugreifen, und Cairns Vorstellungen von seiner eigenen Tüchtigkeit waren nicht überhöht. Er könnte Ruun schlagen, das wußte er, aber nicht zwei oder drei Ruuns. So gab Cairn schließlich die Verfolgung auf und lief zurück, um Rebekka zu suchen.

Draußen auf den Wiesen wäre ihm das nicht schwergefallen, aber hier im Wald mit seinen vielen ungewohnten Gerüchen und Geräuschen und dem dichten Regen, der alles viel dunkler machte, fand er es sehr schwierig, und er brauchte Stunden, um aus dem Wald den Weg zurück zu den Wiesen zu finden. Endlich, als der Regen nachließ und wieder ein leichter Wind aufkam, glücklicherweise aus dem Westen, witterte er die Nähe der Wiesen und konnte direkt auf sie zulaufen, und von dort zu dem behelfsmäßigen Bau, wo er Rebekka verlassen hatte.

Er rief ihren Namen, als er den Tunnel hinunterlief, aber er spürte auch ohne die Stille, die ihn erwartete, daß sie den Bau verlassen hatte. Wahrscheinlich, um nach ihm zu suchen.

Wie feucht und verloren der Ort ohne sie aussah! Wie dumpfig und düster der Wald rund umher erschien, genauso wie immer, wenn er von den Wiesen in seine Nähe gekommen war. Wie kalt ihr Bau war; nur Rebekkas frischer Waldgeruch verlieh ihm ein Gefühl von Leben und Liebe.

Er wartete in dem Bau, kümmerte sich um die Kratzer und Wunden, die er sich im Kampf mit Ruun zugezogen hatte, und fühlte sich verloren. Er wollte sie wiedersehen, und wenn es nur war, um sich zu überzeugen, daß sie kein Traum gewesen war – obwohl, wie er wehmütig dachte, die Wunden, die Ruun ihm beigebracht hatte, hinreichend bewiesen, daß sie kein Traum war.

Auch Rebekka fühlte sich während der ganzen Nacht jämmerlich, und obwohl sie müde war, konnte sie vor Sorgen um ihren Cairn nicht schlafen. Als die Morgendämmerung kam, und sie kam sehr langsam, lief Rebekka zurück auf die Oberfläche in der Nähe der Wiesen, wo die Luft vom gestrigen Sturm kühl und klar war und die Sonne gerade aufging. Der Wald gab ihr das Gefühl, daß er die Heimsuchung durch den Sturm abgeschüttelt hatte und die Maulwürfe sich in ihm wieder wohl fühlen konnten, wenn es auch langsam Herbst wurde. Aber es gab noch genug grünes Laub, das die Morgensonne einfing und einem Maulwurf vorgaukelte, er – oder sie – sei wieder im Sommer.

Als Rebekka zu der kleinen Lichtung kam, wo ihr behelfsmäßiger Bau sich befand, wußte sie sofort, daß er dort auf sie wartete. Oh, endlich konnte sie wieder den kräftigen jungen Geruch freier Wiesen riechen, wo der Wind wehte und es nur vereinzelt Schatten gab. Sie seufzte vor Glück und schlich sich so leise sie konnte in den Tunnel, in der Hoffnung, Cairn zu überraschen, aber er erwartete sie. Sie hörte, wie er sich regte und lachte, entzückt über ihren Duft, der zu ihm wehte, und da war er, wartete in dem Bau auf sie, ihr Cairn! Ihr Geliebter! Seine Geliebte, Rebekka!

Wie still sie beide waren, und wie zufrieden. Sie sah nach seinen Kratzern und Wunden, besonders nach der Verletzung in seinem Gesicht. Wie sorgfältig behandelte sie diese Verletzung! Welche Seufzer und Liebkosungen, welche Umarmungen und welches Entzücken, welch friedliche Ruhe und Tagträume! Wie nahe sie einander waren!

»Rebekka, Rebekka!«

»Cairn, meine Wildblume.«

Sie lächelten und lachten und kicherten, weil sie einander so nahe waren, Fell vermischte sich wieder mit Fell, Lende preßte sich weich gegen Lende. Eine Weile lang führten sie sogar einen Scheinkampf, bis Cairns Wunde wieder aufsprang und er sich seiner Rebekka ergab, und sie leckte und versorgte seine Wunde von neuem. Dann schliefen sie wieder den süßen Schlaf befriedigter Liebe.

»Hast einen Kampf hinter dir, was Ruun?« Mandrake stellte die Frage gutgelaunt, denn nachdem sie in Hulvers Tunneln dem Eulengesicht gegenübergestanden hatten, fühlte er sich matt und nicht in der Stimmung, sich mit dem kriecherischen Geschwätz der Maullanger auseinanderzusetzen, darum war er froh, als Ruun wieder auftauchte, wo er auch gewesen sein mochte.

Als er die Ältesten-Höhle betrat, wo Mandrake kauerte, hatte Ruun sich wohlüberlegt so niedergekauert, daß seine Wunden und Kratzer deutlich zu sehen waren. Er hatte so getan, als sei er erschöpft und habe offensichtlich Schmerzen, mit gesenktem Rüssel, aber als gäbe er sich bewußt Mühe, heiter zu erscheinen.

»Nicht unbedingt ein Kampf, Mandrake, aber ohne Bedeutung, hoffe ich.«

»Hm?« Mandrakes Knurren deutete an, daß er mehr wissen wollte.

»Nicht der Rede wert«, sagte Ruun. »Ich hoffe es jedenfalls.«

Er ließ Mandrake Zeit, mißtrauisch zu werden, und sagte dann leichthin: »Jedenfalls ist in Barrow Vale alles ruhig. Das ist auch etwas wert.«

»Wo warst du, Ruun?« fragte Mandrake, dessen Neugier jetzt erfolgreich geweckt war.

Ruun seufzte, leckte seine Wunden, kratzte sich, drehte und wand sich, hustete, verzog sein düsteres Gesicht zu einem tapferen Lächeln, seufzte wieder und fragte schließlich: »Weißt du, wo Rebekka sich im Augenblick befindet?«

»Nein. Wo?« fragte Mandrake, dessen Neugier in Verwirrung überging.

»Ach! Ich dachte ... nichts. Ich muß mich irren.«

Mandrake erhob sich und näherte sich Ruun. »Was hast du gedacht?« fragte er heftiger.

Ruun zögerte. Dann sagte er: »Na, jedenfalls, wenn es irgendwo im System einen Ort gibt, wo Gefahr und Verrat am wenigsten Wirkung haben werden, dann auf der Westseite. Die meisten Maullanger kommen von dort und sind dir und dem System zutiefst ergeben.«

»Gefahr? Verrat?« Es war eine Spur von Gereiztheit in Mandrakes Stimme, ein Hauch von Zorn.

»Wir müssen immer damit rechnen, das hast du selbst mich gelehrt.« Ruun machte eine Pause, und Mandrake wartete darauf, daß er weitersprach. Schließlich setzte er wieder an, wählte aber mit Absicht ein anderes Thema.

»Es wird Herbst, Mandrake. Eine Zeit der Veränderungen. Aber was für ein Sommer! Damals mußt du stolz gewesen sein auf Rebekka.«

»Stolz?«

»Soviel Unschuld, im Sommer. Soviel Wärme, wenn die Sonne schien. So schön, damals. Sie ist jetzt nicht hier in Barrow Vale?«

»Sollte sie hier sein?«

»Sie war es. Nachdem sie ihre Tunnel vor ein paar Tagen verlassen hat. Aber vielleicht ist sie inzwischen wieder dort, und ich irre mich.«

»Irrst dich? Was willst du damit sagen, Ruun? Komm schon, spuck es aus.«

»Befürchtungen stützen sich nicht immer auf Tatsachen. Es ist besser, sie nicht auszusprechen, bevor du weißt, daß sie berechtigt sind. Dann kann ein Maulwurf Gefahr und Verrat ausrotten.«

»Verrat? Rebekka? Was willst du damit sagen?« Mandrake wurde allmählich zornig, wenn auch nicht direkt auf Ruun, da kein Maulwurf ihm so ergeben war.

»Mit welchem Maulwurf hast du gekämpft?« fragte Mandrake hartnäckig weiter.

»Mit einem, dem Rebekka hoffentlich nicht begegnet ist«, erwiderte Ruun und fügte rasch hinzu: »Aber das werden wir bald wissen ... falls Rebekka wieder in ihren Tunneln ist, meine ich. Ich wollte dich nicht mit Befürchtungen belasten, die, so düster sie auch sein mögen, doch vielleicht grundlos sind. Du hast andere Sorgen, und ich bemühe mich immer, dich mit solchen geringeren Sorgen zu verschonen.« Ruun kratzte sich wieder und lächelte Mandrake mühsam an, wobei er das Gesicht verzog, als hätte er Schmerzen.

»Welcher Maulwurf?« fragte Mandrake.

»Einer von den Wiesen«, sagte Ruun.

»Du hast ihn getötet?« fragte Mandrake.

»Ich wünschte, ich hätte es. Aber es waren mehr als einer. Vielleicht habe ich einen von ihnen getötet.« Er machte eine Pause, als denke er nach, und Mandrake wartete ungeduldig darauf, daß er fortfuhr. Endlich sprach er weiter.

»Wir müssen die Wiesen-Maulwürfe besser im Auge behalten. Sie gehen bei ihren Angriffen raffinierter vor, raffinierter, als sie es einmal waren. Weißt du, was ich glaube, Mandrake?«

Unwillkürlich kam Mandrake näher, weil er dachte, daß Ruun endlich sagen würde, was ihm durch den Kopf ging.

»Ich glaube, daß ein Wiesen-Maulwurf nichts lieber tut, als ein Weibchen aus Duncton zu nehmen, je jünger und unschuldiger, um so besser, und sie sich zu eigen zu machen, harte Lenden hart in weiche junge Lenden. Sie in dem sicheren Gebiet am Waldrand zu nehmen, und es dann ihr zu überlassen, eine Horde von kreischenden Wiesen-Maulwürfen in schmachvoller Heimlichkeit mitten im Differenzwald zur Welt zu bringen.«

Während dieses Bild noch vor ihnen stand, streckte ein Maullanger seinen Rüssel in den Eingang zur Ältesten-Höhle, in der Mandrake und Ruun miteinander sprachen, und als er sah, daß sie schwiegen, flüsterte er: »Ruun! Hört Ihr, Ruun? Sie ist nicht da!«

»Wer ist nicht wo?« brüllte Mandrake, und die Ohnmacht, die Ruuns sorgfältig geplante Unbestimmtheit ihn empfinden ließ, entlud sich über dem Maullanger, der stockte und stotterte und Ruun verzweifelte, hilfesuchende Blicke zuwarf.

Ruun senkte nur den Rüssel und schüttelte traurig den Kopf.

»Nun?« fragte Mandrake den Maullanger drohend.

»Ja . . . nun . . . es ist Rebekka. Sie ist nicht in ihren Tunneln.«

»Wo ist sie denn?« donnerte Mandrake.

»Ich . . . wir . . . wissen es nicht, Mandrake«, flüsterte der Maullanger.

»Ruun?« Mandrake wandte sich aggressiv wieder an Ruun.

»Das habe ich befürchtet. Das, so habe ich gehofft, konnte nicht wahr sein. Ach, Rebekka.«

»Raus!« schrie Mandrake den Maullanger an. Dann wandte er sich zu Ruun und sagte: »Du fängst besser ganz von vorn an, Ruun.«

»Jetzt gibt es nicht mehr viel zu sagen, Mandrake. Nur zu tun . . . Aber weißt du, warum Rebekka nach Barrow Vale kam?«

»Warum?«

»September ist eine Zeit des Wechsels. Blätter mögen im Juni zartgrün sein, aber im September verwelken sie. Einige Maulwürfe paaren sich im September ... einige Maulwürfe mögen es, wollen es ... im September. Oder vielleicht sollte ich sagen, jetzt.«

»Paarung ... Rebekka ... jetzt ...« Die einzelnen Teile verbanden sich in Mandrakes Vorstellung allmählich zu einem Wirbel aus rotem und schwarzem Gift.

»Am Waldrand, in der Nähe der Wiesen«, fuhr Ruun fort und fügte hastig, aber absichtlich nicht hastig genug, erklärend hinzu: »Dort war ich. Ich habe mit Wiesen-Maulwürfen gekämpft, die ein Weibchen aus Duncton mit in ihre Dunkelheit geschleppt hatten und mit ihr taten, was sie ihnen erlaubte zu tun. Verrat und Gefahr.«

»Du meinst Rebekka?« fragte Mandrake zornig, aber gleichzeitig fasziniert. Mit jedem Wort, das Ruun jetzt sprach, stand ihm ein Bild von seiner Rebekka, seiner Tochter Rebekka, seinem unberührten Kind, deutlicher vor Augen, am Rand seines Vorstellungsvermögens, wohin kein Maulwurf gern blickt, wohin zu blicken ein eifersüchtiger Maulwurf aber leicht veranlaßt werden kann. Ein Bild von Fell und Dunkelheit, von sich bewegenden Lenden und Krallenkratzern auf Rücken, von feuchten Rüsseln, lang und spitz, und geöffneten Mäulern, von weißen Zähnen und sinnlichem Lächeln in der Dunkelheit eines verbotenen Baues. Und seine Rebekka unter ihnen. Seine Tochter!

»Rebekka? Mit Wiesen-Maulwürfen? Das will ich nicht hoffen«, sagte Ruun. »Ich bin mir sicher, daß sie das nicht tun könnte«, fügte er hinzu, aber so wenig überzeugt, daß es Mandrake nicht befriedigte.

Ruuns Pläne gingen weit, weiter vielleicht, als ihm selbst bewußt war. Er erkannte Mandrakes Eifersucht, weil er selbst so etwas verspürt hatte, obwohl seine Eifersucht, da sie einem kalten Verstand entsprang, eher die des Nicht-Besitzens als die der Blutverwandtschaft und der sinnlichen Begierde war – wie bei Mandrake. Er dachte an Rebekka und Cairn, und seine Augen glitzerten schwarz wie das Gesicht der Eule in Hulvers Tunneln, denn das größte Vergnügen des Bösen ist es, das Gesicht unschuldiger und glücklicher Freude zu zerstören.

»Hast du sie dort gesehen?« verlangte Mandrake zu wissen, der jetzt vor Zorn und Tatendrang zitterte.

»Ich hörte dort ein Weibchen, das sich mit einem oder mehreren Maulwürfen vergnügte. Dem Geruch nach ein Weibchen aus Duncton. Das seine gespreizten Lenden einem oder mehreren Männchen von den Wiesen entgegendrängte. Sie war da ... aber ob es Rebekka war oder nicht, kann ich nicht mit Sicherheit sagen.«

»Rebekka?«

»Vielleicht war es ein anderes Weibchen, aber ich bin mir nicht sicher«, sagte Ruun.

Seine Rebekka. Sein Kind. Ihre Lenden einem anderen Männchen geöffnet ... Der Gedanke daran schüttelte Mandrake, bis er endlich die Worte hervorstieß, auf die Ruun gewartet hatte. »Bring mich hin und zeig's mir!«

Doch auch jetzt noch gab Ruun vor zu zögern. »Vielleicht ist es nichts als ein Irrtum, dumme Einbildung von mir. Es regnete, ein heftiger Sturm; die Sinne können einen täuschen bei solchem Wetter. Vielleicht habe ich mich gründlich geirrt, und keiner könnte Rebekka, der süßen Rebekka, weniger schaden wollen als ich.«

»Bring mich hin«, befahl Mandrake, und die schreckliche Kälte in seiner Stimme wärmte Ruun das Herz.

Nacht, und Rebekka und ihr Cairn schliefen weiter. Nacht, und das eilige Stampfen von Mandrakes wuchtigen Pfoten näherte sich dem Waldrand immer mehr. Nacht, und hoch oben aus den schwarzen, rindlosen Überresten einer abgestorbenen Ulme starrten die gelben Augen einer Eule hinunter, hinunter auf den Boden tief unter ihr, und ihre Fänge zuckten auf dem Zweig, den sie umklammerten, während sie auf den Anblick und den Geruch von Beute wartete.

Mandrake und Ruun brachen endlich durch auf die Oberfläche, im Wald noch, aber nahe den Wiesen, kurz vor Tagesdämmerung, wenn das einzige Geräusch das ferne Quieken einer Feldmaus oder einer Uferwühlmaus ist, die von einem Käuzchen erwischt wird. In solchen Augenblicken wecken nur Sorgen einen Maulwurf auf und lassen ihn sich im Halbschlaf hin- und herwerfen; nur ein kalter Wind stört die Ruhe auf dem Boden des Waldes und läßt einen Brombeerdorn gegen seinen eigenen harten Stengel raspeln; nur ein kalter Mond strahlt einen Lichtschein aus, aber auch der verblaßt, wenn der Mond hinter den fernen Tälern untergeht.

Cairn bewegte sich. Er wußte, daß seine Zeit mit Rebekka fast zu Ende war. Rebekka schmiegte sich noch näher an ihn, noch zufriedener. Sie hatte sich gepaart, und sie würde Junge haben. Sie wußte es mit süßer Gewißheit. Aber sie wußte, daß Cairn, ihr lieber Cairn, ruhelos war, und daß die Dämmerung nahte. Er wollte jetzt in sein eigenes System zurückkehren, zu den Tunneln, in denen er sich sicher fühlte, und wieder mit seinem Bruder Steinkraut sprechen.

Rebekka und er waren freudig zusammengekommen, aber jetzt hatten beide den Wunsch, sich zu trennen, wie Maulwürfe, die sich gepaart haben, es irgendwann tun müssen. Rebekka seufzte, drückte sich dicht an ihn und lächelte, denn sie dachte an die Jungen, die er ihr gegeben hatte, während Cairn lächelte in dem Gedanken an Rebekka mit ihren Jungen, wie sie mit ihnen umherpurzelte und spielte, sie säugte an ihrem Leib, gegen dessen weiche Wärme er sich jetzt schmiegte.

Ganz in der Nähe, und immer näher kommend, schlichen der massige Mandrake und Ruun am Waldrand entlang. Ruun gab vor, seinen Weg nur mit Mühe zu finden, obwohl er ganz genau wußte, wohin er Mandrake führte.

»Hier«, zischte Ruun.

»Wo?« fragte Mandrake.

»Dort.« Ruun zeigte mit seiner Kralle auf den Eingang zu Rebekkas behelfsmäßigem Bau, die Erde um den Eingang aufgewühlt und düster in dem verschwommenen, kalten Licht.

Inzwischen waren für Rebekka und Cairn aus den Minuten, die vor kurzem noch wie Stunden erschienen, Sekunden geworden, während ihre gemeinsame Zeit dahinraste. Bald würde der Tag dämmern, und sie würden sich trennen. Sie begannen mit süßen Worten voneinander Abschied zu nehmen, aber während sie das taten, ertönte ein Knurren und ein Brüllen, und der Tunnel vor ihrem Bau schien mit tausend Raubvögeln gefüllt zu sein. Es war Mandrake, der in Erinnerung an das, was Ruun ihm erzählt hatte, oder ihm erzählt zu haben schien, die düstere Stille der letzten Nachtminuten gebrochen hatte und sich massig in den zum Bau führenden Tunnel schob, die Krallen bereit, jeden Maulwurf, männlich oder weiblich, der seinen Rüssel zeigte, zu töten, erbarmungslos zu töten.

Augenblicke nach diesem plötzlichen Aufruhr, und während Cairn sich mit erhobenen Krallen instinktiv zum Eingang wandte, drang der Geruch zu ihnen, den Rebekka so gut kannte und der sie vor Furcht aufschreien ließ. Mandrakes Geruch. Es war ein starker, aggressiver, zorniger Geruch, und er füllte sogar Cairns Herz mit Furcht, der jetzt ein zweites Mal seinen Anspruch auf Rebekka verteidigen mußte. Aber dieses Mal lachte er nicht, und als Rebekka ihm sagen wollte, wer das war, schob er sie von sich, weil er wußte, daß er sich voll auf diesen Kampf konzentrieren mußte, wenn er ihn überleben wollte.

Weiter vorn im Tunnel bewegte sich etwas, und sie hörten Mandrake mit tiefer, rauher Stimme sagen: »Bleib draußen auf der Oberfläche, Ruun, dies ist meine Sache. Ich werde sie selbst töten.«

Rebekka wäre am liebsten an Cairn vorbei nach draußen gelaufen, um ihn vor dem Schrecken zu schützen, der auf ihn zukam, und den ein Maulwurf wie er sich sicher gar nicht vorstellen konnte. Aber wenn er sich so etwas bisher nicht hatte vorstellen können, konnte er es jetzt, denn sogar sein mutiges junges Herz schlug ihm bis zum Hals, als er Mandrakes Zorn witterte, und erzitterte beim Anblick von Mandrakes gewaltigen Krallen, die plötzlich aus der Dunkelheit des Tunnels hervorstießen und direkt auf seinen Rüssel gerichtet waren. Weiter wären die meisten Maulwürfe bei Mandrake nicht gekommen. Aber Cairn war kräftig und sehr schnell und hatte genug Kämpfe hinter sich gebracht, um zu wissen, wie er den ersten Hieben in einem Kampf entgehen konnte, ohne von den folgenden durchbohrt zu werden.

Cairn versuchte es nicht einmal mit einem Hieb, bevor er sich in den Bau zurückzog und hinkauerte, entsetzt über das, was er hatte näherkommen sehen, als Mandrakes drohender Umriß den Tunnel auszufüllen schien.

Mandrake kauerte einen Augenblick lang schweigend vor dem Eingang und starrte sie beide an, überrascht von Cairns Größe. Aber obwohl Cairn sogar größer war als Burrkopf, dem größten Maulwurf in Duncton nach Mandrake, erreichte er Mandrakes Größe nicht.

Cairn knurrte, seine breiten Schultern geschmeidig und bereit, als Rebekka ihm vom Ende des Baues aus flehend zuflüsterte: »Lauf, wenn du kannst, mein Geliebter, keiner hat ihn je besiegt, und keiner wird es je tun. Bitte lauf, liebster Cairn!«

Wenn Cairn sich nicht schon mit Rebekka gepaart hätte, hätte er an Ort und Stelle um sein Leben gekämpft und wäre getötet worden. Aber sie hatten sich gepaart, und ihre Zeit war vorbei, und mehr als nach allem anderen, mehr jetzt sogar als nach Rebekka, sehnte er sich nach der frischen Luft der Wiesen, wo er nicht von fremden Gerüchen und bösartigen Maulwürfen umgeben sein würde.

»Wenn ich davonkomme«, sagte er zu Rebekka, ohne sie anzusehen, denn all seine Sinne waren auf den Eingang zum Bau konzentriert, vor dem Mandrake sich überlegte, wie er hineingelangen konnte, ohne seinen Rüssel zu sehr bloßzustellen, »werde ich zurückkehren, und wir werden uns wieder paaren.« Er sprach klar und deutlich, so daß Mandrake ihn hören konnte, denn er hoffte, Mandrake dadurch so zu reizen, daß er eine unbedachte Bewegung machte und Cairn in die Lage versetzte, ihm mit seinen Krallen einen schweren Hieb zuzufügen.

Mandrake stellte sich auf die Hinterbeine und stieß ein weiteres Mal mit den Krallen nach Cairn. Cairn zog sich diesmal nicht zurück, sondern kam mit drohend erhobenen Krallen auf ihn zu, und ineinander verschlungen lieferten sie sich am Eingang zum Bau einen blutigen Kampf.

Wenn ein Hieb der beiden großen Maulwürfe die Eingangswand traf, erzitterte der ganze Bau, und Erde flog durch die Luft, während Rebekka ihnen zusah, zuerst völlig hilflos und verwirrt. Dann wurde sie von einer heftigen und unerwünschten Erregung erfaßt, einer verbotenen und frivolen Erregung, die sie aus ihren Gedanken zu löschen suchte: die Erregung, zu sehen, wie zwei kraftvolle Männchen, die sie beide liebte, um sie kämpften.

Es entstand eine vorübergehende Pause im Kampf, als Mandrake sich etwas zurückzog, um sich auf ein endgültiges Eindringen in den Bau vorzubereiten, und während dieser Pause hörte sie Cairn verzweifelt nach Atem ringen, und sein Rüssel senkte sich nach der gewaltigen Anstrengung, die er hatte machen müssen, um bis jetzt zu überleben. Und diese hoffnungslosen Atemstöße veranlaßten Rebekka zum Handeln.

Als Mandrake sich in den Bau stürzte, zwängte sie sich an Cairn vorbei, ihre Krallen auf Mandrake gerichtet, und rief: »Lauf, Cairn, lauf!« Mandrake schob sich auf die eine Seite, um Rebekka aus dem Weg zu gehen, und versuchte gleichzeitig, mit seinen Krallen auf den plötzlich sehr schnellen Cairn einzuschlagen, aber es war zu spät. Cairn war an ihm vorbei in den Tunnel gelaufen und auf dem Weg zur Oberfläche.

Mandrake drehte sich ruckartig um und quetschte sich aus dem Eingang, wobei er einen Teil der Einfassung aus fester Erde mitnahm, und schaffte es noch, seine Krallen mit gewaltiger Kraft in Cairns entschwindenden Rücken zu schlagen. Cairn stöhnte auf vor Schmerz, konnte sich aber befreien, so daß Mandrakes Krallen für einen Augenblick mitten im Tunnel in der Luft hingen, bedeckt mit Cairns Blut. Cairn rannte weiter den Tunnel entlang, Mandrake knurrend und massig hinter ihm. Dann lief er verzweifelt hinauf und durch den Eingang, und die Erinnerung an den Trick, den Ruun schon einmal versucht hatte, veranlaßte ihn, seine Pfoten mit gespreizten Krallen in den heraufdämmernden Morgen vorzustrecken.

Aber Ruun ließ sich nicht ein zweites Mal überrumpeln. Er kauerte neben dem Eingang, und als Cairn herauskam, schlug er seine Krallen mit tödlicher Genauigkeit in Rüssel und Gesicht des Wiesen-Maulwurfs. Mit einer Kralle riß er die linke Seite des Rüssels auf, die andere schlug sich brutal in das linke Auge, so daß Cairns Gesicht in einem einzigen schrecklichen Augenblick in eine offene Wunde verwandelt wurde, aus der sofort Blut zu rinnen begann.

Gleichzeitig brachte Mandrake von hinten seine Krallen ein zweites Mal auf Cairn hinunter und riß ihm dabei Lenden und Hinterteil auf, und nur weil Cairn sich so kraftvoll aus dem Tunnel gestürzt hatte, gelang es Mandrake nicht, ihn auf der Stelle zu töten.

Cairn stolperte mühsam voran, wobei er sich instinktiv Ruun zuwandte, den er durch Schleier aus Blut und Schmerzen jetzt nur noch verschwommen sehen konnte. Er traf ihn brutal in die Brust, mit einem schneidenden Hieb seiner Krallen, der Ruun mit Sicherheit getötet haben würde, wenn es nicht ein schwingender, sondern ein stoßender Hieb gewesen wäre. Auch so genügte der Schlag, Ruun nach rückwärts, am Eingang vorbei zu stoßen, und Cairn Zeit zu geben, sich der frischen Luft und der freien Landschaft zuzuwenden, die er zu seiner rechten Seite spürte. Er lief und stolperte in diese Richtung mit der Verzweiflung eines Maulwurfs, der dem Tod ins Gesicht gesehen hat und vielleicht bald sterben wird, aber eine letzte Chance sucht weiterzuleben.

Mandrake hätte ihn immer noch erwischen können, wenn er das gewollt hätte. Aber als der riesige Maulwurf sich zurückhockte, bereit, sich aus dem Eingang zu stürzen, hörte er Rebekka in dem Bau wimmern und weinen, in dem sie sich einen kurzen Augenblick lang ihm in den Weg gestellt und so Cairn die Flucht ermöglicht hatte, und aufgebracht, das Blut ihres Partners an seinen Krallen und auf seinem Fell, wandte er sich wieder zurück zum Bau.

Als sein Schatten den Eingang zum Bau ein zweites Mal verdunkelte und er hereinkam, hörte Rebekka auf zu schluchzen und sah zu ihm auf. Sie sah wieder die tiefen Wunden, von Krallen verursacht, die sein Gesicht durchpflügt hatten, die frischen Wunden, die Cairn ihm auf den Schultern zugefügt hatte und die noch blutig und rot waren. Sie spürte, welche Macht er auf sie ausübte, und sie blickte auf zu ihm, wie ihre Mutter, Sarah, es einst getan haben mußte; sie blickte ihm in die zornigen Augen, die so wenig sahen und doch so viel suchten.

Sie dachte, daß er sie töten würde, und erwartete, daß die Krallen, die er erhoben hatte, auf sie herunterstoßen würden. Sie kamen herunter, machtvoll, nicht um sie zu töten, sondern um sie zu besitzen, ohne ein Wort, nur mit den Tönen des Zorns, nahm er sie als sein Eigentum, während der Bau um sie herum in schwarzen und roten Farben explodierte, in Lichtbündeln und schrecklichem Schmerz. Rebekka! Rebekka!

Sie wußte nicht, ob es Mandrake war, der ihren Namen in dem köstlichen Sturm der Qual ausrief, oder ob es die Erinnerung an ihren geliebten Cairn war, der ihren Namen rief. Oder ob es eine andere Erinnerung war, als sie selbst ihn in dem nassen Wald oben an den Hängen ausgerufen hatte, nach der Begegnung mit Bracken: »Ich heiße Rebekka!« Oder vielleicht rief sie sich ihren eigenen Namen zu, als sie unterging in dem Blutrausch, der sie erfaßte.

Bis sie endlich wußte, daß sie selbst es war und auch Mandrake. »Rebekka! Rebekka!«

»Rebekka!« wiederholte er, als er sich endlich zurückzog, zurück in die Welt der Dunkelheit, in der er lebte, aber der er, für einen Augenblick, mit ihr zusammen entflohen war, wie er es einst mit Sarah getan hatte.

»Rebekka«, sagte sie leise, weinend und schaudernd vor Schmerz und dem Gefühl, etwas verloren zu haben.

»Rebekka . . .«, flüsterte Cairn, als er den Hügel am Waldrand entlang hinaufkroch, im Rücken und in den Lenden und im Kopf pochende Schmerzen, die fast nicht zu ertragen waren. »Rebekka«, flüsterte er in das gehörlose Gras, das sich ihm zuneigte und kraftvoll über seinen Rüssel strich, »suche meinen Bruder Steinkraut. Schicke ihn mir zur Hilfe.«

Aber es kam keine Antwort und kein Steinkraut, und er stolperte verzweifelt weiter, weil er nicht bleiben wollte, wo er gefunden werden könnte, aber Angst hatte, sich ins Freie auf die Wiesen zu begeben, wo das Gras nicht so lang wie am Waldrand war, denn er würde zu langsam sein, um Eulen zu entkommen. Er kämpfte sich weiter den Hügel hinauf, ohne zu wissen, daß er dem Stein immer näher kam, oder daß über dessen hochragende Vorderseite, die die Dämmerung jetzt grau färbte, die ersten welken Buchenblätter des Herbstes fielen.

KAPITEL 17

In einem Häufchen frisch gefallener Buchenblätter in der Nähe des Steins entdeckte Bracken ihn. Er versuchte zu laufen, kroch in Wirklichkeit aber nur mit Mühe, und Bracken hatte noch nie einen so schrecklich zugerichteten Maulwurf gesehen, der doch noch lebte. Sein Rüssel und seine Wange waren zerschmettert, seine Schultern und Flanken hingen in roten Fetzen, sein linkes Auge war aufgerissen und blind, und seine Hinterbeine schien er nur noch nachziehen zu können, während sein Hinterteil von tiefen Wunden durchfurcht war, die von mehrereren kraftvollen Krallenhieben zu kommen schienen.

Bracken hatte noch nie einen Maulwurf so leiden gesehen, und vielleicht war er auch dazu nur fähig, weil er selbst im Tunnel an der Klippe solche Qualen ertragen hatte, bevor Rose die Heilerin kam.

Der verletzte Maulwurf kroch etwas näher an den Stein heran, versuchte einen Moment lang seinen Rüssel zu ihm zu erheben, doch dann torkelte er und wandte sich zur anderen Seite. Einen Augenblick lang dachte Bracken, er komme direkt auf ihn zu, wo er halb sichtbar an der anderen Seite des Steins kauerte, und er bekam Angst. Es war, als nähere sich ihm der Tod selbst. Aber der Maulwurf sah Bracken nicht und machte wieder einen Bogen, vor Schmerzen und Anstrengung stöhnend, während er sich langsam über die Lichtung schleppte, fort vom Stein, zu den Wiesen hin.

Als er im Unterholz verschwand, spürte Bracken seine Schmerzen, als wären es seine eigenen. Etwas wie Verlust und Mißlingen ging von dem Maulwurf aus und erweckte in Bracken den Wunsch, hinter ihm herzulaufen und zu sagen: »Nein. So ist es nicht. Es ist nicht so.« Obwohl er nicht wußte, warum er so etwas sagen wollte, oder worüber.

Es war nicht schwer, dem Maulwurf zu folgen, denn er machte sehr viel Lärm, und trotz seiner Angst folgte Bracken ihm. Er stolperte hierhin, dann dorthin, kroch geräuschvoll und unter Schmerzen durch einige Brombeerranken und hinterließ einen rotbraunen Blutfleck an einem jungen Trieb, gegen den er gestoßen war. Je länger Bracken ihn beobachtete, um so geringer wurde seine Angst, und um so mehr hatte er den Wunsch, irgendwie zu helfen. Es mußte etwas geben, was er tun konnte. Rose holen? Er würde sie nie finden. Ruta? Zu weit, und er bezweifelte, daß sie ihre gerade wiedergefundenen Tunnel verlassen würde.

Er erinnerte sich, daß Hulver ihm einmal gesagt hatte, der Saft der Heildolde sei gut zum Einreiben von Wunden, aber er wußte nicht einmal, wie Heildolden aussahen, ob es jetzt die richtige Zeit war und wo er nach ihnen suchen sollte. Und mit einem Blick auf dieses verletzte Wesen, dessen Wunden um so schlimmer aussahen, da er so groß und einst so kräftig gewesen sein mußte, dachte Bracken, daß ihm jetzt keine Kräuter mehr helfen konnten.

Was hätte Hulver getan? Er hätte den Maulwurf getröstet, indem er ihm sanft zusprach. Diese Erkenntnis veranlaßte Bracken, endlich hervorzukommen, wenn er es auch mit einiger Vorsicht tat: Er näherte sich dem Maulwurf von der rechten Seite, von der er, wenn man seine Wunden berücksichtigte, Bracken leichter sehen und wittern konnte. Bracken machte absichtlich Lärm, während er sich näherte, und der Maulwurf blieb schwerfällig stehen.

»Es ist alles in Ordnung«, sagte Bracken. »Ich werde dir keinen Schaden zufügen.«

Der Maulwurf drehte Bracken mühsam seinen Rüssel zu und versuchte ein paar schreckliche Sekunden lang sogar, sich auf die Hinterpfoten zu erheben.

»Es ist in Ordnung«, sagte Bracken wieder. »Vielleicht kann ich helfen.«

»Wo sind die Wiesen?« fragte der Maulwurf. »Wo sind meine Tunnel?«

»Die Wiesen sind nur noch etwa fünfzig Maulwurfmeter von hier«, sagte Bracken. »Nicht weit.«

Er wandte sich den Wiesen zu und ging voran. Wenn er merkte, daß er zu schnell für den anderen Maulwurf war, bewegte er sich langsamer, obwohl er ohnehin schon im Schneckentempo dahinkroch. Endlich kamen sie an den Waldrand, wo das hohe Gras an der Waldseite des Zauns sich im Wind, der immer von den Wiesen zu kommen schien, leicht bewegte.

Der Maulwurf sackte in sich zusammen, mit gesenktem Rüssel, und Bracken fragte: »Wie heißt du?«

»Cairn. Von den Wiesen.« Er brauchte lange, das zu sagen, seine Stimme kam langsam und unter Schmerzen.

»Hat ein Duncton-Maulwurf dir dies angetan«, fragte Bracken, »weil du von den Wiesen kommst?«

»Es war ein Kampf unter Rivalen. Ich habe mich mit einem Weibchen aus dem Wald gepaart. Ein Maulwurf mit dem Namen Ruun fand uns. Kennst du Ruun?«

Es war Furcht in Cairns Stimme, denn es kam ihm in den Sinn, daß Bracken ein Freund von Ruun sein könnte. Aber der Gedanke verblaßte zu Hoffnungslosigkeit. Wenn schon, was bedeutete ihm das noch? Es spielte keine Rolle mehr. Er wußte, daß er sterben würde.

»Ruun!« rief Bracken aus. »Ja. Ich kenne Ruun. Jeder Maulwurf aus Duncton kennt ihn.«

»Er fand uns schon vor mehreren Tagen, und ich kämpfte mit ihm und jagte ihn fort: Ich hätte ihn töten sollen. Es war mein erster Kampf um ein Weibchen. Er kam mit einem anderen Maulwurf zurück, und ich konnte nicht mit ihm kämpfen. Nicht als Sieger. Er hieß Mandrake.«

Bracken sah Cairn voller Entsetzen an. Kein lebender Maulwurf konnte besser als er wissen, was Cairn meinte. Sicher mußte es etwas geben, was er für ihn tun konnte.

Cairn schien in seiner eigenen Gedankenwelt versunken, denn sein Kopf hing zum Boden hinunter, zur einen Seite geneigt, so daß die Wunde das Gras nicht berührte, und die einzige Bewegung war sein schnelles, flaches Atmen, durch das eine seiner schlaffen Pfoten bei jedem Ein- und Ausatmen ein winziges Stück nach links und wieder zurück gedreht wurde.

Endlich kam es Bracken in den Sinn, wenn er Cairn nur ein kleines Stück weiter den Hügel hinaufschaffen könnte, dorthin, wo der Stein nach Westen auf das ferne Uffington blickte, an die Stelle, an der er selbst sich automatisch niedergekauert hatte, als er zum erstenmal zum Stein gekommen war, und an der Hulver gestorben war, könnte von dort vielleicht ein tröstender Einfluß kommen.

Irgendwie schaffte er es, Cairn durch gutes Zureden weiterzubringen, obwohl jeder Schritt schmerzhaft war, bis Bracken endlich spürte, daß sie an der richtigen Stelle waren. Cairn schien es auch zu spüren, denn er sackte mit einem Seufzer wieder in sich zusammen. Sein Atem ging leichter, und er war glücklich, daß er seinen Rüssel auf die Wiesen, die er liebte, richten konnte. Es war Nachmittag, und der Himmel war hell, mit einigen hohen Wolken und ein wenig Dunst weit unter ihnen über den Tälern.

Es war friedlich dort, und als Bracken nach Uffington blickte und die Kraft Uffingtons spürte, und die Stärke des Steins hinter ihnen, kam auch über den gebrochenen und leidenden Cairn Frieden.

»Erzähl mir vom Stein«, flüsterte er. »Sie sprach von dem Stein. Sie hat gesagt, Rebekka hat gesagt, daß sie hinauf zum Stein gegangen ist, nachdem ich sie verlassen hatte, um diesen Ruun fortzujagen. Sie sprach ein wenig über den Stein«.

»Aber es ist kein Maulwurf hiergewesen«, sagte Bracken, bis er sich erinnerte, daß doch ein Maulwurf dagewesen war. Ein Weibchen. Und er spürte wieder ihr Streicheln auf seiner Schulter und wußte, daß es Rebekka gewesen war. Wenn er nur geblieben wäre, um nach ihrem Namen zu fragen. Wenn er es nur getan hätte. Aus irgendeinem Grund ließ diese Entdeckung ihn sich eins fühlen mit Cairn, und er begann zu verstehen, welch ein Gefühl des Verlustes er mit sich schleppte.

»War Mandrakes Rebekka deine Partnerin?« fragte Bracken überflüssigerweise.

Cairn nickte unter Schmerzen.

Bracken rückte näher an Cairn heran, Flanke gegen Flanke, und versuchte, mit seinem eigenen Körper Cairn zu wärmen, als er kälter und schwächer wurde.

»Rede mit mir, Bracken. Erzähl mir vom Stein. Erzähl mir von Rebekka.«

Was konnte Bracken sagen? Er wußte wenig über beide, viel zu wenig, wenn er darüber nachdachte. Und welchen Trost kann ein Maulwurf einem anderen geben, der so verletzt ist?

»Der Stein ist der Mittelpunkt des Alten Systems«, begann er und fragte sich, wie er weitermachen sollte. »Und ... und er ist so groß, daß ein Maulwurf die Spitze nicht sehen kann. Er ragt hoch hinauf wie ein Baum ohne Blätter oder Zweige. Aber du mußt ihn gesehen haben, als ich dich zuerst erblickte, denn du standst vor ihm«.

Cairn sagte nichts, und so fuhr Bracken fort: »Dort finden die Feiern statt, in der Längsten Nacht und in der Mittsommernacht, und in den alten Zeiten gab es dort Feiern, die heute lange vergessen sind. Es wird gesagt, daß der Stein einen immer beschützt, aber ...« Aber Bracken glaubte das nicht. Er hatte weder ihn noch Hulver vor Mandrake beschützt. Er hatte Cairn nicht auf wundersame Weise geheilt, als er in die Nähe des Steins kam.

Und doch, und doch – je öfter Bracken in seiner Nähe war, um so mehr spürte er seine Kraft und verstand, daß er ein ehrfurchtgebietendes Geheimnis barg, dem ein Maulwurf sich nicht verschließen sollte.

»Erzähl mir von Rebekka«, sagte Cairn leise.

»Nun, ich weiß nicht viel über sie, nur was andere Maulwürfe mir erzählt haben. Sie ist groß für ein Weibchen, und sie wohnt unten in Barrow Vale, in der Nähe von Mandrake, hab ich einmal gehört. Es wird gesagt, sie sei schön.«

Er dachte an das Maulwurfweibchen, das er vor zwei Tagen zum System zurückgeführt hatte, und fragte sich, ob sie schön gewesen sei. Der Gedanke war ihm nicht gekommen.

»Sie geriet dauernd in Schwierigkeiten, als sie noch ein Jungwurf war; du hättest die Geschichten hören sollen, die sie in Barrow Vale über sie erzählten! Sie aß Würmer, die ihr nicht gehörten, verlor absichtlich zufällig ihre Brüder – solche Sachen. Hulver sagte einmal etwas über sie (das war ein alter Maulwurf, den ich kannte), er sagte, sie sei so voller Leben, daß es anderen Maulwürfen Angst mache. Er sagte freilich eine Menge Dinge, die nicht viel Sinn ergaben, obwohl ich glaube, daß sie etwas bedeuteten.«

Bracken machte eine Pause, aber der Art, wie Cairn sich bewegte und ihn ansah, konnte er entnehmen, daß er es gern hatte, wenn Bracken so redete, und so fuhr er fort.

Er erzählte ihm ausführlich, wie Rebekka die Würmer aus der Höhle der Ältesten gestohlen hatte. Doch während er erzählte, ergriff ihn Bestürzung, denn er spürte, daß Cairn ihm entglitt, oder zumindest sein Körper, der immer stiller und kälter wurde, und sein Atmen war kaum noch wahrnehmbar.

Als Bracken endlich schwieg, weil ihm nichts mehr einfiel, was er noch sagen konnte, versuchte Cairn nicht einmal, sich nach ihm umzusehen, obwohl sein unverletztes Auge halb geöffnet und auf die Wiesen gerichtet war. Einen Augenblick lang dachte Bracken, Cairn sei ... Aber dann begann Cairn zu sprechen.

»Sie hat mir in unserem Bau, als wir uns paarten, diese Geschichte erzählt, und wie groß ihre Angst gewesen war, als Mandrake sie nach den Würmern fragte. Nachdem ich mit ihm gekämpft habe und unterlag, weiß ich, daß sie zu Recht Angst hatte. Es gibt keinen Maulwurf wie Mandrake im Wiesen-System, und auch keinen wie diesen Ruun.« Jedes Wort bereitete ihm Schmerzen, und manchmal veränderte er mühsam seine Lage, wie um sich das Sprechen zu erleichtern, und Bracken sah, daß ihm jedes einzelne Wort, das er sprach, viel bedeuten mußte.

Cairn fuhr fort: »Sie sagte, sie habe nicht verstanden, warum alle so ein Geschrei machten und nicht einfach ein paar neue Würmer suchten, was sie ohnehin tun mußten.«

Bracken nickte, sagte aber nichts, weil er Cairns qualvollen Redefluß nicht unterbrechen wollte.

»Rebekka sagte, sie könne nicht verstehen, warum es so ein Verbrechen sein sollte, sich ›natürlich‹, wie sie es nannte, zu benehmen. Was noch schlimmer für sie war: Mandrake verlangte, daß sie anderen Maulwürfen gegenüber höflich sei, was ›unnatürlich‹ war, da sie einige von ihnen nicht leiden konnte. Sie durfte nur sprechen, wenn sie angesprochen wurde – was ihr schwergefallen sein muß.« Cairn brachte es beinahe fertig, ein bißchen zu lachen, und Bracken sah, wie sein Gesicht sich dort, wo es möglich war, ein wenig in Falten legte, Falten der Liebe und Zuneigung zu seiner Rebekka.

»Warum muß dies alles geschehen?« fragte Cairn mit inzwischen so schwacher Stimme, daß Bracken seine Worte kaum hören konnte. »Warum werden Maulwürfe manchmal so zornig, daß sie einander töten? Was war unrecht daran, daß ich und Rebekka zusammen waren? Ich wollte gerade gehen, als sie kamen. Ein paar Minuten später, und ich wäre fort gewesen. Ein paar Minuten, und es wäre anders verlaufen. Frag deinen Stein, warum. Ich wüßte gern, was er dazu sagt.«

Cairn wandte sich unter großer Mühe zu Bracken, und die Verwirrung in seiner Stimme wich echtem Stolz, als er sagte: »Sie war mein erstes Weibchen.« Bracken wagte kaum zu atmen, weil er sah, wie hinfällig der einst so kraftvolle Maulwurf neben ihm geworden war. »Sie war mein einziges Weibchen«, sagte er leise.

»Dann kam Mandrake und nahm uns einfach alles. Er und dieser Ruun. Den hätte ich vorher töten können.« Es entstand ein langes Schweigen, das Bracken nicht zu stören versuchte. Endlich fand Cairn die Kraft, weiterzusprechen. »Er hat mich getötet. Wenn Steinkraut dagewesen wäre, hätten wir sie beide getötet. Er ist mein Bruder. Er kann kämpfen wie kein anderer auf den Wiesen. Warum kommt plötzlich so ein Maulwurf wie Mandrake? Warum ich?«

»Warum er«, fragte Bracken sich. Warum er? In diesem Augenblick hätte er fast jeden anderen Maulwurf lieber an Cairns Stelle leiden sehen, sich selbst eingeschlossen. Warum er?

»Warum nicht ich?« murmelte Bracken vor sich hin und machte sich nicht klar, daß auch er gelitten hatte und vielleicht noch viel, viel mehr würde leiden müssen.

»Ich weiß auf nichts eine Antwort«, sagte Bracken, »wenigstens nicht auf solche Dinge.«

Cairn begann plötzlich heftig zu zittern, und als Bracken ihm seine Pfote auf den Rücken legte, um ihn zu trösten und zur Ruhe zu bringen, stellte er fest, daß Cairns Fell naß von kaltem Schweiß war. Das Blut in den Wunden auf seinem Rücken und im Gesicht war geronnen, aber ein Rinnsal frischen Bluts lief noch immer aus den Wunden an seinem Hinterteil, und frisches Blut aus seiner Rückenwunde war zwischen die beiden Maulwürfe gelaufen und hatte ihr Fell ineinander verklebt.

Der Abend war so nahe, daß die Luft allmählich kühler wurde, aber noch nicht so nahe, daß der Himmel sich schon verdunkelte.

»Bist du kräftig genug, dich zu bewegen?« fragte Bracken. »Ich könnte dir über die Wiesen zu einem eurer Tunnel helfen, und vielleicht könnte irgendwer versuchen, Rose die Heilerin zu finden.« Es war ein tapferer Vorschlag, denn wenn Wiesen-Maulwürfe Bracken mit Cairn in diesem Zustand gefunden hätten, hätten sie ihn zuerst getötet und Fragen später gestellt.

Aber Cairn schüttelte den Kopf und drückte sich tiefer in das dicke Gras, wobei er sich noch schwerer auf Bracken stützte.

»Dies ist ein guter Ort«, flüsterte er. »Du hast ihn gut ausgewählt. Eine Hälfte von mir im Wald, wo ich mich gepaart habe, die andere auf den Wiesen, wo ich gelebt habe.«

Es entstand ein sehr langes Schweigen zwischen ihnen, dann sagte Cairn: »Es ist so viel, Bracken, es ist so viel mehr daran, als ich dachte. Nun, ich habe bis jetzt nicht gedacht. Aber du wirst Zeit haben, es zu finden.«

Bracken hörte die ersten Bewegungen des Abendwindes in den Buchenwipfeln über ihnen. Ein paar Herbstblätter schwebten gemächlich herunter und raschelten über und hinter ihnen gegen die Zweige, durch die sie fielen. Das plötzliche Aufflattern einer Ringeltaube ertönte von irgendwo am Rand des Waldes unterhalb von ihnen. Hoch oben tirilierte eine Feldlerche, manchmal kräftig, manchmal weiter entfernt, während sie sich fallen ließ und gegen den Wind wieder aufstieg. Die Sonne, während des ganzen Nachmittags nicht richtig zum Vorschein gekommen, ging hinter der großen malvenfarbenen Wolkenbank unter, die sie verborgen hatte, und war jetzt blaß und ein wenig wäßrig, weil weit weg, drüben, wo sie am Himmel hing, Regen gefallen war. Für ein paar Minuten schimmerten die Sonnenstrahlen unter der Wolke hell und golden hervor, aber während die Sonne immer tiefer sank, wurden ihre Strahlen rot, und die zurückbleibende Wolkenbank nahm einen überwältigenden Purpurton an, der an den Rändern in ein kräftiges Rosa auslief.

»Was zu finden?« fragte Bracken sich. Was hatte Cairn gesehen, das ihm Frieden gab, trotz seiner Wunden und seiner Qualen? Bracken fühlte sich plötzlich einsam, obwohl er noch nie einem anderen so nahe gewesen war wie jetzt Cairn, Flanke an Flanke, Lende an Lende.

Er wünschte sich so sehr, Cairn zu helfen, wußte aber nicht, was er noch tun konnte. Er wußte nicht, daß er bereits viel mehr getan hatte, als die meisten Maulwürfe je tun könnten. Cairn zitterte wieder am ganzen Körper, und Bracken legte seine Pfote sanft auf seinen breiten verletzten Rücken, hielt ihn fest und wärmte ihn mit seinem eigenen Körper, so gut er konnte.

»Erzähl mir wieder von Rebekka«, flüsterte Cairn, so leise, daß Bracken den Kopf vorbeugen mußte, um ihn zu verstehen, so daß er beinahe Cairns Kopf berührte. »Erzähl mir alles, was du über sie weißt.«

Jetzt endlich spürte Bracken, was er zu Cairn sagen mußte. Er mußte Cairn etwas geben, was nicht sein Verstand, sondern sein Herz und seine Seele wußten. Er mußte für Cairn eine wahre Geschichte ersinnen über einen Maulwurf, den er nicht kannte, doch dessen Seele, für einen kurzen Augenblick voller Zärtlichkeit, seine eigene Seele berührt hatte. Er mußte diese Erinnerung ehren und durch sie Cairn den Frieden und den Trost bringen, nach denen er sich sehnte und die er bis jetzt nur von Rebekka und Steinkraut hatte erhalten können, die ihn beide liebten. In diesem bedrückenden Augenblick mußte Bracken versuchen, Cairn zu lieben.

»Rebekka ist ein Maulwurf, der gibt«, begann er, »ein wunderbares Wesen . . .«, und seine Pfote hielt Cairn noch sanfter, doch unendlich viel fester, während er anfing, ein Bild von Rebekka zu malen. Er fand die Worte von den Wäldern, die sie doch sicherlich auch liebte, von den Wildblumen, bei denen sie tanzte und deren Duft sie kannte, er nahm seine Worte aus dem Wind, der ihr Fell ebensooft wie seines durcheinandergebracht haben mußte.

»Rebekka ist die Wildblume, die im Frühling wächst und deren Blätter das frischeste Grün zeigen, sie ist so stark und so anmutig wie die höchsten Grashalme, die unten am Marsch-Ende wachsen. Ihr Lachen und ihr Tanzen sind wie die Sonne, die den Waldboden sprenkelt, wenn die Bäume sich im Sommerwind wiegen. Ihre Liebe zum Leben ist wie das Leben selbst, und ihre Liebe ist so groß und so stark wie eine mächtige Eiche, mit tausend Zweigen für ihre Empfindungen und Millionen zitternden Blättern für ihre Liebkosungen. Und weil dein Herz sich ihrem Herzen öffnete, war die Liebe, die ihr fandet, viel, viel größer als die Liebe, die jeder von euch gab. Wenn Rebekka jetzt hier wäre, würde sie die Qualen und die Verlassenheit von dir nehmen, weil sie alles wäre, was du brauchst, und alles, was du bist. Wie du es für sie bist und warst . . .«

Bracken sprach mit der gleichen kraftvollen Stimme zu Cairn, mit der er schon einmal gesprochen hatte, in der Mittsommernacht auf der Lichtung beim Stein: der Stimme eines Erwachsenen, dem es für einen Augenblick gegeben ist, weit über sich selbst hinauszublicken. Eine Stimme, die Worte fand, die den tiefsten Sehnsüchten seines eigenen Herzens entsprachen, und Antworten auf die Verzweiflung seines eigenen Herzens gaben, und die Cairn gegenüber die Liebe zum Ausdruck brachten, die in jedem Maulwurf auf Erfüllung wartet.

»Aber Rebekka ist hier, Cairn, denn sie hat mit ihrer Liebe dein Herz für immer berührt. Es gibt nichts, was du erfahren oder empfinden kannst, das sie dir nicht schon gegeben hätte und das dich nicht schon berührt hätte. Ihr gehört die Liebe in der Erde und in den Bauen, in denen wir leben und schlafen, ihr gehört die Sonne, die uns am Morgen weckt, ihr gehört die Wonne des Schlafes, der uns Frieden bringt und uns aus unseren Sorgen heraushilft. Sie ist auf den Wiesen, wo du mit Steinkraut umherliefst, wie sie es immer gewesen ist und immer sein wird. Sie ist hinter uns zwischen den Bäumen und Blumen des Waldes, sie ist die Liebe, in der du dein Leben verbracht hast. Sie ist hier, Cairn, sie ist jetzt hier bei dir.«

Aber Cairn hörte Brackens letzte Worte nicht mehr, denn in dem Frieden, den Bracken ihm gebracht hatte, waren seine Qualen untergegangen und seine Verletzungen unwichtig geworden.

Er starb mit Brackens Pfote auf seinem Rücken, die ihn fest hielt, und das Fell ihrer Flanken vermischte sich zu einem einzigen Fell.

»Sie ist auf den Wiesen«, hatte Bracken gesagt, und Cairn war hingelaufen, um bei ihr zu sein, um wieder mit seiner Rebekka durch das taunasse Gras zu tanzen, während die aufgehende Sonne ihre Pfoten wärmte. Sie waren mit Steinkraut gelaufen und hatten mit ihm getanzt im warmen Sonnenschein, der heller und strahlender wurde, bis alles um sie herum rein und weiß war, und alles, was blieb, waren die Schritte ihres Tanzes auf den Wiesen am Dunctonwald, wo ihre Pfoten und ihre Körper den Morgentau eingefangen hatten.

Die Sonne ging langsam hinter den fernen Hügeln unter und warf rote und rosa Farbtöne in den dunkler werdenden Himmel über ihr, während die Täler unterhalb des Differenzhügels dunstblau wurden, bevor Dunkelheit sich auf sie herabsenkte. Als das letzte Sonnenlicht auf den Bäumen hinter Bracken verblaßte, nahm er endlich seine Pfote von Cairns Rücken und entfernte sich von seinem Leichnam.

Er fühlte sich unsagbar verlassen. Es war, als sei Cairn zur Welt der Lebenden gegangen und habe ihn an einem Ort für Tote zurückgelassen.

Er schlich sich fort von Cairns kaltem Körper, zurück in den Wald und zum Stein hinüber. Eine Zeitlang blieb er dort, während es dunkel wurde, und sein Schwanz, der sich ruhelos hin- und herbewegte, war das einzige Zeichen dafür, wie unsicher und ohne Bleibe er sich fühlte.

Er wünschte sich einen anderen Maulwurf, der mit ihm sprach, wie er mit Cairn gesprochen hatte. Er wünschte sich, von einem anderen Maulwurf berührt zu werden. Er wünschte sich, so jenes letzte bißchen Mut zu finden, das er noch brauchte, um in das Alte System zurückzukehren, was er, wie er wohl wußte, bald tun mußte.

Aber noch nicht, nicht jetzt, nicht mit der trostlosen Wirklichkeit von Cairns Tod und der verlorenen Wärme jener Worte der Liebe, die er selbst gesprochen hatte und die über ihm hingen wie ein Schleier.

Aber es gab einen Maulwurf, der wußte, wer er war, und der ihm vielleicht für eine kurze Zeit die Erinnerung an das Leben wiedergab, die er brauchte: Ruta. Als ihm in der Dunkelheit der Gedanke an Ruta kam, zögerte er nicht eine Sekunde, sondern verließ eilig die Lichtung am Stein und lief diagonal über die Hänge hinunter, neugierig, ob es sie überraschen würde, ihn so bald wiederzusehen.

Drüben auf den Wiesen setzte Steinkraut die Suche nach seinem Bruder, mit der er am Nachmittag begonnen hatte, entschlossen fort. Immer wieder rief er im Wald leise Cairns Namen. Cairn war zu lange weg, und es hing ein Geruch von Gefahr in der Luft, der Steinkraut beunruhigte. Er hatte gezögert, nicht aus Furcht vor dem Differentwald, denn er kannte Furcht kaum, sondern aus Zuneigung und aus Achtung vor seinem Bruder.

Aber endlich war er in den Wald gelaufen und hatte den behelfsmäßigen Bau gefunden, in dem sein Bruder gewesen war und wo er Spuren eines Kampfes fand. Furcht und Schrecken hingen in der Luft und veranlaßten Steinkraut, seine Suche nach Cairn mit großer Hast fortzusetzen.

Der Geruch der Angst in dem verlassenen Bau war so unangenehm, daß Steinkraut dort nicht länger bleiben konnte und hinaus ins Freie lief. Er durchsuchte das Gebiet, wo die Pflanzen um den Tunneleingang herum niedergetrampelt waren, mit großer Sorgfalt und versuchte herauszufinden, was geschehen war. Er hatte nicht die geringste Befürchtung, daß Duncton-Maulwürfe ihn dort entdeckten, denn er war kräftig und stark, größer und massiger als Cairn. So suchte er die kleine Lichtung furchtlos ab, um festzustellen, wohin Cairn sich gewandt hatte.

Er mußte verletzt worden sein, sonst wäre er zu den Wiesen zurückgekehrt. Er wäre auch nicht tiefer in den Wald hineingelaufen, aus Furcht vor anderen Maulwürfen aus Duncton. Steinkraut suchte das Gebiet zwischen Tunneleingang und Waldrand ab und fand schließlich einige zertretene und blutbespritzte Pflanzen, die darauf hindeuteten, daß Cairn diesen Weg eingeschlagen und sich zum Schutz des Waldrandes hügelaufwärts bewegt hatte.

Steinkraut kam nur langsam voran, weil er alle paar Meter stehenblieb und rief und brüllte, obwohl er wußte, daß die Verletzungen es seinem Bruder vielleicht unmöglich machten, auf seine Rufe zu antworten. So fand Steinkraut erst spät am Abend, als die Nacht schon herniedergesunken und Bracken vor langer Zeit gegangen war, endlich die Leiche seines Bruders.

Noch im Tod erkannte er Cairns geliebten Geruch, den Geruch nach offener Weite und Freiheit, nach Herumlaufen durch spärliche Erde und frisches Gras. Er war entsetzt über die schrecklichen Wunden Cairns und benommen, als ihm klarwurde, daß er nie wieder mit Cairn spielen und Scheinkämpfe veranstalten und lachen würde. Er blickte hinüber zu den dunklen Wiesen, so überwältigt von einem Gefühl der Unwirklichkeit, daß er fast erwartete, Cairn würde zu ihm gelaufen kommen und sagen: »Es war nur ein Spaß. Das da bin ich nicht.« Aber er war es, und endlich kauerte Steinkraut sich nieder, in seinem tiefen Kummer unfähig, sich zu bewegen, nachzudenken oder überhaupt etwas zu tun.

Viel später ließ ein kühler Wind ihn schaudern, und er erhob sich mit steifen Gliedern. Er schnüffelte an dem hohen Gras und dem Zaun, die den unmittelbaren Hintergrund der Stelle bildeten, wo sein Bruder lag, und hörte das Rascheln und Schwanken der großen Buchen über ihm, die jetzt in der Dunkelheit verschwunden waren, und endlich stieg Zorn in ihm auf. Er haßte den dunklen Wald, wo soviel Böses zu geschehen schien, und jetzt haßte er auch jeden Maulwurf in diesem Wald. Nichts, nicht einmal diese verführerische Rebekka, war das Leben seines Bruders wert. Sein Atem ging schneller; in seinem Zorn schien er noch größer, und wenn sich in diesem Augenblick etwas in seiner Nähe bewegt hätte, hätte er es mit Sicherheit angegriffen. Aber es bewegte sich nichts, und nur sein Bruder war da, still und kalt. Und nicht länger sein Bruder.

»Du hättest mich rufen sollen«, flüsterte er. »Ich wäre gekommen. Ich wäre immer gekommen.« Dann tat er etwas Seltsames. Er nahm eine der Vorderpfoten seines Bruders ins Maul und schleppte den Leichnam hinaus auf die Wiesen. Er war nicht mehr steif, das Stadium war vorbei, und die Glieder und der Kopf schleiften durch das Gras, während Steinkraut den Körper seines Bruders voranschleppte, etwas mühsam, weil er rückwärts laufen mußte. Endlich schien er zufrieden mit der zurückgelegten Entfernung und ließ die Pfote fallen. Er blickte hinauf zu den Baumgipfeln, die er nicht sehen konnte. »Besser Eulenbeute auf den Wiesen, die er liebte, als das Opfer von schleichenden Aasfressern im Gras«, dachte er.

Er sah sich noch einmal die Verletzungen an und dachte bitter: »Er muß in einem Rivalenkampf getötet worden sein, aber so, wie es aussieht, von zwei Maulwürfen. So kämpfen wir nicht auf den Wiesen, das haben wir nicht nötig.«

Damit drehte er sich um und lief wieder den Hügel hinunter. Er hielt sich dicht am Waldrand und bewegte sich, so schnell er konnte. Er hatte noch etwas zu erledigen, bevor er zu den Tunneln der Wiesen zurückkehrte.

Er lief zurück zu Rebekkas Behelfsbau und hastete sofort hinunter und kauerte sich dort sehr still nieder. Er atmete den ekelerregenden Geruch ein, den die Angreifer dort zurückgelassen hatten – er war so unangenehm, daß ihm ein wenig schwindlig wurde –, bis die Furcht, die er anfangs sogar in ihm ausgelöst hatte, durch den Zorn ersetzt wurde, den er auf der Hügelkuppe gefühlt hatte. Er atmete ihn ein, um ihn nie zu vergessen, denn er wußte, daß es der Geruch des Duncton-Maulwurfs war, der seinen Bruder getötet hatte.

»Ich werde dich erkennen, wenn ich dir jemals begegne«, flüsterte Steinkraut drohend in die Tunnel hinein, »und ich werde auch den Geruch dieses Waldes nicht vergessen. Ich hoffe, daß keines von beiden der letzte Geruch war, den mein Bruder roch, aber ich hätte nichts dagegen, wenn es für mich die letzten sind, vorausgesetzt, meine Krallen treffen zuerst denjenigen, dessen Gestank dies ist.«

Als er ganz sicher war, daß er den Geruch wiedererkennen und er in ihm Zorn, nicht Furcht hervorrufen würde, lief er so schnell er konnte aus dem Tunnel hinaus, hinüber zum Waldrand und in die frische Luft der Wiesen.

Ruta lachte ein kleines erfreutes Lachen, als sie sah, daß es Bracken aus dem Alten System war, der vor ihren Tunneln unschlüssig umherlief. Sie entnahm seinem Lärmen und seinem Zögern vor ihren Tunneln, daß er nicht gefährlich war, und weil er aus der Richtung der Wiesen kam, ahnte sie, wer es sein könnte. Sie lief hinauf zu einem der Eingänge, und sein Anblick und seine Witterung bestätigten ihre Vermutung. Darum lachte sie: Sie war überglücklich, ihn zu sehen. Aber sie würde es ihm nicht leicht machen, o nein! Sie nicht!

In den drei Tagen, seit er sie verlassen hatte, war sie sehr geschäftig gewesen. Sie hatte Staub und alte Pflanzen aus ihren Gängen entfernt und nach dem besten Wurmgebiet gesucht, genauso, wie sie es in den angrenzenden Tunneln Hulvers getan hatte. Sie sang sich selbst Lieder vor, die sie nicht mehr gesungen hatte, seit sie ein Junges gewesen war, und von denen sie vergessen hatte, daß sie sie kannte. Sie stützte ein oder zwei Tunnel ab, versperrte alle Eingänge, die zu Hulvers Tunneln führten, und begann das System auf der anderen Seite auszubauen. Sie legte ihren Bau in dem Tunnel an, den Bracken für sie gegraben hatte, weil die Geräusche in ihm so deutlich waren, und dann schlief sie dort lange und friedlich. Als sie aufwachte, war es ein schöner dunstiger Frühmorgen im September. Sie steckte ihren Rüssel aus einem der Eingänge und sah sich um, und dann lief sie wieder in ihre Tunnel zurück und fragte sich: »Wofür soll das alles sein? Was soll ich mit einem so gut angelegten Tunnelsystem?«

Sie beantwortete ihre eigene Frage so schnell, wie sich ein Septembernebel an einem sonnigen Morgen hebt: »Um mich zu paaren. Das ist es!« Sie stellte sich vor, daß sie im Herbst Junge haben würde. Sie stellte sich vor, die Schreie von Jungen zu hören, hier auf den Hängen, von denen die alten Langweiler unten in Barrow Vale behaupteten, daß dort kein Maulwurf je Junge hatte. Zu entbehrungsreich und zu gefährlich, sagten sie.

Als sie daher kurze Zeit später Bracken draußen herumschnüffeln hörte, mußte sie vor Freude lachen und vor Entzücken, daß es sich mit ihrem Leben endlich zum Besseren zu wenden schien. Und so begann sie vorzugeben, daß sie ihn nicht sehen wollte, indem sie zu einem der Eingänge hinauflief, wo er gerade überlegte, ob er hineinlaufen sollte oder nicht, und sagte: »Es ist jetzt mein System, Bracken, und auch wenn du hier einmal gelebt hast, geht das jetzt nicht mehr.« Sie täuschte sogar ein leises Knurren vor und kratzte mit ihren Krallen an der Wand.

Bracken kauerte draußen auf der Oberfläche und hörte sich all dieses etwas verwirrt an. Er hörte, was sie sagte, aber es paßte nicht zu dem angenehmen Geruch, der von ihr ausging. Er war früher in die Nähe vieler feindlicher Tunnelnetze gekommen, und keines hatte je so einladend gerochen wie diese Tunnel von Ruta.

Bracken zögerte am Eingang, seiner selbst nicht ganz sicher, aber nicht so schwer von Begriff, daß er annehmen könnte, Ruta bedeute eine echte Gefahr für ihn. »Hallo!« sagte er, so freundlich und offen er konnte. »Ich war gerade in der Nähe!«

Darüber mußte Ruta laut lachen, kratzte noch ein wenig an der Seite des Tunnels und zog sich dann zurück, auf eine entzückend rührende Art knurrend und brummend, die Bracken als Einladung betrachtete, ihr den Tunnel hinunter zu folgen, was er sogleich tat.

»Oh«, begann er, »wieviel du hier getan hast!« Daraufhin verwandelte sich ihr Knurren in Kichern, und er lachte auch, und bald spielten sie ein köstliches Spiel, das aus Kratzen, Knurren und sinnlosen Worten bestand, und Bracken begann Gefallen daran zu finden und sich in dem Spiel zu verlieren. Er war sich Rutas nicht ganz sicher; er dachte zu Recht, daß dieses System jetzt ihr gehörte und er sich dort keine Freiheiten herausnehmen konnte, sie ihn aber zumindest im Augenblick gern bei sich haben wollte.

Plötzlich lief Ruta fort, und Bracken hörte, wie sie sich über einen Wurm hermachte. Er blieb, wo er war, und bald kam sie zurück und brachte ihm einen Wurm mit. Sie aßen in stummer Vertrautheit. Als sie einander wieder anblickten, war sie etwas sanfter, ihre Augen glänzten, und ihr Maul war geöffnet. Sie kauerte still an ihrem Platz, und er näherte sich ihr und beschnupperte sie, schüchtern zuerst, doch dann kühner, tiefer. Ihre köstliche Feuchte gefiel ihm, es gefiel ihm, wie sie an ihm, unter ihm schnupperte, über seine Weichteile, die härter wurden, ihr Lächeln gefiel ihm, als wisse sie ein wunderbares Geheimnis, das sie ihm nicht erzählen würde, sondern, viel, viel besser, das sie ihm zeigen würde. Er kratzte sie mit seiner Pfote, drückte seinen Rüssel fest in sie, preßte sich immer dichter an sie, während sie ungeduldig zitterte und ihm ihren Rücken zuwandte.

»Er ist wie ein Jungwurf«, dachte sie entzückt, weil sie sich noch nie zuvor mit einem Maulwurf gepaart hatte, der kaum erwachsen war. Aber als er schließlich verstand, worum es ging, und über ihr war und sie nahm, war sie überrascht von seiner Stärke und lachte vor Freude über sein Entzücken.

Danach wollte er sie nicht verlassen, und sie liefen in den Hauptbau und kuschelten sich in einen verträumten Schlaf, fast ohne ein Wort zu sprechen. Irgendwann, als es schon Abend geworden war, wachte sie auf, als er wieder zärtlich an ihr schnupperte und sich ein wenig ungeschickt an sie herandrängte, so daß sie sich, noch halb schlafend, wieder an ihn preßte.

Später in der Nacht wachte er wieder auf, diesmal richtig, und lag warm unter ihrem Fell, was ihm die Illusion gab, daß sein ganzer Körper in sie eingehüllt war. Er dachte an die Dinge, die während der vergangenen zwei Tage geschehen waren, und konnte einfach nicht glauben, aus der angenehmen Lage heraus, in der er sich jetzt befand, daß sie geschehen waren.

Als sie endlich aufwachten, dämmerte der Morgen wieder, und der Zauber und das Vergnügen der Paarung mit Ruta waren zu Ende. Er spürte, daß sie ihn gern loswäre, damit ihre Tunnel wieder ihr allein gehörten – und die Jungen, die sie vielleicht haben würde. Aber es machte ihm nichts aus. Die Ereignisse der letzten Tage hatten sich ineinandergefügt, und als er ihren Bau verließ und den Tunnel hinunterhastete, den er selbst gegraben hatte, stellte er fest, daß er sich endlich darauf freute, zum Alten System zurückzukehren, wo er die Höhle der Düsteren Geräusche wieder aufsuchen würde und, wenn er konnte, den siebten Tunnel erkunden und die Geheimnisse, die an seinem Ende lagen.

KAPITEL 18

Mit Cairns Tod begannen die Schatten, die so lange über Differenz Dunctonwald gehangen hatten, allmählich zu fallen. Die Stimmung war gedrückt, Gefahr schien in jedem Winkel zu lauern, das Geschwätz in Barrow Vale verstummte, und sogar das Wetter verschlechterte sich: Eine ununterbrochene Folge von kalten Nebeln und Regen nahm dem herbstlichen Wald seine Farbe und verwandelte die herabfallenden Blätter in einen fauligen Matsch.

Wenige Maulwürfe streiften umher, noch weniger lächelten. Es war, als warte der Wald auf die Erfüllung eines Fluchs. Und sogar solche Besuche, die normalerweise ein Anlaß zu guter Laune hätten sein können, erwiesen sich, zumindest für einige Maulwürfe, als die Vorboten eines Verhängnisses.

Einen solchen Besuch erhielt Mekkins im Marsch-Ende Mitte Oktober von Rose der Heilerin, deren im allgemeinen fröhliches Gesicht in Duncton seit mehreren Monaten nicht aufgetaucht war. Als Mekkins sie erblickte, ahnte er, warum. Sie sah aus, als sei sie krank gewesen; ihr Gesicht war hager, ihre Flanken abgemagert, und nur ihre warmen und sanften Augen erinnerten noch an die alte Rose, wenn Mekkins auch den Eindruck hatte, es liege eine Spur von Trauer in ihnen.

»Hallo, hallo.« Mekkins begrüßte sie, seine Beunruhigung verbergend, so fröhlich er konnte. »Und wie ist's dir ergangen?«

»Ein bißchen müde bin ich, fürchte ich, mein Lieber«, sagte sie.

Sie sprachen ein wenig über das Marsch-Ende und über zwei oder drei Maulwürfe, die Rose gern im Auge behielt, und dann kam Rose direkt zur Sache.

»Ich bin gekommen, weil ich mit dir sprechen wollte, Mekkins«, begann sie.

»Warum? Mir fehlt doch hoffentlich nichts?« Er lachte.

»Nein, nein! Mir fällt jedenfalls nichts auf. Du hast mich nur einmal gebraucht, als du ein Junges warst, mein Lieber, und das war, weil du dich ganz einfach an Würmern überfressen hattest, wenn ich mich recht erinnere!« Sie machte eine Pause, sah ihn voller Zuneigung an und wurde wieder ernst.

»Nein, das ist es nicht. Ich bin gekommen, Mekkins, um dich vor einer Gefahr zu warnen, in der das System deine Hilfe und all deine Fähigkeiten braucht. Ich habe es schon viele Jahre vor Mandrakes Ankunft kommen sehen, sogar noch vor deiner Geburt. Ich habe im August einige Erfahrung mit der Macht der Dunkelheit, die kommen wird, gemacht, als ich gerufen wurde, um einem gewissen Maulwurf oben im Alten System zu helfen ...«

»Bracken?« fragte Mekkins leise. »Lebt er wirklich?«

»Dann hast du also davon gehört?« fragte Rose.

»Nun, ich weiß, daß irgendwas in der Luft liegt oder so, ich meine, du kannst es in den verdammten Bäumen spüren, oder nicht?«

Rose lächelte traurig. Sie hatte gezögert, mit Mekkins zu sprechen, denn kein Heiler spricht gern über seine oder ihre Ängste, oder über andere Maulwürfe, die er oder sie behandelt haben. Aber jetzt war sie froh, daß sie zu ihm gekommen war, denn wie schlau er auch mit den Problemen des Marsch-Endes umgehen mochte, und wie sehr er es genossen haben mochte, Ältester zu sein: sie spürte, daß sie ihm vertrauen konnte.

»Bracken hütet ein Geheimnis, aber ich bezweifele sehr, daß er weiß, was es ist. Vielleicht wird er es nie wissen und es nicht zu wissen brauchen. Frage mich nicht, was es ist, weil ich es selbst nicht weiß. Aber was es auch sein mag, mit dem Geheimnis trägt er eine Last, deren Größe und Qual keiner von uns je verstehen wird. Als ich zu ihm ging, um ihm zu helfen, fühlte ich, wie die Kraft der Dunkelheit dieses Geheimnisses mir meine Kräfte nahm. Deswegen bin ich krank gewesen, und ich zweifle, ob ich je wieder die Kraft erlangen werde, die ich einmal hatte. Es liegt eine solche Furcht in der Luft, Mekkins, eine Furcht von einer Art, die du vielleicht nicht kennst. Möge der Stein dir helfen, daß du sie nie kennenlernst.«

Rose veränderte in dem Bau, in dem sie kauerten, müde ihre Lage und fragte dann: »Wie gut kennst du Rebekka?«

Mekkins erzählte es ihr, beschrieb, wie sie einander im Sommer kennengelernt hatten und wie lieb er sie gewonnen hatte. Rose hörte an seiner Stimme und sah in seinen Augen, daß seine Zuneigung viel tiefer ging als bloßes Gernhaben. Sie sah mit Erleichterung, daß sie das Richtige getan hatte.

»Viel wird von diesen beiden Maulwürfen abhängen, Bracken und Rebekka, und vielleicht wird keiner von ihnen es je wissen. Irgendwie wirst du helfen müssen, über sie zu wachen, bis sie stark genug sind, allein fertig zu werden, obwohl ich nicht sagen kann, was du tun mußt, nur vermute ich, daß großer Mut dazugehört, und ich weiß, den hast du. Aber am wichtigsten ist, daß du beiden vertraust, wenn es manchmal auch schwer sein mag. Bei einem Jungwurf ist Vertrauen das natürlichste aller Gefühle, bei einem Erwachsenen mag es häufig das schwierigste sein. Ohne Vertrauen kann nichts geheilt werden.«

Sie unterhielten sich noch ein wenig, aber Rose hatte das gesagt, was für sie das Wichtigste war, und sie war müde, und so begleitete Mekkins sie ein Stück zurück zu ihren Tunneln, bis zu den Wiesen. Als sie gegangen war, war er sich nicht ganz sicher, ob er genau wußte, was sie gesagt hatte, aber er hatte genug verstanden, um zu wissen, daß er über Rebekka wachen mußte, und über Bracken ebenfalls, wenn sich eine Gelegenheit ergeben sollte. Er würde Rebekka jetzt aufsuchen.

Aber er kam zu spät. So oft er es während der nächsten Tage auch versuchte, er kam immer nur bis zu den Stellen, wo die Maullanger Rebekkas Tunnel bewachten. Das einzige, was er aus einem von ihnen herausbekam, war, daß Rebekka auf Mandrakes Befehl in ihrem Tunnelnetz festgehalten werden sollte, bis sie ihre Jungen zur Welt brachte.

»Ist sie denn trächtig?« fragte er überrascht.

»O ja«, sagte der Maullanger. »Daran gibt's keinen Zweifel. Man sieht es schon. Aber mein Leben wär nichts mehr wert, wenn ich dich zu ihr ließe. Na ja, du weißt ja, wie's mit Mandrakes Befehlen ist . . .«

Mekkins wußte es, aber es gefiel ihm nicht. Es lag etwas in der Luft, böse Vorzeichen, und daß das in den Tunneln geschah, die im Sommer so voller Leben und Freude gewesen waren, machte es noch schlimmer.

»Schon recht, mein Freund«, sagte Mekkins. »Aber wenn du sie siehst, sag ihr, daß Mekkins da war und daß er immer unten im Marsch-Ende zu finden ist, falls sie ihn braucht. In Ordnung?«

»Wenn es geht, werd ich's tun. Mir gefällt die Sache genausowenig wie dir, Kamerad. Und jetzt mach dich auf die Pfoten, Mekkins, weil wir den Befehl haben, keinen Maulwurf in die Nähe zu lassen, nicht einmal Älteste.«

In ihrem Bau lag Rebekka zitternd auf der Seite. Sie konnte spüren, wie sich ihre Jungen in ihr bewegten, und jetzt sah sie manchmal sogar die plötzlichen Bewegungen, wenn die winzigen Gliedmaße oder der Kopf eines Ungeborenen gegen das straffe weiche Fell unter ihrem Bauch stießen.

»Oh, meine Lieben«, flüsterte sie ihnen zu. »Oh, meine Lieblinge, meine Wildblumen, möge ich die Kraft haben, euch zu beschützen.«

Zwei Maullanger kauerten am Eingang zu ihrem Bau, stumm, mürrisch und erbarmungslos. Ruun hatte sie eigens für diese Aufgabe ausgesucht, im Auftrag Mandrakes.

Sie waren einige Tage zuvor überraschend aufgetaucht, gerade als Rebekka begann, der Geburt ihrer Jungen mit Freude entgegenzublicken und einen neuen Bau als Nest vorzubereiten, worauf sie sich schon so lange gefreut hatte.

Sie hatte versucht, mit ihnen zu kämpfen, zornig um ihrer selbst willen als auch wegen ihrer Jungen, aber einer der Maullanger hatte sie so heftig über den Rüssel geschlagen, daß sie fast bewußtlos in ihren Bau zurückgefallen war. Seitdem hatte sie den Tunnel nicht mehr verlassen dürfen, und Nahrung wurde ihr gebracht. Sie war zornig und verlangte, Mandrake zu sprechen, oder wenigstens Ruun; sie bat um die Erlaubnis, mit Sarah zu sprechen. Aber es war zwecklos, und keiner kam, um sie zu besuchen. Angesichts des Schweigens der Maullanger, die sie überhaupt nicht beachteten, überkam sie eine immer größer werdende Einsamkeit und eine schreckliche Angst für ihre Jungen.

Sie erlaubten ihr lediglich, in einen anderen Bau zu ziehen, während ihrer gereinigt und mit neuem Nestmaterial ausgepolstert wurde, und auch das nur, weil der verunreinigte Bau selbst ihnen zuviel wurde. »Und damit tun wir dir einen Gefallen, Kleine«, sagte einer der Maullanger mit unangenehmer Stimme. »Ruun hat nämlich gesagt, daß du da bleiben sollst, wo du warst. Aber ich will verdammt sein, wenn ich noch länger in deinem Gestank hocke.«

Für Rebekka, die Sauberste und Reinlichste unter allen Maulwürfen, deren Baue mit ihren Düften und ihrer Heiterkeit immer das Beste vom Leben im Wald gefeiert hatten, war dies schrecklich.

Als ihre Jungen in ihr größer wurden, wuchs ihre Angst, und ihre Augen, einst so strahlend vor Lebensfreude, nahmen einen traurigen und gehetzten

Ausdruck an. Sie flüsterte nach Sarah, ihrer Mutter, und flehte sie an, sie zu hören und ihr zu Hilfe zu kommen. Und manchmal wanderten ihre Gedanken von der gegenwärtigen Qual zu dem Tag, als sie mit Steinkraut und Cairn im Gras der Wiesen getanzt hatte. »Oh, Cairn, hilf mir bitte«, flehte sie voller Angst, daß er nie kommen würde, und ohne zu wissen, daß er tot war.

Sie versuchte, ihre Kraft zu bewahren, weil sie wußte, daß sie sie brauchen würde, wenn die Geburt kam, aber Angst und eine verzweifelte Hoffnungslosigkeit begannen sie zu schwächen, bis sie schließlich nur noch beten konnte und den Stein anflehte, sie zu hören und Hilfe zu schicken. Gebete, die mit den Tränen und der verzweifelten Liebe, die sie für ihre größer werdenden Jungen empfand, gemischt waren.

Sie verlor das Gefühl für Zeit, und ihre Einstellung zu den Dingen schien sich zu ändern. Bald war das einzige, was noch zählte, die einzige Hoffnung, die sie noch hatte, daß Mandrake sie besuchen würde. Dann konnte sie ihn doch sicher zur Einsicht bringen!

Eines Tages erwachte sie aus ihrer alpdruckartigen Benommenheit und hörte Flüstern in dem Tunnel draußen und sah zwei schwarze Augen, die sie vom Eingang her kalt ansahen. Es war Ruun.

»Ich habe gehofft, sie wäre sie inzwischen los«, sagte er zu einem der Maullanger. »Schade. Gebt ihr weniger zu essen und schlagt sie, wenn euch der Sinn danach steht. Sie hat sich mit einem Wiesen-Maulwurf gepaart und müßte getötet werden. Aber Mandrake ...« Ruun zuckte mit den Schultern und wandte sich ab.

Rebekka erhob sich schwerfällig und versuchte, ihn zu rufen, sie lief so schnell sie konnte zum Eingang und flehte ihn an. Aber er war fort, und einer der Maullanger schlug sie, und sie fiel auf den Boden. Eines ihrer Jungen bewegte sich in ihr, als sie dort lag, und sie weinte, bis Angst sie ergriff, und sie lag zitternd in der schrecklichen Stille.

Phantasien und Alpträume suchten sie heim. In einer ihrer Angstvisionen stürzte ihr Bau über ihr ein, und sie versuchte verzweifelt, ein Loch in die Wand zu graben, um zu entkommen ... und wurde von den zornigen Rufen der Maullanger geweckt: Sie hatte im Schlaf begonnen, Löcher in die Wände zu graben. In einem anderen Alptraum hatte sie in einem Sturm ihren Weg verloren und stand auf einem Hügel, und ein Maulwurf kauerte dort, der ihr sicher helfen und den Weg zeigen würde, aber als sie ihn fragte und er ihr das Gesicht zuwandte, war es Ruun. Ruun, der sie auslachte!

Bis plötzlich die Geburt ihrer Jungen einsetzte. »Oh!« rief sie. »Oh, nein, meine Lieben. Noch nicht! Noch nicht! Nicht hier ...« Und ihre Augen durchforschten den Bau voller Furcht, und sie sah, daß ihr Alptraum Wirklichkeit geworden war und die massige Gestalt Mandrakes sie beobachtete, seine Augen kalt und voller Haß. Er stand nur da und beobachtete sie, während die Wehen einsetzten und sie darum betete, daß ihre Jungen nicht geboren würden.

»Sie bringt ihre Wiesen-Jungen zur Welt«, hörte sie eine Stimme in den Schatten neben Mandrake zischen. »Die kein Maulwurf hier lebend sehen möchte«, sagte Ruun.

»Oh, nein«, keuchte sie. »Nicht hier, meine Blumen, nicht hier. Oh, Cairn, mein . . !«, aber sie kamen, mit blinden Augen, rosa Rüsseln, naß von Blut und Wasser, schlaff wie nasse grüne Blätter, winzige Mäuler, die wimmerten und ihre Zitzen suchten. Einen Augenblick lang sah sie sie alle. Vier, oder waren es sogar fünf? Vollkommen und lebendig, ihr Wimmern voll Leben in Rebekkas dem Untergang geweihten Bau, ihr Bläken übertönt von einer zischenden Stimme, die drängte: »Sie müssen getötet werden, Mandrake. Sie müssen verschwinden.« Sie versuchte, sie an sich zu drücken, sie in dem Halbrund ihres weichen Bauches und ihrer Zitzen zu beschützen, die kalten, schwarzen Krallen fortzuschieben, die zwischen sie griffen, sie durchbohrten und wegschleppten, ihnen wehtaten und sie winseln ließen. Rebekka versuchte sich aus ihrer Schwäche zu erheben und in das Dunkel blutiger Krallen hineinzuschlagen. Sie versuchte so sehr, sie zu beschützen, auch als ihr Wimmern schwächer wurde oder sich in ein ergreifendes letztes Quieken verwandelte und ihre Mäuler versuchten, auch noch an Rebekkas Zitzen zu saugen, als sie in der Dunkelheit zwischen Rebekka und Mandrake starben. Und in jenem Augenblick, als er blutgierig und voller Haß vor ihr stand, als er nicht sehen konnte, nicht sehen konnte, war es nicht ihre Liebe zu ihm, die er zerstörte, sondern ihr Vertrauen in das Leben selbst. Und das Böse lächelte, als es sah, daß es gute Arbeit getan hatte.

Bis sie nur noch Tod und Dunkelheit vor sich sah. Ihre Jungen gaben keinen Ton mehr von sich, und nur Rebekkas Stimme blieb und flüsterte pausenlos in die Stille hinein: »Vergebt mir. Vergebt mir. Vergebt mir . . .«

Und alle waren verschwunden. Mandrake, Ruun, die beiden Maullanger, die ihren Bau bewacht hatten, und all die Maullanger an ihren Eingängen. Rebekka blieb allein in ihrem Bau zurück, frei jetzt, zu gehen, wohin sie wollte.

KAPITEL 19

Bracken wurde erwachsen, indem er sich fast zufällig mit Ruta paarte, aber sein langer Weg in die Reife begann irgendwo in den Tiefen des Alten Systems, in das er zurückkehrte, nachdem er Ruta verlassen hatte. Dort begann er mit der Erkundung des Zentrums, die erste Erkundung, seit das System vor so vielen Generationen verlassen, abgeschnitten und endlich vergessen worden war.

Aber wenn er hoffte, daß ihn diesmal keine Angst ergreifen würde, als er sich von neuem der Höhle der Düsteren Geräusche näherte, so mußte er feststellen, daß seine Hoffnungen bitter enttäuscht wurden. Er konnte von der Ostseite, von wo er kam, das Eulengesicht nicht sehen, aber die dunklen Drohungen ertönten schon aus der Höhle, bevor er dort eintraf. Er nahm all seinen Mut zusammen und lief direkt auf die Stelle zu, wo das Eulengesicht drohend aufragte. Sein Rüssel zitterte ahnungsvoll, und sein Fell reagierte empfindlich auf die kleinste Andeutung einer Gefahr.

Schließlich war er nahe genug herangekommen, um wieder das dunkle Glänzen des Feuersteins im Eulengesicht erkennen zu können, und er blickte in die Augenhöhlen des Maulwurfskeletts, das im Tunneleingang unter der Eule kauerte.

Welche Erleichterung! Der Schädel und das Skelett schienen plötzlich nicht mehr zu sein als die weißen Knochen, die sie tatsächlich waren, und Bracken sah, daß sie ihm nichts antun konnten. Er hatte Cairns Tod miterlebt, und als er jetzt auf dieses schon lange tote Wesen blickte, empfand er nur Bedauern über sein Sterben, und er fragte sich, wie es hierher gekommen sein mochte. Er hatte Angst, sicher, aber nicht länger vor einem bloßen Skelett.

Zu beiden Seiten des Skeletts erhoben sich schimmernde Wände aus Feuerstein, eher grau als schwarz, und Bracken schlug vorsichtig einen Bogen um den Schädel und lief durch den Eingang in den siebten Tunnel.

Er war einfach und schmucklos und nicht so groß wie andere Tunnel des Alten Systems, und nach einer kurzen Strecke ging er in einen anderen Tunnel über, der sich in Krümmungen nach rechts und links erstreckte.

Bracken erkundete diesen Tunnel, der etwa kreisförmig angelegt war, genau und so schnell er konnte und wirbelte in seiner Eile den Kreidestaub auf, der sich im Lauf der Zeit dort abgelagert hatte und hinter ihm her wehte. Die Wände hatten einen harten Kreideuntergrund, grob bearbeitet, und der ganze Tunnel war offensichtlich nicht mehr als ein Durchgang. Bracken brauchte lange, um den ganzen Kreis abzulaufen, aber nachdem er das getan hatte, wußte er sehr viel besser, wie er vorgehen mußte.

Außer dem Eingang, durch den er in den kreisförmigen Tunnel gelangt war, hatte dieser im ganzen acht verschiedene Ausgänge. Von diesen hatten sieben Wände aus Feuerstein und führten weiter in das Zentrum des Kreises. Aus jedem von ihnen drang ein merkwürdiges Murmeln, eher verwirrend als furchterregend und nicht unähnlich dem fernen Geschwatz männlicher Maulwürfe; manchmal erhob sich ein Laut etwas über die übrigen, dann wieder wurde es vorübergehend still.

Der achte Ausgang war nicht mehr als ein Tunnel, der gegenüber von der Stelle, an der Bracken den Kreis betreten hatte, aus ihm herausführte. An einigen Stellen des äußeren Kreisrandes befand sich eine Wurzel, halb noch im Boden vergraben, die von oben die Wand hinunterglitt. Das ließ Bracken vermuten, daß er sich direkt unter jenem baumlosen Gebiet befand, das zwischen dem Waldrand und den Bäumen verlief, die die eigentliche Begrenzung der Lichtung um den Stein bildeten, was bedeutete, daß er die Wurzeln der mächtigen Buchen, die genau am Rand der Lichtung standen, noch vor sich hatte.

Er brauchte etwa drei Stunden, um den ganzen Kreis zu erkunden, und da es in dieser Tiefe überhaupt keine Nahrung gab und er hungrig und müde war, kehrte er zur Höhle der Düsteren Geräusche zurück und durchquerte sie zum Osteingang hin, weil er wußte, daß er von dort an keine Schwierigkeiten haben würde, Würmer zu finden.

Nachdem er sich ausgeschlafen hatte, kehrte er zurück. Vorsorglich hatte er ein paar Würmer mitgebracht, mit denen er im Kreistunnel ein kleines Vorratslager anlegte. Dann begab er sich durch den nächsten der mit Feuerstein verkleideten Eingänge und näherte sich dem Gemurmel, darauf bedacht, mit dieser, so hoffte er, letzten Erkundung im Herzen des Alten Systems voranzukommen.

Es war ein kleiner Tunnel, nicht sehr sorgfältig in den Untergrund gegraben, mit einem festgestampften Boden, rauhen Wänden und einer einfach gewölbten Decke. Nach einer kurzen Strecke gabelte er sich, und Bracken wählte die rechte Abzweigung und stellte fest, daß diese sich fast unmittelbar darauf wieder gabelte. Und was noch schlimmer war: der Tunnel begann, sich auf verwirrende Weise zu winden, andere Tunnel zu schneiden und sich immer wieder zu gabeln. Hinzu kam, daß bei seinem weiteren Vordringen das Gemurmel, das er zum erstenmal so bedrohlich in der Höhle der Düsteren Geräusche vernommen hatte, immer lauter wurde, während das Echo seiner Pfotentapser aus allen Richtungen zu ihm zurückkam, sich selbst überschlagend in dem Bemühen, ihn zu verwirren, und hinter ihm verklingend. Schließlich blieb er stehen. Er hatte den Weg verloren und keine Ahnung, ob er sich voran- oder zurückbewegte, fort vom Zentrum des Systems oder darauf zu.

Er brauchte zwei lange Stunden, um wieder zurückzufinden, und auch das gelang ihm nur unter Aufbietung allen Geschicks, indem er jede Abzweigung markierte und versuchte, sich an jede Biegung und jede Gabelung zu erinnern.

Während er mit dieser beschwerlichen Aufgabe beschäftigt war und sich immer wieder hinkauerte und, ohne selbst ein Geräusch zu machen, darüber nachdachte, was als nächstes zu tun sei, kam ihm zum erstenmal ein Verdacht, was diese unbestimmten, murmelnden Geräusche, die er am Anfang gehört hatte, waren oder sein konnten. Sie waren gedämpft und leise, aber die lauteren unter ihnen waren deutlich und rauh genug, um Bracken vermuten zu lassen, daß die Wurzeln der Buche, die den im Boden befindlichen Teil des Steins schützten, dieses Murmeln von sich gaben. Er kam dem Zentrum näher.

Als er schließlich zur Geborgenheit des Kreistunnels zurückgefunden und etwas gegessen hatte, reichte die Erkenntnis, wie nahe er dem Zentrum war, um ihn rasch zurücklaufen zu lassen und es noch einmal zu versuchen.

Was dann folgte, dauerte nicht Minuten oder Stunden, sondern fünf Tage. Denn die Tunnel der Echos, die Bracken betreten hatte, und in denen er leicht seinen Weg hätte verlieren können, so daß keiner mehr von ihm gehört hätte, war von den Maulwürfen des Alten Systems absichtlich so entworfen worden, um den Stein vor eben solchen Eindringlingen wie Bracken zu schützen. In der Vergangenheit war er dazu von Maulwürfen beschützt worden, und Bracken hätte gewiß nicht einmal bis zur Höhle der Düsteren Geräusche vordringen können. Aber die Maulwürfe, die das System ursprünglich ersonnen hatten, waren offensichtlich davon ausgegangen, daß es von einer Katastrophe heimgesucht werden könnte – wie es dann wohl auch geschehen sein mußte –, und hatten den Stein deshalb mit dem zusätzlichen Schutz dieser Tunnel umgeben, in denen Bracken sich jetzt befand.

Er näherte sich vorsichtig und mit Methode, und er brauchte sehr lange. Als erstes kennzeichnete er jeden abzweigenden oder Seitentunnel so, daß es nur eine »Hauptroute« gab. Wenn er einen Kreis beschrieb oder in eine Sackgasse geriet, änderte er die Markierung und schloß so jede Verwechslungsmöglichkeit aus. Zu Beginn kam er nur langsam voran, aber dann stellte er fest, daß an einigen Stellen der Tunnel das Murmeln der Wurzeln lauter war, vielleicht näher, und er änderte seine Hauptroute in Richtung auf das Gemurmel zu. Dies führte ihn wegen der Vielschichtigkeit der Echos oft im Kreis herum, zurück zu einer Stelle, an der er schon gewesen war, oder wieder in Sackgassen. Doch allmählich schien die Route, die er ausarbeitete, tiefer in den Kreis vorzudringen, und das Murmeln der Wurzeln wurde noch lauter, wenn es auch immer wieder geschah, daß er glaubte, er sei fast da – wo »da« auch sein mochte –, um dann doch wieder vor dem Nichts zu stehen.

Aber dann fiel ihm in den Tunneln etwas anderes auf, was mit den Geräuschen zusammenzuhängen schien: feine Erschütterungen. Während das Gemurmel deutlicher wurde und er herausfand, daß es eigentlich ein Knarren, ein Stöhnen und Ächzen war, drangen auch entsprechende Erschütterungen in den Tunnel, die er mit den Pfoten spüren konnte: Rucke und Stöße und Beben.

Er wurde immer aufgeregter. Während die Geräusche zunahmen, wurde der Tunnel plötzlich ganz gerade, bis Bracken, der rasch vorwärts eilte und sich um Abzweigungen keine Gedanken mehr zu machen brauchte, den Tunnel plötzlich hinter sich hatte. Er hatte das Labyrinth der Echos erfolgreich durchquert und befand sich an einem Ort, dessen Anblick und bebende Geräuschfülle so überwältigend waren, daß er sich verwirrt niederkauerte.

Er befand sich zwischen den lebenden Wurzeln der riesigen Buche, die den Stein beschützte, und sie bewegten sich unablässig, im Gleichklang mit dem Schwanken und Beben des Baums, dessen Stamm und Zweige, die dem Wind ausgesetzt waren, sie ernährten und stützten. Von der Dunkelheit hoch über Bracken tauchten sie in die Erde ein, massig und bebend, und wanden sich durch den Kreideboden, auf dem er kauerte. Sie erstreckten sich an ihm vorbei in einem Gewirr von Verflechtungen in alle Richtungen, einige massig und dick, andere fein und dünn, einige ineinander verflochten, andere straff und bebend. Jede gab Töne von sich, und jeder Ton war anders. Dies alles verursachte ein verzerrtes Geräuschgewirr, wie ein Dickicht aus trockenen Brombeerranken, über das der Wind bläst. Es gab keinen erkennbaren Weg voran, denn die Wurzeln schlängelten sich einmal in diese Richtung, einmal in jene, und ihre immerwährenden Bewegungen erweckten in Bracken die Vorstellung, wenn es einen Weg gab, so müsse dieser sich ständig ändern.

Seine Verwirrung und das Gefühl, es gehe in keiner Richtung weiter voran, wurden verstärkt durch die Tatsache, daß die Höhle, in der er sich befand, keine Wände hatte. Die Wurzeln erstreckten sich nicht nur in einem beängstigenden Gewirr in die Ferne vor ihm, sondern auch zu beiden Seiten.

Bracken sah, daß einige der straffen vertikalen Wurzeln große Brocken harter Erde und Steine umschlangen, die entweder von der Decke heruntergefallen oder gar vom Boden emporgehoben worden zu sein schienen, gefangen in einem Käfig, dessen Gitterstäbe lebendig waren und sich bewegten. Manchmal fiel Staub von ihnen herunter, oder kleine Teilchen bröckelten ab – eine Folge der Spannung, unter der sie standen. Er sah eine Wurzel, die von der Decke zum Boden reichte und die sich in regelmäßigen Abständen einen Ruck nach oben zu geben schien und dann wieder zurücksank. Mit jedem Ruck nach oben hob sich ein langer Kreideblock von der Stelle, wo die Wurzel den Boden verließ, ein Stückchen weiter nach oben, bis vor Brackens erstaunten Augen der Kreidebrocken, der viele Male so groß wie er selbst war, emporgetragen wurde und in einem Wirbel von Staub und kleinen Teilchen auf den Boden krachte, wobei er eine der dünneren Wurzeln abriß, die gellend in die Dunkelheit über Bracken hineinschrie, während sie brach.

An einigen Stellen schienen die Wurzeln sich so kraftvoll durch den Boden gezwängt zu haben, daß große, gefährliche Risse und Spalten von ihnen ausstrahlten, und wenn die Wurzeln sich bewegten, drangen aus den zerklüfteten Tiefen unter ihnen Staub und Geräusche empor.

Bracken betrachtete dieses beängstigende Schauspiel sehr lange, bevor er ihm den Rücken zuwandte, um durch die weitläufigen, widerhallenden Tunnel zum äußeren Kreistunnel zurückzukehren. Er war noch nicht bereit, zwischen den Wurzeln weiter vorzudringen.

Hier zeigten sich wieder seine besonderen Fähigkeiten. Ein Instinkt, vielleicht auch die Ehrfurcht vor dem Ort, an dem er sich befand, sagte ihm, daß er den Weg, den er gefunden hatte, nicht so deutlich gekennzeichnet zurücklassen dürfe. Und nachdem er gegessen und sich ausgeruht hatte, begann er, sich den Weg einzuprägen, und entfernte langsam ein Kennzeichen nach dem anderen.

Schließlich konnte er den ganzen Weg fast nach dem Gefühl ablaufen und sich in den Labyrinthen bis zur Höhle der Wurzeln zurechtfinden ohne irgendwelche Markierungen. Erst dann war er bereit, mit seinen Erkundungen fortzufahren; doch er tat es noch immer nicht. Statt dessen begann er mit der Erforschung eines der anderen Eingänge, wobei er auf die gleiche Weise vorging, wenn es ihm jetzt, da er alles schon einmal gemacht hatte, auch viel leichter erschien.

Auf diese Weise lernte Bracken drei der ins Zentrum führenden Wege kennen und stellte dabei fest, oder schloß daraus, daß das Labyrinth der Echos um den Stein herumführte, während die Höhle der Wurzeln ein einziger großer Raum war, mit keinen anderen Wänden als denen, die die Wurzeln bildeten. Was jedoch hinter ihnen lag, wußte er noch nicht, und er würde viel Mut und Glück brauchen, um dieses Geheimnis zu lösen.

Doch als die Stunde kam, da er den Weg durch die Wurzeln nehmen wollte, mißlang ihm dies, und das auf bemerkenswerte Weise. Er fürchtete sich nicht direkt vor den Wurzeln, obwohl ihre mächtigen Bewegungen und ihre verwirrenden Geräusche ausgereicht hätten, jeden Maulwurf in Angst zu versetzen. Es war auch nicht so, daß es unmöglich gewesen wäre, auf die gleiche Weise einen Weg durch sie hindurch zu finden, wie es ihm bei dem Labyrinth der Echos gelungen war. Es war viel komplizierter.

Bei seinem ersten Versuch etwa kam er nicht viel weiter als zehn Maulwurfmeter, bevor seine Gedanken abzuschweifen begannen und er sich fragte, warum er eigentlich hier sei und was für einen Sinn das Ganze habe. Er hatte die Höhle der Wurzeln wieder verlassen, bevor er überhaupt wußte, was er tat, und erst zwei oder drei Stunden später fragte er sich, warum er nicht weitergemacht hatte.

Ein zweites Mal ging er mit größerer Entschlossenheit an die Sache heran und gelangte tatsächlich bis in ein dichtes Wurzelnetz, von dem aus er den Eingang zur Höhle nicht mehr sehen konnte. Aber dann wurden die Wurzeln immer dichter und stärker, und sogar die Spuren, die er gerade eben auf dem Boden hinterlassen hatte, schienen auf einmal zu verschwinden, und er hatte das Gefühl, er werde von irgendwo zu seiner Linken beobachtet. Von einem Maulwurf? Etwas anderem? Er begann in Panik zu geraten, und so sehr er auch versuchte, sich zusammenzunehmen – es gelang ihm nicht. Erst als er sich umwandte und auf den Rückweg machte, hastig durch die Geräusche und zwischen den sich hebenden und senkenden Wurzeln hindurchstolpernd, eine Zeitlang fürchtend, er werde nicht mehr herausfinden – erst da verlor sich dieses Gefühl.

Er versuchte es noch ein weiteres Mal, an einem Tag, an dem es draußen an der Oberfläche ruhig sein mußte, denn die Wurzeln flüsterten nur leise vor sich hin. Er kam auch gut voran, bis ihn plötzlich eine angenehme Müdigkeit ergriff und die Wurzeln vor ihm sich einladend zu öffnen schienen, damit er sich niederlegen könne ... Er mußte sich schütteln, um wach zu bleiben, und sah erst dann, daß sich vor ihm eine große Spalte öffnete, breit und tief, die hinabführte in eine zerklüftete Dunkelheit, aus der gleitende und zischelnde Geräusche dünner Wurzeln zu dringen schienen. Und wieder gab er auf und lief zurück.

Doch jedes Mal, wenn er den Eingang der Höhle wieder erreichte, verschwanden diese merkwürdigen Gefühle sofort, und wenn er zu den Wurzeln zurückblickte, schienen sie ihr übliches massiges, drohendes Aussehen zu haben, aber nicht mehr als das.

Endlich beschloß er, eine Pause einzulegen; vielleicht war es doch an der Zeit, auf die Oberfläche zurückzukehren, denn diese Erkundung hatte ihn viele Tage lang in Anspruch genommen. Er hatte jedes Zeitgefühl verloren und glaubte, daß vielleicht nur fünfzehn oder zwanzig Tage vergangen seien, seit er Ruta verlassen hatte, aber als er dann an die Oberfläche kam, war er überrascht über die kühle Luft, obwohl noch Nachmittag war. Über dem Wald lag das kühle Licht der letzten Oktobertage, wenn die meisten Blätter schon gefallen sind und der Wind ungeduldig an den noch verbliebenen rüttelt.

Da wußte Bracken, daß er viele Maulwurfwochen lang fort gewesen sein mußte, und er fragte sich, wie das Alte System es fertigbrachte, einen Maulwurf sein Zeitgefühl verlieren zu lassen.

Bracken schauderte in der Kälte und sehnte sich nach Gesellschaft. Nun, er konnte Ruta besuchen; sie freute sich immer, wenn er kam – und wenn er ging! Er mußte ein wenig lachen, als er geschäftig die Hänge hinunterlief, um sie zu besuchen, und er dachte, daß er ihre Eigenarten allmählich kennenlernte und wie angenhm es war, die frische Luft in seinem Fell zu spüren und die klaren Gerüche des Waldes wieder zu riechen.

Er würde noch mehr lachen, wenn er dort ankam und etwas über eine Art von Maulwürfen erfuhr, mit denen er noch nie zu tun gehabt hatte: Neugeborene. Denn Ruta hatte gerade vor ein paar Tagen Junge bekommen und würde, für den Augenblick jedenfalls, entzückt sein, Bracken wiederzusehen, vorausgesetzt, er würde nicht ungeladen ihren Nest-Bau betreten. Er könnte ihr gelegentlich ein paar Würmer bringen und Eindringlinge fernhalten.

KAPITEL 20

Ein kalter Wind fegte über den Waldboden, wo, über Rebekkas Tunneln, der Rüssel eines tapferen Maulwurfs in den Schatten einer Wurzel bebte. Es war der Maullanger, der sich geweigert hatte, Mekkins die Tunnel von Rebekka betreten zu lassen, aber doch versprochen hatte, die Botschaft zu überbringen. Zutiefst bestürzt über das, was geschehen war, hatte er sich, wenn auch noch immer besorgt um seine eigene Sicherheit, mitten in der Nacht zurückgeschlichen, um zu sehen, ob er etwas tun könne – vorgeblich, um Rebekka zu helfen, in Wirklichkeit aber, um das Gefühl loszuwerden, daß er, wenn auch gezwungenermaßen, beteiligt war an den Geschehnissen.

Er schlich durch die verlassenen Tunnel hinunter zu ihrem Bau, bereit, sich bei der leisesten Andeutung einer Gefahr zurückzuziehen. Er war ein zäher Maulwurf, ein erfahrener Maullanger, ein aggressiver Westseiter, aber was er dort unten sah, ließ ihn zittern vor Furcht, und diese Furcht war größer als alles, was er jemals vor einem Kampf oder nach einem knappen Sieg empfunden hatte.

Rebekka lag totenstill im hintersten Winkel des Baues. Die Leichen ihrer fünf Jungen lagen in Nestmaterial verwickelt, verstreut wie Blätter auf dem Boden. Mit klopfendem Herzen suchte er sich einen Weg zwischen ihnen hindurch, und erst als er nahe bei ihr war und ihr leichtes stöhnendes Atmen hörte, fern wie ein stockender Puls, war er sicher, daß sie noch lebte.

Was sollte er jetzt noch mit der Botschaft? Einen Augenblick lang wollte er mit all dem nichts zu tun haben und redete sich selbst ein: »Keine Ahnung, was ich überhaupt damit zu tun habe. Der Stein mag wissen, was ich hier tue;

sie werden mich töten, wenn sie es herauskriegen. Was für ein verdammter Schlamassel!«

Dann stieß er sie mit der Pfote leicht an und sagte barsch: »He, du, wach mal auf. Muß dich hier schnell rausschaffen. Wach auf! Komm schon, Mädchen . . .«

Rebekka regte sich und war sofort wach. Sie begann zu schreien, und er stieß sie wieder, nicht besonders sanft.

»Ich werd dir nichts tun«, sagte er. »Aber wenn sie mich hier finden, sind wir beide dran, halt also den Rüssel!« Sie hörte auf zu schreien und sah ihn voller Furcht an.

»Ich kenn einen Maulwurf, der dir helfen kann«, sagte er sanfter. »Heißt Mekkins. Er wollte dich schon vorher besuchen . . . bevor diese verdammte Geschichte passierte.«

Rebekka antwortete nicht.

»Komm schon, meine Liebe«, sagte er plötzlich, auf barsche Weise freundlich, »hier kannst du nicht bleiben. Ich muß dich wegschaffen . . .« Er zog sie schnell auf die Pfoten, und während er ununterbrochen auf sie einredete, verzweifelt bemüht, ihre Aufmerksamkeit von den kleinen Leichen um sie herum abzulenken, hastete er mit ihr aus dem Bau, den Tunnel entlang und hinauf zum Eingang. Aber als sie an die Nachtluft kam, schien sie plötzlich zu begreifen, wo sie war und was geschehen war. Sie begann heftig zu zittern und schluchzend Worte zu stammeln, die so verzerrt waren, daß er lange brauchte, bis er verstand, was sie wollte. »Ich k-k-kann sie nicht dort liegenlassen«, schien sie zu sagen. »Ich k-k-kann es nicht.«

Er wurde ungeduldig, weil er genau wußte, daß der Lärm nur zu leicht die Aufmerksamkeit eines Maulwurfs wie Ruun erregen könnte, der dazu neigte, nachts herumzuschleichen – oder einer Eule. Aber so sehr er ihr auch zuredete – sie weigerte sich zu gehen. Endlich sagte er derb: »Also gut! Dann sieh zu, wie du allein fertig wirst! Ich verschwinde . . .« Und damit lief er davon.

Aber nicht weit. Sein Mitgefühl ließ es nicht zu. Statt dessen kauerte er im schützenden Schatten der Wurzel, wo er sich auch vorher versteckt hatte, und wachte über sie. Er nahm an, daß sie bald Vernunft annehmen würde. Aber dann wurde er Zeuge eines Verhaltens, das es gibt, seit es Maulwürfe gibt: das Verhalten einer ihrer Jungen beraubten Mutter.

Sie kehrte zurück in den Tunnel, und nach einer langen Wartezeit, als er schon nahe daran war, sie ihrem Schicksal zu überlassen, kam sie wieder in die Nacht hinaus. Sie hatte eines ihrer toten Jungen am Genick gepackt, so wie eine Mutter ihr schreiendes Junges trägt. Dieses Junge hing schlaff und tot herunter, und sie legte es neben dem Eingang zum Tunnel auf den Boden. Dann brachte sie nacheinander die übrigen vier und legte sie dorthin, wo der Wind sie berühren und die Eulen sie holen konnten.

Dann sah er, wie sie sich in die Schatten neben ihnen kauerte, Worte der Liebe und des Schmerzes flüsternd und die alten Klagelieder der von einem Verlust Betroffenen summend, Worte, die nicht aufgeschrieben oder gelernt werden müssen, weil sie in der Tiefe einer jeden Seele zu finden sind.

Dann kauerte sie neben ihnen, um auf die Eulen zu warten. Aber darauf wollte er nicht warten, darum lief er zu ihr hinüber und sagte: »Komm, Rebekka, komm, meine Liebe. Du kannst nichts mehr tun. Es gibt nichts mehr zu tun.«

Schließlich wurde er wieder zornig und sagte: »Wenn du jetzt nicht endlich kommst, werde ich wirklich verschwinden. Ich tu dies nur für Mekkins. Komm jetzt!« Und mehr oder weniger von ihm vorangezerrt, folgte sie ihm endlich, zitternd und schluchzend, weil sie alles, was ihr von ihren Jungen noch geblieben war, in der Nacht zurücklassen mußte, winzig und ergreifend auf dem kalten Waldboden.

Keiner weiß, wie es diesem namenlosen Maullanger gelang, Rebekka hinunter zum Marsch-Ende zu führen, und wie er sie vor den Marsch-Endern beschützte, bis Mekkins gefunden war. Aber durch vergessene Maulwürfe wie ihn erfüllen sich Handlungen der Wahrheit und der Liebe ebenso wie durch jene, deren Namen in den Büchern von Uffington aufgezeichnet sind. So wollen wir auch ihn, obwohl er namenlos ist, nicht vergessen.

Mekkins warf einen Blick auf Rebekka, die allen Lebensmut verloren hatte, und wußte, was geschehen war, ohne daß es ihm gesagt wurde, wußte auch, was zu tun war.

Indem er sie halb schob, halb trug und ihr ständig gut zuredete, brachte er sie zum östlichen Teil des Marsch-Endes, wo der Boden feucht, der Pflanzenwuchs üppig ist: eine Gegend im Wald, in die kein Maulwurf geht und wo gestürzte Bäume unbemerkt verfaulen.

»Wohin bringst du mich?« flüsterte sie mehr als einmal, ohne Hoffnung.

»An einen Ort, wo Mandrake und Ruun dich niemals finden werden, und wo du Zeit haben wirst, wieder zu Kräften zu kommen.«

»Ich möchte nicht allein sein«, schluchzte sie, »nicht hier an diesem schrecklichen Ort.«

»Es ist alles in Ordnung, Rebekka«, sagte er tröstend. »Du wirst nicht allein sein. Es ist ein Maulwurf dort, der dir helfen wird. Sie hat selbst Kummer gehabt und weiß, was zu tun ist.«

Aber Rebekka wurde wieder von Furcht erfaßt und weigerte sich eine Zeitlang, weiterzugehen.

»Sieh, meine Liebe«, sagte Mekkins, bekümmert, Rebekka so verändert zu sehen, »es gibt keinen anderen Ort, an den ich dich bringen könnte. Mandrake und Ruun werden hinter dir her sein – sie werden dich töten. Ich kenne sie. Es ist ohnehin ein Wunder, daß du noch lebst, obwohl es sogar Mandrake im Moment vielleicht nicht über sich bringen würde. Nicht bei dir.«

Bei dieser zweiten Erwähnung seines Namens schluchzte Rebekka wieder, um dann in Trostlosigkeit zu erstarren. Aber als Mekkins sie weiterdrängte, stimmte sie ihm zu, als sei alles hoffnungslos und sogar Widerstand sinnlos. Mekkins wurde klar, daß sie nicht weiterleben wollte.

Sie kamen endlich zu einem fernen Winkel des Waldes, wo er an die Marsch grenzte, und von wo der Wind in die Tiefe des Waldes den unheimlichen Ruf von den Maulwürfen unbekannten Marschvögeln trug – der Schnepfe, des Brachvogels und des lärmenden Wasserläufers – und von der nassen, trostlosen Landschaft erzählte, die alle Maulwürfe fürchten. An einem düsteren und bedrückenden Ort blieb Mekkins endlich stehen, vor einem dumpfen und ungesund aussehenden Eingang, der von verfaulendem Holz fast verdeckt war. Mekkins spähte hinein und war im Begriff etwas zu rufen, als aus den traurigen Tiefen eine alte, furchtsame Stimme flüsterte: »Krankheit! Hier herrscht Krankheit! Krankheit und Tod!«

Rebekka zuckte zurück und bat Mekkins, sie fortzubringen, aber er legte eine Pfote auf ihre und sagte: »Mach dir keine Sorgen. Es ist nicht so schlimm, wie es sich anhört. Solche Sachen sagt sie immer, um andere abzuschrecken.«

Er wandte sich wieder dem Eingang zu. »He, Cora, sei nicht so blöd! Hier ist Mekkins ... Ich bin mit einer Freundin gekommen, um dich zu besuchen.«

»Ich habe hier keine Freunde«, sagte die Stimme, »nur das Dunkel der Krankheit, nur die Nässe des Bodens.«

Mekkins zuckte die Achseln und schob Rebekka mit einem ermutigenden Schulterklopfen vor sich her den Tunnel hinunter.

Der Tunnel war feucht und dunkel, und es dauerte lange, bis Rebekka das alte Weibchen deutlich sehen konnte, das sich brummend und schimpfend vor ihnen zurückzog. »'s Problem ist«, flüsterte Mekkins, »sie ist soviel allein, daß sie eine Weile braucht, um sich an Fremde zu gewöhnen. Und zuerst spielt sie sich gern ein bißchen auf. Aber sie hat ein goldenes Herz, und wenn du ihr gefällst, wird sie sich darum kümmern, daß du wieder auf die Pfoten kommst.«

Endlich sah Rebekka das alte Weibchen deutlich, und wenn sie nicht so nahe vor einem Zusammenbruch gestanden hätte, wäre sie vielleicht auf der Stelle davongelaufen.

Cora war klein und mager, und eine Krankheit oder eine Verwachsung hatte ihren ganzen Körper ein wenig verzerrt. Sie hatte kaum ein Haar im Gesicht, und das Fell auf ihren Flanken war schütter und grau. Ihre Vorderpfoten waren fast durchsichtig vor Schwäche.

Aber ihre Augen! Es war, als hätten sie vorübergehend Zuflucht in einem fremden Körper gesucht, denn sie waren strahlend und warm vor Güte und Verständnis, voller Schönheit und Leben, und Rebekka erkannte, daß die ängstliche Stimme, die zu ihnen gedrungen war, in Wirklichkeit nur vorgetäuscht worden war.

Als Cora Rebekka deutlich sah, trat sie sofort auf sie zu, wenn auch ein wenig schüchtern, und sagte: »Mein Liebes!«; und es klang so viel Mitleid aus ihrer Stimme, daß Rebekka wußte, auch Cora hatte irgendwann schrecklich gelitten und verstand. Rebekka wurde ruhiger; sie war unbeschreiblich erschöpft, fühlte sich aber so sicher wie lange nicht mehr. Sie kauerte sich in eine Ecke von Coras kleinem Bau, dessen Wände feucht waren und in den kaum frische Luft drang, legte den Rüssel zwischen die Pfoten und schloß einfach die Augen.

»Dies ist Rebekka aus Barrow Vale«, sagte Mekkins. »Und sie braucht Hilfe und Schutz. Darum habe ich sie zu dir gebracht, Cora, weil ich denke, du wirst wissen, wie wieder ein bißchen Leben in ihr erweckt werden kann.«

Rebekka fühlte, daß eine weiche Pfote ihr Gesicht streichelte, und hörte, daß eine noch weichere Stimme sagte, wie aus großer Entfernung: »Es ist alles gut, mein Liebes, hier bist du sicher, ganz sicher.« Und dann schlief sie ein.

Als Mekkins Cora erzählte, was geschehen war, seufzte sie und sprach von »der Schlechtigkeit von all dem« und von »den dunklen Schatten, die Duncton verfluchen« und blickte auf die schlafende Rebekka, während aus ihren gütigen Augen Tränen über ihr kahles Gesicht rannen.

Sie hatte sich auch Junge gewünscht, aber die Krankheit, die sie vor so langer Zeit in ihrem ersten Sommer befallen hatte, beraubte sie für immer dieser Möglichkeit. Kein Männchen wollte sie haben, und lange Zeit ging im Marsch-Ende die Geschichte um, als Folge sei sie schwachsinnig geworden und einer Eule zum Opfer gefallen.

Aber das stimmte nicht, wie Mekkins – damals noch ein Jungwurf – bei einer seiner Erkundungstouren in der Umgebung vom Marsch-Ende herausfand. Er stieß auf das kleine Tunnelnetz, das auf nachlässige Weise in die weiche, feuchte Erde gegraben war, und erhielt lange Zeit keine andere Antwort als: »Hier herrscht Krankheit«. Er schmeichelte sich Stück für Stück in ihre Tunnel hinein und stieß schließlich auf Cora, die seit vielen Jahren nicht mit einem einzigen Maulwurf zusammengekommen war, weil sie es vorzog, ihre Verunstaltung an diesem abgelegenen Ort zu verbergen. Im Gegensatz zu anderen Maulwürfen, die sie früher gekannt hatte, zeigte er keine Furcht und behandelte sie so, wie er jeden anderen Maulwurf auch behandeln würde. Dann hatte er im Lauf der Jahre bemerkt, wie sie sich veränderte, etwas von ihrer Schüchternheit verlor und immer mehr Frieden im Leben fand. Sie zeigte ihm, daß ein Maulwurf viele Jahre lang allein leben, an Weisheit gewinnen und viel Liebe in den kleinen Dingen um seine Tunnel herum finden kann.

Sie lehnte es ab, ihre Tunnel zu verlassen, weil, so sagte sie, das wahrscheinlich der einzige Ort im ganzen System sei, wo sie mit ihren schwachen Pfoten graben und Tunnel ausbessern könne, wenn auch nur notdürftig. Sie wußte, was Traurigkeit ist, und hatte sich immer Junge gewünscht, wenn sie jetzt auch wußte, daß sie nie welche haben würde. Mekkins hatte Rebekka hierhergebracht, weil er dies alles wußte, denn sicher würde Cora sich um sie kümmern, als sei sie ihr eigenes Junges.

Aber während der folgenden Tage verschlechterte sich Rebekkas Befinden von Tag zu Tag. Sie wurde schwächer, reagierte immer weniger auf ihre Umgebung und gab sich kaum die Mühe, die Nahrung, die Mekkins und Cora ihr brachten, zu sich zu nehmen. Es war kein Leuchten mehr in ihren Augen, kein Glanz mehr auf ihrem Fell, das jetzt wie toter Efeu an ihr hing.

In ihrer vierten Nacht in Coras Bau lief Cora hinauf, um Mekkins zu wekken. Sie gab ihm einen Stoß in die Seite und bat ihn, sofort zu kommen.

»Sie stirbt, Mekkins, und ich glaube, keiner kann ihr helfen. Ihre Zitzen sind hart von ungesaugter Milch und geschwollen und tun ihr weh, wenn sie versucht zu schlafen. Ich fürchte, es ist vielleicht schon zu spät, um noch etwas für sie tun zu können.«

Mekkins blickte auf Rebekka, mit vor Kummer und Verzweiflung gesenktem Rüssel, während der dringende Wunsch, etwas zu tun, seine Augen ruhelos machte. »Rebekka«, flüsterte er ihr zu. »Rebekka! Ich bin es, Mekkins. Du bist jetzt in Sicherheit. Hörst du, Rebekka?«

Sie bewegte sich und wandte sich ein wenig zu ihm, die Stirn gerunzelt und in den Augen einen verlorenen, gequälten Ausdruck. »Was soll ich hören?« flüsterte sie. »Sie sind alle tot. Ich habe ihre letzten Schreie gehört. Er hat sie mir genommen.«

»Aber es gibt noch soviel, Rebekka, soviel. Die Blumen, die du liebst, die, die du mir im Sommer gezeigt hast – sie werden wiederkommen. Und der Frühlung wird kommen, du wirst sehen. Du wirst sehen ... « Aber Mekkins konnte nicht weitersprechen. Er fand keine Worte, weil ihm kein Grund einfiel, warum sie wünschen sollte, am Leben zu bleiben. Wenn Rose nur hier wäre, dachte er, sie würde wissen, was sie sagen müßte.

Während er auf Rebekka hinuntersah, fühlte er sich selbst auf beinahe unsinnige Weise kräftig und gesund, und eigentlich zum erstenmal wurde ihm klar, was für ein Geschenk dies war. Aber er hätte das alles hergegeben, wenn

Rebekka ihn dafür mit den lachenden, tanzenden Augen angesehen hätte, die er so gut kannte und liebte.

Er ließ sie und Cora allein und lief verbittert hinauf zum Eingang des Tunnels und starrte von dort aus in die Nacht. Von irgendwo aus der Marsch kam der quälende, einsame Ruf einer Schnepfe. Im übrigen schien der Wald sich auf den dunklen Winter einzurichten.

Doch während er dort kauerte, verwirrt und bedrückt, kam aus den hellen Winkeln seiner Seele, wo die gehegten Güter des Herzens still warten, eine Erinnerung an den Stein. Nicht wie er ihn zum letztenmal gesehen hatte, als das Blut von Hulver und Bindel den Schatten des Steins befleckte, sondern wie er ihn zum erstenmal gesehen hatte, vor so langer Zeit, als er fast noch ein Junges gewesen und in dem Mittsommerzug den langen Weg zum Punctonhügel hinaufgeführt worden war – als es noch nicht eine Schande war, die Mittsommernacht zu feiern.

Der Stein hatte dort gestanden, massig, ehrfurchteinflößend und – irgendwie – auch sicher, und Mekkins hatte an ihm hochgeblickt, während die Ältesten sich ihrem Gesang hingaben, und in seinen Gedanken war alles andere verblaßt, nur die Größe und Majestät des Steins nicht und sein Gefühl, er sei Teil des Steins. In den vielen Maulwurfjahren, die seitdem vergangen waren, hatte er an den Stein nur als etwas Fernes gedacht, denn das Gefühl der Gnade, das ihn damals erfüllt hatte, wurde überschattet vom Leben und vom Kämpfen und vom Paaren, was alles zur Wirklichkeit Punctons gehörte.

Doch jetzt kehrte das Gefühl der Gnade zurück, fern und ungewiß, aber dennoch vorhanden. Er wandte sich um und lief den Tunnel hinunter direkt zu Cora.

»Wie lange kann sie noch leben?« fragte er sie.

»Ich weiß es nicht«, sagte sie zögernd. »Es gibt einige Kräuter, die ich kenne, heilende Zaubermittel nannte meine Mutter sie. Sie mag noch ein paar Tage durchhalten . . .«

»Sie muß«, sagte er eindringlich. »Sie muß. Für ein paar Tage mußt du sie dazu zwingen. Ich muß fort, aber ich komme wieder.«

»Wohin willst du?« fragte Cora, die sich plötzlich fürchtete, mit der im Sterben liegenden Rebekka alleingelassen zu werden.

»Ich gehe zum Stein, Cora, um ihn um Hilfe zu bitten. Ich versteh nicht das geringste vom Beten, aber ich werde es verdammt noch mal versuchen.«

Er brauchte eine ganze Nacht und den folgenden Tag, um zu dem massigen, stummen Stein zu gelangen. Mekkins hatte noch nie in seinem Leben gebetet, und da er keine vorgefaßte Meinung hatte, wie ein Maulwurf beten sollte, sprach er mit dem Stein wie mit irgendeinem Maulwurf. »Sie ist ein guter Maulwurf, besser als irgendein anderer, den ich kenne, warum stirbt sie also? Was für einen Sinn soll das haben? Sieh ... ich werde alles tun, was ich kann, um ihr da heraus zu helfen ...«

Aber der Stein blieb stumm.

»Nun hör mal«, versuchte Mekkins es von neuem, und seine Pfoten berührten jetzt den Fuß des Steins, »es kann doch keinen Sinn haben, sie jetzt sterben zu lassen, oder? Ich habe sie in der Sonne tanzen sehen und ihre Verse aufsagen hören und alles mögliche, und du kannst ihr nicht all diese Dinge beigebracht haben, damit sie dann so stirbt wie jetzt. Du hast sie so gemacht, damit andere Maulwürfe lernen konnten, wie man in unserm verfluchten steinverlassenen System richtig leben kann.«

Aber der Stein stand immer nur stumm da. Er ragte in kalter Größe auf, weiter als Mekkins Gesichtsfeld reichte, fast bis zu den blattlosen Zweigen der Buchen, deren ineinandergreifende Silhouetten ein feines Muster vor den trübweißen Wolken der Oktoberdämmerung bildeten.

Er kauerte lange bei dem Stein, ohne etwas zu sagen. Er hatte nichts zu sagen. Er sah sich die Bäume um ihn herum an, dann seine eigenen kräftigen Pfoten, dann blickte er über den tiefer liegenden Wald hinweg zum Marsch-Ende. Schließlich wurde er zornig und schrie den Stein an, wobei er ihn in seinem Zorn fast attackierte: »Was bist du überhaupt, verdammt noch mal? Ich komm den ganzen Weg hier rauf, um dich um Hilfe zu bitten, und ich hab dich noch nie um Hilfe gebeten, und du tust gar nichts. Bloß stumm da rumstehen. Stumm wie der Stein, der du bist. Weißt du was? Du bist gar nichts, das ist es, du bist ein Nichts!«

Wilder Zorn durchströmte Mekkins, er schäumte vor Wut und vor Kraft wie noch nie zuvor. Seine Empfindungen waren um so heftiger, als er sich vom Stein betrogen fühlte um das Gefühl der Gnade und der Hoffnung, das ihn überhaupt erst veranlaßt hatte, den weiten Weg zu machen. Er wandte sich vom Stein ab und ließ sich mehr oder weniger absichtlich auf den Boden fallen. Seine Bewegungen waren so ruhelos wie die Wurzeln, die einmal in diese, einmal in jene Richtung um den Stein herum führten und an seinem Fuße dunkle Schatten bildeten.

Halb schluchzte, halb schrie er in seiner Wut, bis sein Haß auf das, was mit Rebekka geschah, und sein Zorn auf den Stein sich allmählich in Müdigkeit und Hilflosigkeit verwandelten, so daß sogar seine kräftigen Schultern und sein stämmiger Körper schlaff wurden und zusammensackten. Er wandte sich wieder an den Stein, mit gesenktem Rüssel und ohne jeden Zorn.

»Hilf ihr«, flüsterte er schließlich. »Hilf ihr meinetwegen«, fügte er schlicht hinzu.

Bei Tagesanbruch verließ Mekkins endlich den Stein. Seine Stimmung war zu gedrückt für einen Schwatz an der Westseite oder in Barrow Vale, darum wandte er sich in östliche Richtung und schlug einen Weg ein, der über die mittleren Hänge und die Höhenlinien und dann langsam zu den Tunneln führte, die ihn schließlich zum Marsch-Ende bringen würden.

Sein Weg führte ihn an Hulvers altem System vorbei, und als er sich den Tunneln näherte, spürte er ganz schwache Vibrationen, und ganz schwach drangen angenehme Gerüche zu ihm. Er blieb stehen und schnüffelte herum, froh, daß es hier wieder Leben gab. Er fand einen Eingang und stieg langsam hinunter, bemüht, möglichst viel Lärm zu machen, um keinen Maulwurf zu erschrecken.

Keinen Maulwurf? Da waren mehr als ein Maulwurf! Es waren offensichtlich Junge hier, die quäkten und maunzten und sich regten, und eine Mutter, die versuchte, sie zum Schweigen zu bringen.

Jungwürfe auf den Hängen! Es war das erstemal, daß er so etwas hörte, und wenn es in diesem Augenblick etwas auf der Welt gab, was seine Stimmung ein wenig aufhellen konnte, so waren es ihre Laute. Von irgendwo aus den Tunneln, näher als die Jungwürfe, ertönten Getrippel und Murmeln. Dann kam ihm ein Maulwurfweibchen mit erhobenen Krallen angriffsbereit entgegen.

»Es ist in Ordnung«, sagte er freundlich, »ich will euch kein Leid zufügen. Ich wollte nur guten Tag sagen. Ich bin Mekkins, Ältester vom Marsch-Ende.«

»Was tust du hier?« fragte Ruta.

»Ich war bei dem Stein.«

»Oh!« Sie schien überrascht und kam näher und streckte ihm ihren Rüssel entgegen.

»Hört sich an, als hättest du da einen Wurf Junge«, sagte Mekkins fröhlich. »Darf ich mal schauen?«

Sie nickte. Mekkins Name war ihr bekannt. Er sei in Ordnung, mache keine krummen Sachen, hieß es.

»Hast du vielleicht einen oder zwei Würmer übrig?« fragte Mekkins, sein Glück versuchend.

»Du bist ganz schön dreist«, sagte Ruta. »Aber zufällig habe ich ein paar übrig.«

Sie drehte sich um und lief vor ihm her, zurück zu ihren Jungen, und er folgte ihr sehr langsam, weil er wußte, wie empfindlich Mütter sein können.

Es war ein Vergnügen, in ihren Bau zu blicken. Dort lag sie zusammengerollt, und vier Junge saugten an ihren Zitzen. Manchmal quäkten sie, wenn sie ihren Halt verloren, jedes bemühte sich um den besten Platz, und Milch lief über ihre rosa Rüssel und über ihre blassen jungen Barthaare. Ihre Augen waren blind, ihre Pfoten schlaff wie nasses Gras. Ruta wachte besorgt über ihnen, führte ihre Mäuler zu den Zitzen und gurrte liebevoll über ihre kleinen Possen. Eines der Jungen schlug maunzend ein Rad nach hinten, und Ruta lachte zärtlich und sagte: »Komm, mein Kleiner«, während sie ihn zurückzog. Erst als sie ihn wieder an ihre Zitzen hob, sah Mekkins, daß noch ein fünftes Junges da war, kleiner als die anderen und verloren in dem Durcheinander von Pfoten und suchenden Rüsseln. Es war schwach und hatte nicht die Vitalität der übrigen, konnte offensichtlich nicht einmal saugen.

»Der Zwerg«, sagte Ruta nüchtern. »Ich habe versucht, ihn zum Saugen zu bringen, aber er schafft es nur, wenn die anderen eine Pause machen, und das passiert nicht sehr oft. Er wird von Stunde zu Stunde schwächer. Bei einem Wurf von fünfen ist immer einer dabei. Es ist natürlich ein Männchen – es sind immer Männchen.«

Aber Mekkins hörte nicht zu. Er dachte nach, die Gedanken rasten ihm davon, und schneller als ein Blitzschlag nahm eine Idee Gestalt an. Eine so absurde Idee, daß er sie vielleicht in die Tat umsetzen könnte.

Er machte einen vorsichtigen Schritt in den Bau hinein, woraufhin Ruta sofort eine angespannte Haltung einnahm. »Ich kenne ein Weibchen«, sagte er endlich. »Sie hat ihren Wurf verloren. Sie ist krank, weil ihre Milch nicht abgesaugt wird. Darum bin ich zum Stein gelaufen – um ihn zu bitten, ihr zu helfen.« Er warf einen bedeutungsvollen Blick auf das schwache kleine Junge, über das die anderen vier hinwegkletterten. Sein Maunzen war so schwach, daß es in dem Lärm der anderen unterging, aber Mekkins sah, wie sein Maul verzweifelt die Laute formte.

Ruta blickte ihn an. »Du willst sagen, daß er bei ihr überleben könnte, während er es bei mir mit Sicherheit nicht tun wird. Du magst recht haben, vielleicht auch nicht.« Langsam entspannte sie sich wieder.

Sie wandte sich wieder den vier vitaleren Jungen zu und drehte sich gleichzeitig ein wenig, so daß das fünfte abglitt und in dem Nestmaterial zwischen Ruta und Mekkins verschwand. Langsam, sehr vorsichtig, näherte Mekkins sich dem kleinen Ding. Ruta vermied es peinlich, sie beide zu beachten.

Dann beugte Mekkins sich vorsichtig zu dem winzigen Jungen hinab, packte es mit dem Maul an der Nackenfalte und hob es vom Boden auf. Es hing schlaff herunter, die Augen blind, die Pfoten schwach. Mekkins zögerte nur einen Augenblick lang, bevor er sich zum Eingang wandte und dann in den Tunnel hinaus, den er entlanglief, so schnell er konnte. Ruta blickte nicht einmal auf, als er verschwunden war. »Meine Süßen«, flüsterte sie den vier gesunden zu, »meine Lieben.«

Als Mekkins durch den Tunneleingang auf die Oberfläche laufen wollte, hörte er Geräusche hinter sich. In der Annahme, daß Ruta ihre Meinung doch noch geändert habe, drehte er sich um, um ihr entgegenzublicken. Vor ihm stand ein erwachsenes junges Männchen mit grauem Fell und wachsamen Augen. Das Junge hing zwischen ihnen.

»Sorge gut für ihn«, sagte das junge Männchen. Seine Stimme war kräftig und seltsam eindringlich, und sie ließ Mekkins still verharren, denn sicher hatte er sie schon einmal gehört ... vor dem Hochsommer ... sie war aus der Dunkelheit gekommen, in der Mittsommernacht, an der Lichtung beim Stein. Brackens Stimme. Plötzlich hatte er das Gefühl, er und das System stünden unter dem Einfluß von Kräften, deren Macht und Absichten jenseits seines Vorstellungsvermögens lagen. Er spürte, wie das Junge in seinem Maul sich zaghaft bewegte, und dann machte er sich auf den Weg, hinaus in das Licht des frühen Morgens. Er raste die Hänge hinunter, und das kleine Junge pendelte hilflos vor ihm hin und her, während er verzweifelt und ohne Pause auf den fernen abgelegenen Ort zulief, wo Rebekka im Sterben lag.

Nie war Mekkins der Geruch von moderndem Holz und verfaulendem Laub – der Geruch des verlassensten Teils vom Dunctonwald – so angenehm erschienen. Es bedeutete, daß er zurückgekehrt war.

Hinunter also in Coras dunkle Tunnel und zu ihrem Bau, am Eingang verzweifelt blickende Augen, die sehen wollten, ob Rebekka ... ob Rebekka schon ... und ein tiefer Atemzug von Cora, in dem unzählige verschiedene Empfindungen mitklangen.

Mekkins legte das Junge auf Rebekkas Bauch, schob es zu ihren harten Zitzen, ein wenig unbeholfen in seinem verzweifelten Bemühen, es zum Saugen zu bringen. Und als es das nicht tat, sagte er leise zu Rebekka, die mit geschlossenen Augen mühsam atmend dalag: »Rebekka! Rebekka! Ich habe dir ein Junges gebracht!«

»Sie sind alle tot«, stöhnte sie mit tonloser Stimme. »Alle tot.«

»Er ist hier. Sieh ihn dir an. Sieh ihn dir doch an«, flüsterte Mekkins und warf Cora verzweifelte Blicke zu, als das Junge, zu schwach, aus eigener Kraft zu saugen, von Rebekkas Bauch glitt und sein eigener winziger Bauch sich rasch auf und ab bewegte, auf und ab, als atme es sein Leben aus.

»Sieh ihn dir doch nur mal an, mein Liebes«, sagte Cora und berührte Rebekkas Gesicht sanft mit ihrem Rüssel. »Versuch es einfach.«

Aber Rebekka war völlig teilnahmslos, und trotz all ihrer Bemühungen konnten sie das Junge nicht dazu bringen, an ihren Zitzen zu saugen, wenn es auch kläglich maunzte und versuchte, das Mäulchen zu öffnen.

»Rebekka«, sagte Mekkins noch einmal voller Verzweiflung, »hör mir bitte zu, meine Liebe. Versuche, ihm zu helfen. Versuche, ihm deine Liebe zuzuwenden. Er braucht dich.«

Aber sie bewegte sich nur ein wenig, und obwohl sie einen kurzen Blick auf das Junge warf, schien es keine Anteilnahme bei ihr zu erwecken.

Mekkins suchte nach Worten, so wie er bei dem Stein nach Worten gesucht hatte. Seine Augen waren verstört, seine Gedanken verwirrt, bis ihm plötzlich Brackens Worte wieder in den Sinn kamen. »Sorge gut für ihn«, hatte er gesagt, und er sah Brackens Gesicht wieder vor sich, das ihn so tief beeindruckt hatte.

Noch einmal wandte Mekkins sich zu Rebekka, brachte seinen Rüssel nahe an ihr Ohr und sagte drängend: »Du mußt es versuchen. Du mußt es versuchen. Das Junge ist Brackens Junges. Es ist Brackens Sohn!«

Welcher Maulwurf kann sagen, wann ein Junges merkt, daß seine Mutter nicht mehr da ist? Rutas Junges jedenfalls jammerte plötzlich auf, als spüre es, daß es etwas für immer verloren hatte. Weder das leise Maunzen, das zu zart gewesen war, als daß man es in Rutas Bau hätte vernehmen können, noch die schwachen Klagelaute, die es von sich gegeben hatte, als es versuchte, Rebekkas Zitzen zu erreichen. Es war ein lauter Schrei aus der Wüste der Einsamkeit, und als Mekkins sagte: »Es ist Brackens Sohn«, schien Rebekka den Schrei des Jungen wie den eines eigenen zu hören.

Langsam drehte und senkte sie den Rüssel zu dem jammernden kleinen Wesen hinunter, strich sanft über seinen Körper, schnüffelte an seinen winzigen Pfoten. Mit der Zunge fuhr sie weich über seinen trockenen Rüssel und umgab es schützend mit ihrem ganzen Körper und führte es zu einer ihrer Zitzen. Das Junge fiel zurück, aber sie versuchte es wieder und wieder. Mit einer Stimme, die so leise war wie sein eigenes Maunzen, flüsterte sie ihm Worte der Ermutigung zu, zog es an sich heran, schob ihre Zitze an sein Mäulchen, befeuchtete ihre Zitze mit der eigenen Zunge, um ihm zu helfen, umgab es mit ihrer Liebe. Bis das Junge endlich vor den atemlosen Blicken von Cora und Mekkins zu saugen begann, und sein leises Schmatzen füllte den Bau wie das Geräusch eines sanften Frühlingsregens, der auf trockenes Gras fällt.

Hinter ihnen, unbemerkt in den Schatten des Tunnels vor dem Bau, schlich Bracken sich leise davon. Er hatte all seine Fähigkeiten aufgeboten, um über seinem Sohn zu wachen, als er Mekkins auf seinem verzweifelten Wettlauf mit der Zeit zu Coras Bau folgte. Wenn eine Gefahr gedroht hätte, wenn ein Dachs aufgetaucht, wenn Mandrake selbst wie eine schwarze Wolke aus der Nacht erschienen wäre – Bracken hätte mit allen gekämpft, damit seinem Sohn, von Mekkins getragen, nichts geschehe.

So hatte er unbemerkt über seinem Sohn gewacht. Er war Mekkins in den

Tunnel gefolgt und hatte, von keinem Maulwurf entdeckt, zugesehen. Erst als Mekkins ihren Namen nannte, erkannte er, daß es Rebekka war, die dort lag – so sehr hatte sie sich verändert. Er sah zu, wie das Junge taumelte und schwächer wurde, und er versuchte ihm mit Hilfe seiner Willenskraft zuzureden, noch einen Versuch zu machen. Bis das Junge in einem letzten Schrei seinem Jammer Ausdruck verlieh und Rebekka sich ihm endlich zuwendete und seinen Sohn als ihren eigenen annahm.

Erst dann schlich Bracken sich leise davon, wieder nach oben, auf die Oberfläche dieses nassen und dunklen Winkels des Waldes, zurück nach Süden zum Hügel und zum Alten System, an das er für immer gefesselt zu sein schien.

KAPITEL 21

Sie nannten das Junge Comfry, nach einem Heilkraut, das am Waldrand in der Nähe von Coras Tunneln wuchs und das, so sagte Cora, Rebekka die zwei Tage am Leben gehalten habe, während Mekkins unterwegs zum Stein war.

Viele Tage lang machten sie sich Sorgen um ihn; alle drei hegten und pflegten ihn zurück ins Leben, bis er fähig war, allein zu saugen, und bis die Laute, die er von sich gab, mehr denen eines mit Eifer heranwachsenden Maulwurfs glichen als den Verzweiflungslauten eines sterbenden.

Aber obwohl Rebekka für ihn sorgte und ihm ihre Liebe zuflüsterte, kam es Mekkins noch immer so vor, als sei ein Licht in ihr erloschen, und sie schien des Lebens müde zu sein, des Lebens, das sie früher wie kein anderer geliebt hatte.

Als es November wurde, konnte Mekkins nicht länger bleiben, weil er sich um Angelegenheiten des Marsch-Endes kümmern mußte und sich umhören wollte, wenn er das auch nicht sagte, ob irgendwelche Suchaktionen nach Rebekka im Gange waren.

»Ich werde gut für sie sorgen, Mekkins, mach dir nur keine Gedanken«, sagte Cora, als er Abschied nahm. »Und Comfry ist jetzt in Ordnung, ein wenig zart vielleicht, aber auch die kleinsten Pflanzen tragen Blüten. Und was Rebekka betrifft: es wird einige Zeit dauern, bis sie sich erholt, aber du wirst sehen, sie wird sich erholen.«

Mekkins war bewegt über die Veränderung, die mit Cora selbst vorgegangen war, seit Rebekka und dann Comfry bei ihr waren. Sie schienen ihr neues Leben gegeben zu haben, und das so ängstlich und zurückgezogen lebende Maulwurfweibchen, an das er sich erinnerte, war jetzt voller Geschäftigkeit und Tatendrang. »Die Dinge entwickeln sich manchmal merkwürdig«, dachte er, als er sich auf den Weg machte, und das beruhigte ihn.

Als er das Marsch-Ende erreichte und hörte, was im System geschehen war, wurde ihm klar, wie recht Rose gehabt hatte mit ihrer Warnung, es würden dunkle Tage kommen. Sie waren schon da. Angst und Schrecken breiteten sich in Duncton aus, weil die Maullanger, in erster Linie die von der Westseite, allmählich so mächtig wurden, daß sie nicht mehr unter Kontrolle zu halten waren.

Es hatte grundlose Angriffe auf Ostseiter und Marsch-Ender gegeben, Maullanger-Banden hatten Tunnel besetzt, es war sogar ein Maulwurf getötet worden, in Barrow-Vale, dem einzigen Ort im System, wo sich ein Maulwurf nach alter Tradition auf neutralem Boden sicher fühlte.

Die Wurzel der Probleme war die Veränderung, die mit Mandrake vorgegangen war und die, wie die Schwätzer sehr bald herausfanden, in jener Nacht begonnen hatte, als er und Ruun Rebekkas Junge töteten. In den frühen Tagen seiner Tyrannei hatte Mandrake, wenn ein Maulwurf getötet werden sollte, es selbst getan. Er hielt die Maullanger unter strenger Kontrolle, er wählte sie selbst aus, und sie unterstanden ihm. Aber langsam, raffiniert und aus dem Verborgenen begann Ruun, an Macht zu gewinnen. Durch seine Rolle als Puffer zwischen den Maullangern auf der einen, Mandrake auf der anderen Seite gewann er das Vertrauen von beiden. Ein Maulwurf wie Burrkopf, der der führende Maullanger der Westseite war, arbeitete lieber über Ruun als direkt mit Mandrake, der zu unberechenbar war. In seiner Gegenwart stolperte ein Maulwurf wie Burrkopf über seine eigenen Worte und kam sich dumm vor. Ruun zeigte viel mehr Verständnis ...

Bis zum Mittsommer nach Brackens Geburt verfügte Ruun über die Ergebenheit aller Maullanger, von denen viele ihre Stellung durch ihn erhalten hatten. Und auf diese oder jene Weise hatte Ruun es fertiggebracht (in erster Linie durch seine Hinterlist), jene Maullanger loszuwerden, die Mandrake selbst ausgewählt hatte. Es wurden zum Beispiel Gerüchte über sie verbreitet, so daß Mandrake ihnen nicht mehr traute. Bei einer Zusammenkunft in der Höhle der Ältesten wurden zwei von ihnen, deren Ansehen bei Mandrake durch Ruuns Verleumdungen vergiftet worden war, von Mandrake selbst vor allen anderen getötet. Es war so grausam anzusehen, daß Ruun als einziger lächelte; der Tod hatte für ihn etwas Wollüstiges.

Nach Hulvers Tod, oder, um es genauer zu sagen, seit jenem Augenblick, da Mandrake so entsetzt gewesen war, die Worte der Gnade von Bracken gesprochen zu hören – vom Stein, wie es ihm erschien –, verlor Mandrake langsam das Interesse an der Macht, die er erworben hatte. Kein Maulwurf, nicht einmal Ruun, zweifelte an seinem Führungsanspruch, aber er zog es vor, Ruun statt seiner die Macht ausüben zu lassen, wobei er gelegentliche Abstecher in rücksichtslose Brutalität unternahm, nur um zu zeigen, wer das Sagen hatte.

Die meisten Maulwürfe in Duncton, auch Mandrake, nahmen an, daß Rebekka zusammen mit ihren toten Jungen einer Eule zum Opfer gefallen sei. Aber noch schlimmer war für Mandrake die Tatsache, daß seine Gefährtin, Sarah, die von Beginn an gegen das Töten der Jungen gewesen war, auch das Opfer einer Eule wurde, zur gleichen Zeit wie Rebekka. Der plötzliche Verlust von Gefährtin und Tochter schien der Beginn seines Absinkens in sinnlose Brutalität zu sein. Manchmal tauchte er plötzlich in Barrow Vale auf und verbrachte Stunden damit, vor sich hin zu brüten, während die anderen Maulwürfe dort sich leise verdrückten. Zu anderen Zeiten konnte ein Maulwurf hören, wie er die Wände seiner Tunnel mit schweren, heftigen Schlägen attackierte und in der Sprache von Siabod vor sich hin murmelte, Worte, die wie Flüche klangen, und Ausbrüche von Raserei, die kein Maulwurf verstand.

Auch war er besessen von dem Gedanken an den Steinmaulwurf, ein Gerücht, das nie ganz verstummte. Im Gegenteil, es wurde sogar eine Verbindung hergestellt zwischen der Geschichte mit Rebekka und dem Steinmaulwurf, von dem gesagt wurde (und Mandrake glaubte offenbar irgendwie daran), daß er sich mit Rebekka gepaart habe. »Oh, ja! Hast du noch nicht davon gehört? Die Jungen, die Mandrake getötet hat, waren die Jungen des Steinmaulwurfs!«

Kein Maulwurf glaubte diese Geschichte so ganz, aber es war eine hübsche Geschichte . . . und so gingen die Gerüchte weiter.

Und was die Berichte über Rebekkas Tod betrifft, so waren diese so widersprüchlich, daß kein Maulwurf sagen konnte, was wirklich stimmte. Mandrake glaubte, daß sie tot sei, aber es gab andere, unter ihnen Ruun, die nicht so überzeugt davon waren. Einige sagten sogar – aber das war der unfundierte Klatsch jener, die den Nervenkitzel jeder anderen Geschichte erschöpft hatten –, daß sie aus dem System entkommen war, mit einem einzigen überlebenden Jungen, das sie zu einem zweiten Steinmaulwurf aufzog, der eines Tages kommen und den Tod seiner Geschwister rächen würde. »Typisch Rebekka!« sagten einige und wußten nicht, daß es die Rebekka, die sie gekannt hatten, nicht mehr gab, weder lebend noch tot.

Mekkins hörte all diese Geschichten bei Besuchen in Barrow Vale, denn das Marsch-Ende war zu abgeschnitten und zu unbeliebt, als daß es eine gute Quelle für Gerüchte gewesen wäre. Er hoffte, daß der Maullanger, der Rebekka so tapfer hinunter ins Marsch-Ende geführt hatte, darüber schweigen würde – es war in seinem eigenen Interesse.

Ernster zu nehmen war die Möglichkeit, daß die Nachricht von Rebekkas Existenz und ihrem Aufenthaltsort aus dem Marsch-Ende durchsickern könnte, wo einige Maulwürfe sicher schon Vermutungen anstellten. Er begann sich darüber Gedanken zu machen, ob es für Rebekka einen Weg gab, das System zu verlassen, und wenn es einen gab, dann müßte er ihn finden. Denn wenn sie Rebekka jemals aufspürten, besonders zusammen mit Comfry, würden sie sie mit Sicherheit töten. Um über das alles zu sprechen, beschloß er, sich zu den Wiesen zu wagen, um Rose zu suchen und sie um Rat und Hilfe zu bitten. Er hatte ohnehin den Wunsch, sie mit zu Coras Bau zu nehmen, damit sie sich Rebekka ansah und vielleicht versuchen konnte, ihr wieder zu größerem Lebensmut zu verhelfen.

Inzwischen lebte das Gerücht vom Steinmaulwurf in regelmäßigen Abständen auf, nämlich immer dann, wenn Bracken gesehen wurde. Er kannte sich jetzt so gut im Alten System aus – mit Ausnahme des innersten Teils, dessen Erkundung ihm noch immer nicht gelungen war –, daß er nichts dagegen hatte, gelegentlich etwas zu riskieren. Es machte ihm sogar Spaß. Aber er wurde nur unten bei den Hängen gesehen, denn da das Gefühl von Furcht sich im Wald immer mehr vertiefte, wagte sich kein Maulwurf zu weit von seinem Bau weg, und auf den Hügel hinauf schon gar nicht.

Brackens Besuche der Hänge galten hauptsächlich Ruta und ihren prächtig gedeihenden Jungen: Viola, Tussi, Fagus und Pippel.

Bracken hatte noch einige Male versucht, einen Weg durch die Höhle der Wurzeln zu finden, gab es aber endlich auf, nachdem er eines windigen Tages, als die unterirdischen Wurzeln auf besonders bösartige Weise aktiv waren, durch eine tiefe und tückische Spalte im Boden abgeschnitten wurde und gefährlich lange brauchte, um auf einem anderen Weg hinaufzufinden, während die Wurzeln immer lauter wurden und es so aussah, als wollten sie sich um ihn herumwinden, um ihn für sich zu behalten. Er war entschlossen, eines Tages zurückzukehren und eine Möglichkeit zu finden, die Erkundung abzuschließen, aber vorher wollte er sein eigenes Tunnelsystem schaffen.

Er legte seine Tunnel am Rand des Waldes an, jenseits der Lichtung um den Stein und ganz nahe der Stelle, wo Cairn gestorben war. Seine Wahl wurde in erster Linie von der Existenz des zweiten Tunnels beeinflußt, der aus dem Kreistunnel um die Höhle der Echos heraus-(oder hinein-)führte. Der Tunnel, an sich unbedeutend, schlängelte sich hierhin und dorthin und verlor sich schließlich westlich des Steins. Bracken konstruierte eine Reihe klug angelegter Tunnel, die in einer absichtlich verwirrenden und umständlichen Art zu diesem Tunnel hinführten. Die Absicht dieser Tunnel war, neugierige Maulwürfe, die seine Tunnel fanden, abzuschrecken. Ihm gefiel die Vorstellung, daß er auf unterirdischem Weg ins Alte System gelangen konnte, aber ein direkter Zugang erschien ihm gefährlich.

Inzwischen näherte sich Ducntonwald dem Winter. Die Winde von den Wiesen wurden grauer und kälter, und unwirsche Windstöße bliesen die letzten Blätter von den Bäumen. Nur ein paar tote Blätter hingen noch an den Buchen und Eichen, eine Erinnerung an den längst vergangenen Sommer. Das einzige Grün, das es noch gab, war der Efeu, der von einigen der älteren Bäume herunterhing, einige Misteln, die sich auf einer vereinzelten Eiche an der unteren Westseite angesiedelt hatten, und ein oder zwei Stechpalmen in der Nähe von Barrow Vale, deren glänzende, stachlige Blätter und Büschel von roten Beeren der einzige Farbtupfer im ganzen Wald zu sein schienen.

Ein Lebewesen nach dem anderen zog sich zurück. Die meisten Vögel waren fort, und die grauen Eichhörnchen, die den ganzen Frühling und Sommer über auf den Stämmen und Zweigen der Eichen oder auf dem Waldboden zwischen den Buchen umhergetollt waren, verschwanden jetzt eines nach dem anderen in den Winkeln und Löchern, in denen sie überwinterten.

Eine Kolonie von Zwergfledermäusen entdeckte die hohle abgestorbene Ulme im Unterwald, und nachdem sie den Baum Abend für Abend nach Einbruch der Dämmerung umflogen hatten, richteten sie sich in der Sicherheit seiner dunklen Höhle auf ihren Winterschlaf ein. Insekten wie Wespen und Marienkäfer verkrochen sich in den lockeren Teilen der Baumrinde, während Igel, nachdem sie langsam und müde geworden waren, sich endlich auch einen Platz für den Winterschlaf aussuchten und sich unter einer Schicht aus Blättern und Humus zusammenrollten, und nur ein kaum wahrnehmbares Beben ihrer Schnauzen zeigte, daß sie noch lebten.

Dann, als der November dem Dezember wich, richteten auch die Maulwürfe in Duncton sich auf den Winter ein, indem sie ihre tiefer gelegenen Gänge reinigten, sie abstützten, wenn es erforderlich war, die kälteren Eingänge versperrten und dann in der kalten Dunkelheit eines Systems und einer Jahreszeit still kauerten, niedergedrückt von der düsteren Stimmung. Während vieler Stunden war manchmal ein leichtes Beben der Flanken die einzige Bewegung eines Maulwurfs, oder die verdrossene Suche nach Nahrung, und die einzigen Geräusche, die der naßkalte Wind herbeitrug, waren das Knacken und Herabfallen von Zweigen und Ästen oder das Flügelschlagen einer Elster, deren schwarzglänzende Federn einen grauen Himmel widerspiegelten.

Doch wie unterdrückt ein System auch sein mag – nichts kann den Funken der Erregung ganz auslöschen, der mit Beginn der dritten Dezemberwoche und dem Nahen der Längsten Nacht im Herzen eines jeden Maulwurfs glimmt. Denn selbst in der dunkelsten Stunde gibt es einen fernen Stern, ein winziges Licht der Hoffnung, dessen Schimmer auch aus weiter Ferne genügt, die tiefste Verzweiflung aufzuhellen.

Die Längste Nacht! Eine Zeit, da die Jungwürfe vor Erwartung herumalbern und die Erwachsenen wieder jung werden. Eine Zeit, da ein Maulwurf manchmal die eisigen Monate vergißt, die noch vor ihm liegen, weil er weiß, daß mit dem Vergehen der Längsten Nacht die Nächte allmählich wieder kürzer werden – so unwahrscheinlich es auch erscheinen mag. Die Längste Nacht! Eine Zeit, da Dunkelheit und Licht einander die Waage halten und ein Maulwurf wieder an das Mysterium des Lebens denkt.

Dann werden die alten Geschichten erzählt und die alten Lieder gesungen. Von der Ankunft Ballagans; vom Finden des ersten Steins, und wie er zu den siebenhundert Steinen zersprang; von Ballagans Gefährtin, Verbena vom Weststein; von ihrer beider Kampf mit der Dunkelheit in der ersten Längsten Nacht; von ihren Söhnen und Töchtern und der Gründung des ersten Systems; von der Entdeckung des Ersten Buches durch Ballagan und des Zweiten Buches durch Verbena. Aber die Geschichte, die alle am meisten lieben und die ein jeder Maulwurf in der Längsten Nacht hören will, berichtet, wie Linden, Ballagans und Verbenas jüngster Sohn, sich mit den Büchern auf den Weg nach Uffington machte und dann lernte, sie zu lesen, und wie er während einer Längsten Nacht ein Weißer Maulwurf wurde und so des Steins heilende Kraft der Liebe und der Stille durch ihn zu allen Maulwürfen gelangte.

Zu Ehren Lindens ziehen in der Längsten Nacht nach alter Tradition wenigstens einige Maulwürfe eines jeden Systems zum Stein (oder was in ihrem System an Stelle des Steins stehen mag). Und für alle, die daran teilnehmen, wird es zu einer köstlichen Erinnerung – wie Scherze, Lächeln, Kichern, Nekkereien, Possen, Albernheiten und Spiele sich in einem abendlichen Pilgerzug mit Gebeten, der Stille und dem Unerklärlichem mischen. Dann geht es zurück zu den Bauen zu einem Festmahl und zu Plaudereien und einer gut erzählten Geschichte, und dann wird geschlafen, wenn dazu noch Zeit ist, und am Morgen kommt dann das Erwachen mit der Gewißheit, daß die Längste Nacht überstanden ist und der lange Weg in den Frühling begonnen hat.

Als diesmal die Längste Nacht nahte, dachten viele Maulwürfe, daß sie so oder so eigentlich zum Stein pilgern sollten, nachdem sie bei der vorhergegangenen Längsten Nacht durch Mandrakes offene Drohungen davon abgehalten worden waren. Diesmal war ihre Furcht größer und ihre Moral niedriger, aber gerade in solchen Zeiten ist es ganz natürlich, daß die Gedanken sich dem Stein zuwenden und dem Wunsch, ihn um Hilfe zu bitten. Daher beschlossen viele

Maulwürfe für sich, den Stein aufzusuchen, wenn auch nur wenige von ihnen zugaben, was sie planten. Als die dritte Dezemberwoche begann, murmelte und schwatzte es überall im System, während alle ihre Baue reinigten und ihre Vorbereitungen trafen und vor Freude lachten, wenn sie an die Längste Nacht dachten.

Aber es gibt immer Maulwürfe – und es wird sie immer geben –, die aus Veranlagung oder aus gegebener Veranlassung beschließen, bei dem geselligen Treiben vor der Längsten Nacht nicht mitzumachen. Zu diesen gehörte Bracken. Er hätte natürlich Ruta für eine Weile besuchen können, vorausgesetzt, sie hätte es zugelassen, aber er war dazu nicht in der richtigen Verfassung. Zur gleichen Zeit, da die meisten Maulwürfe im System in der bevorstehenden Feier ein wenig Ablenkung von den Schatten des Winters fanden, überkam ihn immer mehr eine Stimmung unruhiger Traurigkeit.

An manchen Tagen lief er an den Rand des Waldes und blickte über die Wiesen und fragte sich, ob es nicht doch richtiger gewesen wäre, der ersten Eingebung, die er am Stein gehabt hatte, zu folgen – nämlich das System ganz zu verlassen und sich auf den Weg nach Uffington zu machen, wie auch der Weg dorthin aussehen mochte. An anderen Tagen kauerte er sich in gequältem Schweigen in den Schatten des Steins, im Zweifel, ob dessen Macht nicht vielleicht doch nur in seiner Phantasie bestand, und dann forderte er, diese Macht zu sehen, zu fühlen. Zu wieder anderen Zeiten dachte er über die Höhle der Wurzeln nach und fragte sich, warum er sie nicht durchqueren konnte, und anschließend, wie er es auch nur in Erwägung ziehen konnte, das System zu verlassen, wenn es ihm nicht einmal gelungen war, den geheimnisvollsten Teil dieses Systems zu erkunden. »Was werde ich da draußen finden«, flüsterte er, während er über die Wiesen blickte, »wenn ich nicht einmal hier drinnen meinem Rüssel folgen kann?«

Er war einsam. Er hätte gern wieder mit einem Maulwurf gesprochen, wie er vor so langer Zeit mit Hulver gesprochen hatte; er hätte gern gelernt von einem Maulwurf, der ihm sagen konnte, was er lernen sollte. Er wünschte sich Wissen, wußte aber nicht, wo er es suchen sollte. Und die Längste Nacht, die nahe war und in der alle Maulwürfe eine Freude miteinander teilten, unterstrich nur, wie sehr er vom Stein, vom Herzen des Alten Systems und von allen anderen Maulwürfen isoliert war.

»Rebekka! He, Rebekka! Ich hab eine Überraschung für dich, mein Mädchen!« Es war Mekkins, voller Freude über die Jahreszeit, der plötzlich wieder in Coras Bau auftauchte, nachdem es auf dem Weg durch den Tunnel herunter viel Flüstern und Lachen gegeben hatte. Er hatte Rose mitgebracht.

Rose warf einen Blick auf Rebekka und sagte: »Mein Liebes, wie dünn und zerbrechlich du geworden bist. Das darf so nicht weitergehen!« Sie sagte es gütig, aber bestimmt, während sie sich Rüssel an Rüssel zu Rebekka kauerte und sie mit mütterlicher Sorgfalt untersuchte.

»Es tut mir leid, Rose«, sagte Rebekka. »Es tut mir leid«, flüsterte sie. »Es tut mir leid.« Und angesichts der Liebe, die Rose ausstrahlte, begann sie zu weinen, wie sie noch nie zuvor geweint hatte. Sie versuchte einen Augenblick lang innezuhalten, weil der kleine Comfry, der sich an sie schmiegte, verängstigt hochfuhr, aber Cora nahm ihn zu sich und spielte ein Spiel mit ihm, bei dem er und Mekkins in den Tunnel hinauslaufen mußten und Rose mit Rebekka allein blieb. So konnte Rebekka weinen.

Rose war zu weise, um anzunehmen, daß es irgendeinen Sinn hätte, Rebekka gut zuzureden, um ihr über ihre Verzweiflung hinwegzuhelfen. Sie sah, daß viel von Rebekkas Lebensfreude getötet worden war, und die wieder neu erstehen zu lassen war etwas, was eine Heilerin allein nicht schnell herbeiführen konnte. Während sie sich mit Rebekka unterhielt und an ihrer Stimme hörte, wie gleichgültig ihr das Leben geworden war, sah Rose, daß sie nur eines tun konnte, nämlich Rebekka in die richtige Richtung zu schieben und dem Stein zu vertrauen, daß sie schließlich selbst wieder den richtigen Weg finden würde.

Als Rose Rebekka mit Comfry spielen sah, freute sie sich, daß es hier wenigstens etwas gab, was sie gern tat, wenn Rose auch erkannte, daß Rebekkas Interesse an Comfry manchmal nur wenig mehr als die Erfüllung einer Pflicht war. Die Töne der Liebe waren da, sicher, aber spontane Liebe oder Vertrauen oder Glaube oder Hoffnung oder Leben? Das waren die inneren Antriebe gewesen, über die Rebekka früher in so reichem Maß verfügt hatte, aber sie schien nicht fähig, diese an Comfry weiterzugeben, denn sie waren nicht mehr in ihr.

Comfry gedieh gut, stellte Rose fest, aber er würde viel mehr als Nahrung und Pflege brauchen, wenn sein Leben einige der Qualitäten widerspiegeln sollte, die Rebekka einmal besessen hatte und sicher noch immer besitzen konnte.

»Aber wie?« fragte Mekkins, der gut verstand, was mit Rebekka nicht in Ordnung war. »Wie können wir ihr klarmachen, daß das Leben für sie kaum begonnen hat, so schrecklich der Tod ihrer Jungen auch gewesen ist?«

»Mekkins, mein Lieber, du hast ein gutes Herz, manchmal glaube ich, das beste von allen Maulwürfen, die ich kenne. Aber Rebekkas Problem liegt tiefer; es genügt nicht, wenn sie etwas hat, für das zu leben sich lohnt. Siehst du, mein Lieber, sie hat das Böse erlebt, sie hat es mit eigenen Augen gesehen, mit eigenem Rüssel gerochen, seine schwarzen Krallen gespürt, die etwas in ihr zerrissen. Es reißt noch immer an ihr. Das, was sie an Bösem erlebt hat, würde reichen, einen normalen Maulwurf zu vernichten, aber wie das Kommen von Comfry zeigt, ist sie ein auf mancherlei Weise begnadeter und ganz sicher ein besonderer Maulwurf. Die einzige Kraft, die sie heilen kann, liegt in dem Stein – wenn du auch verstehen mußt, daß sie vielleicht nie wieder zu dem Maulwurf wird, den du einmal kanntest. Wenn ein Maulwurf das Böse erfährt, wie sie, kann nur das Licht im Stein seine Schatten tilgen. Dann mag sie sich vielleicht wieder entfalten.«

»Aber wie kann sie dazu gebracht werden, das zu sehen?« fragte Mekkins.

»Es gibt keine Möglichkeit für einen Maulwurf wie ich oder du, vorauszusagen, wie die Kraft des Steins spürbar wird, oder wann. Oft wissen wir vielleicht nicht einmal, ob sie überhaupt spürbar war. Aber die Längste Nacht naht, und ich glaube, Rebekka sollte zum Stein ziehen. Vielleicht lebt ein wenig von ihrer Lebensfreude wieder auf, wenn sie dem Stein nahe ist . . .«

»Aber was ist mit Comfry, und wie wird sie hinkommen?«

»Du wirst sie hinführen, Mekkins, und Cora wird sich eine Zeitlang allein um Comfry kümmern – ich habe den Verdacht, daß sie sich das schon seit langem wünscht. Er saugt nicht mehr, und sie kann sehr gut allein für ihn sorgen.«

Aber was Rose als gute Idee erschienen war und Mekkins schließlich auch, fand bei Rebekka keinen Anklang. Sie hatte einfach kein Interesse. Sie schüttelte den Kopf. Sie sagte, sie würde Comfry nicht allein lassen. Sie sagte, es sei zu weit, und Mekkins habe schon zuviel getan. Sie sagte, es habe keinen Sinn. Sie wurde zornig auf sie alle und verhöhnte die Vorstellung, daß der Stein mehr sei als mystischer Unsinn, den alberne alte Maulwürfe glaubten. Sie hatte einen Wutanfall.

Das Problem war noch nicht gelöst, als Rose sie verlassen mußte, um rechtzeitig für die Längste Nacht zu den Wiesen zurückzukehren. Mekkins begleitete sie, denn sie wurde jetzt alt und schwach. Als sie an den Waldrand im Westen des Marsch-Endes kamen, waren ihre letzten Worte: »Du mußt noch einmal versuchen, sie zum Mitkommen zu bewegen, Mekkins. Die Tatsache, daß sie so dagegen ist, überzeugt mich, daß sie gehen sollte – und wenn du sie dorthin schleppen mußt!« Beide lachten ein bißchen über die Vorstellung, aber ihr Lachen klang traurig.

»Ich werde mein Bestes tun«, sagte Mekkins.

»Ich weiß, daß du das tun wirst, mein Lieber«, sagte Rose. »Das habe ich immer gewußt. Es wird eine Zeit kommen, da alle Maulwürfe sich an dich erinnern werden und Mut schöpfen aus der Geschichte von deiner Loyalität und dem, was du für Rebekka getan hast.«

»Ich, Rose? Sei nicht albern!« sagte Mekkins und fügte hinzu: »Jetzt gib gut acht auf dich auf diesen Wiesen da, und alles Gute zur Längsten Nacht.«

»Dir auch«, sagte Rose, lief zurück und berührte ihn mit dem Rüssel. »Und dir auch, mein Lieber.« Mit einem Lächeln voller Zuneigung trennten sie sich. Und Stunde für Stunde rückte die Längste Nacht näher.

KAPITEL 22

Bracken wußte, wann in der Längsten Nacht der Zug zum Stein anfing, weil er das Schwatzen und Plappern und Lachen, das von der Lichtung kam, hörte – er hörte es sogar in seinem tiefsten Bau, in den er sich mürrisch und gereizt verzogen hatte. Einige Maulwürfe, die offensichtlich nicht wußten, welches der beste Weg zum Stein war, wanderten auf der Oberfläche über seinen Tunneln und erzählten sich ihre Geschichten, sangen ihre lächerlichen Lieder, rannten umher und tanzten – kurzum, sie belästigten ihn. Er wollte mit dem Ganzen nichts zu tun haben.

Aber als der Abend fortschritt, klangen die Geräusche, die zu ihm drangen, nicht mehr nach fröhlichem Feiern, sondern nach Andacht. Denn die ersten waren immer die Maulwürfe, die nur aus Spaß an dem Zug mitkamen und alles so schnell wie möglich hinter sich bringen wollten, um zurück in ihre Baue zu kommen und mit dem richtigen Feiern zu beginnen.

Die, die das Mysterium der Längsten Nacht bewegte und die an Linden, den ersten Weißen Maulwurf, dachten, mit echten Dankgefühlen im Herzen, kamen erst später, einzeln oder zu zweit, und kauerten ehrfürchtig bei dem Stein.

Inzwischen hatte der Ärger über seinen gestörten Frieden – oder was er für seinen Frieden hielt – Bracken so ruhelos gemacht, daß er nicht länger still in seinem Bau kauern konnte. Er schlich sich so nahe wie möglich an den Stein heran, um das Geschehen zu beobachten. Er fühlte sich fremd all den anderen Maulwürfen gegenüber, fremd auch gegenüber dem Stein, und er sah sich alles an, fast als atme er nicht die gleiche Luft und teile nicht die gleiche kalte frostige Dezembernacht mit allen anderen Maulwürfen. Im Osten stand ein niedriger Mond, der in der klaren Nacht sein Licht auf die Steinlichtung warf; der Stein stand als schwarze Silhouette im Mittelpunkt, während die Maulwürfe sich wie Schatten langsam um ihn herum bewegten. Der Schatten des Steins fiel zuerst direkt auf Bracken, doch als der Abend fortschritt und der Mond höher stieg und am Himmel nach Norden wanderte, verkürzte der Schatten sich und wandte sich nach Süden.

Es herrschte ein ständiges Kommen und Gehen von Maulwürfen auf der

Lichtung, an deren Rand kleine Scherze und leises Lachen zu hören waren, nicht aber in ihrem Mittelpunkt.

Bracken hörte Bruchstücke ihrer Unterhaltung: »Du bist diesmal auch hier?« »Na so was, dich hab ich ja seit Juli nicht mehr gesehen, und das waren noch schöne Zeiten ...« »Verdammt kalt hier oben, meinst du nicht?« »Wird ein kalter Winter, wenn du mich fragst ...« Jeder Satz, der zu ihm drang, erinnerte ihn daran, wie einsam er war und ohne einen Freund. Er dachte wieder daran, Ruta zu besuchen, aber irgendwie war sie nicht das, was er sich in der Längsten Nacht wünschte. Er kratzte sich unglücklich, warf durch die Bäume dem Mond einen bösen Blick zu und richtete seine Aufmerksamkeit auf die Maulwürfe, die sich mitten auf der Lichtung in der Nähe des Steins aufhielten. Es herrschte Stille, und ihre gemeinsame Anwesenheit vermittelte den Eindruck großer Ehrfurcht. Einige kauerten friedlich auf dem Boden und hoben gelegentlich langsam den Rüssel, um den Stein anzublicken, fast als glaubten sie, etwas so Ehrfurchtgebietendes könnte plötzlich verschwinden. Andere stimmten für sich selbst Gebete an, die Bracken nicht hören konnte, während wieder andere, vornehmlich Ostseiter, vermutete er (denn deren Traditionen kamen denen vergangener Generationen am nächsten), ihre Gebete in einem Dialekt, den Bracken nicht verstand, in einer Art Sprechgesang intonierten.

Andere sprachen ihre Gebete in schlichter Aufrichtigkeit und so laut, daß Bracken sie verstehen konnte: »Ich danke dir, Stein, für die Freuden, die du geschenkt hast, und für die Kraft, mit der ich gesegnet wurde ... Sorge für Duncton und laß es dein Licht erblicken ... Mein Herz ist in deiner Stille, Stein, nur laß sie mich hören ...« Immer wieder hörte er Maulwürfe, Männchen wie Weibchen, das gleiche kleine Schlußgebet flüstern: »Nur führe uns zu der Stille« – Worte, die er auch Hulver von Zeit zu Zeit hatte sagen hören.

Gelegentlich schienen mehrere Maulwürfe das gleiche Gebet gleichzeitig zu sprechen; ihre Stimmen ertönten im Gleichklang und brachten eine Art Sprechgesang von großer Eindringlichkeit hervor, der für einen Augenblick Brackens Herz gefangennahm und es dem Mysterium der Längsten Nacht näherbrachte.

Während die Nacht fortschritt und kälter wurde, der Mond höher stieg und der Schatten des Steins zum unteren Teil des Waldes wanderte und gleichzeitig kleiner wurde, berührte etwas im Glauben dieser Maulwürfe Bracken, und der Stein erschien ihm weniger fern. Er wäre am liebsten hinaus auf die Lichtung gelaufen, um einen der älteren Maulwürfe zu bitten, ihm das mit dem Stein zu erklären; es dürstete ihn nach Wissen. Aber er hatte nicht den Mut. Manchmal hätte er gern in ihre Gebete eingestimmt, aber er wußte die Worte nicht.

Langsam wurde es leerer auf der Lichtung, bis er die Schatten ergründen mußte nach den wenigen Maulwürfen, die noch übrig waren, meistens waren es die sehr alten, und ihm wurde klar, daß der Zug zum Stein beinahe vorüber war. Von den Hängen her verklangen schon Lärm und Lieder derer, die gegangen waren, bis schließlich, nachdem alle Maulwürfe die Lichtung verlassen hatten, Bracken allein zurückblieb.

Trostlose Verzweiflung erfaßte ihn langsam, denn er hatte das Gefühl, er habe einen Blick auf ein wunderschönes Geheimnis geworfen, in dessen Licht er gerne eindringen würde. Aber dazu brauchte er einen anderen Maulwurf, der ihn führte. Noch nie hatte er den alten Hulver so vermißt wie in diesem Augenblick. »Sicher«, dachte Bracken, während er vor Tränen nicht einmal den Stein sehen konnte, »hätte er die Längste Nacht mit mir zusammen verbracht.« Selbstbemitleidung mischte sich mit dem Gefühl eines echten Verlustes, während er in den Schatten am Rand der Lichtung kauerte, und die Nacht vertiefte sich zu einer stummen, kalten Stille rings um ihn.

Das Mondlicht war jetzt so hell, daß er seinen Atem in der kalten Luft sah, und der Wald wurde sehr still. Die braunen Buchenblätter auf dem Boden der Lichtung schimmerten weißlich, und die Pflanzen standen schwarz um sie herum.

Einer Eingebung folgend näherte Bracken sich dem Stein. Er wußte nicht genau, was er wollte, war sich aber der Tatsache sehr bewußt, daß er allein im Wald war. Er wollte dem Stein etwas sagen, weniger beten als bekräftigen, daß er vor ihm stand und darauf wartete, daß etwas geschehe. Er hatte das Gefühl, er habe schon sehr lange gewartet. Er war auch verwirrt und zornig und sich seines eigenen einsamen Daseins sehr bewußt.

Da er nichts Besseres zu tun wußte, lief er an den Stein heran und berührte ihn mit seinen Pfoten, um zu sehen, ob nicht doch mehr dahintersteckte, als es den Anschein hatte. Aber da war nichts als die unnachgiebige rauhe Oberfläche, gar nichts.

Er wartete eine lange Zeit in dieser Stellung, bis er irgendwo in der Dunkelheit, in den Schatten am Rand der Lichtung hinter dem großen Baum, dessen Wurzeln den Stein umschlossen, ein Huschen und ein Gleiten hörte.

Ein geflüstertes »Pst!« drang aus der Dunkelheit in das Mondlicht, wo er lag. Er wandte seinen Rüssel angriffsbereit in die Richtung und fragte sich, was es sein mochte. Dann spürte er die Anwesenheit eines Maulwurfs.

Eine tiefe Stille entstand, während Bracken wartete, jeder Sinn angespannt, sein Rüssel still wie ein Stein, seine Barthaare starr wie Kiefernnadeln.

Aber nicht lange. Sehr bald ersetzte der Zorn, der sich während der ganzen Nacht bei ihm angesammelt hatte, die vorsichtige Zurückhaltung, mit der er zuerst auf das Geräusch reagiert hatte.

»Welcher Maulwurf ist dort, und warum?« fragte er herausfordernd, erhob sich von seinem Platz und näherte sich im Mondlicht den undurchdringlichen Schatten bei und hinter den Wurzeln der Bäume.

Ein Rascheln. Das Kratzen einer Kralle. Und wieder Flüstern.

»Ich habe gefragt, welcher Maulwurf dort ist!« sagte Bracken wieder, mit angespannten Krallen und einem Körper, der zorniger war als sein Herz.

Eine Bewegung, ein Huschen, ein tiefer Atemzug, und während sich ein Rüssel aus der Dunkelheit in den Halbschatten schob, sagte eine Stimme dazu: »Hallo, Bracken. Ich bin's, Mekkins. Du weißt schon! Wir kennen uns . . .«

»Was willst du?« fragte Bracken, noch wachsamer als zuvor. Mekkins' Freundlichkeit brachte ihn mehr aus der Fassung, als Feindseligkeit es getan hätte. Er wollte nicht teilhaben an Freundlichkeiten.

»Ich bin Mekkins. Wir haben uns in Rutas Tunneln gesehen . . .«

Bracken wurde von Sekunde zu Sekunde zorniger, ein grundloser Zorn, aus der Verzweiflung geboren. In diesem Augenblick wäre er wahrscheinlich über alles, was sich bewegt, in Zorn geraten. Bracken fühlte, wie der Zorn ihn überfiel und genoß das Gefühl beinahe.

»Hör mal, Bracken«, sagte Mekkins und näherte sich ihm versöhnlich, »es ist die Längste Nacht und ein Grund zum Feiern, nicht . . .«

»Meinetwegen könnte es auch die Längste Minute sein«, schrie Bracken. »Ich will dich hier nicht haben. Es waren schon genug Maulwürfe hier, die mich gestört haben . . .« Er zitterte vor Zorn und begann sich Mekkins in der Haltung zu nähern, die einem Kampf vorausgeht – steife Pfoten, erhobener Schwanz, Rüssel starr nach vorn gerichtet.

Mekkins, der sich nie um einen Kampf drückte, zog die Augen zusammen und streckte die Krallen vor – er war gebeten worden, über Bracken zu wachen, gewiß, aber er würde es unter keinen Umständen zulassen, derartig beleidigt zu werden.

Dann drang eine Stimme zögernd aus den Schatten. »Bracken?« – und Rebekka stand im Mondlicht da. Sofort lief sie vor Mekkins auf Bracken zu.

»Bracken?« sagte sie wieder und berührte ihn mit ihrer Pfote, wie sie ihn schon einmal berührt hatte. Nur war es diesmal, als könne sie nicht glauben, daß er Bracken sei. Sie sprach, als befinde sie sich in einem schrecklichen Alptraum; die Zartheit und Furcht in ihrer Stimme schien über allen dreien zu hängen.

Er wandte die Augen von Mekkins zu Rebekka und sah sie an. Er zitterte vor Zorn und Anspannung, aber beides erstarb langsam, während er aus einem eigenen Alptraum zu erwachen schien und vor sich einen Maulwurf sah, der so in tiefster Seele verletzt war, daß sein eigener Zorn und seine Schmerzen ein Nichts waren. Er dachte langsam: »Das soll Rebekka sein?«

Er war entsetzt, wie dünn sie war, wie gebeugt. War das Cairns Rebekka? Dieselbe, die er hier am Stein zum erstenmal gesehen hatte? Ein verwirrtes Flehen sprach aus ihren Augen, und er erkannte ohne jeden Zweifel, daß sie auf irgendeine Art so tief verletzt worden war, daß sie seinen Zorn auf Mekkins nicht ertragen konnte, oder das Drohen in seiner Stimme. Worte bildeten sich langsam in seinem Kopf, und als sie da waren, sprach er sie aus.

»Es ist in Ordnung.« Dann, weicher: »Es ist in Ordnung.« Er machte eine Pause, dann sagte er, als riefe er aus großer Tiefe, in der er gefangen war: »Rebekka?« Er trat ein winziges Stückchen auf sie zu und streckte eine Pfote nach ihr aus. »Rebekka?«

Mekkins kauerte ganz still auf dem Boden. Es kam ihm so vor, als höre er zwei Maulwürfe von irgendwelchen vergessenen Orten nach einander rufen, und – sie schienen einander zu verstehen. Der Stein ragte über ihnen hoch empor, der größte Teil von ihm schwarz im Schatten, aber eine seiner Kanten war in einen schmalen Streifen Mondlicht getaucht. Als Mekkins wieder zu Bracken und Rebekka blickte, waren sie noch näher aneinander gerückt, und Rebekka sprach zu ihm, als sei er Comfry, der er in gewisser Weise auch war, während Bracken so sanft zu ihr sprach, wie Mekkins noch nie zuvor ein erwachsenes Männchen hatte sprechen hören, außer zu einem Jungwurf, einer winzigen Tochter vielleicht, die sich verlaufen hatte. Rebekka schien zu weinen oder zu schluchzen, oder lachte sie? Dann berührten sie einander, beschnüffelten einander sanft, und ob die Laute, die sie hervorbrachten, von Tränen herrührten oder Laute der Freude waren, Schluchzen oder Lachen, konnte Mekkins nicht sagen. Es waren die Laute plötzlich erkannter Liebe.

»Es ist die Längste Nacht!« dachte Mekkins und war auf einmal erfüllt von dem Gefühl des Freudigen, Geheimnisvollen dieser Nacht – und wurde Zeuge, wie die Kraft des Steins es vermochte, Maulwürfe einander erkennen zu lassen. Unwillkürlich begann er, ein kleines Lied vor sich hin zu singen, während er um die Lichtung herum wanderte, um den Stein von der mondbeschienenen Seite zu sehen.

Unter dem Stein kauerten Rebekka und Bracken fast regungslos, denn Rebekkas Liebkosungen mit dem Rüssel waren sehr sanft und leise, während Bracken sie weich und zärtlich mit der Pfote streichelte.

»Es ist die Längste Nacht!« sagte Bracken zu ihr. »Ist dir das klar?«

»Ja!« sagte sie. »Ja, es ist mir klar! Mekkins«, rief sie über die Lichtung, »weißt du, was heute nacht ist?«

Er antwortete mit einem Liedchen vom Marsch-Ende, und in Rebekkas Lachen klang ein Hauch jener alten Unbeschwertheit mit, von der Mekkins geglaubt hatte, er würde sie nie wieder hören, jenes Lachen, das Hoffnung in das Herz eines Maulwurfs brachte. Aber es war tiefer und stiller als einst. Plötzlich hielt sie inne und wandte sich wieder zu Bracken und sah ihn nur an. Und er sah sie an. »Sie versteht ja!« dachte er. »Er weiß es!« sagte sie zu sich selbst.

»Und wo sind die Würmer?« fragte Mekkins. »Was ist mit dem Festmahl? Ich weiß nicht, wie es mit dir ist, Rebekka, aber ich bin nicht den ganzen Weg hier raufgekommen, bloß um ein Lied zu singen und nichts zu essen zu kriegen. Wo ist unser Essen, bitteschön?«

Bracken fiel fast über seine eigenen Pfoten, während er überlegte, wie er in der kürzesten Zeit an die besten Würmer und anderes kommen sollte, gleichzeitig dachte er, daß sein Bau nicht groß genug für sie sei – oder doch? –, und wie er sie am besten dorthin führen könne, und dann versuchte er auch noch zu singen. Rebekka lachte immer noch, dann sah sie ernst aus und ein wenig traurig, und dann tanzte sie ein bißchen, und Mekkins dachte, es habe noch nie ein so hübsches Fleckchen gegeben, oder so nette Maulwürfe, wie dieses Fleckchen und diese Maulwürfe, in genau diesem Augenblick ... Oh! Sicher gab es im ganzen Danctonwald keine drei Maulwürfe, die noch aufgeregter und glücklicher waren – und doch hätte jeder von ihnen Schwierigkeiten, den genauen Grund dafür zu nennen! Außer ... na ja ... es war Längste Nacht, natürlich! In der ein Maulwurf erkennt, daß es andere Dinge gibt, größere Dinge, größer als auch die tiefsten Ängste und die schrecklichsten Sorgen. Das ist der Zauber dieser Nacht, und das ist ihr Geheimnis. Und so führte Bracken, ein Lied singend und Tanz in den Schritten, sie fort von der Lichtung und die Tunnel hinunter zu seinem größten Bau.

»Also, das war wirklich ein Festmahl, ein echtes Festmahl!« erklärte Mekkins irgendwann spät in der Nacht, die Pfoten auf dem Bauch und voller Zufriedenheit. Und damit fielen ihm die Augen zu, sein Kopf sank nach vorn und sein Maul öffnete sich leicht, während er in einen tiefen und köstlichen Schlaf sank.

Er hätte ebensogut sagen können: »Das war wirklich ein Ereignis, ein einmaliges Ereignis!«, denn sicher hatte es im Alten System weit und breit seit Generationen nicht mehr soviel Geschichten-Erzählen, Singen, Spaßen, Schmausen, Reden-Halten (hauptsächlich von Mekkins), so viel Lachen, Lächeln und Grinsen (hauptsächlich von Bracken) und Versemachen, Maulwurflore und Bezauberung (von Rebekka) gegeben. Wie aufregend war es für Mekkins und Rebekka, durch Tunnel zu laufen, die in den Kreideboden mit seinen grau-weißen Schatten gegraben waren und die einem Maulwurf die Vergangenheit und den Stein nahebrachten! Welch eine Freude für Bracken, die Geräusche befreundeter Maulwürfe in seinen Tunneln zu hören, die er in Einsamkeit gegraben und bis jetzt nur mit der Stille geteilt hatte.

Sie stellten einander Dutzende von Fragen und lauschten den Geschichten der anderen wie gebannt. Rebekka wagte kaum zu atmen, als Bracken ihr sein erstes Betreten der Höhle der Düsteren Geräusche beschrieb, und Bracken lachte, als er hörte, wie die Geschichte vom Steinmaulwurf sich im ganzen System verbreitete und immer größere Ausmaße annahm. Und Mekkins' größte Freude war, zu sehen, wie etwas von der alten Rebekka zurückkehrte, obwohl ihr Lebensgefühl jetzt reicher und weniger ungestüm war. Und zu bemerken, daß es zwischen diesen beiden jungen Maulwürfen etwas gab, das zu sehen einem älteren Maulwurf wie ihm Freude machte und das jeder Maulwurf, der das Herz auch nur halbwegs auf dem rechten Fleck hatte, würde hegen und beschützen wollen. Aber er fragte sich, ob es nur etwas war, was in der Längsten Nacht geschehen war und was vielleicht am Morgen nicht mehr ganz so stark wie jetzt erscheinen mochte. »Und doch, ein Maulwurf sollte die Gegenwart nicht aus Angst vor der Zukunft verderben«, dachte er, und so schlief er endlich ein, mehr als zufrieden mit der Freude, die diese Nacht gebracht hatte.

Bracken auf der einen Seite des Hauptbaus und Rebekka auf der anderen, beide mit ihren Rüsseln zwischen den Pfoten, begannen die angenehmen Zufallsgedanken der wohlig Müden zu denken. Mekkins' Lachen, Frühling, vergangene Gefahren, Rose, Ruun, Ruta, widerhallende Tunnel. Coras Augen, Comfry, Cairn, Cairn, o Cairn, der Stein, was für eine Zeit war es gewesen, und wieviel war geschehen.

»Bracken?«

»Mmm?« Ihre Stimme klang so gut in seinem Bau. Er wollte, daß sie seinen Namen noch einmal wiederholte.

»Bracken? Glaubst du an den Stein?«

Er dachte nicht über die Antwort nach, sondern wälzte sie eher im Kopf herum, zusammen mit einem Bild des Steins. Er fragte sich, was die Frage bedeutete. Er könnte sagen, er wisse es nicht, und das stimmte, aber es stimmte auch wieder nicht, weil er wußte, irgend etwas war da. Es gab noch soviel, was er ihnen nicht erzählt hatte. Er war bis zu dem Kreistunnel mit den sieben Eingängen zum Zentrum gekommen, aber dann hatte er das Gefühl, es sei unklug, weiter zu berichten, und hatte die Unterhaltung in andere Bahnen gelenkt.

»Ich weiß es nicht«, sagte er schließlich. »Und du?«

Sie hätte gern »Nein« gesagt, »Nein!« geschrien, weil sie nicht an ihn glaubte, sie konnte es nicht, er hatte ihre Jungen sterben lassen, hatte es zugelassen, daß jene Krallen herunterkamen, es gab keinen Stein, es gab nichts, nichts – außer dem Bild von Comfry, das plötzlich vor ihr stand, und sie sah, daß doch etwas da war. Es gab soviel, worüber sie nicht gesprochen hatten, sie und Bracken, dachte sie.

Sie hob ihren Kopf von den Pfoten und blickte ihn an und sah, daß er sie so eindringlich anblickte, daß ihr Körper von ihr abzufallen schien und nur ihr Herz oder ihre Seele noch da waren. Bracken erschien es so, als sie ihren Kopf hob, um ihn anzublicken, daß es nichts gäbe, was er ihr nicht erzählen konnte, wenn sie es wissen wollte, und daß er ihr am allerliebsten vom Stein erzählen würde, denn das war es schließlich, wo alles, im guten wie im schlechten, seinen Ausgang nahm.

Er begann wieder ihren Namen zu sagen und etwas näher zu ihr zu rücken, aber dann blickte er an ihr vorbei zum Eingang und dachte an die Tunnel, die er jenseits davon geschaffen hatte und weiter an den Geheimweg, den er zum Kreistunnel gegraben hatte, und weiter noch, an die Labyrinthe, wo rundumher Echos erklangen, und seine Haut und sein Fell, sein ganzer Körper riefen nach dem Stein, und große Schatten von Wurzeln, große herunterstürzende und wieder aufsteigende Wurzeln, stumm und völlig regungslos, während hinter ihnen, ihn rufend, hinter ihnen . . .

Bracken erhob sich und lief zum Eingang, ohne einen Blick zurück auf Rebekka zu werfen, und machte sich schnüffelnd auf den Weg zu den geheimen Tunneln. Rebekka folgte ihm schweigend, als wären sie ein Maulwurf, nicht zwei, und beide bewegten sich gemeinsam die Tunnel hinunter auf etwas zu, was sie aus der Richtung des Steins an sich zog. Sie kamen ziemlich schnell, aber ohne jede Anstrengung voran, und sie hatten nicht die geringste Angst, nur die Gewißheit, daß irgendwo weit vorn der Stein sie erwartete.

Während sie durch Eingänge und Ausgänge von Brackens verwirrenden Tunneln auf das Zentrum zuliefen, konnten sie beide das Alte System lebendig vor sich spüren, wie es sich Tunnel für Tunnel weit erstreckte, lebendig vom warmen Geist der Längsten Nacht. Sie hatten nicht die geringste Angst.

Bracken lief voran in den Kreistunnel und wandte sich nach rechts durch einen der Feuersteineingänge und in das Labyrinth der Echos, dann wartete er einen Augenblick, damit Rebekka ihn einholen konnte. Das Tapsen ihrer Pfoten hallte durch die Dunkelheit vor ihnen her, und sie flüsterte: »Hör doch. Hör doch! Oh, es ist wunderschön. Hör nur!«

Bracken lief jetzt in die Echos hinein, schlängelte sich einmal hier entlang, einmal dort entlang auf die Wurzeln zu und überprüfte seinen Weg nicht einmal in Gedanken, denn das brauchte er nicht mehr, er hörte den Weg im voraus, er kannte ihn, er kannte ihn. Seine Rebekka war nahe bei ihm, ihre Pfoten tapsten im Gleichklang mit seinen, ihre Wärme war hinter ihm, sie tapsten und trippelten, wendeten und wanden sich gemeinsam voran wie ein einziger Maulwurf, liefen wie einer, mühelos, im Einklang.

»Oh, hör nur!« hörte er sie flüstern, oder er hörte das Echo ihres Flüsterns flüstern: »Hör nur, hör nur, mein Geliebter, mein Geliebter . . .« und immer tiefer in die Labyrinthe hinein, bis sie von allen Seiten von den einander überschneidenden geflüsterten Echos umgeben waren, aber sie waren nur ein einziger Maulwurf, und die Echos klangen so schön, so wunderschön um sie herum, bis sie endlich bei den Wurzeln ankamen, Schatten und Herabfallen von sich erhebenden Wurzeln, so stumm und völlig regungslos wie auf der Oberfläche in der stillen Nacht die Bäume, zu denen sie gehörten.

»Hör nur, mein Geliebter, hör nur!« flüsterte Rebekka und lief, ohne eine Pause zu machen, vor ihm her und war als erste zwischen den großen Wurzeln, die sich massig über ihr erhoben, und Bracken folgte ihr dicht auf den Pfoten, folgte ihrer Wärme, folgte seiner Rebekka, und die Echos folgten ihnen beiden aus den Labyrinthen hinter ihnen und verblaßten langsam, als sie immer tiefer zwischen die Wurzeln eindrangen wie ein einziger Maulwurf, sich wie ein Maulwurf bewegten, den Weg kannten wie ein Maulwurf. Die Wurzeln wurden größer und dicker und wanden sich hierhin und dorthin, schienen sich vor ihnen zu öffnen, und von allen Seiten waren sie vom Schweigen der Wurzeln umgeben; der Klang des Schweigens lief vor ihnen her. Rebekka lief furchtlos weiter, Bracken hinter ihr, und Spalten vor und über ihnen, über ihnen, und weiter, immer weiter, durch und unter und über und weiter vorbei an den Wurzeln, Schatten für Schatten, und jede Drehung wurde zu einer Geraden, jede Wendung war keine mehr, der Weg so leicht, so leicht für sie beide zusammen.

Ebenso plötzlich, wie sie in die Höhle der Wurzeln gelangt waren, kamen sie auch an ihr Ende, eine massive unüberwindliche Wand, die in die Dunkelheit emporragte und aus hartem Kreideuntergrund bestand, aus dem dicke Feuersteinzacken hervorsprangen wie die Rüssel von Riesenmaulwürfen. Ihre Augen wanderten von einer zur anderen der über ihnen schwebenden Formen, und dann nach hinten, zurück zu dem Gewirr von Wurzeln, das jetzt völlig undurchdringlich erschien, durch das sie aber irgendwie gekommen waren. Es war ein furchterregender Anblick, aber weder Bracken noch Rebekka fürchteten sich, denn sie betrachteten die generationenalte Welt um sie herum jetzt, als seien sie Jungwürfe in einer Welt, in der es nichts Böses gab.

Bracken übernahm die Führung. Er wandte sich nach links und folgte der rauhen alten Oberfläche der Mauer, immer im Kreis, bis sie, wie er, ohne es zu wissen, schon vorher gewußt hatte, an einen Tunneleingang kamen. Es war ein kleiner Tunnel, kunstlos von einem Maulwurf gegraben, für den Form und

Gestalt unwichtig geworden waren. Der Boden neigte sich holprig nach unten und wand sich zwischen den in der Kreide eingeschlossenen Feuersteinen hindurch, die den Verlauf des Tunnels im einzelnen, wenn auch nicht in der Hauptrichtung bestimmten.

Von weit vorn kam ein uraltes Geräusch, ein Geräusch, das es schon seit Urzeiten gibt, viel länger, als es Maulwürfe auf dieser Erde gibt: das Geräusch, das das Entstehen und den Verfall und das erneute Entstehen von Bäumen und Wäldern und ganzen Waldlandschaften begleitet. Das Geräusch eines alten Baums, dessen mächtiger Stamm die Vibrationen von Leben und Tod in sich trägt. Das Geräusch eines Baums, dessen Wurzeln an der Außenseite noch leben und Leben in das neue Holz und die Zweige tragen, doch dessen innerster Kern jetzt ausgetrocknet und geopfert ist und dessen hohle geheime Dunkelheit, die sich weit über die Oberfläche erhebt, Fledermäuse oder Insekten, Schmetterlinge oder Vögel beherbergen mag, doch der unter der Oberfläche, wo Bracken und Rebekka sich jetzt befanden, nur noch die Geräusche eines schlafenden Lebens erzeugt, das darauf wartet, beim Verfall des Holzes neu geboren zu werden.

Sie waren bei den Wurzeln des Baums angelangt, die den Stein im Mittelpunkt der Lichtung umschlangen. Der Tunnel war jetzt zwischen lebendigen und toten Wurzeln gegraben; die Stille der toten Wurzeln bildete den friedlichen Hintergrund, vor dem das Leben der lebendigen Wurzeln sich abspielte. Die Wurzeln stürzten sich hinunter in den alten Tunnel und zwangen Bracken und Rebekka, sich um sie herum oder zwischen ihnen hindurch zu quetschen, immer weiter, jetzt langsamer und mit dem wachsenden Gefühl, miteinander und mit dem von hier nach allen Seiten ausstrahlenden System eins zu sein.

Je weiter sie im Tunnel vorankamen, um so mehr schienen seine Wände ebenso aus Wurzeln wie aus Kreide zu bestehen, so daß sie das Gefühl hatten, der Baum umgebe sie von allen Seiten, als letzter Wächter des Steins.

Der Tunnel wurde enger, die trockenen Wände griffen nach ihrem Fell, als sie weiter vordrangen, und die Geräusche vor ihnen wurden tiefer und hohler, so daß Bracken seine Schritte noch mehr verlangsamte, da er aus der Anlage des Tunnels erkannte, daß vor ihnen eine Höhle lag, die größer sein mußte als alle, die er bisher im Alten System entdeckt hatte.

Vor ihnen lag eine Menge Schutt und Staub und blockierte die untere Hälfte des Tunnels, und Bracken konnte nicht darüber hinwegblicken. Vorsichtig schob er den Schutt mit seiner rechten Pfote nach vorn und versuchte, ihn etwas nach unten zu drücken, aber der Schutt rutschte einfach nach vorn und verschwand wie eine Lawine vor seinen Augen. Staub stieg empor, und dann entstand eine lange, lange Stille, bevor weit unter ihnen der Schutt widerhallend auf einen fremden, noch nie gesehenen Boden stürzte. Als der Staub sich senkte, sahen sie vor sich das hohle Innere des alten Baums, das sich über ihnen in unbekannte Höhen alten Holzes erstreckte, und nach unten, wo der Schutt hinabgestürzt war. Der Tunnel ging über in einen steilen Pfad, der am Rand der leeren Höhlung in das alte Holz gehackt worden war und den sie jetzt hinunterkletterten, die Wand aus weichem Holz zu ihrer rechten, dunkle Leere zu ihrer linken Seite. Der Pfad führte in Spiralen nach unten, und sie folgten ihm langsam mit dem Gefühl, sie reisten in eine Vergangenheit, in deren wartender Stille auch die Zukunft enthalten war.

Dann blieb Bracken stehen und drehte sich halb um nach Rebekka – der schmale Pfad gestattete keine größere Drehung – und zeigte mit ausgestreckter Kralle auf einen Anblick vor ihnen, der sie vor Erstaunen die Luft anhalten ließ.

Es war eine massige, schroffe, schartige Ecke aus Stein, *dem* Stein, umschlungen vom Baum, dessen Wurzeln so lange daran gezerrt und gezogen hatten, bis in ihrer Umarmung der Stein sich schräggestellt und nach Westen geneigt hatte, nach Uffington, bis hier, weit unter der Oberfläche, die Ecke des Fundaments, auf dem er ursprünglich gestanden hatte, sich vom Untergrund erhoben und in die hohle Tiefe des Baumes selbst vorgedrungen war.

Der Pfad führte direkt bis zum Stein hinunter und unter ihn, und dann verließ er die Wand der Baumhöhle und folgte der mächtigen, jetzt abgestorbenen Wurzel, die als erste vor so langer Zeit unter den Stein gekrochen war, eine Faser damals, nicht dicker als ein einzelnes Haar aus einem Fell.

Diesen heiligen, geheimen Raum betraten Bracken und Rebekka nun. Das Fundament des Steins befand sich jetzt über ihnen und neigte sich vor ihnen bis zum innersten Zentrum des Steins und des gesamten Alten Systems.

Dann erweiterte sich der Pfad zu einem geräumigen Gang, wenn es ein Gang genannt werden konnte, der teilweise aus Kreide, teilweise aus Erde und teilweise aus Schutt bestand, alles durchkreuzt und durchzogen von den Armen und verbogenen Keulen schon lange abgestorbener Wurzeln. Das Fundament des Steins befand sich noch immer über ihnen, aber als sie, über die uralten Hindernisse auf ihrem Weg kletternd, weiter vorrückten, sahen sie, daß es ein ganzes Stück vor ihnen sich unvermutet nach unten neigte und eine Art Vertiefung oder Höhle bildete, hinter der der entfernteste Teil des Steins sich zweifellos in die Kreide eingegraben hatte, in seiner Tiefe ein Spiegelbild des anderen Teils des Fundaments, das sich hoch über ihnen zur Seite neigte.

Sie konnten nur die obere Hälfte dieser Höhle sehen, weil die Wurzeln größer waren als sie und sie jede einzelne überklettern mußten. Je näher sie kamen, desto deutlicher sahen sie, daß eine letzte große Wurzel den größten Teil der Höhle umwachsen hatte, sie am Boden völlig umschloß und nur oben eine schmale Öffnung ließ. Als sie noch näher kamen, blieben sie beide auf einmal stehen.

»Hör mal!« flüsterte Bracken.

»Sieh mal!« flüsterte Rebekka.

Während sie dort kauerten, hörten sie hinter sich die leisen Laute des uralten Baums, der sich dehnte und streckte, mit langsamen, langen Lauten, Lauten, die schöner waren als alles, was die beiden je gehört hatten, denn in seiner Bewegung waren der Klang und die Stille des Lebens, der Klang alter Winde, der Klang neuen Lebens, der Klang von Feuchtigkeit, der Klang von warmem Holz, von kaltem Wind, von der Sonne.

Und über sich, an der Decke der leeren Höhle, die die Wurzel versperrte, sahen sie ein Licht schimmern, wie das Glitzern der Sonne auf einem Fluß sich widerspiegelt auf der knorrigen Rinde einer Weide, die sich über den Fluß neigt.

Bracken lief vor und begann unter der Wurzel zu graben – was leicht war, denn der Boden war locker und trocken, die Wurzel mürbe vom Alter. Rebekka lief zu ihm und grub stumm an seiner Seite. Sie schoben Erde und Schutt hinter sich und näherten sich der versiegelten Höhle des Steins. Es war einfach, ganz einfach. Bis endlich Bracken mit seinen Krallen ins Leere stieß und innehielt und seine Pfote dort ruhen ließ und sich Rebekka zuwandte, die ihre Pfote ebenfalls nach vorn durchstieß, und gemeinsam zerrten sie den Rest des Siegels aus Erde und Wurzeln herunter.

Als sie das taten, wurden ihr Fell, ihre ausgestreckten Krallen, ihre Augen, der Tunnel um sie herum ... alles wurde in ein schimmerndes weißes Licht getaucht, dessen Quelle auf dem Boden der Höhle lag, in die sie einen Weg gefunden hatten.

Es war ein Stein, nicht größer als die Pfote eines Maulwurfs, oval, glatt und durchscheinend, und aus seinem Inneren kam ein Licht, das nicht hell war wie die Sonne noch kalt wie der Mond, noch glühend wie die Augen einer Eule. Eher glich es dem Licht, das einen Regentropfen im Schein einer weichen, warmen Morgensonne füllt. Als sie sich näherten, schien es sich tausendmal in der Sekunde zu verändern, wie das Licht an einem Frühlingstag sich mit jeder Veränderung des Sonnenstands und mit jedem Wechsel der Luftfeuchtigkeit ändert. Das Schimmern des Steins war so faszinierend wie der ständig wechselnde Ton des Windes im Laub einer Esche, deren Blätter den Wind zu zergliedern scheinen in Tausende von verschiedenen Flüstertönen.

Seine Strahlen schienen und schossen durch die Höhle, tauchten erst diese, dann jene Seite in Licht, warfen hier Schatten und jagten sie dort weg, in ständigem Wechsel, ohne Ende.

Bracken streckte langsam, furchtsam eine Kralle aus, um den Stein zu berühren, aber Rebekka lief zu ihm, zog ihn zurück und flüsterte: »Tu's nicht. Es ist nicht nötig, ihn zu berühren.«

Aber Bracken lächelte nur, denn noch nie in seinem Leben hatte er etwas so Schönes gesehen oder nur davon geträumt oder sich so voll Frieden gefühlt. Er streckte die Pfote wieder aus. Rebekkas Pfote ruhte auf seiner Schulter, der Atem stand ihr still, denn auch sie wollte den Stein berühren. Dann, als Bracken den Stein berührte, war sein Licht plötzlich erloschen, und die Höhle war in so dichte Dunkelheit getaucht, daß ein Maulwurf nicht mehr atmen konnte.

Rebekka hielt den Atem an, Bracken zog sich zurück, und als seine Pfote den glatten Stein verließ – er fühlte sich an wie das weicheste Moos –, schimmerte das Licht inmitten des Steins wieder schwach, und dann erwachte es zu Leben und Licht, wie ein Wesen, das sich abwehrend zusammengerollt hat und sich entrollt, wenn die Gefahr vorüber ist, und das Licht breitete sich um sie aus wie die junge Morgendämmerung.

Sie sahen einander verwundert an, dann blickten sie sich in der Höhle um und bemerkten erst jetzt, daß auf dem Boden Pflanzen verstreut waren, so trokken, daß sie beinahe zu Staub zerfielen, wenn Bracken und Rebekka eine Bewegung machten. Doch von ihnen kamen die zartesten und süßesten Düfte, die sie je eingeatmet hatten.

Verbene, Mutterkraut, Waldmeister und Thymian, Kamille und Wasserminze, Ehrenpreis, Pfefferminze und Rosen ... die sich zu dem Wohlgeruch eines warmen Frühlings und zu Ehren des Sommers zusammentaten, mit einem Hauch des Duftes der Herbstfrüchte und einer Spur von Winterschnee. Es war ein so zarter Duft und doch so zur Höhle gehörend, daß Rebekka ihre Pfoten ausstreckte, als wolle sie ihn berühren, und da ihr das nicht gelang, wandte sie sich wieder Bracken zu und berührte ihn.

Sie streichelte ihn mit einem Erstaunen, das sie tief seufzen ließ, denn im schimmernden Licht des Steins erschien er ihr schöner als irgendein anderer Maulwurf. Sein Fell so grau, seine Augen so sanft. Bracken wandte sich zu ihr und berührte das weiche Fell ihres Gesichts. Seine Augen leuchteten, weil er in ihr ein Leben sah, das so stark und kraftvoll war, wie er es nie zuvor in sich selbst gespürt hatte. Sie rückten näher zusammen, der Stein neben ihnen und das Erstaunen über die Welt in den Blicken, mit denen sie einander ansahen.

Dann kauerten sie nieder und berührten einander und seufzten und sprachen Worte des Vertrauens und der Liebe, der Freude und der Vorsätze, durcheinandergewürfelte Worte der Liebe, deren Unsinn mehr Sinn enthält, als ein noch so vernünftiger Satz es je kann.

Sie ließen sich durch ihre neugefundene Welt treiben, sprachen und lachten leise miteinander. Manchmal erhob Bracken sich und schaute auf Rebekka hinunter und fuhr mit seinen Krallen durch ihr Fell, schubste und schob sie hin und her, als könne er nicht glauben, daß etwas so Schönes gleichzeitig außerhalb seines Körpers und in seinem Herzen sein könne. Sie waren einander Mutter und Junges, Vater und Gefährte, Freund und Geliebte, und alles auf einmal, und kamen einander immer näher bei ihrer Entdeckung von Vertrauen und Liebe.

Umgeben von der Stille des Steins begannen sie dann, von den Dingen zu sprechen, die ihnen so lange schwer auf dem Herzen gelegen hatten, und einander die Erinnerungen leichter zu machen. Die Jungen, die Rebekka verloren hatte, Brackens Einsamkeit im Alten System, Comfry, der durch die Umstände zu ihrer beider Sohn geworden war, und Cairn, Cairn. Manchmal weinten sie, manchmal wurden ihre Tränen von ihrem Lachen getrocknet, manchmal neigten sie sich einander zu, um berührt zu werden, und manchmal lagen sie still da, aber immer schimmerte und leuchtete das Licht des Steins in der Höhle um sie herum.

Bracken erzählte Rebekka von Cairns Tod und wiederholte dabei, was er am Ende über Rebekka gesagt hatte: »Sie ist die Wildblume, die im Frühling wächst, sie ist anmutig wie die schwankenden Äste der Esche, leicht wie ein Weidenkätzchen im Sonnenschein, sie ist . . .« und während er sprach und halbvergessene Worte wiederholte, begann er sie zu ihr direkt zu sagen, sein Körper an ihren gedrückt, ihre Pfoten auf seinem Gesicht, sein Rüssel im Fell ihres Nackens, ihr Körper liebkosend und warm an seinem. »Deine Liebe zum Leben ist wie das Leben selbst, deine Liebe ist das Leben, das vom Wald zur Wiese strömt, vom Hügel zum Tal, deine Liebe ist die Liebe in den Tunneln von Uffington, deine Liebe ist die Liebe in den Herzen der Weißen Maulwürfe.

Das war es, was ich ihm erzählt habe, Rebekka, das habe ich zu ihm gesagt«, flüsterte Bracken ihr zu. »Ich konnte seine Schmerzen spüren, die schrecklichen Schmerzen wegen der Wunden, die sie ihm beigebracht hatten, und ich konnte seine Liebe zu dir spüren, ich konnte sie spüren . . .«

»Ich weiß«, erwiderte sie. »Ich weiß, meine Wildblume, mein Liebster, ich weiß . . . Ich hab dich lieb«, sagte sie und sagte er, ohne Ende, immer und immer wieder.

Neben ihnen flammte und flackerte das Licht aus dem Inneren des Steins in alle Richtungen und warf ihre Schatten hinüber auf die Wurzeln und Wände jenseits des Platzes, wo sie kauerten, und dort wurde aus ihren Schatten ein einziger Schatten, eine einzige Form, die sich schimmernd mit dem Licht bewegte. Wie viele Minuten oder Stunden sie in diesem begnadeten Zustand verharrten, vermag kein Maulwurf zu sagen. Aber es kam der Augenblick, da sie ebenso einmütig, wie sie sich auf den Weg hierher gemacht hatten, beide zur gleichen Zeit ruhelos wurden und das Gefühl verloren, eins miteinander und mit dem Stein zu sein, in dessen Tiefe sie einen solchen Frieden gefunden hatten. Vielleicht bildeten sie es sich nur ein, aber der Stein in der Höhle schien mit größeren Unterbrechungen zu flackern und zu schimmern.

Bracken stellte plötzlich fest, daß er hungrig war, und Rebekka, daß sie gern zu Comfry zurückkehren würde. Sie hatten das Gefühl, die Liebe, die sie berührt hatten, beginne ihnen zu entgleiten. Sie versuchten beide, sie wieder einzufangen, mit neuen Beteuerungen von Liebe und Leidenschaft, mit tieferen Seufzern und zärtlicheren Liebkosungen, denn sie wollten diese süße Liebe nicht verlieren. Aber sie schien vor ihnen zu fliehen in eine Welt, die sie nicht erreichen konnten, während in Wirklichkeit sie selbst es waren, die vor ihr flohen und in eine Welt zurückkehrten, in der es Zeit und Sorgen, Ängste und aufreibende Schwermut gab.

Bracken wandte sich um, um noch einmal den Stein anzusehen, denn er wollte sein Bild im Gedächtnis behalten. Er war schließlich das Herz des Systems, das er so lange erkundet hatte. Es kam ihm vor, als betrachte er ihn jetzt mit größerer Unvoreingenommenheit, aus der Welt der Zeit, in die er und Rebekka so widerwillig zurückkehrten, und er erschien ihm nicht mehr ganz so glatt, nicht ganz so oval wie vorher. Es befand sich ein zartes gewundenes Muster aus ineinandergreifenden Schatten auf ihm . . . nicht Schatten, sondern Schnitzereien, oder eher Reliefs, wie jene, die er in gröberer und größerer Form an der Wand in der Höhle der Düsteren Geräusche gesehen hatte.

»Ich kenne diese Muster«, sagte er, mehr zu sich selbst. »Ich kenne ihre Macht. Wenn du summst, werfen sie dir ihre eigene Musik entgegen.« Er streckte seine Pfoten dem Stein ein Stückchen entgegen, als wolle er sie an seinem Licht wärmen, und fing an zu summen. Bald war die Höhle von Klängen erfüllt, von denen einige viel zarter und viel schöner waren als die wunderbarsten, die er vor der Wand gehört hatte, einige aber viel düsterer und noch schwerer zu ertragen.

Rebekka begann sich zu winden und schwer zu atmen, während ein Schrei sich in ihr formte, und Bracken spürte, wie Furcht und panische Angst Besitz von ihm ergriffen. Er brach das Summen ab und streckte dem Stein unwillkürlich die Pfoten entgegen, als wolle er die Klänge aufhalten, die ihm entströmten, und als er ihn berührte, erlosch das Licht zum zweiten Mal, und sie fanden sich nicht nur in Dunkelheit, sondern in tiefster Verzweiflung – als hätten sie einen Verlust erlitten –, die sie mit Schrecken erfüllte und sie unwillkürlich nacheinander tasten ließ.

Als Brackens Pfote sich vom Stein löste, kehrte das Licht allmählich zurück, und ihr Gefühl, einen Verlust erlitten zu haben, verblaßte. Diesmal fühlte sich der Eindruck, den der Stein auf Brackens Pfote hinterlassen hatte, nicht weich wie Moos an, sondern wie eine reliefartige Verletzung, wie ein Schmerz, der Gestalt angenommen hatte. Doch als er hinschaute, war nichts zu sehen.

»Komm, Rebekka, wir müssen gehen«, sagte er und verließ die Höhle, ohne zurückzublicken, durch den tiefen Tunnel hindurch, den sie freigelegt hatten, und hinweg unter der ansteigenden Decke, die der Stein bildete. Rebekka folgte ihm, bedrückter als er, und hielt sich dicht hinter ihm, besorgt, er könne zu schnell laufen. Aber dieses Gefühl hielt nur kurze Zeit an, und als sie den Wurzelpfad zurückgeklettert waren, hinauf in das hohle Innere des Baums, und den Stein hinter sich ließen, blieben sie stehen und drehten sich um, von neuem überrascht über seine Größe, und fragten sich, was sie eigentlich gesehen und empfunden hatten.

»Werden wir jemals wiederkommen?« fragte Rebekka.

Bracken flüsterte, daß er es nicht wisse, daß er nicht einmal verstehe, wo genau sie gewesen seien, und machte sich wieder auf den Weg. Die Geräusche im leeren Inneren des Baums waren jetzt deutlicher, Fetzen verzerrter Klänge umfluteten sie, wie das Grollen eines Gewitters, das sie nicht sehen konnten, lautes Grollen einer Macht, die so groß war, daß sie sich vorkamen wie ein Nichts inmitten eines Sturms. Es heulte auch ein Wind, und der Pfad vor ihnen schien zu beben oder zu schwanken, nicht sehr stark, doch genug, um anzudeuten, daß draußen auf der Oberfläche schon ein Morgenwind aufkam und den Baum, der den Stein bewachte, erbeben ließ.

Als sie an den Ausgang aus dem Bauminneren kamen, hörten sie vom Tunnel vor ihnen noch furchterregendere Geräusche, und als sie diesen Tunnel entlangliefen, schneller und schneller, sahen sie, daß die Wurzeln des Baums begannen, sich zu dehnen und zu spannen. Sie liefen und drängten voran; Bracken trieb Rebekka durch Wurzeln hindurch, die sie beide zu zermalmen drohten, nur weiter, nur hinaus. Sie hatten das Gefühl, sie hätten unerlaubt etwas Geweihtes gesehen, den Anblick gestohlen, und die Geräusche verfolgten sie, um ihn zurückzuholen.

Als sie die äußeren Wurzeln des großen Baums hinter sich hatten, folgten sie dem kleinen, kunstlos gegrabenen Tunnel, der zurück zur Höhle der Wurzeln führte, aber es war, als wären sie den Krallen einer Eule entkommen, nur um darauf in eine lebensgefährliche wilde Flut zu geraten. Denn die Höhle der Wurzeln war jetzt erfüllt von unheilvollem Gleiten und Ziehen, schrecklichem Ächzen und Strecken, Quetschen und Würgen, als sämtliche Wurzeln, die sie auf ihrem Hinweg so still hatten passieren lassen, jetzt auf den Wind an der Oberfläche zu reagieren begannen.

Bracken blickte hinauf zur Decke der Höhle, um zu sehen, ob sie dort entkommen könnten, indem sie sich irgendwie zur Oberfläche durchgruben – aber sie war zu hoch, und die hervorstehenden Ecken aus Feuerstein waren zu schwer zu umgehen.

Rebekka lief auf die wogenden Wurzeln zu, und Bracken lief hinterher, um sie zurückzuhalten. »Es ist unmöglich!« überschrie er den Lärm. »Da drinnen sind wir für immer verloren.«

Aber Rebekka befreite sich aus seinem Griff und lief zwischen die ersten Wurzeln. Sie rief zurück: »Denk an den Stein, den wir gesehen haben, denk an seinen Schutz . . .« und verschwand zwischen den Wurzeln.

Er streckte eine Pfote nach ihr aus, zögerte einen Augenblick, doch dann fühlte er wieder den merkwürdigen juckenden Abdruck des Steins auf seiner Pfote, erinnerte sich an das Licht des Steins und lief hinter ihr her. Sie wanden sich durch die heimtückischen Wurzeln hindurch; jede Bewegung nach vorn gerade noch rechtzeitig, um einem Zerquetschtwerden zwischen Wurzeln zu entgehen, an denen sie gerade vorbeigelaufen waren, ein Pfad tat sich vor ihnen auf, eben bevor sich Spalten im Boden öffneten oder Schutt von oben herunterstürzte. Immer weiter liefen sie. Bracken folgte Rebekka, und Rebekka fühlte, daß Bracken sie vorandrängte, zwei Maulwürfe, die handelten wie ein einziger, ein Maulwurf, der den Wurzeln entfloh. Unentwegt dachten sie an den Stein und sein schimmerndes Licht, klammerten sich an diese Erinnerung, versuchten, sie in ihren Herzen zu bewahren, um den Schrecken rings umher fernzuhalten. Jeder Augenblick konnte einen schrecklichen Tod für sie bedeuten, jeder Augenblick war ein wunderbares Entkommen, bis sie nur noch keuchend und verzweifelt atmeten und glaubten, sie könnten nicht weiterlaufen durch die qualvolle Dunkelheit der Wurzeln. Immer weiter, bis nur noch Instinkt und Vertrauen sie weiterführten, so wie ein blindes Neugeborenes die Zitzen seiner Mutter finden mag.

Dann waren sie frei, wieder am Eingang zum Labyrinth der Echos. Die Wurzeln griffen von hinten nach ihnen und versuchten, sie zurückzuziehen, aber Bracken führte Rebekka durch die Labyrinthe hinaus in die plötzliche, unfaßbare Stille des Kreistunnels.

Wortlos folgten sie dem Weg zurück zu Brackens Bau, wo sie Mekkins noch immer schlafend vorfanden, die Pfoten auf dem Bauch, während er zufrieden vor sich hin schnurrte. Sie blickten einander schweigend an; es gab keine Worte für die Freude und später das Dunkle, die sie gemeinsam erlebt hatten.

Im Frieden und der behaglichen Bequemlichkeit seines eigenen Baues konnte Bracken kaum glauben, daß er das gesehen hatte, was er gesehen hatte, und die Erinnerung daran, sowohl an das Gute wie an das Schlimme, schien ihm schon zu entgleiten. Er wünschte im Augenblick auch gar nicht, sich daran zu erinnern.

Rebekka jedoch erinnerte sich ganz deutlich, und sie glaubte, daß sie etwas Wunderbareres gesehen hatten, als manche Maulwürfe sich auch nur in ihren Träumen vorstellen konnten. Sie berührte Bracken mit ihrer Pfote, um ihm zu sagen, daß es wirklich geschehen war und er es sich nicht entgleiten lassen dürfe, aber er blickte sie nur mit einer Art erwachender Furcht an, die zum Teil aus dem Gefühl bestand, etwas verloren zu haben, an das er sich nicht mehr so recht erinnern konnte, zum Teil aus der Tatsache, daß er einen Augenblick lang einer Wahrheit ins Auge geschaut hatte, die er nicht länger ertragen konnte.

Dann schliefen sie den unruhigen Schlaf der zutiefst Ermüdeten und erwachten erst von Mekkins Singen, der sein Fell in Ordnung brachte und sich streckte, um sich dann mit Rebekka auf den Rückweg zu machen.

Sie sagten nur wenig, eigentlich kamen die meisten Abschiedsworte von Mekkins. Aber sie berührten einander wieder, und Bracken wußte, daß Rebekka und er wenigstens eine Zeitlang miteinander in Einklang gewesen waren und daß ein Teil von ihm für immer in ihrem Herzen war, wie auch ein Teil von ihr immer in seinem Herzen sein würde.

Er begleitete sie bis zur Steinlichtung, wo sie für einen kurzen Augenblick zu dem großen Stein hinaufblickten, wie er sich in den Morgenwind neigte und die Zweige der Buche vor dem kalten weißen Himmel über ihm schwankten.

Als sie gegangen waren, kehrte Bracken zurück zu seinem Tunnel und hinunter in seinen Bau, wo er schweigend kauerte und Gefühle des Staunens und des Zweifels sich mit dem eines schrecklichen Verlustes mischten. Seine linke Pfote juckte oder brannte irgendwie, doch als er hinblickte, war nichts zu sehen. Aber die Reizung blieb, und schließlich versuchte er mit seiner rechten Pfote das Muster, das er auf dem Stein gefühlt hatte, in den Boden seines Baues zu kratzen, eine Verflechtung von Linien und Kreisen. Immer wieder zeichnete er es in den Staub und kratzte es wieder fort, bis es schließlich zu gelingen schien. Immer wieder, bis er es, wie die Tunnel in der Höhle der Echos, auswendig kannte. Das Jucken ließ nach, und er begann in einen tiefen Schlaf zu sinken, die rechte Pfote noch immer ausgestreckt, um das Muster auf dem Stein noch einmal nachzuzeichnen, bevor er endlich einschlief.

KAPITEL 23

Mit dem Verstreichen der Längsten Nacht, die er völlig allein verbrachte, verfiel Mandrake endgültig in zwanghafte Wahnvorstellungen. Er durchstreifte seine Tunnel oder Barrow Vale, vor sich hin murmelnd und heftig fluchend, oft in der rauhen harten Sprache Siabods, der Sprache seiner Vorfahren. Gelegentlich schnappte er sich unvermutet irgendeinen unglückseligen Maulwurf – gleichgültig ob jung oder alt, Männchen oder Weibchen –, griff ihn brutal an wegen eines angeblich begangenen Unrechts und ließ ihn verwundet oder, und das geschah mehr als einmal, tot zurück.

Zitternde Maulwürfe versteckten sich in Tunneln oder Bauen, wenn er schwerfällig vorbeikam, und wunderten sich über sein ständiges Rufen nach Sarah und Rebekka, von denen er anzunehmen schien, sie seien nicht tot, sondern hielten sich beim Steinmaulwurf im Alten System auf und hätten ihn allein und verlassen zurückgelassen. Als die Tage vergingen und ein kalter Januar begann, konnte man ihn in seiner eigenen Sprache fluchen hören: »Gelert, helgi Siabod, a'm dial am eu colled trwy ddodi ei felltith ar Faenwadd Duncton« – »Möge Gelert, der Hund von Siabod, mich für ihren Verlust rächen und den Steinmaulwurf von Duncton verfluchen.« Gelert war der sagenhafte Hund aus Siabod, von dem man glaubte, daß er die heiligen Steine dort beschütze, obwohl zu der Zeit kein Maulwurf in Duncton seinen Namen je gehört hatte.

Jeder geringere Maulwurf würde von den anderen Maulwürfen aus dem System gejagt werden, aber es gab keinen in Duncton, der bereit war, gegen Mandrake zu kämpfen. Und nur einer – Ruun –, der den Mut hatte, auch nur mit ihm zu sprechen.

Ruun schnurrte fast vor Vergnügen, wenn Mandrake über den Steinmaulwurf außer sich geriet und wenn er drohte, den mythischen Hund Gelert kommen zu lassen. Er wußte, daß das System mit jedem Tag, der vorüberging, Mandrake mehr entglitt und er selbst seinem Ziel immer näher kam. Es war nur eine Frage der Zeit und der Gelegenheit.

Es war unvermeidlich, daß Verschwörungen gegen Mandrake angestiftet wurden, besonders seit der Ermordung von Rebekkas Jungen, die so viele Maulwürfe entsetzte, ganz wie es Ruun gehofft hatte. Ruun leckte sich geradezu das Maul vor Vergnügen, wenn ein bibbernder Maullanger nach dem anderen mit diesem oder jenem zaghaften Verschwörungsversuch zu ihm kam. »Eine Gruppe von uns ist der Meinung, und es ist nur eine Meinung, und wir würden nichts ohne Eure Billigung und Unterstützung unternehmen, Ruun, daß das System überreif ist für einen Wechsel . . .«

»Nun, ich bin sicher, solange Mandrake die Führung hat und bei guter Gesundheit ist, braucht keiner von uns sich Gedanken zu machen ...«, pflegte Ruun den Möchtegernrevolutionären scheinheilig zu entgegnen, in seiner aufreizend maßvollen und vernünftigen Art. Und dann zogen sie sich zurück und murmelten einander zu: »Ruun ist einfach zu loyal!« oder: »Viel zu bescheiden, dieser Ruun – kennt seinen eigenen Wert nicht.«

Aber wenn es eine Revolution geben sollte (und das genau war es, was Ruun plante), dann würde er die Art und den Zeitpunkt bestimmen. Und als es schlimmer wurde mit Mandrakes Wahnvorstellungen vom Steinmaulwurf, begann Ruun einen Weg zu sehen, und der führte zum Alten System.

So fielen weiter Schatten auf das System, und mit ihnen kam die härteste Zeit des Winters. Der erste Schnee fiel nach zwei kalten Tagen in der zweiten Januarwoche, und obwohl er nicht liegenblieb, war der Himmel weiter grau und kalt, der Wald stumm bis auf das Pfeifen des Windes. Dann, in der dritten Januarwoche, wurde es noch kälter, und es fiel dicker Schnee, dessen stumme Helligkeit fast eine Erleichterung war nach der Düsternis vorher.

Die Winde trieben die Flocken gegen die Baumstämme, so daß der Schnee auf einigen von ihnen, besonders auf den Eichen mit ihrer rauhen Rinde, an der Wetterseite eine senkrechte Linie bildete und die Bäume noch größer und höher in den Himmel zu ragen schienen als normalerweise bei Schnee. Die Brombeeren, die ihre Blätter bis tief in den Winter hinein behielten, neigten sich unter der weißen Decke, während die orangefarbenen Stengel des Farnkrauts, die bis jetzt im Laub des Herbstes untergegangen waren, sich leuchtend vor dem Schnee abhoben. Der Wald aber sank in eine kalte, weiße Stille, die nur unterbrochen wurde von einem gelegentlichen Herunterfallen toter Zweige oder dem Zusammenbrechen eines Astes unter der Schneelast.

Die Schatten, die Mandrakes Herrschaft warf, waren nicht auf alle Baue gleichmäßig gerichtet. Einige, wie die Tunnel von Ruta und Cora, wurden heller durch die Anwesenheit von Jungwürfen. Rutas vier waren lebhaft, und während der dritten Januarwoche begannen sie, ihre eigenen Meinungen zu entwickeln und schwatzten und balgten sich soviel untereinander, daß Ruta erleichtert war über ihre größere Selbständigkeit, die sie nur noch zu Ruta kommen ließ, wenn sie ihrer eigenen Gesellschaft überdrüssig waren und gern ein bißchen gestreichelt werden wollten.

In Coras Bau ging es ruhiger zu, nicht nur, weil es dort nur ein einziges Junges gab, sondern auch, weil Comfry viel weiter zurück war als Rutas anderen vier.

Comfry war dünn und nervös und hielt sich dicht an Rebekka oder Cora oder an beide, wenn er konnte, und als der Schnee kam, konnte er noch nicht viel sprechen. Er gab sich große Mühe, aber die Wörter kamen stotternd heraus, und oft brach er mitten im Satz ab, als habe er das Interesse verloren an dem, was er sagen wollte.

»R-R-Rebekka? Ich möchte den . . .«, und dann verlor er den Faden und blickte woanders hin, während Rebekka fragend aufsah und ihn fragte, was er denn wolle. Oft schien er es vergessen zu haben.

Mekkins blieb nur zwei Tage, nachdem er Rebekka wohlbehalten zurückgebracht hatte – gerade lange genug, um sich zu überzeugen, daß der Wechsel zum Besseren, den er während der Längsten Nacht hatte kommen sehen und dessen Ursachen er nicht ganz verstand, weiter anhielt. Dann überließ er sie sich selbst – zum Teil, weil kein Männchen sich im Januar gern zu lange von seinem eigenen Bau entfernt, wenn die Weibchen gerade beginnen, vor der Paarungszeit ruhelos zu werden, und die Männchen sich daran machen, ihr Territorium auszudehnen.

So waren, als der tiefe Schnee kam, nur Rebekka, Cora und ein faszinierter Comfry da.

»Wo ist denn der B-B-Boden?« fragte Comfry, als er den Schnee zum erstenmal sah. Und dann: »Woher kommt es? Was ist es? Wie l-l-lange bleibt es?«

Sein langsames Sprechen hielt ihn nicht davon ab, Dutzende von Fragen zu stellen, von denen viele weder Rebekka noch Cora beantworten konnten. Aber Rebekka tat ihr Bestes, denn sie erinnerte sich an die eigene unersättliche Neugier als Jungwurf, und zu Coras Entzücken saßen die beiden zusammen und redeten und redeten, und der Bau war erfüllt von Rebekkas Lachen und Comfrys zögernder, ernsthafter Stimme. Er lachte nie und lächelte selten, brachte es aber fertig, anderen zu übermitteln, wie sehr die Welt um ihn herum ihn erreg te und bezauberte. Doch haßte er es, wenn Rebekka den Bau zu lange verließ, und stand dann am Eingang zum Bau und blickte kläglich den Tunnel hinauf, und nichts, was Cora sagte, konnte die Sorgenfalten im dünnen Fell auf seiner Stirn löschen.

Als die Schneefälle begannen und die Männchen im System aggressiver wurden, wußte Ruun, daß er es bald versuchen mußte mit seiner Revolution. Es war die richtige Zeit, denn nichts war so gut geeignet wie ein wenig Aggression vor der Paarungszeit, um die Maullanger in die rechte Verfassung zu bringen, seiner Führung zu folgen und Mandrake zu vertreiben. Aber er mußte schlau vorgehen.

Seine Gelegenheit kam während einer Unterhaltung mit Mandrake – Monolog würde besser passen –, die Ruun davon überzeugte, daß Mandrake, der Führer des Systems seit vielen Maulwurfjahren, tatsächlich wahnsinnig war.

»Hast du den Steinmaulwurf gesehen, Ruun?« fragte Mandrake, nachdem er Ruun mit einem lauten Brüllen durch ganz Barrow Vale aufgefordert hatte, zu ihm in seine Tunnel zu kommen. »Ja?«

»Ich? Nein . . . das habe ich nicht«, sagte Ruun vorsichtig.

Mandrake lächelte ein schreckliches triumphierendes Lächeln.

»Ach! Aber ich, weißt du. Ich weiß Bescheid!«

Ruuns salbungsvolles Schweigen war bemerkenswert.

»Ich habe mit dem Steinmaulwurf gesprochen«, fügte Mandrake leise hinzu. »Ich weiß, daß er dem System Schaden zufügen will, und ich habe ihm gesagt, daß ich ihn töten werde.« Mandrakes schwarze Augen weiteten sich auf abscheuliche Weise, und er nickte mit dem Kopf. »Ich werde es tun. Ja, ich werde ihn töten.«

Es entstand ein langes Schweigen.

»Nur du könntest so etwas tun«, begann Ruun dann beschwichtigend und fragte sich, ob jetzt die Möglichkeit gekommen sei, Mandrake hinauf zum Alten System zu locken und ihn dort zu isolieren, wie es seine Absicht war.

Seine Worte erregten unlogischerweise Mandrakes Zorn: Er brauchte keinen Ruun, der ihm mitteilte, was er tun oder nicht tun konnte. Wer war Ruun schon, daß er so etwas sagte? Immer steckte er seinen Rüssel in die Angelegenheiten anderer. Vielleicht war er es, der den Steinmaulwurf aufgefordert hatte, Sarah fortzubringen und dann Rebekka? Das würde er ihm glatt zutrauen. Schmieriger kleiner Scheißkerl, dieser Ruun. Heuchler, der sich überall einmischte. Mandrake wandte sich zu ihm, um ihm einen Schlag mit seinen Krallen zu versetzen, damit er begriff, wann er besser das Maul hielt . . . Aber Ruun war verschwunden. Ruun kauerte nicht mehr da, wo er eben noch gewesen war. Dort, dort wo Ruun gekauert hatte, waren nur schwarze Schatten, Schatten der Dunkelheit, wo Ruunwurf Ruun verschwunden war. Und das mußte auch so sein, denn Mandrake schaute gar nicht dahin, wo Ruun gekauert hatte und noch immer kauerte; Mandrake wollte seine Krallen nie wieder in einen Maulwurf schlagen; Mandrake murmelte etwas in eine dunkle Ekke hinein, die nur in seiner Phantasie bestand, murmelte sich selbst etwas zu in seiner Einsamkeit.

Er wußte, daß der Steinmaulwurf auf ihn wartete, und er fürchtete sich, und er hatte noch nie Furcht gekannt, nein, noch nie, Furcht kannte er nicht. Er mochte Furcht nicht, darum würde er zu diesem uralten Platz laufen, wo in der Mittsommernacht die Stimme ertönt und wo der alte Maulwurf gestorben war, nicht einmal gewehrt hatte er sich, und in seinen Augen war keine Furcht gewesen. Der alte Wie-hieß-er-gleich? Vor Sarahs, vor Rebekkas Zeit, erinnerst du dich? Er war ein Junges gewesen, aber er konnte sich nicht erinnern, oder konnte er sich erinnern, sich erinnern an seine Krallen, weich wie Rebekkas, als sie geboren war, er erinnerte sich daran, aber es war kein Schneesturm. Aber Schnee, jetzt. »Sie wissen nicht, was Kälte ist. Nur Maulwürfe von Siabod wissen, was Kälte ist. Bringt sie nach Cwmoer, und der ganze verdammte Haufen würde erfrieren. Gelert hätte ein Festmahl, verstehst du? Was hat Y Wrach immer gesagt? ›Crai by mryd rhag lledfryd heno.‹ Verdammt trübsinnig war sie, die Alte. Dieser Schnee in Duncton soll kalt sein?« Sie sollten es mit dem Eis auf dem Castell y Gwynt versuchen.

Mandrakes massiger Körper bewegte sich unbehaglich in der Dunkelheit, seiner eigenen Dunkelheit, gepeinigt von der lebenslangen Anstrengung, über den wirbelnden Schneesturm in seinem Kopf hinwegzusehen und es nie zu schaffen, nie richtig zu sehen, aber zu wissen, daß er vielleicht hätte sehen können, mit Sarah, die ihn doch sicherlich rufen hörte, wenn er sie nahm und versuchte, etwas zu sagen, aber sein Körper und die Dunkelheit ließen es nicht zu. Ja, sie hörte ihn aus dem Schneesturm rufen, o Sarah, sie hörte ihn aus dem Eis des Siabod. Daran erinnerte er sich. Oder war es Rebekka? Mit Rebekka. Auf und in Rebekka, als sie ihn hörte ... ja, sie hörte ihn! Sie hörte ihn. »Wo ist sie jetzt? Wo ist sie?«

Ruun sah ohne Erbarmen, wie die Tränen langsam über Mandrakes Gesicht liefen, und nannte sie Wahnsinn. Mandrake hatte die Krallen erhoben, um die Wand zu schlagen, und jetzt drehte er sich murmelnd um, und Tränen benetzten das rauhe Fell seines alten Gesichts. »Er hat den Verstand verloren«, dachte Ruun in hämischer Freude.

»Du mußt zum Alten System hinauf und den Steinmaulwurf finden«, sagte Ruun endlich tapfer. »Und du mußt ihn für uns töten.«

Mandrake blickte auf seine Krallen, verzerrt vom Kämpfen und Töten, und senkte den Rüssel. Er dachte daran, wie sie in Rebekkas Fell waren, in dem Fell seiner Rebekka ...

»Ja«, sagte er müde. »Wirst du mich begleiten, Ruun?«

»Ja«, sagte Ruun und dachte bei sich, daß eine Menge Maullanger ebenfalls in nicht allzu weiter Entfernung folgen würden.

»Ja, komm mit mir, Ruun, du könntest mir helfen, Sarah zu suchen.« Er erwähnte Rebekka nicht, weil er nicht wollte, daß Ruun ihm auf der Suche nach ihr half. Nein.

Wie konnte Ruta ahnen, daß ihre Jungwürfe aus lauter Unsinn einen Weg in Hulvers alte Tunnel gegraben hatten? Wie konnte sie wissen, daß Mandrake und Ruun zufällig diesen Weg einschlagen würden? Wenn Kummer in einen Bau einzieht, verschwendet ein Maulwurf seine Zeit besser nicht mit solchen

Fragen, weil sonst die Unmöglichkeit, sie zu beantworten und einen Grund für die Tragödie zu finden, ihn – oder sie – in den Wahnsinn treiben wird.

Aber eines Tages, als die Welt still war, weil dicker Schnee lag, und die Jungwürfe alle irgendwohin gelaufen waren, fuhr Ruta plötzlich hoch mit dem Vorherwissen einer Mutter, daß etwas Schreckliches geschehen war. Dann kam Viola angelaufen, so zu Tode erschrocken, wie ein Junges es nie sein sollte.

»Was ist geschehen?« fragte Ruta drängend.

»Da sind zwei große Maulwürfe, und sie haben Fagus, und sie schlagen ihn.« Ruta lief den Weg entlang, den Viola gekommen war, und rief: »Zeig mir, wo es ist.«

Was Viola berichtet hatte, stimmte nicht genau. Mandrake und Ruun waren in Hulvers Tunnel eingedrungen und sofort zu dem versperrten Tunnel gelaufen, der zum Alten System führte. Sie hatten nicht einmal in Betracht gezogen, daß die Tunnel besetzt sein könnten, und das Fehlen von Geräuschen und Gerüchen schien ihnen recht zu geben.

Mandrake begann sofort, um die Feuersteinversperrung herum zu graben, und hatte schon bald einen Gang geschaufelt, der es ihm gestattete, auf die andere Seite zu gelangen, falls er das wollte. Er schnüffelte die kalte Luft des Alten Systems ein und redete sich selbst in Wut, bevor er allein in die stummen Tiefen des Alten Systems eindrang, um den Steinmaulwurf zu suchen und zu töten.

Dann hörte Ruun ein Rascheln hinter sich und erblickte die Jungwürfe, die ihnen zuschauten. Mandrake lachte wider Erwarten. Ruun, vorausschauend, sah mit der Schnelligkeit eines Krallenhiebes, daß es vielleicht eine Verwendungsmöglichkeit für diese Jungwürfe gab. Sie waren im Begriff, fortzulaufen, aber Ruuns Blick war so eisig, daß sie zitternd an der Wand stehenblieben – außer Viola, die hinter den anderen stand und in den Schatten untertauchte.

Mandrake kam hervor aus dem Tunnel, den er gegraben hatte, sah sie nachdenklich an, schüttelte den Kopf, verschwand mit einem Glucksen in der Dunkelheit des Alten Systems und ließ Ruun mit den Jungwürfen zurück.

Fagus war am nächsten, darum wählte Ruun ihn aus. »Nun, nun«, sagte er höhnisch grinsend, »wer sind wir denn?«

»Fagus«, flüsterte Fagus. Ruun streckte eine Kralle aus und versetzte ihm einen derben Schlag.

»Wirklich?« lächelte er und schlug noch einmal zu. Die Augen der anderen Jungwürfe weiteten sich vor Furcht, und sie begannen zu zittern.

»Wie heißt denn eure Mutter, Fagus, mein Lieber?« sagte Ruun und trat einen Schritt näher, so daß Fagus das Gefühl hatte, er ertrinke in Dunkelheit. Fagus konnte nicht aufhören, Ruun in die Augen zu blicken; Tussi und Pippel starrten ihn einfach voller Entsetzen an, als habe eine Kralle sie an die Wand des Tunnels geheftet.

»Meine Mutter heißt Ruta, bitteschön«, sagte Fagus. Er sah sich bei seinen Geschwistern nach Hilfe um; die Anstrengung, nicht zu weinen, ließ sein Maul zittern, denn er dachte, wenn er weinte, würde er vielleicht noch mehr bestraft werden. In diesem Augenblick schlich sich Viola davon, um zu Ruta zu laufen.

Bis zu diesem Zeitpunkt hatte Ruun sich nur damit vergnügt, diese Jungwürfe in Schrecken zu versetzen; als Rutas Name fiel, jagten ihm die verschiedensten Möglichkeiten durch den Kopf. Die Gelegenheit, die er gesucht hatte und von der er gewußt hatte, daß sie kommen würde, wenn er die nötige Geduld aufbrachte – sie war da.

Ruta war das Weibchen, das als erste vom Steinmaulwurf im Alten System berichtet hatte – ein Bericht, der nach Ruuns Ansicht hysterisch und unbegründet war. Aber das spielte keine Rolle – ihr Name war in Barrow Vale in wohlwollender Erinnerung. Wie schrecklich wäre es – nicht wahr? –, wenn Mandrake nachgewiesen werden würde, daß er einige von Rutas Jungen getötet hatte, die Jungen, die sie so tapfer allein auf den Hängen aufgezogen hatte, und so weiter und so fort. Und das, nachdem er Rebekkas Brut niedergemetzelt hatte! Ruun blickte hinunter auf den mitleiderregenden Fagus und dachte, daß nichts den Geist so verwirrt wie Furcht.

Dann hörte er Rufen und Laufen, den Schrei einer Mutter nach ihren Jungen, und in den verzweifelten Augen des kleinen Fagus erschien ein Ausdruck von Hoffnung. So so, Ruta war also auf dem Weg hierher. Genau zur richtigen Zeit.

Mit einem Krallenhieb, der schneller kam, als ein Junges quieken kann, tötete Ruun Fagus, dessen Körper und einige Blutspritzer gegen die Wand des Tunnels schlugen.

Er sah mit kalten Augen, wie Ruta auftauchte und ein Ausdruck des Entsetzens in ihr Gesicht trat, ein Würgen in ihr hochstieg, als sie ungläubig erst auf Fagus, dann hinauf zu Ruun blickte.

»Sehr traurig«, sagte Ruun. »Sehr unerfreulich. Mandrakes Werk, fürchte ich, oder?« Er sah Tussi und Pippel drohend an; Viola, die etwas hinter Ruta stand und vernünftigerweise dort blieb, konnte er nicht sehen. Die beiden Jungwürfe nickten stumm. Ruta sah, daß sie entsetzt waren, zu ängstlich sogar, zu ihr zu laufen. Sie ging zu ihnen.

Ruun blickte sie an und sagte: »Du wirst nach Barrow Vale gehen und dort berichten, daß Mandrake versucht hat, deine Jungen zu töten, und daß Ruun es fertiggebracht hat, alle außer einem zu retten. Sage ihnen, daß Ruun die

Maullanger auffordere, sich zu versammeln. Sage ihnen, daß Ruun kommt.«

Ruta begann sich zurückzuziehen und zog die beiden Jungwürfe beschützend an sich.

Ruun neigte sich zu ihr. »Das ist nicht nötig«, sagte er lächelnd. »Sie werden dich nur behindern, und ich werde sie vor Mandrake beschützen, falls er zurückkommt.« Er griff mit den Pfoten nach ihnen, die Krallen locker, und sie sah in seine bösen Augen, und jeder Instinkt in ihr riet ihr, sie hinter sich zu schieben und zu kämpfen . . . und doch, wenn sie es tat, würden sie mit Sicherheit sterben, wohingegen sie auf diese Art, Ruuns Art, eine Chance haben könnten.

»Werden sie sicher sein?«

»Natürlich«, sagte Ruun nickend, »sicherer hier, als wenn sie dir an den Fersen hängen. Ich werde den Eingang zum Alten System versperren, das wird Mandrake die Rückkehr erschweren, und dann woanders in diesen Tunneln ein Versteck suchen. Wenn Mandrake zurückkommt, was sehr bald der Fall sein mag, werde ich für dich mit ihm kämpfen, denn ich hasse ihn ebenso wie du, wie wir alle. Jetzt ist der Augenblick gekommen, ihm Widerstand zu leisten, also lauf jetzt nach Barrow Vale, nicht nur für das Wohl des ganzen Systems, sondern auch für deine Jungen.«

Ruta ließ Tussi und Pippel los. Vielleicht sagte er die Wahrheit. Sie blickte sich nach Viola um, und als sie sie nicht sah, hielt sie es für besser, sie nicht zu erwähnen.

»Kümmere dich um sie«, flüsterte sie verzweifelt, dann drehte sie sich um und lief um ihr Leben, lief nach Barrow Vale.

Die beiden Jungwürfe sahen auf zu Ruun. Sie fühlten sich völlig verraten und hatten jetzt schreckliche Angst. Ruun blickte auf sie hinunter, und während das Lächeln in seinem Gesicht verschwand, zog er seine Pfote rasch zurück und durchbohrte Tussi mit einem Stoß seiner Kralle, der so kraftvoll war, daß er unwillkürlich aufkeuchte.

Pippel drehte sich um und lief; seine winzigen Pfoten versuchten verzweifelt, Ruun zu entkommen. Ruun sah ihn davonlaufen und wanderte gemächlich hinter ihm her und ließ ihn ein oder zwei Biegungen und Abzweigungen des Tunnels durchlaufen. Pippel lief ahnungslos direkt an die Stelle, wo Viola sich versteckt hatte, und die beiden hockten einfach da, unfähig, sich zu rühren, als Ruun aus einem Seitentunnel auf sie stieß.

»Na also!« sagte Ruun. »Wie viele gibt es denn noch von euch?«

»Wir sind vier im ganzen«, sagte Viola.

»Also nur noch zwei übrig«, sagte Ruun vor sich hin. Er beschloß, eines der Jungen am Leben zu lassen, damit es den Maullangern die Geschichte erzählen konnte. Es würde zu verwirrt sein, die Wahrheit zu erkennen, und sich zu sehr fürchten, etwas zu sagen, wenn es sie doch erkennen sollte. Eiskalt überlegte er, welches er töten sollte.

»Wie heißt ihr?« fragte er.

»Ich heiße Viola«, sagte Viola. »Und er heißt Pippel.« Pippel blickte auf zu Ruun und legte sicherheitshalber eine Pfote auf Violas Flanke.

»Pippel?« fragte Ruun nachdenklich. Der Name gefiel ihm nicht.

Also tötete er Pippel.

»Ich heiße Mandrake«, log er Viola vor, nur um sie noch mehr durcheinanderzubringen. Und dann lief er zurück zum Haupttunnel und machte sich auf den Weg nach Barrow Vale, langsam genug, um Ruta vor ihm dort eintreffen zu lassen und ihr Zeit zu geben, vor seiner Ankunft Angst und Schrecken zu verbreiten.

Viola kauerte im Tunnel und blickte auf den niedergestreckten Pippel. Seine Augen waren geschlossen, sein Maul stand offen. »Pippel?« fragte sie stockend. »Pippel?« Sie berührte ihn, aber er bewegte sich nicht.

Sie lief den Tunnel hinunter, zurück an die Stelle, wo sie gewesen waren, und fand Tussi. »Tussi?« sagte sie, und ihre Stimme zitterte furchtsam durch den Tunnel. Aber Tussi bewegte sich auch nicht.

Dann lief sie weiter, dorthin, wo Fagus gewesen war ... er würde doch sicher noch dort sein. Ja, er war dort, aber er war voller Blut. Er sah gar nicht mehr wie Fagus aus.

Viola blickte sich angstvoll im Tunnel um und sah nicht einmal das Eulengesicht, das von der Feuersteinabsperrung finster auf sie herunterblickte. Sie wußte nur, daß sie nicht durch denselben Tunnel zurückgehen konnte wie der große Maulwurf, der Fagus, Tussi und Pippel weh getan hatte. Davor fürchtete sie sich zu sehr.

Darum lief sie statt dessen in den Tunnel neben dem Feuerstein, der in den Hügel führte und den der andere große Maulwurf hinuntergelaufen war, der, der gelacht hatte. Vielleicht würde er ihnen helfen. Er würde wissen, wie man Fagus und Pippel und Tussi helfen konnte. So kletterte Viola furchtsam und halb schluchzend über die von Mandrake frisch ausgegrabene Erde und lief in die hallenden Tiefen des Alten Systems, Furcht und Schrecken hinter sich, Mandrake irgendwo in der Dunkelheit vor sich.

Ruuns Plan funktionierte. Es war auch kaum anders zu erwarten gewesen. Ruta hatte eine so verstümmelte Darstellung der Geschehnisse gegeben und war so zu Tode erschrocken, daß alle überzeugt waren, Mandrake habe eines ihrer Jungen getötet, und Mandrake lauere jetzt im Alten System, möglicherweise mit dem Steinmaulwurf zusammen, und warte darauf, Rache an Duncton zu üben.

In panischem Schrecken versammelten sich Maulwürfe in Barrow Vale, und als Ruun eintraf, wurde er als der Retter begrüßt, als der er gern erscheinen wollte. Es sei an der Zeit, sagte er zu ihnen, daß das System etwas unternehme. Der Stein habe Mandrake geschickt, um den Mut des Systems zu prüfen, und jetzt müßten sie handeln und Mandrake töten, um dem Stein zu beweisen, daß sie einen so bösen Anführer nicht dulden würden.

Während der nächsten Stunden strömten Maullanger in Barrow Vale zusammen, und es kamen sogar ein paar Ostseiter, die die Neuigkeiten gehört hatten, um ihre Hilfe anzubieten.

Ruun goß Öl auf die Flammen ihres Zorns, indem er Ruta zurück zu ihren Tunneln schickte – zynisch gab er ihr einen Maullanger als ›Beschützer‹ mit –, damit sie ihre Jungen hole, die er, so behauptete er, habe zurücklassen müssen, um selbst schnell nach Barrow Vale zu gelangen. Die schreckliche Geschichte, mit der sie zurückkam, daß ihre Jungen tot oder verschwunden seien, und die der Maullanger bestätigte, lieferte Ruun den letzten Anstoß, den er brauchte, um eine allgemeine Stimmung der Empörung gegen Mandrake zu schaffen und alle in Barrow Vale versammelten Maulwürfe in Gang zu setzen, um Mandrake und ›jeden Maulwurf, der noch sein Knecht war‹ zu vernichten.

Ruun hielt verschiedene Ansprachen, von denen eine mit den Worten endete: »Dies sind schwere Zeiten, und zu einer Zeit, da wir ohne Anführer sind, müssen wir fest zusammenhalten ...«

Bei den Worten »da wir ohne Anführer sind« kamen widersprechende und bestürzte Rufe von den anwesenden Maullangern, die ihm lärmend mitteilten, daß er viel zu bescheiden sei, daß er ihr Anführer sei, würde er sie führen? Burrkopf schließlich schlug es vor, ein Vorschlag, den Ruun »zögernd« und »vorläufig« annahm, wobei er dachte, daß das Leben manchmal sehr einfach sein kann.

Es war jetzt nur noch eine Frage der Zeit, bevor Ruun die Maullanger zurück durch den Tunnel in das Alte System führen und dort in den Tiefen Mandrake suchen und töten würde.

Es stand nur eine kleine Wolke an Ruuns Himmel, und das war die unkooperative Einstellung des Marsch-Endes zu seiner neuen Führungsrolle.

»Ich sehe hier in Barrow Vale keine Marsch-Ender, die ihre Unterstützung anbieten«, sagte er sanft zu Mekkins, der aufgetaucht war, um zu sehen, was vorging.

»Krankheit«, log Mekkins und machte dabei eine Anleihe bei Coras Methoden, sich zu isolieren. »Sind wie die Fliegen umgefallen im Marsch-Ende, wie die Fliegen. Machen sie oft in dieser Jahreszeit, kurz vor Beginn der Paarungszeit. Es gibt da unten nicht einen einzigen Maulwurf, der nicht seine Unterstützung anbieten würde, Ruun – ich mußte sogar einen ganzen Haufen mit Gewalt davon abhalten, hierherzukommen. Wir da unten haben nicht viel übrig für Mandrake, weißt du. Aber ich hatte das Gefühl, das Risiko wäre zu groß, Kumpel, zu viel Ärger.«

Ruun mochte Mekkins nicht – viel zu viel Respektlosigkeit. Und seine Geschichte überzeugte ihn auch nicht so recht. Aber er hatte andere Dinge im Kopf, und wenn die Marsch-Ender an der Vertreibung Mandrakes nicht teilnahmen, lieferten sie ihm genau den Grund, den er brauchen würde, wenn es um etwas ging, was er schon seit langem vorhatte: die Marsch-Ender auszurotten, einschließlich Mekkins.

Und was Mekkins betraf: er begab sich still zurück ins Marsch-Ende, wo er seine eigenen Pläne hatte, um die er sich kümmern mußte. Er war sich der Gefahr, die dem Marsch-Ende drohte, durchaus bewußt, und er hatte verschiedene Maßnahmen vorbereitet, die er jetzt in die Tat umsetzen wollte. Gleichzeitig mußte er sich überlegen, wie er Rebekka und Comfry beschützen könnte, jetzt, da sie dort unten mit Ärger rechnen mußten. Als erstes würde er darüber nachdenken, wohin er sie bringen sollte, denn dort, wo sie jetzt lebten, waren sie viel zu isoliert und gefährdet, falls Ruun und die Maullanger beschließen sollten, das System von Mandrake zu übernehmen.

Mandrake brauchte zwei Tage bis zur Höhle der Düsteren Geräusche, wo er sich in das Zentrum stellte und seine Herausforderung an den Steinmaulwurf herausbrüllte. Seine Stimme kam in hundertfachem Echo von der Mauer mit dem Eulengesicht in der Mitte zu ihm zurück, aber das hatte keine Wirkung auf ihn. Seine Zwangsvorstellungen schienen ihm einen außergewöhnlichen Mut zu verleihen oder eine völlige Unkenntnis dessen, wo er sich befand und was er tat. Er glaubte, der Steinmaulwurf sei dort, und darum rief er nach ihm. Er fürchtete sich, aber nicht vor Geräuschen, die wirkungslos von ihm abglitten, und das Gefühl der Furcht war ihm, der doch Mandrake war, so fremd, daß er sich nur umdrehen und ihnen mit seinen Krallen entgegentreten konnte – ein Mut, den nur wenige Maulwürfe ohne weiteres verstanden hätten.

Viola, die trostlos durch die Tunnel lief, hörte das Brüllen und fürchtete sich, aber sie dachte nicht, daß es von dem ›großen Maulwurf‹ kam und verdoppelte ihre Bemühungen, ihn zu finden, weil sie hoffte, er würde sie vor allem beschützen und vielleicht doch noch ihren Geschwistern helfen. Sie hatte noch nicht begriffen, daß ihre Geschwister tot waren.

Schließlich fand sie ihn schlafend in einem der Eingänge zu der großen

Höhle und weckte ihn ohne große Umstände. Ihre Anwesenheit verwirrte ihn. Sie war nicht der Steinmaulwurf. Sie war nicht Sarah. Sie war nicht Rebekka. Er war auch einmal ein Jungwurf gewesen. Ja.

Sie plapperte von Tussi und Pippel und Fagus und von einem großen Maulwurf. Offensichtlich wußte sie, wo der Steinmaulwurf sich aufhielt. Vielleicht war sie eine Spionin. Schlau. Aber nicht so schlau wie er. Er würde ein wachsames Auge auf sie haben, sie in Krallenweite behalten. Ja, das würde er. Und was noch besser war, er würde sich von ihr zum Steinmaulwurf führen lassen. Ja. Schlau und verschlagen.

Viola verstand ihn nicht. Er war abwechselnd freundlich und zornig. Er wollte, daß sie ihn zu irgendeinem Steinmaulwurf führte, und sie wußte nicht, was das war. Um ihn nicht wieder zornig zu machen, führte sie ihn also hin und her durch die Tunnel, ihre winzige Gestalt vor seiner grübelnden massigen Gestalt, die Worte sagte wie: »Verschlagen« und: »Du bist recht schlau. Aber nicht so schlau wie Mandrake«, und er erzählte ihr Geschichten über ein Maulwurfweibchen, das er kannte und das Rebekka hieß, die ungehorsame Sachen tat und bei dem Steinmaulwurf war, wer das auch sein mochte.

Aber sie waren nicht allein in den Tunneln, denn ein anderer Maulwurf, der die Ein- und Ausgänge des Systems besser kannte als je ein Maulwurf zuvor, flitzte von Schatten zu Schatten, vor und hinter ihnen, folgte ihnen um Ecken, beobachtete unter Qualen, wie Mandrake Viola bedrohte, war erleichtert, wenn er sanfter mit ihr sprach, und fragte sich, fragte sich, wie er sie aus der Nähe von Mandrakes Krallen schaffen sollte.

Es war Bracken, der das Brüllen gehört hatte und gekommen war, um nachzusehen. Er hatte Viola als seine und Rutas Tochter erkannt und konnte aus Violas Unterhaltung mit dem geistesverwirrten Mandrake entsetzt einiges von dem zusammensetzen, was geschehen war. Und er wußte, daß er sehr schnell handeln mußte, wenn sie nicht auch getötet werden sollte.

Draußen war das Wetter so verhangen und wechselhaft wie das Leben der Maulwürfe unter der Oberfläche. Nach zwei Tagen stiller Kälte begann der Schnee zu schmelzen, fiel platschend und plumpsend und klumpend von den Bäumen herunter, sprühte durch die Zweige, so daß auf dem Boden des Waldes Tausende von winzigen Kratern entstanden. Hier und dort wand sich die Spur eines Fuchses zwischen den Bäumen hindurch, und unten an der Ostseite, wo die Dachse lebten, war der Schnee aufgewühlt und beschmutzt von Erde und dem Abfall aus ihren Bauen.

Dann kam ein feuchter Sprühwind auf, und der Schnee begann mehr und mehr zu tauen. Der Boden wurde schlammig und schmutzig, und die Wiesen bildeten eine Mischung aus grünem und gelbem Gras und Resten von Schnee in den Vertiefungen, wo der Wind ihn zusammengetrieben hatte. Draußen auf der Marsch, jenseits vom Marsch-Ende, zerschmolz der Schnee zu Wasser und Schlamm und gefror nachts, und es war totenstill. Dann wieder Wind und Wetteränderung. Ungemütliches Wetter, das selbst nicht wußte, welche Richtung es einschlagen sollte.

KAPITEL 24

Soweit es ihm möglich war, hielt Bracken sich immer zwischen Mandrake und der Höhle der Düsteren Geräusche, damit er sich, falls Mandrake ihn entdecken sollte, in die einigermaßen sicheren Tunnel jenseits der Höhle zurückziehen konnte, in denen Mandrake sich mit Gewißheit verlaufen würde, falls er Bracken bis dorthin verfolgte.

Die Vorsichtsmaßregel war klug, denn es kam unvermeidlich der Zeitpunkt, da Mandrake seine Anwesenheit spürte.

»Pst, Mädchen«, sagte er zu Viola. »Ich glaube, ich höre den Steinmaulwurf vor uns.«

Bracken erstarrte und versuchte, sich davonzuschleichen, aber Mandrake hatte ihn gehört und war hinter ihm, mit seiner ganzen früheren wilden Schnelligkeit.

Bracken rannte, so schnell er konnte, und seine Kenntnis der Tunnel machte Mandrakes außerordentliche Schnelligkeit wett. Er erreichte die Höhle der Düsteren Geräusche, rannte durch sie hindurch zum siebten Eingang, wo das Maulwurfskelett immer noch unberührt lag, aber anstatt weiterzulaufen, verharrte er zwischen den beiden großen Feuersteinen rechts und links von dem Skelett und drehte sich zur Höhle um. Er wartete, bis Mandrake kurz vor der Höhle sein mußte; dann begann er leise in die Windungen und Muster des schrecklichen Eulengesichts über ihm hinaufzusummen. Die Wirkung war bemerkenswert. Die Geräusche, die ihn so entsetzt hatten, als er sich vor dem Eulengesicht befand, tönten jetzt über ihn hinweg und vermittelten ihm die Vorstellung, über große Kraft und Stärke zu verfügen. Seine Krallen und Schultern erschienen größer, sein Sehvermögen viel schärfer. Er schien plötzlich fähig zu sein, bis zur anderen Seite der Höhle zu blicken, was normalerweise nicht gut möglich war, und dort Mandrake zu entdecken, der verwirrt stehengeblieben war und sich dann ganz langsam weiterbewegte, sich in ein Geräusch hineinbegab, das bei ihm offensichtlich große Furcht und Pein auslöste. Bracken beobachtete ihn beinahe gelassen, nahm seine unglaubliche Größe zur Kenntnis, jedes Glied schien so groß wie ein ganzer Maulwurf, die Augen, die vor Wut rot waren, fürchtete aber all das nicht. Er wußte mit Gewißheit, daß Mandrake unfähig sein würde, ihn zu erreichen, solange er die Geräusche ertönen ließ.

Aber die Wirkung der Geräusche erwies sich bald als noch raffinierter und bösartiger. Sie bewirkten in Bracken den Wunsch, Mandrake zu quälen, ihn zu verletzen; sie bewirkten, daß er sich wirklich so mächtig vorkam, wie die Eule aussah; sie bewirkten in ihm den Wunsch, Mandrake zu töten. Noch schlimmer, sie bewirkten, daß er allmählich sein eigentliches Ziel vergaß, nämlich Viola aus Mandrakes Gewalt zu befreien und aus dem Alten System herauszuholen. Denn sein jetzt völlig gelassener Blick fiel nicht nur auf Mandrake, sondern auch auf Viola, die ihm in die Höhle gefolgt war und jetzt, offensichtlich unberührt von den Geräuschen, mitten in ihr stand.

Brackens Krallen waren nach vorn gestreckt, sein Rücken bäumte sich auf, und sein Rüssel bog sich brutal nach unten, Maul und Zähne im Gemurmel erstarrt, während er fühlte, wie er die Herrschaft über seinen Körper verlor und das Murmeln ihn zu beherrschen begann, die bösen Geräusche seinen Geist langsam vergifteten.

Es war Viola, die ihn wieder zu sich kommen ließ. Sie sah verwirrt zu, wie Mandrake sich hin und her wand wegen der Geräusche, die ihr nur häßlich vorkamen, und dann lief sie zur Quelle dieser Geräusche. Sie sah ein weißes Skelett, aber das erschreckte sie nicht, weil sie keine Ahnung hatte, was es war, und außerdem war das, was daneben kauerte, viel interessanter. Es war ein Maulwurf, der dastand wie versteinert, mit weit aufgerissenen Augen und zusammengebissenen Zähnen. Er hatte unheimlich große Krallen, die er weit von sich streckte. Er summte eine Melodie. Es war der Steinmaulwurf! Der, nach dem Mandrake gesucht hatte! Sie lief auf ihn zu und berührte ihn, und oh! . . . er war lebendig, er hatte Fell, genauso wie sie . . .

Die Berührung ihrer Pfote brach den Bann des Gemurmels. Langsam entspannte sich Bracken und verstummte, die Geräusche in der Höhle begannen zu schwinden, und er und Mandrake schienen aus einem Alptraum zu erwachen.

Die arme Viola, von einem Entsetzen in das nächste gestoßen, begann zu weinen. Mandrake hörte ihr Weinen und lief auf sie beide zu. Bracken tat einen Schritt vor, legte ihr eine Pfote um die Schultern und zog sie zurück in den Feuersteineingang.

»Viola«, beschwor er sie, »hör mir zu! Lauf diesen Tunnel hinunter und in den ersten Eingang hinein. Verstecke dich dort in den Schatten. Ich komme gleich zu dir. Lauf!«

Sie erkannte ihn nur halb, aber seine Stimme war ihr vertraut, er kannte Ruta. Oh, welche Erleichterung! Und sie lief, so schnell sie konnte, vielleicht würde er ihr helfen. »Lauf!« rief er hinter ihr her. »Lauf!«

Als Bracken sich wieder umdrehte, um Mandrake gegenüberzutreten, der die Höhle jetzt halb durchquert hatte und unerbittlich näherkam, füllte die ganze Höhle sich mit einem anderen Geräusch, einem Geräusch, das sie beide völlig überraschte: den Tapsern von Hunderten von Pfoten und dem wütenden Murmeln von Maulwürfen, aufgebracht und blutdurstig.

Mandrake blieb stehen, drehte sich um und wandte Bracken seinen Rücken zu, und beide sahen erst einen Maulwurf, dann zwei, dann fünf weitere, die alle durch den östlichen Tunneleingang strömten, vom Tunnel, der von den Hängen herführte. Es waren Ruun und die Maullanger und weitere Maulwürfe, und sie schrien im Chor: »Tötet ihn, tötet ihn!« und versammelten sich, um Mandrake zur Strecke zu bringen.

»Da ist er!« rief Ruun und zeigte mit einer Kralle auf Mandrake.

Mandrake sah ihnen verständnislos entgegen. Sie interessierten ihn nicht. Er war nahe daran, den Steinmaulwurf zu erwischen, und hatte nicht die Absicht, seine Zeit mit Ruun und einem Haufen Maullanger zu vertun. Bedrohten sie etwa ihn? Er lachte, schüttelte den Kopf, wandte ihnen verächtlich den Rücken zu und nahm die Verfolgung von Bracken wieder auf.

»Er läuft weg!« rief Ruun triumphierend, und das genügte, den anderen Mut zu machen, ihren Angriff auf Mandrake zu beginnen. Mehrere von ihnen erreichten Mandrake, bevor er zum Eingang zwischen den Feuersteinen kam, und streckten mit Geschrei und Gebrüll ihre Krallen nach ihm aus. Einer von ihnen geriet ihm zwischen die Hinterpfoten und brachte ihn zum Stolpern, so daß er gezwungen war stehenzubleiben. Er drehte sich wieder um, um ihnen entgegenzutreten, und diese Gelegenheit benutzte Bracken, von keinem gesehen, den Tunnel hinunterzulaufen, um Viola zu suchen und sich davonzustehlen. Das Differenzsystem drehte offensichtlich durch.

Mitten zwischen den Maulwürfen erhob Mandrake sich zu seiner ganzen Größe und tötete mit einem mächtigen Hieb seiner rechten gespreizten Kralle drei von ihnen auf einmal. Er hatte nicht vergessen, wie man kämpft. Er trat zurück und schüttelte dabei zwei weitere Angreifer von seinem gewaltigen Rücken. Seine linke Pfote fuhr bösartig vor, und zwei Maulwürfe brachen unter seinem Rüssel schreiend zusammen. Seine Bewegungen waren weder hastig noch überschnell, sondern von der spielerischen Anmut eines Kämpfers voller Selbstvertrauen, der noch nie im Leben eine Niederlage hat einstecken müssen. Während um ihn herum tote oder sterbende Maulwürfe lagen, trat er ein zweites Mal zurück und ließ dabei seine rechte Pfote nach hinten schwingen, so daß zwei weitere Maulwürfe durch die Luft in den Haufen flogen, der nach seinem Blut geschrien hatte. Er lachte, und dann brüllte er, und die Maullanger zögerten, die vorderen unter ihnen nicht länger bereit, in einen gewissen und grausamen Tod hineinzulaufen. Nur Ruun war noch da und forderte die Maullanger schreiend zum Töten auf. Tatsächlich hätte Mandrake Ruun auf der Stelle töten können, aber er erinnerte sich wieder daran, daß es seine Absicht gewesen war, den Steinmaulwurf zu töten, nicht diesen wimmernden Haufen oder Ruun.

Er bewegte sich rückwärts in den Eingang hinein, die Maulwürfe im Auge behaltend, die sich immer noch vorsichtig näherten. Er sah die beiden großen Feuersteine an beiden Seiten des Eingangs, streckte links und rechts die Pfoten aus, grub seine Krallen tief in den Erdboden hinter den Steinen und zerrte mit einem einzigen mächtigen Ruck, brüllend vor Anstrengung, die beiden Feuersteine in einer Wolke von Staub und Geröll herunter und versperrte den Eingang völlig, so daß er selbst sich ungehindert an die Verfolgung des Steinmaulwurfs machen konnte.

Als er davonlief, löste sich der Deckstein über dem Eingang und fiel krachend auf die schon unten liegenden Steine, und zwischen Staub und Geröll konnten Ruun und die anderen Maulwürfe jetzt nur noch die schauerlichen leeren Augenhöhlen im Schädel eines schon lange toten Maulwurfs sehen; der Rest des Skeletts war unter einem Berg unpassierbaren Gesteins verschwunden.

Bracken mußte Viola fast aus dem Kreistunnel und zu seinen eigenen Tunneln tragen, so eilig hatte er es, sie aus dem Alten System und aus Mandrakes Nähe fortzuschaffen. Und sich selbst übrigens auch.

Er lief so schnell er konnte hinauf zu dem den Wiesen am nächsten liegenden Eingang und dann hinaus auf die Oberfläche, wo ein grauer Vormittag schon weit vorgeschritten war, der Boden naß vom tauenden Schnee. Und dort wurden sie fast sofort von einem Maullanger entdeckt, einem der vielen, die Ruun wohlüberlegt überall um das Alte System herum auf der Oberfläche aufgestellt hatte, für eben eine Möglichkeit wie diese. Nur hatte Ruun erwartet, daß es Mandrake sein würde, der zu fliehen versuchte, nicht irgendein anderer Maulwurf. Bracken tauchte wieder in seinen eigenen Tunneln unter, Viola ungeduldig vor sich herschiebend, und da er wußte, daß der Maullanger nicht sofort eine Verfolgung riskieren würde, machte er sich auf den Weg zu einem anderen Eingang.

Daß man sie beinahe erwischt hatte, war Glück im Unglück, denn so war Bracken vor den Gefahren gewarnt, denen sie jetzt gegenüberstanden. Der einzige ihm noch offene Weg schien ihm jetzt, sich so weit wie möglich vom Gipfel des Hügels zu entfernen, an einen Ort, wo sie Freunde finden würden. Und das bedeutete Rebekkas Versteck, unten am östlichen Marsch-Ende.

Von ihrem Weg dorthin, für den sie fast drei Tage brauchten, ist beinahe jede schreckliche Einzelheit bekannt, denn die Erinnerungen daran blieben Viola für den Rest ihres Lebens lebendig, und Berichte darüber liegen jetzt aufgezeichnet in den Schriftrollen des Systems in den Sammlungen von Uffington.

Viola enthüllte jedoch nie den wahren Grund für die lange Dauer der Unternehmung, nämlich ihre unglaubliche Langsamkeit und ihre Unfähigkeit, zu begreifen, in welcher Gefahr sie sich befanden. In Momenten, in denen sie nahe daran waren, von Maullangern entdeckt zu werden, oder wenn Bracken verzweifelt glaubte, er könne sie nie lebend durchbringen, oder wenn sie beide in der Januarkälte zu erfrieren drohten, stellte sie Fragen, die im Augenblick völlig unerheblich waren, etwa: »Wer ist denn eigentlich der Steinmaulwurf?« oder: »Weißt du auch genau, wohin wir gehen? Ich langweile mich nämlich«, oder: »Wenn er Mandrake war, wer war dann der große Maulwurf?« Oder sie verkündete mit lauter Stimme, die die Stille, durch die hindurchzuschleichen sie versuchten, jäh zerriß: »Ich habe Hunger!«

Aber während sie Bracken fast wahnsinnig machte, hielt ihre jugendliche Überschwenglichkeit vielleicht auch seine Lebensgeister wach.

Von dem Augenblick an, da sie sich von den Hängen aus auf den Weg zur Ostseite machten, wurden sie von Verfolgern bedrängt. Zu ihren Seiten, von hinten und manchmal auch von vorn wurden sie gejagt von Maullangern, die in Mengen kreuz und quer über den Waldboden liefen, um ihre Fährte aufzuspüren und dann die Verfolgung aufzunehmen. Bracken gelang es, ihnen aus dem Weg zu gehen, teilweise, indem er sich während der ganzen Zeit auf der Oberfläche aufhielt – mit einer Ausnahme, als er einen Tunnel benutzen mußte, um mehreren Maullangern zu entgehen, die aus verschiedenen Richtungen kamen –, aber hauptsächlich wegen seiner während der langen Einzelerkundungen im Alten System erworbenen außerordentlichen Fähigkeit, im voraus alternative Routen ins Auge zu fassen und eine zu wählen, die seine Feinde verwirren mußte. Er selbst erklärte später seinen Erfolg mit der Tatsache, daß der schmelzende Schnee vorübergehend kleine Bäche entstehen ließ, besonders direkt an den Hängen, die ihre Spuren verwischten.

Es war jedoch eher ein Vermeiden als ein Abhängen ihrer Verfolger, und am dritten Tag, als sie sich Coras Tunneln näherten, waren sie in großer Bedrängnis. Das um so mehr, als – und davon wußte Bracken nichts – Ruun beschlossen hatte, sich dem Suchtrupp anzuschließen und Mandrake im inneren Teil des Alten Systems sich selbst zu überlassen, wo zu bleiben er die Absicht zu haben schien. Es blieben nur einige Maullanger dort oben, um seine Schritte zu überwachen, während Ruun in aller Eile die Hänge hinunterlief, um herauszufinden, wer diese beiden Maulwürfe seien, die auf so geheimnisvolle Weise aus dem Alten System geflüchtet waren.

Als Bracken voller Entsetzen klar wurde, daß sein eigenes Eintreffen zur Entdeckung von Rebekka und Comfry und Cora führen könnte, war es zu spät: Jeder andere Weg schien von Maullangern abgeschnitten zu sein. Er konnte nur noch versuchen, einen Vorsprung zu gewinnen und hoffen, daß er noch rechtzeitig genug eintraf, um Rebekka zu warnen.

Am Nachmittag des dritten Tages, als es wieder bitter kalt wurde und im Wald trübe und dunkel war, erreichte Bracken endlich den Eingang zu Coras Tunnel. Maullanger folgten in nicht allzu großer Entfernung, darum schob er Viola einfach in den Tunnel, mit der Weisung (er hatte nur geringe Hoffnung, daß sie ihr folgen würde), ihnen seine Ankunft mitzuteilen, und dann drehte er sich um, um jeden Maullanger abzuwehren, der kommen und sie überraschen könnte.

Viola stolperte jammernd in die Tunnel, klagte über Hunger und sagte, sie hoffe, es sei irgendein netter Maulwurf in der Nähe, der Verständnis haben und ein oder zwei Würmer hervorzaubern würde, und daß Bracken nie eine ihrer Fragen beantwortet habe, und: »Sind denn hier überhaupt Maulwürfe?« Dann stand sie Mekkins gegenüber, der argwöhnisch den Tunnel hinaufgelaufen war, um zu sehen, was dort oben los war.

»Hallo», sagte Mekkins. »Wer bist du denn?«

»Viola. Ich habe Hunger.«

»Ja, das habe ich gehört. Ich denke, Rebekka wird etwas für dich finden.«

»Er ist da oben«, sagte Viola und blickte zurück. »Er hat gesagt, ich soll euch warnen.«

Als Mekkins Bracken sah, war er erleichtert, daß er in Sicherheit war, aber entsetzt über sein erschöpftes Aussehen.

»Ich bin selbst hergekommen, um sie wegzubringen«, sagte Mekkins, »weil, ich hab gesehen, wie die Dinge laufen. Es gibt nur einen Ort, wo sie sicher sein werden, und das ist außerhalb des Systems.«

»Aber wo?« fragte Bracken.

»Bei Rose, auf den Wiesen. Es wird riskant sein, sie dorthinzubringen, und vielleicht ist es auch riskant, wenn sie erst mal dort sind, weil Roses Schutz vielleicht nicht genügt. Aber an allen anderen Orten . . . nun . . .«

Bracken fiel fast von den Pfoten vor Müdigkeit, aber immer noch schnüffelte er ins Dunkel hinein nach Zeichen von Maullangern.

»So weit werden sie doch sicher nicht kommen?« sagte Mekkins.

»Ich fürchte, sie werden«, seufzte Bracken. »Es scheinen viele zu sein, und sie sind so fest entschlossen, uns zu finden, darum werden sie immer weitermachen. Ein paarmal hätten sie uns fast erwischt. Du mußt hier raus, Mekkins. Es tut mir leid . . .«

»Nun hör mal zu, Kumpel. Du hast ein verdammtes Wunder vollbracht. Je mehr ich über dich und Rebekka weiß, desto weniger verstehe ich. Aber sage bloß nicht, es tut dir leid. Nun paß mal auf, im Augenblick gibt es kein Anzeichen von ihnen, und sie würden ohnehin eine Weile brauchen, bis sie diese Tunnel finden, darum läufst du besser erst mal runter und ruhst dich ein bißchen aus, und ich halte hier oben Wache und komm später runter, damit wir einen Plan machen können. Schick Cora lieber auch rauf, weil, da gibt's etwas, was sie tun kann . . .«

Mekkins hatte überhaupt nichts für Cora zu tun, aber er wußte, daß Rebekka sich Sorgen um Bracken gemacht hatte. »Sollen sie um des Steines Willen ein paar Minuten zusammen haben«, sagte er zu sich selbst. »Aber fragt mich bloß nicht, was eigentlich mit ihnen los ist«, fügte er hinzu, schüttelte den Kopf und richtete seine Aufmerksamkeit auf die zunehmende Dunkelheit.

Aber Mekkins' Sentimentalität war unangebracht. Bracken war zu erschöpft, Rebekka sich der Gefahren im System schon zu bewußt, und Comfry fürchtete sich zu sehr vor Brackens Größe und seinem fremden Geruch, als daß es zwischen ihnen zu viel Gemeinsamkeit gekommen wäre. Nur Viola schien das alles nicht zu berühren. Bracken legte den Kopf auf die Pfoten und schaute sich den mageren und nervösen Comfry neugierig an. Merkwürdigerweise gefiel ihm Viola besser! Und was Rebekka und ihn selbst betraf – keiner von ihnen konnte glauben, daß sie wirklich gemeinsam in das Zentrum des Systems vorgedrungen waren. Sicherlich waren das doch zwei andere Maulwürfe gewesen? Der Bau war klein und beengt, die Atmosphäre voller Furcht, und alles war ungewiß. Es herrschte eine Stimmung, als könne nichts von Dauer sein, und als werde Mandrakes System durch etwas noch Schlimmeres ersetzt. Und Bracken war allmählich des Laufens, des ewigen Laufens so müde und fast versucht, sich hinauf an die Oberfläche zu begeben und den Maullangern einen endgültigen Kampf zu liefern. Aber dann schlief er ein.

Rebekka wachte über ihn und fragte sich, während sie, fast zum erstenmal, einen Maulwurf anblickte, den sie kaum kannte und der ihr wie ein Fremder erschien, warum jedes Aufschrecken und jede Bewegung in seinem unregelmäßigen und unruhigen Schlaf sie so bewegte. »Wer ist er?« fragte sie sich. Sie hätte gern Comfry an sich gezogen und zu ihm gesagt: »Sieh, das ist dein Vater. Er heißt Bracken, er ist ein tapferer Maulwurf.« Aber wohlweislich ließ sie ihn in Ruhe.

Comfry hatte ohnehin seine eigenen Probleme mit Viola, die ebensogut aus einem langen erfrischenden Schlaf erwacht sein könnte, so wenig Anzeichen von Müdigkeit zeigte sie nach der dreitägigen Flucht vor Ruuns Maullangern.

»Wie heißt du?« fragte sie ihn.

»C-C-Comfry«, brachte er endlich heraus.

»Warum kannst du nicht richtig sprechen?«

Schweigen.

»Du könntest wenigstens fragen, wie ich heiße. Ich heiße Viola.«

»Woher kommst du?« fragte Comfry versuchsweise.

»Von Rutas Tunneln, das ist nahe bei dem Steinmaulwurf.«

»Wer ist der St-Steinmaulwurf?«

»Der da, Dummerchen«, sagte Viola und zeigte auf den schlafenden Bracken. Viola wandte sich ab, etwas unglücklich aussehend. Jetzt, da Bracken schlief, fühlte sie sich einsam. Er war alles, was sie hatte.

Rebekka streckte eine mütterliche Pfote nach ihr aus und zog sie an ihre Seite. »Warum erzählst du mir nicht, was geschehen ist, mein Liebes«, sagte Rebekka, und nach und nach erzählte Viola; ihre kleinen Schutzmauern brachen zusammen, als sie sich endlich entspannt an einen Maulwurf drücken konnte, der beinahe so kuschelig wie Ruta war. »Was wird geschehen?« fragte sie viel später. Rebekka sah, wie einsam sie war und wie nahe den Tränen. Brackens Tochter, Brackens Sohn. Er hätte nicht mehr für sie tun können. Jetzt konnte sie vielleicht für sie sorgen, während sie heranwuchsen.

»Rebekka! Bracken!« Es war Cora, die in den Bau gerannt kam. »Wach auf, Bracken! Die Maullanger kommen!« Wie Cora sich verändert hatte, seit Rebekka zu ihr gekommen war! Sicher, ihr Fell war immer noch struppig und ungleichmäßig, aber sie war voller Lebensmut, und sie hielt sich gerader und stolzer als zuvor. »Du mußt hier weg, Rebekka, so schnell wie möglich«, sagte sie.

Mekkins kam heruntergerannt. »Sie sind beinahe hier«, sagte er, »und sie werden diese Tunnel sehr schnell finden. Es gibt einen Ausgang, der der Marsch näher ist, und ich werde euch alle da hinausführen.«

Bracken rührte sich nicht. Er erhob sich nicht einmal. Er hatte das Laufen satt. »Geht ihr. Ich bleibe. Ich kann sie eine Weile aufhalten.«

Als Mekkins und Rebekka begannen, Einwände zu erheben, erhob er sich und wandte sich ihnen langsam zu. Sein Blick war klar, und es ging große Autorität von seinen Worten aus. Keiner zweifelte daran, daß er tun würde, was er vorhatte.

»Ich habe sie hierhergeführt, und ich werde sie wieder fortlocken, in eine andere Richtung als die, die ihr einschlagt. Keine Sorge, Mekkins, ich werde nicht versuchen, ganz allein gegen sie zu kämpfen. Aber mit etwas Glück kann ich sie von eurer Spur abbringen, und du, Rebekka, und diese beiden«, er zeigte auf Comfry und Viola, »ihr könnt euch bei Rose der Heilerin in Sicherheit bringen.«

Viola begann zu protestieren, aber Bracken sah sie so streng und liebevoll an, daß sie sich einfach an Rebekkas Seite zurückzog und es ausnahmsweise einmal den Erwachsenen überließ, zu tun, was sie tun mußten. »Rebekka wird sich um dich kümmern, und ich komme wieder«, sagte Bracken freundlich zu ihr. »Und schwatz diesmal nicht so viel!«

Einen Augenblick lang starrten Rebekka und Bracken einander an, und das Licht, das sie verlassen zu haben schien, war wieder da. Zeit war nicht wichtig. »Es ist da, und es wird immer da sein«, dachte Rebekka und wußte, daß das stimmte.

»Ich komme auch nicht mit«, sagte Cora plötzlich. »Diese Tunnel gehören mir, sie haben mir gute Dienste geleistet, und ich werde sie verteidigen. Ich könnte woanders auch gar nicht leben.« Ihr Entschluß stand fest, so daß Mekkins mit einem verwirrten Kopfschütteln Rebekka und die Jungwürfe wegführte und im Bau plötzlich Stille herrschte.

»Es gibt einen Tunnel, der nach Osten geht, ich werde ihn dir zeigen«, sagte Cora. »Er ist ziemlich lang. Wenn sie kommen, kann ich sie ein bißchen aufhalten. Lauf jetzt lieber dort hinunter und locke sie fort vom Westen, wo Mekkins sein wird. Jede kleine Verzögerung gibt ihnen Zeit.«

Nicht lange danach machten sich die Maullanger mit Stampfen und Gebrüll oben bemerkbar, und Cora versuchte es mit ihrem alten Trick. »Krankheit hier, ansteckende Krankheit«, zischte sie ihnen den Tunnel hinauf entgegen.

Eine Weile funktionierte es, bis aus der bitterkalten Nacht eine gebieterische Stimme zu dem zögernden Maullanger drang.

»Hinunter mit dir, oder ich werde dich mit meinen eigenen Krallen töten«, sagte die Stimme. Unten im Hauptbau erkannte Bracken erschaudernd Ruuns Stimme. Er war also hier! Und dann gab es einen dumpfen Schlag und ein Keuchen, und die alte Cora wurde von den Maullangern überwältigt, und dann rannten die Maullanger an ihr vorbei und hinunter zu der Stelle, wo Bracken kauerte.

Er rannte davon, den Tunnel entlang, den sie ihm gezeigt hatte, und dann hinaus in die Nacht, jagte so geräuschvoll wie möglich einmal hierhin, einmal dorthin über den gefrorenen Boden in nördliche und östliche Richtung auf die Marsch zu. Maullanger waren überall, und mehr als einmal stand er einem von ihnen direkt gegenüber, machte eine Wendung und tauchte in der Dunkelheit unter, und nur der Lärm in den eigenen Reihen der Maullanger rettete ihn. Manchmal versteckte er sich, gab keinen Ton von sich und ließ sie um ihn herum hetzen, dann, wenn sie nach Westen zu schwenken schienen, wo Rebekka, Viola und Comfry mit Mekkins irgendwo sein mußten, bewegte er sich wieder geräuschvoll, und sie kehrten in seine Richtung zurück.

Die Nacht war kalt, aber die Morgendämmerung war noch kälter. Sie brach trübe an, über einem Wald voll Haß und Furcht. Rauhreif bedeckte Bäume und Boden und ließ den Wald trügerisch weiß und ruhig erscheinen, bedeutete aber, daß bei der leisesten Bewegung die gefrorenen Blätter und Pflanzen knackten.

Bracken war jetzt sehr müde und reagierte auf jede Bewegung in seiner Nähe mit einem erschreckten Zusammenzucken. Am liebsten wäre er zurückgelaufen oder vor oder wo sie auch sein mochten, um zu sagen: »Hier bin ich. Hier! Es ist zu Ende. Ihr habt, was ihr sucht!«

Dann hörte er irgendwo in der Nähe einen Maullanger, und er war wieder auf und davon, Pfote vor Pfote, und schlug Haken und machte Wendungen und versuchte, vorauszudenken, versuchte, nicht in seiner eigenen Atemlosigkeit unterzugehen, nicht doch noch der Müdigkeit nachzugeben. Geräusche rundumher, und weiß-bereifte Zweige und Blätter, die einem Maulwurf zart und schön erschienen wären, hätte er Zeit gehabt, sie zu betrachten.

Weiter durch die heller werdende malvenfarbige Morgendämmerung, immer näher zum Waldrand, näher jetzt auch an die Marsch. Er spürte den schrecklichen freien Raum, der sich jenseits der Bäume erstreckte, und versuchte fortzulaufen, zurück zu den größeren Bäumen. Aber dort waren die Maullanger, es liefen noch mehr von ihnen herum, aus der Ferne erklangen Rufe, in der Nähe schlichen Krallen über den gefrorenen Boden. Er wurde immer näher an die Marsch gedrängt.

Rechts und links Geräusche, die furchterregende helle Weite vor sich – es gab keinen anderen Weg; mühsam setzte er Pfote vor Pfote, und seine Schultern schmerzten vor Anstrengung.

Dann war der Wald zu Ende, und er stolperte eine niedere Böschung hinunter und unter einem alten Drahtzaun hindurch auf eine Wand fremden Marsch-Grases und den Geruch des Unbekannten zu. Von rechts kamen auch zwei Maullanger aus dem Wald und die Böschung heruntergelaufen, sahen sich nach rechts und links um und entdeckten ihn. Und sie kamen, kamen immer näher; ihre Pfoten und Krallen stampften über den Boden, und mit jedem Augenblick wurden sie größer und kamen näher. Er blickte am Marschgras entlang nach links, nach Westen, und dort waren andere Maullanger, mehrere, die ihm stetig näherkamen. Verzweifelt drehte er sich um und blickte die Böschung hinauf, die er heruntergefallen war. Sie war so steil, und er war so müde, jeder keuchende Atemzug ein stechender Schmerz. Vielleicht könnte er es zurück in den Wald schaffen, vielleicht würden seine fast toten, schmerzenden Pfoten ihn zurücktragen. Vielleicht.

Dann war Ruun da. Ruun blickte oben von der Böschung auf ihn hinunter. Ein Alptraum erfüllte sich. Ruun, triumphierend. Ruun im Begriff, etwas zu sagen. Ruuns Maul geöffnet, seine Krallen bereit, während von rechts und links die Maullanger kamen.

Bracken wandte sich von ihnen allen ab und starrte auf die stumme, gefrorene Wand aus hohem, dürrem Gras, stürzte sich hinein und hindurch, eine letzte Jagd, in der es um seine eigene Vernichtung ging. Durch das Gras hindurch, die Rufe hinter sich lassend, in eine fremde Welt, wo die Vögel unheimliche Rufe von sich geben und langsam mit den Flügeln schlagen und lange, spitze Schnäbel haben, die genügen, um einen Maulwurf zu töten. Wieder lief er, aber die Stimmen hinter ihm wurden endlich leiser.

»Er ist in die Marsch gelaufen, der Dummkopf!«

»Wer war das eigentlich? Hab ich noch nie gesehen.«

»Der wird ertrinken oder aufgefressen, bevor die Stunde um ist.«

»Wer war das, Ruun?«

»Ein Maulwurf, auf den wir warten werden. Haltet hier also Wache, bis ich mich vergewissert habe, daß er für immer verschwunden ist«, sagte Ruun.

Es wurde still, und der Wald war für immer hinter Bracken verschwunden, während er sich mühsam einen Weg suchte über die Grassoden und das Eis der gefrorenen Marsch. Keine Nahrung, keine Zuflucht, wenig Hoffnung. Verloren in einer vereisten Einöde. Sinnlos umzukehren.

Und weiter in einen schrecklichen Tag hinein, Wispern des Windes in dem Schilfrohr über ihm, der gefrorene Schutt einer fremden Welt unter seinen Pfoten. Und Hunger, der ihn schwächte. Ein langer Tag voller Furcht, eine Nacht voll raschelnder Geräusche vor ihm. Und wieder eine Morgendämmerung, ein Tag, an dem er trockene Gräser kaute und die Gefahren erschnüffelte, die an jeder Wendung zu warten schienen. Ein weiterer Nachmittag. Plötzlich eine Spanne hellen, kalten Sonnenlichts, während der er sich so ungeschützt fühlte wie ein Floh auf einer offenen Pfote. Nacht und Kälte. Tag und Furcht. Ein plötzliches Aufkommen stürmischer Winde, während der Hunger ihn Schritt für Schritt schwächer machte. Der gefrorene Kadaver eines Vogels, zerrissen von anderen Aasfressern, die die Marsch besser kannten als er. Ein Versuch, die Zähne hineinzuschlagen, etwas zu essen, ein gefrorenes Überbleibsel, und dann schwarze Krähen, die vom Himmel herabkreisten und herunter auf ihn, und wieder war er auf und davon, erschreckt von dem Krächzen und dem Flattern schwarzschimmernder Flügel.

Dann der größte Schrecken, die tiefste Furcht eines Maulwurfs in den Engpässen eines Alptraums: nachgebender Schlamm. Der Wind brachte Tauwetter, und das machte die Gräser weich und den Boden unsicher. Wo er vorher fest unter seinen müden Pfoten geruht hatte, war er jetzt glucksend naß. Wo er vorher sein Gewicht getragen hatte, ließ er ihn jetzt einsinken. Sein Bauch war mit glitschigem Schlamm bedeckt, als er sich endlich verzweifelt weiterschleppte. Wenn alles verloren war, warum am Leben hängen? Aber was läßt einen Maulwurf gegen den Tod kämpfen? Welche Kraft schleppt eine müde Pfote vor die andere?

Sein Vorankommen – wohin? fragte er sich – wurde langsamer. Wenn er stehenblieb, sank er ein. Wenn er weiterlief, brauchte er immer nötiger Schlaf. Eine große Krähe tauchte wieder vom weißen Himmel herab, über ihm kreisend und rufend. Weiter und weiter, Krallen in Bereitschaft, versuchte Bracken sein Bestes.

Sein Bestes war gerade eben genug, denn als die Marsch hinter ihm aufweichte, der Frost ganz verschwunden war und dort, wo Eis gewesen war, wieder Wasserlöcher entstanden, näherte Bracken sich einem Wall, der am nördlichen Rand der Marsch entlangführte. Das an ihn grenzende Gras war etwas trockener, und schon war er auf dem Gras, den Wall hinauf und für einen Augenblick plötzlich wieder ganz lebendig, als die Krähen über ihm kreisten und er sich nach Deckung umsah. Der Geruch eines Loches, feucht und kühl, und er jagte dorthin ... entlang dem Wall zu einem großen runden Entwässerungsrohr, das in den Wall eingelassen war, und hinein in seinen naßkalten Schutz. Hinter ihm, vor dem weißen Himmel, flatterte ein schwarzer Flügel, hing eine graue Kralle herunter, klopfte ein tödlicher Schnabel. Voller Furcht wandte er sich ab und begann, den seltsamen runden Tunnel hinunterzusteigen. Er versuchte erst stehenzubleiben, als es zu spät war. Denn der Tunnel führte steil nach unten, sein Boden war glitschig vor Schlamm, und die Seiten waren zu weit von ihm entfernt, als daß er sich hätte festhalten können. Er rutschte schneller und schneller nach unten, und in ihm stieg ein müder Zorn hoch, daß er so zu Tode fallen sollte.

Dann glitt er hilflos auf ein helles Licht zu, wo der Tunnel in der Leere endete, und er fühlte, wie er in einem Schauer aus Wasser und Schlamm in einen steinernen Entwässerungskanal kullerte, jenseits von Marsch und Wall.

Er öffnete die Augen und sah vor sich so etwas wie einen Alptraum. Denn in dem Schmutz und Schlamm, der zusammen mit ihm auf den harten Boden des Entwässerungskanals gefallen war, kämpften zwei Maulwürfe miteinander, beide versessen darauf, so schien es, Würmer oder andere Nahrung zu finden, die bei seinem Sturz durch das Rohr hinuntergefallen sein mochten. Beide hatten etwas Wildes und Verzweifeltes an sich – ihr Fell war ungepflegt, ihre Flanken waren abgemagert vor Hunger –, und einer von ihnen schien in dem Kampf sehr schnell zu unterliegen. Es war in der Tat ein so ungleicher Kampf, daß der kleinere von beiden nur noch vor dem anderen zurückwich, als Bracken endlich klar erkannte, was hier geschah.

Mit einem letzten Schlag wandte der größere sich der Stelle zu, wo Bracken lag, um in Ruhe nach Nahrung zu suchen, während der andere aus einer gewissen Entfernung zusah, vielleicht in der Hoffnung, ein Stückchen Abfall zu ergattern.

Bracken nahm dies alles sehr rasch zur Kenntnis, und während er das tat, ließen Zorn und Empörung ihn plötzlich auf die Pfoten springen. War er den Kämpfen in Duncton entkommen, war er gelaufen und gelaufen und gelaufen, nur um sogar an diesem übelriechenden Ort sofort in neue Kämpfe hineinzugeraten?

Es war, als wandle sich seine Ohnmacht gegenüber Ruun und Mandrake, seine Ohnmacht bei Cairns Tod, seine Ohnmacht gegenüber den Maullangern, sogar gegenüber Wurzel und Weizenohr – alles Maulwürfe, die ihn auf die eine oder andere Weise zu einem Kampf aufgefordert hatten, vor dem er davongelaufen war – endlich zu schäumender Wut. Er fletschte die Zähne, streckte die Krallen vor und griff ohne weitere Umstände den größeren Maulwurf bösartig an. Er empfand keine Furcht und dachte kaum nach. Er schlug einfach mit Pfoten und Krallen zu, grunzte und knurrte bei jedem Hieb, und jeder erfolgreiche Treffer, den er bei seinem zuerst überraschten, dann verängstigten Gegner landete, ermutigte ihn zu noch größerer Heftigkeit. Einen Augenblick lang wehrte der fremde Maulwurf sich, doch dann senkte er den Rüssel in einer Geste der Niederlage, lief davon, den Kanal hinunter, und verschwand aus Brackens Gesichtsbereich.

Bracken sah ihm nach, noch immer zitternd vor Wut, dann wandte er sich dem kleineren Maulwurf zu, der ganz still auf dem Boden kauerte und ihn ansah. Was er eigentlich genau erwartet hatte, wußte Bracken nicht, aber ganz gewiß nicht diese Reaktion. Denn anstatt sich für die Befreiung von dem größeren Maulwurf zu bedanken oder Brackens Überlegenheit in irgendeiner Form anzuerkennen oder sogar Furcht zu zeigen, besaß er die Dreistigkeit zu fragen: »Wer bist du, und woher kommst du?« – die traditionellen Worte, mit denen der stärkere Maulwurf den schwächeren begrüßt.

Bracken war so verblüfft über diese Unverschämtheit, daß er sehr nahe daran war, auch auf diesen Maulwurf einzuschlagen, aber dann kam ihm der Anblick von soviel Kühnheit bei einem so schwachen und bemitleidenswerten Maulwurf einfach komisch vor.

»Du hast vielleicht Nerven«, sagte er. »Ich heiße Bracken, vom Dunctonwald.«

Dies schien auf den kleinen Maulwurf eine ebenso verblüffende Wirkung zu haben wie seine eigene Frage auf Bracken.

Er machte einen Satz nach vorn, merkwürdig humpelnd, als sei er verletzt, und rief aus: »Du meinst das
Dunctonsystem?« Bracken nickte und fragte dann: »Und wer um des Steines Willen bist du?«

»Boswell aus Uffington«, erwiderte der Maulwurf.

Teil III

Bracken

KAPITEL 25

Uffington! Kein anderes Wort hätte Bracken in diesem Augenblick so ermutigen können. Ein Maulwurf aus Uffington! Es war immer Hulvers größter Wunsch gewesen, lange genug zu leben, um einen Maulwurf aus Uffington zu sehen, und jetzt, an diesem merkwürdigen Ort, hatte die Gnade des Steins Bracken zu einem solchen Maulwurf geführt.

Seiner Erregung war jedoch eine Spur von Enttäuschung beigemischt, denn dieser Boswell sah in keiner Weise so aus, wie Bracken sich einen der legendären Maulwürfe aus Uffington vorgestellt hatte. Er war klein und verkrüppelt, und wegen seiner schwachen Pfote lief er sprunghaft und hoppelnd, wobei sein Kopf nach links pendelte – wo seine schwache Pfote war – und dann nach rechts fort vom Boden und anschließend wieder nach unten. Sein Pelz war von einem sehr dunklen Grau mit weißen Flecken, und er sah halbverhungert aus.

Er sprach rasch und abgehackt, als könne er die Worte nicht schnell genug herausbringen, um seine Gedanken auszudrücken, und er hatte die Angewohnheit, Brackens Äußerungen mit einem »Ja, ja« zu unterbrechen, als wisse er schon vorher, was Bracken sagen wollte, was oft auch zutraf.

Trotz seiner offenkundigen Schwäche schien er völlig furchtlos zu sein, obwohl ein Anschein von Furcht manchmal über seine Züge huschte, ähnlich dem Ausdruck, den er gegenüber dem anderen Maulwurf gezeigt hatte. Bracken erkannte bald, daß das eine Art Maske war, die er anlegte, um so bemitleidenswert zu erscheinen, daß kein Maulwurf darauf bestehen würde, mit ihm zu kämpfen. »Vielleicht hat er es deshalb geschafft zu überleben«, dachte Bracken, der von verkrüppelten Maulwürfen nur wußte, daß sie ihren ersten Sommer nie überlebten, weil sie es nicht schafften, sich ein eigenes Territorium zu erobern.

Seine vielleicht beunruhigendste Eigenschaft lag in der Art, wie seine Augen, klein und glänzend wie die Flügel eines Borkenkäfers, Bracken so direkt und durchdringend musterten, daß Bracken sie zuerst als ausgesprochen verschlagen empfand.

»Du bist also von Duncton?« sagte Boswell, bevor Bracken ein Wort sagen konnte. »Genau der Maulwurf, nach dem ich gesucht habe.«

»Also, es wäre schön, ein bißchen mehr zu erfahren . . .«

»Ja, ja«, unterbrach Boswell ihn, »alles zu seiner Zeit. Und im Augenblick haben wir überhaupt keine Zeit. Wenn du dich ausruhen wolltest, vergiß es. Wir müssen hier so schnell wie möglich raus.«

»*Wir* müssen . . .«, begann Bracken, der nicht die Absicht hatte, sich mit irgendeinem Maulwurf so ohne weiteres zu verbünden, ob er nun aus Uffington kam oder nicht.

»Ganz recht. *Wir.* Du kannst es allein versuchen, aber du wirst kein Glück haben.«

Boswell brauchte nicht lange, um Bracken davon zu überzeugen, daß sie – und mit seinem ›sie‹ schloß er auch den anderen Maulwurf mit ein, der jetzt in ihrer Nähe kauerte und gleichzeitig wütend und ängstlich aussah – sich in einer äußerst gefährlichen Lage befanden.

Bracken war in einen langen, schmalen Entwässerungskanal gefallen, der aus glattem, nicht natürlichem Stein bestand, dessen Geruch nicht stimmte und dessen hohe Wände nicht zu erklettern waren. Auf der einen Seite lag die Marsch, auf der anderen stieg ein Damm massig nach oben und entschwand dann ihrem Blickfeld. Aber obwohl Bracken das Ende des Dammes nicht sehen konnte, konnte er riechen und hören, was dort war – Wesen, die einen solchen Lärm machten, laut und rumpelnd, daß sogar der Boden unter ihnen erzitterte, und deren Geruch so todbringend war, daß er den Rüssel eines Maulwurfs betäubte.

»Heulende Eulen«, sagte Boswell. Bracken verstand nicht.

»Eulen?«

»Hab sie selbst gesehen. Ich bin vor zwei Nächten den Damm heruntergekommen. Obendrauf ist ein ebener Pfad, breit wie ein ganzes Maulwurfsystem, und die heulenden Eulen fliegen dicht über den Boden hinweg. Warte nur, bis es Nacht wird, dann wirst du sehen, was ich meine.«

Inzwischen hatte sich der dritte Maulwurf, den Bracken vertrieben hatte, wieder auf Hörweite herangeschlichen. Er schien sich an der Unterhaltung beteiligen zu wollen und nickte mit dem Kopf, als Boswell die Eulen beschrieb.

»Ihr Blick ist so glühend, daß du ihn nachts sogar hier unten sehen kannst. Wie Feuer«, sagte er und kroch näher an sie heran.

»Feuer?« fragte Bracken, der das Wort noch nie gehört hatte.

»Wie heiße Sonne«, sagte der andere, »nur daß es alles tötet, was es berührt.«

Als ob dies noch nicht genug wäre, erklärten sie weiter, daß der Kanal, in dem sie sich befanden, von Rabenkrähen und gelegentlich von einem Turmfalken heimgesucht werde, die nach jedem Wesen, das in ihn geraten war, tauchten und hackten, ob es nun tot oder lebendig war. Nur Stunden vor Brackens Ankunft hätten sie einen Maulwurf erwischt, und ständig kabbelten und zankten sie sich um einen toten Hasen, der ein Stück weiter unten im Kanal liege.

»Es gibt hier keine Deckung. Du kannst dich nicht eingraben. Und der Gestank der heulenden Eulen reicht, einen Maulwurf umzubringen«, sagte Boswell.

»Und es gibt nichts zu essen – darum . . .«, der andere Maulwurf beendete seinen Satz nicht; er wollte Bracken nicht an die Umstände ihrer Bekanntschaft erinnern.

»Wie heißt du?« fragte Bracken und ergriff damit zum erstenmal die Initiative.

»Mullion, vom Wiesen-System. Es ist in der Nähe vom Differenzhügel.«

»Ich habe davon gehört«, sagte Bracken gereizt.

»Er nicht«, sagte Mullion und zeigte auf Boswell.

Sie redeten eine Weile – Bracken war zu müde, um etwas anderes zu tun –, und hielten sich dicht an die Seite des Grabens und benutzten ein paar tote Pflanzen als Deckung. Offenbar war Mullion vor einer Woche über die noch gefrorene Marsch hierhergekommen, auf der Suche nach einem Maulwurf, der die Wiesen verlassen hatte. Ein Freund von ihm, sagte er. Und Boswell war über den Pfad gekommen, der von den heulenden Eulen benutzt wurde, fast hypnotisiert von ihnen, und dann war er ausgerutscht und kopfüber den Damm hinuntergestürzt, als er eines Nachts auf der Flucht vor Krähen war. Bracken hätte gern viel mehr über ihn erfahren, woher er gekommen war und warum, aber dies war nicht der richtige Augenblick für Fragen. Der Mangel an Nahrung war bei beiden offensichtlich, und die Tatsache, daß Mullion eine ganze Woche überlebt hatte, sprach für seine ursprüngliche Kraft.

Bracken merkte, daß er ihnen beiden irgendeine Art von Hoffnung gebracht hatte, obwohl er sich nicht vorstellen konnte, warum.

»Wir haben beide alles versucht«, sagte Boswell.

»Warum hast du gesagt, ein Maulwurf könne es nicht allein schaffen, vielleicht aber gemeinsam mit anderen?« fragte Bracken ihn.

»Kein bestimmter Grund, nur Instinkt. Ein Maulwurf wie ich kann nur gemeinsam mit anderen überleben, weißt du.« Er blickte auf seine verkrüppelte

Pfote und zuckte mit den Schultern. »Maulwürfe erkennen oft nicht, daß zwei besser sind als einer.«

»Oder daß drei besser sind als zwei«, sagte Mullion.

»Genau«, sagte Boswell.

Sie sahen Bracken an und warteten darauf, daß er etwas sage, und zum erstenmal in seinem Leben begriff Bracken, daß er andere Maulwürfe führen mußte. Sie hatten recht; es war keine Zeit zu verlieren. Mit jeder Stunde, die verging, würde er schwächer werden, wie es mit Mullion geschehen war. Es war besser, sich an die Arbeit zu machen.

Als eine Mahnung an die Gefahren, die sie erwarteten, durchbrach das Krächzen einer Krähe, die wie ein Schatten über ihnen am Himmel hing, das ständige Rumpeln der heulenden Eulen, als sie auf die Stelle hinunterstieß, wo sie kauerten, ihre Augen auf den Graben gerichtet. Ihre Klauen hingen lose herunter, entspannt und tödlich, während ihr rauhes Krächzen um sie herum ertönte. Dann wendete sie sich wieder ab.

»Gut«, sagte Bracken. »Wir müssen hier raus. Es muß einen Weg geben. Ich werde mich einmal umsehen. Bewegt euch nicht – und streitet nicht. Ich komme zurück, und dann werden wir uns etwas überlegen.«

Sie beobachteten ihn, wie er am Rand der Seitenwand entlangkroch, und Hoffnung stand in Mullions Augen, Zuversicht in Boswells.

Der Kanal, der etwa zweihundert Maulwurfmeter lang war, wies wenige Besonderheiten auf. Seine Wände waren glatt und nicht zu erklettern, sein Boden zeigte feuchte Sandbänke, wo vor einiger Zeit Wasser geflossen war. An beiden Seiten hörte der Kanal jäh auf, abgeschnitten durch tiefere Kanäle, die von der Marsch zu kommen schienen und weiterführten durch den Damm, durch riesige Tunnel, die Bracken zwar sah, die aber unerreichbar waren, weil das Wasser zu schnell und wild hindurchströmte und sich jetzt beinahe auf einer Ebene befand mit dem Kanal, in dem er stand. Fünf Rohre, wie das, durch das er heruntergefallen war, entleerten sich von der Marsch zehn oder zwölf Maulwurffuß über dem Boden in den Kanal, der sich von einem Mittelpunkt aus in beide Richtungen sanft neigte zu den größeren Entwässerungskanälen an den Seiten. Von den fünf Rohren tropfte ständig Wasser herunter.

Auf der Dammseite befanden sich ein paar übelriechende Rohre, die in die Wand eingelassen waren und in die Dunkelheit des Dammes aufstiegen, ihre Öffnungen lagen so niedrig, daß Bracken die Dämpfe und den Gestank erschnüffeln konnte, die aus ihnen drangen. Den schwarzen Flecken, die von ihnen aus die Wand hinunterliefen, entnahm er, daß sie innen unangenehm waren. Das Gefühl des Ausgesetztseins war furchterregend; kein Maulwurf gerät gern auf einen Boden, in dem Graben unmöglich ist. Während Bracken darüber nachdachte, was zu tun sei, hörte er hinter sich einen Schrei, und Mullion kam angerannt.

»Das Wasser steigt«, sagte er. »Es steigt dorthin, wo wir eben waren, aus dem anderen Kanal.«

Er hatte recht. Das Schmelzen von Schnee und Eis auf der Marsch mußte große Wassermengen in die breiteren Gräben geführt haben, und jetzt stieg das Wasser von beiden Seiten des Kanals ständig höher, und kam auf sie zu.

»Da wir nicht fliegen können«, sagte Bracken grimmig, »tun wir wohl besser etwas.«

Selbst dort, wo Bracken gewesen war, stieg der Wasserpegel, und der tote Hase, der grotesk verzerrt an der Wand des Kanals lag und nach Tod roch, begann im steigenden Wasser zu treiben, während ihr Kanal langsam naß und glitschig wurde von der zunehmenden Wassermenge, die aus den Entwässerungsrohren von der Marsch her kam.

»Was ist mit diesen Tunneln, die durch den Damm gehen?« fragte Bracken die beiden schließlich.

»Es ist so, wie ich gesagt habe«, erwiderte Boswell, »aber Mullion sagt, es sei unmöglich.«

»Zu steil und glitschig, ganz abgesehen von dem ekelhaften Gestank. Du kommst gar nicht erst dazu, einen Anfang zu machen«, sagte Mullion.

Das Wasser stieg höher, und sie alle liefen hinauf zum Mittelpunkt des Kanals. Die Wände kamen ihnen von Sekunde zu Sekunde höher und noch unerkletterbarer vor, fast als beugten sie sich vor, um sie zu erdrücken.

»Wollen wir versuchen, hinauszuschwimmen?« fragte Mullion.

»Ich bin noch nie im Leben geschwommen«, sagte Bracken.

»Du würdest es schnell genug lernen«, sagte Boswell. »Sogar ich schaffe es. Aber die Strömung in diesen Kanälen ist zu reißend.«

Am anderen Ende des Kanals tauchte eine riesige weißgraue Möwe kreischend nach dem Hasen, der jetzt halb unter Wasser lag. Platschend und klatschend fuhren die Klauen der Möwe durch das Wasser, während sie sich vergeblich bemühte, den Hasen anzuheben, und dann erhob sie sich und verschwand am trüben Himmel. Ein schwarzer Käfer kam plötzlich durch den Sand gekrochen, auf den höher gelegenen mittleren Teil zu, als wisse er, daß das Wasser steige. Mullion schnappte ihn sich und kaute nervös auf ihm herum, während alle überlegten, was sie tun sollten.

Bracken lief zu den Rohren, die in den Damm führten, betrachtete sie noch einmal und kletterte dann ungeduldig in eines von ihnen hinein. Seine Hinterpfoten waren fast verschwunden, bevor er wieder herausgerutscht kam und auf den Boden des Kanals rollte.

»Siehst du, was ich meine«, sagte Mullion. Es klang ziemlich verzweifelt.

»Nein, tue ich nicht«, sagte Bracken. »Du kannst dich festhalten, wenn du dich weit genug streckst, denn ich konnte fühlen, daß der Tunnel eine Kante hat, er ist nicht überall glatt wie der von der Marschseite, den ich heruntergerutscht bin.« Er kletterte wieder hinauf, Mullion half von hinten ein wenig nach, und diesmal verschwand sein ganzer Körper.

»Was tut er?« fragte Mullion, den das Wasser an seinen Pfoten zunehmend beunruhigte.

»Sucht einen Ausweg, nehme ich an«, sagte Boswell ruhig. Dann fügte er Mullion zuliebe hinzu: »Es ist nicht so schlimm, wie es aussieht, weißt du. Wenn es nötig ist, können wir alle schwimmen, wenn wir auch keine großen Chancen hätten. Aber in den nächsten fünf Minuten werden wir noch nicht ertrinken.«

Aus dem Rohr ertönten Rufe, und Bracken kam rückwärts herausgerutscht, schlammbedeckt. Er hing einen Augenblick am Rand des Rohrs und versuchte, mit seinen Hinterpfoten einen Halt an der glatten Mauer zu finden, dann ließ er sich zu Boden fallen.

»Also, es ist möglich«, sagte er atemlos. »Ich weiß nicht, wohin es geht, weil es keine Windströmung gibt, und ich habe das Gefühl, daß es nirgendwohin geht. Aber wir könnten wenigstens dem Wasser entkommen, wenn es höher steigt – wenn wir aufpassen und ihr genau befolgt, was ich sage. Vielleicht finden wir da oben sogar etwas zu essen, wenn ich auch keine Ahnung habe, wie Würmer in dem Gestank der heulenden Eulen überleben sollen.«

Das Wasser stieg ihnen jetzt bis zum Bauch und drohte, sie mitzureißen, während Bracken in aller Eile seinen Plan erklärte. Das Rohr bestand aus einzelnen Abschnitten, von denen jeder unglücklicherweise länger als ein Maulwurf war. Aber wo die einzelnen Abschnitte zusammentrafen, klafften sie ein Stück auseinander, weit genug, um ein oder zwei Krallen hineinzustecken und einen sicheren Halt zu gewinnen.

»Das Problem ist«, sagte Bracken, »von einem Abschnitt zum nächsten zu gelangen; dabei bin ich auch das erstemal ausgerutscht.«

»Nehmen wir ihn mit?« fragte Mullion plötzlich und sah Boswell an.

»Ja«, sagte Bracken kalt, mit einer Stimme, die jede Diskussion ausschloß. Nach seinem Plan sollte Mullion als der größte zuerst hinaufklettern und sich bis zu dem Halt vorarbeiten, den Bracken erreicht hatte. Dann sollte Boswell folgen und über Mullion klettern, um einen Halt zu haben – eine Vorstellung, die Mullion zu ärgern und Boswell zu belustigen schien. Boswell war als einziger offensichtlich ganz unbeeindruckt von der Situation, in der sie sich befanden. Dann würde Mullion sich zum nächsten Halt weiterarbeiten, während Bracken Boswell folgte, und Boswell würde wieder zu Mullion hinaufklettern.

»Das ist meine Vorstellung. Fangen wir also an«, drängte Bracken. Das Wasser riß Boswell jetzt fast mit sich. »Und denkt beide daran: ein falscher Tritt, und wir werden wahrscheinlich alle drei hier reinstürzen.«

Das Rohr war viel glitschiger und schleimiger als Mullion erwartet hatte, und er brauchte mehrere Ansätze, um hinaufzukommen, und auch dann gelang es ihm nur, weil Bracken ihn schob, während Boswell sich an Bracken festhielt und das Wasser ständig stieg.

»Mach schon!« drängte Bracken und gab Mullion einen letzten Schubs, um ihm zu helfen, blindlings in die Dunkelheit hineinzugreifen und sich zum ersten Halt hochzuarbeiten. Er hatte ihn gerade erreicht, als seine Hinterpfoten unter ihm wegrutschten. Einen Moment lang hing er keuchend da, bevor er seine zweite Pfote hochbrachte und sich festhalten konnte. Die beiden Rohrabschnitte klafften ziemlich weit auseinander, und sein Griff war so sicher, daß er sich etwas ausruhte, während auch seine Hinterpfoten einen besseren Halt fanden und er sein Gewicht gleichmäßiger verteilen konnte. Ein dünnes Rinnsal schlammigen Wassers lief das Rohr hinunter und geriet ihm in Rüssel und Fell. Der Gestank in dem Rohr traf ihn so heftig, daß es Übelkeit in ihm hervorrief. Aber er harrte aus – er hatte nicht die Absicht, bei einem Maulwurf aus Duncton den Eindruck zu erwecken, Wiesen-Maulwürfe seien immer so ängstlich, wie er es gewesen war. Unter sich fühlte er Boswell versuchsweise an seiner Hinterpfote ziehen und sich dann irgendwie keuchend und ächzend hochstemmen.

»Gerade noch rechtzeitig«, sagte Boswell und hielt sich neben ihm fest. »Das Wasser wurde so bedrohlich, daß Bracken mich praktisch hochgeworfen hat.«

Hinter sich hörten sie, wie Bracken sich hocharbeitete und dann rief: »Weiter mit dir, Mullion, damit ich auch raufkommen kann.«

Und Mullion arbeitete sich weiter, einen glitschigen Zoll nach dem anderen, und seine Pfoten schienen ständig Gefahr zu laufen, den Halt zu verlieren. Dann kämpfte Boswell sich wieder hoch und fand sogar noch Zeit zu bemerken: »Kein hübscher Ort, das hier!« Der runde Tunnel umgab sie, kalt, naß und dunkel. Hinter ihnen hörten sie Bracken sich selbst gut zureden: »Wenn ich diese jetzt hier lasse und mit dieser dorthin fasse, habe ich einen besseren Halt und . . .«, eine Angewohnheit, die er während der vielen einsamen Monate im Alten System angenommen hatte und die er in kritischen Augenblicken nie verlieren sollte.

Je höher sie kamen, um so steiler schien das Rohr zu werden und um so nervöser wurden sie alle, weil die Folgen eines falschen Tritts immer schwerwiegender sein würden. Wenn ein Maulwurf aus dieser Höhe abrutschte, würde der Fall ihn wahrscheinlich so benommen machen, daß er in dem wirbelnden Wasser am Ende des Rohres ertrinken würde.

Hier und da klafften die Rohrabschnitte weit auseinander und boten ihnen Rastplätze, denn ausgestreckt in dem steilen Rohr zu hängen, nur von den Krallen gehalten, war sehr ermüdend.

Als sie etwa den fünfzehnten Rohrabschnitt erreichten, rutschte Mullion plötzlich und unvermutet ab. Er fiel zurück auf Boswell, ohne auch nur Zeit für einen Warnruf zu haben, und unter seinem Gewicht rutschte Boswell zurück auf Bracken. Eine Sekunde lang fühlte Bracken, wie er selbst den Halt verlor, und der glitschige, stinkende Tunnel wurde plötzlich Zeuge eines verzweifelten Überlebenskampfes – aber über ihm schaffte Mullion es, wieder einen Halt zu finden, und auch Boswell, dessen Hinterpfoten um Brackens Rüssel herumtanzten, konnte sich wieder festhalten.

»Danke«, sagte Bracken bissig.

»Tut mir leid«, rief Mullion das Rohr hinunter. Er fühlte sich sehr schwach, aber seine bisherige Leistung war wirklich erstaunlich für einen so vom Hunger geschwächten Maulwurf.

Kurz darauf senkte das Rohr sich zu einer weniger steilen Neigung, und alle konnten sich ausruhen. Das Wasser jedoch, das durch das Rohr tropfte, verbreitete Kälte und Feuchtigkeit, und Boswell begann zu zittern.

»So weit, so gut!« sagte Boswell, der versuchte, die Moral aufrechtzuerhalten. »Ich frage mich, wohin es jetzt geht!« Aus der Dunkelheit weit unter ihnen hörten sie ein Rauschen und Strömen von Wasser, als sei der Kanal, in dem sie gewesen waren, jetzt ebenso überflutet wie die Gräben an seinen Enden. Es klang wie aus weiter Ferne, und aus der Nähe hörten sie gelegentlich ein Tröpfeln von Wasser, das hohl durch das Rohr klang.

»Ich glaube nicht, daß dieser Tunnel irgendwohin führt, aber wir können es versuchen«, sagte Bracken. Die nächsten Abschnitte waren leicht zu bewältigen, aber Bracken überwachte von hinten trotzdem sorgsam ihr Vorankommen; er wußte, wie geschwächt die beiden waren. Doch dann kam ein hoffnungsloser Ruf von Mullion: »Ich komme nicht weiter – es ist jetzt beinahe senkrecht.« Und das stimmte. Die Rohre drehten sich nach oben und boten keinen Halt mehr.

»Dann müssen wir uns von hier aus eben durchgraben«, sagte Boswell und stocherte mit seiner gesunden Pfote in der Erde und dem Kies herum, die neben der Stelle, wo sie kauerten, zwischen zwei Rohrabschnitten hervorschauten. Aber es war Bracken, der es ausführen mußte, und es erwies sich als eine lange, mühsame Aufgabe, einerseits, weil der Damm aus kompakter Erde bestand, mit allen möglichen Hindernissen darin, wie kantigen Felsbrocken, um die er herumgraben mußte, andererseits aber, weil er so schrecklich müde war. Es kam ihm vor, als sei er nicht mehr zur Ruhe gekommen, seit er aus dem Alten System in Duncton vier Tage zuvor geflohen war. Aber er versuchte, nicht mehr daran zu denken, denn er wußte, daß kaum Aussicht auf eine Rückkehr nach Duncton bestand, auch wenn er den Wunsch dazu verspüren sollte.

Er brauchte über zwei Stunden, bevor er mit einer Pfote die Oberfläche des Dammes durchbrach. Vorsichtig kroch er hervor; Boswell hatte ihn vor der Steilheit der Böschung gewarnt, außerdem mußte er sich vor den heulenden Eulen hüten.

Es war Nacht geworden, und das erste, was er wahrnahm – und es ließ ihn in den Tunnel zurückkehren –, war der grelle Blick der Augen einer heulenden Eule, die aus der Dunkelheit auf ihn zuraste, und das immer stärker werdende Donnern ihres Fluges. Das Getöse war so laut, daß es ihn fast betäubte, und der Gestank war viel, viel ekelhafter als der im Tunnel. Er ließ ihm Tränen in die Augen treten und verursachte Schmerzen in seinem Rüssel. Und von unten ertönte das Brausen des Wassers.

Er kehrte zurück in den Tunnel.

»Wir können schon hinaus, aber es ist dort so gefährlich, daß wir uns lieber überlegen sollten, was zu tun ist, bevor wir uns auf den Weg machen«, sagte er.

»Es gibt wenig, was du machen kannst, außer dich so schnell wie möglich zu bewegen«, sagte Boswell. »Nach allem, was ich gesehen habe, müssen wir die Pfade der Eulen überqueren und uns entlang ihrem Rand nach Westen schlagen. Wir werden vielen Gefahren ausgesetzt sein, nicht nur den heulenden Eulen, sondern auch den Krähen und anderen Raubtieren, die sich hier herumtreiben mögen.«

»Bei Nacht, hier oben?« fragte Mullion.

»Der Tod lauert zu jeder Zeit in der Luft«, sagte Boswell. »Wenn wir Glück haben, sollten wir es schaffen, den Pfad auf dem Weg zu verlassen, den ich ursprünglich eingeschlagen hatte, und wenn wir dort hinkommen, werden wir auch Nahrung finden. Aber was ihr auch tut, blickt einer heulenden Eule nie direkt in die Augen, denn sie wird euch auf der Stelle hypnotisieren.«

Der Aufstieg durch den von Bracken gegrabenen Tunnel brachte keine Probleme, weil er so eng war, daß sie sich an den Seiten abstützen konnten, aber als sie sich draußen auf der nassen Böschung befanden, waren sie ständig in Gefahr. Die vorbeirasenden Eulen waren rüsselzerschmetternd laut, und jede von ihnen hinterließ eine Welle widerlicher Gerüche, die sie so unsicher machten, daß sie mehr als einmal fast ihren Halt verloren. Vor allem Bracken, der an die klare Luft vom Differenceonhügel gewöhnt war, war nahe daran, das Bewußtsein zu verlieren, hätte nicht Boswell unter eigener Lebensgefahr seine Pfote hart gegen Brackens Rücken gepreßt; er hätte leicht zurückrutschen können in die nasse strömende Dunkelheit, der zu entkommen sie versuchten.

So erkletterten sie langsam und unter Gefahren einen Berg und fürchteten sich davor, seinen Gipfel zu erreichen. Als sie oben ankamen, war es viel schlimmer, als Bracken oder Mullion sich je hätten vorstellen können. Der Lärm, der Gestank, die funkelnden Eulenblicke! Sie hielten ihre Rüssel gesenkt und ihre Augen abgewendet aus Furcht, durch die Blicke der Eulen gelähmt zu werden, aber auch so sahen sie das Licht der Eulenaugen aufblitzen und über das schmutzige nasse Gras oben auf der Böschung schießen, und der Boden zitterte ununterbrochen.

»Was ihr auch tut und was auch geschieht, seht euch nicht nach den heulenden Eulen um«, wiederholte Boswell. »Wenn sie euch erst mit ihrem Blick gelähmt haben, werden sie euch mit ihren Krallen zerquetschen.«

Die Eulen kamen mit Unterbrechung aus beiden Richtungen vorbei; die auf dem näheren Pfad jagten in die eine Richtung, die auf dem weiter entfernten in die andere. Die drei Maulwürfe warteten auf eine Pause, bevor sie auf- und hinüberzublicken wagten, aber es war zu düster, um viel zu erkennen, und ihre Rüssel waren so durcheinander von den Dünsten und Vibrationen, daß sie auch nicht viel herausschnüffeln konnten. Bracken spürte, wie Mattigkeit ihn überkam. Seine Bereitschaft weiterzulaufen schwand. Er wollte nichts anderes mehr als sich niederkauern und schlafen. Er wollte . . . bis Boswell ihm einen Stoß versetzte. »Komm jetzt, wir müssen weiter. Sie sind so mächtig, daß sie dich verwirren und einschläfern können, ohne dich auch nur zu berühren. Komm jetzt!«

Plötzlich war es Boswell, der sie führte, denn er schien die Kraft zu haben, gegen die Schwäche anzukämpfen, die einen Maulwurf an diesem schrecklichen Ort befiel.

»Hört zu!« drängte er. »Wir werden bis auf das Gebiet zwischen den beiden Pfaden laufen . . .«

»Aber wenn sie uns sehen«, sagte Mullion zaudernd und warf einen vorsichtigen Blick auf die Eulenaugen um sie herum.

»Das dürfen sie nicht, und ihr dürft es nicht zulassen. Wartet, bis ich loslaufe, und dann folgt mir, und blickt nicht hin zu ihnen, wie nahe sie auch sein mögen.«

Boswell wartete auf eine weitere Pause, und dann rannte er plötzlich los, durch das Gras und dann auf den harten, breiten Pfad, der nach Tod roch. In der Ferne blickte eine Eule hinauf in den Himmel, über die Marsch hinter ihnen und dann den Pfad entlang zu ihnen und warf ihre drei Schatten vor sich. »Lauft!« keuchte Boswell und humpelte über den Pfad, so schnell er konnte, der Pfad so breit und die Gefahr so nahe. »Lauft!« Der Pfad erstreckt sich hart und schwarz vor ihnen, und die heulende Eule kam näher, ihr Lärm erschütterte die Luft um sie herum, und ihr Blick war hell und bewegte sich über ihre Felle.

So schnell sie auch liefen – die heulende Eule schien noch schneller auf sie zuzufliegen und wurde größer, während der Rand des Pfades, den sie jetzt vor sich erblickten, sich zurückzuziehen schien. Jeder Pfotenschritt weiter schien ein ganzes Leben zu dauern, jede Sekunde ließ die Eule größer werden und näherkommen, ihre Augen heller leuchten, während sie versuchten, das Mittelstück zu erreichen, Boswell hinter den beiden anderen.

»Lauf!« Es war Bracken, der noch lauter als die Eule brüllte und Boswell auf den sicheren Mittelstreifen zu locken versuchte. Und er hatte ihn beinahe erreicht, seine Pfoten berührten fast die spärliche Pflanzendecke, als die heulende Eule machtvoll über ihm schwebte und vorbeirauschte, und der Luftzug, den ihre Flügel erzeugten, war so stark, daß er mehrere Maulwurfmeter weit über den Pfad rollte.

In der Stille, die folgte – Bracken und Mullion waren starr vor Entsetzen –, erhob Boswell sich wieder auf die Pfoten, schüttelte sich und lief endlich zu ihnen. »Laufen ist nicht meine Stärke«, sagte er, und Bracken schüttelte ungläubig den Kopf über einen Maulwurf, der einen Scherz daraus machen konnte, daß er beinahe ums Leben gekommen wäre. In Boswell steckte mehr, als er auf den ersten Blick vermutet hatte.

Der Mittelstreifen zwischen den beiden Pfaden bot ihnen einen gewissen Schutz, obwohl die Wesen noch immer in beide Richtungen nahe an ihnen vorbeiflogen, und jedesmal, wenn das geschah, schien die Welt für Augenblikke zur Hölle zu werden.

Wieder war es Boswell, der weiterdrängte. Als eine Pause eintrat, lief er in die Dunkelheit hinein, und die beiden anderen folgen ihm.

Keiner von ihnen wußte genau, was dann geschah. Jedenfalls vergaß Mullion seine guten Vorsätze, als er halb drüben war, und blickte einer sich nähernden Eule entgegen. Ihre Augen hielten ihn fest, er war gelähmt vor Entsetzen, blieb stehen und wandte sich ihr zu. Die beiden anderen erkannten erst, was geschehen war, als sie die andere Seite erreicht hatten und zurückblickten. Dort kauerte Mullion, den Rüssel der sich nähernden Eule entgegengestreckt, still auf dem Boden und erwartete den Tod. Bracken stockte der Atem, Boswell aber handelte. Er stürzte sich wieder auf den Pfad, humpelte so schnell er konnte hinüber zu Mullion und stellte sich zwischen ihn und die heulende Eule. Bracken konnte nicht verstehen, was er sagte, aber er sah ihn schreien, sah, wie er Mullion knuffte, und sah, wie Mullion sich schüttelte, als wache er auf, und dann drehte Mullion sich um, rannte hinüber zu Bracken und brachte sich in Sicherheit.

Aber dann folgte etwas noch Schlimmeres, etwas, was Bracken nie vergessen würde. Als Boswell sich aufrichtete, um Mullion zu folgen, angestrahlt vom Blick der heulenden Eule, stand plötzlich der gespenstische Schatten von etwas Gezacktem, durchscheinend Weißem am Himmel und ließ sich mit rasender Geschwindigkeit herunterfallen, ein Waldkauz, dessen Federn in dem gleißenden Licht aufleuchteten und dessen Krallen direkt auf Boswell gerichtet waren. Das Brüllen der heulenden Eule wurde immer lauter, der Waldkauz flatterte für einen Moment über Boswell, seine Flügel schimmernd und schattenhaft im Licht, und dann stürzte er sich die letzten wenigen Maulwurfmeter hinunter auf Boswell. Es ertönte ein Quieken und Flügelgeflatter, als der Kauz sich wieder erheben wollte, mit Boswell als schlaff herunterhängender Beute. Aber auf dem weiter entfernten Pfad schoß eine heulende Eule vorbei, und der Wind ihrer Flügel schien den Waldkauz wieder auf den Boden zu werfen, direkt in den mörderischen Weg der heulenden Eule, deren Blick Mullion gelähmt hatte. Ein Aufprall, ein dumpfer Schlag und ein Quieken, dann wirbelten Federn auf, und die heulende Eule raste vorbei und nahm den Waldkauz und Boswell mit. Stille. Nichts mehr. Bracken starrte ungläubig auf den Pfad. Er sah Mullion an, der ihm einen verzweifelten Blick zuwarf, und dann wieder auf den Pfad.

»Sie fressen sich sogar gegenseitig«, flüsterte Mullion.

»Aber . . .«, fing Bracken an, zutiefst erschüttert über das, was geschehen war. Eine weitere heulende Eule flog vorbei. Wieder Stille. Boswell war nicht mehr da.

Sie zogen sich in den Schutz des Grases an ihrer Seite des Pfades zurück.

»Wir sehen lieber zu, daß wir hier verschwinden«, sagte Mullion sachlich. »In welche Richtung, sagte er, sollten wir uns wenden?«

»Nach Westen«, sagte eine Stimme aus der Dunkelheit hinter ihnen. Es war Boswell! Er war voller Blut. »Ihr wolltet doch nicht etwa ohne mich losziehen?«

Bracken lief zu ihm und streckte ihm die Pfoten entgegen, bevor Boswell wegen seiner Verletzungen zusammenbrach.

»Das ist Eulenblut, nicht meins«, sagte Boswell. »Der Waldkauz mußte daran glauben, als die heulende Eule über ihn hinwegraste, aber ich hatte Glück.

Sie ist auch über mich gerast, aber dank der Gnade des Steins trafen ihre Krallen mich nicht. Also. Wollen wir uns auf den Weg machen? Wieder einmal.« Sogar seine übliche Gelassenheit schien etwas erschüttert.

Sie folgten ihm im Schutze des Grases den Pfad hinunter, so erschüttert über das, was beinahe geschehen wäre, daß die Nähe anderer heulender Eulen sie nicht mehr störte. Sie versteckten sich jedesmal, wenn ein Blick aus gelben Augen den Pfad und das Gras in ihrer Nähe anstrahlte, dann liefen sie weiter, bis es tiefe Nacht war und die heulenden Eulen seltener kamen.

Endlich gelangten sie an eine Stelle, wo der Pfad in Kiesboden überging, dann kam eine Mauer, an deren Rand sie entlangschlichen bis um ihre äußerste Ecke herum, und dann verließen sie endlich erleichtert den Pfad und liefen wieder eine Böschung hinunter, diesmal eine, die trockener und weniger steil war. Als sie hinunterliefen, bewegten sie sich in eine köstliche Dunkelheit hinein, der Lärm der Eulen war jetzt hoch über ihnen, und noch nie hatte Bracken die Stille seiner eigenen Welt so zu schätzen gewußt.

Boswell bestand darauf, sie weiterzuführen, am Rand eines Feldes entlang – um sie so schnell wie möglich von den Pfaden der Eulen wegzubringen –, bis sie nichts mehr hörten als ein gelegentliches fernes Dröhnen, und sie befanden sich wieder in einer Umgebung aus Erde und Stille und Rascheln, die ihnen vertraut war. Ein rasches, müdes Graben von Behelfsbauen, ein paar Würmer für jeden, und dann ging es Hals über Kopf über eine Traumland-Böschung aus Moos und weichem Gras in den Schlaf der Müden und der Geborgenen.

KAPITEL 26

Sie blieben mehrere Wochen in der Nähe des Feldes, zu dem Boswell sie geführt hatte. Sie waren nicht nur erschöpft und brauchten Ruhe und Nahrung, um wieder zu Kräften zu kommen, sondern es war auch gerade Februar geworden, die schlimmste Zeit des ganzen Winters. Auf das Tauwetter folgte bald neuer Schnee und dann gefrierender Regen, der überging in eine erbärmlich kalte Wetterperiode, in der die Nächte sich mühsam dahinschleppten und die Tage so trüb waren, daß sie kaum begonnen hatten, bevor sie schon wieder zu Ende waren.

Mullion, der von den Wiesen stammte, blieb draußen auf dem Feld und benutzte das Tauwetter, um rasch ein einfaches, aber ausgedehntes Tunnelsystem zu graben, das tief genug unter der Oberfläche lag, um dem Frost zu entgehen, der, als er zurückkehrte, Würmer und Maden in Mullions Tunnel hinuntertrieb. Seine Reihen frisch aufgeworfener Hügel ragten über eine weite Fläche des Feldes aus dem Schnee hervor.

Bracken suchte so lange am Rand des Feldes herum, bis er ein kleines Wäldchen gefunden hatte, gerade jenseits des Zaunes an der Stelle, die am weitesten entfernt war von dem Punkt, wo sie angekommen waren. Dort legte er ein etwas komplizierteres System an als im Junctonwald, mit raffiniert miteinander verbundenen Tunneln und geheimen Eingängen, die unter hohem Gras oder Lauberde verborgen waren.

Boswell lehnte Brackens Angebot, ihm beim Tunnelbau zu helfen, ab und baute sich langsam ein eigenes System auf, das in einer verlassenen Kaninchen-Röhre begann. Bracken war überrascht, wie groß Boswell seine Tunnel anlegte, und es dauerte einige Tage, bis ihm klarwurde, daß sie ihm so vertraut erschienen – als sei er schon einmal dagewesen –, weil sie einigen der Tunnel im Alten System glichen.

Aber es bedurfte nicht dieser Erkenntnis, um ihn dazu zu bringen, seine Neugier auf Uffington zu befriedigen. Tatsächlich konnte er es kaum abwarten, bis Boswell sich von den Strapazen erholt hatte, bevor er ihm Dutzende von Fragen stellte. Boswells Neugier auf alles, was Duncton betraf, war nicht weniger groß. Aber Fragen zu stellen ist eine Sache, Antworten zu geben eine andere. In Wirklichkeit war Bracken nicht sehr versessen darauf, Einzelheiten über Duncton zu erzählen. So beschränkte er sich darauf, die geographische Lage des Systems zu beschreiben, beschrieb seine Eigenarten, erklärte, woher er komme, blieb aber vage in seinen Angaben über das Alte System, und Rebekka erwähnte er nicht ein einziges Mal.

Diese flüchtigen Einblicke konnten Boswell kaum genügen, dessen Eifer, sich nach so vielen Maulwurfjahren mit dem einzigen Maulwurf aus Duncton, den er je kennengelernt hatte, zu unterhalten, nur durch die Tatsache gemildert wurde, daß Bracken beinahe unfähig war, über Einzelheiten aus Duncton zu sprechen. Er ahnte die Ursachen, und mit einem Verständnis und einer Weisheit, die Bracken nicht spürte, gab er es schließlich auf, die Auskünfte zu erbitten, die er für nötig hielt, um seine Nachforschungen weiter zu betreiben.

Daß er nicht in Bracken drang, überraschte sogar Boswell selbst, denn wenn er eine Untugend hatte, über die er sich im klaren war, so war es Ungeduld. Immer wieder hatte er seit seinem Weggang von Uffington Ärger und Schwierigkeiten mit anderen Maulwürfen gehabt wegen seiner Angewohnheit, zu deutlich zu sagen, was er dachte, und weil er jedem Maulwurf, mit dem er sprach, in Gedanken fünf Schritte voraus war.

Schuld daran war seine eigene rasche Intelligenz, die es ihm fast unmöglich machte, stumm dazusitzen und irgendeinem Maulwurf zuzuhören bei der umständlichen Wiedergabe einer Geschichte, deren Ausgang schon bei Beginn seiner Plapperei völlig offensichtlich war.

Bei Bracken ging es ihm nicht so. Nicht etwa, daß er so schnell und klar gedacht hätte, daß er nie vom Thema abschweifte; das tat er oft genug. Aber Bracken besaß eine Eigenschaft, die in Boswell ganz neue Empfindungen hervorrief und Gefühle der Ungeduld gar nicht erst aufkommen ließ. Es war, als habe Bracken unwissentlich für Boswell einen Tunnel geöffnet in eine Welt des Leidens und der Freude, die er noch nie betreten hatte.

Die Bücher, die er gelesen hatte, die Texte, die abzuschreiben und zu deuten er gelernt hatte, die Werke, mit denen er selbst sich beschäftigt hatte, schienen alle ganz unerheblich neben dem ungewohnten, atemberaubenden Gefühl, kurz vor einer wesentlichen Erkenntnis zu stehen, wenn er mit Bracken sprach.

Er sah auch, daß Bracken sich selbst dieser Wirkung nicht bewußt war, sich vielleicht nicht einmal der Leiden und Freuden bewußt war, die sich so deutlich offenbarten in der Art, wie er manchmal von ihnen sprach, und in der Art, wie seine Augen die Maulwürfe, von denen er sprach, oder die Orte, die er so widerstrebend beschrieb – alles, was er vor so kurzer Zeit hinter sich gelassen hatte –, vor sich zu sehen schienen, selbst in dem Bau, in dem sie kauerten.

Er erwähnte zum Beispiel mit zitternder Stimme einen Maulwurf, der Hulver hieß, als habe er sich noch nicht daran gewöhnt, daß Hulver schon vor langer Zeit gestorben war, offenbar eines gewaltsamen Todes. Doch als Boswell etwas mehr über Hulver wissen wollte, wich Bracken aus und sagte: »Er war nur ein alter Maulwurf, der zuviel redete!« Aber der Ausdruck in seinen Augen verriet, wieviel mehr Hulver ihm bedeutete.

Dann gab es ein Weibchen, Rebekka, von der Bracken, als er sie endlich erwähnte, nur sagte: »Sie war ein Maulwurf, den ich in einem Regensturm auf dem Gipfel des Hügels beim Stein kennengelernt habe. Sie war dort oben ebenso verloren wie ich, nur auf andere Weise, und sie tat mir leid.« Brackens Stimme senkte sich, als er das sagte, ebenso sein Rüssel, und einen Augenblick lang hatte Boswell das Gefühl, als laufe er mit Bracken durch die Stille eines vergessenen Waldes, den ein einziger Atemzug wegfegen würde. Was dann auch geschah. Denn Bracken wechselte das Thema, als Boswell ihn drängte, mehr über Rebekka zu erzählen, und gab lachend vor, sie sei nur »eines der Weibchen aus Duncton, und zwar ein sehr hübsches«.

Genauso ging es mit dem Alten System, das Boswell am meisten interessierte. Bracken sagte kaum etwas darüber, aber wenn es erwähnt wurde, schien sein ganzer Körper zwischen Furcht und Frieden zu schwanken, und Boswell hatte das Gefühl, ein wechselhafter Frühlingstag ziehe vorbei.

Diese Dinge bei Bracken ließen Boswell, der so schnell mit Worten und so erfahren in den gelehrten Diskussionen von Uffington war, verstehen, daß die Botschaft eines Maulwurfs nicht immer in den gesprochenen Worten oder dem ihnen verliehenen Sinn liegen mag, sondern in dem Gefühl, das dahintersteht, und das sie selbst vielleicht verändern oder verzerren. Je öfter er mit Bracken sprach, um so stärker wurde bei ihm das Gefühl, daß der Stein selbst sie zusammengebracht habe und daß er diesem merkwürdigen Maulwurf folgen würde, wohin er sich auch wenden mochte. Boswell hatte das Gefühl, Bracken trage in seinem Herzen ein Geheimnis, von dem er selbst nichts wußte, doch dessen Enthüllung eine Freude und ein Schmerz sein würde, denen sie beide sich auf irgendeine Weise beugen müßten.

So geschah es, daß Boswells anfängliche Ungeduld gegenüber Brackens mangelnder Bereitschaft, ausführlich über Duncton zu sprechen, einem liebevollen Schweigen Platz machte, aus dessen Einfachheit Boswell wirklich die Worte zu hören begann, die Bracken sprach und – durch ihn – die Worte, die alle Maulwürfe sprechen.

Auch auf andere Weise war sein Zwiegespräch mit Bracken eine neue Erfahrung für ihn. Seit dem vergangenen September, als er Uffington verlassen hatte, um sich auf den Weg nach Duncton zu machen, also seit mehreren Maulwurfjahren, war er immer weniger bereit gewesen, sich mit anderen Maulwürfen über die Heiligen Baue zu unterhalten. Doch als Bracken begann, ihn so eifrig zu befragen, bereitete es ihm nur Freude, seine Fragen zu beantworten. Sein Widerstreben verschwand einfach.

»Wie sind sie?« fragte Bracken. »Und gibt es dort immer noch Schreibermaulwürfe?«

»Sie befinden sich auf dem Gipfel eines mehrere Tausend Fuß hohen Kreidehügels, der nach Norden steil abfällt, nach Süden sanft. Die Tunnel sind sehr groß und geräumig, anders als alle Tunnel, die ich an anderen Orten gesehen habe. Es ist der friedlichste Ort, den ich kenne.«

»Aber was sind die Heiligen Baue?«

»Eine Anzahl von Höhlen im Zentrum des Uffingtonsystems, in denen nur Maulwürfe leben dürfen, die bestimmte Gehorsamsgelübde abgelegt haben. Kämpfe sind nicht erlaubt. Viele der Maulwürfe dort haben beschlossen, nicht mehr zu sprechen und in der Stille der Kontemplation zu leben. Jene, die sprechen, bemühen sich, nur Dinge zu sagen, die wesentlich und wahrhaftig sind.«

»Sind es alles Weiße Maulwürfe?« fragte Bracken, der fasziniert war von allem, was Boswell sagte.

»Nein, keiner von ihnen ist ein Weißer Maulwurf. Es gibt keine Weißen Maulwürfe – nun, es gab einmal welche, es fing an mit Linden, dem letzten Sohn von Ballagan und Verbena . . .«

»Ja. Sie erzählen die Geschichte auch in unserem System, aber ich habe davon nur dunkel gehört, weil sie normalerweise nur für die Längste Nacht bestimmt ist, und ich war ... na ja ... an keinem Ort, wo solche Geschichten während der Längsten Nacht erzählt werden.«

So erzählte Boswell Stück für Stück von Uffington und seinen Sagen und lernte dabei auch selbst etwas, denn er hatte noch nie zuvor nüchtern darüber nachgedacht. Ihm wurde klar, daß er die Heiligen Baue, die Schriftensammlungen und einige der Maulwürfe dort vermißte, Skiet etwa, den er während seines Heranwachsens so gut kennengelernt hatte. Aber er sah auch, wie wenig er über die Welt draußen gewußt hatte und wie viele der Schreibermaulwürfe, die er gekannt hatte, bei all ihrer Gelehrsamkeit und Intelligenz den Stein eher aus Unwissenheit als aus Weisheit verehrten. Vielleicht war der Niedergang Uffingtons ebenso unvermeidlich wie der vieler Systeme, durch die er gekommen war.

»Warum bist du fortgegangen?« hatte Bracken gefragt. Und Boswell hatte es ihm erzählt und so gut er es vermochte den Drang beschrieben, obwohl er nicht erwähnte, daß es Duncton gewesen war, wohin er sich gezogen fühlte.

Er zitierte sogar den Text, den er in den Tiefen der Schriftensammlungen gefunden hatte, die indirekte Ursache dafür, daß er seine Gelübde gebrochen und sich nach Duncton aufgemacht hatte.

»Sieben Stille Steine, sieben Bücher dazu,
Alle gefunden, nur einer nicht.
  Als erster der Stein der Erde zum Leben.
  Als zweiter der Stein für den Maulwurf in Pein,
  Der Dritte fürs Kämpfen, aus Blutvergießen entstanden,
  Der Vierte der Stein der Dunkelheit, im Tode entstanden,
  Der Fünfte zum Heilen, durch Berührung entstanden,
  Der Sechste Stein des reinen Lichts, aus Liebe entstanden,
Jetzt warten wir
Auf den Letzten
Ohne den der Kreis sich nicht schließt;
Und das Siebte
Verlorene letzte Buch,
Dessen Worte uns segnen werden.«

Als Boswell mit der zweiten Stropfe beginnen wollte, unterbrach Bracken ihn.

»Was bedeutet das alles?« fragte er.

»Nun, das ist doch offensichtlich. Es heißt, daß ...«

»Nein. Ich meine, was ist ein Stiller Stein?«

Es war Boswell nicht in den Sinn gekommen, daß Bracken etwas so Einfaches nicht wußte.

»Es gibt sechs davon – na ja, nach diesem Text sieben –, aber die sechs bekannten befinden sich an einem Ort in den Heiligen Bauen, wo nur der Heilige Maulwurf und die Lehrer sie gesehen haben. Es sind Steine, von denen die Legende berichtet, daß sie das Wesen der sieben Heiligen Bücher enthalten, für jedes Buch ein Stein. Ich habe sie natürlich noch nie selbst gesehen, aber in Uffington wird erzählt, daß jeder von ihnen eine Art Licht enthält, wie die Sonne oder der Mond, nur farbig, eine Farbe für jedes Buch. Sie . . .«

»Wie groß sind sie?« unterbrach Bracken. Er flüsterte beinahe und hatte das ungewöhnliche Gefühl, von einem heftigen Wind davongeführt oder von einer Flut erfaßt und still auf den Grund getragen zu werden.

»Ich habe keine Ahnung, da die Lehrer nie darüber gesprochen haben; es ist sogar verboten, mit den Lehrern über die Steine zu sprechen. Aber, na ja, Schreibermaulwürfe schwatzen genauso gern wie jeder andere.«

»Wofür genau sind sie bestimmt?«

»Das ist eine gute Frage und eine, die jeder Neuankömmling in Uffington stellt. Die beste Antwort ist im Buch des Lichts zu finden, wenn ich mich auch nicht an den genauen Wortlaut erinnern und sie nicht wörtlich zitieren kann. Aber es wird erklärt, daß zu jedem Buch ein Stein gehört, der durch seine Existenz den Leser des Buches daran erinnert, daß die Wahrheit nicht in geschriebenen Worten liegt, sondern allein im Herzen desjenigen, der sie geschrieben hat, und desjenigen, der sie liest, so wie das Licht im Innern des Steins liegt, nicht außerhalb von ihm.«

Bracken verstummte. Er dachte an den Stein, den er und Rebekka im Alten System gefunden hatten. Er war gleichzeitig von Staunen erfüllt und sehr erschrocken. War es ein Stiller Stein gewesen? War es der siebte Stille Stein? Er wünschte, er könnte die Hand ausstrecken und Rebekka jetzt berühren, genau wie er es damals getan hatte. Er wünschte, ihre Pfoten umschlössen ihn. Er bat den Stein wortlos, sie zu beschützen, und seine Pfote, die, mit der er den Stein berührt hatte, begann zu brennen und zu schmerzen. Er sah sie an, aber es war nichts zu sehen.

»Sagt dir wahrscheinlich nicht viel«, sagte Boswell, der sein Schweigen für Unverständnis hielt.

»Das ist es nicht«, sagte Bracken. »Ich habe gerade gedacht . . . ich habe mich gefragt . . . na ja, was der ›siebte Stein‹ ist, der letzte in dem Vers.«

»Der siebte Stein ist eben auch ein Stiller Stein; er hat keinen Namen. Aber das letzte Buch, das siebte Buch – oh! Das ist eine Frage, auf die jeder Schreibermaulwurf in Uffington gern die Antwort wüßte. Kein Maulwurf kennt sie – es ist nirgends aufgeschrieben.«

Nachdenklich verstummte Boswell. Dann sagte er: »Natürlich haben alle Vermutungen angestellt und die am weitesten verbreitete ist, daß es sich um das Buch der Liebe handelt, aber das halte ich für unwahrscheinlich. Einmal weiß jeder Maulwurf, der das Buch des Lichts gelesen hat, daß das in Wirklichkeit das Buch ist, in dem es um Liebe geht, was der geweihte Text bestätigt. Außerdem ist Liebe nicht gerade ein Wort, das einfach zu definieren wäre, nicht wahr? Es ist nichts Absolutes, wie Kämpfen oder Erde, wenn du verstehst, was ich meine. Nein. Es ist nicht Liebe. Die andere Vorstellung in Uffington über den siebten Stein ist, daß es einfach das Buch des Steins ist. Vieles spricht dafür.«

Bracken rieb sich die Pfote, die noch immer juckte. Irgend etwas lockte ihn, das Muster des Steins in den Boden des Baues zu kratzen, aber ein tiefverwurzelter Instinkt sagte ihm, daß er keinem Maulwurf einen Hinweis auf das geben dürfe, was er und Rebekka gesehen hatten, so gern er es auch täte. Es war etwas, was sie gemeinsam erlebt hatten, aus einem Grund, den er nicht kannte, aber es wäre dem Stein gegenüber nicht recht, davon zu sprechen.

Er sah Boswell an, und so wie Boswell das Gefühl gehabt hatte, sein Schicksal sei irgendwie mit Bracken verbunden, so spürte Bracken jetzt seinerseits, daß dieser merkwürdige Boswell, so gut unterrichtet und kenntnisreich, ein wertvoller Maulwurf war, ein Maulwurf, der beschützt werden mußte, und er verstand, warum der Stein ihn vor dem sicheren Tod bewahrt hatte, der einen verkrüppelten Maulwurf mit Gewißheit erwartete, und während er es verstand, wurde ihm klar, jedenfalls faßte er es so auf, daß auf irgendeine Weise die Last, Boswell zu beschützen, jetzt ihm zugefallen war.

Als der Februar in den März überging und die lastende, trübe Düsterkeit der vergangenen langen Wochen wechselhaften kalten Winden und Regen wich, gelegentlich unterbrochen von ein oder zwei Stunden wäßrigen Sonnenscheins, wurde Mullion immer rastloser.

Er war meistens für sich geblieben, seit sie zu dem Feld gekommen waren, nicht aus Feindseligkeit, sondern weil die Wiesen-Maulwürfe sich während der Winterzeit still verhalten, da ihnen der Schutz eines Waldes oder Unterholzes über ihren Tunneln fehlt. Aber als dann das Wetter besser wurde, fing er an, seine Tunnel näher an der Oberfläche zu graben und ließ neue Maulwurfshügel dort entstehen, wo die ersten, die er gegraben hatte, jetzt zu matschigen Überresten zerfallen waren.

Gelegentlich kam er auf einen Schwatz herüber, in erster Linie, weil er seine

Neugier über den Dunctonwald befriedigen wollte, in dessen Schatten er zwei Längste Nächte miterlebt hatte. Brackens einsilbige Antworten bestätigten seine Vermutung, daß die Duncton-Maulwürfe eine schweigsame, verschlossene Sippschaft seien, die dazu neigte, Dinge für sich zu behalten – eine Theorie, die er Boswell gegenüber eines Tages erläuterte.

»Da gibt's keinen Zweifel, Boswell. Diese Duncton-Maulwürfe sind verschlagen und gefährlich, genau wie unsere Ältesten immer behauptet haben. Sie begehen merkwürdige Rituale in diesem seltsamen Wald und wenden böse Zauber an. Sie können durch einen einzigen Blick einen Maulwurf in eine Wurzel verwandeln. Du würdest mich keine Tunnellänge weit in die Nähe von diesem Wald bringen.«

Plötzlich besorgt, Boswell könnte das alles weiterreichen an Bracken, der zwar jünger als er war, ihn aber in einem Kampf geschlagen hatte, fügte er hinzu: »Ich habe natürlich nichts gegen Bracken – denk nur daran, wie er uns aus diesem Kanal geholt hat! Ich bewundere einen Maulwurf, der das kann, was mein Vater ›sich zu helfen wissen‹ nannte. Du weißt, was ich meine?«

Boswell wußte es und lächelte. Mullion gähnte und streckte sich.

»Wir müssen darüber sprechen, wohin wir gehen wollen. Hier können wir nicht mehr lange bleiben, das ist doch klar. Ich meine, hier gibt es nichts, oder? Vielleicht sind irgendwo ein paar Maulwürfe, aber bis jetzt habe ich noch keine Anzeichen dafür gesehen. Und es gibt sowieso einen Ort, wo ich gern hin möchte ...«

Boswell hörte zu, wie er es bei der Unterhaltung mit Bracken gelernt hatte. Jetzt, da Mullion an Gewicht zugenommen hatte, war er nicht mehr so aggressiv wie bei ihrer gemeinsamen Gefangenschaft im Kanal, und Boswell kam gut mit ihm aus. Er war groß, wie Wiesen-Maulwürfe es häufig sind, doch ein wenig unbeholfen. Er neigte dazu, gegen Eingänge zu stoßen, wenn er einen Bau betrat, und die Erde zu eifrig hinter sich zu werfen, wenn er einen Tunnel grub, so daß seine Hügel ungleichmäßig und unschön waren. Aber gleichzeitig war er sehr gutmütig, was das Ziel, das er im Sinn hatte, als er die Wiesen zum erstenmal verließ, ein wenig komisch erscheinen ließ.

Offensichtlich ging auf den Wiesen eine Geschichte um, daß ein Maulwurf aus dem Norden gekommen sei, der jetzt in dem nahegelegenen System von Nunham lebte, ein Kämpfer, der anderen Maulwürfen Unterricht im Kämpfen erteilte. Keiner kannte seinen Namen, aber es wurde behauptet, daß er nicht lange im Nunhamsystem bleiben werde. Mehrere Wiesen-Maulwürfe hatten die Wiesen verlassen, um sich ihm anzuschließen und zu versuchen, etwas von ihm zu lernen, und Mullion, der sich nicht entscheiden konnte, hatte seine Meinung geändert und war später allein gefolgt.

»Und dann stürzte ich in den Kanal und dachte, das wär's. Aber jetzt, wo der Frühling bald kommt und das hier nur ein Platz zum Überwintern war, denke ich, es wäre gut, wenn wir versuchten, zum Nunhamsystem zu kommen.«

»Was du meinst, ist, daß du uns auch dabei haben möchtest, weil drei besser durchkommen als einer«, sagte Boswell.

»Ja, so etwa«, stimmte Mullion zu. »Außer du weißt etwas Besseres.«

Boswell wußte, was er persönlich gern tun würde, tun mußte, aber ihm war auch klar, daß Bracken noch nicht bereit war, auch nur daran zu denken, nach Duncton zurückzukehren. Außerdem interessierte Mullions Geschichte ihn, denn (wie er Bracken erklärte, als Mullion ihm selbst seinen Plan vorgelegt hatte) es gab in den Sammlungen von Uffington viele Berichte über wandernde Kämpfer dieser Art. Tatsächlich war das Buch vom Kämpfen von einem von ihnen geschrieben worden, nachdem er seine Gelübde abgelegt hatte, auch das Gelübde, nicht mehr zu kämpfen.

»Kommt mir komisch vor – dann ein Buch darüber zu schreiben!« erklärte Bracken.

»In dem Buch geht es nicht ums Kämpfen, sondern darum, wie man das Bedürfnis nach Kampf vermeiden kann«, sagte Boswell geheimnisvoll.

»Wo ist dieser Ort, Mullion?«

Mullion zögerte, dann gab er zu, daß er es nicht genau wisse. Einer der Ältesten in seinem System habe ihm gesagt, er solle »seinen Rüssel auf den Stein richten«, aber er sei nicht sicher, was damit gemeint war, und die Erklärung sei nicht sehr einleuchtend gewesen.

»Gibt es denn einen Stein im Nunhamsystem?« fragte Bracken. Mullion wußte es nicht.

Der Stein, immer wieder der Stein. Bracken dachte an die Anziehungskraft des Steins, diese Kraft zwischen Duncton und Uffington. Er wußte, was der Älteste meinte.

»Weißt du, in welcher Richtung der Ort liegt?« fragte Bracken beharrlich weiter.

»Es wurde erzählt, und die Geschichte kam von dem Maulwurf, der zu den Wiesen kam und in diesem Nunham gewesen war, daß es im Norden liege.«

»Wenn es dort einen Stein gibt, kann ich ihn vielleicht herausschnüffeln«, sagte Bracken, erstaunt über seine eigene Kühnheit. Er ließ die beiden anderen im Bau zurück und lief hinauf an die Oberfläche und aufs Feld hinaus, wo er sich ins Gras neben einige Disteln vom letzten Sommer kauerte und sich fragte, was er eigentlich vorhatte. Es war Vormittag und kalt, aber das Gras auf dem Feld begann gerade, im Gegensatz zu den Disteln, wieder etwas Leben zu zeigen. Von oben, aus einem der Büsche unter den Bäumen, wo seine Tunnel lagen, drang das schrille Lied einer Amsel, kraftvoll und hartnäckig, über das Feld.

Bracken dachte an den Stein, den Duncton-Stein, und blickte unwillkürlich dorthin, wo, wie er wußte, ohne es zu wissen, der Stein sein mußte. Seine Kraft war die ganze Zeit dagewesen, nur hatte er sich bis jetzt nicht die Mühe gemacht, darüber nachzudenken. Aber er blickte nicht direkt dorthin; er wäre sich zu einsam und verlassen vorgekommen.

Er wandte ihm den Rücken zu und streckte den Rüssel aus, bemüht, festzustellen, ob es noch andere Kräfte gab. Da war natürlich Uffington; das spürte er. Tief und fern, aber immer stark. Er kauerte still und stumm und verließ in Gedanken seinen Körper, um im Kreis den Horizont zu durchwandern. Es war schwer, sich nicht ständig von Duncton und Uffington anlocken zu lassen, die beiden Steine, mit deren Anziehungskraft er vertraut war. Aber allmählich vergaß er sie, indem er sie körperlich und gedanklich in den Hintergrund schob und prüfte, was er außerdem noch spürte.

Nunham. Er versuchte, es irgendwie zu erreichen. Wenn es dort einen Stein gäbe, würde er es sicher auch erreichen! Aber plötzlich wurde er müde und lief zurück in den Schutz seiner Tunnel.

Mehrere Tage lang war Bracken gereizt und wanderte allein auf der Oberfläche umher, eine weitere Bestätigung von Mullions Vorurteilen gegen die Duncton-Maulwürfe im allgemeinen.

Aber Boswell verstand, was er zu tun versuchte. Ihm war klar, daß nur wenige Maulwürfe die Fähigkeit haben, den Steinen zu folgen, und daß es für sie manchmal schwer ist. Er hatte schon festgestellt, daß Bracken, wenn sie über Uffington sprachen, sich unbewußt dorthin wandte, und wenn sie Duncton erwähnten, blickte er über seine Schulter in die Richtung, von der Boswell glaubte, daß Duncton dort liege.

»Überlaß ihn ein paar Tage lang seinen eigenen Gedanken, Mullion«, riet Boswell, der merkte, wie ungeduldig und ruhelos der Wiesen-Maulwurf wurde. »Er hat es geschafft, uns aus dem Kanal zu holen – vielleicht findet er auch den Weg nach Nunham.«

»Er tut so geheimnisvoll, daß er nicht einmal sagt, ob er mitmacht«, beschwerte Mullion sich. »Und ich möchte endlich aufbrechen.«

Vier oder fünf Nächte später wurde Boswell lange nach Mitternacht von Bracken geweckt. »Hallo. Wach auf und komm mit nach draußen!« drängte Bracken.

Boswell folgte ihm auf die Oberfläche.

»Ich glaube, Nunham ist dort drüben«, sagte Bracken und zeigte mit einer Kralle nach Nordwesten. Er wandte auch seinen Körper in diese Richtung. »Ich bin vor kurzem aufgewacht und konnte es mit meinem Körper spüren. Ich weiß, daß es dort ist. Es ist auch ein Stein da, aber er ist nicht annähernd so stark wie der von Duncton. Ich kann ihn fühlen.« Er schien glücklicher als seit Tagen, und Boswell spürte seine Erregung und konnte sie mit ihm teilen.

»Wir werden dorthin gehen«, sagte Bracken. »Ich werde euch hinführen.« Er blickte in die Nacht hinaus und wandte sich zurück nach Uffington. »Ich habe die Kraft von Uffington gespürt, seit ich zum erstenmal beim Stein war«, sagte er. Er warf einen kurzen Blick über seine Schulter nach Osten, wo Duncton lag, und schaute dann erleichtert dorthin, wo, wie er sagte, Nunham sich befand. Boswell konnte die Kraft, die von den Steinen ausging, beinahe so wie Bracken spüren. Unwillkürlich lief er ein paar Schritte vor und berührte Brackens Schulter mit seiner gesunden Pfote.

»Wir werden alle hingehen, zusammen«, sagte Boswell.

»Ich würde dich nicht hier zurücklassen«, sagte Bracken ernsthaft. Er hatte Boswell falsch verstanden. Um seine Gefühle zu verbergen, fügte er hinzu: »Du hast mir ohnehin noch nicht alles erzählt, was du über Uffington weißt!«

Boswell verstand, was Bracken meinte, und die Kraft seines Schutzes wärmte ihm plötzlich das Herz. Es war ein langer, kalter Weg gewesen von Uffington, aber jetzt, während er zusah, wie Bracken vor ihm durch die Nacht zu seinem Bau lief, hatte Boswell das Gefühl, er sei endlich angekommen.

KAPITEL 27

Rebekkas Flucht aus Duncton mit Comfry und Viola wurde allein durch Mekkins' genaue Kenntnis des Marsch-Endes möglich. Dank dieser Kenntnis gelang es ihnen, den Maullangern zu entkommen, die die Fliehenden fast unmittelbar nach Brackens Flucht in die Marsch entdeckt hatten.

Auch dann waren sie noch nicht in Sicherheit, denn als sie versuchten, sich zu Roses Tunneln durchzuschlagen, wurden sie von einigen Wiesen-Maulwürfen aufgespürt, von denen sie beinahe getötet worden wären. Was sie rettete, war Rebekkas eindringliche Bitte, ihnen wenigstens zu gestatten, Rose zu sprechen – deren Namen die Wiesen-Maulwürfe zu respektieren schienen –, und auch die Verwegenheit, mit der Mekkins seine drei Schützlinge verteidigte.

»Nimm, verdammt noch mal, deine Pfoten von mir und laß uns mit Rose der Heilerin sprechen! Und keine Unverschämtheiten, Kumpel, sonst werde ich wirklich böse!«

Die Wiesen-Maulwürfe verstanden nicht alle Wörter, aber ihnen war klar, was sie bedeuteten, und auch der größte von ihnen verlor angesichts des zornigen Mekkins etwas von seinem Mut. Die Maulwürfe aus Duncton galten als mutige und listige Kämpfer.

Als Rose endlich kam, herbeigeholt von einem verunsicherten Wiesen-Maulwurf, sagte Mekkins als erstes: »Hör mal, Rose, erzähl diesem blöden Haufen von Wiesen-Maulwürfen, daß wir nicht gekommen sind, um zu viert das Wiesen-System zu erobern. So verdammt blöd sind wir nicht. Und überhaupt«, fügte er hinzu und sah sich verächtlich um, »ist das hier, mit Verlaub, nicht gerade der Ort, wo ich mich gern niederlassen würde!«

Rose lächelte sie alle an, obwohl sie wußte, daß dies eine Flucht war, nicht ein Besuch. Sie hatte schon seit langem befürchtet, daß so etwas geschehen könnte.

»Es ist in Ordnung«, sagte sie. »Das ist Mekkins aus dem Danctonsystem, und die anderen kenne ich auch. Er gehört zum Ältestenrat und ist ein ehrenwerter Maulwurf, wenn er auch manchmal etwas grob erscheint.«

»Ja ... nun ... tut mir leid«, murmelte Mekkins, zuckte mit den Schultern und sah reumütig aus. »Aber sie hätten Rebekka und die Jungwürfe nicht so rauh anzupacken brauchen. Das hier ist Rose, ihr beiden«, fügte er hinzu und wandte sich zu Comfry und Viola. »Sagt also guten Tag.«

»Guten Tag!« sagte Viola und lief sofort zu Rose.

Comfry schaute sie nur an und versteckte sich dann hinter Rebekka.

»Guten Tag, meine Lieben«, sagte Rose. »Und jetzt sollte Mekkins mir lieber berichten, was geschehen ist.«

Rose bestand darauf, Rebekka und die Jungwürfe umgehend in einem Bau in der Nähe ihres eigenen unterzubringen, obwohl die Wiesen-Maulwürfe brummten, das sei nicht richtig, und sie täten gut daran, mit ihrem Duncton-Hokuspokus nicht auch noch hier anzufangen. Und um ganz sicher zu gehen, sagten sie, sie würden vor dem Bau ein paar Wachen aufstellen, während sie fortliefen, um sich mit einem ihrer Ältesten zu beraten.

Mekkins fiel es nicht leicht, das hinzunehmen, zumal er es jetzt sehr eilig hatte, zum Marsch-Ende zurückzukehren, aber er wagte nicht, Rebekka hierzulassen, bevor er sich vergewissert hatte, daß sie in Sicherheit war. Er schlug vor, die Wiesen-Maulwürfe zu begleiten, um selbst mit ihren Ältesten zu sprechen.

»Kommt nicht in Frage, Kamerad«, sagte der kräftigste der Wiesen-Maulwürfe. »Kommt nicht in Frage. Wir lassen uns nicht ausspionieren von euch, wir wollen eure Zaubertricks und Rituale nicht. Nein! Du wartest hier und hältst einfach das Maul, bis wir zu einem Entschluß gekommen sind. Und du kannst von Glück sagen, daß Rose dich kennt, sonst . . .« Er durchstach die Luft mit einer Kralle, um anzudeuten, was sonst geschehen würde.

Nach zwei Tagen voll zorniger Beschwerden wurde Mekkins jedoch endlich zu einem der Wiesen-Ältesten irgendwo tief im Wiesen-System gerufen. Inzwischen hatte Rose eindeutig zu verstehen gegeben, daß sie es für das Beste halte, wenn Rebekka bei ihr bliebe, und Comfry und Viola auch, bis sie selbständiger würden. »Was nicht mehr sehr lange dauern wird, meine Liebe, wenn man sieht, wie sie sich schon eingelebt haben«, sagte sie. Und es stimmte, denn Viola begann schon, sich sogar mit den Wiesen-Maulwürfen anzufreunden, und Comfry stellte Rose von Stunde zu Stunde mehr Fragen, nachdem er sich einmal an sie gewöhnt hatte.

Der Ort, zu dem Mekkins von vier der kräftigsten Männchen, die er je außerhalb der Westseite von Duncton gesehen hatte (›Wachwürfe‹ nannten sie sich), gebracht wurde, lag tief in den Wiesen und führte durch eine Reihe von langen, einfachen Tunneln, von denen viel weniger Baue abzweigten, als er es gewohnt war. Die Wiesen-Maulwürfe schienen im allgemeinen dünner zu sein, aber er sah auch, daß es hier draußen nicht übermäßig viele Würmer gab.

Endlich kamen sie zu einem Bauwerk, von dem Mekkins schon gehört, das er aber noch nie gesehen hatte: eine Festung, ein gewaltiger Maulwurfhügel mit Bauen in verschiedenen Ebenen sowohl über als auch unter der Oberfläche, die durch ein Tunnelsystem miteinander verbunden waren. Es gab einen großen, runden Hauptbau, der breiter, aber nicht so hoch wie die Höhle der Ältesten in Barrow Vale war. Die Wände dieses Baues waren trocken und sorgfältig geglättet, sein Boden mit gemütlichem Nestmaterial bedeckt, vorwiegend trokkene Disteln und Gras. Mekkins wurde nicht gerade freundlich in diesen Bau geführt, in dem an der einen Seite ein großer, dunkelgrauer Maulwurf kauerte, mit locker ausgebreiteten Krallen und schläfrig herunterhängendem Rüssel. Seine Augen waren halb geschlossen, seine Stimme aber war, als er nach langem Schweigen Gebrauch von ihr machte, hellwach.

»Name?«

»Ich heiße Mekkins, und ich . . .«

»System?«

»Sei nicht so blöd!« sagte Mekkins gereizt. »Ich bin aus Duncton, das ist ja wohl bekannt, oder?«

Die Wachwürfe traten bei dieser Unverschämtheit mit schweren Schritten vor, aber der große Maulwurf hob eine Pfote, um sie zurückzuhalten.

»Beantworte einfach meine Fragen«, sagte er. »Grund.«

»Was soll das heißen, ›Grund‹?« fragte Mekkins.

»Aus welchem Grund bist du hier?«

»Die Maulwürfe, die ich hierher gebracht habe – Rebekka und ihre beiden Jungwürfe –, hatten etwas Ärger. Sie wurden angegriffen. Ich wußte, daß Rose ihnen helfen würde, darum habe ich sie hergebracht.«

»Warum sollten wir sie bei uns dulden?«

Mekkins öffnete das Maul, um zu antworten, aber ihm fiel nichts ein, was verständlich wäre für einen Maulwurf, der Rebekka nicht kannte.

»Nun?«

»Rose vertraut ihr; das ist der beste Grund, den ich nennen kann«, sagte Mekkins.

Plötzlich und unerwartet lächelte der Maulwurf. Es war ein langsames, warmes Lächeln, das Mekkins' Angriffslust sofort ersterben ließ.

»Ein sehr guter Grund, wenn ich das sagen darf, ein sehr guter Grund. Sehr gut.« Der Maulwurf erhob sich und kam herüber zu der Stelle, wo Mekkins zwischen den Wachwürfen kauerte. Mit einem freundlichen Nicken entließ er sie und blieb mit Mekkins allein zurück.

»Ich heiße Bromus«, sagte er, »und ich freue mich, dich kennenzulernen, wenn auch der Anschein trügen mochte. Rose hat mich gewarnt, daß es Schwierigkeiten geben könnte, und sie hat dich sogar als einen vertrauenswürdigen Maulwurf erwähnt. Ich habe nicht gedacht, daß wir uns so bald kennenlernen würden. Die Sache mit meinen Wachwürfen tut mir leid, aber du kannst generationenalte Feindseligkeit nicht über Nacht verändern, und es gibt auch gar keinen Grund dafür. Nur, wenn du Rose glaubst, und ich tue es, dann ist die Zeit nahe, da Feindseligkeit in diese oder jene Richtung ohnehin keine Rolle mehr spielt. Da du dich jetzt auf Wiesenterritorium befindest, erscheint es mir nicht mehr als recht und billig, wenn du mir zuerst über euer System berichtest. Roses Warnungen sind ja sicher berechtigt, aber ich leite ein System, und das kann ich nicht auf vage Vermutungen und Einbildungen hin. Was also geschieht bei euch?«

Er sprach freundlich, aber mit großer Autorität, und behandelte Mekkins wie einen Gleichgestellten und erweckte in ihm ein Gefühl des Vertrauens, das Mekkins, gewohnt, Maulwürfe schnell einzuschätzen, bereitwillig akzeptierte. Dies waren sonderbare Zeiten, und je mehr Freunde ein Maulwurf hatte, um so besser, dachte er. Und so berichtete er Bromus genau, wo das Problem lag, und wie das System sich unter Mandrake verändert hatte und korrumpiert worden war – ein Maulwurf, wie sich herausstellte, der auf dem Weg nach Duncton den Wiesen-Maulwürfen großen Schaden zugefügt hatte. Mekkins beschrieb, wie Ruun im Begriff sei, die Führung in Duncton zu übernehmen, und welche Folgen das für sein Marsch-Ende haben würde.

Mekkins erzählte auch von Rebekka und sagte, es bestehe kein Grund, warum die Wiesen-Maulwürfe sie plötzlich bei sich aufnehmen sollten, außer dem, daß er, Mekkins, glaube, ihr sei vom Schicksal etwas anderes bestimmt, als nur ein paar Junge in die Welt zu setzen. Und das glaube Rose auch.

Bromus hörte mit großem Interesse zu, denn das alles schien ihm sehr viel zu tun zu haben mit dem, was er diesem ersten Ältesten aus Duncton, den er kennenlernte, zu sagen hatte. Aber zuerst mußte er entscheiden, ob er Mekkins trauen konnte.

»Sag mal, Mekkins«, sagte er ruhig, »was weißt du vom Stein?«

Bromus bemerkte, daß Mekkins' Verhalten sich veränderte. Es wurde persönlicher, weniger belastet von den vielen Überlegungen, die ein Führer anstellen muß, auch wenn er es nur von einem Teil seines Systems ist.

»Meinst du den Stein ganz allgemein?« fragte Mekkins und sah sich gelassen um. »Oder den Duncton-Stein im besonderen?«

»Gibt es einen Unterschied?« fragte Bromus.

Mekkins zögerte. Er hatte noch nie in seinem Leben mit einem anderen Maulwurf über den Stein gesprochen, auch nicht, als er Rebekkas wegen zu ihm gegangen war und der Stein seine Gebete erhörte. Seitdem hatte er eine große Scheu vor ihm gehabt und zögerte jetzt, darüber mit einem anderen Maulwurf zu sprechen, der vielleicht seine Worte nicht verstand. Schließlich sagte er: »Der Stein von Duncton hat große Kraft und ist vielleicht immer noch das wahre Herz unseres Systems, wie er das einmal wirklich war, als nur auf dem Gipfel des Hügels Maulwürfe lebten. Aber Maulwürfe wie Mandrake und Ruun, von denen ich dir erzählte, haben uns vom Stein abgeschnitten.« Dann fügte er hastig hinzu: »Wenn du wissen willst, was ich denke: Der Stein ist das Wichtigste, was Duncton besitzt.«

Bromus nickte. Mekkins' Antwort schien ihm zu gefallen, aber er sagte nichts. Einen Augenblick lang war jetzt er es, der zögerte, aber dann kauerte er sich bequemer auf seine Pfoten, wie ein Maulwurf, der etwas lange für sich behalten hat, endlich beschließt, die Zeit sei gekommen, alles herauszulassen. Er vertraute Mekkins.

»Du mußt verstehen, daß wir in meinem System in dem Glauben aufgezogen wurden, Duncton-Maulwürfe verfügten über Zauberkräfte und seien böse, es sei gefährlich, dem Wald zu nahe zu kommen, und der Stein auf dem Gipfel des Hügels – von dem wir alle gehört haben – sei ein böser Stein.«

Mekkins war offensichtlich erstaunt über diese Mitteilung.

»Ja, so sieht es eben aus. Nun gibt es hier aber viele Maulwürfe, die an den Stein als eine Idee glauben – etwas, das sie verehren können, wenn du willst. Und auch wir haben unsere Rituale, wie jedes andere System. Aber wir sind ein großes, vielgestaltiges System und in den letzten Jahren von Zwist und Zwietracht heimgesucht worden, gerade so wie andere Systeme, etwa dein eigenes. Als ich mich ungefähr zu der Zeit, als ich hier die Führung übernahm, mit Rose über dies und das unterhielt, erzählte sie mir zu meinem Erstaunen, daß sie euren Stein mehrere Male besucht habe. ›Er ist etwa so böse wie eine Butterblume‹, sagte sie. Na ja, eines Nachts beschloß ich, hinzulaufen und ihn mir selbst anzusehen – ein bißchen riskant, aber etwas trieb mich dazu.«

»Ja! So ist der Stein«, murmelte Mekkins.

»Natürlich war er nicht böse, er war anregend. Ich könnte seine Wirkung auf mich gar nicht beschreiben.«

»Mach dir deswegen keine Gedanken«, sagte Mekkins mit einem verständnisvollen Grinsen. »Ich denke, ich weiß Bescheid.«

»Ich hätte es dabei belassen können, wenn im letzten September nicht etwas geschehen wäre. Einer unserer Maulwürfe, Cairn, wurde in eurem System getötet. Ein Kampf zwischen eifersüchtigen Männchen. Sein Bruder ist ... war, sollte ich sagen, denn er hat inzwischen unser System verlassen ... ein Maulwurf, der Steinkraut heißt, der beste Kämpfer, den dieses System jemals gehabt hat. Er wollte eine Gruppe von Maulwürfen nach Duncton führen und Cairns Tod rächen. Irgendwie konnte ich ihnen das ausreden; ich machte mir, um ehrlich zu sein, Gedanken wegen der Folgen. Aber das veranlaßte mich, darüber nachzudenken, ob es sich lohnen würde, Duncton anzugreifen.«

Mekkins machte ein besorgtes Gesicht, aber Bromus lachte. »Mach dir keine Sorgen. Laß mich ausreden. Ich kam zu dem Schluß, wenn es überhaupt irgend etwas im Dunctonwald gäbe, was wir haben wollten, so war es der Stein. Oder besser, Zugang zum Stein. Unsere Maulwürfe hätten dann eine Art Sammelpunkt, der vielleicht den immer wieder aufbrechenden, sinnlosen Fehden ein Ende machen würde. Und der halbe Dunctonhügel gehört ohnehin zu den Wiesen, oder nicht? Und zusammen genommen – ich meine die beiden Systeme –, bildet der Stein einen natürlichen Mittelpunkt.«

Mekkins sah eindeutig besorgt aus. Die Konsequenzen dessen, was Bromus sagte, waren für ihn offensichtlich.

Bromus fuhr fort: »Nun, der Grund, warum ich dir all dies erzähle, ist hauptsächlich folgender: Wenn du unten im Marsch-Ende meine Hilfe gegen euren Ruun brauchst, was ich für möglich halte, dann werde ich deine oben auf dem Hügel brauchen. Ich will kein Territorium. Ich will Zugang.«

»Das dünne Ende der Wurzel«, sagte Mekkins bissig.

»Vielleicht. Vielleicht auch nicht«, sagte Bromus. »Aber es könnte dem ewigen Töten und den Kämpfen zwischen den Systemen und in meinen eigenen Reihen ein Ende setzen.«

»Was hat das alles mit mir zu tun?« fragte Mekkins.

»Ich weiß es nicht – noch nicht«, sagte Bromus. »Aber als Rose sagte, man könne dir vertrauen, hatte ich so ein Gefühl, sie meinte, du könntest in den Veränderungen, von denen sie spricht, eine wichtigere Rolle als du erwartest spielen.«

Mekkins und Bromus blickten einander an wie zwei Gleichgestellte, die gelassen großen Ereignissen entgegensehen, welche alles ihnen Vertraute berühren und verändern würden. Schließlich lächelte Mekkins.

»Du bist schon ein merkwürdiger Maulwurf, Bromus. So einen wie dich könnten wir gebrauchen in Duncton.«

Bromus lachte und versetzte ihm einen leichten Schlag auf die Schulter, wie um ein Bündnis zwischen ihnen zu besiegeln.

»Übrigens«, sagte er, »wenn diese Rebekka das Weibchen ist, das sich mit Cairn gepaart hat – was auch nur anzudeuten du vermieden hast –, solltest du sie lieber davor warnen, das zu erwähnen. Es gibt Wiesen-Maulwürfe, die sie nicht gern hier hätten. Weißt du, Cairns Bruder Steinkraut war etwas ganz Besonderes, und wir vermissen ihn. Wenn sie herausfänden, daß sich ein Maulwurf im System befindet, der, wenn auch unbeabsichtigt, Ursache seines Weggangs von hier ist, könnte ihnen das mißfallen.«

Mekkins lächelte unverbindlich und wandte sich zum Gehen.

»Ist sie das Weibchen?« fragte Bromus.

»Ja«, sagte Mekkins. Er mochte Lügen nicht.

»Sie muß ein bemerkenswerter Maulwurf sein«, sagte Bromus.

»Das ist sie«, sagte Mekkins. Damit war ihr Gespräch beendet, und nach einem kurzen Besuch in Roses Bau, wo er Bromus' Rat an Rebekka weitergab, eilte Mekkins zurück zum Dunctonwald, um festzustellen, was dort geschah.

Roses Bau war einer der unordentlichsten und schönsten, die Rebekka je gesehen hatte. Es war die Art von Bau, in dem Jungwürfe entzückt von einem Ding zum anderen wandern und sich in Träumereien und Erstaunen verlieren können. Seine Wände waren schlicht und behaglich bearbeitet, mit hervorstehenden runden Steinplatten hier und da, weil Rose es gefiel, wenn die Steine freundliche Schatten warfen und schattige Winkel entstehen ließen.

Gerade neben dem Eingang, tatsächlich blockierte er den Eingang zur Hälfte, lag ein Haufen getrockneter Blätter und Waldmeisterblüten, dessen heuartiger Duft, so sagte Rose, einen heimkehrenden Maulwurf am besten daran erinnerte, daß ein gesunder Verstand mehr vom Inneren eines Baues als von der Außenwelt abhinge. Daneben lagen verstreute Bucheckernschalen auf dem Boden, die übergingen in einen Haufen gesammelter schwarzer Holunderbeeren, getrocknet und zu harten Kugeln geschrumpft.

Auf dem Boden des Baues lagen mehrere Feuersteine herum, einer davon mit flacher Oberfläche und offensichtlich von Rose benutzt, um auf ihm Kräuter zu zerdrücken, denn er war bedeckt mit den zerrupften und zerdrückten Blättern von weißem Andorn, dessen thymianartiger Duft einem Maulwurf, der die Augen schloß und nur den Duft einatmete, diese Ecke des Baues wie ein freies Feld erscheinen ließ.

»Ja, mein Liebes, darum zerdrücke ich sie nie alle, weißt du, denn jedesmal, wenn ich es versuche, überwältigt mich der köstliche Duft!« sagte Rose und erklärte damit das Durcheinander der Andornstengel, die sie einfach liegenlassen hatte.

An der Wand gegenüber dem Eingang hatte Rose ihr eigenes Nest besonders liebevoll bereitet, ein weicher Stapel aus Gundelrebe und den getrockneten Blütenblättern von Geißblatt und Lavendel. Rose hatte Viola einmal dort schlafen lassen, obwohl Viola sich sofort beschwerte, es sei »ungemütlich und höckerig«, was es tatsächlich war, denn einige der Hagebutten, die Rose gesammelt und neben dem Nest gelagert hatte, waren »unerklärlicherweise« in das Nest gerollt, ohne daß Rose es bemerkt hatte.

An einer Wand lag die staubige, ausgetrocknete Flügeldecke eines roten Kardinalkäfers, die Rose nie entfernt hatte, »weil er an einem Sommerabend hier heruntergekrabbelt kam und den Abend friedlich damit verbrachte, mir bei dieser oder jener Arbeit zuzuschauen, und dann starb«. Viola gefiel er gar nicht, aber Comfry fand die Farbe, ein kräftiges Ockerrot, wunderschön, und er mochte auch den dunklen Schimmer der toten Flügel.

Im Mittelpunkt des Baues, übersät mit anderen Kräutern und Stengeln, die alle staubig, trocken und grün vor Alter waren, stand ein langer, knorriger Feuerstein in verschiedenen Rosa- und Blautönen, dessen Form sich mit jeder Stunde des Tages und je nach Standpunkt des Maulwurfs, der ihn betrachtete, zu verändern schien. »Oh, nein; der Stein verändert sich nicht«, erklärte Rose Rebekka, als sie sich eines Tages unterhielten, »du veränderst dich.«

Von diesem wohlriechenden Bau aus hatte Rose ihr Leben lang Duncton- und Wiesen-Maulwürfe gleichermaßen geheilt. Als Rebekka in jener letzten kalten Januarwoche so verzweifelt zu ihr kam, näherte Rose sich dem Ende eines langen Lebens. Sogar in der Zeit seit kurz vor der Längsten Nacht, als Rebekka sie zum letztenmal gesehen hatte, war Rose langsamer geworden und gealtert. Sie hatte jetzt Schmerzen in den Schultern und den Hinterpfoten, was ihre Bewegungen erschwerte, so daß sie es meistens vorzog, es sich in einer Stellung bequem zu machen und nur den Kopf zu bewegen, um Rebekka und die Jungwürfe mit den Augen zu verfolgen, wenn sie im Bau waren. Sie sah einem Maulwurf gern in die Augen, wenn sie mit ihm oder ihr sprach, und trotz ihrer Schmerzen waren ihre eigenen Augen so ruhig und warm wie immer.

Gleichzeitig schlief sie mehr und schwebte manchmal zwischen Schlafen und Wachen wie die federleichten Früchte des Löwenzahns an einem warmen Septemberabend sich heben und senken. Während die Tage dahingingen, schien sie immer weniger zu sprechen und häufiger zu lächeln, und um sie herum entstand ein Frieden, der sich sogar auf Viola auswirkte, deren übliche Überschwenglichkeit in Roses Nähe gedämpfter wurde.

Comfry hatte seine ursprüngliche Zurückhaltung gegenüber Rose bald überwunden und verbrachte zusammen mit Viola viele Stunden mit ihr, in denen sie ihnen die Geschichten und Sagen des Systems erzählte. Viola zog die dramatischen Geschichten vor, in denen Helden und Bösewichte von Tunnel zu Tunnel stürmten, während Comfry Rose lieber Märchen von Blumen und Bäumen erzählen hörte, deren Geheimnisse ihn im Bann hielten.

Rose begann jede ihrer Geschichten auf die gleiche Weise: »Von meinem Herzen zu eurem Herzen erzähle ich diese Geschichte, damit ihr Segen euch berühren mag, wie er mich berührt hat« – und Comfry kuschelte sich zusammen, Viola lauschte erwartungsvoll, während der Zauber der Erzählung sie gefangennahm.

Obwohl Rebekka es nicht wußte, war es ganz ungewöhnlich, daß ein Maulwurf Roses Bau betrat, und unter den Wiesen-Maulwürfen sprach es sich schnell herum, daß »diese Rebekka aus Duncton ein ganz besonderer Maulwurf sein muß, wenn Rose die Heilerin sie in ihren Bau läßt. In ihren Bau!«

Sie hatten recht mit ihrer Feststellung, denn für Rose war Rebekka etwas ganz Besonderes. Sie hatte vom ersten Augenblick an Rebekkas Lebenskraft erkannt, und da sie diese so hoch bewertete, hatte sie besser als irgendwer sonst, besser sogar als Mekkins, verstanden, wie Mandrakes Ermordung ihrer Jungen ihren Lebensmut fast getötet hätte.

Sogar die Art, wie sie sich um Comfry kümmerte, und wie es zärtlicher und liebevoller kaum vorstellbar war – und wie sie jetzt Viola zu sich nahm –, sogar daran sah Rose, daß Rebekka viel von ihrem Vertrauen in das Leben verloren hatte. Manchmal lag eine abwesende Traurigkeit in der Art, wie sie Comfry streichelte, oder eine plötzliche Zaghaftigkeit in ihrem Lachen, das einst immer so frei und offen gewesen war.

Darum öffnete Rose Rebekka und den Jungwürfen ihren Bau und wußte, daß mit der Gnade des Steins Rebekka etwas wiederfinden könnte von dem Leben, zu dem sie den Kontakt verloren hatte. Rose verschwendete weder Zeit noch Worte, indem sie bedauerte, was geschehen war. Sie wußte seit ihrer ersten Begegnung, daß Rebekka eine Heilerin sein würde, und sie wußte, daß Heilen nur aus einem Herzen kommen kann, das das Dunkel wie das Licht gesehen hat. Sie befürchtete, daß auf Rebekka noch einiges wartete, viel mehr, als sie selbst je durchgemacht hatte, und im stillen betete sie, daß der Stein ihr helfen möge, Rebekka die Kraft und das Vertrauen zu geben, ihren Weg allein zu finden, wenn sie, Rose, nicht mehr da war.

Aus diesem Grund bestand Rose darauf, daß die Jungwürfe sie jeden Tag eine gewisse Zeit mit Rebekka alleinließen; sie ging sogar soweit, dafür zu sorgen, daß die freundlicheren unter den Wachwürfen, die sich immer noch in der Nähe aufhielten, Viola und Comfry in ihre Obhut nahmen und sie beschäftigten.

Sie sprachen und schwiegen miteinander, es gab Zeiten, da Rose Rebekka Einblick in ihr Wissen auf dem Gebiet der Kräuter und der Heilkunde und in ihr Vertrauen in den Stein gewährte, eine Zeit, während der in Rebekka die Heilung fortschritt, die mit ihrer Zusammenkunft mit Bracken in der Längsten Nacht – in der Stille des Steins – begonnen hatte.

Rose unterrichtete Rebekka mehr nach Gefühl als nach Plan, denn ihrem Verstand mangelte es ebenso hinreißend an Logik wie ihrem Bau. Reime und Sprüche, Gedanken und Worte, Ideen und Lächeln, alles kam zu seiner Zeit und auf seine Weise, und Rebekka merkte kaum, daß sie etwas lernte. Wie der alte Blumenvers, den Rose ihr eines Tages beibrachte, um die Kräuter zu nennen, die einem Bau einen angenehmen, dauerhaften Duft verleihen, und bei dem Rebekka erst viele Maulwurfjahre später herausfand, daß sie sich an ihn erinnerte:

Ehrenpreis und Majoran,
Basilikum und Mädesüß
Tausendschön und Rainfarnköpfchen,
Fenchel mit Bibernell;
Rosen im August,
Lavendel in des Sommers Glanz,
Schafgarbe und Wasserminze:
Keines wird so bald vergehen.

Sie sprachen über tausend Dinge, aber Rose bemühte sich, bei Rebekka eher Gedankensamen auszusäen, die heranwachsen würden, als fertige Pflanzen einzugraben, die nur noch welken konnten. Und sie wartete auf Rebekkas Fragen.

»Rose?«

»Mhm, meine Liebe?«

»Woher weißt du, wie du einem Maulwurf helfen kannst, wenn du glaubst, er brauche Hilfe?«

»Das weißt du nicht, mein Liebes. Du weißt es nie. Vielleicht hast du eine Vorstellung, aber du weißt es nicht. Nein ... weißt du, sie sagen es dir. Was du lernen mußt, ist, zu verstehen, was sie zu sagen versuchen, denn etwas ist sicher, sie wissen es nie selbst! Es ist eine der Lasten eines Heilers, Rebekka, sich damit abzufinden, daß die meisten Maulwürfe unfähig sind zu sagen, was ihnen fehlt. Allerdings, wenn sie es wüßten – wirklich wüßten –, dann fehlte ihnen wahrscheinlich gar nichts.« Rose schwieg, und Rebekka dachte über ihre Worte nach. Dann fügte Rose hinzu: »Am besten fängst du an, indem du sie sanft mit der Pfote berührst, wie du Comfry berührst, wenn er Trost braucht. Berührung vermag dir viel mehr zu sagen, als Worte es je können.«

Ein anderes Mal unterbrach Rose plötzlich eine lange Stille, während der sie geschlafen zu haben schien, und sagte: »Du kannst an der Art, wie ein Maulwurf steht, sehen, ob ihm etwas fehlt. Krankheiten und Leiden, auch solche, die den Verstand zuerst berühren, zeigen sich immer im Körper. Am leichtesten zu heilen sind Verletzungen aus einem Rivalenkampf. Schubse sie hier ein bißchen, stoße sie dort ein wenig, sage ihnen ein paar ermutigende Worte, und bald sind sie wieder putzmunter. Wieviel Spaß hat es mir gemacht, diese rauhen Männchen von der Westseite unter meine Pfoten zu bekommen!« Sie lachten beide bei der Vorstellung, und Rose erklärte: »Siehst du, sie benutzen ihren Körper so viel zum Kämpfen, daß sie besser als die meisten Maulwürfe merken, wenn etwas nicht stimmt, und sie kommen bald wieder in Ordnung. Tatsächlich ist das Kämpfen gar nicht so schlimm, wie einige Maulwürfe behaupten. Es lehrt einen Maulwurf, das zu schätzen, was er hat. Zu viel Angst und zu wenig Bewegung machen den Körper kaputt. Das war es, was mit diesem Bracken nicht stimmte!«

Als die Wochen verstrichen und das kühle Ende des Februars kam, fing Rose an, Rebekka zu ermutigen, sich jeden Tag etwas Zeit zu nehmen, um allein dazukauern und eine Weile »nicht zu denken«.

»Wie meinst du das, Rose?«

»Tu es einfach, meine Liebe, und denke nicht darüber nach. Du wirst feststellen, daß jeder Bau einen Winkel hat, der am besten geeignet ist zum Kauern und Nichtstun. In meinem ist er drüben bei der Pflanze, wo es so angenehm nach weißem Andorn riecht. Du kannst sofort anfangen. Geh einfach hinüber und schließe die Augen und denke an gar nichts, während ich versuchen werde, ein bißchen aufzuräumen. Aber kümmer dich nicht um mich.«

Während Rose sich langsam in ihrem Bau bewegte, versuchte Rebekka es, aber nach wenigen Minuten drang ihre Stimme zu Rose: »Es ist unmöglich, nicht zu denken! Die Gedanken, die ich gerade losgeworden bin, werden sofort durch andere ersetzt!«

»Ja, ich weiß«, sagte Rose ohne Mitgefühl. »Es ist anstrengend. Aber du wirst feststellen, daß reden nicht hilft.«

Dieses erste Mal schaffte Rebekka es nur zehn Minuten lang, bevor sie es ärgerlich aufgab und behauptete, sie müsse nachsehen, was die Jungwürfe trieben. Aber Rose drängte sie, nicht aufzugeben, und allmählich, während der März ins Land zog, stellte Rebekka fest, daß sie sich tatsächlich auf ihre tägliche Nicht-denk-Zeit freute.

Als sie das geschafft hatte, schlug Rose, die nur wiederholte, was sie vor so vielen Jahren von ihrem eigenen Lehrer gelernt hatte, ihr vor, daß sie, anstatt an nichts zu denken, versuchen solle, jedesmal an eine bestimmte Sache zu denken. Es war die Kratzdistel, die auf der Wiese über Roses Tunnel wuchs und bald wieder zum Leben erwachen würde, an die sie das erste Mal denken mußte. Dann an so unterschiedliche Dinge und Vorstellungen wie Eichen, Eulen, Steine, den Stein, Dunkelheit, Krallen, Wärme.

Eines Tages begann Rebekka dabei zu weinen, und Rose ließ sie weinen, froh, daß wenigstens ein Teil ihres Kummers sie verließ. Später sprach Rebekka mit ihr darüber und sagte: »Ich erinnerte mich, wie ich eines Tages den Hügel hinauflief, nachdem Cairn mich verlassen hatte, um mit Ruun zu kämpfen – ich habe es dir erzählt –, und es regnete, und ich lief. Ich war so durcheinander und lief einmal in diese Richtung, einmal in jene, bis ich irgendwie feststellte, daß ich oben beim Stein war . . .«

»Irgendwie?«

Wenn Rose solche Zwischenbemerkungen machte, wußte Rebekka, daß es wichtig war, eine Antwort zu finden. Wie war sie wirklich auf den Hügel hinaufgekommen? Sie dachte zurück und befand sich wieder zwischen jenen großen grauen Buchen, durch die der Regen rieselte, und sie drehte sich um, lief . . . oh, es waren die Buchen gewesen, die sich zu ihr geneigt, sie in diese, in jene Richtung gedrängt, sie zurück zum Licht auf dem Gipfel des Hügels gelenkt hatten, wo der Stein stand, als wüßten sie, wohin sie sich wenden sollte, und es ihr zeigten . . .

»War es also das?« fragte sie sich selbst und Rose.

»Nur du kannst es wirklich sagen, meine Liebe. Aber ich weiß, daß die Bäume und Pflanzen mir Dinge mitteilen, die ich sonst nicht wissen würde. Manchmal denke ich, sie versuchten mich zu einem hilfsbedürftigen Maulwurf zu führen; anders kann ich mir nicht vorstellen, wie ich meinen Weg zu einem

Maulwurf oft so schnell gefunden habe. Wenn du daran zweifelst, mußt du nach einem wirklich schlimmen Sturm hinauf auf die Oberfläche im Dunctonwald laufen, wenn der Wind die Bäume gepeitscht und zerschmettert hat und Zweige heruntergefallen sind: Du kannst spüren, daß die Bäume trostlos und erschüttert sind über das, was geschehen ist, denn ihre Empfindungen füllen die Luft, die du atmest, und ein Gefühl der Erleichterung ist auch dabei.«

So reichte Rose Stück für Stück einen Teil ihrer ererbten Weisheit an Rebekka weiter, die eines Tages, das wußte sie, von ihr die Aufgabe des Heilens übernehmen würde.

Mitte März wurden die beiden Jungwürfe, besonders Viola, in zunehmendem Maß selbständig. Viola wuchs schnell heran und hatte es fertiggebracht, Freundschaft mit einigen Wiesen-Maulwürfen aus einem Herbstwurf zu schließen, so daß sie sie immer seltener sahen, wenn sie auch an den meisten Tagen zurückkam, um in Rebekkas Bau zu schlafen.

Comfry hielt sich immer noch gern in Rebekkas Nähe auf, obwohl er sich während der letzten Zeit angewöhnt hatte, in einem von ihm selbst gegrabenen Bau zu schlafen. Angeregt durch Rose, interessierte er sich immer mehr für Kräuter und Pflanzen und fragte unablässig, wann er hinaus an die Oberfläche gehen könne, um selbst noch mehr zu sehen.

»Du mußt noch ein oder zwei Wochen länger warten, bevor die ersten herauskommen, mein Schatz«, sagte Rose, »wenn du auch jetzt schon hier und da ein paar Schneeglöckchen finden würdest, nehme ich an. Und Winter-Eisenhut. Aber bald wird es Schöllkraut und Wildhyazinthen geben, und danach, im April, Gundelrebe, Günsel und alle möglichen Farn-Arten und – oh! du hast es gut!« Rose sah plötzlich traurig und wehmütig aus, als wüßte sie, daß sie solche Freuden nie mehr würde genießen können.

»Natürlich wirst du das, Rose«, sagte Rebekka. »Das warme Wetter ist schon fast da. Bald wird wieder das Geschrei von Jungen in Duncton ertönen, und wahrscheinlich auch auf den Wiesen . . .« Aber Rebekka konnte nicht weitersprechen. Rose sah sie an aus Augen, in denen zu lesen war, daß sie wisse, wie alt sie sei und wie nahe dem Ende. Und Rebekka konnte Rose nie etwas anderes als die Wahrheit sagen.

Jetzt veränderte und vertiefte sich ihr Verhältnis zueinander auf kaum wahrnehmbare Weise. Es war, als habe Rose das Gefühl, sie könne Rebekka – ihrer geliebten Rebekka – nichts mehr beibringen und müsse nun auf den Stein vertrauen, daß Rebekka ihren Weg finde. Es gab lange Stunden des Schweigens zwischen ihnen, Zeiten, in denen die besten Worte Stille waren. Eine Zeit, in der Rose Rebekka zeigte, daß sie ihr vertraute und damit Rebekka half, wieder zu lernen, Vertrauen in das Leben zu haben. Eine Zeit, in der Rebekka allmählich sah – und befürchtete –, daß sie vielleicht bald Roses Aufgabe, das Heilen, übernehmen müsse. Oh! Sie wußte so wenig! Eine Zeit, in der Rose begann, länger und unter größeren Schmerzen zu schlafen, in der ihre Gedanken zu wandern begannen und ein tieferer Frieden über sie kam, so daß selbst der Bau leiser und stiller zu werden schien, seine Schatten dunkler wurden, seine Düfte und Gerüche zarter und zurückhaltender, eine Zeit, in der Rebekka Rose kaum noch allein ließ, wenn sie in ihrem Nest schlief.

Die Wiesen-Maulwürfe schienen zu spüren, daß Roses Arbeit fast getan war, denn sie mahnten die Jungwürfe in den Tunneln draußen zur Ruhe und sprachen mit leiser Stimme und brachten Nahrung, um Rebekka die Mühe zu ersparen, welche zu beschaffen.

Einiges von dem, was Rose in diesen letzten Tagen vor sich hin flüsterte, verstand Rebekka; an anderes erinnerte sie sich in späteren Jahren, als sie weiser geworden war, und brachte irgendwie einen Sinn hinein, und manches ergab überhaupt keinen Sinn.

Sie war jetzt alt, Rose, ihr Atem ging kürzer und flacher, ihr Rüssel bewegte sich kaum, die Freude, Rebekka in der Dunkelheit nahe zu wissen, wie sie sich leise durch den Bau bewegte, ihre Schmerzen linderte, leise mit dieser Viola lachte, der ungezogenen Range, und Cairn und Bracken aus dem Alten System, »mein Lieber, mein Süßes«, sagte sie zu ihm, »erinnerst du dich an Bracken? Oben in dem dunklen Tunnel, wo ich soviel Kraft verlor, weil ich sie Bracken gab, damit er lernen konnte zu lieben?« So viele Maulwürfe hatten ihren Weg gekreuzt, einer nach dem anderen, so viel Furcht, so viele überflüssige Dinge. Rebekka wußte schon alles, armes Kind, sie wußte es nur nicht, keinen Zweck, es ihr zu sagen, süßes Mädchen, ihr Bracken, sie würde lieben ...

»Rebekka! Rebekka!« flüsterte sie in dem Bau, wo es so lieblich duftete.

»Ja, meine Liebe«, sagte Rebekka. *Ihr Fell an meinem, sie streichelt mich, meine Liebe, meine Worte ihre Liebe in mir Rebekka Rebekka einen Schauder schaudernd wo ist dein Bracken den ich gesehen habe, wo ...*

»Was ist, Rose?«

... wo ist Bracken weißt du es ... »Wo ist ... Bracken?«

»Wie ich dir erzählte, Rose, er ist fort, fort, aber ich weiß, daß er in Sicherheit ist. Ich fühle es wie die Buchen, wie ich auch vorher wußte, als ...«

»Ich ging zu ihm auf den Hügel und du hast mir geholfen ja ...«

»Ja, Rose, schlaf, Rose, schlaf, meine liebste Rose.«

Ich blieb hinterher bei dem Stein schaute Dunkelheit in der Nacht große Bäume Buchen schwanken und Wurzeln und ... »Ich wußte es waren du und Bracken um uns herum du und Bracken Rebekka du und Bracken würden immer um uns alle ...«

»Ja, Rose.«

Du weintest schließlich und ich wußte es würde kommen wie du es mit dem Hügel deine Tränen mußten naß auf deinem Gesicht sein auf meinem Fell endlich.

»Nun, nicht nötig, mein Liebes nicht nötig.«

Und ihre alte Stimme erstarb, es blieben nur Rebekkas Tränen.

»Wohin ist Rose gegangen?« fragte Viola den Wachwurf, der zögerte, weil er es nicht wußte.

»Sie ist zum St . . . Stein gegangen«, sagte Comfry, wütend über sich selbst, weil er immer stotterte bei dem Wort, das am allerwichtigsten war.

»Woher weißt du das?« fragte Viola.

»Ich w . . . weiß es eben«, sagte Comfry, der es wirklich wußte, weil Rose ihm einmal erzählt hatte, daß alle Pflanzen vom Stein kämen, und Pflanzen wären nicht anders als Maulwürfe, und er hatte gefragt: »Wohin gehen sie, wenn sie im Winter welken und sterben?« und sie sagte: »Sie gehen zum Stein, der überall ist«, also mußte das stimmen, und dorthin war Rose gegangen. Aber es hatte keinen Zweck, Viola das zu erzählen, weil die Worte nicht richtig herauskamen.

Aber er konnte es Rebekka erzählen, weil sie es wußte, und er würde sie oben bei dem Eingang auf der Oberfläche in der Sonne finden, wo sie hingelaufen war und wo sie auch jetzt war. Er würde laufen, er lief wirklich, lief unter Tränen und konnte nichts dagegen machen. Oh, wo ist Rose, schluchzte er.

Rebekka würde es wissen.

KAPITEL 28

Bracken, Boswell und Mullion brauchten bis Mitte April, um zum Nunhamsystem zu gelangen, und während der ganzen Zeit drohte Mullion häufig damit, sie zu verlassen, weil »Bracken offensichtlich keine Ahnung hat, wo Nunham liegt, und all dieser Quatsch vom Stein ist nichts als Unsinn«, wie er es ausdrückte.

Bracken selbst sagte nicht viel. Er spürte die Anziehungskraft des Steins, hatte aber nicht genug Selbstvertrauen, um deswegen mit Mullion zu streiten, wenn er ihm nicht folgen wollte. Boswell hatte mehr Vertrauen als Bracken und Mullion, und es war sein maßvolles Verhalten, gelegentlich auch die Drohung, Mullion beim Wort zu nehmen – denn der Wiesen-Maulwurf wollte sich nicht wirklich allein durchschlagen –, was sie zusammenhielt.

Sie stießen auf viele Schwierigkeiten und Gefahren: Das Land, das sie durchqueren mußten, war vorwiegend feuchtes Tiefland, und oft kamen sie nur langsam voran, denn da es Paarungszeit war, mußten sie es vermeiden, zu tief in eines der Systeme einzudringen, in deren Nähe sie kamen. Aber endlich stellte Bracken fest, daß die Anziehungskraft immer stärker wurde, bis der Tag kam, an dem sie einen Maulwurf, den sie trafen, fragten, ob er wisse, wo Nunham liege, und dieser mit einem Blick, der zeigte, daß er sie für nicht ganz gescheit hielt, entgegnete: »Ja, hier ist es doch. Ihr sagtet Nunham, oder was?«

Bracken fragte sofort, wo der Stein sei, und ob die Nunham-Maulwürfe sehr feindselig seien.

»Oh, da würd ich mir keine Sorgen machen. Nunham is nich mehr, was es mal war, wißt ihr. Der Fluß hat während der letzten Generationen seinen Lauf geändert und die Gegend so überschwemmt, daß das ganze System nich mehr der Rede wert is. Bloß 'n paar alte Jungs wie mich, die ihre Rüssel nich in Sachen stecken, die sie nix angehen... Ihr findet den Stein da drüben.« Er winkte mit einer Hand nach Westen, den Tunnel hinunter, wo sie sich getroffen hatten, und trippelte in die entgegengesetzte Richtung davon.

»He!« rief Mullion ihm nach. »Warte doch mal!« Er lief hinter dem Maulwurf her, und Bracken und Boswell hörten ihn fragen: »Hast du eine Ahnung, ob bei euch ein Maulwurf ist, ein Kämpfer, aus dem Norden hierhergekommen?«

»Du bist nich der erste, der das fragt, kann ich dir sagen! Also, da is einer, und da ist auch wieder keiner. Ich hab ihn noch nie gesehen. 'ne Menge kommen und fragen nach ihm, und die meisten ziehen enttäuscht wieder ab. Einige behaupten, sie ham ihn gefunden, aber sie wolln nich sagen, wo oder wann.«

»Wo könnten wir ihn wohl finden?« fragte Mullion.

»Hinter dem Stein, da sind die meisten Sachen«, sagte der Maulwurf. »Da warn mehrere Maulwürfe, die sind hier durchgekommen wie ihr, war gar nich so lange her, zwei Wochen oder so. Groß wie du warn sie. Sie ham ihn gefunden und auch wieder nich.«

»Wie meinst du das?« fragte Mullion.

»Also, 's waren vier, und drei davon hab ich später getroffen, zufällig oben beim Stein, und sie ham gesagt, sie ham sich umgesehn, und sie schätzen, 's gibt ihn gar nich. Aber einer von ihnen war nich mehr dabei, er hat 'n bißchen länger gewartet und is nich mit den andern zurückgegangen.«

»Wohin?« fragte Mullion aufgeregt.

»Mußt die Würmer fragen, nich mich. Ich treib mich nich in der Gegend rum wie ihr Jungwürfe.« Mit diesen Worten verschwand er endgültig, und Mullion kam zu den anderen zurück.

»Habt ihr das gehört? Hört sich so an, als seien die vier Wiesen-Maulwürfe, von denen ich sprach, vor uns hier gewesen. Ich frage mich, wer zurückgeblieben ist.«

Sie fanden den Stein von Nunham ohne Schwierigkeiten – alle Tunnel schienen zu ihm zu führen. Er war breit und knollenförmig, viel kleiner als der Stein von Duncton, und stand auf einem mit tiefgrünen Wiesen bedeckten Steilhang hoch über einem flachen, sich windenden Fluß, der jenseits mehrerer saftiger grüner Wiesen lag. Flecke von blauem Ehrenpreis, ein paar frühe Löwenzahn und die dunkleren Blätter junger Günseltriebe wuchsen zwischen dem Gras bei dem Stein, dessen Aussehen Bracken enttäuschte. Er hatte etwas viel Eindrucksvolleres erwartet.

»Jeder Stein ist anders«, erklärte Boswell, »und alle können dich etwas lehren. Versuche, bei jedem Stein, zu dem du kommst, eine Zeitlang schweigend zu verbringen, bevor du ihn dir allzu genau ansiehst – auf die Weise lernst du ihn vielleicht schneller kennen.«

Bracken befolgte den Rat – er vertraute Boswell in allem, was mit dem Stein zu tun hatte –, und da es Spätnachmittag war und die Oberfläche sicher zu sein schien, war er bereit, eine Weile im Freien zu kauern. Jenseits des Steins hörte er Buchfinken, Goldammern und Amseln in einer Hecke, die er nicht sehen konnte, und zu den gemischten Klängen ihrer Triller, Noten und Lieder lauschte er dem Stein von Nunham. Es schien ein freundlicher, friedlicher Ort zu sein.

Mullion jedoch konnte nicht einfach dakauern und hatte auch nicht das Verlangen danach. Er wollte sich auf die Suche nach dem Kämpfer-Maulwurf machen und außerdem feststellen, ob er recht hatte und die Wiesen-Maulwürfe tatsächlich hier gewesen waren.

Erst als der Abend nahte und die Gefahr von Raubvögeln mit sich brachte, kehrten Bracken und Boswell in die Tunnel zurück und eilten an dem Stein vorbei, nach Mullion rufend, der verschwunden war.

Die Tunnel waren wie jene in den Wiesen am Ducntonwald einfach, lang und gerade, mit verhältnismäßig wenigen Bauen oder Seitentunneln, aber sie vermittelten einen ganz anderen Eindruck. Einmal war die Erde schwerer und dunkler, und da sie Sand oder Kies enthielt, aus einer fernen Vergangenheit, als der Fluß seine Sinkstoffe so hoch an der Seite des Tals abgelagert hatte, neigte sie dazu, an manchen Stellen nachzugeben und abzurutschen, was den Tunneln ein verlassenes Aussehen verlieh. Auf einigen der Tunnelböden lag Abfall unordentlich herum, und die wenigen Eingänge zu Bauen waren unaufgeräumt und verwahrlost.

Ein oder zweimal hörten und sahen sie in ihrer Nähe Maulwürfe, aber es ging keine Feindseligkeit von ihnen aus; auch sie schienen eher zu kommen und zu gehen als zu verweilen.

»Man hört hier nicht einmal das Geschrei von Jungen«, sagte Bracken zu Boswell. »Und bis jetzt habe ich überhaupt noch kein Weibchen gesehen oder gewittert.«

Boswell folgte Bracken bereitwillig; er hatte unbegrenztes Vertrauen in Brackens Instinkt, den richtigen Weg zu finden, und so wanderten sie von Tunnel zu Tunnel, meistens leicht bergauf, und riefen von Zeit zu Zeit nach Mullion, obwohl sie wußten, daß sie ihn immer am Stein wiedertreffen konnten.

Da es April war, waren die Nächte noch kalt, und als es draußen Nacht wurde, breitete sich im Tunnel Kühle aus. Sie nahmen etwas Nahrung zu sich und beschlossen dann, weiter bergan zu laufen, bis sie eine äußere Begrenzung der Tunnel fanden, und dort zu schlafen.

Aber als sie weiter vordrangen, wurde Bracken unruhig. Er hatte das Gefühl, sie liefen auf ein bestimmtes Ziel zu, obwohl er keine Vorstellung hatte, wo das sein mochte. Er huschte weiter und blieb nur gelegentlich stehen, um sich zu vergewissern, daß Boswell noch hinter ihm war, und wartete auf ihn.

»Hast du bemerkt, daß der Tunnel plötzlich ordentlicher und sauberer wird?« fragte Boswell und humpelte zu der Stelle, wo Bracken an einer der Steigungen auf ihn wartete. »Irgendein Maulwurf hat den Schutt weggeräumt und einige dieser zerfallenden Wände gestützt«, fügte er hinzu.

Noch während er sprach, hörten sie schwere Schritte im Tunnel vor ihnen, die ein Stück weiter in der Dunkelheit erstarben.

»Welcher Maulwurf ist dort?« fragte eine kräftige, tiefe Stimme aus der dunklen Tiefe. Sie war weder freundlich noch feindselig.

Sie eilten weiter, bis sie zu einer großen Höhle kamen, in der mehrere Tunnel zusammenliefen. An ihrer gegenüberliegenden Seite kauerte ein sehr kräftig aussehender Maulwurf. Im Vergleich zu einem Maulwurf aus Duncton war er schlank, sein Fell von heller Farbe. Er war ungeheuer muskulös und stark – einer von jenen Maulwürfen, deren Größe erst offenbar wird, wenn ein normaler Maulwurf in ihre Nähe kommt und sich wie ein Zwerg fühlt, wie er sich auch recken mag.

Das Fell seines Gesichts war dicht und dunkel-silbrig, seine Augen voller Selbstvertrauen. Bracken fiel auf, daß seine Hinterpfoten ungewöhnlich groß waren und daß er breitpfotig auf dem Boden kauerte und den Eindruck vermittelte, er könne jeden Moment aufspringen.

»Welche Maulwürfe seid ihr?« wiederholte er.

Aber bevor Bracken antworten konnte, veränderte seine bisher völlig neutrale Haltung sich plötzlich. Sein großer Rüssel näherte sich Bracken und schnupperte an ihm, seine Vorderpfoten stemmten sich kraftvoll in den Boden, während seine Augen sich verengten und sein Schwanz zornig zuckte. Aus seiner Kehle kam ein tiefes Knurren, und langsam, sehr langsam erhob er sich zu seiner ganzen Größe.

Bracken stand völlig reglos da, während er in Gedanken nach einem Grund für diese plötzliche Feindseligkeit suchte. Er fand keinen Grund, war aber nicht bereit, sich auf einen Streit einzulassen, und zog sich zu dem Eingang zurück, durch den sie gekommen waren, wobei er sich schützend vor Boswell schob. Es erschien ihm besser, die Sache mit Worten aus einer Position auszufechten, aus der ein Rückzug möglich war.

»Ich habe gefragt, welche Maulwürfe ihr seid und woher ihr kommt«, wiederholte der fremde Maulwurf, der von Sekunde zu Sekunde zorniger wurde.

»Ich bin Bracken vom . . .«

»Dunctonwald?« brüllte der Maulwurf herrisch. »Ihr kommt vom Dunctonwald?«

Er lief kraftvoll auf Bracken zu, und seine Größe schien sich mit jedem seiner Schritte zu verdoppeln. Bevor Bracken auch nur ein Wort sagen oder seine Krallen zur Verteidigung heben konnte, war der Maulwurf bei ihm, packte ihn mit einer Pfote an der Schulter und schob ihn mit einer einzigen mächtigen Bewegung in die Mitte der Höhle. Er drehte sich kurz um und warf einen Blick auf Boswell, tat ihn mit einem kurzen Schnaufer ab und wandte sich wieder Bracken zu.

»Euren Geruch würde ich überall erkennen«, sagte er mit donnernder Stimme und versetzte Bracken einen Hieb mit seiner mächtigen Kralle, der Bracken zwar nicht ernsthaft verletzte, ihn aber an der Schulter traf und mehrere Schritte nach hinten schleuderte. Seine Kraft und seine Schnelligkeit waren ungewöhnlich, und Bracken versuchte immer noch verzweifelt zu ergründen, was eigentlich geschah, als der Maulwurf mit seiner linken Pfote ausholte und mit seiner Kralle Brackens Flanke verletzte. Während Bracken keuchend und voller Angst zurückstolperte und Blut über sein Fell tropfte, sah er, wie hinter dem großen Maulwurf Boswell tapfer heranhumpelte und mit seiner einen Pfote sinnlos nach dem Maulwurf ausholte. Mit einem schrecklichen Tritt nach hinten traf der andere Maulwurf Boswell im Gesicht, und Boswell fiel gegen die Wand und sackte quer vor den Eingang, durch den sie gekommen waren.

Trotz des Schocks, den er erlitten hatte, und trotz seiner Verletzungen versetzte dieser Anblick von Boswell, der noch nie in seinem Leben einem Maulwurf ein Leid zugefügt hatte und jetzt bewußtlos geschlagen worden war, Bracken in die gleiche Wut, die ihn ergriffen hatte, als er im Kanal jenseits der Marsch zum erstenmal Mullion gegenüberstand.

Er hob seine Krallen, trat zurück, um sich mehr Platz zu verschaffen, und stürzte sich dann mit seiner ganzen Kraft auf Augen und Rüssel des Maulwurfs. Er traf jedoch weit daneben. Als er den Maulwurf erreichte, ging dieser ihm leichtpfotig aus dem Weg, so daß seine Krallen ins Leere fuhren, während der Maulwurf grausam lachte. Dann wurde er wieder ernst.

»Was für ein Gefühl ist das, Duncton-Maulwurf? Was für ein Gefühl?« brüllte er.

Bracken griff wieder an, aber diesmal reckte der große Maulwurf sich einfach in die Höhe und nach hinten, und Bracken konnte mit seinen Krallen sein Gesicht nicht einmal erreichen. Er versuchte, sie in die Schultern des anderen zu schlagen, aber dieser trat einfach zur Seite und ließ Bracken hilflos nach vorn fallen, getragen von der Kraft seines eigenen sinnlosen Hiebs.

Inzwischen rang Bracken keuchend nach Atem und war voller Angst, während er sich verzweifelt nach seinem Gegner umsah. Der stand jetzt hinter ihm, die Krallen locker und erhoben, und spottete über Brackens Unfähigkeit, ihn auch nur zu erreichen.

Dann sagte er: »Ist es dies, was du vorhattest?« und versetzte Bracken einen Hieb, der ihn unter der Schulter traf und ihn vor Schmerzen aufächzen ließ – das Ächzen eines Maulwurfs, der weiß, daß noch einige von diesen Hieben den Tod bedeuten.

»Oder das?« sagte der Maulwurf, machte plötzlich eine Drehung und versetzte ihm einen so heftigen Tritt, daß Bracken einen Augenblick lang glaubte, die Höhle falle über ihm zusammen, während er gegen die Wand prallte, wo Boswell immer noch lag und gerade begann, sich zu regen und zu stöhnen.

Bracken versuchte, sich zu bewegen, konnte es aber nicht. Tausende von Gewichten schienen jedes seiner Glieder unter Schmerzen nach unten zu pressen. Der große Maulwurf kam auf ihn zu, die Krallen ausgestreckt, und in seinen Augen war ein Blick, wie Bracken ihn nur einmal in den Augen eines Maulwurfs gesehen hatte, und das war in Mandrakes, als er sich ihm in der Höhle der Düsteren Geräusche näherte.

Er versuchte sich aufzurichten, aber selbst sein Kopf wollte sich nicht so bewegen lassen, wie er es wünschte; er schien nach einer Seite zu sacken, und sein Maul stand offen, und er keuchte vor Schmerzen. Der Maulwurf kam näher, die Krallen einer Pfote höher hebend. Er sagte etwas, aber Brackens Kopf schmerzte so, daß er nichts hören konnte – er sah nur, wie eine Anklage formuliert wurde, und erkannte das Wort »Duncton, Duncton«, und als dann die Krallen über ihm ausholten, wußte er mit schrecklicher Gewißheit, daß er und Boswell sterben würden. Er drehte den Kopf, um Boswell anzusehen, der noch immer beim Eingang lag, wohin ihn der Tritt des Maulwurfs geschleudert hatte. Bracken versuchte zu sprechen, versuchte zu sagen »Warum?«, versuchte, seinen Körper zurückzuschieben in die Wand, durch die Wand hindurch, aus der Höhle hinaus, um den Krallen zu entfliehen, die Angst wie eine Wurzel um seinen Hals.

Aber dann hielten die Krallen in ihrer Bewegung inne, und der Maulwurf drehte den Kopf, um zum Eingang zu blicken, wo Boswell lag, und er blickte auf etwas hinter Boswell. Seine Bewegungen wurden langsamer, bis er ganz still dastand, ein Ausdruck des Erstaunens trat in sein Gesicht, und dann wandte er sich aggressiv dem Eingang zu, als dort ein Rüssel, dann ein Gesicht, dann die vordere Hälfte eines Maulwurfs sichtbar wurde, eines alten Maulwurfs, eines gebrechlichen Maulwurfs, eines Maulwurfs, dessen Pelz vor Alter faltig war und dessen Bewegungen kaum Bewegungen waren.

Bracken konnte wieder hören.

»Es gibt also noch einen von euch!« brüllte der große Maulwurf.

Der alte Maulwurf lächelte ein wenig. Er wandte sich dorthin, wo Bracken und Boswell lagen und war plötzlich zwischen ihnen und dem großen Maulwurf, kauerte sich nieder und blickte dem großen Maulwurf ins Gesicht.

»Dann könnt ihr alle drei sterben«, schrie der große Maulwurf und setzte sich wieder in Bewegung. Wie kann ein Maulwurf sich an etwas erinnern, was unmöglich ist, obwohl er es mit eigenen Augen gesehen hat? Er erinnert sich wie an einen Traum.

So war es ein Traum für Bracken, als der große Maulwurf sich auf sie stürzte und der faltige alte Maulwurf sich nach vorn und zur Seite bewegte und dabei vielleicht sanft mit einer Pfote zustieß und der große Maulwurf auf einmal nach hinten fiel, gegen die gegenüberliegende Wand. Dann befand sich der alte Maulwurf in der Mitte der Höhle, kauerte ruhig auf dem Boden, und der Angreifer stürzte sich wieder mit erhobenen Pfoten auf ihn.

In Brackens Traum machte der alte Maulwurf einen Schritt zur Seite, es sah eher wie Schweben aus, und schickte den großen Maulwurf mit einem ganz leichten Schlag einer seiner Hinterpfoten mit Wucht gegen die Seitenwand der Höhle. Ein Traum, aber kein stummer Traum. Denn Bracken hörte das schmerzgepeinigte Keuchen des großen Maulwurfs und das Kratzen seiner Pfoten, als er versuchte, sich wieder aufzurichten und es ein drittes Mal zu versuchen. Aber noch während er sich hocharbeitete, trat der alte Maulwurf, dessen Lächeln nie zu schwinden schien und dessen Augen klar und ruhig blieben, langsam vor, als stehe die Zeit für ihn still, und versetzte dem großen Maulwurf einen kaum wahrnehmbaren Hieb mit seiner linken Pfote, der ihn bewußtlos werden ließ, als habe ihn in einem heftigen Sturm der abgerissene Ast einer Eiche getroffen.

Der Traum schien weiterzugehen. Während Bracken, noch immer halb bewußtlos, zuschaute, hörte er zu seiner linken Seite einen fünften Maulwurf in die Höhle kommen. Er drehte seinen dröhnenden Kopf in die Richtung und erblickte Mullion, der mit offenem Maul dort stand und die Szene in sich aufnahm. Bracken konnte beinahe seine Gedanken hören.

Drei Maulwürfe, die an den Wänden der Höhle lagen, als habe ein wütender Sturm sie zur Seite gefegt, und in der Mitte ein alter Maulwurf, der still und friedlich dort kauerte, die alten Pfoten harmlos vor sich ausgestreckt, den Rüssel bequem auf sie gebettet. »Unmöglich!« dachte Mullion.

»O nein, das ist es nicht«, dachte Bracken. Und dann: »O nein, das wirst du nicht tun!«, als Mullion zornig auf den alten Maulwurf zulief. Aber der alte Maulwurf erhob sich, richtete seinen Rüssel auf Mullion, erschien Bracken plötzlich stärker als alles, was er in seinem Leben gesehen hatte, und brachte, ohne auch nur eine Kralle zu krümmen, Mullion dazu, ehrerbietig stehenzubleiben.

Der Traum ging zu Ende. An seiner rechten Seite sah Bracken den großen Maulwurf sich regen und hörte ihn ächzen und keuchen. Zu seiner Linken fühlte er Boswells Pfote, gegen die er gefallen war, zucken, als der Maulwurf aus Uffington langsam zu sich kam. Er streckte sich unter Schmerzen, erhob sich auf die Pfoten und drehte sich um, um wieder den alten Maulwurf zu betrachten.

»Es wäre sehr freundlich, wenn ihr mir eure Namen nennen würdet«, sagte der alte Maulwurf mit freundlicher, kluger Stimme.

»Mullion, vom Wiesen-System«, sagte Mullion scheu und ehrerbietig.

»Bracken aus Duncton«, sagte Bracken. Der alte Maulwurf wandte sich zu ihm, um ihn anzusehen, nickte gütig und sagte nichts. Er wandte sich dem großen Maulwurf an der Seitenwand der Höhle zu, der seinen Rüssel hob, ihn schüttelte, und sagte: »Ich heiße Steinkraut, ebenfalls vom Wiesen-System.«

Bracken und Mullion fuhren überrascht hoch. »Steinkraut!« dachte Bracken. »Steinkraut. Cairns Bruder. Rebekka kennt ihn. Das war also der Grund...«

»Steinkraut!« sagte Mullion entzückt, wagte aber wegen der überwältigenden Autorität des alten Maulwurfs nicht, sich zu rühren.

Der alte Maulwurf lächelte und wandte sich zu Boswell, der nicht seinen Namen nannte, sondern langsam aufstand und einige Schritte in die Höhle hinein machte.

»Ich bin Boswell aus Uffington«, sagte er und senkte vor dem alten Maulwurf ehrerbietig den Rüssel.

»Möge der Segen des Steins dich begleiten, wie er es getan haben muß, wenn er dich sicher so weit fort von den Heiligen Bauen gebracht hat«, sagte der alte Maulwurf zu ihm. »Und möge er auch die übrigen von euch begleiten. Ich bin Medlar vom Norden, und es wäre besser, wenn es in diesen Tunneln keine Kämpfe gäbe, jedenfalls nicht unter Maulwürfen wie euch, die der Unwissenheit und Furcht leicht zum Opfer fallen.« Er sagte das streng, wie ein Vater mit einem widerspenstigen Jungwurf sprechen mag.

Dann wandte er sich an Mullion und sagte freundlich: »Ich glaube, du bist hergekommen, um das Kämpfen zu lernen, aber ich sage dir, dein Wesen ist nicht das eines Kämpfers, sondern das eines Freundes. Jeder Maulwurf, der dich zu seinen Freunden zählen kann, wird um vieles stärker sein, als wenn er allein wäre.«

Medlar wandte sich den drei anderen zu, sah nacheinander jeden einzeln an und sagte dann: »Ich weiß nicht, was euch hierhergebracht hat – oder auch mich selbst. Aber in meinem ganzen Leben bin ich noch nie drei Maulwürfen begegnet, die noch soviel über das Kämpfen lernen müssen – oder bei mir den Eindruck erweckt haben, daß sie das noch lernen werden. Ich spreche nur ungern darüber und werde später kaum noch etwas zu dem Thema sagen. Jeder von uns hat eine Aufgabe, und mit der Gnade des Steins nur kann er sie bewältigen. Alle Maulwürfe mögen beschließen, Kämpfer zu werden, wenn sie es wünschen, obwohl es viele tun, die sich dazu nicht eignen. Alle Maulwürfe mögen vielleicht auch Krieger sein, obwohl nur wenige, zu wenige, den Weg dahin finden. Meine Aufgabe ist, euch den Unterschied zwischen einem Kämpfer und einem Krieger zu zeigen, und vielleicht ist es nicht das, was ihr erwartet.

Jeder von euch steht jetzt in einem Tunnel, dessen Anfang weit hinter euch und dessen Ende weit vor euch liegt. Ich bin nur ein Maulwurf, der euch auf dem Weg trifft. Andere, die weiter vorn sind, werden auch mit euch sprechen, und viele werden versuchen, euch auf falsche Pfade zu führen. Dieses sind eure wahren Gegner. Gebt nicht auf. Einige werden Möglichkeiten erfinden, euch abzulenken. Lernt es, sie zu erkennen. Nur der Geist in eurem Herzen wird euch in Gang halten. Hört auf ihn. Folgt ihm. Laßt Mut und Geduld Platz finden in euren Krallen und laßt Liebe zu euren Gegnern Platz finden in euren Herzen.«

Medlar sah nacheinander wieder jeden von ihnen an. Als er Bracken ansah, seine alten Augen gütig und runzlig vor Alter, hatte Bracken das Gefühl, seine Seele sei bloßgelegt, und dieser fremde Maulwurf wisse alles, was es über ihn zu wissen gab. Bracken empfand gleichzeitig Furcht und Frohlocken.

»Jetzt«, sagte Medlar, »laßt mich hier und geht schlafen, denn jeder von euch hat eine lange Reise gemacht, um hierherzukommen – und jeder muß bald wieder eine lange Reise machen. Wir haben also nur wenig Zeit. Eßt und schlaft, und morgen werde ich anfangen, euch zu zeigen, was ihr tun müßt.«

KAPITEL 29

Der nächste Morgen kam und mit ihm der Beginn einer Zeit, die für Bracken die erste lange Periode eines ungestörten Friedens in seinem Leben werden sollte. Denn die Tage und Nächte verstrichen langsam, durchglitten die Maulwurfmonate, während der April dem Mai wich und der Mai mit Sonnenschein und Vogelsang Wärme brachte, bis ein volles Maulwurfjahr vergangen war.

Es war eine Zeit, in der Bracken lernte, keine Furcht mehr vor physischer Gefahr zu haben, während er und die anderen Maulwürfe sich auf das konzentrierten, was Medlar sie lehrte. Wie Hulver gab Medlar einem Maulwurf das Gefühl, wenn er in einem Bau kauerte, kauerte die Zeit still mit ihm, und aus dieser Stille ging etwas von Medlars Weisheit auf sie alle über.

Jeder lernte etwas anderes von ihm, wenn es auch sehr lange dauern sollte, bis auch nur einer von ihnen verstand, was Medlar sie lehrte. Denn er ließ sie nicht nur seltsame Übungen machen – Boswell etwa mußte mehrere Tage lang eine Wand mit überlangsamen Bewegungen angreifen, während Bracken sich gegenüber von Mullion kauern mußte und raten sollte »was er denkt und ob er dich mag oder nicht« –, er unterrichtete sie auch in der Kunst, still dazusitzen und nichts zu tun, »auf welche Weise ihr euren ersten und vielleicht euren einzigen echten Gegner kennenlernen werdet: euch selbst«.

Wenn er nicht Steinkraut gegenüber seine ungewöhnlichen kämpferischen Fähigkeiten zur Schau gestellt und wenn nicht alles, was er tat, den Eindruck des Echten vermittelt hätte, wäre es durchaus möglich gewesen, daß zu diesem oder jenem Zeitpunkt alle drei aufgegeben hätten, was ihnen als fruchtlose Bemühungen erschien.

Wie Steinkraut – der bald lernte, Bracken zu achten – eines Abends sagte: »Ich bin hergekommen, um zu lernen, wie man kämpft, nicht um den ganzen Tag auf meinem Bauch zu kauern und an nichts zu denken.« Aber es gab nie eine Zeit, da sie alle drei zugleich den Wunsch hatten aufzuhören; es war im Gegenteil zu jeder Zeit immer wenigstens einer unter ihnen, der eindeutig das Gefühl hatte, er lerne etwas, obwohl keiner von ihnen je ganz sicher war, was er eigentlich lernte.

Tatsächlich hatte Medlar von Anfang an gesehen, daß die drei Maulwürfe, die so unerwartet in der Höhle aufgetaucht waren, ungewöhnliche Fähigkeiten hatten, jeder auf seine Weise, daß sie aber auf anderen Gebieten unterentwickelt waren. Steinkraut zum Beispiel war einer der körperlich am ausgeglichensten Maulwürfe, den er je kennengelernt hatte, aber er war oft ruhelos und verwirrt und zornig wegen des Todes seines Bruders, und so konnte er nie ein wirklich guter Kämpfer sein, weil er nicht eins war mit sich selbst. Darum ließ Medlar ihn stillsitzen, um dem Zorn Zeit zu geben, sich zu verflüchtigen.

Boswell andererseits war einer der überlegensten Geister, auf die Medlar gestoßen war – und von Boswell lernte Medlar selbst viel über die Philosophie des Steins, in Gesprächen, denen auch Bracken zuhörte, während Steinkraut und Mullion sie langweilig fanden.

Aber Medlar verstand genau, warum Boswell es schwierig fand zu glauben, er könne es lernen, seinen Körper zu etwas so ausgesprochen Physischem wie Kämpfen zu benutzen – ein verständlicher Zweifel in Anbetracht seiner Behinderung. Aber wenn es etwas gab, was Medlar in den Jahren, in denen er andere das Kämpfen lehrte, gelernt hatte, so war es die Tatsache, daß die meisten Maulwürfe unterschätzten, was zu tun sie fähig waren, weil sie es duldeten, daß die falschen Meinungen anderer über sie ihre eigenen Instinkte verkümmern ließen.

Und Bracken war für Medlar der interessanteste von den vieren. Von dem Augenblick, da er ihn zum erstenmal sah, war es für Medlar offensichtlich, daß er einen Maulwurf von außergewöhnlicher physischer und geistiger Widerstandskraft vor sich hatte. Medlar begann nur langsam zu begreifen, daß das Leben, das Bracken geführt hatte, stets auf der Flucht, allein mit sich selbst und mit echter Gefahr, ihm keinen Maßstab geben konnte, die Stärken, die er wirklich hatte, richtig einzuschätzen. Er war wie ein hungriger Maulwurf, der zu abgestumpft ist, um die Nahrung zu sehen, die rund um ihn liegt. Medlars Aufgabe war es, ihn die Qualitäten erkennen zu lassen, die er in sich selbst entwickelt hatte, ohne es zu wissen: die Fähigkeit, über lange Zeiträume unabhängig und allein zu handeln, und sehr handfeste physische Kraft.

Medlars Geschick brachte es fertig, jedem der vier Maulwürfe beizubringen, diese verschiedenen Fähigkeiten nicht nur in sich selbst zu erkennen, sondern sie auch wirklich auf die Probe zu stellen – der einzig ihm bekannte Weg, nach Wahrheit zu streben. »Du kannst einem Maulwurf zehnmal sagen, er sei stark, und er mag dir glauben, aber er wird schwach bleiben. Laß ihn nur einmal seine eigene Stärke erfahren, und er wird immer stark sein«, sagte er gern. So ließ er Steinkraut Stille kennenlernen, Boswell Anmut und Bracken seine eigene Unabhängigkeit und Ausdauer.

Brackens Meinung von Medlar – und auch von Boswell, Mullion und Steinkraut – änderte sich mehrfach, während die Maulwurfmonate verstrichen. Seine anfängliche Scheu wich Verärgerung, daß sie so sinnlos erscheinende Dinge tun mußten, dann war er von blindem Vertrauen erfüllt, als er herausfand, daß er schwierige Dinge tun konnte, dann folgte eine Art vermessener Respektlosigkeit, als er dachte, es sei alles ganz einfach, und dann, als weitere Maulwurfmonate verstrichen waren, entdeckte er in sich eine neue Scheu, die nahe an

Liebe grenzte, als er verstand, daß Medlar ihm unmerklich Dinge beibrachte, von denen er am Anfang nicht einmal eine Vorstellung gehabt haben konnte. Wie jenes Thema, das Medlar als erstes aufgeworfen hatte unter ihnen, daß nämlich ein großer Kämpfer seinen Gegner liebt.

Er erkannte die Wahrheit dieser Bemerkung eines Tages, als er sich mit Steinkraut in einem Scheingefecht befand. Inzwischen hatten die beiden Maulwürfe ein herzliches Verhältnis zueinander und standen einander gewiß nahe genug, um nicht zu wünschen, dem anderen Schaden zuzufügen. Bracken hatte keine Angst mehr vor Steinkraut, weil er herausgefunden hatte, daß er, obwohl kleiner, schneller und beweglicher war und Steinkrauts Größe und Kraft gegen ihn verwenden konnte, indem er sie etwa benutzte, den Hieben seiner eigenen Krallen mehr Kraft zu verleihen. Während sie auf diese Weise miteinander stritten, rief Medlar plötzlich: »Recht so! Jetzt der echte Kampf. Versucht, einander zu töten.«

Ihr Vertrauen zu Medlar war so groß, daß sie nur vorübergehend zögerten, während jeder sah, wie der andere eine wirklich drohende Haltung einnahm. Der Kampf wurde langsamer und heftiger, und Bracken stellte zu seiner Überraschung fest, daß er weniger in einen Kampf mit Steinkraut verwickelt zu sein schien, als in einen rituellen Tanz mit ihm – ein Gefühl, das bald der Vorstellung wich, er sei, für den Augenblick jedenfalls, Steinkraut, und als Steinkraut sich auf ihn stürzte, konnte er dem Angriff instinktiv begegnen, weil er selbst es war, der Steinkrauts Angriff ausführte. »Halt!« rief Medlar, und die beiden, die gleichermaßen das Gefühl des Einssein mit dem anderen, oder der »Liebe«, wie Medlar es nannte, erfahren hatten, spürten jetzt, da der Kampf zu Ende war, merkwürdigerweise eine Art körperlichen Verlust. Keiner von ihnen war auch nur geringfügig verletzt.

Erfahrungen wie diese lehrten Bracken auch, daß ein Kampf zwischen Maulwürfen im Kern überhaupt keine körperliche Angelegenheit ist, sondern eine geistige Konfrontation. Die bloße Vorstellung vom »Geist« eines Kampfes war neu für Bracken, und er lernte ihn nur in sich selbst zu erkennen, als er aufgefordert wurde, ihn bei den anderen zu beobachten. Mullion etwa hatte einen freundlichen, schwachen Kampfgeist ohne »Härte« oder »Kraft«, und erst als Bracken dies selbst spürte, verstand er, warum Medlar Mullion als Kämpfer sofort abgelehnt hatte.

»Aber es ist sein wirklicher Geist«, sagte Medlar, »und darum ein kraftvoller. Nur ist es nicht der Geist eines Kämpfers. Wer jedoch die Loyalität seines Geistes für sich gewinnt, ist wirklich stark.«

Bracken stellte fest, daß Steinkraut andererseits einen sehr harten und ausgeprägten Kampfgeist besaß, wenn dieser auch unbeweglich war und deshalb, in Medlars Worten, »ziemlich leicht zu überwinden«. In seiner eigenen Vorstellung verstand Bracken das, indem er sich Steinkraut als eine Reihe von Bauen und Tunneln vorstellte, Barrow Vale nicht unähnlich, durch die ein Maulwurf schließlich einen Weg finden würde, wenn er fest blieb in Verstand und Geist. Diese Erkenntnis befreite Bracken von seiner Furcht vor Steinkraut – und ließ ihn gleichzeitig in Steinkrauts Achtung steigen.

Mit diesem wachsenden Verständnis für die Natur des Kämpfens begann Bracken auch andere Dinge zu verstehen, die Medlar lehrte. Dazu gehörte, daß es so etwas wie einen Krallenhieb für sich allein gar nicht gibt: Ein wirklicher Kämpfer schlägt mit seinem ganzen Körper zu, was für Medlar hieß, mit seinem ganzen Kampfgeist.

»Wenn du das verstehst, Bracken, kennst du den Weg zu deiner wahren Stärke. So viele Maulwürfe glauben, sie werden erfolgreich sein, wenn sie immer mehr Kraft in ihre Hiebe legen – aber ein leichter Stoß mit der Pfote eines alten Maulwurfs wie ich ist tausendmal kraftvoller, weil ich meinen ganzen Geist hineinlege, während sie nur ihre Muskeln benutzen.« Und wie um das Gesagte zu beweisen, schien Medlar nicht mehr zu tun, als Brackens Schulter zu berühren, und Bracken taumelte rückwärts durch die Höhle.

Manchmal sah Bracken Dinge so unvermutet, als habe ein Sonnenstrahl plötzlich eine Lücke zwischen Bäumen ausgefüllt – und das geschah häufig, wenn Medlar einen der anderen unterrichtete. Eines Tages, als Boswell das willige Opfer war, gähnte Medlar plötzlich und kauerte sich nieder. Unwillkürlich tat Boswell es ihm nach in der Annahme, Medlar mache eine Ruhepause. Aber war es nur das? Während Boswell sich entspannte, griff Medlar ihn bösartig an, und der überraschte Boswell brach vor ihnen fast zusammen.

»Ein schwacher Geist wird einem starken Geist folgen und ihn nachahmen«, sagte Medlar. »Sei ganz Anspannung, er wird es auch sein. Aber entspanne du dich, und er wird sich auch entspannen, wie Boswell es gerade tat. Wenn ihr in einem Kampf die Überlegenheit des Geistes gewinnt und dann entspannt, wird euer Gegner es euch nachtun, und in dem Augenblick könnt ihr ihn töten, wie ich Boswell hätte töten können. Lernt es, den Geist eures Gegners zu lesen.

Dabei wird es euch helfen, wenn ihr ihn dazu bringt, als erster mit seinen Krallen zuzuschlagen. Tatsächlich ist es unter großen Kämpfern immer derjenige, der zuerst zuschlägt, der den Kampf verlieren wird. Zuschlagen verrät Schwäche des Kampfgeistes.«

»Aber das würde doch bedeuten, daß wirklich große Kämpfer niemals zuzuschlagen brauchen«, sagte Bracken zweifelnd.

»Genau«, sagte Medlar.

Eines Tages forderte Medlar Steinkraut auf, ihn zu töten. Steinkraut hielt es für einen Scherz oder eine Falle, was es, in einem gewissen Sinn, auch war, wenn auch nicht so, wie Steinkraut angenommen hatte. Medlar wurde zornig, als er zögerte (oder schien es zu sein, keiner von ihnen war sich bei Medlar jemals sicher), und begann Steinkraut bösartig anzugreifen, woraufhin Steinkraut seinerseits zornig wurde. Mitten im Kampf gab Medlar seine Deckung auf, wiederholte »töte mich, Steinkraut«, und kauerte wartend bewegungslos auf dem Boden. Es war lange still, während Steinkrauts Krallen ausgestreckt über Medlars aufgerichtetem Rüssel schwebten. Plötzlich ließ Steinkraut die Krallen sinken und entspannte sich, wobei er sagte: »Du möchtest sterben!«

Medlar lachte und sagte: »Vielleicht, aber vergiß nicht, was du gelernt hast. Siehst du, ich fürchte mich nicht mehr vor dem Tod, und die Einstellung ist für einen anderen Maulwurf sehr gefährlich. Ein Maulwurf, der den Tod nicht mehr fürchtet, ist sehr stark, weil seine Gegner dann nur noch ihren eigenen Ängsten gegenüberstehen. Das ist sehr schwer zu verstehen, sehr schwer zu spüren. Wenn du siehst, daß es keinen Unterschied gibt zwischen Leben und Tod und daß du bereits tot bist, dann wirst du nicht nur lebendiger, als du es jemals warst, sondern es ist auch möglich, daß du endlich die Aufgabe übernehmen kannst, die der Stein für dich vorgesehen hat. Wenn das geschieht, bist du ein Krieger.«

Bracken fand es schwer, diese Vorstellungen zu verstehen, aber die Übungen, die Medlar ihn ausführen ließ, machten ihn für ihre Richtigkeit empfänglich, so daß er sie eher von innen heraus fühlte als von außen verstand. Als er mit Boswell darüber sprach, stellte er fest, daß Boswell sie häufig besser verstand, es aber schwerer fand, sie zu fühlen; sie wußten beide nicht, was besser war – oder schlimmer.

So vergingen die Maulwurfmonate, und das Gras der Weiden über dem Nunhamsystem wurde allmählich grün und saftig, als der Juni sich näherte. Immer mehr Gräser und Blumen tauchten auf; die ersten Frühlingspflanzen machten dem roten und dem weißen Klee und den schwankenden rosa Blüten der Kuckucksnelke Platz, während weiße Büschel von Nieskraut und rosa Wiesenschaumkraut unten in der Nähe des Flusses wuchsen, wohin die Maulwürfe in Stunden der Entspannung gelegentlich auf Erkundung gingen. Der Fluß selbst bewegte sich träger in seinem Bett, winzige Strudel bildeten sich und kreisten ins Nichts an seinem Rand, wo hohes Schilf, Rohrkolben und schwankende Schwertlilien ihre Schatten warfen. Gelegentlich schnappte ein Döbel oder ein Rotauge an der Oberfläche nach Nahrung, und die kleinen Kreise, die sich bei ihrem Auftauchen bildeten, reisten langsam mit der Strömung dahin und verschwanden.

Dann begann Bracken ganz plötzlich den Differenzwald zu vermissen. Er vermißte das hohe Dach grüner Blätter, die oben immer raschelten, und die unterschiedlichen Geräusche der Vögel – Amsel und Drossel, Baumläufer und Buchfink –, die trippelten und hüpften, einige auf dem Boden, andere auf den Ästen, und ihren gemeinsamen Gesang bei Tagesgrauen, der viel schärfer und klarer war als der zerstreute Gesang hier im Freien. Er vermißte die Buchen, die ihm im Lauf der Zeit liebgeworden waren. Er vermißte den dunkleren schweren Geruch der Tunnel, wo die Würmer sich mit Leichtigkeit durch die Erde schlängelten, und das Laub auf der Oberfläche, in dem es soviel mehr Nahrung und Insekten gab als im grünen Gras.

Er vermißte den Klang einer Stimme aus Duncton. Er vermißte Ruta. Aber am meisten, und am unverständlichsten für ihn, vermißte er Rebekka. Je öfter er auf dem Boden kauerte und nicht dachte, worauf Medlar bestand, je besser er es lernte, den Geist von Steinkraut oder Boswell zu spüren und seinen eigenen, je mehr er bereit war, der Welt um ihn herum gegenüberzutreten, weil er gelernt hatte zu kämpfen – um so mehr vermißte er Rebekka.

Es gab Tage, da die Erinnerung an sie an ihm nagte, und er blickte um sich, als sei die Welt unvollkommen, als gäbe es etwas eben außerhalb seiner Reichweite, das wieder an seinen rechten Platz gerückt werden müßte, damit alles in Ordnung sei. Er erinnerte sich, wie er durch die Höhle der Wurzeln unter dem Stein gelaufen war, sie vor ihm. Er spürte ihre Berührung auf seiner Schulter und ihre Stimme, sanfter und doch klingender als alle Vogellieder, die er je gehört hatte, die wieder zu ihm sagte: »Mein Lieber. Mein Liebster.« Sie hatte diese Worte zu ihm gesagt, sie hatte sie wirklich gesagt. »Meine Liebe, meine Rebekka.« Und der Stein unter dem Stein, der Stein, der geleuchtet und sie mit seinem Licht umspielt hatte! Der Stille Stein! Er hatte ihn berührt, er konnte immer noch das Muster auf seiner Pfote fühlen und konnte es in den Boden kratzen und darüber staunen und an Rebekka denken. Sie hatte sein Fell berührt, und er erinnerte sich, wie er sie berührt hatte, ja, er erinnerte sich, er hatte sie berührt, seine geliebte Rebekka.

Über sie zu sprechen oder über andere Erinnerungen an Duncton, half ihm nicht. Eines Tages setzte er es sich plötzlich in den Kopf, Steinkraut von Cairn zu erzählen. Er erzählte es ihm genauso, wie es gewesen war, die schreckliche Liebe und Qual, und das Erzählen versetzte ihn in eine traurige Stimmung. Er wiederholte, was er damals über Rebekka gesagt hatte, und Steinkraut nickte, weil er sich an Rebekka erinnerte. Steinkraut sagte nicht viel; er bewegte sich nur traurig hin und her, und in seinen Augen stand ein Ausdruck, der eine Mischung war zwischen dem Gefühl des Verlustes und Zorn, und Abscheu über die Erinnerung an Mandrakes Geruch in einem behelfsmäßigen Bau am Rand eines Waldes, einen Geruch, den er nicht vergessen hatte.

Nein, darüber zu sprechen hatte keinen Sinn. Bracken versuchte, Boswell von dem Stein im Herzen des Alten Systems zu erzählen, aber die Worte erstarben ihm auf der Zunge, und er konnte Boswell nicht weiter als bis zur Höhle der Echos führen und log: »Nein, ich kam nicht durch, es ist unmöglich«, und die Lüge war besser, als die Erinnerung an den leuchtenden Stein zu verraten, wo er und Rebekka ... was gewesen waren? »Wo wir waren« war die beste Möglichkeit, es für sich selbst auszudrücken. Bracken hatte den Wunsch, Nunham zu verlassen.

Das wollte Steinkraut auch und Mullion ebenfalls, während Boswell diese Dinge Bracken überließ, dessen Worte manchmal durcheinandergeworfen und konfus waren, dessen Instinkten er aber vertraute und immer folgen würde, was der Stein selbst ihm ja auch geraten zu haben schien. Medlar war einverstanden. Er hatte vor ihnen allen gewußt, daß er nichts mehr für sie tun konnte – den Rest muß ein Maulwurf selbst lernen. Und er hatte ohnehin selbst noch einiges zu lernen, und es gab einen Ort, zu dem er gehen mußte.

»Ihr werdet feststellen, daß es noch viel zu lernen gibt«, sagte Medlar schließlich am Ende der ersten Juniwoche, »und daß nichts davon eurem Herzen sehr fern ist. Ich werde euch sogar ein Geheimnis verraten!« Medlar sagte dies vergnügt, denn er war erleichtert, daß seine Aufgabe abgeschlossen war. Der Juni war ein Reisemonat, und er wollte Nunham selbst verlassen und sich auf den Weg nach Uffington machen, wohin, das wußte er jetzt, er schon immer unterwegs gewesen war.

»Ihr braucht gar nichts zu lernen. Ihr wißt es alles schon. Jeder einzelne von euch. Es ist alles hier!« Und er klopfte sich fröhlich auf seine alte Brust und lachte vergnügt, als sei alles wirklich so einfach, daß es absurd war, sich Sorgen zu machen, was es ja auch war.

»Was das Kämpfen betrifft: wenn ihr überhaupt nicht mehr zu kämpfen braucht, werdet ihr wissen, daß ihr genug gelernt habt. Das ist kein Geheimnis, sondern eine einfache Tatsache. Ein wirklicher Kämpfer braucht keine einzige Kralle zu heben, um einen Gegner zu bezwingen – außer er tut es, um ihm eine Lehre derbster Art zu erteilen!« Medlar blickte Steinkraut an, als er das sagte, weil er an ihre erste Begegnung dachte, und dann lachte er wieder.

»Wir leben in einer seltsamen Zeit, und aus diesem Grund gehe ich auch nach Uffington. Mit der Gnade des Steins werde ich dort hinkommen. Und was euch betrifft: jeder von euch hat die Stärke, ein Krieger zu sein – wie wir alle.«

Sie verabschiedeten sich abends am Stein von Nunham voneinander. Medlar sprach nacheinander mit jedem von ihnen, auch mit Mullion, den er besonders liebgewonnen hatte, und richtete dann ein Gebet an den Stein. Auch Boswell betete und sprach dann den Reisesegen über Medlar. Und als Medlar gegangen war, wiederholte er den Segen noch einmal, damit er den alten Medlar, der in ihrer aller Herzen soviel erweckt hatte, auf seinem Weg beschütze.

Am Himmel stand ein zunehmender, heller Junimond. »Wir werden alle zusammen reisen«, sagte Bracken so überzeugend, daß sie alle seinen Vorschlag respektierten, sogar Steinkraut. »Wir werden den direkten Weg zum Duncton-Stein nehmen. Seht euch nur den Mond an! Wißt ihr, was das für einen Maulwurf aus Duncton bedeutet? Die Sommersonnenwende kommt! Und ich habe versprochen, gewisse Worte in der Mittsommernacht am Stein zu sprechen.«

»Wenn wir so schnell dort hingelangen sollen, müssen wir uns beeilen«, sagte Steinkraut.

»Das werden wir!« sagte Bracken. Einen Augenblick lang blieb er bei dem Nunham-Stein allein zurück, nachdem die anderen sich schon auf den Weg gemacht hatten. Sein Rüssel zeigte nach Duncton, dessen Anziehungskraft er spüren konnte und die mit zunehmendem Mond, wenn die Sommersonnenwende näherrückte, stärker werden würde. Und während er auf den Mond blickte und dann in Richtung Danctonwald, erinnerte er sich an ein anderes Licht, weiß und leuchtend, und flüsterte »Rebekka«, und lachte laut in die Nacht hinaus.

KAPITEL 30

Selten hatte im Frühling im Danctonwald eine so jämmerliche Stimmung geherrscht wie in jenem, in dem Ruun seine Macht ausbaute. Unter seiner düsteren Tyrannei wurde das System tatsächlich zu dem, was die Wiesen-Maulwürfe immer befürchtet hatten: ein Ort, wo böse Zauber gewoben wurden von Gemütern, die im Dunklen lauerten, und von Maulwürfen, deren Lächeln so warm war wie das Willkommen, das eine Eule ihrer Beute bereitet.

Ruuns Macht war ursprünglich aus der verderbten Loyalität der Maullanger entstanden, deren Gunst er unter Mandrake so erfolgreich genährt hatte, und die jetzt taten, was er verlangte, zu jeder Zeit und zu jedem Zweck.

Er wußte sehr wohl, daß die Maullanger ihm die Macht, die sie ihm gegeben hatten, jederzeit wieder entziehen konnten, theoretisch jedenfalls. Aus diesem Grund begann er, nachdem er erst zum Führer des Danctonsystems gewählt worden war, eine Politik, bei der er sich ihre Dankbarkeit sicherte, indem er sie bevorzugte bei der Wahl von Territorien und von Weibchen und ihre Furcht erregte durch besonders harte und grausame Strafen für jene Maullanger, die seine absichtlich willkürlichen Vorschriften überschritten. Er hatte nicht vergessen, wie Mandrake alle in Furcht und Schrecken hielt, indem er sich gelegentlich wahllos einen Maulwurf aussuchte und ihn vor aller Augen tötete oder zum Krüppel machte.

Ruuns Methode war raffinierter und vielleicht sogar noch wirkungsvoller. Er wählte sich willkürlich einen Maullanger aus und beschuldigte ihn eines Verbrechens, das am Tag zuvor noch kein Verbrechen gewesen war und in den folgenden Tagen auch keines mehr sein würde. Vielleicht hatte ein Maullanger in einem Rivalenkampf einen anderen unnötigerweise getötet – dagegen war in Ruuns System normalerweise nicht das geringste einzuwenden: je mehr getötet wurde, desto besser! Aber plötzlich wurde aus heiterem Himmel ein Maulwurf beschuldigt, Duncton Schaden zugefügt zu haben, weil er einen Kameraden und Freund angegriffen hatte, und Ruun überließ sein Schicksal der Laune einer Gruppe vertrauenswürdiger Maullanger, die sich immer in seiner Nähe hielten und sich bei ihm einschmeichelten. Groß war ihre Freude, nicht selbst das Opfer zu sein, und mit sadistischem Vergnügen dachten sie über eine angemessene Strafe nach. Ihn verletzen und dann lebend den Eulen zum Fraß überlassen? Seinen Rüssel zerschmettern und ihn dann vor Augen ganz Barrow Vales langsam sterben lassen? Was auch beschlossen wurde: Ruun hatte es gern, dabei zuzusehen, und selten verließ er den Ort der Vollstreckung einer Strafe, ohne daß seine Krallen blutverschmiert waren und sein unangenehmes Lachen das der anderen übertönte.

Gleichzeitig ermutigte er die Maullanger, einander und anderen Maulwürfen nachzuspionieren und ihm zu berichten, was sie herausgefunden hatten. Seine Strafen für mit Erfolg beschuldigte Maulwürfe waren immer grausam und bilden den Teil einer der schrecklichsten und traurigsten Abschnitte in der Geschichte Dunctons. Verstümmelungen, Blendungen, zerschmetterte Rüssel und erzwungener Kannibalismus – die Liste ist so lang, so düster und so blutig wie jeder einzelne Tod, den die Maullanger ersannen.

Anfang März hatte Ruun die Maullanger völlig in seiner Gewalt, und mit ihnen das ganze System mit Ausnahme des Marsch-Endes. Er zog es vor, das noch etwas warten zu lassen, aus Furcht, daß die dort ausgebrochene Krankheit – ein Gerücht, das Mekkins, der fest entschlossen war, Ruun auf jede erdenkliche Weise Widerstand zu leisten, mit großem Erfolg verbreitete – auf das Hauptsystem übergreifen könnte. Aber wenn es einem Maullanger gelang, einen wandernden Marsch-Ender zu erwischen, wurde das sehr begrüßt, und welch grausames Vergnügen hatten sie alle, bevor das arme Wesen starb!

Als der März begonnen hatte und damit die Paarungszeit, gab es ein gewisses Nachlassen der Gewalttätigkeiten, denn sie hatten ihren Zweck erfüllt, und die Maullanger verdienten es, ihre Vergnügungen in der Paarung und in

Kämpfen untereinander und gegen andere zu finden. Große und brutale Westseiter, aus deren Reihen die meisten Maullanger kamen, die auf der Suche nach Partnern die Gegend durchstreiften, wurden zum alltäglichen Anblick im ganzen System, und während die Weibchen furchterfüllt warteten, zogen die Männchen aus Gebieten wie der Ostseite oder um Barrow Vale herum es vor, davonzuhasten und sich zu verstecken, um nicht in Rivalenkämpfe verwickelt zu werden, die sie nicht gewinnen konnten.

Es lief jedoch nicht immer nach Wunsch der Maullanger ab. Ein Weibchen, das Primel hieß und nahe dem Marsch-Ende lebte, protestierte, als ein Maullanger in ihre Tunnel eindrang, und in einer Mischung aus Gerissenheit und nackter Wut gelang es ihr, nicht nur den Maullanger zu töten, sondern auch noch einen zweiten, der sich in der Nähe herumtrieb, zu verletzen.

Ruun tötete daraufhin den Verletzten, der über den Vorfall Bericht erstattete, »weil er den Maullangern Schande bereitet habe«, und schickte dann andere los, das Weibchen zu suchen. Sie hatten keinen Erfolg, weil Primel nach Norden in das Marsch-Ende gelaufen war, wo Mekkins sie als Marsch-Enderin aufnahm, froh über einen Maulwurf, der den Mut aufbrachte, sich den Maullangern zu widersetzen und ihnen zu entfliehen.

Aber geradeso, wie im feuchten September plötzlich Spinnen aus dem Nichts auftauchten, wird das Böse offenbar, wenn ein Maulwurf wie Ruun an die Macht kommt. Seltsame, dunkle Maulwurfkreaturen begannen aus der Dunkelheit aufzutauchen, in der sie so lange gelauert hatten, und sich in den Schatten zu versammeln, die Ruun umgaben. Ein altes Weibchen von der Ostseite zum Beispiel tauchte eines Tages in Barrow Vale auf – ihre hagere und abgezehrte Erscheinung und der Ausdruck von Gefahr in ihrem Körper waren so drohend, daß der Maullanger, der sie fand und nicht zu berühren wagte, sie zu Ruun brachte.

Obwohl ihre Herkunft vage bekannt war – sie sagte selbst, daß sie von jenseits der Ostseite komme –, wußte keiner ihren Namen. Der Maullanger nannte sie Nachtschatten, und Ruun schien sehr schnell Gefallen an ihr zu finden. Er hatte es gern, wenn ihre Mißgestalt in den Tunneln und Bauen lauerte, von denen aus er Duncton beherrschte. Er sah die alberne, abergläubische Furcht, die sie erregte, und so nutzte er sie aus. Es wurde gesagt, daß sie düstere und geheimnisvolle Rituale kenne, die von den Maulwürfen des Alten Systems aus Duncton verbannt worden waren und in irgendeinem entfernten Winkel der Ostseite von Generation zu Generation weitergereicht wurden von Maulwürfen, die auf einen Zeitpunkt wie diesen gewartet hatten. Ob das nun stimmte oder nicht: kein Maullanger wagte es, sie zu erzürnen oder ihr vor Tagesanbruch über den Weg zu laufen, wenn sie sich gern auf der Oberfläche herumdrückte, vor sich hin murmelnd und fluchend und Verwünschungen aussto-ßend, die einen üblen Geruch in der Luft zurückließen.

Das Böse zeigte sich auch auf andere Weise. Die Wildblumen des Frühlings, die in Duncton normalerweise fröhlich leuchteten, schienen vorzeitig verwelkt aus dem Boden zu kommen – Buschwindröschen ließen ihre Köpfchen hängen, die weißen Blütenblätter gefleckt und schlapp, und sogar das üblicherweise widerstandsfähige Bingelkraut nahm einen ranzigen Geruch an, wo seine spitzigen Blätter das tote Unterholz des vergangenen Jahres durchstachen. Die Sonne, normalerweise hell und warm während wenigstens einiger Tage gegen Ende März, stand fern und wässrig am Himmel, und selbst wenn ihre Strahlen die Wolken durchbrachen, waren sie kühl, und ihr Licht war kalt.

Die Bäume brauchten lange, um auszuschlagen, und Mitte April zeigten nur Weißdorn und hier und da eine Roßkastanie Grün in den Knospen, ein armseliger Anblick vor den schwarzen Stämmen und den blattlosen Bäumen, die den Wald wie im Winter aussehen ließen.

Gewöhnliche Maulwürfe des Systems gaben sich Mühe, ihre Rüssel aus Schwierigkeiten herauszuhalten, sie blieben ruhig in ihren eigenen Tunneln oder gaben sie kampflos auf, wenn irgendein brutaler Maullanger Gefallen an ihnen fand. Einige versuchten sich einzuschmeicheln und beglichen alte Rechnungen auf territorialem Gebiet, indem sie ihre harmlosen Nachbarn bei den Maullangern anschwärzten. Andere kauerten zitternd in ihren Bauen und regten sich nur, um Nahrung zu suchen, und ihre Stimmung wurde immer gedrückter, während die Wochen vergingen.

Furcht und Belastung mit ihren bösen Begleiterscheinungen nagten sogar am Bestand des Systems, denn es wurden viel weniger Weibchen trächtig, und von jenen, die es wurden, hatten viel mehr als üblich Fehlgeburten und gingen ohne Junge in den Frühsommer. Solche Weibchen waren Angriffen besonders ausgesetzt, da sie ohnehin schon geschwächt waren, und Ruun machte keinen Hehl aus seinem Mißfallen über ihr Versagen. Jene, die Junge zur Welt brachten, standen jedoch in Gunst – nicht wegen der Freude, die die Jungen bringen mochten, sondern weil sie in Zukunft Maullanger abgeben könnten, und die Zukunft war es, auf die Ruuns schwarze Gedanken gerichtet waren.

Als der April fortschritt, begann Ruun, der einzige Maulwurf im Dunctonwald, der vor Gesundheit geradezu strotzte, den Gedanken an eine mögliche Rückkehr Mandrakes allmählich aufzugeben, was er ursprünglich als eine ernsthafte Bedrohung betrachtet hatte. Mandrake war zuletzt gesehen worden, als er die großen Feuersteine in der Höhle der Düsteren Geräusche herunterholte, um den Angriff der Maullanger aufzuhalten; seitdem hatte niemand mehr von ihm gehört. Ruun hatte mehrere Maullanger in Schlüsselpositionen rund um das Alte System aufgestellt – bei Hulvers alten Tunneln, bei Brackens Tunneln zwischen der Steinlichtung und den Wiesen und an einigen anderen Stellen, wo Tunneleingänge waren. Aber Mandrake wurde weder gesehen noch gehört, und Ruun vermutete allmählich, daß das Unvermeidliche eingetreten und Mandrake in geistiger Verwirrung einsam irgendwo in den vergessenen Tunneln gestorben war - oder vielleicht das System überhaupt verlassen hatte, um sich einem anderen Ort zuzuwenden, wie er einst auch nach Duncton gekommen war. Aber wo er auch sein mochte: die Maullanger würden es jetzt nicht mehr zulassen, daß er zurückkehrte.

Als nun in der zweiten Maiwoche endlich und widerstrebend wärmeres Wetter einsetzte, beschäftigte Ruun sich mit einer Idee, die seit vielen Maulwurfjahren in seinen Gedanken gewachsen war. Er wollte das Wiesensystem angreifen.

Er hatte schon seit langem den Verdacht, daß die Wiesen-Maulwürfe nicht so stark waren, wie die Maulwürfe von Duncton befürchteten. Die Anzahl von Zwischenfällen zwischen den beiden Systemen hatte im Lauf der Maulwurfjahre stetig abgenommen, und es erschien ihm bedeutsam, daß es nach dem Angriff auf Cairn keine Reaktion aus den Wiesen gegeben hatte. Ruun ging zu Unrecht davon aus, daß der verletzte Cairn sich zurück zu den Wiesen geschleppt hatte, und schloß daraus, daß die Wiesen-Maulwürfe, wären sie wirklich stark gewesen, Duncton angegriffen oder wenigstens Vergeltungsmaßnahmen angestrebt hätten. Aber sogar während der Paarungszeit, in der es gewöhnlich einige Überfälle gab, geschah nichts.

Ruun entschied, daß die Zeit gekommen sei, einen begrenzten Überfall auf die Wiesen in die Wege zu leiten. Mit diesem Ziel vor Augen versammelte er Ende Mai seine Maullanger auf der Westseite.

Roses Tod war ein schwerer Verlust für das Wiesensystem, wo sie von allen geliebt wurde, und besonders für Bromus, der ihre Zuversicht immer geachtet hatte und ihre Ratschläge, die ihm halfen, das Wiesensystem friedlich und gerecht zu lenken.

Als ihm von ihrem Tod berichtet wurde, hatte er sich sofort auf den Weg zu Roses Tunneln gemacht, denn es ist Tradition auf den Wiesen, daß die Tunnel eines Heilers von einem oder mehreren Maulwürfen, die ihm oder ihr nahegestanden haben, verschlossen werden. Als er dort ankam, fand er die Tunnel und Baue verlassen vor, mit Ausnahme von Roses Leichnam, und ein Wachwurf führte ihn zum Ausgang des Haupttunnels, wo Rebekka kauerte, ihren Rüssel über das offene Grasland auf die Dunkelheit des Waldes, den sie liebte, gerichtet. Sie hatte einen Jungwurf bei sich.

Weil er nicht wußte, wie er einen Maulwurf ansprechen sollte, der nach allen Berichten Rose nähergestanden hatte als irgendein anderer, wenn auch nur während der letzten wenigen Maulwurfmonate, sagte er ziemlich förmlich: »Es ist hier Brauch, den Bau zu verschließen.«

Rebekka drehte sich um und sah ihn an, Müdigkeit und Verlust in den Augen, doch auch einen Ausdruck des Friedens. Bromus, von anderen Maulwürfen an Ehrerbietung gewöhnt, war überrascht, aber erleichtert, nichts davon in dieser Rebekka zu spüren, nur Trauer um einen Maulwurf, den sie offensichtlich auch geliebt hatte.

»In unserem System ist es üblich, es den Eulen zu überlassen«, sagte sie und lächelte ihn ruhig an zum Zeichen, daß sie auch seinen Verlust spürte.

Etwas aus der Fassung gebracht durch die Direktheit ihres Blicks, fragte Bromus: »Wie heißt er?« und schaute Comfry an. Rebekka sagte nichts und gab zu verstehen, daß Comfry alt genug war, für sich selbst zu antworten.

»Ich heiße C-C-Comfry«, sagte er und sah Bromus halb schüchtern, halb interessiert an, wie es seine Art war. »Und ich komme aus dem D-D-Ducntonwald.« Bromus nickte und lächelte, aber Comfry redete weiter. »Mein Vater war Bracken, der in die Marsch gegangen ist. E-er kommt zurück.«

Bromus hatte Brackens traurige Geschichte von Mekkins gehört, darum lächelte er wieder und nickte geistesabwesend; er hielt das für eine barmherzige Lüge, mit der Rebekka den Jungwurf beruhigt hatte, denn kein Maulwurf kehrt aus der Marsch zurück. Zu seinem Erstaunen sah Rebekka ihn an, als errate sie seine Gedanken und sei beinahe zornig über ihn und wolle betonen, daß sie Comfry die reine Wahrheit erzählt habe.

Dieser stumme Blickwechsel überraschte Bromus, und er betrachtete Rebekka etwas genauer, wobei aus seiner Neugier sehr schnell eine Art unsichere Scheu wurde. Noch nie zuvor hatte er sich in der Gegenwart eines Maulwurfs befunden, der genau zu wissen schien, was er dachte. Er sah auch, daß sie sehr schön war mit ihrem Pelz aus dunklem Silbergrau, dessen Schimmer das Licht eines klaren Himmels nach Regen in sich barg.

Es gingen ihm viele Dinge durch den Kopf, die er gern gesagt hätte, aber sie hielten ihrem stillen Blick alle nicht stand, und er sagte, was aus seinem Herzen kam: »Was sollen wir tun, Rebekka?« Sie kam auf ihn zu und berührte ihn kurz, eine Berührung, die ihn beruhigte, und dann ging sie voran zu Roses Tunneln, wo sie ohne ein weiteres Wort die Eingänge gemeinsam versperrten. Erde rieselte auf ihre Felle, als sie sich mit schaufelnden Bewegungen ihrer Pfoten zurückzogen. Es war die Art der Wiesen-Maulwürfe, diese Dinge zu erledigen.

»Wirst du hierbleiben?« fragte er. Es war eigentlich eine Bitte, denn ein Maulwurf wie Rebekka konnte dem System nur Gutes bringen, und mit dem Tod Roses hatten die Wiesen-Maulwürfe viel verloren.

Sie nickte, plötzlich müde, denn sie wußte, daß Rose ihr die Aufgabe hinterlassen hatten, den Platz einer Heilerin zu übernehmen, ein Vorhaben, das unwirklich und unerreichbar erschien. Es gab vieles, was sie nicht wußte, und so viele Dinge, die sie so gern noch gefragt hätte. Sie würde also eine Heilerin sein, und vorläufig würde sie hierbleiben, denn es gab keinen anderen Ort, wo sie hingehen konnte – gewiß nicht nach Duncton, noch nicht. Jetzt war es an Bromus, zu spüren, was in ihr vor sich ging, denn er kam näher zu ihr und kauerte sich ruhig nieder, seine großen Glieder bequem ausgestreckt neben dem unordentlichen Erdhaufen, mit dem sie gerade den Eingang verschlossen hatten, und sagte: »Es wird dir hier gut gehen, weißt du. Es gibt viele Maulwürfe, die dich brauchen werden.«

Eine Weile zögerte er, aber schließlich fügte er hinzu: »Es könnte Ärger geben, wenn sie erfahren, daß du und Cairn . . .«

Rebekka sah ihn scharf an, und die Worte erstarben ihm auf der Zunge. Rebekka hatte eine Kraft in sich, wie er es noch nie zuvor bei einem Maulwurf erlebt hatte. »Der einzig mögliche Weg für einen Heiler ist, ein Leben in Wahrheit zu führen«, sagte sie. »Cairn und ich, wir haben uns gepaart, und er wurde von Mandrake und Ruun getötet, zwei Maulwürfen aus Duncton.«

»Gut«, sagte Bromus, »ich werde dafür sorgen, daß alle Maulwürfe wissen, wer du bist und warum du hier bist. Nur du kannst mögliche Zweifel und Ängste oder Feindseligkeit beschwichtigen.«

»Wenn Steinkraut hier wäre und ich mit ihm sprechen könnte – er würde es verstehen«, sagte sie.

Bromus schüttelte traurig den Kopf. »Steinkraut hat das System verlassen – er wollte Cairns Tod rächen –, aber ich konnte ihn überzeugen, daß das nicht recht wäre.« Rebekka lächelte, denn das war genau das, was Steinkraut hätte tun wollen.

»Er hatte gehört, daß ein großer Kämpfer in ein System ganz in der Nähe, jenseits der Wiesen, gekommen sei, und zusammen mit anderen Maulwürfen hat er sich aufgemacht, ihn zu suchen. Die anderen sind zurückgekehrt, aber Steinkraut war nicht unter ihnen.«

Rebekka senkte den Kopf. Steinkraut tot, oder verschwunden? Noch ein Maulwurf, der nicht mehr da war. Cairn, Bracken, Hulver, Steinkraut, Mandrake. Warum so viele? Sie hatte das Gefühl, sie alle hätten sie verlassen, und spürte sofort, daß der Gedanke falsch war. »Ich beziehe immer alles auf mich«, tadelte sie sich selbst. Dann sagte sie: »Bracken war bei Cairn, als er starb«, wie um Bromus wegen Cairns Tod zu beruhigen und durch ihn andere Wiesen-Maulwürfe.

»Wer ist dieser Bracken? Jeder Maulwurf aus Duncton, dem ich begegne, scheint ihn zu erwähnen: du, Mekkins, sogar Comfry. War er einer deiner Partner?« Sie schüttelte den Kopf. »Er war ein Maulwurf, der im Alten System lebte, bei dem Stein. Er kannte die Tunnel dort besser, als je ein anderer Maulwurf sie gekannt hat. Er ist ein ganz besonderer Maulwurf.«

»Aber wenn er hinaus in die Marsch gelaufen ist, ist er verloren. Kein Maulwurf kommt je von dort zurück«, sagte Bromus.

»Er wird zurückkommen«, sagte Rebekka, das Thema abschließend.

Rebekka grub ihre eigenen Tunnel ganz in der Nähe der Stelle, wo Roses gewesen waren, aber wie kahl sah es bei ihr aus im Vergleich zu dem vollgestopften, unordentlichen Bau, den Rose bewohnt hatte! Wie vermißte sie die Düfte und Gerüche von tausenderlei verschiedenen Kräutern!

Nur selten sah sie Viola, die selbst eine Art von Bau in der Nähe hatte, dort aber selten anzutreffen war, denn sie ging ganz in dem Wiesensystem auf und sprach sogar schon im schnelleren, höheren Tonfall der Wiesen-Maulwürfe. Comfry blieb in der Nähe. Er war jetzt groß genug, seinen eigenen Bau anzulegen und grub ihn langgestreckt und gewunden, anders als alle Baue, die Rebekka kannte. Er sah es nicht gern, wenn sie seinen Bau betrat, und er schien wie Rose von Natur aus unordentlich zu sein, aber stets sauber.

Die Begeisterung für Kräuter, die Rose in ihm erweckt hatte, bestand weiter, und sie war der Anlaß für seinen ersten langen Ausflug fort von Rebekka und den Bauen. Er hörte sie eines Tages sagen, daß sie die Gerüche der Kräuter vermisse und sich auf den Tag freue, wenn sie wieder nach Duncton gehen und sich Kräuter holen könne. Am nächsten Tag verschwand Comfry. Zwei Tage später kehrte er geräuschvoll zurück und legte einen Stapel frischer hellgrüner Blätter vor ihren Bau.

»Es ist K–Kamille«, sagte er nüchtern. »Nur die Blätter. Die Blüten sind noch nicht soweit. A–aber wenn sie kommen, besorge ich dir welche. Die Blätter riechen frisch.«

Am selben Tag ereignete sich etwas anderes, was Rebekka das Gefühl gab, die Wolken, die so lange über ihr gehangen hatten, begännen sich zu heben. Sie hörte ein schüchternes Kratzen in der Nähe ihres Baues, und als sie nach draußen schaute, stand dort ein junges, ängstlich und sorgenvoll aussehendes Weibchen. Als Rebekka erschien, zuckte sie zusammen und schien Schwierigkeiten zu haben, etwas zu sagen. Sie sah jammervoll aus.

»Was ist, meine Liebe?« fragte Rebekka freundlich. Das Weibchen blieb an der gleichen Stelle stehen, bohrte ihre Krallen nervös in den Boden des Tunnels und brachte schließlich die Worte heraus: »Viola sagte, du würdest mir helfen.«

Rebekka lief auf sie zu, bis sie einander beinahe berührten, und fragte: »Bist du eine Freundin von Viola?« Das Weibchen nickte, sagte aber nichts. »Was macht dir Kummer?« fragte Rebekka freundlich.

Einen Augenblick lang schwankte das Weibchen vor und zurück, die Augen in stummer Bitte auf Rebekka gerichtet, dann rief sie verzweifelt: »Ich weiß es nicht!« und begann zu weinen. Rebekka berührte sie mit der Pfote, fühlte, daß ihr Fell feucht und kalt und ihr Kopf zu heiß war, und umarmte sie, hielt sie, berührte sie, und das Weibchen beruhigte sich allmählich. Rebekka hörte sich selbst heilende Worte sprechen, Nichtigkeiten, Worte über die Kräuter, die sie gern hätte, Worte von einem Herzen zum anderen, deren Bedeutung im einzelnen unwesentlich war. Bis das Weibchen endlich aufstand, mit strahlenden Augen, und ohne viel weitere Worte den Tunnel hinunterlief und Rebekka erschöpft zurückließ.

Einige Tage später kam ein Männchen und sagte: »Du hast einer Freundin von mir geholfen, und ich glaube nicht, daß mir etwas fehlt, und weiß eigentlich gar nicht, warum ich hier bin, ich glaube, ich gehe wieder, hier tut es mir weh, na ja, nicht genau hier, ich weiß nicht, warum ich mich nicht früher darum gekümmert habe, genau genommen schon seit Jahren . . .« Und so begann durch mündliche Weiterempfehlung langsam Rebekkas Arbeit als Heilerin.

Ruun unternahm seinen Angriff auf das Wiesensystem schließlich Mitte Juni, erfüllt von kalter Neugier. Wie jedes andere aggressive Männchen in Duncton interessierte es ihn, wie die Wiesen und die Maulwürfe, die dort lebten, aussahen. Diese Tatsache, in Verbindung mit einigen wohlgewählten Worten an die Maullanger wie »die Wiesen-Maulwürfe in regelmäßigen Abständen unsere Weibchen und Jungwürfe ermorden« und wie »der Stolz des Danctonwalds von diesen feigen Maulwürfen bedroht wird«, und so weiter und so weiter, genügte, um den Maullangern den nötigen Antrieb zu geben, den Waldrand hinter sich zu lassen und auf die Wiesen zu ziehen und dort Tunnel zu suchen, von denen aus sie ihren Angriff starten konnten.

Aber Ruun war kein Dummkopf und wußte genau, welche Gefahren damit verbunden waren, einen Trupp von Maulwürfen zu führen, die völlig unerfahren in der Kriegsführung waren. Daher war er auch neugierig darauf, wie die Maullanger sich in die Rolle der Angreifer fügen würden und welche Schlüsse er daraus für zukünftige, ernster zu nehmende Auseinandersetzungen ziehen konnte.

Seine Vorsicht war weise. Der Angriff auf die Wiesen-Maulwürfe hätte gut zu einer Katastrophe führen können, wenn die Wiesen-Maulwürfe nicht genauso schlecht auf einen plötzlichen Nachtangriff vorbereitet gewesen wären wie er in der Durchführung dieses Angriffs, und wenn er ihnen nicht zahlenmäßig überlegen gewesen wäre. Sein Ziel war, einige Wiesen-Maulwürfe ausfindig zu machen und zu töten, und das konnten die Maullanger nur erreichen, indem sie mit großem Aufwand herumliefen und -brüllten, übereinander stolperten, sich gegenseitig versehentlich verletzten und einen allgemeinen wirkungslosen Tumult verursachten. Sie töteten vier Maulwürfe, verwundeten sieben und erschreckten ein Dutzend weitere.

Andererseits wurde ihnen jedoch um ein Haar der Rückweg in den Wald abgeschnitten durch einen ungemein schnellen und wirkungsvollen Gegenangriff unter Bromus' Führung, und sie zogen sich zurück, wie sie gekommen waren, ungeordnet. Beinahe-Katastrophen werden jedoch von gerissenen Anführern gewöhnlich als überzeugende Siege bezeichnet, und diese war keine Ausnahme. Es stimmte, daß drei Maullanger getötet wurden, aber als sie erst wieder auf der Westseite waren, ohne Anzeichen einer Verfolgung durch die Wiesen-Maulwürfe, feierten sie ihren »Sieg«, als hätten sie das ganze Wiesensystem in zwei Stunden erobert, und erinnerten sich mit Behagen an die Taten ihrer verlorenen Kameraden.

Ruun lernte aus diesem Angriff viele Dinge, von denen eines sofort anwendbar war: die Notwendigkeit, einen standhaften Stellvertreter zu ernennen, bei dem er sich darauf verlassen konnte, daß er die Maullanger im Zaume hielt, wenn er selbst nicht anwesend war. Er übergab das Amt dem vertrauenswürdigen Westseiter Burrkopf, von dem er wußte, daß er loyal war und nicht den erforderlichen Verstand besaß, einen Aufstand gegen ihn zu versuchen.

Er beschloß auch, die Maullanger schnell und rücksichtslos mit dem nötigen Gruppen-Kampfgeist vertraut zu machen, und machte sich sofort daran, denn er wußte, daß er nicht viel Zeit zu verlieren hatte, bevor er von den Wiesen-Maulwürfen hören würde.

Die Auswirkungen dieses Angriffs auf den Wiesen, im Marsch-Ende und schließlich auch im Danctonwald selbst waren zahlreich und kompliziert. Die bedeutungsvollste war vielleicht Bromus' Entscheidung, Vergeltungsmaßnahmen gegen Duncton zu treffen, ein Entschluß, der ihm mehr oder weniger aufgezwungen wurde durch den Zorn der Wiesen-Maulwürfe über die Grausamkeit von Ruuns Angriff. Tatsächlich entschloß Bromus sich nur zögernd zu einem Gegenangriff, denn das wenige, was er von den stämmigen Maulwürfen aus Duncton gesehen hatte, ließ ihn vermuten, daß die einzelnen viel kräftigere Kämpfer als die Wiesen-Maulwürfe waren, wenn auch nicht immer so groß.

Es ging etwas Gemeines, Bösartiges von den Maulwürfen aus Duncton aus, deren Fell gewöhnlich so dunkel war, deren Körper nach dem feuchten Wald rochen und die mit kalter Rücksichtslosigkeit kämpften.

Um nicht im Munctonwald kämpfen zu müssen, beschloß er, die Gegner eines Abends hinaus auf die Wiesen zu locken mit einem absichtlich schwachen Angriff und einem Scheinrückzug am Rand des Waldes, wo er glaubte, sie überlisten zu können. Aber er irrte sich.

Ruun hatte seine Maullanger rücksichtslos und wirkungsvoll zur Disziplin erzogen, und sie folgten den fliehenden Wiesen-Maulwürfen so schnell, daß sie die meisten von ihnen getötet hatten, bevor sie nahe genug gekommen waren, um in die Falle zu laufen, die Bromus vorbereitet hatte. Ruun ahnte so etwas und wies seine Maullanger listigerweise an, nicht direkt vorzurücken, sondern statt dessen einen Bogen durch unbekannte Wiesentunnel zu schlagen, in der Annahme, daß sie den Wiesen-Maulwürfen in ihrem eigenen System in die Flanke fallen könnten. Gleichzeitig ließ Ruun genügend Maullanger zurück, um den Waldrand zu bewachen, unter ihnen einige kleine, die sehr schnelle Läufer waren und die Verbindung zwischen den beiden Gruppen aufrechterhielten.

Endlich führte Ruun seine Maullanger in einen grausamen, blutigen Kampf gegen Bromus' Maulwürfe, indem er mit großer Schnelligkeit aus einer unerwarteten Richtung anrückte und sich mit einer massiven Entschlossenheit voranbewegte, die die Wiesen-Maulwürfe völlig überraschte.

Bromus' Reaktion war weise und wenig eindrucksvoll, aber sie rettete den Tag. Er ordnete Rückzug auf allen Seiten an und benutzte seine Beliebtheit bei den Wiesen-Maulwürfen, um sie dazu zu überreden, seinem Rat zu folgen und sich schnell zurückzuziehen, so daß die Duncton-Maulwürfe keine Gegner finden würden. Die Maßnahme war so wirkungsvoll, daß den Maullangern der ganze Schwung verlorenging, als sie einen Bau nach dem anderen leer vorfanden und in Tunnel auf Tunnel nur die Tapser ihrer eigenen, langsamer werdenden Pfoten widerhallten und die Seufzer der schwerverletzten Wiesen-Maulwürfe, die auf der Flucht zurückgelassen worden waren.

Zur gleichen Zeit schickte Bromus zwei seiner vertrauenswürdigsten Maulwürfe zum fernen Marsch-Ende im Nordosten, um Rebekka aufzusuchen und mit ihrer Hilfe zu versuchen, Mekkins' Unterstützung zu gewinnen. Es war ein verzweifelter Versuch, aber Bromus wußte genau, daß ein vorübergehender Rückzug indirekt Sieg bedeuten könnte, während ein dauerhafter Rückzug zur Niederlage führte. Er würde bald wieder angreifen müssen, und je mehr Verbündete er hatte, um so besser.

Ruuns Gerissenheit als Anführer wurde zusehends größer, und mit seiner jetzt schon üblichen Schnelligkeit im Handeln zog er alle Maullanger zur Westseite zurück, sehr zu ihrem Verdruß.

»Habe ich euch bisher nicht zum Sieg geführt?« fragte er die Zweifler kalt. »Verlaßt euch darauf, daß ich das auch jetzt tun werde. Diese List wird die Wiesen-Maulwürfe zurückbringen.«

Zwei Tage lang herrschte eine spannungsgeladene Stille, während die normalerweise sauberen, schlichten Tunnel der Wiesen, jetzt verlassen, nach den Leichen zu riechen begannen, deren Verwesung durch das Einsetzen sommerlichen Juniwetters beschleunigt wurde. Tagsüber ertönte Vogelgesang im Wald, Lerchen schwebten über den Wiesen in der Luft, und das frische Grün der Blätter vom Ducntonwald glänzte und tanzte im warmen Juniwind im Sonnenschein.

Aber unter der Oberfläche waren die Maulwürfe beider Seiten angespannt und ängstlich, während jede Seite auf eine Bewegung des Gegners wartete.

Bromus zog seine Maulwürfe in ihre ursprünglichen Stellungen vor, zuerst verwirrt über den Abzug der Maulwürfe aus Duncton, doch dann sah er die Logik dieses Manövers. Ruun hatte sicher damit gerechnet, daß nach dem erfolgreichen Töten so vieler Wiesen-Maulwürfe die verbliebenen Streitkräfte den Wald selbst nicht betreten würden.

Während seines Vormarsches erhielt Bromus unerwartet einen Besuch von Rebekka. Sie hatte es abgelehnt, seine Maulwürfe zum Marsch-Ende zu begleiten oder ihnen auch nur den Weg zu zeigen, ohne sich zuerst ein Bild von den Vorgängen zu verschaffen. Sie lehnte Massenkämpfe ab und wollte nicht dazu beitragen, sie zu verursachen. Und außerdem hatte sie das Gefühl, sie müsse dort sein, wo sie helfen konnte. Sie schauderte vor Entsetzen über den Geruch des Blutes in den Tunneln, und ihre ersten Worte zu Bromus waren der Rat, die Toten an die Oberfläche tragen zu lassen, für die Eulen, »oder es wird kein System mehr geben, in dem zu leben sich noch lohnt«.

Dieser einfache Ratschlag sollte die Ursache für eine der vielen Mythen werden, die um Rebekka entstanden. Denn bald nachdem ihr Ratschlag befolgt worden war, fielen auf der Oberfläche über dem Wiesensystem nicht nur Mengen von Eulen ein, sondern auch eine Unzahl zorniger, krächzender, streitender Krähen, die nach den toten Maulwürfen hackten und Schrecken bei den Wachen der Duncton-Maulwürfe erregten, die nach Anzeichen für eine Bewegung der Wiesen-Maulwürfe Ausschau hielten.

Die Vorstellung, daß die Wiesen-Maulwürfe »die Krähen auf ihrer Seite« hatten, wie einer der Kundschafter es ausdrückte, war in der Tat furchterregend. Und unter den Wiesen-Maulwürfen erweckte das Kommen der Krähen, das ja mit der Ankunft der geheimnisvollen, aber zunehmend beliebten Heilerin aus Duncton zusammenfiel, die Vorstellung, Rebekka habe die Fähigkeit, Krähen herbeizurufen!

»Wenn Mekkins uns vom Norden her unterstützte«, erklärte Bromus, »würde es sich für uns wahrscheinlich lohnen, in unseren Stellungen auszuharren. Wir können uns nicht noch einmal zurückziehen, aber ich glaube nicht, daß wir die Fähigkeit und die Kraft haben, diesen Duncton-Maulwürfen allein Widerstand zu leisten.«

Rebekka hatte Bedenken. Sie hatte etwas gegen Kämpfe, wenn sie auch zugab, daß sie manchmal nötig waren.

»Wer führt die Maulwürfe aus Duncton an?« fragte sie neugierig.

Bromus zuckte mit den Schultern. »Er ist ein guter Kämpfer, das ist sicher. Mehrere unserer Maulwürfe berichteten, sie hätten einen verschlagen aussehenden Maulwurf gesehen, der offensichtlich die Führung hatte, ziemlich groß, sehr dunkel und mit einem so bösartigen Funkeln in den Augen, wie es sonst nur in bösen Träumen vorkommt.«

»Ruun!« flüsterte Rebekka. Ja, in diesem Fall würde sie Bromus' Bitte nachkommen und versuchen, Mekkins' Hilfe herbeizuführen.

»Es ist schon in Ordnung«, sagte sie. »Ich werde zum Marsch-Ende gehen – hoffentlich ist Mekkins noch in Sicherheit. Ich werde es gern tun. Ich glaube, es geschehen Dinge dort. Und hier auch. Alles verändert sich, Bromus, und was zu tun du auch versuchst – du kannst nichts tun, aber du mußt es trotzdem versuchen.« Sie lachte, als sie sah, wie ihre Worte ihn verwirrten, und fügte hinzu: »Ich verstehe selbst nur die Hälfte von dem, was ich sage. Es ist schon in Ordnung!«

Als Bromus sie fortlaufen sah, dachte er, daß sie manchmal mit der gleichen geheimnisvollen Gewißheit sprach, die Rose gelegentlich gezeigt hatte. Als sehe sie eine Welt, die er nicht sehen konnte, und als gebe es keine Worte, diese Welt zu beschreiben. Doch als sie allein davonlief, wie verletzlich erschien sie, und zum erstenmal sah er ganz deutlich, wie schutzbedürftig sie in Wirklichkeit war.

Zwei Tage später begann bei Anbruch der Nacht der Kampf wieder, zuerst als Scharmützel in der Nähe des Waldrandes, wo ein paar Wiesen-Maulwürfe das Gelände auskundschafteten, und dann als Großangriff in den Wiesentunneln selbst.

Es war ein blutiger und verworrener Kampf, in dem unter Bromus' ruhiger Führung jeder Wiesen-Maulwurf den brutalen Angriffen der Maullanger aus Duncton standhielt. Bromus hatte vernünftigerweise mehrere Seiteneingänge der Tunnel versperrt und es so den Maullangern erschwert, in Massen vorzurücken, während es gleichzeitig leichter wurde, sie nacheinander aus dem Weg zu räumen. Aber bald begannen die Maullanger wieder mit ihren Flankenangriffen, und der Kampf wütete von Tunnel zu Tunnel, ohne besonderen Plan, außer daß die Wiesen-Maulwürfe langsam begannen, sich zurückzuziehen. Sie bewegten sich dabei stetig auf größere Tunnel zu, wo die Maullanger, wenn sie erst dort eingedrungen waren, genug Platz haben würden zu manövrieren und mit ihrer größeren Kraft und Rücksichtslosigkeit die Wiesen-Maulwürfe zu überwältigen. Es fehlte den Wiesen-Maulwürfen nicht an Mut – ganz im Gegenteil –, aber irgendwie hatten sie nicht den Willen zum Sieg, den Ruun seinen eigenen Maulwürfen eingeflößt hatte.

Allmählich begannen die Kämpfe sich auf eine Höhle zu konzentrieren, die sich an der Kreuzung von zwei Gemeinschaftstunneln gebildet hatte. Die Wiesen-Maulwürfe hatten den vom Wald abgewandten Teil besetzt, von wo es zum Zentrum ihres eigenen Systems ging. Ruuns Maullanger besetzten die dem Wald zugewandte Seite der Höhle und die Seitentunnel, die nach Norden und Süden von ihr ausstrahlten. Kraftvolle Krallenhiebe und Stöße drangen aus der dunklen, näherrückenden Masse der Maullanger in Richtung der Wiesen-Maulwürfe, deren helle Pelze das Blut aus ihren Verletzungen und Wunden deutlicher zeigte. Bromus stand jetzt entschlossen an ihrer Spitze.

Es lag ein andauerndes zorniges Knurren in der Luft, während die Einzelkämpfe hin- und herwogten und die Maulwürfe stöhnend und ächzend versuchten zu überleben. Als ein Wiesen-Maulwurf nach dem anderen unterlag und die Maullanger in der Höhle vordrangen, entstand unter allen nach und nach das Gefühl, der kritische Punkt in der Auseinandersetzung sei erreicht. Bromus stellte sich vor seine Maulwürfe, erbittert kämpfend und sie zum Ausharren ermutigend. Ruun dagegen glitt, leicht verletzt, hinter der Masse der Maullanger hin und her, redete hier einem gut zu, warnte dort einen und rief allen Befehle zu.

»Tötet ihren Anführer . . . geht auf ihren Anführer los!« schrie er und zeigte durch erhobene Krallen und Kampfgetümmel auf Bromus.

Bromus wich nicht von seinem Platz. Er war jetzt von seinen treuesten Kämpfern umgeben und bildete, die Augen vor Konzentration und Angriffslust verengt, mit seinem großen, kräftigen Körper und seiner ruhigen Haltung den Mittelpunkt der Wiesenverteidigung. Zu seiner Linken war ein Wiesen-Maulwurf auf die Seite gestürzt, dem Blut aus dem Maul lief. Ein Maullanger stand auf ihm und drängte sich, fest entschlossen, Bromus zu erreichen, nach vorn. An Bromus' rechter Seite schoben die Maullanger sich gegenseitig hin und her in dem Bemühen, um einen aus ihren eigenen Reihen herumzugelangen, der nach einem gezielten Treffer auf den Rüssel blutend zusammengebrochen war.

»Bleibt stark!« brüllte Bromus seinen Streitkräften zu, aber im Grunde seines Herzens befürchtete er, daß der Ruf vergeblich war. »Haltet aus!« schrie er und drängte plötzlich nach vorn, um seinen Maulwürfen zu zeigen, daß sie etwas erreichen könnten, wenn sie es nur versuchen würden ...

Als er vorwärtsdrängte, zauderten die Maullanger kaum wahrnehmbar, so leicht, daß nur Bromus selbst es spürte – aber es genügte ihm, um sich laut rufend erneut vorzustürzen und die Wiesen-Maulwürfe durch seinen Mut aufzumuntern.

Und die Maullanger zauderten tatsächlich und blickten unsicher hinter sich, als plötzlich aus dem nördlichen Tunnel verwirrende Geräusche ertönten. Schreie, Rufe und andere Laute, das Gebrüll neu eintreffender Maulwürfe, und sogar Ruun zauderte und wandte sich nach hinten, um festzustellen, was der Aufruhr bedeutete, und dann wurde er vom Rückzug seiner eigenen Streitkräfte aus der Höhle zurückgedrängt, während unter Gebrüll und Geschrei eine Gruppe von Marsch-Endern in die Höhle stürmte.

An ihrer Spitze stand Mekkins, der seine eigenen Streitkräfte und alle anderen verwünschte und verfluchte, und seine Krallen droschen durch die Luft wie die vom Sturm gepeitschten Zweige eines Schwarzdorns.

»Bringt die Schufte um!« schrie er. »Gebt ihnen alles, was sie verdammt-noch-mal haben wollten!« Er stürzte nach vorn, und Bromus, der seinen Augen kaum traute, sah, daß unter den Streitkräften hinter Mekkins – einer zusammengewürfelten und bösartig aussehenden Bande, wie er sie schlimmer noch nie gesehen hatte – Männchen und Weibchen waren, groß und klein, alle drahtig und schnell, mit ungewöhnlichen Kampfmethoden, aber von einer Entschlossenheit, die alle anderen völlig verschlafen aussehen ließ.

Dann zogen sich die Maullanger zurück, ebenso plötzlich, wie sie aufgetaucht waren, und die rauhe kalte Stimme Ruuns ertönte über ihren Köpfen: »Geordneter Rückzug!« und: »Langsam voran!«, bis sich die Maullanger, die sich jeden Zoll ihres Wegs erkämpften, zum Wald zurückzogen und Tote und Verwundete auf ihrem Weg durch den Tunnel zurückließen.

Einen Augenblick lang herrschte Schweigen in der Höhle; die überlebenden Wiesen-Maulwürfe und die Marsch-Ender starrten einander ungläubig an. Dann erklangen Freudenrufe und Ausrufe der Erleichterung, Bromus und Mekkins beglückwünschten einander, in dem erregten Geschnatter und Gelächter ging das Stöhnen der Sterbenden unter, und schließlich gab es nur noch sehr müde Maulwürfe, die dem Tod ins Angesicht geblickt hatten und jetzt, da alles vorbei war, erschöpfter waren, als viele unter ihnen es je zuvor erlebt hatten.

Aber war alles vorbei? Nachdem die Siegesrufe verklangen, die Verwundeten versorgt waren und die meisten Maulwürfe schliefen, war Mekkins immer noch beunruhigt, wie er es von dem Augenblick an gewesen war, als Ruun seine Streitkräfte plötzlich zurückgezogen hatte. Diesem Ruun war einfach nicht zu trauen. Nichts, was er unternahm, war so einfach, wie es aussah. Aber im ersten Siegesrausch gingen derartige Zweifel unter, und erst nach Stunden kehrten sie zurück. Er war wirklich beunruhigt. Etwas stimmte nicht. Er wußte nur nicht, was.

»Glaubst du, sie kommen zurück?« fragte Bromus, der für einen solchen Fall vorsichtshalber einige Wachwürfe in den höheren Tunnellagen aufgestellt hatte.

»Ich weiß nicht«, sagte Mekkins nachdenklich. »Wenn nicht ... wenn nicht!« Er schauderte plötzlich vor Entsetzen. Dann sah er sich rasch um, um festzustellen, welche seiner Maulwürfe in der Nähe waren, und versammelte sie in großer Eile um sich, und sein Ernst ließ die Freudenrufe in den Tunneln ersterben.

Es war so naheliegend. Ruun war einfach nicht zu trauen. O ja, Mekkins hatte recht – traue Ruun nie über den Weg. Er war nicht besiegt worden, er hatte nur geschickt die sich ihm bietende Gelegenheit benutzt, seine Streitkräfte umzugruppieren, wenn sie auch müde waren, und sie jetzt, da so viele Marsch-Ender auf den Wiesen waren, hinunter zum schutzlosen Marsch-Ende geschickt. Denn dort, das mußte ihm klar sein, befanden sich nur die im Frühjahr geborenen Jungwürfe und einige der älteren Weibchen; damit bot sich ihm die einmalige Gelegenheit, die nächste Generation von Marsch-Endern auszulöschen und die endgültige Vernichtung der Marsch-Ender so viel einfacher zu machen ... Und was die Krankheit betraf – nun ja! Sie würden nicht alle hier sein, wenn die Geschichte stimmte. Diesem Mekkins war nicht zu trauen!

Dann raste Mekkins in Begleitung von dreien seiner stärksten Maulwürfe hinauf auf die Oberfläche, ohne sich um die Eulen zu kümmern, raste über die Wiesen, die Hänge zum Marsch-Ende hinunter, und die übrigen Maulwürfe folgten. Er raste durch die Nacht, und eine schreckliche Angst trieb ihn voran, eine eisige Kälte im Herzen. Es war so naheliegend!

Hinunter, hinunter durch die Nacht, die warme Luft lag drückend auf ihrem Fell, hinunter zum Marsch-Ende, das still und seltsam ruhig vor ihnen lag. Weiter, hinunter zum Waldrand, dort verweilten sie kurz und lauschten auf Geräusche, hofften, irgendwo einen Jungwurf beim Graben zu sehen, ein Weibchen, das nicht schlafen konnte, irgendeine Art von Leben am Marsch-Ende. Aber dort war kein Leben.

Dann schlich Mekkins sich gewandt auf geheimen Routen zu den Tunneln vor, und seine schreckliche Angst bestätigte sich, denn die tiefen polternden Stimmen der Maullanger drangen aus den Tunneln, wo vor so kurzer Zeit noch die Jungwürfe des Marsch-Endes herumgetollt waren und die Weibchen geschwatzt hatten.

Zu viert anzugreifen war wenig sinnvoll – besser, zuerst das Schlimmste herauszufinden. Durch Geheimgänge schlichen sie sich vor und hielten Ausschau nach dem, was zu finden sie befürchteten, ihre ermordeten Jungwürfe. Hier und dort stießen sie auf Maullanger – aber keine Leichname . . . und weiter zum Zentrum, durch Schatten schleichend, Flüchtlinge in ihren eigenen Tunneln, auf der Suche nach dem Anblick, der sie zu Flüchtlingen fürs ganze Leben machen würde. Waren sie alle tot, alle ermordet?

Erst nachdem sie in viele Tunnel geblickt hatten, wurde Mekkins und seinen drei Freunden langsam klar, daß sich hier überhaupt keine Jungwürfe oder Weibchen vom Marsch-Ende befanden, weder tot noch lebendig.

»Sie sind alle fort!« sagte Mekkins. »Sie sind fort!« Und das wurde bestätigt durch eine Unterhaltung zwischen zwei Maullangern, die sie mitbekamen: »Nichts als Zeitverschwendung, dieser blödsinnige Ausflug! Dieser Mekkins muß sie alle mit auf die Wiesen geschleppt haben, Jungwürfe und alles! Gerissener Schurke, dieser Mekkins, was?«

Aber »dieser« Mekkins hatte nichts Derartiges getan. Mekkins kauerte in den Schatten, während Staunen und Ungläubigkeit ihn erfüllten. Sie konnten doch nicht alle fort sein!

»Aber sie sind es!« sagte einer seiner drei Begleiter. Sie überprüften alles noch einmal von der Oberfläche aus bis hinunter zum Rand der Marsch, schlichen sich leise voran, um nicht die Aufmerksamkeit der Maullanger zu erregen, spähten in einen Tunnel nach dem anderen und in die Baue, wo immer sie konnten. Aber sie fanden kein Lebenszeichen. Nur ein paar murrende Maullanger in den verlassenen Marsch-Ende-Tunneln.

Sie machten wieder eine Pause auf der Oberfläche, die im hellen, kalten Licht eines fast vollen Mondes lag. Von der Marsch herüber klangen die Rufe von Brachvogel und Schnepfe, Rufe, die sie alle vier schon unzählige Male gehört hatten und kaum noch wahrnahmen. Die Blätter von Eichen und Eschen raschelten leise über ihnen und glänzten im Mondlicht. Mekkins sah sich voller Erstaunen um, dann hob er sehr langsam Gesicht und Rüssel zum Mond.

»Es ist fast Vollmond«, murmelte er vor sich hin. »Fast Vollmond. Wißt ihr, was morgen sein wird?« Alle schwiegen, und er beantwortete seine eigene Frage: »Morgen ist Mittsommernacht, das ist morgen.« Er wandte sich ab von der Marsch nach Süden, in Richtung auf den fernen Hügel, jetzt untergetaucht in der Dunkelheit des Waldes, wo der Stein wartend stand.

»Ihr wißt, wohin die Jungwürfe in der Mittsommernacht gehen, oder nicht? Ich denke, ich weiß, wohin unsere gegangen sind. Sie sind nicht tot, sie sind regelrecht ausgekniffen!« Dann lachte er leise vor Erstaunen und Erleichterung und fügte hinzu: »Und ich hab 'ne verdammt gute Idee, wer sie dahin führt!«

KAPITEL 31

Zwei Stunden, nachdem Mekkins sich am frühen Abend mit einer Schar von Männchen und den stärksten Weibchen vom Marsch-Ende zu den Wiesen aufgemacht hatte, um zu versuchen, Bromus zu helfen, spürte Rebekka, daß im Dunctonwald etwas nicht stimmte. Mekkins und seine Streitmacht waren aufgeregt schwatzend und rufend losgezogen, begierig darauf, zu einer möglichen Vernichtung Ruuns beizutragen.

Aber Rebekka war nicht mitgekommen, und erst später wurde ihr allmählich klar, warum nicht. Etwas stimmte nicht. Sie hatte das gleiche Gefühl einer drohenden Gefahr wie in jener Nacht, als Ruun und Mandrake gekommen waren, um ihre Jungen zu töten. Sie lief hinauf auf die Oberfläche, wo das Licht des aufgehenden Mondes vor einem stillen Himmel gerade begann, durch die Bäume zu sickern und schwächlich auf den Boden zu scheinen. Rebekka wandte ihren Rüssel in Richtung Barrow Vale. Sie spürte dunkle Schatten, Krallen und eine unbestimmte Ankündigung von Gefahr. Sie lief hinunter in die Tunnel, wo aus den Bauen die leisen Geräusche von Jungwürfen ertönten, von denen einige noch gesäugt wurden, andere auf dem Boden rollten und sich balgten mit der Kraft und der Unabhängigkeit, die sie in der dritten Juniwoche schon erreicht hatten.

Mütter ruhten sich zusammen mit ihren Jungen aus, einige ältere Weibchen ohne Junge schwatzten miteinander, plauderten über das aufregende Ereignis, Mekkins losziehen zu sehen, »um diesen Ruun auch mal ein bißchen Gewalttätigkeit schmecken zu lassen«.

Es war ruhig und friedlich, und eine Andeutung von Lachen lag in der Luft. Rebekka lief unruhig umher, und die wenigen Marsch-Ender, die ihr begegneten, lächelten, denn sie wußten von Mekkins, wer sie war, und daß sie eine Heilerin wie Rose sei.

»Erzähl uns eine Geschichte, Rebekka!« bat sie ein kichernder Jungwurf, den seine weniger kühnen Geschwister vorgeschoben hatten. Sie berührte ihn, schüttelte den Kopf und lief weiter, mit angespannt zuckendem Schwanz. Etwas stimmte nicht. Sie lief wieder auf die Oberfläche, und das Gefühl in ihr wuchs, daß durch die Nacht eine schreckliche Gefahr auf sie zukommen würde, hierher, wo sich nur spielende Jungwürfe und unbeschützte Weibchen befanden.

Vogelrufe schwebten von der Marsch herüber wie in der Nacht, als Bracken sie verließ; in dem leichten Wind, der durch die Baumkronen strich, den Boden des Waldes aber nicht berührte, wisperte dann und wann ein Baum.

Angst erfüllte sie, ihre Augen weiteten sich, und ihr Rüssel war unablässig auf Barrow Vale gerichtet. Sie hatte das Gefühl, sie sei das einzige, was das Marsch-Ende beschütze – wovor? Der Mond stieg höher, runder als am Tag zuvor, voller, der Himmel wurde endlich schwarz, und irgendwo taumelte ein kleiner Zweig durch die frischbelaubten Äste eines Baums, purzelte gemächlich herunter, bis er den Boden erreichte und alles wieder still war.

Gefahr drohte, und sie kam näher. Rebekka wußte plötzlich mit unerschütterlicher Gewißheit, daß sie alle fortführen mußte an einen sicheren Ort, wo ihnen kein Leid geschehen konnte. Diese Jungwürfe standen unter ihrem Schutz wie einst ihre eigenen Jungen. Diesmal würde es keine Fehler geben.

Das Gefühl einer drohenden Gefahr war so mächtig, ihre Entschlossenheit so groß, daß es keine Auseinandersetzung gab. Die Weibchen mit Jungen hörten sie schweigend an, und Rebekkas Bedürfnis, die Jungwürfe zu beschützen, wurde rasch angenommen.

Von überall ertönte drängendes Flüstern, leise Schritte durchhasteten die Tunnel, gedämpfte Stimmen erklangen, eiliges Getrippel, verschlafene Jungwürfe wurden plötzlich wach und erwarteten stumm ihre Anweisungen, entferntere Tunnel wurden im letzten Augenblick noch durchsucht, und dann machten sich alle gemeinsam auf den Weg durch die nach Osten führenden Tunnel, wo kein Maulwurf gern hinläuft. Wo diese Cora gelebt hatte. Jungwürfe liefen und stolperten über die eigenen Pfoten, um den Anschluß nicht zu verlieren, Mütter beherrschten sich, weil sie wußten, daß sie nicht in Panik geraten durften, immer weiter ging es durch die nächtlichen Tunnel, dorthin, wo der Boden feuchter ist und der Geruch sonderbar.

Rebekka führte sie fort von einer Gefahr, die sie noch nicht kannte, von der sie aber wußte, daß sie im Anmarsch war, führte sie zu einem Rastplatz an der Ostseite des Marsch-Endes und dann weiter, und das geballte Trippeln fliehender Pfoten tönte durch die stille Nacht. Sie führte sie immer weiter und achtete darauf, daß keiner zurückblieb, und die Jungwürfe unterdrückten Tränen und Müdigkeit angesichts des drängenden Ernstes der Erwachsenen.

Auch bei Coras Tunneln lag noch keine Sicherheit in der Luft. Der Wald war zu still im Licht eines fast vollen Mondes. Wohin sollte sie sie bringen? Wohin führen? Immer wieder führte ihr Rüssel Rebekka hinauf zu den fernen Hängen, wohin sie einst, in der Längsten Nacht, mit Mekkins gelaufen war. In der Ferne wartete der Stein. Er wartete immer. Ein voller Mond und beinahe Sommersonnenwende, eine Zeit, zu der der Stein die jungen Maulwürfe segnete. Ein Tag, um dort hinzugelangen auf Schleichwegen durch den Wald. Sie konnte es über die Ostseite versuchen, auf der Oberfläche, zum Stein beten und sie hinführen. Der Stein würde sie in der Mittsommernacht beschützen. Auf zum Stein.

Mekkins und die ihn begleitenden Maulwürfe kamen schließlich bei Morgengrauen wieder bei Bromus im Wiesensystem an, so erschöpft, daß an Schlaf nicht mehr zu denken war.

»Sie sind fort«, sagte Mekkins ausdruckslos zu Bromus. »Rebekka muß die Jungwürfe vom Marsch-Ende hinüber zur Ostseite gebracht haben, so daß Ruun und die Maullanger sie nicht erwischen konnten. Sie wird wahrscheinlich versuchen, den Stein zu erreichen. Wir müssen ihr helfen . . .« Aber er konnte kaum aufrecht stehen, so müde war er, und vor seinen Augen verschwamm alles.

»Versucht zu schlafen«, drängte Bromus. »Und wenn wir alle uns ausgeruht haben, werden wir überlegen, was zu tun ist. Wir werden euch helfen, wie ihr uns geholfen habt. Wenn es sein muß, werden unsere Maulwürfe für eure Jungen sterben.«

Mekkins erwachte ruhelos und voller Sorgen. Es war am späten Vormittag, und warme Luft und leichte Sommerdüfte wehten von der Oberfläche herunter in die Tunnel. Dann drang ein sonderbares, fernes Rumpeln langsam in die Baue, unähnlich allen Geräuschen, die er kannte, und das brachte ihn hellwach und in Blitzesschnelle hinaus in den Gemeinschaftstunnel. Ein vorbeilaufender Wiesen-Maulwurf mußte wohl seine Unruhe spüren, denn er sagte das eine Wort »Kühe«, während er vorbeihuschte. Das Rumpeln hörte auf und begann von neuem, ging über ihm hinweg wie eine Sommerwolke, die im Vorüberziehen für eine Weile die Sonne verdeckt. »Kühe!« murmelte Mekkins brummig, suchte sich einen Tunnel nach oben und lief hinauf, um die Kühe aus der Nähe zu betrachten. Er roch sie, bevor er oben war, ein schwerer, süßlicher Geruch, und dann sah er, wie ihre schwarzweißen Flanken sich über ihm gegen einen blauen Himmel absetzten. Das zerrende Geräusch, mit dem sie das Gras abrissen, füllte die Tunnel und vermischte sich mit dem malmenden Geräusch ihres Kauens und Atmens und dem Rumpeln und Stampfen ihrer Hufe. Alles harmlos und traurig. »Blöde Kühe!«

Der Wald war zu weit entfernt, als daß Mekkins ihn sehen konnte, aber die Sonne stand so hoch, daß sie seinen westlichen Rand einfing, der grün über den Wiesen wogte, dunkel war im Bereich der Stämme und Schatten und dann wieder das leuchtende Grün der großen, tausend und abertausend dichtbelaubten Zweige. Ein Schimmer zartblauen Dunstes lag über allem, und leichte Flügelschläge und Rufe träger Vögel, vorwiegend Ringeltauben und Elstern, durchbrachen den Dunst und wehten über die Wiese zu Mekkins. Ein paar junge Disteln, so jung, daß ihre Dornen noch weich waren, warfen einen Schatten auf den Eingang, in dem er kauerte.

Er würde sie zu dem Stein führen, denn es war Sommersonnenwende, und das war doch in der kommenden Nacht sicher der Ort, wo sie hingehörten. Sie würden auf den Schutz der Dämmerung warten und sich dann auf den Weg zum höheren Wald machen, gegen Tagesende die raschelnden Schatten der Buchen erreichen und dann hinüber zum Stein laufen. Er war ruhelos und besorgt, aber noch nie hatte er soviel Vertrauen zu dem Stein gehabt.

Bromus gesellte sich zu ihm, schnüffelte ein wenig umher und sagte: »Diese Art Tage lieben die Wiesen-Maulwürfe, wenn die Jungen spielen können und wir Erwachsenen uns früh am Tag etwas zu essen suchen und dann faulenzen und gar nichts tun!«

»Wir sind auch nicht anders«, sagte Mekkins. »Wiese, Wald ... Maulwürfe sind überall gleich. Es gibt keine großen Unterschiede.« Er weihte Bromus in seinen Plan ein, und Bromus nickte: Er wußte, es würde nicht leicht sein, seine Streitkräfte dazu zu bringen, Mekkins so bald in den Dunctonwald zu folgen, aber wenn er sie dorthin prügeln müßte – er würde dafür sorgen, daß sie kamen. Und war es nicht ohnehin das, was sie wollten – Zugang zum Stein? Sie würden es verstehen, wenn sie dort waren, so wie es ihm gegangen war. Es gab nichts auf der Welt, was zu besitzen sich lohnte – jedenfalls nichts, was er kannte –, um das ein Maulwurf nicht kämpfen mußte.

Als der warme Tag unmerklich in den Abend der Mittsommernacht überging, bewegte Rebekka sich in dem alten Tunnel, den sie gefunden hatte, lautlos zwischen den schlafenden Müttern und Jungwürfen, die sich hier versteckten und ausruhten.

Das Schlafen der Mütter war eher ein Dösen, und sie blickten immer wieder besorgt auf ihre an sie gekuschelten Jungen, um sich zu vergewissern, daß sie in Sicherheit seien. Einige der Jungwürfe lagen für sich, mit ausgestreckten Pfoten und gesenktem Rüssel, wie junge Erwachsene, die sie fast waren. Als Rebekka an ihnen vorbeikam, blickten sie in stummer Sorge zu ihr auf, als wollten sie sich überzeugen, daß sie wirklich zuversichtlich war und wußte, daß sie sie an einen sicheren Ort führte. Sie spürte, daß ihre scheinbare Ruhe nicht weit entfernt war von Panik, und wußte, wenn es zu einer Panik käme, wären sie alle verloren. So ging sie ruhig durch die Reihen, absichtlich langsam, sagte hier ein Wort, schob dort einen Jungwurf aus dem Haupttunnel, und jede Sekunde kam ihr wie eine Stunde vor.

Sie verließ den Tunnel nur ungern, denn was sollte geschehen, wenn sie den

Stein erst erreicht hatten? Es war, als führe sie sie an den Rand einer Leere, den Feind hinter sich, und frage sich, wie sie in Sicherheit gelangen sollten, wenn sie dort ankamen. Sie konnte ihnen keine Flügel geben.

Maullanger trieben sich in der Gegend herum. Früher am Tag war sie einem begegnet, der geschäftig in Richtung Barrow Vale eilte, und während die übrigen auf dem Boden erstarrten, hatte er sie kurz ausgefragt, und sie hatte gelogen, sie komme von der Ostseite. »Also, dann sieh zu, daß du dort auch wieder hinkommst, du kennst die Vorschriften. Wenn ich es nicht so eilig hätte, würdest du meine Pfoten zu spüren bekommen!« Seine Stimme war laut und dümmlich, und die Jungwürfe vom Marsch-Ende zitterten, als sie sie hörten, während die Augen ihrer Mütter stumm auf sie gerichtet waren und sie anflehten, ganz still zu sein.

Als der Abend dämmerte, führte Rebekka sie weiter, auf direktem Weg die Hänge hinauf zum Alten System. Dort erhoben sich die mächtigen grauen Stämme der Buchen hoch über ihnen, und das letzte Sonnenlicht erstarb auf den höchsten Wipfeln, verwandelte sich in Sekunden von Rosa- und Grüntönen in das warme raschelnde Grau, das bald zu Tausenden winzigen schwarzen Blattsilhouetten werden würde. Näher zum Boden wanden sich große Zweige vom Stamm nach unten und hingen still herunter, und als es dunkel wurde, erschienen ihre Blätter in einem helleren Grün, denn sie setzten sich gegen dunkler werdende Schatten ab, nicht gegen einen noch helleren Abendhimmel wie die oberen Blätter.

Von Zeit zu Zeit blieb einer der Jungwürfe stehen, aus Müdigkeit oder einfach aus Scheu, und blickte hinauf und um sich in die massigen Tiefen der Bäume – anders als alles, was er aus dem feuchteren und abgeschlossenen Marsch-Ende kannte. Der düstere Schrei eines Käuzchens drang plötzlich von den Hängen unter ihnen durch die Nacht, und als sie vor Schreck erstarrten, kam von den fernen Hängen über ihnen aus der Nähe des Steins eine Antwort auf den Schrei.

»Pst!« sagte Rebekka leise, »still«, denn sie war an das Geräusch gewöhnt, und in gewisser Weise stimmte es sie zuversichtlich. Es gehörte zu ihrem Wald, und sie hatte es lange nicht mehr gehört. »Sie bedeuten keine größere Gefahr für uns als die unheimlichen Vogelrufe, die ihr von der Marsch hört«, erklärte sie beruhigend, obwohl das nicht ganz stimmte. Aber falls eine Eule kommen sollte – nun, es ließ sich nicht ändern! Und sie spürte, daß sie sich dem Stein näherten, und vertraute auf seinen Schutz.

Nachdem sie ihre Schützlinge aufgefordert hatte, sich zwischen den Wurzeln zweier nebeneinanderstehender Buchen zu verteilen, lief sie voran, um zu sehen, ob sich am Stein Maulwürfe aufhielten. Als sie dort ankam, war das Licht genauso wie in der vergangenen Nacht, ein gerade aufgehender Mond warf ein dünnes, milchiges Licht auf die Lichtung. Zuerst sah sie den Stein nicht, aber dann tauchte er auf, hoch hinaufragend in das Himmelsdunkel, und die Blätter der Buche, die so nahe bei ihm stand, raschelten in der Nacht. Es war der Anfang der Mittsommernacht, und seit dem letzten Mittsommer, als Hulver starb, war ein voller Zyklus der Jahreszeiten vergangen. Mandrake. Ruun. Bracken. Cora. Ihre Bilder jagten ihr durch den Kopf und vermischten sich miteinander – so viele Maulwurfjahre waren vergangen! Sie gehörte inzwischen zu den Erwachsenen; viele der Mütter mit Jungen, die sie hier hergeführt hatte, waren jünger als sie.

Eine erwartungsvolle Stimmung lag in der Luft. Die Lichtung schien zu warten, wie in ihrer Erinnerung auch Barrow Vale manchmal auf irgendeinen Märchenerzähler gewartet hatte, der Leben an den Ort bringen würde mit einer Geschichte aus alten Zeiten.

Sie lief zurück und führte die Marsch-Ender an den Rand der Lichtung und versteckte sie in den Schatten an der sichereren Seite, der gegenüber den Hängen. Sie waren froh, daß sie sich ausruhen konnten, aber hungrig, und Rebekka ließ sie in der Dunkelheit Nahrung suchen, einen Wurf nach dem anderen, und ermahnte sie, leise und schnell zu sein. An einem solchen Ort und bei einer so erwartungsvollen Stimmung brauchten sie nicht lange ermahnt zu werden. Die meisten von ihnen starrten nur aus den Schatten über die Lichtung hinweg auf den Stein und warteten.

Die Nachtluft wurde langsam kühler, während der volle Mond hinter den Bäumen aufging und sein Licht auf die Lichtung rieselte, so daß sie fast leuchtete vor den Schatten des Waldes um sie herum, die immer dichter und undurchdringlicher wurden. Keiner wußte, worauf sie warteten, und Rebekka konnte nichts anderes tun, als hinauf zu dem Stein in der Mitte der Lichtung zu blicken – im Mondschein sah er jetzt grau und zerklüftet aus – und zu beten, daß er in seinen Tiefen Schutz für diese Jungen finden würde. Sie hatte das Gefühl, es sei das Leben dieser Jungwürfe, für das sie verantwortlich war, denn sie waren ihr als Einzelwesen gleichgültig. Sie tröstete sie oder berührte sie, wenn es sich als nötig erwies, aber es war ihre Lebenskraft, die sie hütete.

Links von ihnen, im Wald und bei den Wiesen am Waldrand, strich der Wind hoch oben durch die Äste und lief zwischen den Bäumen hindurch leicht auf sie zu. Dann wurde er stärker, dann herrschte wieder Stille. Dann kräuselte er sich fort über die Hänge und verschwand in der Nacht jenseits des Waldes in den Tälern und stillen Orten der Ostseite. Ein Jungwurf raschelte und wurde zur Ruhe ermahnt. Ein anderer kuschelte sich enger an seine Mutter, das Gesicht halb in ihrem Fell verborgen, und die Augen fielen ihm immer wieder schläfrig zu.

Es war Mittsommernacht, und langsam begann mit raschelnden Bewegungen der Wald zu erwachen. Der Wind? Maulwürfe? Räuberische Tiere? Es war die Nacht, in der der Stein nach alter Tradition die Jungen segnete.

Wenn es einen Maulwurf gab, der besser als jeder andere wußte, was die Mittsommernacht bedeutete, so Bracken, der an genau dieser Stelle zwölf Maulwurfjahre zuvor furchtsamer Zeuge von Hulvers schrecklichem Tod gewesen war. Damals hatte er die Worte des Segens gesprochen und war, während er sie sprach, erwachsener geworden. Jetzt war er beinahe zurück und lief raschelnd durch das hohe Gras und das Laub vom vergangenen Jahr am Waldrand, als er den Ducntonwald wieder betrat.

»Wir sind bald da, Boswell«, flüsterte er, »dann wirst du endlich den Stein sehen.« Hinter ihnen schlichen Mullion und Steinkraut, die lieber direkt zu ihren eigenen Tunneln in den Wiesen gelaufen wären, aber zugestimmt hatten, Bracken bis zum Stein zu begleiten. Außerdem wollten sie den Stein ohnehin sehen.

»Wir werden uns langsam und leise nähern, weil ich nicht weiß, wer in dieser Nacht hier oben sein mag. Wenn Mandrake nicht mehr da ist und Ruun die Führung übernommen hat, kann es sein, daß er dort ist. Ruun hat etwas gegen den Stein, besonders zu dieser Zeit der alten Rituale. Er wird sich vergewissern wollen, daß keine Feiern stattfinden.«

Sie bewegten sich so leise voran, daß Rebekka sie erst bemerkte, als sie den Schatten eines Maulwurfs aus der Dunkelheit jenseits der Lichtung huschen und in kühner Silhouette vor dem Stein stehen sah. Dann folgte ein weiterer, kleinerer Maulwurf, und selbst im Mondlicht sah Rebekka, daß er humpelte und den Rüssel im Gleichklang mit seinen Schritten nach vorn und nach oben bewegte. Dann kamen noch zwei Maulwürfe, von denen der eine sehr groß war und sich leicht beunruhigt auf der Lichtung umsah, bevor auch er stehenblieb und seinen Blick auf den Stein richtete.

»Nun, ich muß es sagen! Du hast uns tatsächlich hergebracht, Bracken!« sagte der große Maulwurf.

Die Welt erschien Rebekka plötzlich ein unwirklicher Ort zu sein, als der Name Bracken über die Lichtung zu ihr drang. Sie blickte voller Erstaunen auf die vier Maulwürfe und versuchte, in dem Durcheinander ihrer Silhouetten zu erkennen, ob einer von ihnen wirklich ihr Bracken war.

Dann sprach der kleine Maulwurf, und seine ruhige, klare Stimme klang scheu und ehrfürchtig, als er sich von den anderen löste und geradewegs auf den Stein zulief. »Nun habe ich also endlich das Differential erreicht«, sagte er. »So viele Maulwurfjahre unterwegs und sie alle nur dank der Gnade des Steins überlebt.«

Rebekka beobachtete ihn fasziniert, während ihr Herz nach Bracken rief – wenn es Bracken war. Der kleine Maulwurf streckte eine Pfote zum Stein aus, berührte ihn und drehte sich dann um zu den drei anderen und sagte ruhig: »Wißt ihr, es gibt nichts anderes als den Stein. Am Ende gibt es nichts anderes.«

Sein Kopf wandte sich ein wenig in Rebekkas Richtung, dorthin, wo sie im Schatten des Waldes kauerte, und zum erstenmal sah sie sein Gesicht. Sein Fell war grau im Mondlicht, seine Augen schimmerten klar und sanft, und sein Gesicht spiegelte den Frieden des Steins. Rebekka, die ihn zum erstenmal sah, hatte das Gefühl, sie habe noch nie zuvor einen Maulwurf gesehen, der sie das Wunder des Steins so deutlich empfinden ließ. Die drei auf der Lichtung schienen das auch zu spüren; sie alle verharrten regungslos, wenn Rebekka auch nicht erkennen konnte, ob sie den kleinen Maulwurf ansahen oder den Stein, der so hoch über ihm aufragte.

»Bin ich froh, wieder hier zu sein!« sagte einer von ihnen und trat in das Mondlicht. »Ich habe nie gewußt, wie sehr!« Und Rebekka sah, daß es Bracken war, heil und gesund und wieder in dem Wald, den sie beide liebten. Sie war unwissentlich zum Stein gekommen, und er war auch gekommen in dieser Nacht, wie sie hätte wissen müssen, wenn sie darüber nachgedacht hätte.

In den Schatten waren die Augen der Jungwürfe auf sie gerichtet, versuchten zu ergründen, was sie vorhatte, fragten, ob diese Maulwürfe Feinde seien, vor denen sie flüchten mußten. Sie wandte sich ihnen zu und lächelte, berührte den, der ihr am nächsten war, und als sie sich angesichts ihres Selbstvertrauens entspannten, wandte sie sich wieder der Lichtung zu und begann, im Mondschein auf Bracken zuzugehen, und ihr Schatten lief vor ihr her.

Es kam Bracken und auch den anderen so vor, als erscheine Rebekka aus der Nacht und vor dem Stein als Teil eines geheimnisvollen Geschehens, in dem alle Dinge – der Mondschein, die Silhouetten der Bäume davor, der Wald, der Stein, ihre Anwesenheit und die Dunkelheit hinter ihr – eins miteinander waren. Es war so, als könne er einen Augenblick lang an Rebekka vorbei die Mächte des Lebens sehen, und die des Todes, die sie in diesem Moment hierher gebracht hatten.

»Rebekka«, sagte er, denn ein anderes Wort gab es nicht.

»Mein Liebster«, sagte sie.

»Rebekka?« sagte er noch einmal und trat zu ihr, und er sah und hörte nur noch sie.

»Ja«, sagte sie leise. Dann berührten sie einander so weich wie das weicheste Fell, denn er hatte fast das Gefühl, sie sei ein Traum, und sie wußte, daß er ihr Liebster war, und ihre Berührung nach so langer Zeit war so kostbar wie das Leben. Sie streichelten einander Hals und Gesicht, sie lächelnd, er ernsthaft, sie zarte Laute ausstoßend, er tiefe, und endlich erschien sein Körper ihr stark und groß, nicht länger der flüchtende Maulwurf, den sie einst gesehen hatte. »Mein Liebes«, sagten sie gleichzeitig, »wo warst du? Wo warst du?«

Ihre Begrüßung dauerte nicht länger, als es dauert, die Schönheit des vom Mond beleuchteten Steins zu erkennen, dann lachte Rebekka in die Nacht hinaus und sagte: »Boswell? Aus Uffington? Aus Uffington!« und: »Steinkraut, du liebes Geschöpf«, und dann redete sie mit Mullion, der schüchtern vor ihr stand, und sie knuffte ihn leicht, weil kein Grund zur Schüchternheit bestand. Und dann war sie wieder bei Bracken, der den Stein anblickte, den Stein berührte, wie Boswell es getan hatte, und verstand, daß es nur im Stein Liebe gibt, und dachte, daß es nichts gab, was eine Liebe zerstören konnte, die so stark und klar wie ihre Liebe war. Nichts!

Nichts? Von dem Rand der Wiesen her polterte es durch den Wald, Laufen und Trappeln von Maulwurfpfoten, und sie alle erstarrten plötzlich und lösten sich voneinander, wandten sich dem Lärm zu, und der große Steinkraut stellte sich vor sie. Es kamen Maulwürfe, aber je näher sie der Lichtung kamen, um so mehr entspannte sich Steinkraut, wie Medlar es ihm beigebracht hatte. Boswell verhielt sich genauso; seine klaren Augen waren auf das Rascheln in der Dunkelheit gerichtet, während Bracken seufzte und vortrat, um neben Steinkraut zu stehen. Die drei hatten ihre Lektion gelernt. Hinter ihnen stand Mullion, angespannter, unsicher, was er tun sollte, während Rebekka schweigend die Lichtung überquerte und zu den Jungwürfen ging. Sie war im Licht und konnte sie nicht sehen, aber mit ihrem Lächeln gab sie ihnen zu verstehen, daß sie sich still verhalten und in Sicherheit fühlen sollten.

Die Maulwürfe näherten sich rasch und liefen aus der Deckung des Waldes hinaus auf die Lichtung, ohne zu zögern, und erst dann blieben sie stehen, um dorthin zu schauen, wo Bracken und die anderen nebeneinander am Stein standen. Es herrschte Schweigen auf beiden Seiten, während jeder einen Augenblick brauchte, um die anderen zu erkennen.

Es waren Bromus und Mekkins, die mit Wiesen- und Marsch-Ende-Maulwürfen von den Wiesen gekommen waren, aber es war eine von den Müttern vom Marsch-Ende in den Schatten hinter Rebekka, die das Schweigen brach.

»Und wo zum Teufel bist du gewesen, Mekkins, mein Junge?« sagte sie ironisch und kam aus der Deckung hervor.

Mekkins lächelte, beachtete sie aber nicht weiter, sondern wandte sich statt dessen an Bromus und sagte: »Da hast du's, Bromus, alter Kumpel. Ich hab gesagt, sie würden hier sein, und da sind sie. Und wo ist Rebekka? Komm hervor – im allgemeinen leidet sie nicht an Schüchternheit!« Rebekka trat vor und lachte, und alle entspannten sich. Und dann war Mekkins außer sich vor Überraschung, als er Bracken sah, und Bromus sah voller Entzücken Steinkraut und Mullion vor sich.

Überall Erleichterung und Wiedervereinigung, Heiterkeit und Gelächter, aber nicht lange. Mekkins, der mit Bracken, Steinkraut, Bromus und Rebekka flüsterte, warnte sie vor dem, was Bracken im Innersten schon befürchtet hatte.

»Da ist eine ganze verdammte Armee von Maullangern auf dem Anmarsch hierher, mit ihr-wißt-schon-wem an der Spitze. Bromus hat bei Dämmerung ein paar seiner Maulwürfe am Waldrand aufgestellt, nur um zu sehen, ob sie etwas in Erfahrung bringen könnten, und das haben sie getan. Diese Maullanger sind die schlimmsten Schwätzer, die man sich vorstellen kann, und Bromus' Leute fanden auch tatsächlich heraus, daß Ruun den ganzen Haufen hier raufbringen will, um sich zu vergewissern, daß kein Maulwurf die Mittsommernacht feiert.«

Mekkins blickte sich in der Runde um und grinste. »Natürlich hab ich nicht die Absicht, hier zu verschwinden, und da wir durch irgendein Wunder des Steins ausgerechnet Bracken bei uns haben für diese Gelegenheit, den einzigen Maulwurf aus Duncton, der den Segen kennt, schlage ich vor, wir rühren uns nicht von der Stelle, machen Ruun fertig, wenn er anrückt, und feiern dann die Mittsommernacht und zeigen diesen Jungwürfen vom Marsch-Ende, was diese Nacht überhaupt soll.«

Alle wandten sich Bracken zu, der, nicht zum erstenmal, überrascht feststellte, daß sie von ihm erwarteten, eine Art Führungsrolle zu übernehmen. Es war, als betrachteten sie ihn irgendwie als Hüter des Steins und all seiner Geheimnisse, weil er so lange in der Nähe des Alten Systems gelebt hatte. Es war eine Rolle, der er sich nicht gewachsen fühlte, da er nicht glaubte, daß er genug über den Stein wisse, und da er sich der Tatsache sehr bewußt war, daß das wenige, was er wußte, von Hulver kam, der soviel mehr gewußt hatte. Boswell spürte seine Zweifel, und um ihm Mut zu machen, fragte er: »Was, meinst du, sollen wir tun, Bracken?«

Bracken blickte einen Augenblick lang auf den Stein und sagte nur: »Wir müssen den Segen sprechen. Hulver hat ihn vor zwölf Maulwurfjahren gesprochen, und er hatte nur Bindel und mich, um ihm zu helfen, obwohl ich zu jung war, um ihn zu beschützen, so wie diese Jungwürfe zu jung sind, uns zu beschützen, wenn es auch eines Tages ihre Aufgabe sein wird, Entscheidungen zu fällen und zu tun, was getan werden muß. Möge der Stein ihnen helfen, wie er jedem von uns geholfen hat.«

Er blickte sie langsam alle nacheinander an, zuletzt fielen seine Augen auf Rebekka und verweilten dort am längsten. Während er sprach, hatte seine Stimme immer mehr Kraft gewonnen, und als er jetzt fortfuhr, brachte ihre Stärke und Überzeugungskraft alle Maulwürfe dazu, sich schweigend um ihn zu versammeln.

»In etwa einer Stunde, wenn der Mond seinen höchsten Stand erreicht hat, wird der Augenblick gekommen sein, vor unserem großen Stein den Segen zu sprechen. Seine Kraft überträgt sich auf alle anderen Steine, die Ballagan, der erste Heilige Maulwurf, in den auserwählten Systemen aufgestellt hat. Dies ist keine Nacht zum Kämpfen, sondern sie gilt dem Frieden und dem Segen. Aber die Zeit, in der wir leben, ist merkwürdig und schwierig.« Er drehte sich um und zeigte hinauf zum Stein, dessen Spalten und glatte Flächen im Mondlicht unendlich kompliziert erschienen. »Seht euch unseren großen Stein an«, sagte er, und während er das tat, fühlte er die Kraft des Steines in sich selbst übergehen, und seine Vorstellungen, ja sogar seine Stimme wurden von ihr übernommen, wie ein einziges Mal zuvor, als er Cairn von Rebekka erzählt hatte und feststellte, daß seine Worte aus einer Quelle außerhalb seiner selbst kamen.

»Seht euch den Stein von Duncton an! Er sollte aufrecht und gerade stehen wie die Bäume um ihn herum. Aber seht, wie er sich nach Westen neigt, wo Uffington liegt! Das System, von dem er so sehr Teil ist, ist verfault, und er neigt sich aus Schwäche, weil er das weiß, und sucht Hilfe in Uffington. Ich sage euch, der Tag wird kommen, da durch unsere Stärke dieser Stein wieder aufrecht stehen wird, stolz auf das System, aus dessen Stärke er in den Himmel ragen wird und dessen Kraft wir nicht in Frage stellen oder, wie Ruun, zu korrumpieren versuchen werden. Er wird so gerade stehen, wie der mächtige Ballagan ihn aufgestellt hat, und wenn der Tag kommt, werden alle Maulwürfe wissen, daß unser System wieder gesundet ist.

Dies ist keine Nacht zum Kämpfen, und die Sommersonnenwende ist nicht die Zeit zum Blutvergießen. Aber ich sage euch, bis die Zeit kommt, da der Stein wieder der wahre Mittelpunkt unseres Systems ist, müssen jene, die wissen, daß es ohne den Stein nichts gibt, für ihren Glauben kämpfen. Ich, der ich so oft voller Furcht vor den Krallen des Todes davongelaufen bin, ich werde nicht mehr laufen, sondern fest stehen und dem, was kommt, mit meinen eigenen Krallen begegnen. Ihre Kraft kommt aus der Macht und der Stille, die in dem Stein liegen und die jeder von uns hören und fühlen kann.

Es ist keine Sünde, davonzulaufen, und alle, die gehen wollen, mögen in Frieden gehen. Aber die Stunde ist endlich gekommen, da jeder Maulwurf, ob aus Duncton oder von den Wiesen oder aus Uffington selbst, aufstehen und kämpfen muß, wenn er an den Stein glaubt. Möge jetzt jeder von euch auf den Stein blicken und sich entscheiden.« Bracken zeigte wieder auf den Stein, und alle anwesenden Maulwürfe, auch die Jungwürfe, sahen den Stein jetzt im Licht der Worte von Bracken. Keiner von ihnen bewegte sich, bis einer nach dem anderen sich zurückwandte, um Bracken wieder anzusehen. Die Nacht regte sich jetzt im Wind, und um sie herum fanden heftige Bewegungen im Unterholz statt, erst auf der einen, dann auf der anderen Seite. Die Geräusche der sich nähernden Maullanger. Keiner der auf der Lichtung versammelten Maulwürfe konnte jetzt noch davonlaufen.

»Die Jungwürfe sollen sich hier aufstellen, zu Seiten des Steins, der sie beschützen wird. Die übrigen verteilen sich dicht nebeneinander auf der Lichtung, denn Ruun wird bald hier sein. Wiesen-Maulwürfe und Maulwürfe aus Duncton sollen nebeneinander stehen und wie einer kämpfen.«

Dann spürten sie um sich herum in der Dunkelheit jenseits der Lichtung kriechende Laute und spähende Blicke, Flüstern und Ränkeschmieden, Schleichen und schwarze Krallen, die sich zum Angriff versammelten. Irgendwo in der Dunkelheit kauerte Ruun, lauschte auf die Geräusche um sich herum und wartete darauf, daß seine Streitkräfte sich vollständig am Rand der Lichtung versammelten. Er lächelte. Es hatte einen Augenblick gegeben, da sie ihn hätten angreifen sollen – als er die Hänge heraufkam und einen Hinterhalt befürchtete –, aber jetzt lag der Vorteil auf seiner Seite. Die Narren hatten sich doch tatsächlich im Mondlicht am Stein versammelt, wo sie deutlich zu sehen und zu wittern waren. Die schniefenden kleinen Jungwürfe vom Marsch-Ende hockten mit den anderen zusammen beim Stein und warteten darauf, gemütlich von seinen Maullangern getötet zu werden, und den Maullangern würde es ein Vergnügen sein, jene Maulwürfe zu erwischen, die ihnen unten am Marsch-Ende entkommen waren. Maullanger lassen sich nicht gern zum Narren halten.

In Ruuns Nähe hatte Nachtschatten sich zwischen die verzerrten und verdrehten Schatten der kleineren Wurzeln einer Buche gleiten lassen – in die sie genau hineinpaßte. Ihre Krallen wendeten und wanden sich unablässig, als liebkose sie die Nachtluft, bilde gefährliche Formen, während sie ihren Rüssel durch die Dunkelheit dem Stein entgegenstreckte. Sie wob einen Sieges-Zauber.

»Wenn der Mond seinen höchsten Stand erreicht hat, Ruun, möchte ich am Stein nicht behindert werden, nein ... damit ich das Blut der Jungen in seine Spalten und Löcher reiben und alle Marsch-Ender verfluchen kann, die das

Unglück haben, zu überleben. Es wäre schade, wenn sie alle getötet würden. Ja ... hm ...«

Ihre Stimme war schleimig wie ein sterbender Wurm, aber sie haftete in der Erinnerung eines jeden, der sie vernahm, und erstickte jeden Gedanken an Liebe oder Licht oder Farbe, der vielleicht vorher dagewesen oder im Entstehen begriffen war. Ruun jedoch schwelgte in ihrem Klang. Nachtschatten hatte lange auf diese Nacht gewartet, ebenso wie die bösen und heimtückischen Generationen, die sie hervorgebracht hatten und andere Maulwürfe gleich ihr, die am Rand des Systems lebten, bis das Böse in Ruun sie in das System hineinsaugte, bis in das Herz von Barrow Vale.

Der erste Angriff war schnell, plötzlich und todbringend. Fünf Maullanger kamen aus der Deckung auf die Lichtung, liefen direkt dorthin, wo eine Gruppe männlicher Marsch-Ender sich bereithielt, und töteten mit schnellen und vernichtenden Hieben vier Maulwürfe auf der Stelle. Einfach so. Das Blut floß kaum, da waren sie schon wieder verschwunden, und als die Verteidiger des Steins sich verständlicherweise auf die Schatten zubewegten, in denen sie untergetaucht waren, kam ein zweiter Angriff aus einer anderen Richtung, diesmal dort, wo Steinkraut und Bracken Seite an Seite standen. Vielleicht weil sie spürten, wie gefährlich diese beiden waren, wichen die Angreifer ihnen aus, und zwei weitere Maulwürfe gingen zu Boden, bevor Bracken mit einem lokkeren Hieb einen Maullanger an Ort und Stelle niederstreckte und einen zweiten so verletzte, daß Steinkraut ihn mit einem raschen Tritt erledigen konnte.

Rebekka stand neben ihnen und starrte in die Dunkelheit, während um den Sockel des Steins zwischen den Buchenwurzeln die Jungwürfe kauerten, von ihren Müttern in einer weiteren schützenden Reihe umstellt.

Der Kampf verlief zuerst in Einzelabschnitten; ein rascher Angriff folgte dem nächsten – eine Technik, die Ruun mit seinen Maullangern schon erprobt hatte. Und sie war wirkungsvoll, denn die Maulwürfe auf der Steinseite verloren mit jedem Angriff mehr Kämpfer, als sie töten konnten, und da sie mitten im Licht des Vollmonds standen und die Angreifer aus der Dunkelheit kamen, war Ruun im Vorteil.

Es sprach für Ruuns Fähigkeiten als Anführer, daß diese Serie von Angriffen eine ganz bestimmte Zeitlang dauerte, bevor er an zwei verschiedenen Stellen zu einem gemeinsamen Ansturm auf die bedrängten Maulwürfe überging. An der einen Seite führten Steinkraut, Bracken, Rebekka und Bromus die Verteidiger an, auf der anderen Seite hielten Mekkins und Mullion die Stellung. Jeder kämpfte anders: Steinkraut steckte mit einer wuchtigen langsamen Nüchternheit, die ohne jedes Erbarmen war, Schläge ein, die andere Maulwürfe getötet hätten, um dann seine eigenen vernichtenden Hiebe zu landen. Bracken kämpfte schneller und raffinierter, wehrte hier Schläge ab, schlug dort zu und tötete, wann immer er konnte. Mekkins fluchte wie üblich bei jedem Hieb: »Nimm das, du Scheißkerl« und »o nein, mit mir nicht, Bruder« und brüllte: »Verdammter Mist«, wenn er sein Ziel verfehlte. Bromus kämpfte ähnlich wie Steinkraut, aber etwas weniger wirkungsvoll, denn ihm fehlte die totale Konzentration, die Steinkraut erlernt hatte. Rebekka war schnell, boshaft und großartig; sie schrie und kreischte vor Wut, knurrte die größten Maulwürfe an, schlug und hieb um sich, wo sie konnte, und fürchtete keinen Maulwurf. Und irgendwo dicht hinter Bromus und Bracken stand auch Boswell unerschütterlich und schlug zu, wo sich eine Gelegenheit bot, war aber nützlicher durch die gelassen ausgestoßenen Warnungsrufe an die stärkeren Kämpfer vor ihm, die so von ihren Einzelauseinandersetzungen in Anspruch genommen waren, daß sie oft eine aus einer anderen Richtung drohende Gefahr nicht sahen.

Aber einer nach dem anderen erlitten sie Schnittwunden und Verletzungen, die sie langsamer machten, während um sie herum ihre Mitkämpfer niedergestreckt wurden. Einige waren tot, einige zu verletzt, um weiterzukämpfen, einige zu erschöpft, um noch die Pfoten zu heben und sich zu verteidigen. Primel, das Weibchen, das im Marsch-Ende Zuflucht gefunden hatte, wurde neben Mekkins niedergeschlagen und getötet. Auch Mullion wurde schwer verwundet und zog sich hinter die eigenen Reihen zurück. Er lag im Sterben.

Der Mond schien, und sein Licht lag kalt auf dem schrecklichen Gemetzel, das er so hell beleuchtete. Er erreichte seinen höchsten Stand und begann zu sinken, und immer noch ging der Kampf weiter, und es war noch kein Wort des Mittsommersegens gesprochen worden.

Die Maulwürfe in der Nähe des Steins begannen sich zu ihm zurückzuziehen und ließen ihre Toten und Verwundeten zurück, während die Maullanger, schwarz und robust wie eh und je, über die niedergeschlagenen Körper nach vorn drängten.

Dann tauchte aus der Nacht Ruun auf, an seiner Seite die verwachsene Gestalt Nachtschattens, die mit Frohlocken in den Augen am Rand der Lichtung wartete, während Ruun sich plötzlich in die blutigste Ecke des Getümmels stürzte und seine Maullanger in den letzten Teil der Schlacht führte. Es schienen immer mehr Maullanger zu kommen, und noch mehr, und immer weniger Maulwürfe schienen fähig, ihre Stellung zu halten und sich dem Ansturm zu widersetzen. Langsam zogen sie sich zurück, zum Stein, und als der Rückzug begann, lief Rebekka instinktiv hinter die Schlachtlinie, um die Mütter der Jungwürfe hinter sich zu sammeln, so daß sie im Notfall eine letzte Verteidigungslinie bilden konnten.

Die Jungwürfe begannen zu wimmern, als sie die Flut von Maullangern sahen, die sich ihnen näherte und nur von Bracken, Steinkraut, Bromus, Mekkins und einigen anderen aufgehalten wurde, und ihr Wimmern fügte eine pathetische Note zu den Triumph- und Todesschreien, die über die Lichtung brandeten.

Dann taumelte Bromus und fiel, verloren in einem Wirbel schrecklicher Hiebe, und mit seinem Tod erlahmte die Entschlossenheit der übrigen Wiesen-Maulwürfe, und sie zogen sich noch weiter zurück. Als er sah, daß er im Vorteil war, bedrängte Ruun sie noch stärker und hieb und schlug um sich mit seinen schwarzen Krallen, die im Mondlicht blutig glänzten. Hinter ihm, jenseits der Menge mörderischer Maullanger, die ihm den Rücken deckten, sah Bracken einen Augenblick lang die unheilvolle Gestalt Nachtschattens, die er nicht erkannte und die frohlockend am Rand der Lichtung entlangschlich, als warte sie darauf, ihre Nachlese unter den Toten zu halten.

Hinter ihm hielt Rebekka sich großartig, ihre Augen funkelten vor Wut und Entschlossenheit, die Jungwürfe drängten sich hinter ihr zusammen, und der Stein ragte über ihnen empor und hing, da er sich nach Westen neigte, fast über ihnen.

»Habt Vertrauen zum Stein!« rief sie, und ihre Stimme drang zu jedem einzelnen. »Habt Vertrauen zu Bracken und zu dem Stein!« Ihre Worte erreichten sogar Ruun, der sie bis dahin noch nicht deutlich gesehen hatte, und er zauderte, als frage er sich, ob sie wirklich lebe oder von den Toten zurückgekommen sei. Dann hörte er, daß sie es wirklich war und daß sie Brackens Namen rief. Seine Augen verengten sich, er fragte sich, ob er gegen eine Geistertruppe kämpfe, denn jetzt erinnerte er sich an Bracken. Dann kehrte, wie immer, seine Kaltblütigkeit zurück, und er kämpfte noch härter als zuvor, begierig darauf, zu dem Maulwurf zu gelangen, der Bracken sein mußte – der robuste, der zwischen dem großen Maulwurf von den Wiesen und Mekkins kämpfte. Das war er. Er war es, der getötet werden mußte, noch vor dem Massaker.

Seine Krallen fuhren durch Brackens Gesichtsfell, und andere Maullanger, die Ruuns Absicht ahnten, stürzten sich ebenfalls auf Bracken, und jeder versuchte, seine Krallen in Brackens Fell oder Rüssel zu schlagen.

Der Lärm war schrecklich. Schreie, Gebrüll. Aber dann ertönte ein anderes Gebrüll. Es kam zu ihnen wie ein plötzlicher Wind aus den Bäumen, ein Gebrüll, das lauter war als jedes andere, das sie bis jetzt gehört hatten. Ein gräßliches Gebrüll, begleitet von Trampeln und Krachen im Wald jenseits der Lichtung, ein Geräusch, wie es noch kein lebender Maullanger je erzeugt hatte.

Ruun und seine Maullanger kümmerten sich nicht darum, sondern kämpften weiter, um Bracken und die anderen zu töten. Aber Bracken und Steinkraut und Mekkins, die den dunklen Wald vor Augen hatten, konnten den riesigen

Schatten nicht übersehen, der am Waldrand auftauchte und zehnmal so groß wie Nachtschattens schleichende Gestalt schien, über der er aufragte.

Er stürzte sich vor, wurde vom Mondlicht erfaßt und stand im Freien, ein furchtbarerer Anblick als tausend zum Töten gerüstete Maullanger.

Es war Mandrake – und seit jenem Frühlingstag vor so vielen Maulwurfjahren, als er am Waldrand aufgetaucht war und sich den Weg nach Duncton freigemetzelt hatte, hatte er nie schrecklicher ausgesehen.

»Es ist Mandrake!« rief Bracken, und seine Stimme hallte plötzlich klar und kraftvoll durch die Nacht.

Ruun und seine Maulwürfe traten für einen Moment zurück und drehten sich um, um zu sehen, was vor sich ging. Mandrake sah ihnen entgegen, seine Augen schwarz und undurchdringlich wie die düsterste Nacht, das Fell hing ihm in Falten um den mächtigen Körper, und sein Rüssel war wie immer wie eine Kralle ausgestreckt.

Nachtschatten drehte sich um, um ebenfalls einen Blick auf ihn zu werfen, aber er fegte sie mit einem einzigen Hieb seiner linken Pfote von sich, ihr blutüberströmter Körper schon leblos, bevor er den Boden berührte. Mandrake war wieder da.

Wenn schicksalhafte Tage eine letzte Stunde haben und diese Stunde ihre letzte Minute erreicht, in deren Sekunden Entscheidungen, die das Leben bestimmen, gefällt werden, so war dies die letzte Minute. Ruun versuchte, sie sich zunutze zu machen.

»Hier ist der Steinmaulwurf«, schrie er und zeigte mit den Krallen auf Bracken. »Hier ist der Steinmaulwurf. Hilf uns, ihn zu töten, Mandrake.« Es war ein geschicktes und mutiges Manöver.

Mandrake sagte kein Wort, nur ein zitterndes Knurren entrang sich ihm. Sein Blick haftete nicht an Bracken, sondern an Rebekka hinter Bracken und an den verstörten Jungwürfen, die sich um sie versammelt hatten.

»Rebekka!« brüllte er plötzlich und kam auf sie zu wie eine schwarze Sturmwolke über einen windigen, mondhellen Himmel. »Rebekka!« Und seine riesigen Pfoten holten nach rechts und nach links aus und wischten mit jedem Hieb einen oder zwei oder drei Maullanger aus dem Weg. Ruuns Streitkräfte stürzten um ihn herum zu Boden, als Mandrake näherkam, und schließlich wich sogar Ruun selbst, als er sah, daß seine List mißlungen war, während Mandrake seinen Weg fortsetzte, nicht zu Bracken oder Mekkins oder Steinkraut, sondern zu Rebekka, die hinter ihnen stand. »Rebekka!« rief er. »Rebekka!«

In seinem Zorn und seiner rasenden Wut ging ein so scharfer und abstoßender Gestank von ihm aus, daß Mekkins und Bracken zurückzuckten und sich mit erhobenen Pfoten vor Rebekka stellten, um sie zu beschützen. Nicht so Steinkraut. Er hatte den Geruch schon einmal gewittert, in einem behelfsmäßigen Bau, wo sein Bruder Cairn und Rebekka sich gepaart hatten. Dies war der Maulwurf, an dem Rache zu nehmen er sich geschworen hatte. Er schob seinen eigenen großen Körper vor, sein Fell heller, seine Muskeln straffer als Mandrakes, und brachte Mandrake mit einem einzigen kraftvollen Hieb zum Stehen.

Zum erstenmal seit Mandrake die gefrorenen Hänge des Siabod vor so vielen langen und grausamen Maulwurfjahren verlassen hatte, stellte sich ein Maulwurf so wuchtig vor ihn. Er bäumte sich auf und sah Steinkraut an, als sei er überrascht, ihn zu sehen, als habe er erwartet, überhaupt keinen Maulwurf vor sich zu sehen. Als habe die Welt selbst plötzlich ihr Wesen verändert.

Jede Lektion, die Steinkraut von Medlar gelernt hatte, kam jetzt zur Anwendung. Steinkraut spürte Mandrakes Überraschung und handelte sofort, indem er eine Kralle vorstieß, die eine weitere Wunde in Mandrakes zernarbtes und zerfurchtes Gesicht kerbte.

Dann tat Mandrake etwas Merkwürdiges. Anstatt sofort zum Gegenangriff überzugehen, schien er zu versuchen, um Steinkraut herumzublicken, als stehe auf einem vorher freien Weg plötzlich ein Hindernis vor ihm; er versuchte, Rebekka besser zu sehen, und rief und schrie: »Rebekka! Rebekka!« Und er machte immer noch keinen Versuch, Steinkrauts Angriff zu erwidern.

Hinter Steinkraut wandte Bracken sich zu Rebekka, die versuchte, zu Mandrake zu laufen, während sie aus schrecklicher Entfernung rief: »Oh, Mandrake, Mandrake!«

Steinkraut zögerte, unsicher, ob er seinem Wunsch, Cairns Mörder zu töten, nachgeben oder auf einen vagen Instinkt hören sollte, der ihm sagte ... der ihm etwas sagte, was er nicht ganz verstand ... etwas Trostloses in Rebekkas Stimme.

Hinter ihm entstand heftige Bewegung, als Bracken und Mekkins Rebekka mit Gewalt davon abhielten, weiterzulaufen, und Bracken schrie grimmig: »Töte ihn, Steinkraut. Töte ihn!« Dann, als Rebekka »Nein ... nein ...« rief, mit schrecklicher Stimme, die die ganze Lichtung und dahinter die Buchen und hinter ihnen den ganzen Dunctonwald mit Verzweiflung zu füllen schien, warf Steinkraut sich wieder auf Mandrake.

»Er wird dich töten, Rebekka«, schrie Bracken, als Rebekka in dem verzweifelten Bemühen, zu ihrem Vater zu gelangen, mit ihren Krallen nach ihm und Mekkins hackte. »Er will mich retten«, rief sie, während Mandrake noch einmal brüllte: »Rebekka, ich bin hier, Rebekka«, und sie hörte ihn rufen, seine Stimme ertönte aus einem Schneesturm mit eisigen Winden und Hagel, der über die steilen Hänge des Siabod tobte, wo er einst, vor so langer Zeit und unter so schrecklichen Umständen, geboren wurde. Sie hörte seine Rufe »Rebekka, Rebekka«, wie die Rufe eines Neugeborenen, das sich für immer in einem Sturm verloren glaubt, sie hörte sie als das Jammern und Blöken eines Wurfes Junger, den sie nicht retten konnte. Ihre Krallen zerrten sinnlos, verzweifelt an Brackens Gesicht, Fell und Flanken, während sie zusehen mußte, wie Steinkraut sich nun auf Mandrake stürzte und begann, ihn mit einem schrecklichen Schlag nach dem anderen zu töten. Es war Knurren und Brüllen zu hören, es war Blut auf wütenden Krallen zu sehen, aber am schlimmsten von allem war der riesige unpersönliche Rücken Steinkrauts, dessen massige Schultern sich methodisch vorarbeiteten, während er mit Hieben und Schlägen und Krallenstößen Mandrake vor ihren Augen vernichtete. Mandrakes Rufe »Rebekka!« gingen unter zwischen gräßlichen Schmerzenschreien und den letzten müden Vorstößen eines Kämpfers, der den Willen zu kämpfen verloren hat, den letzten Schreien eines Neugeborenen in einem Schneesturm, gegen dessen Kälte es sich nicht mehr wehren kann. Dann wurden die Rufe schwächer, verzweifelter und verstummten schließlich ganz, bis Steinkraut seine Hiebe nicht mehr auf ein Gegenüber zu richten schien, sondern nach unten, wo Mandrake in seinem eigenen Blut lag, mit erlahmten Pfoten und schwächer werdendem Atem. Seine Augen schlossen sich, und es war kein Leben mehr in ihm. Steinkraut stand über ihm, die Schultern geschwächt vom Kampf und Mandrakes Blut auf Fell und Pfoten: der Lebende, der auf den Toten blickt.

Er wandte sich zurück zum Stein, wo jetzt Rebekka kauerte, noch immer von Mekkins und Bracken gehalten, und sie alle sahen, daß sein Gesicht verzerrt war vor Entsetzen über etwas, was seine Augen gesehen und seine Krallen gefühlt hatten. Dann sagte er, fast wie zur Erklärung und unnatürlich ruhig: »Er hat Cairn getötet. Er hat deine Jungen getötet. Er . . .«

»Er hat mich geliebt«, rief Rebekka. »Er hat nach mir gerufen. Und ich konnte nicht . . . ihr habt mich nicht . . .« Dann wurde ihr Schluchzen wild und verzweifelt, sie weinte um etwas, das nie mehr rückgängig gemacht werden konnte, während es Bracken so vorkam, als weine sie nicht nur um Mandrake, sondern um all die Maulwürfe, die tot und sterbend auf der Steinlichtung lagen: Bromus, Mullion, Primel, Burrkopf, sein eigener Vater, der jetzt tot vor ihm lag, Wiesen-Maulwürfe, Maulwürfe aus Duncton, Männchen und Weibchen – Rebekkas Tränen schienen ihnen allen zu gelten. Und was am schlimmsten war, sie galten auch ihm.

Er versuchte sie zu trösten, aber sie entzog sich ihm und sah ihn von einem kalten und fernen Ort an, von dem er wußte, daß er ihn nie würde erreichen können. Er ließ sie los, und sie lief hinüber zu Mandrake, verweilte dort kurz und berührte sanft seinen Kopf, warf einen Blick voll ungestümen und kalten

Mitleids zurück auf Bracken und Steinkraut und verließ dann die Lichtung und verschwand im Dunkeln.

Keine zustoßende Kralle hätte sich mit solchem Schmerz in Brackens Herz bohren können wie dieser schreckliche Blick, den Rebekka ihm zuwarf, bevor sie ihm den Rücken kehrte und verschwand. Er fühlte sich vom Leben abgeschnitten. Er lief zum Rand der Lichtung und rief: »Rebekka, Rebekka«, aber seine Stimme schien nicht weit zu tragen, und sogar auf der Lichtung wurde es dunkler, als der Mond langsam hinter den Bäumen verschwand.

Dann drang vom Stein Boswells sanfte Stimme zu ihm: »Sprich den Segen, Bracken, sprich den Mittsommersegen für die Jungen.«

Bracken wandte sich um. Der Stein wirkte jetzt dunkler, und die Körper der toten Maulwürfe um ihn herum waren in dem schwindenden Licht nur noch gerundete Schatten. Er sah die Jungwürfe, die sie gerettet hatten, am Stein ihre Rüssel hin- und herbewegen, um sie herum die größeren Gestalten ihrer Mütter. Ein kräftigerer Lichtstrahl schien auf Boswell zu fallen, der neben dem Stein stand, die Augen voller Mitgefühl auf Bracken gerichtet.

Er war geschwächt und völlig trostlos, und sein Atem ging schneller und flacher, als sei er im Begriff zu weinen. Er hatte seine Rebekka verloren. Er wußte das so sicher, wie er wußte, daß es Nacht war.

»Sprich den Segen, Bracken«, flüsterte Boswell – oder schrie er es? »Ruun ist fort, der Stein gewährt uns Schutz.«

»Der Stein gewährt seinen Schutz jedem Maulwurf außer mir«, dachte Bracken bitter. »Und Rebekka.«

Er lief etwas nach rechts, um westlich vom Stein zu stehen, dort, wo der Stein sich neigte. Er blickte hinauf zu seinem höchsten Punkt, dem einzigen Teil, der noch im klaren Mondlicht lag, und begann die Worte zu sprechen, die er so widerstrebend gelernt hatte, vor so langer Zeit. Zuerst die einleitenden Strophen, von denen er nicht einmal wußte, daß er sie kannte, und dann, zum Abschluß, die letzten Worte des Segens:

»Wir baden ihre Pfoten in Schauern von Tau,
Wir lockern ihr Fell mit Wind aus dem Westen,
Wir bringen ihnen ... feinste ... Erde,
Sonnenlicht im ... Leben ...«

Hier wurde er von Schluchzen überwältigt; seine Stimme geriet ins Stocken, und Boswell stimmte in seine Worte ein, die Stärke seiner Stimme gab auch im Stärke, und ihr Vertrauen verlieh ihm eine Art trostloser Hoffnung. Boswells Stimme schien in uralte Zeiten zurückzureichen, zu denen selbst die Tunnel um sie herum noch nicht gegraben waren, und in eine Zukunft zu reichen, die jetzt in seinem Herzen zitterte:

»Wir bitten, daß sie gesegnet werden
Mit einem siebenfältigen Segen:
Die Gnade der Gestalt
Die Gnade der Güte
Die Gnade des Leidens
Die Gnade der Weisheit
Die Gnade der Wahrhaftigkeit
Die Gnade des Vertrauens
Die Gnade der aus der Seele kommenden Lieblichkeit.«

Wenn Brackens Stimme stockte, während er die Worte sprach, so bemerkte das keiner, denn Boswell stimmte kraftvoll ein, während Bracken sich, ohne zu wissen, was er tat, zwischen den Jungwürfen bewegte und sie berührte, wie Rebekka es getan haben könnte.

»Wir baden ihre Pfoten in Schauern von Licht,
Wir lockern ihre Seelen mit den Krallen der Liebe,
Wir bitten, daß sie den stummen Stein hören.«

»Boswell kennt die Worte also auch«, dachte Bracken verschwommen. »Wer ist Boswell eigentlich?« fragte er sich.

»Der Wald ist sicher«, hörte Bracken sich zu den Müttern vom Marsch-Ende sagen. »Ihr könnt eure Jungwürfe jetzt zurück zum Marsch-Ende bringen.« Dann verließen die Maulwürfe einer nach dem anderen den Stein; die Wiesen-Maulwürfe in westlicher Richtung durch den Wald, Steinkraut unter ihnen, während die Marsch-Ender ihren langen Rückweg begannen. Hier und da tauchten Maullanger auf, aber Bracken sah, daß von ihnen keine Gefahr mehr drohte; es waren nur ganz normale Maulwürfe, die ihren Weg verloren hatten. Sie begannen sich stumm um Bracken, Mekkins und Boswell zu versammeln und warteten darauf, von ihnen geführt zu werden, und Bracken entdeckte hinter ihnen andere Duncton-Maulwürfe, die aus den Schatten kamen, Ostseiter, Weibchen von der Westseite, Maulwürfe von den Hängen, alle runzlig vor Alter. Sogar einige der Marsch-Ender blieben bei Bracken. Dann begannen sie in einem seltsamen, beinahe primitiven Singsang zu flüstern: »Barrow Vale, Barrow Vale, Barrow Vale . . .«, und Bracken wußte, daß er sie dorthin führen mußte. Er wandte dem Stein den Rücken zu, um die Macht zu übernehmen, die Mandrake ausgeübt hatte, und dann Ruun, und die beide zerstört hatte.

Unter den Maulwürfen, die Bracken den Weg hinunter folgten und fröhlich sangen »Barrow Vale« und dann »Bracken, Bracken«, blieb nur einer stumm, obwohl er ihn aufrichtig liebte. Und das war Boswell, der hinterherhumpelte und versuchte, mit ihnen Schritt zu halten, damit er Bracken nie aus den Augen verlor.

KAPITEL 32

Duncton gewöhnte sich rasch an den Sommer und an Brackens Herrschaft. Anfangs kam es hin und wieder zu Scharmützeln mit den übriggebliebenen Maullangern, von denen einige sich darauf beriefen, da Ruun nicht getötet worden sei, rechtfertige die Tatsache, daß er nicht aufzufinden war, nicht die Annahme, er werde nicht zurückkehren. Aber Bracken setzte dem schnell ein Ende, indem er einen der aufsässigsten Maullanger tötete und einen zweiten verletzte.

Als die erste Juliwoche kam, herrschte überall Ruhe. Bracken war Herr der Lage, und die Maullanger waren bald nur noch eine Erinnerung, die in den Schatten, aus denen sie gekommen waren, unterging, während Brackens Tage ausgefüllt waren mit der Regelung der üblichen Streitigkeiten und Zankereien, die es in jedem System während der müßigen Sommermonate gibt, wenn das einzige wirkliche Interesse der Frage gilt, welche Territorien die Jungwürfe sich erobern.

Der Sommer wurde immer heißer. Es war nicht die vorübergehende Hitze einiger Tage, nach denen sich schon bald große schwerfällige Kumuluswolken vor die Sonne schieben und die die Maulwürfe dazu auffordern, die Sonne zu genießen, während sie scheint, sondern jene Hitze, die langsam beginnt und dann nicht mehr weicht, die Tag für Tag von oben herunterbrennt und in ihrer dunstigen Stille grüne Blätter fahl und hoffnungslos aussehen läßt. Jene Hitze, die eine alles umhüllende Stille erzeugt, in der die Sonne allen Frohsinn zu verlieren scheint, gesichtslos und unpersönlich wird. Wenn Regen fiel, war er beinahe schon verdunstet, bevor er den Boden berührte, und um die dritte Juliwoche schien überhaupt aller Regen verbraucht zu sein.

Vor diesem Hintergrund wurde Brackens Herrschaft allmählich zur Routine. Er gab Rat und Hilfe, wenn er darum gebeten wurde, und stattete den Wiesen einen Besuch ab, als Steinkraut dort die Führung übernommen hatte. Er erklärte sich damit einverstanden, jedem Wiesen-Maulwurf, der den Stein aufsuchen wollte, Zugang zu gewähren. Bald breitete sich in beiden Systemen eine lockere und erleichterte Stimmung aus, und in Bracken wuchs, nicht ganz zu Unrecht, das Gefühl, im Ductonwald lebe es sich besser als seit vielen Maulwurfjahren.

Aber es war nicht alles in Ordnung. Als es August wurde, begann Bracken sich unmerklich für ihn selbst zu verändern. Es erwies sich bald als unmöglich, so aufgeschlossen und freundlich zu bleiben, wie er es anfänglich jedem Maulwurf gegenüber gewesen war, der ihn aufsuchte.

Die meisten Maulwürfe schienen in ihm etwas Besonderes zu sehen, begegneten ihm mit Ehrerbietung und lauschten seinen Worten mit irritierender Ernsthaftigkeit. Andere, selbst die kräftigsten Westseiter, schienen Angst vor ihm zu haben, und seine anfänglichen Bemühungen, ihnen die Befangenheit zu nehmen, wichen langsam einer unbewußten Verachtung für sie und der allmählich wachsenden Vorstellung, ja, er müsse in der Tat ein besonderer Maulwurf sein, und vielleicht war wirklich alles, was er sagte, bemerkenswert.

Er stellte fest, daß es einfacher war, kurze und knappe Anweisungen zu erteilen, als zurückhaltend und höflich zu sein, wenn er etwas erledigt haben wollte. Es war weniger Aufwand und außerdem, wie er Boswell gereizt brummend seine wachsende Alleinherrschaft zu erklären versuchte, den Maulwürfen von Duncton gefiel es, wenn ein Maulwurf sie führte und ihnen die Entscheidungen abnahm.

Es war auch einfacher, gewisse Dinge von anderen Maulwürfen erledigen zu lassen – sich Beschwerden anzuhören, Rat zu erteilen, in welchen Angelegenheiten Bracken es vorziehen würde, eine eigene Entscheidung zu fällen –, und so wuchs ein Trupp von Maulwürfen heran, viele von ihnen aus Barrow Vale und einige von der Ostseite, die als Puffer zwischen Bracken und allen anderen Maulwürfen dienten.

An dieser Entwicklung war nichts ungewöhnlich oder bedrohlich – die meisten Systeme haben zu dieser oder jener Zeit vergleichbare Einrichtungen –, aber bei Bracken traf sie bedauerlicherweise zusammen mit seiner eigenen unausgesprochenen Ruhelosigkeit, nach deren Ursachen er nicht forschte, da er sich nicht einmal der Veränderungen bewußt war, die in ihm vorgingen.

Er wurde gereizt und bissig; einige seiner Entscheidungen wurden unbesonnen und übereilt gefällt. Er mischte sich zum Beispiel oben, in der Nähe der Hänge, in eine territoriale Auseinandersetzung zwischen Jungwürfen ein, die sie selbst hätten regeln sollen, und erweckte so überall Verstimmung. Manchmal lehnte er es tagelang ab, mit irgendwem zu sprechen, und zog es vor, in seinen Tunneln in der Nähe von Barrow Vale zu bleiben oder zu den verlasseneren Gebieten der Hänge zu wandern.

Der einzige Maulwurf, der ständigen Kontakt mit ihm hielt, war Boswell, obwohl Bracken sogar Boswell gegenüber immer lässiger und gleichgültiger wurde.

In Barrow Vale begannen sie, Bracken eingebildet und überheblich zu nennen, wenn auch die Tatsachen, daß er Ruun losgeworden war und daß er es gewesen war, der Mandrake hatte töten lassen, und seine inzwischen legendäre Durchquerung der Marsch dafür sorgten, daß kein Maulwurf seine Führerschaft in Zweifel stellte.

Aber bald gab es andere Themen, über die geschwatzt wurde, wie die andauernde Hitze, die, so wurde behauptet (obwohl keiner wußte, von wem), den Wurmbestand auf den Wiesen zu gefährden begann, und einige der Marsch-Ender sagten, die Marsch verbreite einen scheußlichen Geruch, den schlimmsten seit Maulwurfgedenken, während alle Maulwürfe darin übereinstimmten, daß Hitze und Trockenheit genügten, einen Maulwurf furchtbar gereizt zu machen, um nicht zu sagen erbost, war es nicht so?

Doch während andere Maulwürfe sich mit anderen Gedanken befaßten, versuchte Boswell zu ergründen, wo die Wurzeln von Brackens Veränderung lagen. Er hatte traurig mitangesehen, wie groß die Erschütterung in Brackens Zügen gewesen war, als Rebekka sie in der Mittsommernacht auf der Lichtung verließ, und seitdem hatten die beiden sich, soweit er wußte, nicht mehr getroffen. Jetzt war nicht zu übersehen, daß Bracken, der früher oft von Rebekka gesprochen hatte, besonders auf ihrer Reise von Nunham, ihren Namen nie erwähnte. Aber manchmal, wenn eines der fröhlicheren jungen Weibchen anwesend war, oder auf der Oberfläche, wenn ein Wind durch die Bäume lief, sah Boswell Bracken traurig um sich blicken, für eine Weile ohne die übliche Maske des kühlen Herrschers, als befände sich in der Nähe etwas, was er verloren hatte.

Boswell war zu klug, mit Bracken direkt über dieses Thema zu sprechen, doch wenn, wie es manchmal geschah, vom Heilen die Rede war oder von einer besonderen Leistung, die Rebekka im Wiesensystem oder in Duncton vollbracht hatte, versuchte er, Bracken auf das Thema zu bringen in der Annahme, das könnte ihm helfen. Aber das tat es nicht. Bracken schien nichts gegen eine Erwähnung ihres Namens zu haben, aber er reagierte nur mit allgemeinen Bemerkungen wie: »Das System kann sich glücklich preisen, einen Maulwurf wie Rebekka als Heilerin zu haben – eigentlich ist es ein wahres Wunder, daß wir als Nachfolgerin von Rose eine so gute Heilerin gefunden haben«, aber diese Bemerkungen klangen zu einstudiert, als daß sie Boswell überzeugt oder befriedigt hätten.

Auch Rebekka war nur selten in der Nähe von Barrow Vale zu sehen, eine Tatsache, der Boswell und Mekkins, als sie darüber sprachen, eine viel größere Bedeutung beimaßen, als ihr eigentlich zukam, da Rose zu ihrer Zeit sich auch nur selten um Barrow Vale gekümmert hatte. Wenn Maulwürfe krank waren, hatte sie immer gesagt, sei der beste Platz für ihre Pflege der heimische Bau, nicht die Öffentlichkeit von Barrow Vale.

Rebekka war auf den Wiesen geblieben, in den Tunneln, die sie sich nach Roses Tod gegraben hatte, und es hatte sich wenig verändert: Comfry lebte noch immer in ihrer Nähe, war immer noch still und nervös, Pflanzen und Kräutern sehr zugetan, und er sah es nach wie vor nicht gern, wenn Rebekka zu lange fortblieb, zum Teil vielleicht, weil es ihm an Selbstsicherheit fehlte, aber auch – obwohl Boswell das nie ahnte –, weil er auf seine Weise Rebekka vor Verzweiflung schützte. Manchmal zog er los, um nach neuen Kräutern zu suchen, aber er verstand es sehr gut, Rebekkas Wege zu kreuzen, und schien auch zu spüren, welche Kräuter sie brauchte, denn häufig tauchte er plötzlich in einem abgelegenen Winkel in einem der Tunnelnetze auf, mit genau dem Kraut, das sie für eine Behandlung benötigte. Es bestand ein enges Vertrauensverhältnis zwischen den beiden, und wegen seiner Zugehörigkeit zu Rebekka konnte er sich ungestört in beiden Systemen bewegen. Auf diese Weise erwarb er sich im Lauf der Zeit eine so umfassende Kenntnis der Standorte von Heilpflanzen in beiden Systemen wie kaum ein anderer Maulwurf.

Viola war jetzt völlig im Wiesensystem aufgegangen und hatte jeden Kontakt mit Rebekka verloren, und natürlich auch mit Bracken.

Aber was einen Besuch Rebekkas bei Bracken betraf: er fand einfach nicht statt, und es war keine Angelegenheit, über die ein Maulwurf gern mit Rebekka gesprochen hätte. Eine Heilerin hat keine Probleme mit anderen Maulwürfen. Und selbst wenn sie Probleme hatte, so merkte es ihr keiner an, außer Comfry, der viel mehr sah, als selbst Rebekka je vermutete.

Noch schlimmer war für Boswell, daß er deutlich sah, wie Brackens kühle Haltung gegenüber Rebekka auch sein Verhältnis zum Stein beeinflußte. Bracken verehrte den Stein nicht mehr, sondern neigte dazu, ironische oder zynische Bemerkungen über ihn zu machen: »Es ist alles nur eine Illusion, was einigen Maulwürfen gefallen mag, aber sie werden dem bald entwachsen«, oder, als Boswell wagte, einen Besuch beim Stein vorzuschlagen, damit sie um Regen beten konnten: »Wenn er Regen schickt, Boswell, wird er gleich eine Überschwemmung schikken; auf die Weise treibt dein Stein seine Späße, wenn er Gebete erhört.«

Und was Besuche des Steins oder des Alten Systems betraf, das Boswell immer noch brennend gern in Begleitung Brackens aufgesucht hätte, so gab es keine bessere Methode, Bracken in kalte Wut zu versetzen, als so etwas vorzuschlagen. Es gab nur ein unumstößliches Gesetz für Bracken: kein Maulwurf durfte, unter welchen Umständen auch immer, die Tunnel des Alten Systems betreten. Sie konnten zum Stein gehen, wenn ihnen der Sinn danach stand, obwohl es wahrscheinlich reine Zeitverschwendung war.

Zuerst bedrückte das alles Boswell sehr, nicht nur, weil er Bracken liebte, wie er noch nie einen Maulwurf geliebt hatte, sondern auch, weil er die Nachforschungen fortführen wollte, wegen denen er nach Duncton gekommen war: die Suche nach dem siebten Stillen Stein und dem siebten Buch, die nach seiner festen Überzeugung hier sein mußten. Er unterhielt sich mit anderen Maulwürfen, die er im System kennenlernte, und suchte sich die ältesten aus, um in ihren Geschichten Hinweise zu finden, die ihm weiterhelfen könnten. Er erzählte ihnen sogar von Uffington, wenn sie danach fragten oder wenn er glaubte, es könnte sie ermutigen, Erinnerungen aus ihrem eigenen System wieder aufleben zu lassen. Er wäre vielleicht sogar in Versuchung geraten, selbst hinzugehen, wenn er nicht das Gefühl gehabt hätte, es sei Bracken, und nur Bracken, der ihn hinführen würde.

Aber während die Zeit verstrich, geschah etwas Merkwürdiges: Boswells zuerst so drängender Wunsch, das siebte Buch zu finden, schwand allmählich. Er begann zu erkennen, daß es Dinge gibt, große Dinge, nach denen ein Maulwurf nicht seine Krallen ausstrecken sollte. Daß er lernen muß, still darauf zu vertrauen, daß sie zu ihm kommen werden. Diese Erkenntnis diente nur dazu, Boswells Scheu vor Bracken zu vergrößern, denn war es nicht gerade Brackens Widerspenstigkeit, die ihn zu der Erkenntnis gebracht hatte? Er begann sich zu fragen, ob auf irgendeine seltsame Weise der Stein durch Bracken viel stärker wirkte, als ein Maulwurf es sich träumen ließe, und versuchte, heimliche Wege zu finden, Bracken so aufmerksam und liebevoll zu umsorgen, wie er nur konnte. Nichts freute ihn mehr als die Tatsache, daß Bracken trotz schlechter Laune und Widersprüche Boswell noch nicht ein einziges Mal weggeschickt hatte, sondern sich auf seine unbeholfene Art immer über seine Anwesenheit zu freuen schien.

So kam es, daß Boswell gar nicht danach gesuchte hatte, als er auf den ersten dramatischen Hinweis auf die Existenz des siebten Buches stieß. Es geschah, als er für sich selbst beschloß, zu Rebekka zu gehen und zu versuchen, irgendeine Art von Versöhnung zwischen ihr und Bracken herbeizuführen. Eine Vorstellung, die in die Tat umzusetzen er nie versucht hätte, wenn er mit Rebekka besser vertraut gewesen wäre.

Er gelangte mit Mekkins' Hilfe zu den Wiesen, und der Marsch-Ender brachte ihn sicher bis an den Eingang zu Rebekkas Tunneln. Mekkins war kein Dummkopf; er ahnte, warum Boswell sich auf den Weg hierher gemacht hatte, und obwohl er, da er mehr Erfahrung hatte, befürchtete, der Versuch würde fehlschlagen, hielt er es für das beste, sich aus der ganzen Sache herauszuhalten und den sonderbaren Schreibermaulwurf gewähren zu lassen.

Er selbst liebte Rebekka zu sehr, als daß er wünschte, sie so weit von Bracken getrennt zu sehen, und außerdem hatte er Boswell achten gelernt, weil er eine Menge von Dingen zu wissen schien, obwohl er ein bißchen dämlich war, wenn es darum ging, Weibchen zu verstehen, besonders solche wie Rebekka.

Rebekka begrüßte Boswell mit echter Herzlichkeit. Sie hatten sich seit der Mittsommernacht nicht mehr gesehen, aber auf ihren Reisen durch die beiden Systeme war sie mit vielen Maulwürfen zusammengekommen, die fasziniert waren von dem merkwürdigen Maulwurf aus Uffington, »der die komischsten Fragen stellt, die ich je gehört hab, und wenn er in der richtigen Stimmung ist, erzählt er die kuriosesten drolligsten Geschichten«.

Boswell reagierte ganz anders auf Rebekka, als er es sich vorgestellt hatte. Er war voll der besten Absichten gekommen, sich mit ihr ruhig und freundlich über Bracken zu unterhalten. Aber als er sie wiedersah und die klare Wärme ihres Lächelns auf ihm ruhte, vergaß er alles, was er einstudiert hatte. Er sah sie mit aufrichtigem Entzücken an und ließ seine glänzenden gescheiten Augen durch ihren Bau wandern, in dem jetzt fast ebenso viele Kräuter und Blumen lagen wie früher in Roses. Er spürte die große Achtung, die sie dem Leben entgegenbrachte, dem zu helfen sie sich verpflichtet hatte, und er sah viel mehr von ihr, als Mekkins ihm jemals zugetraut hätte: Er sah ein tapferes Maulwurfweibchen, deren Warmherzigkeit und Liebe echt waren, doch deren Lebensmut ebenso Narben von Verlusten aufwies wie der Brackens.

Er sah sofort, wie verletzlich sie war. Doch was er nicht sah und vielleicht nie verstehen würde, war, wie in seiner Gesellschaft ihr Lebensmut sich langsam wieder in jene freien Höhen erheben konnte, die ihr einst selbstverständlich erschienen waren. Das Gefühl der Unbeschwertheit, das in dem Augenblick in ihr entstanden war, als er sich niederkauerte, sich neugierig umsah und dann seinen Blick auf sie selbst heftete, überraschte sie. Am liebsten hätte sie vor Freude laut aufgelacht. Und mehr noch, sie hätte gern getanzt, gesungen und gespielt! Aber sie lächelte nur und fühlte sich auf hinreißende Weise törichter als seit vielen langen Maufwurfmonaten.

»Warum bist du in den Danctonwald gekommen?« fragte sie eifrig und wußte nicht, daß sie die erste war, die ihm diese einfache Frage stellte, oder daß sie damit ein Thema anschnitt, das seine Absicht einer Versöhnung plötzlich belanglos machte.

»Nun . . .«, begann er und wußte nicht, wo er anfangen sollte.

»Du mußt einen Grund gehabt haben, hierherzukommen, Boswell! Es ist ein langer Weg, um nur guten Tag zu sagen und wieder fortzugehen.«

»Ich glaube, der Stein hat mich gerufen – oder mir befohlen zu kommen«, sagte er einfach. Er wußte instinktiv, daß sie verstehen würde, was er damit meinte, und er hatte recht, denn Rebekka nickte und sagte: »Ja, natürlich. Aber warum?«

»Es hängt mit dem zusammen, was die Schreibermaulwürfe von Uffington das siebte Buch nennen. Siehst du, Rebekka, es gibt sieben Heilige Bücher, und . . .«, und er erzählte ihr alles, zitierte den geheimnisvollen Text, den er gefunden hatte und der die anderen sechs Bücher beschrieb, und erklärte umständlich, warum es so wichtig war, daß das siebte Buch gefunden würde.

»Das Buch wird gefunden werden, wenn seine Zeit gekommen ist, denke ich – und außerdem wird es wahrscheinlich ohnehin so sein, daß das Buch dich findet.« Er wußte, was sie meinte, und sie hatte natürlich recht. Hatte er sich nicht schon selbst gesagt, daß kein Maulwurf seine Krallen nach so etwas ausstrecken sollte?

Während Boswell sprach, wurde Rebekka immer froher, denn sie sah deutlich, warum sie sich in Boswells Gegenwart so frei fühlen konnte. Jeder andere Maulwurf, den sie sah, suchte auf diese oder jene Weise ihre Hilfe, während Boswell, entgegen allem Anschein, keiner Heilung bedurfte, die sie ihm geben konnte. Sie war in seiner Gesellschaft frei, weil er sie nicht brauchte. Er wollte nichts von ihr und hatte darum die Kraft, ihre Liebe zum Leben in ihrem ganzen Umfang zu erkennen, als sei das nichts Ungewöhnlicheres als ein Baum oder der Sonnenschein. Sie seufzte vor Glück über dieses Gefühl und schloß lächelnd die Augen, während er redete.

Erst als er begann, ihr von den sieben Stillen Steinen zu erzählen, die zu den Büchern gehörten, und ihr klar wurde, daß es sich nicht um riesige Steine wie der auf dem Gipfel des Dunctonhügels handelte, sondern um kleinere, verwandelte sich ihr Glücksgefühl zu der scheuen Erkenntnis, daß sie und Boswell etwas berührten, was Zeit und Umständen eine andere Dimension gab.

Boswell spürte dieses Gefühl in ihr, denn er brach seinen Bericht sofort ab und fragte: »Kannst du mir darüber etwas sagen?« Zum erstenmal, seit er nach Duncton gekommen war, hatte er das Gefühl, der Stein helfe ihm.

Dann erzählte Rebekka ihm in sehr einfachen Worten, was sie und Bracken in der Längsten Nacht gesehen und gespürt hatten. Sie beschrieb es ganz nüchtern und ohne Geheimnistuerei, wenn auch die Ängste, Zweifel und Freuden, die zu jener Nacht gehörten, Teil ihres Berichts waren.

Boswell hörte ihr zu, zitternd vor Scheu, und als sie zum Ende kam, sagte er als erstes: »Er hat diesen Stein, der ein Stiller Stein sein muß, also berührt, und sein Licht verblaßte? Er hat ihn berührt!«

»Ist das wichtig?« fragte sie, ein wenig ängstlich, weil er entsetzt schien.

»Ich weiß es nicht, Rebekka. Vielleicht nicht. Ich weiß es nicht.«

»Hat Bracken dir von all dem nichts erzählt?« fragte sie.

Boswell schüttelte den Kopf. »Nichts. Er spricht nicht einmal gern über dich. Ich habe ihn gebeten, mich hinauf zum Alten System zu führen, aber er hat angeordnet, daß kein Maulwurf dort hingeht. Ich glaube . . .« Aber er hielt inne, weil das, was er dachte, etwas war, was Rebekka vielleicht besser nicht hörte.

»Ja?« sagte Rebekka, die als Heilerin mehr als irgendein anderer Maulwurf in den beiden Systemen an Maulwürfe gewöhnt war, die ihre Sätze nur ungern beendeten. Gewöhnlich war es das, was unausgesprochen blieb, weswegen sie mit ihr hatten reden wollen. So dachte sie nicht von Boswell, aber gegen Gewohnheiten läßt sich nur schwer etwas unternehmen.

»Ich wollte sagen, daß seine offensichtliche Abneigung gegen das Alte System, die sich, wie du ja weißt, auch auf den Stein ausdehnt, viel damit zu tun hat, daß du und er . . . na ja . . . nicht . . .«, sagte Boswell und suchte vergebens nach den richtigen Worten.

»Daß wir nicht in Verbindung miteinander stehen?« sagte Rebekka.

»Genau«, lächelte Boswell. »Ja, das ist es!« Er hätte gern gelacht, aber Rebekka lächelte nicht. Sie war ernst, und zum erstenmal, seit er in ihrem Bau war, drückte ihr Gesicht den Verlust aus, den er in ihrem Wesen gespürt hatte, als er hierhergekommen war.

Wieder sah er, wie verletzlich sie war. Es gab Zeiten, da er spürte, wie sehr es ihm an Weisheit fehlte, und er sich wünschte, er wüßte, wie er einen Maulwurf trösten könnte. Alles in ihm drängte danach, etwas zu Rebekka zu sagen, aber er fand die Worte nicht. Und dann hörte er sich sagen: »Er liebt dich.« Vielleicht war das ohnehin alles, was er Rebekka hatte sagen wollen.

»Weiß er es?« fragte Rebekka.

Boswell schüttelte den Kopf: Er wußte es nicht.

»Wenn ich an ihn denke oder seinen Namen höre, muß ich an Mandrake denken«, sagte Rebekka leise. »Ich muß daran denken, wie er am Stein versuchte, mich zu erreichen, und Bracken mich festhielt, mich festhielt.«

»Aber es war Steinkraut, der ihn getötet hat«, sagte Boswell.

»Das ist es nicht«, flüsterte Rebekka, die wieder alles vor sich sah. »Vielleicht ist ein Kampf besser als eine Eule oder eine Krankheit, besonders für Mandrake. Vielleicht war es so am besten. Nein, siehst du, Bracken hat Mandrake gehört. Er hat gehört, daß er nach mir rief, und weil er Furcht hatte, hielt er mich zurück, und Mandrake blieb an dem . . . an dem Ort . . .« Rebekka konnte nicht weitersprechen. Sie weinte hemmungslos, wie sie es vor keinem anderen Maulwurf als Boswell getan haben würde. Boswell wünschte, er wäre weise genug, alles zu verstehen.

Aber Bracken und Rebekka trafen sich doch, sie liefen einander zufällig am Marsch-Ende über den Weg, wo Bracken und Boswell eines Tages mit Mekkins über das gesprochen hatten, was inzwischen als Dürre erkannt worden war und was jeden Tag bedenklicher wurde. Bracken und Boswell liefen einen Tunnel hinunter. Vor ihnen erklang Gelächter, ein paar Weibchen hielten einen Schwatz, und dann stand Rebekka da, in Lebensgröße, und Bracken erstarrte und sah mürrisch, ja sogar zornig aus. Rebekka lächelte, ein wenig zu gelassen für Boswells Empfinden, während er sich zurückzog, um die beiden allein zu lassen.

»Rebekka!« rief Bracken, der sich gefaßt hatte, mit falscher Heiterkeit. »Ich höre viel Gutes über deine Arbeit, nicht nur in Duncton, sondern auch von den Wiesen.«

»Hallo, Bracken«, sagte Rebekka leise.

»Ja, immer wieder stoße ich auf Maulwürfe, die . . .«, und in Hörweite von Boswell stürzte Bracken sich in eine Flut von Worten über alles mögliche, nur nicht das, was in seinem Herzen war: seine Freude und Verwirrung über das Wiedersehen mit Rebekka.

Sie sagte während seines Geplappers kaum ein Wort außer »ja« und »hm« und »wirklich?«, aber jedes Wort, das sie sagte, schien langsamer und trauriger als das zuvor. Doch es gab einen Augenblick in ihrer quälenden Unterhaltung, da, für einen winzigen Moment, das Licht wieder schien. Bracken war auf die Dürre zu sprechen gekommen, und Rebekka sagte plötzlich ironisch: »Du solltest dem ein Ende setzen, Bracken. Du bist der Anführer von Duncton.«

Bracken lachte etwas zu laut und sagte dann: »Ich bin nicht der Stein, Rebekka«, und Boswell hörte ihre leise Entgegnung: »Nein, mein Lieber, das bist du nicht.«

Bracken verstummte, denn ebenso wie Boswell hörte er hinter ihren tadelnden Worten die Liebe, und er konnte die Traurigkeit in seinen Augen nicht verbergen. Einen Augenblick lang entspannte er sich und blickte Rebekka direkt in die Augen. Und es war wieder Stille zwischen ihnen. Rebekka hatte den Blick schon einmal gesehen, in einem September, als während eines nachlassenden Regensturms Bracken ihr seinen Namen genannt hatte. Damals war er fortgelaufen und jetzt tat er es wieder; er verabschiedete sich kaum, dann war er verschwunden. Rebekka blieb zurück, und ein verständnisvoller Blick von Boswell war der einzige Ausgleich für den Verlust, den sie empfand, die Verzweiflung über Brackens Angst und das Gefühl, es müsse auf irgendeine Weise ihre Schuld sein. Sie hätte mehr tun können: das gleiche traurige Gefühl, das sie so oft bei Mandrake bewegt hatte. Und dann dachte sie an Mandrake, den sie so sehr geliebt hatte, und fragte sich, warum Bracken seine Rufe nicht gehört hatte.

KAPITEL 33

In der dritten Augustwoche kam Steinkraut von den Wiesen herüber, um Bracken aufzusuchen. Ihre Unterredung fand in der Höhle der Ältesten statt, in Anwesenheit Boswells und einiger Maulwürfe aus Duncton.

»Die Dürre auf den Wiesen wird jetzt wirklich bedrohlich, Bracken«, begann Steinkraut. »Vielleicht seid ihr im Wald besser dran als wir und merkt gar nicht, wie kritisch die Lage wird. Das Gras färbt sich gelb vor Trockenheit, der Boden wird rissig und so hart, daß unsere Jungwürfe, die die heimischen Baue verlassen haben, keine Tunnel graben können und auf der Oberfläche an den wenigen Stellen leben müssen, wo es noch langes Gras gibt. Eulen und Turmfalken haben schon viele geholt. Die Kräftigeren kämpfen um die Territorien älterer Maulwürfe, und im System herrschen Tod und Gewalt. Nahrung ist knapp geworden, und Maulwürfe, die eine Stelle entdeckt haben, wo es noch Würmer gibt, verheimlichen das anderen oder töten die Maulwürfe, die ihr Geheimnis entdeckt haben, und im ganzen System nehmen Mißtrauen und Gewalt zu.«

»Was können wir daran ändern?« fragte Bracken kalt. »Unsere eigenen Nahrungsmittel werden knapp, und es wird, wie mir berichtet wurde, noch schlimmer.« Er sah sich bei den anderen nach Bestätigung um, und sie nickten. Boswell dachte, daß nichts so gut wie Nahrungsmittelknappheit geeignet ist, heftige Unruhen innerhalb eines Systems und unter verschiedenen Systemen auszulösen. Er hatte davon gehört, es aber noch nie aus erster Pfote miterlebt.

Bracken blickte Steinkraut ohne Mitgefühl an. Er hatte jetzt die Aufgabe, sein System zu beschützen, und wenn Steinkraut etwa vorschlagen sollte, was er wahrscheinlich beabsichtigte, daß die Wiesen-Maulwürfe nach Duncton zögen, wo es mehr Nahrung gab, mußte er Widerstand leisten. Mit Gewalt, falls es sich als notwendig erwies.

»Mein Vorgänger, Bromus, der euch half, euer System zu retten und Ruun loszuwerden – von Mandrake ganz zu schweigen –, war der Ansicht, daß die Wiesen-Maulwürfe Zugang zum Stein haben sollten«, sagte Steinkraut.

»Und haben sie den nicht?« fragte Bracken gereizt. Er hatte es nicht gern, wenn er an Bromus und Ruun und Mandrake erinnert wurde, schon gar nicht von Steinkraut. All das, und vieles andere, war vorbei. Es war vergessen.

»Leben jetzt irgendwelche Maulwürfe im Alten System?« fragte Steinkraut unvermutet.

Die Frage ließ in Bracken eine eisige Ruhe entstehen, während er mit unbewegtem Gesicht überlegte, wie er auf diese Frage reagieren sollte. Er wollte keine Wiesen-Maulwürfe im Alten System. Die Vorstellung erschien ihm fast wie eine Lästerung. Eine Lästerung? Bracken dachte bei sich, daß das ein ungewöhnliches Wort für ihn sei. Im Grunde wollte er überhaupt keinen Maulwurf im Alten System.

»Wenn du etwa vorschlagen willst, daß jetzt Wiesen-Maulwürfe im Alten System leben könnten, weil keine aus Duncton dort sind, so ...« Er war im Begriff zu sagen, daß Steinkraut sich diese Idee lieber aus dem Kopf schlagen sollte, und zwar sofort, aber er überlegte es sich anders.

Wenn er aus seinen Erfahrungen als Anführer von Duncton etwas gelernt hatte, so dieses, daß nämlich offene Darstellungen eines Sachverhalts manchmal weniger wirkungsvoll waren als Zweideutigkeit, wenn einer etwas erreichen wollte. So beendete er den Satz ungeschickt und wenig überzeugend: »so ... ist das natürlich eine Sache, über die wir uns noch einmal eingehend unterhalten müssen. Glaub mir, Steinkraut, daß ich versuchen werde, mein Bestes zu tun.« Steinkraut gefiel der doppelzüngige Maulwurf nicht, zu dem Bracken sich zu entwickeln schien, und er traute ihm ganz gewiß nicht über den Weg. Dabei war es doch früher so einfach gewesen, mit Bracken zu sprechen, oder nicht? Aber er hatte nicht ein einziges Mal gelächelt. Was war aus ihm geworden?

Nach einigen Minuten lustloser Unterhaltung verließ Steinkraut die Ältesten-Höhle. Bracken hatte ihm nur versprochen, ihm in den nächsten Tagen eine Antwort zukommen zu lassen. Na ja, spätestens in einer Woche. Aber Steinkraut ließ Bracken wissen, daß er sich nicht sicher sei, ob er so lange die Herrschaft über seine Maulwürfe würde aufrecht erhalten können, wenn sich nicht etwas grundlegend änderte. Wenn sich nichts ändere, und wenn Bracken weiter so wenig hilfsbereit bleibe, müsse er sich überlegen, ob die Hilfe, die Bracken von seinen Maulwürfen erhalten habe, ihnen nicht das Recht gebe, das Alte System mit Gewalt zu besetzen ...

Steinkrauts Besuch löste bei Bracken sofort eine Wirkung aus. Sobald er gegangen war, schickte Bracken die anderen Maulwürfe aus der Ältesten-Höhle und wandte sich an Boswell. »Gut. Wir werden zum Alten System gehen und sehen, wie es dort mit Nahrung aussieht. Es gab nie sehr viel, als ich dort oben lebte, aber das könnte sich geändert haben. Aber zuerst müssen wir feststellen, wie die Lage in Duncton ist. Ich habe damit gerechnet, daß es bald ein Ende haben würde mit dieser Dürre, aber wir müssen wohl mit der Möglichkeit rechnen, daß sie noch viele Wochen anhält, vielleicht sogar noch Monate. Wir sind dem Wiesensystem etwas schuldig. Wir machen besser einen Plan, aber dafür brauchen wir Tatsachen.«

Boswell traute seinen Ohren kaum. Zum erstenmal seit Bracken das System übernommen hatte, schien echtes Feuer seinen Geist zu beflügeln. Seine Augen strahlten heller, und in seinen Worten lag Kampfbereitschaft. Darüber hinaus schien Steinkrauts Vorschlag endlich den Weg freigemacht zu haben für einen Besuch Boswells und Brackens im Alten System.

Sie suchten zuerst die Westseite auf, dann Mekkins unten am Marsch-Ende. Sie sprachen mit einem Maulwurf nach dem anderen und erhielten bald ein ausführliches Bild von der Wirkung der Dürre auf das System. Dann kehrten sie zu den Tunneln von Barrow Vale zurück, wo die Maulwürfe zuerst überrascht waren, daß Bracken ein so persönliches Interesse an dem zu nehmen schien, was sie zu sagen hatten. Schließlich besuchten sie noch die Ostseite, bevor sie sich auf den Weg die Hänge hinauf zum Alten System machten.

Inzwischen war das Bild, das sie sich gemacht hatten – nicht nur von dem, was ihnen berichtet worden war, sondern auch aus ihren eigenen Eindrücken –, ziemlich schrecklich. Das System war am Rande des Chaos, und Kämpfe um Nahrung nahmen zu.

Am Waldrand waren das normalerweise grüne Gras und die knospenden Brombeeren in der Trockenheit gelb geworden. Alles knackte und knisterte aus Mangel an Feuchtigkeit. Selbst die Luft schien aus niederdrückendem Staub zu bestehen, das Licht war nackt und hart, obwohl wegen der Hülle aus weißem Dunst, die sich auf die Erde gesenkt hatte, die Sonne nur selten direkt schien. An einigen der freier stehenden Bäume, besonders an ihrer Südseite, waren die Blätter vertrocknet und gekräuselt und vorzeitig zu Herbstlaub geworden. Die Feuchtigkeit, die normalerweise den ganzen Sommer hindurch unter der ersten Schicht von Lauberde zu finden war, schien ausgetrocknet zu sein, und was es dort an Maden gab, hatte sich tiefer als üblich eingegraben, so daß an den üblichen Stellen der sommerlichen Oberfläche keine Nahrung mehr zu finden war. Die Würmer schienen auch weniger fruchtbar als sonst zu sein, so daß allgemeine Nahrungsknappheit bestand. Sie war noch nicht bedenklich, aber um zu überleben mußte ein Maulwurf jeden Tag viel mehr Zeit aufwenden und seine Suche auf größere Gebiete ausdehnen. Als Folge gab es mehr Kämpfe, denn die Territorien wurden wertvoller, und außerdem macht jede Nahrungsknappheit Maulwürfe aggressiv und gereizt. Gleichzeitig hatten offenbar die Eulen im Wald an Zahl zugenommen; der Sommer war immer eine schlimme Zeit, wenn die eigenen Jungen der Käuzchen fliegen und Nahrung suchen lernten und jeden jungen Maulwurf im Wald oder auf den Wiesen holten, auf den der Blick ihrer gelben Augen fiel. Bis Ende August war jedoch gewöhnlich diese blutige Bedrohung vorüber, denn die Jungwürfe, die daran glauben mußten, hatte es schon erwischt, und die meisten Maulwürfe hielten sich vernünftigerweise unter der Oberfläche auf. Diesmal aber verlängerte das Wetter die Bedrohung durch die Eulen, und ihre lauernde Anwesenheit trug zur unheilvollen Atmosphäre im Wald bei.

Ein Maulwurf nach dem anderen beklagte sich bei Boswell und Bracken, daß etwas nicht stimmte, ganz und gar nicht stimmte, und daß sie Angst hätten, große Angst. Der Stein sei zornig, und es würde ihnen etwas zustoßen. Und jeder Maulwurf, auf den sie trafen, beklagte sich über etwas, was ihnen selbst schon in Barrow Vale aufgefallen war: In allen Tunneln des Systems wimmelte es von Flöhen.

So machten Bracken und Boswell sich endlich voll böser Vorahnungen auf den Weg über die Hänge zum Alten System. Auf den Hängen lebten mehr Jungwürfe als je zuvor. Da sie im Hauptsystem keine Territorien gefunden hatten, weil die Besitzer immer größere Teile für sich selbst in Anspruch nahmen, waren viele Jungwürfe auf die von jeher ärmlichen Hänge ausgewichen und hatten sich eine dürftige Existenz aufgebaut in den verfallenen Tunneln, die die letzten Überreste der ersten Abwanderung aus dem Alten System waren. Sie waren eine unterernährte, ängstliche, jammervolle Schar, in gewisser Weise typisch für die Zeit der Dürre, in der das System sich befand. Die meisten liefen fort und versteckten sich, als Bracken und Boswell in ihre Nähe kamen.

»Das ganze System bricht auseinander«, brummte Bracken, als dies wieder einmal geschah, und dachte nicht daran, daß diese schüchternen Jungwürfe ebensoviel Angst vor ihm hatten, wie er einst Angst vor erwachsenen Männchen gehabt hatte. Wenn Boswell allein gewesen wäre, hätte es vielleicht anders ausgesehen, denn Boswell war der zugänglichste Maulwurf, den man sich vorstellen konnte.

Hulvers alte Tunnel waren nicht besetzt, und sie betraten die Tunnel des Alten Systems auf dem Weg, den Mandrake um das Eulengesicht herum gegraben hatte. Während sie das taten, fühlte Boswell sich verpflichtet, Bracken zu verraten, was Rebekka ihm über ihre gemeinsamen Erfahrungen im Zentrum des Alten Systems erzählt hatte und über das, was sie zusammen unter dem Stein gefunden hatten. Aber während Bracken vor Steinkrauts Besuch sicher zornig geworden wäre, schien er jetzt eher erleichtert.

»Hat sie dir alles erzählt? Nun, es stimmt schon, obwohl es für mich jetzt in so weiter Ferne liegt, daß ich manchmal denke, es sei alles zwei anderen Maulwürfen passiert. Man kann nicht rückwärts gehen, Boswell.«

Angeblich waren sie gekommen, um festzustellen, wie es im Alten System mit Nahrung aussah, aber nachdem sie schnell herausgefunden hatten, daß es nicht besser war als irgendwo anders, wurde aus der Tour ein Rundgang durch das System.

Sie blieben drei Tage dort, und während dieser Zeit erfuhr Boswell mehr über Bracken als je zuvor. Sie liefen zum Rand der Klippe, von wo aus Bracken das System zum erstenmal betreten hatte, sie liefen den Gemeinschaftstunnel zum Zentrum des Systems hinunter, und sie betraten einen Tunnel nach dem anderen und steckten ihre Rüssel in viele Baue, die selbst Bracken noch nicht gesehen hatte.

Bracken sprach in einfachen Worten über die Vergangenheit; aus seinem Mund hörte es sich beinahe so an, als spreche er von einem anderen Maulwurf, obwohl er alle Ängste und Aufregungen seiner ersten Erkundung beschrieb.

»In Wirklichkeit gibt es eigentlich gar nicht viel zu sehen. Es ist ein verlassenes System, das ist alles, und nur das Zentrum ist sehr bemerkenswert ... vielleicht zeige ich es dir, bevor wir zum Hauptsystem zurückkehren«, neckte Bracken Boswell, denn er sah, wie aufgeregt Boswell alles betrachtete, so aufgeregt, daß es sogar auf Bracken abfärbte.

So waren sie beide gleichermaßen aufgeregt, als sie endlich die Höhle der Düsteren Geräusche erreichten, und liefen das letzte Stück Tunnel bis zu den Echos entlang wie zwei Jungwürfe. Boswell bemerkte, daß Brackens alte gute Laune zurückgekehrt war – außerhalb des Hauptsystems schien er entspannter zu sein. Vielleicht war er im Herzen ein Einzelgänger, vielleicht war es das, was ihm fehlte: In Barrow Vale konnte er nie allein sein.

Die Höhle war unverändert, nur daß der Eingang zum Tunnel, der in den innersten Teil des Systems führte, dort eingestürzt war, wo Mandrake die Steine herausgerissen hatte, und die halbverschütteten Skelette der Maullanger, die in dem Kampf getötet worden waren, lagen immer noch zwischen Schutt und Gesteinsbrocken. Es führte jedoch ein Weg hindurch, zweifellos von Mandrake gegraben während der Zeit, die er allein in den Tunneln verbracht hatte.

Die Atmosphäre, die dunkel und gefahrvoll gewirkt hatte, als Bracken zum erstenmal hier gewesen war, schien irgendwie leichter und gleichgültiger. Sie versetzte Bracken nicht in Angst; gelassen zeigte er Boswell die Reliefwände, deren Verzierungen sich immer noch über die Oberfläche zogen und wanden und sich zur Mitte hin, wo das immer noch drohende Gesicht einer Eule angebracht war, in schwerere, tiefere Muster verwandelten. Wie konnte er vor all dem je Angst gehabt haben!

»Weißt du, was ich herausgefunden habe?« sagte Bracken und fand es seltsam, an diesem einst so furchterregenden Ort mit normaler Stimme zu sprechen. »Wenn du in bestimmter Weise summst, kommen Geräusche zu dir zurück.« Er war im Begriff, das zu zeigen, aber Boswell sah ihn plötzlich warnend an, hob eine Pfote und sagte leise: »Sei vorsichtig, Bracken. Du weißt nicht, was du tust.«

Bracken wollte widersprechen, aber Boswells Gesichtsausdruck war, wie manchmal, von so heftiger Entschlossenheit, daß er seine Worte unterdrückte. Er öffnete das Maul und schloß es wieder, und es war Boswell, der sprach.

»Diese Wand ist das Werk vieler Generationen begnadeter Maulwürfe. Es ist eine Wand der Hoffnung und der Warnung, und es trifft zu: wenn du auf eine bestimmte Weise summst – etwas, worauf du zufällig gestoßen bist –, magst du der alten Schrift eine gewisse Macht entlocken. Es gibt eine Wand wie diese in Uffington, wie sich in jedem der sieben auserwählten Systeme eine befindet. Es darf niemand leichtfertig mit ihnen spielen, und nach alter Tradition werden sie von einem Maulwurf bewacht, der nicht nur groß gewachsen ist, sondern auch über geistige Größe verfügt. Es wird berichtet, daß eine solche Wache niemals ihren Platz im Zentrum der Wand verließ, was auch geschehen mochte.«

Bracken dachte an das Maulwurfskelett am Eingang im Zentrum der Wand, dem siebten Eingang, das ihn so in Furcht versetzt hatte. Das war also die Wache gewesen, und irgendeine Katastrophe war über das Alte System hereingebrochen. Dennoch war der Maulwurf an seinem Platz geblieben. Etwas von der Scheu, die Bracken damals empfunden hatte, kehrte zurück angesichts Boswells Verwandlung von einem Begleiter in einen Gehilfen, von einem Gehilfen in einen Lehrer.

»Wozu ist die Wand denn da?« fragte er fast demütig.

»Sie beschützt den heiligsten Teil des Systems, das System jenseits jenes Eingangs. Ihre Reliefs tragen die Stimmen der Maulwürfe aus vergangenen Zeiten, und eigentlich müßtest du ihr mit einem Lied in der alten Sprache gegenübertreten, das alle Schreibermaulwürfe kennen sollten, wenn auch heutzutage leider viele es nicht mehr gut genug kennen. Wenn ich noch ein Schreibermaulwurf und durch meine Gelübde gebunden wäre, dürfte ich dir dies nicht erzählen und dich auch die Worte nicht hören lassen. Aber ich fange an, Bracken, zu erkennen, daß der Stein in seiner Weisheit Wege beschreitet, die wir nicht verstehen können, und ich denke, daß er mich von meinen Gelübden entbunden hat, damit du, der du soviel trägst ... den wahren Klang der Wand hören kannst.«

»Was meinst du damit ›der du soviel trägst‹?« fragte Bracken.

Boswell wurde von Sekunde zu Sekunde strenger und seltsamer, und Bracken fühlte sich fast eingeschüchtert. »Wir haben uns nicht zufällig getroffen, Bracken, das weißt du sicher auch. Dir ist eine Aufgabe bestimmt, die ich nicht verstehe. Aber ich weiß, daß es so ist. Und der Stein hat mich dazu ausersehen, dir bei der Erfüllung deiner Aufgabe zu helfen. Rebekka ... der siebte Stille Stein, über ... den du nicht sprechen wolltest ... die Schatten, die auf das Dunctonsystem gefallen sind und noch immer fallen ... dies alles gehört dazu. Alle Systeme scheinen durcheinandergeraten zu sein: Nunham, die Wiesen,

Duncton und viele, durch die ich auf meinem Weg hierher gekommen bin. Kein Maulwurf traut dem Stein; kein Maulwurf traut sich selbst. Furcht steht in jedem Gesicht.« Sie stand in Brackens Gesicht, während er Boswell zuhörte. Wer war er? Was wollte der Stein von ihm?

Bracken begann vor Furcht zu zittern, denn während Boswell sprach, schien seine Stimme lauter und klingender zu werden, und selbst seine Sprache änderte sich und glitt Wort für Wort in eine alte Sprache. Harte Klänge, liebliche Klänge, geheimnisvolle Klänge. Es lag Schlimmeres als eine Warnung in Boswells Worten . . . Boswell wandte sich zur Wand, und seine Stimme wurde zu einem Singsang, und sie hallte und widerhallte tausendmal kraftvoller als damals, als Bracken zum erstenmal die Wirkung eines Summens entdeckt hatte.

»Das Leben eines Maulwurfs ändert sich,
Bald wohl, bald weh, bald froh, bald siech,
Bald lustig tanzend, bald elendig,
Unsere Freuden auf Erden sind kurzlebig;
Die falsche Welt gibt eine Spanne nur Zeit,
Das Fleisch ist schwach, schlau ist die Dunkelheit,
Wir, die wir einst hatten Überfluß,
Sind jetzt geplagt von großem Verdruß,
Geschwächet von Gebrechlichkeit . . .«

Während Boswell diese uralten Worte vor sich hin sang, von denen Bracken nicht alle verstand, war es, als strahle die Wand den echten Gesang der alten Maulwürfe zurück, mächtiger Maulwürfe, und dunkle Klänge drangen auf Bracken ein, immer lauter, so daß er am liebsten davongelaufen wäre. Aber wohin er sich auch wendete, wie er auch zu entfliehen versuchte, die Klänge drangen immer lauter auf ihn ein, umhüllten ihn in ihrem Verhängnis, liefen auf ihn zu aus jedem Tunnel des Alten Systems, ein Sturm von Klängen.

Als er vor Entsetzen zu schreien begann, dachte er nur an sich selbst und konnte nicht wissen, daß Hall und Widerhall weit über die Höhle hinaus ertönten, in den Tunneln, dann an die Oberfläche schnellend und den Stein umgebend und von ihm ausgehend, und schließlich hinaus über die Hänge und hinunter nach Barrow Vale, schreckenerregende Klänge.

Mekkins hörte sie, hielt unten am Marsch-Ende mitten im Satz inne, schüttelte verwirrt den Kopf, lief auf die Oberfläche und streckte seinen Rüssel dem fernen Stein entgegen, von wo der tiefe Gesang von Maulwürfen alter Zeiten zu kommen schien.

Comfry hörte sie im Schatten am Waldrand, wo er vergeblich Kräuter suchte, die schon lange in der Dürre vertrocknet waren, und er wandte sich dem Hügel zu, den Namen »Rebekka« hilflos mit dem Maul formend, während Furcht ihn erfüllte und er den Trost suchte, den ihr Name ihm immer gab.

Rebekka hörte sie unten in ihren Tunneln und wußte, daß das, worauf sie so lange gewartet hatten, seit Generationen, vielleicht schon länger, als irgendeiner von ihnen lebte, gekommen war.

Steinkraut hörte sie, und ein Maulwurf nach dem anderen hielt wie er inne mit dem, was er gerade tat, und stand furchtsam da, während die Klänge vom Stein auf sie herunterkamen wie Donner durch die Bäume.

»Hör auf!« rief Bracken Boswell zu. »Hör mit dem Geräusch auf!« schrie er und wandte sich in seiner Verzweiflung bald hierhin, bald dorthin. Und Boswells Stimme wurde leiser und verwandelte sich wieder, seine Worte noch immer wie Donner, aber nicht länger widerhallend von düsteren Geräuschen, und Bracken hörte ihn sagen: »Du streitest mit Steinkraut, du streitest mit Rebekka, du streitest mit dir selbst. Alle streitet ihr, aber jetzt kommt die Zeit, da ihr auf den Stein hören müßt. Jetzt fällt der letzte Schatten.«

Bracken starrte Boswell an und sah, daß auch er zitterte, schwitzte und Angst hatte. Eine Macht hatte von ihm Besitz ergriffen, die ihn nur zögernd gehen ließ, und Bracken rief ihn wieder an, nicht länger furchtsam, sondern voller Mitleid und Verständnis für sie alle.

Der letzte Schatten war gefallen. Der letzte Schatten? Mit diesem geheimnisvollen Wissen, von dem er nicht wußte, was es bedeutete, führte Bracken Boswell schließlich durch den siebten Eingang und weiter zum Innersten des Systems, beide nun still und demütig.

In diesem Augenblick seiner langersehnten Ankunft im Herzen Danctons sagte Boswell nichts, denn er spürte den Schrecken einer Bedrohung von außerhalb der alten Tunnel viel stärker als seine Aufregung, nun endlich das siebte Buch oder wenigstens Hinweise darauf in den Tunneln zu finden. Sie hasteten weiter; Bracken brachte sie rasch zu einem der Eingänge in die Höhle der Echos und von dort, ohne ein einziges Mal zu zaudern, durch die komplizierten Labyrinthe, wo die Echos zwischen den Kreidewänden ihr Spiel trieben, und weiter bis an den Rand der Höhle der Wurzeln.

Dort blieben sie stehen und blickten auf die Wurzelstränge und die Schatten, die sich vor ihnen zusammenballten. Sie schienen ausnahmsweise völlig still, aber dennoch gaben sie das Wimmern und Gellen der leisesten Bewegung aus den tiefen Spalten oder hohen Klüften wieder, wenn die Wurzeln auf eine Dehnung der Bäume reagierten. Die Dürre war auch hier unten zu spüren; die Luft war trocken, und die Geräusche der Wurzeln waren angespannter und höher.

»Der unterirdische Teil des Steins ist hinter den Wurzeln«, sagte Bracken und zeigte ohne Begeisterung auf die Wurzeln, »und da wir nun schon hier sind, können wir auch versuchen, hindurchzukommen. Aber ... na ja, du wirst sehen.«

Bracken ging langsam durch die Wurzeln voran und markierte von Anfang an sorgfältig ihren Weg, damit sie wieder zurückfänden. Aber sie waren erst wenige Maulwurfmeter weit hinter den ersten Wurzeln, als, wie er es erwartet hatte, Teilnahmslosigkeit und die Frage nach dem Sinn des ganzen Unternehmens Besitz von ihnen ergriff, wie es ihm schon einmal geschehen war. Eine Stimme sagte immer wieder zu ihnen: »Wozu das Ganze?« und: »Du weißt, daß du da nicht durchkommst, es ist zu weit«, bis sie von der Route, die Bracken einzuhalten versuchte, abgedrängt wurden, immer im Kreis herum und dann wieder hinaus an den Rand der Höhle.

»Siehst du, was ich meine?« fragte Bracken. »Nur mit Rebekka konnte ich durchkommen. Wir liefen einfach geradeaus hindurch, ohne jede Ablenkung. Aber wenn du zum Stillen Stein gelangen möchtest, mußt du hier durch, Boswell.«

Boswell hörte nicht richtig zu. Er fühlte sich unbehaglich und rastlos und hatte das Gefühl, etwas rede von hinten auf ihn ein, ein lauernder Schatten, den er nicht richtig erkennen konnte.

Bracken sagte: »Komm, ich führe dich hinaus. Ein anderes Mal ... ich werde dich wieder hierherbringen. Außerdem gibt es viel zu tun. Ich werde Steinkraut sagen, daß er so viele Maulwürfe wie er will in die alten Tunnel bringen kann. Ich werde Rebekka besuchen. Es wird alles in Ordnung kommen, Boswell.«

Er sah, daß die Dinge, die er tun mußte, in Wirklichkeit ganz einfach waren, und diese Einsicht brachte ihm Erleichterung und einen klaren Kopf. Er wäre sogar fröhlich gewesen ohne die niederdrückende Dürre und das Gefühl, daß Boswell, der jetzt so schweigsam war, sich fürchte oder böse Vorahnungen habe.

Er übernahm die Führung durch seine eigenen Tunnel, die bis zum Waldrand führten, und erzählte Boswell, wie er mit Viola auf demselben Weg geflüchtet war. Sie fanden etwas Nahrung, aßen aber schnell, weil sie wieder zurück auf die Oberfläche und die Hänge hinunter zum Hauptsystem wollten. Als sie oben ankamen, stellten sie fest, daß die Luft immer noch knochentrokken war.

»Genauso wie vorher!« sagte Bracken erleichtert, als habe er erwartet, der ganze Wald sei verschwunden. »Dieser Ort da unten kann einem Maulwurf das Fürchten lehren! Schön, wieder draußen zu sein!« Er versuchte, so positiv und heiter wie möglich zu sein, aber Boswell reagierte nicht darauf.

»Ich verstehe nicht, warum du so unglücklich bist«, sagte Bracken erbost. »Ist doch alles in Ordnung – außer der Hitze.«

KAPITEL 34

Aber das System war nicht genauso wie vorher, nicht ganz. Während sie in den alten Tunneln gewesen waren, hatte der Himmel eine unheimliche, drohende Farbe angenommen, als ob ein Hitzegewitter bevorstehe, aber nicht ganz zum Durchbruch komme. Gleichzeitig war die Flohplage, die Bracken und Boswell schon bei ihrem Rundgang durch das System bemerkt hatten, plötzlich schlimmer geworden. Ein Maulwurf konnte die Tunnel und Baue nördlich von Barrow Vale nicht betreten, ohne daß braun-orangefarbene Flöhe ihm auf Gesicht und Pfoten herumhüpften, sich in sein Fell setzten und bissen und juckten. Die feine Schicht aus Staub und Sand, die sich während der Dürre auf dem Boden der Tunnel abgesetzt hatte, schien sie anzuziehen, und obwohl sie nicht leicht zu entdecken waren, wimmelte es auf dem Boden manchmal von ihnen.

An einigen Stellen war es so schlimm, daß die Maulwürfe einige der Gemeinschaftstunnel mieden und sogar betroffene Teile ihrer eigenen Tunnel aufgaben. Viele der Marsch-Ender bedienten sich der drastischeren, aber wirkungsvollen Methode, Blätter und die gelben Blüten des Flohkrauts, das unten in der Nähe der Marsch wuchs, zu sammeln und in ihren Tunneln auszulegen, mit dem für das übrige System verhängnisvollen Erfolg, daß die Flöhe tiefer ins Zentrum vertrieben wurden, wo es kein Flohkraut gab.

Derartige Plagen hatte es schon in früheren Sommern gegeben, wenn auch nie so schlimm, und sie wurde von den Schwätzern in Barrow Vale nur als eine weitere Belästigung in einem unangenehmen Sommer betrachtet. Gewiß war diese Plage nicht so bedeutungsvoll, daß sie Bracken davon abhalten konnte, nach einer Ruhepause zu den Wiesen zu gehen und Steinkraut und den Wiesen-Maulwürfen mitzuteilen, wenn sie wirklich den Wunsch hätten, könnten sie die alten Tunnel beziehen. Dann wollte er Rebekka aufsuchen, in der Hoffnung, daß sie ihm wieder näherkommen würde.

Aber die beiden Reisen sollten nicht stattfinden. Als er gerade aufbrechen wollte, traf Mekkins vom Marsch-Ende ein, mit so ungewöhnlichen Nachrichten, daß Bracken ihn sofort zurückbegleitete.

Offenbar hatten am Tag zuvor drei Maulwürfe am Marschrand Flohkraut gesammelt, als aus dem trockenen raschelnden Marschgras zwei fremde Maulwürfe auftauchten. Noch nie seit Maulwurfgedenken oder in Sagen war ein Maulwurf über die Marsch gekommen. Die Marsch-Ender reagierten feindselig; zwei wichen nicht von ihrem Platz, während der dritte Verstärkung holte und nach Mekkins schickte. Mekkins kam sofort und befragte sie. Die beiden Fremden waren freundlich bis zur Unterwürfigkeit. Sie seien einen langen Weg gekommen, sagten sie; die Marsch war durch die Dürre ausgetrocknet, und es war kein Problem, sie zu überqueren. Nein, sie hätten keinen der Wege benutzt, den die heulenden Eulen entlangjagten – eine Frage, die Mekkins ihnen stellte auf Grund dessen, was Boswell ihm über das Land jenseits der Marsch erzählt hatte. Nein, sie seien einen anderen Weg gekommen, wenn sie auch nicht zu wissen schienen, oder sich absichtlich unbestimmt ausdrückten, auf welchem. Sie stellten ständig selbst Fragen – welches System dies sei, wollten sie wissen, und sei alles in Ordnung?

Mekkins beantwortete keine Fragen, ließ sie aber in einen von den der Marsch am nächsten gelegenen Baue kommen, wo er ein paar Wachen aufstellte, während er sich aufmachte, um Bracken zu holen. Sein Instinkt sagte ihm, es sei am besten, sie an Ort und Stelle zu töten, aber er empfand ihren Besuch als so ungewöhnlich, und die Zeiten waren so seltsam, daß er es für eine gute Idee hielt, Bracken und Boswell die Möglichkeit zu geben, mit ihnen zu sprechen.

So liefen die drei rasch und ohne Pause zurück zum Marsch-Ende, aber bevor sie den Bau erreichten, wo die Fremden untergebracht waren, stießen sie auf die drei Marsch-Ender, die sie bewachen sollten.

»Warum seid ihr verdammt noch mal nicht da, wo ihr sein sollt?« fragte Mekkins ärgerlich. »Erzählt mir bloß nicht, daß die beiden Kerle abgehauen sind.« Er sah sie drohend an.

Einer der drei antwortete ihm: »Das is es nich, Mekkins, daß sie abgehaun sind. Es is schlimmer. Sie sind tot!«

»Ja, wurden plötzlich letzte Nacht krank, der Stein weiß, was sie hatten, und ehe wir uns versahen, waren sie hinüber«, sagte ein anderer.

»Beide?« fragte Mekkins.

»Es war schrecklich«, sagte der dritte. »Qualen haben sie ausgestanden.«

»Es ist noch schrecklich«, sagte der erste. »Hab so was noch nie gerochen. Geh nur und sieh's dir selber an, Mekkins.«

Die beiden toten Maulwürfe boten einen erschütternden Anblick. Einer kauerte immer noch aufrecht auf seinen Pfoten, ganz zusammengekrümmt und den Rüssel zwischen die Vorderpfoten geklemmt, als habe er versucht, sich vor einem ungestümen Wind zu schützen. Seine Augen waren schrecklich verquollen, und sein Rüssel, soweit er sichtbar war, war rot und wund und sein Fell verschmutzt und schweißverklebt. Der andere lag auf der Seite, die Pfoten steif von sich gestreckt, das Maul weit geöffnet. Sein weiches blasses Bauchfell war glatt und sah kränklich aus, und am Ansatz einer der Hinterpfoten befand sich eine klaffende Wunde, die gelb vor Eiter war. Von dort schien der schreckliche Todesgeruch, der den Bau füllte, auszugehen. Und noch etwas anderes war auffällig: Auf dem Boden wimmelte es von Flöhen, die nur ein Ziel zu haben schienen: an die offene Wunde am Körper des Maulwurfs zu gelangen. Einige saugten an der rotgelben Stelle, während andere, schon gesättigt, gelegentlich ihren Halt verloren und herunterfielen. Ihr Platz wurde sofort von anderen eingenommen.

»Aber sie sahen gesund aus, als ich sie verließ, um Bracken zu holen«, sagte Mekkins zu einer der Wachen.

»Wir haben sie bewacht von dem Augenblick an, als du gingst. Ihnen sogar 'nen Wurm oder zwei angeboten, was einiges heißen will heutzutage, aber sie wollten keine. Sagten, sie seien nicht hungrig. Der eine wurde zuerst unruhig und fing an zu schwitzen, war 'n übelriechender Schweiß. Dann regte der andere sich ganz furchtbar auf und sagt so was wie: ›Wir sind verflucht, es wird sie alle umbringen.‹ Ich hab ihn also gefragt, wovon er redet, und er sagt: ›Das werdet ihr bald merken‹, und fängt an zu stöhnen und zu fluchen, während der andere – der, der noch auf seinen Pfoten kauert – sich bloß irgendwie zusammenrollt und zittert und anfängt, sich am Rüssel zu kratzen, als ob da was draufsitzt, aber da war nichts. Dann ging es ihnen immer schlechter, und ich hab einen Maulwurf rüber zu den Wiesen geschickt, damit er Rebekka holt, weil ich dachte, sie könnte helfen, aber das war heute morgen, und ihr seid zuerst gekommen. Dann hörte der, der stöhnte, auf zu stöhnen und atmete immer schneller, und dann fängt der auch an zu zittern. Und bevor wir wußten, was los ist, sind sie beide tot, der eine so, wie er da kauert, der andere schmeißt sich noch rum und stirbt, wie er jetzt daliegt, auf der Seite. Na ja, und dann haben wir gemerkt, wie der Gestank immer schlimmer wurde, und dann wurde es auch schlimmer mit den Flöhen, wenn auch der Stein wissen mag, wo die herkommen, denn in diesem Bau gab's kaum welche.«

»Was wollten sie damit sagen«, überlegte Bracken laut, »›Es wird sie alle umbringen‹ ... Was meinst du, Boswell?«

Sie wandten sich zu Boswell, der sich die toten Maulwürfe genau ansah. Wenn je ein Maulwurf so aussah, als wisse er mehr als er sage, so Boswell in diesem Augenblick. »Das Beste, was ihr im Moment tun könnt, ist, den Bau zu versiegeln«, sagte er, ohne Brackens Frage zu beantworten.

»Wir sind hier nicht auf den Wiesen, alter Kumpel«, sagte Mekkins. »Da mögen sie das tun, aber noch haben sie in Duncton nicht die Herrschaft übernommen. Ich will nicht, daß zwei krepierte Fremde in meinen Tunneln verfaulen, nein danke.«

Als Bracken gerade im Begriff war, sich einzumischen und den Streit zu schlichten, entstand am anderen Ende des Tunnels Unruhe, und der Maulwurf, der Rebekka hatte holen wollen, tauchte auf.

»Sie is nich da«, sagte er. »Is weg, um sich um irgendwas am anderen Ende der Wiesen zu kümmern, hat mir so 'n Blödkopf von Wiesen-Maulwurf erzählt. Sie sind dumm wie Regenwürmer, der ganze Haufen. Ich hab ihr 'ne Botschaft dagelassen. Woll'n nur hoffen, daß er nich zu blöd ist, sie weiterzugeben.«

»Gut. Wir werden warten, bis Rebekka zurück ist, bevor wir entscheiden, was wir mit den beiden hier machen«, sagte Bracken bestimmt. »Können wir jetzt an einen angenehmeren Ort gehen, Mekkins, und überlegen, was zu tun ist?«

Zwei Stunden später begann einer der Maulwürfe, der die Fremden bewacht hatte, zu schwitzen. Sechs Stunden später war er tot. Am gleichen Abend kam ein Maulwurf, um Mekkins zu berichten, daß in der Nähe des Baues, wo die Fremden gestorben waren, zwei weitere Maulwürfe erkrankt waren – sie schwitzten, seien gereizt, sehr durstig und würden von Stunde zu Stunde schwächer.

Bracken, der jetzt immer besorgter wurde und etwas unternehmen wollte, bevor Rebekka eintraf, ging zu ihnen, um sie sich anzusehen. Rebekka kam direkt von den Wiesen zu ihnen, als sie die Botschaft erhielt, und sie fand Bracken bei den Kranken. Er sah, wie sie litten, und spürte die Qual der Hilflosigkeit, die die Gesunden angesichts schwerer Krankheit anderer überkommt. Wenn sie ihn hörten in dem Tunnel, wo sie bewegungslos kauerten, so zeigten sie es nicht, und sie konnten ihn nicht sehen oder wittern, denn die Haut um ihre Augen herum war schmerzhaft geschwollen, und aus ihren Rüsseln lief ein übelriechender Schleim.

»Bracken?« Es war Rebekkas Stimme, und dann ihre Berührung. »Bracken?«

Er wandte sich zu ihr, sein Mitleiden so sehr ein Teil von ihm, daß er sie direkt und offen ansah. Rebekkas Einstellung zu ihm war das letzte, woran er jetzt dachte. »Kannst du ihnen helfen?« fragte er, aber bevor er die Frage ganz ausgesprochen hatte, wußte er Rebekkas Antwort. Sie sah müde und verzweifelt aus.

»Vielen Maulwürfen drüben an der anderen Seite der Wiesen geht es wie diesen«, sagte sie. »Maulwürfe aus einem anderen System müssen die Krankheit eingeschleppt haben. Einer von ihnen hatte Glück und blieb gesund, aber er sagt, die meisten Maulwürfe seines Systems seien an der Krankheit gestorben.«

»Das ganze System?« flüsterte Bracken.

Rebekka nickte. »Bracken, ich konnte nichts für sie tun. Diejenigen, die starben, reagierten auf nichts, was ich ihnen gab. Der eine hat überlebt – jedenfalls bis jetzt –, aber nicht, weil ich ihm irgendwie geholfen hätte.«

Mekkins trat plötzlich zu ihnen. »Ein paar Maulwürfe sind von der Ostseite rübergekommen, und da gibt's jetzt auch Tote.« Er zuckte hilflos mit den Schultern. »Ihr wißt, was es ist, oder? Es ist die Pest, und es gibt nichts auf der Welt, was ein Maulwurf gegen sie unternehmen kann – nicht einmal du, Rebekka.«

»Aber Rose hätte . . .«, begann Rebekka.

»Sie konnte nicht«, sagte Mekkins bestimmt, »schlag dir das also aus dem Kopf.«

Auch Boswell war leise zu ihnen getreten, und alle vier sahen einander in langsam erwachendem Entsetzen an. Jeder von ihnen hatte von der Pest gehört, wenn auch keiner die Geschichte ihres Schreckens so gut wie Boswell kannte, der einige der Schriftrollen der Systeme gelesen hatte. Die Aufzeichnungen waren zwei- oder dreimal in der Geschichte der Maulwürfe plötzlich unterbrochen worden, als die meisten der Chronisten selbst starben oder untertauchten. Nur ein einziger Bericht war erhalten geblieben.

»Der Schatten ist gefallen«, war die Wendung, mit der eine der bekanntesten Schriftrollen über die Pest endete, so geschrieben von dem letzten Überlebenden, einem Schreibermaulwurf aus einem System im Westen, dessen Bericht unvollendet blieb, weil er selbst starb. Es war die gleiche Wendung, die Boswell, oder die Maulwürfe, die durch ihn gesprochen hatten, bei der Wand in der Höhle der Düsteren Geräusche benutzt hatte.

Aber Boswell, der soviel wußte, hatte nichts zu sagen.

Gemeinsam im Tunnel kauernd, begannen die vier das volle Gewicht der Todeswellen zu ahnen, die auf sie zurollten, eine viel gewaltigere Flut als jene, die Bracken und Boswell im Entwässerungskanal bedroht hatte. Und dann kamen stündlich neue Schreckensbotschaften.

»Fünf Maulwürfe auf der Ostseite . . .«

»Ein Weibchen in Barrow Vale . . .«

»Drei Westseiter, zwei Männchen und ein Weibchen . . .«

Panik und Schrecken ergriffen das System, und jeder begann um sein oder ihr eigenes Leben zu bangen. Jeder suchte nach einem Mittel oder einem Ausweg, und als sich herumsprach, daß Rebekka sich in Duncton befand, bei Mekkins, wurde sie bedrängt und beschworen zu helfen – mit einem Zauberspruch, einem Gebet, einem Kraut, das sie retten würde. Aber je mehr Maulwürfe sie um Hilfe baten, um so ohnmächtiger fühlte Rebekka sich, denn ihre üblichen

Heilsprüche schienen nichts auszurichten, und kein ihr bekanntes Kraut schien zu helfen.

Am dritten Tag, als Bracken und Boswell sich wieder zurück nach Barrow Vale begeben hatten, um zu versuchen, wenigstens der Panik Herr zu werden, während Rebekka und Mekkins am Marsch-Ende blieben – Mekkins, weil er in seinen eigenen Tunneln sein wollte, und Rebekka, weil sie instinktiv spürte, daß dies der Ort war, wo sie am meisten Trost bringen konnte –, gab es schon so viele Tote im System, daß die Lebenden sie nicht mehr von den Stellen entfernen konnten, wo sie gestorben waren. Tote, übelriechende Maulwürfe lagen in Tunneln, in Bauen, halb in den Eingängen, einige sogar an eben der Stelle, wo sie gerade nach Würmern gegraben hatten, als die Pest sie erwischte und mit sich nahm. Und die drückende Hitze dauerte an und schien den Prozeß des Verfaulens nur zu beschleunigen und den Todesgeruch zu verbreiten.

Am dritten Tag gab es nicht einen einzigen Maulwurf mehr im System, der nicht einen Freund oder nahen Verwandten verloren hatte. Einige hatten ihre sämtlichen Geschwister verloren, einige alle Nachbarn; viele wunderten sich, daß sie noch am Leben waren. An ein oder zwei Orten – auf den Hängen und in Teilen der Westseite – starb kaum ein Maulwurf, und diejenigen, die dort lebten, wunderten sich über ihr Glück und suchten vergeblich nach einer Erklärung.

Dann geschah zwei Tage lang nichts, was sehr schnell falsche Hoffnungen erweckte, und die Schwätzer von Barrow Vale, deren Klatsch jetzt aufgeregter und verzweifelter klang, behaupteten schon, die Pest sei vorbei, und der Stein mochte wissen, warum ausgerechnet sie verschont worden seien, aber ... aber am nächsten Tag kehrte die Pest zurück, in einer anderen Form. Es war, als habe sie, unfähig, alle Maulwürfe auf einmal zu töten, eine andere Gestalt angenommen, um sie auf andere Weise zu holen, langsamer.

Die Maulwürfe hatten plötzlich wunde Stellen unten am Bauch und an den Flanken, nicht schmerzende, aber unangenehm riechende Stellen, die zusammen mit dem Schwitzen auftraten. Dann kamen Schwellungen und harte Knötchen unter der Haut von Gesicht und Rüssel, die sie behinderten und das Atmen erschwerten, so daß es Mühe machte und schrecklich anzuhören war. Gleichzeitig schien die Seuche auf ihre Lungen überzugreifen und verursachte Husten und Würgen. Und ein Maulwurf, der Blut zu husten begann, war bald ein toter Maulwurf.

Allmählich ertönte im ganzen System ein seltsames Stöhnen, die Schreie der Maulwürfe, um die sich keiner mehr kümmern konnte und die nur noch wenig Trost fanden. Diejenigen, die überlebten, unberührt von der Pest, schienen nur noch benommen umherzuwandern, unfähig, angesichts einer solchen Tragödie an einem Ort zu verharren, doch ebenso unfähig, den Leidenden zu helfen.

Bald begann das System um Bracken herum zusammenzubrechen. Viele seiner Bevollmächtigten und Helfer verschwanden einfach; andere stimmten in das unaufhörliche Geschwätz ein, das jetzt das vom Entsetzen heimgesuchte Barrow Vale erfüllte. Dort fanden Maulwürfe Zuflucht, indem sie sich versammelten und die letzten Pestberichte diskutierten und bestürzt und selbstzufrieden feststellten, daß mehr Maulwürfe morgens vor Sonnenaufgang starben als zu irgendeiner anderen Tageszeit, und daß immer mehr Maulwürfe plötzlich Schwellungen in Bauch- und Leistengegend hatten, aus denen nach zwei oder drei Tagen offene Wunden wurden. Bei der neuen Form der Pest trat der Tod manchmal erst nach vier Tagen ein, und der einzige Trost, den die Maulwürfe fanden, war die Tatsache, daß nicht alle Betroffenen zu sterben schienen.

Nicht alle Maulwürfe gerieten in Panik. Zumindest einer, Comfry, bewahrte die Ruhe und verließ die Wiese, durchquerte den Wald und begann mit der Suche nach etwas, von dem Rose vor langer Zeit einmal gesprochen hatte. »Wenn ich mich nur g-g-genau erinnern könnte«, tadelte er sich selbst.

Das Gerede in Barrow Vale verdichtete sich bald zu der Vorstellung, daß die Pest vom Stein kam und sein Urteilsspruch über sie war, eine Bestrafung für ein System, das die alten Traditionen unter der Herrschaft von Mandrake und Ruun hatte fallenlassen.

Aus dieser Vorstellung entwickelte sich die Überzeugung, daß es nur eine Möglichkeit gebe, die Pest zu bekämpfen: den Stein aufzusuchen und ihn zu berühren; eine eifrig begrüßte Bestätigung dieser Überzeugung war die Tatsache, daß einer der Maulwürfe, die die Pest überstanden hatten, vor kurzer Zeit bei dem Stein gewesen war und ihn berührt hatte, lebender Beweis, daß der Stein half.

»Stimmt das, Boswell, oder ist es auch nur wieder so ein Aberglaube?« fragte Bracken, und es klang eher nach einer Feststellung als nach einer Frage. Er hatte gesehen, daß mehrere Maulwürfe, die bei dem Stein gewesen waren, kurz darauf starben, und betrachtete die »Erklärungen« der Verteidiger des Steins, daß diese Maulwürfe auf andere Weise die Gesetze überschritten hätten und er ihnen darum nicht geneigt sei, mit Zynismus.

»So, wie du es meinst, stimmt es nicht«, sagte Boswell und brach das Schweigen, in das er sich die meiste Zeit seit dem Ausbruch der Pest gehüllt hatte. »Diese Maulwürfe verstehen nicht, daß der Stein nicht eine Kraft in sich selbst ist. Seine Kraft liegt in jedem von uns, ob es nun eine Kraft zum Guten oder zum Bösen ist. Wenn du den Stein vertrauensvoll berührst, setzt das vielleicht eine Kraft frei, aber nur eine solche, die schon in dir vorhanden ist. Trotz all deines Zynismus, Bracken, hast auch du diese Kraft.«

»Kann ich verhindern, daß ich die Pest kriege?« fragte Bracken bitter und dachte an die vielen Toten. »Hätten sie alle es verhindern können?«

Boswell schwieg, was Brackens Bitterkeit in Zorn verwandelte. Er hatte wie so viele andere Maulwürfe das Gefühl, die Pest sei eine Art Strafe, aber als Anführer des Punctonsystems fühlte er sich besonders betroffen, und obwohl kein Maulwurf es behauptete, glaubte er, er sei verantwortlich für das, was geschah. Wie Rebekka litt er schrecklich darunter, daß er nichts tun konnte und empfand das beinahe als eine Schuld. Diese Gefühle übertrug er auf Boswell und durch ihn auf den Stein.

Boswell schwieg.

»Wo bleibt diese Macht des Steins, wenn sie am nötigsten gebraucht wird?« verlangte Bracken zornig zu wissen. »Du findest immer so schöne Worte dafür, wie wichtig der Stein ist, aber wenn er gebraucht wird, wirklich gebraucht, was nützt er dann? Warum läßt er dies geschehen?« Bracken zeigte mit den Pfoten rundum auf die Tunnel von Barrow Vale, die jetzt gefüllt waren mit den verängstigten Überlebenden, und in seiner Geste waren auch ihre Ängste enthalten, die Toten, der Gestank der Leichen und das ferne Stöhnen der Sterbenden.

»Nun, Boswell?«

Aber Boswell schwieg. Er wußte, daß der Stein in Bracken war, und daß er es eines Tages selbst wissen würde. Die Pest war ebensowenig eine Bestrafung des Systems oder der Maulwürfe in ihm wie die Sonne eine Belohnung für ein rechtschaffendes Leben. Die Pest war ein Teil des Lebens, wie auch der Tod es war, aber Boswell wußte nicht, wie er solche Gedanken an diesem Ort ausdrücken sollte.

»Ich werde selbst zum Stein gehen«, sagte er schließlich.

»Um zu beten?« spottete Bracken. »Oder um den Stein zu berühren, damit es dich nicht auch erwischt . . .« Seine Stimme verlor sich, als er seine eigene müde Bitterkeit hörte. Er war so erschöpft, und jetzt hatte er plötzlich Angst, Boswell würde ihn verlassen. Impulsiv trat er zu Boswell und hielt ihn zurück.

»Was wird mit uns allen, mit dem System geschehen?« Boswell sah ihn an mit seinen strahlenden dunklen Augen, in denen für jeden Maulwurf, der den Kopf hob und in sie hineinblickte, so viel Verständnis und Wärme stand. Er verstand Brackens Zorn und seine Qual, denn er liebte ihn mit einer Liebe, die täglich größer und heftiger wurde. Er wußte, daß ein Maulwurf wie Bracken gleichzeitig zornig auf den Stein sein und ihn lieben konnte. Gleichgültigkeit war das Schlimmste.

»Ich werde für dich beten, Bracken, für Rebekka und für alle Maulwürfe . . .«, aber Bracken wandte sich wieder ab; er dachte, daß Gebete den Maulwürfen, die schon gestorben waren und denen er keinerlei Schutz hatte bieten können, nicht mehr helfen würden. Und doch war ihm das Herz schwer, als er Boswell gehen sah. Er fragte sich, ob er ihn jemals wiedersehen würde.

Vier Tage später und nach vielen weiteren Pesttoten wurde Bracken in Barrow Vale von einem Marsch-Ender aufgesucht. Seine Botschaft war schlicht und einfach: Mekkins war tot. Einfach so. Mekkins hatte sie verlassen.

»Rebekka war bei ihm, aber da war nix, was sie tun konnte«, sagte der Marsch-Ender, der so viele hatte sterben sehen, daß nicht einmal Mekkins' Tod ihn berührte. »Welcher Maulwurf kann das schon? Es ist der Fluch vom Stein, und wir sind machtlos dagegen.« Mekkins!

Es war nicht nötig zu erfahren wie, oder wann, oder wo. Die Tatsache in sich genügte, um ihm die letzte Kraft zu nehmen und der Verzweiflung Platz zu machen. Es war, als sei bei Nacht ein Dieb in seinen Bau geschlichen und habe ihm, ohne daß er es bemerkte, etwas gestohlen, was er nie wiedererlangen konnte. Nichts hätte die Tragödie, die über das System gekommen war, deutlicher machen können als dies. Mekkins! Der noch vor ein paar Tagen mit ihm gesprochen hatte, der immer aggressiv und voller Leben war, der soviel für ihn und Rebekka und für so viele andere Maulwürfe getan hatte.

Bracken erhob sich von dem Platz, auf dem er gekauert hatte, und begann in seiner Betroffenheit und seiner Wut zu brüllen; er hob die Krallen und schlug sie in die Wände der Ältesten-Höhle, keuchend vor Zorn und ächzend in dem Versuch, die Erde um ihn herum anzugreifen und wieder anzugreifen, während das Fell um sein Maul naß vor Speichel wurde. Er wollte etwas tun, irgend etwas – aber da war nichts. Er wollte brüllend durch die Tunnel zum Marsch-Ende laufen – aber was für einen Sinn hätte es?

Der Marsch-Ender beobachtete ihn. Er kannte das alles schon. Zorn, Wut, Gebete – das ganze verdammte Spektakel. Rumgebrülle und Getobe würde keinem nix nützen. Schaden konnte's aber wohl auch nich. Lieber auch noch den Rest erzähl'n.

»Rebekka hat's auch. Sie hat die Pest«, sagte der Marsch-Ender.

Entsetzen und Furcht jagten über Brackens Fell, dann eisige Ruhe. »Wo ist sie?« fragte er drängend.

»Weiß der Stein wo«, sagte der Marsch-Ender. »Sie hat's grad erwischt, als ich loslief – geschwitzt hat sie, genau wie die andern. Ich schätze, es war die Pest. Ich bin abgehaun. Ich mein, wenn's die Heilerin auch kriegt, dann hilf uns allen, Stein.«

Bracken war weg, bevor er noch mehr sagen konnte, auf dem Weg hinunter durch das System zu Mekkins' Tunneln, denn dort mußte sie sein. Er lief und lief, als sei der Tod ihm auf den Hinterpfoten. Lief und lief, durch die flohverseuchten, nach Tod riechenden, stickigen Tunnel, Schweiß verklebte sein Fell, und schreckliche Bilder von einer sterbenden Rebekka mischten sich in seiner Vorstellung mit denen eines toten Mekkins, und Gebete, wilder und verzweifelter, als je zu äußern er in Versuchung gekommen war, rasten ihm durch den Kopf. »Laß sie am Leben«, betete er, während er lief, »laß sie am Leben. Verschone Rebekka ... nimm mich. Nimm mich«, während er lief und lief.

Sie war nicht in Mekkins' Bau, wo nur Mekkins' Leichnam lag, zusammengekrümmt und voll wunder Stellen wie all die anderen. Oh, Mekkins! Mekkins!

Rebekka! Er blickte wild um sich, wußte nicht, wohin laufen, versuchte zu denken, versuchte, genug Kraft zu sammeln, um zu denken. Rebekka! Er lief von Tunnel zu Tunnel, suchte nach einem Maulwurf, der ihn zu ihr führen konnte, und ein Maulwurf nach dem anderen sah ihn verständnislos an, wenn er fragte: »Wo ist Rebekka?«, denn sie hatten ihre eigenen Probleme, und wie sollten sie wissen, wo Rebekka war?

Warum war sie nicht zu ihm gekommen? Wo konnte sie hingelaufen sein?

Er begann, auf die Wiesen zuzulaufen, in der Annahme, sie müsse zu ihrem eigenen Bau zurückgekehrt sein, und erst als er fast am Waldrand war, fiel ihm ein, daß er nicht wußte, wo genau sie lebte. Weiter oben, auf den höhergelegenen Wiesen? Unten, wo früher Rose gelebt hatte? Jedenfalls ... er machte eine Pause, sein Fell war jetzt schweißglänzend, sein Atem ging vor Anstrengung mühsam ... jedenfalls hatte er nicht das richtige Gefühl. Er hatte das Gefühl, er entferne sich von ihr. Er wandte sich nach Süden, zum Stein auf dem Gipfel des Hügels. Die Abendluft in den Tunneln um ihn herum war schwer von trokkener Hitze, und er fragte laut: »Wo bist du?« Er wollte nach ihr rufen und ihre Antwort hören. Er wollte Rebekka.

Wo würde sie hingelaufen sein? Er kauerte sich nieder und schloß die Augen und versuchte, sich in sie zu versetzen, so gut er konnte, und fragte sich, wo sie hingelaufen sein mochte. Zum Stein? Nach Barrow Vale? Was gab es noch?

Nur einen einzigen Ort, und er kam ihm ganz ruhig in den Sinn. Coras Bau. Der Ort, an den sie gegangen war, als sie so krank gewesen war und mit der Gnade des Steins überlebt hatte, um für Comfry zu sorgen. Dort mußte sie hingelaufen sein. Er war sich dessen so sicher, daß Frieden ihn ergriff, während er sich erhob und sich nach Osten quer durch das Marsch-Ende zum verlassensten Teil des Systems auf den Weg machte. Mit der Gnade des Steins ... unbewußt betete er zu ihm, voller Schuldgefühle, weil er ihn um etwas gebeten hatte, obwohl er so an ihm gezweifelt hatte. »Wenn du sie am Leben läßt«, handelte er, »werde ich nach Uffington gehen, um Dank zu sagen. Ich werde tun, was du willst ... nur laß sie am Leben.«

Es war eine Reise durch den Tod, denn die Marsch-Ender schienen noch stärker betroffen als die Maulwürfe um Barrow Vale, manche waren wahnsinnig geworden und flüsterten benommen: »Wir sind von der Pest gerettet worden, wir hatten sie, wir hatten sie, und wir sind gerettet worden. Preiset den Stein, denn er hat uns gerettet. Preiset den Stein ...« Und sie griffen nach Bracken, ihre Gesichter und Körper noch voller Pestnarben, um ihm zu zeigen, daß sie wirklich von der Pest heimgesucht worden waren, und in ihren Augen stand Wahnsinn über ihre seltsame Rettung.

Endlich erreichte er den östlichen Teil des Marsch-Endes, dessen Oberfläche jetzt hart und verkrustet war, in dem aber trotzdem noch etwas von der früheren feucht-düsteren Atmosphäre herrschte. Bracken war nicht mehr hier gewesen, seit er vor so langer Zeit von Ruun gejagt worden war, als ... beinahe sagte er zu sich selbst: »Als die Welt in Ordnung war.«

Immer weiter ging es, und als er das Ziel seiner Reise erreichte, schlug sein Herz schneller aus Furcht vor dem, was er dort vorfinden mochte.

Es war Nacht, und seit dem frühen Abend war er ständig unterwegs gewesen. »Laß sie nur am Leben sein«, flüsterte er wieder, als er nur noch wenige Meter entfernt war, »und alles andere wird nicht mehr wichtig sein. Ich werde nach Uffington gehen und Dank sagen, wie hoch auch der Preis sein mag.«

Er fand Coras alte Tunnel ohne Mühe, blieb aber kurz vor dem Eingang stehen, weil dort etwas lag, was er seit langem nicht mehr gesehen hatte: eine frische Blüte. Ihre Blätter waren wie die eines Krokus', von einem zarten Malventon, ihr Stengel weiß und zerbrechlich. Sie bot einen ungewöhnlichen Anblick, wie sie dort lag zwischen der trockenen raschelnden Lauberde und dem von der Dürre ausgetrockneten, verwelkten Efeu, der den Baumstamm am Eingang bedeckte. Bracken hatte nie zuvor eine solche Blüte gesehen, und er betrachtete sie erstaunt, bevor er vorsichtig in den Tunnel trat und prüfend den Rüssel vorstreckte, um festzustellen, ob es hier Zeichen von Leben gab.

Es war Leben da, und die Pest war auch da. Er konnte den schrecklichen Geruch der Seuche riechen und Bewegungen hören. Wenigstens lebte sie noch. Er näherte sich geräuschvoll und rief von weitem: »Rebekka! Rebekka! Ich bin's, Bracken!«, bevor er den Tunnel hinunterlief. Am Eingang zu Coras altem Bau empfing ihn nicht Rebekka, sondern das Stottern Comfrys, dessen dünner Rüssel sich ihm entgegenstreckte, als er näherkam. »Hallo, B-B-Bracken«, sagte er.

Noch bevor Bracken sich fragte, was Comfry hier tat, fragte er: »Ist sie hier? Ist alles in Ordnung?«

»Sie h-h-hat die Pest«, stotterte Comfry. »Es geht ihr n-n-nicht so gut.«

Rebekka kauerte in der gleichen Ecke wie damals, als sie so krank gewesen war. Ihre Augen waren geschwollen, aber noch nicht geschlossen, und sie hatte das Maul geöffnet, um sich das Atmen zu erleichtern. In ihrem Gesicht und am Rüssel zeigten sich die ersten Schwellungen. Auf dem Boden neben ihrem Kopf lag die weiße glänzende Zwiebel der Pflanze, deren Blüte Bracken auf der Oberfläche gesehen hatte.

Comfry lief zu Rebekka. »Du mußt sie essen, R-R-Rebekka«, sagte er leise zu ihr und berührte ihr Gesicht, um ihre Aufmerksamkeit zu erregen. »Du mußt es v-v-versuchen.«

»Rebekka«, flüsterte Bracken. »Ich bin es, Bracken.«

Sie seufzte, und er sah, daß ihre Augen tränten, aber es war schwer zu sagen, ob es echte Tränen waren oder die Krankheit.

»Danke«, flüsterte sie fast unhörbar.

»Sorge dafür, d-d-daß sie es ißt«, sagte Comfry beschwörend zu Bracken. »Es wird ihr helfen. Ich w-w-weiß es.«

»Was ist es?« fragte Bracken.

»Ich habe es von der Ostseite geholt, wo die Wiese an die Marsch grenzt. Die Ostseiter nennen es Herbstzeitlose, aber sie ist so selten, daß nur wenige sie je gesehen haben. Aber ich habe sie gefunden, und als ich sie fand, wußte ich, daß sie für Rebekka ist. Ich wußte es. Ich w-w-weiß immer, wann sie Hilfe braucht. Es ist eine besondere Heilpflanze ... Ich habe schon oft Pflanzen gefunden, wenn sie sie brauchte. Aber es war immer für einen anderen Maulwurf. Ich wußte nicht, daß es diesmal für sie selbst war.« Er schien verzweifelt und schob das weiße Fleisch der Zwiebel Rebekka immer wieder an das Maul.

»Du mußt nicht versuchen zu sterben«, sagte er schlicht, fast tadelnd. »Du wirst länger brauchen, wieder gesund zu werden, wenn du sie nicht ißt.« Dann blickte er Bracken in die Augen, als könne er seine Gedanken lesen, und sagte: »Du brauchst nicht zu befürchten, daß sie sterben könnte. Sie wird nicht sterben.« Aus Comfrys Worten sprach felsenfeste Überzeugung.

Hätte Bracken sich nicht unter diesen Umständen an diesem Ort befunden – er hätte darauf geschworen, daß er den Anflug eines Lächelns in Rebekkas von der Pest entstelltem Gesicht gesehen habe, vielleicht sogar eines Lachens.

»Rebekka«, drängte er sie, »Rebekka ...« Seine Stimme nahm fast Befehlston an, als er sagte: »Du wirst verdammt noch mal dies Zeug essen, das Comfry für dich gesucht hat!« Mit diesen Worten nahm er die Zwiebel in die Pfoten, biß selbst ein Stück davon ab, zerkaute es zu einem weichen Brei, den er sich auf eine Pfote legte, und begann, Rebekka damit zu füttern. Sie konnte nicht kauen, aber sie konnte Bissen für Bissen langsam herunterschlucken, wie ein Junges, das zum erstenmal feste Nahrung erhält.

Während sie das tat, wußte auch er mit absoluter Gewißheit, daß sie nicht sterben würde – oder besser, daß Comfry, trotz all seiner Zurückhaltung, in seine Stimme, die Rebekka hörte, eine so felsenfeste Überzeugung gelegt hatte, daß sie nicht sterben konnte.

»Die meisten sterben, weil sie nichts essen und w-w-weil sie nicht richtig atmen können«, sagte Comfry sachlich, jetzt zufrieden damit, über Rebekka und Bracken zu wachen. »Rose hat mir in einem Reim, den sie einmal aufsagte, von Herbstzeitlosen erzählt, a-a-aber ich wußte nicht, daß ›Pestilenz‹ Pest bedeutet. Dann hat ein Ostseiter mir das gesagt, daher wußte ich es.«

Bracken achtete nicht besonders auf Comfrys Worte, aber Rebekka sollte sich viel später an jedes einzelne erinnern. Der Schrecken der Pest war, daß der Verstand ganz klar blieb, während der Körper ihm nicht mehr gehorchte.

Vielleicht spürte es Bracken, denn er sprach zu Rebekka, als könne sie ihn verstehen, und behandelte sie, als sei sie das Kostbarste auf Erden, was sie ja auch war. Die Schwellungen wurden häßlicher, der Gestank der wunden Stellen, als sie kamen, das Abstoßende der Krankheit ... weder er noch Comfry bemerkten all das oder erinnerten sich später daran. Es war Rebekka, die sie liebten, und sie war ein Maulwurf, der so viele gepflegt und so viel gelitten hatte und den sie jetzt ihrerseits und auf verschiedene Weise pflegten, und beide gaben ihr etwas anderes von sich selbst. Comfrys Gewißheit, daß sie leben würde, war eine Quelle der Kraft, Brackens unerschütterliche Liebe eine zweite.

Bei ihnen in Coras Bau war eine dritte Kraft: die Macht der Gebete, die Boswell oben am Stein sprach, so weit entfernt, an sie beide denkend und an all die anderen Maulwürfe von Duncton und von den Wiesen, die durch den Stein in seine große Liebe eingeschlossen wurden.

Er kauerte in der Dunkelheit dieser langen Nacht, in der Rebekka so krank war, und vielleicht spürte er, daß sie krank war, und flüsterte die Gebete, die er als Schreibermaulwurf gelernt hatte, obwohl er nie geglaubt hätte, daß er sie je sprechen würde. Aber jetzt, als er sie sprach, kamen sie so natürlich wie das Atmen, und jedes einzelne verkündete durch ihn die Gnade der Stille des Steins:

»Die Macht des Steins erfülle dich
  Erfülle dich ganz mit Ruhe;
Die Macht der Sonne erfülle dich
  Ein Teil von dir in Wärme;

Die Macht des Mondes erfülle dich
Ein Teil von dir fühlt Kühle;
Die Macht des Regens erfülle dich
Ein Teil von dir ist erfrischt;
Die Macht des Todes weiche von dir
Übernommen vom Stein;
Die Macht des Lebens kehre zurück zu dir
Geliehen vom Stein;
Die Macht des Steins ist mit dir
Denn du bist der Stein,
Alles von dir der Stein.«

Er sprach die Worte für das System, er sprach sie für die Wiesen, er sprach sie für die Maulwürfe, die er hatte leiden sehen, und für die, die den Stein nie kennenlernen würden; er sprach sie für Bracken, und er flüsterte sie für Rebekka. Und wenn seine Worte Ruhe und Stille bewirkten, so war dieses die dritte Kraft, die in Coras Baue drang und Bracken und Comfry und Rebekka auf ihrem Weg durch die Pest begleitete.

Und obwohl die Krallen der Pest sie vielleicht zu Boden geworfen hatten, nahmen sie, als sie Rebekka nach drei Tagen endlich verließen, die Macht mit sich, die Mandrakes schrecklicher Tod über sie gehabt hatte. Nach zwei langen Tagen und Nächten ging ihr Atem leichter, und am vierten Tag lächelte sie wieder, und sie konnten alle lächeln. Und sie hatte die Kraft, ihnen beiden zu sagen, daß sie ihre Liebsten seien, wie sie es immer gewesen waren, Vater und Sohn.

KAPITEL 35

Am fünften Tag in Coras Bauen, als Rebekka sich fast wieder erholt hatte, kam von der Marsch her ein Nebel auf, vergleichbar mit keinem anderen Nebel, den Bracken je gesehen hatte. Zuerst war er dünn und wirbelnd, sein Anblick weniger bemerkenswert als sein Geruch. Er roch trocken und nach Holz und Moschus, manchmal stärker, manchmal schwächer, und manchmal schwebten in ihm winzige schwarze staubige Teilchen herunter, leicht wie die Samensegel des rauhaarigen Weidenröschens.

Bracken wußte es nicht, aber es war der Rauch eines Feuers, das sich langsam über die vertrocknete Marsch ausbreitete und unerbittlich zwischen dem ausgedörrten hohen Gras und Ried knackte und von Halm zu Halm züngelte, während seine roten und orangefarbenen Flammen im Sonnenschein verblaßten. Hier und dort, wo das Ried dichter stand und das Feuer mehr Nahrung fand, wälzte sich der Rauch in dichten, alles erstickenden blaugrauen Schwaden voran, stieg dann auf und wirbelte davon, um das leuchtendere Rot von Flammen zu enthüllen, die den gelben trockenen Pflanzenwuchs schwarz färbten und dann weiterfegten und schwelende verkohlte Überreste zurückließen.

Geschöpfe aller Art liefen in Panik und Verwirrung vor dem Feuer davon. Viele warteten bis zum letzten Augenblick, denn sie hatten noch nie ein Feuer gesehen, und begannen erst vor seiner Hitze fortzulaufen, angesteckt von der Panik der anderen fliehenden Geschöpfe: Feldmäuse, ein paar Wühlmäuse, ein Hase, der sich auf der Suche nach Futter in die trockene Marsch verlaufen hatte, und viele andere.

Eine lange olivgrüne Ringelnatter hatte zu lange gezögert und zuckte immer schneller voran, bis sie Rauch einatmete und aus dem Zucken ein Aufbäumen wurde und endlich über und unter ihr Feuer war und ihr Körper sich in einem qualvollen Tod schwärzte und zusammenrollte und ihre Haut knackend verbrannte, während alles Leben sie zischend verließ. Das Feuer drang weiter vor und ließ den verbrannten Leichnam der Schlange in der Asche hinter sich zurück, zusammen mit anderem vernichteten Leben.

Während der Nachmittag fortschritt, wurde der Dunst bei Coras Bauen dikker und machte das Atmen mühsam, und die Geräusche im Wald schienen nicht mehr zu stimmen. Man konnte den Rauch schon im Bau riechen, und obwohl der Geruch sauberer als der der Pest war, wäre es töricht, sich zu lange dort aufzuhalten.

Rebekka war wieder so kräftig, daß sie laufen konnte; einen ganzen Tag lang schon hatte sie Bracken gebeten, sie nach draußen zu lassen, aber er hatte es nicht zugelassen: Er hielt es für besser, wenn sie sich Zeit ließ. Und ohnehin gab es keinen Ort, der nicht pestverseucht war. Aber jetzt hatte die Lage sich geändert, und er beschloß, sie in den Wald hinaufzubringen, fort von der Marsch, die er nie gemocht hatte und von der jetzt dieser Nebel kam.

»Wir machen uns auf den Weg«, sagte Bracken. »Jetzt.«

Der Rauch auf der Oberfläche wurde zunehmend dicker, aber noch konnte die Abendsonne ihn durchdringen und hüllte den Wald in ein kaltes Blau, aus dem die Bäume blaß hervorragten. Schwarze rußige Stückchen verbrannten Grases zogen mit dem Rauch in den inneren Teil des Waldes, und Bracken führte Rebekka und Comfry in die gleiche Richtung, wobei er instinktiv einen Weg einschlug, der fortführte von dem näherkommenden Feuer – das jetzt wenige Maulwurfmeter vor dem Wald wütete und deutlich hörbar knackte und prasselte.

»Was ist das?« fragte Comfry, eher neugierig als furchtsam.

»Ich weiß es nicht«, sagte Bracken, »aber es ist gefährlich. Komm jetzt.«

Aber obwohl Rebekka laufen konnte, ging es noch nicht sehr schnell, und da Comfry auch nicht fähig war, einen geraden Weg einzuhalten, weil er ständig irgendwelchen Dingen nachschnüffelte und versuchte, seine Neugier zu stillen, kamen sie nur langsam voran.

Hinter ihnen hatte das Feuer das dichte Riedgras am Rand der Marsch erreicht und sich leise prasselnd und knisternd hindurchgefressen, um mit seinen orangefarbenen Flammen nach dem trockenen Gras der Böschung zu züngeln, die hinauf zu den Büschen und niederen Sträuchern am Waldrand führte. An einer Stelle gelang es dem Feuer, die Böschung zu überqueren; ein ganz leichter Wind von der Marsch begünstigte sein Vordringen. Dann auch an einer anderen Stelle, und an einer dritten. Schließlich stand die ganze Böschung in Flammen, und das Feuer fegte durch die Sträucher hindurch zu den ersten Bäumen des Waldes. Als es sie erreicht hatte und zuerst nach der dicken Schicht trockener Lauberde griff, änderte sich die Art des Feuers und des Rauchs. Es brannte dichter und schwerer, und aus der Lauberde zogen Schwaden graugelben Rauchs hoch und wurden von dem leichten Wind durch den Wald getragen, wo sie mit ihrem weißlichen Gelb den leichteren blauen Rauch überlagerten und immer dichter wurden, die Sonne verdunkelten, die Bäume umhüllten und die fliehenden Maulwürfe bald einholten.

Bracken machte sich um Rebekka größere Sorgen als um Comfry, denn sie war nicht so kräftig, wie sie gedacht hatten. Er hielt sich hinter ihnen und spornte sie an, besonders Rebekka. »Mein Liebes, du darfst nicht stehenbleiben. Es wird immer dichter, und die Geräusche werden lauter. Es kommt näher.« Hinter ihnen wurde das Prasseln des Feuers heftiger und hin und wieder donnernd laut. Es fegte über die Stelle, wo Coras Baue gewesen waren, und Äste und Bäume brachen unter den Flammen zusammen und zerstörten die Tunnel für alle Zeiten.

Sie liefen weiter, Rauch in den Kehlen und in den Augen und jetzt voller Angst vor dem, was hinter ihnen so mächtig und drohend ertönte, daß ihr eigenes Rascheln und Huschen in seinem Bersten und Krachen und Donnern unterging.

Nachdem sie das isolierte Stück Waldland um Coras Tunnel hinter sich gelassen hatten, kamen sie zu den Eingängen der Tunnel, die in das System führten, und um sie aus dem Rauch fortzubringen, führte Bracken Rebekka und Comfry hinunter. Das Atmen fiel ihnen hier wesentlich leichter, aber als sie weiter hinunterkamen, schlug ihnen sofort der widerwärtige Pestgeruch entgegen, und ein Stück vor sich sahen sie den verfaulenden Leichnam eines Maulwurfs.

»Kommt«, sagte Bracken müde, »wir halten uns besser an die Oberfläche.«

In der kurzen Zeit, während der sie unter der Oberfläche gewesen waren, hatte sich das Feuer so ausgebreitet, daß sie spürten, wie die Lufttemperatur gestiegen war, und Hitzewellen trugen Rauch und Ruß zu ihnen herüber. Einmal kam Comfry zu weit nach rechts vom Weg ab, und sie mußten ihre Flucht unterbrechen und nach ihm rufen, bis er verängstigt und kleinlaut wieder angestolpert kam. »Da drüben ist es noch schlimmer«, sagte er.

Bracken erinnerte sich daran, wie Maullanger ihn durch den gleichen Teil des Waldes gejagt hatten, in die entgegengesetzte Richtung, und wie sie von rechts und von links immer näher gekommen waren, bis sie ihn von allen Seiten zu umgeben schienen. Er hatte das Gefühl, das »Ding« hinter ihnen tue das gleiche, und obwohl er spürte, daß es etwas Unpersönliches war, wie Regen, war es dennoch beängstigend. Allmählich überholte das Feuer sie von links, und sie wichen nach rechts aus, nur um festzustellen, daß es dort noch lauter fauchte und wütete.

»Schneller, schneller!« trieb er die beiden an. »Es darf uns nicht erwischen!« Und sie hasteten weiter.

Das Feuer hatte sich über das ganze Marsch-Ende ausgebreitet; es suchte sich seinen Weg durch den vertrockneten Farn und die Lauberde und machte sich prasselnd über die Wurzeln der Bäume her, bevor es ihre Rinde schwarz färbte. Höhere Flammen züngelten von den trockenen Farnwedeln nach oben und griffen nach den Blättern der unteren Zweige, kräuselten sie zu Tode und jagten dann die Bäume hinauf, um sich die Äste und Zweige weiter oben vorzunehmen. Rauch türmte sich über dem Wald auf, schwer von den federartigen Überresten verbrannter Blätter und von schwarzer Asche, und zog als riesige Wolke dem Feuer voran durch Äste und durch dürres Unterholz auf die Hänge zu.

Hin und wieder löste sich aus den hochwirbelnden Ascheteilchen ein zarter Schmetterling, ein weißer Admiral oder ein purpurner Schillerfalter und versuchte, Hitze und Rauch und den saugenden, wirbelnden Luftströmungen zu entkommen, indem er die zerbrechlichen Flügel unnatürlich hoch schlug und so lange flatterte, bis der Rauch sein letztes bißchen Leben erstickte, die Hitze seine schönen Flügel zu zerbröckelnder Asche verwandelte und sein kleiner Körper in die Flammen fiel, nicht mehr erkennbar, verloren.

Der Tod bahnte sich züngelnd seinen lodernden Weg durch die dicken Baumstämme und Äste, wo unter der einst schützenden Rinde der Dampf kochenden Baumsaftes die Larven von Hirschkäfern, Langhornkäfern und Rüsselkäfern einschloß. Ihre zuckenden Körper wurden still, während das Feuer einen Baum nach dem anderen vernichtete. Und an den Blättern, besonders an denen der Eichen, waren die Höcker und Karbunkel der Gallwespen und Zuckmücken, in denen winzige junge Maden in Kokons lebten, plötzlich verschwunden, Opfer einer Verwüstung, die schrecklicher war als die Pest, die über die Maulwürfe hinweggerollt war, einer Verwüstung, der kein Tier entkam.

Am Rand des Waldes wimmelte es von Geschöpfen, die sich auf der Flucht vor den Flammen befanden: Haselmäuse, die das Tageslicht nicht gewohnt waren, Eichhörnchen, deren Schwänze sich im Rhythmus bewegten, während sie liefen und dann verharrten, noch immer auf zwei Beinen, um festzustellen, ob sie die Quelle der Gefahr ausmachen konnten, bevor sie weiterliefen, Wiesel und Wühlmäuse und, natürlich, die wenigen Maulwürfe, die die Pest überlebt hatten und die der Geruch von Gefahr aus ihren Tunneln trieb. Geschöpfe, die normalerweise Gegner waren, vergaßen jetzt ihre gegenseitigen Ängste und liefen oder hoppelten oder zauderten oder flohen, ihrem Wesen oder ihrem Instinkt folgend. Nur wenige wagten sich aus der Deckung hinaus auf die Wiesen; die meisten zogen es vor, durch Gras und Unterholz weiter vor dem Feuer davonzulaufen, in der Hoffnung, ihm entfliehen zu können.

Unter den großen Buchen auf der Hügelkuppe spürte Boswell beim Stein die schreckliche Verwüstung, die sich im Wald unter ihm ausbreitete. Er konnte den Rauch riechen, wenn auch die furchtbare Wolke, die den Wald jetzt bis zu den Hängen bedeckte, außerhalb seines Blickfeldes lag. Und er konnte nicht wissen, daß unten in Barrow Vale die prächtigen alten Eichen für immer ein Raub der Flammen wurden. Er hatte die heftigen Flügelschläge der Rabenkrähe gehört, als sie, ein schwarzer Schatten, hoch oben durch den Rauch zwischen den Buchenästen flatterte und den Wald verließ. Dann die plötzliche Flucht eines Buntspechts, der sein Territorium verließ und alle Gefahren außer dem Feuer ignorierte. Und ein hastiges Huschen von Vögeln, die sich normalerweise nur selten zeigen, wie Kleiber und Baumläufer, die der Schrecken ins Freie getrieben hatte.

Es waren noch andere Maulwürfe bei Boswell, die sich am Stein zusammendrängten. Die meisten von ihnen waren gekommen, um den Stein zu berühren und so der Pest zu entkommen, und sie waren dageblieben. Einer oder zwei waren von den Hängen heraufgekommen, besorgt wegen des Rauchs und der unnatürlichen Geräusche.

Ihr einziger Trost war Boswells gelassene und friedliche Anwesenheit, und immer wieder blickten sie zu ihm, um sich beruhigen zu lassen. Trotz der Hitze des Tages und des Rauchs zitterten sie vor Furcht, waren jedoch nicht bereit, weiter als bis zum Stein zu fliehen. Dann und wann liefen Tiere über die Lichtung – ein Eichhörnchen, ein Wiesel von irgendwo unten bei den Hängen –, aber die wenigen Maulwürfe blieben, wo sie waren, und warteten und warteten inmitten des Brandgeruchs und des Klangs von Boswells Gebeten.

Das Feuer holte Bracken, Rebekka und Comfry ein, als sie auf halbem Weg zu den Hängen waren. Rechts und links von ihnen prasselten und wüteten die Flammen, brennende Äste fielen krachend auf das lodernde Unterholz, der heiße Rauch machte ihnen das Atmen schwer, und sie wandten sich hierhin und dorthin in dem Bemühen, weiterzukommen. Endlich kamen sie nirgends mehr voran; das Feuer näherte sich von allen Seiten. Brackens Fell war von den Funken und Flammen schon versengt.

Sie waren gezwungen, wieder unter die Oberfläche zu flüchten, in die nach Pest riechenden, rauchgefüllten Tunnel. Bracken führte sie hinunter, vorbei an Maulwurfleichen, und suchte nach einem Tunnel oder Bau, der nicht voller Rauch war. Sie liefen nach rechts, nach links, durch schmale Tunnel, bis sie einen Seitentunnel fanden, in dem die Luft sauber war, offensichtlich, weil er nirgendwo hinführte. Bracken brachte Rebekka und Comfry dort in Sicherheit, bevor er ihnen folgte und den Tunnel versiegelte, so daß kein Rauch eindringen konnte, und dann versiegelte er ihn vorsichtshalber ein zweites Mal. Der Tunnel führte zwischen die dicken, knorrigen Wurzeln einer Eiche, und dort blieben sie und hofften, daß die Gefahr vorüberziehen würde. Sie hörten das Feuer über sich wüten und, was schlimmer, viel schlimmer war, sie entnahmen dem verzweifelten Ächzen der Wurzeln, wie sinnlos der Kampf des Baums gegen das Feuer war, das ihn jetzt überwältigte. Zischen und Schluchzen, Stöhnen und Weinen ertönten, als der Baum über ihnen starb, und seine Wurzeln vergossen Schweiß bei seinem Tod. Überall krachten und knackten Äste. Die Zeit dehnte sich von verzweifelten Minuten zu bitteren Stunden und weiter in eine unsichtbare Dämmerung und einen neuen Tag.

Manchmal hörten sie dumpfe Schläge und Krachen über sich oder spürten die Tunnel erzittern, wenn ein Ast herunterstürzte. Aber allmählich senkte sich tiefe Stille über sie, und nur der Geruch, der auch in ihren versiegelten Tunnel drang, erinnerte sie noch an das Feuer. Ihre auf engen Raum beschränkte Anwesenheit ließ die Luft in dem Tunnel schwer und warm werden, und es stank, wenn sie das auch nicht bemerkten. Sie schwitzten und stöhnten und kauerten stumm nebeneinander, Brackens Flanke an Rebekkas geschmiegt, und Rebekkas Pfote berührte Comfry.

Doch wenigstens ein wenig Nahrung fanden sie – ein paar Würmer und Maden, die zu den Wurzeln des Baums heruntergekrochen waren. Schließlich wurde es so unerträglich in der verbrauchten Luft, daß sie alle den Wunsch hatten, den Tunnel zu verlassen, und die Stille draußen machte ihnen Mut.

»Gut«, sagte Bracken, das Schweigen brechend, »wir versuchen jetzt, rauszukommen.«

Sie brachen die erste Versiegelung auf und bahnten sich dann sehr vorsichtig einen Weg durch die zweite. Die Luft auf der anderen Seite roch nach Rauch, war aber sauber, und sie liefen weiter, ohne zu zögern, um einen Weg zurück auf die Oberfläche zu finden.

»Rebekka!« rief Comfry, als sie den Tunnel entlangliefen.

»Was ist, mein Kleiner?« fragte Rebekka, und ihre Stimme klang wieder warm und gesund.

»Es riecht im Tunnel nicht mehr nach Pest!« Und es stimmte: Die toten Maulwürfe lagen immer noch da, aber irgendwie sahen sie vertrocknet aus und schienen nie Maulwürfe gewesen zu sein.

»Es gibt auch keine Flöhe mehr«, sagte Bracken verwundert.

Es stimmte – der Rauch und die Hitze hatten die Pest aus den Tunneln vertrieben.

Der Eingang, durch den sie gekommen waren, war nicht wiederzuerkennen. Ein schwerer Ast hatte sich in die trockene Erde gebohrt, und der Tunnel lag frei, seine Decke zerfetzt und geschwärzt, und wo die Decke gewesen war, wirbelten warme Asche und dann und wann eine Rauchwolke durch die Luft.

Sie waren im Freien, dort, wo einst die Oberfläche gewesen war, jetzt aber nur noch schwarze Einöde ohne eine Andeutung von Grün weit und breit; nur die geschwärzten Wurzeln von Bäumen, die nicht mehr waren als riesige schwarze Dornen, die schroff in den leeren Himmel ragten.

Die Oberfläche bot keinen Schutz mehr, wie drüben auf den Wiesen, und das Feuer hing noch schwer in der Luft. Sie liefen über die Asche ihres Waldes, in ihren schwarzen Pelzen kaum mehr als Schatten vor der dunkelgrauen Einöde. Wo an einer Wurzel oder einem Ast immer noch Feuer schwelte, wurde der Rauch einmal in diese, einmal in jene Richtung gewirbelt von einem Wind, der sich offensichtlich nicht für eine Richtung entscheiden konnte. Und die Luft hing immer bedrückender über ihnen, während der Himmel dunkler und bedeckter wurde. Vor ihnen prasselte das Feuer von Zeit zu Zeit wieder auf, aber es geschah nur vereinzelt und erschien nicht bedrohlich, und ohnehin konnten sie nur den Weg über die Hänge einschlagen, denn hinter ihnen erstreckte sich schwarz und verwüstet ihr Differentwald, in dem es kein Leben mehr gab.

Das Feuer war oben auf den Hängen zum Stillstand gekommen, zur Umkehr gezwungen durch den größeren Abstand der Bäume und den Mangel an

Unterholz. Es hatte sich schwelend einen Weg bis zu den ersten ein oder zwei Buchen gebahnt, kam aber nicht an den Teppich von Buchenblättern heran und konnte auch gegen die mächtigen nackten Stämme der Bäume nichts ausrichten. Ein oder zwei Bäume waren verkohlt, einige weitere rußgeschwärzt, aber auf keinen griff das Feuer über; es war erloschen. Hier und da knisterte und flammte es noch einmal auf, aber sie konnten ohne Mühe einen Weg hindurch finden.

Rebekka schrie laut auf vor Entzücken, als sie die Pfoten wieder auf unverbranntes Laub setzten konnten, und Bracken lief schneller. In seinem Kopf bewegte sich ein Wirbel von Gedanken und Empfindungen, Erleichterung und zugleich Müdigkeit, Entzücken und zugleich Traurigkeit, Erregung und zugleich Besorgnis. Sie liefen direkt auf den Stein zu; die Luft rings um sie war leicht dunstig von dem Rauch, der vom Wald her heraufzog.

Dann waren sie da, die Lichtung vor ihnen, der in den Dunst hinaufragende Stein, und dann stand der Stein direkt vor ihnen, und zu seinen Füßen kauerten die Maulwürfe, die das Feuer und davor die Pest überlebt hatten.

Und Boswell war dort. Ihr Boswell, der sie mit einer Berührung und einem Lächeln begrüßte, während ihre Ankunft von Ausrufen des Erstaunens begleitet wurde und die Maulwürfe sie umringten, von denen einige Rebekka kannten, während andere Bracken erkannten und ihren Anführer willkommen hießen.

Welcher Maulwurf kann sich noch an die Freude erinnern und an die Segenssprüche von denen, die soviel mitgemacht hatten? Jeder hatte eine Geschichte zu erzählen, jeder hatte sich nahe dem Tod durchgekämpft. Kein einziger unter den anwesenden Maulwürfen, Boswell ausgenommen, ließ es sich nehmen zu berichten, wie er oder sie ein Dutzend Male fast gestorben wäre. Nur Boswell schwieg, denn er war zu dem Stein gekommen, bevor das Feuer auch nur angefangen hatte, und hatte in seinem Schatten gebetet, hatte darum gebetet, daß die Pest weichen möge, und gewußt, wie sein Gebet auch beantwortet werden mochte – es würde nicht auf eine Weise geschehen, die er voraussagen oder verstehen konnte. Feuer war nicht Teil seines Gebets gewesen, aber ein erhörtes Gebet ist eine Gnade, denn es trägt einen Maulwurf über sich selbst und sein gegenwärtiges Leben hinaus und führt ihn wieder auf seinen Weg.

Boswells Gebet war zum Guten oder Bösen erhört worden – und wer war er, am Stein zu zweifeln? Die Erfüllung seiner Gebete war um ihn sichtbar, und er war der stumme Mittelpunkt. Und er begann besser als je ein Schreibermaulwurf vor ihm zu verstehen, worum es in dem siebten Buch gehen mußte und warum die Farbe seines Lichts gar keine Farbe war, sondern weiß.

Die Farbe des Schweigens. In dem frohlockenden Feiern des Überlebens hier am Stein wußte Boswell endlich den Namen des Buches, nach dem er so lange gesucht hatte. Es war das Buch des Schweigens, aber er hatte keine Vorstellung, wo er es suchen sollte.

Bracken, Rebekka und Comfry waren nicht die letzten Maulwürfe, die eintrafen. Etwa fünfzehn weitere kamen schließlich noch von den Wiesen, auf die sie sich so weit wie möglich zurückgezogen hatten, um der Pest zu entfliehen. Dann hatten sie dort gewartet, während sich Rauch und Feuer über dem Dunctonwald ausbreiteten.

Ihrem eigenen System hatte die Pest große Verluste zugefügt, und sie berichteten, daß Steinkraut der Seuche zum Opfer gefallen war und alle Ältesten des Wiesensystems. Einer berichtete, daß auch die kleine Viola gestorben sei. So viele Tote! Alle mit Ausnahme dieser wenigen waren tot. Ohne Anführer und verloren. So waren sie zum Stein gekommen.

Als es Abend wurde, begannen die Maulwürfe in der Nähe des Steins zu flüstern: »Was sollen wir jetzt tun? Wohin können wir uns wenden?«

Bracken hörte sie, und obwohl er immer noch ihr Anführer war, fragte er sich, ob er ihnen überhaupt in irgendeiner Weise geholfen hatte.

»Was sollen wir tun?« Sie fragten ihn jetzt direkt und warteten auf seine Anweisungen, warteten darauf, daß er ihnen sagte, wie es weitergehen sollte nach der Verwüstung, die sie alle heimgesucht hatte. Er hörte sie, aber er wollte nie wieder einen Maulwurf irgendwo hinführen. Ein Maulwurf tat am besten daran, sich selbst zu führen. Er wandte sich zu Rebekka und rief ihren Namen.

Sie kam schweigend zu ihm, als wisse sie, was er dachte, und gemeinsam entfernten sie sich von den anderen und liefen zur Westseite der Lichtung. Über ihnen bewegten die Bäume sich leicht in einem kühlen Wind, und die Luft war so frisch wie seit Monaten nicht mehr. Der Himmel war noch dunkel und sah nicht mehr drohend aus, sondern grau vor Feuchtigkeit.

»Hier hast du gekauert, als ich dir zum erstenmal begegnete«, sagte Rebekka leise zu Bracken. »Das liegt jetzt schon so lange zurück.«

Er starrte wieder über den Wald hinaus nach Westen, wie er es damals getan hatte. Er fühlte Uffingtons Anziehungskraft wie immer, und er wandte sich zu Rebekka und sagte: »Dort liegt Uffington. Rebekka . . .«, aber er konnte seinen Satz nicht zu Ende bringen, nicht einmal zu Ende denken, denn als er sie anblickte und sie ihn, wußten sie, daß sie wieder eins waren und daß sie jetzt Teil von ihm war und immer sein würde. Aber . . . aber . . ., er starrte durch die Bäume hinüber nach Uffington, durch Bäume, die durch seine Tränen hindurch glänzten und tanzten. Er hatte sich durch so vieles hindurchgekämpft, wie sie auch, doch jedesmal, wenn sie wieder gemeinsam an einem Punkt ankamen, war etwas da, was ihn fortzog. Uffington! Die Augen immer noch dorthin gerichtet, streckte er eine Pfote aus und fand ihre, aber er wagte nicht zu sagen, was er gern gesagt hätte. Und es war ohnehin nicht nötig, denn sie verstand – sie wußte es.

»Rebekka?«

Er hatte dem Stein versprochen, daß er nach Uffington gehen würde, wenn sie überlebte, und sie hatte überlebt. Er hatte ein Abkommen mit sich selbst getroffen. Sie waren eins miteinander, und doch stand ein dem Stein gegebenes Versprechen jetzt zwischen ihnen, dem Stein, der sie zusammengebracht hatte. Er wünschte, er verstünde alles besser, und es wäre nicht so verworren, und er könnte seinen Frieden mit dem Stein machen. Vielleicht lag die Antwort in Uffington, er wünschte nur, er hätte Gewißheit.

»Rebekka«, sagte er leise. »Ich gehe nach Uffington.«

»Ich weiß, mein Liebster«, flüsterte sie, ihre Augen nach Westen gerichtet, wo der Himmel heller erschien wegen der dunklen zornigen Wolken, die sich jetzt emportürmten.

Er wandte sich abrupt dem Stein zu, und Boswell kam zu ihm. »Sie wollen, daß du ihnen sagst, was sie tun sollen«, sagte er.

»Das ist etwas, was kein Maulwurf kann«, sagte er leise, »und ganz gewiß nicht ich. Ich muß Duncton ohnehin verlassen.«

»Wohin wirst du gehen?« fragte Boswell, obwohl er die Antwort kannte, und lächelte, bevor Bracken sprach.

»Nach Uffington«, sagte Bracken. »Und du kommst mit, Boswell.«

»Ja«, sagte Boswell. »Ja, das ist richtig.«

Bracken ging zu den Maulwürfen beim Stein und sah sie liebevoll an. »Es gibt jetzt nur einen Ort, wo ihr hingehen könnt, nachdem der Wald zerstört ist und die Wiesen von der Pest verseucht sind.« Er zeigte mit seiner Pfote auf die Buchen hinter dem Stein. »Vor langer Zeit und aus Gründen, die wir nie erfahren werden, verließen die Maulwürfe, die dort lebten, das Alte System. Viele müssen die Hänge hinuntergewandert sein und dort ein neues System aufgebaut haben, dessen Tunnel auf viele von euch überkommen sind. Einige, vielleicht nur wenige, müssen ganz von hier fortgegangen sein, haben sich vielleicht auf die lange Reise nach Uffington gemacht, um sich für die Rettung zu bedanken und dem Stein zu huldigen. Aber sie haben ein Erbe hinterlassen, eines, das jeder von euch jetzt übernehmen mag, wenn er den Wunsch hat: die alten Tunnel. Sie gehören jetzt euch. Das einzige, was ihnen fehlt, ist Leben, das Lachen und Tanzen und Rufen junger Maulwürfe. Ich werde euch die Tunnel zeigen und euch dann verlassen, denn ich muß ins ferne Uffington.« Jammern ertönte unter den Maulwürfen.

»Ich werde ein Dankgebet sprechen für jeden von uns, der überlebt hat. Aber ich werde viel von mir zurücklassen, den Teil von mir, der sich mit den alten Tunneln beschäftigt hat. Ihr werdet diese Tunnel jetzt mit Liebe füllen. Und ich werde euch Rebekka hierlassen, die von Rose der Heilerin unterrichtet worden ist. Beschützt sie gut, denn sie ist eure Heilerin. Sorgt für sie, wie sie für euch sorgen wird. Und vertraut dem Stein, wie auch ich langsam gelernt habe, ihm zu vertrauen.«

Nachdem Bracken den Maulwürfen den Weg in das Alte System gezeigt hatte, verließ er sie, damit sie die Tunnel für sich selbst entdecken und ein neues System, entstanden aus der Verbindung von Duncton- und Wiesen-Maulwürfen, aufbauen konnten, und kehrte mit Boswell und Rebekka zur Lichtung am Stein zurück.

Es wurde schnell Nacht, und die Luft war angenehm kühl. Von Westen näherte sich eine Regenfront – Regen, der die Dürre beenden würde, der erste Regen im September.

Es war ein guter Zeitpunkt, sich auf den Weg zu machen, und sie sprachen nur wenig. Was müssen drei Maulwürfe, die einander lieben, sagen, wenn sie Abschied nehmen?

»Gib auf dich acht, mein Liebster«, flüsterte Rebekka. »Komm zurück zu mir.«

»Ich werde auf ihn aufpassen«, flüsterte Boswell ihr zu und verließ hinter Bracken humpelnd die Lichtung. Ihre Reise hatte begonnen.

»Das weiß ich«, sagte Rebekka und dachte, daß sie sich keinen besseren als Boswell wünschen konnte, um ihren Bracken vor den Gefahren und Prüfungen, die ihn erwarteten, zu beschützen.

Dann waren sie in der Nacht untergetaucht, in Richtung Uffington, und ihre Pfoten raschelten durch das trockene Laub, während Rebekka zurückblieb. Sie kauerte beim Stein, als die ersten Regentropfen durch die schwankenden Buchenzweige herunterkamen, herunter auf die trockene und geschwärzte Erde des Systems unterhalb der Hänge, das einmal ihnen gehört hatte. Dann fiel endlich Regen, Septemberregen, und sein Rauschen übertönte das letzte Geraschel von Bracken und Boswell, die jetzt den Danctonwald verließen, um sich der gefahrenvollen Welt außerhalb Danctons zuzuwenden.

Teil IV

Siabod

KAPITEL 36

Im folgenden März waren Bracken und Boswell endlich so weit gekommen, daß sie nur noch eine Tagesreise vor sich hatten bis zum Tönenden Stein, der am Fuß des Hügels von Uffington stand. Mehr als sechs lange Maulwurfjahre waren vergangen. Jeder Gefahr, der ein Maulwurf begegnen kann, waren sie begegnet – Flüssen, Eis, Eulen und Wieseln, Marschland – und schlimmer noch: sie hatten ein System nach dem anderen von der Pest verwüstet gesehen. In vielen hatten nur einige vereinzelte Maulwürfe überlebt, halb wahnsinnig oder so furchtsam gegenüber Fremden, daß sie Bracken und Boswell mieden, als seien sie die leibhaftige Pest.

Mehr als einmal kreuzte ihr Weg den anderer Wanderer, einige auf der Suche nach Maulwürfen, an deren Tod sie nicht glauben konnten, während andere mager und ungepflegt aussahen und von dem Fluch sprachen, der die Welt getroffen habe, und von der Strafe, die immer noch jeden einzelnen von ihnen erwarte.

Diese Begegnungen und die Anstrengungen der Reise selbst hatten Bracken verändert. Sein Gesichtsfell war jetzt von Linien durchzogen, und er war reifer geworden; gleichzeitig hatte er zugenommen und sah kräftiger aus, so daß er etwas von der stabilen Stärke seines Vaters Burrkopf hatte, wenn auch nicht dessen Schwerfälligkeit. Er selbst war sich dessen nicht bewußt (anders Boswell), aber er bot einen furchteinflößenden Anblick für andere Maulwürfe. Seine vier Pfoten standen fest auf dem Boden, und sein Blick war meistens klar und direkt und sprach von einem ruhigen Herzen. Aber in der letzten Zeit war seine Stimmung gedrückt, besonders als der Frühling kam, und nur Rebekka hätte ihn davon befreien können. Es vergingen Tage, an denen er kaum sprach, und Boswell entnahm der Art, wie er sich bei jedem neuen Abschnitt ihrer Reise umsah und nach vorn blickte, daß ihm die Liebe zwischen ihm und Rebekka fehlte.

Auch Boswell hatte sich verändert, wenn auch nicht körperlich. Er war immer noch dünn, seine Bewegungen waren ruckartig, und seine Augen blitzten hierhin und dorthin, denn er war erfüllt von einer großen Neugier, die das Leben in ihm erweckte. Sein Fell war zwar graugesprenkelt, jetzt aber dichter und glänzender als bei Brackens erster Begegnung mit ihm in dem Entwässerungskanal.

Doch die größte Veränderung war in seinem Gemüt vor sich gegangen, das immer schlichter und fröhlicher wurde, so daß ein Maulwurf, der ihn nicht kannte, ihn fast für einfältig hätte halten können. Die einfachsten Dinge waren ein Grund zum Lachen für ihn, und wenn sie in Schwierigkeiten gerieten, war es oft seine gute Laune, die Brackens Stirn wieder glättete. Oft auch hätte Bracken nie von sich aus gelacht, wenn Boswell nicht dagewesen wäre, um zu zeigen, daß einem auch in schlimmen Situationen das Herz leicht sein kann.

Endlich, an einem grauen Märzmorgen nach Tagen, in denen die Anziehungskraft von Uffington immer stärker geworden war, erblickten sie den Tönenden Stein. Das heißt, eigentlich hörten sie ihn zuerst, denn es war ein windiger Tag, und das erste Zeichen, daß sie Uffington erreicht hatten, war ein leises Jammern des Windes in den Spalten und Vertiefungen des Steins, das in Wellen ins Tal getragen wurde, das sie durchwanderten.

»Hör doch! Das ist der Tönende Stein«, sagte Boswell.

»Dann sind wir also fast da!« sagte Bracken, der noch nicht glauben konnte, daß ihre lange Reise sich ihrem Ende näherte.

Sie beschleunigten ihre Schritte, und bald trug der Wind ihnen einen Duft zu, den Bracken beinahe vergessen hatte – Buchen. Sie befanden sich fast wieder auf Kreideboden. Kurze Zeit später kamen sie zu einer Gruppe von Buchen, und als sie hineinliefen, brachten die vertrauten Wurzeln, so kraftvoll im Boden verankert, und der trockene Geruch von Kreide und Buchenlauberde Bracken den Differenz Dunctonwald, das Alte System und vor allem Rebekka in Erinnerung. Sein Herz war plötzlich wieder ganz von ihr erfüllt, als sie an den letzten Buchen vorbeiliefen und zu dem großen Tönenden Stein kamen, wo sie sich dankbar niederkauerten.

Er stand am Rand eines Feldes, warf seinen Schatten auf eine Hecke in der Nähe, und Wind, Regen und manchmal auch Eis hatten unzählige Narben und Mulden in ihn gegraben, und Löcher in seinen oberen Teil, die die beiden Maulwürfe nicht sehen konnten, die aber die Ursache waren für das Jammern und Heulen, wenn Wind wehte. Entlang seiner natürlichen Schieferung war er auch senkrecht gespalten, so daß er von einigen Punkten aus eher drei Steinen als einem glich.

Über ihm ragte der Steilhang des Hügels von Uffington empor, beschattet von steifen, geraden Grasbüscheln und viele Hunderte von Maulwurffuß hoch. Ein Maulwurf mußte den Blick höher und höher und noch höher heben, bevor er die Schatten am fernen Gipfel des Hügels enden und den weißgrauen Märzhimmel darüber sah.

»Dort im Westen, hinter dem Kamm des Hügels, liegen die Heiligen Baue«, sagte Boswell. »Die meisten Maulwürfe brauchen einen halben Tag, um dort hinaufzuklettern, ich etwas länger.«

Der Tag neigte sich seinem Ende zu, grau und kalt, und sie beschlossen, zu bleiben, wo sie waren, und den Hügel erst bei vollem Tageslicht zu besteigen, obwohl sie beide es eilig hatten, auf den Gipfel zu gelangen. Aber sie waren müde und dankbar für etwas Nahrung und einen schnell gegrabenen Bau in der Nähe des Tönenden Steins, und sein leises Schwingen und Stöhnen begleitete sie in den Schlaf.

Da der Steilhang nach Norden lag, dauerte es lange, bis die Dämmerung anbrach, und selbst als sie kam, wirkte sie traurig und fahl. Der Wind hatte sich gelegt, und das Märzgras, durch das sie hügelaufwärts kletterten, stand hoch und war dünn und trübselig. Aber bald wurde es kürzer und drahtiger, und Erregung erfüllte ihre Herzen, als sie Schritt für Schritt hinaufkletterten zu dem Ziel, das sie so lange vor Augen gehabt hatten. Zuerst übernahm Bracken die Führung, aber in seinem Eifer, den Gipfel zu erreichen, ließ er den hinkenden Boswell bald so weit hinter sich, daß er schließlich stehenblieb und Boswell die Führung überließ, und es erschien richtig, daß Boswell sie führte.

Der Hang wurde immer steiler, und sie kamen immer langsamer voran. Bracken hatte das Gefühl, hinter ihm sei nichts als klare Luft und eine abschüssige Wand, die irgendwo weit nach unten führte. Gleichzeitig spürten sie hinter sich den Wind, einen Wind, der auch an den ruhigsten Tagen die Steilwand hinauffegte und das Gras flach nach oben, zum Gipfel hin preßte.

Immer höher kletterten sie, bis jeder Schritt von einem Keuchen begleitet war und sie nur noch daran denken konnten, wie sie einen Halt für ihre Krallen im nächsten rauhen Grasbüschel finden sollten, und alle Kraft zusammennahmen, um sich noch höher zu ziehen. Das Gras war hart, Kiefernnadeln ähnlicher als dem weichen Wiesen- und Weidengras der Täler, das sie gewohnt waren, und es war eher lohgelb oder braun als grün, im Sommer von der Sonne versengt, im Winter vom Wind ausgetrocknet.

Sie legten mehrere Pausen ein, bevor Boswell sagte – oder besser hauchte: »Jetzt haben wir die Hälfte. Noch ein ganzes Stück vor uns.«

Bracken blickte nach oben, und der Steilhang sah noch genauso massig aus wie zu Beginn ihrer Kletterei. Sie fühlten sich preisgegeben, denn das Gras war jetzt sehr kurz, und der Himmel hing gewaltig und drohend über ihnen. Der Boden, der hier und da unter dem Gras hervorschaute, war trocken und steinig, mit dünnen Kreide- und Feuersteinschichten – nicht leicht, sich dort schnell einzugraben, wenn ein Turmfalke auftauchen sollte.

Sie eilten weiter. Der Wind hinter ihnen war die ganze Zeit kräftiger und kälter geworden; er blies durch ihr Fell und kämmte es nach vorn wie das Gras unter ihnen. Immer weiter kletterten sie, und der Wind stürmte so heftig auf sie ein, daß er sie beinahe den Hügel hinaufblies.

Dann ging das struppige Gras über in kurzes, grünes Wiesengras, und der letzte Abschnitt des Hanges war plötzlich sanft gewellt. Fünfzehn Maulwurfmeter, zehn, fünf, und dann, so einfach war das, standen sie auf dem Gipfel des Hügels von Uffington, dem Ende ihrer Reise.

Bracken drehte sich um, streckte seinen Rüssel in den schrillen Wind und sah über und vor ihnen ein massiges Himmelsmeer, unter ihnen in dunstiger Entfernung Felder und Weideland, Wiesen und Täler, Bäume, Flüsse und Äcker. Der Wind war so stark, daß er Bracken den Atem nahm und ihm Tränen in die Augen trieb, und so laut, daß eine Unterhaltung unmöglich war und Boswell ihm einen leichten Stoß versetzen mußte, um ihm vorzuschlagen, daß sie sich etwas vom Gipfel des Hügels zurückziehen sollten. Das taten sie, und nach kaum mehr als zehn Maulwurfmetern legte sich der Wind fast völlig, und sie konnten wieder sehen und hören und denken. Boswell zeigte mit einer Pfote nach Westen. »Uffington!« sagte er, Erregung und Besorgnis in der Stimme. »Dank der Gnade des Steins und seiner Stärke bin ich wieder da. Möge der Stein alle beschützt haben, die ich zurückließ.«

Weit vor ihnen ging der glatte Grasboden wieder in Büschel über. Im Vordergrund schien er so eben zu sein, wie der Hang steil gewesen war, in der Ferne aber war er sanft gewellt, in weichen, zarten Wölbungen, die sich ständig zu ändern schienen, je nach der Richtung, die ein Maulwurf einschlug, und nie gleich blieben.

»Gut, gehen wir weiter«, sagte Boswell und wand sich zwischen alten Maulwurfhügeln hindurch, die Wind und Regen flachgedrückt hatten und deren leichte Erde mit Feuersteinstückchen und -splittern durchsetzt war, bis er an einen frischen Hügel kam. Er grub einen Weg hinein und führte Bracken endlich in die Heiligen Baue.

Alter und Benutzung hatten die Tunnel, die zu den Heiligen Bauen führten, glattgeschliffen. Generationen auf Generationen von Schreibermaulwürfen waren durch sie hindurchgeschritten, so daß einige der vorstehenden Feuersteine durch die häufige Berührung mit Fell rund und glänzend geworden waren, während der kreidige Boden festgetreten war und an manchen Stellen ebenfalls glänzte, so daß das durch einige Eingänge hereinfallende Licht den Boden der Tunnel wie schwach beleuchtetes Eis aussehen ließ.

»Wir sind jetzt beinahe da«, sagte Boswell, »obwohl hier nicht viele Maulwürfe in der Nähe sind.«

»Ich habe keinen einzigen gesehen. Nicht einen einzigen. Aber ich kann sie riechen. Uffington muß von der Pest heimgesucht worden sein wie jedes andere System«, sagte Bracken brutal. »Sieh den Tatsachen lieber ins Gesicht, Boswell.«

»Wir werden es bald wissen«, sagte Boswell.

Er lief Bracken voran einen Tunnel hinunter, dessen Größe dem größten Tunnel im Alten System entsprach, aber die Wandreliefs waren älter – sie glichen den einfachen Kreisen und Rechtecken im Tunnel hinter der Höhle der Wurzeln, der zum unterirdischen Teil des Steins führte. Der Tunnel verlief eine Weile stetig nach unten, bevor seine Neigung nachließ, und Bracken spürte, daß er in einen tieferen und irgendwie heiligeren Teil des Systems führte. Es war ein Ort, an dem es geboten schien, sich langsamer zu bewegen und mit Würde, und wo ein Maulwurf mit leiser Stimme sprach, wenn überhaupt, um den Frieden nicht zu stören.

»Wir sind ganz in der Nähe der Schriftensammlungen«, sagte Boswell leise. »Dies ist ein geweihter Ort, Bracken, und es ist besser, wenn du nichts sagst, falls wir einem Maulwurf begegnen sollten. Ich glaube, daß noch nie ein Maulwurf hier gewesen ist, der kein Schreibermaulwurf war, aber ich kann mich auch nicht erinnern, daß etwas in den Schriften oder in den Bestimmungen dagegenspricht. Aber sei still, bewege dich behutsam und laß mich sprechen.«

Der Tunnel endete in einer runden Höhle, in der drei weitere große und zwei viel kleinere Tunnel zusammenliefen.

»Der dort drüben führt zu den Heiligen Bauen«, sagte Boswell und zeigte auf einen Tunnel, der nach Brackens Vermutung nach Westen führte, »während dieser zu den Schriftensammlungen geht.« Er schlug den Weg durch diesen Tunnel ein und lief langsam vor Bracken her. Als Bracken ihm aus der Höhle in den Tunnel folgte, hätte er schwören können, daß er einen Maulwurf sah, der sie von einer Stelle aus beobachtete, wo Sekunden zuvor kein Maulwurf gewesen war: vom Eingang zum Tunnel zu den Heiligen Bauen. Er glaubte, ihn deutlich zu sehen, ein alter Maulwurf mit einem langen, hageren Gesicht und dünnem Fell, aber als er richtig hinblickte, war er verschwunden! Sonderbar! Bracken sah sich um und hatte das Gefühl, an diesem Ort bedeute Zeit nicht ganz das, was sie in anderen Systemen bedeutete. Aber er hatte einen

Maulwurf gesehen! Er hastete hinter Boswell her, um ihn nicht aus den Augen zu verlieren.

Der Tunnel wurde plötzlich steiler, ging immer tiefer nach unten, bis er in halbfeste Kreide gegraben war, in der Spalten und Gesteinsschichtungen sichtbar waren. Der gedämpfte Widerhall ihrer Bewegungen erfüllte die Luft, aber es war jetzt überhaupt kein Windgeräusch mehr zu hören. Der Tunnel wurde wieder eben, führte zu einem Eingang, und dann waren sie hindurchgelaufen und befanden sich in einer riesigen Höhle, deren Ende so weit weg war, daß sie es nicht sehen konnten. Es war ein zu komplizierter und verwirren der Ort, als daß er gleich auf einmal zu überblicken gewesen wäre, und es dauerte eine Zeitlang, bevor Bracken auch nur seine Hauptmerkmale erkennen konnte.

Es handelte sich nicht einfach um einen ovalen oder rechteckigen Raum, sondern das Ganze schien eher aus einer Reihe miteinander verbundener Höhlen zu bestehen, mit Eingängen, die groß genug waren, um einen Blick auf den größten Teil der nächsten Höhle zu gestatten. Es gab Gewölbe und Winkel in den Höhlen, manche Teile waren dunkler als andere, und in jede der vielen Wände waren Flächen eingelassen, wo etwas gestapelt war, das wie Stücke von Rinde aussah und manchmal wie dünne Kreidesplitter. Über diesen Flächen befanden sich Reliefs wie jene in der Höhle der Düsteren Geräusche. Auch auf dem Boden lagen Stapel von Rinde und an die Wände gelehnt, und soweit Bracken in die angrenzenden Höhlen sehen konnte, waren auch dort Rindenstücke unordentlich aufeinandergestapelt.

»Bücher«, flüsterte Boswell. »Dies ist die Hauptsammlung.«

Er war im Begriff, mehr zu sagen, und hätte vielleicht eines der Bücher heruntergenommen, um es Bracken zu zeigen, wurde aber durch eine Bewegung am anderen Ende der Höhle aufgehalten, und etwas, das wie ein Schatten ausgesehen hatte, wurde zu einem sehr alten grauhaarigen Maulwurf, der gerade ausgiebig gähnte.

»Also ich weiß nicht, ich weiß wirklich nicht«, murmelte der alte Maulwurf vor sich hin, ohne ihre Anwesenheit am anderen Ende der Höhle wahrzunehmen. »Ich weiß nicht. Wenn ich es nicht dahin gelegt habe, wo es hingehört, was mehr als wahrscheinlich ist, dann hätte ich es doch sicher hier hingelegt, und das schein ich nicht getan zu haben. Wie sie von mir erwarten können, das alles allein zu schaffen, weiß ich wirklich nicht. Komm schon, mein Hübsches, wo bist du?« fragte er und schnüffelte zwischen einigen Büchern herum, offensichtlich in der Hoffnung, daß eines von ihnen, das er verlegt hatte, aus eigenem Antrieb auftauchen und ihm sein Versteck verraten würde.

Boswell gab Bracken durch Zeichen zu verstehen, daß er sich in die Schatten zurückziehen und still verhalten sollte, während er selbst sich dem alten Maulwurf langsam näherte. Er kam immer näher, aber der alte Maulwurf schien ihn nicht zu bemerken. Er murmelte vor sich hin und wühlte ungeduldig zwischen den Büchern herum, wobei er eines oder zwei umwarf und liegen ließ, wo sie hingefallen waren. Schließlich gab Boswell vorsichtig ein kratzendes Geräusch von sich, um auf sich aufmerksam zu machen.

»Ja, ja«, sagte der alte Maulwurf, »ich komme ja schon. Kann nicht alles auf einmal tun, weißt du. Und ist es überhaupt so wichtig?«

Er schoß auf ein gewaltiges Buch zu und begann, es herunterzuzerren, aber es war zu schwer für ihn; er konnte es nicht heben. Trotzdem glitt es langsam auf ihn zu, und er versuchte es mit seinen unsicheren alten Pfoten zu halten. Boswell trat vor und nahm ihm das Buch ab.

»Das hätten wir!« sagte Boswell. Endlich blickte der alte Maulwurf ihn an und musterte ihn mit gefurchter Stirn. »Ich kenn dich«, sagte er.

»Boswell«, sagte Boswell.

»Hm, so ähnlich«, sagte der alte Maulwurf.

Boswell trat ein wenig zurück und zögerte einen Augenblick, bevor er sagte: »Quadrum? Bist du Quadrum?«

»Ja, ja«, sagte Quadrum. »Was ist dies nun wieder?« murmelte er, starrte auf das Buch und strich mit der Pfote über die Oberfläche. Er brummte und murrte vor sich hin, dann trat er zurück und sagte: »Hier, sag du's mir. Ich verliere das Gefühl dafür. Kann nicht mal mehr lesen. Es gab eine Zeit, da kannte ich jedes Buch hier allein von seinem Platz her, aber seit sie alles umgestellt haben und dann die Pest kam, ist alles durcheinander. Ich kann es nicht alles allein in Ordnung halten.«

Bracken sah zu, wie Boswell sich das Buch vornahm. Zuerst fuhr er mit dem Rüssel rasch über die Oberfläche. Dann sah er zum erstenmal, wie Boswell seine verdorrte linke Pfote mit Erfolg benutzte. Er legte sie auf das Buch und ließ sie mit einer sanften, liebevollen Bewegung, die schön anzusehen war, über die Prägungen auf der Oberfläche gleiten.

»Es ist das Hymnenbuch von Avebury, mit einem Anhang von Lobgesängen und Liedern«, sagte Boswell.

»Nein, das suche ich nicht. Was ich suche, ist das Buch der Auserwählten Maulwürfe. Du weißt . . .«

»Linden?«

»Weißt du, wo es ist?« fragte der alte Maulwurf erwartungsvoll.

»Ich weiß, wie es sich anfühlt«, sagte Boswell. »Jedenfalls glaube ich, daß ich mich erinnern kann.« Er schnüffelte rasch an den Buchreihen entlang, murmelnd und mit sich selbst redend, berührte ein Buch nach dem anderen, zog eines oder zwei halb hervor, schüttelte den Kopf, brummte »Hm« und »Ach«, und Bracken, der ihrer Unterhaltung gefolgt war, ohne ein Wort zu verstehen, hatte den Eindruck, daß er sich prächtig unterhalte.

»Ich hab's«, verkündete er endlich und zog ein anderes riesiges Buch hervor. Er strich mit der Pfote darüber. »Lindens Buch der Auserwählten Maulwürfe, mit diversen Ergänzungen«, las er vor.

»Lange genug hat's gedauert«, sagte Quadrum undankbar.

»Tut mir leid«, sagte Boswell.

»Ihr Jungwürfe seid alle gleich. Denkt, ihr wißt alles. Warte nur, bis du so alt bist wie ich, und du wirst überhaupt nichts mehr finden.« Er sah Boswell wieder an. »Wo war es?« fragte er.

»Wo es immer gewesen ist.«

»Verdammt!« sagte Quadrum heftig, so daß es ihn beinahe von den Pfoten hob. »Ich kann mich an die neue Ordnung nicht gewöhnen – lege Bücher jetzt immer an den falschen Platz. Ich kenne dich doch, nicht wahr? Wie hast du die Pest überlebt?«

»Ich war nicht hier«, sagte Boswell. »Ich war fort.«

»Ah ja!« sagte Quadrum und schien sich zu erinnern, doch wurde es bald klar, daß er sich nicht erinnerte. »Hm. In welchem System?«

»Duncton.«

»Eines der Sieben! Bist du hingekommen?«

»Ja«, sagte Boswell. »Ich bin hingekommen.«

»Gut. Ich bin froh, daß du wieder da bist, besonders da die meisten Schreibermaulwürfe hier während der Pest fortgezogen sind oder ihr zum Opfer fielen, und es ist kaum einer übrig, der die Schriftensammlung gut genug kennt, um mir eine Hilfe zu sein. Ich erinnere mich an dich. Boswell, nicht wahr? Hättest du mir eher sagen sollen. Verkrüppelt, aber nützlich, wenn ich mich recht erinnere. Wo warst du?«

»In Duncton«, wiederholte Boswell geduldig.

»Gut. Ich bin froh, daß du wieder da bist«, wiederholte Quadrum. »Augenblicklich sind sie ein bißchen durcheinander, weil kaum genug Maulwürfe da sind, um das Lied zu singen, und obwohl ich Skiet meine Dienste angeboten habe, sagte er mir, daß ich nicht gewählt worden sei. Jedenfalls kannst du mir hier helfen . . .«

Er schien im Begriff zu sein, Boswell eine Arbeit zuzuweisen, als aus einer der Seitenhöhlen drei Maulwürfe den Raum betraten.

Sie schnüffelten herum, erblickten Boswell, und einen Augenblick lang herrschte völlige Stille, während jeder die anderen ansah. Boswell brach endlich das Schweigen.

»Möge die Gnade des Steins mit euch sein«, sagte er. Sie entspannten sich ein wenig.

»Und mit dir«, sagte einer der drei.

Sie blickten einander weiter an.

»Ich kenne euch nicht«, sagte Boswell ruhig, und seine Stimme hallte von den Büchern wider, »aber ich heiße Boswell. Ich bin von einer Reise zum Differentwald zurückgekehrt.«

Einer der Maulwürfe sprang vor, schnüffelte an ihm, drehte sich um und gab einem der anderen ein Zeichen, und dieser lief aus dem Eingang, in dessen Nähe Bracken in den Schatten kauerte. Bald darauf gesellten sich weitere Maulwürfe zu ihnen, aber keiner schien Bracken zu bemerken, der sich ganz ruhig verhielt, wie Boswell es ihm geraten hatte.

Während Boswell vor ihnen kauerte, stimmten die anderen einen merkwürdigen Singsang an, tief und rhythmisch, auf den Boswell gelegentlich antwortete. Bracken verstand die meisten Wörter nicht; sie stammten aus ihrer ihm unbekannten Sprache, aber Boswells Antwort schien immer »Und mit euch, und mit euch« zu sein, die gleichen Wörter, die einer der Maulwürfe zu ihm gesagt hatte.

Die Maulwürfe waren von unterschiedlicher Gestalt und Größe, und Bracken war enttäuscht, daß keiner von ihnen weiß war. Viele waren grau und einige von einem ganz alltäglichen Schwarz, wie er selbst. Aber er mußte zugeben, daß eine gewisse Autorität von ihnen ausging – vielleicht war es ihre merkwürdige, ruhige Haltung –, die gut in die ehrfurchtsvolle Stimmung hier paßte und in ihm nicht einmal den Gedanken aufkommen ließ, zu sprechen oder ein Geräusch zu verursachen. Er hatte das Gefühl, schon durch seine bloße Anwesenheit etwas Kostbares und Geweihtes zu stören.

Es war seltsam und aufregend für ihn, Boswell in dieser Umgebung zu sehen, denn er merkte, wie gut er hier hineinpaßte, und, so erschien es ihm, welcher Frieden und welche Autorität von Boswell ausstrahlten. Bracken konnte zwar nicht verstehen, was gesagt wurde, aber er spürte, daß kein Maulwurf daran dachte, Boswell anzugreifen, und das war das einzige, was ihm wirklich Sorgen gemacht hatte. Als die anderen die Höhle betreten hatten, war er bereit gewesen, vorzuspringen und Boswell bis zum letzten Atemzug zu verteidigen.

Ohne Ankündigung hörte der Gesang plötzlich auf, und alle schienen sich zu entspannen. Besonders Quadrum, der sich gekränkt hinter Boswell gehalten hatte und jetzt zu einem der Maulwürfe sagte: »Ich habe es, hier ist es, das Buch, das er haben will.«

Aber bevor der Maulwurf Zeit hatte, ihm zu antworten, waren aus einer der

Seitenhöhlen Bewegungen und Geräusche zu hören. Zwei ältere Maulwürfe kamen heraus, beide mit ruhigen, ernsten Gesichtern. Sie stellten sich zu beiden Seiten des Eingangs auf, und ein Maulwurf trat hervor, dessen Anblick Bracken sofort tiefe Ehrfurcht einflößte. Er hätte gern in einer Geste der Ergebenheit den Rüssel gesenkt und tat das auch, aber er konnte die Augen nicht von der ungewöhnlichen Szene vor ihm wenden.

Der Maulwurf war alt und dünn, mit einem schütteren silbergrauen Fell, das hier und da fleckig war, und den gütigsten Augen, die Bracken jemals gesehen hatte. Bracken hatte ihn schon früher gesehen, er glaubte das jedenfalls: Es war der Maulwurf, der am Eingang zu den Heiligen Bauen gestanden zu haben schien und sie beobachtet hatte, als sie die Schriftensammlungen betraten. Die anderen machten einen Weg zwischen ihm und Boswell frei, und Boswell trat ihm mit gesenktem Rüssel einige Schritte entgegen. Und dann wechselten sie Worte in der Sprache, die Bracken nicht verstand.

Ein Segen, dachte Bracken. Das war es, ein Segen!

Dann lächelte der Heilige Maulwurf, und Boswell trat vor, und einen Augenblick lang berührten sie einander.

»So bist du also zurückgekehrt, Boswell. Dank der Gnade des Steins bist du zurückgekommen!«

Boswell schien keiner Worte fähig, sah aber den Heiligen Maulwurf beinahe ungläubig an.

»Ja«, sagte der Heilige Maulwurf, »es ist wirklich Skiet, dein alter Lehrer. Sieh dir nur an, was sie aus mir gemacht haben!« Er lachte, ein bezauberndes Lachen, sehr ähnlich dem Lachen Boswells in Augenblicken jungwurfhaften Entzückens.

»Nun also ... ich sprach den Reisesegen, als du fortgingst, und hier bist du, nach so vielen Maulwurfjahren, um zu beweisen, daß ein Maulwurf sich auf seine Kraft verlassen kann. Hast du deinem Skiet gar nichts zu sagen? Die wenigen unter uns, die noch übrig sind von jenen, die sich an dich erinnern, werden deine Geschichte sehr gern hören wollen, und die anderen hier, die du nicht kennst, werden sicher aus ihr lernen.«

»Skiet, ich ...« Als Boswell das sagte, schien den anderen Maulwürfen der Atem zu stocken, und Skiet hob lächelnd eine Pfote.

»Du solltest mich mit ›Heiligkeit‹ anreden, aber ... dies sind merkwürdige Zeiten, und außerdem wurdest du, wenn ich mich nicht irre, von deinen Gelübden befreit.« Dann sprach Skiet mehr zu den anderen als zu Boswell: »Denkt daran, daß er seit vielen Maulwurfjahren nicht mehr hier war – vielleicht über zwanzig – und unsere Gewohnheiten vergessen hat. Aber schließlich sind es nicht unsere Gewohnheiten oder unsere Rituale, die die Wahrheit im Stein ausdrücken, sondern das, was in unseren Herzen ist. Der Stein hat uns Boswell zurückgeschickt, und keiner kann sagen, warum, obwohl ich meine eigenen Vorstellungen habe. Aber der Stein wird nichts dagegen haben, wenn er mich Skiet nennt – oder sonstwie, was das betrifft.«

Dann wandte er sich Boswell zu und sagte: »Jedoch einen Maulwurf, der kein Schreiberwurf ist, in die Heiligen Baue zu bringen, ist ein ganz klein wenig gewagt, sogar von dir, Boswell. Wer ist es?« Damit wandte Skiet sich langsam der Stelle zu, wo Bracken in den Schatten kauerte und dachte, kein Maulwurf wisse von seiner Anwesenheit.

Wenn sich in diesem Augenblick eine klaffende Spalte geöffnet und ihn verschluckt hätte oder wenn all die Stapel von Büchern über ihm zusammengestürzt wären und ihn allen Blicken entzogen hätten – Bracken hätte nicht das geringste dagegen gehabt. Fünfzig plündernde Maulwürfe, zwanzig Wiesel, zehn Eulen . . . alles wäre ihm lieber gewesen, als plötzlich den Blicken all dieser Schreibermaulwürfe ausgesetzt zu sein.

Widerstrebend trat er aus der Dunkelheit beim Eingang zum Tunnel hervor. Er wagte kaum zu atmen, und da er nicht wußte, was sonst er tun sollte, hielt er seinen Rüssel gesenkt und wartete.

»Sein Name ist Bracken«, sagte Boswell, »und ohne seine Hilfe wäre ich jetzt nicht hier, und es wäre auch nichts zu berichten von meiner Suche nach dem siebten Buch.« Hier entstand plötzlich ein aufgeregtes Murmeln und Flüstern unter den Maulwürfen. Das siebte Buch! Boswell gehörte also zu jenen, die sich vor so langer Zeit auf die Suche danach gemacht hatten, dachten die neuen Schreibermaulwürfe, die sich fragten, was all dies bedeutete. Sie betrachteten Bracken voller Scheu.

»Er ist auch gekommen, um bei dem Stein ein Dankgebet zu sprechen für einen Maulwurf, der die Pest überlebte. Auch ich habe Grund, mich bei diesem Maulwurf zu bedanken, wie viele Maulwürfe.«

Skiet trat auf Bracken zu und berührte ihn sanft an der linken Schulter, an der gleichen Stelle, wo ein anderer Maulwurf ihn einmal berührt hatte, vor langer Zeit, nachdem sie sich beim Stein begegnet waren. Das Gefühl, das er damals gehabt hatte, war das gleiche wie jetzt, und er blickte auf in Skiets Augen, als gäbe es keinen anderen Maulwurf. Er war den Tränen nahe.

»Wie heißt dieser Maulwurf?« fragte Skiet freundlich, so leise, daß es fast wie ein privates Gespräch war.

»Rebekka«, flüsterte Bracken.

»Möge der Stein sie beschützen und ihr Kraft geben. Möget ihr beide Kraft haben für die Prüfungen, die euch erwarten.«

Kein anderer Maulwurf hörte ihn diesen Segen sprechen, nicht einmal Boswell, und Skiet war selbst erstaunt, sich den Segen sprechen zu hören. Aber es war etwas an diesem Maulwurf, den Boswell nach Uffington gebracht hatte, das Skiet wieder sehen ließ, wie recht er hatte mit seiner Vorstellung: Der Stein verwirklicht seine Absichten sehr oft durch Maulwürfe, die weit entfernt von Uffingtons Frieden und Gebeten leben, die selbst den Stein vielleicht nie verstehen und ihm sogar nicht einmal trauen mögen. Solche Maulwürfe zeigen oft einen weit größeren Mut als manch ein Schreiberwurf auf seiner Suche nach Wahrheit und der Erfüllung der Aufgaben, die der Stein ihm erteilt hat. Ihre Qualen und Leiden können genauso tief empfunden und verinnerlicht sein wie die eines Schreiberwurfs oder eines Maulwurfs, der den Stein verehrt. Skiet spürte, daß Bracken solch ein Maulwurf war.

Skiet wandte sich wieder zu Boswell und sagte: »Und was ist mit deiner Suche nach dem siebten Buch? Hattest du Erfolg . . .?« Seine Frage verlor sich, und ein erregtes Schweigen breitete sich unter den zuhörenden Maulwürfen aus.

»Ich habe das siebte Buch nicht gefunden«, sagte Boswell, und eine Welle der Enttäuschung lief über die anwesenden Maulwürfe, »aber Bracken aus Duncton« – alle blickten auf Bracken – »hat, glaube ich, den siebten Stillen Stein gesehen. Er weiß, wo er sich befindet, und hat mir den Ort gezeigt.«

In der Schriftensammlung herrschte tiefes Schweigen.

»Es ist ein geweihter Ort, ein geschützter Ort, ein Ort, wo ein Maulwurf nicht einfach hingehen kann. Nur ein Maulwurf, oder Maulwürfe, die der Stein auserwählt hat, wie Bracken auserwählt wurde, kann dort hingelangen, und vielleicht wird, solange wir leben, nie wieder ein Maulwurf diesen Ort betreten können.«

»Ein merkwürdiger Anfang, Boswell, und eine Geschichte, die ihr mir besser vollständig erzählt, wenn ihr euch beide ausgeruht und gegessen habt. Es gibt auch für dich viel zu hören, und wenn du der gleiche bist, der du einmal warst, wirst du mir für jede Frage, die ich beantworte, ein Dutzend neue stellen! Aber nicht, bevor ihr gegessen und euch ausgeruht habt.«

Damit hob Skiet kurz eine Pfote und sagte zu allen: »In worde, werke, will and thought, make us meke and lowe in hert. And us to love as we shulde do.«

Als Skiet sie verließ, bemerkte Bracken, daß einer der zwei Maulwürfe, die mit ihm gekommen waren, das Buch, das Quadrum gesucht hatte, an sich nahm und es hinter dem Heiligen Maulwurf hertrug.

Bracken dachte, daß er gewiß schwach an Kräften war, und folgte bereitwillig einem der Schreibermaulwürfe, der sie in zwei einfache in die Kreide gegrabene Baue führte, wo Nahrung für sie bereitgelegt war und sie sich selbst überlassen wurden, um zu essen und zu schlafen. Bracken hatte Mühe einzuschlafen, weil er über das Ungewohnte der Heiligen Baue nachdenken mußte, und schließlich erhob er sich, um mit Boswell zu schwatzen. Aber Boswell schlief tief und fest, den Kopf und den Rüssel auf die verkrüppelte Pfote gesenkt, wie er es immer tat, wenn er friedlich schlief. Bracken störte ihn nicht, sondern kehrte in seinen eigenen Bau zurück. Erst die Erinnerung an den persönlichen Segen, den Skiet Rebekka und ihm erteilt hatte, und die Weihung, die, so empfand er es, ihre Liebe damit erfuhr, brachte ihm den Frieden, den er brauchte, bevor auch er in einen tiefen Schlaf fiel.

Im Verlauf ihrer späteren Unterhaltungen mit Skiet, die viele Wochen lang in einer einfachen Kammer am Tunnel zu den Heiligen Bauen stattfanden, mit nur einem anderen Maulwurf als Begleitung, erfuhren Bracken und Boswell, welche Verheerungen die Pest im ganzen System angerichtet hatte.

Sie war im Norden ausgebrochen und hatte sich stetig nach Süden ausgebreitet und neun von zehn Maulwürfen, die mit ihr in Berührung kamen, getötet. Die Schreibermaulwürfe betrachteten sie als Strafe, die der Stein über die Maulwürfe im allgemeinen verhängt hatte, und, das sprach für sie, auch über sie selbst, denn die Seuche suchte auch Uffington heim und tötete dort ebenso viele wie anderswo.

Skiet hatte als einziger Lehrer überlebt und war so nach Tradition der Rangordnung zum Heiligen Maulwurf gewählt worden – eine Stellung, die er weder gewollt noch erwartet hatte und nur widerstrebend annahm. Einer der Gründe für sein Widerstreben war die Tatsache, daß er, wie andere in vielen verschiedenen Systemen, spürte, daß sie in einer schicksalhaften Zeit voll großer Veränderungen lebten. Sie brauchten einen Heiligen Maulwurf, der über mehr Weisheit und Erfahrung verfügte als er, und einen, der viel tiefer in die Stille des Steins geblickt hatte, als er es von sich selbst glaubte.

Aber mit derartigen Vorstellungen, wenn sie auch von aufrichtiger Bescheidenheit waren, tat er sich unrecht: Uffington, und wegen des Beispiels, das es gab, auch alle anderen Systeme, brauchten in diesen schwierigen Zeiten einen Anführer, der stark genug war, die Einigkeit und das Vertrauen wiederherzustellen, die die Zustände der Verwüstung erforderten, andererseits weise genug, auf die starren und manchmal unbeugsamen Rituale der Vergangenheit zu verzichten.

Es sah so aus, als ob viele derer, die die Pest überlebt hatten, wie Bracken der Meinung waren, sie sollten Uffington besuchen, um dem Stein ihren Dank auszudrücken. Die meisten konnten oder wollten das nicht persönlich tun; sie zogen es vor, den ihnen nächsten Stein aufzusuchen, von wo ihre Dankgebete nach Uffington gelangten. Daß viele solche Besuche gemacht worden waren, war bekannt, weil einige Schreibermaulwürfe wie Boswell überlebt hatten und zurück nach Uffington gekommen waren, wie auch einige Nicht-Schreiber. Bracken war einer von ihnen, aber es hatte andere gegeben.

»Wir hatten den Besuch eines Maulwurfs, der euch beide kennt und Gutes über euch gesagt hat: Medlar aus dem Norden.«

So hatte er es tatsächlich geschafft! Die Neuigkeit erregte Bracken, der jetzt nicht mehr ganz so scheu war wie bei der ersten Begegnung mit Skiet, und da Boswell nicht fragen wollte, stellte er selbst kühn die Frage:

»Wo ist er?«

»Es wird nicht möglich sein, ihn zu besuchen«, sagte Skiet, und es war etwas Endgültiges in seiner Stimme. Und er fügte Worte hinzu, die eine besondere Bedeutung für Boswell zu haben schienen, denn er zuckte ein wenig zusammen und flüsterte einen Segen. Dies hielt Bracken davon ab, offen zu fragen, wo Medlar sei, und es erweckte in ihm auch das beunruhigende Gefühl, daß es im Zusammenhang mit den Heiligen Bauen noch vieles gab, was er nicht verstand und nie verstehen würde.

»Mit eurer Ankunft haben wir jetzt von allen sechs der sieben Hauptsysteme gehört – Duncton, Avebury, Uffington natürlich, Stonehenge, Castlerigg und Rollright«, sagte Skiet.

»Welches ist das letzte, von dem ihr noch nicht gehört habt?« fragte Bracken.

»Das große System Siabod in Nordwales. Es ist noch kein Maulwurf nach Uffington gekommen, der wußte, was dort während der Pest geschehen ist. Vielleicht hat kein Maulwurf überlebt, aber das halte ich für unwahrscheinlich ... die Maulwürfe aus Siabod sind berühmt, oder berüchtigt, wegen ihrer Zähigkeit. Von allen sieben Systemen ist ihres am unzugänglichsten, und es ist am schwierigsten, dort zu leben.«

Bracken lauschte wie gebannt, denn Siabod war Mandrakes altes System, das System, in dem sie eine andere Sprache sprachen, auch heute noch.

»Gibt es dort einen Stein?« fragte er und hoffte, noch etwas mehr zu erfahren.

»Das ist etwas, was wir auch sehr gern wüßten: In den Berichten wird nichts über einen Stein im System von Siabod selbst gesagt, aber es wird ständig auf einen Stein oder Steine an einem Ort in der Nähe verwiesen, der den geheimnisvollen Namen Castell y Gwynt trägt, und in den Berichten von Linden gibt es einen einzigen Hinweis, der sich auf die Reisen Ballagans zu den ›Steinen von Tryfan‹ bezieht, von denen wir vermuten, daß sie eine Gruppe von Steinen an diesem anderen Ort sind. Vielleicht größer als die anderen.«

»Warum ist das so wichtig?« fragte Bracken, in dessen Kopf sich die geheimnisvollen Dinge und seltsamen Namen überschlugen.

»Weil die sieben großen Systeme immer bewohnt waren, während andere Systeme kommen und gehen. Einige, wie Duncton, waren über lange Zeiträume abgeschnitten, aber es hat dort immer Maulwürfe gegeben, die die Traditionen wieder aufgenommen haben, wie sie von Ballagan selbst festgelegt wurden – wie jetzt ihr selbst. Wir wissen nicht – haben es nie wirklich gewußt –, ob die Maulwürfe von Siabod an irgendeinem der Steine bei Castell y Gwynt beten. Sie haben eine andere Sprache, und ich kenne keinen Schreibermaulwurf, der sich je die Mühe gemacht hat, sie zu erlernen.«

»Ist das wichtig?« fragte Bracken und bedauerte die Frage sofort, als er den Ausdruck geduldiger Nachsicht sah, der für einen Moment über Skiets Gesicht huschte.

»Ich glaube schon, Bracken. Wir leben in einer Zeit der Prüfungen und Schwierigkeiten. Verehrung des Steins steht eigentlich im Mittelpunkt des Lebens aller Maulwürfe, obwohl so viele es vergessen haben. Aber wir in Uffington tragen die Schuld daran. Es gab eine Zeit, da die Schreibermaulwürfe jedes der Systeme wenigstens jede Generation einmal besuchten, und die sieben Hauptsysteme häufiger. Und von diesen sieben Systemen wurde die Kraft auf die anderen übertragen. Es ist jetzt nicht mehr möglich, Siabod zu besuchen. Wir haben zu wenig Schreibermaulwürfe, um auch nur Uffington selbst zu dienen, aber wenn wir wüßten, daß der Stein wenigstens in Ehren gehalten würde in allen sieben Systemen, wäre das ein Anfang. Und von sechs Systemen wissen wir es. Denn diese haben wir besucht, und dank der Gnade des Steins hat sogar Duncton, so lange abgeschnitten, sich wieder bemerkbar gemacht. Aber Siabod – wir wissen nichts darüber. Siabod ist immer eine Ausnahme gewesen. Nur ein Maulwurf von außergewöhnlicher seelischer und körperlicher Kraft könnte dort hingelangen – von einer Rückkehr ganz zu schweigen.«

Skiet schwieg eine Weile, bevor er wieder leise zu sprechen begann, fast als denke er laut. »Die Systeme, die Verehrung des Steins . . . es ist alles in Unordnung geraten. Und jetzt die Pest. Wir haben eine Chance, von vorn zu beginnen – vielleicht haben wir schon begonnen, denn dein Besuch, wie der Medlars, macht mir Hoffnung. Aber welche Kraft würde es uns in Uffington geben, wenn wir wüßten, daß alle sieben Hauptsysteme sich wieder um den Stein vereinigten . . . wüßten, daß auch Siabod den Stein verehrt! Ihr beide müßt einem alten Maulwurf seine Träume nachsehen. Vielleicht bringt dieses Amt es mit sich, daß ein Maulwurf zuviel erwartet. Nun, sprechen wir von anderen Dingen.«

Er stellte viele Fragen, die Duncton betrafen, ein Thema, bei dem Bracken sich unbehaglich gefühlt hatte, als Boswell in der Schriftensammlung darüber sprach. Seine Erfahrungen mit Rebekka bei dem unterirdischen Teil des Steins hatten etwas Besonderes, so daß er instinktiv zurückschreckte, wenn darüber gesprochen wurde. Skiet jedoch schien das zu spüren, und er fragte so behutsam und verständnisvoll, daß Bracken bald in allen Einzelheiten beschrieb, was in den beiden letzten Längsten Nächten geschehen war, mit einer Leidenschaft, die auch für Boswell neu war.

Danach wollte Skiet vieles wissen über den Ort des Stillen Steins – ob er leicht zugänglich sei, woraus die Höhle der Wurzeln bestehe, ob andere Maulwürfe davon wüßten, und viele andere Dinge –, und sein Interesse und seine Anteilnahme erstreckten sich auch auf Brackens eigene Geschichte, und auf Rebekka, Mandrake, Ruun, Mekkins ... sie alle spielten eine Rolle in der Geschichte, die zu erzählen Bracken veranlaßt wurde. Besonders interessierte es Skiet, daß Mandrake angeblich von Siabod stammte; er verstummte, als er das hörte, und dachte lange darüber nach.

Dann war es plötzlich vorbei. Skiet war am Ende mit seinen Fragen, und es schien nichts mehr zu sagen zu sein.

»Verlaß uns jetzt, Bracken, ich muß mich eine Weile mit Boswell allein unterhalten ...« Und Bracken fand sich ausgeschlossen, getrennt von dem Maulwurf, mit dem er viele Maulwurfjahre lang alles geteilt hatte; er wußte nicht, was er tun sollte in einem System, in dem die Maulwürfe ihm fremd waren, und in dem es lange Zeiten der Stille und Räume der Leere gab, in denen ein Maulwurf wie Bracken sich ruhelos und unbehaglich fühlte. Zurück zu seinem Bau brachte ihn ein schweigsamer Maulwurf, der auf alle Fragen mit einem höflichen Lächeln reagierte und mit einem aufreizenden Kopfschütteln, das »Ja« heißen konnte oder »Nein«, wahrscheinlich aber »Vielleicht« bedeutete. Doch als sie ihr Ziel erreicht hatten und der Maulwurf im Begriff schien zu gehen, zögerte er und fragte plötzlich: »Hast du wirklich den siebten Stillen Stein gesehen?« Und dann, bevor Bracken auch nur darüber nachdenken konnte, was er sagen sollte, fügte er hinzu: »Es tut mir leid. Ich hätte so etwas nicht fragen sollen.«

Aber Bracken, der allmählich genug hatte von all der Geheimnistuerei, sagte kühn: »Ja. Ich habe ihn gesehen!« und fügte mit, so glaubte er, offensichtlicher Ironie hinzu: »Er war zehnmal so groß wie ein Maulwurf und summte wie eine Hummel.« Bracken bedauerte seine gereizte Antwort, kaum daß er sie ausgesprochen hatte, denn der Maulwurf trippelte davon, als sei er von einer Biene gestochen worden, und kein Rufen brachte ihn zurück. Mit einem Seufzer kehrte Bracken in seinen Bau zurück, legte sich auf den Boden und war sofort eingeschlafen. Er hatte mehr gesprochen, als ihm klar war, und es ermüdet, sich Erinnerungen in Einzelheiten ins Gedächtnis zurückzurufen.

Er wurde von Boswell geweckt, der sagte: »Bracken! Bracken! Das alles tut mir leid. Aber es ist nicht wichtig . . .«

»Was wollte er dir sagen?« fragte Bracken, aber seine Stimme erstarb sofort kläglich, weil er sah, wie Boswell entgegen seiner sonstigen Art erstarrte und den Rüssel senkte und so zu erkennen gab, daß er nicht darüber sprechen wollte.

»Ich kann es dir nicht sagen, Bracken. Du mußt zu verstehen versuchen, daß es hier Dinge gibt, die einfach nicht zu erklären sind . . .«

»Ich verstehe nur, daß sie hier keine Verwendung haben für Nicht-Schreiber, wie sie sie nennen«, sagte Bracken zornig. »Den ganzen verdammten Weg hierher, und rundherum nichts als Geheimnisse. Was ist mit Medlar, zum Beispiel? Warum können wir ihn nicht sprechen?«

Boswell senkte die Blicke, sein normalerweise friedliches Gesicht besorgt, weil Bracken sich ausgeschlossen fühlte, was er natürlich auch war. Vielleicht aber konnte er erklären, was mit Medlar geschehen war. Das konnte sicher nicht schaden.

»Medlar ist an einen Ort westlich vom Hügel von Uffington gegangen, wo sich die Schweigenden Höhlen befinden. Es ist nicht weit, höchstens zwei Meilen, und die Schweigenden Höhlen sind durch einen Tunnel mit Uffington verbunden.«

»Was geschieht dort?« fragte Bracken.

»Nun, das ist schwer zu erklären. Eigentlich nichts. Überhaupt nichts. Es gibt dort besondere Höhlen, in denen gewisse Maulwürfe, nur sehr wenige, zu leben beschlossen haben, und die sie nur selten verlassen. Die Eingänge werden sogar versiegelt, und sie verbringen ihre Zeit dort schweigend.«

»Wozu?« fragte Bracken ungläubig.

»Weil sie einen Punkt erreicht haben, an dem der einzige Weg nach vorn die Stille und die Reglosigkeit sind. Erinnerst du dich, daß Medlar gesagt hat, wie wichtig das sei?«

»Und das tut er jetzt dort oben?«

Boswell nickte.

»Aber wie bleibt er am Leben?«

»Andere Maulwürfe bringen ihm Nahrung. Es ist eine Ehre, einen schweigenden Maulwurf zu bedienen. Zu gewissen Zeiten wechseln alle Neulinge sich darin ab.«

»Was ist mit der Verschmutzung des Baues?« fragte Bracken.

»Sie benutzen zwei Baue. Einer davon wird von anderen Maulwürfen gesäubert. Aber das ist in Wirklichkeit kein Problem. Nach einer Weile ißt ein schweigender Maulwurf immer weniger, und der Vorgang scheint ihn auf merkwürdige Weise von Verunreinigungen zu befreien.«

»Wann kommen sie heraus?« wollte Bracken als nächstes wissen – er hatte noch nie in seinem Leben etwas so Ungewöhnliches gehört.

»Das kann kein Maulwurf sagen. Einige können es nur ein paar Tage ertragen, aber das kommt selten vor, weil die Vorbereitung sehr sorgfältig ist. Medlar etwa hat sich viele Maulwurfjahre darauf vorbereitet, vermutlich ohne es sich klarzumachen, wenn auch sein Fall ungewöhnlich ist, weil er von außen kommt und kein Schreibermaulwurf im üblichen Sinn ist. Andere, eigentlich die meisten, bleiben mindestens zwei Maulwurfjahre in den Schweigenden Höhlen, oft sehr viel länger. Einige beschließen, nie mehr herauszukommen, und eines Tages, wenn ein ganzes Maulwurfjahr keine Bewegung mehr gehört und keine Nahrung genommen wurde, ordnet der Heilige Maulwurf an, daß ihre Höhle in allen Ehren versiegelt wird.«

»Aber was tun sie die ganze Zeit?«

»Beten. Meditieren. Sich selbst vergessen. Etwas vom Ruhm des Steins lernen.«

»Was ist mit denen, die herauskommen?«

»Was ist mit ihnen?«

»Ich meine, was geschieht mit ihnen?«

»Sie führen weiter ein ganz normales Leben. Du hast bereits einen kennenelernt: Quadrum hat zehn Maulwurfjahre in den Schweigenden Höhlen gelebt. Aber glaube nicht, seine Vergeßlichkeit wäre darauf zurückzuführen. Er ist jetzt sehr alt und wird trotz seiner ständig schlechten Laune von allen sehr verehrt.«

»Gehen alle Schreibermaulwürfe dorthin?«

Boswell lachte. Er hatte Bracken noch nie so viele Fragen auf einmal stellen hören.

»Nein, sehr wenige. Es erfordert große Stärke und Schlichtheit. Medlar ist im Augenblick wahrscheinlich der einzige dort, und ich finde es bezeichnend, daß er kein Schreibermaulwurf ist. Wie Skiet schon sagte, wir leben in einer merkwürdigen Zeit, in der die Traditionen sich ändern. Ich weiß nicht, ob je zuvor ein Nicht-Schreiber in den Schweigenden Höhlen gewesen ist, aber ich sehe nichts, was dagegen spricht. Dem Stein nahezukommen ist kein Vorrecht der Schreibermaulwürfe, wie meine Reise nach Duncton mir gezeigt hat.« Er meinte damit Maulwürfe wie Mekkins, Rebekka und Bracken, von denen nach seiner Meinung Schreibermaulwürfe viel lernen konnten. Hatte er nicht selbst viel von ihnen gelernt, und hatte er nicht immer noch so viel zu lernen?

Boswell gähnte, kratzte sich, schnüffelte ein wenig herum und zog schließlich ab in seinen eigenen Bau, um zu schlafen. Bracken suchte sich noch etwas Nahrung und kehrte dann in seinen Bau zurück, um zu schlafen, den Kopf voller Bilder von Maulwürfen in Schweigenden Bauen. Uffington war ein seltsamer Ort, und er war sich nicht sicher, ob er ihm besonders gut gefiel. Nun, er hatte seine Pflicht getan, er war hergekommen und hatte dem Stein gedankt. Der Heilige ... Skiet hatte ihn gesegnet, und Rebekka ebenfalls. Halb schlafend verwandelte er die Schweigenden Baue im Geist in einen der Baue, den er und Rebekka unter dem unterirdischen Teil des Steins von Duncton gefunden hatten, und er erinnerte sich, wie sie dort zusammen gelegen, einander berührt und liebkost hatten, das Licht des Stillen Steins überall um sie herum, und er lächelte, denn nichts erschien ihm angenehmer oder gemütlicher. Aber dann, wie es in Halbträumen manchmal geschieht, veränderte sich das Bild zu etwas Furchterregenderem: Er sah Rebekka allein in einem schweigenden Bau, wie sie die langen Maulwurfjahre hindurch wartete, wartete und wartete, und er wollte sofort zu ihr gehen und sie beschützend an sich ziehen, wie er sie jetzt bei sich haben wollte, an diesem seltsamen Ort, wo er mit Boswell allein war. Tränen benetzten sein Gesichtsfell, aber der plötzliche Schmerz über ihre Trennung war so heftig, daß er sie nicht bemerkte.

»Beschütze sie«, flüsterte er. »Beschütze sie, bis ich zurückkehren und sie selbst beschützen kann.« Und mit diesem Gebet an den Stein im Herzen schlief er ein.

KAPITEL 37

Kein Maulwurf ist so stark oder gefühllos, daß er während längerer Zeiten geduldigen Ausharrens nicht an einen Punkt kommt, da sein Mut zu sinken beginnt und eine gedrückte Stimmung Besitz von ihm ergreift.

So erging es Rebekka im März, um etwa die Zeit, als, ohne daß sie es wissen konnte, Bracken und Boswell in Uffington ankamen. Seit ihrem Weggang hatte sie die anderen mutlosen Maulwürfe aus Duncton und von den Wiesen mit Begeisterung und Entschlossenheit veranlaßt, in das Alte System zu übersiedeln. Sie war es, die vorschlug, daß sie sich im östlichen Teil niederließen, in der Nähe der Klippe, wo die Erde etwas wurmreicher war und die Tunnel nicht ganz so bedrohlich wirkten. Sie war es, die die Wiesen-Maulwürfe davon abhielt, einen Teil des Systems zu besetzen, während die Duncton-Maulwürfe sich einen anderen aussuchten; statt dessen überredete sie alle dazu, sich untereinanderzumischen und eine geschlossene Gruppe zu bilden. Rebekka war es, zu der die anderen mit ihren Ängsten und Zweifeln, Hoffnungen und Ideen kamen, und sie war es, die dem einen einen kleinen Rippenstoß gab, einen anderen an der Pfote zog und auf einen dritten längere Zeit einredete, um dafür zu sorgen, daß sie in Gesundheit und Harmonie zusammenlebten.

Für die anderen Maulwürfe war Rebekka immer verfügbar, immer fröhlich, immer diejenige, auf die sie sich verlassen konnten, die sie zur Vernunft brachte. Und es war eine Aufgabe, die sie bereitwillig auf sich nahm, denn hatte Rose sie nicht gelehrt, daß eine Heilerin auf viele verschiedene Weisen arbeitet und an sich selbst immer als letztes denkt?

Aber im März, nach den langen Maulwurfjahren des Winters, befand sie sich in gedrückter Stimmung, und es kostete sie große Mühe, immer fröhlich und guter Dinge zu scheinen, wenn sie sich um andere kümmerte.

Sie hatte die von Bracken gegrabenen Tunnel nahe den Wiesen bezogen, die vom Stein weiter entfernt lagen. »Eine Heilerin sollte nicht zwischen den Pfoten anderer Maulwürfe leben«, hatte Rose einmal zu ihr gesagt, »weil sie einen Platz braucht, in dem sie sich selbst finden kann und die Kraft, die sie braucht, um anderen zu dienen.« Rebekka befolgte diesen Rat nicht nur bei der Wahl ihres eigenen Baues, sondern beschloß im März, als ihre Stimmung so gedrückt war, daß Rose auch gemeint hatte, sie solle gelegentlich mehr Zeit allein verbringen.

Das war jedoch leichter gesagt als getan, denn sobald Maulwürfe argwöhnen, eine Heilerin sei nicht mehr so verfügbar wie bisher, erfinden sie sofort tausend Vorwände, um sie erst recht aufzusuchen. Und wie konnte Rebekka ein Weibchen fortschicken, das befürchtete, es werde keine Jungen kriegen, oder einen älteren Maulwurf, dessen Schulterschmerzen unerträglich wurden, wenn er zu graben versuchte? Oder ein Männchen, das gerade zu Beginn der Paarungszeit seine Pfoten verletzt hatte? So fand Rebekka sich Tag für Tag, und immer aus dem einen oder anderen guten Grund, von den Sorgen anderer in Anspruch genommen, während sie eigentlich still dakauern und nichts tun sollte. Und sie wurde müder und reizbarer und hatte gleichzeitig immer größere Schuldgefühle deswegen – denn war sie nicht eine Heilerin, und hatte sie nicht die Verpflichtung, immer fröhlich und gutgelaunt zu sein?

Aber es gab Zeiten, da sie trotz allen guten Willens scheinbar abweisend wurde, und Comfry war der Leidtragende.

Comfry hatte beschlossen, getrennt von den anderen unten an den Hängen zu leben, und er suchte sich genau dort einen Platz aus, wo die durch das Feuer entstandenen Verwüstungen aufhörten. Er habe das getan, erklärte er Rebekka, weil oben bei den »langweiligen« Buchen nicht genug Kräuter und Blumen wüchsen und er in der Nähe der Überreste des Waldes bleiben wollte, um festzustellen, ob es Pflanzen gab, die das Feuer überlebt hatten.

Auf seiner Suche nach Pflanzen durchstreifte er die Gegend in alle Richtungen, und bei fast jedem seiner Besuche bei Rebekka auf der Rückkehr von einem seiner Ausflüge brachte er das eine oder andere für ihren Bau mit. Sogar während der Wintermonate brachte er es fertig, etwas zu finden: die roten Beeren des gefleckten Aronstabes, zartduftende Pilze, die glänzenden Blätter der Stechpalme.

»Wo hast du sie gefunden?« fragte Rebekka.

Er zuckte die Achseln und sagte, er sei drüben jenseits der Ostseite gewesen, wo das Feuer den Wald nicht berührt hatte. Oft tauchte er auf, wenn sie Besuche im Alten System machte, mit Pflanzen, von denen er dachte, daß sie sie gebrauchen könnte, und viele der Maulwürfe dort betrachteten ihn mit der gleichen liebevollen Ehrfurcht, die sie Rebekka entgegenbrachten. Wie Rebekka schien er nie Dank zu erwarten für das, was er tat; er sah es eher als etwas an, was einfach geschah, wie das Wetter.

Rebekkas gelegentliche Kälte ihm gegenüber im März brachte ihn völlig aus der Fassung. Es geschah auf unterschiedliche Weise und immer unerwartet, wenn sie in eine eigene Welt glitt und nicht mehr bereit war, die Mühe einer unter Stottern und Stocken ablaufenden Unterhaltung mit ihm auf sich zu nehmen.

»Hallo, R-Rebekka!« sagte er etwa und legte eine Pflanze, oder den Teil einer Pflanze, in den Eingang zu ihrem Bau.

»Wie hübsch«, sagte sie lächelnd, und dann wanderten ihre Augen woanders hin, ohne daß sie eine der üblichen Fragen gestellt oder gelacht hätte, wie er es so liebte. Dann herrschte Schweigen, das ihn beunruhigte, und er stolperte fast über sich selbst, um es auszufüllen. Sein mageres Gesicht legte sich in Falten bei dem Versuch, Worte zu finden, die das unpersönliche Lächeln von ihrem Gesicht wischen würden, das er irgendwie als sein eigenes Versagen empfand.

»Ich habe in d-d-den letzten T-T-Tagen einen l-l-langen Weg zurückgelegt«, sagte er vielleicht versuchsweise.

»Ach ja?« erwiderte Rebekka ohne Interesse.

»J-ja, ganz h-h-hinunter bis zur M-M-Marsch.«

Lächeln. Keine Fragen. Keine aufmunternden Worte.

»Es war in-in-interessant«, fügte er vielleicht noch unsicher hinzu.

Er versuchte es noch etwas länger, aber er schaffte es nicht, und wenn Rebekka sich so verhielt, schien seine ganze Welt sich zu verdunkeln, und er hatte den Wunsch zu entfliehen.

Manchmal sagte Rebekka, es tue ihr leid, und es sei nicht seine Schuld. Bei anderen Gelegenheiten ließ sie ihn gehen, ohne ein Wort zu sagen; sie fühlte sich dann innerlich wie erstarrt und unfähig, irgend etwas zu tun, außer schließlich zu weinen. Oder sie beschäftigte sich in ihrem Bau und verlor sich im Neuanordnen oder im Säubern von bereits sauberen Tunneln.

Manchmal blieb er schweigend bei ihr, wenn sie weinte, und hörte sich an, was sie sagte, und was sie in Gegenwart keines anderen Maulwurfs aus Duncton hätte sagen können, daß sie nicht die Kraft habe, ihnen allen zu dienen, und daß sie ständig kämen und ihre Hilfe brauchten, und daß sie die Kraft haben müßte zu helfen, wenn sie die Erinnerung an Rose ehren wollte. Sie weinte, und manchmal schrie sie sogar. Und er hörte ihr zu; er sprach zu langsam, als daß er etwas hätte sagen können, und nur ganz allmählich wurde ihm klar, daß auch sie manchmal einen Maulwurf brauchte, zu dem sie laufen konnte, wie er und die anderen zu ihr liefen. Und dann wünschte er auch, daß es einen Maulwurf wie Mekkins gäbe, auf den sie sich verlassen und an den sie sich manchmal lehnen konnte. Er wünschte, er wäre so, und nicht, wie es ihm schien, so schwach. Aber immerhin, er konnte zum Stein gehen, was er tat, und beten, daß der Stein Bracken vielleicht zurückkommen ließ, so daß er Rebekka helfen konnte.

Nach einer dieser entmutigenden Begegnungen im März lief Comfry zum Stein und kauerte dort und zermarterte sich den Kopf, wie er Rebekka helfen könnte. Einige Tage später fiel Rebekka auf, daß nicht ein einziger Maulwurf sie besucht hatte, was ungewöhnlich war. Noch nie zuvor war sie so beglükkend und friedlich allein gelassen worden. Sie begann sich Sorgen zu machen, und nachdem sie sich einen ganzen Tag lang Gedanken gemacht hatte, lief sie hinunter, um zu sehen, was im Gange war.

Der erste Maulwurf, den sie traf, ein Weibchen, sah sie erstaunt, ja beunruhigt an, sagte: »Oh! Rebekka!« und hastete davon.

Der zweite, ein Männchen, das bekannt dafür war, immer irgend etwas bei sich selbst nicht in Ordnung zu finden, wenn in Wirklichkeit alles stimmte, weil er es brauchte, daß Rebekka sich dann und wann um ihn kümmerte, sagte etwas Merkwürdiges, als er sie sah. »Hallo, Rebekka! Mir geht es wunderbar. Überhaupt keine Beschwerden . . . nein, überhaupt keine!« fügte er mit einem lustigen, gekünstelten Lachen hinzu.

Sie erfuhr die Wahrheit endlich von einem alten Weibchen, dem es wirklich nicht gut ging und deren Pein sie schon spürte, bevor sie den Bau betrat. Offensichtlich war Comfry von Tunnel zu Tunnel gegangen und hatte tatsächlich allen Maulwürfen befohlen, Rebekka in Ruhe zu lassen, »w-w-weil sie sich einmal ausruhen muß«. Wenn ein Maulwurf ihre Hilfe dringend brauchte, müsse er zu ihm auf die Hänge kommen, und er würde tun, was er konnte, ohne Rebekka zu stören. Was bemerkenswert war, denn wenn es etwas gab, was

Comfry verabscheute, so war es, in seinem eigenen, mit Kräutern gefüllten Bau gestört zu werden.

Rebekka lief selbst zu den Hängen hinunter, um ihn aufzusuchen, und tadelte ihn für das, was er getan hatte – aber nur mit halbem Herzen, weil sie sich in Wahrheit kaum erinnern konnte, daß ein Maulwurf je zuvor etwas so Liebevolles für sie getan hatte, und sie liebte ihn wegen der Fürsorge und der Liebe, die er gezeigt hatte.

Aber ihre gedrückte Stimmung hielt an, während der März fortschritt, und wurde eher verstärkt als behoben, als die ersten Jungen seit vielen Generationen in den alten Tunneln zur Welt kamen. Die meisten Weibchen hatten sich gepaart, und die ersten Jungen wurden, wenn auch ein wenig spät, gegen Ende des Monats geboren.

Die Aufregung! Das Hin- und Hergelaufe! Das Geschwätz in den hohen alten Tunneln! Die eiligen, geflüsterten Dankesworte an den Stein! Aber am Ende war Rebekka, das anmutigste Weibchen im System, das schönste, das Weibchen, das sich so danach sehnte, einen eigenen Wurf zu versorgen und aufzuziehen, ohne Partner und ohne eigenen Wurf geblieben. Sie hätte wohl eines der Männchen im System als Partner akzeptiert, wenn sie nicht alle aus Scheu vor ihren Heilkräften Angst vor ihr gehabt hätten. So wagte keiner, auf sie zuzugehen, und sie dachte sehnsüchtig an Cairn, an Maulwürfe wie Bracken und Mekkins und, ja, sogar an Mandrake. Sie hoffte, daß der Schatten eines Männchens gleich ihnen auf den Eingang zu ihren Tunneln fallen würde. Aber dann sagte sie sich, daß es wohl nicht nur irgendein Partner war, den sie brauchte, sondern allein Bracken, den sie liebte und der vielleicht nie zurückkehren würde. Sie gestattete es sich, um ihn zu weinen, und ihr Gesichtsfell verzog sich vor Kummer und Verzweiflung und vor Schwäche.

Comfry sah auch diese Seite ihres Wesens, und er wünschte, er könnte ihr irgendeinen Trost bringen, mochte er auch noch so klein sein.

In der zweiten Aprilwoche, als das Wetter noch immer wechselhaft und kalt war, versuchte er zum zweitenmal, ihr zu helfen.

Er tauchte bei ihren Tunneln auf und sagte: »Laß uns einen Spaziergang m-m-machen.«

Er kümmerte sich nicht um ihr Widerstreben, ihre Zurückhaltung, ihre Kälte und ihren Wunsch, allein zu bleiben, und zerrte sie fast nach draußen.

»Nun komm doch, Rebekka! Du bist immer so gern draußen herumgelaufen und hast dir Dinge angesehen. Also, laß uns gehen und sehen, ob w-w-wir den Frühling finden.«

Es hätte kaum weniger frühlingshaft sein können; es war kalt und naß, und die langen blattlosen Buchenzweige raschelten gereizt in einem verdrießlichen

Wind. Rebekkas Widerstreben wuchs, als Comfry begann, die Hänge hinunterzulaufen, in Richtung auf den von den Maulwürfen im Alten System jetzt ironischerweise »Alten Wald« genannten Wald von Duncton. Sie war seit dem Feuer nicht mehr dort gewesen und stellte fest, daß sie wirklich Angst davor hatte hinzugehen. Für Comfry war es nicht so schlimm; er war kaum alt genug, um sich zu erinnern, wie es einst ausgesehen hatte – die Westseite, das Marsch-Ende, Barrow Vale –, und empfand es nicht als so großen Verlust, daß es das alles jetzt nicht mehr gab.

Aber er lief so rasch voran, daß sie hinterherlaufen mußte, wenn auch nur, um ihn zurückzuhalten, und dann stellte sie fest, daß sie ihm auf Zickzackwegen die Hänge hinunter folgte. Ihre Augen wurden weicher, während sie sich fröhlich von Comfry führen ließ, und sie dachte daran, wie Bracken sie einmal die Hänge hinuntergeführt hatte, fast denselben Weg. Wie groß Comfry geworden war, verglichen mit dem Schwächling, der er einst war! Er war dünn und nervös, aber er bewegte sich mit einer gewissen Sicherheit durch den Wald. Es war ein gutes Gefühl, von ihm geführt zu werden. Gleichzeitig umgab ihn ein Hauch von Geheimnistuerei oder unterdrückter Erregung, der sie neugierig machte. Comfry war ein merkwürdiger Maulwurf!

Die Hänge waren mit matschiger Lauberde bedeckt – hauptsächlich Buchenlaub, aber ein paar verfaulte Eichenblätter vom vergangenen Herbst dazwischen, und frischere, nach hier oben geweht von den wenigen Eichen, die das Feuer verschont hatte – alle in dem schmalen Streifen am Fuß der Hänge, wo die beiden Baumarten unbehaglich nebeneinander wuchsen.

Rebekka erkannte den vom Feuer zerstörten Teil des Waldes daran, daß die Bäume vor ihnen sich plötzlich lichteten, wo es einst dunkel und dichter geworden war, wenn sie unter dem Durcheinander von Eichen- und Eschenzweigen und Stechpalme und Haselnußsträuchern entlanggelaufen waren. Der Wind bewegte sich auch ungehinderter als zuvor, und Schweigen herrschte vor ihnen, wo einst, sogar bei diesem Wetter, vielleicht schon die ersten Frühlingslieder der Vögel erklungen waren.

Dann waren sie da, zwischen den kahlen, verkohlten Stümpfen, die steif und unnatürlich über dem mit Asche bedeckten Boden aufragten.

»Comfry! Comfry!« rief Rebekka, die ihn davon abhalten wollte, noch tiefer in diesen trostlosen Ort vorzudringen, aber er tat so, als höre er sie nicht, und lief weiter, was ihm gar nicht ähnlich sah. »Oh, Comfry«, seufzte sie und folgte ihm.

Sie wichen verkohlten Wurzeln von Bäumen aus, kletterten über aschfarbene Gerippe von Brombeersträuchern hinweg und schlugen einen Bogen um Stapel von zerstörten, verbrannten Ästen, schwarz, naß und leblos. Rebekka suchte vergeblich nach etwas Vertrautem, einem Duft, einem Tunneleingang, der Form von Wurzeln, die ihr vielleicht zeigten, wo sie sich befand. Aber es gab keine Düfte, nichts war vertraut, und Comfry lief ohnehin so schnell, daß keine Zeit war für eine Pause.

Hier und dort war der Waldboden mit einer dicken Schicht weißer, durchnäßter Asche bedeckt; hier war das Feuer so heiß gewesen, daß es das Holz zu ausgebleichter Asche verwandelt hatte. An anderen Stellen hatten die schweren Regenfälle des Winters, in ihrem Lauf ungehindert durch Unterholz und Wurzeln lebender Pflanzen, kleine Rinnsale gegraben, die im Zickzackkurs kurze Strecken bergab liefen, mit einigen von Asche und Erde befreiten Feuersteinen und Kieseln in ihrer Mitte, wie winzige ausgetrocknete Flußbetten.

Dann erblickte sie etwas unter der Asche, was sie überrascht stehenbleiben ließ. Es war frisches Frühlingsgrün, das aus der grauen Asche hervorschaute.

»Comfry! Sieh nur! Warte, Comfry, sieh dir das an!« Es waren die ersten Triebe jungen Farns, fest zusammengerollt und behaart, Teile davon grün, von einem frischen Grün, mitten in der Asche. Dann sah sie einen zweiten Trieb, der zwei oder drei Brocken grau-schwarzer Holzasche weggedrückt hatte, um für sein Wachstum genug Licht und Luft zu erhalten.

»Comfry! Warte!« Oh, sie war so aufgeregt! Es gab noch Leben im Boden des heruntergebrannten Waldes, und es würde in den nächsten Wochen hervorkommen und die leblose weiße, graue und schwarze Asche mit einem grünen Teppich bedecken.

Aber Comfry wartete nicht. Er lief weiter, huschte bald in diese, bald in jene Richtung und blickte manchmal hinter sich, um zu sehen, ob sie ihm noch folgte, dann hastete er weiter. Und er lächelte vor sich hin, selbst aufgeregt und erfreut über ihre Erregung.

»Wohin wollen wir, Comfry?« rief sie.

»Nur sehen, ob hier irgendwelche Pflanzen wachsen«, rief er zurück, ohne stehenzubleiben.

»Aber es wachsen doch welche, es wachsen welche«, sagte sie, »hast du sie nicht gesehen?«

Er lief weiter, immer tiefer in den Alten Wald hinein, über die verkohlte Oberfläche, den Rüssel nach vorn gerichtet, und kümmerte sich nicht um die Kolosse toter Bäume, die in den grauen, wogenden Himmel ragten. Sie hatte noch nie erlebt, daß er sich so lange unbeirrt auf das gleiche Ziel zu bewegte. Nicht Comfry, der dazu neigte, alles, was er sah, zu beschnüffeln, und dessen Unternehmungen meistens an einem ganz anderen Ort endeten als dem, zu dem er ursprünglich aufgebrochen war, und der immer eine andere Pflanze fand, als die, die er gesucht hatte.

Aber endlich blieb er stehen, außer Atem und bemüht, sich natürlich zu verhalten. »Na ja, nur ein bißchen Farn und ein paar Disteln. Nicht sehr viel, fürchte ich. Ich dachte, wir würden vielleicht mehr sehen . . . Wir k-könnten ja noch ein bißchen weiterlaufen.«

»Wo sind wir?« fragte Rebekka, die völlig die Orientierung verloren hatte.

»Ich weiß nicht genau«, sagte Comfry wenig überzeugend. »Übernimm du die Führung, Rebekka, und ich werde zur Abwechslung mal dir folgen.« Rebekka wandte sich in eine Richtung, aber er sagte: »N-n-nein. Dorthin!«

Rebekka folgte seinem Rat. Der Weg führte sie leicht aufwärts. Sie eilte weiter, und dann lief sie mitten hinein. Es waren nicht eine oder zwei oder zehn, es waren Dutzende von Buschwindröschen, ihre grünen Blätter vollkommen, ihre weißpurpurnen Blüten halb geöffnet und mit glitzernden Regentröpfchen benetzt.

»Oh, Comfry!« sagte Rebekka. »Sie wachsen genau wie immer. Buschwindröschen! Habe ich dir schon einmal erzählt . . .?«

Er nickte. Sie hatte es ihm erzählt. In Coras Bau hatte sie es ihm erzählt. Und ihre Liebe zu diesen Blumen hatte seine Liebe zu allen Blumen und Kräutern erweckt. Ja, er wußte, wie sehr sie sie liebte.

»Du wußtest, daß sie hier sind, nicht wahr, Comfry?« sagte sie und lächelte ihn liebevoll an.

»Nein, ich h-h-habe es nicht gewußt«, sagte er und wandte sich ab, weil er es haßte zu lügen, auch wenn es Notlügen waren. Dann fügte er hinzu: »Aber ich habe mir gedacht, daß sie wiederkommen würden. Du weißt schon, nach dem F-F-Feuer.«

Rebekka betrachtete sie, lief zwischen ihnen umher und ließ sich streicheln von ihren kunstvoll gezahnten spitzen Blättern, die an den langen zarten Stengeln zurückschnellten, wenn sie vorbeigelaufen war. Die Blüten waren noch jung; ihre festen Köpfchen hingen herunter mit der Schwäche der Jugend, und viele waren noch nicht geöffnet. Sie waren wiedergekommen!

»Wo sind wir hier?« fragte sie und sah sich um in dem großen Rund von Buschwindröschen mit dem Streifen von verbrannten Baumstämmen und Sträuchern an seinem Rand.

»Es ist Barrow Vale«, sagte Comfry.

»Oh!« sagte sie.

»Rebekka«, flüsterte Comfry und betrachtete mit ihr zusammen die Buschwindröschen, »du weißt doch, daß B-Bracken zurückkommen wird, nicht wahr? Er wird zurückkommen.«

Rebekka schloß die Augen, und eine Flut von Empfindungen, machtvoll und schmerzlich, strömte auf sie ein.

»Oh, Comfry«, sagte sie, »Comfry!« Er hatte sie überredet und beschwatzt mitzukommen, damit diese Blumen sie daran erinnerten, daß ebenso wie sie das Feuer überlebt hatten, auch Bracken überleben und zurückkehren würde. Aber was sie zu Tränen rührte war, daß Comfry sich das ausgedacht hatte, daß er sie genug liebte, um eine Möglichkeit ausfindig zu machen, ihr wieder die Freuden des Differenz Danctonwaldes zu zeigen, die sie einst, vor so langer Zeit, so oft gepriesen hatte, und um ihr zu zeigen, daß sie nicht immer allein sein würde.

KAPITEL 38

Eines Morgens erwachte Bracken spät, lange nach der Morgendämmerung, mit einem Kopf, der so schwer war wie ein Klumpen Lehm. Eine lange Zeit lag er benommen in unbequemer Stellung da und wartete darauf, daß die Schmerzen hinter seinen Augen und seinem Rüssel verschwänden und die Wirklichkeit seines Baues mit den Kreidewänden sich wieder Platz verschaffte anstelle der halb erinnerten Traumumgebung, in der er aufgewacht zu sein glaubte.

So dauerte es eine gewisse Zeit, bis ihm allmählich klar wurde, daß mit Uffington etwas nicht stimmte. Die Stille in Boswells Bau war der erste Hinweis, ein allgemeines Gefühl der Verlassenheit der zweite.

In Sekundenschnelle war er auf den Pfoten und in Boswells Bau, aber im Grunde wußte er schon vorher, daß sein Freund nicht da sein würde. Er lief in den Gemeinschaftstunnel in der Hoffnung, dort einen Schreibermaulwurf zu finden, aber im Tunnel gab es keine Spur von Leben. Zuerst war Bracken eher neugierig als beunruhigt, aber seine Neugier wich bald einem Gefühl der Sorge, als er den ersten Tunnel hinunter in den größeren Anschlußtunnel lief, wo bisher immer einige Schreibermaulwürfe zu hören gewesen waren. Nichts rührte sich. Nur der ferne Wind, der in den höher gelegenen Tunneln Uffingtons pfiff und ächzte und der manchmal auch unten in den Heiligen Bauen zu hören war.

Bracken schlug den Weg zu der Höhle ein, in die Boswell ihn zuerst geführt hatte und von der Tunnel zu den Schriftensammlungen führten (in denen er gewesen war) und zu den Heiligen Bauen (in denen er nicht gewesen war). Während er an den Kreidewänden des Tunnels vorbeilief, hatte er das absurde Gefühl, daß er nie wieder einen lebendigen Maulwurf sehen und seine einzige Gesellschaft das Echo seiner eigenen Pfotentapser sein werde.

Diese Vorstellung wurde ihm bald genommen, aber auf eine Weise, die ihn nicht gerade erheiterte. Weiter vorn hörte er ein Geräusch. Er blieb stehen, schnüffelte ein wenig herum und lief weiter. Zwei Schreibermaulwürfe, mager und gebeugt, überquerten den Tunnel vor ihm; sie tauchten aus einem kleinen

Seitentunnel auf und verschwanden im gegenüberliegenden, nicht mehr als ein paar Maulwurfschritte von ihm entfernt. Ohne die geringste Notiz von ihm zu nehmen, liefen sie mit gesenkten Rüsseln leise und ehrerbietig an ihm vorbei, als hätten sie eine Verabredung mit Skiet persönlich.

Er rief ihnen nach: »Habt ihr Boswell gesehen?«, aber seine Stimme war zu laut und klang fast wie eine Lästerung in diesen Tunneln, und obwohl einer der Maulwürfe zögerte und sich nach ihm umblickte, sagte keiner der beiden etwas, und sie liefen weiter.

Er überlegte, ob er ihnen folgen sollte, beschloß dann aber, weiter zur Höhle zu laufen, wo er doch sicher einen Maulwurf finden würde.

Als er dort ankam, stellte er fest, daß ein Schreibermaulwurf zwischen den beiden Haupttunneln – dem zu den Schriftensammlungen und dem zu den Heiligen Bauen – postiert war, fast wie ein Maullanger.

»Oh, hallo«, sagte Bracken. »Ich suche Boswell, hast du ihn gesehen?«

Der Schreibermaulwurf schien halb zu schlafen, den Rüssel gesenkt die Augen geschlossen. Wieder hingen Brackens Worte peinlich laut in der Luft, bis sie verklangen und Bracken bemerkte, daß der Schreibermaulwurf vor sich hin murmelte oder sang. Langsam erwachte er aus diesem tranceähnlichen Zustand und sah Bracken etwas überrascht an.

»Bist du Bracken aus Duncton?« fragte er und fügte hinzu, bevor Bracken antworten konnte: »Warum bist du hier?«

»Warum sollte ich nicht hier sein?«

»Hat kein Maulwurf dir gesagt, daß du an die Oberfläche gehen oder in dem Gäste-Bau bleiben sollst?«

»Mir hat überhaupt kein Maulwurf etwas gesagt«, sagte Bracken leicht gereizt.

»Es ist besser, wenn du das eine oder das andere tust. Nur heute tagsüber und heute nacht. Nur bis morgen. Du wirst in den hohen Tunneln reichlich Nahrung finden, weil alle Schreibermaulwürfe heute fasten müssen. Obwohl es passend wäre, weißt du, wenn du es auch tätest.«

Die lässige und leicht herablassende Art des Maulwurfs ärgerte Bracken, und er hätte leicht in Versuchung geraten können, ihn zur Seite zu schieben, um die Schriftensammlungen aufzusuchen oder die Heiligen Baue zu erkunden, wenn es ihm nicht in den Sinn gekommen wäre, daß er damit Boswell in Verlegenheit bringen könnte.

»Hör mal zu, Kumpel«, sagte er, die plumpe Vertraulichkeit eines Marsch-Enders nachahmend, »rede nicht lange um die Sache herum, sondern sag mir, wo Boswell ist.«

Der Maulwurf schüttelte den Kopf und sagte: »Das ist unmöglich. Wenn der

Heilige Maulwurf dir nicht gesagt hat, was für ein Tag heute ist, darf ich es gewiß nicht tun. Vertraue dem Stein und geh zurück in deinen Bau und meditiere in Frieden.«

»Dummes Zeug«, dachte Bracken bei sich, jetzt wirklich ärgerlich, und widerstand dem Wunsch, dem Schreibermaulwurf eine Lehre zu erteilen. Er wandte sich wieder in die Richtung, aus der er gekommen war, und nickte mit dem Kopf, als stimme er dem Schreibermaulwurf zu, während er dachte, daß er eine Konfrontation vermeiden und sich statt dessen einfach einen anderen Weg an der Höhle vorbei suchen würde. Den Gedanken setzte er in die Tat um, sobald er wieder an den Tunnel kam, den vorher die beiden Schreibermaulwürfe hinuntergegangen waren. Dort machte er eine Pause, kauerte sich auf den Boden und versuchte zum erstenmal, seit er in Uffington war, sich vom Gefühl her in die Tunnel um ihn herum vorzutasten. Es war aufregend, als wäre er wieder in den alten Tunneln von Duncton, wo alles unbekannt war und vor ihm allein ausgebreitet lag, damit er sich hindurchfinde. Nichts hatte Bracken lieber als eine Herausforderung seiner Fähigkeiten.

Soweit er feststellen konnte, spielte sich alles westlich von der Höhle ab, wo er angehalten worden war. Dort befanden sich die Schriftensammlungen und die Höhlen, und jenseits davon lag, wie Boswell ihm erzählt hatte, der Tunnel, der zu jenen geheimnisvollen »Schweigenden« Höhlen führte. Er zögerte nur einen Augenblick lang, bevor er sich auf den Weg in den Seitentunnel machte, den auch die beiden Schreibermaulwürfe eingeschlagen hatten. Er dachte, wenn er herausfinden könnte, wohin sie gelaufen waren, könnte er auch das Geheimnis um Boswells Aufenthaltsort lösen, und die Frage, was diesen Tag zu etwas Besonderem machte.

Die nächsten zwei Stunden erlebte Bracken wieder das Erregende von Erkundung und Sich-Zurechtfinden, während er durch die uralten, verstaubten Tunnel kroch, die viel weniger benutzt zu sein schienen als diejenigen, die er hier in Uffington schon betreten hatte. Bei dem leisesten echten oder eingebildeten Geräusch blieb er übertrieben schnell stehen. Mehrere Male hörte er Maulwürfe, und mehr als einmal vernahm er Gesang, aber er vermied jede direkte Begegnung, und die ein oder zwei Maulwürfe, die an ihm vorbeieilten, sahen ihn nicht, weil er sich in den vielen Ecken und Schatten verbarg, die durch die alten, aus den Wänden hervorragenden Feuersteine und durch die Kreuzungen mehrerer Tunnel geschaffen wurden. Bald hatte er das ursprüngliche Ziel seiner Suche – Boswell zu finden – vergessen in dem ungetrübten Vergnügen, die Schreibermaulwürfe zu überlisten.

Aber sein Spielchen und seine Anonymität fanden ein plötzliches Ende, als er um eine Ecke kam und feststellte, daß er, wie er schon vermutet hatte, auf diesem umständlichen Weg in die Haupthöhle der Schriftensammlungen geraten war. Quadrum war dort; er suchte zwischen den Büchern herum wie gewöhnlich, und bei seinem Anblick hatte Bracken sein Spielchen und die Isolation, die es mit sich brachte, plötzlich satt. Er begrüßte Quadrum mit einer Ehrerbietung, die aufrichtig war, und erklärte, daß er auf der Suche nach Boswell sei.

»Darf ich fragen, warum ich wissen sollte, wo er ist?« sagte Quadrum und blinzelte Bracken an. »Einen Augenblick – ich kenn dich doch. Du bist doch der Maulwurf aus Duncton, nicht wahr? Der, der den siebten Stillen Stein gesehen hat. Wo ist Boswell denn?«

Geduldig erklärte Bracken, was geschehen war und wie sehr ihn die Geheimnistuerei der Maulwürfe in den Tunneln verwirrt hatte.

Quadrum lächelte und zuckte mit den Schultern. »Ja, sie neigen dazu, es auszukosten. Dabei gibt es kein Geheimnis. Heute ist der Tag, an dem das geheime Lied gesungen wird. Du weißt schon. Mertons Aufgabe und all das. Das mag zwar ein Geheimnis sein, aber die Tatsache, daß das Lied gesungen wird, ist allen Maulwürfen bekannt. Darum ging das ganze Getue mit den auserwählten Maulwürfen, weißt du. Sie lieben es, ihre Namen in das Buch einzutragen, bevor das Lied gesungen wird, alle vierundzwanzig. Wahrscheinlich wirst du feststellen, Bracken aus Duncton, daß Boswell auserwählt wurde. Daher das Geheimnisvolle. Wir werden es bald wissen, da der Heilige Maulwurf das Buch morgen zurückbringen wird, mit den sauber eingetragenen neuen Namen. Es sollte sie natürlich keiner lesen, aber, na ja, das Buch liegt auf den Borden, und es ist ein offenes Geheimnis. Diesmal gibt es eine ungewöhnlich große Anzahl neuer auserwählter Maulwürfe, weil so viele von den letzten an der Pest gestorben sind. Darum wirst du auch feststellen, daß nicht so viele hier herumlaufen. Nach der Verwüstung, die die Pest angerichtet hat, ist es ein Wunder, daß es überhaupt noch genug Maulwürfe gibt, um das Lied zu singen.«

»Wo singen sie das Lied?« fragte Bracken.

»Bin noch nie selbst dabeigewesen, natürlich, weil ich noch nie auserwählt wurde, aber es ist irgendwo oben in der Nähe der Schweigenden Höhlen. In einem besonderen Raum. Es wird behauptet, daß es der älteste Raum in Uffington sei, obwohl er sich, genau genommen, nicht in Uffington befindet, sondern oben bei den Schweigenden Höhlen. Etwa zwei Meilen nach dort drüben . . .« Er zeigte mit einer Pfote nach Westen.

»Könnte ich dort hingelangen?« fragte Bracken.

»Wozu um alles in der Welt?« fragte Quadrum. »Ich verstehe einfach nicht, warum ihr Jungwürfe ständig lossaust, um woanders Dinge zu sehen und zu hören, wenn es dort, wo ihr gerade kauert, genug zu sehen und zu hören gibt. Als nächstes wirst du mich noch fragen, worüber ich all die Maulwurfjahre nachgedacht habe, die ich in den Schweigenden Höhlen verbrachte. Du wärest nicht der erste.«

Bracken mußte lachen. Es stimmte. Quadrum war nicht so beschränkt, wie er aussah. Dann lachte Quadrum auch, wenn sein Lachen auch sofort in Schnaufen und Husten überging, zwischen dem er endlich herausbrachte: »Ich habe über nichts nachgedacht, verstehst du? Aber bedenke, daß das für die meisten leichter gesagt als getan ist.«

Es gab Zeiten, da Bracken sich für ausgesprochen dümmlich hielt, da sein Verstand die Dinge so langsam aufzunehmen schien. So wie jetzt, als alles um ihn herum, die ganze Geheimnistuerei und das Umhergelaufe, eine Erklärung fand: Sie würden das gleiche geheime Lied singen, von dem Hulver einst gesprochen hatte, als er ihm die Geschichte von Merton erzählte, und von Mertons Aufgabe. Linden war der Schreibermaulwurf gewesen, der über Merton berichtete, vermutlich ebenderselbe, der die ersten Einträge in das Buch der Auserwählten Maulwürfe gemacht hatte. Warum hatte ihm das keiner gesagt, dann hätte er sich keine Sorgen um Boswell gemacht. Im Gegenteil, eigentlich war er stolz auf Boswell. Er, einer der auserwählten Maulwürfe! Scheu ergriff ihn ... es war etwas Besonderes um einen Tag, an dem sie ein Lied sangen, das im geheimen weitergereicht worden war durch die Generationen und nur einmal in zwölf Maulwurfjahren gesungen wurde, und das erst vor allen Maulwürfen gesungen werden würde, und dann von ihnen, wenn der Tönende Stein siebenmal erklungen war.

»Quadrum, hast du je den Tönenden Stein klingen gehört?«

»Viele Male, viele Male. In einem Sturm kann ein Maulwurf häufig hören, wie er den merkwürdigen Ton erklingen läßt. Ich habe ihn einmal drei Male nacheinander gehört, und das war es, was mich den Entschluß fassen ließ, zu den Schweigenden Höhlen zu gehen. Ich habe es nie bedauert.«

»Wie hörte es sich an?«

»Oh, noch mehr Fragen? Du kannst Fragen stellen, bis dein Rüssel blau wird, aber die Antworten wirst du nur allein wirklich finden. Und jetzt: Warum hörst du nicht auf mit der Fragerei und gehst auf die Oberfläche und schnappst ein bißchen frische Luft? Nimm den Weg zur Oberfläche in der Nähe der Schweigenden Höhlen und kauer dich dort oben zwischen das Gras und die Bäume. Es ist ein hübsches Plätzchen.«

»Wie komme ich dorthin?«

»Noch mehr Fragen? Lauf los und versuch es. Und wenn du morgen, wenn es vorbei ist, Boswell irgendwo siehst, sag ihm, daß er hier noch nicht fertig ist.

Ich dachte, er wollte mir noch beim Sortieren helfen.« Damit wandte Quadrum sich ab von Bracken und begann zwischen den Büchern herumzuwühlen. Als Bracken die Schriftensammlung verließ, um einen Weg an die Oberfläche zu suchen, war seine Stimmung sehr ruhig und friedlich. Er war vielleicht nicht fähig, ein Lied zu singen oder teilzunehmen an den besonderen Ritualen der Schreibermaulwürfe, aber auf seine eigene Duncton-Weise konnte er auf der Oberfläche kauern und an diesem ungewöhnlichen Tag ein Bittgebet zu dem Stein sprechen und an Boswell denken, der in den nächsten Stunden ein wenig Extrakraft sicher gebrauchen konnte.

Er lief hinauf durch die Tunnel, den Weg zurück, den er und Boswell bei ihrer Ankunft benutzt hatten, und ein Lächeln der Zuneigung für Quadrum stand in seinem Gesicht, während er sich, ohne es zu wissen, genauso ehrfurchtsvoll und friedfertig bewegte wie die beiden Schreibermaulwürfe, denen er vorher im Tunnel begegnet war. Der Geist Uffingtons, alt und ehrerbietig, hatte endlich auch Bracken erfaßt.

Es war kalt, naß und ungemütlich. Graue Regengüsse fegten durch das Tal unterhalb Uffingtons und wirbelten hügelaufwärts in das lange, rauhe Gras, in das Bracken hineinlief, als er aus den Tunneln auftauchte. Es war eigentlich nicht eben ein Wetter, bei dem ein Maulwurf gern durch die Gegend wanderte, aber Bracken machte es nichts aus, weil eine gewisse wilde Frische in der Luft lag, die seiner Stimmung entgegenkam.

Er wandte sich nach Westen, wie Quadrum es vorgeschlagen hatte, und wie üblich fand er schnell den richtigen Weg und stieß bald auf einen Streifen hohen Grases, der ihm guten Schutz bot und in die gesuchte Richtung führte. Er wußte nicht, was er suchte, wußte aber, wie schon so oft in der Vergangenheit, daß er es finden würde. Es war schwer zu sagen, zu welcher Tageszeit er sich auf den Weg gemacht hatte, weil der Himmel so bedeckt war, als hätte es nie eine Sonne gegeben.

Aber die Luft fühlte sich nach Spätnachmittag an, als er sich endlich zu fragen begann, ob er nicht irgendwo ankommen müßte, und der Himmel wurde immer düsterer. Rechts von dem Grasstreifen, durch den er lief, lag ein gepflügtes Feld. Der Boden sah mager aus, eher grau als braun, und war übersät mit Brocken gefleckten blauen Feuersteins und harter grauweißer Kreide und noch ohne jede Spur von sprießenden Pflanzen. An der linken Seite lief ein durchfurchter, grasbewachsener Weg voller Schlaglöcher und Pfützen, hier hatten sich Erde und Kreide zu einem hellgrauen Lehm vermischt. Wenn Bracken hätte fliegen können, würde er von oben sehen, was er instinktiv wußte, daß nämlich die Kreidehügel sich in weitem Umkreis nach allen Seiten erstreckten, außer nach rechts, jenseits des gepflügten Feldes, wo der steile Kreidehang viele hundert Maulwurffuß nach unten abfiel.

Dann hörte er ein vertrautes und einladendes Geräusch, das Rascheln des Windes in kahlen Buchenästen und -zweigen irgendwo vor ihm. Es war ein feines, unbeständiges Geräusch, so daß er anfangs eine Pause auf seinem Weg durch das hohe, peitschende Gras einlegen mußte, um es zu vernehmen. Aber bald wurde es kräftiger und beharrlicher, und einen Augenblick lang hatte er die Illusion, daß er die Hänge des Danctonhügels hinauflaufe zu den Buchen, die den Stein umgaben.

Der Regen hörte auf, als der Wind stärker wurde, und Bracken stellte fest, daß er tatsächlich hügelauf lief, und daß es weiter vorn noch dunkler und trüber war, als die großen, hohen Umrisse der Buchen sichtbar wurden. Sie waren schlanker als die Bäume in Duncton, so daß es so aussah, als seien sie höher, und sie standen so ordentlich und dicht beieinander, daß aus der Ferne ihre Äste eine große Krone zu bilden schienen, als gäbe es dort nur einen einzigen Baum.

Sie standen rechts von ihm, ganz für sich eingezäunt in der Mitte des gepflügten Feldes, an dessen Rand er entlanggelaufen war, so daß er sich einen Weg über den nassen Boden und durch die Feuerstein- und Kreidebrocken suchen mußte, um zu ihnen zu gelangen. Die Bäume peitschten und pfiffen hoch über ihm, und als er unter sie trat, sah er, daß sie ein einziges Oval bildeten, das sich vor ihm erstreckte, und im Zentrum, wo der Wind schwieg, herrschte eine solche Ruhe, daß es war, als komme er in einen friedlichen Bau.

Innerhalb des Ovals, nahe der Stelle, wo er es betreten hatte, bot sich ihm ein Anblick, der überwältigender war als alles, was er bisher auf der Oberfläche gesehen hatte. Vier große Sandsteinblöcke standen knorrig und dunkel nebeneinander, in der Mitte zwischen ihnen klaffte eine Lücke, dahinter waren weitere Steine in den Boden eingesenkt. Zwischen diesen lagen tiefe Schatten und eine feuchte dunkle Stille, und sie bildeten den Eingang zu einem großen Erdhügel oder einer Erhebung, die sich bis zum anderen Ende des Buchenovals erstreckte. Der ganze Ort war beherrscht von einer Stimmung großer Ausgeglichenheit und Stille, als ob selbst das Wetter innehalte und anklopfe, bevor es eintrat. Der Himmel bildete hoch oben ein großes Lichtoval, wenn er im Augenblick auch trübe und düster und grau war.

Das Gras in dem Oval war kurz und weich, und es bedeckte den Hügel hinter den Steinen, obwohl hier und dort ein kleinerer Sandsteinblock am Rand des Hügels seine graue, nasse Nase herausstreckte, so daß ein Muster entstand, das die lange Form umgab.

Bracken spürte, daß er sich an einem geweihten Ort befand, und lief zuerst um die Steine und den Hügel herum, wobei er die ganze Länge des Hügels ablief und auf der anderen Seite zurückkehrte. Erst nachdem er einmal um die ganze Anlage herumgelaufen war, wagte er sich in die Lücke zwischen den Steinen und schnüffelte nach Maulwurfwitterung. Aber es gab nicht viel zu schnüffeln, gewiß keine frische Witterung, bis er direkt in eine von den Steinen gebildete Kammer lief, von wo aus er durch die Lücken zwischen den Steinen spürte, daß erst vor kurzem Maulwürfe dort gewesen waren. Der Geruch war trocken und etwas rätselhaft, wie sonnengebleichtes Holz oder die Schalen von Bucheckern. Er hatte das Gefühl, er spüre eine Bewegung, heimlich und leise, feierlich und geheimnisvoll – oder waren es die großen, düsteren Steine um ihn herum, vor denen manch ein Maulwurf-Ritual zelebriert worden sein mußte? Er bewegte sich vorsichtig und leise, als würde schon die leiseste Bewegung den Frieden ringsum stören.

Er war versucht, durch die Lücke zwischen den Steinen die Kammer zu verlassen, aber bei der Erkundung von neuen Orten hatte er gelernt, daß es am besten war, sich möglichst unauffällig zu nähern. Es war nicht so sehr Angst als ein Gefühl der Ehrfurcht, das ihn veranlaßte, möglichst unbemerkt zu bleiben. Aus diesem Grund zog er sich aus den Steinkammern zurück und kletterte auf den länglichen Hügel, wo er zu seiner Verwunderung Spuren von Maulwurfhügeln fand, wenn sie auch alt und vom Regen halb fortgespült waren.

Es wurde jetzt dunkel, und der Wind hatte sich ein wenig gelegt, so daß die Bäume nur noch ganz leicht hin und her schwankten und dann und wann um den Hügel herum flüsterten und den Eindruck wachsender Ruhe erweckten. Bracken schnüffelte von Maulwurfhügel zu Maulwurfhügel, bis er einen fand, von dem überhaupt keine Witterung mehr ausging, und was von ihm noch übrig war, war einfach nur naß und matschig. Die Erfahrung hatte ihn gelehrt, daß ein solcher Eingang meistens unbeobachtet und vergessen war, und er fand seine Vermutung bestätigt. Der Eingang war praktisch vom Alter versperrt, und Bracken mußte ein Stück freigraben, wobei er darauf achtete, keine Erde nach unten fallen zu lassen, bevor er den Tunnel fand, nach dem er gesucht hatte.

Der Boden war dunkler als die kalkreiche Erde, an die er sich in Uffington gewöhnt hatte, und der Tunnel selbst war kleiner. Er verlief ein kurzes Stück geradeaus und dann fast senkrecht nach unten, und dann wieder weiter und noch einmal abwärts, und Bracken kam es so vor, als gerate er in eine immer tiefere Stille. Es lag Maulwurfwitterung in der Luft, aber sie kam von fern und war gedämpft. Es war, als sei er senkrecht in einen schlafenden Bau hinuntergestiegen, nur daß es keinen Bau gab und daß, soweit er feststellen konnte, keine Maulwürfe in der Nähe waren.

Der Tunnel kam zu einem plötzlichen Ende, für alle Zeiten versperrt durch einen massiven Sandsteinblock. Bracken berührte ihn mit der Pfote, dann mit dem Rüssel, weil er spürte, daß sich auf der anderen Seite etwas befand, was zu sehen sich lohnen würde. Er wäre sehr gern auf die andere Seite gelangt und war versucht, sich um den Stein herum durchzugraben, aber als er merkte, wie hart und verkrustet der Boden war, wurde ihm klar, daß ein solcher Versuch viel zu viel Lärm machen würde. Doch gleichzeitig hatte er den dringenden Wunsch, vorwärtszukommen; eine verwirrende Mischung aus Scheu und Gleichgültigkeit gegenüber dem Ort hatte Besitz von ihm ergriffen und das gleiche Gefühl der Gewißheit, daß er durchkommen werde, das er in der Höhle der Wurzeln gespürt hatte, als er und Rebekka zu dem Stein unter der Erde vorgedrungen waren. Er zog sich etwas zurück und hielt Ausschau nach einer wenn auch noch so kleinen Spalte in der Wand, wo er weitergraben konnte.

Und bald fand er eine, an der unteren Ecke eines weiteren Sandsteinblocks, wo der Boden nicht so festgestampft war. Sorgfältig vermeidend, mit den Krallen am Stein zu kratzen und so Lärm zu machen, erweiterte er die Spalte rasch, so daß sein Rüssel hinter den Pfoten in die Öffnung eindrang, und dann folgten seine Schultern, und er schob die trockene Erde in großem Bogen hinter sich, bis die Wand vor ihm nach vorne einbrach und er sich in einem Bau oder einer kleinen Kammer befand. An der anderen Seite war ein Eingang, und durch ihn konnte er von irgendwo aus weiter Ferne, noch weiter entfernt als die Witterung, andeutungsweise das Vibrieren von Stimmen hören, als seien viele Maulwürfe versammelt und flüsterten in einer Höhle, in der ihr Flüstern widerhallte. Er durchquerte die kleine Kammer und kam in einen Tunnel, von dem es viele Abzweigungen nach rechts und links gab. Die Wände bestanden zum Teil aus dunkler Erde, zum Teil aus dunkelolivfarbenen Sandsteinblöcken, die jedes Geräusch im Tunnel mit einem dumpfen, hohlen Echo zurückwarfen, in dem selbst ein leises Hüsteln bedrohlich klingen konnte.

Bracken eilte nach unten, so schnell er konnte, ohne Lärm zu machen. Die murmelnden und hüstelnden Geräusche schienen aus verschiedenen Richtungen zugleich zu kommen und erweckten in ihm das Gefühl, er sei etwas Wichtigem auf der Spur, das er aber nicht ganz erreichen konnte. Er schlich sich voran und hielt sich bei Biegungen an die innere Wand, für den Fall, daß vor ihm Maulwürfe waren. Das Geräusch von Stimmen wurde lauter und voller, und er wäre beinahe stehengeblieben, überzeugt, daß er an der nächsten Ecke auf eine große Anzahl von Maulwürfen stoßen würde. Aber jede Biegung im Tunnel brachte ein nur immer lauteres Echo von Maulwurfstimmen aus allen Richtungen.

Vor ihm lag ein Gefühl von Weite in der Luft, das ihn, lange bevor er dort ankam, darauf vorbereitete, daß er im Begriff war, sich einer Öffnung im Tunnel oder einer steil abfallenden Wand mit einer Leere dahinter zu nähern. Er lief, den Rüssel vorstreckend, sehr vorsichtig weiter, bis ganz plötzlich der Boden vor seinen Pfoten verschwand und er sich am oberen Rand der größten, tiefsten Höhle fand, die er je gesehen hatte. Sie war nicht so breit wie die Höhle der Düsteren Geräusche, aber sie war mit Sicherheit tiefer, und es dauerte eine Weile, bevor er etwas in ihr erkennen konnte, wenn auch die Echos und das Hüsteln und Räuspern, die von unten heraufdrangen, es offensichtlich machten, daß die Maulwürfe, die er gehört hatte, irgendwo im Dunkel unten versammelt waren.

Die Höhle war rund und schien zum größten Teil aus Sandsteinblöcken errichtet zu sein, die aufeinandergestapelt worden waren und eine brunnenartige Wand bildeten, die unter Bracken weit in die Tiefe reichte und sich über ihm in dunkle, hallende Höhen erhob, denen er nicht einmal mit den Augen folgen konnte.

Diese senkrecht abfallende Wand bewirkte, daß die weit unter Bracken versammelten Maulwürfe winzig erschienen, wie Ameisen, nur daß sie still und geordnet auf dem Boden kauerten, ein Halbrund von Maulwürfen, versammelt um etwas, das von oben wie ein zerklüfteter Schatten aussah, nach einer Weile aber von Bracken als ein einzelner Stein auf dem Boden der Höhle erkannt wurde.

An einer Seite der Höhle befand sich ein Eingang. Gegen die Wand gelehnt, bereit, die Höhle abzusperren, stand ein großer runder Feuerstein, glänzend und blau, ein Kontrast zur matten, rauhen Oberfläche des Sandsteins.

Plötzlich wurde es still. Mehrere der Maulwürfe murmelten untereinander, und zwei von ihnen gingen zu dem Feuerstein und begannen, ihn hin und herzubewegen, denn er war zu schwer, als daß sie ihn mit einem einzigen Ruck hätten verschieben können. Dann sah Bracken, daß sie den Eingang versiegeln wollten, und die einzige Möglichkeit, den Feuerstein daran zu hindern, am Eingang vorbeizurollen, war ein weiteres Stück Feuerstein, das aus der Wand hervorragte. Vor, zurück, vor, zurück ... das Hin- und Herrollen des Steins wurde von den übrigen Maulwürfen mit einem Singsang begleitet, und das laute Knirsch, Kn-nirsch des Steins vibrierte durch die Höhle, wand sich in rhythmischen Spiralen die Wände hinauf zu dem Platz, wo Bracken kauerte und seinen Rüssel über den Rand des niedrigen, gewölbten Eingangs streckte, von dem aus er nach unten blickte, und schwang sich weiter hinauf in die hallende Dunkelheit. Der Singsang wurde langsamer, nicht schneller, als der Feuerstein weiter vor, weiter zurück schnellte, bis er endlich fast auf das aus der Wand hervorragende Feuersteinstück kippte, schwankte, zurückfiel und dann mit Hilfe einer letzten gewaltigen Anstrengung und einem heftigen Stoß der beiden Maulwürfe nach vorn rollte und hart gegen den Stopper in der Wand schlug.

Es war ein Augenblick, den keiner der zuschauenden Maulwürfe, besonders solche, die wie Bracken noch nie dabeigewesen waren, je vergessen würde. Denn als der Feuerstein gegen den Stopper schlug, glühte zwischen den beiden Steinen ein Funke blendenden Lichts auf und füllte die ganze Höhle mit einer so großen Helligkeit, daß alles in schillerndes Weiß getaucht zu sein schien, außer den Schatten, die kohlschwarz wurden. Die Umrisse eines jeden Maulwurfs auf dem Boden der Höhle wurden wie eingefroren nachgezeichnet, die Kanten der Sandsteinblöcke und die Feuersteine selbst schienen hart wie Eis, der gewölbte Eingang, in dem Bracken sich verborgen hielt, wurde zu einem gewölbten schwarzen Loch, gegen das die umgebende Mauer, die ganze Höhe der gewaltigen Höhle selbst sich weiß absetzte.

Als die Feuersteine gegeneinanderschlugen und das Licht die Höhle eine unendliche Sekunde lang hell erleuchtete, stimmten mehrere Maulwürfe, all die älteren, die das Lied schon einmal gesungen hatten, mit tiefer Stimme einen rhythmischen Gesang an, der so weit in die Zeit zurückzureichen schien wie die Steine selbst, aus denen die Höhle errichtet war. Es war ein Lied, wie Bracken es nie zuvor gehört hatte, ein Lied, das das Herz eines Maulwurfs in sich aufnahm und es, zusammen mit seinem Geist und seinem ganzen Sein, in kraftvollen Schritten zum Herzen des Steins selbst trug. Bracken atmete tief ein und bewegte sich weiter vor, ohne zu befürchten, daß er so hoch oben bemerkt werden könnte, während schon mit den ersten uralten Tönen das Lied ihn in seinen Bann zog.

Aber als der letzte Lichtschimmer erstarb und er die singenden Maulwürfe unten beobachtete, entging ihm etwas anderes, das der Funke hell beleuchtet und umrissen hatte, noch höher in der Höhle, auf der gegenüberliegenden Seite und in einem Tunnelende wie dem seinen. Es war das Gesicht von Skiet, dem Heiligen Maulwurf, der in einem Eingang hoch über der Höhle kauerte, wo nach alter Tradition die Heiligen Maulwürfe, die das Lied selbst schon gesungen hatten, dem folgenden Gesang schweigend lauschten.

Aber was Skiet sah, hatte kein anderer Heiliger Maulwurf je sehen müssen, und es brachte einen Ausdruck unsäglicher Bestürzung in sein friedfertiges Gesicht. Er hatte Bracken gesehen, und in jenem Augenblick des weißen Lichts war ihm klar geworden, daß das Lied, das seit so vielen Jahrhunderten geheim gehalten worden war, jetzt von einem Nicht-Schreiber gehört wurde. Es war für ihn ein Augenblick schrecklicher Lästerung. Es war, als werde das heilige Lied selbst geschmäht und verflucht. Vor Entsetzen zitternd drehte Skiet sich um und machte sich auf den Weg zu der Tunnelebene, wo Bracken kauerte.

Ohne zu wissen, daß er entdeckt worden war, und völlig hingerissen von den ersten Tönen des Liedes, folgte Bracken dem Lied in seine Herrlichkeit, als, Vers für Vers, die erste Strophe von den älteren Maulwürfen gesungen wurde. Er verstand die Worte der alten Sprache nicht, aber nach und nach begann er die Bedeutung mit allen Fasern seines Seins zu verstehen. Es gab eine kurze Pause, eine Stimme erteilte Anweisungen, und dann begann die zweite Strophe, in die mehr Maulwürfe einstimmten, doppelt so machtvoll in ihrer Klangfülle wie die erste Strophe. Mit jedem Vers, jedem Wort, jeder Silbe schien das Lied an Kraft zu gewinnen; die Maulwürfe, die sangen, legten ihre ganze Seele hinein, und es trug sie voran als ein Ausdruck der Macht, die alle Schreibermaulwürfe, ja alle Maulwürfe überhaupt, vorantreibt, vorantreibt zum Stein, von dem sie kommen und zu dem sie zurückkehren.

Als die dritte Strophe begann und noch mehr von den vierundzwanzig Maulwürfen einstimmten, begann Bracken im Herzen zu weinen über die Freude, die das Lied in ihm aufsteigen ließ. Mit jedem wunderbaren Wort schien die tiefgründige Melodie das Durcheinander in seinem Inneren zu entwirren – sein Verhältnis zum Stein, die Dinge, die er getan, und die Maulwürfe, die er gekannt hatte – und alles ganz einfach werden zu lassen. Er sah, daß alles, was er war, vom Stein kam – alles, was er getan hatte und tun würde, kam vom Stein; Mandrake kam vom Stein, Ruun ... Mekkins ... Hulver ... Duncton ... Boswell, sein geliebter Boswell kam vom Stein ... Rebekka kam vom Stein ... und ihrer beider Liebe! Ihre Liebe hatte nur in dem Stein einen Sinn, und so kraftvoll war die Wirkung des Liedes auf sein Gemüt, daß er fast zu fliegen schien. Und dann, als die vierte und mächtigste Strophe begann und alle Maulwürfe sangen, schien seine eigene Stimme hinzuzukommen, und er sang das Lied auch, und es trug ihn noch weiter, während es in der Höhle um ihn herum hallte und widerhallte und ihn schließlich für einen Augenblick mitten in die Stille des Steins hineintrug, wo ein Maulwurf nichts ist als ein Teil des Schimmers und der Strahlen der Stille selbst, unsichtbar. Als er dort war, verstand er endlich, wo er mit Rebekka gewesen war und warum er immer weitersuchen würde, bis er mit ihr zusammen wieder dort hingelangte.

Dann war das Lied ebenso plötzlich zu Ende, wie es begonnen hatte. Aber für Bracken wie auch für die Schreibermaulwürfe, die es unter ihm in der Höhle gesungen hatten, tönte es weiter, während seine Echos in der Höhle nur langsam erstarben, und noch langsamer auf den höheren Gipfeln ihres Gemüts. Der Feuerstein wurde hin- und hergeschoben, bis er an seinen Standplatz zurückrollte und die Höhle wieder geöffnet war, und die Auserwählten Maulwürfe verließen einer nach dem anderen die Welt, in die das Lied sie geführt hatte und in die jetzt immer ein Eingang in ihren Seelen bestehen würde, was der Sinn des Singens dieses Liedes war.

Hoch über ihnen kauerte Bracken am Rand der Höhlenwand und begann zu spüren, wie groß der Frieden und die Liebe und die Entschlußkraft waren, die das Lied ihm gegeben hatte. Aber während die Höhle vor seinen Augen wieder Gestalt annahm und die langsamen Geräusche der Schreibermaulwürfe zu ihm heraufschwebten, vernahm er Lärm hinter sich, Laufen und zorniges Keuchen, und als er sich umdrehte, sah er Skiet, den Heiligen Maulwurf, in dessen Augen nicht Liebe und Frieden standen, sondern aus denen Entsetzen über die Anwesenheit Brackens sprach.

Von dem Ort, an den das Lied ihn gebracht hatte und von dem er nur langsam zurückkehrte, sah Skiet für Bracken aus, als schreie er gegen den Wind, so daß der Klang seiner Stimme unterging und seine wilden Gesten keine Bedeutung hatten.

Dann drang die Stimme durch zu ihm, und die Höhle hinter ihm füllte sich mit einem schrecklichen Schrei, der die Schreibermaulwürfe unten veranlaßte, stehenzubleiben und in die Dunkelheit hinaufzustarren, von wo sie eine donnernde Stimme rufen hörten:

»Bracken von Duncton, du bist verflucht vom Stein, du bist verbannt vom Stein, du bist ausgeschlossen von seinem Wunder, du bist abgeschnitten von seiner Liebe, du . . .« Und sie hörten über sich die Geräusche von Scharren und Schluchzen und Schrecken.

Als Skiet anfing, Bracken zu verfluchen, war er vorgetreten, auf Bracken zu, und Bracken war automatisch zurückgewichen, bis an den Rand der Wand, die senkrecht nach unten abfiel, denn welcher Maulwurf wagte es, eine Pfote zu heben gegen einen so heiligen Maulwurf wie Skiet? Bracken war völlig verwirrt, denn weder verstand er Skiets Worte noch verstand er, woher dieser Schrecken gekommen war, um die friedliche Welt zu zerstören, in die das Lied ihn getragen hatte. Er fühlte sich wie ein Junges, das plötzlich und heftig von seiner Mutter oder einem seiner Geschwister geschlagen wird, die es bis zu diesem Augenblick nur geliebt hatten. So begann er in ungläubiger Furcht zu schluchzen, schwach vor Verwirrung, und sich vor diesem Alptraum zurückzuziehen. Skiet seinerseits war ebenso verwirrt, denn ein Heiliger Maulwurf ist, wie er selbst immer gesagt hatte, im Herzen auch nur ein Maulwurf. Was Bracken getan hatte, oder getan zu haben schien, hatte ihn entsetzt, wie nichts zuvor in seinem Leben ihn entsetzt hatte. Er war durch die Tunnel gelaufen zu diesem zweiten Beobachterpunkt, den Klang des Liedes noch in den Ohren und das Bild des sich eindrängenden Bracken vor Augen, aber ohne Vorstellung, was er beabsichtigte.

Als er Bracken sah, brach der Fluch aus ihm hervor, als habe er keine Kontrolle darüber, und seine Verwirrung nahm zu und wurde noch größer, als Bracken auf die Leere hinter sich zurückwich und nicht schuldbewußt aussah oder wie ein Maulwurf, der etwas Unrechtes getan hat, sondern wie ein Junges, das seine Mutter verloren hat und Hilfe braucht.

Aber Bracken war kein Junges, sondern ein Erwachsener, der überlebt hatte, um Uffington zu erreichen, und als er die Gefahr des Abgrundes hinter sich spürte, wurde aus Verwirrung Zorn, aus Liebe Angriffslust, und instinktiv stürzte er sich mit erhobenen Krallen auf den alten Skiet. Doch anstatt zurückzuweichen trat Skiet vor, vielleicht weil er sah, daß Brackens Lästerung unbewußt geschehen war, während die Macht der Liebe des Steins in ihm sehr groß war. Vielleicht wollte Skiet den Fluch zurücknehmen, während sein Echo noch in der Luft lag, vielleicht wollte er Bracken berühren, um ihm wieder Frieden zu bringen. Wie es auch gewesen sein mag – und kein Chronist ist sich in diesem Punkt seiner Sache sicher, nicht einmal Boswell, der selbst dabei war – wie es auch gewesen sein mag, Bracken hielt Skiets Vortreten fälschlich für einen Angriff, schwang sich herum und ging wieder auf ihn los, wie Medlar es ihn so erfolgreich gelehrt hatte, und mit einem entsetzten Schrei stürzte Skiet durch die schreckliche Leere hinunter in die Tiefe, dorthin, wo die Auserwählten Maulwürfe im Kreis versammelt waren und voller Schrecken nach oben blickten, stürzte zwischen ihnen zu Tode, sein zerbrechlicher alter Körper still und blutig vor ihren Pfoten.

Hoch über ihnen kauerte Bracken, erstarrt vor Entsetzen, und blickte hinunter, Skiets Blut an seinen Krallen und eine schreckliche Furcht im Herzen. Und dann, als Keuchen und Schreie von unten heraufdrangen, drehte er sich um und lief, auf Pfoten, die ihn verzweifelt voran und nach oben trugen, zurück durch die Tunnel, durch die er heruntergekommen war, um zu fliehen von dem Verbrechen, das er begangen hatte, und dem, was tot auf dem Boden der Höhle lag, in deren hallender Tiefe er die Stille des Steins gehört hatte. Doch während er floh vor dem Bösen, das er getan zu haben schien, ließ er auch Hoffnung und Licht des Steins zurück: ein Maulwurf, der vom Licht in die Dunkelheit flieht. Schließlich tauchte er, schwer atmend und keuchend vor Anstrengung und weinend und schluchzend vor Furcht, wieder auf der Oberfläche auf und lief ohne eine Pause aus dem fürchterlichen Oval, das die Buchen um den langgestreckten Hügel bildeten, hinaus auf das uneben gepflügte, steinige Feld, jetzt nachtschwarz und heftigen Winden ausgesetzt, über das er in Richtung auf den Steilhang am nördlichen Rand des Hügels von Uffington floh.

Drei Tage später fand Boswell ihn, trostlos und verlassen in dem Nieselregen, der den Tönenden Stein einhüllte. Boswell hatte die Gebete und Klagelieder, die nach Skiets Tod in Uffington folgten, verlassen und sich auf die Oberfläche begeben. Instinktiv zog es ihn zu dem Stein, den er auch aufgesucht hatte, als er selbst verzweifelt gewesen war.

Dort kauerte Bracken, vor sich hin murmelnd und halb wahnsinnig vor Kummer und Scham und wußte nicht, wohin er sich wenden sollte; jede Richtung erschien ihm trostloser als die anderen. Wenn Boswell angenommen hätte, daß sein Freund Skiet, seinen eigenen geliebten Lehrer, absichtlich getötet hätte, wäre er vielleicht nicht gekommen. Aber das konnte er nicht glauben, und Brackens Anwesenheit beim Stein, vor dem er zitternd um Hilfe und Führung bat, schien Boswells Überzeugung zu bestätigen.

Boswells sanfte Berührung beruhigte ihn, und obwohl Bracken es nicht fertigbrachte, seinem Freund direkt in die Augen zu blicken, stellte er die ewige Frage aller Maulwürfe, denen Böses begegnet: »Warum?«

Es gab keine Antwort darauf, wie es nie eine geben kann, und die beiden Maulwürfe kauerten in tragischem Schweigen beieinander, während der Nieselregen eines kalten Frühlingstags schwer und dicht über ihr Fell lief.

Dann erhob Bracken sich mit einem Seufzer und tat etwas so Mutiges, wie Boswell es noch nie einen Maulwurf hatte tun sehen: Er trat den langen, ermüdenden Weg den Hügel von Uffington hinauf ein zweites Mal an, um den Schreibermaulwürfen gegenüberzutreten, über deren System er eine solche Schande gebracht hatte.

»Mögen sie entscheiden, was aus mir werden soll«, waren die einzigen Worte, die er während des langen Aufstiegs an Boswell richtete.

Es waren die Auserwählten Maulwürfe, die über Bracken zu Gericht saßen, Boswell war anwesend, gehörte aber nicht zu ihnen, und es geschah in der Höhle, in der das Lied gesungen worden und Skiet gestorben war, weil sie glaubten, daß sein Geist sie in ihrer Entscheidung leiten würde.

Nachdem Bracken ihnen berichtet hatte, was geschehen war, soweit er sich daran erinnern konnte, und nachdem ein oder zwei Einzelpunkte aufgeklärt worden waren, schien es nichts mehr zu sagen zu geben, und sie kauerten in tiefem Schweigen da, welches Bracken in seinem Schuldbewußtsein und angesichts ihrer Ruhe kaum ertragen konnte. Lieber hätte er Mandrakes Krallen gegenübergestanden und dem sicheren Tod ins Auge geblickt, als der stummen und tragischen Meditation der Schreibermaulwürfe ausgesetzt zu sein, die ernsthaft versuchten, eine Entscheidung über seine Zukunft zu treffen.

Schließlich fiel auch er in eine Art Trance und begann an Skiet zu denken, an das wenige, was Boswell ihm erzählt hatte, und das wenige, was er von ihm gesehen hatte, als sie miteinander sprachen. Während er das tat, kam ihm eine Idee, eine Vorstellung, eine Möglichkeit, die nur langsam Gestalt annahm, wie es bei Morgendämmerung an einem Wintertag nur langsam hell wird. Er brach das Schweigen um ihn herum, sprach den Gedanken aus, fast ehe er deutlich vor ihm stand.

»Es gibt etwas, was ich tun könnte, oder versuchen zu tun, wenn der Stein mir die Kraft gibt«, fing er an, mit einer so schwachen und gebrochenen Stimme, daß es schwer war, ihn zu hören. Unter den Auserwählten Maulwürfen entstand ein Gemurmel, und sie blickten von ihren Gebeten auf zu ihm.

»Skiet sagte, daß Uffington von allen sieben Hauptsystemen gehört habe, mit einer Ausnahme. Er sagte, welche Kraft es allen Maulwürfen geben würde, wenn ihr hier in Uffington wüßtet, daß der Stein auch im letzten System verehrt wird, dem System von Siabod, über das wenig bekannt ist. Laßt mich dort hingehen und versuchen, Skiets Traum zu erfüllen. Wenn ich nicht zurückkehre, werde ich es wenigstens versucht haben, und wenn ich mit Informationen zurückkehre, oder selbst den Stein dort verehren kann, dann bedankt euch nicht bei mir ...« Er senkte den Rüssel und wartete, während seine Worte zu wirken begannen.

Lebhaftes Gerede entstand unter den Maulwürfen, und eine Stimme sagte: »Eine gute Idee, nur daß dieser Maulwurf dem Stein keine Ehre machen würde, sollte er je Siabod erreichen und, was noch unwahrscheinlicher ist, die Steine von Tryfan, von denen gesagt wird, daß sie bei dem sagenumwobenen Castell y Gwynt stehen. Was er getan hat, bedeutet, daß er für keinen Maulwurf außer sich selbst beten kann.«

Diese Worte erweckten ein zustimmendes Gemurmel, und das Licht, das in Brackens Herzen zu brennen begonnen hatte, flackerte und erlosch wieder in Verzweiflung. Bis sich, sehr leise, eine Stimme aus dem Gemurmel erhob, die Stimme Boswells, und die anderen still wurden.

»Dann laßt mich mit ihm gehen«, sagte er, »und wenn wir in diese Gegend gelangen, die Siabod heißt, werde ich die Gebete der Versöhnung und der Vergebung sprechen, die Skiet, mein alter Lehrer, gesprochen hätte, und für Liebe durch den Stein beten, und alle werden erfahren, daß der Stein in jedem System verehrt wird, auch nachdem die Pest alle Maulwürfe heimgesucht hat.«

Während Boswell sprach, wagte Bracken es endlich wieder, ihn direkt anzublicken, und er spürte die große Macht seiner Liebe, deren Licht und Stärke fähig schienen, so vieles zu heilen.

»Laßt mich mit ihm gehen«, wiederholte Boswell, »und der Wille des Steins wird sicher geschehen.«

Stille herrschte, während die Auserwählten Maulwürfe über Boswells Vorschlag nachdachten, und endlich sprach der älteste unter ihnen einen

Segen und Boswell trat vor, um sich neben Bracken zu stellen. Der älteste Maulwurf hob segnend eine Pfote und erflehte für sie die Kraft und die Vergebung des Steins. Dann führte Boswell Bracken aus der Höhle und die Tunnel hinauf zum Hauptsystem von Uffington, und von dort hinaus auf die Oberfläche. Beide wußten, welches Opfer sie gebracht hatten. Für Boswell war es zweifellos das Ende seiner Suche nach dem siebten Buch und dem Stillen Stein, und für Bracken wurde die Befürchtung jetzt zur Gewißheit, daß er seine Rebekka nie wiedersehen würde und das Versprechen, das er sich selbst so oft gegeben hatte, zurückzukehren und sie zu beschützen, nie eingelöst werden konnte. Sie fanden einen Behelfsbau und Nahrung in einiger Entfernung vom Hauptsystem, und nachdem sie geschlafen hatten und wieder frisch waren, machten sie sich zusammen den Steilhang hinunter auf den Weg nach Norden und bogen später ab in Richtung auf den dunklen Nordwesten, hinter dessen gefahrvollen Fernen das gefürchtete und unbekannte System von Siabod lag. Beide ließen die Orte und Hoffnungen hinter sich zurück, die sie so lange im Herzen getragen hatten.

KAPITEL 39

Als es wieder Mittsommer wurde im Alten System von Duncton, hatten die Maulwürfe, die die Pest überlebt hatten, dort gegraben und sich gepaart und im Frühling Junge zur Welt gebracht und ein gesundes und harmonisches System aufgebaut. Die Tunnel, die sie besiedelt hatten, rochen endlich wieder nach der Frische der Jugend, und in ihnen ertönten die Geräusche heranwachsender Junger und fröhliches Lachen, das auch in die Gesichter der strengsten Maulwürfe, die einst dort lebten, ein Lächeln gebracht hätte.

Obwohl das System keinen Anführer hatte, wandten sich alle, die Hilfe und Rat brauchten, an Rebekka, und ihre Liebe zu ihnen allen war der Quell von so viel Glück. Und bis zum Juni, als der Sommer kam, hatte Rebekka – scheinbar jedenfalls – viel von ihrer früheren Lebensfreude wiedererlangt.

So war sie es, die die anderen daran erinnerte, daß die Mittsommernacht ein Anlaß war, sich still am Stein zu versammeln und Dankgebete für die Jungen zu sprechen; und wer kann wissen, ob sie nicht hoffte, als der warme Mittsommerabend hereinbrach, daß ihr geliebter Bracken zurückkommen würde, mit Boswell an seiner Seite, um den Segen zu sprechen, den nur er kannte?

Vielleicht vermutete oder ahnte Comfry, wovon Rebekka träumte, vielleicht betete er zum Stein, daß ein solches Wunder geschehen möge, während er gleichzeitig die ganze Mittsommernacht voller Liebe in Rebekkas Nähe blieb, für den Fall, daß kein Wunder geschah.

Alle Maulwürfe versammelten sich um den Stein. Die Jungwürfe waren jünger als sonst, weil sie später zur Welt gekommen waren, und viele von ihnen spielten und tollten zwischen den Wurzeln und Blättern herum und wurden erst zur Ruhe gebracht durch den Frieden, der von ihren Eltern und von Rebekka ausging. Rebekka bewegte sich zwischen ihnen und flüsterte Worte des Segens, die sie ihrem Gedächtnis und ihrer Liebe entnahm und die sicher den Geist atmeten, wenn auch der Wortlaut nicht stimmte, den der Stein für diese besondere Nacht vorgesehen hatte.

Aber kein Bracken tauchte auf, kein Boswell humpelte auf die Lichtung, obwohl es eine Zeit gab, später am Abend, als die Jungwürfe in ihre heimischen Baue gebracht worden waren und nur einige Erwachsene schweigend beim Stein kauerten, die milde Nachtluft weich in ihrem Fell, da Rebekka tief in ihrem Herzen wußte, daß irgendwo, weit, weit weg, Bracken den Segen für sie alle sprach und ihr seine Liebe sandte, während derselbe Mond, der hinunter auf die Lichtung schien, auch sein eigenes dunkles Fell glänzen ließ. Sie hoffte, daß ebenso, wie Comfry bei ihr war und die ganze Nacht bei ihr gewesen war, auch Boswell bei Bracken war. »Liebster Boswell«, dachte sie. »Mein geliebter Bracken«, lächelte sie und hoffte, daß der Stein ihn wissen lassen würde, wie sehr sie ihn liebte.

Nun, vielleicht konnte er das, vielleicht würde er es tun, und »vielleicht« wurde zu einem Wort, dessen Rebekka überdrüssig wurde. Ein Maulwurf muß leben, wo ein Stein ihn, oder sie, hingeschickt hat, und zusammen mit jenen Maulwürfen, die zufällig oder vom Schicksal bestimmt im gleichen System leben. Und kein Maulwurf wußte besser als Rebekka, jetzt Heilerin im Munctonsystem, daß Hoffnungen und Erinnerungen dem gelben Sturmhut gleichen, der eine Quelle der Gesundheit und Freude sein kann, wenn er auf die eine Weise, oder ein schwächendes Gift, wenn er auf die andere verwendet wird. Und so verbannte sie Bracken aus ihren Gedanken, als der Sommer fortschritt, und widmete sich mit ihrer ganzen Kraft den Maulwürfen um sie herum.

Ihre Anzahl nahm rasch zu. Unter Rebekkas Obhut überlebten die meisten der im Spätfrühjahr geborenen Jungen, und im Alten System stand soviel ungenutztes Territorium zur Verfügung, daß es kaum zu Händeln oder Todesfällen kam, als die Jungwürfe sich im Juli und August selbständig machten. Gleichzeitig brachten der Stein und vielleicht auch Rebekkas Ansehen einen stetigen Strom von Maulwürfen nach Duncton, einige von den entlegenen Teilen des Wiesensystems, andere weit aus dem Osten, der ehemaligen Ostseite, die von dem Feuer nicht so sehr betroffen gewesen war, allmählich wirkte das System dichter und geschlossener. Sein Zentrum und Haupttreffpunkt lag an der östlichen Seite, wo Bracken mit seinen ersten Erkundungstouren begonnen hatte.

Es bestand eine instinktive Abneigung unter den Maulwürfen, sich in den westlichen Teil des Systems, in die Höhle der Düsteren Geräusche oder darüber hinaus zur Höhle der Echos zu begeben, und die meisten von ihnen lebten im östlichen Teil der alten Tunnel. Allein Comfry lebte auf den Hängen, was ihm den Ruf eines liebenswerten Sonderlings einbrachte, aber er war geachtet wegen seines ungeheuren Wissens auf dem Gebiet der Pflanzenkunde und weil er als Ratgeber und Beschützer Rebekkas galt. Das ihn umgebende Geheimnis wurde noch vergrößert durch die Tatsache, daß er auf seiner Suche nach Kräutern weite Wege zurücklegte, sich quer über die Wiesen gewagt hatte, so wurde erzählt, und sogar durch den heimgesuchten Alten Wald bis zur Marsch.

Obwohl es allgemein kühl war und die Sonne sich nicht zeigte, im Gegensatz zum vorhergehenden Sommer, war es immer noch eine Zeit für Müßiggang. Der Regen hatte reichlich für Würmer und Maden im Buchenwald gesorgt, und die Jungwürfe wurden schnell selbständig. So glitten die Maulwürfe aus Duncton wieder einmal in ihre alten Gewohnheiten: Sie tratschten und schwatzten und erzählten Geschichten, und da die meisten ein kurzes Gedächtnis und eine blühende Phantasie hatten, wurden viele Geschichten erzählt (und weitere erfunden) von den Taten und Abenteuern Brackens, dem Maulwurf, der das System von Mandrake und Ruun befreit hatte und nach Uffington gegangen war, zusammen mit diesem Boswell, dem Maulwurf aus Uffington, um ein Dankgebet zu sprechen für die Befreiung von der Pest.

Manch ein Jungwurf hörte die Geschichte und wollte sie wieder hören, wie Bracken die Marsch überquert hatte, um »Boswell zu retten«, und wie er Steinkraut »befohlen« hatte, Mandrake vor dem Stein zu töten, von der Pest und Brackens anschließender Reise zu den Heiligen Bauen.

»Wird er eines Tages zurückkehren?« war die Frage, die immer gestellt und meistens mit einem Kopfschütteln beantwortet wurde und mit einer Bemerkung wie dieser: »Diese Dinge geschahen schon vor vielen Maulwurfjahren, vor der letzten Längsten Nacht, und was mit Bracken und Boswell geschehen ist, weiß nur der Stein.«

Viele Geschichten verknüpften Rebekkas Namen mit Bracken, und einige wußten sogar zu berichten, daß der stotternde Comfry das Ergebnis ihrer großen Liebe und vermeintlichen Paarung sei, und Ursache für Mandrakes Zorn auf Rebekka. Während die Maulwurfmonate des Sommers verstrichen und in Maulwurfjahre übergingen, wurde der Name Mandrake drohender und dunkler, als er zu seinen Lebzeiten je gewesen war, und viele Maulwürfe lehnten es sogar ab, über ihn zu sprechen. Was Ruun betraf, der soviel verderbter gewesen war als Mandrake, so herrschte unter den Maulwürfen ein merkwürdiges Stillschweigen, als drohe Krankheit jedem, der auch nur seinen Namen erwähnte. Wenn er ausgesprochen wurde (und welcher Maulwurf kokettiert nicht dann und wann gern mit dem Bösen?), so nur im Flüsterton und im geheimen, oder in entstellter Form unter Geschwistern, die sich für wagemutig hielten und vor Entsetzen den Atem anhielten über soviel Verruchtheit. Ruun und seine Maullanger waren von Bracken und Steinkraut besiegt worden, und Ruun hatte an einen fernen Ort fliehen müssen, wo er an der Pest gestorben war. Ruun, so wurde gesagt, tat anderen Maulwürfen »etwas« an und ließ andere Maulwürfe das gleiche tun, obwohl nie erläutert wurde, was dieses »etwas« war.

Rebekka hörte diese Geschichten, ließ sich aber nie hineinziehen und lehnte es ab, sich aushorchen zu lassen über Bracken oder Mandrake oder irgendeinen anderen Maulwurf. Nur von Rose der Heilerin sprach sie gelegentlich, an die einige sich noch erinnerten, und manchmal brachte sie Jungwürfe und Erwachsene gleichermaßen zum Lachen mit ihren liebevollen Erinnerungen an Mekkins, den Marsch-Ender, der mutiger war als irgendein anderer Maulwurf.

Zum Alten Wald gingen die Maulwürfe von Duncton jetzt nie mehr; seine Tunnel wurden für gefährlich gehalten wegen der vielen Maulwürfe, die dort an der Pest gestorben und deren Leichname für immer eingekerkert waren unter den Trümmern des Feuers. In Wirklichkeit war der Wald gar nicht so verwüstet, wie es zuerst den Anschein gehabt hatte, aber das wußte nur Comfry. Es stimmte, alle Sträucher waren den Flammen zum Opfer gefallen, ebenso viele der kleineren Bäume wie Stechpalme und Haselnuß, während besonders im Zentrum des Waldes, wo das Feuer am schlimmsten gewütet hatte, einige der Eichen ihrer Kronen völlig beraubt worden waren, so daß sie langsam sterben würden, weil sie nicht mehr die Möglichkeit hatten, ihre Blätter nach Sonnenlicht und Luft auszustrecken.

Aber bis Ende Juni gab es wieder einiges Leben in den Bäumen des heimgesuchten Waldes – und sehr viel Leben bei den anderen Pflanzen. Einige der kleineren Bäume hatten Wurzelschößlinge nach oben geschickt, wie die Espe und merkwürdigerweise auch einige alte und vorher fast abgestorbene Ulmen, während viele Eichen, die von unten tot aussahen, weil ihre Wurzeln, der untere Stamm und die unteren Äste so verkohlt schienen, dem Feuer widerstanden hatten und an ihren höheren Zweigen Blätter ansetzten, die erste kleine Schatten warfen, wenn die Sonne sich über dem verlassenen Waldboden zeigte.

Gleichzeitig begann aus der Asche ein Wachsen und Blühen, wie es Duncton in solcher Fülle noch nie gesehen hatte, weil der Wald normalerweise zu dunkel gewesen war. Sogar in einigen der vom Feuer am meisten verwüsteten Gebiete schickten Ackerdisteln, deren Wurzeln das Feuer nicht berührt hatte, ihre stachligen grünen Triebe hinauf durch den schwarzen, toten Schutt; in vielen Gegenden drangen Triebe von Waldweidenröschen in großen Mengen aus dem Boden, noch ohne ihre rosa Blüten, aber ihre schaukelnden dicken Stengel und langen, schmalen Blätter verliehen gerade den Gebieten, wo das Feuer am schlimmsten gewütet hatte, prächtiges neues Leben.

Andere Pflanzen begannen sich an der neuen Freiheit, die sie gefunden hatten, zu erfreuen, wie die immergrüne Alkanna, deren leuchtend blaue, feste Blüten zwischen dicken, behaarten Blättern saßen, hoch über einem Maulwurf wie Comfry, und die Kaninchen, die hin und wieder von den Wiesen herüberkamen, Schatten bot. Unten an der Marsch gab es jetzt neuerdings Streifen von schwankender grüner Brunnenkresse, und dort, wo die Frühlingsregen die Holzasche in einen Morast verwandelt hatten, gediehen gelber und rosa Beinwell, größer als der auf trockenerem, höher gelegenem Boden und ein Anziehungspunkt für Bienen. Vogelgesang kehrte wieder zum Wald zurück, wenn auch vorwiegend von Vögeln, die in den weniger verbrannten Gebieten an der Ostseite nisteten, aber das Flügelschlagen der Ringeltauben und das Huschen der Elstern waren zwischen den gelichteten Bäumen deutlicher zu hören.

Das Grün im Wald war auch saftiger, wegen der anhaltenden Regenfälle; so kräftig in der Farbe, daß es auf den Himmel abzufärben schien, und strotzend vor Leben.

Der »alte« Wald war jetzt ein verlassener fremder Ort, ein geheimnisvoller Ort, wo ein Maulwurf wie Comfry sich fast verlieren konnte im Staunen über die Kraft des Lebens und die Verachtung der sprießenden Natur für den Tod. Es war eine Welt, in die auch Rebekka sich immer tiefer hineinwagte, als der Sommer vom Juli in den August überging und die prachtvollen schaukelnden purpurrosa Blüten der Waldweidenröschen endlich hervorkamen wie der Sonnenaufgang am Morgenhimmel. Sie nannte sie Feuerblumen, aber Comfry korrigierte sie jedesmal, denn er nannte die Pflanzen gern bei ihrem genauen Namen.

Beide mieden die alten Tunnel. Gelegentlich gruben sie sich neue, zum Schutz oder auf der Suche nach Nahrung, aber sie machten stets einen Bogen um die alten Tunnel. Außerdem begannen mit fortschreitendem Sommer Farnkraut und Brombeeren ohnehin wieder zu wachsen, hier und dort wuchs dichtes Gras, und die Gundelrebe füllte die Zwischenräume aus, so daß es auf dem Boden reichlich Deckung für einen Maulwurf gab. An einem heißen Tag, wenn die Sonne hell und kräftig schien und ein aufsteigender Wind sich in den wenigen noch verbliebenen heilen Bäumen verfing, konnte ein Maulwurf fast denken, daß er wieder im alten Ductonwald sei.

Der August ging vorüber, und der September kam, mit warmem, beständigem Wetter während der ersten beiden Wochen, und kein Maulwurf im Alten System schien Rebekkas Hilfe zu brauchen. Sie verbrachte lange Tage allein, sonnte sich in der Wärme des pflanzenbedeckten Waldbodens, lauschte dem Summen der letzten Insekten, sah den ersten Tau und die ersten Spinnen kommen und erholte sich von dem arbeitsreichen Sommer und dem Wiederaufbau.

Gleichzeitig gewöhnte sich das System endlich an seinen neuen Rhythmus; die Aufregungen der Pest und des Waldbrands klangen ab angesichts einer neuen Generation, die sie nur als Erinnerungen kannte und es müde wurde, immer wieder diese alten Geschichten zu hören. Die Jungwürfe wurden Erwachsene, die sich in ihren eigenen Territorien im weit ausgedehnten Alten System einrichteten und ihr Leben lieber damit verbrachten, Nahrung für heute zu suchen als über die Kämpfe von gestern zu sprechen.

Auch Bracken wurde zu einer Erinnerung, gewiß einer besonders romantischen und dramatischen, aber eben einer Erinnerung. In den Vorstellungen der Jungen war sein Kampf gegen Mandrake und Ruun eher Legende als Zeitgeschichte, und obwohl manch ein Jungwurf bei dem Stein kauerte und nach Westen blickte, genau wie es von Bracken erzählt wurde, glaubten nur wenige, daß er noch lebte oder jetzt noch zurückkehren konnte.

Dann kamen die ersten Septemberregen, und nur Rebekka erinnerte sich an Bracken, wie er gewesen war, und glaubte, daß er noch lebte. Immer wieder dachte sie an die letzten beruhigenden Worte Boswells – »Ich werde auf ihn aufpassen« –, und sie ging zum Stein, um darum zu beten, daß er die Kraft dazu haben möge. So viele lange Maulwurfjahre waren vergangen, und sie konnte sich kaum noch erinnern, wie Bracken aussah ... nur an seine Berührung und seine Liebkosung und den Schutz seiner Worte unten unter dem Stein, wo das Licht des Stillen Steins auf sie geschienen hatte.

Manchmal kam es ihr so vor, als spüre sie, daß er dort drüben, weit, weit im Westen war, wo Uffington lag, bis sie in der letzten nassen Septemberwoche dieses Gefühl verlor und sich unsicher nach Norden gezogen fühlte, in Richtung ... oh, wohin? Dann sehnte sie sich danach, zu verstehen, was es war, das nach ihr rief, spürte, daß ein Maulwurf ihrer dringend bedurfte, viel mehr als die Maulwürfe von Duncton, fühlte sich an einen Ort gezogen, den sie kennen müßte und der ihr einmal gezeigt worden war, an den sie sich aber nicht erinnern konnte. »Oh, gib mir die Kraft«, betete sie, »gib mir den Mut.«

Heute wird von manchen behauptet, ein plötzlicher schwerer Hagelsturm im Herbst habe sie an den Schneesturm erinnert, in dem Mandrake sie einst hinaus auf die Wiesen geschleppt hatte, als sie noch ein Junges war. Andere sagen, es sei einfach nur ihr schon immer vorhandener, besonders entwickelter Sinn dafür gewesen, wo ihre Heilkunst gebraucht würde. Was es auch war, sie wußte, eines Tages in nächster Zukunft mußte sie Duncton verlassen und sich auf die Suche nach Siabod begeben, von wo ihr Vater gekommen war. Oh, sie erinnerte sich jetzt an den Schneesturm und verstand wieder den schrecklichen Schrei Mandrakes, den sie während der ganzen Zeit mit ihm zusammen nicht so hatte beantworten können, daß er ihrer Liebe vertraute.

Aber das absolut Unsinnige einer solchen Reise, die Gewißheit, daß sie unterwegs umkommen werde, erschienen ihr so gewaltig, daß sie tagelang nicht einmal sich selbst die Möglichkeit, diese Reise anzutreten, einzugestehen wagte.

»W-w-was ist mit dir, Rebekka?« fragte Comfry eines Abends am Stein. »Was fehlt dir?«

Seine Stimme zitterte aus Furcht vor dem Verlust, denn er wußte oder spürte, daß Rebekka sich darauf vorbereitete, Duncton zu verlassen, genauso wie Bracken und Boswell es getan hatten.

Langsam erzählte sie ihm von dem Ruf, nach Siabod zu kommen, den sie gespürt hatte, und während sie sprach, fühlte sie wieder Mandrakes Krallen auf ihrem Rücken, als er sie dem Schneesturm aussetzte.

»Wie willst du es f-f-finden?« murmelte Comfry jammervoll.

»Die Steine von Siabod werden mich leiten und beschützen, genauso wie sie Mandrake so lange beschützt haben. Ich werde der Linie zwischen dem Communicationsstein und ihnen folgen, so wie Bracken einst den Weg zum Stein von Nunham und zurück fand und inzwischen den Weg nach Uffington gefunden haben muß. Und noch weiter.«

Sie versuchte mutig zu klingen, sich selbst zu überzeugen, aber sie konnte Comfry nichts vormachen. Doch dann sagte er etwas, was ihr auf merkwürdige Weise die Kraft gab, die sie noch brauchte, um Duncton zu verlassen.

»Was sollen wir tun, w-w-während du fort bist?«

Oh, sie lächelte, oh, wie sie Comfry liebte! Während sie fort war! Während! Kein Maulwurf, nicht einmal Mekkins, hatte je soviel Vertrauen zu ihr gehabt wie Comfry. Comfry zu sagen, was sie vorhatte, war so gut, wie vor dem Stein etwas zu versprechen, und so sagte sie als endgültige Bekräftigung ihrer Entschlossenheit zu gehen: »Während ich fort bin« – und wie sie das Wort genoß! – »während ich weg bin, wirst du an meiner Stelle Heiler in Duncton sein.«

Comfry öffnete die Augen weit vor Erstaunen und blickte verwirrt auf seine sanften, unschlüssigen Pfoten.

»Du weißt mehr über die Heilkräuter des Waldes und ihre Anwendung als je ein Maulwurf in Duncton zuvor«, sagte Rebekka bestimmt, »und du hast Rose so gut wie ich gekannt, wenn du damals auch noch ein Junges warst. Wichtiger als das ist, daß du dem Stein aus ganzem Herzen vertraust; seine Kraft wird dir immer zur Seite stehen, wie sie es jetzt schon tut.«

»Oh!« sagte Comfry, denn wenn Rebekka es sagte, mußte es stimmen.

Rebekka wäre am liebsten sofort aufgebrochen, aber sie empfand sich mit Recht als einen so wesentlichen Teil des Lebens im System, daß ein Fortgehen ohne Abschied und ohne den Versuch einer Erklärung ihr wie ein Verrat an jenen erschienen wäre, die ihr Liebe entgegengebracht hatten. So verabschiedete sie sich von jedem von ihnen einzeln und sagte immer wieder, daß sie dem Stein vertraue und daß sie zurückkehren werde, während sie die Köpfe schüttelten und mit den Pfoten auf dem Boden scharrten.

Einige waren zornig und kühn genug, um zu fragen: »Aber was ist mit Bracken und diesem Boswell? Sie sind auch nicht zurückgekommen, oder? Von den Eulen geschnappt, wenn du mich fragst. Genau wie es ...«, aber nicht viele wagten, ihr ins Gesicht hinein den Gedanken zu Ende auszusprechen.

»Und wer wird deinen Platz übernehmen?« fragten andere weinerlich.

»Comfry«, sagte sie lächelnd.

»Comfry? Sie muß nicht ganz gescheit sein«, schimpften sie untereinander, als sie weitergegangen war, um mit anderen zu sprechen.

Aber als sie schließlich aufbrach und einen Weg über die Wiesen und nahe an der Marsch vorbei einschlug, war es Comfry, an den sie sich wandten und fragten: »Wird sie zurückkommen? Wird sie wirklich zurückkommen?«

»Ja, sie wird«, sagte Comfry bestimmt, »weil sie R-R-Rebekka ist und zurückkommen wird.«

»Und was ist mit Bracken und Boswell?« erinnerten ihn die Zweifler, die Zornigen, die sich am meisten verraten fühlten. »Sie sind auch nie zurückgekommen.«

»Ich w-w-weiß nicht, was mit ihnen ist. Aber sie wird zurückkommen.«

Doch als sie alle wieder in ihre Baue gegangen waren und Comfry sicher war, daß ihm kein einziger Maulwurf mehr zusah, fühlte er, wie der Verlust und die Einsamkeit, die zu beherrschen er versucht hatte, ihn mit ihrer ganzen Macht überwältigten, und er lief auf der Lichtung hin und her und blickte zuerst zum Stein, dann vom Rand der Lichtung dorthin, wo sie verschwunden war. Er konnte nur immer wieder »Rebekka, Rebekka«, sagen, um nicht zu weinen, bis er schließlich nicht einmal ihren Namen denken konnte, ohne zu weinen und zu wünschen, sie wäre da, damit er zu ihr laufen könnte.

Der Stein wachte über ihn, seine Kraft war in ihm, und schließlich auch seine Stille. Endlich, als sein Kummer versiegte und er geschlafen hatte und bereit war, dem System als Heiler gegenüberzutreten, stellte er fest, daß er die Stärke hatte, nie daran zu zweifeln, nicht einen einzigen einsamen verlassenen Augenblick lang während der ganzen langen Maulwurfjahre, die folgten, daß Rebekka zurückkehren werde. Er kümmerte sich lediglich um die Dinge, während sie fort war.

KAPITEL 40

Über Brackens und Boswells lange Reise von Uffington nach Capel Garmon, das ganz am Anfang des Systems von Siabod liegt, ist nur das bekannt, was Boswell selbst berichtet hat. Sein Bericht enthält zahlreiche sachliche Informationen über den Zustand, in dem die vielen von den beiden Maulwürfen durchquerten Systeme sich nach der Pest befanden, doch über die lange Maulwurfjahre dauernde Reise und das, was unterwegs geschah, schrieb Boswell wenig und sagte noch weniger.

Es ist bekannt, daß die beiden Maulwürfe die Längste Nacht in Caer Caradoc verbrachten, einem System in der Nähe der walisischen Marsch. Danach, so berichtet Boswell, »gelangten wir bald nach Offa's Dyke, und über diese Route fand Bracken eine Möglichkeit für uns, schnell und sicher zu dem einsamen System von Capel Garmon zu kommen«.

Dieser kurze Satz, der eine Periode von vielen Maulwurfjahren zusammenfaßt, gibt keinen Hinweis auf die harten Bedingungen, unter denen sie im Winter leiden mußten, noch eine Antwort auf die interessante Frage, warum sie sich Capel Garmon zum Ziel genommen hatten. Jedenfalls betrachtete Boswell Capel Garmon – heute ein elender und unbedeutender Fleck, der nur durch seine Verbindung zu diesen beiden tapferen Maulwürfen eine gewisse Bedeutung erhält – offensichtlich als einen Wendepunkt ihrer Reise. Vielleicht hatten die Steine, die heute leblos und grau an diesem feuchten Ort herumliegen, damals noch etwas von der Kraft, die sie inzwischen völlig verloren haben.

Aber die wahre Antwort könnte nur ein Maulwurf geben, der in dem düsteren, öden Heideland von Capel Garmon gekauert, seinen Rüssel nach Westen gewandt und darüber nachgedacht hat, daß seine lange Reise vom wärmeren Süden in den Norden beendet ist und er sich jetzt unwiderruflich auf den Weg nach Westen machen muß zu den Höhen mit wurmarmem Boden, die der grimmige Auftakt zu dem massigen Siabod selbst sind.

Der Name Capel Garmon jedenfalls läßt jeden Maulwurf erschaudern, der weiß, was es heißt, am Rande eines düsteren Landes zu kauern, in das er, aus welchem Grund auch immer, widerstrebend eindringen muß, und in dem der Tod wahrscheinlicher ist als eine sichere Rückkehr.

Die beiden Maulwürfe machten dort nur eine Pause von zwei oder drei Tagen; dann kam der Augenblick, da Bracken, auf der Oberfläche kauernd und den Rüssel nach Westen gewandt, sagte: »Wir sind jetzt in der Nähe von Siabod, Boswell, ich kann es spüren, und wir müssen gehen, solange wir noch die Kraft dazu haben.« Er zitterte, und seine Stimme war angespannt, weil er Angst hatte vor der Macht Siabods. »Wir müssen sofort gehen.«

Boswell lächelte und nickte, denn er hatte Bracken schon oft das gleiche sagen hören, wenn eine gefährliche Situation vor ihnen lag und er sich ihr stellen und es hinter sich bringen wollte. Bracken fiel es immer schwer zu warten. Aber selbst Boswell hatte das Gefühl, etwas Schreckliches erwarte sie, denn es lag etwas Schlimmeres als Einsamkeit über einem Ort, wo sich einst ein blühendes System befunden hatte (wie die alten Schriftrollen berichten), auf das es jetzt aber kaum noch einen Hinweis gab. Getauter Schnee und Regen hatten den Boden durchweicht, und während langer Strecken, viele Maulwurfmeilen lang, mußten sie stundenlang herumkratzen, um einen eßbaren Wurm zu finden. Jetzt war nur noch das feuchte Rascheln vom Farn und vom Heidekraut des vergangenen Jahres da und das klagende Blöken von verwahrlosten, kotbedeckten Schafen in dieser Einöde mit ihren zerstreuten Felsbrocken, deren Farbe so stumpf war, daß sie sich in Schatten zu verwandeln schienen, wenn vom Himmel Licht auf sie fiel. Und doch, wenn sie an Siabod dachten, erschien ihnen sogar Capel Garmon wie ein Zufluchtsort. Aber schließlich wandten die beiden Maulwürfe, naß, frierend und hungrig, sich nach Westen, um den letzten Abschnitt ihrer Reise anzutreten. Doch auch in den schlimmsten Augenblicken sieht ein Maulwurf manchmal noch einen Hoffnungsschimmer, und Bracken sah ihn. Zwischen den leblosen Steinen, an denen sie vorbeiliefen, stieß er auf einen nassen und verkrüppelten Ginsterstrauch, an dem, erfreulich anzusehen in der Aprildüsternis, viele goldgelbe Blüten saßen, frisch wie der junge Frühling. »Die wachsen auch, nur größer, oben auf den Kreidehügeln über dem Differentialwald«, erzählte er Boswell, »und eines Tages werde ich sie dir zeigen – falls wir hier jemals lebend herauskommen. Ich gäbe alles dafür, jetzt dort sein zu können!«

Obwohl sie es während der letzten Abschnitte ihrer Reise nach Capel Garmon geschafft hatten, jede Berührung mit heulenden Eulen zu vermeiden, führte die Route, die Bracken jetzt eingeschlagen hatte, sie steil hinab in ein Flußtal, in dem sie, wie sie aus Erfahrung wußten, früher oder später einen Weg der heulenden Eulen würden überqueren müssen. Er kam früher, direkt am Fuß eines steilen Berghanges. Sie waren froh, als sie unten ankamen, denn der Berghang war mit Nadelbäumen bewachsen, kein guter Boden für Würmer. Sie hasteten weiter und überquerten den Weg der heulenden Eulen ohne Schwierigkeiten, eine Methode benutzend, die sie während der langen Maulwurfjahre entwickelt hatten: Sie berührten mit dem Rüssel längere Zeit den harten, unnatürlichen Boden, den diese Wege hatten, und wenn sie dann beide der Meinung waren, daß es keine Vibrationen gab, liefen sie in einem Zug hinüber.

Als sie auf der anderen Seite ankamen, stellten sie fest, daß der Geruch eines tiefen, kalten Flusses schwer in der Luft hing, und obwohl sie gern weitergelaufen wären, um den Fluß zu suchen, denn an Flüssen ist immer reichlich Nahrung, bestand Bracken darauf, daß sie höher im Tal blieben, neben dem Weg der heulenden Eulen, und ihm folgten. Es war ein weiser Entschluß, denn diese Route brachte sie zu einer Brücke über den Fluß, und von dort oben konnten sie hören, daß der Fluß zu schnell und zu breit war, als daß sie ungefährdet hätten hinüberschwimmen können. Sie warteten bis zur Dämmerung, bevor sie es wagten, die Brücke zu überqueren, aber als sie erst drüben waren, liefen sie direkt an das Ufer, wo sie Nahrung fanden auf dem schmalen Streifen unebenen Weidelands, der neben dem Fluß herlief.

Auf der Seite des Flusses, von der sie gekommen waren, stieg das Gelände steil an, mit massigen Nadelbäumen bewachsen, die es in Dunkelheit und starres Schweigen hüllten, während weiter oben auf ihrer eigenen Seite eine geringe Anzahl von Laubbäumen, vorwiegend Eichen und Eschen, rauherem, kahlerem Gelände Platz machte, das dann, je höher es ging, mit einem immer dichter werdenden Nadelwald bedeckt war. Sie eilten weiter flußabwärts, bis nach nur vier oder fünf Maulwurfmeilen ein Nebenfluß in den Hauptfluß mündete, ein sich überschlagender, felsiger Bach, der so wild war, daß ein Maulwurf ihn nie überqueren könnte.

»Aber das brauchen wir ja auch nicht«, sagte Bracken. »Dort muß Siabod sein, irgendwo oben über diesem Tal.« Er zeigte mit dem Rüssel flußaufwärts, und sie liefen wieder in westliche Richtung und fragten sich, was vor ihnen liegen mochte.

Im allgemeinen kamen sie nur langsam voran, denn das Tal war steil und voller Felsen, aber hier und da ebnete es sich ein zu Schafweiden, wo es reichlich Nahrung gab und sie gut laufen konnten. Doch wie flach der Boden direkt vor ihnen auch sein mochte, sie waren sich ständig der steilen Hänge bewußt, die sich links von ihnen und jenseits des Flusses auch rechts bedrückend und einengend erhoben, und des dunkelgrünen Waldes, der die Steilhänge bedeckte und aus dem häßliche Rüssel und Flanken aus grau-schwarzem Felsgestein immer häufiger hervorragten. Bracken hatte das Gefühl, er führe sie direkt in eine Falle aus Felsgestein, aus der es, sollten sie Schwierigkeiten haben, kein leichtes Entkommen geben würde. Der Fluß raste und toste an ihnen vorbei, und dann und wann mischte sich in sein Getöse das Rattern und Rumpeln einer heulenden Eule, die dem etwas höher gelegenen Weg folgte.

Weil das Tal so eingeschlossen war, konnten sie kein Gefühl dafür entwikkeln, was jenseits lag, weder zu beiden Seiten noch vor ihnen, während ihre Gesichter ständig dem schlechten Wetter ausgesetzt waren, Regen und Wind, manchmal Hagel, und einer Luft, die immer kälter wurde. Sie hatten das Gefühl, ihre Lage würde sich nur noch verschlimmern.

Am vierten Tag nach der Überquerung der Brücke liefen sie in ihren ersten Schnee hinein; er fiel nicht vom Himmel herunter, sondern lag in nassen, streifigen Flecken in Mulden des Geländes und war schon einige Tage alt, nach der Art zu urteilen, wie die Schafe darübergetrampelt waren und ihn beschmutzt hatten. Es war schmutziger, halb aufgetauter Schnee, der zu dieser Gegend paßte. Hoch über ihnen setzte sich dort, wo Felsen freilagen, gelegentlich ein Schneefleck grell ab gegen die dunkel aufsteigenden Bäume, die inzwischen allen Schnee von ihren tief herunterhängenden Zweigen geschüttelt hatten. Als es Nacht wurde, sank die Temperatur, und der Schnee begann zu gefrieren und knirschte, wenn eine Kralle ihn berührte, und seine vereiste Oberfläche fing den letzten Purpurschimmer von Tageslicht am kühlen Himmel ein.

Am folgenden Tag, dem fünften auf ihrer Reise durch das Tal, begegneten sie dem ersten Maulwurf aus Siabod. Es geschah ganz plötzlich zwischen einigen braunen Grasbüscheln in der Nähe des Flußufers, wo sie hingelaufen waren, um an einem winzigen Seitenarm, den die Schafe mit ihren Hufen zugänglich gemacht hatten, etwas Wasser zu trinken.

Sie hörten seine Stimme von den Grasbüscheln über ihnen, bevor sie ihn sahen: »Beth yw eich enwau, a'ch cyfundrefn?« Sie verstanden die Sprache überhaupt nicht, obwohl aus dem Tonfall und seiner Haltung klar war, was er meinte.

»Wir kommen von Capel Garmon«, sagte Bracken, um die Sache einfach zu machen.

»In friedlicher Absicht«, fügte Boswell hinzu.

»Dieithriaid i Siabod, paham yr ydych yma?« Seine Worte waren eine Frage, aber das war alles, was ihnen klar war. Sie warteten schweigend. Wenn er ein Maulwurf von Siabod war, entsprach er nicht dem, was die beiden erwartet hatten, nämlich einen Maulwurf, der so groß wie Mandrake war, und ebenso wild.

Er war dünn und drahtig und hatte ein faltiges, mißtrauisches Gesicht, das Argwohn ausdrückte. Sein Rüssel war boshaft und verkniffen, und sein Fell glich am ehesten einer durchnäßten Kardendistel. Seine kleinen schwarzen Augen überflogen sie rasch, nahmen ihre Stärke zur Kenntnis, ihre Körpergröße, Boswells verkrüppelte Pfote, ihre Stellung (sie befanden sich unterhalb von ihm, am Wasser) und vermittelte ihnen ganz allgemein den Eindruck, daß sie von dem dreistesten dünnen Maulwurf abgeschätzt würden, der ihnen je über den Weg gelaufen war.

Dann versuchte Boswell es wieder: »Siabod?« fragte er.

Der Maulwurf starrte sie an, seine Augen von einem zum anderen flakkernd, und am fellosen Teil seines Rüssels bildeten sich winzige Falten der Verachtung.

»Aus dem Süden, was?« fragte er in normaler Maulwurfsprache, so daß sie ihn verstehen konnten, aber auf eine Weise, daß die Frage gleichzeitig eine Anklage war, und mit einer rauhen, spöttischen Betonung.

Aber bevor sie antworten konnten, schoß er zurück in das Gras, aus dem er aufgetaucht war, und als Bracken hinaufkletterte, war er verschwunden. Bracken rief hinter ihm her, schrie, daß sie nichts Böses im Sinn hätten, und bat ihn, zurückzukommen, aber die einzige Antwort kam aus dem Rieseln und Rauschen des kalten, gleichgültigen Flusses.

»Er ist weg«, sagte Bracken.

»Laß uns sehen, daß wir weiterkommen«, sagte Boswell, »wie du mehr als einmal gesagt hast. Er wird schon wieder auftauchen.«

»Ja, mit anderen Maulwürfen. Er kommt aus Siabod, das steht fest. Er hatte die gleiche Aussprache wie Mandrake«, sagte Bracken.

»Ich wüßte auch nicht, von wo sonst er kommen sollte hier oben«, sagte Boswell und lief hinter Bracken her. »Und was er sprach, muß Siabod gewesen sein und . . .«

»Er war so kläglich«, sagte Bracken geringschätzig. »Er erinnerte mich an nichts so sehr wie an einen Drahtwurm in einem Tunnel, wo du einen Regenwurm erwartet hast. Mieser kleiner Typ. Ich meine, er hätte uns helfen können . . .« Der Zorn in Brackens Worten spiegelte seine Befürchtungen vor dem wider, was ihnen vielleicht bald gegenüberstehen würde.

Sie liefen weiter, von neuer Hoffnung belebt, nachdem sie jetzt Kontakt aufgenommen hatten – wenn es ein Kontakt war – zu einem Maulwurf, wie verachtenswert er Bracken auch erschien.

Tatsächlich waren sie so in Anspruch genommen von der Begegnung und der Überlegung, daß dieser erste Maulwurf andere zu ihnen bringen könnte, und von ihrem Entschluß, einfach vorwärtszueilen, daß sie es kaum bemerkten, als der Wald an ihrer Seite des Flusses plötzlich offenem, rauhem Weideland wich, während zu ihrer linken Seite das Tal sich verbreiterte und sanftere

Hänge zeigte. Während sie voraneilten, die Rüssel auf dem Boden und ohne einen Blick für das, was sich sehr langsam vor ihnen zusammenballte, bemerkten sie nicht, daß von jenseits des jetzt sanfter geneigten Berghangs zu ihrer Linken etwas, das wie Nebel aussah, zwischen die oberen Zweige der höchsten Bäume zu wirbeln begann, Schwade auf Schwade. Kein Nebel, sondern niedrige Wolken, deren unterer Rand rauchte wie brennendes feuchtes Gras, und hinter den Rissen in diesen niedrigen Wolken war nicht der Himmel, sondern eine grimmige große Schwärze, hier und da mit reinweißen Flecken gesprenkelt, die hoch aufragte und massig wie eine Mauer über dem Tal stand: ein Berg.

Weil der Nebel überall war und sich ständig bewegte, wäre es für Bracken und Boswell unmöglich gewesen, die genauen Umrisse der düsteren Höhen über dem Tal zu erkennen, selbst wenn sie sich dessen, was sie so drohend überragte, bewußt gewesen wären.

Aber kaum hatten sie bemerkt, daß das Tal sich verbreiterte und das Rauschen des Windes einen tieferen, dumpferen Klang annahm, als der Nebel sich in Wellen auf sie hinunter zu senken begann. Zuerst war es nur ein dünner Schleier, der die rostbraunen und grauen Hänge weicher und stumpfer erscheinen ließ, aber als er tiefer kroch, wirbelte und wogte, verdichteten die höheren Schwaden sich, und die Berghänge über ihnen verschwanden in einem undurchdringlichen Dunst, wie die undurchsichtige weißliche Schicht, die sich über die Augen eines vor Alter erblindenden Lebewesens legt.

Und dann, schneller als ein Waldbrand, leiser als fallender Schnee in der Nacht, unerwarteter als der Angriff einer Eule, erreichte der Nebel den Boden, wo sie kauerten, wallte und wogte mit kalten, klammen Fingern zwischen sie und nahm jedem Ding seine Farbe, bevor er alles in Grau hüllte.

Er war anders als alle Nebel, die sie je auf dem kreidigen Hügelland, das sie kannten, erlebt hatten, wo Nebel gewöhnlich zusammen mit kalter, ruhiger Luft kam und ein Maulwurf geduldig wartete, bis er wieder verschwand. Dieser Nebel bewegte sich und peitschte durch die Gegend und forderte heraus, ein lebendiger Nebel, der einen Maulwurf verwirrte, indem er seinen Rüssel mit Kälte umhüllte und geheimnisvolle Formen entstehen ließ, die sich um den Maulwurf herumzubewegen schienen oder ihm das Gefühl gaben, er bewege sich, wenn er in Wirklichkeit still dakauerte.

»Boswell?« rief Bracken seinem Freund zu, denn obwohl er nur wenige Maulwurfmeter entfernt von ihm kauerte, verschwand er allmählich hinter dem sich verdichtenden Weiß zwischen ihnen, das nicht nur Sicht und Geruch verschluckte, sondern auch Geräusche dämpfte und verzerrte.

»Boswell, bleib in meiner Nähe, sonst verlieren wir einander noch.«

Als die beiden Maulwürfe näher zusammenrückten, sah jeder von ihnen, daß das Fell des anderen mit feinem Niederschlag bedeckt war und seine Krallen feucht glänzten.

Da sie außer dem jetzt gedämpft murmelnden Fluß keine sichtbaren oder riechbaren Bezugspunkte um sich herum hatten, versuchten sie instinktiv, sich einzugraben, aber der Boden war so feucht und voll körnigen Gesteins, gegen das ihre Krallen bei dem flachesten Hieb kratzten, daß sie es aufgaben.

»Das gefällt mir überhaupt nicht«, sagte Bracken und blickte auf den Nebel, in dem die Intensität des Lichts sich ständig veränderte, je nachdem, wie der Wind die Schichten zwischen ihnen und dem Himmel dichter oder dünner werden ließ. »Ich hab mich noch nie im Leben so gefährdet gefühlt. Laß uns zum Fluß laufen und am Ufer einen Behelfsbau graben.«

Bracken machte sich in eine Richtung auf, blieb stehen, schüttelte den Kopf, schlug eine andere Richtung ein und blieb dann wieder stehen, um es mit einer dritten zu versuchen.

»Ich glaube, der Fluß liegt dort«, sagte Boswell und zeigte in eine vierte Richtung.

»Nein, ich kann ihn deutlich von dort hören«, sagte Bracken, zeigte wieder in eine andere Richtung und führte sie entschlossen dorthin, von wo das Rauschen des Flusses zu kommen schien. Der Nebel umkreiste sie, schwebte hierhin, jagte dorthin, löste sich vor ihnen auf, so daß sie für Sekunden einen Blick auf zerstreute graue Felsen erhaschten, bevor sie wieder verschwanden und rechts oder links von ihnen Grasbüschel auftauchten.

Dann hörten sie Stimmen, rauhe, schnelle Stimmen, irgendwo vor ihnen – oder war es hinter ihnen? Siabod-Stimmen.

Sie blieben stehen, schnüffelten verwirrt umher, und zum erstenmal während ihrer langen gemeinsamen Reise waren sie völlig ratlos. Sie hörten den Fluß, konnten ihn aber nicht finden, und der einzige Bezugspunkt, den sie wirklich hatten, war der andere.

»Am besten kauern wir uns still nieder und warten, bis es aufklart«, sagte Bracken mit einer Stimme, die unmißverständlich zum Ausdruck brachte, daß er jedenfalls das tun werde, was auch geschehen mochte. »Und wenn das Maulwürfe waren, was wir gehört haben, hoffe ich, daß sie uns finden; sie könnten uns an einen sicheren Ort führen.«

Er blickte hinauf zum Himmel über ihnen und suchte sich einen helleren Fleck im Nebel in der Hoffnung, daß es aufklare. Dann ertönten wieder die Stimmen, aus einer anderen Richtung, und plötzlich hörten sie aus dem Nebel über ihnen das Herunterstoßen und den schrillen Schrei einer Silbermöwe.

Die Zeit war genausowenig zu bestimmen wie der Ort, und keiner von ihnen hätte sagen können, ob zehn Minuten oder zwei Stunden vergangen waren, bevor der Nebel so plötzlich verschwand, wie er gekommen war. Zuerst konnten sie ein größeres Stück des Bodens sehen, als ein Schwaden sich fortbewegte und nicht gleich durch einen anderen ersetzt wurde. Dann teilten sich die Wirbel über ihnen für einen Augenblick und enthüllten, ganz unerwartet, eine Spur blauen Himmels. Es wurde heller um sie herum, und bald konnten sie den Stand der Sonne ausmachen, wenn die Sonne selbst in dem diffusen Licht auch nicht zu erkennen war. Plötzlich hob sich der Nebel an ihrer rechten Seite, und das Rauschen des Flusses drang wieder deutlich zu ihnen, und dort lag er, ein ganzes Stück unter ihnen; ohne es zu bemerken, hatten sie das Tal durchquert und waren eine kleine Strecke bergauf gelaufen. Sie waren im Begriff, zum Fluß hin aufzubrechen, als aus dem leichten Nebel, der noch vor ihnen lag, eine Stimme sang: »Ihr habt euch also verlaufen, nicht wahr?«

Bracken erstarrte und trat ein oder zwei Schritte vor Boswell. Er kniff die Augen zusammen, um festzustellen, ob er erkennen konnte, wo zwischen den dunklen Felsenumrissen und Schatten vor ihm der Maulwurf sich versteckt hielt. Er war zornig und erbittert und gerade in der richtigen Stimmung für einen Kampf.

Der Nebel schwebte davon, und auf dem Hang etwas über ihnen standen vier Maulwürfe nebeneinander, der, den sie gesehen hatten, und drei andere, die genauso kümmerlich und armselig aussahen.

»Maulwürfe von Siabod«, murmelte Boswell.

»Ja, wir haben uns tatsächlich verlaufen«, sagte Bracken kühn, »und wir wären euch dankbar, wenn ihr uns sagen würdet, wo Siabod ist.«

Unter den vier Maulwürfen entstand ein hastiges Hin- und Hergerede, das sie nicht verstanden, bevor der, dem sie schon begegnet waren, nähertrat und sagte: »Und was habt ihr in Siabod zu suchen? Es ist kein Ort, wo ein Maulwurf einfach hingeht, wißt ihr.«

»Wenn du nicht abgehauen wärst, als wir uns vorhin begegneten, würden wir nicht in dieser elenden Ecke herumlungern«, sagte Bracken und wies mit einer Pfote auf den abziehenden Nebel. Er hatte beschlossen, daß ein bißchen Aggressivität nicht schaden konnte.

Sie richtete jedoch beträchtlichen Schaden an. Einer der anderen Maulwürfe trat vor und sagte mit hoher, zorniger Stimme: »Was fällt dir ein, so zu Bran zu sprechen? Hör sofort auf damit, oder wir werden andere Töne anschlagen, verstanden?«

Bran grinste und trat forsch einen Schritt vor, wie er es nicht gewagt hatte, als er allein war.

»Was hast du dazu zu sagen?« fragte er.

Bracken antwortete nicht, weil er in ein Rüsselgeplänkel mit dem anderen Maulwurf verwickelt war, der ihn überhaupt nicht beeindruckte. Er hatte im Lauf der Maulwurfjahre viel gelernt über Aggressivität und konnte einen Maulhelden erkennen, wenn er ihm über den Weg lief. Außerdem war er hungrig und in Angriffsstimmung.

Boswell versuchte, die Situation zu entschärfen, indem er sich auf den Boden kauerte und begann, ihre Anwesenheit zu erklären. Er fing an: »Wir kommen von Capel Garmon und sind auf der Suche nach Siabod und . . .« Aber es hatte keinen Zweck. Bran lief törichterweise vor, verärgert, weil Bracken ihn offensichtlich nicht ernst nahm, und wagte es, Bracken leicht auf den Rüssel zu schlagen.

Bracken zögerte nicht lange. Mit seiner rechten Pfote schlug er nach hinten und warf Bran zu Boden, während er mit einem Hieb seiner Linken dem anderen Maulwurf seine Krallen in die Schulter schlug und ihn dann mit einem kraftvollen Schlag seiner rechten Pfote nach links schleuderte. Dann blickte er die beiden großen Maulwürfe an, reckte sich auf und sagte zwischen zornigen Atemzügen: »Versuche ja keiner von euch noch einmal etwas Derartiges. Wo ist jetzt Siabod?«

Während er sprach, wurde seine Frage hoch über ihm, hinter den schweigenden Maulwürfen, beantwortet: Hinter dem Rand der Talbegrenzung stieg der Nebel langsam in die Höhe und wogte aus dem Tal hinaus, und in der Ferne tauchte das furchteinflößende Massiv eines Berges auf. Je höher die Blicke seinen Umrissen folgten, desto dichter lag der Schnee auf ihm in Streifen, zwischen denen nackter kahler Felsen steil emporragte. Mehr war wegen der Entfernung nicht zu erkennen, aber er schien von gewaltiger Höhe und absolut unüberwindlich zu sein. Zornige graue Wolken berührten seinen höchsten Gipfel, eine schroffe Spitze, vor der ein Maulwurf sich sehr klein und sehr weit weg vorkam.

»Das ist Siabod«, fauchte Bran mit hoher, bebender Stimme.

»Gut«, sagte Boswell ruhig, »da wir Siabod jetzt gefunden und unsere Kräfte aneinander gemessen haben – warum suchen wir uns nicht irgendwo einen gemütlichen, geschützten Bau? Dann werden wir versuchen, euch zu erklären, warum wir hier sind.«

»Wie heißt ihr denn überhaupt?« fragte einer der größeren Maulwürfe.

»Bracken aus Duncton«, sagte Bracken.

»Boswell aus Uffington«, sagte Boswell, ein wenig unwillig, denn die Erwähnung von Uffington blieb selten ohne Wirkung auf andere Maulwürfe. Es war eines der wenigen Systeme, von dem jeder Maulwurf gehört zu haben schien. Auch diesmal gab es keine Ausnahme.

»Warum hast du das nicht gleich gesagt, Maulwurf?« sagte einer von ihnen nach einer langen, ehrerbietigen Pause.

»Das ist nun wirklich eine feine Sache!« sagte Bran, und sein verschlagenes Gesicht verzog sich plötzlich zu etwas, was für ihn ein Lächeln war. »Ein Maulwurf aus Uffington! Eine Ehre. Eine große Ehre!«

Und die vier Maulwürfe drängten sich um Boswell und führten ihn talaufwärts. Bracken blieb nichts anderes übrig, als hinterherzulaufen, und er fühlte sich ziemlich überflüssig und ein wenig töricht, weil er so aggressiv gewesen war.

KAPITEL 41

»Ihr werdet doch nicht versuchen, nach Castell y Gwynt zu gelangen!« rief Bran aus, nachdem er und mehrere andere Maulwürfe aus Siabod, die hinzugekommen waren, ihre Geschichte gehört hatten. Es entstand ein allgemeines Kopfschütteln und Gemurmel auf Siabod, dessen Bedeutung Bracken absolut klar war: »Wahnsinnig«, »verrückt«, »durchgedreht«, »Dummköpfe«, »Idioten«. Aber hinter all dem war auch Scheu zu spüren.

»Du wirst es nie schaffen, Maulwurf, nie!«

»Hat keiner von euch es je versucht?« fragte Bracken.

Bran wiederholte die Frage auf Siabod, weil die meisten Maulwürfe die Maulwurfsprache nicht sprachen. Wieder Kopfschütteln und mürrisches Schweigen.

»Ein Maulwurf hat es vor langer Zeit mal versucht, aber er ist nie zurückgekehrt«, sagte Bran. »Du kannst nicht zurückkehren, verstehst du? Es gibt Böses dort oben und Gefahren, die kein Maulwurf je überlebt hat. Es gibt dort keine Nahrung, denn es heißt, daß so hoch oben keine Würmer leben, und dann gibt es Gelert, den Hund von Siabod.« Gelert! Was war es, was Mandrake vor sich hingemurmelt und Bracken zugeschrien hatte, als er ihn im Alten System bedrohte? fragte Bracken sich.

Weder Bracken noch Boswell hatten Mandrake in ihrem Bericht erwähnt, hauptsächlich weil sie befürchteten, daß sie sich die Feindschaft der Maulwürfe von Siabod zuziehen könnten, wenn sie die ganze Geschichte erzählten. Schließlich war Bracken für seinen Tod verantwortlich gewesen. Aber jetzt ...

»Kennt ihr einen Maulwurf aus Siabod, der Mandrake heißt?« fragte Bracken langsam.

Bran sah erschrocken aus, sein Maul klappte auf, und er blickte beunruhigt zu den anderen. Einer forderte ihn auf zu übersetzen. Als er das getan hatte, entstand hastiges Gerede, und erstaunte Blicke fielen auf Bracken.

»Nun?« sagte Bracken.

»Das ist eine merkwürdige Frage«, sagte Bran vorsichtig. »Was veranlaßt dich zu einer solchen Frage?«

Bracken erzählte es ihm kurz. Während er sprach, übersetzte Bran, aber die anderen wandten kein Auge von Bracken. Das einzige, was Bracken vertuschte, war wie Mandrake gestorben war.

»Sag ihnen die Wahrheit«, drängte Boswell.

Aber Bracken schüttelte den Kopf. »Zu riskant«, sagte er. »Später vielleicht.«

»Nun?« fragte Bracken noch einmal, »kennt ihr ihn?« Aber bevor Bran antworten konnte oder wollte, trat einer der älteren Maulwürfe vor, von dem eine solche Autorität ausging, daß sie in ihm den Anführer erkannten, während Bran nur ihr Sprecher war. Er hatte sicher schon vier Längste Nächte miterlebt und war eher rundlich, obwohl sein Gesicht ebenso durchfurcht und hager wie das der anderen war. Seine Augen waren intelligent, und er hatte eine energische Art, die ihm Achtung verschaffte. Er sagte hastig etwas auf Siabod zu Bran, während er auf die beiden deutete. Bran nickte wiederholt und wandte sich an Bracken und Boswell. »Ihr sollt mit Celyn gehen, versteht ihr? Da ist ein Maulwurf, den ihr kennenlernen müßt, sagt er.«

Mit Bran als Nachhut wurden sie von den Oberflächentunneln, in denen sie sich unterhalten hatten, immer höher aus dem Tal heraufgeführt und dann hinaus auf die Oberfläche. Sie leisteten keinen Widerstand, weil sie diese Erfahrung schon so oft gemacht hatten: Wachmaulwürfe oder Kundschafter begrüßten sie am Rand eines Systems und befragten sie, bevor sie in das Innere geführt wurden, und sie hielten es für selbstverständlich, daß es auch hier so war, als sie in die tiefer im Tal gelegenen Tunnel geführt wurden. Sie fanden bei solchen einleitenden Gesprächen selten viel über die Maulwürfe heraus, denen sie begegnet waren, und erwarteten das auch nicht mehr. Das Abenteuer begann erst, wenn sie, wie jetzt, in das wirkliche Herz des Systems geführt wurden.

Aber diesmal war der Weg ungewöhnlich lang, und es wurde nur wenig gesprochen. Die Randtunnel des Systems waren sehr unterschiedlich und reichten von den primitivsten Tunneln, die knapp unter der Oberfläche durch einen unangenehmen, wurmlosen, nach Marschland riechenden Torfboden führten, bis zu tiefen Tunneln in einer weichen und klebrigen, dunklen, mit grauen, flachen Schichten von rostig aussehendem Schiefer durchsetzten Erde. Das System schien nicht nach einem bestimmten Plan angelegt worden zu sein, und häufig tauchten sie plötzlich an der Oberfläche auf in fast frei daliegenden Tunneln zwischen struppigem Gras oder unter Heidekraut.

Von einem dieser Oberflächenwege sahen sie zur Linken zum erstenmal den Siabod in seiner ganzen Größe, oder den Moel Siabod, wie Bran ihn nannte, wobei seine Stimme so bebte, daß er fast liebenswert erschien.

Jetzt da sie den Berg in seiner ganzen Massigkeit vor sich hatten, sahen sie, daß er noch eindrucksvoller war, als sie zuerst gedacht hatten, mit großen, steil abstürzenden schwarzen Felsen, dunstig in der Entfernung, in häßlichen, schneebedeckten Stufen bis zum Gipfel aufsteigend.

Als sie das Tal hinter sich gelassen hatten und die verkrüppelten Eichen, die sie am oberen Talrand unerwartet hinter einer Gruppe von Nadelbäumen fanden, wurde der Boden eben, und sie befanden sich auf flachem Schafweideland, grün und fast trocken an einigen Stellen, sumpfig und torfig durchweicht an anderen, und überall mit Felsen durchsetzt. Dieses Gebiet überquerten sie auf der Oberfläche im Schutze von Heidekraut und jungen Blaubeerpflanzen, bis sie sich endlich wieder unter die Oberfläche begaben, in Tunnel, in denen sie zum erstenmal das Gefühl hatten, sich in einem echten, vollständigen System zu befinden.

Während all ihrer Erkundungen und Reisen hatten sie jedoch noch nie Tunnel gesehen, die so nackt und trostlos wie diese waren. Der Boden war gut, verglichen mit dem armseligen, nassen Torfboden, den sie überquert hatten, und mit der ausgebleichten, aschfarbenen Erde weiter unten im Tal, denn er war dunkel und von guter Struktur, und es hing der Geruch von Würmern über ihm.

Ungewöhnlich war die Art, wie die Tunnel den glatten, scharfkantigen Schiefer ausnutzten, der von unten durch den Boden stieß und dessen Schichten fast rechtwinklig zur Oberfläche verliefen. Offensichtlich hatten Generationen von Maulwürfen diese Felsen in natürliche Gänge verwandelt, indem sie Tunnel gruben, die den Schiefer als massive Wand an der einen Seite und den nackten Erdboden als zweite Wand benutzten. Die Wirkung war furchterregend, aber eindrucksvoll, denn die Decken – von denen die meisten eher spitz zuliefen, eher lanzettförmig waren als flach – lagen ungewöhnlich hoch, und das war zweifellos der Grund für das feuchte, hartnäckige Echo, das tiefer und primitiver klang als die Echos der Tunnel im trockeneren Kreideboden.

Celyn, der ältere Maulwurf, der sie geführt hatte, blieb plötzlich stehen und kauerte sich auf den Boden, ohne etwas zu sagen.

»Wenn wir gegessen haben, werden wir hier eine Ruhepause machen und in Bauen in der Nähe schlafen«, sagte Bran. »Wir haben noch ein ganzes Stück vor uns.«

Nahrung wurde ihnen von einem weiteren mageren Maulwurf mit faltigem Gesicht gebracht. Er tauchte mit einem Bündel Würmer auf, dünnen, armseligen kleinen Exemplaren, an normalen Maßstäben gemessen.

Boswell aß sie langsam, einen nach dem anderen, aber Bracken, der hungrig war, stopfte mehrere auf einmal in sich hinein, bevor ihm zum Bewußtsein kam, daß sein Kauen und Knirschen das einzige Geräusch in den Tunneln um sie herum war, abgesehen von dem fernen Tropf, Tropf, Tropf des Wassers, das vom Schiefer rieselte. Er aß langsamer und lobte die Würmer über Gebühr, um seine Verlegenheit zu verbergen. An Nahrung war hier oben, das wurde ihm allmählich klar, viel schwerer heranzukommen als im Tiefland. Sie durfte nicht zu schnell verschlungen werden.

Erst als sie gegessen hatten, hielten sie es für angebracht, Fragen zu stellen über das Siabodsystem und den Ort, an den sie gebracht wurden. Meistens antwortete der rundliche ältere Maulwurf auf Siabod, und Bran übersetzte.

Was sie über Siabod hörten, war ihnen schon vertraut. Das System war stark zusammengeschrumpft durch die Pest, die es später als andere Systeme erreicht hatte, aber einen gewaltigen Tribut forderte. Die wenigen von der Seuche verschonten Maulwürfe lebten in einem schmalen Gebiet, zwischen der Stelle, wo sie Bracken und Boswell befragt hatten, und dem Ort, wo sie sich jetzt befanden und wo der Boden genug Würmer enthielt, wenn ein Maulwurf wußte, wo er zu suchen hatte.

Das System hatte keinen Anführer, weil die Siabod-Maulwürfe es vorzogen, sich von einer Gruppe Ältester wie Celyn leiten zu lassen. Aber er gab sich Mühe, ihnen zu erklären, daß das System während und seit der Pest von einem Maulwurf zusammengehalten worden sei, den er Y Wrach nannte, ein rauher, kehliger Name, der wie ein Fluch klang.

»Oh, es ist kein Männchen, es ist ein Weibchen. Sie heißt Gwynbach, aber die meisten Maulwürfe hier haben Spitznamen, und ihrer ist immer Y Wrach gewesen.«

»Und was heißt das in der Maulwurfsprache?« fragte Bracken.

»Hängt davon ab, wie du es aussprichst, verstehst du? Auf die eine Weise heißt es ›Heilerin‹ oder ›Zauberin‹, auf eine andere heißt es ›Hexe‹. Ihr werdet sehen, warum, wenn ihr sie kennenlernt.«

»Wir sollen sie also kennenlernen?« sagte Bracken.

»Müßt ihr jetzt wohl. Wäre nicht recht, wenn ihr nicht mir ihr sprecht, weißt du. Nicht nach allem, was ihr über Mandrake gesagt habt. Seht ihr, sie war es, die ihn gerettet hat . . .« Und dann begann Bran ihnen die Geschichte zu erzählen, die Boswell lange danach in den Schriftrollen des Systems so gewissenhaft aufzeichnete und die anfängt mit den inzwischen wohlbekannten Worten »Mandrake wurde geboren und überlebte unter Bedingungen, die die schrecklichsten Alpträume auch der zähesten Maulwürfe aus Siabod übertreffen . . .«

Als er zum Ende der beklemmenden Geschichte kam, die Bracken mitten ins Herz traf, weil er sich an Mandrakes verzweifeltes Rufen nach Rebekka vor seinem Tod erinnerte, erklärte Bran: »Seht ihr, Y Wrach war das Weibchen, das ihn fand. Sie hatte eine Vorliebe für unwirtliche Gegenden, das hat sie immer noch, und sie hörte ihn jammern oben auf den Hängen, wo er geboren war, und sie packte ihn am Genick und trug ihn nach unten. Es wird erzählt, daß einige dafür waren, ihn zu töten, weil er das letzte Junge eines verfluchten Wurfs war, aber sie beschützte ihn und wehrte ihre Angriffe ab, und sie schleppte ihn mit sich herum, bis er kräftig geworden war, und dann lehrte sie ihn, keinem Maulwurf zu trauen, alle Maulwürfe zu verachten und zu kämpfen, wie kein Maulwurf aus Siabod je gekämpft hat. Und er wuchs heran und wurde so groß und kraftvoll, wie noch kein Maulwurf des Systems zuvor oder später je gewesen ist. Wißt ihr, wie die beiden damals genannt wurden, weil sie nebeneinander so komisch aussahen? Die ›fach‹ und der ›fawr‹ – die ›Kleine‹ und der ›Große‹.«

»Aber wie kommt es, daß sie noch lebt?« fragte Boswell. »Sie muß uralt sein.«

»Sie hat mindestens sechs Längste Nächte miterlebt«, sagte Bran, »und obwohl ihre Kräfte jetzt nachlassen, ist ihr Verstand scharf wie eine Kralle. Jetzt bringen die Maulwürfe aus der Gegend hier ihr Nahrung und verzichten selbst darauf, wenn Würmer knapp sind, genauso, wie sie es für Mandrake getan hat.«

»Aber was geschah damals? Warum verließ er das System?«

»Um sich ihr zu widersetzen. Er war immer so, von dem Augenblick an, als sie ihn fand, so wird gesagt. Kein Maulwurf hat je verstanden, warum sie für ihn sorgte, denn sie hat nie ein liebevolles Wort gesprochen, weder zu ihm noch zu irgendeinem anderen Maulwurf. Auch zwischen ihnen gab es keine guten Worte. Sie bekämpften einander von Anfang an, und es wird gesagt, daß die Narben an ihrem Rüssel von ihm stammen, ihr beigebracht wurden, als er sie endgültig verließ.«

»Was hatte er vor?« fragte Bracken.

Bran wandte sich an Celyn und besprach sich mit ihm. Die beiden unterhielten sich eine Weile in schnellem Siabod, dann trat Bran näher an Bracken und Boswell heran und sprach mit leiser Stimme, als könnten die leblosen Schieferwände des Tunnels oder die leeren Tiefen um sie herum ihn belauschen.

»Er machte sich auf den Weg nach Castell y Gwynt.« Er machte eine Pause, um seine Worte wirken zu lassen, bevor er langsam hinzufügte: »Das war es, was er vorhatte, versteht ihr? Das hat er getan.«

»Aber warum?« fragte Bracken. »Warum?«

Bran nahm keine Notiz von seiner Frage. Seine Augen waren auf irgendein Bild seiner Phantasie gerichtet, als er fortfuhr: »Er muß über Cwm-oer hinaufgelangt sein, weil das der einzige Weg ist, der zu den oberen Hängen führt, hinauf in die verlassene Gegend, wo der Hund Gelert lebt. Bis ihr eure Geschichte erzählt habt, wurde hier angenommen, daß er in Stücke gerissen worden sei. Aber irgendwie muß er durchgekommen und dann weitergeklettert sein hinauf zu den wurmlosen Höhen des Siabod und weiter zu den heiligen Steinen von Castell y Gwynt.« Bran hielt inne, und Schweigen herrschte unter ihnen.

»Aber warum?« fragte Bracken wieder.

»Warum? Welcher Maulwurf kann wirklich wissen, warum ein Maulwurf sein Leben riskiert an einem Ort, in dessen Nähe kein anderer Maulwurf sich wagt? Der Grund, den er nannte, so wird gesagt, war, daß es keinen Stein gebe. Es gebe keinen Stein. Darum bedeuteten die Steine selbst überhaupt nichts. Er wollte beweisen, daß der Stein, den alle Maulwürfe verehren und den die Maulwürfe von Siabod immer besonders verehrt haben, nichts sei. Er wollte zeigen, wie sehr er unsere Furcht verachtete, und gleichzeitig unseren Glauben verhöhnen. Ihr müßt bedenken, daß in jenen Tagen vor der Pest alle Maulwürfe dazu angehalten wurden, den Stein zu verehren, aber Y Wrach lehrte ihn, es nicht zu tun, zumindest wies sie ihn an, an unseren Feiern nicht teilzunehmen. Aber Mandrake sagte, wie kann es einen Stein geben, wenn es gleichzeitig solche Leiden geben kann, wie bei seiner Geburt? Und nach der Pest kamen viele von uns zu der Überzeugung, daß er recht hatte, versteht ihr?«

Der Gedanke hing im Raum, und jeder von ihnen betrachtete ihn auf eine andere Weise. Für Boswell war die Antwort ebenso einfach und friedlich wie das Stillsitzen, für Bracken, der in seinem Leben viel Leiden gesehen hatte, war es eine Frage, die er nie hatte beantworten können. Für Bran lohnte es sich nicht, viel darüber nachzudenken. Was Celyn dachte, vermochte keiner von ihnen zu erraten.

»Und sie lebt noch, nach so langer Zeit?« fragte Boswell. »Worauf wartet sie?« Er fragte voller Mitgefühl und sah nicht Bran, sondern Celyn an. Bran wiederholte die Frage auf Siabod, und Celyn beantwortete sie sehr leise.

»Nun?« fragte Bracken.

Bran lachte und zuckte mit den Schultern. »Er sagt, daß sie glaubt, Mandrake werde zurückkehren«, sagte er.

Bracken hatte bisher noch nicht ausdrücklich gesagt, daß Mandrake tot sei, und jetzt wußte er noch weniger, was er sagen sollte. Aber Boswell half ihm aus der schwierigen Situation.

»Bringt uns zu ihr«, sagte er freundlich.

»Aber wir müssen uns ausruhen, schlafen . . .«, beschwerte sich Bran.

»Bringt uns hin«, wiederholte Boswell, seine Worte an Celyn richtend, der zu verstehen schien und sich erhob, um sie weiterzuführen.

Der zweite Abschnitt ihres Wegs dauerte viele Maulwurfstunden und brachte sie in Tunnel, deren Größe und Aussehen furchterregender waren, als ein Maulwurf aus Duncton sich hätte vorstellen können. Die Schieferwände ragten immer höher über ihnen empor, und der Boden wurde so breit, daß es manchmal schwer war, die andere Seite zu erkennen. Um nicht von ihrer Richtung abzuweichen, mußten sie sich dicht an eine Wand halten, obwohl das hin und wieder schwierig war, weil das Wasser, das ununterbrochen von den Wänden herunterlief, große Teiche in den Boden gegraben hatte, der mehr aus Schieferbrocken als aus Erde bestand. An verschiedenen Stellen mündeten große Tunnel in den, durch den sie liefen, und ständig war das Rauschen von Wasserläufen unter dem Boden zu hören, an einer Stelle sogar von einem unterirdischen Wasserfall. Das Echo wurde immer tiefer und klingender, so daß auch der leiseste Pfotentapser von einem Riesenmaulwurf zu kommen schien.

»Was für Maulwürfe haben diese Tunnel gebaut?« fragte Bracken an einer Stelle voller Scheu, und seine Stimme hallte aus der Ferne mißtönend wider.

»Keine Maulwürfe«, sagte Bran. »Dies ist nicht das Werk von Maulwürfen.«

An einigen Stellen gab es große Höhlen aus Schiefer, höher als ein Berg, größer als die höchste Buche, und verstreut auf dem flachen, leblosen Boden lagen verbogene Metallstücke, schartig und verrostet, wie sie sie manchmal in der Nähe der Wege der heulenden Eulen gesehen hatten. Die Luft war eisig von einem Tod, der schon vor vielen Generationen gestorben war.

»Hier lebt sie?« fragte Bracken.

»Nein, dies ist nur eine Abkürzung, um schnell zu ihr zu gelangen, wenn es oben auf der Oberfläche zu naß ist. Aber wir sind gleich da, weißt du«, sagte Bran.

Celyn führte sie am Rand einer weiteren großen Höhle entlang, in der der Widerhall ihrer Pfotentapser auf dem Schieferboden erklang, dann durch einen erfreulichen, maulwurfgroßen Spalt im Felsen, der steil nach oben führte, den herunter aber frische kalte Luft strömte. Sie kletterten hinauf durch das Geröll von Schieferteilchen und durch verfaulte, abgestorbene Vegetation, krabbelten durch aufgeweichte Torferde und kamen dann durch einen richtigen, offensichtlich von Maulwürfen gegrabenen Tunnel zurück in die Nähe der Oberfläche. Und dann hinaus an die Oberfläche, wo am zornigen grauen Himmel der Abend heraufzuziehen begann. Sie konnten den Siabod jetzt deutlicher erkennen; er war nähergerückt und massiger, auch zerklüfteter, mit hervorspringenden Stützen aus schwarzem Felsen, die die glattere Umrißlinie, die sie zuerst gesehen hatten, zerstörten und die Sicht auf alles übrige versperrten, mit Ausnahme des höchsten Gipfels, über dem grauer Nebel lauerte.

Dann ging es wieder hinunter in einen anderen Tunnel, etwa eine Viertelmaulwurfmeile weit, und in die Tunnel eines feuchten, trostlosen kleinen Systems, das Bracken an Coras Tunnel im ehemaligen Marsch-Ende erinnerte.

»Wir sind es, Celyn und Bran, Gwynbach«, rief Bran. »Und zwei Freunde, die du kennenlernen solltest.«

Sie kamen um eine Ecke, liefen zum Eingang eines Baues, und Celyn machte ihnen ein Zeichen, daß sie warten sollten, und trat ein. Sie hörten ihn auf Siabod sprechen und das Gemurmel einer Antwort in einer brüchigen, alten Stimme mit einem Unterton, der schärfer als die Kante einer dünnen Schieferschicht war. Celyn kam wieder heraus und winkte Boswell und Bracken in den Bau.

Y Wrach kauerte in einem Nest aus trockenem Borstgras und Heidekraut, und was sie noch an Fell auf ihrem alten Körper hatte, war blaßgrau und vom Alter mitgenommen. Ihr Gesicht bestand aus unzähligen Falten, und ihre Krallen waren kurz und abgeschliffen – eine fehlte ganz – und eher durchsichtig grau als schwarz. Ihre blinden Augen waren geschlossen und tränten, und Bracken sah, daß ihre Hinterpfoten als Folge irgendeiner Alterserscheinung unförmig geschwollen waren. Aber ihre Kopfbewegungen waren schnell und exakt, und sie winkte erst Boswell, dann Bracken zu sich heran und schien genau zu wissen, wo sie kauerten. Sie beschnüffelte beide und strich mit einer Pfote über Boswell, wobei sie einen Augenblick bei seiner verkrüppelten Pfote verweilte und ihn dann von sich stieß. Anschließend wandte sie sich Bracken zu, den sie auf die gleiche Weise prüfte. Er schauderte bei ihrer Berührung, die ihm wie die Liebkosung einer Krankheit erschien, aber er bemerkte, daß Boswell sie aufmerksam betrachtete, mit einem Blick voller Mitgefühl und Wärme, und mehr noch: Achtung.

»Pa waddod ydych, sy'n ddieithriaid yma? Dywedwch yn eich geiriau eich hunain a siaredwch o'r galon.«

»Sie möchte wissen, wer ihr seid, und ihr selbst sollt es ihr erzählen«, sagte Bran.

»Nun, ich weiß nicht, ob wir ihr alles erzählen sollten . . .« Während Bracken noch zögerte und über seine eigenen Worte stolperte, unterbrach Boswell ihn gelassen und sprach, Bran ignorierend, zu Celyn.

»Wo sollen wir anfangen?« fragte er.

Celyn zögerte, und dann begann er zu Brackens Erstaunen, in der Maulwurfsprache zu sprechen, die er sehr gut beherrschte, wenn auch mit einem härteren Akzent als Bran.

»Erzählt ihr, was in eurem Herzen ist. Sie wird es ohnehin verstehen. Ich werde übersetzen.«

Die Art, wie Boswell ihre Geschichte erzählte, war fast feierlich – ganz anders als Brackens sachliche Art, die Dinge zu schildern. Zuerst machte er es sich bequem in der Nähe von Y Wrach und schloß die Augen für einen Augenblick, fast als bete er oder rufe eine Macht an, deren Unterstützung er in dieser Situation für angebracht hielt. Zu seiner Überraschung sah Bracken die alte Y Wrach das gleiche tun; die beiden befanden sich in einer Art gemeinsamem Zustand der Entrückung.

Endlich sagte Boswell leise: »Was ich sagen werde, spricht von meinem Herzen zu deinem Herzen, mit der Wahrheit, die der Stein selbst dort eingepflanzt hat und die zu ehren ich versuchen werde.« Er machte eine kurze Pause, und Y Wrach nickte leicht, den Rüssel gesenkt und den Kopf ein wenig zur Seite geneigt.

»Ich heiße Boswell, Schreibermaulwurf aus Uffington, der viele lange Maulwurfjahre hierher unterwegs war, durch Winter und Schnee, mit Nachrichten, auf die du noch viel länger gewartet hast. Mag der Stein dir die Kraft geben, meine Nachrichten zu hören.«

Nach jedem Satz machte er eine Pause, damit Celyn übersetzen konnte, und Bran und Bracken zogen sich unbemerkt in die tieferen Schatten des Baues zurück, während Boswell und Y Wrach mit ihrem Gespräch anfingen, fast als wäre es ein Privatgespräch. Sogar Celyn schien zu verblassen; seine Stimme wiederholte die Worte des einen für den anderen, als sei er selbst nicht anwesend, so daß bald der Eindruck entstand, Boswell und das alte Weibchen sprächen allein miteinander.

»Der Maulwurf, mit dem ich hergekommen bin, der mich sicher hierhergeführt hat, ist Bracken aus Duncton, das, wie Siabod, eines der großen Systeme ist. Es gibt keinen vertrauenswürdigeren Maulwurf als ihn.« Y Wrach nickte freundlich und richtete ihren Rüssel auf die Schatten, wo Bracken schweigend kauerte.

»Ich werde dir von Mandrake erzählen, dem Maulwurf aus Siabod; ich werde dir von Veränderungen berichten, über die kein Maulwurf urteilen sollte. Ich möchte die großen Steine von Siabod durch dich um einen Gefallen bitten . . .« So begann Boswell ihre Geschichte zu erzählen, in der überlieferten rhythmischen Weise der Schreibermaulwürfe, für die die Wahrheit wichtiger ist als Zeit oder Wirkung, und die sprechen, wie Maulwürfe allein wahrhaftig sprechen können: von einem Herzen zum anderen.

Als Celyn in seiner Übersetzung zu dem Namen Mandrake kam, seufzte Y Wrach leise und schien vor sich hin zu murmeln, wobei sie mit blinden Augen auf Boswell und dann auf die anderen in ihrem Bau blickte, und plötzlich schien sie in ihrem Körper die Kraft zu finden, sich aufrechter zu halten. In ihrem Gesicht stand der Stolz, ein schwieriges Versprechen eingelöst zu haben. Sie sagte ein paar Worte auf Siabod, die Celyn übersetzte fast während sie noch sprach.

»Leider bist du kein Weibchen, Boswell, denn dann wären Worte vielleicht nicht so nötig. Erzähl mir von Mandrake, den ich auf dem Berg rettete, erzähl mir alles, und ich werde dir sagen, wie wahr es ist.«

So fing Boswell an mit seiner Geschichte und erzählte von Duncton und von allem, was Mandrake dort getan hatte. Er erzählte von Rebekka und sprach von Ruun, und manchmal fragte er Bracken leise nach Einzelheiten, die er nicht kannte oder an die er sich nicht erinnern konnte. Bis er endlich mit einer Stimme, die so gedämpft klang wie Schneefall bei Nacht, von dem Kampf bei dem Stein und vom Tod Mandrakes erzählte.

Y Wrach seufzte, als er davon berichtete, und schüttelte ihren alten gefurchten Kopf. Dann fuhr Boswell fort, erzählte vom siebten Stillen Stein, von Skiets Tod, von der Pest und von allem, was dazu beigetragen hatte, sie nach Siabod zu bringen. Während er sprach, sah Bracken zum erstenmal, daß, so betrachtet, wie Boswell es ihnen erzählte, all diese Dinge mit Mandrake verknüpft waren. Aber dann dachte er, daß sie auf eine andere Art mit Rebekka verknüpft waren, oder mit Boswell, oder mit Uffington. Und mit dem Stein. Es war alles eine einzige Geschichte.

Es herrschte lange Zeit Schweigen, bevor Y Wrach ihrerseits zu sprechen begann. Dabei schien sie sich emporzurecken und größer zu werden, so daß die große Schieferplatte, die die eine Seite ihres Baues bildete, hinter ihr zusammenzuschrumpfen schien, ein schwarzer Hintergrund für ihre graue und runzlige Gestalt. Sie sprach in einem Singsangton, der anders war als ihre ersten Worte, und die Worte schienen nicht von ihr zu kommen, sondern durch sie, von einer anderen Maulwurfgeneration und von einem Maulwurf, der jung war und nur widerstrebend durch einen Körper sprach, der fast am Ende seines Lebens angelangt war:

»Hen wyf i, ni'th oddiweddaf . . .
Crai fy mryd rhag gofid haint . . .
Gorddyar adar; gwlyb naint.
Llewychyd lloer; oer dewaint.«

»Alt bin ich und versteh dich nicht ...
Ich bin geschwächt von schwerer Krankheit ...
Laut sind die Vögel; Bäche naß.
Der Mond scheint; Mitternacht ist kalt.«

Ihr Siabod war rhythmischer und klingender als das, was Bracken zuerst von Bran und den anderen Maulwürfen unten im Tal gehört hatte. Und während Celyn mit seiner Übersetzung begann, schienen ihre eigenen Worte die seinen auf wundervolle, melodische Weise zu begleiten, so daß der Inhalt von ihm, die Kraft und die Poesie der Sprache aber von ihr kamen.

Zuerst fiel es Bracken schwer, in ihren Worten einen Sinn zu finden, aber dann wurde ihm klar, daß er weniger einer Folge von logischen Gedanken oder der Erklärung irgendwelcher Ereignisse lauschte als vielmehr den Bildern und Erinnerungen aus dem Herzen eines Maulwurfs, der seit vielen langen Maulwurfjahren mit dem Alter kämpfte und dessen Leben sich besser mit dem Strömen eines Flusses erklären läßt als mit den Ausführungen eines Schreibermaulwurfs. Im Mittelpunkt all dessen, was sie sagte, stand ihr Vertrauen in Mandrake, oder in die Lebenskraft in ihm, von dem sie glaubte, daß er nicht dazu bestimmt war, in der langweiligen Geborgenheit von Bauen und Tunneln dahinzusiechen, nachdem er den Schneesturm überlebt hatte, aus dem sie ihn rettete.

»Mandrake, ich kannte dich durch und durch.
Wie der Sturzflug eines Adlers an der Mündung eines Flusses warst du.
Hätte ich Glück gehabt, du hättest entrinnen können.

Doch mein Unglück bedeutete Leben für dich.
Mein Herz verdorrte vor Sehnsucht.
Der Bussard stürzte sich auf das Heidekraut,
Dein schwarzes Fell ging unter im Schiefer
Des Siabod, oder im Heulen des Hundes Gelert,
Schwarz wie Llyn dur Arddu.
Ich bin geschwächt, Krankheit hat mich gepackt.
Mandrake, mit welchem Teil deines Wesens hörst du mich?
Denn du kommst zurück
Aus dem Schiefer, der dich schluckte,
Schwarz unter Schatten. Ich höre dich.
Wind reißt an Sternenblüten,
Schnee fällt zwischen grünen Farn.

Der Bussard wird mich nicht mehr sehen,
Aber ich werde einen Bogen schlagen,
Einen Kreis des Triumphes; kahl wie der Hügel,
Kein Fell, kein Gras; kraftlose Krallen, weicher Fels.

Dies Blatt, der Wind treibt es davon.
Ach, welches Schicksal,
Alt, geboren in diesem Jahr,
Jung, im nächsten wiedergeboren.
So wirst du wiederkehren,
So werde ich wiederkehren,
So wirst du mich wiedererkennen,
So werde ich lachen über den schwarzen Schiefer Siabods,
Obwohl mein Herz vor Sehnsucht verdorrte
In diesem Leben, das du mir ließest,
Und der Wind fegte die letzten Bäume vom Berg.
So lachte ich in dem Schneesturm, der dich fand.
Kalte Seen, die nach Wärme verlangen,
Raben schwirren durch Castell y Gwynt,
Schnäbel auf dem Eis, wo deine Kralle zuschlug,
Wo die Stille des Steins dich warnte
Und Tryfan still steht.
Ich bin geschwächt von Schwermut heut nacht,
Weil ich nicht dort und bei dir war
Noch jemals sein kann. Ein andrer wird gehen,
Und du kehrst zurück.
Laß die Steine einen anderen sehen
In Castell y Gwynt,
Wo der Wind durch die Spalten heult,
Doch Tryfan steht still.«

Als die eintönige Melodie ihrer Stimme erlosch, sprach Celyn die letzten Worte, und dann war es lange Zeit still, und Bracken wandte keinen Moment die Augen von ihr, während die Bilder, die sie heraufbeschworen hatte vom Alter und vom Suchen und von Mandrake, zu dem sie sprach, als lebe er noch, sich in seiner Vorstellung vermischten und emporstiegen zu den Steinen von Siabod, zu denen er, das wußte er, gehen mußte.

Aber mehr als alles andere spürte er ihre Liebe zu Mandrake und ihr Gefühl, ihn irgendwie im Stich gelassen zu haben, obwohl sie es doch gewesen war, die ihn gerettet hatte. Und während er sie sprechen hörte und die Wahrheit ihrer Worte erkannte, verstand er endlich auch Rebekkas Liebe zu Mandrake, die von der gleichen Art war. Er erinnerte sich wieder, wie schon so oft, an jenen schrecklichen Schrei Mandrakes am Stein, einen Schrei, den er gehört, mit dem er aber nichts anzufangen gewußt hatte. Wie kann ein Maulwurf auf solche Seelenqual antworten? Wo findet er die Kraft? So blickte er wieder auf Y Wrach und fragte sich, ob es etwas gäbe, was er zu ihr sagen könnte, etwas, was ihr ein wenig Trost bringen würde.

»Erzähle ihr von Rebekka«, sagte er plötzlich, die Stille unterbrechend. Und dann wandte er sich an Celyn und fragte: »Hast du ihr von Rebekka erzählt?«

»Sie weiß von ihr«, sagte Boswell leise, und Celyn nickte.

»Nein«, sagte Bracken, »was ich meine, ist, du mußt ihr sagen, daß ich sie liebe«, denn er wußte, nur so konnten sie diesen alten Maulwurf, der so lange gewartet hatte, wissen lassen, daß es noch etwas von Mandrake gab, das von einem anderen Maulwurf geliebt wurde.

»Erzähl es ihr«, sagte Bracken zu Celyn.

Celyn sprach leise zu Y Wrach und nahm ihre alte Pfote, die sie ihm entgegenstreckte, und hielt sie. Dann drehte sie sich um und wandte sich direkt an Bracken und kam langsam auf ihn zu, die Hinterpfoten mühsam nachziehend, und berührte seine Pfote mit ihrer eigenen.

»Dywedwch wrthyf sut un ydi Rebekka!« sagte sie leise.

Bracken blickte Celyn an, um sich ihre Worte übersetzen zu lassen.

»Sie sagt: ›Erzähl mir, wie Rebekka ist‹«, sagte Celyn.

Bracken sah Y Wrach wieder an und fragte sich, was er sagen sollte, was er sagen konnte. Sie ist wie . . . sie ist wie . . .

»Sie ist voller Liebe, und ihr Fell ist dicht und glänzend grau. Sie ist groß für ein Weibchen, aber anmutig wie eine Binse im Wind. Ihr Lachen ist wie Sonnenschein. Leben durchströmt sie, und sie ist voller Lebenskraft, und die anderen Maulwürfe fürchten sich vor dieser Lebenskraft, aber sie kommen zu ihr, weil sie diese Kraft brauchen . . .« Er verfiel in Schweigen, Celyns leise Übersetzung kam bald darauf zum Ende, und es war wieder still.

Bracken wunderte sich über seine eigenen Äußerungen, weil er noch nie zuvor solche Dinge über Rebekka gedacht hatte. Fürchtete er selbst sich auch vor ihr? War es nur die Lebenskraft, die er suchte?

Er hätte gern weiter mit Y Wrach gesprochen, aber die Anwesenheit Celyns, Brans und Boswells machte ihn verlegen, und er war sich seiner Gefühle nicht sicher. Er versuchte, sich wieder in seine und Rebekkas Situation am Stillen Stein zurückzuversetzen, aber es schien zu weit weg, so lange her zu sein, daß es ihm vorkam, als wäre es ein anderer Maulwurf gewesen, der das erlebt hatte. Er hätte gern geweint. Er hätte gern tief aufgeseufzt. Er hätte sich gern von Y Wrach halten lassen. Er wünschte, Rebekka wäre bei ihm.

»Ich liebe sie«, murmelte er, und Celyn wiederholte die Worte auf Siabod. Y Wrach lächelte. Dann sah sie ein wenig aufgebracht aus, und dann sagte sie etwas zu ihm.

»Sie sagt, sie wisse, daß du Mandrakes Kind Rebekka liebst«, sagte Celyn, »und daß du es eines Tages vielleicht auch wissen wirst.«

Dann begann Y Wrach wieder zu sprechen, wenn auch nicht in dem Singsangton, in dem sie vorher gesprochen hatte.

»Ich wollte nicht, daß er geht, und warnte ihn davor«, übersetzte Celyn. »Aber ihr, die ihr ihn damals nicht kanntet noch ihn habt aufwachsen sehen, könnt vielleicht nicht verstehen, welche Kraft in ihm war. Der Himmel und der Wind waren in seinem Fell, und obwohl schwarze Wolken dort einherjagten, fand auch die Sonne ihren Weg. Er hatte eine Lebenskraft, im Vergleich zu der ich dieses traurige und leere Siabod, das System, das ihr eines der sieben großen Systeme nennt, nur für den Leichnam einer Krähe hielt, den ein kalter Wind gegen Schieferklippen geschleudert hat.

Sie wurden zornig, als ich nicht zuließ, daß er zusah, wie der Stein zwischen den toten Krallen ihrer Rituale zerdrückt wurde, oder in ihr Lied ohne Hoffnung einstimmte. Ich habe ihm gesagt, daß der Stein bei Castell y Gwynt emporragt, nicht in diesen wurmlosen Schiefertunneln, die jetzt in angemessener Weise von der Pest bestraft worden sind.

Aber als er heranwuchs, haßte er mich genauso wie sie und verhöhnte uns alle, indem er dort hinging. Und doch weiß ich, daß nicht einmal Gelert, der Hund von Siabod, ihm das Leben nehmen konnte; keiner konnte das, keiner wird das jemals können.«

»Aber er ist jetzt tot«, sagte Boswell leise, und Celyn wiederholte die Worte für sie.

Sie schüttelte den Kopf und lachte, ihr erstes Lachen, seit sie bei ihr waren, ein Lachen, das so knorrig und kräftig wie Bergginster war.

»Du mußt noch einiges lernen, Boswell. Und du«, sie wandte sich mit sicherem Instinkt wieder zu Bracken und erhob ihre alte Pfote, »du mußt auch noch einiges lernen und einiges tun, du, der du sagst, daß du Mandrakes Kind liebst.« Sie näherte sich Bracken langsam und berührte ihn, und diesmal war ihre Berührung wie ein warmer Wind, der sein Fell kräuselte, und er wußte, sie kannte ihn bis auf den Grund seiner Seele.

»Vielleicht mußt du sie verlieren, Bracken aus Duncton, bevor du sie findest. So wie ich meinen Mandrake verlor. Und gefunden habe.«

Mit dieser abschließenden geheimnisvollen Bemerkung, die Brackens Herz nur mit Furcht erfüllte, verstummte sie, und Celyn gab das Zeichen zum Aufbruch.

Sie sahen sie nur noch einmal, zwei Tage später, als sie sie zum Ende ihrer Tunnel führte, an den Rand einer Steilwand über einem Steinbruch, dessen Klippen in der Ferne die abschüssigen Hänge des Siabod säumten.

Sie schnüffelte eine Zeitlang blind über diesem Abgrund herum, bevor sie sagte: »Der Weg hinauf zum Moel Siabod führt dort durch die Klippen von Cwm-oer. Dahinter, obwohl heute keinem Maulwurf mehr bekannt, stehen die Steine, die ihr sucht, und Tryfan, zu dem ihr nie gelangen werdet.« Sie zeigte mit einer Pfote auf die Hänge links von ihr. »Dort drüben, ich erinnere mich nur zu gut, führt ein Weg aus diesen Tiefen heraus, aber kein Maulwurf kann dort hinaufklettern – höchstens hinunterstolpern.«

Das Gelände, auf das sie zeigte, bestand aus rauhem Fels mit einigen Resten dahinsiechenden Pflanzenwuchses – schwächlicher Rainfarn und struppige Heidelbeeren –, der am Rand des Steinbruchs steil emporstieg und in der Ferne zu den äußersten Höhen führte.

»Dort oben wurde in einem Schneesturm Mandrake geboren, und dort fand ich ihn: eine Gegend für Silbermöwen oder Krähen oder für den Tanz eines Perlmutterfalters im Sommer, doch nicht für Maulwürfe.«

Sie wandte sich wieder den wilden Tiefen des Schiefergesteins unter ihnen zu, die sich weit erstreckten in einem Durcheinander gewaltiger Steinbrocken und vergessener Ruinen.

»Dort lebt Gelert, und dorthin führt euer Weg.« Sie wandte sich ab, abschließend die Worte vor sich hin murmelnd, die sie schon einmal gesagt hatte: »Hen wyf i, ni'th oddiweddaf.«

Bracken blickte hinauf zum Siabod, dann wieder hinunter auf den Weg, den er bald einschlagen mußte, um hinaufzugelangen, und er fragte sich, wenn sie das alles nicht verstand – welche Hoffnung hatte er dann?

KAPITEL 42

Bracken und Boswell kauerten am Grund von Cwm-oer, die Warnungen der Maulwürfe von Siabod noch in den Ohren und Furcht im Herzen. Über Nacht war Graupelschnee gefallen und hatte die schwarzen Felsbrocken an den Hängen des klaffenden Tals mit einer dünnen, naßweißen Schicht bedeckt, die die Trostlosigkeit der Gegend noch erhöhte.

Nur Celyn hatte sie begleitet, denn Bran führte sie zwar zurück ins Tal, lehnte es aber ab, auch nur in die Nähe von Cwm-oer mitzukommen; er verließ sie hastig und fast ohne Abschiedsworte lange bevor sie Cwm-oer erreichten, als würde ein zu langer Aufenthalt ihn in das gleiche Verderben stürzen, das sicher bald über sie käme.

Aber Celyn führte sie einen Weg entlang, den er als Jungwurf einmal als Mutprobe eingeschlagen hatte, wenn er auch nur den ersten Teil dieser Route kannte, denn der Wind aus dem Cwm-oer – der Cwm-Schlucht – war so eisig gewesen, daß er nicht weit gekommen war. Nun jedoch begleitete er sie bis zu der felsigen Biegung, die den Anfang von Cwm-oer enthüllte.

Dort blieb er stehen, und bevor er sie verließ, wünschte er ihnen Erfolg und gab ihnen einen letzten Ratschlag, der auf seine eigenen langen Erfahrungen auf den sanfteren Hängen an der Ostseite des Siabod zurückging.

»Ihr werdet diese Gegend wahrscheinlich noch ärmer an Würmern finden als die Teile des Moel Siabod, die ihr schon gesehen habt. Schon manch ein Maulwurf ist verhungert bei der Nahrungssuche draußen auf dem sumpfigen Torfmoor – oder ist im Freien von Bussarden oder Raben, von Turm- oder Zwergfalken erwischt worden. Hier oben ist oft in der Nähe der Wasserläufe Nahrung zu finden, darum solltet ihr in Zweifelsfällen ihnen folgen, wenn sie auch nicht vielversprechend aussehen mögen. Es gibt auch Pflanzen, die wurmreichen Boden bevorzugen, aber die meisten davon werdet ihr nicht kennen. Wachsen Orchideen in der Erde bei euch – oder was ihr Kreide nennt?«

Boswell nickte; die Erinnerung an die zarten, gekräuselten Orchideen des Kreidebodens schienen hier oben ein ferner, unerreichbarer Traum.

»Dann haltet Ausschau nach einer, die purpurrot ist und jetzt blüht. Und Sternsteinbrech, den Y Wrach erwähnte und den ihr auf dem Weg hierher saht – die werdet ihr in der Nähe von Würmern und Maden finden. Und Sauerampfer – kennt ihr Sauerampfer?«

Diesmal nickte Bracken, denn in den letzten Maulwurfjahren hatten sie viele, viele Male in der Nähe von Sauerampfer gegessen – dort waren immer ein paar Würmer!

»Es gibt eine Art, die hier oben in wurmreichem Boden wächst, etwas anders als die im Tal – mit herzförmigen Blättern, aber der Geruch ist der gleiche. Sie wird jetzt noch nicht blühen, aber haltet Ausschau nach den Blättern; sie werden euch zu Würmern führen.«

Er verließ sie mit einem auf Siabod gesprochenen Segen und verschwand wieder in dem harten Gras, durch das sie das letzte Stück Weges zurückgelegt hatten, denn die Tunnel hörten irgendwo vor Cwm-oer auf. Eine Weile rührten sie sich nicht; sie zogen es vor, im Schutz der Borstgrasbüschel zu kauern, während sie überlegten, wie es weitergehen sollte.

Links von ihnen hörten und rochen sie das Rauschen eines Gebirgsbaches, dessen lautes Plätschern und Spritzen vermuten ließ, daß er all die kleinen Bächlein aufnahm, die auf ihren geheimnisvollen Wegen die Wände des Cwm hinunterschossen ins Tal, durch den Schneefall der letzten Nacht jetzt noch mehr Wasser führend. Rechts von ihnen, ein kleines Stück hangaufwärts, hörte der Graswuchs abrupt auf, wo der letzte spitze Ausläufer einer steilen und massiven Schieferplatte es bedeckte. Nicht eine einzige Pflanze wuchs auf ihrer ungastlichen Oberfläche, die kahl zum Himmel aufragte.

Was vor ihnen lag, konnten sie nicht ausmachen, obwohl, gemessen am Geräusch des Windes und einem gelegentlichen Vogelruf und an dem, was sie bereits von Y Wrachs Tunneln aus gesehen hatten, die Gesamtentfernung vielleicht sechs oder sieben Maulwurfmeilen betrug – eine Tour von fünf Stunden.

»Laß uns so schnell wie möglich aus der Schlucht herauskommen, damit wir noch genug Zeit und Kraft haben, nach einem Rastplatz und nach Nahrung zu suchen, wenn wir dort ankommen«, sagte Bracken. »Wenn dieser berühmte Hund sich hier aufhalten sollte, soll er es doch! Wir können nichts daran ändern. Zumindest gibt es hier reichlich Schiefer, unter dem wir uns dem Griff seiner sagenhaften Pfoten entziehen können!« Brackens Unbeschwertheit war ein armseliger Versuch, die Unsicherheit zu verbergen, die er am Anfang dieses schrecklichen Unternehmens spürte.

Sie brachen schnell auf und fanden eine breite, schiefrige Spur, über der der Geruch von heulenden Eulen hing, den Gebirgsbach auf der einen, den spitzen Ausläufer der Schieferplatte auf der anderen Seite. Hier und dort standen Büschel von Schwingel- und Borstgras, eine willkommene Abwechslung zu Schnee und Schiefer, aber im übrigen war es ein trostloser und steiler Weg. Je höher sie kamen, um so bedrückender erschien ihnen die sich emportürmende Schieferplatte an ihrer rechten Seite – und das um so mehr, weil dann und wann kleine Schneelawinen herunterrutschten von den großen grauen und rostbraunen Schichten, aus denen sie bestand. An einigen Stellen entlang des Weges hatte es Steinschläge gegeben, und große Schieferbrocken, viele zweimal so dick wie ein Maulwurf und viele Male so lang, lagen verstreut umher und ließen die ganze Gegend bedrückend unsicher erscheinen.

Nachdem sie eine Stunde stetig bergauf geklettert waren und dabei vereinzelte Grasbüschel so gut es ging als Deckung benutzten, wurde der Weg ebener und führte nach links auf eine Brücke über den Gebirgsbach und dann am linken Ufer eines langen Sees entlang, der den Boden der Schlucht vor ihnen bedeckte. Obwohl sein Wasser klar war, wirkte er kalt und schwarz, weil die kahl emporragenden Schieferklippen an seiner anderen Seite sich in ihm spiegelten. Ungeduldige kleine Wellen griffen nach dem Ufer des Sees nahe der

Stelle, wo Bracken und Boswell entlangliefen: Alles sah schwarz und kalt aus.

Links von ihnen wich das Torfmoor flachen, felsigen Hängen, die mit trokkenerem Gras bedeckt waren und hier und dort das einzige bißchen fröhliche Farbe in die ganze armselige Umgebung brachten: die leuchtend gelben Blüten der Blutwurz. Aber auch hinter diesen Pflanzen wurde der Hang allmählich wieder steiler, bis er schließlich wieder in überhängende Felsblöcke überging oder in schwarzgraue Steilwände, in deren Nähe sich nur hin und wieder ein Rabe oder eine Krähe zeigte, und auch die wurden erst sichtbar, wenn sie hoch genug flogen, um sich gegen den trübweißen Himmel abzusetzen.

Bracken und Boswell liefen jetzt schneller, denn der Pfad war ohne Dekkung. Sie legten nur eine Ruhepause ein an einer Stelle, wo unter dem Pfad ein kleiner Bach sich durch das Torfmoor einen Weg in den See suchte. Sie hofften, dort Würmer zu finden, hatten aber kein Glück und konnten sich nur ein wenig ausruhen, während sie den Himmel nach Greifvögeln absuchten.

Dann ging es weiter, direkt am Ufer des Sees entlang, bis auch dieser hinter ihnen lag und sie wieder bergauf liefen, wieder an einer Unzahl von großen, steilen, schneebedeckten Schieferblöcken vorbei, die den jetzt zunehmend holprigen, felsigen Pfad säumten.

Daß sich bisher überhaupt nichts Ungewöhnliches ereignet hatte auf ihrer Tour hätte sie zu der Annahme verleiten können, die Gefahren dieses Unternehmens seien ihnen übertrieben dargestellt worden, wenn sie nicht ganz plötzlich die scharfe Witterung eines Wesens aufgenommen hätten, dem sie noch nie begegnet waren und dessen Weg den schiefrigen Pfad kurze Zeit vorher gekreuzt haben mußte. Der Geruch hatte etwas von der wilden Leblosigkeit des dichten braunen Torfs und etwas von der Grausamkeit eines Raubtiers, und noch schlimmer: er enthielt auch eine kaum wahrnehmbare Andeutung jenes betäubenden Gestanks, der zu den heulenden Eulen gehört und den Geruchssinn unvorsichtiger Maulwürfe völlig abstumpfen kann.

Sie mieden den Pfad für eine Weile und suchten Zuflucht zwischen einigen losen Schieferstücken, zwischen denen Borstgras wuchs, und schnüffelten nach einer deutlicheren Spur der Witterung, lauschten auf Bewegung oder Vibrationen.

»Was für ein Wesen war das?« fragte Bracken.

Boswell zuckte mit den Schultern und schüttelte den Kopf. Er gab offen zu, daß er Angst hatte. Aber als er sah, wie Bracken sich wieder auf den Weg machte und schließlich schnüffelnd den Schutz des Grases verließ, bewunderte er von neuem, wie schon so oft zuvor, den eigensinnigen Mut seines Freundes. So viele Male schon war dieser Mut das einzige gewesen, was ihn, Boswell aus Uffington, Schreibermaulwurf, der dazu bestimmt war, so viele Erfahrungen zu machen, zu neuen Einsichten und Erkenntnissen geführt hatte.

Es gab einen Mut, den Boswell schon bei vielen Maulwürfen beobachtet hatte und dessen Wurzeln Unkenntnis und Dummheit waren. Gib einem solchen Maulwurf eine Aufgabe, sag ihm, er soll sich an die Arbeit machen, und schon ist er dabei. Aber Bracken? Er war keineswegs dumm, es gab so viele Dinge, die er verstand und für die zu leben er versuchte, und doch folgte er jetzt dieser furchterregenden Witterung.

»Der Stein war wahrlich weise, mich mit Bracken zusammenzuführen«, dachte Boswell und folgte ihm mit einem etwas kläglichen Lächeln.

Sie stellten sehr bald fest, daß sie guten Grund zur Angst hatten, denn als der Pfad sie näher an die kahle Felswand am Ende von Cwm-oer führte und der See sich schon ein Stück hinter ihnen und weiter unten befand, liefen sie wieder direkt in den schrecklichen Geruch hinein, und diesmal entdeckten sie auch die furchteinflößenden Spuren des Wesens, von dem der Geruch kam. Jeder Eindruck war mindestens halb so groß wie ein Maulwurf und enthielt fünf Ballenabdrücke wie bei einem Hund, die sich an ihrem vorderen Rand scharf in den Schnee gedrückt hatten: die Abdrücke der Krallen. Der Abstand zwischen den einzelnen Eindrücken war drei- oder viermal so groß wie sie es bei den Fährten aller anderen ihnen bekannten Lebewesen gesehen hatten, viel größer als die Fährten auch des größten Fuchses oder Dachses, und das Wesen war so schwer, daß seine Spuren sich bis zu dem schwarzen Schiefer unter dem Schnee durchdrückten, während ihre eigenen kaum die Oberfläche ritzten. Die Spuren sahen nach einem Hund aus, aber es mußte ein wahres Monster von einem Hund sein, dessen Größe selbst den Himmel verdunkeln würde.

Sie wählten jetzt umsichtig einen Pfad, der im Zickzackkurs von einer Seite zur anderen des Weges führte, und später eine Route, die so nahe wie möglich an Borstgrasbüscheln oder Rissen im Schiefer entlangführte, für den Fall, daß sie schnell Zuflucht suchen mußten.

Die Pfotenspuren, die sie gesehen hatten, überquerten ihren Weg und führten in unglaublich großen Sätzen die steile Seite der Schieferwand hinauf und über den fernen Gipfel hinweg. Hier und dort, für die beiden Maulwürfe nicht zu erkennen, hatte sich das Wesen als zu schwer für die manchmal dünnen Schieferschichten erwiesen, und Schnee- und Schieferlawinen waren hinter ihm heruntergegangen.

Ein kreisender Turmfalke hätte in der Einöde Cwm-oers unter sich sehen können, wie die Spuren an der anderen Seite der Schieferwand nach unten führten, einen anderen Gipfel hinaufliefen, hier und dort dem Geruch von Schafen folgten, weiter in die Schlucht hinuntergingen, über schneebedecktes Gras und Felsbrocken trotteten und schließlich zurück auf genau den

Weg führten, den Bracken und Boswell vor etwa einer Stunde mühsam erklettert hatten.

Ein Turmfalke hätte es wohl dabei belassen, aber eine Aaskrähe, die den Tod zu finden weiß und von ihm lebt, hätte vielleicht gesehen, daß die Spuren dann ungeschickt die frischen Maulwurfspuren kreuzten, daß der Schnee daneben aufgewirbelt und beschmutzt war von dem Schnüffeln und Sabbern eines riesigen Rachens, bis die Spuren endlich und unerbittlich den Weg hinauf der Witterung der beiden Maulwürfe folgten.

Inzwischen waren Bracken und Boswell allmählich müde geworden. Es kam ihnen so vor, als wären sie den ganzen Tag nur geklettert, ohne ein einziges Mal einen Wurm auch nur zu riechen. Die Wände der Schlucht waren nähergerückt und zwangen den Weg, und damit sie, auf die linke Seite, vorbei an einem schroffen Felsen, der jeden Blick auf den See unter ihnen unmöglich machte, und dann einen sehr viel steileren Hang zur rechten Seite der jetzt schmäler werdenden Schlucht hinauf. Unter ihnen stürzte der Quellfluß mit seinen eisigen Wassern hinab in das Tal, aus dem sie gekommen waren. Sie bedauerten, daß sie ihm nicht weiter nach oben gefolgt waren, weil sie, wie Celyn ihnen gesagt hatte, irgendwo an seinen Ufern Nahrung hätten finden können. Jetzt war es zu spät, denn der Weg hinunter würde zu steil und zu rutschig sein. So folgten sie ihrem Weg weiter, in der Hoffnung, daß er schließlich zum oberen Ende der Schlucht führen und wieder auf den Fluß stoßen würde.

Als sie weiterliefen, wurde das Rauschen des Flusses allmählich gedämpft durch einen weiteren häßlichen Schieferbrocken, größer als alle, an denen sie bisher vorbeigekommen waren. Er wirkte, als sei er aus der Wand, die die Schlucht vor ihnen abschloß, herausgebrochen, und überragte diese wie ein Berggipfel, so hoch, daß er auf gleicher Höhe mit ihnen schien und dann noch höher, während an seinem Fuß der Fluß entsprang. Mit diesem Felsen zu ihrer Linken und dem letzten Stück der Felswand direkt rechts von ihnen waren sie von beiden Seiten eingeengt, so daß es ihnen bei Gefahr kaum möglich war, nach rechts oder links auszuweichen, und sie sich bestenfalls unter den lockeren Schieferstücken zu Füßen des Bergs verstecken konnten.

Mit Ausnahme der zaghaften Spuren von Schnee um sie herum war alles schwarz und bedrückend, und sogar der Nachmittagshimmel schien die Farbe von Schiefer angenommen zu haben. Es gab überhaupt keine Farbe mehr auf der Welt, und das einzige Geräusch kam vom Fluß, der irgendwo unter ihnen durch die Tiefen brauste, und von kleineren Bächen, die ihren endlosen Weg die steilen, widerhallenden Wände des Cwm hinunter suchten, in dessen wilden Klüften die beiden Maulwürfe jetzt gefangen waren.

Angst ergriff sie; Gefahren umlauerten sie von allen Seiten: rutschender

Schiefer, herunterstoßende Raubvögel, Iltisse, das Ungeheuer von einem Hund, und nie während ihrer vielen Reisen waren sie so voller böser Ahnungen gewesen.

Der Weg führte über einen scharfen Rücken härteren Gesteins, das rechts von ihnen hervorragte, und fiel dann steil nach unten ab in einen von Klippen umgebenen Abgrund, an dessen anderen Seite die Felsen noch höher emporragten und in den, weit zur Rechten, über einen gezackten Grat der Fluß, der links von ihnen gewesen war, sich ergoß und in das Flußbett aus Schiefergeröll mündete. Sie blickten zurück auf das letzte Stück der Schlucht und dann nach vorn in einen Abgrund, der einem dunklen Brunnen glich, denn es schien kaum Licht aus ihm zurückgeworfen zu werden. Es war ein Augenblick, in dem Bracken seine Seele dafür gegeben hätte, einen Blick auf eine nackte weiße Kreidewand im Sonnenschein zu erhaschen, den Sommerwind durch das trockene Gras in Duncton rascheln zu hören oder die Orchideen und blauen Glockenblumen zu sehen, die den traurigsten Maulwurf heiterer stimmen. Aber jenseits des Abgrunds gab es doch sicher Zuflucht und Nahrung!

So kletterten sie hinunter und glitten immer wieder auf verschneitem Schiefer aus, während alles um sie herum leblos und naß war und das Rauschen des Wasserfalls immer lauter wurde. Nicht eine einzige lebende Pflanze munterte sie mit ihrem Duft auf, und sie wußten, ohne zu suchen, daß sie einen noch längeren Weg aus diesem Abgrund zurücklegen mußten, bevor sie auch nur hoffen konnten, etwas Eßbares zu finden.

Erst als sie den Boden des Abgrunds erreichten, auf allen Seiten von schwierigen steilen Felsen umgeben waren und das Gefühl hatten, die Schieferplatten könnten plötzlich nach unten rutschen und sie für immer unter ihrer schroffen Finsternis begraben, nahmen sie den Geruch wieder wahr, den gleichen wilden Geruch, den sie schon kannten, nur durchdringender und näher.

Obwohl der Fluß rauschte und brodelte und dahinjagte, wurde er von einem Geräusch übertönt, das für sie wie das Poltern von Schiefer gegen Schiefer klang, in Wirklichkeit aber das erste böse Knurren eines riesigen Hundes war, dessen Pfoten und Krallen jetzt in die Spuren traten, die Bracken und Boswell vor wenigen Minuten am Rand des Abgrunds zurückgelassen hatten.

Als Bracken stehenblieb, sich umdrehte und den Weg zurückblickte, den sie gekommen waren, vermischten Geruch und Geräusch sich für ihn zu der schrecklichen Gewißheit, daß ein Hund ihnen auf den Fersen war. Der Hund Gelert von Siabod war ihnen auf den Fersen, und der Himmel selbst schien knurrend die Zähne zu fletschen, feurige gelbe Augen zu haben, während die Schiefergipfel große lebendige Pfoten waren. Dann schienen der Himmel, die Gipfel um sie herum und sogar der Boden, auf dem sie so wehrlos standen, einen Todesgeruch auszuströmen. Sein Fell war gelb mit weißen Flecken und dick wie Rispengras, seine Pfoten waren schwer, und sein großer Kopf war so massig wie ein Bollwerk aus Fels.

Gelert, der Hund von Siabod, lief hohnlachend auf sie zu, sein Knurren war ein Laut des Vergnügens, als er auf sie losstürzte, sein großes Maul mit den lose herunterhängenden Fleischfalten schwebte einen Augenblick lang über ihnen, als er ihre Witterung aufnahm, dann raste er die andere Seite des Abgrunds hinauf, wo er sich auf den losen, unter seinem Gewicht davongleitenden Schieferplatten umdrehte, um den vergnüglichen Angriff noch einmal zu wiederholen.

Maulwürfe! Gewöhnlich bereitete es ihm mehr Spaß, sie dort auszugraben, wo sie sich angstbebend versteckt hielten zwischen den Schieferplatten, zu denen er ihre Spur verfolgte; es war auch ein größerer Spaß, sie aus den Talwiesen jenseits von Cwm-oer auszugraben, wo sie Fährten hinterlassen hatten, denen jeder Hund folgen konnte. Soweit er zurückdenken konnte, war nur ein einziges Mal zuvor ein Maulwurf nach Cwm-oer selbst gekommen, und das lag schon viele Maulwurfmorde zurück. Aber wenn er sie nicht aus dem Schiefer herausschnüffeln und nicht aus dem Boden herausgraben konnte, konnte er hier an Ort und Stelle mit ihrer Angst spielen, bevor er ihre seidigen Körper gegen den Schiefer schleuderte, daß ihr Blut den Schnee rot färbte.

So vergnügte Gelert sich daran, sich ein zweites Mal auf sie zu stürzen, wobei er dem Knurren ein Heulen hinzufügte, nur zum Spaß, weil lebendiges Fleisch viel aufregender war als totes.

Als der Hund ein drittes Mal über sie hinweggesprungen war, ohne sie zu berühren, wurde Bracken klar, daß er mit ihnen spielte und daß sie vielleicht noch Zeit hatten, in einen der vielen Hohlräume unter den Schieferplatten am Fuß der Klippe zu fliehen. Er packte Boswell und schob ihn zu einem der Hohlräume, sich instinktiv schützend vor ihn stellend, als der Hund den steilen Weg herunter kam und zum vierten Angriff ansetzte.

Als Gelert sah, daß sie sich bewegten, dehnten und spannten sich die großen Muskeln in seinen Schultern. Er verlagerte sein Gewicht mit der Geschicktheit eines Vogels im Flug, und seine Hinterläufe folgten seinem Körper bei einer plötzlichen Linksdrehung, während zu seinem Entzücken die beiden Maulwürfe in rührender Weise Zuflucht suchten. Leichtfüßig kam er zum Stillstand, mühelos setzten seine großen Pfoten direkt vor ihren Rüsseln auf dem Boden auf und ließen die beiden Maulwürfe in panischem Schrecken erstarren, während er entzückt die Angst in ihrer Ausdünstung wahrnahm.

Sie drehten sich um, wie er es erwartet hatte, und er schwang seinen großen, mit rauhem Fell bedeckten Kopf herum, um sie anzusehen, und freute sich über die Beweglichkeit seines schweren Körpers, als er sich scharf auf der Stelle drehte und begann, richtig an ihnen zu schnüffeln.

Bracken war stehengeblieben, als der Hund sich wieder auf sie stürzte, aber als er vorbeilief, schob er Boswell weiter voran und drehte sich dann zum Hund hin. Es gibt Bedrohungen, die so gewaltig sind für einen Maulwurf, so völlig außerhalb seiner Erfahrung, daß Widerstand so absurd erscheint wie der Kampf eines sechs Tage alten Maulwurfjunges gegen seine Mutter. Und doch kämpft ein Junges.

Während Boswell also weiterlief, wandte Bracken sich zurück, dem großen, schimmernden Maul von Gelert zu, und stieß mit seinem ganzen Körper und seinem ganzen Mut die Krallen hinein, wie Medlar es ihn vor so langer Zeit gelehrt hatte. Seine Krallen waren scharf, und der Hieb war voller Kraft. Er traf den Hund, und der plötzliche Schmerz überraschte ihn so, daß er sich schwerfällig zurückzog und zum erstenmal in echtem Zorn knurrte.

Mit einem weitausholenden Schwung seiner Pfote versuchte er, beide Maulwürfe auf einmal zu erwischen, den, der die Krallen gegen ihn erhoben hatte, und den, der zu fliehen versuchte. Als Boswell unter die schwere Schieferplatte tauchte, zu der Bracken ihn geschoben hatte, riß Gelert mit einer seiner Krallen eine brennende Wunde in seinen Rücken, die sofort heftig zu bluten begann. Das aber gab Bracken gerade genug Zeit, um dem tödlichen Hieb auszuweichen, seinerseits zu knurren und unter Gelerts weit aufgerissener Schnauze hindurch Boswell in den Schutz der Schieferplatte zu folgen. Es hat seine Vorteile, klein zu sein. Über ihnen ertönte Gelerts gereiztes Knurren, als er, zornig, aber angenehm erregt, das Blut an seiner Pfote roch und hungrig unter den Schiefer griff, wobei seine Krallen knirschend über die Kanten kratzten. Nachdem er einen Ansatzpunkt gefunden hatte, bemühte er sich, die Platte zur Seite zu schieben, aber obwohl sie schaukelte und Bracken spürte, wie ihr Gewicht sich verlagerte und sie über ihnen zu rutschen begann, hob sie sich nicht weit genug, um Gelert an die Maulwürfe herankommen zu lassen.

Die Schieferplatte lehnte gegen eine noch größere Platte, und in den Schutz dieser Platte kroch Bracken jetzt, den halb bewußtlosen Boswell mit sich ziehend. Der Hund sprang vor ihnen umher, versuchte, nach ihnen zu greifen, und bellte und knurrte seine Beute an. Er roch das Blut von Boswells Wunde und gierte nach dem lebenden Fleisch.

Dann wurde er still, ebenso plötzlich wie er seinen Angriff begonnen hatte. Er kauerte sich vor die Schieferplatten, legte den Kopf zur Seite und streckte die Pfoten vor sich aus, während er es mit einer anderen und schon oft erfolgreichen List versuchte: Er wartete darauf, daß sie versuchten, plötzlich davonzulaufen.

Als es still wurde, wagte Bracken endlich, Luft zu holen und nach Boswell zu sehen, dessen Wunde tief und bedenklich war.

»Boswell! Hörst du mich? Boswell! Tut es sehr weh?« Boswell stöhnte nur mit geschlossenen Augen, und aus der langen Wunde lief das Blut über seine linke Flanke und verwandelte sein Fell in eine schimmernde verklebte Masse.

Der Hund über ihnen, dessen Ausdünstung jetzt überall in ihrem Zufluchtsort in der Luft hing, versuchte als nächstes, die Schieferplatten auszugraben. Aber der Boden steckte voller kantiger Schieferteilchen, die ebenso scharf wie Gelerts Krallen waren.

Er setzte sich wieder hin und wartete. Seine fahlen Augen verließen nicht für eine Sekunde die Schieferplatten, und nur ein verdrossenes Schwanzzucken verriet seine erregte Ungeduld. Er hatte schon vorher so wie jetzt gelauert: auf Kaninchen und Wiesel und Wühlmäuse, sogar schon auf Spitzmäuse. Er hatte die Geduld, auf Maulwürfe zu lauern.

Der zur Neige gehende Nachmittag brachte einen trüben, düsteren Himmel, und die gleichen Luftströmungen, die in der vergangenen Nacht nassen Schnee mit sich geführt hatten, brachten jetzt gewittrigen Regen zu den Hügeln und dem Berg Siabod. Das Unwetter kam von Westen, mit Blitz und Getöse, mit Donnergrollen und plötzlichem gelbem Licht, und drang in die dunkelsten Täler und Schluchten der dunklen Berge im Westen Siabods ein. Bis es schließlich den Siabod selbst erreichte, und während Regen auf seine Gipfel prasselte, setzte sich seine schroffe Spitze im Licht der Blitze gegen die dunklen Abendwolken ab. Dann begann der Sturm krachend und donnernd und mit grellen Blitzen über den Abgründen von Cwm-oer zu toben, peitschte die kleinen Wellen des Sees mit prasselndem Regen, fegte den Schnee von den mürrischen Schieferhängen und verwandelte alle Gebirgsbäche in reißende Ströme.

Gelerts Kopf blieb im Regen so unbeweglich wie die Felszacken, die aus den Talwänden hervorragten, während das Wasser durch sein zottiges gelbes Fell rann und von seinen blau-schwarzen Lefzen heruntertropfte. Seine Augen waren auf die beiden Schieferplatten geheftet, unter denen die Maulwürfe sich immer noch verbargen. Plötzlich begann Wasser über den Boden ihres Zufluchtsortes zu rinnen.

Die kalte Nässe sickerte zuerst unter dem Schiefer hervor und befeuchtete Brackens Bauch, als er sich erfolglos bemühte, sich selbst und den jetzt bewußtlosen Boswell vom Wasser wegzubewegen. Bald tropfte und strömte es von allen Seiten auf sie ein, lief in die Spalten zwischen den Schieferplatten und über den undurchlässigen Boden unter den beiden Maulwürfen, bis alles naß und kalt war.

Aber Bracken nahm es kaum wahr. Er dachte jetzt auch nicht mehr viel über den Hund nach, dessen Pfoten in Sichtweite vor den Schieferplatten lagen und auf eine Bewegung von Bracken und Boswell lauerten. Bracken dachte an Boswell. Er hatte schon einmal einen Maulwurf an einem Abend sterben sehen, auf dem Danctonhügel, und jener Maulwurf hatte ein solches Ende auch nicht verdient. Er liebte Boswell. Der Stein wußte, wie sehr. Sein Freund brauchte jetzt Nahrung und Obdach, Wärme und Liebe, wenn er am Leben bleiben sollte, aber hier saßen sie in der Falle, und all das blieb ihnen versagt. Bracken hatte auch schon in einem anderen Unwetter gekauert und über die Täler jenseits des Dunctonwaldes gestarrt, sich gefragt, ob auch er sie eines Tages durchqueren würde, wie die Maulwürfe des Alten Systems es einst getan hatten. Und jetzt war er hier.

Während das Unwetter um ihn herum krachte und die Blitze sich auf dem nassen Boden spiegelten und den Schatten von Gelert in ihren Zufluchtsort warfen, begannen Erinnerungen wie diese die Furcht zu verdrängen, die Bracken empfunden hatte. Er erinnerte sich an den Augenblick in der Höhle der Düsteren Geräusche, als Mandrake auf ihn zugekommen war und er mit dem Summen begonnen hatte, dessen Klang Mandrake zu verwirren schien und bewirkte, daß er stolperte und zögernd mitten in der großen Höhle stehenblieb. Er erinnerte sich auch an die große Kraft, die ihn damals erfüllt hatte und seine Gliedmaßen immer größer, seine Krallen immer stärker erscheinen ließ. Und wie Mandrake voller Furcht zu ihm herübergeblickt hatte. Damals hatte die Kraft ihn fast überwältigt, denn er war zu jung gewesen, um zu wissen, wie er sie einsetzen sollte. Jetzt war er älter und stärker, und er hatte von Medlar etwas über den Kampfgeist eines Kriegers gelernt.

Die Kraft, die Bracken auf verschiedene Weise schon so oft gespürt hatte, begann sich in ihm zu festigen, hart wie der Schiefer, der ihnen Schutz bot. Gelert dagegen, der regenüberströmt im Unwetter kauerte, ließ den Schwanz hängen und regte sich unbehaglich. Ein Instinkt veranlaßte ihn, seine Blicke einen Augenblick lang von den Schieferplatten auf dem Boden zu den Regenwirbeln über ihm zu wenden, auf der Suche nach etwas, das er nicht sehen konnte.

Es war schon einmal ein anderer Maulwurf hiergewesen, der einzige Maulwurf, der es zu Lebzeiten Gelerts gewagt hatte, nach Cwm-oer vorzudringen. Es hatte keinen Zweck, so zu tun, als habe er es vergessen, wenn auch viele Morde die Erinnerung verwischt hatten. Ein Maulwurf, der größer und dunkler gewesen war als diese beiden, mit Krallen, die so kraftvoll waren wie die eines Dachses.

Jener Maulwurf hatte sich ihm auch gestellt und war nicht davongelaufen. Seine Ausdünstung war strenger gewesen als die irgendeines Lebewesens, das ihm je entgegengetreten war. Entgegengetreten! Spricht ein Hund von einem

Maulwurf, der ihm entgegentritt! In seinen bösen Träumen tat er es, wenn er sich an die Kraft des Maulwurfs erinnerte, der ihm irgendwo zwischen diesen Schieferplatten verächtlich entgegengetreten war. Er wußte, wo. Langsam ließ er die Erinnerung in seiner Vorstellung Gestalt annehmen und sah wieder den großen Maulwurf vor sich, der ganz in der Nähe dieser Stelle sein eigenes Knurren mit Knurren beantwortet hatte, die Krallen zum Töten ebenso bereit wie seine eigenen, und der schließlich, ihn abtuend, weitergelaufen war, ihm verächtlich den Rücken zuwendend und sein Heulen mißachtend.

Mit gequälten Augen suchte Gelert die hohen Klippen über sich ab. Er hatte das Gefühl, irgend etwas sei dort und starre ihn an, ihm Böses wünschend und ihn seines Vergnügens und seines Willens beraubend. Er begann zu heulen, während unter der Schieferplatte Bracken sich bereit machte für eine Tat, von der er wußte, daß sie unumgänglich war, und die jetzt nicht mehr den leisesten Schatten von Furcht in ihm erweckte.

Hoch oben, am Rand des Cwm-oer, kauerte Y Wrach am Ende ihrer Tunnel, den Rüssel auf die Tiefen unten gerichtet, und ihre blinden Augen hatten die Farbe des regenschweren Nebels, der dort wirbelte und wogte. Sie hatte gewartet, ein Leben lang gewartet, gewartet auf das Geräusch, das jetzt aus den Tiefen unter ihr heraufdrang: das verlorene und verwirrte Heulen von Gelert, dem Hund von Siabod, das auf den stürmischen Winden zu ihr getragen wurde und ihr auf eine Weise, die sie noch nicht verstand, Mandrakes Rückkehr ankündigte.

»Gwyw calon rhag hiraeth,
Crai by myrd rhag lledfryd heno . . .«

sang sie.

»Mein Herz ist verdorrt vor Sehnsucht,
Ich bin heut nacht von Schwermut geschwächt,
Doch gib mir Stärke durch diesen Sturm . . .
Komm, Mandrake, höre sein Heulen,
Gib von deinem Mut, hart wie der Schiefer,
Krümme die Krallen, wo der Bussard schwebt.
Die Felsen sind kahl dort unten . . .«

Ihre Stimme war rauh, Speichel lief aus ihrem rissigen Maul, und jetzt klang das Siabod, das sie sprach, nicht musikalisch, sondern heftig, als sie für den Maulwurf, der dort unten in der Schlucht kämpfte, um die Kraft flehte, die er brauchte, und die sie ihm nur teilweise geben konnte.

Sie spürte die Bürde und den Verfall des Alters, kämpfte aber dagegen an, um an Bracken weiterzugeben, was an Kraft sie noch hatte, und um darüber hinaus zu feiern, was ihr unerschütterliches Vertrauen ihr sagte: daß Mandrake nicht tot war und zurückkehren würde.

Sie brauchte keine Augen, um den Kampf zu sehen. Sie kauerte dort, verwelkt, ungestüm wie der Hagel, stolz wie das Auge eines Adlers. Rebekka, war das der Name? »Es macht nichts, es macht nichts, daß er tot ist – er wird zurückkehren.«

Sie rief es auf Siabod, dem alten Siabod, das rauh klingt und kein Mitleid mit dem Heulen des Hundes hat. Sie rief die Worte in den Wind hinaus, spuckte sie aus hinunter zu Gelert und übertönte mit ihnen sein Heulen, das einen Weg aus Cwm-oer hinaus suchte, vorbei an dem, was dort stand, was es auch sein mochte, und auf ihn herunterstarrte, ihm Böses wünschte und ihm Schwäche, Bracken Stärke schickte.

Der Regen ließ nach, aber der Sturm wurde heftiger, als Bracken sich langsam und schwerfällig unter der großen Schieferplatte hervor rückwärts in das Abendlicht hinaus bewegte, während Gelert wie gebannt auf ihn starrte. Der Hund sah hilflos zu, mit Flanken, die vor Kälte zitterten, einer Kälte, die kein anderes Lebewesen spürte, als der Maulwurf herauskam, zuerst mit dem Hinterteil, und den anderen Maulwurf schleppte.

Er war voller Verachtung, genauso wie jener andere Maulwurf, der plötzlich wieder anwesend zu sein schien. Er drehte sich um und trat ihm entgegen. Trat ihm entgegen! Mit seinem Maul hielt er an der losen Nackenhaut den anderen Maulwurf, der im Wind schwer herunterhing.

Bracken stand fest im Sturm, seinen Boswell im Maul wie ein Junges, und blickte voll Mitleid und Zorn auf den großen Gelert. Es war jetzt eine solche Kraft in ihm, daß es nicht erhobener Krallen bedurfte, um sie zu spüren.

Er hatte Boswell aufgehoben, weil er ihn liebte und dafür sorgen würde, daß er am Leben blieb, ebenso wie er gewollt hatte, daß Cairn am Leben blieb. Keine zehn Hunde aus Siabod würden ihn davon abhalten, Boswell durchzubringen. So hob er ihn sanft und liebevoll hoch, schleppte ihn aus ihrem Unterschlupf, wo er vor Kälte und Nässe und Mangel an Nahrung sterben würde, und legte ihn kühn zwischen Gelerts riesige Pfoten.

Dann begann er, die Worte zu sprechen, die der Stille Stein ihm eingab, und die ihn, Bracken, für Gelert noch größer und kraftvoller erscheinen ließen, immer größer, während hinter ihm hochaufgerichtet ein zweiter Maulwurf zu stehen schien, den großen Kopf voller Kampfnarben. Gelerts Augen weiteten sich vor Furcht, und er begann zu heulen, weil seine Glieder sich weigerten, ihn fortzutragen von dem Schrecken, als der Maulwurf Worte zu sprechen begann, deren Sinn er nicht verstand und die doch klar wie Kristall waren.

»Gelert, Hund von Siabod, sieh das Blut von Boswell, das du vergossen hast, und erstarre vor Furcht. Dies ist ein heiliger Maulwurf, und du bist verflucht für das, was zu tun du gewagt hast. Du wirst ihm helfen, am Leben zu bleiben . . .«

Es war der Stein, der Bracken die Worte eingab, der Stein, der Gelert das sehen ließ, was alle Kreaturen mit Furcht erfüllt, wie mächtig auch der Körper sein mag, der sie umhüllt – einen Maulwurf, der den Tod nicht mehr fürchtet –, der Stein, der ihn die Bedeutung der Worte Brackens verstehen ließ, auch wenn er die Sprache nicht verstand.

Der Maulwurf brauchte Hilfe. Gelert machte plötzlich kehrt und war in drei oder vier großen Sprüngen oben auf der anderen Seite des Abgrunds und blickte hinunter auf Bracken, leise jaulend, um sich verständlich zu machen, während er mit geöffneter Schnauze keuchend darauf wartete, daß Bracken ihm folgte.

Bracken blickte hinauf zu ihm, dann hinunter auf Boswell, dann wieder den steilen Hang hinauf zu der Stelle, wo Gelert stand. Müde beugte er sich hinunter und packte Boswell wieder am Nacken, um ihn dort hinzutragen, wo sie hinzuführen der Hund offensichtlich beabsichtigte.

Einen langsamen Schritt nach dem anderen quälte er sich hinauf zu Gelert, während rechts von ihm der Fluß toste und die grauen Winde hinter und über ihm gegen die Felswand trommelten. Immer weiter quälte er sich hinauf, wie er einst mühsam die steile Kreideböschung von Uffington hinaufgeklettert war, und jeder Atemzug entrang sich ihm unter Schmerzen, während er mit den Zähnen Boswell fest an der Nackenhaut gepackt hielt. Manchmal schlug Boswells verkrüppelte Pfote kraftlos gegen seine Pfoten, und manchmal, wenn Boswells Rücken gegen Felsen schleifte, hinterließ er eine Blutspur, rot auf den stumpfen grauen Schieferplatten.

Dann hatte er es bis zu dem Punkt geschafft, wo Gelert riesig groß vor ihm stand und schwer atmend die Flanken bewegte, während er mit Kopf und Gesicht auf verschiedene Stellen des flacheren Moorlandes wies, das sich jenseits des Steinbruchs von Cwm-oer erstreckte. Endlich haftete sein Blick auf einem Punkt, wo der Fluß sanfter dahinströmte, und er führte Bracken mit unendlicher Geduld und Mühe dorthin.

Schließlich fand Bracken sich an einer sanften Biegung des Flusses, wo Steinbrech und Sauerklee wuchsen, und er wußte, daß sie hier Nahrung und Schutz finden würden. Er bettete Boswell vorsichtig auf den Boden und kauerte sich, schwankend jetzt, neben ihn, während der Hund aus seinen gelben

Augen auf sie hinunterblickte und sich fragte, was sie von ihm erwarteten.

»Rebekka.« Boswell flüsterte den Namen so leise, daß Bracken sich dicht über ihn beugen mußte, um es noch einmal zu hören. Dann sagte Bracken müde zu sich selbst: »O ja. Rebekka. Sie würde uns helfen, wenn sie hier wäre. Sie würde wissen, wie Boswell zu retten ist.«

»Sag es ihm«, flüsterte Boswell und schluckte vor Anstrengung. »Sag ihm, er soll sie suchen. Sag ihm, er soll sie aufspüren.«

»Oh, Boswell«, sagte Bracken zu sich selbst und wurde von Trostlosigkeit ergriffen. Er erhob sich aus der Mulde am Fluß und trat hinaus in den Wind. Er ignorierte Gelert, der wartend auf dem Boden hockte. Er schnüffelte in den Wind hinein und dann nach Südosten, wo Duncton lag, so viele hundert Maulwurfmeilen entfernt. Die Worte formten sich lange vor der Idee, denn die Idee war absurd, und Worte sind einfach: »Boswell braucht dich, Boswell braucht dich. Hörst du ihn rufen? Gib mir die Kraft, ihm zu helfen«, und während er die Worte vor sich hin sprach, wurden sie stärker, und er spürte wieder die Kraft des Steins, und dann die besondere Kraft des Steins von Duncton, und dann hörte er einen wilden Ruf auf Siabod über Cwm-oer, wild und rauh in dem Windgetöse, einen Ruf des Triumphes, und er wußte, daß das Unmögliche möglich war. So wandte er sich wieder dem großen Gelert zu und sagte: »Lauf los und suche unsere Heilerin. Lauf und hole Rebekka. Lauf fort von Cwm-oer und führe unsere Heilerin her.«

Gelert richtete sich auf und zitterte vor Furcht. Seine gelben Augen glitten über Moorland und Himmel, seine Flanken bebten vor Entsetzen über das, was immer es auch sein mochte, was dieses Ungeheuer von einem Maulwurf von ihm wollte. »Lauf und hole Rebekka . . .« Der Gedanke wirbelte um sie herum. Vielleicht sprach Bracken die Worte nie aus. Vielleicht zeigte ihre Kraft sich einfach von selbst.

Gelert scharrte mit den Pfoten auf dem Boden, und sein großer Kopf schwankte hin und her, während Bracken wieder an Rebekka und den Stein dachte, und dann hatte Gelert das Gefühl, er werde gerufen. Er beugte den Kopf hinunter zu dem Maulwurf, den er fürchtete, und schnüffelte und schnupperte an ihm, nahm seine Witterung auf, dann hob er den Kopf und blickte über das Moor, fort von Siabod und hinunter in die Täler, aus denen das Rufen kam, und er brannte darauf, zu finden, was sie haben wollten.

»Bring Rebekka her. Bring uns unsere Heilerin.«

Und endlich wandte Gelert sich ab von der Macht, die Cwm-oer über ihn hatte, lief hinab über die Hänge und Felsen, fort von ihnen, bis er die Witterung wieder aufnahm.

Die Maulwürfe von Siabod hörten ihn, bevor sie ihn sahen, einen großen Hund, der wie von Sinnen war: Er lief über die Oberfläche, heulend und immer wieder mit seinen großen Pfoten scharrend. Einige von ihnen überraschte er auf der Oberfläche, und sie dünkten sich bereits tot, als seine große Schnauze und sein Riesenmaul zu ihnen herunterkamen und an ihnen schnupperten. Aber dann ließ er sie laufen, denn sie hatten nicht den Geruch, nach dem er suchte.

Die Maulwürfe von Siabod sprechen noch heute davon, wie der Hund Gelert Brackens und Boswells Witterung hinunter ins Tag folgte auf dem Weg, den sie gekommen waren, und wie sie sein Heulen aus der Nähe des Flusses hörten und dann plötzlich ein stürmisches Gebell, wie von einem Hund, der seine Beute gefunden hat.

Celyn, der den Hund gehört hatte und ihn später auch sah, deutlich wie Schiefer im Sonnenschein, machte ein Lied daraus, in welchem erzählt wird, wie Gelert aus dem Tal zurückkam und einen Maulwurf trug, den keiner von ihnen je zuvor gesehen oder gewittert hatte.

Rebekka erzählte nie, wie Gelert sie gefunden hatte, und auch nicht viel von ihrer Reise nach Siabod, aber sie hätte gewußt, daß Celyn mit seinem Lied in gewisser Weise recht hatte. Denn obwohl Gelert sie nie trug, führte er sie das Tal hinauf und hinüber nach Cwm-oer und wachte über jeden Zoll ihrer Reise, die ihm sehr lang erscheinen mußte.

Obwohl er von riesigen Ausmaßen und gefährlich war, wußte sie, daß er ihr nie Böses zufügen würde, denn sie fürchtete sich nicht vor ihm, wie auch Mandrake sich nicht gefürchtet hatte. Wie kann ein Maulwurf sich vor einem Hund fürchten, der einen solchen Verlust erlitten hat und eine solche Sehnsucht in sich trug wie Gelert? Und vielleicht spürte er, daß sie von Mandrakes Fleisch und Blut war, dem Maulwurf-Ungeheuer, und daß sie alle Ungeheuer waren, deren Stärke ihn erzittern ließ. So wachte er über sie, lief ungeduldig voraus und wieder zurück zu der Stelle, wo sie sich vorwärtskämpfte, und wieder weiter und drängte sie, dorthin zu kommen, wo die beiden anderen Maulwürfe warteten.

Sie war langsam, aber wie konnte er wissen, daß sie trächtig war? Kein Maulwurf weiß oder wird je erfahren, mit wem sie sich gepaart hatte, wenn es auch offensichtlich war, warum sie sich einen Partner genommen hatte, denn es war Frühling und Paarungszeit, und hatte Rebekka nicht schon oft genug darunter gelitten, daß sie keine Jungen hatte? Vielleicht befürchtete sie, daß sie die nächste Paarungszeit nicht mehr erleben würde. Vielleicht traf sie irgendwo unterhalb Siabods auf ein Männchen, das ihr Verlangen spürte und die Scheu der Duncton-Maulwürfe vor ihrer Heilerin nicht teilte.

Ihre Tragzeit näherte sich ihrem Ende, als Gelert sie fand, und vielleicht hätte sie sich von ihm tragen lassen, wie die Balladen uns glauben machen wollen, wenn sie nicht an ihre Jungen gedacht hätte. Es gibt einige Dinge, über die die Schriften von Uffington schweigen.

Spürte sie, daß Gelert sie zu Bracken und Boswell führte? Hörte sie Brackens Ruf? Oder ging ihr Instinkt noch tiefer und ließ sie spüren, während sie die im Schatten liegenden Pfade Cwm-oers hinauflief, daß über den Felsenwänden ein uraltes Weibchen ihr blind entgegenblickte, spürte, daß sie da war und mit brüchiger Stimme in altem Siabod ein Lied in den Wind hineinsang, dessen Worte von Mandrakes Rückkehr sprachen und Tränen und Triumph ineinanderwoben?

Tod und Leben, Leiden und Triumphieren sind alle eins, sie sind alle eins, und Krankheit oder Gesundheit, sie sind ohne Bedeutung. »Sie sind alle eins«, war das Thema der Verzweiflung hinter dem Wirrwarr von leidvollen Gedanken, die von Boswell Besitz ergriffen in den schrecklichen Tagen, die Gelerts Weggang folgten.

Bracken hingegen suchte Nahrung, zwang Boswell, soviel wie möglich zu essen, und versuchte zwischendurch immer wieder nein, nein, nein, nein auf die verschiedenste Weise zu sagen und so das Abgleiten in Verzweiflung und Tod zu verhindern, in das die Gedanken Boswells zu führen schienen.

Es besteht eine enge Vertrautheit zwischen Maulwürfen in einem Todesbau, in dem einer im Sterben liegt und ein anderer hilflos jedes schmerzhafte Erschaudern, jedes schwache tapfere Lächeln, jedes Zittern der Angst, jedes Abgleiten in die Schreie der Jungwurfzeit beobachtet und das Blut und das Erbrochene und den Schmutz sieht, die das Aushauchen eines Lebens begleiten. Eine Vertrautheit und eine Verschwiegenheit, die den Gesunden später vergessen läßt, was er sah und hörte und roch. Geradeso wie eine Mutter den Schmutz vergißt, den ihr Junges einst verursachte, so empfindet ein Maulwurf, der einen geliebten Freund dem Tode nahe sieht, keinen Ekel über das Häßliche, das mit dem Verfall eines Körpers verbunden ist.

So ging es Boswell und Bracken. Aber ein Verfall, dessen Ursache Wunden sind, ist anders als ein Verfall aus Krankheit oder Alter; seine Gefahr, und das mag den Ausschlag geben, liegt in dem Verlust an Lebensmut, der mit den Wunden nachläßt – denn ohne den Lebenswillen, der das erste Junge schreien ließ, hätte kein Maulwurf je den Kopf gehoben und über die Welt rund umher gelacht.

So erging es Boswell. Die Tage schleppten sich dahin, und Bracken schlief kaum. Er sprach zu seinem geliebten Boswell in Bildern der Wärme, beantwortete jeden der schwächenden Verzweiflungsausbrüche Boswells mit geflüsterten Erinnerungen an Dinge, die er oder sie beide zusammen erlebt hatten.

Boswells Wunde lief bis weit nach unten seinen Rücken hinunter, und obwohl sie nicht eiterte oder entzündet war, schien sie seinen Lebenswillen vernichtet zu haben. Er lag auf dem Bauch, weil jede andere Lage ihm noch größere Schmerzen bereitete. Den Rüssel hatte er zur Seite gewendet, um das Atmen leichter zu machen. Seine Pfoten wurden so schlaff wie die eines Neugeborenen, und von der zerdrückten Nahrung, die Bracken ihm zu geben versuchte, konnte er nur einen Teil schlucken – der Rest rann ihm wieder aus dem schwachen Maul.

Aber er fragte wenigstens dann und wann, ob Rebekka komme, und das hieß doch sicher, daß er immer noch an ein Leben jenseits seiner Schmerzen dachte.

Bracken hatte für sie beide einen Behelfsbau gegraben, aber er war so flach und der Tunnel so kurz, daß das Tageslicht eindrang, und auch die Kühle der Nacht. Tage gingen in Nächte über, die sich wieder in Tagen verloren, aber es gab häufig Zeiten, da Boswell so schwach schien, daß Bracken um Minuten betete, nicht um ganze Tage.

»Laß ihn noch eine Stunde durchhalten ... laß ihn am Leben, bis der Regen aufhört ... laß ihn bis zum ersten Tageslicht bleiben ...« So betete Bracken zum Stein, betete darum, daß sein Freund am Leben bleibe, bis Rebekka komme.

Schließlich, nach acht Tagen des Wartens, kehrte Gelert zurück. Seine Pfoten waren eingerissen und blutig, sein Fell war schlammbedeckt und voller Sand, und durch sein Gesicht zogen sich Schrammen und Schnittwunden von dem Schwarzdorn und den Brombeeren, durch die er sich gestürzt hatte, und unter seiner linken Flanke befand sich eine schreckliche Verletzung, die er sich an einer Stahlkante geholt hatte, als er über ein Hindernis gesprungen war.

Aber er hatte Rebekka sicher über die vielen Maulwurfmeilen geführt, ein Unternehmen, an das die Maulwürfe immer noch mit Dankbarkeit und Stolz denken, und er brachte sie so behutsam zu dem Gelände bei Brackens und Boswells Bau, wie er sie den ganzen Weg geführt hatte. Wer sie war, oder warum sie da war, wußte er nicht, aber er hatte die Reise hinter sich, und die Felsen von Cwm-oer schienen ihn nicht mehr erdrücken zu wollen, und die großen Maulwürfe, die ihn aus den Schatten bedroht hatten, waren verschwunden. Er scharrte auf dem Boden, wartete, bis Bracken kam, und machte sich dann mit hängendem Schwanz und schleppenden Ganges müde auf den Rückweg den Pfad hinunter, um sich in seinem eigenen Lager zu verstecken, wo er diese Maulwürfe vergessen konnte und von Sommertagen träumen.

Das erste, was Bracken an Rebekka auffiel, war, daß sie Junge erwartete. Das zweite war, daß sie nicht der Maulwurf war, den er sich während der langen Maulwurfjahre ihrer Trennung erschaffen hatte. Dies war nicht die Rebekka, für die er gebetet hatte, deren Bild in seiner Erinnerung ihn getröstet hatte, deren Liebkosung in seiner Vorstellung wie das Lied des Wassers oder des Windes war. Sie war müde, sie war älter, sie machte sich Sorgen.

»Rebekka!« sagte er ein wenig feindselig.

»Bracken!« Sie lächelte und sah sofort, wie verwirrt und enttäuscht er war. Sie sah auch, wieviel dünner er geworden war – genauso wie er ausgesehen hatte, als sie sich zum erstenmal begegnet waren. Wußte er, wie verwildert sein Fell aussah, wie verloren seine Augen blickten? Wußte er, wie nervös und verlegen er wirkte?

»Es geht um Boswell, nicht wahr?« fragte sie. Er nickte und führte sie hinunter in den Bau, wo er unbehaglich auf dem Boden kauerte, während sie Boswells Wunde untersuchte. Sie stellte Bracken einige Fragen, doch weniger wegen der Auskunft (die erhielt sie, indem sie den armen Boswell berührte), sondern weil sie hoffte, ihm die Befangenheit zu nehmen. Aber es nützte nichts, und die Feindseligkeit, die sie spürte, wenn sie »seinen« Boswell berührte, veranlaßte sie schließlich, ihn zu bitten, sie mit Boswell allein zu lassen, »damit ich mit ihm sprechen kann, wie eine Heilerin es tun muß, nur aus diesem Grund«.

»Oh«, seufzte sie bekümmert, als Bracken sie verließ. »Oh, mein Liebster!« Sie war so müde, und es gab nichts, nichts auf der Welt, was sie in diesem Augenblick sehnlicher wünschte als Brackens vertrauensvolle Berührung und Liebkosung ihres Fells, so daß sie wüßte, er war bei ihr, liebevoll und schweigend. Als sie sich Boswell zuwandte, tadelte sie sich selbst, wie Rose es vor ihr auch so oft getan hatte, daß sie sich wünschte, es gäbe einen Maulwurf, der sie eines Tages an sich ziehen und streicheln und zur Ruhe kommen lassen würde.

Später, Maulwurfjahre später, sagte Boswell manchmal, daß er während seiner Krankheit auf dem Siabod das meiste über körperliches Leiden gelernt habe. Denn für einen Maulwurf, der mit einer solchen Behinderung wie einer verkrüppelten Pfote zur Welt gekommen war, hatte er dank der Gnade des Steins bemerkenswert selten Angriffe oder körperliche Qualen erdulden müssen.

Er wußte viel besser als Bracken wie wichtig sein Kontakt zu Rebekka während dieser langen Tage und Nächte war. Sie war ständig bei ihm (so nahe, wie Rose einst Bracken im Alten System gewesen war), flüsterte ihre heilenden Worte und half ihm, in der Geborgenheit ihrer Wärme den Mut und die

Kraft wiederzufinden, die er verloren hatte, als Gelert ihn so schwer verletzte.

Aber Boswell war auch ein Heiler, und als er wieder kräftiger wurde, half er ihr über die letzten Tage vor ihrer Niederkunft hinweg, indem er ihr zeigte, wie gut er ihre große Liebe zum Leben verstand, was den meisten Maulwürfen so schwerfiel. Nicht viele Maulwürfe, und gewiß nur sehr wenige Schreibermaulwürfe, sind einem trächtigen Weibchen je so nahe gewesen wie Boswell in jenen merkwürdigen Tagen der Genesung.

Das einzige, was Rebekka nur schwer ertragen konnte, war Brackens gezwungenes Verhältnis zu ihnen beiden: Er grub sich in der Nähe einen zweiten Bau und war unermüdlich auf der Suche nach Nahrung für sie und nach solchen Kräutern, von denen er annahm, daß sie helfen könnten. Als es kälter wurde, und das wurde es zwei Tage nach Rebekkas Ankunft, grub er die Tunnel neu, um Boswells Bau besser zu isolieren.

Aber Brackens Kontakte zu Rebekka waren von Mißtrauen überschattet, das eine unüberwindbare Schranke zwischen ihnen errichtete, so daß sie sich zwar beide danach sehnten, ihre Liebe auszudrücken, aber keiner wußte, wie das geschehen sollte. Daß sie trächtig war, machte ihn zornig und ging ihm immer wieder im Kopf herum und errichtete eine Barriere des Argwohns und der Eifersucht vor seinen Augen.

Es kam die Zeit, da Rebekka sich einen eigenen Bau grub und mit dem Sammeln von Nestmaterial begann, soweit der karge Pflanzenwuchs am Fluß, wo sie lebten, das möglich machte. Sie hätte ihre Jungen gern woanders zur Welt gebracht, weil etwas Finsteres und Trostloses über Siabod lag, aber sie wagte es nicht, den Rückweg hinunter durch Cwm-oer anzutreten, auch wenn Bracken ihr helfen würde, und außerdem war Boswell immer noch geschwächt.

Es wurde kälter, ein scharfer Wind wehte und ließ bald eine dünne Eisschicht auf den Felsen in der Nähe ihrer Tunnel entstehen, so daß sie rutschig und unsicher auch für die trittfestesten Krallen wurden. Das Borstgras knackte und brach in der Kälte, es wurde früh dunkel, die Sonne schien für immer verschwunden, und der Schnee aus der Zeit, bevor sie zuerst nach Cwm-oer gekommen waren, hatte sich mit dem Regen verschmolzen und bildete jetzt auf den Felsen dort, wo er liegengeblieben war, eine dauerhafte Eisschicht oder lag trocken und glitzernd zwischen den Grasbüscheln. Der Spätfrühling schien in Siabod rauheres Wetter zu bringen als der härteste Winter in Duncton.

Da Rebekka sich jetzt häufiger und länger in ihrem eigenen Bau aufhielt, sprach Bracken wieder öfter mit Boswell und stellte fest, daß er sich schnell zu erholen begann. Wie immer spürte Boswell das Mißtrauen seines Freundes gegen Rebekka, und es bestürzte ihn. Sahen die beiden denn nicht, daß ihre Liebe zueinander so stark wie der Sonnenschein war? Warum mußte Bracken so töricht sein, und warum war Rebekka, die soviel wußte, nicht fähig, Bracken ihrer beider Liebe erkennen zu lassen?

»Kümmere dich um sie, Bracken, sie braucht deine Hilfe. Ich glaube manchmal, du weißt gar nicht, wie sehr sie dich liebt . . .«

Bracken zuckte mit den Schultern. »Sie ist mehr an diesen Jungen interessiert als an irgend etwas anderem«, sagte er, seine wahren Gefühle verschweigend. »Aber ich werde natürlich tun, was ich kann. Aber ein Weibchen, das ein Nest baut, will keine Männchen in ihrer Nähe, wie jeder Maulwurf weiß. Sie machen das lieber selbst.«

Es war Nacht, ein Wind war aufgekommen, nagte an den Tunneleingängen und schien einen Weg auch zu den wärmsten Stellen zu finden. Draußen rauschte der Fluß und klatschte gegen die Felsen, Gras raschelte gegen die Eingänge – eine Nacht, in der das Einschlafen nur dem allerfriedlichsten Maulwurf leichtfällt.

Boswell war besorgt und unruhig, aber er wußte nicht, warum. Bracken kauerte auf dem Boden, sprach in abgehackten Sätzen zu ihm, während seine Augen durch den Bau irrten und das Heulen des Windes draußen ihm ganze Sätze aus dem Maul riß.

Rebekka, die von ihnen durch zwei Tunnel getrennt war, bewegte sich ruhelos hin und her. Ihr Schwanz schlug auf und ab. Sie konnte keine bequeme Stellung mehr finden, seitdem ihr Bauch so dick war und ihre Jungen in ihr herumwühlten und schnüffelten und sich drehten und ihre Glieder unter Rebekkas weichem Bauchfell hin- und herschoben. Sie mochte diesen Siabod nicht. Sie wollte nicht, daß ihre Jungen hier geboren wurden, umgeben von dunkler, torfiger Erde und Schieferteilchen, die einen unvorsichtigen Maulwurf verletzen konnten. Sie schauderte, als sie an die dunklen Felsenschluchten Cwm-oers unter ihnen und an die Gipfel des Siabod dachte, irgendwo jenseits des Moorlandes, von wo der torffarbene Fluß heruntergestürzt kam.

Sie wollte Bracken in ihrer Nähe haben, näher als er jetzt war. Sie wollte ihn draußen vor ihrem Bau hören, nicht den Wind. Sie wollte ihn rufen können und wissen, daß er da war, um die törichten Dinge zu sagen, die soviel bedeuteten, die Dinge, die nie ein anderes Männchen als Cairn zu ihr gesagt hatte, als sie noch so jung gewesen war.

»Bracken, Bracken, Bracken«, flüsterte sie. Sie blickte auf ihre geschwollenen Seiten und versuchte, nicht so sehr einen Maulwurf herbeizusehnen als vielmehr den Frieden und die Stille, die sie erlebt hatte, als sie einander am schimmernden Stillen Stein berührten. Sie begann zu weinen, hielt inne und begann von neuem. Sie wollte, daß er zu ihr kam, ohne gerufen worden zu sein. Sie wollte, daß ihre Jungen in die Wärme seines Vertrauens hineingeboren wurden. Sie war ruhelos und verwirrt, und der Bau war nicht mehr das Richtige für sie, nicht hier, mit jenen schwarzen Schieferplatten da draußen, in deren Schatten Mandrake geboren war.

Sie drehte sich wieder um, erhob sich schwerfällig auf die Pfoten und lief zuerst zum Tunnel, dann zum Eingang und richtete dann draußen ihren Rüssel gegen den rauhen Wind, der vom Moorland heruntergefegt kam. Sie blickte durch die Dunkelheit hinüber zu den Eingängen von Brackens und Boswells Tunneln und wünschte, Bracken wäre dort draußen, um sie zu sich zu nehmen.

Sie wünschte, er würde zu ihr herüberkommen und mit ihr flüstern und sie zurück in die Wärme ihres Baues schicken und sagen, es sei alles in Ordnung, es spiele keine Rolle, wo ihre Jungen zur Welt kämen. Aber sie war ruhelos und wandte sich vom Fluß aus hangaufwärts; sie dachte, daß sie in der Nähe vielleicht einen besseren Platz für ihre Jungen finden würde, wo die Erde nicht so kalt war und ein Bau nicht voll von diesem Schiefer sein müßte. Sie lief ruhelos weiter, fast laut mit sich selbst sprechend, und sie sagte zu ihren Jungen, daß es jetzt nicht mehr lange dauern würde und daß sie sie liebe und sie keine Angst haben sollten – obwohl sie selbst Angst hatte, große Angst.

»Bracken, komm mir nach, komm mir nach«, bat sie flehentlich, während sie in der Dunkelheit immer höher hinauflief, um einen besseren Platz zu suchen. Der Wind wurde immer kühler, aber Rebekka bemerkte es nicht; ihr war sogar fast heiß vor plötzlicher Energie während sie sich stetig weiter fortbewegte von der Geborgenheit ihres Baues und hinaus auf das Moorland, das sich um die Klippen und Abgründe von Cwm-oer und über ihnen erstreckte.

Dann kamen mit dem Wind unbemerkt die ersten peitschenden Schauer von Schneegraupel. Rebekka lachte in den Wind hinein. Sie fühlte sich in ihm heiß und lebendig, und als der Schneegraupel ihr durch die Dunkelheit heftiger entgegenpeitschte, kümmerte sie das nicht.

»Ich werde bald einen Platz für sie finden«, sagte sie zu sich selbst, und die Wiese wurde zu grasbewachsenen Felsen und der Hang, dem sie folgte, stieg immer steiler an. »Es muß einen besseren Platz geben ... ich habe ihn nur noch nicht gefunden«, sagte sie sich immer wieder. Plötzlich versperrte der Fluß ihr den Weg, und sie kletterte an ihm entlang höher, bis der Boden flacher wurde und der Fluß sich in mehrere verflochtene Bäche teilte, die durch weiches, mooriges Gras liefen. Dort überquerte sie den Fluß.

So wanderte Rebekka die Hänge des Siabod immer höher hinauf bis die Erde dünn wie ein altes Fell war und die Rückkehr immer schwieriger wurde.

Vielleicht ruhte sie sich aus. Vielleicht trank sie von dem kalten Wasser der zahllosen Bäche, die die Hänge hinunterliefen und die Rebekka ohne Schwierigkeiten überquerte; unentwegt muß sie Ausschau gehalten haben nach Erde und nach einem Platz für einen Bau, der sie mehr an den Frieden und die Wärme des Danctonwaldes erinnerte. Schließlich, irgendwann in der Nacht, als die Dämmerung sich schon näherte, muß die Energie, die der Geburt ihrer Jungen vorausgegangen war, nachgelassen haben, und langsam muß Rebekka von Müdigkeit und Verzweiflung überwältigt worden sein.

Irgendwann in der Nacht, nicht allzu lange vor der Morgendämmerung, kam der echte Schneesturm. Plötzlich war er da, kalt und rauh, ein Treiben und Wirbeln beißenden Schnees, der einem Maulwurf in den Rüsseln stach und so dröhnte, daß es fast unmöglich war, noch zu denken. Kaum etwas von dem Schnee blieb liegen. Doch dann begann er, Wirbel und Wehen zu bilden, im Windschatten der größeren Felsen, und sich von dort aus in zerstreuten weißen Flächen auszubreiten. Es gab für Rebekka keine Möglichkeit, einen sicheren Unterschlupf zu finden, also lief sie weiter und war noch immer überzeugt, daß sie einen Platz finden würde, wo sie sich in die Stille hinuntergraben könnte, ihrer selbst wegen und ihrer Jungen wegen.

Blieb sie jetzt stehen, versuchte sie, zurückzulaufen und stellte sie dann fest, daß es unmöglich war umzukehren, ohne zu rutschen und zu fallen? Dachte sie daran, eine Schneewehe zu suchen und in ihrem Schutz zu warten? Wanderte sie verwirrt umher, wußte sie, daß sie verloren war? Der Schneesturm wurde heftiger und verwandelte die Dämmerung in einen Alptraum, in dem das einzige Geräusch das Wirbeln des Schnees war und der Wind an Fell und Augen und Krallen und Schwanz zu zerren schien und einen Maulwurf, der sich ihm entgegenstellte, flachdrückte, während er einen, der mit ihm zu laufen versuchte, über den Haufen blies.

Etwa um diese Zeit erwachte Bracken und hörte das Dröhnen des Schneesturms. Er lief sofort hinüber zu Rebekkas Tunnel und stellte fest, daß nicht einmal das kurze Stück zwischen den beiden Tunneln einfach zu überqueren war. Aber sie war nicht da. Er raste zurück zu Boswells Bau, und sie riefen beide sinnlos nach ihr. Boswell kam an den Eingang und blinzelte hinaus in den tobenden Schnee, der in kalten Wirbeln in seinen Tunnel fegte.

»Rebekka! Rebekka!« riefen sie, aber der Schneesturm toste so laut, daß sie nicht einmal einander rufen hörten.

Bracken trat mitten in den Schneesturm hinaus und rief: »Rebekka!«, denn er liebte sie, sie war seine Liebste, und während Schrecken und Zorn ihn ergriffen bei dem Gedanken, sie zu verlieren, lief er voran und den Hang hinauf in die Richtung, die sie, das fühlte er, eingeschlagen haben mußte. Er blickte nicht einmal zurück, um ein paar Worte zu Boswell zu sagen.

»Bracken! Bracken!« rief Boswell, als Bracken von dem tosenden Schneesturm verschluckt wurde, und versuchte, hinter ihm herzulaufen, aber er war zu schwach und hatte sogar Mühe, wieder in seine Tunnel zu gelangen.

Bracken lief indessen durch den Schneesturm weiter und vertraute seinem Instinkt, Rebekka zu finden, die sich auf die Suche nach einem Bau für die Geburt ihrer Jungen gemacht haben mußte, wie trächtige Weibchen das manchmal tun. »Oh, Rebekka!« rief er verzweifelt, während der eisige, tobende Schnee ihn fast in Stücke zerriß. »Rebekka!«

Sie schwankte durch den Schneesturm voran, nicht mehr in eine bestimmte Richtung, sondern ziellos und zunehmend schwächer werdend in dem Bemühen, einen Ort zu finden, irgendeinen Ort, wo sie ihre Jungen zur Welt bringen konnte. Aber nicht hier, nicht hier, wo der Schnee dünn wie Eis auf dem kahlen Felsen lag und Schatten von halbverborgenen Geröllblöcken und seltsame Formen im Schneewirbel zu lauern schienen – wo ein Wurf Junger verloren wäre. Nicht hier!

Irgendwo, irgendwann stieß Rebekka auf die frischen Spuren eines anderen Maulwurfs in dem dünnen Schnee. Sie blickte sie ungläubig an, bis sie zuerst hoffte und dann wußte, daß es Bracken war, ihr Bracken, der gekommen war, sie zu suchen, und sie wandte sich um und folgte ihnen, denn sie waren frisch, und der wirbelnde Schnee hatte noch nicht einmal begonnen, sie zu bedecken. »Bracken!« rief sie und versuchte, ihm zu folgen und ihn einzuholen. »Bracken!«

Vor ihr und ohne zu wissen, daß sie so nahe war, drängte er noch schneller voran und rief ihren Namen verzweifelt in den Wind: »Rebekka, Rebekka, Rebekka!«

Aber so sehr sie sich auch bemühte, sie war zu müde und zu schwer, um schnell genug voranzukommen, und die Spuren liefen ihr davon und füllten sich langsam mit Schnee, wurden immer schwächer, während Bracken, verzweifelt bemüht, sie zu finden, sich immer weiter von ihr entfernte. Schließlich verlor sie seine Fährte, und Verzweiflung begann sie zu überwältigen. Sie wandte sich nach rechts, hoch über Cwm-oer, um sich mit dem Wind zu bewegen, weil das für sie leichter war. Und sie wußte, daß sie bald ihre Jungen bekommen würde, in dieser Einöde und inmitten eines Schneesturms wie Mandrakes Mutter. »Oh, meine lieben Kleinen«, flüsterte sie, »vergebt mir, vergebt mir«, während sie auf der schwarzen Schieferhochebene von Siabod verzweifelt nach einem Ort suchte, wo sie einen Bau graben konnte.

Links von ihr, weit weg jetzt und sich immer weiter entfernend, lief Bracken, der immer mehr befürchtete, daß er seine Rebekka für alle Zeiten im Schnee verloren hatte.

Er blieb stehen und schnüffelte nach allen Seiten in den Schneesturm, versuchte, Kontakt mit ihr aufzunehmen. Hohe schwarze Felswände erhoben sich jetzt rings umher, mit Eis bedeckt, und der dünne Halbschnee des Schneesturms wirbelte wie weißer Nebel über ihre steilen Höhen hinweg. Er fühlte etwas, weit, weit nach Nordwesten, eine Kraft, von der er zu Unrecht annahm, es sei seine Rebekka; er wußte nicht, daß dort oben, jenseits der Einöde, weit weg, die großen Steine von Castell y Gwynt standen, die so lange auf die Maulwürfe gewartet hatten. Er glaubte, er spüre seine Rebekka, und so stolperte er weiter über Felsen und Moorland, wo der Wind so stürmisch war, daß nur eine hauchdünne Lage von Schnee liegenblieb. Er betete zu den Steinen für seine Rebekka, während er sich auf den schrecklichen Marsch machte, der ohne sein Wissen die letzten Wünsche Skiets erfüllen sollte: daß auch in dieser Einöde der Stein verehrt werden möge. Und damit würde er auch sein den Schreibermaulwürfen von Uffington und Boswell gegebenes Versprechen einlösen.

Inzwischen hatte Rebekka, irgendwo über Cwm-oer verloren in dem alles verhüllenden Weiß des Schneesturms, ihre sinnlose Suche nach Geborgenheit aufgegeben und sich in dem dünnen Schnee niedergelassen, den Rücken gegen den eisigen Wind gekrümmt, und brachte eines nach dem anderen ihre Jungen zur Welt, und vom ersten Augenblick an kämpfte sie um ihr Leben, genauso wie einst Mandrakes Mutter so tapfer um sein Leben gekämpft hatte.

Es dauerte noch drei ganze Tage, bis Boswell wieder so zu Kräften gekommen war, daß er es wagen konnte, sich von seinem Bau in den Schneesturm hinauszutrauen. Er hatte unzählige Male darüber nachgedacht, was er tun sollte, da er wußte, daß er nicht die Kraft hatte, bergauf in den Sturm hineinzulaufen. Die einzige Möglichkeit schien es, über Cwm-oer hinunterzurutschen und zu - gleiten und zu versuchen, Gelert von Siabod zu finden, der vielleicht wüßte, was zu tun war. Aber er konnte ihn nicht finden, während er immer weiter nach unten kam, bis er schließlich nach Nahrung graben und seine Suche nach Gelert aufgeben mußte. Bald darauf wußte er, daß er nie die Kraft haben würde, in die vom Schneesturm heimgesuchten Einöden über Cwm-oer zurückzukehren. Er hatte Bracken verloren, hatte Rebekka verloren. Der siebte Stille Stein, das siebte Buch . . . es war ihm nun doch nicht bestimmt, sie zu finden. Er stellte fest, daß er nicht einmal nach Siabod zurückkehren konnte, denn den Weg, auf dem er vor so kurzer Zeit mit Celyn und Bracken nach Cwm-oer gekommen war, hatten Schnee und Eis versperrt. So kehrte er Siabod den Rükken und wandte seinen Rüssel wieder nach Süden, in Richtung Uffington. Während er sich auf den Weg machte, stellte er dem Stein vergeblich jene Fragen, die jeder Maulwurf angesichts einer sinnlosen Tragödie stellt und die alle mit einem »Warum?« beginnen.

KAPITEL 43

Am gleichen Tag stellte Bracken, der dem Verhungern nahe war, zu seiner Überraschung fest, daß er sich schnell einer Talsohle näherte, wo der Schnee höher lag, und er konnte sich in seine Stille eingraben und vor dem Schneesturm in Sicherheit bringen. Wenn der Boden unter dem Schnee nicht allein aus wurmlosem Torf bestanden hätte, wäre er vielleicht dort geblieben, bis der Schneesturm vorbei war. Aber es war Torf, und so mußte er weiter, manchmal durch den Schnee hindurch, manchmal darüber hinweg, wenn er den Boden nur dünn bedeckte. Endlich kam er in das Tal eines Flusses, wo der Boden unter der Schneedecke voller Nahrung war.

Einen ganzen Tag lang war er zu müde und erschüttert, um etwas anderes zu tun als sich auszuruhen, zu essen und wieder zu Kräften zu kommen. Aber als er sich erholt hatte, war die Anziehungskraft von Nordwesten immer noch da. Was rief ihn? Er wußte, daß keine Hoffnung mehr bestand, Rebekka zu finden, denn er hatte Siabod jetzt weit hinter sich gelassen. Er kauerte am Fluß, wo kein Schnee mehr lag, und blickte durch den noch immer blasenden Wind hinüber auf die andere Seite, wo er in der Ferne weitere hohe Gipfel spürte. Sein Rüssel folgte der großen Bergkette auf der anderen Seite des Tals, und allmählich wurde ihm klar, daß dort, von wo so große Kraft zu kommen schien, die Steine stehen mußten, die aufzusuchen er ausgeschickt worden war. »Castell y Gwynt ... Tryfan ... Rebekka.« Er flüsterte die Namen in den Wind, nicht mehr interessiert an seinem eigenen Leben, jetzt, da Rebekka nicht mehr da war, und wußte, daß dies seine letzte Reise war.

Trotzdem schauderte er, als er von den wurmreichen Tunneln, die er am Fluß gegraben hatte, hinblickte zu den Einöden, von denen zurückzukehren er nicht erwartete. Er erinnerte sich, daß Celyn etwas gesagt hatte über das letzte Stück zu den Steinen hinauf – daß es schnell zurückgelegt werden müsse, weil der Boden wurmlos sei –, und impulsiv machte er sich sofort auf den Weg, flußaufwärts bis zu einer Brücke, über einen Weg, den sogar die heulenden Eulen dem Schnee zu überlassen haben schienen, und dann kletterte er wieder bergauf, wachsende Verzweiflung im Herzen. Ein so weiter Weg noch, und so wenig Zeit.

Seltsame Gedanken kamen ihm aus Wind und Schnee entgegen, meistens über Mandrake. Ihm war, als wisse er ganz sicher, daß dieses der Weg war, den Mandrake gekommen war – durch Cwm-oer, über Siabod und dann hier herauf. Er dachte wieder an Mandrake, an seine Kraft und seine Verzweiflung, aber am deutlichsten erinnerte er sich an seine letzten traurigen Rufe nach Rebekka am Duncton-Stein, auf die zu hören er nicht verstanden hatte. Jetzt, als er weiter und höher kletterte in die Kälte und in die Felsen auf der anderen Seite des Tales von Siabod, spornte er sich selbst an, indem er sich sagte, daß er endlich auf Mandrakes Ruf antworte. Grausamer Mandrake, wahnsinniger Mandrake, aber ein Maulwurf, den Rebekka geliebt hatte. Und wenn es ihm, während er höher kletterte, so vorkam, als sähe er im Schneegestöber und den sich verändernden Schatten verzerrter Felsen die Umrisse eines riesigen, schwerfälligen Maulwurfs – was bedeutete das schon? Es spielte keine Rolle mehr. Y Wrach hatte gesagt, Mandrake werde zurückkehren. »Also laß ihn zurückkehren, hierher und jetzt, um mich mit seinem Wissen und seiner Kraft zu den großen Steinen zu führen, und zu den Tryfan-Steinen«, betete er.

Celyn hatte recht gehabt: diese Höhen waren wurmlos. Was für Würmer leben schon in saurem Torfboden auf einer Oberfläche, auf der nur Felsen wachsen scheinen?

Steil und steiler, steil abfallende gefährliche Felswände unter seinen rutschenden Krallen, die an den vereisten Felsen kaum Halt fanden. Gefälle, die tief unten in schwarzen Felsen endeten, Wind, der die nackten Wände heraufgefegte, an deren äußerstem Rand er entlangklettern mußte. Kein Ort für Maulwürfe.

Steiler und steiler, in den Himmel hinein. Und dann war das Gelände plötzlich, ganz plötzlich, abgerundet und flach, und er stand auf dem Gipfel der Welt. Zwischen Windböen konnte er rechteckige und anders geformte Umrisse von Felsen ausmachen, die sich unheimlich auf dem flachen Boden aneinanderreihten oder wie ein Durcheinander von Schieferplatten aufeinander gestapelt oder umgekippt waren oder sich fächerförmig nach oben reckten wie die Stacheln eines toten Igels. Schwarz und weiß. Eis und Schnee, unheimliche Stille hinter den Ecken von Graten aus schwarzem Fels. Plötzlich aufkommende und wieder nachlassende Winde. Alles in einem Hochland von zertrümmerten Felsen, deren Kanten manchmal eckig waren, manchmal scharf, und sich ständig veränderten, wenn ein Maulwurf sich ihnen näherte oder an ihnen vorüberging, und manchmal versteckten sie sich hinter Schneewirbeln. Und eine merkwürdige Stille.

Große Kraft erfaßte Bracken, denn er wußte, daß er endlich in Reichweite von Castell y Gwynt war. Irgendwo in dieser flachen Einöde, in der es außer ihm selbst und ein paar sturmgebeugten Büscheln von Heidekraut kein Leben gab, standen die Steine, die fälschlich die Steine von Siabod genannt wurden. Sie standen jenseits von Siabod.

Und dann, als er einem hohen Turm aus Felsblöcken auswich, hörte er rechts von sich durch den Wind hindurch das Pfeifen und Heulen eines anderen Windes, das einmal lauter, einmal leiser zu ihm drang, so abwechslungsreich in seiner Klangfülle, daß es nur mit einem zu vergleichen war: den Klängen in der Höhle der Wurzeln unter dem Stein von Duncton. Der Klang von Castell y Gwynt.

Der Boden bestand jetzt nur noch aus losen Felsen – wenn Felsen, die hunderttausendmal so groß wie ein Maulwurf sind, jemals lose genannt werden können. Die Sicht war noch immer behindert durch die dahinjagenden Schneekristalle, so daß Bracken sich zu dem Klang vortastete, ohne etwas zu sehen. Scheu und Furcht wuchsen in ihm, als der Klang lauter und vielfältiger wurde, drohend und lieblich. Er wurde noch lauter und schwebte irgendwo im Himmel über ihm, der Klang des Windes zwischen Felsen, wie er durch die Hohlräume und Rinnen und Buckel und Vertiefungen wirbelte. Scharfe Felsen, krallenartige Felsen, eine Felsmasse, die sich aus dem Schnee erhob und jetzt steil und massig aufragend vor Bracken stand, und er blieb stehen, beeindruckt von dem machtvollen Anblick, und hob eine Pfote, wie um die riesigen Krallen mit seinen eigenen zu berühren, das Maul aufgerissen vor Erstaunen. Castell y Gwynt. Burg der Winde.

Soviel Leid, um herzugelangen. Soviel Mühsal. Und Rebekka ... »Was ist mit meiner Rebekka? Sind dies die Steine, derentwegen ich dich verloren habe? Und welches von euch sind die Tryfan-Steine?«

Während seine Augen forschten zwischen den hohen Steinen, von denen ein jeder vier- oder fünfmal so hoch wie der Stein von Duncton war und deren Spitzen verhüllt waren, fragte er immer wieder: »Ist der Stein hier? Was muß ein Maulwurf tun, um ihn zu erreichen? Warum soviel Leid für das hier? Warum überhaupt soviel Leid?«

Aber während er zweifelnd vor den Steinen stand – welche große Gestalt erhob sich hinter ihm zwischen den anderen Steinen der Hochebene von Gwynt und drängte ihn, dem Stein zu vertrauen? Er glaubte einen Maulwurf zu hören, einen riesigen Maulwurf, den Klang von Leben, und er wandte sich um, um zu schauen ... aber da war nichts außer dem Heulen des Windes in den Felsen hinter ihm und in denen des Castell y Gwynt über ihm.

»Na, ja«, flüsterte er endlich leise zu sich selbst: »Na ja, was bin ich schon, wenn ich nicht Teil davon bin, was immer es auch sein mag?« Dann begann Bracken zu dem Stein zu beten und jene Worte zu sagen, die vor so langer Zeit genau hier Mandrake selbst hätte sagen können, wenn er damals nur Rebekkas Liebe besessen hätte oder Boswell gekannt hätte oder ihm die Gnade zuteil geworden wäre, die Stille des Duncton-Steins zu hören. Bracken betete für die

Maulwürfe von Siabod, er sprach ein Dankgebet für sein eigenes Leben, er betete darum, daß der Stein Rebekka beschützen möge, wohin er sie auch geführt haben mochte. Er betete zum Gedächtnis an Skiet und für die Schreibermaulwürfe in Uffington. Er betete darum, daß Boswell von diesen Gebeten wisse. Während er betete, begann der kalte Wind sich zu legen, und er spürte von sich selbst nichts außer seiner Stille im Stein; er brachte die Verehrung des Steins wieder zurück nach Siabod und zu den schwarzen Höhen jenseits davon.

Plötzlich begann er zu frieren, und so wandte er sich endlich ab von den Steinen, und er stellte fest, daß die Winde leichter wehten und daß kaum noch Schnee fiel. Unter ihm, nur wenige Maulwurfmeter entfernt, sah er den oberen Rand einer Felswand, die steil in ein schneebedecktes Tal abfiel, so tief nach unten, wie ein Maulwurf es nur spüren konnte, und noch tiefer. Jenseits des Abgrunds tanzte der Schnee wirbelnd im Wind und wurde dünner und schwächer, und durch den schwindenden Schnee zeichnete sich langsam nicht etwa Helligkeit ab, sondern tiefe Schwärze, die steil vor Bracken emporragte – weitere steile Felsen, die so hoch emporragten, daß Brackens Augen sich weiteten vor Erstaunen und Scheu, als der nun weichende Schnee einen massiven, isolierten Gipfel enthüllte, auf dessen Spitze andere Steine standen, die er spüren, aber nicht sehen konnte. Das, wußte er, waren die Steine von Tryfan.

»Aber das ist unmöglich«, flüsterte er, »unmöglich für Maulwürfe . . .« Denn obwohl Tryfan jenseits der Leere so nahe schien, fast als könnte er ihn mit der Kralle berühren, war es unmöglich, ihn zu erreichen. Er blickte voller Staunen empor, wie Mandrake es vor so langer Zeit voller Furcht getan hatte. Und wie Mandrake einst vorgetreten war, um den Stein verächtlich zu berühren, so trat jetzt auch Bracken vor, seine Pfote erstaunt ausgestreckt, denn er sah, daß ein Maulwurf den Stein berühren kann, er kann es, er kann es; aber als er es versuchte, fiel er hin und rollte kopfüber in den tiefen Schnee, die Spitze des Tryfan erhob sich höher und höher über ihm, entzog sich seinem Griff, und er fiel hinunter in das namenlose Tal, das sich vor ihm öffnete, Schnee stob auf, während er fiel, bildete eine Lawine und trug ihn weiter und weiter und immer weiter nach unten, immer schneller, Schnee umgab ihn von allen Seiten, schlimmer als ein Schneesturm, und um ihn herum entstand eine gleitende Lawine der Stille, und das Tal hallte wider. Weit, weit über ihm setzten die zwei Steine von Tryfan sich scharf ab gegen einen aufklarenden Himmel.

Während Bracken in weiße Stille fiel, begann der Wind drüben über dem Siabod abzuklingen, und das Schneetreiben hörte auf. Aber Rebekka wußte, daß es zu spät war für sie; sie hätte vielleicht immer noch die Kraft, sich allein die Hänge hinunterzukämpfen, und sie hätte es vielleicht sogar fertiggebracht, ein einziges Junges zu tragen. Sie blickte auf die vier Jungen, die an ihre Zitzen gedrückt lagen, aber jetzt keine Milch mehr aus ihnen saugen konnten, fühlte, wie sie immer kälter wurden, und wußte, daß sie nicht drei von ihnen liegenlassen und einem einsamen Tod überlassen konnte.

Welche Kraft es auch gewesen sein mochte, die sie fast sechs Tage lang in den heulenden Winden am Leben erhalten hatte – jetzt verließ sie sie. Ihre Gedanken begannen zu wandern, und es fiel ihr immer schwerer, die Kraft aufzubringen, die Jungen festzuhalten, damit sie nicht blindlings in die Kälte krochen und erfroren.

Sie flüsterte und murmelte vor sich hin und sprach mit nur in ihrer Vorstellung vorhandenen Maulwürfen. In der Nacht und während der Morgendämmerung hatte sie sogar gelacht: Sie erinnerte sich an all die Maulwürfe, die sie geliebt hatte. Sogar Mekkins war da, dort im Schnee, und rief sie mit barscher Stimme zu sich. Und Rose war da, liebe Rose. Und Sarah, und Bracken, ganz nahe, und Boswell, der Gute. Und Mandrake, dort oben bei den Felsen, die, wie sie jetzt sah, ganz nahe waren. Aber er stand dort im Schatten und versuchte, sie mit seinen Krallen vor dem Wind zu schützen, weil er sie liebte.

Nur die Kälte setzte ihren Träumen ein Ende, wenn sie sie auch manchmal verlockte, zu schlafen – eine Verlockung, der sie widerstanden hatte, vier Tage lang widerstanden hatte, weil es kein Erwachen gibt auf einem Berg wie dem Moel Siabod, über dem die schwarzen Raben fliegen.

Nahrung. Sie dachte daran wie an einen Traum, etwas Unmögliches, und es roch so gut. Denk nur daran, wie sie die Würmer aus der Höhle der Ältesten gestohlen hatte und wie zornig Mandrake war, ja, zornig. Albern, er war wirklich albern, konnte nie weiter blicken als bis zur Spitze seines Rüssels.

Der Geruch nach Eßbarem in diesen kalten Einöden, wo es nichts Lebendes gab! Und Mandrake: Der Gedanke an ihn hatte ihr solche Kraft gegeben. »Mandrake. Mandrake.« Sie flüsterte seinen Namen, und er vermischte sich mit hoffnunglosen Träumen von Nahrung und von Bracken, und dann überwältigte Müdigkeit sie wie die Dunkelheit die Nacht, und sogar die Kraft, sich um ihre Jungen zu kümmern, die sie am Leben erhalten hatte, verließ sie allmählich, und das Jammern der Jungen schien jetzt so weit weg.

»Difryd difro Mandrake, difryd difro Mandrake.« Sie hörte die Worte aus der Dunkelheit des Schlafs, in den sie endlich versank, aber sein Name brachte sie wieder zurück, und ein kräftiges Schnüffeln, kräftiger, als die Jungen es fertigbrächten, viel kräftiger. Als sie die Augen öffnete, roch sie Nahrung und sah neben sich ein uraltes Weibchen mit grauem Fell, das mit blinden Augen an ihr schnüffelte und Worte murmelte, die sie nicht verstand, außer daß sie jetzt nicht länger allein hier oben war, wo der arme Mandrake geboren war.

Y Wrach hatte sie gefunden. Die Würmer, die sie trug, waren die Würmer, die Celyn am Tag zuvor durch die Tunnel zu ihr hinaufgetragen hatte, am fünften Tag des Schneesturms. Als er zu ihr kam, hatte sie sich gekrümmt und geflucht und in den Sturm hinausgeschrien und gesagt, Mandrake sei in der Nähe, und ob Celyn nicht wisse, daß »addewid ni wrieler ni ddiw?« »Ein Versprechen, das nicht eingehalten wird, ist kein Versprechen!«

»Er hat es versprochen!« schrie sie. »Er hat versprochen, daß er zurückkommen werde. Er ist jetzt hier, dort oben, dort oben.« Und sie nahm die Würmer und kroch unter Schmerzen hinaus in den Schneesturm, um ihn zu suchen, und lehnte es ab, sich von Celyn begleiten zu lassen. Hatte sie Mandrake nicht schon einmal ohne Hilfe eines anderen Maulwurfs gefunden?

»Aber damals warst du jung«, sagte Celyn, »du warst jung.« Sie blickte höhnisch lachend auf ihre entstellten Hinterpfoten und sagte: »Du wirst schon sehen!«

Dann schnüffelte sie sich blind in den Sturm hinaus und wurde vom Wind fast von den Pfoten geblasen, und Celyn wartete, bis der Wind sich zu legen begann und der Schneesturm vorbei war. Dann betete er auf die alte Siabod-Weise, Gebete, die sich eher wie Flüche anhörten als wie Gebete. In einer harten Sprache. Sie mußte tot sein.

Aber er blieb, um sein Versprechen zu halten, und bevor aus seinem Gebet eine Totenwache wurde, war sie von den Hängen des Siabod zurückgekommen, ein Junges tragend, das vor Gesundheit strahlte wie der Stengel eines Sternsteinbrechs.

»Schweig still und halte ihn warm«, schimpfte sie, bevor sie wieder verschwunden war, und das tat er, voller Staunen tat er es. Und dann ein zweites, und ein drittes. Und wieder war sie oben an der Stelle, wo Rebekka lag und die Würmer aß, die dieses uralte Weibchen ihr gebracht hatte und das sie jetzt zum Aufstehen drängte mit Worten, von denen sie nur eines verstand: »Mandrake! Mandrake!«

Es ging inzwischen auf den Spätnachmittag zu und begann dunkel zu werden, und der Wind frischte wieder auf, mit Spuren von Schneeregen. Rebekka nahm ihr letztes Junges selbst vom Boden auf, wie das alte Weibchen ihr durch Zeichen gebot, und machte sich langsam auf den Weg den Hang hinunter, auf den deutlichen Spuren des alten Weibchens, während hinter ihr der Wind immer stärker wurde und der Schneesturm von neuem begann. Hinter sich hörte sie das Weibchen den Namen »Mandrake« noch einmal ausrufen, der Wind trug ihre Sttimme, und Rebekka drehte sich mühsam um und sah – oder glaubte zu sehen – zwischen den höher gelegenen Felsen große Schatten von Maulwürfen, die sich bewegten und mit dem stiebenden Schnee verschmolzen, alles weiß und schwarz in der Abenddämmerung. Und dann war das alte Weibchen für immer verschwunden, untergetaucht in dem Schneesturm, der ihr zum erstenmal Leben gebracht hatte. Rebekka wandte sich wieder den Spuren des alten Weibchens zu und kam in riesige, schieferverkleidete Tunnel, wo sie ihre Jungen nach sich greinen hörte und auf ein Männchen mit zerfurchtem Gesicht stieß, der sie an keinen Maulwurf so sehr erinnerte wie an Hulver und der sein Bestes tat, die Jungen zusammenzuhalten, während sie auf der Suche nach den Zitzen ihrer Mutter in allen Richtungen krochen.

Heute ist Rebekka in Siabod längst zur Legende geworden. Es wird noch immer berichtet, wie Y Wrach alt wurde und die uralten Kräfte der Steine von Siabod anrief und in den Schneesturm hinauslief, um mit einem Wurf eigener Junger zurückzukehren; wie sie sich verwandelte in die Gestalt eines Weibchens mit weichem, glänzend grauem Fell, wie kein Weibchen von Siabod es je gehabt hatte, und wie sie behauptete, ihr Name sei Rebekka und sie spreche kein Siabod.

Sie berichten, wie Rebekkas vier männliche Junge zu Maulwürfen heranwuchsen, deren Größe sie in Kämpfen unangreifbar machte und deren Mut Siabod seinen Stolz wiederbrachte. Sie warnen vor den östlichen Hängen des Siabod, wo der Geist Y Wrachs umherwandert und wo bei Einbruch der Dämmerung, wenn dichter Schnee fällt, Mandrake manchmal zu sehen ist, die Krallen beschützend über Y Wrach erhoben und endlich ein Lächeln in seinem großen zernarbten Gesicht.

Sie berichten, wie Rebekka Liebe und Freude zurück ins System brachte nach der Pest, und wie sie, als es Sommer wurde und ihre Jungen begannen, das Nest zu verlassen, Geschichten erzählte von Rose, einer Heilerin, die sie gekannt hatte, und von einem Maulwurf Bracken, der so riesig wie Mandrake gewesen sein muß, weil er dem Hund Gelert entgegentrat und ihn besiegte.

Sie lieben es, Geschichten über Siabod zu ersinnen und verwirrende Legenden, die die langen Nächte verkürzen und die rauhen Tage erträglicher machen. Sie lieben es, alte Lieder zu singen. Aber immer erzählen sie traurig davon, wie Rebekka schließlich, als ihre Jungen erwachsen waren und sie ihre Arbeit getan hatte, sagte, sie müsse Siabod verlassen, bevor der Winter komme.

Und sie lieben die Geschichte von Bran, der sie auf ihrer Reise begleitete, als sie sagte, sie müsse Siabod verlassen, um in ihr eigenes System zurückzukehren, obwohl doch ganz Siabod wußte, daß sie in Wirklichkeit Y Wrach in einer anderen Gestalt war.

»Was geschah mit Bran?« fragen die Jungwürfe, wenn sie diese letzte Geschichte hören.

»Das ist wirklich eine merkwürdige Sache«, hören sie dann, »er kam nämlich zurück, wißt ihr. Nach vielen Maulwurfjahren kam er zurück, aber er wollte nie davon erzählen. Und das war auch merkwürdig, weil es nie einen Maulwurf gegeben hat, der lieber schwatzte als Bran – bevor er fortging, wohlgemerkt. Reisen verändern einen Maulwurf, wißt ihr, darum lauft nicht soweit fort, meine Kleinen . . .«

Es gibt auch manch einen älteren Maulwurf in Siabod, der behauptet, es sei nicht selten geschehen, wenn sie von einem Schneesturm überrascht wurden, daß Rebekka aus dem Sturm zu ihnen gekommen sei, manchmal so schön, wie sie ausgesehen habe, manchmal in der Gestalt von Y Wrach, aber immer mit dem Schatten eines großen Maulwurfs, der Mandrake war, zwischen den Felsen in der Nähe, um sie zu beschützen, und sie habe ihnen den Weg in die Geborgenheit des heimischen Baues gezeigt.

So berichten die Maulwürfe von Siabod.

Teil V

Der siebte stille Stein

KAPITEL 44

Nur wenige Lebewesen auf der Welt sind so gut ausgerüstet, um sich aus einer Lawine befreien zu können, wie Maulwürfe. Und so grub sich Bracken durch die endlich zur Ruhe kommenden Schneemassen hindurch, tief, tief unter den ragenden Felsen von Tryfan. Und er grub sich nach unten, nicht nach oben, denn er wußte, daß er dort Nahrung finden würde.

Er blieb noch lange, nachdem der Schnee verschwunden war, den ganzen April und Mai, in einer Einsamkeit, mit der zu leben er endlich gelernt hatte.

Manchmal blickte er hinauf zu den Klippen und Hängen, die er heruntergestürzt war, und fragte sich, ob Celyn und Bran immer noch jenseits von ihnen im Osten lebten und ob sie ihn für tot hielten. An manchen Tagen suchte er sich einen Weg durch die Büschel von Schwingelgras und Löffelkraut hinunter zum klaren See am Boden des Tals und trank von dem gesprenkelten Wasser, dessen Oberfläche die fernen Gipfel über dem Tal widerspiegelte.

Oft dachte er an Rebekka, mit der er sich nie gepaart hatte, und wie groß die Kraft ihrer Liebe gewesen war – und noch immer war, da diese Kraft in ihm weiterlebte.

Aber als es Juni wurde, ergriff ihn Rastlosigkeit, denn dieses war nur ein Zufluchtsort, keine Heimat, und er sehnte sich danach, endlich dorthin zurückzukehren, wo Buchen in den Sonnenschein emporstrebten und Eichen raschelten und die Erde fruchtbar war. Er sehnte sich danach, wieder weißen Kreidestaub auf seinen Krallen zu sehen.

Aber was vielleicht am meisten zu seinem Entschluß beitrug, das Tal zu verlassen, war die Vorstellung, daß Boswell noch lebte und unversehrt zurück nach Uffington gelangt war. Ohnehin fühlte er sich verpflichtet, nach Uffington zurückzukehren und dort zu berichten, daß er die Steine von Siabod aufgesucht und am Stein gebetet und sogar die Steine von Tryfan gesehen habe, die kein Maulwurf je erreichen konnte.

Als er das Tal endlich verließ und sich auf den Weg hinunter in ein tiefer gelegenes Tal machte, konnte er es nicht über sich bringen, sich nach Norden zu wenden, zurück nach Siabod, weil er befürchtete, die Erinnerungen dort würden zu trostlos sein. Er hatte getan, was zu tun er versprochen hatte, und wandte sich jetzt nach Süden, um durch andere Täler und andere Systeme einen Weg nach Uffington zu finden.

Und so kommt es, daß Systeme im Süden von Siabod – Rhinog, Cader, Mynydd, Faldwyn und wieder Caer Caradoc, durch das er und Boswell ursprünglich gekommen waren – bis heute davon erzählen, wie er bei ihnen vorbeigekommen sei. Er sah, daß ein System nach dem anderen sich allmählich von der Pest erholte, während sie in ihm einen fremden, verwilderten Maulwurf sahen, dessen Augen von einem schrecklichen Verlust sprachen, doch von dem eine so große seelische Kraft ausging, daß keiner es wagte, sich ihm entgegenzustellen. Während er ihre Tunnel durchquerte, bat er um wenig und sagte noch weniger, nur daß er Bracken aus Duncton sei, auf dem Weg von Siabod nach Uffington. Und dann fragten sie sich, ob er ein Schreibermaulwurf oder sonst etwas Besonderes sei.

Sie hatten recht, wenn sie glaubten, seine Augen sprächen von einem Verlust, denn als er wieder in eine freundlichere Landschaft kam, wo die Pflanzen ihm vertraut waren und wo hohe Bäume wuchsen, wo das Wasser der Flüsse einem Maulwurf nicht mehr im Maul gefror, vermißte er Rebekka immer mehr. Die Sonne schien nicht, ohne daß er an sie dachte; es fiel kein Schatten auf ihn, ohne daß er sich nach dem Trost ihrer Berührung sehnte. Und da sie ihn verlassen hatte, war der einzige Gedanke, der ihn all die Maulwurfjahre auf dem Weg nach Uffington aufrechterhielt, die Hoffnung, daß er seinen geliebten Boswell heil und gesund in den Heiligen Bauen antreffen würde.

Im Dezember traf er schließlich dort ein. Er kletterte an dem Tönenden Stein vorbei, wie er es schon einmal getan hatte, und betrat die Tunnel oben am Steilhang wie ein vergessener Schatten.

Aber sie erkannten ihn und umdrängten ihn, aufgeregt schwatzend und begierig, seine Neuigkeiten zu hören. »Erzähl, erzähl!« riefen sie, während er durch die großen Tunnel zum Heiligen Maulwurf geführt wurde. »Ist Boswell hier?« war alles, was er wissen wollte, aber kein Maulwurf schien ihn zu hören.

Dann stand er unter allgemeiner Aufregung und gefeiert, wie es in den Heiligen Bauen ganz ungewöhnlich war, vor dem Heiligen Maulwurf, den er kannte und an den er sich voller Liebe erinnerte. Es war Medlar, der die Schweigenden Höhlen nach Skiets Tod verlassen hatte und zum Heiligen Maulwurf gewählt worden war.

Medlar blickte ihn schweigend an und sah, ohne daß ein Wort gesprochen worden wäre, wie sehr der Maulwurf, der sein Schüler gewesen war, gelitten, wieviel er aber auch gelernt hatte. Da er kein Schreibermaulwurf war, kannte Bracken die traditionellen Grußworte nicht, und einer der anwesenden Schreibermaulwürfe sprach sie für ihn:

»Steyn rix in thine herte!«

»Staye thee hol and soint«, entgegnete Medlar.

»Me desire wot we none«, sagte Brackens Stellvertreter.

»Blessed be thou and full of blisse«, sagte Medlar und blickte Bracken lächelnd in die Augen.

Sie brachten ihm Nahrung und sorgten dafür, daß er sich ausruhte, bevor er mit seiner Geschichte begann, aber als er zu erzählen anfing, tat er es ruhig und den Tatsachen entsprechend, wie es sich für einen Krieger gebührt, und sie erfuhren, daß er das ihnen gegebene Versprechen in der Tat erfüllt hatte. Medlar selbst stellte die Frage, die Bracken am meisten am Herzen lag: »Und Boswell, weißt du, was aus ihm geworden ist?«

»Ich weiß nicht mehr«, sagte Bracken, »als ich erzählt habe. Ich habe gehofft . . . ich dachte, er sei vielleicht hier.«

Die anwesenden Schreibermaulwürfe verstummten, einer oder zwei murmelten einen Segensspruch, und in dem Heiligen Bau, in dem sie kauerten, wurde es still.

»Er ist hier«, sagte Medlar leise. »Er ist tatsächlich zurückgekommen und hat uns von deinem Mut auf dem weiten Weg berichtet. Er hat uns erzählt, wie du Gelert dem Hund entgegengetreten sein mußt, nachdem er verletzt worden war. Wir alle hier haben viele Male für dich gebetet, Bracken, und gehofft, daß der Tag deiner Rückkehr kommen möge.«

»Aber was ist mit Boswell geschehen?« flüsterte Bracken, denn das war das einzige, was für ihn noch wichtig war.

»Komm«, sagte Medlar, »ich werde es dir zeigen. Denn obwohl nur wenige Maulwürfe dort gewesen sind, wo du jetzt hingehen wirst, halte ich es für richtig, daß du es siehst. Wenn du ein Schreibermaulwurf wärest, würde ich es dir einfach erzählen, aber das bist du nicht, und es gibt Dinge, die Maulwürfe wie du besser sehen und akzeptieren, als daß sie sich für den Rest ihres Lebens Gedanken darüber machen.« Dann fügte er sehr ernst hinzu: »Aber du mußt mir oder dem Stein selbst versprechen, daß du an dem Ort, an den ich dich bringe, nicht ein einziges Wort sagen wirst.«

Doch noch bevor Bracken mit dem Kopf nicken und »Selbstverständlich« sagen konnte, fuhr Medlar fort: »Dies wird vielleicht deine härteste Prüfung sein, Bracken, schwerer als alles, was du bisher überstanden hast.«

So folgte Bracken Medlar voller Scheu und Furcht aus den Heiligen Bauen hinaus in einen Tunnel, der zwei Meilen weit nach Westen führte, bis er sich an dem heiligen Ort befand, den er einst ungebeten betreten und wo er das geheime Lied gehört hatte.

Die Tunnel führten hinunter an einen Ort, wo der Boden fast weiß vor Kreide war und wo das tiefste Schweigen herrschte, das er je vernommen hatte. Es waren ein oder zwei Schreiberlehrlinge anwesend, die sich voller Frieden und mit großer Anmut schweigend bewegten und die Tunnel zu bewachen schienen, in die Medlar ihn führte. Endlich erstreckte sich vor ihm eine große Höhle, an deren einer Seite sich eine Reihe von einfachen Bauen befand, einige unbesetzt und mit offenen Eingängen, und viele schon vor langer Zeit versiegelt. Aber an einem war das Siegel ganz frisch.

Medlar zeigte darauf, und Bracken verstand, daß sein Boswell sich in diesem Bau befand und sich freiwillig dazu entschlossen hatte, in den Schweigenden Höhlen zu leben.

Schweigend führte Medlar ihn in einen kleineren Tunnel am Ende der Höhle, der zu kleineren Bauen führten, die sich hinter den größeren befanden, jeder mit einer winzigen Öffnung, nicht größer als eine Pfote, wo Nahrung hingestellt wurde, damit die Maulwürfe, die sich entschlossen hatten, in völligem Schweigen zu leben, nicht verhungerten. Von Kummer überwältigt blickte Bracken auf die kleine Öffnung, die jetzt für Boswell den einzigen Kontakt mit dem Leben bildete. Nie, nie zuvor hatte er sich so einsam gefühlt.

Er kehrte in die große Höhle zurück und starrte auf die trostlosen, versiegelten Wände, sehnte sich danach, mit seinen Krallen dagegen zu schlagen und Boswell zuzurufen, daß er ihn liebe und ihn sehen wolle, seine Stimme hören, seine sanfte Berührung noch einmal spüren wolle. Ihm zuzurufen, daß Rebekka ihn verlassen habe und daß es jetzt keinen Maulwurf mehr gab, der ihn so liebte, wie sie und Boswell es getan hätten.

Unfähig sich zu bewegen, unfähig zu sprechen, unfähig, Boswell mitzuteilen, daß er ihm so nahe war, konnte Bracken nur weinen.

»Woher wißt ihr, daß es ihm gut geht?« fragte Bracken, als Medlar ihn zu den Heiligen Bauen zurückführte.

»Er ißt«, sagte Medlar. »Er hält sich dort auf, seit er im August zurückkam. Er bat um Erlaubnis, sich dorthin zurückzuziehen, weil er das Gefühl hatte, obwohl er auf der Suche nach dem siebten Stillen Stein und dem Buch versagt hatte, könnte er dort etwas finden, was ihm dem Stein näherbringen würde.«

»Aber warum?« rief Bracken voller Bitterkeit. »Dort ist nicht das Leben! Nicht an diesem toten, vergessenen Ort.«

»Nein«, sagte Medlar, »aber für einige Maulwürfe mag es der Ort sein, wo sie das Leben finden. Du mußt immer daran denken, daß die Prüfung, der Boswell jetzt allein gegenübersteht, einer jeden, der du entgegengetreten bist, gleichkommt. Du kannst gegen einen anderen Maulwurf kämpfen, oder gegen einen Schneesturm, und wissen, daß du gesiegt hast. Aber du solltest wissen, Bracken, wie schwer es ist, dir selbst schweigend gegenüberzutreten und die Wahrheit zu suchen, die in deinem Herzen und in deiner Seele liegt. Darum bete für ihn und versuche, deinen Verlust mit Mitleid für ihn zu tragen.«

Später sagte Medlar: »Er hat mir gesagt, daß er wisse, wo der siebte Stille Stein ist, und was das Thema des siebten Buches sei. Weißt du es auch?«

Bracken erzählte ihm, was er und Rebekka unter dem Stein von Duncton gesehen hatten, und wie er und Boswell über das siebte Buch gesprochen hatten.

»Es ist schon lange her, und obwohl wir ihm gesagt haben, wo es sich befinde, glaube ich nicht, daß er wußte, was das Thema des Buches ist. Ich glaube es nicht ... aber vielleicht hat etwas anderes ihn inzwischen darauf gebracht. Wird er die Schweigenden Höhlen jemals wieder verlassen, Medlar, wie du es getan hast?«

»Das weiß nur der Stein. Kein Maulwurf – nicht einmal ich – kann ihn fragen. Viele Maulwürfe kommen nie mehr heraus, und ihre Baue werden schließlich versiegelt. Wir glauben, daß diese Maulwürfe die Stille des Steins gefunden haben. Andere wissen wie ich, wann es Zeit ist, herauszukommen, denn auf sie mag eine andere Aufgabe warten. Was Boswell betrifft: kein Maulwurf kann das wissen. Aber vertraue dem Stein, wenn du es kannst, Bracken, wie auch ich es gelernt habe.«

Bracken schwieg lange. Die beiden Maulwürfe kauerten beieinander, und der fromme Frieden des einen brachte für eine Weile auch Frieden in das ruhelose Herz des anderen.

»Was soll ich tun, Medlar? Was gibt es noch zu tun?« fragte Bracken schließlich.

Medlar lächelte und berührte Brackens Pfote. »Wenn ich glaubte, du solltest ein Schreibermaulwurf werden, würde ich das sagen. Aber ich glaube nicht, daß das dein Weg ist. Gehe zurück nach Duncton, Bracken, und mache es wieder zu deiner Heimat.«

»Aber Rebekka ist tot, und soviel von dem Wald ist abgebrannt ... was bedeutet Duncton mir noch?«

»Das kann ich dir nicht sagen«, entgegnete Medlar, »aber ich weiß, daß es eine Antwort gibt auf diese Frage. Gehe zurück nach Duncton und schenke den Maulwürfen dort deine Liebe und deine Weisheit, wie nach deinen Worten Rebekka es einst tat.«

Für Bracken hörte sich dieser Rat trostlos an, aber was sonst sollte er tun? Er war Medlar dankbar, daß er so weise gewesen war, ihm die Baue zu zeigen, in denen Boswell jetzt hinter versiegelten Eingängen lebte, obwohl ihre Stille ihm schrecklich vorkam, eine kalte Art von geweihter Stätte. »Oh, Boswell«, murmelte er, als er endlich Uffington verließ, ohne darauf zu warten, bis er wieder völlig bei Kräften war, und wandte sich nach Osten, dem rastlosen Dezemberwind entgegen, nach Duncton.

Rebekkas Rückkehr in den Differentialwald war für die Maulwürfe von Duncton ebenso ein Wunder, wie ihr Weggang ihnen ein Rätsel gewesen war. Sie war eines Herbsttages von den Wiesen her zurückgekommen, als sei es das Selbstverständlichste von der Welt, begleitet von einem drahtigen Maulwurf namens Bran, der mit einem rauhen Akzent sprach, und wenn er lachte, hörte es sich so listig an wie der Wind im Stechginster.

Er blieb eine Weile, schien nicht beeindruckt von dem, was er sah, lehnte es ab, ein Wort über Rebekkas Reise zu erzählen oder über das, was sie eigentlich vorgehabt hatte, und als der November kam, verließ er Duncton wieder.

Ihre Rückkehr begründete ein für alle Male Comfrys Ruf als Maulwurf, dessen exzentrische Gewohnheiten und Zerstreutheit ihm besondere Gaben der Weisheit und Voraussicht verliehen zu haben schienen. Er hatte immer gesagt, daß Rebekka zurückkehren werde. Jetzt war ihm die Verehrung, die sie ihm entgegenbrachten, peinlich, weil nichts Besonderes an dem war, was er tat oder sagte: Er hörte nur auf den Stein. Und ohnehin hatte Rebekka nie vorgehabt, Duncton für immer zu verlassen, einfach so; was sollte also die ganze Aufregung.

Er nahm Rebekkas Rückkehr eher so auf wie ein Junges, für das es ganz selbstverständlich ist, daß seine Mutter zurückkehren wird, auch wenn sie reichlich lange dazu braucht. Und für die meisten anderen Maulwürfe war die Aufregung über ihre Rückkehr von kurzer Dauer. Sie war schließlich ihre Heilerin, oder? Ein Maulwurf konnte sich immer an sie wenden. Genau betrachtet war es sogar ein wenig unverschämt von ihr, überhaupt so lange fortzubleiben ...

Die Längste Nacht ging vorüber, die zweite seit der mit Bracken, und auf einen kalten Januar folgte ein eisiger Februar. Der Kreislauf der Jahreszeiten begann wieder.

Nach und nach erzählte Rebekka Comfry, was geschehen war, und an Tagen, da er wußte, daß sie trauerte um Bracken, der auf der Suche nach ihr auf den Hängen des Siabod ums Leben gekommen sein mußte, hielt er sich still in ihrer Nähe auf, damit sie spürte, daß sie geliebt wurde.

Aber nie, nie verließ ihn die Furcht, daß sie eines Tages wieder in die tiefe Verzweiflung gleiten könnte, die er schon einmal miterlebt hatte, und er fragte sich, ob er dann wieder die Kraft haben würde, ihr darüber hinwegzuhelfen.

»Wenn es kommen muß, dann muß es eben kommen«, murmelte er dem Stein zu, wenn er auf dem Rückweg aus ihrem Bau an ihm vorbeikam. Und dann kam Anfang Februar ein Tag, an dem es wirklich geschah.

Es gibt eine Möglichkeit, Maulwürfe zu töten, die so unvorstellbar grausam ist, daß sogar eine Eule bei dem Gedanken daran erzittern könnte. Maulwürfe, die in von dieser Todesfalle heimgesuchten Systemen leben, nennen sie ganz einfach die Kralle. Aber die meisten haben keinen Namen dafür, weil sie in Wäldern und abgelegenen Gegenden leben, und wenn sie durch einen schrecklichen Zufall darauf stoßen, übersteigt die grausame Wirklichkeit ihre Vorstellungskraft.

Das Ding heißt Harpunenfalle. Es hat lange, scharfe, auf einer Feder befestigte Zinken, die in einem Tunnel über einem Tellereisen angebracht sind. Der Tunnel ist versperrt. Wenn der Maulwurf ihn wieder öffnen will, berührt er das Tellereisen, und die unsichtbare Kralle saust herunter, die gleichzeitig auf grausame Weise durchbohrt und zerquetscht. Wenn der Maulwurf Glück hat, ist er auf der Stelle tot. Aber viele weniger glückliche werden an Pfote, Schulter oder Flanke durchbohrt, sind oft zu geschockt, um auch nur zu versuchen, sich freizukämpfen und sterben einen langsamen, qualvollen Tod.

Im Februar hatte Bracken ein System im Kreideboden erreicht, das nicht weiter als zwanzig Maulwurftage von Duncton entfernt war. Wie immer von den uralten Sandsteinblöcken angezogen, die auf Kreide folgen, kam er eines Tages an ein Feld, das fast zu schön erschien, um echt zu sein. Flach und frei, wurde es im Sommer als Schafweide benutzt und war infolgedessen wurmreich – und es gab keine Maulwürfe. An der einen Seite des Feldes befand sich ein großer Steinkreis, der ihm Mut machte; er fühlte sich wohl in der Nähe von Steinen. Da er gern in Abschnitten wanderte und Pausen einlegte, wenn er einen geeigneten Ort fand, beschloß er, Besitz von dem Feld zu ergreifen.

Es gab schon einige alte Tunnel, aber nichts deutete auf die Anwesenheit von Maulwürfen hin. Vielleicht hätte er mißtrauisch sein sollen, vielleicht war er müde, und je mehr er sich Duncton näherte, um so aufgeregter wurde er, daß er nach so langer Abwesenheit wieder in sein heimisches System zurückkehrte, und fragte sich, wie er es vorfinden mochte.

Das Feld war gut, und es machte ihm Freude, es zu erkunden und schließlich seine Tunnel in der Nähe der Steine anzulegen, wo ein anderer Maulwurf sein Graben abgebrochen hatte. Ein Tag, zwei Tage, vier Tage vergingen, und dann kam dichter Rauhreif. Der Boden färbte sich weiß und wurde hart, und als die Würmer sich tiefer nach unten verzogen, folgte er ihnen und schaufelte große Haufen rotbrauner Erde auf die Oberfläche, wo sie sich deutlich gegen den weißen Reif absetzten.

Er aß gut und schlief lange und schob es so lange wie möglich vor sich her, die Reise wieder aufzunehmen. Eines Tages stieß er auf einen Tunnel, der am Abend vorher ausgehoben worden und jetzt versperrt war und seltsam roch. Dachse? Kaninchen? Wiesel? Er zuckte mit den Schultern und seufzte und begann, ihn wieder freizulegen, ohne sich um den seltsamen Geruch zu kümmern, denn er hatte schon gefährlichere Witterungen als diese aufgenommen.

Ein Schritt nach vorn, eine glänzende versenkte flache Platte, wo der Boden hätte sein sollen, ein Klicken von Stahl, und von oben kam ein durchbohrender, entsetzlicher Stoß, der so schmerzte, daß Bracken selbst der Schrei zu sein schien, den er schrie, als das Ding seine rechte Schulter durchstieß und ihn am Boden festspießte.

An wen wendet sich ein Maulwurf, wenn ein stählerner Spieß seinen Körper durchbohrt und ihn gegen den Boden eines Tunnels drückt und dabei seine Venen und Arterien durchschneidet und die Gelenke und Knochen bricht, von denen er so abhängig ist?

Als der Schmerz ihn qualvoll durchbohrte, setzte Bracken zu einem Hilfeschrei an, den kein anderer Maulwurf verstanden hätte, weil die schrecklichen Schmerzen ihn völlig entstellten. Es war ein Name, der einzige Name, der ihm noch Schutz zu sein schien, als er sich dem Ende des Lebens näherte: »Rebekka, Rebekka, Rebekka, Rebekka, Rebekka!« schrie er. Und obwohl er wußte, daß sie tot war, rief er ihren Namen, damit sie zu ihm käme, damit sie ihrem Liebsten helfe: seine geliebte Rebekka.

Wie die anderen Maulwürfe in Duncton hörte auch Comfry an jenem Februartag Rebekkas schrecklichen, qualvollen Schrei durch die Tunnel des Alten Systems hallen. Aber während die anderen erzitterten und voller Furcht in ihre Baue eilten, ging er dem Schrei nach und lief, lief, um Rebekka zu helfen, rief ihr laut zu, daß er komme, und lief ihren Schreien entgegen.

Er fand sie draußen auf der Oberfläche; sie lief erregt zwischen den Wurzeln der blattlosen Bäume hin und her, schluchzend und »Nein, nein, nein, nein«, rufend und sich in schrecklichen Schmerzen krümmend und immer wieder flehentlich bittend: »Helft ihm, helft ihm, helft ihm!« Sie schien Comfry nicht zu sehen und ihn nicht fragen zu hören, was denn sei, was nicht in Ordnung sei, was er tun könne, was ihr wehtue, und er versuchte sie festzuhalten, um herauszufinden, was sie quälte – denn sehen konnte er nichts.

Aber sie war fast besinnungslos vor Schmerzen, lief qualvoll schluchzend hin und her, als suche sie etwas oder versuche, etwas abzuschütteln, und rief immer wieder Brackens Namen und »Helft ihm, helft ihm, helft ihm!« Ihr Atem ging in schweren, keuchenden Zügen, und ihr Gesicht war schmerzverzerrt, als sei sie von etwas Bösem besessen, gegen das sie nicht ankämpfen konnte.

»Rebekka, Rebekka!« schrie Comfry sie an in dem Bemühen, sie zu sich selbst zu bringen, aber je öfter er ihren Namen rief, um so schlimmer schien es zu werden, bis sie mit den Krallen auf die Wurzeln rings um sie einhieb wie wahnsinnig und Lauberde unter ihren verzweifelt zuschlagenden Pfoten emporstob.

Dann lief sie auf die Steinlichtung, lief dort ziellos umher, als sei es ihr gleichgültig, ob sie sich an den dicken Wurzeln beim Stein verletze, schlug mit den Krallen auf den Boden ein, warf sie empor und schrie: »Helft ihm, helft meinem Bracken, helft meinem Liebsten!« Dann stürzte sie sich auf den Stein selbst, und ihre Krallen und Pfoten kratzten schürfend auf ihn ein, während sie schrie und kreischte: »Ich kann ihm nicht helfen, ich kann dir nicht helfen, ich kann es nicht, also hilf du ihm, hilf ihm!« und über ihr verzerrtes Gesicht liefen Tränen des Kummers und des Schmerzes, ihre Flanken waren schweißnaß, und ihr Atmen schien die Lichtung mit seinem qualvollen Keuchen zu überfluten. Comfry stand entsetzt neben ihr, währed sie rief: »Oh, hilf ihm, es ist Bracken, und er lebt noch, hilf ihm also!«

Der Rasen über Bracken wurde aufgerissen, und helles Licht vom Himmel erhöhte seine Qualen. Ein Geruch nach heulenden Eulen drang herunter zu dem Stahl, der ihn durchbohrte, und die Falle und Bracken wurden gemeinsam hochgehoben. Er wurde mit festem Griff gepackt und dann von der Kralle gezerrt, in einen Tunnel hinein, dessen Wände seine eigenen freigelegten Nerven waren, und obwohl er von der Kralle befreit war, wurden die Schmerzen noch schlimmer, als er in die Luft gehalten wurde, schlaff wie der Tod, und blutüberströmt. Eine Stimme knurrte etwas in einer Sprache, die er nicht verstand, eine höhnische Stimme voller Verachtung und Abscheu.

Und dann wurde er in die Luft geschleudert, schlug einen Bogen durch den Himmel und kam wieder herunter, herunter in ein schwankendes Meer aus Schmerzen, immer tiefer, bis er schließlich mit dumpfem Prall gegen einen der großen Steine am Rand des Feldes schlug, und für den Bruchteil einer Sekunde sah er seine Pfote schlaff gegen den Stein baumeln, mit seinem eigenen roten Blut bedeckt, bevor die Schmerzen wiederkamen.

Der Geruch des Lebewesens verschwand. Wind raschelte im Gras neben den Steinen. Unerträgliche Schmerzen quälten ihn. Alles, was er denken konnte, war der unsinnige Gedanke, wirklich albern, daß er im Sterben lag. Dabei stieß der Stein warm an seine Pfote, so vibrierend vor Leben und Kraft, daß es ihm Angst machte, doch er konnte sich nicht davon abwenden.

Comfry blieb bei Rebekka auf der Lichtung, aber er sprach ihren Namen nicht mehr. Er blieb bei ihr, um sie vor anderen Gefahren zu beschützen. Er sah, wie ihre schrecklichen Qualen etwas anderem Platz machten, was in gewisser Weise sogar noch schlimmer war: der Anblick, wie sie sich dem Stein gegenüber aussprach, mit fast unhörbaren heilenden Worten, jedes einzelne all den Qualen entnommen, die sie selbst erfahren hatte und auf geheimnisvolle Weise an den Stein von Duncton weitergegeben, der jetzt von ihrem Leben zu vibrieren schien. Schließlich kam die Dämmerung, es wurde Abend, und dann war es dunkel, und nur ihre Schluchzer und geflüsterten Worte zum Stein klangen durch die winterlichen Bäume: »Mein Liebster, ich bin hier, mein Liebster, mein Liebster, mein Liebster, mein Liebster«, und ihre Stimme wurde immer leiser, während die Nacht fortschritt.

Einige Zeit nachdem das Licht der Dunkelheit gewichen war, kam Bracken in einem Meer von Schmerzen wieder zu sich und stellte fest, daß er nicht tot war, kein bißchen, und daß um ihn herum der Steinkreis, an dessen Rand er lag, warm war und kraftvoll bebte und ein Licht ausstrahlte, das er kannte und schon einmal gesehen hatte. Ein Licht des Lebens, das ihn zu sich rief, ein Licht der Liebe, die da war und Wärme ausstrahlte und an weiches Fell erinnerte, während er immer wieder das einzige Wort flüsterte, das ihn über die Schmerzen hinwegführte: »Rebekka Rebekka Rebekka . . .« – sie war dort mitten im Steinkreis, und sie und die Kraft der Steine riefen ihn, hielten ihn davon ab einzuschlafen, hielten ihn davon ab, in den Schmerzen unterzugehen, ließen ihn, einen blutverschmierten Zoll nach dem anderen, und jeder Zoll eine Meile von Schmerzen, in das Zentrum von Rebekkas heilender Liebe kriechen, ließen ihn wissen, daß sie da war, lebte, wartete, wartete, und ihre heilende Kraft rief ihn. Und da er fühlte, daß sie ihn brauchte, daß sie ihn liebte, kroch er unter Schmerzen in den heilenden Steinkreis und zurück ins Leben.

Am Stein imRánctonwald, wo es inzwischen still geworden war und Mitternacht nicht mehr fern, seufzte Rebekka endlich auf und nahm ihre Pfoten vom Stein. »Oh«, seufzte sie, »o mein Liebster.«

Als Comfry zu ihr ging, sah er mit Überraschung, daß sie lächelte. »Bracken lebt«, sagte sie. »Er lebt wirklich, du kannst es mir glauben. Vielleicht kommt er nie mehr nach Duncton zurück, aber das ist nicht mehr wichtig, denn er weiß, die Liebe ist da, unsere Liebe ist da . . .« Aber es war wichtig, und Comfry sah, daß es wichtig war, jetzt wichtiger als je zuvor.

»K-komm, Rebekka, es ist besser, wenn du jetzt zurück zu deinem Bau gehst und ein wenig schläfst. Komm jetzt.« Und er führte sie hinunter zu ihrem Bau und kauerte sich in ihrer Nähe hin, bis sie schlief, und er wachte bei ihr, bis sie leicht und regelmäßig atmete, friedlich wie der Stein.

KAPITEL 45

Rebekka lief lachend die Hänge zum Alten Wald hinunter und rief: »Comfry! Comfry! Such mich!«

Comfry lief hinter ihr her, ein wenig ungeschickt, weil er noch nie schnell auf den Pfoten gewesen war, aber voller Erstaunen über die Veränderung zum Guten, die seit jener schrecklichen Februarnacht mit Rebekka vor sich gegangen war. Seit jener Nacht wirkte sie Maulwurfjahre jünger und glich von Tag zu Tag mehr einem sorglosen Jungwurf als dem Weibchen, das vier Längste Nächte erlebt hatte und die Heilerin des Systems war.

Die Heilerin? Nun, eigentlich nicht mehr. Es war nicht etwa so, daß sie sich nicht mehr für die anderen Maulwürfe interessierte oder sich nicht um sie kümmerte oder nicht bereit war, ihnen zu helfen, wenn sie zu ihr kamen: Aber alle schienen zu spüren, daß Rebekka sich verändert hatte und nicht länger gewillt oder bereit war, sie zu unterstützen, wenn – es muß einmal gesagt werden – sie sich so oft eigentlich selbst helfen konnten. Sie schien jetzt durch ihre Probleme und mitten in ihre Seelen zu blicken, was ihnen gar nicht recht war, und so zogen sie sich lieber von ihr zurück.

Nur einige der älteren Maulwürfe – und ein oder zwei der jungen – kamen zu ihr: diejenigen, die verstanden, daß der beste Ratschlag, den sie als Heilerin erteilen konnte, war, das Gefühl der Freude und des Friedens weiterzugeben, das sie jetzt selbst im Wald rings um sie empfand.

So wurde Comfry Heiler, und zu ihm gingen sie mit ihren Sorgen, bei denen er ihnen auf die ihm eigene wunderliche Weise half, indem er ihnen Kräuter gab, die vielleicht halfen, vielleicht auch nicht.

Aber zuweilen nahm er sich Zeit für sich selbst – oder Rebekka kam und sorgte dafür, daß er es tat –, und an diesem Tag, einem frischen, dunstigen

Frühlingsmorgen im April, brachte sie ihn dazu, brummend Versteck mit ihr zu spielen.

Sie lief die Hänge hinunter in den Alten Wald, wo einige Bäume immer noch kahl und nackt emporragten, um sie an den Brand zu erinnern, dort wo frisches Unterholz und zwei Schichten von Lauberde die graue Asche zu einer Angelegenheit der Vergangenheit gemacht hatten. Aber ein Maulwurf brauchte nur ein kleines Stück zu graben, und er konnte wieder auf Asche stoßen, voller Leben jetzt, da die Wurzelspitzen der Buschwindröschen eines neuen Frühlings in sie hineinstießen, oder die jungen sehnigen Wurzeln von Haselnuß- und Ulmenschößlingen sich hindurchbohrten.

Rebekka lief instinktiv auf Barrow Vale zu, das sie im vergangenen Sommer nicht gefunden hatte, aber jetzt spürte sie irgendwie, daß es dasein werde. Der sprießende Wald war geschäftig und voller Geräusche. Vögel schossen umher und flatterten zwischen den Bäumen, die fast alle voller Knospen oder Blütenkätzchen waren.

Sie rief immer noch: »Comfry! Comfry!«, und während ihr Lachen dem Ruf seines Namens nacheilte, lief sie weiter, schneller als er es konnte, und verweilte nur einen Augenblick entzückt bei dem Anblick eines Büschels von gelbem Schöllkraut.

Während sie weiter auf Barrow Vale zulief, war ihr, als sei sie selbst die Bäume, die Blumen und jedes Lebewesen, alles in einem, voller Energie im Sonnenlicht, das den Dunst zu vertreiben begann, und inmitten des Lebens, das der Frühling irgendwann immer brachte. »Oh!« seufzte sie genauso wie damals, als sie ein Junges gewesen und zum erstenmal so von Staunen erfüllt durch den Wald gelaufen war. Comfry! Comfry! Und ihr Lachen klang durch den Wald.

Sie kam an eine Lichtung, wo wegen des sandigen Bodens der Pflanzenwuchs spärlicher war, und sie wußte, daß hier Barrow Vale gewesen war.

»Ob ich einen Tunnel grabe?« fragte sie sich. Aber obwohl sie einen Anfang machte, kam sie nicht weiter, weil sie abgelenkt wurde, zuerst von den letzten Schwaden des Morgendunstes, die sich auflösten, und dann vom Summen der ersten Hummel, die sie in diesem Frühjahr hörte. Dann von einem fernen Krächzen der Saatkrähen in den Bäumen der vom Feuer verschont gebliebenen Ostseite. Sie kauerte im fahlen Sonnenschein und dachte, daß sie eigentlich Comfry suchen müßte, oder ihm helfen, sie zu finden, und sie war ein wenig traurig, daß er nicht mit ihr spielen konnte wie ein Bruder oder wie ein Partner, weil das, wie sie im Innersten wußte, einfach nicht seine Art war.

Aber welcher Maulwurf hatte schon je so wie sie die ganze Fülle des Lebens gesehen und erlebt! Doch ihre Trauer war Teil ihres Glücksgefühls, daß es im

Wald soviel zu sehen, zu tun und zu genießen gab. Viel von dieser Trauer war von ihr gewichen, als sie in jener Nacht bei dem Stein plötzlich ganz sicher war, daß ihr Bracken lebte, auch wenn er vielleicht nicht mehr zurückkam, und daß ihre Liebe zueinander sich irgendwie verändert hatte. Aber er lebte, und sie hatte ihm geholfen, am Leben zu bleiben. Sie lächelte bei der Erinnerung daran und lachte ein zweites Mal laut über den fernen, beunruhigten Ruf Comfrys, der sich fragte, wo sie steckte.

Sie kauerte im Sonnenschein, der von Minute zu Minute klarer wurde, und sagte laut: »Es ist mein Wald! Mein Wald!«

»Das hast du schon immer gesagt, Rebekka, weißt du noch?« Die Stimme kam aus den Schatten der Wurzeln einer abgestorbenen Eiche und ließ sie voller Furcht schaudern.

Sie blickte sich um nach der dunklen Stelle, von der die Stimme kam. Sein Fell glänzte, sein Lächeln war einschmeichelnd. Es war Ruun!

»Hallo, Rebekka«, sagte er. Sie sah, daß sein Gesicht zwar im Lauf der Maulwurfjahre Falten bekommen hatte, seine Augen mit zunehmendem Alter bitter geworden waren, sein Fell aber noch genauso unnatürlich glatt und glänzend war wie eh und je, seine Krallen waren schwarz, er hatte keine einzige Narbe – weder im Gesicht noch auf Flanken oder Schultern –, was ungewöhnlich war bei einem Maulwurf, der so alt war, wie er sein mußte. Aber Ruun hatte schon immer eine Möglichkeit gefunden, Verletzungen zu vermeiden, indem er andere vorschob.

»Ihr lebt jetzt also alle oben im Alten System – wer noch übriggeblieben ist von euch?« fragte er. Er lächelte sanft, während er das sagte, aber es schien immer noch Hohn in seiner Stimme zu lauern.

Rebekka starrte ihn nur an, unfähig, seine Anwesenheit zu begreifen. Er hatte sich nach dem Kampf beim Stein davongemacht, aber war er dann nicht gestorben, während der Pest?

»Nein, nein, ich bin nicht gestorben«, sagte er, ihre Gedanken genau erratend. »Wenn du überlebt hast, warum ich dann nicht auch? Vielleicht hat der Gedanke an dich mich am Leben erhalten. Du weißt, wie sehr ich dich immer bewundert habe, Rebekka.«

Sie schauderte über die Art, wie er das sagte, und der alte Überdruß ergriff sie wieder, als ihr klar wurde, daß es wirklich Ruun war, und daß er zurückgekommen war in das System, das er einst beinahe zerstört hätte. Und sie fragte sich, ob sie für solche Dinge noch die Kraft hatte.

»Nun, du brauchst nichts zu sagen, wenn du nicht magst. Du hattest immer deinen eigenen Kopf, Rebekka, ich weiß es noch gut.« Er lachte wieder; es hörte sich an wie kalte graue Wolken, die den Sonnenschein aussperren.

»Die richtige Zeit für einen alten Maulwurf wie mich, zurückzukehren, findest du nicht? Du weißt schon, die Paarungszeit beginnt ... ein paar Kämpfe ... du weißt, was ich meine? Ich denke, ich werde jetzt gehen und mir das System ansehen, an dem ihr alle so geduldig gearbeitet haben müßt ...« Und mit einem grausamen Lächeln in seinen eng beieinanderstehenden Augen verschwand er, sein Körper geschmeidig wie der eines Jungwurfs und geschickt wie das Böse selbst.

Rebekka bebte, unfähig zu glauben, was geschehen war, dann wandte sie sich wieder den Hängen zu, Comfry entgegen, den sie durch den Wald auf sich zukommen hörte.

»Rebekka, Reb-b-bekka«, sagte er und begann zu stottern, als er sah, wie müde sie plötzlich geworden war. »Ich habe einen M-M-Maulwurf getroffen, der sagte, er suche dich. Ich habe ihm gesagt, daß du hier unten seiest und ich gerade versuchte, dich zu finden ...«

Sie nickte.

»Er h-h-hat mir nicht gefallen, Rebekka.«

»Nein«, sagte sie. »Er heißt Ruun. Es gab eine Zeit, da hätte er dich getötet, wenn er die Gelegenheit dazu gehabt hätte.«

»Er gefällt mir n-n-nicht«, sagte Comfry. Aber es ging ihm nicht um ihn selbst, denn darum machte er sich jetzt nie mehr Gedanken, sondern um Rebekka, deren Glück ihm so am Herzen lag und die nicht mehr vor Freude strahlte wie am frühen Morgen.

Es kam Bracken so vor, als wären die gelben Schlüsselblumen, die im Aprilwind bebten und wogten vor dem flachen Tunnel außerhalb des Steinkreises, in dem er Zuflucht gesucht hatte, über Nacht aus der Erde geschossen und hätten gleichzeitig Blätter und Blüten bekommen

Er betrachtete sie verwirrt und spürte die warme Luft ringsumher. Er fragte sich, wo er sei und wie lange schon. War der Frühling schon so weit fortgeschritten? Aber sicher hatte er doch gestern noch Rauhreif gesehen ...

Als er das nächste Mal kam, um die Schlüsselblumen zu bewundern, waren zwei der Blütenköpfchen schon welk und braun, und aus dem ungewohnt blauen Himmel erklang das Lied einer Lerche. Es ging immer weiter, den ganzen Tag lang, so kam es ihm vor, und auch noch am nächsten Tag. So vergingen ganze Tage, ganze Wochen hatten sich davongeschlichen, ohne daß er es bemerkte, denn meistens war er ohne Bewußtsein. Er schlief; er schleppte sich in ein gepflügtes Feld in der Nähe, wo der Boden wegen seines Untergrunds aus Feuerstein und Kreide armselig war, aber es gelang ihm, Nahrung zu finden. Er kroch zurück in den Tunnel, um die Schmerzen fortzuschlafen.

Turmfalken und Krähen hatten am Himmel gekreist und hatten sich auf Beute gestürzt, Sonne und Mond waren gekommen und gegangen, bis er endlich ganz wieder da war, wenn auch die Verletzungen schmerzten und pochten.

Er hatte nicht nur eine, sondern zwei Wunden, eine an der Schulter, wo das Gelenk gebrochen und freigelegt war, und eine an der Brust, wo das Fell falsch nachgewachsen zu sein schien und sich eine Narbe befand. Dank dem Stein konnte er die rechte Pfote bewegen, aber zwei der Krallen waren steif und reagierten nicht mehr so gut wie die der linken Pfote.

Eines Tages stellte er fest, daß drei weitere Blüten der Schlüsselblumen verwelkt waren, und er wußte, daß der Frühling sich seinem Ende näherte. Was für Träume er gehabt hatte, was für Alpträume! Alle so sinnlos und komisch. Er sah sich selbst, wie er einst gewesen war, verschiedene Maulwürfe zu verschiedenen Zeiten, ängstlich oder tapfer, ernsthaft oder traurig, gleichgültig oder voller Liebe. Manchmal das eine, manchmal das andere. Der Maulwurf, der Duncton verlassen hatte, war nicht der Maulwurf, der in Uffington ankam, und der, der Uffington wieder verlassen hatte, war nicht derselbe wie der, der den Cwm-oer hinaufstieg. Jeder von ihnen war auf der Suche nach etwas, über das Bracken jetzt nur lächeln konnte, während er auf die grauen Wände seines Tunnels blickte und dachte, daß es nichts Wirklicheres gäbe als sie.

Eines Tages lief er in der Morgendämmerung zurück zum Steinkreis, nur um zu sehen, ob er so aussah, wie er ihn in Erinnerung hatte. Er sah ganz anders aus. Die Steine waren kleiner, und sie bebten nicht; es ging auch kein Licht von ihnen aus. Es wurde dunkel, während er noch dort kauerte, er mußte also eine lange Zeit hier gewesen sein, da er bei Morgendämmerung gekommen war. Merkwürdig ... was war mit der Zeit geschehen?

Dann kam ein Tag, da er aufwachte und mit seinen Krallen durch die Erde fuhr und sah, was für großartige Dinge seine Pfoten waren, und wie wundervoll sie sich anfühlten. Eine Bewegung, und die Erde zerkrümelte und brach auf vor seinem Rüssel, noch eine Bewegung, und er warf sie hinter sich. Er hatte Schmerzen, und doch hatte er die Kraft seines Körpers noch nie zuvor so deutlich empfunden! Auf diese Weise spielte er stundenlang herum, bevor ihm klar wurde, daß er spielte, da hielt er inne, und zum erstenmal, seit er von der Kralle geschnappt worden war, dachte er an Rebekka.

Er sprach ihren Namen laut: »Rebekka« – und nichts geschah. »Rebekka!« Es löste überhaupt keine Empfindung aus. Das war auch merkwürdig. Aber später dachte er, wenn ein Maulwurf »Sonnenschein« oder »Erde« oder »Nahrung« sagte, löste das im allgemeinen auch keine besondere Empfindung aus.

Diese Dinge waren einfach. So war auch Rebekka. »Sie war. Sie ist. Und ich bin«, dachte er.

In seinem ganzen Leben war er noch nie so von Frieden erfüllt gewesen.

Ein paar Tage später erinnerte er sich an Medlars Rat: »Gehe nach Duncton zurück«, hatte er gesagt, »weil das deine Heimat ist.« Er fragte sich, ob er es finden würde, darum ging er auf die Oberfläche, als es dunkel wurde, und kletterte auf die höchste Stelle in der Gegend und richtete seinen Rüssel nach Osten. Ja, dort war es, er fühlte immer noch die Anziehungskraft des großen Steins oben auf dem Hügel, wo die Buchen standen. Voller spitzer Knospen inzwischen, sagte er zu sich selbst.

Er spürte noch etwas anderes, als er seinen Rüssel nach Osten richtete. Etwas Lästiges und Unerfreuliches: eine Aufgabe, die erledigt werden mußte. Aber danach würde er wie ein Maulwurfjunges mit dem Leben spielen, denn was konnte sonst noch sein? Rebekka? Er hatte das Gefühl, sie sei am Leben, das Gefühl, die Schwierigkeiten, die er ahnte, hätten mit ihr zu tun. Er schüttelte den Kopf und seufzte. Wie konnte sie noch am Leben sein? Aber welchen Frieden hatte ihre Liebe ihm gebracht! Er umgab ihn von allen Seiten, wohin er auch ging. Ausgenommen irgend etwas Lästiges und Unerfreuliches . . .

Ohne weiter nachzudenken machte er sich auf den Weg; er schaute nicht einmal zurück zu dem Tunnel, der seit jenem schrecklichen Februartag sein Heim gewesen war, und kümmerte sich auch nicht mehr um die Schlüsselblumen, die daneben wuchsen und ihm soviel Freude bereitet hatten: Eines Tages würde ein anderer Maulwurf Freude an ihnen haben.

Merkwürdig, nach so langer Zeit heimzukehren. Eigentlich sollte er sich alt fühlen, mit all den Narben und Schmerzen, aber er war sich noch nie in seinem Leben so sehr wie ein Jungwurf vorgekommen, und er hatte es auch noch nie so erregend gefunden, am Leben zu sein.

»Er hat sich verändert, weißt du, viel netter, als er früher war . . .« Das sagte einer der wenigen Maulwürfe, die sich noch von früher an Ruun erinnerten.

Er hatte sich in einiger Entfernung von allen anderen niedergelassen, sorgfältig darauf bedacht, keine Territoriumsgrenzen zu verletzen, und benahm sich völlig unauffällig. »Dabei spielte er mal eine große Rolle, wirklich, aber er bildet sich gar nichts drauf ein. Er ist wirklich eine Bereicherung für das System . . .«

So begann Ruun geschickt, seine Stellung in Duncton wieder auszubauen. Er begegnete keinem Maulwurf mit Herablassung; er war zurückhaltend, stets lächelnd und bereit, einen kleinen Schwatz zu halten, wenn ein Maulwurf sich mit ihm unterhalten wollte.

Und das wollten sie, da er über ein großes Wissen verfügte und immer gern Ratschläge erteilte – sehr hilfreiche Ratschläge –, wobei er keine Mühe scheute. »Natürlich ist er nicht einer, bei dem du dir Freiheiten herausnehmen kannst – einem Maulwurf wie ihm mußt du mit Respekt begegnen. O ja, er gehört zu denen, die du bei einem Kampf gern auf deiner Seite hättest!«

Was eine bedeutungsvolle Feststellung war, da es ganz plötzlich viel mehr Kämpfe in dem System gab als seit langem, und nicht nur Paarungskämpfe. Jeder schien gegen jeden zu sein; Schwierigkeiten tauchten auf, wo es keine Schwierigkeiten gegeben hatte; hinter dem Rücken von anderen Maulwürfen wurde gemurrt und getratscht.

Wohlgemerkt: Ruun war immer da, um Ratschläge zu erteilen; tatsächlich schien er sie nach allen Seiten zugleich zu erteilen und versuchte dabei, versöhnlich zu stimmen und Streit zu schlichten, nur schienen aus irgendeinem Grund immer dort, wo er gewesen war, die Schwierigkeiten noch größer zu werden.

Rebekka wußte, wo das Problem lag. Es war die Kraft des Bösen. Ruun war nicht das Böse selbst, aber er förderte es; jede seiner Handlungen schien Schwierigkeiten und Mißtrauen zu erzeugen und führte schließlich zu einem geistigen und manchmal auch zu einem körperlichen Tod.

Lange Zeit ließ er sie in Ruhe. Aber dann kam Ende April der Tag, an dem er sie besuchte, und sie wußte, was er wollte, weil sie ihn so schon früher gesehen hatte: mit einer Art kalter Begierde in den Augen, und von seinem Körper ging ein abstoßendes Begehren aus, das sie erzittern ließ und in ihr den Wunsch erweckte, es abzuschütteln und sich davon zu reinigen.

Er begann ihr Schwierigkeiten zu machen, obwohl es nicht von ihm auszugehen schien. Aber aus irgendeinem Grund behaupteten andere Maulwürfe, daß sie nichts mehr leiste, und was nutze eine Heilerin, die nicht mehr heile, und hatte nicht irgendwer Ruun erzählt, daß es einfach nicht richtig sei, wenn sie die ganze Zeit mit dem halbverrückten Comfry abgespeist würden? Obwohl Ruun selbst betonte, wie ungerecht diese Behauptungen seien. Aber Ruun war eben manchmal einfach zu gerecht, und nicht alle Maulwürfe waren so rücksichtsvoll wie er ...

Jetzt begann Ruun Rebekka häufig zu besuchen, mit jenem kalten Glitzern in den Augen und mit eindeutigen Absichten.

Sie war seiner so überdrüssig, so müde, daß sie sich manchmal fragte, ob es nicht vielleicht das Beste sei, das Böse mit Liebe zu bekämpfen. War es das? Oder war das obszön? Sie versuchte, den Stein zu befragen, aber irgendwie half er ihr nicht, oder sie konnte ihn nicht hören, und sie war so müde, weil Ruun morgen wiederkommen würde, und übermorgen, und überübermorgen.

KAPITEL 46

Comfry wandte sich unglücklich ab von Rebekkas Tunneln. Ruun war dort und redete. Er redete ununterbrochen und machte sich an Rebekka heran, was Comfry überhaupt nicht gefiel.

Aber Rebekka schien müde zu sein, und als Comfry fragte, ob sie etwas brauche, hatte sie so traurig und verloren ausgesehen, daß er Ruun hätte umbringen können, wenn er nur gewußt hätte, wie. Aber er war kein Kämpfer. Er wollte nicht, daß Ruun sich mit Rebekka paarte, nicht Ruun. Aber Rebekka schüttelte den Kopf und blickte hinunter auf den Boden, und Ruun sah triumphierend aus, und so wußte Comfry, daß er entweder kämpfen oder gehen mußte. Also ging er, denn nur ein Maulwurf, der als Partner in Frage kommt, kämpft um ein Weibchen.

Warum sah Rebekka so traurig aus? Und warum lag in ihren Bauen eine Atmosphäre von Bösem in der Luft, wo es doch sonst immer so frisch und lebendig roch, oder gerochen hatte – bis Ruun zurückgekehrt war?

Von weit unten aus den Tunneln drang das Schreien von Jungen – wahrscheinlich einer der frühen Würfe, bei dem die Jungen schon außer Rand und Band gerieten. Das war in der ersten Maiwoche nicht anders zu erwarten.

Comfry konnte die Tunnel jetzt nicht ertragen; ohnehin war er im Augenblick bei den Maulwürfen dort nicht beliebt, und so lief er langsam zur Oberfläche hinauf und betrachtete eine Weile die Zweige der Buchen über ihm, die gerade begannen auszuschlagen, endlich. Buchenblätter kamen immer so spät, doch wie sanft klang ihr Rascheln, wenn sie da waren!

Aber es war sinnlos. Comfry konnte seine jämmerliche Gemütsverfassung nicht abschütteln und auch nicht den Gedanken an Rebekka und Ruun in ihrem Bau. Ohne nachzudenken wandte er sich der Lichtung zu und lief, wie schon so oft, zum Stein und kauerte sich dort hin. Warum war er so schwächlich und nervös, auch wenn er keine Furcht hatte? Warum ließ der Stein Maulwürfe wie Ruun am Leben?

Er blickte hinauf zu ihm, hell und still vor den winzigen, glänzenden Buchenblättern. Immer anders, und immer ein Rätsel.

Dann hörte er ein Rascheln aus nordwestlicher Richtung, was ungewöhnlich war. Er witterte einen Maulwurf, aber keinen, den er kannte. Während er noch zögerte, ob er sich verbergen sollte oder nicht, betrat der andere Maulwurf kühn die Lichtung und lief direkt auf ihn zu.

»Wer b-b-bist du, und woher k-k-kommst du?« fragte Comfry so bestimmt, wie er nur konnte.

Der Maulwurf blickte ihn eine Weile ruhig an und lachte dann laut auf, nicht über Comfry, sondern eher mit ihm, als sei die ganze Welt voller Spaß und als gäbe es nichts, um das ein Maulwurf sich Sorgen zu machen brauchte. Und sich selbst zum Trotz, seinen Gedanken über Ruun zum Trotz lachte auch Comfry.

»Ich habe einmal in diesem System gelebt, weißt du«, sagte der Fremde. »Ich heiße Bracken.«

Das Lachen gefror auf Comfrys Lippen; ja, sein ganzer Körper erstarrte. Er musterte den fremden Maulwurf, der voller Narben war und ziemlich alt aussah, mit zerfurchtem Gesicht und zerzaustem Fell. Aber als Comfry ihn näher betrachtete, sah er, daß er nicht nur groß, sondern auch sehr kraftvoll gebaut war, und seine Pfoten schienen fester auf dem Boden zu stehen, als Comfry es je bei einem Maulwurf gesehen hatte, ausgenommen Rebekka.

»Bracken?« flüsterte Comfry, ohne zu stottern.

Bracken nickte.

»Rebekkas Bracken?« fragte Comfry.

Bracken lachte wieder. »Nun ja, als sie noch lebte, war ich das, mit der Gnade des Steins war ich ihr Bracken«, sagte er ruhig.

»A-aber«, und jetzt stotterte Comfry wieder und sah verwirrt aus, weil die ganze Welt sich um ihn zu drehen schien und er nicht mehr wußte, wie er atmen sollte, und der Stein erhob sich hinter ihm, und Comfry bebte, gleichzeitig stolz, erleichtert und den Tränen nahe.

»Aber sie lebt«, sagte er, »und sie ist hier.«

Hinter Comfry ragte der Stein in den Himmel, und Bracken blickte auf zu ihm, lehnte den Kopf immer weiter zurück, während die Worte in ihm nachklangen. »Sie ist hier«, hier wo der Stein stand, hier, hier, wo ihre Liebe war, hier. Die Bäume waren dieselben, die Geräusche waren dieselben, der Geruch der Lauberde war genauso, wie er immer gewesen war, wo war er, Bracken, also so lange gewesen? Die Maulwurfjahre begannen von ihm abzufallen, obwohl das Wissen, daß sie hier war, ihn eher älter und robuster erscheinen ließ.

Allmählich hörte er wieder die Stimme Comfrys, der weiterredete und immer schneller über seine eigenen Worte stolperte, in einer Mischung aus Erleichterung und Kummer.

»Sie ist in den alten Tunneln, die du selbst gegraben hast, da lebt sie nämlich, aber es ist nicht mehr in Ordnung, weil Ruun zurückgekommen ist, der früher schon hier war, und jetzt ist er dort, und ich mag ihn nicht, weil es nicht recht ist, was er will.« Und Comfry begann zu weinen, denn obwohl er erwachsen und ein Heiler war, machte es ihm vor Bracken nichts aus, weil es auf der ganzen Welt keinen stärkeren Maulwurf als ihn gab, und keinen, der so helfen konnte wie er, außer Rebekka, und sie brauchte Brackens Hilfe jetzt ...

Bracken berührte ihn sanft. »Es ist alles in Ordnung«, sagte er. Dann wandte er sich ab von dem Maulwurf, dessen Traurigkeit ihm so vertraut war, und von dem Stein hinter Comfry, und ohne eine Spur von Hast machte er sich auf den Weg zum nächsten Eingang der Tunnel, die er selbst vor so langer Zeit gegraben hatte, und er dachte daran, daß diese Tunnel ihm gehörten, und kein Maulwurf außer Rebekka hatte das Recht, sich dort aufzuhalten. Keiner.

Rebekka duldete Ruuns Berührungen mit dem Rüssel und dachte, irgendwann müßte doch jeder Maulwurf liebenswert sein können. Aber das änderte nichts an dem Ekel, den sie empfand, an dem Abscheu, und sie fragte sich, ob sie nicht vielleicht ihre Krallen in ihn bohren würde, anstatt hier so zu kauern, wenn die vielen Maulwurfjahre des Gebens sie nicht so müde gemacht hätten.

Er sagte etwas, sinnlose Worte, deren eigentlicher Sinn sein Triumph war, und er war wie ein massiger Schatten über ihr, und das veranlaßte sie, leise zu weinen, und ihre Tränen wurden zu einem schützenden Schleier, hinter dem Ruun tun mochte, was er wollte. Und das tat er auch; sie fühlte seine Krallen jetzt auf ihrem Körper, zuerst auf ihrer Seite und dann auf ihrer Flanke, und sie schauderte und fragte sich, ob wirklich jeder Maulwurf geliebt werden kann, oder ob es welche gibt, die das Recht auf Liebe verlieren oder die zu lieben sie nicht die Kraft hatte, und sie fühlte sich unendlich schwach und der Vergebung bedürftig, geradeso wie damals, als eben dieser Maulwurf zusammen mit Mandrake ihre Jungen zerfleischte und sie nicht die Kraft hatte, sich zu wehren. Und Cairn war nicht gekommen. Aber jetzt brauchte sie Hilfe und sehnte sich nach Bracken, der ihr geholfen hätte, wenn sie nach ihm gerufen hätte. Diesmal tat sie es: »Bracken, Bracken, Bracken!«

Plötzlich war der Bau voller Blut: Ruuns Blut.

Verzweifelt kämpfende Pfoten: Ruuns Pfoten.

Schreie des Zorns und der Angst: Ruuns Schreie.

Und Bracken war da.

Er stand in der Mitte des Baues, vor Rebekka. Ruun lag vor einer der Wände auf dem Boden, und dort, wo Brackens Krallen ihn sanft gepackt und durch die Luft geschleudert hatten, tropfte Blut aus seiner Flanke.

Es ging kein Zorn von Bracken aus, nur Gewißheit und große Kraft.

»Ich hielt dich für tot, Ruun«, sagte Bracken sachlich.

Ruun raffte sich auf und stürzte sich tückisch auf die Stelle, wo Bracken stand und doch nicht stand; als Ruun dort ankam, hieben seine ausgestreckten Krallen sinnlos ins Leere, weil Bracken plötzlich neben ihm stand, und ein weiterer sanfter Hieb schickte Ruun rückwärts gegen die nächste Wand, mit zerfleischtem Nacken.

Ruun drehte sich um, um Bracken wieder entgegenzutreten, aber er führte seinen Angriff nicht aus: Ihm gegenüber sah er nicht nur Bracken, sondern auch Rebekka, und sie kauerten nebeneinander, nicht zornig oder verächtlich oder auf irgendeine Weise feindselig; in ihren Augen standen nur Erbarmen und Mitleid. Ruun wandte sich in schrecklicher Furcht ab von ihnen, als fliehe er vom Rand einer großen Leere, und lief aus dem Bau in den Tunnel hinaus.

Bracken schien sich kaum zu bewegen, doch als Ruun sich umblickte, um zu sehen, ob er ihm folgte, war er da, direkt hinter ihm, nicht zornig, sondern mitleidig, und das war etwas, was Ruun nicht ertragen konnte. Er wandte sich wieder nach vorn und lief, lief so schnell er konnte, sich durch die Tunnel windend und schlängelnd und hinaus auf die Oberfläche, bereit, alles zu tun, nur um Bracken zu entkommen.

Aber er war schon wieder da oder schien es zu sein. Bracken wartete auf ihn, und die hoch emporragenden Buchen, sehnig und beweglich, schienen sich um Ruun herumzuwinden und ihn einzukreisen, so daß er das bloße Glänzen ihrer Blätter nicht ertragen konnte, das irgendwie Bracken glich.

Ruun begann über den raschelnden Boden des Waldes zu laufen, versuchte, die Furcht, die ihn erfüllte, zu bekämpfen, über sie zu staunen und sie so zu bekämpfen, aber er hörte Bracken hinter sich, einen Maulwurf, der jetzt offenbar nur noch eine Kralle zu heben brauchte, um ihn, Ruun, den starken Ruun, der zu töten wußte, der zu verletzen wußte, mit schmerzenden Gliedern durch die Luft zu schleudern.

Er konnte nicht richtig atmen, er hatte seinen mit Wunden übersäten, schmerzverzerrten Körper nicht mehr unter Kontrolle, und rote Blutflecke waren auf seinem Fell, das immer so seidig geglänzt hatte, jetzt aber mit Blut und Schweiß bedeckt war. Die Bäume wichen zur Seite, und er befand sich auf der Steinlichtung. Er lief immer noch und drehte sich um, um zu sehen, ob Bracken ihm folgte. Bracken war ihm auf den Fersen. Ruun stolperte über seine eigenen Pfoten und verletzte sich, als er zwischen die Wurzeln des Baums fiel, gegen den Stein gedrückt, den er haßte. Er drehte sich um und sah Bracken über sich.

Bracken blickte hinunter auf den vernichteten, zitternden, bebenden Ruun, der versuchte, sich aufzurichten, um ihn anzusehen, und dann langsam hinauf zu dem Stein, den er so viele Male, auf so unterschiedliche Weise, gefragt hatte, warum es Maulwürfe wie Ruun gab.

Bracken hob die Pfoten und streckte die Krallen aus und brachte sie erbarmungslos hinunter auf Ruun, der sich gegen den Stein preßte. Brackens Atem ging so leicht wie ein sanfter Wind, als er zum Todesstoß gegen Ruun ansetzte, aber er hielt verblüfft inne, als der Stein irgendwie seine Pfoten festzuhalten schien, denn er traf mit ihnen den Stein, er, der zu kämpfen wußte, und sie kratzten nur kreischend über seine Oberfläche und nicht in Ruun hinein.

Als er sah, daß der Tod über ihm Halt machte, wand Ruun sich unter Bracken hervor und lief fort von dem Stein. Hinter sich hörte er Bracken, endlich doch zornig, fluchen: »Zum Teufel mit dem Stein, ich werde diesen Ruun töten!«

Und jetzt hatte Ruun endlich Angst, echte, große Angst. Er würde getötet werden. Er lief weiter und immer weiter in den Wald hinein, fort vom Stein, immer schneller, und er hörte Bracken hinter sich, dessen Pfoten beim Laufen so ruhig klangen, während seine eigenen versuchten, voranzukommen und im Boden nicht richtig greifen wollten.

Ruun lief, aber seine Kräfte ließen schnell nach, als ob er auf einmal alt, uralt sei. Er konnte nicht mehr klar denken, und sein Atem ging keuchend und stöhnend. Hinter sich hörte er Bracken näherkommen, und hinter ihnen beiden wirbelten Buchenblätter und Lauberde auf.

Rechts erhob sich der Hügel zu seiner größten Höhe, Bracken jedoch hielt sich jetzt mehr links von ihm und versperrte ihm diesen Ausweg, war ihm aber zu nahe, als daß er hätte umkehren können. So mußte er weiter vorwärtslaufen, auf den Kreidehang zu. Sein Herz hämmerte, jeder Schlag bereitete ihm Pein, und jeder Atemzug kam mühsamer.

Bracken beobachtete Ruun und sah, wie er plötzlich alt wurde; sein Pelz war jetzt häßlich und verfilzt, sein Körper angstverzerrt. War er Mandrake einst auch so kläglich erschienen, als er gejagt wurde wie jetzt Ruun, über Blätter und Wurzeln, die Buchenzweige über ihm, und vorn ein hellerer Himmel, weil es dort keine Bäume mehr gab, weit und breit nichts als den scharfen Grat des Steilhangs?

Nein, er konnte ihn nicht töten, es war nicht mehr nötig. Er würde ihn also packen und festhalten, weil Töten keine Lösung ist; sah Ruun das nicht? So hob er die Pfoten, um Ruun festzuhalten, während hinter ihm ein Ruf von Rebekka ertönte.

»Faß ihn nicht an, verletze ihn nicht, er kann uns nichts anhaben . . .«

Ruun hörte es, hörte Rebekkas Stimme und haßte die Liebe, die aus ihr sprach und die er nicht ertragen konnte, und dort, wo Bracken sich einst umgedreht hatte, um Mandrake gegenüberzutreten, lief Ruun weiter, die Leere des Mitleids hinter ihm viel, viel schlimmer als die Leere vor ihm, die voller Luft war. Es war nichts mehr unter seinen suchenden Pfoten. Ein letzter schrecklicher Blick zurück auf Maulwürfe, die Mitleid mit ihm hatten, deren Gesichter und Augen und Rüssel hoch, hoch über ihm in den Himmel ragten, während sein Rücken sich nach unten krümmte und seine Krallen einen Halt suchten an dem Himmel über ihnen. Dann löschte Dunkelheit Ruun aus.

Rebekka zitterte wie ein Junges und stand so schwach wie ein Junges da, während langsam Erleichterung, solch eine Erleichterung, sie erfaßte. Bracken schaute noch immer über den Rand des Steilhangs, und sie, oh!, sie fürchtete sich vor ihm. Seine Gegenwart machte sie befangen. Er war ein Maulwurf, den sie nicht kannte, und doch kannte sie ihn bis ins Innerste seines Herzens.

Und Bracken gab nur vor, über den Rand des Steilhangs zu blicken. Sie war da, hinter ihm, seine Rebekka, er hörte ihre Stimme noch im Wald um sie herum.

Als er sich endlich so voller Liebe zu ihr wandte, sagte sie: »Bracken?«, und er hörte, und sie wußte, daß er es hörte, daß sie ihn rief, nach ihm rief, und endlich kam er zu ihr.

Er sah sie, sie wußte, daß er sie sah, und sie flüsterte zu sich selbst: »Ich bin Rebekka, ich heiße Rebekka, und ich bin weder Mandrakes Tochter noch Cairns Gefährtin noch die Heilerin, sondern Rebekka«, und sie konnte den ganzen Wald hinter sich hören, raschelnd und frei, und den Vogelgesang von den Hängen, und sie waren alle Teil von ihr, und er sah es, und es war eine solche Erleichterung, so gesehen zu werden, weil es schließlich das war, was sie wirklich war.

»Rebekka, Rebekka . . .«

»Ja, mein Liebster, das stimmt«, sagte sie und blickte auf die Liebe und Schönheit in seinen Augen, die die Liebe und Schönheit in ihren eigenen sahen, während sie sich endlich darin verloren.

KAPITEL 47

Es gibt einen Augenblick, da aus der sanftesten Berührung die zärtlichste Liebkosung wird, das süßeste Aneinanderschmiegen, der leiseste Schubs, die liebevollste Balgerei der Welt: aber Bracken und Rebekka fanden nie genau heraus, wann das war.

Er blickte sie im Bau an, oder zwischen trockenem Laub, und sie blickte ihn an, und sie wunderten sich über das Wunder ihrer beider Anwesenheit an diesem Ort. Und welche Worte sie sprachen oder nie zu Ende sprachen, wußten sie nie.

Spielerisch, ausgelassen, albern fragte sie ihn immer wieder, nur ein einziges Mal noch: »Liebst du mich wirklich?«, und er zögerte und schüttelte traurig den Kopf, und sie schrie auf: »Oh oh oh oh oh!«, während er sagte: »Ich glaube, nein«, mit soviel Liebe, daß es schöner war, als wenn er ja gesagt hätte.

Oder sie sprach über einen nicht anwesenden Maulwurf, den sie gekannt hatte und den sie wirklich liebte, ja, wirklich!

»Wie war er?« fragte Bracken dann, und sie dachte nach und berührte ihn und begann, etwas zu sagen, machte eine Pause, begann von neuem, na ja, beschrieb einen Maulwurf, dessen Pfoten und Rüssel und Fell und Narben, dessen Seele sogar wie Brackens waren, und Bracken sagte: »Merkwürdig, ich kannte einmal ein Weibchen, nicht weit von hier, und ich glaube, ich habe sie geliebt . . .«

»Oh, wie war sie?« fragte Rebekka atemlos. »Und hast du sie wirklich geliebt?«

Aber Bracken sagte es nicht, sondern zeigte es nur, indem er seine Krallen in ihr weiches graues Fell drückte und sie mit dem Rüssel berührte, sanft wie der Wind und stark wie die Wurzeln, so daß sie die Augen schloß und lächelte und laut seufzte, bis er sie fester berührte, und sie zog ihn an sich, damit das Weibchen, das er kannte, sie war, Rebekka, und sie war feucht, wo er sie berührte, und weit offen, und er drängend, und sie berührte ihn weich und hart, so daß auch er hart wurde, mit so kraftvollen Lenden, und Krallen, die zuvor wehgetan hatten, waren jetzt wundervoll, liefen ihren Rücken hinunter und wieder hinauf, immer höher hinauf, bis sie keiner Worte mehr bedurften, den Schmerz, aus zwei Wesen zu bestehen, nicht mehr brauchten, weil er auf ihr war, der Inbegriff aller Maulwürfe, und sie so stolz, und auch er, denn ihm galten die Seufzer und Rufe und Schreie des einzigen Weibchens, das für ihn schön war.

Ihnen gehörte das Lachen, ihnen gehörten die Tränen der Liebe, während Tage zu Nächten wurden und Blätter zu Sternen.

Rebekka wußte im gleichen Augenblick, da es geschah, daß sie empfangen hatte, weil das Licht um sie herum, in der tiefen Dunkelheit ihres Baues, genauso war, wie es am Stillen Stein unter dem Stein von Duncton gewesen war: schimmernd weiß, ein Lichtschein über ihnen, während der Bau sich füllte mit Seufzern des Erstaunens.

Bracken wußte, daß sie trächtig war, als er sie eines Tages zur Morgendämmerung in der Nähe graben hörte, am Ende eines der Tunnel, und sie sang ein Lied, wie sie es als Junges gesungen haben mußte, bevor er ihr begegnet war. Er lachte und lächelte und schlief wieder ein, umgeben von ihrem Duft und ihrer Wärme. Und sie hörte ihn lachen, und weil sie wußte, warum er lachte, lachte sie auch.

Es war Mai, und die Blätter, die sie in den Nestbau hinunterbrachte, hatten einen frischen Maienduft; jedes einzelne schien ihr etwas Besonderes zu sein. Sie brachte auch Gras hinunter und die duftenden Stengel und Blütenköpfchen von der Gundelrebe, weil die nicht so spröde waren wie die trockenen und zarten Buchenblätter und dem Nest für ihre Jungen die Festigkeit gaben, die sie für nötig hielt.

Als die Tage vergingen und der Mai wärmer wurde, blieb sie immer mehr für sich und baute unermüdlich ihre Tunnel aus, unmittelbar neben den Tunneln, die Bracken ursprünglich zwischen dem Stein und den Wiesen angelegt hatte.

Bracken hatte seine alten Tunnel wieder übernommen, die Tunnel, in denen Rebekka so lange gelebt hatte, und sie sah ihn gern in diesen Tunneln, die sie liebgewonnen hatte. Sie verbrachten viel Zeit miteinander und schwelgten in dem Vergnügen, mit so wenigen Worten so viel zu verstehen.

Ihr einziger Besucher war Comfry, der im Lauf der Zeit immer mehr von seiner Nervosität und seinem linkischen Wesen verlor und es fertigbrachte, lange Stunden in ihrer Nähe zu kauern, ohne auch nur mit dem Schwanz zu zucken oder sich unbehaglich umzusehen. Ihre Liebe machte ihn ruhiger.

Nur seinetwegen erfuhren sie voneinander, was sie beide während der langen Maulwurfjahre ihrer Trennung getan hatten. Von sich aus sprachen sie nicht darüber, aber Comfry hatte schon immer gern Fragen gestellt, und es gab soviel, was er wissen wollte. Rebekka erzählte ihm ihre Erlebnisse in sehr einfacher Form, fast als wäre es für Maulwürfe eine alltägliche Angelegenheit, beinahe in einem Schneesturm ums Leben zu kommen oder den ganzen Weg nach Siabod und zurück zu reisen. Obwohl sie selten vom Stein oder seiner Fügung sprach, war in allem, was sie sagte, zu spüren, daß hinter jedem einzelnen Ereignis seine allumfassende Macht stand, über deren Wege ein Maulwurf staunen mochte, die er aber nie ganz verstehen würde.

Brackens Geschichten waren dramatischer, männlicher, und Comfry erschauderte oft, wenn er hörte, wie knapp Bracken und Boswell manchmal entkommen waren, und er fragte sich, welche Kraft diese beiden Maulwürfe besessen haben mußten, um so viele Gefahren lebend zu überstehen.

Aber diese Geschichten erzählte Bracken nur Comfry; für die anderen Maulwürfe des Systems war er ein Rätsel: Sie wußten, was er vollbracht hatte, aber keiner von ihnen konnte ihn je dazu veranlassen, darüber zu sprechen, und manchmal fragten sie sich, ob ein Maulwurf wie er, der so etwas Besonderes auch nicht zu sein schien, wirklich das alles getan hatte.

Aber häufiger sprachen sie darüber, daß er und Rebekka zusammenlebten, und es gab kaum einen Maulwurf im System, der den Frieden und die Liebe nicht spürte, die die beiden angesehensten Maulwürfe von Duncton umgaben.

Ihre gemeinsame Anwesenheit in der Nähe des Steins brachte einen Frieden in das System, der fast wie ein Wunder im Gegensatz stand zu der dunklen Zwietracht, die Ruun vor Brackens Ankunft gestiftet hatte.

Und was Ruuns Tod betraf, so muß gesagt werden, daß die übereinstimmende Meinung im Alten System, launenhaft wie eh und je, jetzt darin bestand, daß »er nie nett war, dieser Ruun, und ich hab schon immer gesagt, es war etwas verdächtig, wie er einfach zurückkam und so tat, als tue er uns allen einen riesengroßen Gefallen ...«

»Genau das hab ich auch gedacht, ich hab mich nur nicht getraut, was zu sagen, weil, na ja, ich mecker eben nicht gern rum, wenn es so aussieht, als wäre alles in Ordnung mit einem bestimmten Maulwurf, auch wenn ich so meine Zweifel habe ...« Und so weiter.

Comfry war natürlich wieder ihrer aller Liebling, und da Rebekka jetzt eindeutig nicht mehr in Betracht kam, bestand bei keinem Maulwurf ein Zweifel, wer ihr Heiler war.

Comfry lächelte darüber, aber es machte ihm nichts aus, weil er, wie Rebekka, sie nur heilte und ihnen zuhörte und sich um sie kümmerte, weil er es so wollte; er versuchte, auf den Stein zu hören, nicht auf die wechselnden Worte der anderen Maulwürfe.

Rebekkas Junge kamen in einer Nacht im frühen Juni zwei Stunden vor der Morgendämmerung zur Welt, und es waren die letzten, die in diesem Sommer geboren wurden. Es war eine rasche und frohe Geburt; alle vier Jungen wurden angestupst und abgeleckt, um dann auf ihren winzigen Pfoten ins Leben zu krabbeln, fast schneller, als ein Maulwurf blinzeln konnte.

Es war Rebekkas dritter Wurf und der zweite, den sie aufzog, und es fiel ihr so leicht wie essen oder atmen.

Bracken hörte, wie die Jungen geboren wurden, und blieb in der Nähe, abererer betrat ihren Bau nicht, so gern er es auch getan hätte. Aber ein oder zwei Tage nach ihrer Geburt, als ihr Jammern und Blöken schon lauter wurden, rief sie nach ihm, und er betrat langsam ihre Tunnel, um sie sich anzusehen.

Wie groß er ihr vorkam, wie er dort am Eingang zum Bau kauerte und voller Staunen auf die vier Jungen blickte, die ständig den Knoten zu entwirren suchten, in den sie sich selbst verwickelt hatten, und rosa, weiche Pfoten und neugierige Rüssel drängten und schoben gegen weiche, fellose Körper, und in unschuldiger Gleichgültigkeit kletterten sie übereinander.

Für drei von ihnen hatte Rebekka schon Namen: Rose und Cora für die zwei Weibchen und Fagus für das kleinere der beiden Männchen. Fagus – Buche – war ein verbreiteter Name, und Rebekka wußte, daß Bracken unter Buchen immer am liebsten Schutz gesucht hatte, darum erzählte er ihr nicht, daß eines von Rutas Jungen von ihm denselben Namen gehabt hatte.

Bei dem vierten zögerte Rebekka noch und fragte sich, ob sie es nach einem der Maulwürfe nennen könne, die sie beide geliebt hatten – Mekkins oder Boswell.

Bracken schüttelte den Kopf. Es hätte nicht gepaßt. Dieses Junge sah nach keinem der beiden aus (wenn junge Maulwürfe überhaupt nach etwas aussehen können). Es war das größte des ganzen Wurfs, und wenn es sich auch nicht am schnellsten zum Nuckeln durchkämpfte (dieser Platz gebührte Cora), so war es doch immer an zweiter Stelle.

Bracken beobachtete sie gleichmütig; Namen bedeuteten ihm nicht viel. In Wirklichkeit dachte er an etwas anderes, wie Väter es oft tun, wenn sie dem Wunder neuen Lebens gegenüberstehen, das sie nicht selbst geboren, aber zu erschaffen geholfen haben und vor dem sie häufig eine merkwürdige Hilflosigkeit empfinden.

Die vier Jungen rollten vor ihm hin und her und verwickelten sich ineinander, und Brackens Gedanken führten ihn zurück zum Schneesturm auf dem Moel Siabod, und er fragte sich, wie solche winzigen Wesen – denn Rebekkas Junge von damals konnten nicht größer gewesen sein – jemals überlebt haben konnten unter Bedingungen, denen er selbst fast zum Opfer gefallen wäre. Der Gedanke war erschreckend. Einen Augenblick lang stapelten sie ihre kleinen Pfoten alle aufeinander, dann breiteten sie winzige Krallen aus, und Bracken dachte an die riesigen Felssplitter und -brocken in der Nähe von Castell y Gwynt, und das Schreien der Jungen erschien ihm wie die Winde, die er dort hatte heulen hören.

Dann krabbelte plötzlich für einen Augenblick das bisher namenlose Junge nach oben, sein Rüssel überragte sie alle, und seine Pfoten griffen ins Leere, und da es nichts fand, woran es sich festhalten konnte, kullerte es wieder hinunter, fort von Bracken und hinter den kleinen Berg, den die anderen drei bildeten.

Es kam Bracken so vor, als befände er sich wieder bei den trostlosen Steinen in der Nähe von Siabod und rutsche und falle, wie sein Sohn es gerade getan hatte, hinunter in das namenlose Tal, über sich den steilen Gipfel des Tryfan, und dieser Gipfel war in diesem Augenblick der winzige Rüssel seines Sohnes.

»Nenne ihn doch Tryfan«, sagte Bracken.

»Ja«, sagte Rebekka; sie brauchte nicht nach dem Grund zu fragen. »Tryfan, mein Kleines, mein Liebling . . .« Es war das erste Mal, daß Bracken hörte, wie Rebekka eines der Jungen mit seinem Namen ansprach.

Wenn Rebekkas Tunnel auch in der Nähe des Steins lagen, so schienen die Jungen doch noch zu klein, um einige Wochen später mit hinauf an die Oberfläche zu kommen, als Bracken wieder einmal die feierlichen Worte zur Mittsommernachtsfeier sprechen sollte.

Aber sie spürten die Aufregung und wußten, daß die Erwachsenen etwas Besonderes vorhatten, denn an diesem Tag waren sie alle unruhig und störrisch, schrien besonders laut und jammerten ohne jeden Grund.

Sie hatten zu dieser Zeit schon damit begonnen, kreuz und quer durch Rebekkas Tunnel zu laufen, und sie mußte sie oft zusammensuchen und zurück in ihren Hauptbau schicken, denn sie hatte es noch immer gern, wenn sie alle zusammen schliefen. Darum hatte eines der Weibchen aus dem System sich bereit erklärt, zu kommen und sie zu beaufsichtigen, während Rebekka um Mitternacht zu der Feier hinaufging.

Auch so spürten sie wohl, daß Rebekka sie verließ, um an die Oberfläche zu gehen, denn als sie ging, stolperten sie schreiend hinter ihr her, trotz ihres Lächelns und ihrer liebevollen Worte, und das Weibchen mußte sie mit ihren eigenen Worten beruhigen: »Na, na, sie geht ja nicht weit weg, ihr kleinen Dummerchen, sie kommt bald zurück, habt nur keine Bange. Pst, meine kleinen Lieblinge, pst.«

Was für eine Nacht! Warm und klar, mit einem Mond, der so hell wie die Sonne schien, und Buchenzweige, die sich hoch über den versammelten Maulwürfen vor ihm neigten, die glänzenden Seiten ihrer Blätter hell schimmernd in einem leichten Wind.

Wie aufregend für sie alle, daß sie die feierlichen Worte so hören würden, wie sie gesprochen werden sollten, von Bracken, der so weit gereist war – den ganzen Weg nach Uffington und noch weiter, so wurde erzählt – und der die Worte des Rituals gelernt hatte von einem der gütigsten Ältesten, die es in Duncton je gab und dessen Name Hulver gewesen war.

Jungwürfe von frühen Würfen wurden auf die Lichtung hinaufgebracht und kauerten in Gruppen zusammen oder tollten umher, wo sie nicht umhertollen sollten, und fragten sich, was die ganze Aufregung solle, bis sie den Stein sahen und eingeschüchtert waren von seiner Größe und der Art, wie er sich vor dem aufgehenden Mond zu bewegen schien.

Wie viele Mütter flüsterten: »Jetzt vergeßt nicht, was ihr heute nacht sehen und hören werdet, dies ist nämlich für euch, versteht ihr, und es ist eine Ehre für Duncton, einen Maulwurf wie Bracken hierzuhaben, der diese heiligen Worte sprechen wird, die er gelernt hat, als er kaum älter war, als ihr jetzt seid! Vergeßt es also nicht!« Und so merkwürdig es auch klingt: obwohl ihre Augen hierhin und dorthin wanderten und sie in erster Linie an Spielen und Würmer dachten und daran, wie sie ihre Geschwister durch die Tunnel jagen würden, sollte manch ein Jungwurf sich tatsächlich immer an diese besondere Nacht erinnern.

Aber es gab einen Jungwurf, der nicht dort war – jedenfalls nicht auf der Oberfläche –, der einen ganz besonderen Grund gehabt haben würde, sich an die Mittsommernacht zu erinnern, in der Bracken die feierlichen Worte sprach: Tryfan.

Er war nicht nur größer als seine Geschwister, er war jetzt auch mit Abstand der abenteuerlustigste, und auch das achtsamste Weibchen kann ein einzelnes Junges aus den Augen verlieren, wenn sie versucht, vier gleichzeitig im Auge zu behalten. Während sie also in Rebekkas Bau herumtollten, sah das Weibchen, das auf sie achtgab, Tryfan nicht in den Tunnel hinauskrabbeln.

Lief er fort, um Rebekka zu suchen, oder war es nur das aufregende Erlebnis, wieder einmal die Tunnel zu erforschen? Er selbst konnte das nie sagen, denn er konnte sich nur an Bruchstücke von Bildern erinnern, kurze Eindrücke von Orten, wundersame und furchterregende Ereignisse, so wie jedes Maulwurfjunge sich an etwas erinnert, das geschah, als es noch sehr jung war, und das es zeit seines Lebens nicht vergißt.

Er erinnerte sich, daß der Lärm, den seine spielenden Geschwister machten, plötzlich weit weg war, und daß er sich fragte, warum er allein sei; er erinnerte sich, daß die Tunnel riesig und kreidig aussahen und daß er hinter sich blickte und sein verlassenes Greinen von allen Seiten widerhallen hörte und daß er verwirrt war. Er erinnerte sich, daß er in Tunnel gelaufen war, die alt wie die Zeit aussahen, und um Krümmungen herum, und daß er Kreidestaub auf seinen Pfoten gesehen hatte.

Er hörte das Gemurmel der Maulwürfe oben auf der Oberfläche, wo sie sich versammelten, das durch einen Wind im Tunnel oder ein Vibrieren der Wurzeln nach unten getragen wurde, wo er sich nun befand: im Kreistunnel, der die Höhle der Echos umgab, dem Tunnel, von dem aus Bracken seine erste Erkundung des eigentlichen Mittelpunkts des Alten Systems begonnen hatte. Jetzt lief Brackens Sohn, Tryfan, allein dort herum, winzig, zu jung, um schon ein Fell zu haben, streckte seinen Rüssel einmal in diese Richtung, einmal in jene, und wußte nicht, wo er war.

Maulwurfjahre später erinnerte Tryfan sich, wie er in der Höhle der Echos gewesen war und wie seine Pfotentapser und sein Wimmern um ihn herum widergehallt hatten, als wäre eine ganze Schar von Maulwurfjungen vom Wege abgeraten wie er, aber keiner ihm nahe genug, um ihn zu trösten.

»Aber dann, ganz plötzlich, wußte ich, daß alles in Ordnung war, obwohl ich mich verlaufen hatte und eigentlich große Angst hätte haben müssen«, erinnerte er sich später. »Damals wußte ich nicht, was es war, aber heute weiß ich es, wie ich weiß, daß die Mittsommernacht die Nacht ist, da die Jungen gesegnet werden und der Stein ihnen seinen Schutz gibt. Und seinen Schutz hat er auch mir gegeben.«

Wie Tryfan sich später erinnerte, schimmerte in den verwirrenden Tunneln um ihn herum ein Licht – nicht von allen Seiten, sondern von irgendwo vor ihm –, und als er den weißen Schimmer auf seinem Rüssel und auf seinem noch nicht sichtbaren Fell spürte, lief er darauf zu, ohne sich Gedanken zu machen, denn er wußte, daß ihm nichts, gar nichts geschehen würde – genauso wie er es getan hätte, wenn Rebekka nach ihm gerufen hätte: »Tryfan, mein Liebling, hier bin ich!«

So lief er auf das Licht zu, aber jedesmal, wenn er dachte, er hätte er erreicht, stellte er fest, daß es wieder weiter vorn war, bis er sich in einer großen Höhle befand, größer als der Ort mit den Echos, und mit schwankenden, gleitenden Wurzeln von Bäumen auf allen Seiten, die hoch in die Dunkelheit über ihm emporragten und in die Abgründe hinunterwuchsen, an deren Rand er entlangtaumelte, von dem Licht geführt.

Wie lange das alles dauerte, erfuhr er nie, aber schließlich hatte er die Wurzeln hinter sich gelassen und befand sich im Innern eines großen Baumes, aus dessen Höhen ein ganz leises Echo von Wind zwischen Buchenblättern herunterdrang, und das Gemurmel von den Stimmen Erwachsener, die sangen und beteten.

Dann folgte er dem Licht der Seite des hohlen Bauminneren entlang, und das Sausen des Windes über ihm war so fern, daß es aus einer anderen Welt hätte kommen können.

Das nächste, woran er sich erinnerte, und daran erinnerte er sich am allerbesten, wenn es auch alles sehr durcheinander ging, war, daß er noch tiefer in den Boden eindrang, über die ihn überragenden und sich dahinwälzenden großen Wurzeln hinweg und zwischen ihnen hindurch, während das Licht heller und wärmer wurde, und dann war der massige geneigte Sockel des Steins von Duncton um ihn.

Er lief direkt unter den Stein, auf die Lichtquelle zu, und diese war ein Stein, ein Stiller Stein, der siebte Stille Stein, dessen Schimmern auf ihm lag und seinen Schatten auf die Stein- und Kreidewände um ihn herum warf, als wäre er ein großer, starker Maulwurf und erwachsen, ohne eine Spur von Furcht, so wie er kühn dastand und in das ewige Licht des Steins blickte.

Er erinnerte sich, daß er die tiefe Stimme seines Vaters hörte, während er dort stand, heruntergetragen zu ihm durch die Höhlungen und Windungen der uralten Buche, deren Wurzeln den Stein umschlossen; er hörte die abschließenden Worte der Mittsommerfeier. Aber er verstand die Worte natürlich noch nicht:

»Wir baden ihre Pfoten in Schauern von Tau,
Wir lockern ihr Fell mit Wind aus dem Westen.«

Als dann die sieben Segen gesprochen wurden, wurde das Wunder des Stillen Steins zuviel für Tryfan, und er trat vor, wie jeder Jungwurf es getan hätte, und berührte den Stein mit seiner linken Pfote. Das Licht ging nicht aus wie damals bei Bracken, sondern schien sogar noch heller zu schimmern, so hell, daß ein anderer Maulwurf, wäre einer in der Nähe gewesen, vielleicht geschworen hätte, Tryfan sei plötzlich vor Helligkeit völlig weiß gewesen.

»Die Gnade der Gestalt
Die Gnade der Güte
Die Gnade des Leidens
Die Gnade der Weisheit
Die Gnade der Wahrhaftigkeit
Die Gnade des Vertrauens
Die Gnade der aus der Seele kommenden Lieblichkeit.«

Und das, oder eher der Klang der Worte, war alles, woran Tryfan sich je erinnerte. Außer daß viel später in jener Nacht, als er sehr müde war, er Stimmen »Tryfan! Tryfan!« rufen hörte, und hastende, eilige Schritte aus allen Richtungen. Er brauchte nicht lange, um sie zu finden, und bis er um eine Ecke im Tunnel einbog, die er wiedererkannte, und die Stimme eines Erwachsenen sagte: »Da bist du endlich! Wir haben dich überall gesucht!« Dann war seine Mutter, Rebekka, da, und einen Augenblick lang dachte er, sie würde sehr böse sein, aber sie umschloß ihn nur mit ihren Pfoten, und er spürte ihre Liebe und fühlte sich geborgen, so geborgen wie in einem Licht, das er gesehen hatte, aber er vergaß schon, daß er es gesehen hatte, weil er jetzt so müde war, und Rebekkas Fell umhüllte ihn, und er war wieder geborgen, kuschelte sich in die Geborgenheit ihrer Liebe.

Aber jene Pfoten, die nach der Mittsommerfeier nach Tryfan gesucht hatten, waren nicht die einzigen Pfoten, die in jener Mittsommernacht hasteten und eilten.

In Uffington taten einige Pfoten das gleiche. Sie kamen von den Schweigenden Höhlen, die langen Tunnel herunter, durch die tiefe Nacht, immer weiter hasteten sie, um Medlar zu suchen, den Heiligen Maulwurf in den Heiligen Bauen.

»Was ist?« fragte er freundlich die beiden Schreiberlehrlinge, die endlich bis zu ihm vorgedrungen waren. »Was läßt euch in dieser frohesten aller Nächte durch die Heiligen Baue laufen?«

»Es ist Boswell«, keuchten sie atemlos. »Er verläßt die Schweigenden Höhlen. Er möchte herauskommen.«

»Ja?« lächelte Medlar.

»Aber das ist noch nicht alles. Er begann an der Innenwand zu kratzen, dort, wo das Siegel ist, und dann, als wir das hörten ... plötzlich war da ein Licht ...«, fing der eine der beiden an.

»Überall außerhalb seines Baues«, fuhr der andere fort, »leuchtend und hell.«

»Irgendwie weiß und schimmernd«, beendete der erste ihren Bericht.

Medlar sah die Ehrfurcht in ihren Gesichtern. Ja, er sah sogar einen Widerschein des Lichtes, das sie gesehen hatten.

Er hob eine Pfote und sagte leise zu ihnen: »Dies ist eine gesegnete Nacht, eine heilige Nacht, und an das, was ihr miterlebt habt, werden sich vielleicht noch viele kommende Generationen erinnern. Ich habe den Frieden in den Heiligen Bauen gespürt, die Stille.« Er hielt inne und blickte sie fest an, und sie sahen, daß die Ehrfurcht auch in seinem alten Gesicht stand. »Kommt«, sagte Medlar, »kommt. Wir werden zu den Schweigenden Höhlen zurückkehren und sehen, was wir tun können.«

So gingen Medlar und mehrere der Lehrer zusammen mit den Lehrlingen zurück und versammelten sich in einem Kreis um den Bau, hinter dessen versiegeltem Eingang Boswell sich befand. Das Licht, von dem die Lehrlinge gesprochen hatten, war verschwunden, aber das schwächliche Kratzen ging in Abständen weiter, und als mehrere Maulwürfe vortraten, um das Siegel von außen aufzubrechen, hob Medlar die Pfote, um sie zurückzuhalten.

»Laßt es Boswell allein tun«, sagte er ruhig, »denn das würde er so wollen.«

Sie kauerten schweigend da, dann flüsterten und sangen sie Dankesgebete, während Boswell sich langsam einen Weg durch das Siegel grub, unter langen Perioden der Stille, zweifellos, um sich von der Anstrengung auszuruhen. Er hatte in den Schweigenden Höhlen schließlich nicht weniger als zehn Maulwurfjahre hinter dem Siegel verbracht, beinahe elf. Er muß sehr schwach gewesen sein.

Aber endlich löste sich der erste Staub von der Außenseite der Wand, ein winziger Spalt erschien in dem Siegel, bröckelnde Erde fiel auf den Boden vor die Pfoten der wartenden Maulwürfe: Das Siegel begann zu zerbrechen.

Als sie dann seine Pfoten in dem größer werdenden Loch erblickten, traten zwei oder drei von ihnen vor, um Boswell zu helfen, den Rest des Siegels herunterzureißen und ihn in die Hauptkammer zu bringen.

Er sah so zerbrechlich wie ein Neugeborenes aus und war fast durchscheinend dünn, mit blassem Fell und noch blasserem Rüssel. Doch ging von ihm eine Stärke aus, die alle, die ihn sahen, mit Erregung und Staunen erfüllte. Von seinen Augen ging ein Strahlen aus, ein Licht, ein Leben, eine Liebe, die in allen das Gefühl erweckte, sie seien heimgekehrt.

Sie umstanden ihn ehrfürchtig, während er sich langsam umblickte und jeden einzelnen ansah und dann leise den Segen sprach, so eindringlich, wie sie ihn nie zuvor gehört hatten. Sie fühlten sich wahrhaftig gesegnet.

Er schwieg eine lange Zeit, als denke er nach, und dann sprach er wieder, mit einer Autorität, die jedes seiner Worte absolut wahr erscheinen ließ und jeden einzelnen davon überzeugte, daß alles, was er sagte, eintreten würde: »Bald wird der siebte Stille Stein nach Uffington kommen, von Duncton, wo er in den alten Tunneln darauf wartet. Mit der Hilfe des Steins werde ich die letzte Reise dorthin selbst machen und den Stein finden. Dort werde ich auch einem Maulwurf begegnen, dessen Leben uns allen zum Segen gereichen wird, uns und denen, die nach uns kommen, und nur mit seiner Hilfe wird der siebte Stille Stein hierher zurückkehren. Denn er hat das Licht des Steins gesehen und ist von ihm auserwählt worden, und er ist es, um den es geht in dem alten Text, den ich selbst vor so langer Zeit fand:

»Sucht das verlorene Buch, schickt den letzten Stein,
Bringt sie zurück nach Uffington.
Sendet einen Maulwurf voller Mut
Und einen Maulwurf, der Mitleid hat,
Mit einem Dritten, sie zu vereinen
Durch das wärmste Licht der Liebe . . .«

Bracken, Boswell und Rebekka, sie waren die drei Maulwürfe, sie waren es. Aber während Boswell sich mitten im Vers unterbrach und sie alle voll sanfter Liebe anblickte, dachte er nur an den vierten Maulwurf, den Maulwurf, den er selbst nach Uffington zurückführen würde, doch dessen Namen er noch nicht kannte. So fuhr er fort:

»Lied des Schweigens,
Tanz voll Geheimnis,
Aus ihrer Liebe wird noch einer kommen . . .
Der den Stein hält,
Der das Buch bringt,
Dem die Stille des Steines gehört . . .«

Es herrschte Schweigen, als er zum Ende gekommen war, bis einer der anwesenden Maulwürfe flüsterte: »Wirst du auch das siebte Buch mitbringen? Wird er es bringen?«

»Ich weiß es nicht«, sagte Boswell leise. »Nur daß der siebte Stille Stein kommen wird. Was mit dem Buch ist, weiß ich nicht«, flüsterte er.

Sie traten zu ihm, denn er war plötzlich sehr schwach, und stützten ihn, bis er wieder fester auf den Pfoten stand. Dann führten sie ihn langsam zurück zu den Heiligen Bauen, und auf dem Weg dorthin wurden aus ihren Gebeten Lobgesänge.

KAPITEL 48

Bis zum August hatten Rebekkas Junge die im April geborenen Jungwürfe in ihrer Entwicklung fast eingeholt und standen kurz davor, den heimischen Bau zu verlassen. In gewisser Weise hatten sie es schon getan, denn sie waren alle vier immer häufiger und länger abwesend, wenn sie die Gegend durchstreiften und begannen, sich nach einem eigenen Territorium umzusehen.

Tryfan war der selbständigste von ihnen und gleichzeitig das am meisten geliebte von Rebekkas Jungen. Er war zu einem so stattlichen Maulwurf herangewachsen, wie es ein Maulwurf, der noch nicht erwachsen ist, nur sein kann: kräftig, jederzeit zum Lachen bereit, in der Lage, so gut für sich selbst zu sorgen, daß er es nicht nötig hatte, Aggressivität zu zeigen, wo sie überflüssig war, und fähig, lange Zeiträume allein zu verbringen, wie es jeder Maulwurf lernen muß.

Er hatte schon früh angefangen, allein durch die Gegend zu wandern, und verbrachte ganze Tage auf den Hängen oder erkundete Teile des Alten Systems, um die andere Maulwürfe sich nicht kümmerten – aber wie jeder im System hielt er sich dem Zentrum fern, denn das war ein besonderer Ort.

Trotz seines häufigen Verschwindens brachte Tryfan es irgendwie immer wieder fertig, zur rechten Zeit am rechten Ort aufzutauchen. Es war beispielsweise einmal geschehen, daß eine Gruppe von Jungwürfen von der anderen Seite des Systems sich vorgenommen hatte, Rose und Cora einzuschüchtern, die immer noch kleiner waren als die anderen in diesem Frühjahr geborenen Weibchen. Aber Einschüchterung führt manchmal zu Grobheit, und Grobheit zu Verletzungen, so daß Rose zu weinen begann und Cora versuchte, nach den größeren Jungwürfen zu schlagen, die jetzt ernsthaft begannen, sie zu kratzen und sich auf sie zu stürzen.

Schließlich zitterten und bebten Rose und Cora vor Angst und wußten sich keinen anderen Rat mehr als zu weinen, und die anderen Jungwürfe verhöhnten sie und schlugen noch heftiger nach ihnen, bis Tryfan leise auftauchte und sich auf den Boden kauerte, sie alle ins Auge fassend.

»Laßt sie in Ruhe«, sagte er.

»Und was willst du dagegen tun, Kumpel?« sagte einer der größten Jungwürfe und trat angriffslustig auf ihn zu. Jungwürfe lieben eine schöne Keilerei, je härter, desto besser.

»Eben, warum siehst du nicht zu, daß du Land gewinnst?« sagte ein anderes Männchen und schloß sich dem ersten an.

Als Tryfan vortrat, um seine beiden Schwestern zu beschützen, die jetzt unruhig und mit vor Angst weit aufgerissenen Augen dastanden, stürzte sich die ganze Bande auf Tryfan.

»Er war toll!« erzählte Cora später Rebekka. »Oh, war er toll, es hat uns umgehauen. Sie stürzten sich alle auf einmal auf ihn, und er hat nur irgendwie komisch gegrinst und in aller Seelenruhe eine Pfote gehoben und erst dem einen eine gescheuert, dann dem zweiten, dann dem dritten, und der erste stolperte zurück und fiel über den vierten, und dann heulten sie alle. Es war Klasse! Und dann fing Rose wieder an zu weinen«, fügte sie geringschätzig hinzu.

»Aber warum denn?« fragte Rebekka.

»Sie sagte, weil sie so stolz auf Tryfan war, aber ich habe ihr gesagt, daß sie albern ist. Allerdings – gut war er wirklich!«

Auch bei einer anderen Gelegenheit, die wesentlich gefährlicher und auch geheimnisvoller war, erschien Tryfan, als er gebraucht wurde, aber weder Bracken noch Rebekka erfuhren je, was wirklich geschehen war, und auch das wenige, was sie hörten, hörten sie nur von Comfry, zu dem Tryfan hinterher gegangen war.

Offensichtlich waren Fagus und Rose eines Tages auf mehrere Wiesel gestoßen, als sie am Waldrand einen Tunnel erkundeten, in den sie nicht hätten hineinlaufen dürfen. Vielleicht war ihnen die Witterung von Wieseln noch fremd. Was dann geschah, war nicht ganz klar, aber Fagus und Rose kamen zu Tode geängstigt in Rebekkas Tunnel zurück und hatten noch lange danach Alpträume. Sie konnten nur sagen, daß sie von Wieseln angegriffen worden seien.

»W-w-wahrscheinlich eher f-f-fast umgebracht«, sagte Comfry später zu Bracken, als er berichtete, wie Tryfan mit bösen Schnitt- und Bißwunden an Schulter und Stirn zu ihm gekommen sei. »Er wollte nicht mit der Sprache raus, aber ich bin mir ziemlich sicher, daß er g-g-gerade noch rechtzeitig kam, um den beiden das Leben zu retten, und er muß allein gegen die Wiesel g-g-gekämpft haben, ich g-g-glaube nämlich nicht, daß die beiden ihm eine Hilfe waren.«

Aber es gelang ihnen nie, Tryfan die Geschichte zu entlocken, so sehr sie sich auch bemühten. Er zog es vor, sich in Schweigen zu hüllen.

Er schloß sich sehr eng an Comfry an, und die beiden verbrachten ganze Tage miteinander, ohne zu sprechen, oder Tryfan bat Comfry, ihm Dinge über Pflanzen zu erklären und ließ sich zeigen, wo sie zu finden waren.

Er gewöhnte es sich auch an, lange Stunden beim Stein zu verbringen, sowohl am Tage als auch bei Nacht, und er stellte Bracken und Rebekka Fragen über den Stein, auf die seine Geschwister gar nicht kamen. Wofür war er da? Gab es noch andere wie ihn? Was war in ihm?

Uffington und die Geschichten von den Schreibermaulwürfen faszinierten ihn, geradeso wie sie einst Bracken fasziniert hatten, und Bracken konnte ihm nie genug erzählen von Boswell und dem, was er gesagt hatte. Doch merkwürdigerweise – in Brackens Augen – äußerte er nie den Wunsch, in die Höhle der Düsteren Geräusche hinunterzugehen oder die Höhle der Echos oder die Höhle der Wurzeln zu sehen – und fragte auch nicht nach ihnen.

Mitte August war er dann eines Tages plötzlich auf und davon, einfach so, wie es alle jungen Maulwürfe tun. Und bald danach verließen auch die anderen den heimischen Bau, Rose und Cora zu den Hängen und Fagus in die Nähe der Ostseite, wo er Freunde gefunden hatte. Aber Bracken und Rebekka wußten nicht, wohin Tryfan gegangen war, und er fehlte ihnen am meisten.

Doch wäre es falsch zu sagen, daß sie traurig über den Weggang ihrer Jungen waren. Besonders für Rebekka bedeutete ihr Abschied den Anfang einer Periode großer Ruhe und Zufriedenheit. Sie hatte ihre Jungen genährt, sie bei Krankheiten gepflegt und ihr Aufwachsen überwacht, und im August verließen sie vier wohlgeratene Jungwürfe.

Aber sie wünschte sich, und jetzt fühlte sie sich berechtigt dazu, den Frieden langer Tage der Einsamkeit und die Liebe Brackens, dessen Tunnel ihren eigenen so nahe waren.

Bracken hatte über die Jungen aus einiger Entfernung gewacht, wie es bei Maulwurfvätern üblich ist, aber er hatte sorgsam darauf geachtet, Rebekka zu beschützen, wenn sie seinen Schutz brauchte, und ihr gezeigt, daß er immer da war.

Es war eine Zeit, während der er dem Stein immer näherkam. Dinge, die Hulver und Boswell und so viele andere Maulwürfe zu ihm gesagt hatten, begannen zu einer Art Muster zu werden, dessen Einzelheiten schließlich so einfach wurden wie die Art zu leben, die er sich jetzt angewöhnte.

Er ging immer noch gern auf Erkundung aus, nur war sein Ziel jetzt der Alte Wald, wo das System sich befunden hatte, als er noch ein Junges war. Er folgte den alten Tunneln, sah, wie der heruntergebrannte Wald mit jungen Bäumen und Vögeln zu neuem Leben erwachte, und dachte über Dinge nach, die er getan oder nicht getan hatte.

Doch so zurückgezogen und fast anonym Bracken und Rebekka jetzt auch lebten: es wäre falsch anzunehmen, daß sie keinen Einfluß auf das System mehr hatten. Sie nahmen nicht bewußt Einfluß, das ist wahr, aber ihre Liebe, oder das Beispiel ihrer Liebe, das das ganze System durchdrang, begann im Danctonwald allmählich ein kleines Wunder zu bewirken. Ohne es zu wissen schufen sie im Alten System, auf den Hängen und darüber hinaus, wo der Wald nach und nach wieder besiedelt wurde, eine Atmosphäre, die Maulwürfe aus nahegelegenen Systemen zu spüren schienen und von der sie sich angezogen fühlten wie von einem noch nicht besiedelten, wurmreichen Boden.

Nach der Pest, deren größte Schrecken jetzt allmählich in Vergessenheit gerieten (oder zu einer Geschichte aus vergangenen Zeiten wurden), hatten die Weibchen besonders zahlreiche Würfe zur Welt gebracht, und ein ziemlich feuchter Sommer machte es den Jungwürfen leicht, zu graben und neue Territorien in dem verwüsteten System zu finden, so daß die Überlebensrate ungewöhnlich hoch war. Das machte es um so merkwürdiger und verwunderlicher, daß so viele Jungwürfe und einige ältere Maulwürfe von nahegelegenen Systemen sich auf den Weg nach Duncton machten, vielleicht, weil sie den großen Frieden spürten, von dem das Alte System des Danctonwaldes allmählich erfaßt wurde.

Die Geschichte von Bracken und Rebekka und ihrer Treue und Liebe schien sich überall verbreitet zu haben, obwohl sie, als der August in den September überging und der Herbst sich seinem Ende näherte, immer seltener zu sehen waren, da sie in ihren Tunneln jenseits des Steins blieben und sich für sich hielten.

Im Dezember, als bereits ein kalter und frostiger Winter eingesetzt hatte, tauchte Tryfan wieder auf. Zuerst hatten sie über Comfry von ihm gehört, zu dessen Bauen an den Hängen er gekommen war, und dann kam er ein paar Tage später eines Abends zu Brackens Bauen. Er sei dort gewesen, wo einst das Marsch-Ende gewesen war, erzählte er, und dann auf den Wiesen, wo er allein gelebt hatte und »nachgedacht«, wie er es leise nannte.

Er hatte sich verändert. Es war nichts mehr von einem jungen Maulwurf an ihm, und Bracken sah, daß er jetzt groß und kräftig war – größer als Bracken selbst – und daß sein ungewöhnlich dunkles Fell dicht und glänzend war, während eine Ruhe von ihm ausging, über die Bracken in diesem Alter nicht verfügt hatte.

Und doch schien er gelitten zu haben. Seine Augen waren rastlos und forschend, und Bracken wußte, daß er zurückgekommen war, um eine Antwort auf jene Fragen zu suchen, die in Sekundenschnelle gestellt und doch ein Leben lang nicht beantwortet werden können.

»Warum glaubst du an den Stein?« fragte er Bracken, nachdem sie sich begrüßt und zusammen gegessen hatten.

»Ich kann dir keinen Grund nennen, Tryfan, oder etwa mehrere Gründe, und ich weiß, daß es nicht genügt, wenn ich dir sage, daß ich es einfach tue. Ich kann mich erinnern, daß Maulwürfe das einst auch zu mir gesagt haben und ich nicht befriedigt war. Aber du weißt, wie Rebekka und ich einander lieben . . .«

Tryfan nickte. Er wußte es.

»Nun, du weißt, wie sich das ›anfühlt‹ – du kannst keine Gründe nennen, weißt aber, daß es da ist, fest wie ein Fels. Und so fühlt sich mein Glaube an den Stein auch an. Ich weiß, daß er da ist. Ich begann an den Stein zu glauben, als ich merkte, daß ich in Wirklichkeit ein Nichts bin im Fluß des Lebens, in das ich hineingeboren wurde und das nach mir weitergehen wird. Doch fühlte ich sein Wunder in mir, mir selbst, nicht in irgendeinem anderen Maulwurf, und ohne mich ist auch der Fluß des Lebens ein Nichts. Dieses Gefühl ließ mich das Wunder empfinden, von dem wir sagen, es komme vom Stein und sei Teil dessen, was der Stein ist. Jeder von uns ist nichts – und alles –, und nur der Glaube an den Stein gibt allem einen Sinn.« Bracken seufzte bedrückt; er hatte nie gut darüber sprechen können.

»Vielleicht kann Rebekka dir das besser erklären, wenn ich das auch bezweifle. Du hast den richtigen Augenblick verpaßt! Sie sagt in der letzten Zeit kaum noch etwas!« Bracken lachte und lief seine Tunnel hinunter zu denen von Rebekka, ihren Namen rufend.

»Sieh nur, wer hier ist! Komm und sieh!«

Rebekka blickte Tryfan lange an, bevor sie lächelnd auf ihn zutrat, um ihn zu berühren. »Wo warst du?« fragte sie, in einer Weise, die ausdrückte: »Du brauchst es mir nicht zu sagen, mein Lieber, ich glaube, ich weiß es.«

Die drei sprachen lange miteinander, mehrere Maulwurftage lang, und Bracken und Rebekka erzählten ihm Dinge, an die sie sich kaum noch erinnerten oder von denen sie noch nie gesprochen hatten. Sie hielten es beide für richtig, ihm vom siebten Stillen Stein zu erzählen und von dem Wunder dessen, was sie zusammen gesehen hatten, und er hörte ihnen voller Scheu zu, denn er hatte das Gefühl, daß er dort schon gewesen sei . . . und wußte, daß er wieder dorthin gehen würde.

Er fragte nach Uffington, nach Boswell und den Schreibermaulwürfen – genauso wie er es als junger Maulwurf getan hatte. Und eines Tages teilte er ihnen schließlich mit, daß er gern ein Schreibermaulwurf werden würde, wie Boswell es gewesen war, und daß er vielleicht versuchen sollte, nach Uffington zu gelangen.

Sie nickten, aber Bracken wies ihn darauf hin, daß der Winter nicht die richtige Zeit für eine so lange Reise sei, und daß es, wenn er sich auf den Weg machen wolle, vielleicht ein paar Dinge über das Reisen, über Kämpfen und Routen-Finden gäbe, die er sich von ihm zeigen lassen sollte.

Aber Tryfan schüttelte den Kopf und blickte auf Bracken und Rebekka, wie sie dicht nebeneinander kauerten, und sagte: »Ihr beide habt mir mehr beigebracht als all diese Dinge, und sicher wird der Stein mir das übrige zeigen. Der Stein wird mir den Weg zeigen, und er wird mich beschützen, wenn ich kämpfen muß.«

Wie groß er geworden war, wie stark und wie jung er war! Rebekka lächelte voller Liebe über den Unterschied zwischen ihm und Bracken, dessen Gesicht und Flanken voller Narben waren von den Kämpfen, die er durchstanden hatte, aus dessen Augen aber das klare Licht eines Friedens strahlte, den Tryfan noch nicht gefunden hatte. Aber wie schwer hatte Bracken diesen Frieden erkämpft, und wieviel Mut gehörte dazu, sich ihn zu erhalten! Rebekka wußte, daß Brackens Aufenthalte bei dem Stein nicht immer leicht für ihn waren. Sie waren es auch für sie nicht.

In diesem Augenblick, als Tryfan ihre Liebe sah und vielleicht noch die Worte ihrer langen Gespräche über den Stillen Stein frisch in seinem Gedächtnis waren, begannen sich die ersten deutlichen Erinnerungen an die Mittsommernacht, in der er sich verlaufen hatte, vor seinem geistigen Auge abzuzeichnen.

Bald danach lief er hinauf zum Stein und kauerte sich schweigend dort nieder, während der kalte Abend dunkler wurde und Wind in der Lauberde raschelte, die noch naß war vom Nieselregen des Nachmittags, und jene Erinnerungen wurden deutlicher; er sah in Gedanken wieder das Schimmern des Stillen Steins vor sich. Dann fing er an, zu dem Stein zu sprechen, ihn um seine Führung und Hilfe zu bitten, wie es schon so viele Maulwürfe so vieler Generationen vor ihm getan hatten. Er zitterte, wenn er an Uffington dachte und an die Schwierigkeiten, ein Schreibermaulwurf zu werden, und er fühlte sich zu unwürdig und zu unwissend, um hier vor dem Stein zu kauern und so viel zu erbitten. Er dachte an Bracken und Rebekka, an das, was Comfry ihm über die wundervollen Dinge erzählt hatte, die sie gemeinsam vollbracht hatten.

»Warum muß ein Maulwurf so weit reisen, nur um wieder an den gleichen Ort zurückzukehren?« fragte er den Stein. »Wohin soll ich mich wenden?«

Leichte Regenspritzer begannen sich in den kühlen, stürmischen Wind zu mischen und hier und da schwächlich zu platschen. Wie trostlos der Wald ihm erschien. Wie verlassen er sich fühlte, wie sehr der Hilfe bedürftig.

Aus dem Schatten am Rand der Steinlichtung beobachtete ihn lächelnd und mit gütigen Augen ein alter Maulwurf. Hier war er nach all der Zeit wieder im Dunctonwald, und was fand er? Einen Maulwurf, der sich bei dem Stein Sorgen machte, wie er selbst es so oft und vor so vielen verschiedenen Steinen getan hatte!

Boswell hob eine Pfote und sprach einen Segen über den Maulwurf, aber er trat nicht vor. Manchmal ist es besser, einen anderen Maulwurf nicht anzusprechen oder zu stören, sondern es ihm selbst zu überlassen, welche Fragen er stellen will. Es gehörte zu den Dingen, für die diese großen Steine da waren. Aber die Antworten! Ach, so einfach, alle am Ende so einfach!

So beobachtete Boswell Tryfan und segnete ihn und trat erst hinaus auf die Lichtung, als Tryfan sie verließ, um über die Hänge hinunter zu Comfry zu laufen.

Boswell kauerte eine Weile neben dem Stein. Er erwartete gar nichts vom Dunctonwald, hatte sich sogar widerwillig auf die Reise gemacht, denn es war ein langer, langer Weg, und er wurde alt. Und wohin er auch kam: die Maulwürfe spürten, daß er ein Heiliger war und versammelten sich um ihn, um ihn zu berühren und seinen Segen zu erbitten und ihn ein Stück zu begleiten. Er hatte nur mit Mühe verhindern können, daß eine ganze Anzahl von ihnen ihm bis hierher folgte. Doch jetzt, da er hier war: wie anders erschien es ihm, und wie schwach fühlte er sich! Und wie überrascht wäre der junge Tryfan gewesen, wenn er geahnt hätte, daß wenige Augenblicke, nachdem er den Stein verlassen hatte, ein Maulwurf aus Uffington an der gleichen Stelle die gleiche Frage wie er stellte: »Warum muß ein Maulwurf reisen . . .?« Aber Boswells Antwort auf seine eigene Frage war ein Lächeln und eine Art Nicken, an den Stein gerichtet. Dann fragte er: »Warum hast du mich noch einmal hierhergeschickt, nach was soll ich suchen?« Und auch darüber lächelte er, denn der Stein antwortet auf seine Weise, und das Beste, was ein Maulwurf tun kann, ist, zu vertrauen.

»Und jetzt werde ich mit der Gnade des Steins Bracken und Rebekka aufsuchen, und ich hoffe, daß sie endlich zur Vernunft gekommen sind!« Er lachte vor Freude bei dem Gedanken, sie wiederzusehen, und er wußte – oder ahnte –, wo er sie finden würde.

»Warum ist Tryfan zurückgekommen?« fragte Bracken sich laut.

»Vielleicht muß er noch einmal die Liebe, die ihn hervorgebracht hat, sehen und fühlen«, sagte Rebekka.

»Was für eine Liebe?« fragte Bracken. Und Rebekka versetzte ihm einen Rippenstoß, er begann einen Scheinkampf mit ihr, und sie kicherten, wie ihre Jungen es getan hatten, und rollten auf dem Boden herum, jeder mit dem Gefühl, er spiele mit dem schönsten Jungwurf der Welt.

Bracken hörte es zuerst. Lachen wie ihr eigenes, von den Tunneln herunter, die zum Eingang in der Nähe des Steins führten. Ein Lachen, das er kannte und so viele Male gehört und nie wieder zu hören erwartet hatte, ein Lachen, das er liebte und das ihn so still wie die Wurzeln machte, die Augen weit geöffnet und eine Pfote nach Rebekka ausgestreckt, um das Wunder mit ihr zu teilen. Lachen und höfliche Scharrgeräusche, die Art von Geräusch, die ein wohlerzogener Maulwurf macht, um seine Ankunft anzukündigen.

»Wer ist dort?« fragte Rebekka.

Bracken antwortete mit einem Lachen und einem Freudenschrei.

»Boswell! Boswell!« Seine Augen strahlten wie immer, er humpelte genauso, wie er es in ihrer Erinnerung getan hatte, aber sein Lachen war sanfter, doch freudiger geworden.

»Oh, Boswell!« sagte Rebekka. Und Boswell rührte es, daß sie ihn liebte und immer geliebt hatte, und nicht den Schreibermaulwurf, der er war.

Noch nie war so viel gesungen und geschwatzt worden, so viel gelacht und gespielt, sowohl an der Oberfläche als in den Tunneln, wie diesmal in der Längsten Nacht. Noch nie hatten Maulwürfe so sehr in den alten Geschichten geschwelgt, die Sagen von Ballagan und Verbena, den ersten Maulwürfen, immer wieder erzählt, und die von Linden, dem ersten Schreibermaulwurf, und die von den Heiligen Büchern.

Und natürlich sprach sich bald herum, daß es möglich sei, möglich, wohlgemerkt, daß das siebte Buch, das verlorene Buch, sich ausgerechnet hier, in Duncton befinde!

»Nein!«

»Doch, das wird jedenfalls behauptet ... du glaubst doch nicht, daß ein so bedeutender Maulwurf wie Boswell selbst, der jetzt zu den bedeutendsten Maulwürfen gehört, den weiten Weg hierher machen würde, nur um seinen alten Freunden guten Tag zu sagen und den Stein zu berühren. Nein! Wenn du mich fragst: Es stimmt, was sie von diesem Buch erzählen, und es ist hier.«

Nachdem dies erwiesen schien, war es für die Maulwürfe aus Duncton nur noch ein kleiner Schritt, sich zu überlegen, wo das Heilige Buch sich befinden mochte – und das war nicht schwer zu erraten. »Unter dem Stein natürlich. Hinter der Höhle der Düsteren Geräusche, wo kein vernünftiger Maulwurf hingeht, weil es Zauberworte gibt, die es beschützen, und merkwürdige Geräusche, daß einem Maulwurf das Fell zu Berge steht! O ja! Du wärst verrückt, es zu versuchen!«

Aber Verrückheit schreckt nicht jeden Maulwurf von den absonderlichsten Dingen ab, und manch einer schlich sich auf der Suche nach dem Buch an der Höhle der Düsteren Geräusche vorbei in die Höhle der Echos. Die meisten kamen nicht weiter als eine Rüssellänge, bevor sie sich voller Furcht auf den Rückweg machten. Aber einer kam weiter und verlief sich, und er wurde nur gerettet, weil ein Freund ihn begleitet hatte, der so vernünftig war, Bracken um Hilfe zu bitten – weil jeder Maulwurf wußte, daß Bracken das System kannte wie kein anderer. Er holte den vorwitzigen Forscher heraus, unter vielen Flüchen und Stößen, aber gelegentlich klopfte er ihm auch anerkennend auf die Schulter, denn keiner wußte besser als Bracken, wieviel Mut er aufgebracht haben mußte – auch wenn er sich verlaufen hatte.

Tryfan lernte Boswell erst einige Maulwurftage nach der Längsten Nacht kennen. Bracken machte sie voller Freude miteinander bekannt: seinen geliebten Freund und seinen Sohn.

Boswell blickte Tryfan freundlich an und erkannte in ihm den Maulwurf, den er in der Nacht seiner Ankunft am Stein gesehen hatte, und über den er von Rebekka vieles wußte – und noch mehr ahnte. Er sah, daß Tryfan gute Eigenschaften von Rebekka wie auch von Bracken in sich vereinte und daß sehr viel von ihrer Liebe in ihm war. Und vielleicht wußte er, daß dies der Maulwurf war, den zu suchen er gekommen war.

Aber wenn er es wußte, so ließ er sich nichts anmerken. Bracken war sogar ziemlich erstaunt über Boswells offensichtlichen Mangel an Interesse und seine ungewöhnlich kurzen Antworten auf die Fragen, die Tryfan ihm stellte.

»Ist etwas nicht in Ordnung mit dem Jungen, Boswell?«

»Nein«, sagte Boswell und schüttelte den Kopf. »Ich habe nur Angst um ihn. Du sagtest, er möchte ein Schreibermaulwurf werden. Nun, von allen Maulwürfen solltest du am besten wissen, wie schwer das sein kann. Darum laß mich bitte in Ruhe herausfinden, ob er die erforderlichen Eigenschaften mitbringt.«

Immer wieder wich Boswell der Frage aus, die Tryfan ihm stellte, oder er schob die Antwort hinaus oder verweigerte sie: »Wie kann ich ein Schreibermaulwurf werden?«

»Bete«, war Boswells knappe Antwort.

Antworten wie diese brachten Tryfan aus der Fassung, verunsicherten ihn. Womit hatte er Boswell, der zu allen anderen Maulwürfen so freundlich war, nur verletzt?

Doch obwohl Boswell sich scheinbar weigerte, mit ihm zu sprechen, sah Tryfan allmählich, wieviel Licht in ihm war, und begann, ihm mit einigem Abstand zu folgen. Manchmal half er ihm bei der Suche nach Würmern oder zeigte ihm Orte im System, die er aus irgendwelchen Gründen sehen wollte.

Eines Tages, und es war ein sehr langer Tag, kam Tryfan sehr erregt zu Boswell. Dieser tat, als bemerke er nichts, sondern ging weiter durch die Tunnel, wie er es häufig tat, hier ein paar Worte sprechend, dort eine Geschichte erzählend, einen Segen sprechend oder einfach still kauernd.

»Boswell . . .«, begann Tryfan mehrere Male, aber Boswell wirkte nicht sehr aufmerksam, und Tryfan fehlte der Mut, seine Frage zu Ende zu führen. Doch als der Tag sich dem Ende zuneigte, Boswell müde wurde und Tryfan befürchtete, er würde in seinem Bau verschwinden und ihm keine Gelegenheit mehr geben, Fragen zu stellen, nahm er schließlich seinen ganzen Mut zusammen und fing an: »Boswell?«

Boswell kauerte sich auf den Boden und blickte ihn an, sagte aber nichts.

»Boswell . . . Bracken hat mir einmal erzählt, daß du einen Lehrer hattest, der Skiet hieß. Er sagte, Skiet habe dich nach Uffington gebracht. Er sagte, du habest ihn mehr als jeden anderen Maulwurf verehrt, und daß er dich unterrichtet habe.«

Boswell nickte: »Und er hat es mir wahrlich nicht immer leicht gemacht!« sagte er und dachte mit einem liebevollen Lächeln an Skiet.

»Boswell?« fing Tryfan wieder an. »Könnte ich . . . ich meine, würdest du . . . mich unterrichten? Als mein Lehrer?«

Boswell blickte Tryfan lange an, genauso wie einst, vor langer Zeit, Rose Rebekka angeblickt hatte, als sie wußte, daß Rebekka eine Heilerin werden würde, und sich wünschte, sie könnte ihr etwas von dem Leid abnehmen, das diese Aufgabe mit sich bringen würde.

»Ja«, sagte Boswell schlicht. »Aber denke immer daran, daß nicht ich es bin, der dich unterrichten wird, sondern der Stein.«

Die Erleichterung in Tryfans Zügen war schöner anzusehen als ein Sonnenaufgang am Morgen oder der Ausdruck im Gesicht eines Maulwurfjungen, das seine Mutter wiederfindet.

»Also . . . ich meine . . . was muß ich tun?« stotterte Tryfan.

»Lernen, die Stille des Steins zu hören«, sagte Boswell.

Sie kauerten lange stumm beieinander, bevor Tryfan, ermutigt durch Boswells Einwilligung, eine weitere Frage stellte: »Warum bist du nach Duncton gekommen?«

»Ich weiß es nicht genau«, sagte Boswell. »Ich dachte, ich wüßte es. Ich dachte, ich sei gekommen, um das siebte Buch zu suchen und das Buch und den siebten Stillen Stein zurück nach Uffington zu bringen. Aber jetzt stelle ich fest, daß ich auf etwas warte, aber ich weiß nicht, was es ist. Der Stein wird es uns am Ende zeigen, wie er es immer tut.«

Dieses Gefühl der Erwartung wurde immer stärker in Duncton. Es war wie vor der Längsten Nacht oder dem Mittsommertag, nur lief alles viel langsamer, fast unmerklich, doch gleichzeitig viel eindringlicher ab.

Es wurde nun richtig Winter. Im Januar wurde es kälter, und dann kamen im Februar Schnee und Frost. Die Maulwürfe in Duncton gewöhnten sich an die Gegenwart von Boswell, der sich oft unter sie mischte, Tryfan immer in seiner unmittelbaren Nähe, und ihnen Geschichten vom Stein erzählte und viele Legenden, die nur die Schreibermaulwürfe kennen.

Es gab nur zwei Dinge, die zu tun er ablehnte. Einmal wollte er ihnen nicht zeigen, wie er schrieb – »denn das ist etwas, auf das ein Maulwurf sich vorbereiten muß, und diese Tunnel sind nicht mehr der geeignete Ort dafür: ihr habt viel schönere Dinge hier!« Zum anderen lehnte er es ab, ihnen von seinen Reisen mit Bracken zu erzählen.

Aber von diesen Dingen abgesehen gab es nichts, was Boswell nicht für andere Maulwürfe getan oder ihnen erzählt hätte, obwohl der Winter ihm schwer zusetzte und Tryfan oft dafür sorgen mußte, daß er sich ausruhte und nicht überanstrengte.

Das System wartete immer noch, und als der Februar näherrückte und die ersten Vorboten des noch fernen Frühlings sich in der Ruhelosigkeit in den Tunneln ankündigten, herrschte das Gefühl, etwas, irgend etwas werde bald im System geschehen.

Nur zwei Maulwürfe in Duncton schienen völlig unberührt von dieser merkwürdigen Spannung: Bracken und Rebekka. Sie zogen sich immer mehr zurück und genossen freudig die Nähe des anderen, und es gab Zeiten, da weder Bracken noch Rebekka gesehen wurden. Alle Maulwürfe respektierten ihre Zurückgezogenheit, und sogar Comfry, der immer gern hereingeschaut hatte, um Rebekka zu besuchen, stellte seine Besuche ein. Manchmal jedoch unterhielt Boswell sich mit ihnen, wobei er Tryfan gegenüber andeutete, daß es besser sei, wenn er allein mit ihnen spreche, und noch Tage danach war Boswell dann immer besonders still und schweigsam.

Rings um sie herum schien das System, das sie geliebt und zu dem sie beide soviel beigetragen hatten, zu warten, aber sie, die einst so feinfühlig alle Stimmungen und Veränderungen dieses Systems spürten, schienen nichts zu bemerken.

KAPITEL 49

Das bitterkalte Wetter hielt auch im März noch an, bis nach einigen wechselhaften Tagen eine jener Morgendämmerungen hereinbrach, die einen Maulwurf völlig überraschen und die eine Hoffnung aufleben lassen, daß es so etwas wie Frühling tatsächlich noch gibt.

Rebekka wußte es sogar noch vor Einbruch der Dämmerung. Sie verließ ihren Bau nur wenige Minuten, nachdem sie erwacht war, und lief auf die Oberfläche und zur Lichtung. Der Wald war noch dunkel, als sie dort ankam, wurde aber heller, als sie einen Platz gefunden hatte, um sich hinzukauern, und die Malvenfarbe der vergangenen Nacht wich den ersten grünen und dunkelrosa Farbtönen der Dämmerung. Auf dem Boden, unter den blattlosen Buchen, waren in den tiefsten Wurzelspalten der Bäume die Schatten noch schwarz, aber an einigen Stellen fingen Lauberde und herniedergefallene Zweige und Äste schon das von Osten kommende Licht des jungen Tages ein.

Hinter Rebekka schwand im Westen allmählich das letzte Dunkel am Himmel und enthüllte vereinzelte, hochstehende Wolken, erst grau, dann cremefarben und schließlich weiß. Als die Sonne aufging und ihre ersten Strahlen in den Wald drangen und hell auf die grünen, feuchten Flechten auf den Buchenstämmen und auf das warme Braun der wenigen Blätter fiel, die noch an den Zweigen hafteten, oder auf das dunkle Grün eines Brombeerblattes, das aus irgendeinem Grund den vergangenen Herbst nicht zur Kenntnis genommen hatte, streckte Rebekka sich und seufzte. Die Luft war klar und frisch.

Ein erster Frühlingstag! Einer von jenen Tagen, die bei einigen Maulwürfen die Hoffnung nähren, der Winter sei vergangen. Rebekka kannte solche Tage und wußte, daß es am besten war, jede Sekunde zu genießen und nicht an morgen zu denken. Morgen konnte wieder Winter sein.

Jetzt jedenfalls zeigte der Himmel endlich etwas Blau und lustige weiße Wölkchen, die das Blau noch blauer machten, und Sonnenstrahlen, die von Sekunde zu Sekunde wärmer wurden und in einem Maulwurf das Gefühl erweckten, es sei an der Zeit, diesen oder jenen Tunnel zu säubern oder sich nach einem Partner umzusehen.

Bracken reckte und streckte sich in seinem Bau. Er fragte sich, ob er sich auf die Suche nach Rebekka machen sollte, hing eine Weile angenehmen Gedanken darüber nach und beschloß, noch etwas zu warten. Erst einmal sehen, was für ein Tag es war, etwas zu essen suchen, sich ein wenig putzen und auf den Wald lauschen. Ohnehin brauchte er in der letzten Zeit länger zum Aufwachen, und er streckte sich gern ausgiebig, um die Schmerzen aus seinem Körper zu vertreiben.

Draußen auf der Oberfläche lief er auf die Hänge zu. In der Ferne hörte er

Rabenkrähen und Tauben, Amseln, Rotkehlchen und etwas, das sich nach einer Drossel anhörte. Aber am deutlichsten von allen hörte er die Krähen, denn irgend etwas an einem ersten Frühlingstag in einem blattlosen Wald läßt ihren Ruf weit reichen. Und es war wirklich ein Frühlingstag!

Bald fühlten Brackens Pfoten sich leicht wie die eines Maulwurfjungen an, er verspürte Lust, zu laufen, so schnell er konnte, und das tat er. Aber als er begann, die Hänge hinabzulaufen, kam ihm in den Sinn, daß es mehr Spaß mit Rebekka zusammen machen würde, darum lief er zurück, um sie zu holen.

Als er feststellte, daß sie nicht in ihrem Bau war, ahnte er, wo er sie finden würde, und lächelnd schlug er den Weg durch einen Tunnel ein, der ihn etwas unterhalb der Lichtung an die Oberfläche brachte.

Mit Seufzern und schleifenden Schritten gab er vor, sich aufzuraffen und auf die Lichtung zu schleppen, mit trübselig gesenktem Rüssel und in müdem Zickzackkurs näherte er sich Rebekka, die in der Nähe des Steins in der Frühlingssonne kauerte. Sie versuchte, das Lachen zu unterdrücken, mußte aber lächeln, als sie ihn zuerst witterte und dann hörte. So traurig? Unmöglich, nicht er, nicht heute.

Mit einem unschlüssigen Hüsteln begann er endlich zu sprechen. »Ich habe mich verlaufen«, sagte er. »Wie komme ich in das System zurück?« Und als sie nicht sofort antwortete, fügte er hinzu: »Ich bin aus Duncton.«

Sie wandte sich ihm zu, aus ihren Augen leuchtete ihre Liebe, und trat direkt auf ihn zu und streichelte seine Schulter, genauso wie sie es an dem Tag ihrer ersten Begegnung getan hatte, als sie hier ganz in der Nähe diese Worte gesprochen hatte. Erinnerte er sich so gut an ihre Worte?

»Weißt du noch, was ich antwortete?« fragte er.

»Du sagtest: ›Das ist einfach‹, und später sagtest du: ›Ich zeig's dir.‹«

»Und habe ich es dir gezeigt?« wollte er wissen.

Sie nickte. »Und ich glaube, ich weiß den Weg noch, den du einschlugst«, sagte sie.

»Zeig ihn mir, Rebekka.«

Sie lief an ihm vorbei, wie er einst an ihr vorbeigelaufen war, obwohl sie beide nicht mehr so schnell wie damals waren, und dann über die alte Fährte zu den Hängen hinunter, einmal in diese Richtung, einmal in jene, bis er hinter ihr völlig außer Atem war.

»Du bliebst bei einem heruntergefallenen Eichenast stehen, weil sich dort der Eingang zum System befand, und ich fragte nach deinem Namen, weil ich dich nicht gehen lassen wollte«, sagte Rebekka.

Er lächelte und streichelte sie, wie sie ihn gestreichelt hatte. Die Sonne fiel auf ihr Fell, das noch ebenso dicht und silbergrau wie immer war.

»Rebekka?«

»Hm?«

»Ich möchte mir den Wald wieder ansehen, die Orte, wo unser Leben begann.«

»Ich kenne mich nicht mehr aus, Liebster, der Wald hat sich so verändert. Du mußt mir den Weg zeigen . . .«

»Das werde ich«, flüsterte er.

Dann lief er an ihr vorbei und führte sie in den Alten Wald. Manchmal zögerte er an einer Wegbiegung und blieb mit zur Seite geneigtem Kopf stehen, manchmal flüsterte er vor sich hin: »Nein, nicht hier entlang«, bis sie wieder im Herzen des Differenzwaldes waren. Rebekka sah, daß ganz in ihrer Nähe Buschwindröschen wuchsen, noch nicht voll erblüht, aber hier und da zeigte sich schon eine weiße Knospe.

»Hier in der Nähe muß Barrow Vale gewesen sein«, sagte er.

Er schnüffelte an der Oberfläche, die offen und grasbewachsen war, mit Brombeersträuchern am anderen Ende, bis er an eine Stelle kam, wo er zu graben begann. Als er schon halb verschwunden war, machte er eine Pause, dann versuchte er es weiter und war plötzlich nicht mehr zu sehen.

Rebekka blickte ihm nach, wie er in den Tunneln von Barrow Vale verschwand, die seit der Pest und dem Waldbrand kein Maulwurf mehr aufgesucht hatte.

»Möchtest du es dir einmal ansehen?« rief er.

Es war fast alles noch erhalten, die Tunnel und Baue genauso, wie sie einst gewesen waren, wenn auch verstaubt und vernachlässigt. Es war kein Geräusch zu hören, auf dem Boden lagen vereinzelt Knochen, und an vielen Stellen war die Decke eingestürzt. Ein toter Ort, an dem Bracken einst der Anführer gewesen war, nach Ruun und Mandrake.

Sie sahen sich gemeinsam um, dicht beieinander stehend, und dann und wann sagte einer von ihnen: »Sieh mal!« und zeigte auf eine Stelle, an die sich beide erinnerten und wo so viele Dinge geschehen waren. Aber die Stimmen der Vergangenheit kehrten nicht zurück, nur ein Schimmer von Erinnerungen, der fast im gleichen Augenblick, da er zurückgekehrt war, für immer verschwand.

»Eines Tages werden andere Maulwürfe diesen Ort entdecken und sich hier ansiedeln. Vielleicht geben sie ihm einen anderen Namen, oder ein Maulwurf mag sich daran erinnern, gehört zu haben, daß sich hier einmal ein Ort befand, der Barrow Vale hieß . . . aber ich bezweifle es. Warum sollten Maulwürfe sich erinnern?« dachte Bracken laut nach.

Sie warfen einen Blick in die Baue der Ältesten, in denen eine dicke Schicht

Erdstaub lag. Teilweise waren sie eingestürzt, weil über ihnen an der Oberfläche ein Baum umgefallen war, vielleicht während des Feuers.

»Merkwürdig«, sagte Bracken. »Als ich zum erstenmal das Alte System erkundete, war alles ganz anders. Es fühlte sich lebendig an, als ob es auf etwas warte. Hier fühlt sich alles tot an. Es ist tot.«

»Es hat nie die Kraft des Steins gefunden«, flüsterte Rebekka.

»Nein«, sagte Bracken. »Wenn es einen Maulwurf gäbe, den du gern hier nach Barrow Vale zurückholen würdest, nur für einen Augenblick, wer würde es sein?«

Ein Bild nach dem anderen stand vor ihren Augen, während sie über die Frage nachdachte und sich an die Maulwürfe erinnerte, die sie geliebt hatte. Rose? Mekkins? Cairn? Sie zögerte einen Augenblick und flüsterte einen anderen Namen vor sich hin: Mandrake? Sie schüttelte den Kopf. »Hulver«, flüsterte sie endlich.

»Warum?« fragte Bracken überrascht, denn es war nicht ein Name, den er von ihr erwartet hätte.

»Weil es ganz hier in der Nähe war, im Juni, kurz vor einem Ältesten-Treffen, daß ich ihm begegnete und mich mit ihm unterhielt, und er erwähnte deinen Namen. Es war das erste Mal, daß dein Name vor mir erwähnt wurde.«

»Was hat er gesagt?« fragte Bracken.

»Nicht viel. Aber . . .«, sie hielt inne, um darüber nachzudenken. Was hatte er wirklich gesagt? Es war nicht so, daß er etwas Besonderes gesagt hätte, vielmehr hatte er ihr irgendwie gezeigt, ohne daß einer von ihnen es merkte, daß er Bracken liebte.

Plötzlich hatte Barrow Vale keine Bedeutung mehr für sie. Die Tunnel waren einfach nur Tunnel, irgendwelche Tunnel, und sie hatten nicht das Bedürfnis, sie noch länger zu sehen. Bracken führte sie nach draußen, zurück in die Frühlingssonne, an die Oberfläche, wo Rebekka sich zum Marsch-Ende wandte.

»Aber das ist weit!« sagte Bracken.

»Oh, hör nur!« sagte Rebekka aufgeregt, denn von weit her aus nördlicher Richtung drang zu ihnen das leise Krächzen nistender Saatkrähen.

Sie betraten die Tunnel am Marsch-Ende nicht; die ganze Gegend war zu verlassen ohne einen Maulwurf wie Mekkins, der darauf wartete, sie zu begrüßen. Aber sie wanderten weiter nach Osten, bis zu Coras Tunneln, die sie zwar nicht finden konnten, deren Lage sie aber annähernd ausmachten. Sie dachten an das Feuer, die Flammen, und sie dachten an die Pest. Sie überlegten, ob sie zurück nach Westen gehen sollten, zu den Wiesen, oder vielleicht . . . aber es war nicht nötig. Die Erinnerungen fielen von ihnen ab.

»Nach den Buschwindröschen werden die Waldhyazinthen und die Narzissen herauskommen.«

»Diese Bäume werden wieder Blätter tragen«, sagte Bracken, »zuerst die Kastanie drüben bei den Wiesen.«

»Sie ist verschwunden«, sagte Rebekka. »Comfry war im vergangenen Sommer mit mir dort.«

»Sie wird wiederkommen. Sie werden alle wiederkommen.«

Sie kauerten sich bei einigen winzigen Bingelkrauttrieben nieder; sie suchten sich etwas zu essen; sie nickten in der Sonne ein; der Morgen ging in den Nachmittag über, und Zeit war unwichtig geworden.

Sie tanzten miteinander in dem Wald, den sie liebten, doch der, so wußten sie, war nicht mehr ihr Wald. Seine Bäume verschwammen, und der Wald und der liebliche Frühlingstag verblaßten.

Waren sie alt? Ja, meine Lieben, mit der Gnade des Steins – oder jung wie zwei Maulwurfjunge, jung genug, einander zu lieben.

Ein Windstoß raschelte durch die Knospen eines jungen Bergahorns; die Sonne war hinter wiederkehrenden Wolken verschwunden. Der Abend setzte früh ein, und in dem Licht lag eine Andeutung von Sturm.

»Zeigst du mir den Weg zurück?« fragte Rebekka flüsternd.

»Hilfst du mir dabei?« fragte er.

Bracken wandte sich nach Süden, zur Hügelkuppe hin, auf der der Stein stand. Er lief langsam und ruhig, ohne einen Moment zu zögern oder zu zweifeln, und kletterte stetig hügelauf. Hin und wieder vergewisserte er sich kurz, daß seine Rebekka dicht hinter ihm war, aber er würde ohnehin gemerkt haben, wenn sie nicht da wäre, denn sie bewegten sich wie ein einziger Maulwurf. Manchmal ruhten sie sich aus, denn es gab keinen Grund zur Eile.

Oben an den Hängen begegneten sie Comfry, der zu einem Gruß ansetzte, aber innehielt, als er sie genauer anblickte. Etwas umgab sie, das keiner Worte bedurfte. Er hörte, wie weiter unten, im Alten Wald, wo sie gewesen sein mußten, der Wind die noch vorhandenen Bäume zu schütteln begann und durch das Unterholz raschelte.

»Rebekka?« sagte Comfry schließlich.

Aber sie blickte ihn nur an und berührte ihn einen Augenblick lang, als wollte sie sagen, alles sei in Ordnung, er brauche sie jetzt nicht, alles sei in Ordnung, und als sie an ihm vorbeiliefen, fiel ihm auf, wie alt sie aussahen und wie glücklich.

»Rebekka«, flüsterte er hinter ihnen her. Und er zitterte, weil er wußte, daß er sie nie wiedersehen würde.

»Ich werde zum Stein gehen«, sagte er zu sich selbst, »das wird das beste sein. Ich werde jetzt hingehen.« Aber er machte sich nicht sofort auf den Weg; statt dessen zögerte er, stieg zuerst hinunter in seine eigenen Tunnel und schaffte etwas Ordnung und roch an ein oder zwei Kräutern. Erst dann, als er endlich das Gefühl hatte, er sei fertig, machte er sich auf.

Bracken und Rebekka kletterten stetig weiter nach oben, dorthin, wo der Hügel zwischen den Buchen sich abflachte und die Lauberde zwischen den Bäumen raschelte in dem aufkommenden Sturm, der sie von allen Seiten umgab. Während der Himmel dunkler wurde, schlugen Brombeerzweige, die im Schein der frühen Morgensonne noch geschimmert hatten, jetzt ruhelos gegeneinander. Bracken und Rebekka wandten sich zur Lichtung, ohne eine Pause zu machen, und liefen dann quer hinüber zu der mächtigen Buche, deren Wurzeln den Stein umschlossen und zwischen denen Bracken mit Hulver seine erste Nacht in der Nähe des Steins verbracht hatte.

Seit damals hatten sich Äste von dem Baum gelöst, und einige waren verfault. Zwischen den knorrigen Windungen der Wurzeln fand Bracken eine Regenwasserpfütze und trank daraus. Rebekka blickte hinein, trank aber nicht.

Der stürmische Himmel schien plötzlich unter ihnen zu sein, im Spiegelbild auf der Oberfläche des Wassers, mit den sich reckenden, verflochtenen dunklen Ästen und dem knorrigen alten Baumstamm dazwischen.

Bracken sah sich um und dachte, daß es kein Geräusch gab, Rebekkas Worte der Liebe ausgenommen, das er so liebte wie das Rascheln des Windes in Buchenblättern. Nun, es war zu früh im Jahr für Buchenblätter, aber Rebekka war bei ihm.

Sie sah, wie er sich von den Wurzeln abwandte – sein altes Fell hatte jetzt die Farbe der helleren Teile der Wurzelrinde –, und folgte ihm fort von der Lichtung, ohne einen Blick auf den Stein zu werfen. Ein einzelner Windstoß packte die Bäume drüben am Rand des Waldes, lief dann hoch oben durch ihre Kronen und weiter in die Äste des Baumes am Stein, während Bracken und Rebekka auf einen der Eingänge zu ihren Tunneln stießen und hinunterliefen.

Aber sie machten keine Pause und zögerten auch nicht. Sie liefen wie ein einziger Maulwurf zurück zu den alten Tunneln und benutzten dabei den Weg, den Bracken selbst vor langer Zeit gegraben hatte und der schließlich zum Kreistunnel um die Höhle der Echos führte. Sie waren jetzt alt, bewegten sich aber mit der Anmut hohen Grases, das im Wind weht, und so zielbewußt wie zwei Stockenten, die verlassenes Marschland überfliegen.

Von jenseits der Höhle der Echos hörten sie das kraftvolle Ächzen der Wurzeln, die mit dem heftiger werdenden Wind hin- und herglitten und erbebten, aber Bracken und Rebekka liefen darauf zu, ohne einen Gedanken daran zu verschwenden, mitten hinein in die verwirrenden Tunnel, die nicht mehr verwirrend waren, sondern so einfach wie das Vertrauen selbst. Es war nicht nötig, sich an einen Weg aus der Vergangenheit zu erinnern oder sich einen Weg für die Zukunft zu merken; sie sahen einen Lichtschimmer vor sich, der heller wurde, als sie näherkamen, und ihnen den Weg zeigte.

Als sie in der Höhle der Wurzeln waren, kam es ihnen so vor, als beginne das schreckliche Ächzen der Wurzeln vor ihnen zu ersterben, und ein anderes Geräusch nahm an Kraft und Stärke zu: das Geräusch der Stille des Steins, zu dem das Licht sie führte.

Sie liefen darauf zu und bemerkten nicht einmal die mächtigen Wurzeln über ihnen, die zogen und zerrten und ihnen doch Platz zu machen schienen.

Sie liefen immer weiter zwischen ihnen hindurch, das Licht wurde heller und heller, so daß ihr Fell in ihm fast weiß erschien, bis sie die Wurzeln hinter sich gelassen hatten und sich in den Tunneln befanden, die durch die Wurzeln der Buche beim Stein führten, durch deren hohles Innere sie schließlich tapsten, mit fast tanzenden Pfoten, während sie dem schimmernden weißen Licht, das vom siebten Stillen Stein ausging, immer näher kamen.

Dann lag er vor ihnen, und sie waren zurückgekommen, unter den Teil des Steins, der sich in der Erde befand und über ihnen emporstieg, und sie liefen weiter auf sein Zentrum zu, auf die schimmernde Weiße des Stillen Steins.

Im trockenen Gras von Uffington seufzte und brauste es, es rüttelte an den Eingängen zu den Tunneln und wehte in Böen bis in die Baue selbst: ein Wind, der einem Sturm vorherging. Es war ein so langer Winter gewesen, eine so lange Zeit, ein so langes Warten, seit Boswell sie verlassen hatte.

Am Fuß des Hügels wirbelte und wand der Wind sich um den Tönenden Stein und ließ ihn ein leises Klagen anstimmen, während das Gras zu seinen Füßen in der sich ausdehnenden Dunkelheit hin- und herschwankte. Eine leichte Dunkelheit, die ein Maulwurf aus stürmischen Nächten im März kennt, wenn die Tage schon länger werden. Der Wind wurde heftiger und stärker, er schlug jetzt auf den Stein ein, hieb auf ihn ein, nahm ihn und schüttelte ihn, bis das Klagen verstummte, das Summen aufhörte und der Tönende Stein schließlich einen langgezogenen vibrierenden Ton von sich gab, während der Wind ihn endgültig eroberte.

Jeder Schreibermaulwurf hörte es, und alle blieben stehen, um zu lauschen, wartend.

Dann kam ein zweiter Ton, kraftvoller als der erste, und ein dritter, klar und kräftig, dessen Vibrieren bis in die Heiligen Baue selbst hinunterdrang und den Kreidestaub von den Wänden schüttelte.

Als der dritte Ton erklang, begann Medlar durch die Tunnel hinauf zur Oberfläche zu gehen, während in ganz Uffington sich Maulwürfe in Bewegung setzten. Sie versuchten, nicht zu hasten, taten es aber trotzdem, hinauf zur Oberfläche, und vom Stein drang der vierte Ton zu ihnen. Die erwählten Maulwürfe hingegen, jene, die das geheime Lied schon gesungen hatten, fragten sich, ob ihnen jetzt die Ehre zuteil werden würde, während der fünfte volle Ton vom Stein kam, und überall streckten Maulwürfe ihre Rüssel voller Scheu aus der grasbewachsenen Oberfläche des Hügels von Uffington und wandten sich nach Nordosten, wo der Stein stand, und spitzten die Ohren im Wind, der an ihrem Fell und an dem Gras um sie herum zerrte.

Ein sechster Ton kam, kräftiger, als er je von einem Maulwurf vernommen worden war, und in Medlars Augen trat langsam ein Ausdruck der Gewißheit, ein Ausdruck der Freude. Er begann seine Maulwürfe zu segnen, all seine Maulwürfe, und seine Worte stiegen auf in den Wind. Während er noch sprach, kam der letzte große siebte Ton vom Stein. Noch während er erklang, legten die Winde sich plötzlich, und das Gras hörte auf zu schwanken. Dann begann jeder der erwählten Maulwürfe an dem einen oder anderen Ort leise das heilige Lied zu singen, zuerst erklang es nur schwach und unzusammenhängend, Fetzen eines Liedes, über einen uralten Hügel verstreut. Aber dann setzten Rhythmus und Melodie sich durch; andere Maulwürfe begannen die Worte zu flüstern, dann zu singen – jung und alt, Lehrlinge und Schreibermaulwürfe –, bis sie alle das uralte feierliche Lied sangen, in dem berichtet wurde, daß sich das siebte Buch auf dem Weg nach Uffington befinde und der siebte Stille Stein gefunden sei.

Boswell drehte sich endlich langsam um in seinem Bau und blickte hinüber zu Tryfan. Über ihnen auf der Oberfläche ertönte ein zorniger stürmischer Wind.

»Geh jetzt zum Stein«, sagte Boswell.

Tryfan wollte Boswell nicht allein lassen; Boswell war den ganzen Tag kränklich und ruhelos gewesen, hatte die Nahrung verweigert und kaum ein Wort gesprochen. Tryfan hatte besorgt über ihn gewacht; er spürte, daß eine Veränderung bevorstand und daß das, worauf sie so lange gewartet hatten, jetzt eingetroffen war, und es bekümmerte ihn, daß er nicht wußte, was es war.

»Wohin gehst du?« fragte er Boswell. »Was wirst du tun?«

Boswell trat zu ihm. »Habe Vertrauen in den Stein, der dir sagen wird, was du zu tun hast«, sagte er. »Ich muß in das Zentrum des Alten Systems, wo der Stille Stein liegt und wohin zurückzukehren Bracken und Rebekka endlich die Stille gefunden haben. Bete, daß der Stein mir die Kraft gibt, daß er mir die Hilfe schickt, die ich brauche. Vertraue dem Stein.«

Tryfan sah zu, wie Boswell sich dem Alten System zuwandte, hinunter zu der Stelle, wo die Höhle der Echos lag, und dann wandte er selbst sich nach oben, zur Oberfläche, unglücklich, daß er nicht länger über Boswell wachen konnte. Er hatte so zerbrechlich ausgesehen, als er ganz allein jene gewaltigen Tunnel betrat, als könne der Wind, der von Minute zu Minute stärker wurde, ihn einfach davonblasen.

Über Tryfan schwankten die Buchen jetzt heftig im Wind hin und her, und die Oberfläche des Alten Systems hallte wider vom Knacken und Krachen ihrer Äste.

Am Stein war es noch lauter und der Wind so stürmisch, daß es eine Weile dauerte, bis Tryfan Comfry dort kauern sah. Er weinte.

»Was ist?« fragte Tryfan. »Was ist geschehen?«

»Ich w-w-weiß es nicht«, sagte Comfry. »Ich bin mir ganz sicher, daß ich Bracken und Rebekka zum Stein gehen sah, genauso wie Rose die Heilerin zum Stein ging, als ich ein Junges war.«

»Was meinst du damit?« fragte Tryfan.

»Ich w-w-weiß es nicht«, sagte Comfry. »Ich bin mir nicht sicher.«

Tryfan starrte hinauf zum Stein, der das einzige Stille in einer wilden und stürmischen Nacht war. Er fürchtete sich vor ihm, und er hatte jetzt Angst um Bracken, um Rebekka und um Boswell.

Er wiederholte immer wieder, was Boswell zu ihm gesagt hatte: »Vertraue dem Stein, vertraue ihm«, und dann begann er zu beten; seine Worte gingen unter im Wind. Comfry saß wartend neben ihm, die Bäume begannen hin- und herzuschwanken und gegeneinander, das Krachen herunterstürzender Äste war zu hören, und der Wind peitschte und fegte jammernd und heulend durch die blattlosen Äste in der schrecklichen Dunkelheit um sie herum.

Der Baum beim Stein dehnte und spannte sich über ihnen; sogar sein mächtiger Stamm begann, sich in dem Toben des Windes zu bewegen, so daß der Boden unter ihnen schwankte und bebte unter der Spannung der ihn durchziehenden Wurzeln.

Boswell näherte sich der Höhle der Echos langsam; er spürte, wie die Kraft des Sturmes draußen an der Oberfläche die Wände der Tunnel um ihn herum erzittern ließ. Die Geräusche aus der Höhle der Wurzeln waren so ohrenbetäubend, daß die Tapser seiner Pfoten nicht zu hören waren, aber er lief ruhig weiter, jetzt in Frieden mit sich selbst.

Als er am Eingang zur Höhle der Wurzeln stand, die überall in heftiger und gefährlicher Bewegung war, in der der Kreideuntergrund krachend von der Decke herunterstürzte und der Boden knirschend aufriß, während sich die

Wurzelspalten vor ihm in Wolken aus Staub und Erde hoben und senkten und verbreiterten, empfand er nur Frieden.

Das Licht des Stillen Steins führte ihn sicher durch die Wurzeln und weiter bis zum unterirdischen Teil des Steins.

Er lief hinab in die Tiefen unter dem Stein. Die Wurzeln des Baumes dehnten und spannten sich um ihn herum; einige hoben sich unter dem Druck des Windes vom Boden des Tunnels und kamen dann peitschend oder krachend wieder herunter, während andere, die den Stein umklammerten, an ihm zerrten, ihn hin- und herschoben, so daß der Stein selbst anfing zu beben und sich zu bewegen: In einem Augenblick hob sich das geneigte Ende höher über Boswell, um sich im nächsten drohend auf ihn herunterzusenken.

Tief unter seinem untersten Teil kauerten Bracken und Rebekka. Das Licht des Stillen Steins überflutete ihr Fell mit Helligkeit und färbte alles, was es berührte, weiß.

Als Boswell sich diesem heiligsten aller Orte näherte, blickte er sich nach dem um, was er schon so lange suchte: dem siebten Buch. Der Stille Stein war hier, aber wo war das Buch, wo war es versteckt? Seine Augen wanderten über die Schatten, die der Stille Stein zwischen den sich verschiebenden Wurzeln entstehen ließ, und in die Nischen des Baues, in dem Bracken und Rebekka nebeneinander kauerten.

Rebekka wandte sich ihm zu und sah ihn an, als erwarte sie, ihn bei sich und Bracken zu sehen, als könne sie seine Gedanken lesen. Es bedurfte keiner Worte, selbst wenn sie sie hätten hören können in dem zunehmenden Lärm, in dem ihre ganze Welt zu schwanken und zusammenzubrechen schien und in der sie das einzige Stille waren.

Sie blickte ihn an wie er sie, und sie wußte, daß er sich fragte, wo das Buch sei. »Weißt du es nicht?« schien sie zu fragen, ohne ein Wort zu sagen. »Oh, Boswell, weißt du es nicht?«

Bracken wandte sich ihm zu; es ging eine unaussprechliche Freude von ihm aus, während der Stille Stein schimmerte und sein Licht ringsum heller wurde und auf Boswells Fell fiel. »Das Buch ist hier, du hast es, du hast es«, dachte Bracken, und Boswell brauchte die Worte nicht zu hören; er kannte sie.

Du hast es, es ist bereits deines.

Das Licht des Stillen Steins lag jetzt voll auf Boswell, dessen Fell nun so weiß erschien wie vorher das von Bracken und Rebekka.

Der Stein über ihnen bewegte sich immer heftiger, gezerrt und geschoben von den Wurzeln des Baumes, der hoch über ihnen, wo Comfry und Tryfan in dem Sturm warteten und beteten, immer kräftiger vom Wind gepackt wurde, und dessen alte Wurzeln einen nachtlangen Kampf gegen die Macht des Windes begannen.

Jetzt bewegte sich der Stein auf der Oberfläche. Zwischen seinem Fundament und der ihn umgebenden Erde erschien eine Spalte, die sich mit dem Schwanken des Baumes über ihm vergrößerte und wieder schloß. Der Boden begann zu beben.

Zwischen den Wurzeln unter dem großen Stein wandte Bracken sich in der von Liebe geschaffenen Stille zum Stillen Stein und nahm ihn auf. Seine Helligkeit verblaßte nicht, und auch sein Schimmern hörte nicht auf, wie es geschehen war, als Bracken ihn zum erstenmal berührt hatte. Jetzt wanderte das Licht in seine Pfote und von dort in seinen Körper und über sein Fell und in seine Augen, und wo er mit seiner anderen Pfote Rebekka berührte, wanderte das Licht weiter, bis sie beide zu brennen schienen, und es gab keine Worte, sie waren über Worte hinaus, als Bracken den Stillen Stein voller Freude Boswell aus Uffington reichte.

Als Boswell den Stillen Stein ergriff, sah er, daß sein Licht bei Bracken und Rebekka blieb, denn es war jetzt in ihnen und strahlte aus ihnen, wie ihre Liebe es getan hatte, von Sekunde zu Sekunde stärker. Über ihnen begann das geneigte Fundament des Steins von Duncton sich auf- und abzubewegen, und Boswell sah Bracken und Rebekka jetzt nur noch undeutlich, im Schein ihrer Liebe, und sie schienen vor ihm zu tanzen, zu lachen, zu tanzen und zu singen: »Du hast das Buch, du hast das Buch, du hast das Buch«, als die Wurzeln an der Oberfläche am Stein zu zerren begannen und er sich zuerst nach Uffington hin neigte, dann dem sturmverhangenen Himmel entgegen, vor und zurück, und langsam begann die Buche ihren Kampf gegen den Wind zu verlieren; ihre Wurzeln wurden immer schwächer, während der Stein schwankte und sich immer mehr aufrichtete, dem Himmel entgegen.

Aber unter der Oberfläche sah Boswell nur das weiße Licht des Stillen Steins und freute sich, ihn in den Pfoten zu halten, und in seinem Licht Bracken und Rebekka tanzen zu sehen oder zu spüren. Wünschte er sich überhaupt noch, das siebte Buch zu finden? War es wichtig, wenn der Tanz im Licht solch eine Freude war? Als er sich ihnen näherte, sah er aus der Helligkeit, wo Bracken und Rebekka so friedlich beieinander gekauert hatten, Rebekkas Lächeln auf sich zukommen, und die Liebe und das Vertrauen zu ihm in ihren Augen. Er hörte ihre Stimme: »Geh zurück, lieber Boswell, denn deine Aufgabe ist der siebte Stille Stein. Wir geben dir das Buch, geliebter Boswell, wir geben dir das Buch, damit du es niederschreibst, das große Buch des Schweigens, das verlorene und letzte Buch, denn du, der du es gelebt hast, bist sein Urheber und Beschützer, sein Schreiber und Schöpfer, und der Stille Stein wird dir die Kraft geben, es zu schreiben, Weißer Maulwurf von Uffington.«

Boswell streckte eine Pfote aus, um Rebekka zu berühren, Brackens Fell zu spüren, er wollte sich zu ihnen gesellen, nicht diese Last auf sich laden. »Helft mir«, rief er. »Helft mir!«

Und das Licht des Stillen Steins wanderte in seine Pfote und von dort in seinen Körper und über sein Fell, bis es ihm aus den Augen leuchtete, so daß er den Mut hatte, sich von ihrem Licht abzuwenden, hinein in das Pfeifen des Windes und in die Kälte, und wieder das Gewicht seines zerbrechlichen Körpers zu spüren. Aber er wußte, daß ihre Liebe in ihm war und daß er das große Buch des Schweigens schreiben würde. Das verlorene und das letzte Buch.

Über ihm senkte sich die schwere Masse des Steinfundaments auf ihn hinunter, und auf Bracken und Rebekka; Wurzeln zerrissen um ihn herum, als das Fundament durch sie hindurchstürzte, aber mit dem Stillen Stein in den Pfoten lief er unter dem Fundament hindurch; seine alten Glieder jagten dahin, um den krachenden Wurzeln und der herunterstürzenden Erde zu entkommen. Er hörte den Aufprall des Steins hinter sich und machte sich auf den Rückweg durch den Tunnel, der zur Höhlung des Baumes führte, und der Baum schwankte und bebte vor ihm, während er sich einen Weg hinauf suchte, humpelnd und stolpernd und nur mühsam vorankommend wegen des Stillen Steins. Er versuchte zu entrinnen, als der Baum langsam seine Wurzeln unter dem Stein herauszerrte und dann schwankend und krachend zu stürzen begann. Und da rief Boswell: »Tryfan, Tryfan, hilf mir. Jetzt kannst du mir helfen. Tryfan, du hast die Kraft.«

Ein Maulwurf nach dem anderen war zu dem Kreistunnel, der um die Höhle der Echos führte, gekommen, denn von dort kamen die heftigsten Geräusche. Sie alle wurden angezogen von dem Gefühl, daß in diesem Augenblick eine große Veränderung in ihrem System stattfand. Die Geräusche flößten ihnen Furcht, die Größe der Ereignisse Scheu ein.

Sie schnatterten und stampften mit den Pfoten vor Furcht, denn irgendein Maulwurf hatte gesagt, er habe Bracken und Rebekka in die Höhle hineinlaufen sehen, und Boswell sei auch dort, und alle spürten, daß Gefahr und gleichzeitig große Freude herrschten.

»Sollten wir hineingehen, können wir etwas tun?« flüsterten und murmelten sie untereinander und blickten voller Furcht auf die Eingänge zur Höhle; nicht einer von ihnen hatte den Mut, sie zu betreten. Ein paar mutige Maulwürfe wanderten von einem Eingang zum nächsten, an allen sieben vorbei, waren aber nicht fähig, die Stärke aufzubringen, die sie brauchten, um hineinzugehen.

Alle waren sich später über einen merkwürdigen und geheimnisvollen Vorgang einig. Während sie schauten und zitterten, kam es ihnen so vor, als hörten sie, wie ein heiliges Lied gesungen wurde, dessen Worte sie kannten, aber bis zu diesem Augenblick vergessen hatten. Und sie alle begannen, es zu singen, ein Lied der Hoffnung und der Erhebung, das vom Kommen eines Weißen Maulwurfs sprach.

Und dann, als ihr Lied an Kraft zunahm, betrat Tryfan plötzlich den Kreistunnel, als einziger unter ihnen völlig ruhig und stumm. Einen Augenblick lang starrte er auf einen der Eingänge in die Höhle der Echos, vor dem so viele von ihnen zögernd gekauert hatten. Er war stark und zielbewußt, und ohne Pause oder sichtbares Zögern betrat er kühn die Höhle der Echos, aus deren Dunkelheit die Geräusche der Zerstörung kamen. Er tat das so selbstverständlich, daß bei seinem Anblick ein Maulwurf hätte annehmen können, er sei schon früher dort entlanggelaufen ...

Merkwürdig ist, daß später jeder Maulwurf im Kreistunnel schwor, und auch bei dem Stein geschworen hätte, daß Tryfan den Eingang benutzte, an dem er selbst sich befand – was unmöglich war, denn wie konnte Tryfan oder überhaupt ein Maulwurf alle sieben Eingänge gleichzeitig benutzen?

Als er nicht mehr zu sehen war, erstarb das Lied, und sie warteten voll schrecklicher Furcht, während die Zerstörung ihren akustischen Höhepunkt erreichte. Doch obwohl viele von ihnen gern fortgelaufen wären an einen sicheren Ort, bewegte sich keiner von der Stelle, denn alle spürten, daß sie Zeugen eines Augenblickes tiefgreifender Veränderungen waren, eines Augenblickes des Wunders.

Und dann kam Tryfan aus dem Tunnel zurück, den alten Boswell aus Uffington halb tragend, halb ziehend. Boswell war von Staub und Schmutz bedeckt, und die Kraft der Mächte, die ihn beinahe überwältigt hätten, hatte ihm fast das Bewußtsein geraubt. Gegen seine alte Brust gedrückt trug er einen kleine Kieselstein, der nicht so aussah, als habe er etwas Besonderes an sich, das einen Maulwurf veranlassen könnte, ihn aus all der Zerstörung herauszutragen.

Oben auf der Oberfläche, wo er zugeschaut hatte, wie der Sturm weiterging im ersten Licht einer wilden, grauen Dämmerung, sah Comfry, daß die Buche beim Stein nun immer heftiger schwankte, nach hinten und nach unten fiel, bis ihre Krone, ihre Äste und der Stamm durch die in der Nähe stehenden Bäume krachten und ihre Wurzeln sich eine nach der anderen losrissen aus dem Boden um den Stein, der am Rand des von ihnen hinterlassenen Kraters schwankte und schaukelte.

Noch während Comfry schaute, glitt der Stein hinunter, dorthin, wo die Wurzeln gewesen waren, bis er fest und aufrecht dastand, nicht mehr von den

Wurzeln nach Uffington hin gedrückt, sondern aufrecht, wie er ursprünglich gestanden haben mußte, die breiten Seiten und die Spitze direkt hinauf in den Himmel gerichtet.

Aber obwohl der stürzende Baum mit seinem donnernden Getöse alle Tunnel des Alten Systems erbeben ließ und die Wände des Kreistunnels, wo die Maulwürfe sich versammelt hatten, von der Erschütterung Risse und Sprünge bekamen, war es nicht das, was die Maulwürfe wahrnahmen. Was sie vor Ehrfurcht den Atem anhalten und das heilige Lied singen ließ, von dem alle dachten, sie hätten es vergessen, war die Tatsache, daß Boswell sich verändert hatte. Während er in der Höhle der Wurzeln gewesen war, als er das Licht des Stillen Steins in Bracken und Rebekka hatte übergehen sehen, war er zu einem von schweigender Liebe umgebenen Heiligen Maulwurf geworden, und sie sahen, daß sein Fell völlig weiß geworden war. Der Weiße Maulwurf war gekommen.

KAPITEL 50

Der Dunctonwald stand schweigend und regennaß, während die letzten Tropfen auf die feuchte Lauberde fielen und der Himmel nach Westen aufklarte. Jeder Baum, jeder Strauch, jedes Pflänzchen schien zerzaust, und es lag ein Hauch von Stille, fast von Verletzung, über dem Wald, als ruhe ein großer Maulwurf sich nach einem sehr anstrengenden Kampf aus.

Boswell kauerte mit Tryfan und Comfry bei dem Stein.

Die anderen Maulwürfe waren schließlich in ihre Baue zurückgekehrt und nur Tryfan und Comfry waren noch übriggeblieben, der eine voll tiefer Ehrfurcht vor Boswell, während der andere, Comfry, ihn nüchtern akzeptierte, ebenso wie er Rebekkas Rückkehr zum System akzeptiert hatte und ihren und Brackens endgültigen Abschied, als sie in den Stein gingen, wohin alle Maulwürfe einmal gehen müssen.

»Du hast also den siebten Stillen Stein gefunden, nicht aber das Buch?« fragte Comfry und blickte auf den glatten Stein, den Boswell auf den Boden gelegt hatte; er sah wie ein Kieselstein und nach nichts Besonderem aus.

Boswell lächelte gequält. »Nein. Aber ich weiß, wo das Buch sich befindet, Comfry«, sagte er schlicht. »Ich muß es selbst schreiben.«

»Oh«, sagte Comfry, »ja, natürlich.« Er hätte es wissen müssen. Bracken und Rebekka und Boswell hatten das Buch gemeinsam geschaffen, daher hätte es gar nicht früher geschrieben werden können. Ein Maulwurf konnte ein Buch nicht schreiben, bevor es fertig war – wahrscheinlich war das so ähnlich wie das Kräutersammeln.

Boswell hatte ihnen beiden einiges von dem, was geschehen war, erzählt, und Comfry war endlich klar geworden, daß Rebekka in Sicherheit war und daß er aufhören konnte, sich um sie zu sorgen.

Er blickte Boswell an und dachte, was für einen Gegensatz er zu Tryfan bildete: der eine zerbrechlich und weiß, der andere kräftig und mit schwarzem Fell. Er lächelte, weil er sah, daß Tryfan liebevoll und besorgt eine jede Bewegung Boswells zur Kenntnis nahm, als befürchte er, daß ein kräftiger Windstoß Boswell davonblasen könnte. Nun, eines Tages würde er Boswell besser kennen.

»Ich werde dafür beten, daß ihr sicher ankommt«, sagte Comfry endlich. »Aber eigentlich kann dir nicht viel geschehen, Boswell, wenn Tryfan bei dir ist.«

Tryfan schnüffelte herum, um die Zeit und das Wetter zu überprüfen, und kam zu der Überzeugung, daß der Augenblick des Abschieds gekommen sei. Aber das brauchte er Boswell nicht zu sagen, weil er es wußte.

»Es wäre eine Ehre für uns, von deinen Gebeten begleitet zu werden, Comfry«, sagte Boswell und blickte ein letztes Mal hinauf zum Stein, der jetzt aufrecht stand und den gestürzten Baum überragte.

Dann ließen sie Comfry mit einer letzten Berührung und einem Abschiedswort am Stein zurück und machten sich auf den Weg, über die Lichtung, durch den Wald, hinaus auf die Wiesen und weiter quer über die Wiesen nach Westen, in Richtung Uffington. Comfry flüsterte ihnen ein Gebet nach und Segenswünsche für ihre Reise, und während er beim Stein kauerte, fragte er sich, warum er sich so erleichtert fühlte. Die Luft im Wald war so frisch nach dem Regen, es roch so gut, und er befand sich am Anfang eines neuen Frühlings und in einem System, das voller Stolz und Erinnerungen und so hoffnungsvoll war.

Er könnte einigen der Jungwürfe die Lieder der Mittsommernacht beibringen und ihnen zeigen, wie sie gesprochen werden sollten. Und wenn er sich nicht an alle Worte erinnerte, war es nicht so wichtig, weil aufrichtige Worte aus dem Herzen eines Maulwurfs kommen, nicht aus seinem Gedächtnis.

Er blickte wieder in Richtung Uffington und flüsterte noch einmal: »Mögen sie heil und gesund heimkehren.« Dann lachte er, was ungewöhnlich war für Comfry. Der Klang gefiel ihm so gut, daß er noch einmal laut auflachte vor Erleichterung und Glück.

Weiter nach Westen, auf den Wiesen, liefen Tryfan und Boswell über gewundene Wege hügelabwärts. Auf dem Hügel hinter ihnen ragten die Bäume von Duncton empor, die Wiesen senkten sich vor ihnen, und Tryfan fragte: »Wie lange wird es dauern?«

»Nicht zu lange«, sagte Boswell.

»Wirst du mir erzählen, was ihr, du und Bracken, erlebt habt, und von Rebekka? All die Dinge, über die sie nie sprechen wollten? All die Geschichten?«

»Ja, ja«, sagte Boswell lächelnd.

»Werde ich ein Schreibermaulwurf werden?« fragte Tryfan.

Boswell blieb stehen und berührte ihn sanft. »Du hast schon damit angefangen«, sagte er, »genauso wie ich damals, ohne es je zu wissen.«

Aber es fiel Tryfan schwer, das zu glauben, auch wenn Boswell selbst es sagte.

»Erzähl mir von ihnen«, bat er, und Boswell spürte, daß es richtig war, damit zu beginnen, denn sicherlich gab es keinen Maulwurf, der mehr von ihnen in sich vereinte als Tryfan. Und so fing Boswell an, die Geschichte zu erzählen, von Anfang an, wobei er auf das zurückgriff, was Bracken und Rebekka ihm erzählt hatten.

Tryfan hingegen warf einen letzten Blick auf den Danctonwald, der jetzt fast zu weit weg war, als daß er auch nur noch zu wittern wäre, dann rückte er beschützend näher heran an Boswell, den er wohlbehalten zurück nach Uffington bringen würde, welchen Gefahren und Prüfungen sie auch begegnen mochten. Er fühlte sich stark und kraftvoll, den Stein von Duncton hinter sich und neben sich den Weißen Maulwurf, der den siebten Stillen Stein trug und der das siebte Buch, das Buch des Schweigens, schreiben und der ihm Geschichten erzählen würde, die zu hören er sich schon so lange gewünscht hatte.

Als es Abend wurde und sie zum erstenmal auf ihrer langen Reise Rast machten, dachte Tryfan bei sich, wenn er jemals ein Schreibermaulwurf werden sollte, würde er eines Tages mit der Gnade des Steins vielleicht all das aufzeichnen, was Boswell ihm jetzt zu erzählen begann über die Geschichte von Bracken und seiner geliebten Rebekka.

Nachwort

Die Maulwürfe im Manctonwald sind *Talpae Europaeae,* die am weitesten verbreitete Art der in Europa, Asien, Nord- und Südamerika vorkommenden Maulwurffamilie *(Talpidae).*

Ausgewachsene Maulwürfe sind knapp 15 cm lang – Männchen 14,5 cm, Weibchen 13,5 cm – und haben einen langen, zylindrischen Körper. Der Kopf geht ohne Hals in den Rumpf über. Ihre großen, schaufelartigen Vorderbeine sind ebenso lang wie breit und mit je fünf kräftigen Klauen oder Krallen versehen, die zusammen mit den muskulösen Schultern den Maulwürfen eine bemerkenswerte Geschicklichkeit beim Graben verleihen.

Ihre Rüssel sind rosa und unbehaart und reagieren außerordentlich empfindlich auf Geruch und Berührung und auf Veränderungen der Luftfeuchtigkeit und der Temperatur. Obwohl einige Maulwurfarten blind sind – ihre rudimentären Augen sind von Haut bedeckt –, besitzt der *Talpa europaea* Augen, wenn sie auch nur winzige schwarze Punkte im Gesicht darstellen und normalerweise nur mit Mühe unter dem Gesichtsfell zu finden sind. Sie scheinen von geringer Bedeutung, außer vielleicht, um Helligkeit von Dunkelheit zu unterscheiden. Aber die Maulwürfe verfügen über einen sehr ausgeprägten Sinn für Vibrationen, der sie in Verbindung mit ihrem Gehör- und Geruchssinn befähigt, sich erfolgreich in ihrer normalerweise unterirdischen Umgebung zu behaupten. Auch der aufgerichtete Schwanz ist fast mit Sicherheit ein Sinnesorgan; er hält den Kontakt zur Decke ihrer Tunnel, etwa, wie ein Sachverständiger es ausdrückt, »wie der obere Stromabnehmer einer elektrischen Lokomotive«.

Das Fell der Maulwürfe, einst hochbezahlt für Pelzbekleidung, ist von einem charakteristischen Dunkelgrau. Die einzelnen Haare des Fells haben keinen bestimmten »Strich« (im Gegensatz etwa zu dem einer Katze), und so kann ein Maulwurf sich in engen Tunneln mühelos in jede Richtung bewegen.

Obwohl man Maulwürfe häufig mit offenem Weideland in Verbindung bringt – hauptsächlich wohl, weil die Maulwurfshügel dort am besten zu sehen sind –, kommen sie in den verschiedensten Gegenden vor, von Wäldern bis zum Rand von Küstengebieten. Lediglich im Torfmoor und im reinen Sandboden sind sie nicht anzutreffen, weil dort ihre aus wirbellosen Tieren bestehende Nahrung (hauptsächlich Würmer) kaum anzutreffen ist. In Wäldern werden sie wahrscheinlich nur selten beobachtet, weil ihre Hügel von Lauberde und Zweigen verdeckt sind, aber tatsächlich ziehen sie Wälder wohl allen anderen Umgebungen vor.

Ihre Tunnelsysteme sind kunstvoll und ausgedehnt – etwa 310 Quadratmeter umfassend –, wenn auch von unterschiedlicher Anlage, je nach örtlicher Gegebenheit. Häufig legen sie Tunnel auf verschiedenen Ebenen an, vielleicht, um die tieferen Tunnel (bis zu einem Meter) bei kälterem Wetter zu benutzen. Die bekannten Maulwurfshügel bestehen aus der beim Tunnelgraben hinausgeschaufelten Erde.

Maulwürfe verteidigen ihre Territorien offensichtlich verbissen: Wenn mehrere zusammen eingesperrt werden, greifen sie einander an, um zu töten. Aber die Bedingungen in einem Laboratorium sind nicht mit denen im wirklichen Leben zu vergleichen, und vieles spricht dafür, daß sie ihr eigenes Territorium zwar verteidigen, Gemeinschaftstunnel aber mit anderen Maulwürfen teilen. Es erscheint auch möglich, daß Maulwürfe in Wäldern eher als im Weideland bereit sind, zumindest in einem gewissen Umfang, ihr Territorium mit anderen zu teilen – oder, um es anders auszudrücken: in Wäldern sind die einzelnen Territorien weniger scharf abgegrenzt. Häufig sieht man Maulwürfe auf der Oberfläche, und es gibt mehrfach bestätigte Berichte, nach denen sie in friedlichem Beieinander mit anderen Maulwürfen beobachtet wurden.

Wie viele andere Lebewesen paaren Maulwürfe sich gewöhnlich im Frühling und Frühsommer, und die meisten Weibchen bekommen im Mai ihre Jungen. Offensichtlich wirft eine geringe Anzahl von Weibchen im Sommer ein zweites Mal, und vereinzelt wurde von Weibchen berichtet, die im Herbst trächtig waren. Die Austragungszeit dauert etwa vier Wochen, und ein Wurf besteht im allgemeinen aus vier Jungen, die in unterirdischen, sorgfältig mit Laub ausgelegten Nestern geboren werden. Nach weiteren vier Wochen etwa werden sie entwöhnt, und nach sechs oder sieben Wochen verlassen sie ihre Mutter, um sich ein eigenes Territorium zu suchen. Während dieser Zeit, wenn die Jungen noch zu schwach sind, um tief zu graben oder ein eigenes Territorium auszubauen, fallen viele von ihnen Eulen und anderen Raubtieren zum Opfer.

Die stimmlichen Möglichkeiten der Maulwürfe reichen vom typischen Quieken und leisen Schnurren bis zum schrilleren Schnattern, das als Alarmruf dient.

Aus diesem Bericht geht klar hervor, daß die Maulwürfe aus dem Динctonwald auf mancherlei Weise von der üblichen Lebensweise »echter« Maulwürfe abweichen; sie sind wahrscheinlich geselliger; die Reisen, die Bracken und Rebekka und Boswell unternehmen, sind ungewöhnlich, und Herbstgeburten gibt es im wirklichen Leben wahrscheinlich nur selten. Aber schließlich geht es bei dem Динctonwald mehr um eine Geschichte und eine Allegorie als um eine Doktorarbeit, und die Tatsachen, um die es geht, unterscheiden sich von jenen, mit denen sich ein Zoologe beschäftigt.

Ein besonderes Problem warf die Sehfähigkeit der Maulwürfe auf. Tatsache ist, daß Maulwürfe nicht sehr weit sehen können; es wird sogar behauptet, daß sie überhaupt nicht sehen können. Sie »sehen« mit ihren Rüsseln und mit ihrem Geruchs- und Gehörsinn. Weil wir mit den Augen sehen, besitzt unsere Sprache einen größeren Wortschatz für die Umschreibung des Sehens. Während wir also über diese Ausdrücke für das Sehen verfügen, müßte es für einen Maulwurf einen reicheren Wortschatz für das Riechen und das Hören geben, die Sinne, die er am meisten benutzt. Aber obwohl es nur logisch wäre, könnte man kein Buch schreiben, in dem die Gestalten etwa sagen »Ich rieche, was du meinst«, wo Menschen sagen würden »Ich sehe, was du meinst«. Aus diesem Grund habe ich den menschlichen Wortschatz für »Sehen« auf den Geruchs-, Vibrations- und Gehörsinn der Maulwürfe angewendet.

Maulwürfe leben bis zu fünf Jahren, sehr selten vielleicht etwas länger, obwohl die meisten früher sterben. Das bedeutet, daß ein einziges Jahr im Leben eines Maulwurfs etwa vierzehn Jahren im Leben eines Menschen entspricht. Darum habe ich beschlossen, aus einem Monat im menschlichen Leben ein Jahr im Leben eines Maulwurfs zu machen.

Damit bleiben nur noch zwei Fragen für den ganz pedantischen Leser offen: Erstens – wie lesen Maulwürfe? Die Bücher in den Schriftensammlungen der Heiligen Baue sind in Maulwurf-Braille geschrieben, und ein Maulwurf liest sie mit dem Rüssel.

Und zweitens: Können Maulwürfe denn sprechen? Natürlich können sie sprechen, obwohl ihr Schnattern und Plappern im wirklichen Leben für Menschen unverständlich ist. Aber jeder, der die Freude gehabt hat, anderen Lebewesen nahe zu sein – ob in der Stille des eigenen Heims oder in der ländlichen Einsamkeit, wo keine anderen Geräusche stören –, wird wissen, daß sie auf vielerlei verschiedene Weise sprechen. Und Maulwürfe sprechen ganz gewiß, ebenso wie jeder Maulwurf sonst.

William Horwood

CIP-Kurztitelaufnahme der Deutschen Bibliothek

Horwood, William:
Der Stein von Duncton/William Horwood. –
Stuttgart: Klett-Cotta, 1984. (Hobbit-Presse)
Einheitssacht.: Duncton wood ‹dt.›
ISBN 3-608-95147-4